바람과 함께 사라지다 II

마가렛 미첼

일신서적출판사

31

1866년 정월 어느 추운 날 오후, 스카알렛은 사무실에서 피티 고모 앞으로 편지를 쓰고 있었다. 자기도, 멜라니나 애실리도, 애틀랜타로 돌아가서 고모님과 함께 지낼 수가 없는 이유를 자세하게 적은 것은 이번이 열 번째였다. 사실은 편지를 쓰는 것도 썩 마음이 내키지 않았다. 왜냐하면 아무리 편지를 써 보았자, 피티 시고모님은 언제나 편지 첫머리만 읽고는 〈하지만 나는 혼자 지내기가 무섭단다!〉 하고 또 슬프게 답장을 써 보내리라는 것을 너무나 잘 알고 있었기 때문이다.

손이 곱기 때문에 그녀는 펜을 놓고 두 손을 마주 비비며, 발을 싼 낡은 이불 속으로 좀더 깊숙이 두 발을 밀어 넣었다. 슬리퍼 바닥이 다 닳아 버렸기 때문에 바닥 대신 융단 조각을 대었다. 융단은 발이 곧장 마룻바닥에 닿는 것은 막아 주었지만, 발을 따뜻하게 해주지는 못 했다. 그 날 아침, 윌은 말에게 편자를 박아 주러 존즈보로에 갔다. 스카알렛은 말에게는 신을 신기면서도, 사람이 개처럼 맨발로 지내야 하다니 정말 한심한 노릇이라고 울적하게 생각했다.

편지를 마저 쓰려고 다시 펜을 집어 들었으나, 뒷문으로 들어오는 윌의 발소리가 났기 때문에 그대로 내려놓았다. 홀 바닥을 디디는 의족 소리가 사무실 밖에서 멎었다. 잠깐 동안 그가 들어오기를 기다렸으나, 언제까지나 아무런 기척이 없으므로 이편에서 말을 건네 보았다. 그는 추워서 두 귀가 빨갛게 되어 담홍색 머리를 흐트러뜨린 채 들어오더니, 입가에 익살스러운 미소를 희미하게 띠우고 서서 그녀를 내려다보았다.

「스카알렛 씨.」 하고 그는 물었다. 「지금 현금을 얼마나 갖고 계신가요?」

「돈을 목적으로 내게 결혼 신청이라도 할래요, 윌?」 하고 그녀는 약간 샐쭉해서 되물었다.

「아니오, 그러나 좀 알아두고 싶군요.」

그녀는 의아한 듯이 그를 바라보았다. 진정은 아닌 것 같다. 그러나 언제나 진지한 얼굴을 해 본 적이 없는 사나이였다. 어쨌든 무언가 난처한 일이 있었던 모양이라고 그녀는 느꼈다.

「금화로 십 달러가 있어요.」라고 그녀는 말했다. 「그 북군 병사의 돈이 남은 거지.」

「그래요? 그걸로는 모자라겠는데.」

「뭣에 모자라지요?」

「세금 내는 데 모자라는 겁니다.」라고 대답하고, 그는 난로 옆으로 걸어가서 몸을 구부리고 빨개진 양손을 불에 쬐었다.

「세금?」하고 그녀는 되풀이했다. 「농담하지 말아요, 윌! 우린 벌써 세금을 다 지불했어요.」

「그렇죠, 하지만 그들은 그걸로는 아직 부족하다는 겁니다. 오늘 존즈보로에서 듣고 왔어요.」

「하지만 윌, 나는 알 수가 없군요. 도내체 어떻게 됐다는 거죠?」

「스카알렛 씨, 저는 걱정거리가 많은 당신에게 이 이상 걱정을 끼치고 싶지는 않아요. 그러나 이야기를 안 할 수가 없게 되었어요. 그들은 당신이 지불한 것보다도 더 많은 세금을 바치지 않으면 안 된다는 겁니다. 타라에 대한 산정액을 터무니 없이 높게 계산하고 있는 거지요. 이 군의 어느 곳보다도 높게 계산하고 있는 셈이죠.」

「하지만, 한 번 지불해 버린 이상 거기다 더 내라고 하지야 않겠죠.」

「스카알렛 씨, 당신은 좀처럼 존즈보로에 가시지 않지만, 안 가시는 게 다행이에요. 요즈음은 숙녀가 갈 곳이 못 됩니다. 당신도 가끔 가시게 되면 아시게 될 줄 압니다만, 남부의 변절자나 공화당원이나 북부에서 온 뜨내기 정상배들이 멋대로 날뛰고 있어요. 당신 같으면 당장 울화통이 터져서 때려 죽이고 싶어질 겁니다. 그런데다가 검둥이란 놈들까지 백인을 보도(步道)에서 밀어젖히려고 하고, 게다가…….」

「하지만, 그것이 우리들의 세금과 무슨 관계가 있어요?」

「그걸 이제부터 이야기하려는 겁니다. 스카알렛 씨, 무언가 속셈이 있어서 그 악당들은 타라의 세금이 마치, 타라가 천 짝씩이나 생산고를 올리고 있는 것처럼, 터무니 없는 고액으로 끌어올렸답니다. 그런 이야기를 들었기 때문에 넌지시 술집을 어슬렁거리면서 소문을 주워 모아 보았더니, 아무래도 당신이 추징금을 지불하지 못하면 타라는 강제 경매를 당하게 될 테니까, 그렇게 되면 그것을 싸게 낙찰시켜서 손아귀에 넣으려는 놈이 있는 것 같아요. 당신이 이 이상의 세금을 지불하지 못할 것은 누구나가 빤히 아는 사실입니다. 이 농장을 탐내는 놈이 어느 놈인지, 그것은 아직 저도 몰라요. 분명하게 알아낼 수가 없었어요. 그러나 캐스린 씨와 결혼한 못난 사나이, 그 힐튼인가 하는 사나이는 알고 있는 모양이더군요. 제가 슬쩍 떠보았더니, 녀석이 기분 나쁘게 묘한 웃음을 짓던 걸요.」

월은 긴의자에 앉아서 절단한 다리의 상처 자국을 주물렀다. 날씨가 추워지면 쑤시고, 게다가 나무 의족도 잘 맞지 않아서 언짢은 것이다. 스카알렛은 사납게 그를 보았다. 조종(弔鍾)을 쳐서 타라의 죽음을 알려 주는 태도치고는 너무나도 태평스러웠다. 강제 경매에 붙여져서 팔리게 된다고! 그럼 우리들은 어디로 가야 한단 말인가? 타라가 남의 것이 된다고? 어림도 없지! 그런 일은 생각할 수도 없다.

그녀는 여태까지 타라의 생산을 늘이는 데에만 골몰해 있어서, 세상 형편 같은 것에는 조금도 주의를 기울이지 않았다. 특히 요즈음은 월과 애실리가 있기 때문에 존즈보로나 페이에트빌에 가야 할 용건 같은 것은 모두 두 사람에게 맡기고, 좀처럼 농장을 떠나는 일이 없었다. 전쟁 전에도 아버지의 전쟁 이야기 따위는 별로 귀담아 듣지도 않았지만, 지금도 저녁식사를 마친 뒤에는 월과 애실리가 전후의 〈재건〉에 대하여 토론을 해도 주의하여 들으려고도 하지 않았다.

물론 그녀도 변절자(變節者)라는 것은 알고 있다. 이익을 위하여 절개를 굽히고, 공화당으로 전향한 남부 사람들이다. 카핏베지라는 것도 알고 있다. 남군이 항복하자마자, 전재산을 카핏 융단)으로 만든 백(손가방) 하나에 쑤셔넣고 새떼처럼 남부로 밀려들어와서 정계에 등을 대고 한몫 보려는 양키들인 것이다. 또 노예 해방국에 대해서는 그녀도 여러 번 좋지 않은 생각을 한 적이 있다. 그러니까, 해방된 흑인 중에 어지간히 건방진 놈이 있으리라는 것도 짐작이 간다. 그러나 세상에 태어난 뒤 건방진 흑인이라는 것을 본 적이 없는 그녀에게는, 이 마지막 말만은 거의 믿어지지 않았다.

그러나 월과 애실리가 서로 짜고, 그녀에게 알리지 않으려고 한 일도 많았다. 전쟁의 재난에 뒤이어 거기에는 더욱 나쁜 재건의 재난이 있었으나, 그러한 정세에 관하여 집에서 의논을 할 때에는 두 사람 다 될 수 있는 대로 그녀를 놀라게 할 만한 자세한 일은 똑같이 건드리지 않기로 하고 있었다. 그런데 스카알렛은 설혹 두 사람의 이야기를 듣는 수가 있어도, 그들의 이야기를 대개는 한쪽 귀로 듣고 한쪽 귀로 대수롭지 않게 흘려 버리고 마는 것이었다.

애실리가, 남부는 피정복국으로서의 대우를 받고 있다든가 보복 정신이 정복자의 통치 방침이라든가 하는 것을 말해도, 그것은 스카알렛에게는 도무지 아무런 뜻도 없는 이야기에 지나지 않았다. 정치는 남자들의 일인 것이다. 북부는 바야흐로 남부의 재기를 막으려 하고 있다고 월이 말하는 것을 들은 적이 있다.

그러나 스카알렛은 남자란 언제나 무언지 모르게 부질 없는 일로 골치를 썩이고 있다고 생각했을 뿐이다. 그녀에 관한 한 북군 따위에게 당해 본 기억은 없다. 그러니까 이번에도 화를 당하는 일은 없을 것이다. 당장 급한 일은, 북부의 통치 방침 따위에 골치를 썩일 것이 아니라, 그저 악마처럼 일하는 것이다. 이러나저러나 전쟁은 끝난 것이다.

스카알렛은 게임의 규칙이 모두 바뀌어 버려서, 정직한 노동이 어느덧 그것에 해당하는 만큼의 수입을 받을 수 없게 되었다는 것을 알지 못했다. 조지아 주는 지금 실질적으로 계엄령 하에 있는 것이나 마찬가지여서, 북부 군대가 각지에 주둔하고, 노예 해방국이 매사에 있어서 완전히 지배하고, 규칙도 그들 형태에 맞도록 멋대로 만들어지고 있었던 것이다.

노예의 신분에서 해방된, 일하기 싫고 날카로와진 흑인들을 돌봐 주기 위한, 북부 정부의 손으로 조직된 이 노예 해방국은 각 농장에서 몇 천 명이고 그러한 흑인을 마을이나 도시로 불러모으고 있었다. 해방국은 그들을 먹여 살리고 빈둥빈둥놀게 놔두고, 그리하여 그들의 마음 속에 예전 소유주에 대한 적의를 불어넣어 주고 있었다. 일찌기 제랄드의 농장 감독이었던 조나스 윌커슨이 이 지방의 해방국 지부주임이었고, 뿐더러 그 부주임으로 있는 것이 캐스린 캘버트의 남편 힐튼이었다. 이들 둘은 〈남부 사람과 민주당은 호시 탐탐 흑인을 본래의 노예로 만들 기회를 노리고 있었다. 이 운명에서 흑인들이 벗어날 수 있는 유일한 희망은, 해방국과 공화당이 뻗는 보호의 손길에 의지하는 도리밖에 없다.〉느니 하는 소문을 열심히 퍼뜨리고 있었다.

윌커슨과 힐튼은 다시 흑인을 향하여 제군들은 모든 점에 있어서 백인 못지않은 훌륭한 인간이니까 끝내는 백인과 흑인과의 결혼도 허락될 것이며, 또 멀지 않아 제군의 이전 소유주의 농장이 분할되어 모든 흑인들은 사십 에이커의 토지와 노새 한 마리씩을 받게 될 것이라는 등 소문을 퍼뜨렸다. 그리고 남부 사람이 흑인에 대하여 가하는 잔혹한 처사 등으로 계속하여 선동하였으므로, 다년간 그 소유주와의 사이가 두터운 애정으로 맺어 있기로 유명했었던 지방에도 차츰 증오와 질투가 생기게 되었다.

해방국은 군대가 뒷배를 보아 주고, 그리고 군 당국은 피정복자의 행동을 단속하기 위하여, 가지가지의 서로 모순된 규칙을 발표하고 있었다. 해방국 관리에게 욕지거리만 해도 당장 끌려갔다. 학교에 관하여서도, 위생 시설에 관하여서도, 옷에 어떠한 단추를 다느냐에 대하여서도, 상품 매매에 대하여서도 거의 모든 점에 대하여 군의 명령이 내려져 있었다. 윌커슨과 힐튼은 스카알렛이 하는 어떠한 거래에 대하여서도 하나하나 간섭을 할 수도 있었고, 그녀가 사고 팔고 하는 물건의 값을 멋대로 정할 수도 있었다.

다행하게도 스카알렛은 이 두 남자에게 접촉할 기회가 극히 드물었다. 왜냐하면 윌이 당신은 농장 관리에 전념하고, 거래는 내게 맡겨 두시오, 하고 설득하였기 때문이다. 윌은 타고난 부드러운 태도로 이러한 종류의 까다로운 난관을 여러 번 뚫고 나왔고, 그리고 그 일에 대하여서는 한마디도 그녀에게 들려 주지 않았던 것이다. 부득이한 경우에는, 윌은 뜨내기 정상배들과 양키의 비위를 맞출 수도 있었다. 그러나 이번 문제는 너무 지나치게 엄청나서, 그가 혼자서 처리할 수는 없었다. 추징금의 과세, 혹은 타라를 잃느냐 않느냐 하는 일은 스카알렛에게 알리지 않으면 안 되는 문제였고 그리고 몹시 서둘러야 하는 문제였다.

그녀는 반짝이는 눈길로 그를 지켜보았다.

「세상에 이렇게 괘씸한 양키들이 있을까!」하고 그녀는 외쳤다. 「우리들을 골탕먹여서 가난으로 몰아 넣고, 게다가 불한당들까지 보낼 게 뭐람!」

전쟁이 끝나고 평화가 선언되었어도, 아직 양키는 그녀의 것을 빼앗을 수도 있고, 굶주림에 시달리게 할 수도 있고, 집에서 내쫓을 수도 있는 것이다. 몇 달 동안의 궁핍 속에서도 봄까지만 참고 기다리면 모든 것이 잘 될 것이라고 오로지 참아 온 자신이 얼마나 어리석었던가. 거기에 희망을 걸고, 일 년 동안 등뼈가 부러지도록 일해 온 마지막 판에, 모조리 짓뭉개 버리는 거나 다름 없는 이러한 소식을 윌이 가지고 왔으니 한 가닥의 희망마저도 사라져 버린 셈이다.

「어쩌면 윌, 전쟁만 끝나면 근심 걱정은 모두 끝나는 줄 알았는데!」

「웬걸요.」하고 윌은 턱이 깡마른 시골뜨기 같은 얼굴을 쳐들고 그녀를 물끄러미 지켜보았다. 「근심 걱정은 이제부터 시작되는 겁니다.」

「도대체 추징금을 얼마를 내라는 거죠?」

「삼백 달러요.」

그녀는 기겁을 하고, 한참 동안 말조차 할 수 없었다. 삼백 달러! 그것은 삼백만 달러라고 하는 것이나 마찬가지였다.

「그럼.」하고 그녀는 할딱거렸다. 「그럼, 그럼 우리는 어떻게 하든지 삼백 달러를 만들어야 한다는 거군요.」

「그렇지요. 이 다음에는 무지개와 달을 하나 둘 마련해야 될걸요?」

「그렇지만 윌, 아무리 그들이라도 타라를 팔지는 못 할 거야. 글쎄…….」

그의 부드럽고 빛이 엷은 눈이, 그녀가 생각할 수도 없을 정도로 증오와 고뇌를 나타냈다.

「그들이 못할 거라고요? 천만에 말씀! 하고도 남지요. 합니다, 좋아서 하지요. 스카알렛 씨, 솔직이 말하면 이 나라는 완전히 지옥 밑바닥에 떨어지는 겁니다. 그 뜨내기 정상배나 남부의 변절자들은 투표할 수 있지만, 우리들 민주당의 대부분은 투표할 수 없어요. 이 주의 민주당원으로서 1865년에 이천 달러 이상의 수입이 있었다고 납세 대장에 기재되어 있는 사람은 투표할 수 없게 되어 있어요. 그러니까 당신 아버님도, 탈레턴 씨도, 막크레이네도 폰텐네 청년들도 모두 제외당하는 측이죠. 그리고 전시중에 영관급 이상의 지위에 있었던 사람도 투표하지 못합니다. 스카알렛 씨. 그리고 이 주는 남부 동맹 중에서 어느 주보다도 영관급 사람이 많은 줍니다. 게다가 남부 정부의 관리였던 사람도 투표할 수 없으니까, 공증인에서 판사에 이르기까지 모두 제외되지요. 이 고장에는 그런 사람이 많아요. 결국 양키는, 그 특사를 받기 위한 서약서라는 것을 꾸며내어, 전쟁 전에 상당한 인물이었던 사람은, 누구나 제대로 투표할 수 없는 방법을 취한 거요. 그러니까 똑똑한 사람, 지위가 있는 사람, 부자 같은 사람은 모조리 밀려나 버린 셈입니다.

조금만 더 이야기하겠어요. 저도 그 아니꼬운 서약서에 서명만 하면 투표할 수 있어요. 저는 1865년에 돈을 가지고 있지 않았고, 분명히 영관급도 아니었고, 하등 눈에 띄는 존재도 아니었으니까요. 그러나 저는 그 서약서에 서명할 생각은 없어요. 누가 그 따위 서약서 같은 걸 한답니까? 만약 북부의 처사가 정당하다면, 귀순하는 선서는 했을지도 모르지만, 이젠 절대로 안 해요. 저를 연방으로 복귀시킬 수는 있어도 저를 고쳐 만들어서 연방에 두드려 넣을 수는 절대로 없어요. 비록 다시는 투표를 못 하게 되더라도, 서약서에 서명할 생각은 없어요. 그러나 힐튼 같은 인간의 찌꺼기나, 조나스 윌커슨 같은 악당이나, 스레터리 같은 가난뱅이 백인이나, 매킨토시 같은 형편 없는 놈들은 투표할 수 있지요. 게다가 매사를 지배하고 있는 것은 놈들이에요. 놈들은 추징금을 받아내려고만 하면, 열 번이고 열두 번이고 당신에게서 받아낼 수가 있는 겁니다. 그와 마찬가지로 흑인이 백인을 죽여도 교수형을 받지 않게 되고, 혹은 또……」

여기서 그눈 잠시 난처해서 말을 끊었다. 러브조이 근처의 어느 쓸쓸한 농장에서 혼자 살던 백인 부인이 당했던 어느 사건에 대한 기억이 두 사람의 마음 속에 되살아난 것이었다.

「그러한 흑인들은, 우리들에게 어떤 짓이라도 할 수 있어요. 노예 해방국과 군대가 총을 들고 그들의 뒤를 보아 주고 있는 겁니다. 뿐만 아니라 우리들은 투표권도 없고, 어찌 해 볼 수가 없어요.」

「투표권!」 하고 그녀는 외쳤다. 「투표권이라니? 도대체 투표권이 이 일과 어떤 관계가 있다는 거지요, 윌? 우리들은 세금 이야기를 하고 있는 거예요.

윌, 누구라도 타라가 얼마나 훌륭한 농장인가 하는 것은 다 알고 있어요. 그러니까, 끝끝내 어쩔 방법이 없다면 이 토지를 저당에 넣으면 어떨까요? 세금을 낼 만한 돈은 어떻게 될 것같이 생각되는데요.」

「스카알렛 씨, 당신은 바보도 아닌데 가끔 바보 같은 소리를 하시는군요. 이 토지를 저당잡고 돈을 빌려 줄 만한 사람이 있나요? 당신에게서 타라를 빼앗으려는 뜨내기 정상배 이외에 어디에 그런 사람이 있어요? 토지는 누구나 다 가지고 있어요. 그리고 누구의 토지나 황폐해 있어요. 거저 준대도 가질 사람이 없을 거요.」

「그 북군 병사가 가지고 있었던 다이아 귀걸이 말이에요, 그걸 팔면 어떨까요?」

「스카알렛 씨, 이 근처에 귀걸이 같은 것을 살 만한 돈을 가지고 있는 사람이 있나요? 부식을 살 돈도 없는데 패물 따위를 쳐다볼 사람은 없어요. 만약 당신이 금화로 십 달러를 가지고 계신다면, 아마 당신이 제일 부자일거요.」

두 사람은 다시 입을 다물고 말았다. 스카알렛은 머리를 돌벽에 부딪치고 있는 것 같은 느낌이었다. 이 일 년 동안에 머리를 부딪친 돌벽이 얼마나 많았던가…….

「어떡하지요, 스카알렛 씨?」

「모르겠어요.」

그녀는 될 대로 되어라 하는 생각으로 힘없이 대답했다. 이번 돌벽은 너무나 단단하다. 갑자기 그녀는 너무나 피로한 것처럼 느껴져서 뼈가 아파왔다. 무엇 때문에 자기는 이토록 일을 하고, 고생을 하고, 스스로를 기진 맥진하게 만들어야만 하는 것일까? 뿐만 아니라 그러한 고생 끝에는 언제나 반드시 그녀를 조롱하기 위하여 패배가 기다리고 있는 것처럼 생각되었다.

「모르겠어요.」 하고 그녀는 거듭 말했다. 「하지만 아버지께 알려서는 안 돼요, 걱정을 끼칠 뿐이니까요.」

「말씀드리지 않았어요.」

「다른 사람에게 말했어요?」

「아뇨, 곧장 당신에게로 왔는걸요.」

그렇다, 하고 그녀는 생각했다. 모두 나쁜 소식은 곧장 그녀에게로 들고 오는 것이다. 그녀는 이제 그런 것에 넌더리가 났다.

「윌크스 씨는 어디 계신지 몰라요? 그분에게는 뭔가 좋은 생각이 있을지도 몰라요.」

윌은 부드러운 눈을 그녀에게로 옮겼다. 그 눈을 보자, 애실리가 돌아온 첫날부터 느끼고 있는 것처럼 이 사나이는 모든 것을 다 알고 있구나 하고 새삼 느꼈다.

「그분은 과수원에서 울타리에 쓸 가름나무를 깎고 계시더군요. 제가 아까 말을 맬 때, 도끼 소리가 나던걸요. 그러나 그분도 우리들 이상으로 돈을 가지고 있지는 않아요.」

「내가 그분과 의논하고 싶다면, 의논해도 상관없겠지요? 안 된다는 말인가요?」하고 성난 것처럼 말하고 그녀는 발에 감고 있던 이불을 차던지고 일어섰다.

윌은 별로 기분이 상한 것 같지도 않고, 여전히 불 앞에서 손을 비벼 대고 있었다. 숄도 두르지 않고 나갔다. 숄은 이층에 있었고, 게다가 빨리 애실리를 만나서 걱정되는 것을 털어놓고 싶은 기분에 쫓기어, 가지고 갈 만한 여유가 없었다.

만약 그가 혼자 있다면 얼마나 좋을까! 그가 돌아온 뒤로, 단 한 번도 그녀는 단 둘이서 이야기를 할 수가 없었다. 언제나 가족 중의 누군가가 그의 곁에 붙어 있었고, 게다가 멜라니가 그가 사실상 존재한다는 것을 확인이라도 하려는 것처럼 줄곧 애실리의 소매에 매달려 있었기 때문이다. 그리고 멜라니의 행복스러운, 제것처럼 구는 태도를 보면 애실리가 죽었는지도 모른다고 생각하고 있었을 무렵에는 잠들어 있었던 질투의 적의가 다시금 머리를 쳐드는 것이었다. 이제야말로 그와 단 둘이서 만나리라고 결심했다. 오늘이야말로 누구의 방해도 받지 않고, 단 둘이서 이야기하는 것이다.

잎이 다 떨어진 과수원의 가지 밑을 빠져 나가자, 축축한 잡초가 발을 적셨다. 노랫소리가 들려 왔다. 애실리가 늪지에서 끌고온 통나무를 쪼개서, 울타리의 가로대를 만들고 있는 것이다. 적이 장난삼아 태워 버린 울타리를 본래대로 만드는 것은, 시간이 걸리고 힘이 드는 일이었다. 모든 것이 시간이 걸리고 힘드는 일인 것이라고 그녀는 울적하게 생각했다. 그녀는 일에 싫증이 났다. 지치고 싫증이 나서, 아무것도 하기 싫어졌다. 만약 애실리가 멜라니의 남편이 아니고 그녀의 남편이었다면 그의 곁으로 달려가서 그의 어깨에 얼굴을 묻고 울면서, 어깨의 무거운 짐을 그에게 떠맡기고, 그리고 그에게 사건을 해결해 달라고 할 수 있을 터이니 얼마나 좋을까.

찬바람에 벗은 가지들이 떨고 있는 석류나무 숲을 돌아가자, 도끼에 기대고 서서 손 등으로 이마의 땀을 닦고 있는 애실리의 모습이 보였다. 그는 낡은 호두빛 바지에다 제랄드의 와이셔츠를 입고 있었다. 이 주름이 있는 와이셔츠는 제랄드의 화려했던 시절에는 재판이 있는 날이라든가 바베큐 모임에 갈 때가 아니면 입지 않았던 고급품이었으나, 지금의 소유주인 애실리에게는 너무 짧았다. 일을 해서 더운 모양인지 웃옷은 벗어서 옆에 있는 나뭇가지에 걸어 놓았다. 그녀가 가까이 갔을 때는 마침 선 채 한숨 돌리는 참이었다.

누더기를 입고 손에 도끼를 들고 있는 애실리를 보자, 그녀의 가슴은 물결치는 애정과 운명에 대한 노여움으로 들끓었다. 품위 있고 잘생긴 애실리가 누더기 차림으로 일하는 것을 보는 건 그녀로서는 견딜 수가 없었다. 그의 손은 노동하기 위하여 만들어진 손이 아니고, 그의 몸은 고급 옷감이나 상품의 린네르 이외의 것을 입을 몸이 아니었다. 신은 그를 커다란 저택에서 살면서 유쾌한 사람들과 즐겁게 이야기하고, 피아노를 치고, 아무런 뜻이 없을지라도 아름다운 울림을 지닌 것을 쓰도록 만드신 것이다.

그녀는 자기 아들이 부대로 만든 앞치마를 둘렀거나, 동생들이 더러운 낡은 깁감 옷을 입었거나, 그런 것은 참을 수 있었다. 또 윌이 들일 하는 노예보다도 심한 노동을 하는 것도 견딜 수 있었다. 그러나 애실리만은 달랐다. 그러한 꼴을 당하기에는 그는 너무나 전아했고, 너무나 소중한 사람이었다. 그에게 통나무를 쪼개게 하여 가슴 아픈 생각을 할 바엔 차라리 자기가 대신 하고 싶었다.

「링컨은 우선 통나무를 패는 일부터 출발했다고 하더군요.」하고 그녀가 가까이 오는 것을 보고 그는 말했다. 「그러면 나는 어느 정도 훌륭하게 될까요? 좀 생각해 보십시오.」

그녀는 얼굴을 찡그렸다. 그는 언제나 이런 투로 고생을 대수롭지 않게 넘겨 버리는 것이 보통이었다. 내게는 생사가 달린 중대한 문제인데, 하고 생각하면 그의 그러한 말이 가끔 노엽기 조차 했다.

그녀는 불쑥 알기쉽고 짤막하게 윌에게서 들은 이야기를 했다. 말하는 동안 어쩐지 마음이 편해 왔다. 애실리는 반드시 무슨 좋은 지혜를 빌려 주겠지. 그는 아무 말도 하지 않았다. 그러나 그녀가 떨고 있는 것을 보자 자기 웃도리를 가져다가 어깨에 걸쳐 주었다.

「그러니까.」하고 그녀는 마지막으로 말했다. 「결국, 어디선가 돈을 마련해야 되겠다고 생각되지 않아요?」

「그렇게 생각하죠.」하고 그는 말했다. 「그러나 어디서 마련하지요?」

「그걸 당신에게 묻는 거예요.」하고 그녀는 조급한 듯이 말했다. 무거운 짐을 내려놓고 후련해질 생각은 이미 사라져 버렸다. 설사 도무지 어떻게 해 볼 수 없을지라도 『아, 참 안 됐군요.』하고 단지 그 말만이라도 좋다. 좀더 어떻게든지 위로의 말 정도는 보내 주어도 좋지 않겠는가.

그는 미소를 지었다.

「글쎄요, 내가 여기 돌아온 뒤 몇 달 동안에 내가 들은 바로는, 정말로 돈을 갖고 있는 사람은 레트 버틀러 한 사람뿐이던걸요.」하고 그는 말했다.

일 주일쯤 전에, 피티 시고모님에게서 멜라니에게 온 편지에 의하면, 레트는 마차와 훌륭한 말 두 마리와 호주머니에 한가득 그린백 지폐를 가지고, 애틀랜타로 돌아와 있다는 것이었다. 그러나 그런 것들을 그가 정당한 수단으로 가진 것 같지는 않다고 고모는 넌지시 비치고 있었다. 피티 시고모의 의견은, 대부분 애틀랜타 일반 사람들의 의견과 같은 것이었는데, 그것에 의하면 레트는 남부 정부의 금고에 있었던 몇 백만 달러라는 막대한 재물을 협잡질했다는 것이다.

「그 사람 이야기 따위는 그만둬요.」하고 스카알렛은 간단하게 말했다.「속이 뒤집히는 인간이란 게 바로 그런 사람이에요. 그보다도 도대체 우리들은 어떻게 될까요?」

애실리는 도끼를 놓고 먼 곳을 바라보았다. 그 눈은 그녀 따위는 도저히 따라갈 수 없는, 아주 먼 나라를 방황하고 있는 것처럼 생각되었다.

「나는 이렇게 생각합니다.」하고 그는 말했다.「타라에 살고 있는 우리들이 어떻게 될 것인가 하는 것만이 아니고, 도대체 남부 여러 주의 사람들은 모두 어떻게 될 것인가 하고 말이죠.」

그녀는 서슴지 않고 당장 『남부의 사람들이야 모두 어떻게 되든 상관없잖아요! 그보다도 도대체 우리는 어떻게 되는 거예요!』 하고 악을 쓰고 싶었다. 그러나 그녀는 잠자코 있었다. 갑자기 일찌기 없었을 정도로 심한 피로감이 다시금 엄습해 왔기 때문이다. 애실리는 끝내 아무런 의지도 되지 못하는구나.

「항상 하나의 문명이 무너질 경우에 일어나는 일이, 결국에 가서는 일어나게 되리라고 생각합니다. 두뇌와 용기가 있는 사람만이 이것을 헤치고 나가서 살게 되고, 그것이 없는 사람은 흔들려 떨어지는 겁니다. 하나의 괴테르댐머룽(^{독일어로} 〈신들의 황혼〉이란 뜻. 묵은 신과 묵은 세계가 멸망하고 새 로운 세계가 생긴다는 북구 신화의 전설—역자주)을 목격하는 것은 그다지 유쾌한 일은 아닐지 모르지만, 적어도 흥미있는 일이긴 하지요.」

「하나의 뭐라고요?」

「신들의 황혼입니다. 불행하게도 우리들 남부 여러 주의 사람들은 스스로를 신으로 생각하고 있었던 겁니다.」

「부탁이에요, 애실리 윌크스! 태평스럽게 우두커니 서서 그런 바보스러운 이야기를 하는 것은 그만두어 주세요. 우리들이 흔들려 떨어지려는 처지가 아닌가요!」

그녀의 터뜨릴 길 없는 분노 속에 포함된 무언가가 그의 마음을 꿰뚫고, 그리하여 먼 곳을 헤매고 있던 그의 마음을 불러들였는지, 그는 상냥하게 그녀의 손을 잡고, 손바닥을 뒤집어 거기에 박힌 못을 바라보았다.

「나는 이처럼 아름다운 손을 본 적이 없어요.」하고 말하고는 두 손바닥에 가볍게 키스했다. 「이 손이 아름다운 것은 이 손이 억세기 때문이오. 못은 말하자면 훈장이란 말이오, 스카알렛. 그리고 하나하나의 물집은 용기와 자기 희생의 상패란 말이오. 이 손은 우리들 전체를 위해서, 당신 아버님과 동생들과 멜라니, 아기, 흑인들, 그리고 이 나를 위해서 거칠어졌소. 나도 당신이 생각하고 있는 것을 알아요. 당신은 이렇게 생각하고 있소. 『산 사람이 위험에 놓여 있는 판인데, 여기 우두커니 서 있는 이 쓸모 없는 등신은 죽은 신들이 어쩌고저쩌고 하고, 쓸데없는 잠꼬대를 하고 있다.』그렇지요?」

그녀는 고개를 끄덕였다. 그리고 언제까지나 그가 손을 잡고 있어 주었으면 하고 생각했다. 그러나 그는 곧 손을 놓았다.

「그리고, 내가 당신에게 무슨 힘이라도 되어 줄까 해서 이리로 오셨소. 그러나 나는 아무것도 할 수가 없는 거요.」

그는 침통한 눈길로 도끼와 통나무 더미를 바라보았다.

「나는 집을 잃고, 그리고 소유하고 있다고 의식한 적도 없을 정도로, 소유하는 것이 당연하다고 생각하고 있었던 돈도 몽땅 다 잃어버리고 말았소. 그리고 이 세상에서 내게 적당한 것은 모두 다 없어졌소. 내가 소속해 있었던 세계가 없어졌기 때문이오. 스카알렛, 나로서는 이제 될 수 있는 대로 엉뚱한 짓은 하지 않기로 노력하여, 서투른 농부가 되는 길밖에는 당신의 도움이 될 길은 없소. 그러나 그것으로는 당신을 위하여 타라를 유지할 수는 없을 거요. 여기서 당신의 자비로 살아가고 있는 우리들의 괴로운 처지를 내가 모른다고 생각하시오? 그렇소, 스카알렛, 당신의 자비요. 당신은 나와 내 처자에게 여러 가지로 친절을 다해 주었소. 그러나 나는 그것에 보답할 길이 없군요. 나는 날이 갈수록 절실하게 그것을 느끼고 있소. 그리고, 우리들 전체에게 찾아든 것에 대해서 얼마나 나 자신이 무력한가 하는 것을 날이 갈수록 분명하게 알게 된 거요. 현실에서 꽁무니를 빼려는 나의 저주스러운 성격은 날이 갈수록 새로운 현실에 직면하는 것을 곤란하게 하는 거요. 내가 말하는 뜻을 아시겠소?」

그녀는 고개를 끄덕였다. 그가 말하는 의미를 그렇게 또렷하게 안 것은 아니었지만, 그러나 숨을 죽이고 그 말에 귀를 기울이고 있었다. 손이 닿지 않는 먼 곳에 있는 것같이 느껴지던 그가, 마음에 생각하고 있는 것을 말해 준 것은 이것이 처음이었다. 그녀는 새로운 발견의 고빗길에 서 있는 것처럼 흥분했다.

「저주를 받고 있는 거요, 적나라한 현실을 보지 않으려는 성격 따위는. 전쟁 전까지 내게 있어서 인생이란 휘장 위의 그림자놀이 이상으로 현실적인 것은 아니었소. 뿐만 아니라 나는 오히려 그것을 바라고 있었소. 나는 모든 사물의 윤곽이 너무 뚜렷한 것을 좋아하지 않았소. 무엇이고 부드럽고 흐릿하게 된, 다소 애매한 것이 좋았던 거요.」

그는 말을 끊고 보일 듯 말 듯하게 웃었다. 찬바람이 그의 엷은 와이셔츠 속을 불고 지나갔다. 그는 추운 듯이 몸을 떨었다.

「말을 바꾸어 말하면 스카알렛, 나는 비겁한 사람이오.」

그림자놀이니 애매한 윤곽이니 하는 말은 그녀에게는 아무런 의미도 없었지만, 마지막 말만은 그녀가 이해할 수 있는 범위 안의 말이었다. 그런데도 그것이 진실이 아니었다. 그에게는 비겁은 없다. 그 전아한 육체의 하나하나의 곡선이 조상에게서 전해 받은 용기와 협기(俠氣)를 말하고 있지 않은가. 그리고 스카알렛은 전시에 있어서의 그의 무공의 기록도 마음에 깊이 새겨 두고 있었다.

「어머나, 그럴 리는 없어요! 비겁한 분이었다면 게티즈버그에서, 대포에 기어올라가서 어떻게 부하를 격려할 수가 있었겠어요. 비겁한 분이었다면 사령관이 손수 멜라니에게 편지를 보내 주시거나 하는 일이 어떻게 있을 수 있겠어요? 그리고…….」

「그것은 용기가 아니죠.」하고 그는 귀찮은 듯이 말했다. 「전투는 샴페인 같은 거요. 그것은 비겁한 사람이나 영웅이나 똑같이 취하게 만들고 말아요. 용감하지 않으면 죽게 되는 싸움터에서는 아무리 못난 인간이라도 용감해지는 법이오. 그러나 나는 그것과는 다른 것을 말하고 있는 거요. 나 같은 종류의 비겁은, 처음으로 대포 쏘는 소리를 듣고 달아나는 것보다도 훨씬 더 질이 나쁜 거요.」

그는 이런 말을 하는 것이 고통스러운 일인 것처럼, 천천히 억지로 말을 이어갔다. 그리고 자기가 한 말을, 슬픈 마음으로 곁에서 바라보고 있는 것처럼 보였다. 만약 애실리 이외의 사람이 그런 말을 했다고 하면 스카알렛은 짐짓 꾸미는 겸손, 칭찬이 듣고 싶어서 하는 말로 알고 경멸하고 일소에 붙여 버리고 말았을 것이다.

그러나 애실리의 태도는 너무나 진지하였고, 그리고 그의 눈에는 무언가 그녀로서는 잡을 수 없는 표정이 있었다. 공포도 아니었고 변명도 아니고, 피할 수 없는 압도적으로 밀어닥치는 고뇌에 대하여 태세를 갖추고 있는 표정이었다. 찬바람이 젖은 발뒤꿈치에 불어 댔다. 그녀는 또 한 번 몸을 떨었다. 그러나 그 진저리는 바람 때문이기 보다도, 그가 한 말에 의하여 생겨난 공포 때문이었다.

「하지만 애실리, 당신은 무엇을 두려워하는 거지요?」

「뭐라고 표현할 수 없는 거요. 말로 표현한다면 정말 바보스럽게 들릴 것을 말이오. 그 대부분은 인생이 갑작스럽게 너무나 현실적이 돼 버려서, 인생의 단순한 여러 가지 사실 중의 몇몇 가지와 개인적인, 너무나 개인적인 접촉을 갖게 되었다는 데에서 오는 거요. 그러나 나는 이처럼 이 진흙 속에서 통나무를 쪼개는 그 자체가 문제가 아니라, 그것이 무엇을 뜻하고 있느냐가 문제인 거요. 나는 내가 사랑한 옛 생활의 아름다움을 잃은 것에 대하여 무척 마음이 쓰이는 거요. 스카알렛, 전쟁 전까지는 인생은 아름다왔소. 거기에는 매력이 있었고 그리스의 예술을 보는 것 같은, 완성과 균형과 조화가 있었소. 누구나 그렇지는 않았을지도 모르지요. 그것을 나는 최근에 알았소. 그러나 내게 있어서 트웰브 오우크스의 생활에는 인생의 참다운 미가 있었소. 나는 그러한 인생에 속해 있었소. 나는 그 일부분이었소. 그러나 그 같은 인생은 가 버렸소. 그리고 이 새로운 인생에는 내가 차지할 곳은 없소. 그러니까 나는 두려운 거요. 지금 나는, 옛날 내가 지켜보고 있었던 것은 그림자놀이에 불과했다는 것을 알았소. 나는 그림자가 아닌 것은 모두 피해 왔소. 사람이건 환경이건 너무 현실적인 것, 너무 생활력이 있는 것은 모두 피해 왔소. 그러한 것이 주제넘게 참견하는 것을 모두 싫어했소. 스카알렛, 나는 당신마저도 피하려고 했던 거요. 당신은 너무나 생활력에 넘쳐 있었고, 너무나 현실적이었소. 그래서 나는 비겁하게도 그림자와 그리고 꿈을 택했던 거요.」

「하지만, 하지만 멜라니는?」

「멜라니는 꿈 중에서도 가장 정다운 꿈, 내 꿈의 일부분이오. 전쟁만 일어나지 않았다면, 나는 트웰브 오우크스 저택에 파묻혀 흘러가는 인생을 만족하게 바라보면서, 그 일부분이 되는 일 없이 행복하게 생애를 보냈을 거요. 그런데 전쟁이 일어나자 인생은 그 생긴 대로의 현실의 모습을 내게 안겨다 주었던 것이오. 나는 처음으로 전투에 참가했지요. 기억하시겠지요, 그것은 불 런의 싸움이었소. 소년 시절부터의 친구가 가루가 되어 날아가는 것을 보고, 다 죽어가는 말의 비명을 듣고, 자기가 쏜 총알에 사람이 넘어져서 선혈을 흘리는 것을 보았을 때의, 뭐라고 형용할 수 없는 섬뜩한 무서운 기분을 맛보았소. 그러나 스카알렛, 전쟁에 있어서의 최악은 그것이 아니었소. 전쟁중에 함께 생활하지 않으면 안 되었던 사람들에 관한 것, 그것이 전쟁에 있어서의 최악이었소.

나는 전생애를 세상 사람들로부터 떨어져서 살면서, 아주 적은 친구를 조심스럽게 선택했소. 그런데 전쟁은 나에게 내가 꿈의 인간들이 살고 있는 자기만의 세계를 만들고 있었다는 것을 가르쳐 주었소. 그리고 나에게, 인간의 현실의 모습이 어떤 것인가를 가르쳐 주었소. 그러나 그 사람들과 어떻게 하면 함께 살아갈 수 있을까에 대해서는 가르쳐 주지 않았소. 아마도 나로서는 그것을 배울 수는 없겠지요. 지금 나는 처자를 먹여 살리기 위해서는, 나와 아무런 공통점도 없는 사람들의 세계에서 나 자신의 길을 개척해 나가지 않으면 안 된다는 것을 알고 있소. 스카알렛, 당신은 인생의 뿔을 움켜잡고 자기의 뜻대로 그것을 휘두르고 있소. 그러나 나는 도대체, 이 세상 어디에다 자신을 들이밀면 좋겠소? 내가 무섭다고 말한 것은 바로 그 점이오.」

나지막하고 듣기 좋게 울리는 그의 목소리가, 그녀로서는 이해할 수 없는 감정을 동반하고 흐르고 있는 동안, 스카알렛은 그 말의 여기저기를 붙잡아, 그 의미를 알아보려고 애썼다. 그러나 말은, 들새처럼 그녀의 손에서 달아나 버렸다. 무엇인가가 그를 몰아내고 있다. 잔인한 뭉둥이로 몰아내고 있다. 그러나 그것이 무엇인지 그녀는 알 수가 없었다.

「스카알렛, 내가 자기만의 사설(私設) 그림자놀이가 끝났다는 차가운 자각에 잠을 깬 것이 언제였는지, 그것은 나도 알지 못하오. 아마도 처음 내가 죽인 사나이가 땅에 쓰러지는 것을 본 불 런의 전투에서의 최초의 오 분간이었던 것 같소. 어쨌든 그림자놀이는 끝나고, 나는 이미 구경꾼이 아니라는 것을 알았소. 그뿐 아니라, 나는 돌연 내 자신이 배우로서 무대 위에서 부질없는 몸짓을 해 보이고 있다는 것을 발견한 거요. 나의 내부의 보잘것없는 세계는 나와는 다른 사상의, 그리고 그 행동이 나하고는 호텐톳 사람들만큼이나 인연이 먼 사람들에게 침략을 당하여 허물어져 가고 있었소. 그들은 흙발로 나의 세계를 마구 짓밟고, 정세가 도저히 견딜 수 없게 되었을 경우에, 마지막 도피처마저 남기지 않았소. 그래도 또, 포로 수용소에 있었을 때에는 전쟁만 끝나면 다시 옛날의 생활, 옛날의 꿈으로 돌아가서 또 그림자놀이를 구경할 수 있을 것으로 생각하고 있었소. 그러나 스카알렛, 나와서 보니, 이미 내가 돌아갈 곳은 없어져 버렸더군요. 그리고 지금 우리들 모두가 직면하고 있는 것은 전쟁보다도 포로 수용소보다도 훨씬 나쁜, 그리고 내게 있어서는 죽음보다도 더 나쁜 것이오……. 그러니까, 당신도 알았겠지요. 스카알렛, 나는 두려워하고 있다는 데 대해서 벌을 받고 있는 것이오.」

「그렇지만 애실리.」 하고 그녀는 곤혹의 수렁에서 허위적거리며 입을 열었다. 「만약 우리들이 굶주릴까 봐 두려워한다면 그것은, 그쯤은, 오오, 애실리! 어떻게든 뚫고 나갈 수 있을 거예요! 기어코 뚫고 나가겠어요.」

한순간, 그의 커다란 수정처럼 투명한 회색빛 눈이 그녀에게로 되돌아왔다. 거기에는 감탄의 빛이 어려 있었다. 그러나 그 빛은 갑자기 다시 멀리 가 버리고 말았다. 그녀는 그가 생각했던 것은 굶주림이 아니었다는 것을 알자 마음이 무거워졌다. 그들은 언제나 서로 다른 나라 말로 이야기하고 있는 두 인간 같았다. 그러나 그녀는 몹시 그를 사랑하고 있었다. 그래서 그가 지금처럼 갑자기 자기의 세계 속으로 들어가 버리면, 따뜻한 태양이 져버리고, 찬 어스름녘의 이슬을 맞으면서 단지 혼자 남은 것 같은 쓸쓸함을 느끼는 것이었다. 그녀는 그의 어깨를 잡아 끌어안고서 자기가 피와 살로 된 인간이며, 그가 읽거나 또는 꿈꾸는 것 따위가 아니라는 것을 깨닫게 해주고 싶었다. 아득한 옛날, 그가 유럽에서 돌아와서, 타라의 층계에 서서 그녀를 쳐다보며 미소를 보낸 그 날 이후 그녀가 애타게 찾아 마지않았던 한 가지 생각, 그와 자기가 하나의 것이라는 생각에 지금 잠길 수만 있다면 !

「굶는다는 건 유쾌하지 않소.」하고 그는 말했다. 「나는 굶은 경험이 있기 때문에 잘 알고 있소. 그러나 나는 그것을 두려워하는 것은 아니오. 이미 지나간 우리들의 옛 세계의 그 차분한 아름다움, 그것이 없는 인생에 직면하게 되는 것을 두려워하고 있는 것이오.」

스카알렛은 멜라니라면 그가 말하는 뜻을 틀림없이 알 수 있을 것이라고 절망적으로 생각했다. 멜라니와 그와는 언제나 이런 우스꽝스러운 것들, 시니 책이니 꿈이니 달빛이니 별이니, 그런 것들만 이야기하고 있기 때문이다. 그는 그녀가 두려워하고 있는 것, 텅텅 빈 뱃속의 괴로움, 겨울 찬바람의 매서움, 타라에서 쫓겨나는 것 등을 두려워하고 있는 것은 아니다. 그는 그녀가 이해할 수도 상상할 수도 없는, 어떤 공포 앞에 떨고 있는 것이다. 그러나 이 황폐한 세계에 있어서, 굶주림과 추위와 집을 잃는 것 외에 어떤 두려운 일이 있단 말인가?

그래도 열심히 듣노라면, 애실리에게 대답할 것을 알게 되지 않을까 하고 생각했다.

「아 !」하고 그녀는 말했다. 그 목소리에는 아름답게 포장한 꾸러미를 끌러 보고, 그것이 빈껍데기인 것을 발견한 어린 아이와 같은 실망의 울림이 있었다. 그 소리의 울림에 그는 마치 사과라도 하는 것처럼 서글프게 미소지었다.

「용서하시오, 스카알렛. 이런 얘기를 해서. 당신은 공포라는 것의 뜻을 모르오. 그러니까 나는 당신에게 알려 줄 수가 없는 거요. 당신은 사자 같은 마음을 가졌고, 공상력이란 것이 전혀 없소. 그 두 가지 성격을 나는 둘 다 부럽게 생각하오. 당신은 현실에 직면하는 것을 대수롭게 생각하지 않고, 나처럼 현실에서 달아나려고 생각하지도 않고 있소.」

「달아나다니요 !」

이거야말로 그가 지껄인 말 중에서 단 하나 이해할 수 있는 말처럼 생각되었다. 그러면, 애실리도 자기와 마찬가지로 괴로운 싸움에 지쳐서 달아나고 싶다고 생각하는 것일까? 그녀의 숨결이 갑자기 빨라졌다.

「오, 애실리.」하고 그녀는 외쳤다. 「당신 생각은 잘못이에요. 나도 달아나고 싶어요. 나도 모든 것에 완전히 지쳐 버린걸요!」

그는 의아한 듯이 눈썹을 치켰다. 그녀는 뜨거운 손을 성급하게 그의 팔에 걸었다.

「들어 주세요.」하고 그녀는 재빨리 말하기 시작했다. 한마디에 이어 다음 한마디가 뒤를 쫓아 굴러나왔다.

「난 정말로 모든 일에 지쳐 버렸어요. 피로가 뼛속까지 스며들어서 이젠 더 이상 견뎌 볼 생각이 안 나요. 나는 먹을 것을 얻기 위해서, 돈을 벌기 위해서 죽어라 하고 일을 했고, 풀을 뽑고, 가래질을 했고, 목화 따기도 했어요. 이젠 더 이상 일 분 동안도 견딜 수 없을 만큼 기를 쓰고 밭도 갈았어요. 애실리, 남부는 이미 죽어 버렸어요. 죽어 버린 거예요! 북부 사람이나, 해방된 노예나, 뜨내기 정상배들이 이 근처를 완전히 망쳐 버려서, 우리들에게는 아무것도 남아 있지 않아요. 애실리 달아나요!」

그는 그녀의 얼굴을 똑똑히 보려고 머리를 숙이고 뚫어지게 들여다보았다. 그녀의 얼굴은 벌겋게 타고 있었다.

「그래요, 도망가요. 모두들 남겨 놓고! 나, 인제 가족들을 위해서 일하는 것에 지쳐 버렸어요. 그들의 뒷바라지는 누군가가 해줄 거예요. 자기가 자기 앞을 닦지 못하는 사람들에게는 언제나 누군가가 뒤를 보살펴 줄 사람이 있게 마련이에요. 자, 애실리, 달아나요. 당신과 나와 단 둘이서. 멕시코라면 갈 수 있어요. 멕시코 군대에서는 지금 장교를 모집하고 있다니까, 우리는 그곳에 가면 퍽 행복해질 거예요. 나는 당신을 위해서라면 죽어라 하고 일하겠어요. 애실리, 당신을 위해서라면 무엇이든지 해요. 당신이 멜라니를 사랑하지 않다는 것은 당신도 알고 계셔요.」

그는 무엇인가 말하려고 했다. 그 얼굴에는 한 대 얻어맞은 것 같은 표정이 있었다. 그러나 그녀는 세차게 흐르는 물처럼 빠른 말로 그의 말을 눌러 버렸다.

「당신은 그녀보다는 나를 사랑하고 있다고 그 날 말씀하셨어요. 아, 그 날 일은 당신도 기억하고 계시겠죠! 나는 지금도 당신 마음이 변하지 않은 것을 알고 있어요! 그래요, 절대로 변하지 않았어요! 그리고 방금도, 그녀는 꿈에 지나지 않는다고 말씀했어요. 아아, 애실리, 달아나요! 나는 당신을 마음껏 행복하게 해드릴 수 있어요. 그리고 어차피…….」하고 그녀는 독살스럽게 덧붙였다. 「멜라니는 당신을 행복하게 할 수가 없어요. 폰텐 선생도 그러셨어요. 멜라니는 이제 더 아기를 낳아서는 안 된다고, 하지만 나 같으면 당신을 위해서…….」

그의 손이 그녀의 어깨를 움켜잡았다. 그 아픔에 그녀는 숨을 쉴 수가 없어서 말을 끊었다.

「우리들은 트웰브 오우크스 저택에서 있었던 그 날 일은 잊어버려야 하오.」

「내게 그것이 잊혀질 거라고 생각되세요? 당신은 잊으셨나요? 당신은 나를 사랑하지 않는다고 분명히 잘라서 말씀하실 수 있어요?」

그는 숨을 깊이 들이마시고 나서 곧 대답했다.

「할 수 있소. 나는 당신을 사랑하지 않소.」

「거짓말이에요!」

「비록 그렇더라도.」 애실리는 말했다. 그 목소리는 죽음처럼 조용했다. 「그것은 입 밖에 내서 따질 일이 아니오.」

「그럼 당신은…….」

「설사 미워했다 한들, 내가 멜라니나 아기를 내버리고 달아날 수 있을 것 같소? 멜라니의 마음을 터지게 할 수가? 아내와 자식을 친구들의 동정에 매달리게 할 수가 있을 것 같소? 스카알렛, 당신은 정신이 나갔단 말이오? 당신에게는 성실이라는 것이 없소? 당신도 아버님과 동생들을 내버려둔다는 것은 용납되지 않소. 당신에게는 그 사람들을 부양할 책임이 있는 거요. 마치 멜라니와 보우가 나의 책임인 것처럼 말이오. 당신이 지쳤거나 안 지쳤거나 그 사람들은 여기에 있는 거요. 당신은 그것을 지고 가지 않으면 안 되는 거요.」

「아녜요, 나는 그 사람들을 버려 두고 갈 수가 있어요. 나는 그 사람들이라면 이젠 지긋지긋해요. 아주 넌더리가 나버렸어요.」

문득 그는 그녀에게로 몸을 수그렸다. 순간, 그녀는 자기를 안아 주는가 하고 숨을 죽였다. 그러나 안아 주지는 않고 그녀의 팔을 가볍게 두드리며, 마치 어린 아이라도 달래는 것처럼 말하는 것이었다.

「당신이 지쳐서, 울적해 있는 것은 나도 알고 있소. 그래서 그런 엉뚱한 소리를 꺼낸 거요. 당신은 남자 세 사람 몫을 지고 있소. 그러나 나도 앞으로는 도와 드리죠. 나라고 언제까지나 그렇게 서툴지는 않을 테니.」

「나를 도와 주실 길은 단 하나뿐이에요.」 하고 그녀는 귀찮은 듯이 말했다. 「그것은 나를 여기서 데려가서 어디선가 우리들이 행복하게 될 수 있도록 새로운 생활을 시작해주시는 거예요. 우리를 여기에 붙잡아 두는 것은 아무것도 없잖아요?」

「아무것도 없지요.」 하고 그는 조용히 대답했다. 「아무것도 없소. 도덕상의 의무를 제외하고는.」

그녀는 기대에 어긋난 동경의 눈으로 그를 보았다. 그리고 마치 처음 보는 것처럼, 초생달을 연상케 하는 그의 속눈썹이 아주 잘 여문 밀알처럼 소담한 황금 빛을 띠고 있는지, 그의 머리가 드러난 목 위에 얼마나 품위 있게 얹혀 있는지, 볼품 없는 누더기를 입었을지언정 그 날씬하고 단정한 몸매에 얼마나 고귀한 혈통과 위엄이 드러나 있는가를 보았다. 눈과 눈이 마주쳤다. 그녀의 눈에는 애원의 빛이 알알이 나타나 있고, 그의 눈은 잿빛 하늘 아래에 가로누워 있는 산 속의 호수처럼, 아득하고 고요하게 가라앉아 있었다.

그 애실리의 눈 속에서, 그녀는 자기의 거친 꿈, 미칠 것만 같은 욕망이 여지 없이 패배당하고 만 것을 보았다.

마음 아픈 심정과 피로가 그녀의 온 몸을 후려쳤다. 그녀는 두 손으로 얼굴을 가리고 울었다. 그는 지금껏 그녀가 우는 것을 본 적이 없었다. 그녀처럼 강한 기질의 여성에게도 눈물이 있을 줄은 몰랐다. 애석한 심정과 회한이 홍수처럼 그를 휩쓸었다. 문득 그녀의 곁으로 다가서서 다음 순간에는 그녀를 팔에 안고 있었다. 그리고 그녀의 검은 머리를 자기 가슴에 대고 달래듯이 흔들며 속삭였다. 「착하지! 당신은 강하오! 울면 안 되오! 울면 못 써요!」

그녀의 육체에 닿아 있는 동안에, 그는 자기 포옹 속에서, 그녀에게 변화가 일어난 것을 느꼈다. 그가 안고 있는 날씬한 육체에는 광기와 마술이 들어 있고, 그를 쳐다보고 있는 푸른 눈에는 뜨겁고 상냥한 빛이 있었다.

홀연 그것은 황량한 겨울이 아니었다. 애실리에게는 다시 봄이, 신록이 바람에 나부끼는 반쯤 잊혀져 가던 향긋한 봄이, 안일과 향락의 봄이, 청춘의 욕망에 몸이 달았던 분방한 나날들이 되살아났다. 그 뒤로 계속된 고난의 세월은 자취를 감추었다. 그는 그에게 향한 입술이 빨갛게 떨고 있는 것을 보았다. 그는 그녀에게 키스했다.

그녀의 귀에는 조개 껍질을 귀에 대었을 때처럼 이상한 낮은 울림이 들렸다. 그리고 그 울림을 통해서 가슴의 고동이 높게 울리는 것을 희미하게 들었다. 그녀의 육체는 그의 육체 속으로 녹아 들어가는 것 같았다. 시간을 초월한 시간을 두 사람은 하나로 녹아서 서 있었다. 그의 입술은 만족할 줄을 모르는 것처럼 탐욕스럽게 그녀의 입술을 정신 없이 빨고 있었다.

갑자기, 그가 그녀의 몸을 풀었을 때 그녀는 혼자서는 서 있을 수가 없을 것 같아서, 울타리를 잡고 몸을 가누었다. 그리고 승리와 사랑에 타는 눈으로 그를 쳐다보았다.

「당신은 나를 사랑하고 있어요! 나를 사랑하고 있는 거예요! 말씀해 주세요, 사랑한다고. 말해 주세요!」

그의 두 손은 아직 그녀의 어깨 위에 있었다. 그의 손이 떨리고 있는 것을 느졌다. 그녀에게는 그것이 기뻤다. 그녀는 또다시 안타깝게 몸을 가까이 붙였다. 그러나 그는 모든 간격을 지워 버린 눈, 고뇌와 절망에 시달리고 있는 눈으로 그녀를 지켜보면서 그녀의 몸을 밀어냈다.

「안 되오!」하고 그는 말했다.「안 되오! 그런 짓을 하면, 지금 나는 여기서 당신을 내것으로 만들어 버릴지도 모르오.」

그녀는 자기의 입술에 남은 그의 입술을 기억할 뿐, 시간도 장소도 모든 것을 다 잊은, 빛나고도 뜨거운 미소를 띠웠다.

느닷없이 그는 그녀를 흔들었다. 검은 머리카락이 흩어져 어깨에 떨어질 때까지 흔들었다. 마치 그녀에게 대해서, 그리고 자기 자신에게 대해서 미치도록 화를 내는 것처럼 흔들고 또 흔들었다.

「이런 짓을 해서는 안 되오!」그는 말했다.「절대로 이런 짓을 해서는 안 되오!」

다시 한 번 흔들렸다면 그녀의 몸은 부러지고 말았을지도 모른다. 머리카락이 얼굴을 내리덮어서 볼 수 없는 채, 그녀는 이 갑작스러운 그의 행동에 넋을 잃고 있었다. 그의 손에서 몸을 비틀어 빼고 뚫어지게 그를 바라보았다. 그의 여마에는 조그만 땀방울이 솟아 있고, 주먹은 고민하는 듯이 새 발톱처럼 오그라져 있었다. 그는 똑바로 그녀를 지켜보았다. 그 회색 눈은 찌를 듯이 날카로왔다.

「모두 내 잘못이었소. 당신 탓은 아니오. 그러나 두 번 다시 이런 일은 일어나지 않을 거요. 왜냐하면 나는, 멜라니와 아기를 데리고 나갈 테니까 말이오.」

「나가요?」하고 그녀는 괴로운 듯이 외쳤다.「당치도 않은 소리예요!」

「아니 나가겠소! 이런 짓을 저지르고서도 태연히 여기 있을 수 있을 것 같소? 만약 이런 일이 또 한 번 있게 되면……」

「하지만 애실리, 떠나가지는 못 해요. 왜 떠나야 한다는 거죠? 당신은 나를 사랑하고 있고…….」

「끝내 내게 그것을 말하게 하고 싶은 모양이군요. 좋소, 말하지요. 나는 당신을 사랑하고 있소.」

그는 별안간 거칠게 그녀에게로 다가섰다. 그녀는 저도 모르게 울타리로 한 걸음 물러섰다.

「나는 당신을 사랑하고 있소. 당신의 용기를, 당신의 끈기를, 당신의 굳센 기질을, 당신의 완전한 무자비를. 그렇소, 나는 얼마나 당신을 사랑하고 있는지 모르오. 바로 조금 전에 나와 가족을 부양해 준 이 댁의 후한 대접을 짓밟고, 일찌기 아무도 가져 본 적이 없을 만큼 좋은 아내를 잊고 이 진창 속에서 당신을 범했을지도 모를 만큼, 그토록 사랑하고 있소.」

그녀는 뒤범벅이 된 생각 속에서 몸부림쳤다. 가슴에는 마치 고드름으로 꿰뚫린 것처럼 차가운 아픔이 있었다. 그녀는 더듬거리며 말했다. 「그렇게 생각하고 계시면서…… 나를 당신 것으로 만들지 않는 것은…… 역시 나를 사랑하지는 않기 때문이에요.」

「나도 도저히 내 마음을 당신에게 알릴 도리가 없소.」

두 사람은 잠자코 서로의 얼굴을 지켜보고 있었다. 문득 스카알렛이 부르르 몸을 떨었다. 그리고 마치 긴 여행에서 돌아왔을 때처럼, 갑자기 주위가 겨울이 되고 드러난 밭들은 황폐하고 그루터기만 남아 있는 것을 보았다. 그리고 몹시 추워졌다. 그와 동시에 애실리의 얼굴이 언제나 익히 보아 온 접근하기 어려운 표정으로 돌아간 것을 보았다. 그것도 또한 메마른 겨울 풍경이었고 상심과 후회로 황량하였다.

그때, 그녀는 몸을 숨기기 위하여 집 안으로 숨을 곳을 찾아서, 그를 그곳에 남겨 둔 채 가 버리려고 했으나, 너무나 지쳐서 움직일 수가 없었다. 말하는 것조차 괴롭고 귀찮았다.

「아무것도 남아 있지 않아요.」하고 그녀는 중얼거렸다. 「내게는 아무것도 남아 있지 않아요. 사랑하는 것도, 그를 위해서 싸워야 할 것도 아무것도 없는 거예요. 당신은 가 버리실 것이고 타라는 빼앗길 것 같고.」

그는 오랫 동안 그녀를 지켜보고 있었다. 그리고 몸을 구부려 땅바닥에서 작은 붉은 흙덩이를 집어들었다.

「아니오, 당신에게 남은 것이, 아주 소중한 것이 여기 있소.」그는 말했다. 언제나 마찬가지의 뚜렷하지 않은 미소의 그림자가 그 얼굴로 되돌아와 있었다. 그것은 그 자신을 비웃는 동시에, 그녀까지도 비웃는 미소였다. 「당신은 의식하지 못했는지 모르지만, 당신이 나보다도 사랑하는 것이 여기에 있소. 당신은 아직도 타라를 가지고 있소.」

그는 그녀의 축 늘어져서 힘을 잃고 있는 손을 잡아, 그 위에 젖은 흙덩어리를 올려 놓고 손가락을 굽혀서 쥐어잡았다. 이미 그의 손에도, 그녀의 손에도 열이 식어 있었다. 그녀는 잠시 동안 붉은 흙덩어리를 바라보고 있었다. 그러나 별로 아무런 의미도 느낄 수 없었다. 그녀는 그를 보았다. 그리고 아무리 그녀의 정열적인 손으로도, 아니 어떤 손으로도 도저히 찢을 수 없는 맑고 깨끗한 정신이 그의 마음 속에 있다는 것을 어렴풋이나마 알 수가 있었다.

설사 죽게 되는 한이 있더라도 그는 결코 멜라니를 버리지는 않을 것이다. 비록 죽는 날까지 스카알렛을 생각하며 가슴을 태울지라도, 그는 결코 그녀를 자기 것으로 만들려고 하지 않고, 일정한 거리를 유지하려고 싸울 것이다. 그녀는 이제 두 번 다시 그의 갑옷을 꿰뚫을 수는 없을 것이다. 그에게는 융숭한 대접, 성실, 염치, 이런 말들이 그녀가 생각하는 것 이상으로 훨씬 더 중대한 뜻이 있는 것이다.

흙덩어리는 그녀의 손에 차가왔다. 그녀는 다시 그것을 바라보았다. 「그래요.」그녀는 말했다. 「나는 아직 이것을 갖고 있어요.」

처음에는 이 말은 아무런 뜻도 없었다. 흙덩이는 단순한 붉은 흙에 지나지 않았다. 그러나 문득 타라의 저택을 둘러싸고 있는 붉은 진흙 바다를 생각하고, 얼마나 그것이 사랑스러운 것인가, 그것을 유지하기 위해 얼마나 많은 노력과 곤혹을 치러 왔는가, 만약 그것을 앞으로도 유지해 나가려면 얼마나 고생을 해야 할 것인가를 생각했다. 그녀는 다시 그를 바라보았다. 그리고 자기의 그 정열의 홍수는 어디로 가 버린 것일까 하고, 이상스럽게 생각했다. 모든 정서가 말라붙어 버렸는지 그에 대해서도 타라에 대해서도, 생각할 수는 있어도 느낄 수는 없었다.

「떠나실 필요는 없어요.」하고 그녀는 분명히 말했다. 「나는, 자신을 당신에게 내던졌다는 그만한 이유로 당신들을 굶게 하지는 않아요. 이제 이런 일은 두 번 다시 일어나지 않을 거예요.」

그녀는 홱 돌아서서 집 쪽으로 되돌아갔다. 흐트러진 머리를 목덜미에 묶으면서 거칠어진 밭을 지나 걸어갔다. 그러한 그녀를 지켜보고 있던 애실리는, 그녀가 걸어가면서 여윈 어깨를 바짝 세우는 것을 보았다. 그 태도는 그녀가 이야기한 어느 말보다도 그의 가슴을 세게 울리는 그 무엇이 있었다.

32

현관 층계를 올라갈 때, 그녀는 아직도 붉은 흙덩이를 손에 쥐고 있었다. 조심하기 위해서 뒷문으로 들어가는 것을 피했다. 마미의 날카로운 눈이 분명히 무슨 커다란 실수를 저지른 것을 알아차릴 것 같았기 때문이다. 마미만이 아니라 다른 누구와도 만나고 싶지 않았다. 누구와 만나는 일도, 누구와 이야기하는 것도 그녀로서는 도저히 견디지 못할 것 같았다. 별로 부끄럽다거나, 실망했다거나, 고통스럽게 느끼는 것이 아니라, 다만 무릎의 힘이 빠져 버리고 가슴 속이 텅 비어 있을 뿐이다. 흙덩이를, 주먹 속에서 부숴져 흘러떨어질 만큼 힘껏 움켜쥐면서 그녀는 앵무새처럼 똑같은 말만 되풀이하며 중얼거리고 있었다.
「내게는 아직 이것이 있어. 그렇다, 내게는 아직 이것이 있다!」

이 밖에는 아무것도 없다. 이 붉은 땅이 있을 뿐이다. 바로 몇 분 전, 떨어진 손수건처럼 아낌없이 버리려고 하던 이 땅이 있을 뿐이다. 지금은 그것이 다시 소중하게 생각되어서, 그처럼 소홀하게 다루어 버리다니 무슨 미친 짓이었던가 하고 울적하게 생각했다. 만약 애실리만 들어 주었다면, 그녀는 아무런 미련 없이 가족이고 친구들이고 다 남겨 두고, 그와 함께 달아나고 말았을 것이다. 그러나 지금 이런 방심 상태에 있으면서도 정든 황토 언덕과, 오랫 동안 비바람에 씻겨 온 도랑과 말라비틀어진 검은 소나무 등과 헤어진다는 것은, 정말 가슴을 찢기는 것처럼 쓰라릴 것이 틀림없다는 것을 가슴 깊이 깨달았다. 만약 이 땅을 버리고 갔다면, 그녀의 생각은 죽는 날까지 굶주린 것처럼 이러한 경치들을 애타게 그리워했을 것이다. 타라를 잃어버리고 난 그녀의 마음의 공간, 비록 애실리라 할지라도 메우지 못할 것이다. 애실리는 어쩌면 그렇게 현명했을까! 어떻게 그토록 그녀를 잘 알고 있는 것일까! 그는 젖은 흙덩이를 그녀의 손에 쥐어 준 것만으로도 그녀를 제정신으로 돌아오게 한 것이다.

홀로 들어와서 도어를 닫으려고 했을 때, 문득 그녀는 말발굽 소리가 들렸기 때문에 마차길 쪽을 바라보았다. 하필이면 이런 때에 방문객을 맞는다는 것은 생각만 해도 견딜 수 없었다. 그녀는 급히 자기 방으로 들어가서 골치가 아프다는 핑계로 만나지 않아야겠다고 생각했다.

그러나 가까이 오는 마차를 한 번 보자, 그녀는 너무나 놀라서 피해 들어갈 생각도 잊었다. 아주 새 마차인데 갓 칠한 니스가 번쩍번쩍 빛나고 있었다. 낯선 사람이 분명했다. 그녀가 알고 있는 사람 중에는 이런 훌륭한 새 마차를 살 만큼 돈을 가진 사람은 한 사람도 없었다.

그녀가 문 어귀에 선 채 바라보고 있었다. 젖은 복숭아뼈에 휘감기는 스커트를 찬바람이 스치고 지나갔다. 이윽고 집 정면에 마차가 멎더니, 조나스 윌커슨이 내려섰다. 스카알렛은 일찌기 자기 집에 있었던 농장 감독이 이런 훌륭한 마차를 타고, 이토록 좋은 외투를 입고 있는 것을 보자, 순간 자기 눈을 의심했다. 조나스에게 노예 해방국의 새로운 일자리가 얻어걸린 뒤로 무척 형편이 좋아진 모양이라는 것은 윌한테서 들은 적이 있다. 윌은 또 그가 흑인을 속이거나 정부를 속이거나 남부 정부의 소유라고 하고 각회의 민가로부터 목화를 몰수하고 다니면서, 거액의 돈을 벌었다고도 했다. 이런 불경기에, 정직하게 일해서 그렇게 많은 돈을 벌 수가 없다는 것은 뻔했다.

그 조나스가 지금 여기 나타나서, 호화로운 마차에서 내려, 빈틈 없이 차려 입은 부인을 부축하여 마차에서 내려 주려 하고 있는 것이다. 스카알렛은 그 의상이 천하게 보일 만큼 요란한 빛깔인 것을 대번에 보고 알았다. 그러나 그 눈은 탐욕스럽게 그 의상을 두루 살피고 있었다. 최신 유행의 옷을 본다는 것은 참으로 오랜만이었다. 어머나! 올해는 테가 그다지 넓지 않구나, 하고 그녀는 붉은 격자 무늬의 가운을 자세히 살펴보면서 생각했다. 그리고 검은 빌로도 외투를 벗은 것을 보니, 어쩌면 그 웃옷이 그토록 짧아졌다는 말인가! 그리고 얼마나 공들인 모자인가! 보네트는 이미 유행에 뒤떨어진 것이었다. 그 모자는 붉은 빌로도로 만든 것으로서, 이상할 만큼 작고 납작해서, 마치 굳어진 팬케잌처럼 정수리에 얹혀 있었다. 리본은 보네트의 리본처럼 턱 밑에서 매지 않고, 뒤로 늘어진 곱슬머리 밑에 매어져 있었다. 그 곱슬머리가 빛깔이나 윤기가 이 여자의 본래의 머리카락과 전혀 다른 것에 스카알렛은 주의하지 않을 수 없었다.

여자가 땅에 내려서서 집 쪽을 바라보았을 때, 그 뽀얗게 분을 처바른 토끼 같은 얼굴이, 스카알렛은 어쩐지 본 적이 있는 것 같은 느낌이 들었다.

「원 참, 에미 스레터리가 아냐!」하고 그녀는 너무나 놀라서 저도 모르게 큰 소리로 외치고 말았다.

「네, 나예요.」하고 말하자, 에미는 고개를 끄덕이며 아양을 떠는 듯한 미소를 띄우고 층계 쪽으로 걸어왔다.

에미 스레터리! 삼거웃 같은 머리를 했던 더러운 방탕한 여자가 아닌가. 엘렌이 그 사생아에게 세례를 주고, 그리고 장티푸스를 옮겨다가 엘렌을 죽게 해 버린 에미가 아닌가. 이 솜씨 없이 차려 입은, 교양 없이 자라고 불결한 가난뱅이 백인 계집이 해죽해죽 웃으면서 몸을 뒤로 젖히고 마치 이 집 사람이라도 되는 것처럼, 타라의 층계를 올라오는 것이다. 스카알렛은 엘렌을 생각했다. 그러자 텅 비었던 그녀의 마음에 갑자기 격렬한 감정이 솟구쳤다. 마치 학질에라도 걸린 것처럼, 그녀의 온 몸을 떨게 했을 만큼 강렬한 살인적인 분노였다.

「층계를 내려가 주어. 이 더러운 계집!」하고 그녀는 외쳤다. 「이 땅을 밟지 마라! 나가란 말야!」

에미는 급히 턱을 숙이고, 눈썹을 찡그리며 올라오는 조나스 쪽을 흘끗 보았다. 그는 노여움을 감추고, 애써 위엄을 지니려 했다.

「집사람에게 그렇게 말씀하시면 곤란한데요.」하고 그는 말했다.

「집사람?」하고 스카알렛은 말하고, 마치 경멸로 찢는 것 같은 웃음을 터뜨렸다. 「알맞은 때에, 이 계집을 여편네로 삼았군. 너희들이 우리 어머니를 돌아가시게 했으니, 너희들의 다른 애새끼들은 누구에게 세례를 받고 있지?」

「오!」하고 허둥지둥 층계를 뛰어내려가 마차 안으로 도망치려는 에미의 팔을 조나스가 거칠게 움켜잡고 끌어당겼다.

「우리들은 방문하기 위해서 이리로 온 겁니다. 친구로서 방문하기 위해서.」
하고 그는 신음하듯이 말했다. 「그리고, 옛 친구들과 잠깐 사업에 대한 이야기
를 하려고 생각하고 말이죠.」

「친구들?」스카알렛의 목소리는 채찍처럼 날카로왔다.

「언제, 우리들이 너희들 같은 사람과 친구가 된 적이 있었지? 스레터리의 집
식구들은 우리 집 신세를 지고 살던 주제에, 그 보답으로 우리 어머니를 죽이지
않았냐 말야. 그리고 너는, 너는, 우리 아버지가 에미의 사생아 때문에 너를 내
쫓지 않았느냐 말이다. 친구들이 들으면 어이가 없을 거야. 벤틴 씨나 윌크스
씨를 부르기 전에, 여기서 썩 나가란 말이야!」

이 말에 에미는 남편의 손을 뿌리치고, 마차 쪽으로 달아나 버렸다. 그리고
붉은 술이 달린, 빨간 에나멜 신을 번쩍거렸는가 싶자 마차 쪽으로 기어올라
갔다.

조나스도 이제는 스카알렛과 마찬가지로 분노에 몸을 떨고 있었다. 그의 누런
얼굴은 칠면조가 성났을 때처럼 시뻘겠다.

「여전히 도도하게 버티고, 잘난 체하시는군. 좋아요, 당신네 사정은 나도 뭣
이고 다 알고 있소. 신을 신발도 없을 만큼 가난하다는 것도 알고 있지. 당신 아
버지가 멍청이가 되어 버린 것도.」

「나가란 말이야.」

「흥, 잘난 체하고 짖어 대는 것도 지금뿐이야. 나는 당신들이 파산한 것도 알
고 있소. 세금을 내지 못하리라는 것도 알고 있소. 실은 에미가, 이 집에서 살고
싶다고 하기에 이 타라를 사줄까 하고 온 거요. 웬만큼 상당한 값을 잘 쳐주고
사줄까 하고 말이오. 그러나 이렇게 된 이상은 절대로 단 일 센트도 치르지 않을
테니까! 이 우쭐거리는 아일랜드의 천민아! 세금을 못 내고 집이 경매를 당하
게 되면, 이 지방을 지배하고 있는 것이 누군지, 아마 당신들도 생각나게 될 거
요. 그때 내가 여기를 모조리, 가구고 무엇이고 다 사 가지고 이 집에서 사는 거
란 말요.」

옳거니, 그랬구나. 타라를 탐내고 있었던 것은 이 조나스 윌커슨이었구나. 조
나스와 에미가 비뚤어진 생각에 일찌기 자기들이 천대받았던 집에 살면서 여봐
란 듯이 뽐내 보이려고 꾸민 것이다. 그녀는 북군 병사의 텁석부리 얼굴에다 권
총을 겨누고 방아쇠를 당기던 그 날처럼, 전신경이 증오로 울부짖고 있었다. 지
금 그 권총이 여기 있었다면 하고 생각했다.

「너희들이 한 발짝이라도 이 집에 들여놓기 전에, 나는 이 집들을 하나하나

뽑아서 부숴 버리고 불질러 버릴 테다. 그리고 밭에는 일 에이커도 남기지 않고 소금을 뿌려서, 농작물이 자라지 못하도록 만들 테다. 자아, 나가! 나가란 말야!」

조나스는 그녀를 흘겨보며, 무어라고 마주 고함을 치려다가 생각을 돌리고 잠자코 마차 쪽으로 걸어갔다. 그리고 흐느껴 울고 있는 여편네 곁으로 올라가더니 말머리를 돌렸다. 마차가 떠나는 것을 바라보며 스카알렛은 그 뒷모습에 침을 뱉아 주고 싶었다. 그리고 정말 침을 뱉았다. 천하고 점잖지 못한 짓인 줄은 알고 있었지만, 그 덕택에 웬만큼 마음이 후련해졌다. 둘이 보는 앞에서 뱉아 줄 것을 그랬구나 하고 생각했다.

흑인 노예를 애호한다고 자칭하고 있는 그 저주받을 인간이 여기까지 찾아와서 나의 가난을 비웃다니! 그 비열한 녀석은 타라를 상당한 값으로 사고 싶어서, 그것을 교섭하려고 온 것은 아니다. 그놈은 그런 것을 구실삼아서, 그 자신과 에미가 돈이 많다는 것을 자랑하려고 온 것이다. 더러운 변절자! 경멸할 가난뱅이 백인 놈! 그 따위 놈이 타라에서 살겠다고 지껄이다니!

그러나 그녀는 갑자기 공포에 사로잡혔다. 그리고 노여움도 사라지고 말았다. 짐승 같은 놈! 놈들은 정말 이곳에 와서 이 타라에서 살 것이다! 놈들이 타라를 사들이는 데 대해서는 어쩔 수도 없는 일 아닌가! 놈들은 경대며 책상이며 침대며, 엘렌이 늘 쓰던 마호가니나 자단 가구 등, 비록 북군의 약탈 부대들에 의해서 상처투성이가 되었을지언정 그녀에게 있어서는 그 하나하나가 소중한 생활용품인 것을, 모조리 경매해 버릴 것이 틀림없다. 로비야르 집안에서부터 전해 내려온 은그릇도 경매에 붙여질 것이다. 아니다, 그런 짓을 하게 내버려둘 수는 없다. 스카알렛은 모질게 생각했다. 여기를 태워 버리더라도 그런 짓은 못하게 하겠다! 어머니가 걸으셨던 마루 판자 한 장이라도 에미 스레터리 따위에게 한 발짝이라도 밟게 할 수가 있겠는가!

그녀는 도어를 닫고 거기에 기댔다. 극심한 공포를 느끼고 있었다. 샤만군의 병사들이 집에 침입해 왔을 때보다도 심한 공포였다. 그 날 그녀가 가장 두려워했던 것은 타라가 자기의 머리 위에서 타버리지나 않을까 하는 것이었다. 그러나 이번은 그보다도 한층 더 나쁘다. 그런 하찮은 인간이 이 집에 살면서 하찮은 같은 패거리들에게, 거만하던 오하라네를 어떻게 해서 내쫓았는가 하는 이야기를 자랑스럽게 지껄여 댈 것이 틀림없다. 틀림없이 놈들은 흑인들까지 이리로 데리고 와서, 식사를 시키기도 하고 잠도 재워 줄 것이 뻔하다. 윌의 이야기로는, 조나스는 흑인과 자기들이 평등하다는 것을 보여 주기 위하여 열을 올리고 함께 식사도 하고, 흑인들의 집을 방문도 하고, 마차에 함께 태워도 주고, 그들의 어깨에 손을 얹기도 한다는 것이다.

　그러한 최후적인 모욕이 타라에 주어질 가능성을 생각하면 그녀의 가슴은 몹시 설레어서 숨을 쉬기도 힘들었다. 어떻게든지 활로를 찾아보려고 그 문제에 마음을 집중하려고 했지만, 그때마다 새로운 분노와 공포가 밀어닥쳐서 방해를 하는 것이었다. 반드시 무슨 살 길이 있을 것이다. 어딘가에 누군가가 그녀에게 돈을 빌려 줄 사람이 틀림없이 있을 것이다. 돈은 증발해 버릴 턱도 없고, 바람에 불려 날아가 버릴 일도 없는 것이다. 누군가가 가지고 있을 것이 틀림없는 것이다. 이때, 문득 애실리가 아까 웃으면서 하던 말이 생각났다.

　『레트 버틀러 정도지요…… 돈을 가지고 있는 것은.』

　레트 버틀러. 그녀는 부랴부랴 객실로 들어서자 도어를 닫아걸었다. 덧문이 내려져 있기 때문에 방은 어두컴컴하고 게다가 겨울날 황혼녘의 어스름이 그녀를 감쌌다. 아무도 여기까지는 찾으러 오지 않을 것이다. 그녀는 아무에게도 방해를 받지 않고 생각할 시간을 갖고 싶었던 것이다. 방금 생각해 낸 것은 너무나 간단한 일이었기 때문에 그녀는 어째서 더 좀 진작 이에 생각이 미치지 못했을까 하고 이상하게 생각했을 정도였다.

　『레트에게서 돈을 끌어내자. 다이아 귀걸이를 그 사람에게 팔자. 그렇지 않으면 돈을 꾸고 귀걸이는 돈을 갚을 때까지 저당으로 잡게 해두자.』

　잠시 동안, 그녀는 너무나 푹 마음을 놓아 버렸기 때문에, 긴장이 탁 풀어져서 축 늘어지고 말았다. 세금을 내고, 조나스 윌커슨이란 놈을 눈 앞에서 비웃어 주는 거다. 그러나 이 즐거운 궁리에 이어, 현실의 지식이 용서 없이 뒤쫓아 왔다.

　『세금을 낼 돈이 필요한 것은 금년만이 아니다. 내년에도, 아니 한평생 해마다 있는 것이다. 어떻게 해서 이번만은 낸다 하더라도, 놈들은 우리들을 내쫓을 때까지 자꾸자꾸 세금을 올릴 것이다. 목화의 수확이 좋으면 좋다고 해서 세금을 듬뿍 안겨서, 내 손에는 아무것도 남지 않게 만들 것이고, 잘못하다가는 남부 정부의 소유라고 해서, 공공연하게 목화를 몰수해 버릴지도 모른다. 북부의 놈들과 짜고 한다면, 그 악당들은 내게 대해서 무슨 짓이든지 할 수 있는 것이다. 나는 한평생 살아 있는 한, 놈들이 어떤 수를 쓰든지 나를 꼼짝 못하게 잡고 말 것이라는 것을 두려워하며 지내야 할 것이다. 나는 평생토록 돈 때문에 마음을 졸이며, 죽도록 일하지 않으면 안 될 것이다. 그리고 그것은 헛고생에 지나지 않고, 목화를 도둑맞는 곤경을 당하게 될 뿐인 것이다. 지금 가령 세금 삼백 달러를 꾸어와 보았댔자, 그것은 겨우 임시 변통에 지나지 않는다. 내가 바라는 것은, 이 곤경에서 영구히 벗어나서 안락하게 되는 것이다. 그리고, 내일이 어떻게 될 것인가, 내달은, 내년은, 하는 걱정 없이 밤에도 편안히 잠잘 수 있게 되고 싶은 것이다.』

그녀의 마음은, 착실하게 걸음을 내디뎌 갔다. 머리 속에서 냉정하게 논리적으로, 하나의 생각이 짜여져 갔다. 레트의 생각을 하고 있었던 것이다. 거무스레한 피부에 빛나는 흰 이, 그녀를 애무하는 검고 놀리는 듯한 눈길이 눈 앞을 스쳐갔다. 애틀랜타의, 그 더운 밤의 일을 회상했다. 애틀랜타가 함락하기 직전의 일이었다. 피티 시고모네 집 베란다에서 여름 밤의 어둠에 반쯤 몸을 숨기듯이 하고 그는 앉아 있었다. 『나는, 다른 어떤 여성을 탐냈을 때보다도 강하게 당신을 탐내고 있소. 다른 어떤 여성을 기다렸던 것보다도 오래 당신을 기다렸소.』하며 그녀의 팔에 걸쳤던 그의 뜨거운 손을 그녀는 다시금 느꼈다.

『그와 결혼해야겠다.』 하고 그녀는 냉정하게 생각했다. 『그렇게 하면, 이제 다시는 돈 같은 것을 걱정하지 않아도 되는 것이다.』

두 번 다시 돈 걱정을 하지 않아도 된다는 것, 타라가 안전하다는 것, 가족들이 옷과 식량에 쪼들리지 않는다는 것, 돌벽에 몸을 부딪쳐서 상처입을 필요도 없다는 것. 아아, 그것은 얼마나 고마운 생각인가! 천국의 희망보다도 더 감미로운 생각이다.

그녀는 몹시 나이를 먹은 것같이 느껴졌다. 이 날 오후의 여러 가지 사건들이, 그녀한테서 모든 감정을 휩쓸어가고 만 것이다. 첫째로 세금에 대한 놀라운 소식이 있었고, 다음에 애실리와의 그런 일이 있었고, 최후로 조나스 윌커슨에 대한 살인적인 격분이 있었다. 이미 그녀에게는 아무런 감정도 남아 있지 않았다. 만약 사물을 느끼는 능력이, 이토록까지 닳아 없어지지 않았다면, 이러한 계획이 마음 속에 꾸며지고 있는 데 대해서 무언가 반발하는 것이 있었을 것이다. 왜냐하면, 그녀는 이 세상에서 레트처럼 싫은 사람은 없었으니까. 그러나 그녀는 느낄 수가 없었다. 다만 생각이 날 뿐이었고, 그리고 그 생각은 무척 실제적인 것이었다.

『그가 우리들을 도중에서 내팽개치고 가 버리던 날 밤, 나는 심한 욕을 그에게 퍼붓고 말았다. 그러나, 그것을 잊게하고 말 테야.』 지금도 아직 그를 매혹시킬 수 있다고 확신하고 있기 때문에, 그녀는 얕잡아 생각했다. 『이번에 만날 때에는 시치미를 딱 떼어 주어야지. 나는 늘 그를 사랑하고 있었고, 그 날 밤은 공포로 제정신이 아니었다고 생각하게 해주어야겠다. 그까짓 사내들이란 자부심이 강하니까 비위만 맞춰 주면 무슨 소리든지 곧이듣게 마련인 것이다…….
우리들이 어떠한 곤경에 빠져 있느냐 하는 것은, 조금도 알려서는 안 된다. 그를 손아귀에 넣을 때까지는 절대로 알려서는 안 된다! 만약 우리들이 얼마나 가난한가를 조금이라도 눈치채게 되면 내가 바라고 있는 것이 그 자신이 아니라, 그의 돈이라는 것을 금방 알게 될 것이다. 피티 고모도 이렇게까지 고생하고 있는 줄은 알지 못하니까, 이러나저러나 그가 알 턱은 없다. 그리고 결혼해 버리면, 그는 싫더라도 우리들을 돕지 않을 수가 없겠지. 아내의 식구를 굶길 수는 없을 테니까.』

그의 아내, 레트 버틀러 부인. 그녀의 냉정한 사고의 밑바닥 깊숙이 묻혀 있던 무언가가 반발적인 감정이 희미하게 꿈틀거렸으나, 그것은 곧 사라졌다. 그녀는 찰즈와의 짧은 신혼 생활의 겸연쩍고 불유쾌한 일들을 회상했다. 그의 조심스럽던 손길, 꼴사나운 태도, 이해되지 않는 정열, 그리고 웨이드 해밀턴의 탄생.

『지금 그런 것을 생각하는 것은 그만두자. 그런 것에 머리를 쓰는 것은 그와 결혼하고 나서도 된다…….』

그와 결혼하고 나서? 기억이 경종을 울렸다. 등골이 오싹해졌다. 그녀는 피티 시고모네 집 포치에서의 그 날 밤 일을 또다시 생각해 낸 것이다. 결혼을 신청하는 거냐고 물었을 때, 그는 밉살스럽게 웃으면서 『천만에, 나는 결혼을 할 그런 인간은 아니오.』하던 그 말을 생각해낸 것이다.

만약, 또 결혼을 할 인간은 아니라고 한다면? 만약 매력을 기울여서 있는 속임수를 다 해도 결혼을 거부한다면? 만약 오오, 생각만 해도 무섭다! 만약에 그 사나이가 나 따위는 까맣게 잊어버리고, 다른 여자의 꽁무니라도 쫓아다닌다면?

『나는 다른 어떤 여성을 탐냈던 것보다도 당신을 탐내고 있소…….』

스카알렛은 손톱이 손바닥을 파고들 정도로 힘주어 주먹을 꽉 쥐었다. 『만약 그가 나를 잊고 있다면 기어코 생각이 나도록 해줄 테다. 그리고 다시 내가 탐이 나도록 만들어 줄 테다.』

그리고 만약, 지금도 나를 탐내고 있지만 결혼하고 싶지는 않다고 한다면, 돈을 빼내는 방법은 있다. 뭐니뭐니해도, 일찌기 그는 정부가 되어 달라고 말한 적이 있지 않은가.

객실의 침침한 잿빛 속에서, 그녀는 자기 혼을 무엇보다도 강하게 묶고 있는 세 가지 굴레——어머니 엘렌의 기억, 어머니의 종교적 교훈, 애실리에 대한 사랑——이 세 가지와 재빨리 결정적인 싸움을 했다. 멀고 먼 따뜻한 천국에 계실 어머니는 멀리 떨어져 있어도, 딸이 지금 마음 속에 생각하고 있는 것을 분명히 옳지 못한 일이라고 생각하실 것이다. 그녀는 간음이 죽음과 맞먹는 죄악이라는 것도 알고 있다. 또 이렇게까지 애실리를 사랑하면서, 지금과 같은 계획을 실행하는 것은, 이중의 매음적인 행위라는 것도 알고 있었다.

그러나 이러한 죄악감도, 그녀 마음의 무자비한 차가움과 자포 자기의 몽둥이 앞에서는 무력했다. 뭐니뭐니해도 엘렌은 죽어 버린 것이다. 죽음에 의해서 어머니는 모든 것을 이해해 줄 것이다. 종교는 지옥의 불로써 간음을 금하고 있지만, 만약 교회가 타라를 구하고 가족을 굶주림에서 구해 내기 위한 이 궁여지책을 내가 포기할 것으로 생각한다면…… 좋다, 교회는 멋대로 낯을 찌푸리는 게 좋다. 나는 아무렇지도 않다. 적어도 현재는 아무렇지도 않다. 그리고 애실리는, 애실리는 나를 갖고 싶어하지 않는다. 아니, 실지는 갖고 싶어하고 있다. 이 입술에 남은 그의 따뜻한 입술이 똑똑히 그것을 말해 주고 있다. 그러나 그는 아무리 해도 끝내 자기와 단 둘이서 달아나려고는 하지 않았다. 아뭏든 이상스러운 것은, 애실리와 함께 도망가는 것은 조금도 죄악으로 생각되지 않는데, 레트의 경우에는…….

겨울날 오후의 어슴푸레한 황혼 속에서, 그녀는 애틀랜타가 함락되던 날 밤부터 시작한 긴 여행의 종점에 이르렀던 것이다. 젊음이 가득 차고 정열에 넘쳐 까닭도 없이 인생에 대하여 마음이 흔들리기 쉬운 아가씨로서 이 길에 첫발을 들여놓았던 것이다. 그러나 지금 이 길의 끝에 다다른 그녀에게는 그러한 아가씨의 모습은 무엇 하나 남아 있지 않았다. 굶주림과 중노동과 공포와 끊임없는 긴장과 전쟁의 위협과 재건의 위협이, 따뜻한 맛도 젊음도 부드러움도 그녀에게서 빼앗아 가고 만 것이다. 그 동안, 그녀 생명의 주위에는 딱딱한 껍질이 생기고, 그것이 이 끝도 없이 계속된 세월 동안에 조금씩 한 층 또 한 층 두꺼워졌던 것이다.

그러나 오늘날까지는, 아직도 두 개의 희망이 그녀를 지탱하고 있었다. 전쟁이 끝나면 생활은 옛날처럼 될 것이라고 그녀는 바라고 있었다. 또 애실리가 돌아오면 무언가 인생에 사는 보람을 가져다 줄 것이라고 바라고 있었다. 그런데 바야흐로 그 두 가지 희망이 함께 사라져 버리고 말았다. 조나스 윌커슨이 타라의 현관 앞 보도에 모습을 나타냈다는 것은 그녀에게도 남부 여러 주에게도, 전쟁이 아직 끝나지 않았다는 것을 그녀에게 인식시켰다. 가장 치열한 싸움, 가장 잔인한 복수는 지금 막 시작한 참이다. 그리고 애실리는 어떠한 수용소보다도 튼튼한 〈말〉에 의하여 영구히 갇혀 있는 것이다.

평화는 그녀를 실망케 했다. 애실리도 또 그녀를 실망케 했다. 양쪽이 다 한 날 일어난 것이다. 그것은 흡사 껍질에 남아 있던 마지막 틈이 막히고, 마지막 층이 굳어져 버린 것과 같은 것이다. 폰텐네 할머니가 타이르던 것, 최악을 경험해서 아무것도 무서운 것이 없는 여자가 되어 버린 것이다. 인생도, 어머니도, 사랑의 상실도, 세상의 평판도, 이미 그녀는 무섭지가 않았다. 오직 굶주림과 굶주림의 악몽만이 무서울 뿐이었다.

옛날의 나날들, 옛날의 스카알렛과 연결되는 모든 것에 대해서 차갑게 감정이 굳어져 버린 그녀는, 이상하게도 경쾌한 자유로운 기분이 넘쳤다. 그녀는 나아갈 방향을 결정했다. 그리고 고맙게도 거기에는 공포를 느끼지 않았다. 그녀는 잃을 것이라고는 아무것도 없었다. 그녀는 결심했다.

달콤한 말로 레트를 꾀어서 용케 결혼하게 된다면, 그 이상 좋은 일은 없다. 만약 그렇게 되지 않는다면…… 좋다, 그렇더라도 역시 돈만은 손에 넣고 말겠다. 잠깐 동안 그녀는 남의 일에 대한 것 같은 호기심을 가지고, 도대체 정부라는 것은 어떤 것이 요구되는 것일까 하고 생각해 보았다. 와틀링이라는 여자를 들여앉혔다는 소문이 있는데, 레트는 나도 애틀랜타에 들여앉히려 할까? 만약 애틀랜타에 데려다 둔다면, 수당도 듬뿍 받지 않으면 안 된다. 그녀가 타라에서 일하지 못하는 대가를 충분히 보충해 주어야 한다. 스카알렛은 남자들의 생활에 가려진 반쪽을 전혀 알지 못했기 때문에 그럴 경우, 어떤 결정이 행하여지는지 도무지 알 길이 없었다. 그리고 만약 아기가 태어난다면, 하고도 생각해 보았다. 아기가 태어난다는 것은 두렵다.

『하지만, 그런 것을 지금 생각하는 것은 그만두자. 나중에 생각하기로 하자.』

그녀는 자신의 결심이 흔들릴까 봐 겁이 나서, 유쾌하지 못한 생각은 마음 한쪽 구석으로 밀어붙이기로 했다. 가족에게는 돈을 마련하기 위하여, 부득이한 경우에는 농장을 저당하고 돈을 꾸기 위해서 오늘 밤이라도 애틀랜타로 갈 작정이라고 말하기로 하자. 그들이 실은 그렇지 않았다는 눈치를 챌 그 반갑지 않은 날이 올 때까지는, 그 이상의 이야기를 할 필요는 없다.

실행할 결심이 생기자, 그녀는 당당하게 머리를 번쩍 쳐들고 어깨를 쭉 폈다. 이 일이 마음먹은 대로 잘 되어 가리라고는 그녀도 미처 생각하지 못했다. 이전에는, 레트가 그녀의 권력 앞에 비위를 맞추는 처지에 있었다. 그러나 이번에는 거지처럼 빌붙는 것은 그녀 쪽이다. 거지가 조건을 들고 나갈 수는 없는 일이다.

『그러나, 나는 거지처럼 그 사나이 앞에 머리를 숙이거나 하지는 않을 테다. 은총을 베푸는 여왕처럼 행동해 보일 테다. 어차피 그 사나이로서는 내 마음 속을 알지 못하는 것이니까.』

그녀는 창 사이의 벽에 걸려 있는 길죽한 거울 앞으로 걸어가서, 머리를 똑바로 들고 자신의 모습을 바라보았다. 잔금이 간 도금한 틀에 끼워진 거울 속에 비쳐 있는 것은, 전혀 낯선 사람의 모습이었다. 이 일 년 동안에, 그녀가 정말로 주의해서 자기 자신의 모습을 본 것은 이것이 처음이었다. 얼굴이 때묻지는 않았는지, 머리가 헝클어져 있지나 않은지 하고, 매일 아침 반드시 습관적으로 거울을 들여다보고는 있었지만, 언제나 여러 가지 다른 일에 정신이 팔려서 차분히 자기 모습을 바라보는 일은 없었던 것이다. 그러나, 아무리 그렇더라도 이것은 처음 보는 사람이다 ! 이 여위고 볼이 움푹 패인 여자가 스카알렛 오하라일 리가 없다 ! 스카알렛 오하라는 예쁘고 애교를 머금은, 발랄한 얼굴을 가지고 있었을 터이다. 그런데 그녀가 지금 바라보고 있는 얼굴은, 예쁘기는커녕 그녀가 잘 알고 있는 매력의 한 조각조차 볼 수 없었다. 창백하고 긴장하여 눈꼬리가 치켜올라간 푸른 눈 위의 검은 눈썹이, 깜짝 놀라서 날아오르는 새의 날개처럼 창백한 피부 위에 치올라가 있다. 그리고 마치 쫓기고 있는 것 같은, 괴로운 표정이 얼굴에 떠 있었다.

『나는 이미 그 사람을 사로잡을 만큼 아름답지가 않다.』 하고 그녀는 생각했다. 다시금 절망적인 생각이 되돌아왔다. 『나는 야위고 말았다. 아아, 이렇게 심하게 야위고 말았다 ! 』

두 볼을 쓰다듬었다. 미친 듯이 쇄골을 만져보았다. 웃옷 위로 뼈가 내밀어진 것이 느껴졌다. 유방도 멜라니의 것과 그다지 틀리지 않을 만큼 조그맣다. 가슴에 옷주름이라도 집어 넣어서 풍부해 보이도록 해야겠다. 이제까지는 그런 눈가림하는 속임수로 빈약한 유방을 숨기려는 처녀들을 늘 경멸해 왔는데. 주름 ! 그러자 다른 일이 염려되기 시작했다. 드레스 말이다. 그녀는 기운 드레스를 두 손으로 쫙 펴 보았다. 레트는 아름다운 차림을 한 여자, 유행의 옷차림을 한 여자를 좋아했었다. 그녀는 상복을 벗어 버리고, 처음으로 입었던 주름 장식이 있는 녹색 드레스를 동경하듯이 회상했다. 그때에는 레트가 가져다 준 초록빛 깃털 장식이 있는 보네트를 썼었는데. 그녀는 그때, 레트가 칭찬해 주던 것도 생각해 냈다. 그녀는 또 질투로, 날이 선 증오심으로, 에미 스레터리의 붉은 격자무늬 드레스와 위가 붉고, 그리고 붉은 술이 달린 신발과 팬케잌 같은 모자를 생각해 냈다. 그것은 몹시 천덕스러운 것이기는 했지만 새로운 것이었고, 유행의 차림이었고, 사람의 눈을 끄는 것인 것만은 확실했다. 그리고 그녀는 사람의 눈을 끌기를 얼마나 바라고 있는가 ! 특히 레트 버틀러의 눈을 끌고 싶었다 ! 만약 그녀가 헌옷 따위를 입은 것을 보면 그는 타라가 곤란받고 있다는 것을 대번에 알아차릴 것이 틀림없다. 그것을 눈치채이면 안 되는 것이다.

이렇게 앙상한 목과, 굶주린 들고양이 같은 눈과, 누더기를 걸친 옷차림으로 애틀랜타로 가서, 그를 구슬릴 수 있을거라고 생각을 하다니, 어쩌면 나는 이다지도 소견머리가 없다는 말인가 ! 한창 아름다울 때에, 가장 예쁜 옷을 입고 있

38

었을 때에도 그에게 결혼 신청을 하게 하지 못했는데, 미워지고 게다가 초라한 옷을 입고 있는 지금, 무슨 수로 구혼을 하게 할 수 있겠는가? 피티 고모님의 이야기가 사실이라면, 그는 애틀랜타에서는 누구보다도 돈을 많이 갖고 있는 터이니까, 보나마나 밉건 곱건간에 어떤 여자라도 마음대로 골라잡을 것이 뻔하다. 그것도 좋겠지, 하고 그녀는 앙칼지게 생각했다. 나는 다른 아름다운 여자들이 갖지 못한 것을 가지고 있다. 그것은 지렛대로도 움직일 수 없는 결의다. 아아, 내게 아름다운 옷 한 벌만 있다면.

타라에는 아름다운 옷은 한 벌도 없다. 두 번씩이나 뒤집은 것이거나 기운 것뿐이었다.

『그것을 어떻게 한다?』 하고 생각하면서 그녀는 슬픈 듯이 마룻바닥을 지켜보았다. 엘렌의 수박색 빌로도 융단이, 무수한 사람들이 그 위에서 딩굴었기 때문에 얼룩이 지고, 발을 끌고다녔기 때문에 닳아서 떨어져 있는 것을 보았다. 타라도 자기와 마찬가지로 누더기를 두르고 있다고 생각하자, 더욱 가슴이 아팠다. 방안의 어둠이 기분을 우울하게 하기 때문에 그녀는 창가로 가서, 창문을 밀어올리고 덧문을 열어 저물어 가는 겨울 석양의 마지막 빛을 방으로 들였다. 그리고 창을 내리고 빌로도 커튼에 머리를 기대면서 황량한 목장 저 너머 묘지가 있는 삼나무 숲 근처를 바라보았다.

수박색 빌로도의 커튼이 그녀의 뺨에 가슬가슬하면서도 부드럽게 스쳤다. 그녀는 고양이처럼 기분 좋은 듯이 얼굴을 커튼에 비벼 댔다. 그러다가 갑자기 그 커튼을 올려다보았다.

다음 순간, 그녀는 대리석을 댄 무거운 책상을 마루를 가로질러 끌고 있었다. 녹이 슨 책상 다리의 바퀴가 움직이지 않으려고 끽끽 소리를 냈다. 책상을 창 밑까지 끌고오자 그녀는 스커트를 걷어올리고 책상 위로 기어올라갔다. 그리고 발돋움을 하고 서서, 무거운 커튼이 걸린 가로대에 손을 대려고 했다. 겨우 손이 닿을까 말까하는 높이였다. 그녀는 짜증이 나서 힘껏 잡아당겼다. 그 순간 못이 빠지면서 커튼도 가로대도 모두 함께 마룻바닥에 떨어지며 큰 소리를 냈다.

그때 마술이라도 부린 것처럼 객실의 도어가 열리면서 마미의 넓죽하고 검은 얼굴이 나타났다. 그 얼굴의 주름살 하나하나에 극도의 호기심과 깊은 의혹이 엿보였다. 그녀는 책상 위에서 스커트를 무릎 위까지 걷어올리고, 지금이라도 마루 위로 뛰어내리려고 몸을 가누고 있는 스카알렛을 나무라듯이 바라보았다. 스카알렛의 얼굴에는, 마미가 당장 의아심을 더 한층 돋울 만큼 상기된 의기 양양한 표정이 있었다.

「엘렌 마님의 커튼을 어쩌실 작정이십니까?」하고 마미는 따지듯이 말했다.

「도어 밖에서 엿듣다니, 할멈이야말로 어떻게 된 거지?」하고 사뿐히 마루 위로 뛰어내려 먼지 나는 무거운 빌로도를 끌어당기면서 스카알렛은 되물었다.

「그런 건 지금 문제삼을 필요가 없읍죠.」하고 전투 준비를 갖추면서 마미도 역습을 했다. 「아씨는 무슨 소용이 있어서 엘렌 마님의 커튼을 자로대까지 떼내면서, 먼지투성이인 마룻바닥에 펼쳐 놓은 겁죠? 엘렌 마님은 그 커튼을 무척 소중히 하셨사와요. 제가 알뜰히 청소를 해둔 것도 아씨께서 그런 짓을 못 하시도록 하려고 생각해서였읍죠.」

스카알렛은 푸른 눈을 마미에게로 돌렸다. 그 눈은 매우 즐거운 듯이 반짝반짝 빛나고 있었다. 그것은 행복했던 옛날에 마미에게 곧잘 한숨짓게 만들던, 장난꾸러기 소녀 시절의 눈과 흡사했다.

「얼른 다락방에 뛰어가서, 드레스 본이 들어 있는 상자를 가져다주어.」하고 외치면서 그녀는 마미의 몸을 슬쩍 밀었다. 「새 드레스를 만들어야겠어.」

다락방은 고사하고 어디이건, 이 이백 파운드나 나갈 몸으로 뛰어가라는 것이 당치나 한 말이냐고, 그 분노와 고개를 들기 시작한 강렬한 의혹으로 마미는 몹시 마음이 혼란해져 버렸다. 그래서 잽싸게 커튼을 스카알렛에게서 낚아채더니, 그것을 마치 성스러운 유품이나 되는 것처럼 살이 축 처진 우람한 가슴에 끌어안았다.

「엘렌 마님의 커튼으로 새 드레스를 만들다니 당치도 않은 말씀이와요. 내 몸에 숨이 붙어 있는 한 그런 짓은 못 하시와요.」

순간, 마미가 늘 고집 불통 아가씨! 라고 마음 속으로 부르던 표정이 이 젊은 아씨의 얼굴에 얼찐거렸으나, 곧 그것은 마미의 반격을 봉해 버리는 상냥한 미소로 변했다. 그러나 그것도 이 할멈을 속여넘길 수는 없었다. 그녀는 스카알렛이 그렇게 웃는 얼굴을 하는 것은, 자기를 속여넘길 작정이라는 것을 알고 있기 때문에, 곧 속임수에 넘어갈까 보냐고 결심한 것이다.

「마미, 심술부리지 말아요. 나는 돈을 빌러 애틀랜타엘 가야 해. 그러니까 아무래도 새 드레스가 필요하단 말야.」

「새 드레스 따위는 필요 없사와요. 어디 부인이고, 요새 세상에 새 드레스 따위를 입은 사람은 없사와요. 모두 헌 드레스를 입고도 떳떳하게 다닙죠. 엘렌 마님의 따님들이 자신만 참으신다면 누더기를 입었대서 나쁠 건 없읍니다. 비단 옷을 입으신 것과 진배없이 누구나가 존경할 겁니다요.」

다시 고집 불통 아가씨의 표정이 스카알렛의 얼굴에 돌아왔다. 마미는 마음 속으로 중얼거렸다. 『어쩌면 참 이상도 하지. 스카알렛 아씨는 나이가 드실수록 제랄드 나리를 닮아가고 엘렌 마님과는 안 닮아 가니.」

「나 봐요, 마미. 이번 토요일에 패니 엘싱 아가씨가 결혼한다는 편지가, 피티 고모님한테서 온 걸 할멈도 알잖아? 물론 나도 그 결혼식에 가는 거야. 그러니까 아무래도 새 드레스가 있어야 해.」

「지금 아씨께서 입으신 드레스도 틀림없이 패니 아가씨의 결혼식 복장만큼이나 훌륭할 겁니다요. 피티 마님께서는 엘싱 댁이 무척 가난하게 지낸다고 적어 보내시지 않았읍니까요?」

「하지만 나는 새 드레스가 꼭 필요한걸! 마미, 할멈은 우리들이 지금 얼마나 돈에 몰리고 있는지 모르겠지만, 어쨌든 세금이……」

「아뇨, 세금에 관한 것쯤 잘 알고 있읍죠. 그렇지만…….」

「어쩌면! 할멈도 알고 있어?」

「알고 있읍죠. 하느님은 제게 귀를 주셨사와요. 이걸로 잘 들으라고 말입죠. 게다가 윌 씨는 도어를 닫지 않으려 하시니까요.」

그러면 마미는 모든 것을 다 들어 버렸단 말인가? 걸을 때마다 마루가 쿵쿵 울리는 거대한 육체가, 그 육체의 주인공이 엿듣고 싶을 때에만은 어떻게 야만인처럼 발소리도 안 내고 움직이는지 스카알렛에게는 신기하기 그지 없었다.

「그런가, 그렇게 모든 걸 다 들었다면 아마 할멈도 알고 있겠구면, 조나스 윌커슨과 그 에미의 일까지도…….」

「알고 있읍죠.」하고 대답한 마미의 눈은 타는 것 같은 분노로 번쩍이고 있었다.

「그럼, 노새처럼 고집을 부리는 것은 그만두어요, 마미. 할멈도 내가 애틀랜타로 가서 세금을 마련하지 않으면 안 되는 이유를 알 게 아니야? 난 어떻게 해서든지 마련해 와야 돼. 무슨 일이 있어도 말이야!」그녀는 조그만 주먹을 쥐고 자기 손바닥을 쳤다. 「알겠지, 마미? 그놈들이 우리들을 한길바닥으로 내쫓으면 우리들은 도대체 어디로 갈 수가 있을 거라고 생각해? 어머니를 죽인 그 에미 스레터리 같은 더러운 계집이 이 집에 들어와서, 어머님이 주무시던 침대에서 자려고 하는데, 할멈은 어머니의 커튼 정도의 하찮은 걸로 나에게 반대할 작정이야?」

마미는 가만히 있을 수 없게 된 코끼리처럼 한쪽 다리에서 다른 다리로 그 중심을 옮겼다. 아무래도 속임수에 넘어갈 것만 같은 예감이 어렴풋이 드는 모양이었다.

「웬걸입쇼, 저도 엘렌 마님 댁에 그런 더러운 계집을 들이고 싶지는 않사와요. 우리들이 한길바닥으로 쫓겨나는 것도 달갑지 않습죠. 하지만…….」하고 말을 꺼내려다가 갑자기 책망하는 눈초리로 스카알렛을 노려보았다. 「새 드레스를 입고 가야 한다고 하시는데 스카알렛 아씨, 대체 누구한테서 돈을 꾸실 작정이십니까요.」

「그건.」하고 말했으나 제아무리 스카알렛이라도 당황했다. 「내가 알아서 할 일 아니겠어?」

마미는 스카알렛이 어렸을 적에 잘못을 저지르고는 그것을 교묘하게 속여넘기려다 성공하지 못했을 때 곧잘 노려보았던 것처럼, 마음 속까지 꿰뚫어보는 듯한 눈으로 그녀를 노려보았다. 마미에게 속마음을 눈치채이지 않았나 싶어서 스카알렛은 마음과는 달리 눈을 떨어뜨리지 않을 수가 없었다. 지금 계획하고 있는 행위가 죄악이라는 느낌이 비로소 스며들어 왔다.

「그럼, 돈을 꾸시기 위해서 이쁜 새 드레스가 필요하시다는 말씀이군입쇼. 그건 내게는 옳게 들리지 않는군입쇼. 그 돈을 어디서 꾸시는 건지, 그걸 말씀해 보시와요.」

「말하지 않아도 되잖아!」하고 스카알렛은 화를 냈다. 「할멈이 참견할 일이 아니야. 자아, 그 커튼을 이리 주고, 드레스를 만드는 걸 거들어 줄 테야?」

「합죠.」하고 마미는 이번에는 스카알렛이 오히려 좀 이상할 만큼 갑자기 굽히고 나왔다.

「거들어 드립죠. 그리고 그 커튼의 안을 받친 공단으로 페티코트를 만들고 레이스 커튼으로 팬터렛을 만들기로 할깝쇼?」

마미는 빌로도 커튼을 스카알렛에게 돌려 주고 얼굴에 가득히 교활한 미소를 띄웠다.

「멜라니 아씨께서도 함께 애틀랜타로 가십니까요, 스카알렛 아씨?」

「아니, 나 혼자 가는 거야.」마미의 마음을 짐작할 수 있었기 때문에 스카알렛은 퉁명스럽게 대답했다.

「그럴 생각이셨군입죠.」마미는 단정하는 것처럼 말했다. 「새 드레스를 입으신 아씨하고 제가 함께 갑지요. 아무렴요, 제가 모시고 따라가얍죠.」

잠시 스카알렛은 애틀랜타에 가서 레트와 이야기하고 있을 때, 커다랗고 검은 케르베로스(그리스 신화에서 지옥 문을 지키고 있는 개—역자주)처럼 눈을 번쩍이는 마미가 등뒤에 지키고 서 있는 장면을 상상해 보았다. 그래서 그녀는 다시 상냥한 미소를 지으며 마미의 팔에 손을 얹었다.

「마미, 함께 가서 나를 도와 주겠다는 마음은 고맙지만 말야, 하지만 할멈이 집을 비우면, 집사람들은 어떻게 될 것 같아? 할멈이 이 타라를 이러고저러고 하는 터인데 말야.」

「그만두시와요.」하고 마미는 말했다. 「그럴 듯하게 말씀하셔도 소용 없사와요, 스카알렛 아씨. 저는 아씨께서 첫 기저귀를 차실 적부터 알고 있으니깝쇼. 애틀랜타까지 모시고 간다고 한 이상, 저는 어떤 일이 있어도 모시고 갑니다요. 아씨께서 북부 사람이나, 해방된 검둥이나, 돼먹지 않은 인간들이 우굴거리는 그 시에 혼자서 가셨다는 걸 아시면, 엘렌 마님이 무덤 속에서 애를 태우실 겁니다요.」

「하지만, 나는 피티 고모님 댁에 묵을 텐데 뭘.」하고 스카알렛은 기를 쓰고 말했다.

「그야 물론 피티 마님은 훌륭하신 분이고, 그분 자신은 무엇이든지 아시는 줄 알고 계시지만, 사실은 아무것도 모르시와요.」마미는 그렇게 말하고, 이것으로 회담은 끝났다는 것처럼 위엄 있는 태도로 복도로 나갔다. 그리고 마룻장이 울릴 것 같은 목소리로 외쳤다.

「프리시! 다락방에 뛰어가서, 스카알렛 아씨의 옷본 상자를 가져오너라. 그리고 가위도. 밤새도록 꾸물거리지 말고!」

『어처구니 없는 실수를 저지르고 말았구나.』하고 스카알렛은 실망하면서 생각했다. 『이대로 가다가는, 멀지 않아 사냥개에게 끌려다니는 꼴이 되겠구나.』

저녁식탁의 접시가 치워지자, 스카알렛과 마미는 그 테이블 위에 옷본을 펼쳤다. 그 동안에 스월렌과 캐린은 머릿솔로 커튼의 공단 안을 뜯고 있었고, 멜라니는 깨끗한 머릿솔로 빌로도의 먼지를 털고 있었다. 제랄드와 윌과 애실리는 옆에 앉아 담배를 피우면서 여자들이 법석을 떠는 것을 웃으며 바라보고 있었다. 스카알렛에게서 발산되는 것 같은 유쾌한 흥분감이 모든 사람들을 지배하고 있었다. 그러나 그 흥분이 무엇인지는 그들은 알 수가 없었다. 스카알렛의 얼굴에는 붉은기가 돌고, 눈은 반짝반짝 빛나고 있으며, 그리고 잘 웃었다. 그녀가 진심으로 유쾌하게 웃는 것은 몇 달 만이었기 때문에 이 웃음은 모두를 기쁘게 했다. 특히 제랄드는 매우 기뻐하고 있었다. 그는 여느 때보다도 또렷한 눈으로 온 방안을 설치고 돌아다니는 스카알렛의 모습을 쫓으면서, 그녀가 그의 손이 닿을 수 있는 곳에 오면 반가운 듯이 손을 내밀어서 어루만져 주기도 했다. 여자들은 마치 자기들의 무도회에 입고 나갈 무도복이라도 지을 때처럼 열심으로 천을 뜯기도 하고, 재단도 하고 시침질을 했다.

스카알렛은 돈을 빌기 위해서 필요하면 타라를 잡히고서라도 돈을 빌러 애틀랜타에 가려는 것이라고 모두 알고 있다. 그러나 결국 저당이란 어떤 것일까?

스카알렛은, 내년의 목화 농사로 충분히 갚을 수 있을 것이고 돈도 얼마간 남을 것이라고 말하지만, 그 설명이 반문할 수 없을 만큼 단호했기 때문에 아무도 질문할 마음이 생기지 않았다. 그리고 도대체 누구한테서 돈을 빌어오겠느냐고 물으면「공연한 걱정은 말아요.」하고 장난기 섞인 투로 말하기 때문에 모두 웃음을 터뜨리고 백만 장자 친구는 누구일까 하고, 그녀를 놀리는 것이었다.

「아마, 레트 버틀러 선장일 거예요.」하고 멜라니가 알아냈다는 듯이 말하자, 너무나 엉뚱한 추측이기 때문에 모두들 손뼉을 치며 웃어 댔다. 왜냐하면 스카알렛이 그 사나이를 무척 싫어해서, 그의 말이라면 『망나니 같은 레트 버틀러』라고 밖에는 하지 않는 것을 모두 알고 있기 때문이다.

그러나 스카알렛은 그때 웃지 않았다. 애실리도 마미가 힐끗 스카알렛 쪽을 주의 깊게 보는 것을 보자 금새 웃음을 그쳤다.

들떠 있는 그 자리의 분위기에 휩쓸려서 인심이 후해진 스윌렌은 좀 낡기는 했지만 아직도 예쁜 아일랜드 드레스의 깃 장식을 스카알렛에게 선사하겠다고 했다. 캐린은, 자기의 신을 신고 애틀랜타에 가 달라면서 조르는 것처럼 말했다. 타라 안에서는 그녀의 신이 아직 좋은 형편이었기 때문이다. 멜라니는 그녀의 닳아 빠진 보네트의 테를 고칠 수 있을 만큼, 빌로도 조각을 조금만 남겨 달라고 마미에게 부탁했다. 그리고, 그 늙은 수탉은 지금 당장 늪지로 달아나지 않으면 그 아름다운 청동색과 암녹색의 꼬리깃과 헤어지지 않으면 안 될 것이라는 말을 해서, 사람들은 폭소를 터뜨렸다. 모자 장식깃을 만들겠다는 말이다.

스카알렛은 부지런히 놀리는 손가락 끝을 보고 웃음 소리를 들으면서 고통과 경멸을 애써 누른 채 사람들을 보았다.

『이들은 내 몸에, 그들 자신에게, 남부 전체에 어떤 일이 일어나려 하고 있는지 아무 것도 모르고 있는 것이다. 이러한 상태인데도 불구하고 자기들이 오하라네, 윌크스네, 해밀턴네 사람이기 때문에 자기들에게는 정말로 무서운 일 따위는 일어날 리가 없다고 생각하고 있는 것이다. 흑인들마저도 그렇게 생각하고 있다. 어쩌면 이렇게 둔한 사람들만 모였단 말인가! 그런 것에 전혀 신경이 돌지 않는 것이다. 이들은 지금까지와 마찬가지로 생각하고, 그리고 생활해 갈 것이다. 그 무엇도 그것을 변하게 하지는 못할 것이다. 멜라니는 누더기를 걸치고 목화를 따기도 하고, 내가 사람을 죽이는 것을 거들어 주기도 했다. 그러나 옛날과 달라지지는 않았다. 여전히 내성적이고 교양 있는 윌크스 부인이며 나무랄 데 없는 귀부인이다. 애실리는 주저하는 법 없이 전쟁을 보고, 죽음을 보고, 그리고 부상을 입고, 수용소에 들어갔다가 빈털터리로 돌아왔는데 트웰브 오우크스 저택을 배경으로 지니고 있던 시대와 조금도 다름 없는 신사다. 그러나 윌은 다르다. 윌만은 많은 사물의 진실을 보고 있다. 그러나 그는 특별히 잃어버릴 만큼 많은 것을 갖고 있었던 것은 아니다. 스월렌과 캐린은 숫제 이것을 그저 일시적인 것으로 생각하고 있다. 이런 일은 모두 금방 지나가 버린다고 생각하고 있기 때문에, 변화하는 환경에 순응하기 위하여 자신을 변화시키지 않는다. 하느님이 그녀들을 위하여 특별히 기적을 행하시어 도와 주실 거라고 생각하고 있는 것이다. 그러나 하느님은 그런 일을 하시지 않는다. 이 지방에서 행하시려고 하는 단 한 가지 기적은, 내가 레트 버틀러에 대하여 작용하려는 일뿐이다. 이 사람들은 변하지 않는다. 아마 변할 수가 없을 것이다. 변한 것은 나뿐이다. 하긴 나도 변하지 않아도 될 수만 있었다면 변하지 않았을 것이다!」

마침내 마미는 남자들을 식당에서 몰아내고, 언제든지 시침 바느질이 시작될 수 있도록 도어를 닫아 걸었다. 포크는 제랄드를 부축해서 이층 침실로 데리고 가고, 애실리와 윌은 현관 홀의 램프 불 밑에 남았다. 두 사람은 잠시 동안 말이 없었다. 윌은 순한 반추 동물처럼 담배를 씹고 있었다. 그러나 언제나 온화한 그의 표정은 온화라는 것과는 거리가 멀었다.

「이번 애틀랜타로 가는 것 말인데요.」하고 마침내 윌은 여유 있는 목소리로 말했다. 「나는 도무지 찬성할 수 없어요, 조금도 찬성할 수가 없어요.」

애실리는 흘끔 윌의 얼굴을 쳐다보고, 얼른 눈길을 돌렸다. 입 밖에 내지는 않았지만, 그럼 윌도 역시 자기가 지금 괴로와하고 있는 것처럼 무서운 의혹을 품고 있는 것은 아닐까 하고 의심했던 것이다. 그러나 그런 일은 있을 수가 없다. 윌은 그 날 오후 과수원에서 일어났던 일을 모르기 때문에 그로해서 스카알렛이 얼마나 절망에 쫓기고 있는가 하는 것도 알 리가 없다. 그리고 윌은 레트 버틀러의 이름이 나왔을 때 마미의 표정도 눈치채지 못했을 것이다. 뿐만 아니라 레트가 부자라는 것도 그의 악평에 대해서도 모를 것이다. 어쨌든 그런 것들을 윌이 알고 있을 리는 없지만, 그러나 타라에 돌아온 뒤로 애실리는 윌이 마미와 마찬가지로 말할 수 없는 일들을 알고 있고, 일이 벌어지기 전에 그것을 예감하는 것 같다는 것은 알고 있었다. 애실리는 똑똑히 꼬집어낼 수는 없지만, 어쨌든 무언가 불길한 예감을 느끼고 있었다. 그러나 스카알렛을 그곳에서 구해 낼 힘은 그에게는 없었다. 그녀는 그 날 밤, 한 번도 그와 시선을 마주치지 않았고, 그리고 그녀가 그에게 보여 준 터무니 없이 맑고 명랑한 태도에는 그를 불안하게 하는 것이 있었다. 지금 그를 괴롭히고 있는 의혹은 말로 형용할 수 없을 정도로 무서운 것이었다. 그것이 사실인지 아닌지를 물어서 그녀를 모욕할 권리는 없다. 그는 주먹을 불끈 쥐었다. 그녀에 관한 한 어떤 일에 대해서나 그는 아무런 권리도 없는 것이다. 오늘 오후, 그는 영원히 그것을 상실한 것이다. 그는 그녀를 도울 수가 없다. 아마 아무도 그녀를 도울 수 없을 것이다. 그러나 문득 마미 생각, 빌로도의 커튼에 가위질을 하면서 굳은 결의의 빛을 보이고 있던 검은 얼굴을 생각하자 다소 마음이 놓였다. 마미는 스카알렛이 좋아하든 말든 아랑곳하지 않고 주인의 몸을 지킬 것이다.

『모두가 나 때문이다.』 하고 그는 절망적으로 생각했다. 『내가 그녀를 이 지경으로 몰아 넣은 것이다.』

그는 그 날 오후, 그녀가 여윈 어깨를 치켜올리면서 그의 옆을 떠났을 때의 뒷모습을 생각해 냈다. 머리를 똑바로 곧추 세운 완강한 끈기를 생각해 냈다. 자신의 무력함을 슬퍼하며, 그녀에 대한 감탄으로 돌려져서 그의 마음은 그녀에게로 쏠렸다. 그녀의 어휘 속에는 협기(俠氣)라는 말 따위가 없다는 것을 그는 알고 있었다. 만약 자신이, 당신이야말로 내가 아는 사람들 중에서 가장 협기가 많은 부인이라고 말하더라도 그녀는 그저 어이가 없어서 자기를 멍하게 바라볼 뿐이라는 것도 알고 있었다. 그녀를 협기 있는 여성이라고 생각한다는 것은 얼마나 많은 뛰어난 미점을 그녀가 소유하고 있는가 하는 것을 찬미하는 셈이지만, 아마 그녀는 그것을 이해하지 못하리라는 것도 알고 있었다. 그녀는 어떠한 인생이라도 받아들이고, 어떠한 장애가 있을지라도 그 늠름한 정신으로 이와 맞서서, 패배를 인정하지 않을 결의로 싸우며, 패배가 불가피하다고 생각될 경우라 하더라도 오히려 싸움을 계속할 여성이라는 것을 알고 있었다.

그러나 지난 사 년 동안에 그는 이 밖에도 패배를 인정할 것을 거절한 사람들, 협기 있는 인간이기 때문에 확실히 재액이 있다고 하는 곳에 용감하게 뛰어들어 간 사람들을 보았었다. 그리고 결국은 역시 패배했다.

그는 어둠침침한 현관 홀에서 월의 얼굴을 바라보면서 어머니의 빌로도 커튼으로 만든 옷을 몸에 감고 수탉의 꼬리 깃을 머리에 꽂고, 세계 정복의 길에 오르려 하고 있는 스카알렛 오하라의 협기와 같은 협기는 여태껏 본 적이 없다고 생각했다.

33

이튿날 오후, 스카알렛과 마미가 애틀랜타에서 기차를 내렸을 때는 찬바람이 몰아치고, 슬레이트와 같은 짙은 잿빛의 어두운 구름이 머리 위를 어지럽게 떠돌고 있었다. 정거장은 시내가 불탄 뒤로 복구되어 있지 않았기 때문에, 두 사람은 일찌기 그곳에 정거장이 있었다는 것을 나타내는 새까맣게 그을은 폐허 위에 두어 야드의 높이로 쌓아 올려진 잿더미와 진창 속에 내려섰다. 오래 전부터의 습관대로 스카알렛은 피터 할아범과 피티네 마차를 찾느라고 주위를 둘러보았다. 전시중에는 그녀가 타라에서 애틀랜타로 돌아오면, 반드시 피터 할아범이 마차로 마중을 나와 있었기 때문이다. 그러나 이내 그녀는 자신의 미련함을 깨닫고 코웃음을 쳤다. 피티 고모님에게 미리 알리지도 않고 다급하게 찾아왔으니까, 피터 할아범이 마중 나와 있지 않은 것은 당연한 일이었다. 게다가 언젠가 고모님의 편지에 남부가 항복하고 나서, 고모를 메이콘에서 애틀랜타로 태워 오기 위하여 피터가 구해 온 늙은 말은 죽어 버렸다고, 눈물겹게 씌어 있었던 것을 생각해 냈다.

그녀는 정거장 부근의, 차바퀴 자국으로 패인 주위를 둘러보면서, 누구든 옛날 친구나 아는 사람의 마차라도 있으면, 피티 고모네까지 태워다 달라려고 하였으나 흑인이고 백인이고 아는 얼굴은 하나도 띄지 않았다. 피티 고모의 편지가 사실이라면 아마 그녀의 옛날 친구들은 요즈음은 아무도 이미 마차 따위는 가지고 있지 않을 것이다. 이토록 어려운 시절에 사람도 먹는 것과 잠잘 자리로 고생을 하는데, 동물 따위를 먹여 살릴 수는 없을 것이다. 요즈음 피티 고모의 친구들은 거의가 그녀와 마찬가지로 걸어다닌다고 했다.

열차 있는 곳에, 짐을 싣고 부리고 하는 몇 대의 짐마차와 난폭하게 생긴 알지 못하는 사나이가 고삐를 잡은 이륜 마차가 몇 대 진흙을 튀기고 있었지만, 그러나 손님 태우는 마차는 단 두 대밖에 없었다. 한 대는 궤짝 마차였고, 또 한 대의 포장 마차에는 옷차림이 훌륭한 부인과 북군의 장교가 타고 있었다. 스카알렛은 군복을 보자 화들짝 놀라서 숨을 멈추었다. 애틀랜타에는 주둔군이 있고 거리에는 병사들이 득실거린다고 피티의 편지에는 적혀 있었지만, 처음으로 북군의 푸른 옷을 보았을 때에는 놀라고도 무서웠다. 전쟁은 끝나고, 북군의 병사들도 이제는 자기들을 쫓아오거나 약탈하거나 모욕하거나 하는 일이 없다는 사실이 당장에는 좀처럼 믿어지지 않았다.

열차의 주위가 비교적 텅 비어 있는 것을 보자, 그녀는 1862년 그 날 아침, 나이 젊은 미망인으로서 검은 크레이프 상복을 입고 무료함에 짜증을 내면서 애틀랜타에 왔었던 일을 생각해 냈다. 그리고, 이 빈터에 얼마나 많은 짐마차, 손님 태우는 마차, 상이병 운반차 등이 득실거렸으며, 마부들이 요란스럽게 고함을 치고, 친구들과 인사를 주고받는 사람들의 목소리가 얼마나 시끄러웠던가를 회상했다. 그녀는 전쟁 때의 들뜬 흥분을 생각하고 한숨을 내쉬고, 걸어서 피티 고모네까지 가야 할 일을 생각하고 다시 한숨을 내쉬었다. 그러나 피치트리 거리까지 가면, 틀림없이 누군가가 마차를 태워 줄 사람을 만나게 될 것이라고 희망을 갖고 있었다.

그녀가 그곳에 서서 주위를 둘러보고 있으려니까, 마치 안장 가죽 같은 빛을 한 중년의 흑인이 그녀의 곁에 궤짝 마차를 들이대고 마부석에서 상반신을 내밀고 물었다.

「마차를 찾으십니까요, 아씨. 애틀랜타라면 어디고 이십 오 센트로 갑죠.」

마미는 살인적인 일별을 그 사나이에게 던졌다.

「역마차인가!」하고 그녀는 중얼거렸다. 「이봐, 우리들이 어떤 사람인지 알기나 하나?」

마미는 시골에서 자란 흑인이기는 했지만, 일 년 내내 시골에서만 지낸 것은 아니었기 때문에 점잖은 부인은 집안 남자와 함께가 아닌 한, 역마차——특히 궤짝 마차 따위——에 타는 것이 아니라는 것을 알고 있었다. 흑인 하녀가 따르고 있다는 정도로는 옛날부터의 관습을 만족시킬 수는 없는 일이었다. 마미는 아쉬운 듯이 역마차를 바라보고 있는 스카알렛을 흘겨보았다.

「자아, 가십시다요. 스카알렛 아씨! 역마차에다 해방 노예라! 홍, 아주 걸맞게 짝지어졌군!」

「나는 해방된 노예는 아니란 말이다.」하고 마부는 성이 나서 말했다. 「나는 톨보트 노마님 댁 사람이야. 이것도 노마님의 마차야. 나는 돈을 벌기 위해 여기서 손님을 기다리고 있는 거야.」

「어느 톨보트 마님 말인가?」

「밀리지빌의 스잔나 톨보트 마님이지. 우리들은 큰나리께서 전사하셨기 때문에 이리로 옮겨왔단 말이다.」

「그런 분을 알고 계십니까요, 스카알렛 아씨?」

「몰라.」하고 스카알렛은 분한 듯이 말했다. 「밀리지빌에는 아는 분이 적어.」

「그럼 우리는 걸읍시다요.」하고 마미는 사정 없이 말했다. 「저리 가, 검둥이.」

그녀는 스카알렛의 새 빌로도 옷과 부인 모자와 잠옷이 들어 있는 융단으로 만든 가방을 들자, 자기의 것들을 싼 깨끗한 보퉁이를 겨드랑이에 끼고 스카알렛을 독촉해서 젖은 잿더미 위를 가로질렀다. 스카알렛은 매우 마차에 타고 싶었지만, 마미와 맞서고 싶지 않았던 만큼 싸우지 않기로 했다. 어제 오후, 빌로도 커튼에 손을 대는 그녀를 발견한 뒤로, 마미의 눈에는 빈틈 없는 경계의 빛이

번쩍이고 있어서 그것이 스카알렛의 비위를 건드렸다. 마미의 감시로부터 벗어나기가 점점 어려워지기 때문에 스카알렛은 반드시 다투어야 할 필요가 생길 때까지는 될 수 있는 대로 마미의 투쟁심을 건드리고 싶지 않았던 것이다.

좁은 보도를, 피치트리 거리 쪽으로 걸어가면서 스카알렛은 놀라고 그리고 서글퍼졌다. 그만큼 애틀랜타는 황폐하고 옛 모습이 없었기 때문이다. 두 사람은 레트와 헨리 시숙이 머물었던 애틀랜타 호텔이 있었던 근처를 지났으나 그 말쑥하던 호텔 자리에는 새까맣게 탄 담장 일부와 뼈대만이 남아 있을 뿐이었다. 철도 선로를 따라 사분의 일 마일이나 걸쳐서 잇닿아 있던 무수한 군수품이 가득 들어 찬 창고도 타버린 채, 장방형의 주춧돌이 어두운 하늘 아래 쓸쓸하게 남아 있었다. 양쪽으로 늘어서 있던 건물과 역이 없어졌기 때문에 철도 선로가 환히 드러나 있다. 이 폐허 속에 어디가 그것인지 확실치는 않지만 찰즈가 남긴 재산의 하나인 그녀의 창고 자리도 있을 것이다. 헨리 시숙이 그녀 대신 작년도의 세금은 지불해 주었지만, 그것도 언젠가는 갚아 주어야 한다. 이것도 그녀에게는 걱정거리였다.

거리 모퉁이를 돌아서 피치트리 거리로 들어왔을 때, 그녀는 파이브 포인트 쪽을 바라보고 저도 모르게 놀란 소리를 질렀다. 프랭크한테서 온 시내가 초토가 되어 버렸다고 듣기는 했지만, 이렇게까지 완전하게 파괴돼 버렸으리라고는 생각지 않았던 것이다. 마음 속으로는, 이 사랑하는 거리에는 아직 훌륭한 상점과 주택들이 즐비하게 서 있을 것으로 짐작했는데 지금 눈 앞에 보이는 피치트리 거리는 목표물이 아무것도 남아 있지 않고, 마치 처음 보는 거리처럼 느껴졌다. 전쟁이 한창이던 때에 몇 번이나 마차를 몰았고, 포위를 당했을 때는 터지는 포탄에 목을 움츠리면서 공포에 쫓겨 걸음을 재촉했던 이 진창길, 남군이 철수하던 그 날에는 더위와 당황과 고민 속에서 바라보았던 이 거리가, 울고 싶을 만큼 변해 버리고 만 것이다.

샤만군이 초토가 된 시로부터 철수하고, 다시금 남군이 들어온 이후 일 년 동안에 새로운 상점이 많이 건축되었으나, 그래도 아직 파이브 포인트 근처에는 넓은 빈터가 남아 있어서 대단히 많은 허섭스레기가 쌓여 있었다. 잡초나 대싸리는 마르고, 검게 탄 쓰레기 속에 깨진 벽돌 조각이 흩어져 있었다. 그녀가 기억하고 있는 상점도 몇 갠가 남아 있었으나 그 지붕 없는 벽돌 벽 사이에는 부연 햇살이 비쳐들고, 유리 없는 창이 입을 크게 벌리고, 굴뚝만이 쓸쓸하게 솟아 있다. 그녀의 눈은, 여기저기에 포탄에도 화재에도 피해를 입지 않은 낯익은 상점을 발견하고 반가왔으나 갓 수선된 새 벽돌의 붉은 광택이 그을은 낡은 벽에 뚜렷이 표가 나 보인다. 새 점포의 입구나 새 사무소의 창에는, 그녀가 아는 사람들의 정다운 이름도 보였지만, 낯선 이름이 더 많았다. 특히 의사나, 변호사나, 목화상 중에 본바닥 사람이 아닌 문패들이 붙어 있는 것이 눈에 띄었다. 누구 한 사람 모르는 사람이 없었던 애틀랜타에서, 이처럼 많은 낯선 이름들을 보고 마음이 무거워졌다. 그러나 거리 양쪽으로 처마를 잇대어서 새로운 상점이 세워지고 있는 것을 보니 기운이 솟았다.

새로운 상점은 많이 있고 개중에는 삼층 건물도 몇 채 있지 않은가! 도처에서 건축이 진행되고 있다. 이 신생 애틀랜타에 마음을 주려고 거리를 바라보니 망치며 톱소리가 유쾌하게 울리고, 비계가 엮어져서 인부들이 벽돌을 어깨에 메고 사닥다리를 올라가는 것이 보인다. 그다지도 사랑하던 거리를 바라보고 있는 동안에 그녀의 눈이 조금 흐려져 왔다.

『애틀랜타여, 그들은 너를 태웠구나.』 하고 그녀는 생각했다. 『그들은 너를 넘어뜨렸다. 그러나 너는 지지 않았다. 너를 지게 할 수는 없다. 다시 너는 여태까지처럼 크고 훌륭하게 성장하는 것이다!』

뒤뚱거리면서 따라오는 마미를 데리고 피치트리 거리를 걸어가노라니까 보도는 전쟁이 한창이던 때와 마찬가지로 북적거리고 있었다. 이 부활해 가고 있는 시가지에는 아주 옛날, 그녀가 처음으로 피티 시고모를 찾아왔을 때, 그녀의 피를 끓게 했던 것과 같은 시끄러움과 부산함이 있었다. 남군의 부상병 운반차가 보이지 않을 뿐이지 그 당시와 똑같이 무수한 마차와 짐마차가 진흙길에 붐비고 있었고, 상점 차양 앞 이음 나무에는 여전히 많은 말과 노새가 매어져 있었다. 그러나 보도는 혼잡했지만 그곳에서 보는 사람의 얼굴은 머리 위의 간판과 마찬가지로 낯선 사람이 많았다. 어느 사람이나 새로 흘러들어온 사람들일 것이다. 난폭하게 생긴 사나이와 화려한 옷차림의 여자가 많았다. 빈둥거리는 흑인이 벽에 기대거나 보도의 살핏돌에 걸터앉아서, 서커스의 행진을 구경하고 있는 아이들의 천진스러운 호기심을 갖고, 길가는 마차 따위에 넋을 잃고 보기 때문에 어디나 시꺼멓다.

「해방된 시골 검둥이 놈들일 겝니다요.」 하고 마미는 씨근거렸다. 「놈들은 변변한 마차 따위는 본 일이 없는 겁죠. 게다가 얼마나 뻔뻔스러운 놈들입니까요.」

뻔뻔스럽다는 이 말에는 스카알렛도 동감이었다. 정말 뻔뻔스럽게 그녀를 아래위로 훑어보고 있었기 때문이다. 그러나 이윽고 새로 눈에 뜨인 푸른 군복에 놀라서 금세 흑인에 대해서는 잊고 말았다. 북군의 병사가 말을 탄 사람, 걷는 사람, 군용 마차를 모는 사람, 거리를 어슬렁거리는 사람, 비틀비틀 술집에서 나오는 사람 등, 거리에 가득히 넘쳐 있는 것이다.

나는 언제까지나 이 병사들을 태연한 기분으로 볼 수는 없을 거라고 주먹을 움켜쥐면서 그녀는 생각했다. 절대로 그렇게는 안 될 것이다! 그녀는 어깨 너머로 마미에게 말을 걸었다. 「서두르자, 마미. 얼른 이 사람들 속에서 나가자.」

「당장 이 걸리적거리는 검둥이들을 걷어차 버리겠사와요.」 하고 마미는 일부러 큰 소리로 대답하면서 그 앞을 어슬렁거리며 걷고 있는 흑인 남자에게 가방을 부닥뜨려서 옆으로 밀어붙였다. 「전 이 도시가 싫사와요, 스카알렛 아씨, 북부 사람과 천한 해방 노예들이 꽉 차 있어서 말입죠.」

「하지만, 이렇게 혼잡하지 않은 곳이면 좀 나을거야. 파이브 포인트를 지나면 그다지 나쁘지도 않을 거야.」

두 사람은 디케이터 거리의 흙탕 속에 놓은 미끄러운 징검다리를 건너서 사람이 차차 덜 붐비는 곳을 지나서 피치트리 거리를 계속 걸어갔다. 1864년의 그 날, 그녀가 미드 의사를 데리러 달려나가던 도중 잠시 멈춰서서 숨을 돌리던 웨슬리 교회당 앞에 다다르자, 그녀는 그 건물을 올려다보며 야릇한 짧은 웃음 소리를 냈다. 늙기는 했어도 약삭빠른 마미의 눈이 의아스러운 듯이 그녀의 눈을 더듬었으나 그 호기심은 채워지지 않았다. 스카알렛은 그 날 그녀를 덮쳤던 공포를 경멸하는 마음으로 생각해 낸 것이다. 그 날 그녀는 공포에 사로잡히고, 공포에 혼란되고, 적군의 내습을 두려워하고, 보우의 출산이 임박한 것을 두려워하고 있었다. 지금 생각하면 마치 큰 소리에 놀라서 펄쩍 뛰어오르는 어린 아이처럼, 어째서 그렇게까지 놀랐던지 이상했다. 그뿐 아니라 그녀는 정말 어린 애들처럼 적의 내습과 화재와 폐배를, 이것이 자기에게 일어날 수 있는 최악의 것이라고 생각하고 있었던 것이다. 그런 것은 엘렌의 죽음, 제랄드가 폐인이 된 것, 굶주림, 추위, 등뼈가 휠 정도의 노동, 악몽과 같은 생활의 불안에 비하면 얼마나 사소한 일인지 몰랐다. 지금의 그녀라면, 침입군에 대해서도 얼마든지 용감하게 행동할 수 있다. 그러나 타라를 위협하는 위험에 직면하는 것은 얼마나 고통스러운 일인가. 아니 그녀에게는 이미 가난 이외에는 무서운 것이라곤 아무것도 없었다.

피치트리 거리로 한 대의 궤짝 마차가 오고 있었다. 피티 고모네까지는 아직도 몇 구역이 남았기 때문에, 스카알렛은 보도와 차도를 구별하는 살핏돌까지 가서, 열심히 타고 있는 사람을 확인하려고 했다. 그녀와 마미가 차도로 상반신을 내밀고 가까이 다가오는 마차에 하마터면 웃으면서 인사를 할 뻔했을 때, 눈 앞의 창으로 여자의 얼굴이 보였다. 고급 털모자 밑으로, 너무나 시뻘건 머리가 빛나고 있었다. 서로가 서로의 모습을 알아보고 움찔했다. 스카알렛은 한 걸음 물러섰다. 벨 와틀링이었다. 창으로 내민 벨의 얼굴이 사라지기 전에, 그녀의 콧구멍이 증오로 벌름거리고 있는 것을 힐끗 스카알렛은 보았다. 이 도시에 와서 처음 만난 낯익은 얼굴이 벨이었다니, 이 무슨 얄궂은 일인가.

「저건 누구입니까?」마미가 의아한 듯이 물었다. 「아씨를 알고 있는 모양이었는데, 그쪽에서는 인사도 하지 않더군입쇼. 저는 그 빛깔의 머리카락은 난생 처음 보았는걸입쇼. 탈레턴 댁에도 저런 건 없었읍죠. 저건 물들인 거라고 대번에 저는 알았는뎁쇼.」

「물들인 거야.」하고 스카알렛은 짤막하게 대답하고 발길을 재촉했다.

「머리를 물들인 여자를 알고 계십니까? 저건 뭣하는 여자냐고 물었사와요.」

「저건 이 거리의 나쁜 여자야.」하고 스카알렛은 귀찮은 것처럼 대답했다. 「내가 저런 여자를 알고 있을 턱이 있어? 그러니까 그만 잠자코 있어요.」

「어이구 맙소사!」하고 마미는 신음 소리를 냈다. 그리고 입을 벌린 채, 굉장한 호기심으로 마차 뒤를 지켜보았다. 그녀는 이십 여 년 전에, 엘렌 부인과 함께 사배나를 떠난 뒤로 직업적인 나쁜 여자를 본 일이 없었기 때문에 벨을 좀더 똑똑히 보아 둘걸 그랬다고 몹시 분해했다.

「저 계집은, 매우 좋은 옷을 입고 훌륭한 마차며 마부를 가지고 있구면입쇼.」하고 마미는 중얼거렸다. 「우리 같은 선량한 사람이 배를 굶주리고 맨발로 걸어다니는데, 대관절 하느님은 무슨 생각으로 저런 못된 계집에게 저토록 호사를 하게 내버려두는 걸까.」

「하느님은 벌써 여러 해 전부터 우리들을 생각하시지 않게 된 거야.」하고 스카알렛은 거친 말투로 말했다. 「그렇지만 할멈, 『그런 소릴 하면, 어머님이 무덤 속에서 깜짝 놀라시와요.』그런 따위의 말은 하지 말아 줘.」

그녀는 벨 따위보다 자기 편이 훌륭하고 도덕적이기도 하다고 생각하고 싶었지만 안 되었다. 만약 그녀의 계획이 제대로 진행이 되면, 그녀도 또한 같은 처지에 놓이게 되고, 같은 사나이의 부양을 받지 않으면 안 되는 것이다. 자기의 결심은 털끝만큼도 후회하고 있지 않은데, 그것을 진실의 빛 앞에 드러내 놓고 보면, 그녀도 그다지 유쾌하지는 못 했다. 『그러나 그런 것을 지금 생각하는 것은 그만두자.』 하고 스스로를 타이르며 그녀는 발걸음을 재촉했다.

이윽고 미드네 집 불탄 자리 앞을 지나게 되었다. 그곳에는 쓸쓸하게 돌층계가 남아 있고 현관 길도 있었으나, 그 앞에는 아무 것도 없었다. 와이팅네 집이었던 곳은 텅 빈 공터가 되어 있었다. 주춧돌도 벽돌 굴뚝도 없고 어디로 실어갔는지 짐차의 바퀴 자국만이 남아 있었다. 엘싱네 벽돌 건물은 옛날 그대로였고, 지붕과 이층이 새로 고쳐져 있었다. 본넬네 집은 서투르게 고쳐져 있었다. 지붕 판자 대신으로 거칠게 깎은 널빤지로 지붕을 덮어, 보기에는 몹시 흉했지만 간신히 비 이슬만은 막을 만한 형편이었다. 그러나 어느 집이나 창문으로 내다보는 얼굴도 없었고, 포치에도 사람 그림자가 보이지 않았기 때문에 스카알렛은 다행하게 생각했다. 오늘은 아무하고도 이야기하고 싶지 않았던 것이다.

이윽고 피티 고모네 새 슬레이트 지붕과 붉은 벽돌담이 눈에 들어오자 스카알렛의 가슴은 몹시 두근거렸다. 이 집이 고칠 수조차 없을 정도로 형편 없이 부숴져 있지 않은 것을 그녀는 하느님께 감사했다. 이때 앞뜰에서 나온 것은 피터 할아범이었다. 장보는 바구니를 들고 있었다. 스카알렛과 마미가 무거운 발을 끄는 것처럼 하면서 걸어오는 것을 보자, 그의 검은 얼굴에는 믿어지지 않는 기쁨으로 활짝 웃음이 퍼졌다.

이 어리석은 흑인 할아범에게 키스해 주어도 좋다고 생각할 만큼 나는 기쁘다. 스카알렛은 그렇게 생각하면서 반갑게 말을 던졌다.

「빨리 고모님에게 강심제를 가져다 드려, 피터! 정말로 나야!」

그 날 밤, 피티 고모네의 저녁 식탁에는 요즘 어느 식탁에나 나오게 마련인 옥수수 죽과 말린 완두콩이 나왔다. 스카알렛은 그것을 먹으면서, 이번에 돈을 마련하게 되면, 이 두 가지 음식 접시만은 절대로 그녀의 식탁에는 올려 놓지 않겠다고 마음 속으로 다짐했다. 그리고 비록 어떠한 대가를 치르더라도 돈을——타라의 세금을 치르고도 충분히 남을만한 돈을, 그녀는 손에 넣으려고 하는 것이다. 어떻게든지 해서, 만약 살인을 해야 한다면, 사람을 죽이고서라도 이제 곧 큰 부자가 될 결심인 것이다.

식당의 누런 램프 불 밑에서, 그녀는 거의 가망은 없지만, 혹시 찰즈의 가족들로부터 그녀가 필요로 하는 돈을 꿀 수 있을지도 모른다는 생각이 문득 났다. 그래서 피티 고모에게 재정 형편을 물어보았다. 어지간히 실례되는 질문이었으나, 피타 고모로서는 오래간만에 가족의 한 사람과 이야기할 수 있는 기쁨으로 가득 차 있었기 때문에 실례되는 질문쯤은 염두에도 두지 않았다. 그리고 금세 눈물을 글썽거리면서, 자신의 불행을 자세하게 이야기하기 시작했다. 그에 의하면 어떻게 해서 그렇게 되었는지는 모르지만, 하여간 그녀가 시골에 가지고 있었던 농장과, 시내의 부동산이며 현금은 알지 못하는 사이에 모조리 없어져 버린 모양이다. 적어도 오빠인 헨리는 그렇게 말한다는 것이었다. 헨리는 피티 고모의 부동산에 대한 세금을 낼 수가 없어서 그 때문에 피티 고모가 현재 살고 있는 이 집 외에는 몽땅 없어지고 말았다는 것이다. 피티는 이 집이 결코 자기의 것이 아니고, 멜라니와 스카알렛의 공동 재산이라는 생각을 버리지 않는 모양이었다. 헨리는, 이 집의 세금을 내는 것이 고작이라는 것이다. 그리고 그녀에게 생활비로서 매달 얼마의 돈을 보내 주고 있는데, 그에게서 돈을 받는다는 것은 무척 굴욕적이지만, 안 받을 수가 없다는 것이다.

「헨리는 자기는 무거운 짐을 지고 있는 데다가 세금이 너무나 많아서, 어떻게 꾸려나가야 할지 모르겠다는 둥 하지만, 보나마나 그런 소린 거짓말일 거야. 돈을 잔뜩 가지고 있지만 나한테는 많이 보내 주고 싶지 않은 거겠지.」

스카알렛은 헨리 시숙이 거짓말을 하고 있지 않다는 것을 알고 있었다. 그것은 찰즈의 유산에 대해서 적어 보낸 몇 통의 시숙 편지에 나타나 있었다. 이 노변호사는 이 파괴 속에서, 무엇인가 웨이드와 스카알렛을 위하여 남겨 주려고, 이 집과 창고가 있었던 상공업 지대의 소유지를 남의 손에 넘겨 주지 않으려고 있는 힘을 다하고 있었던 것이다. 스카알렛은 시숙이 커다란 희생을 치러 가면서 그녀 대신에 이 집의 세금을 물어 주고 있는 것을 알고 있었다.

『물론 시숙도 돈은 없을 거야.』하고 스카알렛은 체념하듯 생각했다. 『할 수 없지. 시숙과 피티 고모님은 대상에서 제외하기로 하자. 그러면 결국은 레트만이 남게 된다. 역시 그에게 빌 도리밖엔 없겠어. 어떤 일이 있어도 그렇게 해야 하는 거야! 하지만, 지금 그런 생각을 하는 것은 그만두자……그보다도, 고모님에게 레트의 이야기를 꺼내도록 잘 구슬러서 내일 그를 이리로 초대하도록 해야 한다.』

그녀는 미소를 띄우며 피티 고모의 두툼한 손을 잡고, 그것을 자기의 두 손 사이에 끼었다.

「저, 고모님, 구차스러운 돈 이야기는 그만두고, 무언가 좀더 유쾌한 이야기를 해요. 저희들의 옛 친구들 소식이라도 말씀해 주세요. 메리웨더 부인은 어떻게 되셨어요? 그리고 메이벨은요? 그래 그래, 메이벨의 남편인 그 조그만 크리올(프랑스계 이민의 자손. 여기에서는 르네 피칼을 말함—역자주)은 무사히 돌아왔다지요? 엘싱네 사람들과 미드 선생 내외분은 어떻게 되셨어요?」

피티 고모는 화제가 바뀌었기 때문에 갑자기 생기가 돌아서, 그 갓난아기 같은 천진스러운 얼굴은 이미 눈물로 떨고 있지는 않았다. 그녀는 옛날 친지들이 무엇을 하고 있는지, 무엇을 입고, 무엇을 먹고, 어떤 생각을 하고 있는가를 자세하게 이야기하기 시작했다. 그리고, 사뭇 공포에 찬 어조로 르네 피칼이 전쟁에서 돌아올 때까지는 메리웨더 부인과 메이벨과는 파이를 구워서 북군 병사들에게 팔아 살림을 꾸려 가고 있었다고 말했다. 「생각해 보렴! 어떤 때는 스무 명도 넘는 북군 병사들이 메리웨더네 뒤뜰에 서서, 파이가 구워지기를 기다린 적도 있었단다. 지금은 르네가 돌아왔기 때문에 그가 헌 짐마차를 몰고 날마다 북군 캠프에 가서, 케잌이며 파이며 비스킷을 팔고 있단다. 메리웨더 부인은 조금만 더 돈이 마련되면, 상공업 지대에 빵집을 차리겠노라고 한단다. 나는 남의 일을 이러쿵저러쿵 평하고 싶지는 않지만 말이다, 만약 나 같으면 북군을 상대해서 장사를 할 바엔 차라리 굶어죽는 편이 낫겠다. 단 말이다, 북군 병사와 마주칠 때마다 반드시 아주 경멸하는 눈초리를 지어 보이고 될 수 있는 대로 모욕하는 태도로, 길 건너편으로 피하기로 하고 있단다. 하지만 비라도 오는 날에는, 어쨌든 길을 건너가야 하기 때문에 여간한 일이 아니란다.」피티 고모로서는, 남부 동맹 정부에 대한 충성을 나타내기 위해서는 어떠한 희생도 신이 진흙투성이가 되더라도 지나친 희생이라고 할 수는 없다고 생각하는 모양이다. 스카알렛은 그렇게 추측했다.

미드 의사와 부인은, 북군이 거리에 불을 질렀을 때에 집을 잃고, 게다가 필과 다아시가 전사했기 때문에, 집을 다시 지을 비용은 고사하고 그런 기력마저도 없었다. 미드 부인은 이젠 숫제 집 같은 건 갖고 싶지도 않다. 아들이나 손자가 없는 가정이 뭐가 되겠느냐고 말하고 있다 한다. 그러나 너무 쓸쓸해서 지금은 엘싱네에서 함께 지내고 있다. 엘싱네에서는 파괴된 부분을 수리해서 살고 있지만, 와이팅 부처도 마찬가지로 엘싱네에 방을 세들어 있고, 본넬 부인도 자기집을 용케 북군 장교에게라도 세를 놓게 되면, 엘싱네로 옮기고 싶다고 말하고 있다.

「하지만, 어떻게 그렇게 많은 사람이 살 수가 있을까요?」하고 스카알렛이 크게 말했다. 「엘싱 부인과 패니와 휴도 있을 텐데 말이에요.」

「엘싱 부인과 패니는 객실에, 휴는 다락방에서 잔단다.」하고 피티는 설명했다. 그녀는 친지들의 가정 내막을 잘 알고 있었다. 「저, 나는 이런 얘기를 하는 것은 싫지만 말이다. 엘싱 부인은 그 사람들을 〈실비 손님〉이라고 부르고 있단다. 그렇지만…….」하고 피티는 목소리를 낮추었다. 「그 사람들, 실지로는 하숙인밖에 더 되겠니. 엘싱 부인이 하숙을 치다니! 정말 기막힌 일이 아니고 뭐겠니.」

「아녜요. 썩 잘하는 일이라고 생각해요.」하고 스카알렛은 간단하게 말해 버렸다. 「전 작년 한 해 동안 타라에 공짜 하숙인 대신에 하다못해 〈실비 손님〉이라도 와 주었더라면 하고 생각했어요. 그랬으면, 우리는 이렇게까지 고생하지 않아도 좋았을 거예요.」

「스카알렛, 어떻게 너는 그런 소리를 할 수가 있니? 타라에 온 손님한테서 돈을 받다니 생각하기만 해도, 마음씨 고우신 너의 어머니가 무덤 속에서 깜짝 놀라시겠구나! 물론 엘싱 부인만 해도 어쩔 수 없으니까 저러고 있는 것뿐일 거야. 부인은 삯바느질 일을 맡고, 패니는 사기 그릇에 그림을 그리고, 휴는 장작 행상을 해서 벌고 있지만, 그것 가지고는 살림이 되지 않는단다. 생각해 보렴, 휴가 장작 행상을 해야만 하는 거야! 훌륭한 변호사가 되려던 그 애가 말이다! 우리가 아는 청년들이 형편 없이 몰락해 버린 것을 보면 나는 울음이 나온단다.」

스카알렛은 구릿빛으로 빛나는 타라의 하늘 아래의 목화 밭이랑을 생각하고, 그 위에 구부리고 있노라면 얼마나 등이 아팠던가를 생각했다. 그리고 서투르고 물집이 생긴 손에 삽자루를 쥐었을 때의 괴로움을 생각하면 휴 엘싱이라고 특별히 동정할 것은 없다고 생각하는 것이었다. 늙고 어리석은 피티는, 어쩌면 이다지도 세상 물정을 모른단 말인가. 파괴되고 없어진 속에서 살고 있으면서, 아직도 사람들로부터 보호를 받고 있다니!

「행상이 싫으면, 어째서 그는 변호사 일을 하지 않지요? 혹시 애틀랜타에는 이미 변호사 일이 없어졌나요?」

「없어지기는커녕 변호사 일이라면 얼마든지 있단다. 요즈음은 너나없이 누군가를 상대로 소송을 일으키고 있다고 해도 좋을 정도니까. 몽땅 타 없어져서, 토지 경계선이 없어져 버렸기 때문에 누구도 자기 소유지가 어디서 어디까지였는지를 모르는 거야. 그래서 소송을 일으키는 건데, 누구나가 다 빈털터리였기 때문에 그 비용을 받을 수가 없는 거야. 그러니까 휴는 행상을 하고 있는 거란다……. 아 참, 내가 까맣게 잊고 있었구나! 너한테 편지로 알렸던가? 패니 엘싱이 내일 밤 결혼하게 되어 있다는 거 말이다. 너도 물론 참석해야만 해요. 네가 여기에 와 있는 줄 알면 엘싱 부인은 무척 반가와하면서 너를 청할 거다. 그 옷 말고 다른 것 갈아입을 것을 가져왔더라면 좋으련만. 그 옷도 나쁘지는 않다만 조금 낡은 것 같아서 말이다. 그래? 따로 깨끗한 옷을 가지고 왔다고? 아이구, 그것 마침 잘 되었구나. 어찌 됐든 이 시가 불타고 나서, 애틀랜타에서 처음 하는 버젓한 결혼식이니까 말이다. 식이 끝나면 과자도 술도 나오고, 춤도 춘다더라만, 엘싱네는 퍽 곤란을 받는다는데 그런 비용을 어떻게 마련했는지 모르겠구나.」

「패니는 누구와 결혼하지요? 달라스 막클루아가 게티즈버그에서 전사하고 나서…….」

「패니의 이야기를 이러쿵저러쿵해서는 못 쓴다. 네가 찰즈에게 대하듯이, 누구나가 다 죽은 사람에게 충실할 수는 없는 일이니까 말이다. 가만 있자, 그게 뭐라는 이름이더라? 나는 언제나 사람의 이름을 잊어서 탈이지만 말이다. 톰…… 뭐라든가 했는데. 어쨌든 그 사람의 어머니에 대해서는 잘 알고 있단다. 라그랑지 여학원에 함께 다니던 사람이란다. 그 사람은 라그랑지의 톰린슨네 태생이고, 그리고 그 사람의 어머니는…… 가만 있자…… 파킨스였던가? 아니 파킨슨이던가? 파킨슨이다! 스파르타 출신인데 아주 훌륭한 가문이지. 하지만 그런데도…… 이런 말을 해서는 안 될지 모르지만 내게는 패니가, 어째서 그런 사람과 결혼할 생각이 났는지 알 수가 없구나.」

「술주정꾼인가요? 아니면…….」

「아니다, 아주 훌륭한 인격자지. 하지만, 포탄으로 하반신을 다쳐서 다리가 이상하게 되어 버리고, 그 때문에, 그 때문에, 난 이런 말을 입 밖에 내는 건 싫다만, 그 때문에 가랭이를 벌리지 않으면 걸을 수가 없게 돼 버렸단다. 그래서 걸을 때, 아주 모양이 흉해서 말이다, 어쨌든 그리 보기 좋은 건 아니란다. 왜 그 애가 그런 남자와 결혼할 마음이 생겼는지, 나는 아무래도 알 수가 없단 말이다.」

「하지만 여자는 누군가 하고 결혼해야 하는걸요.」

「그런 말이 어디 있니.」 하고 고모는 화를 냈다. 「나 같은 사람은 구태여 그럴 필요는 없었다.」

「어머나, 고모님도! 고모님 말씀을 드린 건 아니에요! 고모님이 얼마나 평판이 좋았는지는 누구든지 알고 있어요. 지금도 마찬가지예요. 하지만, 칼튼 노판사가 고모님을 보시는 눈이라니, 늘 얼마나 정이 넘치는지 저는…….」

「아이구 스카알렛, 그만둬라! 그 따위 늙은이 이야기는!」 하고 피티는 킥킥 웃으면서 기분이 풀어졌다. 「하지만, 패니도 평판이 좋은 아이니까, 좀더 나은 상대를 구할 수 있을 텐데. 그리고 내게는 그 애가 그 톰 뭐라고 하는 사나이를 사랑한다고는 도저히 생각되지 않아요. 그 애가 전사한 달라스 막클루아를 잊었다고는 생각하지 않지만, 그렇더라도 너와는 다르다. 너는 귀찮을 만큼 재혼할 기회가 있었는데도 여전히 찰즈에 대해 정절을 지키고 있지 않느냐 말이다. 난 늘 멜라니와 이야기를 했었다마는, 세상에서는 흔히 너를 매정하고 남자를 호리는 계집처럼 말하지만 어쩌면 찰즈를 그렇게 충실하게 생각하냐고 말이다.」

스카알렛은 이러한 어설픈 신임 따위는 한쪽 귀로 흘려 버리고 교묘하게 피티 고모를 잘 조종해서 차례차례 친지들의 이야기를 하게 했다. 그러는 동안에도 이야기가 레트에게로 돌아오기를 초조하게 기다리고 있었다. 오자마자 불쑥 그의 이야기를 묻는다는 것은 서투른 짓이다. 그런 짓을 하면 이 노부인은 건드리고 싶지 않은 방향으로 엉뚱하게 지레짐작을 하게 될 것이다. 레트가 결혼을 거절한 뒤라면, 피티가 어떤 의심을 품든지 그것은 상관없는 일이다.

피티 고모는 들어 줄 상대가 있는 것을 기뻐하는 아이들처럼, 기쁜 듯이 다음 다음으로 이야기에 활기를 띠었다. 공화당원들이 못된 짓만 하기 때문에, 애틀랜타는 최악의 상태에 빠져 있다. 그들이 하는 짓은 이루 다 말할 수가 없지만 그 중에서도 가장 나쁜 것은 흑인들의 머리 속에 공연한 소리를 불어 넣는 것이다.

「그쪽 사람들은 흑인한테도 투표권을 준다고 하지만, 그런 바보 같은 소리를 들어 본 적이 있니? 잘은 모르지만 생각해 보면, 피터 할아범 쪽이, 내가 여태까지 만나본 그 공화당원보다도 상식이 있고 예의도 알고 있단 말이다. 그리고 물론, 훨씬 교양이 있으니까 투표권을 바라지는 않지만, 그래도 다른 흑인들은 투표할 수 있다고 듣자 벌써 손을 댈 수 없을 만큼 건방졌단다. 개중에는 아주 무례한 놈이 있기 때문에 어두워진 뒤에는 안심하고 거리를 나다닐 수도 없구나. 대낮에도 점잖은 부인들을 보도에서 진창 속으로 떠밀어 버리고 하니까 말이다. 그리고 그것을 비난하는 신사가 있으면 당장 묶어 버리고, 그리고 아 참. 내가 버틀러 선장이 감옥에 들어가 있다는 얘기를 했던가?」

「레트 버틀러가요?」

뜻밖의 이야기였지만, 스카알렛은 피티 고모가 생각해 내 준 덕택에, 자기 쪽에서 그의 이름을 꺼내지 않고 넘기게 된 것에 감사했다.

「그래, 그렇단다!」피티 고모는 너무나 흥분해서 볼을 복사꽃 빛으로 물들이고 등을 꼿꼿이 폈다.「그 사람은 흑인을 죽였대서 지금 감옥에 들어가 있단다. 교수형을 받을지도 모른단다! 버틀러 선장이 교수형을 받다니, 생각해 보렴!」

잠깐 동안, 스카알렛의 가슴은 괴로운 듯이 할딱이면서 숨을 내쉬었다. 그리고 자기의 이야기의 효과가 당장에 나타난 것을 매우 기뻐하고 있는 뚱뚱한 노부인을 그저 망연히 바라 볼 수밖에 없었다.

「아직 증거는 확실치 않지만, 백인 부인을 능욕한 흑인을 죽인 사람이 있다는구나. 요즘 돼먹지 않은 흑인놈들이 여러 놈 살해당했기 때문에 북부 사람들은 몹시 당황해서 말이다. 버틀러 선장이라는 증거는 없지만, 누군가를 본보기로 처벌하지 않으면 안 되기 때문이라고 미드 박사가 말씀하시더라. 그렇다 하더라도 만약 그들이 그 남자를 교수형에 처한다면 양키로서는 처음 정직한 일을 하게 된다고 박사는 말씀하시지만, 그러나 나로선 그걸 잘 모르겠다. 버틀러 선장은 일 주일쯤 전에 이리로 찾아와서 내게, 아주 귀엽고 희한한 메추라기를 선물로 주더구나. 그리고 네게 대해서 여러 가지를 물으면서 포위전 때에는, 몹시 너를 화나게 한 일이 있었기 때문에, 아마 용서를 받지 못할 텐데. 그것이 걱정이라는 둥 하더라.」

58

「얼마 동안이나 감옥에 들어가 있게 될까요?」

「그거야 누군들 알겠니. 어쩌면 교수형을 당할 때까지일지도 모르고, 어쩌면 결국 범인이라는 증거를 잡지 못하게 될지도 모르니까 말이다. 하지만 북군으로서는, 죄가 있든 없든, 그런 건 아무래도 상관없는 거야. 누군가를 교수형에 처할 수만 있으면 되는 거니까.」피티 고모는 어마어마한 이야기인 것처럼 목소리를 낮췄다.「왜냐하면 북부에서는 큐 클럭스 클랜(남북 전쟁 뒤에 흑인과 북부 사람들을 억압 축출하기 위해서 남부 각 주에 결성된 비밀 결사—역주) 때문에 무척 당황하고 있으니 말이다. 시골에서는 클랜 같은 것은 없니? 아니, 틀림없이 있을 거다. 있어도 애실리가 너희들에게는 얘기하지 않겠지. 클랜 단원 이야기는 절대로 입 밖에 내서는 안 되기로 되어 있다니까 말이다. 단원은 밤만 되면 유령 같은 차림으로 마차를 타고 돌아다니면서, 도둑놈 같은 뜨내기 정상배나, 돼먹지 않은 흑인들을 습격한다. 그리고 위협을 해서 애틀랜타에서 물러가도록 충고하기도 하고, 그리고.」고모는 한층 더 목소리를 낮추었다.「때로는 그들을 죽이고 거기에다 큐 클럭스라고 쓴 카드를 붙여서 사람 눈에 잘 띄는 장소에 버려 둔다더구나. 그래서 북군측에서는 울화통이 터져서, 누군가를 사형에 처하여 그 본보기를 삼으려는 거야. 그러나 휴 엘싱의 이야기로는 버틀러 선장이 돈 있는 데를 알고 있으면서, 그것을 자백하지 않는다고 양키들은 보고 있기 때문에, 아마 사형은 되지 않을 거라고 하더라. 북군은 어떠한 일이 있어도 기어코 자백을 받고 싶어하는 거야.」

「돈이라니요?」

「원, 몰랐니? 내가 편지로 말하지 않았던가? 정말 너도 타라에 파묻혀 있었구나. 버틀러 선장이 좋은 말과 마차와 그리고 주머니에 돈을 잔뜩 가지고 이곳에 돌아왔을 때에는 온 시내가 야단법석이었단다. 어찌 됐든 우리들은 모두 다음 끼니마저 어떻게 할지 모르는 고생들을 할 때였으니까 말이다. 우리들이 모두 다 고생을 하고 있는데, 언제나 남부 동맹을 깎아 내리던 투기꾼이, 그런 큰 돈을 가지고 있기 때문에 모두들 무척 화가 났던 거야. 모두들, 어떻게 그런 큰 돈을 벌었는지 알고 싶어서, 왁자지껄했지만 그것을 맞대 놓고 그에게 물을 용기는 아무도 없었어. 나를 빼놓고는 말이다. 나는 물어보았었지. 그러니까 그는 그저 웃으면서『정직한 방법으로 손에 넣은 게 아니라는 것만은 분명합니다.』하더구나. 그 사람에게서 올바른 대답을 끌어내기가 얼마나 어려운가는 너도 알지 않니?」

「하지만, 보나마나 그 사람은 밀수로 돈을 벌었겠죠 뭐.」

「물론 그것으로도 벌었지. 그 중의 일부분은 말이다. 그런데 그런 건 그 사람이 실지로 가지고 있는 액수에 비하면 마치 양동이 속의 물 한 방울 만도 못 한 거야. 누구나가 북군까지도, 그 사람이 남부 동맹 정부의 금화 수백만 달러를 어딘가에 감춰 두고 있다고 믿고 있는 거란다.」

「수백만 달러, 금화로요?」

「그렇단다. 우리 남부 동맹 정부의 돈은, 대체 어디로 가 버렸겠니? 누군가가 가졌을 것이 틀림없어요. 그리고 버틀러 선장은 그 중의 한 사람인 거야. 처음에 북군에서는 데이비스 대통령이 리치먼드에서 물러갔을 때, 가지고 간 줄로 생각하고 있었던 모양이더라만, 그를 잡고 보니 거의 한 푼도 가지고 있지 않았대요. 전쟁이 끝나고 보니, 남부 전쟁의 재무성에는 한 푼의 돈도 남아 있지 않았다니까, 모두들 밀수업자들 중의 누군가가 그것을 움켜쥐고 시치미를 떼고 있는 줄로 생각하고 있는 거야.」

「금화로 수백만 달러! 그렇지만 어떻게…….」

「버틀러 선장은 남부 동맹 정부를 위해서 몇 천 짝이나 되는 목화를, 영국이나 낫소로 가지고 가서 팔지 않았니?」하고 피티는 자랑스러운 듯이 말했다. 「자기 목화뿐만 아니고 정부의 목화까지도 말이다. 전쟁 동안, 영국으로 수출된 목화가 어떤 값으로 거래되었는지 너도 알지? 이쪽에서 부르는 것이 값이었단다! 그 사람은 정부를 위해서 어떤 일이든 할 수 있는 대리인으로서 목화를 팔고, 그 돈으로 무기를 사서 그것을 봉쇄를 뚫고 보내 주고 있었는데 이윽고 봉쇄가 엄중해져서 무기를 보낼 수가 없게 되었거든. 목화 대금의 백분의 일이란 돈도 무기를 살 수 없게 되었을 테니까, 영국 은행에는 버틀러 선장이나 그 밖의 밀수업자들이 봉쇄가 풀릴 때까지 기다릴 작정으로 맡긴 돈이, 아마도 수백만 달러나 되었을 거야. 그리고 설마 그 사람들이, 남부 정부의 이름으로 예금했으리라고는 너라도 생각하지 않을 거다. 모두 자기 이름으로 예금하고 그것이 그대로 영국 은행에 남아 있을 거야. 너나 할것없이 종전 뒤에는 그런 소문만 숙덕거리면서 밀수꾼들의 욕을 하고 있으니, 흑인 살해의 혐의로 버틀러 선장을 체포한 북군도 이 소문을 듣고 있었던 게지. 여태까지도 돈을 어디에 감춰 두었느냐고 버틀러 선장을 무던히 족친 모양이더라. 우리 남부 동맹의 돈은 지금은 모두 북부의 것이 됐기 때문에, 적어도 북부에서는 그렇게 믿고 있으니까 말이다. 그런데도 버틀러 선장은 아무것도 모른다고 버티고 있는 거야……미드 박사는, 어찌됐든 그런 녀석은 교수형에 처해야 할 것이고, 그런 도둑질을 겸한 간상배에게는 교수형도 과분할 정도라는 둥 말씀하시지만…… 아니, 왜 그러니? 얼굴빛이 이상하구나. 속이라도 불편하냐? 이런 이야기를 했기 때문에 기분이 나빠진 거냐? 그 사람이 옛날에 너의 찬미자의 한 사람이었다는 건 알고 있다마는 벌써 옛날에 네가 차 버리지 않았니. 나 개인의 성미로 말하면 나는 그 사람을 좋아하지 않아요. 왜냐하면 그 사람은 무뢰한이고…….」

「그 사람 제 친구는 아니에요.」하고 스카알렛은 가까스로 말을 했다.「전 고모님이 메이콘으로 가시고 나서, 북군에게 포위당했을 때 싸우고 말았어요. 어디에, 그 사람은 어디에 있죠?」

「공설 광장 옆 소방서에 있다고 하더구나!」

「소방서에요?」

피티 고모는 기침을 해 가며 웃었다.

「그래, 소방서에 있단다. 북군이 지금은 그것을 위수(衛戍) 감옥으로 쓰고 있단다. 북군은 그 광장의 시청 주위에 숙영(宿營)을 하고 있기 때문에, 바로 그 근처니까 감옥으로 쓰고 있는 거겠지만, 그래서 버틀러 선장은 거기 갇혀 있는 거야. 그리고 스카알렛, 나는 어제 버틀러 선장에 대해서 아주 재미있는 이야기를 들었단다. 누구에게 들었던가는 잊어버렸지만 말이다. 너는 그 사람이 언제나 얼마나 단정한 차림을 하고 있었는지 알고 있겠지. 정말 멋장이였지. 그런데, 북군이 소방서에 처넣어 두고 목욕을 시키지 않으니까, 매일 목욕탕에 보내 달라고 조르기 때문에 끝내 감옥에서 내놓기로 했었다는 거야. 그곳 광장에는 말에게 물을 먹이기 위한 긴 물탱크가 있는데, 한 연대의 병사들 전부가 물도 갈지 않고 들어갔다 나온 다음에 데리고 가서, 자아 들어가 목욕을 해도 좋다고 했더니 그는 싫다. 북군의 때보다는 손수 만든 남부의 때가 낫다면서…….」

스카알렛은 유쾌한 것 같은 고모의 목소리가 자꾸자꾸 계속되는 것을 듣고 있기는 했으나, 얘기의 내용은 조금도 듣고 있지 않았다. 그녀의 마음 속에는 오직 두 가지 생각 밖에는 없었다. 레트는 그녀가 바라는 것보다도 더 많은 돈을 가지고 있다는 것과 그가 지금 감옥에 들어가 있다는 것이었다. 그러나 감옥에 들어가 있는데다가 경우에 따라서는 교수형을 받게 될지도 모른다는 사실이 얼마간 문제의 형태를 바꾸어 놓았기 때문에, 사실 다소 밝은 기분이 되었다. 레트가 교수형을 받는다는 점에 대해서는 거의 아무런 감정도 일어나지 않았다. 돈이 다급하게 필요하고, 절박해서 그의 최후의 운명 따위를 마음에 둘 겨를은 없었다. 더구나 그녀도 역시 미드 박사의 의견에는 거의 찬성이어서, 교수형도 그에게는 과분할 정도라고 생각하고 있었다. 어떤 사나이든 한밤중에 양쪽 군사들 사이에 부인을 버려 두고, 이미 수명이 다한 정부의 대의를 위해서 싸우러 가는 인간은 교수형에 처하는 것이 당연하다고 생각했다. 만약 어떻게든지 해서 그가 감옥에 있는 동안에 결혼해 버리면, 형이 집행된 다음에는 그 수백만 달러의 돈이 모조리 그녀 한 사람의 것이 되는 것이다. 만약 옥중 결혼이 불가능하다면, 그가 석방됐을 때에 결혼한다는 약속으로 돈을 빌 수가 있을 것이다. 어떤 약속인들 상관이 있겠는가? 그가 교수형을 당하기만 하면 어떤 약속이라도 실행할 날은 영원히 오지 않는 것이다.

잠시 동안, 그녀의 공상은 북부 정부의 친절한 배려에 의하여 레트가 처형되고, 자기가 미망인이 되었을 경우를 생각하며 마음이 달아올랐다. 금화로 수백만 달러! 그녀는 타라를 수리하고 사람을 두어 몇 마일이고 목화를 심을 수가 있다. 아름다운 옷을 만들 수도 있다. 먹고 싶은 것은 무엇이든지 먹을 수 있다. 스월렌이나 캐린에게도 똑같이 그렇게 해줄 수가 있다. 웨이드에게는 영양분이 많은 것을 먹여서 야윈 뺨을 살찌게 할 수도 있고, 따뜻한 옷을 입힐 수도 있다. 가정 교사도 둘 수 있고, 나중에는 대학에도 보낼 수 있다. 가난한 농부처럼 맨발로 배우지 못한 채 자라지 않아도 된다. 아버지도 좋은 의사에게 맡길 수가 있고, 애실리에겐, 애실리에게도, 될 수 있는 대로 무슨 일이라도 해주어야겠다.

혼자 판을 치던 피티 고모님의 이야기가 갑자기 그쳤다. 「뭐지 마미?」하고 묻는 소리에 스카알렛은 꿈에서 깨어나 마미의 모습을 보았다. 그녀는 마미가 언제부터 거기에 와 있었으며, 지금 이야기들을 얼마나 듣고, 어느 정도로 관찰했을까 하고 의심했다. 마미의 늙은 눈의 광채로 보아 아무래도 모조리 알아 버린 것 같았다.

「스카알렛 아씨는 피로하신 것 같사와요. 주무시는 편이 좋겠는뎁쇼.」

「전 정말 고단해요.」하고 스카알렛은 일어나서 마미의 눈을 어린애처럼 불안하게 마주 보았다. 「감기가 든 것 같아요. 피티 고모님, 저, 내일은 고모님과 같이 방문을 안 가고 좀 누워 있어도 괜찮을까요? 방문은 언제든지 할 수 있고, 게다가 내일 저녁 패니의 결혼식에는 꼭 가고 싶지만, 감기가 심해지면 갈 수 없게 될 테니까 말예요. 하루 누워 있게 해 주시는 것이 제게는 제일 반가운 대접이에요.」

마미는 스카알렛의 손을 쥐어 보았다. 그리고 약간 걱정스러운 듯이 그녀의 얼굴을 들여다보았다. 분명히 좀 다른 것 같았다. 여러 가지 생각에서 오는 흥분이 갑자기 가시자, 그녀의 얼굴은 창백해지고 몸이 떨리기 시작했다.

「손이 마치 얼음 같습니다요. 아씨, 어서 자리에 드시는 것이 좋겠사와요. 땀이 나도록 사사프라스를 달인 차하고, 벽돌을 데워서 넣어 드릴 테니까.」

「나도 참 어쩌면 그렇게도 눈치를 못 챘을까?」하고 소리치더니, 뚱뚱한 노처녀는 의자에서 벌떡 일어나서 스카알렛의 팔을 어루만졌다. 「수다만 떠느라고, 네 생각을 못 하다니. 내일 하루는 침대에서 푹 쉬어라. 누워 있어도 애기는 할 수 있으니까 말이다. 아이구, 안 되겠구나! 나 내일은 네 곁에 못 있겠구나.

내일은 본넬 부인 곁에 있어 주기로 약속이 되어 있어. 유행성 감기로 누워 있거든. 그 집 요리사도 같은 병으로 누워 있단다. 마미, 자네가 함께 와 주길 잘했구면. 자네 내일 아침, 나와 함께 가서 좀 도와 주게.」

마미는 차가운 손과 엷은 신에 대해서 투덜거리며 스카알렛을 재촉하여 어두운 층계를 올라갔다. 스카알렛은 고분고분 하자는 대로 했다. 은근히 만족스러워하고 있었던 것이다. 마미의 의혹을 조금 더 딴 데로 돌리고, 아침결에 이 집에서 멀리 떨어져 있게만 하면 모든 것이 잘되는 것이다. 그렇게 되면 북군 감옥으로 가서 레트를 만날 수가 있다. 층계를 올라가노라니까 희미하게 우뢰 소리가 들려 왔다. 층계 중턱에 서서, 똑똑히 기억에 남아 있는 포위전 당시의 대포 소리와 흡사하다고 생각했다. 그녀는 몸을 떨었다. 그녀에게 있어서 우뢰 소리는 언제나 대포와 전쟁을 뜻했던 것이다.

34

이튿날 아침은 개였다 흐렸다 하는 날씨로, 세찬 바람이 태양의 얼굴을 스치고 빠르게 검은 구름을 달리게 하고, 창문 유리를 덜컹거리게 하며 집 둘레에 아련한 신음 소리를 던졌다. 스카알렛은 밤새 오던 비가 개였으므로 짤딱한 감사의 기도를 올렸다. 어젯밤 드러누워 빗소리를 들으면서, 이래 가지고는 빌로도 드레스도 새 모자도 형편 없이 돼 버리겠다고 걱정했기 때문이다. 가끔 볕이 드는 것을 보고 한결 기운이 났다. 피티 고모랑 마미랑 피터 할아범이 본넬 부인 댁으로 갈 때까지 침대에 꼼짝 않고 드러누워, 초췌한 얼굴 모습으로 꺼져가는 목소리를 내고 있지 않으면 안 되었기 때문에 그것이 고통스러웠다. 이윽고 바깥문 닫히는 소리가 나고 부엌에서 노래를 부르는 쿠키 외에는 아무도 없게 되자 침대에서 뛰어내려 옷장에 걸어 놓은 새 드레스를 꺼냈다.

잠은 그녀의 원기를 회복시켜 주고 기운이 나게 했다. 마음 밑바닥의 차고 단단한 핵심에서 그녀는 용기를 끌어냈다. 이제부터 사나이와——어떤 사나이라도 좋다——지혜 겨루기를 한다고 생각하니, 무언가 마음 속에 뛰노는 것이 있었다. 특히 이제까지 몇 달이나 숱한 방해와 싸워 온 지금, 마침내 그녀 자신의 노력으로 이겨낼 수 있을지도 모르는 적수와 얼굴을 마주친다고 생각하니 갑자기 마음이 긴장되었다.

남의 손을 빌지 않고 옷을 입기란 여간 힘들지 않았지만 겨우 입기를 마치자, 화려한 깃털 장식이 달린 모자를 쓰고, 피티 고모의 방으로 달려들어가, 긴 거울 앞에서 옷매무시를 고쳤다. 얼마나 아름답게 보이는 것일까！ 닭의 깃털도 멋있게 느껴지고, 암녹색 빌로도 모자는 그녀의 눈에 거의 에메랄드빛으로 화사한 광채를 주고 있었다. 드레스도 호사스럽고 우아하며, 게다가 기품이 있어 더할 나위 없다. 또다시 이런 아름다운 드레스를 입게 되다니, 아아 정말 좋아. 그녀는 자기가 아름답고 매혹적으로 보이는 것을 알고 여간 기쁘지 않았다. 문득 충동적으로 몸을 굽혀 거울에 비친 자신의 모습에 입맞추고, 정신이 들자 스스로의 어리석은 행동에 웃었다. 그녀는 엘렌의 낡은 페이즐리 숄을 걸쳐 보았으나, 그 낡아 빠진 빛깔이 드레스의 암녹색과 어울리지 않고, 어쩐지 그녀를 초라하게 만들었다. 그래서 피티 고모의 옷장을 열어, 검정 고급 나사 외투를 꺼내 입었다. 그것은 얇으스름한 가을 외투로, 피티가 일요일밖에 안 입고 아끼는 것이다. 다음에 그녀는 타라에서 가져온 다이아 귀걸이를 구멍이 뚫린 귀에다 걸고, 그 효과를 보기 위해 고개를 흔들어 보았다. 귀걸이는 기분 좋은 소리를 내어 그녀는 몹시 만족했다. 레트와 만나면 잊지 말고 가끔 고개를 흔들리라 마음먹었다. 흔들리는 귀걸이는 언제나 사나이를 끌며 여자에게 생기 발랄한 운치를 주는 것이다.

피티 고모가 오늘, 그 통통한 손에 끼고 나간 장갑밖에 장갑이 하나도 없다는 것은 정말 유감스러운 일이다！ 여자는 누구나 장갑이 없으면 귀부인 티가 나지 않는데, 스카알렛은 애틀랜타를 떠난 뒤로 장갑을 갖지 못했던 것이다. 그리고 타라에서의 오랫 동안의 심한 노동은 그녀의 손을 거칠게 해서, 인사로라도 아름답다고는 할 수 없게 망가져 버렸다. 그러나 방법은 없다. 피터 고모의 작은 바다 표범의 머프(안에 털을 대고 양쪽으로 손을 넣는 부인용 대형 토시—역자주)를 집어 들어 그 속에 손을 감추기로 했다. 이제야 단정하고 아름다운 매무시의 마지막 손질이 끝났다. 그녀는 느꼈다. 이러한 그녀를 본다면 누구라도 그 어깨 위에 빈곤과 궁핍이 지워져 있다고는 생각지 않을 것이다.

버틀러에게 눈치채게 해서는 큰 야단이다. 그저 살뜰한 정의로 찾아와 준 것이라고 생각하게 해야 한다.

그녀는 발끝 걸음으로 이층에서 내려와 쿠키가 무심히 부엌에서 노래를 부르고 있는 틈에 집을 빠져 나왔다. 근처 사람들의 호기심에 찬 눈을 피해 부랴부랴 베이커 가(街)로 내려와, 아이비가의 타버린 집앞에 남아 있는 노둣돌에 걸터앉았다. 그리고 마차나 짐마차가 지나가면 태워다 달라고 할 생각으로 기다렸다. 태양은 흐르는 구름 뒤로 나타났다 숨었다 하며, 가끔 부드러운 빛으로 길을 비쳤으나 조금도 따뜻하지 않고, 바람이 레이스의 팬터렛을 불어올렸다. 생각했던 것보다 추워서 그녀는 피티 고모의 얇은 외투에 싸여 초조해 하며 몸을 떨었다. 기다리다 못해 북군 병영까지의 먼 길을 걸어갈 각오로 발을 옮겨 놓는데, 한 대의 포장 마차가 나타났다. 비바람에 시달린 얼굴에 갈색 볕가리개 모자를 쓰고, 입술에 코담배 가루를 잔뜩 묻힌 노파가 다 늙어 빠진 노새를 몰고 있었다. 노파도 시청 쪽으로 가는 참이어서 마지 못해 스카알렛을 태워 주었다. 분명히 노파는 스카알렛의 드레스랑 모자랑 머프가 마음에 안 들었던 것이다. 『나를 굴러먹은 계집으로 아는구나.』 하고 스카알렛은 생각했다.『하지만 그것이 맞는지도 모르지！』

마침내 광장에 닿자, 시 청사의 희고 둥근 지붕이 우뚝 솟아 보였다. 그녀는 인사를 하고 마차에서 내려, 그 시골 노파의 사라져 가는 모습을 바라보고 있었다. 그러고 나서 조심스럽게 주위를 둘러보고 자기를 보는 사람이 없는 것을 확인한 다음, 붉은기를 띠게 하기 위해 볼을 꼬집고 역시 붉게 하기 위해 아플 정도로 입술을 깨물고, 모자를 고쳐 쓰고, 머리를 매만지며 광장을 훑어보았다. 붉은 벽돌 이층집인 시 청사는 전화(戰禍)를 벗어났으나, 잿빛 하늘 아래 초라하고 어설퍼 보였다. 시청을 중심으로 그 건물 주위를 둘러싸고, 광장에는 그을고 흙탕물을 뒤집어쓴 군대용 막사가 빈틈 없이 열을 지어 늘어서 있었다. 북군 병사들이 여기저기 어슬렁거리고 있어, 스카알렛은 문득 그들을 보고 있는 동안에 얼마간 용기가 꺾이는 것 같았다. 이 적의 진영 속에서 어떻게 하면 레트를 찾아낼 수 있을까！

소방서 쪽을 바라보니, 커다란 아치형의 도어가 닫혀 얼씬도 못 하게 빗장이 질려 있었는데 위병 둘이 건물 양쪽을 왔다갔다하고 있었다. 레트는 저 안에 있는 것이다. 한데 북군 병사에게 뭐라고 해야 좋을까? 그들은 나더러 뭐라고 할까? 그녀는 어깨를 치켜올렸다. 북군 병사 한 사람 죽이기를 두려워하지 않았던 자기가, 같은 북군 병사와 이야기를 하는 것쯤 가지고 무얼 두려워할 게 있을까.

위태로운 걸음으로 디딤돌을 딛고 진흙탕길을 가로지르자, 바람을 막기 위해 푸른 외투 단추를 꼭꼭 채운 위병 하나가 누구냐고 소리칠 때까지 마구 걸어갔다.

「무슨 볼일이십니까, 부인？」그 목소리는 귀에 익지 않은 중서부 지방의 사투리가 있었으나 예의바르고 정중했다.

「이 안에 있는 사람을 면회하러 왔는데요. 죄수예요.」

「글쎄요, 난 모르겠는데요.」하고 위병은 머리를 긁적거리며 대답했다.「방문 온 사람에 대해서는 여간 까다롭지않아요. 게다가……」그는 말을 중단하고 그녀의 얼굴을 물끄러미 들여다보았다.「이거 참, 부인! 울지 마십시오! 저쪽 위병 본부로 가서 사관에게 부탁해 보십시오. 틀림없이 만나게 해줄 겁니다.」

처음부터 울 작정은 아니었던 스카알렛은 그에게 미소를 던졌다. 그러자 그는 자기 순회 구역을 천천히 왔다갔다하고 있던 다른 위병 쪽을 돌아보며 소리쳤다.

「여보게, 빌. 이리 좀 와!」

푸른 외투 깃에서 거무스럼한 악한 같은 구레나룻을 내민, 몸집이 큰 제 2 의 위병이 진창길을 건너 이쪽으로 다가왔다.

「이 부인을 본부로 안내해 주게.」

스카알렛은 인사를 하고 그 위병 뒤를 따라갔다.

「이 디딤돌에 발목을 삐지 않도록 조심하십시오.」라고 하며 위병은 그녀의 팔을 잡아 주었다.

「진흙이 묻지 않게 스커트를 조금 쳐드는 편이 좋을 거요.」

구레나룻 속에서 나오는 목소리는 역시 코먹은 소리이긴 했으나, 친절하고 기분 좋게 들렸다. 그녀의 팔을 잡아 준 손도 억세고 예의발랐다. 『어머, 북군도 아주 나쁜 놈만 있는 것은 아니구나!』 하고 스카알렛은 생각했다.

「부인들이 외출하기에는 좀 추운 날씹니다.」하고 그는 말했다.

「멀리서 오셨읍니까?」

「네, 시 저쪽 변두리에서 왔어요.」하고 그의 목소리에 담긴 호의를 즐겁게 생각하며 그녀는 대답했다.

「오늘은 부인들께서 외출할 만한 날씨가 못 됩니다.」그는 나무라듯 말했다. 「유행성 감기가 쫙 퍼져 있으니까요. 자아, 여기가 위병 본부입니다. 아니 부인, 왜 그러십니까?」

「이 집이, 이 집이 당신들의 본부예요?」스카알렛은 광장으로 면한 아름다운 옛날 그대로의 건물을 쳐다보자 울고만 싶어졌다. 그녀는 전시중에 이 건물 위에서 열렸던 파티에 몇 번이나 참석했었다. 그 무렵에는 화려하고 아름다운 곳이었는데, 지금은 지붕 위에 커다란 북부 연방의 국기가 펄럭이고 있는 것이다.

「왜 그러십니까?」

「아무것도 아니에요. 그저, 그저 전에 살고 있던 사람들을 알고 있어서요.」

「그랬군요. 그게 안 됐읍니다. 안은 싹 달라졌으니까, 아마 그 사람들이 보아도 모를 겁니다. 자아 들어가시지요, 부인. 그리고 대위님에게 부탁해 보십시오.」

그녀는 부숴진 흰 난간을 손으로 쓸면서, 계속 계단을 올라가 정면의 도어를 밀었다. 홀은 굴 속처럼 어둡고 썰렁했다. 위병 하나가 떨면서 전성 시대에는 식당이었던 방의 도어에 기대서서 지키고 있었다.

「대위님을 뵈러 왔는데요.」하고 그녀는 말했다.

도어를 밀어 주었으므로 방안으로 들어갔다. 곤혹과 흥분으로 심장이 마구 뛰고, 얼굴이 달아올랐다. 그 방에는 자욱한 담배 연기, 가죽붙이, 젖은 모직물의 군복, 목욕하지 않은 몸뚱이가 빚어내는 냄새 따위가 뒤섞여 숨이 막힐 것만 같았다. 벽지가 떨어진 벽과 못에 걸린 푸른 외투와 죽 걸려 있는 가장자리가 부드러운 군모며, 한창 타오르는 불과, 서류가 흩어져 있는 긴 책상이며, 푸른 군복에 금단추를 단 사관패들 등의 혼란한 인상을 그녀에게 주었다.

꿀꺽 한 번 침을 삼키고 나서 겨우 소리를 낼 수 있었다. 이 북군 사람들에게 자기가 무서워하고 있다는 것이 알려져서는 안 된다. 자기를 가장 아름답게 보이고, 가장 태연한 행동을 보여 주어야 한다.

「대위님이신가요?」

「나도 대위의 한 사람이긴 합니다만.」하고 웃옷 단추를 끌러 놓은 뚱뚱한 사나이가 대답했다.

「저, 수감중인 레트 버틀러 선장을 만나고 싶은데요.」

「또 버틀러야? 그 사내는 인기가 대단하군.」하고 대위는 씹고 있던 엽궐련을 입에서 떼며 웃었다. 「당신은 친척이십니까, 부인?」

「네. 그 사람의, 그 사람의 누이동생입니다.」

그는 또 웃었다.

「그 친구는 굉장히 많은 누이동생을 가지고 있군. 어제도 한 사람 찾아왔었는데.」

스카알렛은 얼굴을 붉혔다. 레트와 관계가 있는 여자의 한 사람이겠지. 틀림없이 그 와틀링일 것이다. 한데 여기 있는 북군들은 나마저 그런 여자의 하나라고 생각하고 있는 거다. 그렇게 생각하니 그녀는 약이 올랐다. 비록 타라를 위해서 일지라도, 이제 잠시라도 더 여기서 그런 모욕을 견디낼 수는 없다. 화가 나서 도어 있는 데로 되돌아가 손잡이에 손을 대자, 이때 재빨리 한 사관이 그녀의 곁으로 성큼성큼 다가왔다. 말쑥하게 수염을 깎은 청년 사관으로 쾌활하고 친절해 보이는 눈을 갖고 있었다.

「잠깐만 기다리십시오, 부인. 이분 옆으로 앉으시지요. 따뜻합니다. 내가 가서 어떻게 주선을 해 보지요. 성함을 뭐라고 하시는지요? 버틀러 씨는 어제 찾아온 여자, 그 부인에게는 면회를 거절했었읍니다만.」

그녀는 권하는 의자로 가 앉자, 멋적은 듯한 아까 그 뚱뚱한 대위를 흘기며 이름을 대주었다. 친절한 젊은 사관은 외투를 걸치고 방을 나갔다. 다른 사람들은 책상 저쪽 끝머리에 모여, 낮은 소리로 이야기를 하기도 하고, 서류를 뒤적이기도 했다. 그것을 다행으로 여기며 그녀는 발을 난로 쪽으로 뻗었다. 그제서야 비로소 두 발이 몹시 얼었던 것을 알고, 구멍이 뚫린 쪽 신바닥에 두꺼운 종이를 깔았더라면 좋았을 걸 하고 생각했다. 조금 지나자 도어 밖에서 왁자지껄하는 소리가 났다. 스카알렛은 레트의 웃음 소리를 들었다. 도어가 열리며 찬바람이 방안으로 몰아쳐 들어옴과 동시에, 모자도 쓰지 않고, 긴 케이프를 아무렇게나 어깨에 걸친 레트가 모습을 나타냈다. 그는 추레하게 수염도 깎지 않고 넥타이도 매지 않은 몰골이면서도 어쩐지 명랑해 보였고, 그 검은 눈은 그녀의 모습을 알아보고 기쁜 듯이 빛났다.

「스카알렛!」

그는 그녀의 두 손을 덥석 잡았다. 그의 손에는 여느 때와 마찬가지로, 어딘가 자극적이고 생명력이 있는 정열적인 것이 느껴졌다. 그녀가 미처 정신을 차리기도 전에 얼른 몸을 굽혀 그녀의 볼에 입을 맞추었다. 입수염이 그녀의 뺨을 간지럽혔다. 깜짝 놀라 몸을 움츠리려는 그녀의 몸의 움직임을 느낀 그는 그녀의 어깨를 끌어안고「귀여운 내 누이야!」하고 말했다. 그리고 그녀가 그의 애무에 저항 못 하는 것을 즐기기라도 하듯이, 그녀를 굽어보고 싱긋 웃었다. 이렇게까지 끌려들고 보니, 그녀도 마주 웃어 보이지 않을 수 없었다. 그런데 정말 장난꾸러기야! 감옥에 갇혔어도 조금도 그는 변하지 않았다.

뚱뚱한 대가 엽궐련을 입에 문 채 쾌활한 눈의 사관에게 말을 걸었다.

「아주 파격적인 대우로군. 그는 소방서에 있지 않으면 안 되는 거야. 자네도 명령은 알고 있을 텐데 그래.」

「제발 그렇게 불뚝거리지 말게, 헨리. 그런 헛간 같은 데서는 부인들은 얼어 죽고 말걸세.」

「아, 알았어, 알았어! 자네 책임이니까.」

「여러분, 안심하십시오.」하고 레트는 여전히 스카알렛의 어깨를 잡은 채 그들 쪽을 돌아보며 말했다. 「내 누이동생은, 내 탈옥을 돕기 위해 톱도 줄도 가지고 오지는 않았으니까.」

모두가 웃었다. 웃는 틈에 그녀는 재빨리 주위를 둘러보았다. 어쩌나! 나는 이제부터 북군 장교가 여섯 명이나 있는 앞에서 레트와 이야기를 해야만 하는 것일까? 그는 감시의 눈을 뗄 수 없을 만큼 위험한 죄수란 말인가? 그런 그녀의 근심스런 눈빛을 보고, 친절한 젊은 사관은 한쪽 도어를 밀어 열었다. 그리고 벌떡 일어나 부동 자세를 취한 두 병사에게 낮은 소리로 짤막하게 뭐라고 분부했다. 두 병사는 총을 들고 도어를 닫은 다음 홀 쪽으로 나갔다.

「뭣하면, 이 당직실에서 이야기를 해도 상관없읍니다.」하고 젊은 대위가 말했다.「하지만 그 도어로 빠져 나가려고 해서는 안 돼요. 도어 바로 밖에는 부하가 있으니까.」

「얼마나 내가 엉터린지 알았겠지, 스카알렛.」하고 레트가 말했다.「고맙소 대위님, 너무나 감사합니다.」

그는 머리를 끄덕 숙이고는 스카알렛의 팔을 잡아 일으켜, 더러운 당직실로 밀어 넣었다. 그녀는 그 방이 좁고 침침하고, 별로 따뜻하지 못하며 파손된 벽에 글씨를 쓴 종이가 핀으로 꽂혀 있고, 털이 아직 붙어 있는 소의 생가죽을 깐 의자가 있었던 것밖에 기억에 없다.

그는 문을 닫고 단 둘이 되자, 냉큼 곁으로 와서 그녀의 위로 몸을 구부렸다. 그녀는 그가 바라고 있는 것을 알고 얼른 머리를 돌렸으나, 그러면서도 눈꼬리로 도발적인 미소를 지었다.

「지금 정말로 키스하면 안 되겠소?」

「이마에라면, 착한 오빠처럼.」하고 그녀는 깜찍스럽게 대답했다.

「그럼 사양하겠어. 보다 좋은 일을 기대하며 기다리기로 하지.」그의 눈은 그녀의 입술을 원하여, 잠시 그곳에 머물렀다.「한데 나를 만나러 와 주다니, 정말 당신은 친절해, 스카알렛! 내가 감금된 뒤로 존경하는 시민으로 나를 찾아 준 사람은 당신이 처음이오. 감옥에 있으면, 친구가 그리워지는 거요. 그런데 당신은 언제 애틀랜타로 왔소?」

「어제 오후에.」

「그리고 오늘 아침에 여기 와 주었구려? 그건 친절 이상인데.」그는 그녀를 굽어보며 미소지었다. 그의 얼굴에 정직하게 기쁨을 나타내는 표정을 본 것은, 그녀는 처음이었다. 스카알렛은 됐구나 싶어 두근거리는 가슴 속으로는 웃으면서도 멋적은 듯이 고개를 숙였다.

「물론, 전 곧장 이리로 온 거예요. 피티 고모에게서 어젯밤 당신 얘기를 듣고나, 나는 얼마나 무서운 일일까 하고, 그런 생각에 간밤은 잠 한숨 못 잤어요. 레트, 나는 그렇게나 걱정하고 있어요!」

「정말이오, 스카알렛?」

그의 목소리는 나긋했으나 떨리고 있었다. 그의 거무스레한 얼굴을 쳐다보았으나, 거기에는 그녀가 잘 알고 있는 회의적인 표정도 없거니와 조롱하는 듯한 기색도 찾아볼 수 없었다. 그의 진지한 시선에, 이번에는 정말로 당황해서 눈을 내리깔았다. 사태는 그녀가 바라고 있던 것보다 훨씬 잘되어 가고 있다.

「당신과 다시 만나게 된데다, 그런 말까지 해주다니, 감옥에 갇힌 보람이 있군. 당신 이름을 대었을 때, 나는 정말 내 귀를 믿을 수가 없었소. 라프 앤드 레디 근처의 큰길에서, 그 날 밤 내가 취했던 애국적인 행동을 당신이 용서해 주리라고는 꿈에도 생각지 않았던 거요. 그런데, 이렇게 찾아 주었어. 용서해 준 걸로 해석해도 괜찮겠소?」

그 날 밤 일을 생각하면 언제나 그녀는 격렬한 분노가 끓어 오름을 느끼지만, 그 노여움을 억누르고 머리를 저어 귀걸이를 흔든다.

「아뇨, 난 당신을 용서하지 않을래요.」하고 그녀는 토라진 듯이 입술을 삐죽 내밀었다.

「이거 참, 또 이 희망도 깨어졌군. 한 몸을 나라에 바치고 프랑크린에서는 눈 속에서 맨발로 싸우고, 그리고 당신이 들은 일도 없을 만큼 지독한 이질에 걸려서 죽을 뻔한 뒤였다는데도!」

「난 당신의 죽을뻔한 이야기 같은 건 듣고 싶지 않아요.」하고 그녀는 말했다. 아직도 토라져 있기는 했으나, 치붙은 눈꼬리로 미소를 짓고 있었다. 「지금도 그 날 밤의 당신은 밉살스럽다고 생각해요. 당신을 용서할 수 있으리라고는 생각 못 해요. 내가 어떻게 될지도 모르는 마당에 버려 두고 가다니!」

「하지만 당신 몸에는 아무 일도 일어나지 않았어. 그러니까 당신에 대한 나의 확신이 틀림이 없었다는 말이 되는 거요. 나는 당신이 무사히 타라로 돌아갈 수 있으리라는 것, 그리고 당신이 가는 앞을 방해하는 북군 병사가 있으면 하느님이 도와 주시리라는 것을 알고 있었던 거요.」

「레트, 대관절 당신은 어떻게 해서 그런 바보 짓을 했지요? 남군이 질 것이 뚜렷한 마지막 순간에 군대에 들어가다니. 게다가 당신은 그때까지 전쟁에 나가 전사하는 사람들을 멍청이라고 몰아세우던 터에!」

「스카알렛, 그것만은 말하지 말아 줘. 나는 지금도 그 일을 생각하면 부끄러워 견딜 수가 없소.」

「어머, 내게 그런 짓을 한 걸 당신이 부끄럽게 여긴다니, 나도 기뻐요.」

「오해해선 곤란한데요. 안 됐지만, 당신을 버려 둔 데 대해서는 나는 조금도 양심의 가책을 느끼지 않아요. 하지만 군에 참가한 일에 이르러서는…… 에나멜 장화를 신고, 흰 린네르 와이셔츠를 입고, 결투용 권총을 두 자루 가진 것뿐인 무장으로 군대에 참가한 일을 생각하면…… 그리고 신이 닳아 떨어져 찬 눈 속을 몇 마일이고 몇 마일이고 걸은 일을 생각하고, 게다가 외투도 없고 먹을 것도 없었던 것을 생각하면 왜 도망치지 않았던지, 나도 모르는 거요. 그거야말로 완전히 미쳤던 거요. 피의 유전이겠지요. 남부 사람들이란 여하튼 지는 내기에 으례 걸거든요. 하지만 이유 같은 건 아무래도 좋아. 내가 용서를 받았다는 거로 충분하니까.」

「용서 못해요. 나는 당신을 비열한 사람이라 생각하고 있어요.」그러나 그는 이 비열한 사람이란 말을 귀여운 사람이라는 말로 들어도 좋을 만큼 애정을 담아 말했다.

「쓸데없는 거짓말은 하는 게 아냐. 당신은 나를 용서하고 있는 거요. 젊은 여자가 멀쩡한 자선 사업으로 북군 위병에게 죄수를 만나게 해주십시오, 하고 감히 부탁할 까닭이 있어야지. 게다가 빌로도니, 깃털 장식이, 바다 표범의 머프 따위로 모양을 내고서까지 말이야. 스카알렛, 정말 당신은 아름다와! 당신이 누더기를 입었거나, 상복을 입었거나 하지 않은 것을 나는 하느님께 감사해! 청승맞게 낡은 옷을 입거나, 언제까지나 크레이프 상복을 입거나 하는 여자는 난 제일 싫어. 마치 류 드 라 페(^{파리의 유행 중심지 츄이루리 공원에서
오페라 극장으로 가는 큰 거리—역자주})내기에서도 쑥 뽑아낸 것 같은데. 자아 저리 돌려 내게 잘 보여 줘요.」

역시 그는 드레스를 알아차렸던 것이다. 물론 그런 일에 범연하지 않은 것은 레트다운 예삿일이었다. 그녀는 가볍게 흥분해 웃으면서 두 팔을 벌리고 발끝으로 빙글 한 바퀴 돌며, 스커트 자락을 흔들어서 레이스로 선을 두른 팬터렛을 살짝 드러내 보였다. 그의 검은 눈은 단번에 그녀의 모자에서부터 신바닥까지 무엇하나 빼놓지 않고 보고 말았다. 그것은 언제나 그녀를 오싹하게 하는 그 염치 없는, 사람을 발가벗겨 놓고 보는 것 같은 뻔뻔스런 눈길이었다.

「당신은 굉장히 경기가 좋아 보이는데. 그리고 옷차림도 아주 나무랄 데가 없고. 정말 집어삼키고 싶을 정도요, 만약 방 밖에 북군 병사만 없다면. 하지만 걱정하실 건 없어. 자아, 앉아요. 요전번 만났을 때처럼 버릇없이 굴지는 않을 테니까.」그는 후회하는 체하며 자기 뺨을 문질렀다.「바로 말해서 스카알렛, 당신도 다소 그 날 밤은 멋대로였다고 생각되지 않소? 내가 얼마나 당신을 위해 애썼는지 생각해 보아요. 목숨을 걸고 말을 훔치고——게다가, 그런 말을…… 그리고, 우리 영광스런 대의를 지키기 위해서 전장으로 달려갔던 거요! 한데 내 노고는 무엇으로 보답되었소! 약간의 지독한 욕설과 얼굴에 너무나 따끔한 따귀를 얻어맞기밖에 더 했소?」

그녀는 앉았다. 이야기가 어쩐지 그녀가 바라는 방향으로는 가주지 않는다. 처음에 그녀를 보았을 때는, 그는 그토록 살뜰하고 그녀가 온 것을 진심으로 기뻐하고 있는 듯이 보였다. 그리고 그녀가 잘 알고 있는 비뚤어지고 심술궂은 악당이 아니라 거의 보통 사람에 가깝다고 생각되었는데.

「당신은 언제나 자기의 수고에 대해서는 꼭 보수를 바라는가요?」

「그야 물론이지요! 나는 당신도 알다시피 이기심 덩어리요. 나는 내가 준 것에 대해서는 언제나 대가를 기대하고 있소.」

이 말을 듣자, 그녀는 희미하게 마음에 오한을 느꼈으나 기운을 차려 다시금 귀걸이를 울렸다.

「어머, 당신은 실상 결코 그런 나쁜 분은 아니에요, 레트. 당신은 나쁜 사람인 체하기를 좋아하는군요.」

「아니 이거, 당신은 변했구려.」하고 그는 웃었다. 「무엇이 그토록 당신을 크리스챤으로 만들었을까? 나는 피티 아주머니에게서 당신 소식은 늘 듣고 있었지만, 그분은 당신이 이렇게 여자답게 상냥해졌다는 말은 조금도 비치지 않았어요. 어디, 좀더 당신에 관한 이야기를 들려 주어요, 스카알렛. 요먼저 헤어진 뒤로 어떤 일을 하고 있었소?」

늘 그렇듯, 그를 만나면 돋워지는 울화와 적개심이 가슴 속에 들끓어, 뭐라고 몹쓸 소리를 퍼부어 주고 싶었다. 하나 그렇게 하는 대신 미소를 지었으므로, 볼에 보조개가 패었다. 그가 그녀의 곁으로 의자를 끌어붙이자, 그녀는 몸을 내밀어 어물쩡하고 그의 팔에 살뜰스레 자기 손을 얹었다.

「덕분에 잘 지내고 있어요. 타라도 요즘은 다 잘돼 가고 있어요. 물론 샤만군이 지나간 직후에는 아주 형편 없었지만, 뭐니뭐니해도 집이 타지 않았고, 흑인들이 가축을 늪지로 몰아내 주었기 때문에 여간 도움이 되지 않았어요. 그리고, 작년 가을에는 상당한 수확이 있었어요. 솜이 스무 짝 나왔어요. 타라의 생산 능력으로 보아 물론 문제도 되지 않지만, 농장의 일손이 모자랐으니까 하는 수가 없었어요. 아버지도 내년엔 좀더 생산을 올려야겠다고 말씀하셔요. 하지만 레트, 요즘 시골 생활은 정말 따분해요! 생각해 보세요. 무도회도 없고 바베큐 모임도 없고, 모두 한다는 이야기란 으레 불경기에 대한 것뿐이니까! 정말 싫어 죽겠어! 끝내 지난 주에 더는 도저히 참을 수 없게 됐는데, 그러자 아버지도 여행이라도 해서 좀 기분 전환이라도 하면 좋을 거라고 하시기에, 옷이라도 좀 장만할 생각으로 애틀랜타로 오게 됐어요. 이제부터 찰스턴에 계신 이모님을 찾아갈 작정이에요. 다시 무도회에 나가게 된다고 생각하니 기뻐요.」

어머나! 이렇게 말이 술술 잘 나오네. 그렇게 생각하며 그녀는 사뭇 자랑스러웠다. 그다지 돈이 있는 것 같지도 않고, 그렇다고 절대로 가난하지는 않다고 레트가 생각하게시리 됐을 거야.

「무도복을 입으면 당신은 정말 아름다와. 스스로도 그것을 알고 있어서 좀 다루기가 까다롭지. 당신이 외출하는 진짜 이유는 마을 청년들에게 싫증이 나버려서, 먼 곳에서 새로운 상대를 찾아내기 위해서라고 보고 있는데.」

스카알렛은 레트가 몇 달을 해외에서 보내고 극히 최근에 애틀랜타로 돌아온 참이라는 것을 감사했다. 그렇지 않으면 이런 얼토당토 않은 소리를 할 리가 없다. 그녀는 시골 청년들을 잠시 생각해 보았으나, 누더기를 입고 마음이 초조해 있는 폰텐 집 청년도, 가난에 쪼들린 먼로 집 형제도, 존즈보로와 페이에트빌의 젊은이들도, 모두 밭을 갈고 통나무를 쪼개고 늙은 가축의 병시중 들기에 바빠서, 무도회니 즐거운 이성과의 교제니 하는 따위의 존재를 잊어버리고 있었다. 하나 그녀는 그런 기억을 밀어제치고, 정말 잘 알아맞혔다는 듯이 짐짓 소리 없이 웃어 보였다. 그리고「어머나, 아무리!」하고 부인하듯 말했다.

「당신은 박정한 사람이군요, 스카알렛. 하기야 그것이 당신의 매력의 일부이겠지만서도.」하고 그는 한쪽 입가를 아래로 일그러뜨리고 늘 하는 식으로 미소지었다. 그러나 그녀는 그 말이 레트의 입에 발린 겉치레라는 것을 알고 있었다.「왜냐하면 당신은, 자신이 법률이 허락하는 이상의 매력을 가지고 있다는 것을 알고 있기 때문이오. 그것에 길이 들어, 꽤 산경이 무더진 나조차 그것을 느끼는 거요. 나는 가끔 이상스럽게 생각했지. 당신보다 아름답고, 당신보다 확실히 영리하고, 도덕적으로 당신 이상으로 정직하고 친절한 여성을 많이 알고 있는데, 대관절 당신의 어디에 이렇게까지 당신을 생각케 하는 특색이 있는 거냐고 말이오. 어쨌든 나는 늘 당신을 생각해. 남부가 항복한 뒤의 몇 달 동안, 내가 프랑스랑 영국으로 가 있어서, 당신을 만나는 일도 없고, 당신의 소문도 듣지 못하며, 아름다운 부인들에게 둘러싸여 유쾌한 나날을 마음껏 즐기고 있었을 때에도 나는 늘 당신을 생각하고, 당신이 어떻게 지내고 있나 하는 따위를 생각하고 있었으니 말이오.」

그녀보다도 아름답고 영리하고 친절한 여자가 달리 있다는 말에 그녀는 약간 분개했었으나, 그가 그녀를, 그리고 그녀의 매력을 잊지 않았다고 고백한 기쁨으로, 그것은 한순간의 불꽃으로 사라졌다. 역시 이 한 사람은 나를 잊지 않았었다. 그렇다면 일은 쉽다. 거기에다 오늘 그의 태도는 여간 좋지 않다. 이럴 경우에 신사라면 이렇게 하리라는 바로 그런 태도다. 그래서 이번에는 그녀 쪽에서 화제를 그에게로 돌려, 그녀도 또한 그를 잊을 수가 없었다고 비치고, 그러고 나서 다음에는……

그녀는 살며시 그의 팔을 죄며 다시금 보조개를 지었다.

「어쩌면 레트, 당신 나 같은 시골 계집애를 놀려서 뭘 할 거예요! 그 날 밤 나를 내버리고 간 뒤로, 당신이 나 같은 건 조금도 생각 않고 있었다는 것쯤 잘 알고 있어요. 아름다운 프랑스나 영국 부인들에게 둘러싸여 있으면서 나를 생각했다니 그런 소리는 아예 하지도 말아요. 하지만 나는 멀리 여기까지, 당신이 내게 그런 우스꽝스러운 소릴 하는 것을 들으려고 온 건 아니에요. 내가 온 건, 내가 온 것은, 그 이유는…….」

「뭡니까?」

「오, 레트. 나는 당신이 걱정되어서 견딜 수 없었기 때문이에요! 난 당신이 어떻게 될까 봐 몹시 불안스러웠어요! 이런 무서운 곳에서 언제쯤이면 나오게 되는 거예요?」

그는 재빨리 그녀의 손 위에 자기 손을 포개고, 그것을 꽉 팔에 갖다 대었다.

「당신의 그런 걱정은 당신의 신용을 높이는 거요. 언제 나가게 될지 그건 알 수 없어요. 아마도 그들이 좀더 밧줄을 길게 늦춰 줄 때가 되겠지.」

「밧줄이라니요?」

「그렇소. 아마도 나는 밧줄 한 끝을 거머 쥐고 여기서 나가게 될 것으로 생각하고 있소.」

「설마 그들이 정말로 당신을 교수형에 처할 작정은 아니겠지요?」

「좀더 내게 불리한 증거를 잡게 되면 할 거요.」

「어쩌면, 레트!」하고 외치며 그녀는 손으로 가슴을 안았다.

「가엾다고 생각해 주는 거요? 만약 진정으로 슬퍼해 준다면, 내 유언장에 당신의 이름을 써 넣겠소.」

그의 검은 눈은 그녀를 보며, 거리낌 없이 웃었다. 그리고 그녀의 손을 꼭 쥐었다.

그의 유언장! 그녀는 눈치채일 것이 두려워 얼른 눈을 내리깔았으나 이미 늦었는지, 그의 눈은 돌연 호기심에 번득였다.

「북군 녀석들이 말하는 대로라면 나는 굉장한 유언장을 만들게 될 거요. 내 재산에 대해서는 현재 상당히 흥미들을 가지고 있는 모양이더군요. 매일 나는 이곳저곳으로 각각 다른 조사위원회에 끌려나가 터무니 없는 질문을 받고 있지요. 내가 그 신화적인 남부 정부의 금화를 훔쳐 갖고 내뺐다는 소문이 떠돌고 있는 모양이더군.」

「그래요…… 그래, 당신은 정말로 그런 일을 하셨어요?」

「당치 않은 유도 심문! 당신도 남부 정부가 금화를 만드는 대신, 인쇄기만 돌리고 있었다는 것은 잘 알고 있을 텐데.」

「어떻게 당신은 돈을 버셨어요? 투기로? 피티 고모님의 이야기로는…….」

「정말 솜씨 있는 질문이구려!」

체, 이 따위 사내는 저주받아 싸다! 물론 돈을 가지고 있다. 그녀는 흥분하면 더 이상 상냥한 투로 말할 수가 없게 되었다.

「레트, 나는 당신이 여기 있는 것이 불안해서 견딜 수가 없어요. 당신은 나갈 기회가 있다고 생각해요?」

「니힐 데스페란듬(라틴어로 실망하지 말라라는 뜻—역자주) 이것이 나의 모토요.」

「무슨 뜻이죠?」

「아마도라는 뜻이오. 나의 아름다운 이그노라무스(라틴어로 무식한 인간이라는 뜻—역자주).」

그녀는 검은 속눈썹을 깜박거리면서 그를 쳐다보고, 또 그것을 깜박깜박하며 눈을 내리깔았다.

「당신은 빈틈이 없으니까, 그들 마음대로 교수형이 되지는 않을 거예요! 틀림없이 그들을 골탕먹이고 여기를 나갈 좋은 방법을 생각하고 있을 거예요! 당신이 여기를 나오면…….」

「내가 여기서 나가면?」하고 그는 더욱 몸을 다가붙이고 상냥하게 물었다.

「그렇게 되면, 나…….」하고 그녀는 난처한 듯한 교태를 지으며 볼을 붉혀 보였다. 아까부터 숨가쁜 생각으로 심장이 마구 두근거리고 있었으므로 볼을 붉히는 정도는 조금도 어려울 것이 없었다.

「레트, 나, 정말 당신에게 미안하다고 생각하고 있어요. 그 날 밤, 그 날 밤, 당신에게 한 말을, 라프 앤드 레디에서, 나는 너무도 무서워서 제정신이 아니었고, 게다가 당신은. 너무, 너무…….」그녀는 다시 눈을 내리깔았다. 그리고 그의 갈색 손이 힘차게 그녀의 손을 꼭 잡는 것을 보았다. 「그리고 난 그때 절대로, 절대로, 당신을 용서 않는다고 생각했던 거예요! 한데 피티 고모님이 어제 당신이 교수형이 될지도 모른다고 하기에, 갑자기 나, 나 그녀는 애타는 심정을 이 일별에 담아서 흘낏 그의 눈을 쳐다보았다. 가슴이 터질 것만 같은 괴로움도 그 안에 담았다. 「오, 레트, 당신이 교수형이 된다면, 나 죽어 버릴 거예요! 난 그런 것 견딜 수 없어요! 아시죠? 나…….」그녀는 그의 눈에 일렁이는 격렬한 빛을 감당해 내지 못해, 또 깜박거리며 눈을 내리깔았.

그녀는 흥분과 놀라움의 폭풍 속에서 당장 울음이 터질 것만 같다고 생각했다. 『우는 편이 좋을지 몰라, 그편이 오히려 자연스럽게 보일는지 몰라.』

그는 재빨리 말했다. 「오, 스카알렛, 당신은 설마…….」그리고, 그녀의 손 위에 포갠 손에 힘을 주어 아플 정도로 꽉 쥐었다.

그녀는 눈물을 짜내려고 눈을 꽉 감았다. 그러나 얼굴을 약간 위로 젖혀 그가 키스하기 쉽도록 하는 것을 잊지 않았다. 자아, 이제 곧 그의 입술이 내 입술로 온다! 문득 그녀는 그 날 밤의 그의 격렬하고도 집요한 입술을 생생하게 생각해 내고 몸이 축 늘어져 정신이 아물거렸다. 그러나 그는 키스하지 않았다. 그러자 이상하게도 실망의 마음이 움직여 실눈을 뜨고 그를 살짝 보았다. 그의 검은 머리는 그녀의 두 손 위에 수그러져 있었는데, 보고 있노라니 한쪽 손을 들어올려 그것에 입맞추고 다음에 다른 손을 잡더니 잠시 그것을 자기 볼에 대었다. 거친 애무를 예상하고 있었는데, 이 정다운, 마치 애인이 하는 것 같은 짓거리에 그녀는 어리둥절했다. 그리고 그가 어떤 얼굴을 하고 있는가를 보고 싶었으나 수그리고 있어서 볼 수가 없었다.

그가 갑자기 얼굴을 쳐들어 이쪽 표정을 읽게 되면 안 되겠다고 생각했기 때문에 그녀는 얼른 시선을 떨구었다. 온 몸에 물결치고 있는 승리의 감정이 똑똑히 눈에도 나타나 있을 것이 틀림없다고 생각되었기 때문이다. 마침내 그는 결혼해 달라고 말해 올 것이 틀림없었다. 적어도 자기를 사랑하고 있다고 고백하리라. 그때에는……그녀가 속눈썹 사이로 지켜보고 있노라니 그는 그녀의 손을 뒤집어 손바닥을 위로 하고 거기도 입을 맞추고, 그리고 돌연 재빨리 숨을 들이켰다. 눈을 떨어뜨려 그녀도 자기 손바닥을 바라보았다. 최근 일 년 동안 곰곰이 자기 손을 들여다보는 것은 처음이었다.

그녀는 싸늘하게 가라앉는 것 같은 공포가 사로잡혔다. 그것은 낯선 사람의 손이었고, 스카알렛 오하라의 부드럽고 흰, 오목 우물이 패인 고운 손이 아니었다. 노동으로 거칠어지고, 갈색으로 그을어 주근깨가 잔뜩 나 있다. 손톱은 갈라져서 보기 흉한 꼴이 되고, 손바닥의 부드러운 살에는 못이 박이고, 엄지손가락에는 거의 나아가는 물집이 남아 있다. 지난 달, 끓는 기름이 튀어 생긴 붉은 흉터가 보기 싫게 번들거리고 있다. 보고 있는 동안에 두려운 생각이 들어 그만 손바닥을 오므리고 말았다.

그는 아직 머리를 들지 않았다. 그러므로 아직도 그의 표정을 살필 수는 없었다. 그는 잔인하게 그녀의 오므린 손을 억지로 펴고 그것을 들여다보고, 이어 또 다른 손을 끌어다가 양쪽을 나란히 하고 잠자코 물끄러미 들여다 보았다.

「나를 보아요.」 마침내 그는 얼굴을 들고 말했다. 무척 조용한 목소리였다. 「그리고 그 갸륵한 체하는 얼굴은 집어치시지.」

마지못해 그녀는 그의 눈을 보았다. 그녀의 얼굴에는 반항과 낭패의 빛이 있었다. 레트는 검은 눈썹을 곤두세우고 눈을 번득거렸다.

「그래 당신은 타라에서 더 바랄 것 없는 생활을 하고 있다는 거지? 방문 여행을 다닐 만큼 목화로 돈을 장만했다는 거지? 그런데 이 손으로 무얼 했소, 밭이라도 갈았단 말이오?」

손을 움츠리려 했으나, 그는 꽉 쥐고 놓지 않으며 엄지 손가락으로 굳은 살을 만지고 있었다.

「이것은 숙녀의 손이 아니야.」라고 그는 말하고 그것을 그녀의 무릎 위에 내동댕이쳤다.

「닥쳐요!」하고 그녀는 소리쳤다. 이제야 겨우 자기의 감정대로 지껄이게 되었으므로, 그 순간 몹시 마음이 홀가분해졌다. 「내가 내 손으로 무엇을 하든 무슨 참견이에요?」

나는 왜 이렇게 바보스러울까, 하고 그녀는 몹시 후회했다. 피티 고모의 장갑을 빌거나 훔치거나 했었으면 됐을 텐데. 그러나 나는 내 손이 이토록 보기 흉하게 돼 있는 줄은 미처 몰랐다. 물론 이제서야 그가 알아채는 것도 당연하다. 게다가 기어코 울화통을 터뜨리고 말았다. 모든 것이 허사다. 아, 마침내 그가 사랑을 고백하려던 찰나에 이런 일이 일어나다니!

「당신 손이야 어떻든, 분명 내가 알 바는 아니지.」하고 레트는 쌀쌀하게 말하고, 아무렇게나 의자에 기댔다. 얼굴은 조용하고 아무런 표정도 없었다.

이렇게 되면 그는 다루기 힘들게 된다. 그러나 이 붕괴 속에서 승리를 잡을 생각이라면, 무척 마음은 내키지 않지만, 얌전하게 참아야 한다. 그래 달콤한 말을 속삭인다면.

「내 가엾은 손을 내동댕이치다니, 당신은 정말 매정한 사람이군요! 먼젓번 주일, 장갑도 안 끼고 멀리 말을 달렸더니 아주 손을 망쳐 버렸어요.」

「말을 달려? 말을 달리다니, 이거 놀랐는걸!」하고 그는 여전히 조용한 소리로 말했다. 「당신은 그 손으로 노동을 하고 있었던 거요. 마치 흑인 노예와 같이 노동하고 있었던 거야. 대답을 뭐라고 하시겠소? 그건 그렇다 하고 뭣 때문에 당신은, 타라는 만사가 순조롭게 되어 가고 있다느니 하며 거짓말을 하는 거요?」

「이봐요. 레트……..」

「자아 진실을 말하기로 합시다. 당신이 여기를 방문한 진정한 목적은 무어요? 나도 깜빡 당신의 미태에 걸려들어 이건 어느 정도 생각이 있는 모양이로구나, 나를 딱하게 여기고 있는 거로구나, 하고 하마터면 속을 뻔했으니.」

「가엾다고 생각하고 있어요! 정말로.」

「아냐 가엾다고는 생각지 않아. 내가 목에 올가미가 씌워져 하면(기원전 5세기의 페르시아 왕 크세르크세스의 대신. 유태인을 박해한 죄로 높은 교수대에서 처형되었다—역자주)보다 더 높이 매달린다 해도 당신은 아무렇게도 생각지 않아. 극심한 노동이 당신 손에 써 놓은 것처럼, 당신 얼굴에는 똑똑히 그렇게 씌어 있어. 무언가 내게서 얻고 싶은 것이 있어. 연극 비슷한 것을 해가며까지 손에 넣고 싶을 정도로 갖고 싶은 것이 있어. 왜 처음부터 털어놓고, 무엇이 필요한가를 말하지 않는거요? 그렇게 하는 편이, 그것을 손에 넣는 데 훨씬 상책이었을 텐데. 왜냐하면 내가 부인에 대해 가치를 인정하는 단 한 가지 미덕은 솔직 그것이니까. 그런데 당신은 이거다 하고 점찍은 손님을 상대하는 창부처럼, 귀걸이를 올려 보인다, 토라져 보인다, 지분거려 보인다 하니 말이오.」

창부라는 말을 입 밖에 낼 때도 그는 별로 소리를 크게 하거나 말투를 강하게 하거나 하지 않았다. 그러나 그 말은 채찍처럼 스카알렛의 마음을 때렸다. 그리고 그에게 결혼 신청을 하게시리 하려던 야망이 어이없이 사라져 버린 것을 절망과 더불어 알았다. 만약 그가 다른 남자들처럼 노여움과 상처입은 허영심에서 고함을 친다든가, 그녀를 면박하는 거라면, 달리 다루는 방법도 있을 것이다. 그러나 그의 목소리의 죽음과도 같은 고요는 그녀를 위협하고, 이어 어떻게 하면 좋을지 모를 정도로 완전히 어리둥절하게 만들었다. 그는 죄수이며, 저쪽 방에는 북군 병사가 대기하고 있지만, 이 레트 버틀러라는 사나이는 충돌하게 되면 심히 위험한 상대라는 것이 문득 머리에 왔다.

「내 기억력에 금이 간 모양이지. 당신이란 인간은 나와 마찬가지로, 공리적인 동기가 없으면 어떤 일도 하지 않는다는 것을 생각해 냈어야 했어요. 자아, 말해 보시오. 대관절 무슨 계획을 감춰 갖고 있소, 해밀턴 부인? 설마하니 내가 결혼 신청이라도 할 걸로 생각하는, 그런 엄청난 오산을 한 건 아니겠지요?」

그녀의 얼굴은 새빨개졌다. 그러나 아무 대답도 하지 않았다.

「나는 결혼할 만한 인품의 인간은 아니라고 가끔 말씀을 드렸을 텐데, 잊으셨던가요?」

그래도 잠자코 있자 그는 갑자기 거친 소리를 질렀다.

「잊지는 않았겠지요? 대답하시오!」

「잊지 않았어요.」 하고 그녀는 참담한 기분으로 대답했다.

「당신은 엄청난 도박사야, 스카알렛.」 하고 그는 비웃었다. 「내가 감옥에서 여자들과 멀어져 있으니까, 당신을 보면 송어가 벌레에게 달려들듯이 당신에게 달려들리라 생각하고, 거기다가 운명의 저울대를 걸어 보았던 모양이구려.」

그리고, 그대로 당신은 덤벼들지 않았어요? 하고 마음 속으로 분노를 느끼며 스카알렛은 생각했다. 만일 이 손만 거칠어져 있지 않았더라면……

「자아, 이제는 당신이 찾아온 까닭을 빼놓고 나머지는 대체로 진실이 파악되었소. 왜 당신은 나를 결혼으로 끌어들이고자 했는지 바른대로 이야기해 줄 수는 없겠소?」

그의 목소리는 은근하고, 거의 조롱하는 투였으므로 그녀도 기운을 다시 차렸다. 아직 한 가닥의 희망이 없지도 않다. 물론 결혼의 희망은 모두 무너지고 말았지만, 실망을 하면서도 그녀는 기뻐했다. 이 다루기 힘든 사나이에게는 무언가 그녀를 불안하게 하는 것이 있고, 이제 이르러서는 결혼하는 것이 무서워지기도 했다. 그러나 만약 영리하게 굴어서 그의 동정과 추억을 작용시키면, 어쩌면 돈을 꿀 수도 있을 것이다. 거기서 그녀는 얼굴에 화해를 청하는 어린 아이 같은 표정을 지었다.

「글쎄, 레트, 당신은 어떻게든지 해서 나를 도울 수가 있어요. 당신이 친절하게 해준다면.」

「나는 친절하게 하는 것 이상으로 더 좋아하는 것은 없어요.」

「레트, 옛 친구의 정의로 나 청이 있어요.」

「하아, 마침내 손가죽이 딱딱한 숙녀께서 진실의 사명을 말씀하기 시작하셨구려. 아무래도 〈병들었을 때에 돌아보았고 옥에 갇혔을 때에 와서 보았노라〉(맙복음 제25장 36절—역자주)라는 역할은 당신에게 어울리는 배역이 아닌데, 하고 이상하다 싶었소. 무엇을 원하시는지? 돈이오?」

노골적인 반문으로, 문제를 슬그머니 돌려 감정적으로 몰고가려던 그녀의 희망은 완전히 물거품이 되고 말았다.

「심술부리시면 싫어요, 레트.」하고 그녀는 어리광스럽게 말했다. 「나 돈이 필요해요. 삼백 달러쯤, 빌려 줄 수 없어요?」

「마침내 진실을 털어놓으셨군. 사랑을 속삭이며 돈을 생각한다, 그야말로 여성의 전형입니다! 그 돈은 몹시 필요한가요?」

「네? 아뇨, 몹시랄 것은 없지만 그래도 쓸 곳은 있어요.」

「삼백 달러, 꽤 큰 돈이군요. 대관절 무엇에 필요한 거요?」

「타라의 세금을 치를 거예요.」

「그래서 돈을 꾸고 싶다는 거로군요. 좋아요, 당신이 사무적으로 된 이상은, 나도 사무적으로 나갑시다. 어떤 담보를 내놓으시겠소?」

「어떤, 무엇이라고요?」

「담보 말이오. 내 투자에 대한 보증 말이오. 물론 나로서도, 그 돈을 전부 없애 버리고 싶지는 않으니까 말이오.」그의 목소리는 사람의 마음을 홀리듯이 비단처럼 매끄러웠다. 그러나 그녀는 그것을 알아채지 못했다. 결국은 모든 것이 순조롭게 되어 간다고 생각하고 있었다.

「내 귀걸이로는 어떨지?」

「귀걸이 같은 것에는 흥미가 없는데요.」

「그러면 타라를 저당잡히겠어요.」

「내가 농장 같은 걸 가져서 무엇에 씁니까?」

「하지만, 당신은, 당신이라면, 좋은 농장이에요. 손해될 일은 없어요. 내년 목화 수확으로 갚겠어요.」

「그건 믿을 수가 없어요.」그는 의자에 버티고 앉아 두 손을 호주머니에 찔렀다.「목화값은 떨어져 가고 있고, 게다가 심한 불경기로 금융은 절박하게 돼 있으니까.」

「어쩌면, 레트, 당신은 나를 놀리고 계시는군요. 당신은 수백만 달러나 갖고 있으면서.」

그녀를 훑어보는 그의 눈에는 격렬하게 일렁이는 악의가 있었다.

「어찌 됐든 모든 것이 순조로와 당신도 몹시 돈이 필요한 것은 아니고. 아니, 그런 말을 들으니 나도 무척 기쁘군요. 나는 옛 친구들이 잘 지내고 있다는 소리를 듣는 것을 좋아하거든요.」

「어머나, 레트, 제발 좀…….」그녀는 절망적으로 말하기 시작했다. 용기도 자제심도 허물어지기 시작했다.

「큰 소리는 내지 말도록, 당신도 북부 놈들이 듣는 건 싫겠지. 누가 당신의 눈을 고양이 같다, 어둠 속의 고양이 눈 같다고 말하지 않던가요?」

「레트, 그런 소리 하지 말아요! 나, 모조리 이야기하겠어요. 나 실은 몹시 돈이 필요한 거예요. 나, 나 다 잘돼 간다고 한 것은 거짓말이에요. 아니, 모두가 더할 나위 없이 비참하게 되어 있어요. 아버지는, 아버지는, 자기 정신이 아니에요. 어머니가 돌아가신 뒤로 정신이 이상해져서 조금도 내게 도움이 되지 않아요. 꼭 어린애와 같아요. 목화밭에서 일할 일손은 한 사람도 없고, 게다가 부양해야 할 가족은 열 셋이나 돼요. 그리고 세금은 여간 높은 게 아녜요. 레트, 모조리 말하겠어요. 이 일 년 동안 우리들은 먹는지 굶는지 하는 형편이었어요. 당신은 알지 못할 거예요. 아실 게 뭐예요! 우리들은 배불리 먹어 본 적이 없어요. 배고픔에 잠을 깨고, 허기에 지쳐 잠든다는 건 무서운 일이에요. 게다가 따뜻한 옷가지 하나 없고, 어린애들은 늘 추위에 떨며 병만 앓고, 게다가…….」

「그러면 당신의 그 아름다운 옷은 어떻게 된 거요?」

「어머니의 커튼으로 만들었어요.」하고 그녀는 대답했다. 절망한 나머지 그런 수치를 감추기 위해 거짓말을 할 수조차 없을 정도였다.「배고프고 추운 것은 참을 수 있었지만, 이번은…… 이번은 북부에서 건너온 정상배들이 세금을 잔뜩 올려 버린 거예요. 그리고 당장 그 돈을 치르지 않으면 안 되는데, 나는 오 달러짜리 금화 한 닢밖에 갖고 있지 않아요. 어떻게든지 세금 낼 돈을 마련하지 않으면 안 돼요! 아시겠어요? 그 돈을 치르지 못하면 나는, 우리들은 타라를 내놓아야만 하는 거예요. 하지만 타라를 잃을 수는 없어요! 그것을 버릴 수는 없어요!」

「왜 처음부터 아주 털어놓지 못하고서, 아름다운 부인의 일이라면 언제나 약한 나의, 이 너무나 여린 마음을 낚으려 들었단 말이오! 못 써요, 스카알렛. 울지는 말아요. 당신은 눈물 한 가지만 내놓고는 갖가지 수단을 다 써 본 터인데, 눈물에는 나도 견뎌낼 것 같지가 않군요. 이미 내 감정은, 당신이 원하고 있는 것은 나의 돈일 뿐, 이 매력 있는 나 자신이 아니라는 것을 알고 그 절망으로 갈기갈기 찢겨지고 있으니까요.」

그가 비웃듯 말할 때, 남도 또 자기 자신조차도 조소할 때는, 가끔 자기의 진실을 드러내 놓았던 것을 알고 있었으므로, 그녀는 얼른 그를 쳐다보았다. 정말 이 사람은 감정이 상했을까? 정말 이 사람은 나를 생각하고 있는 것일까? 내 손바닥을 보기까지는 정말로 결혼 신청을 할 생각이었가? 아니면 이미 두 번이나 말한 적이 있는 그 상서롭지 않은 신청을 하려 하고 있었던 것일까? 만약 정말로 나를 생각하고 있다면, 어쩌면 그를 달랠 수도 있겠지. 하나 그녀를 내려다보고 있는 그의 검은 눈은 사랑하는 사람다운 데라곤 하나도 없이 조용히 웃고 있는 것이다.

「당신의 담보는 곤란한데요. 나는 농장주는 아냐. 그 밖에 뭐 제공할 것이 있읍니까?」

아, 마침내 막바지에까지 왔다. 말할 때는 지금이다. 그녀는 깊이 숨을 들이마시고, 그의 눈을 정면으로 바라보았다. 가장 두려워하던 것에 육박해 가려는 마음이 복받쳐 오르자 미태나 꾸밈은 완전히 없어졌다.

「나는…… 나는, 나 자신을 제공하겠어요.」

「당신 자신을?」

그녀의 턱선은 긴장으로 모가 나고, 눈은 에메랄드빛으로 반짝였다.

「포위전 때, 피티 고모 댁 포치에서 만났던 날 밤의 일을 기억하고 계세요? 그때, 당신은 말하셨어요. 나를 원한다고 말하셨어요.」

그는 아무렇게나 의자에 기대앉아 그녀의 긴장된 얼굴을 물끄러미 바라보았다. 그 거무스름한 얼굴의 표정은 어떻다고도 판별할 수 없었다. 눈 깊숙이 무언가 번득였으나 그는 아무것도 말하려 하지 않았다.

「당신은 말했어요. 나를 원한 것만큼 강하게 다른 여자를 원한 적이 없다고 말했어요. 만약 아직도 나를 원하고 계신다면 드리겠어요. 레트, 나는 무엇이든 당신이 하자는 대로 할 테니까 제발 어음을 써주어요! 약속하겠어요. 맹세하겠어요. 절대로 약속을 깨뜨리지는 않겠어요. 뭣하시면 증서를 써두어도 좋아요.」

그는 기묘한 표정으로 그녀를 바라보고 있었다. 여전히 그 표정은 어떻다고 판별이 되지 않았다. 그녀는 마음이 다급해져서 그가 기뻐하고 있는지 싫어하고 있는지 판단할 수가 없었다. 무엇이든가, 무슨 말이라도 좋으니 말을 해줬으면! 그녀는 볼이 뜨거워지는 것을 느꼈다.

「나는 지금 당장 돈이 필요해요, 레트. 그게 아니면, 우리들은 그들에게 쫓겨나게 되고, 아버지의 농장 감독을 하던 그 저주스런 인간에게 타라를 빼앗기고 마는 거예요. 그리고…….」

「잠깐만! 어떻게 당신은 내가 지금도 당신을 원하고 있다고 생각하는 거지요? 또 어떻게 당신은 당신에게 삼백 달러의 가치가 있다고 생각하시는 거지요? 그런 값비싼 여자란 여간해서 없어요.」

그녀는 머리끝까지 빨개졌다. 그녀의 굴욕은 극한에 이르렀다.

「어째서 당신은 그런 짓을 하는 겁니까? 왜 농장을 내놓고 피티퍼트 씨 댁에서 살지 않는 거요? 그 집 반은 당신의 것이 아닙니까?」

「어떻게 그럴 수가!」라고 그녀는 외쳤다. 「당신은 바보던가요? 나는 타라를 버릴 수가 없어요. 그것은 내 집이에요. 버릴 수는 없어요, 내게 숨이 붙어 있는 동안은!」

「아일랜드 사람이란 것은.」하고 그는 말하며, 기대고 있던 의자 등에서 몸을 일으키고 호주머니에서 손을 뺐다. 「가장 저주받은 종족이야. 당치도 않은 일로 혼자 씨름하는 일이 많거든. 이를테면 토지요, 땅 위의 토지는 어느 토지고 다를 것이 없는데도. 한데 스카알렛, 이것 하나 분명히 합시다. 당신은 한 가지 사무적인 제안을 들고 나를 찾아왔다, 나는 삼백 달러 제공한다, 당신은 내 정부가 된다.」

「그래요.」그 더러운 말이 일단 입 밖으로 나와 버리자 그녀는 어쩐지 홀가분해졌다. 희망이 다시 머리를 쳐들었다. 그는 『나는 삼백 달러 제공한다』고 말했다. 그러나 그는 무엇인가 무척 재미있어하는 모양이고, 그 눈 속에는 악마적인 광채가 번득였다.

「그러나 전에 내가 뻔뻔스럽게도 이것과 같은 제안을 했을 때에는 당신은 나를 집에서 쫓아냈소. 그리고 사뭇 욕설을 퍼부으며 기세도 당당하게, 사생아 따위는 원하지도 않는다고 말씀하셨소. 아니지, 아니야. 나는 절대로 그런 것을 들춰내서 앙갚음을 하려는 것은 아니오. 다만 당신 마음의 특이성을 신기해 할 뿐이오. 자신의 즐거움을 위해서는 하지 않지만, 굶주림을 문 밖으로 쫓아내기 위해서라면 감히 그것을 한다. 그것은, 모든 미덕은 단순히 가격의 문제에 불과하다는 내 견해를 증명하는 거요.」

「어머 레트, 당신은 잘도 이야기하시는군요! 나를 모욕하고 싶거든 얼마든지 하세요. 하지만 돈만은 주세요, 네?」

그녀는 어느 정도 숨을 편히 쉴 수 있었다. 레트는 이런 인간이니까, 과거에 그녀에게서 받은 모욕이랑 아까 속을 뺀한 그 보복으로, 가능한 한 그녀를 괴롭혀도 주고 모욕도 주고 싶어하는 것은 무리가 아니라고 생각했다. 좋다, 참기로 하자. 어떤 일이라도 참을 수 있다. 타라는 그만한 가치가 있는 거다. 잠시 동안 그녀는 한여름 오후의 푸른 하늘 아래, 클로버 우거진 타라의 잔디밭에 황홀하게 누워 있는 자신의 모습을 되살려 보았다 하늘에는 온통 뭉게구름이 성처럼 피어오르는데, 코로 흰 꽃 냄새를 맡으며, 귀로는 즐거운 듯 분주히 날아다니는 꿀벌의 윙윙거리는 소리를 듣는다. 오후였다. 정적이 깃들어 멀리 꾸불텅한 황토 들판을 달려오는 짐마차의 소리가 들린다. 타라에는 그만한 희생을 치를 가치가 있다.

그녀는 머리를 들었다.

「돈은 지금 주시는 거지요?」

그는 무척 기뻐하고 있는 것처럼 보였다. 그러나 그가 입을 열었을 때 그 소리는 은근하기는 하나 잔인한 울림이 있었다.

「아니, 못 드리겠는걸요.」하고 그는 말했다.

한순간 그의 그 말이 그녀에게는 똑똑히 이해가 안 갔다.

「드리고 싶어도 드릴 수가 없는거요. 지금 나는 일 센트도 몸에 지니지 못 했소, 애틀랜타에는 내 돈이 일 달러도 없어요. 하기야 나는 약간의 돈은 가지고 있소. 하나 이 고장에는 아니오. 어디에 얼마 있느냐, 그것은 말할 수 없소. 만일 내가 어음 따위를 쓰기라도 한다면 북군 녀석들이 풍뎅이를 본 오리처럼 삽시간에 내게 달려들어 우리들 두 사람의 손에는 그 돈이 들어오지도 못 하게 되오. 그것을 어떻게 생각하시오?」

그녀의 얼굴은 보기 싫게 파랗게 변하고, 주근깨가 코 언저리로 갑자기 두드러져 보였다. 일그러진 입매는 제랄드가 격노했을 때와 흡사했다. 그리고 돌연 의자에서 벌떡 일어나, 뜻 모를 고함 소리를 질렀으므로, 저쪽 방에서 와글거리고 있던 사람의 소리가 뚝 그쳤다. 그러자 레트는 표범처럼 날쌔게 그녀의 옆으로 다가가 두툼한 손으로 그녀의 입을 막고 다른 한 손으로는 그녀의 허리를 꽉 끌어안았다. 그녀는 미치광이처럼 그에게 항거하며, 손을 깨물려 들고, 발길질하고, 분노와 절망과 증오와 긍지에 상처받은 고민을 목이 찢어져라고 외치려 했다. 그리고 몸부림을 치며, 갖은 방법으로 그의 무쇠 같은 팔에서 몸을 빼내려 했다. 심장은 터질 것만 같고, 바싹 졸라맨 코르셋 때문에 숨이 막힐 것만 같았다. 그는 아플 정도로 힘을 주어 억세고 난폭하게 그녀를 내리누르고, 그녀의 입을 막은 손은 사정 없이 목으로 죄어 들었다. 그는 거무스럼한 얼굴이 파래지더니, 불안한 듯한 사나운 눈으로 그녀의 몸을 안아올려 가슴에 끌어안고 의자에 앉았다. 그리고 몸부림치는 그녀를 무릎 위에 내리 눌렀다.

「제발! 이러지 말아! 조용히 해요! 큰 소리를 내서는 안 돼. 그런 짓을 하면, 당장 놈들이 들어와. 침착해요. 북부 녀석들에게 그런 추태를 보이고 싶소?」

누가 보게 되든 어떻게 되든 상관없었다. 그녀는 그저 그를 죽여 버리고 싶다고 골똘히 생각할 뿐이다. 그런데 차츰 정신이 가물가물해졌다. 숨을 쉴 수 없었던 것이다. 그가 숨을 막히게 하고 있는 것이다. 게다가 그녀의 코르셋은 쇠고리에 죄어들듯 마구 가슴을 압박해 왔다. 그녀는 자기 몸을 부둥켜 안고 있는 그의 품안에서, 증오와 분노에 몸을 뒤틀었으나 아무렇게도 되지 않았다. 그러자 그의 소리가 점점 가늘어지며 희미해졌다. 그녀 위에 있는 그의 얼굴이 메스꺼운 듯한 안개 속에서 빙빙 돌기 시작하다가 이윽고 점점 어두워져가는 안개 속으로 사라져 갔다. 아니 아무것도 보이지 않게 되었다.

힘없이 허우적거리듯 몸을 움직여 의식을 회복했을 때, 뼛 속까지 지치고 힘이 빠져 정신이 얼떨떨했다. 그녀는 모자를 벗고 의자에 기대어 있고, 레트는 그녀의 손목을 다독거리고 있었다. 그의 검은 눈은 걱정스레 그녀의 얼굴을 지켜보고 있었다. 그 친절한 젊은 사관이 브랜디를 그녀의 입에 흘려 넣으려다가 목덜미에 엎질렀다. 다른 사관들은 어찌 할 바를 모르고 방안을 서성거리며 서로 수군거리기도 하고, 손을 흔들기도 하였다.

「제가, 정신을 잃었었군요.」하고 그녀는 말했다. 그 소리가 아득하게 들렸으므로 깜짝 놀랐다.

「이걸 마셔요.」하고, 레트는 글라스를 들어 그녀의 입술에 대었다. 그제야 겨우 그녀는 아까 일을 생각해 내고 힘없이 그를 흘겨보았으나, 너무나 지쳐서 화낼 기운도 없었다.

「제발 마셔요.」

꿀꺽 마시고는, 사레가 들려 캑캑거렸다. 그러나 그는 다시 글라스를 그녀의 입에 댔다. 이번은 쭉 마셨다. 뜨거운 액체가 갑자기 그녀의 목을 뜨겁게 했다.

「이제는 원기를 회복한 것 같습니다, 여러분!」하고 레트는 말했다. 「참으로 감사합니다. 내가 처형되는 줄로 알고 그녀는 견딜 수가 없었던 겁니다.」

푸른 군복의 무리는 발을 움직거리기도 하고, 어리둥절한 얼굴로 마주 보기도 하고, 밭은 기침을 하기도 하다가는 이윽고 방을 나갔다. 그 젊은 대위가 문 어귀에서 발을 멈추었다.

「또 무슨 일이 있거든…….」

「아니 좋습니다.」

사관은 도어를 닫고 나갔다.

「좀더 마셔요.」하고 레트가 말했다.

「싫어요.」

「마셔요.」

한 모금 더 마시니 온기가 전신에 번지며, 떨리는 다리에도 차츰 힘이 났다. 글라스를 밀어 붙이고 일어나려 하자, 그는 어깨를 눌렀다.

「날 건드리지 말아요. 난 돌아갈래요.」

「아직 안 되오. 조금만 기다려요. 또 기절할 테니.」

「당신과 여기 있는 것보다는 거리에서 기절하는 편이 나아요!」

「그래도 나는 당신을 거리에서 기절시키고 싶지는 않아.」

「내버려두어요. 아이, 보기 싫어.」

이 말을 듣더니 비로소 그의 얼굴에 아련히 미소가 번졌다.

「그러는 편이 훨씬 당신답소. 이제 조금은 기분이 좋아진 도양이로군.」

잠시 그녀는 허탈 상태에 빠졌다. 노여움으로 원기를 되찾고 힘을 내려 했다. 그러나 너무나 지쳐 있었다. 너무나 지쳐서 무엇인가를 깊이 생각할 수도 증오심을 품을 수도 없었다. 패배감이 그녀의 마음을 납덩이처럼 무겁게 내리누르고 있었다. 그녀는 다 걸고 다 잃었다. 긍지조차 이제 남아 있지 않다. 그거야말로 그녀의 마지막 희망인 것이다. 그것이 타라의 모든 사람들의 최후인 것이다. 오래도록 그녀는 눈을 감은 채로 의자에 기대어 있었다. 그의 무거운 숨결이 가까이 들렸다. 브랜디의 취기가 점점 몸에 퍼져서, 일시적인 힘과 온기를 그녀에게 주었다. 다시 눈을 떠 그와 얼굴이 마주치자 다시금 분노가 치밀어올랐다. 그녀가 곤두선 눈썹을 경련시키며 쓴 얼굴이 되자, 레트 특유의 웃음이 되돌아왔다.

「아하, 겨우 기분이 돌아섰군요. 그 성난 얼굴로 알 수 있거든.」

「물론, 문제없어요. 레트 버틀러, 당신은 가증스런 인간예요. 당신 같은 하찮은 인간은 본 적이 없어요! 내가 말을 시작했을 때부터 당신은 내가 무엇을 말할 것인지 다 알고 있었고, 돈을 줄 수 없다는 것도 알고 있었어요. 그러면서도, 모른 체하고 내게 말을 시켰어요. 내게 쓸데없는 말을 시키지 않았어도 좋았을 텐데.」

「당신에게 말을 시키지 말고, 이만한 이야기를 듣지 말았어야 했다는 말씀이오? 그건 무리요. 이곳에 있으면 심심풀이가 될 만한 일이 도무지 있어야지. 나도 이런 재미있는 이야기를 들을 수 있으리라고는 생각도 못 했거든.」하고 그는 웃었다. 예의 그 비웃는 듯한 웃음이었다. 그 소리를 듣자 그녀는 모자를 움켜쥐고 벌떡 일어났다.

갑자기 그는 그녀의 어깨를 내리눌렀다.

「아직 완전히 낫지는 않았어요. 제대로 이야기를 할 수 있을만큼 정신이 좋아지셨소?」

「내버려 두어요!」

「그 태도로 보다 좋아진 모양이군. 그럼 이것만은 대답해 주어요. 당신이 불 속에 던진 쇠는 나뿐인가요?」 그의 눈은 날카롭고 빈틈 없이 그녀 얼굴 표정의 변화를 가만히 지켜보았다.

「그건 무슨 뜻이죠?」

「당신이 낚아채려고 한 것은 나뿐이냐는 뜻이오.」

「그것이 당신과 무슨 상관이 있지요?」

「당신이 생각하고 있는 이상으로 관계가 있지, 나 외에도 당신이 끈을 달아 둔 사나이가 있소, 없소? 말해 봐요!」

「없어요.」

「그건 이상한데? 당신이 다섯이나 여섯쯤 예비로 만들어 두지 않았다는 건 상상할 수 없어. 틀림없이 이제 당신의 그 흥미있는 제안에 끌려들 녀석이 나타날 거요. 그것은 그야말로 확실하다고 생각되는 일이니까, 내가 충고를 좀 해드리고 싶은데.」

「당신의 충고 따위는 듣고 싶지 않아요.」

「듣기 싫어도 들려 주겠소. 현재로 내가 드릴 수 있는 것은 충고뿐일 것 같아서 말이오. 그러지 말고 들어요. 좋은 충고니까, 사내에게서 뭔가 손에 넣으려고 할 때는, 내게 한 것처럼 털어놓고 덤벼서는 안 돼. 보다 미묘하게, 보다 유혹적으로 해요. 그러는 편이 좋은 결과를 얻을 수 있소. 어떻게 할 것인가는 당신도 전에 완전히 터득하고 있었을 텐데. 그런데 아까 당신이 내게 저당으로 당신의…… 그 뭐더라? 보증 담보를 제공하겠다고 말했을 때는, 당신은 마치 못처럼 굳어져 있었어요. 나는 그 당신의 눈과 꼭 같은 눈을 스무 걸음쯤 떨어진 결투용의 피스톨 위에서 본 적이 있읍니다만, 아뭏든 그다지 어울리는 풍경은 아니오. 사나이의 가슴에 아무런 정열도 불러일으키지 못 하오. 남자를 조종하는 방법은 아니오. 아가씨, 당신은 아무래도 소녀 시절의 훈련을 잊어버린 모양이야.」

「나야 어떻게 행동하든, 당신이 간섭할 필요는 없어요.」 그녀는 이렇게 말하고 힘없이 모자를 썼다. 제 목에 밧줄이 감겨져 있는 주제에, 게다가 그녀의 참담한 처지를 눈 앞에 보고, 그가 어쩌면 이토록 유쾌하게 농담을 할 수 있는지 그녀로서는 이상하기만 했다. 그녀는 그가 호주머니에 찌른 두 손을, 마치 자기의 무능력을 뭉개 없애려는 듯이 꽉 움켜쥐고 있는 것을 모르고 있었다.

「기운을 내시오.」하고 그는 모자 끈을 매고 있는 그녀에게 말했다. 「내 목에 올가미가 씌워질 때는 보러 오십시오. 그러면 당신도 아주 속이 후련해질 거요. 내게 대한 당신은 묵은 셈은 일체 휴지요. 물론 오늘 몫도, 그리고 유언장에는 당신의 이름을 써 넣어 두지요.」

「고마와요. 하지만, 그들은 용케 세금을 제때에 치를 수 있도록 당신 목을 옭아 주지 않을지도 모르지 않겠어요?」하고 갑자기 그녀도 그에게 지지 않을 만큼 악의를 가지고 말했다. 그녀는 진심으로 그렇게 생각하고 있었던 것이다.

35

본부 건물에서 나오자, 비가 내리고 하늘은 납빛으로 충충했다. 광장에 있던 병사들도 막사 안으로 버를 피해 들어가고, 거리에는 사람의 그림자 하나 없었다. 아무리 둘러보아도 탈 만한 것이 없었기 때문에 그녀는 집까지 먼 길을 걸어가야 하겠다고 생각하고 발걸음을 옮겨 놓았다.

브랜디의 술기운은 터벅터벅 걷는 동안에 차츰 깨어 갔다. 찬바람이 그녀를 부르르 떨게 하고 바늘같이 찬 빗방울이 매섭게 얼굴을 찔렀다. 피티 고모의 얇은 외투는 금방 비에 흠뻑 젖어 몸에 찰싹 달라붙었다.

빌로도 옷은 엉망이 되고, 모자의 장식 털은 그 털의 전주인이었던 수탉이 타라의 뒤뜰에서 비를 맞았을 때처럼 축 늘어졌다. 보도에 깐 포석은 깨어져 있었고, 꽤 긴 거리 사이에 전혀 깔려 있지 않은 곳도 있었다. 그런 곳에서는 진흙이 발목까지 빠지고 아교풀처럼 달라붙고 신이 발에서 벗겨지기도 했다. 신을 떼어 내려고 몸을 구부릴 때마다 드레스 자락이 흙투성이가 되었다. 그녀는 물웅덩이로 피하려 하지 않고 멍하니 발을 옮겨 디디며 무거워진 스커트를 질질 끌고 갔다. 페티코트가 젖고 팬터렛이 복사뼈에 닿아 차가왔으나, 그녀는 그처럼 많은 기대를 걸었던 옷이 형편 없이 되는데도 조금도 마음에 두지 않았다. 추웠고 또 마음이 무거웠으며 절망하고 있었던 것이다.

그토록 큰 소리를 치고 왔는데 무슨 낮으로 타라로 돌아가 그들의 얼굴을 대할까. 모두들 나가 줘. 그런 말을 어떻게 할 수 있는가. 그 황토밭, 그 우뚝 솟은 소나무, 그 어둠침침하고 질벅거리는 늪지의 밭, 그 삼나무 숲의 깊은 나무 그늘, 어머니 엘렌이 잠들어 있는 고요한 묘지를 어떻게 버릴 수가 있는가.

미끄러운 길을 힘없이 걸으며 그녀의 가슴은 레트에 대한 증오로 불타올랐다. 어쩌면 그렇게 불량한 사나이일까! 북군이 그를 교수형에 처해 주었으면 좋겠다고 생각했다. 그렇게 되면, 이 불명예와 굴욕을 알고 있는 그와 두 번 다시 만나지 않아도 된다. 물론 그는 자기만 그렇게 할 마음이 있었다면, 그녀에게 얼마든지 돈을 변통해 줄 수 있었을 것이다. 그런 남자한테는 교수형도 과분해! 옷은 흠뻑 젖고 머리는 헝클어지고, 추위 때문에 이가 딱딱 부딪치는 자기의 이 꼴을 그가 보지 않은 것은 하느님의 은총이라고 생각했다. 어지간히 꼴사납게 보였겠지. 그는 얼마나 웃었을까.

그녀가 걸음을 재촉하면서, 진흙 속에 미끄러지기도 하고, 우뚝 서기도 하고, 숨을 헐떡이며 벗겨진 신을 집어 신기도 하노라니까 지나가던 흑인들이 무엄하게도 그녀를 향해 이빨을 드러내 히죽히죽 웃고, 저희들끼리 마주 보며 비웃었다. 웃다니! 이 무엄한 검은 원숭이들 같으니! 이런 검은 원숭이들이 감히 타라의 스카알렛 오하라를 비웃다니! 그녀는 그들의 등을 피가 나도록 힘껏 채찍으로 갈겨 주고 싶었다. 이런 놈들을 해방시켜 멋대로 백인을 조소하게 만들다니, 북쪽 사람들은 또 무슨 악마들이란 말인가.

워싱턴 거리에서 그녀는 주위를 둘러보았다. 주위의 풍경은 그녀 자신의 심정처럼 침울하고 살벌했다. 여기는 피치트리 거리에서 본 것 같은 혼잡도 발랄함도 없었다. 이 근처는 전에는 좋은 집들이 즐비해 있었으나 개축된 것은 불과 몇 집 되지 않았다. 초석과 요새 와서 〈샤만 장군의 파수병〉이라고 불리는 새까맣게 탄 굴뚝이 기를 꺾으려는 것처럼 잔뜩 서 있었다. 전에 집이 있던 곳으로 들어가는 좁은 길은 잡초에 덮이고 잔디밭에는 마른 풀이 뒤엉켜, 그녀가 잘 알고 있는 이름이 새겨진 노둣돌과 두 번 다시, 고삐를 맬 것 같지 않은 말뚝만이 눈에 띄었다. 찬바람, 잎 떨어진 나무들, 그리고 적막과 황폐. 그녀의 발은 흠뻑 젖고 집까지 갈길은 아직 아득하기만 했다.

뒤에서 말발굽 소리가 들려 왔기 때문에, 그녀는 그 이상 피티 시고모의 외투에 흙을 튀기지 않으려고 좁은 보도 끝으로 몸을 피했다. 말 한 필이 끄는 마차가 천천히 그녀 옆으로 다가왔다. 그녀는 마부가 만일 백인이면 태워 달라고 하려고 돌아서서 그것을 지켜보았다. 마차가 바로 옆에까지 와도, 비에 가려 잘 보이지 않았지만, 마부가 흙막이 판자에서부터 둘러친 방수포 위로 얼굴을 내밀고 있는 것이 보였다. 어쩐지 본 듯한 얼굴이어서 좀더 확인하려고 차도까지 나가자, 그 사나이는 거북한 듯이 잔기침을 하고 나서, 귀에 익은 목소리로 기쁨과 놀라움에 들떠 소리쳤다.「혹시 스카알렛 씨가 아니십니까?」

「어머나, 케네디 씨!」그녀는 외치고 흙탕물을 튀기며 길을 가로질러 외투가 더러워지는 것도 상관없이 흙투성이 차바퀴에 바싹 몸을 댔다.「여기서 아는 분을 만나다니, 정말 이런 반가운 일은 평생 처음이에요.」

그녀의 말에는 분명히 진정해 보였으므로, 그는 기쁨에 얼굴을 붉히고 마차 저쪽을 향해 황급히 씹는 담배의 찌꺼기를 뱉아 버리고 가볍게 땅바닥으로 뛰어 내렸다. 그리고 힘차게 그녀의 손을 잡아 방수포를 쳐들고 그녀를 마차에 태웠다.

「스카알렛 씨, 이런 데서 혼자서 무얼 하고 있었어요? 요즘 이 근처가 무척 소란스럽다는 것을 모르세요? 게다가 이렇게 흠뻑 젖어 가지고. 자아, 발을 이 무릎 덮개로 두르세요.」

암탉처럼 수다를 떨면서 이것저것 돌봐 주는 바람에, 그녀는 남이 시중을 들어 주는 즐거움에 몸을 맡겼다. 비록 바지를 입은 처녀 같은 프랭크 케네디이긴 해도 남자가 이렇게 이것저것 돌봐 주는 것은 기분이 좋았다. 더구나 레트한테서 그토록 잔인한 대우를 받은 직후였기 때문에 한결 강하게 그것이 느껴졌다. 게다가 고향에서 멀리 떨어진 곳에서 고향 사람을 만난다는 것은 얼마나 반가운 일인가. 자세히 보니까 그는 옷도 훌륭하고 마차도 새것이었다. 말도 젊고, 살이 퉁퉁하게 쪘다. 그러나 프랭크는 나이보다 늙어 보였다. 그 크리스마스 전날 밤, 부하를 데리고 타라에 왔을 때보다도 훨씬 늙어 보였다. 얼굴은 여위고 누렸으며 그 누런 눈은 늘어진 살 속에 움푹 들어가 게슴츠레했다. 생강빛 수염은 전보다 적었고 씹는 담뱃진에 물이 들어 계속 잡아뽑았는지 전연 고르지가 못했다. 그러나 어디를 가도 슬픔과 걱정과 피로에 지친 얼굴만이 있는 이때 그만은 명랑하고 활기찬 듯이 보였다.

「만나뵙게 돼서 정말 반갑습니다.」그는 열을 띠고 말했다.「당신이 시내에 와 계신 줄은 몰랐읍니다. 지난 주에 피티 아주머니를 만났는데 당신이 계시다는 말은 못 들었읍니다. 타라에서 누군가, 그 누군가, 또 오신 분이 계십니까?」

스월렌을 가리키는 말이다. 얼빠진 늙은이 같으니.

「아뇨.」그녀는 따뜻한 무릎 덮개를 목 있는 데까지 끌어올리며 대답했다.

「혼자 왔어요. 피티 시고모한테는 온다는 것을 알리지 않았어요.」

그는 말에게 소리를 쳤다. 말은 미끄러운 길을 조심조심 천천히 움직이기 시작했다.

「타라에는 모두 안녕하십니까?」

「네, 네, 별일 없어요.」

뭐 좀더 궁리를 해내서 말해야지 생각했지만, 그녀는 말이 잘 나오지 않았다. 그녀의 마음은 패배로 무겁게 가라앉고, 지금 그녀가 바라는 것은 오직 이 따뜻한 무릎 덮개에 둘러싸여, 마차 한 구석에 몸을 맡기고 있는 것뿐이었다. 그녀는 자신에게 타일렀다. 『타라에 대해서 지금 생각하지 말자. 좀더 있다 마음이 이렇게 괴롭지 않을 때 생각하도록 하자.』화제를 주어, 그녀는 다만 가끔 『어머 멋져요!』라든가 『당신은 정말 현명해요.』 하고 맞장구나 칠 수 있으면 얼마나 좋을까 생각했다.

「케네디 씨, 당신을 만났을 때 전 정말 놀랐어요. 옛 친구들과 소식도 없이 지내는 것은 나쁘지만, 전 당신이 애틀랜타에 계시는 줄은 몰랐어요. 마리에타에 계신다는 말을 들었는데.」

「마리에타에서 장사를 하고 있었읍니다, 큰 장사를요.」그는 말했다. 「내가 애틀랜타에 살게 됐다고 스월렌 씨한테서 듣지 못했읍니까? 우리 가게 얘기를 말하지 않던가요?」

그렇게 말하니 스월렌이 프랭크와 그 가게에 대해 뭐라고 이야기하던 것이 흐릿하게 생각이 났지만, 그녀는 스월렌이 하는 말 따위 별로 주의해 듣지 않았다. 프랭크가 살아 있어 언젠가는 골칫거리인 스월렌을 자기한테서 떼어가 주리라는 것을 알고만 있으면 그것으로 충분했던 것이다.

「아뇨, 아무 말도 하지 않던데요.」하고 그녀는 거짓말을 했다.

「가게를 차리셨어요? 어쩌면 당신은 그렇게 빈틈이 없으세요?」

그는 스월렌이 그 이야기를 모두에게 하지 않았다고 듣자 다소 감정이 상한 모양이었으나, 칭찬을 받자 곧 기분이 좋아졌다.

「네, 가게를 차렸어요. 제 생각에도 제법 괜찮은 가게입니다. 모두들 나보고 타고난 장사꾼이라고 하죠.」그는 기분이 좋은 듯 웃었다. 언제 들어도 기분이 나빠지는 예의 그 꽥꽥거리는 닭의 울음 소리 같은 웃음이었다.

「당신은 뭘 해도 성공하실 거예요, 케네디 씨. 그런데 대관절 어떻게 해서 가게까지 차리게 되셨어요? 재작년 크리스마스에 만났을 때에는 당신은 한 푼도 없다고 하시지 않았어요?」

그는 짜증스럽게 마른 기침을 하고 수염을 잡아당기면서 그 신경질적이고 소심한 미소를 띄웠다.

「네, 여기엔 긴 얘기가 있죠, 스카알렛 씨.」

살았다! 하고 그녀는 생각했다. 이 얘기로 충분히 집까지 갈 수 있겠다고 그녀는 생각했다. 그래서 소리를 높여 말했다. 「그 얘기 좀 들려 주세요.」

「식량을 구하러 우리가 마지막으로 타라에 갔던 때 일을 기억하세요? 그런데 그 뒤 전 곧 현역으로 배치되었읍니다. 실제 전투에 참가했다는 뜻이죠. 그 이상 병참부에 있지 않아도 괜찮게 됐읍니다. 그보다도 병참부 같은 것이 이젠 그다지 필요 없게 된 거죠, 스카알렛 씨. 징발할 물자가 거의 바닥이 났어요. 그리고 손발이 성한 사내라면 일선에 나가야 된다고 생각했던 겁니다. 그렇죠, 나는 한동안 기병대에 들어가 싸웠는데 포탄에 어깨를 맞고 말입니다.」

그는 무척 자랑스런 모양이었다. 「어머, 저를 어쩌!」스카알렛은 말했다.

「뭐, 대단한 것은 아니었어요. 약간 스치고 지나갔을 뿐이지요.」그는 섭섭한 듯 말했다. 「나는 남쪽 병원으로 보내졌읍니다. 그리고 거의 다 나아 갈 무렵에, 북군의 유격대가 침공해 들어왔읍니다. 그건 보통 일이 아니었어요. 우리는 거의 예상하지 않고 있었거든요. 그래서 걸을 수 있는 사람들은 모두들 동원해서 군수품이며 병원의 비품 같은 것을 운반해 가기 위해 열차에 실었읍니다. 겨우 한 열차 분을 싣고 나자 벌써 적이 시 변두리까지 와 있었읍니다. 그래서 우리들은 부랴부랴 시 반대쪽으로 도망쳤어요. 열차 지붕에 올라앉아 우리들이 정거장에 남기고 온 군수품을 북군이 불태우는 것을 바라보고 있으려니까 정말 처량한 생각이 들더군요, 스카알렛 씨. 우리들이 반 마일이나 철로를 따라 옮겨 쌓아 놓은 물자를 적은 조금도 아깝지 않게 다 태워 버렸으니까요. 우리는 겨우 몸만 빠져 달아났어요.」

「아이 무서워라!」

「정말 말씀하신 그대롭니다. 무서웠어요. 마침 우리 군대가 다시 애틀랜타로 들어가 있었기 때문에 우리들이 탄 열차도 애틀랜타로 들어올 수 있었읍니다. 그리고 이내 전쟁이 끝났는데 그러자, 거기에는 사기 그릇이며, 침대며, 이불이며, 모포 따위가 산더미같이 있는데 아무도 자기 것이라고 나서는 사람이 없었어요. 따지고 보면 북군의 물건인지도 모르죠. 항복 조건에 그런 것이 적혀 있었다고 생각되는데, 그렇지 않았던가요?」

「글쎄요.」스카알렛은 건성으로 대답했다. 점점 몸이 따뜻해 오면서 졸음이 왔다.

「지금도 제가 한 일이 옳은 일이었는지 어쩐지 모르겠읍니다.」그는 넋두리조로 말했다. 「하지만 내 생각엔 그런 물건은 북군에겐 아무 소용도 없을 것 같았어요. 아마 그들은 모두 다 태워 버릴 것이다, 그러나 남부 사람들은 그것을 돈을 주고 살 것이다, 그러니까 지금도 역시 남부 동맹 정부나 혹인 남부 사람의 것이라고 해도 별로 틀림이 없다, 이렇게 나는 생각했던 것입니다. 이 이론을 이해하시겠읍니까?」

「네.」

「내 의견에 찬성해 주시니 기쁘군요, 스카알렛 씨. 한편으로는 나도 다소 양심의 가책을 느끼고 있었읍니다. 여보게 프랭크, 그까짓 것 다 잊어버리게, 하고 만나는 사람마다 말을 하지만 잊을 수가 없었읍니다. 나도 내가 한 일이 옳지 못했다고 생각하면 얼굴을 들고 세상을 살아갈 수가 없게 돼요. 당신은 내가 한 일이 옳다고 생각하십니까?」

「그럼요.」그녀는 말했으나, 속으로는 늙다리 바보가 무슨 소리를 하고 있는 거야, 하고 우습게 생각했다. 뭔가 양심의 가책을 받고 있는 모양이다. 프랭크 케네디 정도의 나이가 되면, 인간은 쓸데없는 일에 꼬치꼬치 매달리는 건 현명한 일이 아니라고 깨닫는 게 보통이다. 그런데 이 사나이는 언제나 신경질적이고 생각이 잘아서 흡사 노처녀 같다.

「당신이 그렇게 말씀해 주시니 기쁘군요. 전쟁이 끝났을 때 겨우 은화 십 달러밖에 없었읍니다. 그 밖에는 전연 무일푼이었죠. 게다가 존즈보로도, 우리 집도, 가게도, 모두 북군들 때문에 어떻게 됐는지 당산도 잘 알고 계시지 않아요? 처음 나는 어떻게 해야 좋을지 몰랐읍니다. 하지만 나는 그 십 달러로 전에 하던 파이브 포인트의 가게에 지붕을 해 이고, 병원에서 쓰던 기구들을 날라다가 그것을 팔기 시작했읍니다. 침대며 사기 그릇이며 이불은 누구에게나 다 필요했읍니다. 게다가 나는 싸게 팔거든요. 그것은 내 것인 동시에 남부 사람 전체의 것이라고 생각했기 때문입니다. 그런데도 상당한 돈이 벌어지기에 나는 다시 그것으로 물건을 사들이고, 이렇게 해서 가게는 차츰 번창해 갔던 겁니다. 경기가 좋아지면 이걸로 큰 돈을 벌 거라고 생각합니다.」

〈돈〉이라는 말을 듣자, 그녀의 마음은 갑자기 수정처럼 맑아져 그의 말에 끌려들어갔다.

「돈을 버셨다고요?」

그녀의 흥미를 끌었다고 생각하자 그는 우쭐해졌다. 지금까지 스월렌은 별도로 치고, 그에게 형식적으로나마 호의 이상의 것을 보여 준 여성은 좀처럼 없었기 때문에 스카알렛 같은, 일찌기 지방 제일의 인기인으로 날리던 부인이, 자기 말에 마음이 끌렸다고 생각하자 무척 기뻤다. 그는 자기 이야기가 끝날 때까지는 피티 아주머니 집에 닿지 않도록 말의 걸음을 늦추었다.

「나는 백만 장자는 아닙니다, 스카알렛. 그리고 전에 내가 소유하고 있던 돈과 비교해서 그렇게 많은 돈은 아닙니다. 그러나 금년 한 해에 일천 달러를 벌었읍니다. 물론 그 중 오백 달러는 새로 물건을 사들이고, 가게를 고치고, 집세를 치르는 데 다 없어지고 말았지만, 그래도 오백 달러는 남았고 그리고 경기도 회복되어 가기 때문에 내년에는 틀림없이 천 달러는 벌 것이라고 생각하고 있읍니다. 그리고 또 지금 새 사업을 계획하고 있는 중이니까 이 돈을 한껏 유효하게 쓸 것입니다.」

돈 이야기가 나오자 맹렬한 흥미가 솟아올랐다. 그녀는 자기 눈빛을 짙은 속눈썹으로 감추고 그에게로 조금 몸을 붙였다.

「무슨 사업이신데요, 케네디 씨?」

그는 웃으며 말의 등을 고삐로 때렸다.

「장사 이야기를 해서 지루하시지요, 스카알렛 씨? 당신같이 아름답고 가녀린 분은 장사 같은 건 알 필요가 없으니까요.」

정말 얼마나 어리석은 늙은이인가?

「전 장사에 대해선 아무것도 모르지만, 그래도 무척 흥미를 가지고 있어요. 어서 자세히 이야기해 주세요. 그리고 모르는 점은 설명해 주세요.」

「그럼 말씀해 드리겠는데, 내가 말한 새 사업이란 제재소입니다.」

「그게 뭐예요?」

「재목을 깎기도 하고 판자를 만들기도 하는 공장입니다. 아직 사지는 않았지만 사려 하고 있는 중입니다. 존슨이란 사나이가 피치트리 큰길가에 공장을 가지고 있는데, 그 공장을 팔려고 하고 있습니다. 급히 현금이 필요해서 내게 공장을 팔고 자기는 그대로 주급으로 일하고 싶다고 합니다. 이 근처에는 제재소가 아주 귀해요, 스카알렛 씨. 북군에게 대부분 파괴돼 버렸읍니다. 요즘에는 재목을 아무리 비싸게 불러도 팔리는 판이니까 제재소를 가지고 있는 것은 금광을 가지고 있는 거나 다름 없어요. 북군이 이렇게 많은 집을 태워 버렸으니까 살 집이 모자랍니다. 그래서 사람들은 모두 집을 짓느라고 야단들입니다. 그러나 재목이 모자라서 급히 뒤를 못 대요. 지방에는 흑인 노동자가 없기 때문에 농장을 경영해 나갈 수가 없고, 게다가 북부 사람들이나 뜨내기 정상배들이 다소라도 숨이 붙어 있는 동안은 밑바닥까지 짜내려고 떼를 지어 모여들지요. 그렇기 때문에, 모두들 견뎌내지 못해 이 애틀랜타는 틀림없이 곧 큰 도시가 될 것입니다. 그들은 집을 짓기 위해, 재목을 손에 넣지 않으면 안 됩니다. 그래서 나는 곧 꾸어 준 돈이 들어오면 곧 사들일 생각입니다. 내년 지금쯤은 나도 돈 때문에 고통받는 일은 없게 될 겁니다. 내가 왜 급히 돈을 만들려고 서두르는지, 아마 당신은 아실 줄 믿습니다.」

그는 얼굴이 빨개 가지고, 또 끼득끼득 닭처럼 웃었다. 스월렌을 생각하고 있는 것이라고 생각하자 스카알렛은 속이 뒤틀렸다.

한순간 그녀는 삼백 달러쯤 꾸어 달라고 부탁을 해 볼까 했으나 마음이 내키지 않아 그 생각은 버렸다. 그는 난처해 하겠지. 어쩔 줄 몰라 쩔쩔매겠지. 뭐라고 변명을 하고 꾸어 주지 않겠지. 봄이 되면 스월렌과 결혼하려고 그는 기를 쓰고 그 돈을 번 것이다. 그러니까 그 돈을 내놓게 되면, 그의 결혼은 또 언제 할지 모르게 된다. 설혹 그의 동정심을 움직여 장래 가족에 대한 책임감에 호소하여 승낙을 받는다 해도 스월렌이 승낙하지 않을 것이 뻔했다. 스월렌은 자기가 사실상 벌써 노처녀가 된 거나 다름 없어 속을 태우면서 고민하고 있는 처지니까 결혼을 늦추거나 하는 일이 생긴다면 천지가 무너지는 한이 있더라도 반대할 것이 틀림없다.

그 투덜투덜 불평만 늘어놓는 계집애의 어디가 좋아서 이 늙다리 바보는 포근한 보금자리를 만들어 주려고 이렇게까지 서둘러 대는 것일까. 스월렌은 애정이 있는 남편, 가게와 제재소 같은 돈벌이를 가질 만한 가치가 있는 여자가 아니다. 얼마 안 되는 돈이나마 자유롭게 쓰게 되었을 때는, 스월렌은 차마 못 볼 정도로 거드름을 피우며, 타라를 유지하기 위해서는 단돈 한 푼도 내놓지 않을 것이 뻔하다. 스월렌은 안 된다 ! 고운 옷을 입고 이름에 〈부인〉이라는 것이 붙게 되면, 타라 같은 거야 어찌 되든, 설사 세금 때문에 빼앗기게 되든, 타서 없어지든 상관하지 않을 것이다.

스월렌의 보장받은 미래를 생각하고, 자신과 타라의 불안한 장래를 생각하자, 스카알렛은 인생의 불공평에 분노의 불길이 타올랐다. 프랭크에게 그런 표정을 보이지 않으려고 그녀는 급히 눈길을 창밖 진흙투성이 거리로 보냈다. 자신은 가지고 있는 모든 것을 잃어가고 있는데, 스월렌은…… 문득 하나의 결심이 마음 속에 생겼다.

스월렌에게, 프랭크와 그의 점포와 제재소를 넘겨 주어서는 안 된다는 결심이었다.

스월렌은 그런 것들을 받을 만한 가치가 없다. 스카알렛은 자기가 대신 받으리라 생각한 것이다. 그녀는 타라를 생각하고, 방울뱀처럼 독이 있는 조나스 윌커슨이 타라의 현관 계단 밑에 서 있는 모습을 생각해 냈다. 그녀는 난파한 자기 인생에 밀려온 마지막 지푸라기를 잡은 것이다. 레트에게는 실패했다. 그러나 하느님이 여기 프랭크를 주신 것이다.

하지만 프랭크는 정말 자기 것으로 만들 수가 있을까. 보아도 눈에 보이지 않는 빗발에 눈길을 보내면서 그녀는 주먹을 재빨리 부르쥐었다. 스월렌을 잊게 하고 필요에 늦지 않게시리 자기에게 청혼하게 할 수가 있을까. 레트도 마지막 한 발짝 지점까지 끌고갔으니까, 프랭크 따위는 문제도 아니다 ! 그녀는 눈을 깜박이며 그를 관찰했다. 분명 이 사나이는 잘난 사내는 못 된다, 하고 냉정히 생각했다. 게다가 이가 나쁘고 숨쉴 때마다 냄새가 나고 아버지라 해도 좋을 만큼 나이를 먹었다. 그 위에 신경질적이고 마음이 옹졸하고 어수룩해서 무릇 남자로서 가질 수 있는 모든 나쁜 특질을 다 가지고 있다. 그러나 적어도 그는 신사다. 같이 사는 데는 오히려 레트보다 나을지도 모른다. 분명 이 사나이 쪽이 조종하기는 쉽다. 어쨌든 거지가 좋고 나쁜 걸 가릴 수는 없다.

그가 스윌렌의 약혼자라는 점에 대해서는 전연 양심의 가책을 느끼지 않았다. 스스로 애틀랜타까지 나와 레트를 만날 만큼 도의심이 타락해 버린 지금, 그녀에게 있어 동생의 약혼자를 빼앗는 정도는 실상 하찮은 것으로, 이 마당에 그렇게 떠들만한 것도 못 되었다.

새로 솟구친 희망 때문에 등이 꼿꼿해지고 발이 젖어 있는 것도, 차디차진 것도 잊어버렸다. 그녀가 눈을 가늘게 뜨고 프랭크를 말끄러미 바라보자 그는 공연히 불안해져서 쩔쩔매었다. 그녀는 『나는 당신의 그 눈과 꼭 같은 눈을, 결투용 피스톨 위에서 본 일이 있소…… 그것은 남자의 가슴에 아무런 열정도 불러일으키지 못하는 눈이오.』하고 말하던 레트의 말이 생각나서 급히 눈을 내리깔았다.

「왜 그러십니까, 스카알렛 씨. 한기가 드십니까?」

「네.」하고 그녀는 가냘프게 대답했다. 「만일 괜찮으시다면…….」그녀는 일부러 수줍은 듯 더듬더듬 말했다. 「괜찮으시다면 당신 외투 주머니에 손을 넣게 해주시지 않겠어요? 못 견디게 추운데다가 머프가 젖어서요.」

「네? 네, 물론 괜찮고 말고요. 장갑을 끼시지 않았군요. 당신이 추워서 불을 쬐고 싶어하시는 것도 모르고, 나 좀 보라지, 이야기에 정신이 팔려서 조금도 서두르지 않고, 이런 멍청이 봤나. 이랴, 샐리! 그런데 스카알렛 씨, 내 이야기만 지껄이느라고 당신 이야기는 묻지도 못 했는데, 이런 날씨에 이런 곳에서 대체 무얼 하고 계셨읍니까?」

「저, 북군 사령부에 갔었어요.」

그녀는 잘 생각해 보지도 않고 불쑥 말해 버렸다. 그는 놀라 모래빛 눈썹을 치켜올렸다.

「하지만 스카알렛 씨, 북군 병사가 왜…….」

『성모 마리아여, 제발 그럴 듯한 거짓말을 가르쳐 주시옵소서.』그녀는 정신 없이 빌었다. 레트를 만나고 온 것을 프랭크가 알면 재미없다. 프랭크는 레트를 악당 중에서도 가장 뱃속 검은 악당으로 여겨 점잖은 숙녀는 그와 말을 하는 것조차 위험하다고 생각하고 있는 것이다.

「제가 거기 간 건…… 면회하러 간 건, 장교들이 고향에 있는 부인들에게 보낼 선물로 내가 부업삼아 하고 있는 수 놓은 것을 사주지 않으려나 해서요. 전수를 무척 잘 놓거든요.」

그는 놀란 나머지 마부석 뒤로 몸을 제쳤다. 노여움과 얼떨떨함이 그의 마음 속에서 무섭게 싸웠다.

「당신이 북군에게? 정말입니까, 스카알렛 씨! 그런 곳은 당신이 가실 곳이 아닙니다. 어째서 그런 데를…… 틀림없이 당신 아버님은 모르시겠지요! 그리고 피티퍼트 씨도.」

「아이, 피티퍼트 고모에게 말씀하시면 난 죽어 버리고 말겠어요!」그녀는 정말로 걱정이 되어 울기 시작했다. 춥고 슬펐기 때문에 우는 것은 쉬웠지만 그 효과는 놀랄 만큼 컸다. 설혹 그녀가 갑자기 발가벗기 시작했다고 해도 프랭크는 그 이상 쩔쩔매고 당황하지는 않았으리라. 그는 몇 번이나 혀를 차고「이런! 이런!」중얼거리며, 그녀에게 당황한 몸짓을 해 보였다.

무조건 그녀의 머리를 어깨로 끌어당겨 어루만져 주었으면 하는 대담한 생각이 마음 속을 스치고 지나갔으나, 그는 한 번도 부인들에게 대해 그런 짓을 해 본 일이 없었기 때문에 어떻게 해야 좋을지 몰랐다. 그토록 마음이 억세고 아름다운 스카알렛이 이 마차 안에서 울고 있는 것이다. 기품 높은 부인들 중에서도 가장 자존심이 강한 스카알렛 오하라가 북군에게 바느질한 자수를 팔러 가다니…… 그의 가슴은 터질 것만 같았다.

그녀는 토막토막 뭔가 중얼거리며 울었다. 그 말로 그는 타라가 잘되어 나가지 않고 있다는 것을 알았다. 오하라 씨는 지금도 정신 이상 상태로 있고, 그 많은 식구들에게 돌아갈 식량도 없다. 그래서 그녀는 애틀랜타로 와서 자신과 아이들을 위해 다소라도 돈을 벌려고 한 것이다. 프랭크는 다시 혀를 찼다. 그리고 문득 그녀의 머리가 그의 어깨에 파묻혀 있는 것을 깨달았다. 언제 그렇게 되었는지 그는 전혀 몰랐다. 분명 자기가 끌어당긴 건 아닌데 거기에는 그녀의 머리가 있고 그리고 스카알렛은 그의 여윈 가슴에 몸을 기대고 서럽게 울고 있는 것이다. 그것은 그에게는 자극적이고 신기한 감각이었다. 처음에 그는 무서워하며 그녀의 어깨를 어루만졌으나 그녀가 거부하지 않는 것을 알자 차츰 대담해져서 힘차게 쓰다듬기 시작했다. 이 얼마나 외롭고 아름답고 가련한가. 그리고 바느질로 돈을 벌려 하다니, 얼마나 용기 있는 귀여운 바보인가. 그러나 북군을 상대로 한다는 건 절대로 안 될 얘기다.

「피티 아주머니한테는 말하지 않겠어요. 하지만 스카알렛 씨, 두 번 다시 이런 일을 하지 않겠다고 약속해 주세요. 그처럼 훌륭하신 아버님의 귀한 따님으로……」

눈물에 젖은 그녀의 파란 눈이, 가련하게 그의 눈을 더듬었다.

「그렇지만 케네디 씨, 전 아무것이라도 하지 않으면 안 돼요. 전 불쌍한 어린 것을 기르지 않으면 안 되는데, 지금은 아무도 우리를 돌봐 주는 사람이 없어요.」

「당신은 정말 씩씩한 분입니다.」하고 그는 말했다. 「하지만 나는 당신에게 이런 일을 시키고 싶지는 않습니다. 집안 어른들이 아시면 부끄러워 기절하실 겁니다.」

「그럼 저는 어떻게 하면 좋죠?」당신은 뭐든지 알고 있으니, 당신의 말에만 의지하겠다는 듯 그녀는 눈물 어린 눈으로 그를 쳐다보았다.

「글쎄올시다. 지금 당장은 저도 잘 모르겠읍니다. 하지만 어디 한 번 생각해 봅시다.」

「당신이라면 생각해 주실 거예요. 당신은 무척 현명한 분이니까, 프랭크.」

그녀는 지금까지 그의 이름을 프랭크라고 다정하게 불러 본 적이 없었기 때문에 그 울림은 그에게 기쁜 충격과 놀라움을 주었다. 가엾게도 스카알렛은 너무 마음이 산란해 이런 실언도 깨닫지 못하는 것이리라. 그는 그녀에 대해 몹시 따뜻한, 진심으로 보호해 주고 싶은 기분을 느꼈다. 스월렌 오하라의 언니에 대해, 자기가 힘이 될 수 있는 일이라면 뭐든지 해주고 싶다고 생각했다. 그는 빨간 꽃무늬가 박힌 손수건을 꺼내 그녀에게 건네주었다. 그녀는 눈물을 닦고 수줍은 듯 웃기 시작했다.

「전 정말 바보예요.」그녀는 사과하듯 말했다. 「용서하세요.」

「바보라니요, 갸륵하고 가엾은 여성인데다 지나치게 무거운 짐을 지고 있는 거죠. 피티 아주머니도 별로 당신의 도움이 되지 않을 겁니다. 재산은 대부분 없애 버린 모양이고, 헨리 해밀턴 씨 자신도 그리 넉넉하지 못하니까요. 가정을 가진 다음 거기에 당신을 모셔다가 보살펴 드리고 싶습니다. 스카알렛 씨, 부디 이것만은 알고 계십시오. 만일 스월렌과 제가 결혼을 하게 되면, 언제든지 우리들 지붕 밑에는 당신과 웨이드 해밀턴을 위한 자리가 준비되어 있다는 것을.」

자, 바로 이때다! 분명 성자나 천사가 그녀를 지키고 있어, 하늘이 이런 좋은 기회를 마련해 준 것이리라. 그녀는 무척 놀랍고 또 난처한 표정을 지으며, 급히 뭔가 말을 하려다가 다시 돌연 입을 다물었다.

「올봄에 내가 당신 동생의 남편이 된다는 것을 설마 모르고 계시는 것은 아니시겠지요?」하고 그는 발작적으로 익살맞게 말했다. 그리고 그녀의 눈에 눈물이 괴어 있는 것을 보자 깜짝 놀라 물었다. 「왜 그러십니까, 스월렌 씨가 병이라도 났읍니까?」

「아뇨, 아뇨!」

「뭐 좋지 않은 일이 있는 모양인데 말씀해 주세요.」

「오, 저는 말할 수 없어요. 전 모르고 있었어요. 전 분명히 그 애가 편지를 드린 걸로 알고 있었는데 오, 어떻게 된 일일까요!」

「스카알렛 씨, 대관절 어떻게 됐다는 얘깁니까?」

「오, 프랭크. 전 이런 말 입 밖에 낼 생각은 아니었는데, 저는 당신도 물론 알고 계시고 그 애가 편지를 드린 줄로만 알았기 때문에.」

「어떤 내용을 적어 왔다고 하시는 겁니까?」그는 떨고 있었다.

「당신 같은 훌륭한 분에게 그런 짓을 하다니!」

「그분이 무얼 어떻게 했읍니까?」

「그럼, 당신에게 편지를 드리지 않았었군요. 아마 부끄러워서 쓰지 못했을 거예요. 부끄럽게 생각하는 것이 당연하죠! 오, 저는 그런 못된 동생을 가지고 있어서!」

이쯤 되자 프랭크는 입 밖에 내어 물을 수조차 없게 되고 말았다. 그의 얼굴은 잿빛으로 변하고 고삐를 쥔 손에도 힘이 빠져 그저 멍하니 그녀를 지켜보고 있을 뿐이었다.

「스월렌은 다음달, 토니 폰텐하고 결혼할 예정이에요. 정말 당신에게는 안 됐어요, 프랭크. 전 제 입으로 이런 말을 하는 게 정말 견딜 수 없이 괴로와요. 스월렌은 이미 당신을 더 기다릴 수가 없었던 거예요. 노처녀가 되는 것이 무서웠던 거죠.」

스카알렛이 프랭크의 도움을 받아 마차에서 내렸을 때, 마미는 현관 포치에 서 있었다. 그녀는 벌써 꽤 오래 거기에 서 있는 듯, 머리에 감은 천이 비에 젖고, 단단히 몸에 감은 낡은 숄에도 빗방울 자국이 보였다. 그 주름투성이 검은 얼굴에는 분노와 불안이 달라붙어 있고, 그 아랫입술은 스카알렛이 일찌기 본 일이 없을 만큼 나와 있었다. 그녀는 재빨리 프랭크 쪽을 보고, 그것이 누군가를 알자 갑자기 표정이 변해서 기쁨과 낭패와, 그리고 뭔가 자책에 가까운 표정을 얼굴 전체에 나타냈다. 그녀는 기쁜 듯 인사를 하고 뒤뚱뒤뚱 프랭크에게 다가가 빙긋빙긋 웃으며 그가 손을 잡자 허리를 굽혀 절을 했다.

「고향 분을 만나 반갑습니다요. 안녕하십니까, 프랭크 나리. 신수가 훤하고 아주 기운이 좋아 보이시는군요. 스카알렛 아씨가 나리와 같이 계신 줄 알았으면 저도 이렇게까지 걱정은 하지 않는 건데. 안심하고 맡길 수 있으니까요. 제가 돌아와 보니까 아씨는 어딘가 나가시고 안 계시지 않습니까요. 글쎄, 해방된 흑인들이 우굴거리고 있는 시내를 아씨 혼자서 걸어다니신다고 생각하니까, 저는 모가지가 뚝 잘린 닭 모양으로 어떻게 해야 할지 모르겠읍니다요. 왜 아씨는 나가신다고 제게 말씀을 안 하셨읍니까요? 감기가 드셨다고 하시면서.」

스카알렛은 살짝 프랭크에게 눈짓을 했다. 그는 방금 들은 언짢은 소식 때문에 기분이 우울해져 있었지만 그녀가 잠자코 있으라는 것인 줄을 알고, 자기도 그 공모의 한패가 된 것이 기뻐 미소를 보냈다.

「빨리 가서 내가 갈아입을 옷을 준비해 줘, 마미!」그녀는 말했다.「그리고 뜨거운 차도.」

「아이구, 새 옷이 엉망진창이 되지 않았읍니까요!」마미는 투덜투덜 잔소리를 했다.「말리고 손질을 하려면 오늘 밤 결혼식에 입고 가기는 무척 바쁘겠읍니다요.」

마미는 안으로 들어갔다. 스카알렛은 프랭크에게 착 달라붙어 속삭였다.「오늘 밤 식사에 와 주시지 않겠어요? 우리가 적적해서 그래요. 그리고 식사가 끝나면 함께 결혼식에도 가요. 그리고 부디 피티 시고모님한테는 아무 소리도. 스월렌 이야기고 뭐고 아무 말도 하지 말아 주세요. 시고모님은 틀림없이 슬퍼하실 거고, 저도 이런 걸 고모님께 차마 알릴 수가 없어요, 내 동생이…….」

「네, 말 안 해요, 안 하고 말고요!」프랭크는 그 일만 생각해도 몸이 자지러지는 듯하여 빠르게 말했다.

「당신은 오늘 정말 친절하게 여러 모로 저를 돌봐 주셨어요. 덕분에 저는 정말 다시 용기를 얻게 되었어요.」그녀는 헤어질 무렵 그의 손을 힘껏 쥐며, 눈의 모든 매력의 포문을 열고 그를 향해 쏘았다.

문 바로 안쪽에서 기다리고 있던 마미는, 도무지 짐작이 안 간다는 표정으로 그녀를 바라보다가 숨을 헉헉 내쉬며 그녀의 뒤를 따라 이층 침실로 올라갔다. 스카알렛의 젖은 옷을 벗기고 그것을 의자에 건 다음 그녀를 침대로 들여보낼 때까지 마미는 입을 열지 않았다. 뜨거운 차와 플란넬에 싼 뜨거운 벽돌을 가져왔을 때, 비로소 그녀는 스카알렛을 내려다보면서 입을 열었다. 그 목소리는 지금까지 스카알렛이 들어 본 적이 없는 사죄에 가까운 것이 들어 있었다.「아씨, 어째서 당신의 이 마미에게 모든 걸 말씀해 주시지 않습니까요. 그러면 그렇다고 말씀해 주시면, 저는 애틀랜타 구석까지 오지도 않았을 것인뎁쇼. 나이는 먹고 뚱뚱해서 꿈지럭거리기도 힘이 듭니다요.」

「무슨 소릴 하는 거야?」

「아씨, 시침을 떼셔도 소용 없읍니다요. 저는 아씨라는 분을 잘 알고 있읍니다요. 프랭크 나리의 얼굴과 아씨의 얼굴을 보면, 저는 아씨의 마음을 목사가 성경을 읽듯이 똑똑히 읽을 수가 있읍니다요. 게다가 저는 아씨가 작은 소리로 그분에게 스월렌 아씨의 이야기를 말씀하시는 것을 들었읍니다요. 조금이라도 아씨가 노리고 계신 분이 프랭크 나리인 줄 알았더라면, 저는 안심하고 타라에 남아 있었을 텐뎁쇼.」

「그래.」하고 스카알렛은 간단히 말했다. 그리고 모포 속으로 몸을 기분 좋게 밀어 넣으면서 마미를 속이려고 해야 소용이 없다고 생각했다.「누구를 목표로 하고 왔다고 생각해, 할멈은?」

「저는 몰랐읍니다요. 하지만 어제 아씨의 표정은 도무지 마음에 들지 않았읍니다요. 그래서 저는 피티 마님이 멜라니 아씨에게 그 악당인 버틀러가 돈을 많이 가지고 있다고 편지에 적어 보낸 것을 생각했읍니다요. 저는 한 번 들은 것은 잊어버리지 않으니깝쇼. 그런데 프랭크 나리는 잘난 분은 아니지만 신사답지요.」

스카알렛은 날카롭게 마미를 살폈다. 마미는 무엇이고 뚫어보고 있다는 듯 그 눈을 마주 보았다.

「그래서 어떻게 한다는 거야? 스월렌에게 일러바치겠단 말이야?」

「상대가 프랭크 나리라면, 저도 가능하면 아씨의 기분대로 도와 드리겠읍니다요.」마미는 이불을 스카알렛의 목 언저리까지 눌러 덮어 주며 말했다.

마미가 방안에서 부스럭거리고 있는 동안 스카알렛은 조용히 누워 있었다. 마미에게는 이제 아무것도 말할 필요가 없다고 생각하자 안도의 느낌이 온 몸을 감쌌다. 마미는 묻지도 않거니와 혼내지도 않고 모든 것을 이해하고 잠자코 있는 것이다. 스카알렛은 마미가 그녀보다 훨씬 철저한 현실주의자라는 것을 발견했다. 그녀의 늙은 영리한 눈은 자기가 사랑하는 사람이 위험에 놓이게 되자 곧 야만인과 어린애의 단순성을 가지고 양심 같은 것엔 조금도 구애받음 없이 곧장 깊숙이 똑똑히 사태를 꿰뚫어본 것이다. 스카알렛은 그녀의 갓난아이고 그 갓난아이가 원하는 것이라면, 비록 남의 것일지라도 마미는 기꺼이 도와 그것을 손에 넣게 해주는 것이다. 스월렌과 프랭크 케네디의 권리 같은 마음에 두지도 않고, 또 두었다고 해도 그냥 속으로 히죽이 웃고 말았으리라. 스카알렛은 드디어 곤경에 빠져 안간힘을 쓰는 중이다. 그리고 스카알렛은 엘렌 부인의 자식인 것이다. 그러니까 마미는 조그마한 주저도 없이 그녀 편으로 달려가야 하는 것이다.

스카알렛은 마미에게서 무언의 응원을 느꼈다. 그리고 발치에 넣어 둔 뜨거운 벽돌로 몸이 더워 옴에 따라, 떨어 가며 마차로 돌아오는 동안 어렴풋이 깜박이고 있던 희망의 빛이 이제 불길처럼 타오르는 것을 느꼈다. 그것은 전신으로 퍼져 심장은 높이 뛰고, 피는 혈관 속을 큰 파도처럼 달렸다. 기운이 되살아나며 큰 소리로 웃고 싶을 정도로 대담 무쌍한 흥분을 느꼈다. 아직 진 것은 아니라고 의기 양양하게 그녀는 생각했다.

「거울 좀 줘, 마미.」그녀는 말했다.

「모포 밖으로 어깨를 내놓으면 안 됩니다.」마미는 말하고 손거울을 건네주면서 두꺼운 입술에 미소를 띠웠다.

스카알렛은 자기 얼굴을 들여다보았다.

「꼭 유령같이 창백하네.」그녀는 말했다.「게다가 머리는 꼭 말꼬리처럼 까칠하고.」

「좀더 예쁘게 할 수 있을 텐뎁쇼.」

「흠…… 비가 많이 와?」

「저봐요, 폭포수 같습니다요.」

「괜찮아, 쏟아져도. 할멈, 시내까지 심부름 좀 갔다와.」

「이런 빗속을, 전 싫습니다요.」

「괜찮아, 할멈이 싫다면 내가 직접 갈 테야.」

「못 기다릴 정도로 무슨 급한 볼일이 계신갑쇼? 오늘은 벌써 하루치 일을 충분히 하시지 않았읍니까요.」

「내가 필요한 건.」스카알렛은 거울 속 자기의 얼굴을 찬찬히 들여다보면서 말했다.「콜론수(水)야, 할멈한테 머리를 감겨 달래 가지고 콜론수를 뿌리려고 그래. 그리고 머리를 빗어야 하니까 마르멜로 열매로 만든 젤리를 좀 사다 줘.」

「이런 날씨에 머리를 감는 게 아닙니다요. 그리고 못된 여자들처럼 머리에 콜론수 같은 걸 바르면 안 됩니다요. 내 몸뚱이가 숨을 쉬고 있는 동안은 절대로 안 됩니다요.」

「아냐, 난 할 테야. 지갑 속에 오 달러 금화를 꺼내 가지고 갔다와요. 그리고 말이지 마미, 시내에 가거든 그걸 사다 줄 수 없겠어? 루즈 말이야.」

스카알렛은 본심과는 거리가 먼 냉정을 가장하고 마미의 눈을 지켜보았다. 어느 정도까지 마미를 윽박질러야 좋을지 그것을 알 수가 없었던 것이다.

「알 것 없어. 그냥 루즈 달라고 해.」

「전, 뭔지도 모르는 것을 사러 갔다올 수는 없읍니다요.」

「그래. 그렇게 듣고 싶으면 말해 주지. 화장품이야, 얼굴에 바르는 거야. 그렇게 우두커니 두꺼비처럼 부어 있지 말고 빨리 다녀오지 못하겠어!」

「화장품이오?」마미는 자기도 모르게 소리를 높였다.「얼굴에 바르는 것! 아씨가 그렇게 크지만 않다면 회초리로 때리겠읍니다요. 전 이렇게 놀라 보기는 처음입니다요. 정신이라도 어떻게 되신 게 아닌갑쇼. 방금 엘렌 마님께서 깜짝 놀라 무덤 속에서 움직이고 계십니다요. 얼굴에 바르다니, 그 무엇처럼.」

「할멈은 잘 알고 있잖아. 로비야르 할머니도 얼굴에 화장을 하고 계셨어. 그리고…….」

「알고 있읍니다요. 그리고 페티코트 하나만 걸쳤는데, 다리 맵시를 보이느라고 그걸 물에 적셔서 찰싹 붙였다는 것 말씀입지요. 하지만, 그렇다고 해서 아씨도 그런 걸 해도 좋다는 이유는 없읍니다요! 할머니의 젊은 시절에는 상스런 일이 유행하고 있었읍니다요. 그러나 시대가 변한 만큼…….」

「시끄러워!」스카알렛은 울화가 치밀어서 이불을 밀어제치며 소리쳤다.「너 같은 거 당장 타라로 돌아가!」

「제가 가려고 하지 않는 한, 마음대로 저를 타라로 보낼 수는 없을 겁니다요. 전 자유로운 몸입니다요.」마미는 격분해서 말했다.「전 여기 있겠읍니다요. 자아, 침대로 들어갑쇼. 폐렴에 걸리고 싶습니까요? 코르셋을 아래에다 내려놉쇼, 네? 스카알렛 아씨. 이런 날씨에는 아무 데도 나갈 수 없읍니다요. 정말참, 어째서 아씨는 아버님을 닮으셨읍니까요! 자아, 자리로 들으십쇼. 저는 화장품 따위는 사러 가지 않겠읍니다요. 제 귀여운 아씨께서 그런 것을 바른다고 남들이 다 알게 되면 전 남부끄러워 죽고 맙니다요. 스카알렛 아씨, 그런 것을 바르지 않으셔도 아씨는 무척 예쁩니다요. 더구나 그런 건 나쁜 여자들만이 쓰는 겁니다요.」

「하지만 그만한 효과는 있지 않아? 안 그래?」

「아이구, 무슨 말씀을 하십니까요! 그런 천한 소리를 하는 게 아닙니다요. 자아, 젖은 양말 같은 건 아래로 내려놉쇼. 그런 것을 사러 아씨를 내보낼 수는 없읍니다요. 엘렌 마님이 유령으로 나타나십니다요. 어서 자리로 들으십쇼. 제가 갔다오겠읍니다. 우리 얼굴을 모르는 가게가 어딘가에 있겠읍죠.」

그 날 밤, 엘싱 부인의 집에서는 패니의 결혼식이 무사히 끝나고 레비 노인과 그 밖의 악사들이 가락을 바꾸어 무도곡을 연주하기 시작했다. 스카알렛은 기쁨에 넘쳐 주위를 둘러보았다. 지금 다시 파티에 참석했다고 생각하자 마음이 부풀어올랐다. 게다가 또 자기가 따뜻한 마음으로 환영을 받게 된 것이 그녀에게는 무척 기뻤다. 프랭크의 팔에 매달려 그녀가 들어가자 모든 사람들을 환영의 소리를 지르고 달려와, 그녀에게 키스를 하고 손을 잡고, 그녀가 없어 무척 쓸쓸했다는 둥 이제 타라로 돌아가서는 안 된다는 둥, 저마다 한마디씩 해주었다. 남자들은 지난날 그들의 가슴을 아프게 하기 위해 전력을 다한 것을 사내답게 깨끗이 잊고, 여자들은 그녀가 있는 수단을 다해 그녀들의 애인을 유혹한 것을 다 잊어 주었다. 전쟁이 끝날 무렵 그렇게도 쌀쌀하던 메리웨더 부인, 와이팅 부인, 미드 부인, 그 밖의 자존심이 강한 부인들까지도, 그녀의 경박한 행동과 그것에 대한 반감을 잊고, 다만 그녀도 여러 사람들과 마찬가지로 공통된 패전의 운명에 시달리고, 그리고 피티의 조카딸이며, 찰즈의 미망인이라는 것만을 기억해 주었다. 부인들은 그녀에게 키스를 하고 눈에 눈물을 글썽이며, 그녀의 사랑하는 어머니의 죽음을 애석해 하고, 마지막엔 아버지와 동생들의 안부까지 물어 주었다. 모두들 멜라니와 애실리의 소식을 묻고 어째서 그들은 애틀랜타로 돌아오지 않느냐고, 그 이유를 듣고 싶어했다.

스카알렛은 이토록 환영을 받게 되자 기뻐 어쩔 줄을 몰랐으나 다만 한 가지 약간 불안한 것이 있어 그것을 감추느라고 애썼다. 그 불안이란 빌로도 드레스의 모양 때문이었다. 마미와 쿠키가 미친 듯이 설치며, 가마솥 김을 쏘이고 솔질을 하고 불에 말리고 했으나, 여전히 무릎까지 젖고 단에는 얼룩이 남아 있었다. 누군가 진흙 속으로 끌고다녀서 더러워졌다고 눈치채지나 않을까, 그것이 단 한 벌밖에 안 되는 옷이라고 생각하지나 않을까, 그것이 걱정이었던 것이다. 그러나 다른 사람들의 옷은 그녀보다 한결 나빴기 때문에, 그녀도 다소 마음을 놓았다. 어느 것을 보아도 낡고, 알뜰히 기웠고, 다리미로 모양을 다듬은 것들이었다. 적어도 그녀의 드레스는 젖긴 했어도 새것이고 깁진 않았다. 사실, 패니의 흰 공단으로 만든 예복을 제외하고는, 그녀의 옷이 이 모임에서는, 단 하나의 새옷이었다.

피티 고모에게서 들은 엘싱 집 살림 형편을 생각하며 그녀는 이 흰 공단옷과 요리와 장식과 악사의 비용 같은 것을 어떻게 마련했는지 이상하게 여겼다. 상당한 돈이 들었을 것이 틀림없다. 돈을 꾸었거나, 그렇지 않으면 엘싱 집안 사람들이 돈을 모아 패니를 위해 훌륭한 결혼식을 올려 준 것이리라. 이 어려운 시대에, 이런 결혼식을 올린다는 것은, 탈레턴 형제들의 묘석과 마찬가지로 지나친 사치라고 스카알렛은 생각했다. 그리고 탈레턴네 묘지 앞에 섰을 때와 마찬가지로 초조해지며 도저히 찬성할 수 없는 무엇을 느꼈다. 태연히 돈을 뿌리는 시대는 지나간 것이다. 옛 시대는 지나갔는데 어째 이 사람들은 옛 시대의 습관을 잊지 못하는 것일까.

그러나 그녀는 곧 그런 불쾌한 생각을 떨어 버렸다. 그녀의 돈도 아니고 게다가 남의 어리석음을 탓하느라고 오늘 밤의 즐거움을 해치고 싶지는 않았기 때문이다.

그녀는 자기가 신랑을 잘 알고 있다는 것을 깨달았다. 그는 스파르타의 토미 웰번으로서 1863년에 그가 어깨에 상처를 입었을 때 간호한 일이 있었다. 그 당

시는 그는 키가 육 피트나 되는 젊은 미남으로 의학 공부를 집어치우고 기병대
에 참가해 있었다. 그런데 지금 보니까 허리의 상처로 몸은 구부러지고 마치 쇠
약한 노인처럼 보였다. 걷는 것이 부자유스러운 듯 피티 고모가 말한 대로 다리
를 벌리고 몹시 보기 싫은 걸음걸이로 걸었다. 그러나 그는 자기의 외모 같은 것
은 조금도 염두에 안 두고, 걱정하는 기색도 없이 누구에 대해서나 전연 비굴한
태도는 보이지 않았다. 지금은 의학 공부를 아주 단념하고 청부업자가 되어 아
일랜드 사람들을 고용해 새 호텔을 맡아서 짓는 중이라고 했다. 부자유스런 몸
으로 어떻게 그런 힘드는 일을 할 수가 있을까 하고 스카알렛은 이상한 생각이
들었지만, 사람이 필요에 쫓기게 되면 무슨 일이든 할 수가 있는 것이라고 스스
로 납득했다.

춤을 추기 위해 의자며 가구들을 벽 쪽으로 치우고 있는 동안, 토미와 휴 엘싱
과 키가 작고 원숭이처럼 생긴 르네 피칼이 선 채 그녀와 이야기했다. 휴는 그녀
가 1862년에 만났을 그때나 조금도 변하지 않았다. 여전히 여윈 신경질적인 청
년으로 옛날과 마찬가지로 엷은 밤색 머리칼을 이마에 내리뜨리고, 그녀가 잘
기억하고 있는 섬세하고 비실용적인 손도 옛날 그대로였다. 그러나 르네는 휴가
로 돌아와 메이벨 메리웨더와 결혼했을 때와 비교해 많이 달라져 있었다. 그 검
은 눈에는 고을 사람다운 번쩍임이 있고, 인생에 대한 태도에도 크리올(루이지애나 주로 이주해
온 프랑스인의 자손—역자주)다운 면이 있었으나, 즐거운 듯이 웃는 그 얼굴에는 전쟁 초기에는 볼
수 없었던 뭔가 엄숙한 것이 있었다. 그리고 그 화려한 즈아브 군복을 입고 있을
당시, 그를 둘러싸고 있던 건방진 멋도 전연 찾아볼 수가 없었다.

「장미 같은 뺨, 에메랄드 같은 눈!」그는 스카알렛 손에 키스를 할 때에 그녀
의 루즈 빛을 찬미했다. 「처음 바자에서 만났을 때와 똑같이 아름답습니다. 기
억하십니까? 나는 당신이 결혼 반지를 내 광주리에 던질 때 일을 결코 잊지 못
합니다. 당신은 용감하셨어요. 그러나 나는 이렇게 언제까지고, 당신이 두 번째
결혼 반지를 끼지 않으시리라고는 생각지 못했읍니다.」

그는 짓궂게 눈을 빛내며 팔꿈치로 휴의 옆구리를 찔렀다.

「그리고 저도 당신이 파이를 실은 마차를 몰리라고는 생각지 못했어요. 르네
피칼.」그녀는 대답했다. 그는 현재의 몰락한 직업으로 면박을 당해 부끄러워할
줄 알았는데 뜻밖에도 기쁜 듯 큰 소리로 웃으며 휴의 등을 두드렸다.

「한 대 맞았는걸!」그는 외쳤다. 「우리 장모인 메리웨더 부인이 시킨 겁
니다. 경마용 말이나 기르고, 바이올린이나 켜며 썩어 버리고 말았을 이 르네
피칼이 난생 처음으로 얻은 직업입니다. 지금은 파이의 마차를 모는 것이 재미
있게 됐어요. 장모는 남자에게는 무엇이고 시킵니다. 만일 그분이 장군이었다

면 우리가 전쟁에 이겼을지도 몰라. 안 그래, 토미?」

어쩌면! 하고 스카알렛은 생각했다. 그의 집은 미시시피 강을 따라 십 마일이나 뻗은 토지와 뉴 올리안즈에 굉장한 저택을 가지고 있다는데, 이 사나이는 파이 마차를 모는 것이 즐겁다고 말하고 있다!

「저 장모님들이 군대에 들어갔으면 일 주일 안에 북군을 내쫓아 버렸을 거야.」하고 토미는 새로운 그의 장모가 된 엘싱 부인의 섬세하면서도 당차 보이는 모습을 바라보며 말했다.

「우리들이 그렇게 오래 버틴 것도, 실은 오직 하나 후방의 부인들이 굴복하려 하지 않았기 때문이야.」

「절대로 굴복하지 않지.」하고 휴가 고쳐 말했다. 그리고 자랑스런 듯 웃었지만 그 웃음에는 어딘지 일그러진 데가 있었다. 「오늘 밤 여기 나와 있는 부인들은 모두, 남자들이 애퍼매턱스에서 항복한 것 따위는 문제삼지 않는, 단 한 사람도 항복하지 않은 사람들뿐이야. 항복은 우리들보다도 부인들 쪽이 더 고통스러운 거야. 적어도 우리는 싸웠다는 것으로 위안을 받고 있지만.」

「그리고 부인들은 북부를 미워하는 것으로 위안을 받고 있어.」토미가 이야기에 종지부를 찍었다. 「스카알렛, 그렇죠? 몰락한 남자들을 보고 가슴 아파하는 것은, 그 몰락한 남자 자신들보다도 오히려 부인들 쪽이야. 휴는 재판관이 될 참이었고, 르네는 유럽의 머리에 왕관을 쓴 사람 앞에서 바이올린을 켤 참이었어.」그는 르네가 때리려고 했기 때문에 살짝 머리를 피했다. 「그리고 나는 의사가 될 생각이었어. 그런데, 지금은…….」

「글쎄, 긴 안목으로 두고 봐요!」하고 르네가 외쳤다. 「그러면 나는 남부의 파이 왕(王)이 된다. 그리고 우리 착한 휴는 신탄 왕(薪炭王)이 되고. 그리고 토미, 자네는 흑인 노예 대신 아일랜드 사람을 노예로 쓰게 될걸세. 대단한 변화들이지. 재미있지 않은가? 스카알렛 씨와 멜라니 씨는 어떻게 될까. 우유 짜는 사람이나 목화 따는 사람이 될까요?」

「그런 일은 하지 않겠어요!」스카알렛은 이런 고생을 하면서도 여전히 이처럼 유쾌한 르네의 태도를 이해할 수 없어 냉담하게 대답했다.

「그것은 흑인들이 하는 일이에요.」

「멜라니 씨는 아이에게 보러가드(루이지애나 주 출신인 남군의 지휘관—역자주)라는 이름을 지어 주었다죠? 그분에게 전해 주세요, 르네는 찬성이라고. 그리고 예수라는 이름을 빼면, 그 이상 좋은 이름은 없다고 하더라고요.」

그는 웃었지만 눈에는 그의 고향 루이지애나 출신인 이 용감한 영웅의 이름을 입에 올릴 때 자랑스러운 듯이 빛나고 있었다.

「그러나 로버트 에드워드 리(버지니아 주 출신의 남군 총 지휘관—역자주)라는 굉장한 이름이 있지.」토미가 말을 꺼냈다.

「보러가드 장군의 명성을 헐뜯는 건 아니지만, 나는 첫아들에게 봅 웰런이라는 이름을 붙여 주기로 작정했어요(붉은 로버트의 통칭—역자주).」

르네는 웃으며 어깨를 으쓱했다.

「우스운 이야기 하나 할까? 이것은 실지로 있었던 이야기야. 이걸 들으면 우리들 크리올이, 우리 용감한 보러가드 장군과 자네들의 리 장군을 어떻게 생각하고 있는지 알 수 있을 걸세. 뉴 올리안즈 가까운 기차 속에서, 리 장군의 부하였던 버지니아 주의 사나이가, 보러가드 지휘 하에 있던 한 크리올을 만났대. 버지니아 사나이는 뭐 리 장군이 이렇다는 둥 리 장군이 그렇게 말했다는 둥 마구 지껄여 댔대. 그러자 그 크리올은 정중한 태도로 뭔가 생각해 내려고 이마에 주름을 모으고 한참 있더니, 드디어 웃으면서 이렇게 말하더래. 『리 장군? 아, 그래, 나도 알고 있어요. 리 장군 말이죠? 보러가드 장군이 칭찬하던 사나이 말이죠?』

스카알렛도 덩달아 웃긴 했지만 크리올이 찰스턴이나 사배나 패들과 마찬가지로 우쭐거리는 사람들이란 것 외에는 그 이야기의 요점을 알 수가 없었다. 뿐만 아니라, 그녀는 언제나 애실리의 아들 역시 애실리라고 불러야 할 것이 아닌가 하고 생각하고 있었던 것이다.

악사들은 악기의 가락을 맞추고 갑자기 쿵 하고 큰북을 울리더니《단 턱커 영감》을 연주하기 시작했다. 토마는 그녀 쪽을 돌아보았다.

「추시겠읍니까, 스카알렛? 나는 상대를 못해 드리지만, 휴나 르레나…….」

「아녜요, 고마와요. 하지만 아직 어머니의 상중이라.」하고 스카알렛은 황급히 말했다.「앉아서 구경이나 하겠어요.」

그녀의 눈은 엘싱 부인의 옆에 있는 프랭크 케네디를 찾아내어 그를 손짓해 불렀다.

「저, 저쪽 구석에 있을 테니까 뭐 시원한 마실 것 좀 갖다 주시지 않겠어요? 천천히 이야기라도 해요.」세 사람의 사나이가 저쪽으로 가 버리자 그녀는 프랭크에게 말했다.

그가 포도주 한 잔과 종이쪽처럼 엷게 썬 과자 한 쪽을 가지러 급히 저쪽으로 가자, 스카알렛은 응접실 구석의 작은 방으로 가 보기 싫은 곳이 보이지 않도록 주의해 스커트를 바로잡고 앉았다. 오늘 아침 레트와 굴욕적인 사건도, 많은 사람들을 만나 다시 음악을 듣는 흥분으로 깨끗이 마음에서 쫓기어 나갔다. 내일이 되면, 레트의 행동과 자신이 받은 굴욕을 생각하고 다시 노여움을 불태울지도 모른다. 내일이면 프랭크의 상처입은 어지러운 마음에 자기가 어떤 인상을 주었는가 생각할지도 모른다. 그러나 그것은 오늘 밤은 아니다. 오늘 밤의 그녀는 손톱 끝까지 생기가 넘치고 모든 감각은 희망에 약동하며, 눈은 빛나고 있는 것이다.

그녀는 그 작은 방에서 넓은 응접실을 바라보고 춤추는 사람들을 보면서 전쟁 당시 처음으로 애틀랜타에 왔을 무렵, 이 방이 얼마나 아름다왔는가를 생각해 보았다. 당시 단단한 나무로 짠 마룻바닥은 유리알처럼 빛나고, 머리 위의 샹들리에는 그 무수한 작은 프리즘에, 수십 개의 촛불 하나하나의 빛을 반사하여 방 안을 다이아와 사파이어와 같은 광채를 던져 주고 있었다. 그리고 벽에 걸린 낡은 초상화는 기품이 있고 우아하며 상냥하게 반기는 듯한 태도로 손님들을 내려다보고 있었다. 자단으로 만든 긴의자, 그 중에도 제일 큰 부드럽고 기분이 좋은 긴의자가, 지금 그녀가 앉아 있는 작은 방에 영예의 자리를 차지하고 있었다. 연회 때, 스카알렛이 즐겨 앉았던 자리였다. 여기서는 응접실과 그 저쪽에 있는 식당이 한 눈에 건너다 보였다. 식당에는 스무 명 분의 좌석이 있는 타원형 마호가니 테이블, 그럴싸하게 벽가로 쭉 놓여 있는 스무 개의 날씬한 의자, 묵직한 은식기와 일곱 가지로 갈라진 촛대, 손잡이가 붙어 있는 술잔, 양념병, 술병, 번쩍번쩍 빛나는 작은 유리잔 등이 얹혀 있는 육중한 그릇장과 식탁 차리는 데가 있었다. 전쟁 초기에 스카알렛은 곧잘 이 긴의자에 앉았다. 언제나 아름다운 장교들이 옆에 있었고, 바이올린이나 첼로나 아코디언이나 밴조 소리에 귀를 기울이며, 초를 먹여 윤을 낸 마룻장을 밟고 춤을 추는 부풀어오른 흥분의 발소리를 들었던 것이다.

지금 샹들리에는 불 꺼진 그대로 드리워져 있었다. 받침대는 휘어 구부러지고 프리즘은 대부분 부러져 있었다. 여기를 숙사로 삼고 있던 북군 병사들이, 이것을 신던지기놀이의 표적으로 삼았던 것이다. 지금은 석유 램프 하나와 몇 개의 촛불이 방을 비추고 있고, 가장 밝은 조명은 커다란 난로에서 소리내어 타고 있는 불길이었다. 그 일렁거리는 빛이, 그을고 낡은 마룻바닥이 얼마나 손을 댈 수 없을 만큼 상처투성이인가를 비쳐 보이고 있었다. 퇴색한 벽지에는, 전에 초상화가 걸려 있던 자리가 네모꼴로 남아 있고, 회벽의 커다란 균열은, 포위전을 하는 동안 포탄이 집 위에 터져서 지붕과 이층의 일부가 날라가 버리던 날을 상기시켰다. 그 낡고 무거운 마호가니 테이블은 지금도 여전히 텅 빈 식당을 위압하듯 서서, 과자며 술병이 늘어놓여 있었으나 상처투성이 부러진 다리를 수선한 자리가 볼품 없이 남아 있었다. 그릇장도 은그릇도 날씬한 의자도 이미 없었다. 방 안쪽의 아치형 프랑스식 창문에 걸려 있던 은은한 황금색 두꺼운 비단 휘장도 없어지고, 그 자리에는 깨끗하기는 하나 기운 자리가 뚜렷한 레이스의 커튼이 남아 있을 뿐이었다.

전에 그녀가 그토록 좋아했던 조각이 있는 긴의자 대신에 앉기가 아주 거북한 나무 의자가 놓여 있었다. 이꼴만 되지 않았어도 춤을 추는 건데 생각하면서, 그녀는 그 걸상에 될 수 있는 대로 얌전히 앉았다. 다시 춤을 출 수가 있으면 얼마나 좋을까. 그러나 물론 숨가쁜 릴을 추면서보다는 사람들의 눈에 띄지 않는 작은 방에 있는 편이 훨씬 프랭크를 유혹하기가 쉬울 것이다. 그의 이야기에 황홀히 취한 척하고 그를 충동해 어리석은 대비약을 감행하게 할 수가 있는 것이다.

그러나 음악은 역시 매혹적이었다. 그녀의 신은 레비가 밴조를 타면서 릴의 각·절(節)을 외치고 있는 동안 그의 커다란 마당발에 맞추어 부러운 듯이 가락을 맞추고 있었다. 두 줄로 나눈 패가 서로 보기도 하고, 떨어지기도 하고, 소용돌이처럼 돌기도 하고, 팔을 들어 아치 모양을 만들기도 하는 데 따라, 사람들의 발은 갖가지로 다른 소리를 내었다.

　　단 턱커 영감이 술이 취해서……
　　(상대방을 빙그르르 돌리고)
　　불 속에 떨어져 붉은 석탄을 걷어찼다네 !
　　(부인들은 가볍게 뛰어오르고)

타라에서 우울하고 곤궁한 몇 달을 보내고 온 뒤, 다시 음악과 춤의 발소리를 듣고, 그립고 정다운 사람들의 얼굴이 희미한 불빛 속에서 웃기도 하고, 묵은 농담과 유행어를 주고받기도 하고, 놀리기도 하고, 아양을 떠는 것을 보는 것은 즐거운 일이었다. 마치 한 번 죽었다가 다시 살아난 기분이었다. 오 년 전의 그 유쾌한 나날이 그대로 다시 돌아온 것 같았다. 만일 그녀가 눈을 감고, 몇 번이고 뜯어고쳐 입어 낡아진 옷이며, 기운 신 같은 것을 보지 않고 지금은 릴의 열(列)에서 모습을 볼 수 없게 된 청년들을 생각하지 않을 수만 있다면, 옛날과 달라진 것은 아무것도 없다고 생각했으리라. 그러나 그녀는 식당에서 술병을 둘러싸고 모여 있는 노인들과 손에 부채도 들지 않고 벽 쪽에 늘어앉아 이야기하고 부인들과, 몸을 움직여 가볍게 춤추고 있는 젊은 사람들을 보고 있는 동안 갑자기 모든 것이 무섭게 변한 것을 느끼고 마치 이들 낯익은 사람들의 얼굴이 모두 유령이기나 한 듯 소름이 끼치는 싸늘한 공포를 느꼈다.

그들은 옛날과 다름 없이 보인다. 그러나 변해 있다. 무엇이 변한 것일까. 나이가 다섯 살 더 먹어서 그런 것이 아닐까. 아니 세월이 지났다는 이상의 그 무엇이 있다. 무엇인가가 그들로부터, 그들의 세계로부터 사라져 버린 것이다. 오년 전에는 일종의 안정감이, 미처 그들이 깨닫지 못한 안정감이 부드럽게 그들을 감싸고 있었다. 그 덕택으로 그들은 꽃피어 있었던 것이다. 이제는 그것이 사라지고 그것과 함께 옛날의 자극도, 바로 몸 가까이에 기쁨과 흥분이 있다는 옛날의 의식도, 옛날의 생활 양식의 멋진 매력도 모두 사라져 버리고 만 것이다.

자신도 역시 변한 것만은 사실이었다. 그러나 그들과는 변한 모습이 틀렸다. 그것이 그녀에게는 이해가 가지 않았다. 그녀는 거기에 앉아 그들을 보고 있으려니까 자기만이 이방인처럼 생각되었다. 마치 딴 세계에서라도 온 것처럼 그들에게 모르는 말을 쓰고, 자신도 또 그들의 말을 모르는 고독과 쓸쓸함을 느꼈다. 그리고 그 느낌은 곧 그녀가 애실리에 대해서 느끼는 것과 같은 것이라는 것을 깨달았다. 그와, 그리고 그와 같은 종류의 사람들에 대해——그러한 사람들이 그녀 세계의 대부분을 형성하고 있는 것이다——그녀는 자신이 이해할 수 없는 어떤 거리를 느꼈다.

그들의 얼굴은 다소 달라져 있었지만 그 태도는 조금도 변하지 않았다. 그러나 그녀에게는 이 두 가지만이 옛 친구들에게 남아 있는 전부인 것처럼 생각되었다. 세월도 변하게 할 수 없는 품위, 시대를 초월한 우아함이 지금도 여전히 그들에게 남아 있었고, 그것은 어쩌면 죽을 때까지 붙어 떨어지지 않을지 모르지만, 그러나 그들은 죽지 않는 고뇌, 말로 표현할 수 없는 깊은 고뇌를 무덤까지 가지고 가지 않으면 안 되는 것이다. 그들은 패배를 당하고 졌다고 인정하지 않고, 부서졌는데도 여전히 꼿꼿이 서서 조용히 이야기하며, 지치기는 했으나 열렬한 마음을 가진 사람들인 것이다. 그들은 짓밟히고 구원이 없는 정복된 고장의 시민인 것이다. 그들은 사랑하는 국토가 적에게 유린당하고, 무뢰한들이 법률을 악용하며, 일찌기 그들이 부리고 있던 노예들에게 위험을 느끼고, 남자는 선거권을 박탈당하고, 여자는 모욕을 당하면서도 그저 방관하고 있지 않으면 안 되는 사람들인 것이다. 그들은 기억을 가지고 있는 비석인 것이다.

그들의 낡은 세계에서는, 낡은 형식만을 제외하고는 모두가 변해 버렸다. 지금도 여전히 옛날 습관이 행해지고 있고, 그리고 그것은 행해지지 않을 수 없다. 왜냐하면 형식만이 그들에게 남겨진 전부이기 때문이다. 그들은 지난날 그들이 가장 잘 알고 있던 것, 가장 깊이 사랑하고 있던 것, 한가롭게 놀며 즐기던 풍습, 예의, 여유 있는 교제, 그리고 그 중에서도 특히 부인에 대한 남자들의 감싸는 태도 등에 매달려 있는 것이다. 그들은 그들이 그 속에서 자라 온 전통에

대해 충실하고, 부인에 대해서는 예의바르고 친절하며, 그리고 여성들의 눈에
는 지나치게 거친 것, 보여 주기에 적당치 않은 모든 것으로부터 부인들을 보호
해 주려는 분위기를 만드는 데 있어서는 거의 성공했다고 해도 좋았다. 그것을
스카알렛은 어리석은 일이라고 생각했다. 왜냐하면 지금 와서 볼 때, 아무리 거
친 세파에서 보호를 받아 온 여자라도 이 오 년 동안 보고 알지 못한 것이 거의
없기 때문이다. 그녀들은 부상자를 간호했다. 죽어가는 사람의 눈을 감겨 주
었다. 전화와 화재와 약탈의 괴로움을 맛보았다. 공포와 도주와 기아를 알게 되
었다.

그러나 어떤 광경을 보든, 어떤 천한 일을 하고, 또 장차에 해야 할지라도 역
시 그들은 숙녀요 신사였다. 귀양살이하는 왕자였다. 고통을 안고 시류(時流)에
초연하고, 야비한 호기심을 갖지 않고, 서로 친절하고, 금강석처럼 견고하고,
그리고 머리 위의 부서진 샹들리에의 수정처럼 밝고 여린 옛 시대는 가버렸다.
그러나 그들은 지금도 여전히 옛 시대가 남아 있는 것처럼 즐겁고 여유 있게, 그
리고 북부 사람처럼 일 센트의 돈에도 눈빛을 달리하여 다투는 그런 짓은 하지
않으려고 다짐하며, 옛 양식의 어느 하나도 버리지 않겠다고 결심하고 살아가는
것이다.

스카알렛은 자기도 무척 변한 것을 알고 있었다. 그렇지 않다면 먼젓번 애틀
랜타를 떠난 뒤로 해온 것과 같은 일은 할 수 없었던 것이다. 뿐만 아니라 지금
그녀가 절망적인 기분으로 하려는 일도 결심할 수가 없었을 것이다. 그러나 그
들의 고집과 그녀의 그것과는 전혀 달랐다. 그러나 어디가 다른지는 그녀도 잘
몰랐다. 그것은 어쩌면, 그녀는 무엇이든지 과감하게 해치우는 데 반해 그들은
그것을 하느니 차라리 죽음을 택하겠다는 점에 있을 것이다. 어쩌면 그것은 그
들이 이미 희망이 없는데도 여전히 인생에 대해 웃음을 보내고 경건히 머리를
숙이고 지나가려는 데 있을 것이다. 스카알렛에게는 그것이 되지 않았다.

그녀는 인생을 무시할 수가 없었다. 그녀는 살아가지 않으면 안 된다. 설사
그녀가 거친 인생을 웃으며 얼버무려 지나가려 해도, 인생이란 것이 그녀에 대
해 너무나 잔혹하고 너무나 적의가 많았다. 스카알렛은 그들의 우아함과, 용기,
의연한 자존심 같은 것을 인정할 수가 없었다. 사실을 보면서 그러고도 여전히
미소를 지으며, 이것에 직면하는 것을 거부하는 어리석은 고집만을 그녀는 그들
에게서 보았다.

릴에 얼굴이 빨갛게 달아 춤추고 있는 패들을 보면서 그녀는 이상하게 생각
했다. 자기는 갖가지 일에 쫓기고 있는데 그들은 쫓기지 않고 있는 것일까. 연
인은 죽고, 남편은 불구자가 되고, 자식은 배고파 울고, 땅은 빼앗기고, 사랑하

는 내 집 지붕 밑에는 다른 사람이 산다고 하는 사실에 쫓기지 않고 있는 것일까. 그러나 물론 그들도 쫓기고 있는 것이다! 그녀는 그들의 처지를, 그녀 자신의 처지만큼이나 잘 알고 있다. 그들의 손실은 그녀의 손실이고, 그들의 궁핍은 그녀의 궁핍이며, 그들의 문제는 그녀 자신의 문제와 같은 것이다. 그러나 그것에 대한 반작용만이 틀리는 것이다. 지금 그녀가 이 방에서 보고 있는 얼굴은 얼굴이 아니다. 가면이다. 영원히 벗겨지지 않을 정교한 가면인 것이다.

그러나 만일 그들도 역시 이 잔혹한 처지를 그녀와 마찬가지로 고민하고 있다면 아니, 고민하고 있을 것이다. 어떻게 그들은 이토록 명랑하게 즐거운 체해 보일 수 있는 것일까. 정말, 어떻게 그렇게 할 생각이 나는 것일까. 그것은 그녀의 이해 밖의 일로, 그녀는 뭔지 모르게 화가 치밀었다. 그녀는 그들의 흉내를 낼 수는 없었다. 그녀에게는 이 세계의 폐허를 무심코 태연을 가장하고 바라볼 수는 없었다. 그녀는 쫓기는 여우였다. 사냥개에게 붙들리기 전에 빨리 굴 속으로 도망치려고 가슴이 터지도록 뛰는 여우인 것이다.

갑자기 그녀는 그들이 모두 미워졌다. 그것은 그들이 그녀와 다르기 때문이었다. 그것은 그들이 그녀가 가질 수 없는, 그리고 가지려고도 하지 않는 태도로 그들의 손실을 참고 견디고 있기 때문이었다. 그녀는 그들을 미워했다. 그 미소를 띠우고 가볍게 뛰노는 이방인을 미워하고, 잃은 것에 자랑으로 느끼는 그 우쭐거리는 바보들을 미워하고, 잃어버린 것 자체를 자랑으로 여기는 그들을 미워했다. 부인들은 모두 귀부인처럼 행동하고 있다. 그녀는 그녀들이 매일 하는 일이 하인들의 노동이고, 다음 입을 옷은 어디서 구해 올지, 그 출처조차 막연한 귀부인이라는 것을 알고 있다. 모두 귀부인인 것이다! 그러나 그녀는 빌로도 옷을 몸에 걸치고 머리에 향수를 뿌리고, 그 배후에는 가문의 자랑을 지니고, 일찌기 그 수중에 있던 부력(富力)의 긍지까지 지니고 있는데도 불구하고, 자신을 귀부인이라고 생각할 수가 없었다. 타라의 붉은 땅과 거칠게 맞붙어 씨름을 한 뒤로는 귀부인이라는 의식은 그녀에게서 사라졌다. 그녀는 그녀의 테이블에 은식기며 컷 글라스의 식기가 놓이고, 김이 나는 푸짐한 음식, 그녀 자신의 마차와 말이 마구에 매이고 흰 손이 아닌 검은 손이 타라의 목화를 따게 되지 않는 한, 결코 자신을 귀부인이라고 느낄 수는 없다고 생각하고 있었다.

『아!』그녀는 숨을 깊이 들이마시며 역겹게 생각했다. 『이 점이 다른 것이다. 저 사람들은 아무리 가난해도, 자신을 귀부인이라고 생각하지만 나는 그렇지 않다. 저 바보들은 돈이 없으면 귀부인이 될 수 없다는 것을 모르는 모양이다.』

갑자기 이러한 발견을 하면서도, 그녀는 막연히 그들은 바보이기는 하지만 그러나 그 태도는 옳은 것이 아닐까 하고 생각했다. 엘렌이라면 그렇게 생각하겠지. 그것이 그녀를 당황하게 만들었다. 그녀는 사람들이 느끼는 대로 느껴야 한다고 생각했다. 그러나 그것이 그녀에게는 불가능했다. 그녀는 남들과 마찬가지로 날 때부터의 숙녀는 비록 가난하더라도 역시 숙녀라고 믿어야 한다고 생각했다. 그러나 지금 그녀에게는 그것이 도저히 그렇게 믿어지지가 않았다.

나서부터 오늘날까지, 그녀는 북부 사람들은 교양 같은 것엔 조금도 중요성을 두지 않고, 재산만 있으면 신사 행세를 할 수 있다고 해서, 모두 함부로 욕지거리를 하는 것을 들어 왔다. 그러나 이 순간, 그녀는 이단적이기는 하나, 북부 사람들이 비록 다른 모든 점에서 틀려 있다 해도, 이 점만은 옳다고 생각하지 않을 수 없었다. 숙녀이기 위해서는 돈이 필요한 것이다. 만일 딸이 이런 말을 하는 것을 들으면 엘렌은 기절하고 말 것이라고 그녀는 생각했다. 아무리 가난하게 살아도 엘렌은 부끄럽다고는 생각지 않을 것이 틀림없다. 부끄러워한다! 그것이야말로 스카알렛이 느끼고 있는 것이었다. 가난하고, 괴로운 살림을 꾸려 나가고, 구두쇠에 검둥이가 할 일까지 하는 거야말로 부끄러운 일인 것이다.

그녀는 짜증이 나서 어깨를 으쓱했다. 다분히 이 사람들이 옳고 자기가 틀린 것이리라. 그러나 어쨌든 이 자존심 높은 바보들은, 온갖 신경을 곤두세워 명예도 명성도 위험 앞에 내맡기고 있었던 것을 되찾으려 하고 있는 그녀처럼 장래를 내다보고 있지는 않는 것이다. 돈 때문에 안달하는 것을 그들 대부분은 천한 것으로 생각하고 있다. 시대가 거칠고 가혹하다. 따라서 그것을 정복하려면 당연히 거칠고 잔인한 싸움을 하지 않으면 안 된다. 많은 사람들에게 그러한 싸움, 돈을 버는 것을 목적으로 하는 싸움이 그들의 가정적 전통에 의해 엄하게 금지당하게 되리라는 것을 스카알렛은 알고 있다. 그들은 모두 노골적으로 돈을 버는 일과 돈 이야기를 하는 것조차 몹시 야비한 것으로 생각하고 있는 것이다. 물론 예외는 있다. 메리웨더 부인은 과자를 만들고 있고, 르네는 파이 마차를 몰고 있다. 휴 엘싱은 장작을 쪼개서 행상을 하고 있고, 토미는 건축 청부업을 하고 있다. 그리고 프랭크는 가게를 차릴 정도의 수완을 가지고 있다. 그러나 일반적으로는 어떠한가. 농장 주인은 얼마 안 되는 땅을 밭갈이해서 겨우 풀칠을 하고 있다. 변호사나 의사는 본래의 직업으로 돌아가 결코 올 리가 없는 손님을 기다리고 있다. 그리고 그 밖에 일할 줄 모르고 그저 재산의 이익만으로 살아 온 사람들은 어떻게 될 것인가?

그러나 그녀는 앞으로의 일생을 가난하게 지내고 싶지는 않았다. 멍하니 앉아서, 자기를 도와 줄 기적이 나타나기를 언제까지나 기다릴 생각은 없었다. 인생 속으로 뛰어들어 거기에서 가능한 것들을 빼앗아 가지고 올 작정이었다. 그녀의 아버지는 가난한 한 이민 청년으로 출발해서 마침내 타라의 그 광대한 토지를 자기의 것으로 만들었다. 아버지가 한 일이라면, 딸인 자기가 못 할 리 없다. 그녀는 이제, 사라져 버린 남부의 대의에 모든 것을 걸었다가 그 대의에 지고, 그러고도 어떤 희생에도 가치가 있는 것이라고 여전히 긍지를 가지고 운명에 만족하고 있는 사람들과는 전혀 달랐다. 그들은 용기를 과거에서 끄집어내고 있다. 그러나 그녀는 그 용기를 미래에서 끄집어내려 하고 있는 것이다. 지금은 프랭크 케네디가 그녀의 미래이다. 적어도 그는 가게를 가지고 있고 현금을 가지고 있다. 그녀가 그와 결혼하여 그 돈을 마음대로 쓸 수 있게 되면, 앞으로 일 년은 더 타라를 유지해 나갈 수 있다. 그리고 그 다음에 프랭크는 제재소를 사지 않으면 안 된다. 애틀랜타의 부흥 건축이 급속히 진행되고 있고, 그러면서도 거의 상업상의 경쟁자가 없는 지금, 제재 사업을 일으킨다는 것은 금광을 갖는 거나 다름 없다는 것을 그녀는 잘 알고 있다.

그때 문득 그녀는 마음 한구석에 전쟁 초기, 레트가 봉쇄 무역으로 번 돈에 대해 이야기하던 말이 떠올랐다. 그때에는 그 말을 이해하려고도 하지 않았지만 지금 생각해 보면, 실로 똑똑히 그 의미를 알 수가 있었기 때문에, 그 당시 그 말을 음미할 수 없었던 것은 자신이 젊었던 까닭일까, 아니면 바보였기 때문일까 하고 이상하게 생각했다.

『하나의 문명이 건설될 때와 마찬가지로, 하나의 문명이 파괴될 때에도 돈이 벌린다.』

『그가 예견한 파괴란 바로 이것이다.』그녀는 생각했다.『그의 말이 옳다. 일하기를 두려워하지 않는 사람, 빼앗는 것을 두려워하지 않는 사람이면 누구나 아직도, 아직도 얼마든지 돈을 벌 수가 있다.』

프랭크가 한 손에 블렉베리의 글라스를 다른 손에 과자 조각을 접시에 담아 들고서 마루를 건너 이리로 오는 것이 보였기 때문에 스카알렛은 얼른 얼굴에 미소를 준비했다. 타라라는 땅에, 프랭크와 결혼까지 해야 할 만한 가치가 있는지 없는지 하는 의문은 그녀에게는 일어나지 않았다. 그녀는 가치가 있다고 믿고 있고, 그리고 그것을 두 번 다시 생각하려 하지 않았다.

그녀는 블렉베리를 조금씩 마시면서 자기의 뺨이 춤추고 있는 패들의 어느 누구보다도 매혹적인 장미빛을 띠고 있다는 것을 알고 있었기 때문에 그를 쳐다보며 미소를 던졌다. 그를 위해 스커트를 당겨 자기 곁에 앉게 하고, 콜론 향수 냄새가 은근히 그에게로 옮기게시리 천연스레 손수건을 만지작거렸다. 이 방안에서 콜론 향수를 뿌린 여자는 아무도 없어, 그녀는 그것이 자랑스러웠다. 프랭크도 그것을 눈치채고 있었다. 발작적인 대담성으로 그는, 당신은 장미처럼 아름다운 빛을 띠고 있고, 그리고 장미 같은 향기를 풍기고 있다고 속삭였다.

만일 그가 이처럼 소심스런 사람이 아니었다면! 하고 그녀는 생각했다. 마치 늙고 겁많은 들토끼를 연상하게 한다. 탈레턴 형제만큼만 용기와 정열이 있어 주었으면. 하다못해 레트 버틀러와 같은 염치 좋고 뻔뻔스런 뭐라도 있어 주었으면. 그러나 만일 그가 그런 성질을 가지고 있었다면, 아마 그는 그녀의 수줍은 듯 깜박이는 눈꺼풀 바로 밑에 숨은 절망을 알아챌 만한 감각도 가졌을 것이 틀림없다. 그러나 그는 현재 이런 정도의 인간이었고, 그녀가 지금 무엇을 생각하고 있는지 의심조차 하지 않을 만큼, 여자라는 것에 대해서는 아는 것이 없었다. 이것은 그녀에게 있어서는 다행이었다. 그러나 그렇다고 해서 그것이 그에 대한 존경을 높여 주는 것은 아니었다.

36

이 주일 뒤, 그녀는 프랭크 케네디와 결혼했다. 그녀가 얼굴을 붉히면서 그에게 고백한 바에 의하면, 그녀는 그의 회오리바람 같은 구애에 숨도 쉴 수 없이 되고, 그 이상 그의 정열을 거부할 수가 없었다는 것이다.

그 이 주일 동안, 그가 좀처럼 이쪽의 암시와 선동에 걸려들지 않으므로, 공교롭게 스월렌에게서 편지라도 와서 모처럼 계획한 것이 소용 없이 되지나 않을까 하고, 그것을 걱정하면서 밤만 되면 스카알렛은 이를 악물고 방안을 서성거리고 있었는데 그것을 그는 아직 알지 못했다. 동생이 몹시 글쓰기를 싫어해서 편지를 받는 것은 좋아하면서도 자기가 쓰는 것은 싫어하는 것을 그녀는 하느님께 감사했다. 그러나 우연이란 것이 있다. 글쓰기 싫어하는 동생이 우연히 편지를 쓸 수도 있다. 그런 생각을 하면서 그녀는 긴긴 밤을 엘렌의 퇴색한 숄을 잠옷 위에 두르고 침실의 찬 마룻바닥 위를 왔다갔다했던 것이다. 윌한테서 간단한 편지가 왔는데, 조나스 윌커슨이 또 타라에 찾아왔다는 것, 그리고 그녀가 애틀랜타로 간 것을 알자, 마구 소동을 피워 윌과 애실리가 둘이서 집 밖으로 끌어냈다는 것 등이 적혀 있었지만, 그것도 프랭크는 알지 못했다. 윌의 편지는 그녀가 이미 알고도 남는 일——추징금을 납부해야 할 기일이 점점 다가오고 있다는 것——을, 쇠망치로 후려치듯 그녀의 가슴 속에 내리쳤다. 하루하루 지나감에 따라 그녀는 심한 절망에 사로잡혀 가능한 일이라면, 모래 시계를 양손에 들고 흐르는 모래의 움직임을 중지시켜 버리고 싶었다.

그러나 그녀는 교묘히 감정을 숨기고, 보기좋게 연극을 했기 때문에 프랭크는 조금도 의심을 품지 않았다. 그는 표면에 드러난 것밖에 보지 않았다. 매일 밤 피티 집 객실에 그를 맞아들여, 그가 자기 가게의 장래 계획이며, 제재소를 사게 되면 어느 정도 벌 것이라는 둥 하는 얘기에 숨을 죽이고 감탄하면서 귀를 기울이고 있는 아름답고 고독한 젊은 찰즈 해밀턴의 미망인밖에 보지 않았던 것이다. 그가 하는 말 한마디 한마디에 대해 그녀가 상냥하게 공감하고 눈을 반짝이며 흥미를 보여 주는 것은, 스월렌이 자기를 배반했다고 생각함으로써 갈기갈기 찢어진 그의 상처난 마음에 큰 진통제가 되었다. 그의 심장은 스월렌의 행위로 인해 아프고 어지러워져, 여자에게 매력이 없다고 스스로 자각하고 있는 독신 중년 남자의 수줍고 다감한 허영심에 깊은 상처를 주었다. 스월렌에게 편지를 써서 그 배신을 책망하는 것도 그로서는 불가능했다. 그런 것은 생각만 해도 겁이 나는 것이다. 그대신 그는 스카알렛과 함께 스월렌의 이야기를 함으로써 마음을 위로할 수가 있었다. 왜냐하면 그녀는 별로 스월렌의 험담을 하지 않았지만, 얼마나 동생이 그에게 가혹한 짓을 했는가, 또 정말 그의 가치를 알고 있는 여자라면 얼마나 그를 위해야 할 것인가를 들려 주었기 때문이다.

그의 눈에 비친 가련한 해밀턴 부인은, 자기의 불행한 운명에 슬픈 한숨을 내쉬고, 그가 기운을 돋워 주려고 농담을 하거나 하면 작은 은방울같이 밝고 아름답게 웃는, 장미빛 뺨을 지닌 아름다운 여성이었다. 마미가 손질을 해서 아주 곱게 된 그녀의 초록색 옷은 가늘고 아름다운 허리를 지닌 그녀의 날씬한 몸매를 더할 나위 없이 아름답게 보여 주었고, 또 언제나 그녀의 손수건과 머리에서 풍겨나는 향기는 완전히 그를 황홀하게 만드는 데 충분했다! 이렇게 아름답고 가련한 여성이, 그녀에게는 그 무서움이 어떤 것인지 이해조차 안 되는 이 사회에서 의지 없이 고독을 한탄한다는 것은 얼마나 애처로운 일인가. 지켜 줄 남편도, 형제도, 아버지도, 지금의 그녀에게는 없다. 의지할 곳이 없는 여성이 혼자 살기에는 이 세상은 너무도 야만적이라고 프랭크는 생각했다. 그리고 그 생각에 스카알렛도 또한, 입으로 말은 하지 않았지만 마음으로는 동의하고 있었다.

그는 매일 밤 찾아왔다. 그것은 피티 집안의 분위기가 즐겁고 유쾌했기 때문이다. 현관에서 맞아 주는 마미의 미소가 상류 계급의 방문객을 위해서만 마련된 미소였고, 피티는 브랜디를 친 커피를 내놓으며 열심히 위해 주었으며, 스카알렛은 그의 말 한마디 한마디에 열심히 귀를 기울여 주었다. 오후에 장사 일로 나가게 되거나 할 때는 가끔 그는 스카알렛을 경마차에 같이 태우고 나갔다. 그런 때, 그는 무척 유쾌했다. 그녀가 여러 가지 천진한 질문을 하기 때문이었다. 『정말 참으로 여자답다.』그는 이렇게 생각하고 마음 속으로 싱글벙글 웃었다. 장사에 대한 그녀의 무지에 그는 웃지 않을 수 없었다. 그러면 그녀도 웃으면서 이런 소리를 했다. 「하지만 나 같은 어리석은 여자가 남자분들이 하는 일을 알고 있으리라고 생각하는 것은 무리예요.」

자기가 하느님에 의해서 의지할 곳 없는 어리석은 여성을 지켜 주기 위해, 다른 남자들보다 특별히 고귀하게 만들어진 억세고 훌륭한 남자라는 것을, 그는 그 노처녀 같은 생애를 통해 비로소 스카알렛에 의해 느끼게 되었던 것이다.

마침내 결혼하기로 되어, 그녀의 신뢰에 가득 찬 작은 손을 쥐고, 그 내리깐 속눈썹이 장미빛 뺨에 짙은 검은 초생달을 그리는 것을 바라보았을 때에도 대관절 어떻게 해서 이런 결과가 되었는지 그는 알 수 없었다. 알고 있는 것은 다만 자기가 태어난 뒤 처음으로 낭만적이고 흥분에 싸인 무엇인가를 했다는 것뿐이었다. 자신이, 이 프랭크 케네디가 이 가련한 여성을 채어다가 이 억센 팔 안으로 끌어당긴 것이다. 그것은 마치 술취한 듯한 감정이었다.

결혼식에는 친구도 친척도 나오지 않았다. 증인으로는, 거리에서 낯선 남을 불러들여 부탁을 했다. 스카알렛이 그렇게 주장했기 때문에, 하는 수 없이 그녀가 말하는 대로 한 것이다. 그는 자매와 매부들을 존즈보로에서 오게 하고 싶었다. 또 피티 집 객실에서, 행복을 비는 많은 친구들에 둘러싸여 축배를 받게 되면 얼마나 기쁠까 하고 생각했으나, 스카알렛은 피티 고모가 출석하는 것조차 승낙하지 않았다.

「단 둘이서만 말이에요, 프랭크.」하고 그의 팔을 죄면서 그녀는 부탁했다. 「마치 정이 들어서 도망친 사람들처럼 말이에요. 나, 늘 집에서 도망쳐 나와서 결혼을 했으면 하고 생각했었어요! 네, 제발, 나를 위해서 그렇게 해주세요, 네?」

지금도 아직 귀에 쟁쟁한 그런 속삭임, 사정하듯 그를 쳐다보는 엷은 푸른빛 눈시울에서 반짝이며 넘쳐 흐르는 눈물 방울, 그것이 그를 정복한 것이다. 결국, 남자라는 것은 뭔가 신부에게 양보를 하지 않으면 안 된다. 특히 결혼식 같은 것에 대해서는. 왜냐하면 여자는 결혼식을 감상적으로 심각하게 생각하는 법이니까.

그리하여 분명하게 어떤 자각도 갖지 못한 채 그는 결혼해 버렸던 것이다.

프랭크는 다정하게 조르는데 넘어가 결국 그녀에게 삼백 달러를 내주었다. 이것을 주어 버리면 제재소를 살 가망은 당분간 없어지기 때문에 처음에는 마음이 내키지 않았지만, 그렇다고 처가집 식구가 쫓겨나는 것을 잠자코 보고만 있을 수도 없었다. 그리고 그녀의 밝고 행복한 모습을 보자, 그는 그런 실망도 금방 사라지고, 그녀가 사랑스런 몸짓으로 자기의 관대함을 울고 싶을 만큼 고마와하는 것을 보자 그러한 기분은 완전히 날아가 버렸다. 프랭크는 지금까지 한 번도 여자가 그런 식으로 울고 싶을 만큼 고마와하는 것을 본 적이 없었기 때문에 결국은 가장 뜻있게 썼다고 생각하게시리 되었다.

스카알렛은 당장 마미를 타라로 보냈다. 그것은 윌에게 돈을 전해 주는 것, 그녀의 결혼을 알리는 것, 웨이드를 애틀랜타로 데리고 오는 것, 이 세 가지 목적을 가진 여행이었다. 이틀 뒤에 윌에게서 간단한 편지가 왔다. 그녀는 그것을 기쁨에 벅차 몇 번이고 되풀이해 읽었다. 편지에는 세금을 치렀다는 것, 그것을 알고 조나스 윌커슨이 상당한 난폭한 짓을 했다는 것, 그러나 지금은 별로 위협적인 짓을 하지 않는다는 내용이 적혀 있었다. 그리고 마지막으로 윌은 형식에 따른 간단한 문구로 그녀의 행복을 빈다고 썼는데, 거기에는 아무런 소식도 없었다. 윌은 그녀가 한 일, 왜 그런 일을 했는가를 알고 있기 때문에 비난도 하지 않거니와 칭찬도 하지 않는다는 것을 그녀는 알고 있었다. 그러나 애실리는 어떻게 생각할까? 그녀는 열심히 생각했다. 타라의 과수원에서 그런 말을 하고 아직 얼마 되지도 않았는데, 이렇게 된 나를 그는 어떻게 생각하고 있을까?

스월렌에게서도 편지가 왔다. 철자법은 틀려 있었지만, 무서운 독설을 늘어 놓고 눈물 자국이 있는 증오에 찬 편지로서 스카알렛이 이것을 쓴 사람을 평생 잊지 못하리라, 용서하지 않으리라고 생각할 만큼 언니의 성격에 대한 적절한 관찰이 적혀 있었다. 그러나 그러한 스월렌의 독설마저도 타라가 안전하게 되었고 적어도 목전의 위기는 벗어나게 되었다고 하는 그녀의 행복감을 흐리게 할 수는 없었다.

자기의 영주할 곳은 타라가 아니라 애틀랜타라고 하는 것이 아무래도 납득이 가지 않았다. 세금을 마련하느라고 필사적으로 애쓸 때는 타라와 타라를 위협하는 운명 이외의 것은 아무것도 생각하지 않았다. 결혼 당시에도, 타라의 안전을 위한 대가로 자기는 영원히 타라에서 멀어지게 된다는 것은 조금도 생각하지 않았다. 그리고 결혼한 지금, 그것을 깨닫게 되자 간절하게 고향을 그리는 마음이 끓어올라, 그녀의 가슴을 떠나지 않았다. 그러나 이렇게 돼 버린 이상 이제는 어쩔 수가 없었다. 스스로 흥정을 한 이상은 그것을 실천할 수밖에 없었고, 또 그렇게 할 작정이었다. 그리고 타라를 구해 준 데 대해서는 프랭크에게 진심으로 감사하고 있었기 때문에, 이윽고 그녀는 그에 대한 따뜻한 애정과, 결혼한 것을 그로 하여금 후회치 않도록 하려는 그런 따뜻한 결심을 느끼게 되었다.

애틀랜타의 부인들은, 자기 자신의 일과 거의 같은 정도로 근처의 사정들을 잘 알고 있었고, 자기 자신의 일보다도 훨씬 많은 흥미를 그것에 보내고 있었다. 프랭크 케네디와 스월렌 오하라의 사이에 몇 해 전부터 양해가 있었던 것은 그녀들도 다 알고 있는 사실이었다. 실제 또 그의 쪽에서도, 봄이 되면 결혼할 작정이라고 부끄러운 듯 공언하고 있었던 것이다. 때문에 바로 그가 스카알렛과 몰래 결혼한 것을 알자, 자연 가지가지 비판과 억측과 깊은 의혹 등이 사람들 사이에 분주히 오고갔다. 어떤 방법이 있는 한, 절대로 언제까지나 호기심을 만족시키지 않고는 배기지 못하는 메리웨더 부인은 자매의 한 사람과 약혼한 처지에 어떻게 또 다른 한 자매와 결혼했느냐고 단도 직입적으로 케네디에게 들이댔다. 그러나 뒤에 부인이 엘싱 부인에게 보고한 바에 의하면, 그처럼 고생해서 얻은 대답은 그의 얼굴에 떠오른 어리숙한 표정뿐이었다고 한다. 그러나, 제아무리 배짱이 센 메리웨더 부인도 이 문제를 스카알렛에게만은 감히 들이대지 못했다. 그 무렵의 스카알렛은 얌전하고 온순했으나, 그녀의 눈에는 사람을 위압하는 듯한 여유와 침착성이 깃들어 있어서, 누구에게도 주제넘은 참견을 용납하지 않는 도전적인 태도가 엿보였다.

애틀랜타가 자기 이야기를 하고 있다는 것을 그녀도 알고 있었지만, 그러나 그녀는 조금도 개의치 않았다. 누가 뭐래도 남자와 결혼한 것이 부도덕할 것은 없는 것이다. 타라는 안전하다. 떠들고 싶으면 얼마든지 떠들어라. 그녀에게는 달리 걱정할 것이 너무도 많은 것이다. 그 중에서도 가장 중요한 것은 가게에서 좀더 이익을 올리기 위하여 프랭크를 꾀는 것이었다. 조나스 윌커슨에게 위협을 당한 뒤로는, 자기와 프랭크에게 상당한 돈의 여유가 생길 때까지는 그녀는 안심이 안 되었다. 달리 뜻밖의 일이 생기지 않는다 하더라도, 내년 세금에 지장이 없을 만큼 준비해 두려면 그것만으로도 프랭크는 더 벌 필요가 있었다. 그것만이 아니고, 제재소에 대해서 프랭크가 한 말이 지금도 그녀의 마음 속에 못박혀 있었다. 제재소가 손에 들어오면 프랭크는 훨씬 더 많은 돈을 벌게 되는 것이다. 재목이 그렇게 터무니 없는 값으로 팔린다면 누구나 벌 수 있는 것이다. 그래서 타라의 세금을 치르고, 그 위에 제재소를 사들일 만한 돈을 프랭크가 벌지 못하는 것을 혼자 은근히 몸달아 했다. 그래서 어떻게든지 될 수 있는 대로 빨리 가게에서 보다 많은 이익을 올려, 누군가 다른 사람에게 가로채이기 전에 제재소를 사들이기로 결심했다. 그녀로 볼 때 그것은 분명히 횡재였다.

만일 자기가 남자라면, 가게를 저당을 잡히고 돈을 꾸어서라도 제재소를 손에 넣으리라고 생각했다. 그러나 결혼 이튿날, 그녀는 무심코 그런 것을 비치자 프랭크는 미소를 지으며, 당신의 그 사랑스럽고 아름다운 가냘픈 두뇌를 장사 같은 것으로 괴롭혀서는 안 된다고 말했다. 그녀가 저당이 어떤 것인가를 알고 있는 것조차 그를 놀라게 하기에 충분했다. 그는 그것을 처음에는 재미있어했다. 그러나 결혼 뒤 얼마 안 되어, 그런 재미있는 기분은 어느 덧 사라지고 그대신 일종의 가슴이 뜨끔해 오는 충격을 느꼈다. 한 번 그는 무심중에 어떤 사람들(조심해서 이름만은 들지 않았다)에게 외상을 주었는데 좀처럼 갚지를 않는다. 그러나 모두 옛날 친구들이고 신사이기 때문에 물론 자기는 독촉할 생각 같은 것은 조금도 하지 않는다고 말했다. 그리고 금세 후회했다. 왜냐하면 그 뒤 그녀는 몇 번이고 몇 번이고 그것을 그에게 물었기 때문이었다. 그녀는 다시 없이 순진하게, 단순한 호기심에서 알고 싶어한다는 그런 태도로써, 누가 얼마나 가져 갔느냐고 물었다. 그러나 그 문제에 한해서만은 프랭크도 언제나 지극히 애매한 태도를 보였다. 신경질적으로 밭은 기침을 하거나, 손을 흔들면서 당신 같은 그런 가냘프고 아름다운 두뇌로 그런 골치 아픈 것을 생각해서는 안 된다고, 예의 그 화나는 소리만 되풀이할 뿐이었다.

그러나, 바로 그 사랑스럽고 아름답고 가냘픈 두뇌가 계산에도 날카로운 두뇌라는 것이, 드디어 그에게도 분명히 알려졌다. 사실 그것은 그 자신의 머리보다도 훨씬 뛰어난 머리였다. 그것을 알게 되자 그는 불안해졌다. 숫자가 세 자리 이상만 되어도 그에게는 종이와 연필이 필요한데, 그녀는 보다 많은 숫자도 척척 암산으로 해치웠다. 그것을 발견했을 때, 그는 벼락을 맞은 듯이 깜짝 놀랐다. 분수 문제도 그녀에게는 전연 어렵지가 않았다. 분수나 장삿속을 안다는 것은 여성에게는 어울리지 않고, 또 설혹 불행하게도 그런 숙녀답지 못한 이해력을 가지고 태어난 사람은 당연히 그런 것을 나타내지 않아야 한다고 그는 믿고 있었던 것이다. 그런 이유로 그는 그녀와 장사에 대한 이야기를 하는 것을 결혼 전에 좋아했던 것만큼이나 싫어하게 되었다. 결혼 전에는, 그는 그런 것은 모두 그녀의 지적 이해력을 초과하는 것이라고 생각하고 갖가지 것을 그녀에게 설명해 주는 것이 즐거웠다. 그러나 지금은 그녀가 지나칠 만큼 이해하고 있다는 것을 알았다. 그래서 그는 남성들이 여자에게 안팎이 있다는 것을 느꼈을 때와 똑같은 것을 느끼고 분개했다. 그리고 그 위에, 여자에게도 머리가 있다는 것을 발견하고 남성들이 맛보는 것과 마찬가지의 환멸감을 맛보았다.

스카알렛이 자기와 결혼하는 데 속임수를 썼다는 것을 프랭크가 알게 된 것은 과연 결혼 뒤 며칠이나 지나서였는지, 그것은 아무도 모른다. 진상이 알려지게 된 것은 어쩌면 아무와도 약혼을 하지 않는 듯한 토니 폰텐이 볼일이 있어 애틀랜타에 왔을 때부터인지 모른다. 혹은 또, 존즈보로에 있는 그의 누이동생이 오빠가 결혼한 데에 깜짝 놀라 직접 편지로 진상을 써 보냈는지도 모른다. 스월렌한테서 아무 말도 듣지 않은 것만은 확실했다. 그녀는 한 번도 편지를 보내지 않았다. 그러므로 자연 그도 편지를 써서 사정을 해명할 수도 없었다. 그리고 일단 결혼해 버린 이상, 해명한들 무슨 소용이 있겠는가? 스월렌은 일생 동안 참다운 내용을 모를 것이며, 틀림없이 자기가 매정하게도 버렸다고 생각할 것이라고 그는 남 몰래 고민했다. 아마 세상에서도 모두들 그렇게 생각하고 그를 비난하고 있을 것이다. 확실히 그의 입장은 이상한 틈바구니에 끼고 만 것이다. 그러나 그에게는 변명할 방법이 없었다. 사내로서 여자 때문에 머리가 멍청해졌다고 자진해 떠들고 돌아다닐 수도 없는 일이었고, 또 신사로서 자기 아내에게 속은 사실을 선전하고 다닐 수도 없는 일이었다.

스카알렛은 자기 아내였고, 아내는 남편에게 성실을 요구할 권리가 있다. 그뿐더러, 그녀가 자기에게 아무런 애정도 깇지 않고 차디찬 계산만으로 결혼했다고는 그에게는 도저히 믿어지지 않았다. 그런 생각을 언제까지고 마음 속에 간직해 두는 것은 그의 남자로서의 자존심이 허락하지 않았다. 그보다는 그녀가 갑자기 자기를 사랑하게 되어 자기를 손에 넣기 위해 감히 거짓말까지 했다고 생각하는 편이 훨씬 유쾌했다. 그러나 그렇다 해도 모든 것이 이해가 안 갔다. 자기의 반밖에 안 되는 나이로, 아름답고 그리고 현명한 여성에게 야단스럽게 구애를 받을 만한 사나이가 아닌 것은 너무나 잘 알고 있었다. 그러나 프랭크는 신사였기 때문에 이 알 수 없는 것을 자기만의 기분으로 간직해 두었다. 스카알렛이 자기의 아내인 이상 이상한 질문을 해서 그녀를 모욕할 수는 없었다. 어찌 되었든 그것으로 사태가 좋아지는 건 아니니까.

게다가 프랭크로 볼 때 이 결혼은 행복하게 보였기 때문에 달리 사태를 개선할 마음이 나지 않았다. 스카알렛은 여자로서 가장 매력이 있고, 자극적이며 고집센 점을 뺀다면 모두가 완전한 것처럼 그에게는 생각되었다. 그녀가 좋을 대로 내버려두기만 하면, 생활을 극히 즐겁게 보낼 수 있다는 걸 프랭크는 결혼 직후 알게 되었다. 그러나 그녀에게 반대하게 될 경우——마음대로 하게 내버려두면 그녀는 어린애처럼 쾌활해서 잘 웃고 바보 같은 농담을 하며, 그의 무릎 위에 올라앉아 그가 스무 살은 젊어졌다고 고백할 때까지 그의 수염을 잡아당기곤 했다. 가끔 의외일 정도로 상냥하게 세심한 주의를 하고, 밤에 그가 돌아오면 슬리퍼를 따뜻하게 해두기도 하고, 젖은 발과 대수롭지 않은 두통을 다정하게 걱정하기도 하며, 그가 닭의 창자를 좋아하는 것과, 커피에는 설탕을 세 숟갈 넣는다는 것까지 잘 알고 있었다. 그렇다, 스카알렛과 함께 지내는 인생은 무척 감미롭고 즐겁다. 그녀가 좋도록만 해둔다면.

결혼 뒤 이 주일쯤 지나 프랭크는 유행성 감기에 걸려 미드 의사의 지시로 자리에 눕게 됐다. 전쟁이 시작된 첫해에, 그는 폐렴으로 두 달이나 병원 생활을 한 적이 있었기 때문에 다시 폐렴에 걸릴까 염려하여 곧장 의사의 명령대로 석장을 포갠 모포 밑에서 땀을 흘리며 마미와 피티 고모가 한 시간마다 가져다 주는 뜨거운 탕약을 마시고 있었다.

병은 좀처럼 낫지 않았다. 날이 감에 따라 프랭크는 가게 일이 걱정되기 시작했다. 가게를 맡기고 있는 점원 소년이 매일 밤 그 날 매상을 보고하러 왔으나, 그걸로는 프랭크는 만족할 수가 없었다. 그가 너무도 조바심을 하고 있기 때문에 그런 기회가 오기를 노리고 있던 스카알렛은, 한 손을 그의 이마에 대면서 말을 꺼냈다. 「여보, 당신이 그렇게 걱정하시면 전 도저히 보고 있을 수가 없어요. 내가 가게로 가서 어떻게 되었나 보고 오겠어요.」

그리고 그의 힘없는 항의를 틀어막고 미소를 지으며 나갔다. 새로 결혼하고 나서 삼 주일 동안, 그녀는 그의 회계 장부를 보고, 돈의 출납이 어떻게 되어 있는지, 그것이 알고 싶어서 견딜 수 없었다. 그가 병상에 누웠다는 것은 얼마나 다행한 일인가!

가게는 파이브 포인트 근처에 있었는데, 새 지붕이 그을은 낡은 벽돌벽 위에서 번쩍이고 있었다. 나무로 만든 차양이 보도를 덮어 차도의 끝까지 쑥 나와 있고, 긴 쇠막대기가 말과 노새를 매는 말뚝에 닿아 있었다. 말과 노새는 등에는 찢어진 모포와 방석을 걸치고, 찬 이슬비 속에 처량하게 고개를 숙이고 있었다. 가게의 안은 존즈보로에 있는 발러드의 가게와 흡사했는데, 거기에는 소리를 내며 벌겋게 달아오른 난로를 싸고 둘러앉아 씹는 담배 침을 아무렇게나 모래 상자에 뱉아내는 한가한 무리들이 모여 있었으나, 여기에는 그런 광경을 볼 수 없었다. 발러드의 가게보다는 크고 어두웠다. 나무 차양 때문에 겨울 햇빛이 대부분 가려져 있고, 옆의 벽 높은 곳에 붙어 있는 파리똥투성이인 조그만 창문으로 겨우 약간의 광선이 들어오고 있어 안은 음산하고 침침했다. 마룻바닥에는 진흙투성이 톱밥이 깔려 있고, 어디를 보나 먼지투성이에다 지저분했다. 가게 앞쪽만은 다소 정돈이 되어 있어, 거기에는 밝은 색깔의 피륙이며 사기 그릇이며 부엌 도구와 자질구레한 물건들을 쌓아 놓은 선반이 어둠침침한 속에 서 있었다. 그러나 거기서 간막이를 한 안쪽은 혼돈 바로 그것이다.

거기에는 마룻바닥이 없고, 온갖 물건들이 밟아 다진 흙바닥 위에 뒤죽박죽이 되어 쌓여 있었다. 상품 궤짝, 섬, 보습, 마구, 안장, 값싼 소나무 널 등이 어둠침침한 속에 보였다. 그 맞은편 어둠 속에는 낡은 가구들이 값싼 고무 제품에서부터 마호가니, 자단으로 된 것까지 있고, 닳아 빠지기는 했으나 색깔이 선명한 금실 무늬 비단이며 말털을 섞어서 짠 철을 씌운 의자 등이 그을린 주위와 어울리지 않게 빛나고 있었다. 흙바닥에는 사기 요강이며 대접이며 물 주전자 등이 널려 있고, 사방 벽에는 높직한 광주리가 걸려 있었는데, 너무 어두워서 그 위에 램프를 비추고서야 겨우 그 속에 씨앗이며, 크고 작은 못이며, 목수 도구가 들어 있는 것을 알 수 있었다.

『프랭크는 노처녀처럼 꼼꼼한 사람이니까 좀더 상점을 깨끗이 정돈할 수 있었을 텐데.』하고 손수건으로 더러워진 손을 닦으면서 그녀는 생각했다. 『이거야말로 돼지 우리 아니야! 이렇게 관리하는 가게도 있을까? 먼지를 모두 털어 버리고, 지나가는 사람에게 잘 보이게시리 가게 앞에 내놓으면 훨씬 여러 가지 물건들이 빨리 팔릴 텐데.』

물건이 이 모양이라면 대체 장부는 어느 정도일까?

아뭏든 회계 장부를 조사해 봐야겠다고 그녀는 생각했다. 그리고 램프를 집어들고 가게 앞쪽으로 나왔다. 점원 아이 윌리는 표지가 더러워진 커다란 장부를 좀처럼 그녀에게 내주려 하지 않았다. 분명히 그는 아이이면서도, 여자는 사업 같은 것에 관여해서는 안 된다는 프랭크와 같은 의견을 가지고 있는 것 같았다. 그러나 스카알렛은 따끔한 소리로 그를 두말 못하게 하고 식사를 하라고 밖으로 내보냈다. 못마땅한 표정으로 옆에 있으면 귀찮기 때문이었다. 소년이 나가자 그녀는 마음이 가벼워졌다. 한창 타오르고 있는 난로 옆 그물 의자에 앉아, 한쪽 다리를 의자 위에 접어올리고 무릎 위에 장부를 폈다. 마침 점심 시간이어서 거리에는 지나는 사람이 없었다. 손님이 한 사람도 오지 않았기 때문에 가게는 몽땅 그녀 혼자의 것이었다.

그녀는 천천히 장부를 넘기며, 프랭크의 서투른 동판 인쇄같은 필적으로 씌어진 갖가지 이름과 숫자를 차근차근 조사해 나갔다. 역시 그녀가 예상한 대로였다. 프랭크에게 장사 쪽 감각이 모자란다는 증거를 여기서 새로 발견하고 그녀는 눈썹을 찡그렸다. 외상은 적어도 오백 달러는 되었고, 개중에는 몇 달이 지난 것도 있었다. 그리고 거기에는, 그녀가 잘 알고 있는 사람들의 이름, 메리웨더네, 엘싱네, 그 밖의 친숙한 사람들의 이름이 적혀 있었다. 프랭크가 외상을 지고 있는 그 사람들에 대해 말할 때, 아주 대수롭지 않은 말투로 미루어, 액수는 대단치 않은 것인 줄로 그녀는 생각하고 있었다. 그런데 이게 어찌 된 일인가!

『이 사람들은 돈도 치르지 않으면서 왜 이렇게 사들이는 것일까?』그녀는 화가 났다. 『그리고 또 이 사람들에게 치를 힘이 없는 줄 알면서 그는 왜 또 자꾸 주는 것일까. 프랭크가 치르게시리 수단만 쓰면 치를 사람은 많이 있다. 예를 들어 엘싱네만 하더라도, 패니의 새 공단옷을 짓는다, 돈이 많이 드는 결혼식을 올린다 하는 판이니까 틀림없이 치를 수 있을 것이다. 프랭크의 약한 마음을 모두가 교묘하게 이용하고 있는 거야. 정말이지 나간 돈의 반만이라도 받을 수 있다면 제재소를 사는 것도, 내 세금을 치르는 것도 문제없이 해결될 텐데.』

그리고 그녀는 생각했다. 『이런 식으로 프랭크가 제재소를 경영한다면 그거야말로 큰일이다 ! 이 가게도 이렇게 자선 사업처럼 하고 있으니 제재소에서 이익을 올리기는 도저히 바랄 수도 없다. 아마 한 달도 못 가서 경매 처분을 당하고 말 것이 뻔하다. 나 같으면 이 가게를 좀더 잘 경영할 수가 있을 텐데 ! 제재소 역시, 나는 나무에 대해서는 잘 모르지만 그래도 프랭크가 하는 것보다는 잘할 수 있다 !』

그것은 놀랄 만한 생각이었다. 남자는 전지 전능하고, 여자는 다만 아름답기만 하면 된다는 전통 속에서 자란 스카알렛으로서, 여자도 남자와 마찬가지로, 혹은 그 이상으로 훌륭하게 사업을 경영할 수 있다는 생각은 틀림없이 혁명적인 것이었다. 물론 그 전통이 남자에 대해서나 여자에 대해서나 그릇되어 있다는 것을 그녀는 벌써 알고 있었다. 그래도 아직 조작된 그 유쾌한 이야기가 그녀의 마음에는 깃들어 있었다. 그러기에 이때까지 한 번도 그녀는 그러한 불손한 생각을 입 밖에 내지 않았던 것이다. 무거운 장부를 무릎에 펴놓고, 놀란 나머지 입을 약간 벌리고 가만히 앉은 채, 타라에서 지낸 고난의 몇 달을 회상했다. 자기는 남자의 일을 했다. 게다가 훌륭하게 해낸 것이다. 지금까지 그녀는 여자 혼자서는 아무것도 할 수 없다고 믿어 왔다. 그러나 그녀는 윌이 올 때까지 남자 손을 빌지 않고 거뜬히 타라를 경영해 오지 않았던가. 정말이지, 정말이지, 하고 그녀는 감탄했다. 남자의 손을 빌지 않더라도 이 세상에 여자 혼자 안될 일은 없는 것이다. 다만 아이를 만들 수만은 없지만. 그러나 하느님도 알고 계실 것이다. 만일 자식을 갖지 않아도 된다면, 머리가 똑똑한 여자는 아무도 자식 같은 것을 가지려고 하지는 않으리라는 것을.

자기에게 남자와 똑같은 능력이 있다고 생각하자 그녀는 문득 자랑스런 마음이 생겨 그것을 실지로 증명하고 싶은 욕망, 남자들이 돈을 벌듯이 자기도 돈을 벌어 보고 싶은 강한 욕망을 느꼈다. 그녀 자신의 돈, 남자에게 얻는 것이 아닌, 그리고 남자에게 용도를 설명하지 않아도 되는 돈.

「그 제재소를 내것으로 만들 만한 돈이 있었으면.」 그녀는 자기도 모르게 소리내어 말하고 한숨을 쉬었다. 「정말 멋있게 해 볼 텐데. 외상 같은 건 하나도 안 줄 테야.」

그녀는 또 한숨을 쉬었다. 어디서도 돈을 만들 곳은 없다. 그러니까 그런 것을 생각해 봤자 아무 소용도 없는 것이다. 가장 손쉬운 방법은 프랭크가 나간 돈을 회수해 제재소를 사들이는 것이다. 그것만이 돈을 버는 가장 확실한 방법이다. 만일 그가 제재소를 갖게 되면 어떻게든지 방법을 세워, 그에게 이 가게처럼 하지 말고 보다 사무적으로 행동하게 하리라.

그녀는 장부를 뒤져 최근 몇 달 동안 갚지 않고 놔둔 채무자의 이름을 베꼈다. 집에 돌아가면 곧 프랭크와 이 문제를 상의하자. 이 사람들은 그의 옛날 친구이고, 돈을 독촉하는 것이 거북하겠지만, 회계만은 제대로 하지 않으면 안 된다고 프랭크를 설득시키면, 프랭크는 깜짝 놀랄지도 모른다. 그는 마음이 약하고 친구들의 호감을 사는 것을 좋아하는 인간이니까. 낯가죽이 두껍지 못한 그는 꾸어 준 돈을 장삿속으로 사정 없이 받아들일 바에는 차라리 그 돈을 버리고 싶다고 말할 성격이다.

아마도 그는 누구나 갚을 만한 여유가 없다고 말할는지도 모른다. 과연 그것은 그럴지도 모른다. 모두들 가난하다는 것은 새삼 듣지 않아도 알고 있는 사실이다. 거의 대부분의 사람들은 아직 얼마간의 은그릇과 보석 따위를 가지고 있고, 얼마 안 되는 부동산에 매달려 있다. 그러니까 현금 대신 그런 물건들을 받으면 된다.

자기가 이런 의견을 꺼내면 프랭크는 얼마나 슬퍼하고 한심해 할까. 그것은 그녀에게도 상상이 된다. 친구들의 보석과 재산을 몰수하란 말이야? 하고 그는 징징댈 테지. 하지만 징징대려면 얼마든지 징징대라지. 그녀는 어깨를 흔들었다. 당신은 우정을 위해서라면 기꺼이 가난한 생활을 할지 모르지만 나는 싫어요, 하고 말해 줘야지. 프랭크도 좀더 세상 물정을 알지 않고는 세상을 살아갈 수가 없을 것이다. 그런데 그는 세상을 살아가야만 하는 것이다! 그는 돈을 벌어야만 했다. 그를 그렇게 만들기 위해서는 설사 남편을 깔고 뭉개는 계집이란 소리를 들어도 하는 수 없다.

얼굴을 찡그리고 혀를 깨물면서 그녀가 부지런히 옮겨 쓰고 있는데, 정면 도어가 열리며 찬바람이 가게 안으로 불어 들어왔다. 키가 큰 남자 하나가 인디언 같은 가벼운 발걸음으로 그을은 가게 안으로 들어와 섰다. 쳐다보니 의외에도 레트 버틀러였다.

새로 만든 옷에 외투를 걸치고, 떡 벌어진 어깨로부터 뒤쪽으로 멋있게 케이프를 젖혀 넘긴 그는 으리으리한 모양을 하고 있었다. 그녀와 눈이 마주치자 그는 실크 모자를 벗고 한쪽 손을 티 한 점 묻지 않은 와이셔츠 가슴에 대며 정중하게 절을 했다. 거무스레한 얼굴에 놀랄 만큼 하얀 이를 반짝이며 예의 거침없는 눈길로 그녀를 더듬었다.

「친애하는 케네디 부인!」그녀에게 다가오며 그는 말했다.「지극히 친애하는 케네디 부인!」다시 이렇게 말하고 그는 큰 소리로 유쾌한 듯 웃어 젖혔다.

처음 그녀는 유령이 나왔는가 할 정도로 깜짝 놀랐다. 그러나 얼른 의자 위에 올려 놓은 한쪽 발을 펴고, 등을 꼿꼿이 한 채 쌀쌀하게 그를 쏘아보았다.

「무슨 용건이시죠?」

「피티 아주머니를 찾아갔다가 우연히 당신의 결혼 이야기를 듣고 축하를 드리려고 온 길입니다.」

그에게 받았던 모욕이 되살아나서 그녀는 부끄러움에 얼굴이 붉어졌다.

「뻔뻔스럽게도 어떻게 저와 얼굴을 마주칠 생각이 나셨죠!」그녀는 소리쳤다.

「천만에, 그건 반대입니다. 당신이야말로 어떻게 뻔뻔스럽게 나와 얼굴을 마주 대할 수 있지요?」

「어머, 당신이란 인간은 정말……」

「휴전 나팔을 불도록 하는 게 어떨까요?」그는 웃으며 내려다보았다. 그것은 여유 만만하고 방약 무인한 웃음으로 거기에는 자기의 행동을 부끄러워하는 빛도, 그녀를 비난하는 빛도 전연 없었다. 그녀는 본의 아니게 웃지 않을 수가 없었다 그러나 그것은 일그러진 불안한 웃음이었다.

「당신이 교수형을 받지 않은 게 유감이군요!」

「다른 녀석들도 그렇게 말할 것으로 압니다. 자아, 스카알렛, 좀더 마음을 편히 가지시오. 흡사 막대기라도 삼킨 것 같은 모양을 하고 있구려. 어울리지 않아요. 세월이 흘렀으니까 당신도 이제 회복이 되었을 텐데. 그, 나의 그, 대단치 않은 장난에.」

「장난이라고요? 어머! 천만에, 잊을 리가 있어요!」

「그럴 리가 있나요. 잊었소. 당신이 성난 듯이 꾸며 보이는 것은, 그런 태도가 재치 있고 고상한 것이라고 생각하고 있기 때문일 거요. 그런데 앉아도 좋습니까?」

「안 돼요.」

그는 그녀의 옆 의자에 앉으며 빙그레 웃었다.

「당신은 겨우 이 주일도 나를 기다려 줄 수 없었군요.」그는 말하고 장난 비슷한 한숨을 지어 보였다.

「변하기 쉬운 여자의 마음!」

그녀가 대답을 하지 않았기 때문에 그는 말을 계속했다.

「이봐요, 스카알렛. 친구의 정리로——아주 옛날부터 무척 친한 친구의 정리로——사실대로 말하시오. 내가 감옥에서 나올 때까지 기다린 편이 현명했다고 생각하지 않소? 아니면 나와의 비합법적인 관계보다 프랭크 케네디 노인과의 정식 결혼이 마음에 내켰던 거요?」

언제나 그녀는 그에게 놀림을 당하면 가슴에 노여움이 끓어올랐다. 그러나 이 남을 조롱하는 말투에는 노여움과 동시에 우스움을 느꼈다.

「바보같은 소리를 하시는군요.」

「그럼 꽤 오랫 동안, 혼자 궁금해 하고 있던 한가지 점에 대해 내 궁금증을 풀어 주시지 않겠소? 당신은 연애는 고사하고 애정도 느끼지 않는 사나이와 한번만이 아니라 두 번이나 결혼했다는 사실에 대해, 전연 여자다운 증오의 감정, 혹은 미묘한 반발의 기분은 느낀 적은 없소? 아니면 우리 남부 각 주의 여성들의 미묘한 감정에 대해 내가 들어서 알고 있는 점이 틀린 것일까요?」

「레트!」

「아, 이제 알았읍니다. 나는 어릴 때부터 여자란 약하고 상냥하고 다감한 생물이라고 배워 왔읍니다. 그러나 나는 여자에게는 남자가 이해할 수 없는 잔인함과 인내성이 있다고 늘 느꼈소. 그러나 요컨대, 유럽의 에티켓에 의하면 남편과 아내가 금슬이 서로 좋다는 것은 예절에 어긋나는 걸로 되어 있소. 정말 아주 나쁜 취미라고들 해요. 이 점 유럽사람들의 생각이 옳다고 항상 나는 생각하고 있었소. 편의상 결혼하고 쾌락을 위해 연애한다. 그럴 듯한 제도요. 그런 생각 안 듭니까? 당신은 내가 생각한 것보다도 훨씬 유럽적이오.」

『나는 편의를 위해 결혼한 게 아니야!』하고 호통을 칠 수 있다면 얼마나 속시원할까. 그러나 불행히도 레트에게 약점이 잡혀 있다. 몸의 결백을 변명하려 들면, 점점 더 지독한 소리만 듣게 될 뿐이다.

「정말 혀가 잘도 도는군요.」하고 그녀는 차갑게 말했다. 그리고 화제를 돌리려고 물었다. 「어떻게 감옥에서 나오셨죠?」

「아, 그 이야기 말이오.」그는 일부러 쾌활한 태도를 지으며 대답했다. 「과히 힘든 일은 아니오. 오늘 아침 풀려 나왔읍니다. 워싱턴에 있는 내 친구, 그 자는 북부 연방 정부의 최고 수뇌부에 있는 사나이인데, 그 자에게 나는 공갈이라는 점잖은 방법을 쓴 셈이지요. 훌륭한 인물로 전쟁 당시, 내가 남부 동맹을 위해 소총과 스커트의 후프 따위를 팔아 준 북부 연방의 열렬한 애국자지요. 정당한 길을 통해서 내 슬픈 처지를 알려 주었더니, 그 친구는 허둥지둥 자기 세력을 이용해서 나를 풀어 놓아 주더군요. 권력이면 그만이니까요, 스카알렛. 당신도 체포되었을 때를 대비해서 알아두시오. 권력만이 전부이고 죄를 졌느냐 안 졌느냐 하는 것은 공연한 염불에 불과하다는 것을.」

「하지만 당신이 무죄가 아닌 것만은 절대 확실하잖아요.」

「맞았소. 이젠 감옥에서 나왔으니까 솔직이 고백하는 건데 나는 카인 같은 죄인이오. 나는 검둥이를 죽였소. 그놈이 숙녀에게 무례한 짓을 했기 때문인데, 남부의 신사라면 그럴 수밖에 도리가 없지 않소? 내친 김에 털어놓지만, 내가 북군 장교와 술집에서 말다툼한 끝에 그놈을 쏘아죽인 것도 인정해야 할 거요. 내게 그 죄에 대해서는 문책하지 않았으니까, 오래 전에 아마 어떤 가엾은 사람이 나 대신 목을 잘렸을 거요.」

그는 사람을 죽인 이야기를 하면서도 무척 유쾌한 모양이었다. 그러나 그녀는 피가 얼어붙는 느낌이었다. 도덕적인 격분의 말이 입에서 튀어 나오려는 찰나, 그녀는 문득 타라의 포도 덩굴 밑에 묻혀 있는 북군 병사가 생각났다. 그 사나이를 죽인 것에 대해 그녀는 바퀴벌레를 밟아 죽인 것만큼도 양심의 가책을 받지 않았다. 자기도 그와 똑같은 죄인인 이상 레트를 심판할 자격은 없었다.

「여기까지 말해 버렸으니까, 엄중히 비밀을 지킨다는 조건으로 다시 말해, 피티 아주머니에게 말해서 안 된다는 뜻이지요. 실토하지만, 나는 돈을 가지고 있소. 안전하게 리버풀 은행에 예금해 두었소.」

「돈이라고요?」

「그렇지요. 북군 녀석들이 무척 알고 싶어하는 돈 말이오. 스카알렛, 내가 당신이 원하는 돈을 주지 못한 것은 결코 마음이 나빠서가 아니오. 만일 내가 수표를 쓰기라도 하는 날이면 놈들은 어떻게든지 그것을 냄새 맡아 틀림없이 당신손에는 일 센트도 돌아가지 못하게 했을 거요. 가만히 그대로 놓아 두는 것이 나의 유일한 희망이오. 그 돈이 안전하다는 것은 알고 있었소. 만일 사태가 최악에 이르러 놈들에게 그 돈의 소재가 발각되어 빼앗기게 되는 날이면 나는 전쟁중, 내게 무기와 기계 등속을 팔아 준 북부의 애국자들의 이름을 하나도 남기지 않고 다 폭로해 버릴 작정이었소. 그 가운데는 현재 워싱턴에서 높은 지위에 앉아 있는 사람도 적지 않으니까 그야말로 코를 들 수 없는 악취가 세상을 시끄럽게 했을 거요. 사실을 말한다면 내가 석방된 것은 그들에 관한 것을 모조리 털어놓겠다고 위협을 했기 때문이오. 나는…….」

「그럼 당신은 남부 동맹의 돈을 정말로 가지고 계신가요?」

「하지만, 전부는 아니오. 맹세코 전부는 아니오. 낫소와 영국과 캐나다에 담뿍 깔려 있는 봉쇄 밀무역패들이 분명 오십여 명 정도는 될 테니까요. 우리들처럼 빈틈 없이 움직이지 못했던 남부 사람들에게는 우리는 무척 인기가 없소. 내가 가지고 있는 돈은 거의 오십만 달러는 될 거요. 생각해 보시오, 스카알렛. 오십만 달러란 말이오. 만일 당신이 조급한 마음을 누르고 두 번째 결혼으로 뛰어

들지만 않았더라면 말이오. ! 」

　오십만 달러. 그런 막대한 돈을 생각하자 그녀는 거의 육체적인 고통에 가까운 것을 느꼈다. 그가 놀리는 말은 머리위로 지나가 버리고, 그녀에게 하나도 들리지 않았다. 이 야박하고 가난에 쪼들린 세상에 그런 막대한 돈이 있으리라고는 믿어지지 않았다. 그런 막대한 돈, 그런 터무니 없는 큰 돈을 누군가가 가지고 있다. 게다가 그 사람은 그것을 대수롭지 않게 여기고 필요해 하지도 않는다. 그런데 그녀는 자기에게 적의를 가지고 있는 세상 풍파를 막는 방패로 겨우 나이 먹은 병든 남편과 이 지저분한 작은 가게가 있을 뿐인 것이다. 레트 버틀러 같은 무뢰한이 그런 큰 돈을 가지고 있는데, 무거운 짐을 지고 고생하고 있는 자기는 이런 하찮은 것밖에 가지지 못했다. 얼마나 불공평한 세상인가. 눈앞에 말쑥하게 차려 입고 앉아 자기를 놀리고 있는 사나이를 그녀는 증오했다. 좋다, 그의 현명함을 칭찬해 더욱더 우쭐거리게 해서는 안 된다. 뭔가 그에게 상처를 줄 수 있는 실랄한 말을 던져 주어야 한다고 생각했다.

　「당신은 남부 동맹의 돈을 횡령한 것이 정직하다고 생각하시는군요. 하지만 그건 틀려요. 분명히 도둑이에요. 당신도 그것은 인정하실 거예요. 그런 양심에 부끄러운 짓, 나는 하고 싶지 않아요.」

　「이것 참, 오늘 포도는 신 것 같은데.」그는 얼굴을 찡그리며 소리쳤다.「대관절 누구의 것을 훔쳤다는 겁니까?」

　정말로 누구의 것을 훔친 것일까, 하고 그것을 생각하느라고 그녀는 잠자코 있었다. 요컨대 그는 프랭크가 소규모로 한 것을 대규모로 한 것에 지나지 않는 것이다.

　「그 돈의 반은 정직하게 손에 넣은 겁니다.」그는 말을 이었다.「북부 정부를 배경으로 십할의 이익을 보고 내게 물자를 판 정직한 북부 애국자들의 도움으로 정직하게 번 겁니다. 그 일부는 전쟁 초기, 얼마 안되는 목화에 투자해서 번 겁니다. 영국 공장이 목화가 없어서 비명을 올리고 있을 때, 나는 그것을 싸게 사서 일 파운드에 일 달러씩에 판 겁니다. 또 일부분은 식료품의 투기로 번 겁니다. 대관절 내가 무엇 때문에 이런 자기 노동의 결정체를 북부 놈들에게 빼앗겨야만 한다는 겁니까! 그러나 그 밖의 것은 남부 동맹의 것이지요. 내가 봉쇄를 뚫고 리버풀로 싣고 나가 말할 수 없는 높은 값으로 판 남부 동맹 정부의 솜값입니다. 그 솜은 그것을 팔아서 그 대금으로 가죽과 기계 등속을 사기 위해 남부 정부가 내게 위탁한 것인데 내가 받은 명령은, 나의 신용을 좋게 하기 위해 그걸 판 돈을 나 자신의 이름으로 영국 은행에 예금해 두라는 것이었읍니다. 나도 그 사명대로 할 생각으로 맡았던 건데, 당신도 잘 알고 계시겠죠. 이윽고 봉쇄가 엄중해져서 나는 남부 항구에서 배를 낼 수도, 들여보낼 수도 없게 되었어요. 그래서 돈은 영국애 맡긴 채로 그대로 내버려두었읍니다. 이럴 경우 나는 대관절 어떻게 했어야만 한다고 생각합니까? 바보처럼 그 예금을 몽땅 찾아내다가, 그것을 윌밍턴까지 가지고 왔어야 했을까요? 물론 그 돈은 남부 동맹의 것입니다. 그러나 현재는 그 남부 동맹이란 것은 존재하지 않습니다. 하긴 일부 사람들은 아직 존재하고 있는 것처럼 말하고 있읍니다만. 나는 누구에게 그 돈을 주어야 했을까요? 북부 정부일까요? 나는 나를 도둑으로 보는 사람들을 미워합니다.」

그는 호주머니에서 가죽으로 만든 갑을 하나 꺼내, 긴 엽궐련을 뽑아 들고 맛있는 듯 냄새를 맡으며 어디까지나 그녀의 말을 중시하는 것 같은 태도로 그녀를 지켜보았다.

이 따위 녀석, 염병이라도 걸렸으면 하고 그녀는 생각했다. 이 사나이는 언제나 나보다 한 걸음씩 앞서서 걸어가고 있다. 이 사나이의 의론에는 어딘가 이상한 데가 있기는 하지만, 어디가 틀렸는지 그녀는 똑똑히 지적할 수가 없었다.

「당신은.」하고 그녀는 위엄을 갖추며 말했다. 「그 돈을 곤란한 사람들에게 나눠 줄 수도 있잖아요. 남부 동맹 정부는 이제 없어졌지만, 굶주림에 시달리고 있는 남부 동맹 사람들이며 그 가족들은 많이 있어요.」

그는 고개를 젖히고 껄껄 웃었다.

「그런 위선적인 말을 할 때처럼 당신이 아름답고 바보처럼 보이는 때는 없소.」그는 진정으로 유쾌한 듯 소리쳤다. 「언제나 참말을 하시오, 스카알렛. 당신은 거짓말을 할 수가 없어요. 아일랜드 사람은 세계에서 제일 거짓말이 서투른 거요. 자아, 솔직이 말을 해요. 당신은 사람들이 애석하게 여기고 있는 죽은 남부 동맹을 위해서도 마음을 괴로와한 일 없고, 배고파 몸부림치는 남부 동맹 사람들 따위는 더구나 마음에 두지 않았소. 만일 내가 사자의 몫(분배에서 가장 좋은 몫—역자주)을 당신에게 주지 않고, 그 돈을 송두리째 어디에고 기부라도 할 것처럼 말하면, 당신은 아마 틀림없이 큰 소리로 불평을 늘어놓을 거요.」

「난 당신 돈 같은 거 탐나지 않아요.」그녀는 싸늘하게 위엄을 보이며 말했다.

「허허, 탐나지 않는다! 하지만 당신의 손은 지금 돈이 갖고 싶어 안절부절 못하고 있소. 만일 내가 이십 오 센트짜리 은화라도 내보이면, 당신은 틀림없이 뛰어들걸.」

「나를 모욕하거나 내 가난을 비웃기 위해 오셨다면 어서 돌아가 주세요.」그녀는 역습했다. 그리고 그 말에 권위를 세우기라도 하듯 일어나며 무릎 위에서 무거운 장부를 내려 놓으려 했다. 그러자 그는 재빨리 몸을 일으켜 그녀 위로 몸을 구부리고 웃으면서 그녀를 의자로 밀어 앉혔다.

「언제가 돼야 당신은, 진실을 말해도 금방 발끈하는 일이 없겠소? 남의 일은 다른 말을 해도 태연한데 어째서 당신은 당신 자신에 대한 것만 말하면 금세 화를 내는 거요? 나는 당신을 모욕하는 게 아니오. 나는 취득성(取得性)이라는 것을 아주 훌륭한 성질로 생각하고 있소.」

취득성이란 것이 무엇인지, 그녀는 똑똑히 알 수 없었지만 그가 칭찬하므로 어느 정도 기분이 풀어졌다.

「나는 당신의 가난을 비웃으려고 온 것이 아니라, 당신의 결혼이 끝까지 행복하도록 축하하러 온 거요. 그건 그렇고, 동생 스월렌 씨는 당신의 절도 행위를 어떻게 생각하고 있죠?」

「나의 뭐라고요?」

「동생의 코 앞에서 프랭크를 훔친 것 말이오.」

「난 그런 짓 하지 않았어요.」

「아, 좋소. 공연한 입씨름은 그만둡시다. 동생은 뭐라고 합디까?」

「아무 말도 하지 않았어요.」 스카알렛은 말했다. 그 거짓말에 그는 눈을 빛냈다.

「그녀는 정말 이기적이 못 되는군요. 그럼 이번엔 당신의 고생살이 이야기를 들려 주시오. 확실히 내게는 들을 권리가 있읍니다. 당신의 방문을 감옥에서 맞이한 것은 그리 먼 옛날이 아니니까 말이오. 프랭크는 당신이 기대한 만큼 부자는 아니었던가요?」

그의 뻔뻔스러움에는 정말 어찌 해볼 도리가 없었다. 그녀로는 참고 상대를 해주든가, 아니면 돌아가 달라든가 할 수밖에 없었다. 그러나 지금은 그를 돌려 보내고 싶지 않았다. 그의 말에는 가시가 있었지만 그것은 진리의 가시였다. 그는 그녀의 한 일을 알고 있다. 왜 했는가를 알고 있다. 그렇다고 해서 그녀를 멸시하는 눈치는 아니었다. 그의 질문은 진저리가 날 정도로 노골적이었으나, 우정에서 나온 것처럼 생각되었다. 그는 그녀가 실토를 할 수 있는 오직 하나의 인간이었다. 지금까지 오랫 동안, 그녀는 자기가 한 일이며, 자기가 한 행동의 동기를 누구에게도 말한 적이 없었기 때문에 실토를 해버리면 속이 후련해지곤 했다. 언제나 그녀가 본심을 털어놓으면 다른 사람들은 모두 깜짝 놀란다. 레트와 이야기할 때의 기분을 비교할 수 있는 오직 한 가지는, 너무 작은 무도용 신을 신고 춤을 춘 다음, 늘 신던 신으로 바꿔 신었을 때의 그런 홀가분하고 아득한 느낌이었다.

「세금 낼 돈은 변통이 되었읍니까? 설마 타라의 문간에, 아직도 이리가 서 있지는 않겠지요?」그 목소리에는 앞서와 다른 투가 있었다.

그의 검은 눈을 올려다본 그녀는 거기에 어떤 표정을 읽고 처음에는 깜짝 놀라 어리둥절했으나, 다음에는 픽 웃음이 떠올랐다. 그것은 요즘의 그녀 얼굴에는 좀처럼 나타나지 않는 상냥하고 매력적인 미소였다. 그는 얼마나 심술 사나운 악당인가. 그러나 가끔 무척 상냥할 때가 있다! 그가 찾아온 참다운 이유는 그녀를 괴롭혀 주기 위해서가 아니다. 사실은 그녀가 절망적일 정도로 원하고 있던 돈을 얻었는지 어쨌는지 그것을 확인하기 위해서였다. 이제 그녀는 알았다. 만일 아직도 그녀가 돈을 필요로 하고 있다면 그것을 빌려 줄 생각으로 석방되자마자 그는 부랴부랴, 그리고 조금도 서두는 태도를 보이지 않고 찾아와 준 것이다. 그런데도 그는 그녀를 놀리고 모욕하고, 만일 그녀가 당신은 친절하게도 돈을 가지고 와 주셨죠, 하기라도 하면 아니 그렇지 않소, 하고 부정할 것이 뻔하다. 정말 그는 본심을 알 수 없는 사나이다. 그는 그 자신이 생각하고 있는 이상으로 정말 내 일을 걱정하고 있는 것일까? 아니면 뭔가 달리 동기가 있는 것일까? 아마 후자일 것이라고 그녀는 생각했다. 그러나 이 사나이의 본심은 아무도 알 수 없다. 그는 가끔 정말 이상한 짓을 하니까.

「네.」그녀는 말했다.「이리는 이젠 없어요. 나, 난 돈을 마련했거든요.」

「하지만 애썼겠지요, 알고 있읍니다. 손가락에 결혼 반지를 낄 때까지 자신을 억제할 수가 있었읍니까?」

자신의 그때까지의 행동을 너무나 정확하게 지적하는 바람에 그녀는 웃지 않으려고 애를 썼으나 저도 모르게 볼우물이 패이는 것은 어쩔 수 없었다. 그는 다시 앉아 길게 쭈욱 다리를 뻗었다.

「그럼 당신의 고생살이 애기를 들어 봅시다. 그 프랭크란 녀석이 번드레한 소리를 해서 당신을 속였읍니까? 의지할 데 없는 여성의 약점을 이용하다니, 그 녀석 정말 돼먹지 않은 녀석이야. 자아 스카알렛, 모조리 말해 버리시오. 내게는 숨겨야 소용이 없소. 당신의 가장 나쁜 점까지 무엇이고 다 알고 있으니까.」

「어머, 레트, 당신은 정말 나쁜 분이에요. 글쎄 나는 뭔지 잘 몰라요! 아니 프랭크는 별로 나를 속인 일은 없지만……..」갑자기 그녀는 마음에 쌓여 있는 것을 털어놓는 것이 즐거워졌다.

「레트, 만일 프랭크가 남에게 빌려 준 돈을 받아내기만 한다면 전 아무 걱정도 없어요. 그런데 레트, 돈을 내지 않은 사람이 쉰이나 되는데도, 프랭크는 조금도 독촉을 하려 들지 않는 거예요. 무척 마음이 약해요. 신사로서 신사에게 그럴 수는 없다는 거예요. 그러니까 몇 달이 지나도, 아니 언제까지 가도 그 돈은 돌아오지 않는 거죠.」

「과연, 그래서! 그 깔린 돈을 받지 못하면 당장 먹고 사는 문제라도 지장이 있다는 겁니까?」

「그렇진 않아요. 하지만 사실을 말하면, 전 당장 돈이 좀 필요한 데가 있어요.」제재소 건을 생각하자 그녀의 눈은 빛나기 시작했다. 그렇다, 경우에 따라서는…….

「뭣에 필요하죠? 또 세금입니까?」

「하지만 그것이 당신에게 무슨 상관이 있죠?」

「있어도 크게 있죠. 당신은 지금 내게 돈을 꾸려고 하고 있지 않습니까? 아니 아니, 알고 있어요. 빌려 드리죠. 그것도 친애하는 케네디 부인, 요전번 당신이 제공하려던 담보도 없이 말입니다. 하기야 당신이 기어코 그것을 제공하겠다고 주장한다면 이야기는 다르지만.」

「당신은 정말 염치 없는…….」

「천만에, 다만 당신을 안심시켜 주고 싶었던 것뿐이오. 당신은 틀림없이 그 일로 걱정할 테니까. 크게 걱정은 하지 않겠지만 약간은 할 테니까요. 기꺼이 빌려 드리죠. 하지만 무엇에 쓰는지 그것을 알고 싶은데. 내게는 그럴 권리가 있는 줄 알아요. 만일 그 돈으로 예쁜 옷이나 마차를 사는 것이라면 내 축복과 함께 그것을 받으십시오. 그러나 그것으로 애실리 윌크스의 새 승마복을 사는 것이라면 빌려 줄 수는 없읍니다.」

그녀는 갑자기 화가 나서 발끈했다. 그리고 말이 나올 때까지 잠시 더듬거렸다.

「애실리 윌크스는 내게 돈 같은 거 한 푼도 받지 않아요. 그이는 굶어죽게 되더라도 절대로 받지 않을 거예요. 그이가 얼마나 명예를 중히 여기고, 얼마나 자존심이 높은가 하는 것은 당신 같은 사람은 알지도 못 해요. 물론 당신 같은 이가 알 리가 없죠. 당신이란 사람은…….」

「이제 욕은 그만 하시죠. 결국 나도 그것에 못지않은 욕을 하고 싶게 되니까요. 그렇지만 당신은 내가 피티 아주머니를 통해 당신 이야기를 들었다는 것을 잊고 있군요. 사람 좋은 피티 씨는 귀담아 들어 주는 사람에게는 무엇이고 모조리 이야기해 줍니다. 덕택에 나는 애실리가 록 아일랜드에서 돌아온 뒤로 계속 타라에 있다는 것을 알았죠. 또 당신이 그의 부인하고도 참고 같이 살고 있었던 것도 알고 있고요. 정말 당신에게는 괴로웠을 겁니다.」

「애실리는…….」

「네, 그야 뭐.」하고 그는 마구 손을 흔들며 말했다. 「애실리는 나 같은 저속한 인간이 이해하기에는 너무 숭고하지요. 그러나 부디 잊지 말아 주십시오. 내가 그 트웰브 오우크스 집에서 당신과 그와의 고상한 장면을 목격한 사람이란 것을. 웬일인지 내게는 그 뒤로 그가 조금도 변하지 않은 것처럼 생각되오. 당신도 역시 마찬가지지만. 만일 내 기억이 틀리지 않는다면, 그 날의 그의 태도는 그리 숭고한 것은 아니었소. 그리고 현재의 그가 보다 숭고하다고도 내게는 생각되지 않소. 어째서 그는 처자와 함께 타라에서 나와 일자리를 찾지 않는 거죠? 왜 타라에 언제까지나 머물러 있는 거지요? 물론 그것은 내 변덕이지만 타라에 있는 그에게 대주기 위해서라면 당신에게는 일 센트도 빌려 주지 않겠소. 남자들 사이에는 여자에게 업혀서 지내는 사내를 부르는 아주 불유쾌한 말들이 있소.」

「어쩌면 그런 지독한 말을 할 수 있죠. 그이는 들일 하는 노동자처럼 일하고 있어요!」타오르는 분노 속에서도 울타리를 만들 통나무를 쪼개고 있는 애실리의 모습을 생각하니 그녀는 가슴이 찢어지는 것만 같았다.

「아마 그에게는 온 몸의 무게만큼이나 황금의 가치가 있을 겁니다. 그러나 비료를 어떻게 처리하느냐 하는 점에 이르러서는…….」

「그이는…….」

「아니 뭐, 알고 있읍니다. 설혹 그가 아주 지독한 노동을 하고 있다는 것을 서로 인정한다 하더라도, 내게는 그가 그리 도움이 될 것 같진 않군요. 윌크스 집사람은 들일이 되었든 그 밖의 일이 되었든, 실용면에 도움이 될 수 있는 사람을 만들 수는 도저히 없을 겁니다. 그 집안은 순전히 장식적인 혈통들입니다. 자아, 당신도 그 곤두세운 날개를 내리고 긍지 높고 명예 있는 애실리에 대한 나의 되지 못한 비평을 너그러이 보아 주시오. 그런 꿈이, 당신같이 머리가 똑똑한 부인에게까지 뿌리를 박고 있다는 것은 정말 이상한 일입니다. 그런데 돈은 얼마나 필요합니까? 그리고 무엇에 쓰는 겁니까?」

그녀가 대답을 하지 않았기 때문에 그는 다시 한 번 되풀이했다.

「무엇 때문에 필요합니까? 될 수 있는 한 사실대로 말해 주십시오. 참이란 것은 거짓말과 같은 효과가 있으니까요. 아니, 숫제 참말을 하는 편이 나아요. 아무리 당신이 거짓말을 해도 나는 기어코 그것을 간파하고 마니까요. 그렇게 되면 뒷날 얼마나 거북하게 될 것인지 생각을 좀 해 보시오. 이것만은 언제나 잊지 마시오, 스카알렛. 나는 거짓말 이외의 것이라면 당신의 그 어떤 것도 참을 수 있읍니다. 당신이 아무리 나를 싫어하든, 화를 내든, 여우 같은 간계를 쓰든, 그런 것에는 일체 대범하지요. 그러나 거짓말만은 안 되오. 자아 무엇 때문에 돈이 필요합니까?」

애실리에 대한 공격에 격분한 그녀는 그에게 가래침을 뱉아주고, 분명히 이젠 돈 신세 같은 건 안 진다고 그 유들유들한 낯짝에 거절의 말을 던질 수만 있다면 아무것도 아까울 것이 없을 것이라고 생각했다. 순간, 정말 그렇게 할 뻔했으나 상식의 냉정한 손이 그녀를 붙들었다. 그래서 그녀는 어색하게 분노를 누르고, 밝고 위엄 있는 표정을 지어 보이려 했다. 그는 의자에 벌렁 몸을 젖히고, 발을 난로 쪽으로 뻗었다.

「이 세상에서 다른 어느 것보다도, 내게 재미있게 생각되는 것 중의 하나는.」 그는 말했다. 「그것은 당신의 마음 속에서, 주의니 절조니 하는 정신적인 문제와 돈 같은 실제적인 문제가 서로 싸우고 있는 광경을 보는 거요. 물론 그럴 경우 승리를 얻는 것은, 언제나 실질적인 편이라는 것은 알고 있지만, 그러나 나는 당신의 선량한 본성이 언젠가는 개가를 올리지 않을까 하고, 그것이 보고 싶어 당신 주위를 서성거리고 있는 거요. 만일 그런 날이 오게 되면 나는 재빨리 짐을 꾸려 가지고 영원히 애틀랜타를 떠날 작정입니다. 언제나 선량한 본성이 승리를 거두는 여성은 우리 주위에 너무나도 많으니까…… 그건 그렇고, 자아, 용건으로 돌아갑시다.」

「얼마나 필요한 건진 나도 똑똑히 몰라요.」 그녀는 새침해지면서 말했다. 「그런데, 전 제재소가 사고 싶어요. 싸게 살 수 있거든요. 그리고 짐마차 두 대와 노새가 두 마리 필요해요. 썩 좋은 노새가 아니면 안 돼요. 그리고 내가 타고 다닐 말과 사륜 마차가 갖고 싶어요.」

「제재소?」

「네. 만일 돈을 빌려 주신다면, 권리의 반을 드리겠어요.」

「제재소 같은 거 나보고 어떻게 하라는 겁니까?」

「돈을 벌 수 있어요! 듬뿍 벌 수 있어요. 아니면 꾼 돈에 대한 이자를 치를까요? 그런데 말예요, 적당한 이자면 어느 정도가 좋을까요?」

「오할이면 그런 대로 괜찮을 거요.」

「오할이라고요? 어머나, 농담이겠죠! 웃기지 말아 주세요. 악마 같으니, 남은 진정인데.」

「그러니까 웃는 거죠. 당신의 그 상냥한 가짜 얼굴 뒤에 숨은 머리 속이 어떻게 움직이고 있는가 그것을 아는 것은 아마 나밖에 없을 겁니다.」

「그럴까요? 하지만 그런 건 아무래도 좋아요. 자아, 들어 보세요, 레트. 이것이 좋은 사업이라고 생각 안 되세요? 프랭크의 이야기로는, 피치트리 거리에 조그만 제재소를 가지고 있는 사람이 있는데, 그것을 팔고 싶어한다는 거예요. 급히 현금이 필요하다니까 틀림없이 싸게 팔 거예요. 현재 이 근처에는 별로 제재소가 없는데다가 모두들 집을 짓고 있으니까 재목은 무척 비싼 값으로 팔리거든요. 그 사람은 그대로 제재소에 남아 월급으로 일하겠다는 거예요. 만일 돈이 있다면 프랭크 자신이 살 거예요. 아마도 내게 준 세금 치른 돈으로 살 작정이었나 봐요.」

「프랭크 선생도 딱하게 됐군! 당신이 그를 앞질러 그 제재소를 샀다고 하면 그가 뭐라고 할까요? 그리고 또, 당신은 나에게 돈을 꾸었다고 소문이 날 것이 뻔한데 그것은 어떻게 설명할 작정입니까?」

제재소가 벌어 줄 돈만이 머리에 가득한 스카알렛은 그 점에 대해서는 조금도 생각하지 않았다.

「괜찮아요, 나 프랭크한테는 아무 말도 하지 않겠어요.」

「하지만 설마 당신이 수풀 속에서 돈을 주웠다고는 그도 생각지 않겠죠.」

「어떻게든 적당히 말해 두겠어요. 그래요, 다이아 귀걸이를 당신에게 팔았다고 하겠어요. 나 정말로 귀걸이를 당신에게 제공하겠어요. 나의…… 뭐라고 했던가? 그래 그래, 그 담보라는 거로 말이에요.」

「나는 당신의 귀걸이 같은 건 받지 않아요.」

「난 필요 없어요. 가지고 있기 싫어요. 어쨌든 내 물건이 아니니까요.」

「누구 거죠?」

전원의 깊은 정적에 싸인 고요한 타라의 무더운 한낮, 그리고 객실에 나가 떨어진 북군 병사의 푸른 군복 모습이 재빨리 그녀의 마음에 떠올랐다.

「어떤 사람이 두고 간 유품이에요. 그러니까 내것임엔 틀림이 없어요. 부디 받아 주세요. 나는 소용 없어요. 그것보다 난 돈이 필요해요.」

「기가 막히는군!」그는 견딜 수 없다는 듯 외쳤다.「당신은 돈밖에는 아무것도 생각하지 않습니까?」

「그래요.」그녀는 매서운 푸른 눈으로 그를 보며 솔직이 말했다.「당신도 나 같은 경험을 하면 그렇게 될 거예요. 이 세상에서 가장 소중한 것은 돈이라는 것을 나는 알았어요. 맹세코 단언하지만, 난 다시는 돈 없는 생활은 하지 않겠어요.」

트웰브 오우크스 집 뒤뜰, 흑인 오두막의 악취, 쓰러진 머리 아래의 부드러운 붉은 땅, 타는 듯한 햇볕을 그녀는 회상했다. 그리고 또 심장이『두 번 다시 배고픈 일은 안 당하리라. 두 번 다시 배고픈 일은 안 당하리라.』하고 몇 번이고 고동치던 것도 생각했다.

「나는 언제고 꼭 돈을 벌고 말겠어요. 뭐든지 먹고 싶은 것을 마음대로 먹을 수 있을 만큼 실컷 돈을 벌겠어요. 그렇게 되면, 다시는 옥수수 밥이니 말린 완두콩 같은 걸 식탁에 늘어놓지는 않게 될 거예요. 그리고 좋은 옷을 만들겠어요, 그 옷은 모두 비단으로.」

「모두?」

「모두예요.」그녀는 간단히 대답했다. 질문의 참뜻을 알고 있었지만 얼굴을 붉히지도 않았다.「북부 사람들이 우리들을 타라에서 내쫓지 못할 정도로 돈을 벌겠어요. 그리고 타라의 지붕을 고치고 새로 창고를 짓고, 보습을 끌 튼튼한 노새를 사서, 당신이 전에 본 일이 없을 만큼 많은 목화를 거두겠어요. 웨이드에게도 이제 갖고 싶은 것을 가질 수 없는 생활은 시키지 않겠어요. 이젠 절대로! 그 아이에겐 뭐든지 사주겠어요. 나는 진정으로 말하고 있어요. 한마디도 진정이 아닌 말이 없어요. 당신은 자기만 아는 분이니까 내가 하는 말은 잘 모르실 거예요. 당신은 한 번도 뜨내기 정상배들에게 집에서 쫓겨날 뻔한 경험이 없고 또 벌벌 떨어본 일도, 누더기를 입은 일도, 굶어죽지 않기 위해 등뼈가 부서지도록 일한 일도 없잖아요.」

그는 조용히 말했다.「나는 여덟 달 동안 남군에 참가했었소. 굶는 데 그보다 적당한 곳은 없으리라고 생각해요.」

「군대 같은 게 뭐예요! 당신은 한 번도 목화를 따거나, 김을 매본 적이 없잖아요. 당신, 제발 웃지 마세요!」

그녀가 목소리를 높이자, 그의 손이 다시 그녀의 손을 눌렀다.

「나는 당신을 비웃고 있는 게 아니오. 그냥 당신의 겉모양과 진정한 마음 속이 너무나 다른 것이 우스워 웃은 거요. 그리고 윌크스 집 원유회에서, 처음으로 당신을 만났을 때의 일을 생각했소. 그때 당신은 녹색 드레스를 입고 작은 녹색 신을 신고 많은 남자들에 둘러싸여 무척이나 행복한 것 같았소. 나는 내기를 해도 좋지만, 그때 당신은 아마 일 센트 은화가 몇 개 있으면 일 달러가 되는 것조차도 몰랐을 거요. 당신은 오직 한 가지 일에만 완전히 마음을 빼앗기고 있었소. 그것은 유혹적인 애실…….」

그녀는 그의 손에서 손을 홱 뽑았다.

「레트, 만일 이 이상 서로 어색하게 되고 싶지 않거든 애실리 윌크스의 이야기는 삼가세요. 그이에 대한 일이라면, 우리는 서로 의견이 맞을 리가 없어요. 당신은 그이를 이해할 수가 없으니까요.」

「그러면 당신은 그의 마음을 책이라도 읽듯이 알고 있다는 말이오?」레트는 비꼬듯 말했다.「아니, 스카알렛, 그것만은 안 되오. 만일 당신이 내게서 돈을 꾼다면, 나는 내 멋대로 애실리 윌크스를 평할 수 있는 권리를 가지고 싶소. 꾸어 준 돈의 이자를 포기하고라도 그 권리만은 잃고 싶지 않아요. 내게는 그 젊은이에 대해 알고 싶은 것이 너무 많으니까 말이오.」

「나는 그이에 대해 당신과 할 말은 아무것도 없어요!」그녀는 쌀쌀하게 대답했다.

「아니, 이야기를 해야겠소! 지갑의 끈을 쥐고 있는 것은 나니까 말이오. 이제 당신이 부자가 되면 당신도 다른 사람에게 똑같이 하게 될 거요. 당신이 지금도 여전히 그를 생각하고 있다는 것을 나는 똑똑히 알고 있소.」

「그런 일은 없어요.」

「아니, 당신이 그렇게 기를 쓰고 그를 변호하는 걸로 봐서도 그것은 명백하오. 당신은…….」

「하지만, 난 자기 친구가 조롱당하는 걸 잠자코 듣고만 있을 수는 없어요.」

「좋아요. 그럼 그것은 잠시 그렇다고 해둡시다. 그러면 그쪽에서는 아직 당신을 생각하고 있읍니까? 아니면 록 아일랜드에 갔었기 때문에 당신을 잊어버리고 말았읍니까? 아니면 보석 같은 윌크스 부인의 가치를 인제 겨우 알게 된 겁니까?」

멜라니 얘기를 듣자 스카알렛은 숨이 막히는 것만 같았다. 그리고 애실리와 멜라니가 결합된 것은 단순한 체면 때문이라고 마음 속으로 생각하고 있던 것을 모조리 털어놓고 싶은 강한 충동을 억제할 수 없었다. 그때 그녀는 말하려고 입을 열다가 곧 다시 다물었다.

「그런가요? 그렇다면 그는 아직 윌크스 부인의 가치를 알 만한 분별이 없는 모양이죠? 괴로운 수용소 생활도 당신에 대한 정열을 식힐 수는 없었던 모양이군요?」

「그런 거 말할 필요 없어요.」

「나는 말하고 싶소.」레트는 말했다. 그 목소리에는 스카알렛에게는 뭔지 알 수 없으나 그녀가 듣고 싶지 않은 낮은 어조가 섞여 있었다. 「누가 뭐래도 나는 말을 하고 싶소. 그리고 당신에게서 꼭 대답을 들어야만 되겠소. 그럼 그는 아직도 당신을 사랑하고 있소?」

「만일 그게 사실이라면 어떻다는 거예요?」하고 발끈하면서 스카알렛은 외쳤다. 「내가 당신과 그이의 이야기를 하고 싶지 않은 것은, 애실리라는 인간이나, 그이의 사랑을 당신은 이해하지 못하기 때문이에요. 당신이 알고 있는 연애란 결국 그 와틀링 같은 여자와의 관계, 즉 그런 종류의 것 뿐일 테니까요!」

「호오!」하고 레트는 조용히 말했다. 「그러니까 나는 정욕적인 것밖에 모른다는 말이군요?」

「그래요. 그것이 사실이라는 것은 당신도 알고 계시잖아요.」

「이것으로 나와 따지고 싶지 않은 당신의 기분을 겨우 알았읍니다. 즉, 나의 불결한 손과 입술이 그의 사랑의 순결성을 더럽힌다는 말씀이군요.」
　「네, 말하자면 그런 거죠.」
　「그런데 나는 그 순결한 연애에 흥미가 끌리는 겁니다.」
　「그런 불결한 말은 하지 말아 주세요, 레트 버틀러. 당신은 야비한 분이니까 우리들 사이에 뭔가 이상한 일이라도 있는 것으로 아는 모양인데…….」
　「아니, 그런 건 생각한 일이 없읍니다. 정말이오. 그러니까 나는 더 흥미를 가지는 거요. 그런데 대관절 어째서 당신들 사이에는 이상한 일이 없었던 거죠?」
　「애실리가 그런 짓을 할 것 같아요?」
　「하아, 그러니까 연애의 순결을 유지하기 위해 씨운 것은 당신이 아니라 바로 애실리였군요. 정말이지 스카알렛, 그렇게 솜씨 없이 정체를 드러내면 안 돼요.」
　스카알렛은 낭패와 분노 속에서 그의 무표정한, 감정이 나타나 있지 않은 얼굴을 바라보았다.
　「그런 이야기는 이제 더 이상 하지 맙시다. 난 당신의 돈 같은 거 필요 없어요. 나가 주세요!」
　「아니, 필요하죠. 당신은 돈이 필요해요. 그리고 여기까지 얘기가 진전된 이상 그만둘 것도 없지 않습니까? 조금도 이상한 이야기는 아니고, 이런 순결한 목가적인 연애를 좀 얘기했다고 해서 무슨 상관이 있읍니까? 애실리는 당신의 정신과 영혼과 고귀한 성격을 사랑하고 있군요?」
　그 말에 그녀는 몸부림을 쳤다. 물론 애실리는 그녀가 가진 그런 것들을 사랑하고 있다. 그녀 안에 깊숙이 묻혀 있는 그러한 아름다움을 애실리만은 알아 주고, 체면에 구속을 받으면서도 자기를 사랑하고 있다고 생각하기에 이 인생을 참고 살아갈 수도 있는 것이 아닌가. 그러나 이제 레트에 의해서 그런 것들이 밝은 햇빛 속에 끌어내어지자 별로 아름답게 보이는 것 같지도 않았다. 더군다나 마음 속에 야유를 감춘 기만적인 그의 응큼한 목소리로 말하니까 조금도 아름답게 보이지 않았다.
　「이 추악한 세상에 그런 사랑이 존재할 수 있다고 생각하니 소년 시절의 이상이 되살아나는 것 같군요.」 그는 말을 계속했다. 「그렇다면, 당신에 대한 그의 사랑에는 전연 육체적인 것은 없다는 말입니까? 당신이 보기 싫고, 그런 흰 피부를 갖고 있지 않아도 역시 그는 마찬가지로 당신을 사랑하겠군요? 당신을 두 팔로 꼭 껴안으면 어떨까 하는 생각을 남자들에게 품게 하는 그 푸른 눈이 없어도? 아흔 살이 안 된 남자라면 누구나 마음이 뒤숭숭해지는 당신의 그 날씬한 허리가 없어도? 또 그 입술, 그것은……. 아니, 너무 내 욕망을 떠벌리는 소린 그만둡시다. 그런데 애실리에게는 그런 것이 일체 보이지 않을까요? 그렇지 않으면, 보이긴 해도 조금도 마음이 동요되지 않는 걸까요?」

자기를 안은 애실리의 손이 떨리고, 자기 입술에 포개진 그의 입술이 언제까지나 떨어지지 않으려는 듯 달아올랐던 그 날의 과수원에서의 일을, 모르게 회상하고 있었다. 그 기억이 그녀의 얼굴을 붉게 물들였다. 레트는 그것을 놓치지 않았다.

「과연!」하고 그는 말했는데, 그 소리는 노여움을 품은 듯이 떨리고 있었다. 「알겠소. 그는 당신의 마음만을 위해서 당신을 사랑하고 있다는 말이군요.」

어째서 이 사나이는, 그녀의 생에서 단 하나 아름답고 신성한 것을 불결한 손가락으로 마구 주무르며 더러운 것이라도 되는 듯 끄집어내 보지 않고는 견디지 못하는 것일까? 그는 냉정하고 결연한 태도로 그녀의 최후의 숨은 보물을 깨뜨리고 있는 것이다. 게다가 그가 알고 싶어하는 지식은 바로 가까운 곳에 있다.

「그래요. 바로 그대로예요!」애실리 입술의 기억을 마음 깊숙이 밀어 넣고 그녀는 외쳤다.

「하지만 그는 당신이 그런 마음을 품고 있다는 것조차 모르고 있소! 만일 그를 유혹한 것이 당신의 마음이라면, 그는 조금도 당신에 대해 고민할 필요는 없소. 그런데 그는 그 연애를……. 신성이라고나 할까? 아니, 신성하게 해두기 위해 고민하는 거요. 요컨대, 명예 있는 신사로서, 또 성실한 남편으로서, 다른 어떤 여성의 마음과 영혼을 찬미하는 것은 조금도 상관이 없소. 그러니까 번민할 필요는 없는 거요. 그런데 그처럼 당신의 육체를 탐낸다면 그 점과 윌크스 집 명예와 양립시키기는 무척 힘들 텐데.」

「당신은 남의 마음을 자기의 더러운 마음으로 판단하고 있는 거예요.」

「말씀하시는 뜻이 당신의 육체를 내가 탐내고 있다는 것이라면, 감히 나는 부정하지 않겠소. 그러나 다행히도 나는 명예 같은 것에 마음을 괴롭히지는 않소. 나는 갖고 싶은 것은 손에 넣을 수 있는 한 손에 넣는다는 주의요. 그러니까 나는 천사와도 악마와도 싸울 필요가 없소. 당신은 얼마나 즐거운 지옥을 애실리를 위해 만들었소! 나까지 그가 딱한 생각이 드는군요.」

「내가? 내가 그이를 위해 지옥을 만들었다고요?」

「그렇소! 당신이오. 그에게 당신은 끊임없는 유혹물이오. 그러나 그는 그런 인종의 대부분이 그렇듯이 그 어떤 풍부한 사랑보다도 이 고장에서 명예라는 이름으로 통하고 있는 것을 중히 여기고 있소. 그리고 내가 보기에는, 그 가엾은 사나이는 이제 자신을 열중시킬 명예도 사랑도 가지고 있지 않은 것 같소!」

「그이는 사랑을 가지고 있어요 ! …… 나를 사랑하고 있다는 뜻이에요 ! 」

「그럴까요? 그렇다면 내 질문에 대답해 주시오. 이것으로 오늘은 그만 끝내기로 합시다. 돈은 드릴 테니 시궁창에 버리든지 어떻게 하든지 마음대로 하시오.」

레트는 알어나서 피우던 엽궐련을 타구에 던졌다. 그 동작에는 스카알렛이 애틀랜타가 함락되던 날 밤 발견한 것과 똑같은 이교도적인 분방함과, 위압적인 힘이 있어서 뭔지 섬뜩하고 약간 무서웠다.

「만일 그가 당신을 사랑하고 있다면, 왜 당신을 세금을 마련하라고 이 애틀랜타로 보냈죠? 나 같으면 자기가 사랑하고 있는 여자에게 그 일을 시키기 전에 …….」

「그이는 몰랐어요 ! 생각하지도 못 했어요. 내가 무엇 때문에…….」

「그가 알고 있었을 거라고, 당신은 생각한 적이 없나요?」그 목소리에는 억압된 야성이 얼굴을 내밀고 있었다. 「당신이 말한 것과 같은 뜻으로 당신을 사랑하고 있다고 한다면 막다른 골목에 빠져들었을 경우, 당신이 어떤 짓을 할 것인가 하는 정도는 그도 알고 있었을 거요. 당신을 이리로, 고르고 골라서 내게로 오게 만들 바에는 차라리 당신을 죽이고 말았을 거요 ! 」

「하지만 그이는 몰랐어요 ! 」

「말을 해야만 아는 그런 인간이라면, 당신이나 당신의 귀중한 마음을 결코 알리가 없소. 」

이 얼마나 멋대로 지껄이는 사나이인가 ! 마치 애실리를 독심술사나 되는 듯이 생각하고 있다. 알고 있었다면 애실리는 자기를 붙들 수가 있었다고 생각하고 있는 것일까. 그러자 문득 그녀는 그렇다, 정말로 애실리는 자기를 붙들 수가 있었을 것이라는 생각이 들었다. 과수원에서 만났을 때, 이제 사청이 바뀔지도 모른다고 그가 그저 조금이라도 암시만 해주었어도, 자기는 결코 레트에게 갈 생각은 하지 않았을 것이다. 기차를 타려고 했을 때, 정다운 말을 한마디만 해주었어도, 작별의 포옹을 한 번만 해주었어도, 자기는 나들이를 단념했을지 모르는 것이다. 그러나 그는 단지 명예라는 말만을 했다. 그렇다면 레트가 하는 말이 옳지 않을까? 애실리는 과연 자기의 마음을 알고 있었을까? 거기까지 생각하고 그녀는 얼른 그에 대한 그 같은 불신의 마음을 떨쳐 버렸다. 물론 그는 의심조차 하지 않았던 것이다. 자기가 그런 부도덕한 짓을 하리라고는 그는 생각조차 하지 않았을 것이다. 그런 것을 생각하기에는 애실리는 너무나 고상한 것이다. 레트는 다만 내 사랑을 부숴 버리려고 하고 있을 뿐이다. 내게 있어 가장 소중한 것을 그는 갈기갈기 찢어 버리려고 하는 것이다. 언젠가──그녀는 적의에 불타 생각했다——가게가 훌륭하게 다시 서고, 제재소도 잘돼서 돈이 많이 벌리면, 그때야말로 내게 비참한 생각을 갖게 하고, 모욕을 준 이 레트 버틀러에게 실컷 앙갚음을 해야지.

레트는 그녀 앞에 버티고 서서, 약간 재미가 있다는 듯이 그녀를 내려다보고 있었다. 그의 마음을 흥분시켰던 격정은 어느 덧 말끔히 가셔 있었다.

「어쨌든 그게 당신과 무슨 관계가 있어요?」그녀는 대들었다. 「나와 애실리의 문제지 당신의 문제는 아녜요.」

그는 어깨를 으쓱했다.

「하지만 이런 관계만은 있어요. 즉 나는 당신의 그 강한 인내성에 대해 제 삼자의 입장에서 깊은 감탄을 보내고 있어요, 스카알렛. 당신의 정신이 너무도 많은 무거운 짐 때문에 눌려 찌부러드는 걸 나는 가만히 보고 있을 수가 없어요. 우선 타라가 있소. 그것만으로도 넉넉히 남자 한 사람의 일은 되오. 게다가 병든 아버지가 계시오. 아버님은 이젠 전연 당신의 도움이 될 수 없소. 그리고 동생들이 있고 흑인들이 있소. 게다가 남편의 뒷바라지도 해야 하오. 나중에는 피티 아주머니까지 당신이 보살펴 주지 않으면 안 될 것이오. 애실리 윌크스와 그의 처자까지 짊어지지 않더라도 당신의 무거운 짐은 너무 과하단 말이오.」

「그이는 내게 업혀 있지 않아요. 나를 거들어 주고…….」

「아, 제발 부탁이니!」하고 그는 짜증을 내며 말했다. 「이제 그 이야기는 그만 해두시오. 그는 당신의 도움은 되지 않소. 당신에게 업혀 있는 거요. 죽을 때까지 당신이나 그 밖의 누군가에게 업혀 지낼 인간이오. 개인적으로 말한다면, 그의 이야기를 하는 것은 나는 달갑지 않소. 돈은 얼마나 필요합니까?」

무서운 욕설이 입술까지 튀어 나왔다. 여지없이 사람을 모욕하고 게다가 그녀가 가장 소중히 여기는 것을 끌어내 흙발로 짓밟은 다음, 그러고도 그녀가 돈을 받으리라고 생각하고 있다.

그러나 욕설은 입 밖에 나오지 않았다. 그의 제의를 비웃어 주고, 가게에서 나가라고 호통을 칠 수 있다면 얼마나 유쾌할까! 그러나 그런 사치가 허락되는 것은 정말로 부자나, 정말로 안정된 사람만 할 수 있는 일이다. 가난한 이런 것도 참지 않으면 안 된다. 그러나 부자가 되면? 아아, 그것을 생각만 해도 얼마나 아름답고 마음이 느긋해지는가! 부자가 되면, 그때는 다시는 싫은 것을 참지 않고, 하고 싶을 것은 무엇이고 해서, 미운 녀석들에게도 예의를 지키도록 해야지.

어디로 사라져 없어져라 하고 호통을 치리라고 그녀는 생각했다. 그렇게 되면, 맨 먼저 사라져야 할 사람은 이 레트 버틀러일 것이다.

그렇게 생각하자 그녀는 즐거워서 푸른 눈을 반짝이며 입술에 엷은 웃음을 띄었다. 레트도 따라 웃었다.

「당신은 아름다운 사람이오, 스카알렛.」그는 말했다.「특히 뭔가 나쁜 계획을 꾸미고 있을 때는 말이오. 그 보조개를 보여 준 것만으로도 나는, 원한다면 빵장수의 노새를 한 다스쯤 사주겠소.」

가게가 열리고 점원 아이가 추운 듯 이빨을 이쑤시개로 쑤시며 들어왔다. 스카알렛은 일어나서 숄을 몸에 두르고 모자 끈을 단단히 턱 밑에 매었다. 그녀의 결심은 선 것이다.

「오늘 바쁘세요? 이제부터 저와 같이 가주시지 않겠어요?」그녀는 레트에게 물었다.

「어디로?」

「제재소까지 마차로 데려다 주셨으면 좋겠어요. 나 혼자서는 절대로 시외에 가지 않겠다고 프랭크와 약속했거든요.」

「이렇게 비가 쏟아지는데 제재소로 가요?」

「그래요. 나, 당신의 기분이 변하기 전에 당장 제재소를 사고 싶어요.」

그가 너무나 큰 소리로 웃었기 때문에, 카운터 뒤에 있던 소년이 깜짝 놀라 이상한 듯이 이쪽을 바라보았다.

「당신은 결혼했다는 것을 잊으셨읍니까? 상류 사회의 객실에서 따돌림을 받고 있는 이 버틀러 같은 놈팽이와 교외로 마차를 달리는 것을 들키면 케네디 부인의 체면에 지장이 없을까요? 세상의 입이 두렵지 않습니까?」

「세상의 평판 같은 거 아무렇지도 않아요! 나 당신의 기분이 변하기 전에 제재소를 사고 싶어요. 그렇지 않으면 내가 사는 것을 프랭크에게 눈치채이고 말아요. 그렇게 한가하게 서 있는 거 저 싫어요, 레트. 이런 부슬비 정도 어때요? 자아, 어서 가세요.」

그 제재소! 그것을 생각할 때마다 프랭크는 앓는 소리를 했다. 그리고 그 얘기를 그녀에게 한 자기의 어리석음을 저주했다. 귀걸이를 어디 팔 데가 없어서 버틀러 선장에게 팔고, 남편과 상의도 없이 제재소를 샀다는 것만도 나쁜데, 게다가 제재소의 경영을 자기에게 맡기지 않겠냐는 데에 가서는 정말 기가 막혔다. 정말 괘씸하다. 마치 그러고 보면 스카알렛은 남편인 자기, 혹은 자기의 사리 판단을 신용하지 않는다는 말이 아닌가.

프랭크는 그가 알고 있는 모든 남자들과 똑같이 아내란 남편의 뛰어난 지식에 이끌려, 남편의 의견에 전적으로 찬성하고 자기 독자적인 의견 같은 것은 가져서는 안 된다고 생각하고 있었다. 여성이란 대체로 자유롭게 마음대로 내버려두는 편이 좋다고 생각하고 있는 것이다. 여자들이란 요컨대 재미있고 귀여운 동물에 지나지 않는다, 그러니까 그녀들의 대수롭지 않은 변덕을 달래 주는 것은 아무것도 아니다. 그는 천성적으로 온순하고 상냥하니까 아내가 하는 말을 거절하거나 반대할 위인이 아니었다. 약하고 가련한 인간의 변덕을 만족시켜 주거나, 아내의 어리석은 행동이나 낭비를 부드럽게 나무라는 것은 오히려 그에게는 즐거운 일이다. 그러나 스카알렛의 결심은 정말 생각 밖이었다.

가령 제재소만 해도 그렇다. 그녀가 그의 질문에 대답하여 자기가 직접 경영할 작정이라고 천진하게 웃으며 말했을 때, 그것은 그의 생애의 가장 큰 충격이었다. 「나 혼자의 힘으로 제재업을 해 보겠어요.」라고 그녀는 말했던 것이다. 그 순간의 공포를 프랭크는 평생 잊지 못하리라. 자기 혼자서 사업을 하겠단다! 그것은 생각조차 할 수 없는 일이었다. 이 애틀랜타에서 여자답지 않게 사업을 벌이고 있는 여자는 한 사람도 없다. 사실 프랭크는, 여자가 사업에 손을 댄다는 이야기는 들은 일도 없었다. 세상이 하도 각박하니까 더러 살림을 돕기 위해 하는 수 없이 얼마간의 돈벌이를 하는 불행한 부인이 없는 건 아니지만 그러나 그녀들은·모두 얌전하게 여자답게 하고 있다. 가령 메리웨더 부인처럼 과자를 만든다든가 엘싱 부인이나 패니처럼 사기 그릇에 그림을 그린다든가, 바느질을 한다든가, 하숙을 친다든가, 미드 부인처럼 공부를 가르친다든가, 본넬 부인처럼 음악 교수를 한다든가 한다. 이들 부인들은 모두 돈벌이를 하고 있기는 하지만 모두 여자답게 집안에서 일을 하고 있다. 그런데 어떻게 여자의 신분으로 가정의 보호에서 떠나, 거친 남자들의 세계로 뛰어들어 사업면에서 남자들과 경쟁하고, 남자들 틈에서 시달리고 모욕적인 말을 들어 가며, 화제거리가 되는 속으로 뛰어들겠다는 말인가. 더구나 구태여 그런 일을 하지 않아도 될 입장이고, 편안히 자기를 부양하는 남편이 있는 처지에 말이다.

처음 프랭크는 그것을 그녀의 단순한 장난, 또는 농담——농담이라도 어떨까 싶지만——이기를 바라고 있었다. 그러나 곧, 그녀가 진정이라는 것을 발견했다. 그녀는 정말로 제재소 경영을 시작한 것이다. 매일 아침, 그보다도 일찍 일어나 피치트리 거리로 마차를 달리고, 밤은 밤대로 그가 가게를 닫고 식사를 하기 위해 피티 아주머니 집으로 돌아올 때까지 좀처럼 돌아오지 않는 일이 허다했다. 제재소까지 가는 먼 거리를, 그녀를 보호해 가는 것은 오직 이 일을 찬성하지 않는 피터 영감 한 사람으로, 더구나 도중 숲 속에는 해방된 노예와 북쪽에서 흘러들어온 백인의 무뢰한이 무수히 있는 것이다. 가게가 바빠 손이 비지 않기 때문에 프랭크는 그녀와 같이 갈 수가 없었다. 그러나 그가 불평을 늘어

놓으면 그녀는 딱 잘라 말하곤 했다. 「만일 내가 지켜보지 않으면 존슨은 약고 속임수가 능하니까 우리 재목을 몰래 팔아 돈을 가로챌 거예요. 앞으로 누군가 나 대신 공장을 감독해 줄 믿을 만한 사람이 생기면 그때 가선 자주 나가지 않아도 될 거예요. 그렇게 되면 그 시간을 이용해서, 나는 시내에서 재목을 팔겠어요!」

시내에서 재목을 판다! 그거야말로 무엇보다도 나쁘다. 그녀는 가끔 제재소를 하루씩 쉬고 시내에서 재목을 팔았다. 그런 날은 프랭크는 가게의 컴컴한 구석방에 처박혀 누구와도 얼굴을 마주 대하지 않았다. 자기 마누라가 재목을 팔다니!

시내 사람들은 연방 그녀의 욕을 하기 시작했다. 아마 아내에게 여자답지 못한 일을 시키고 있는 자기에게도 틀림없이 욕을 할 것이다. 가게에서 카운터 너머로 손님과 얼굴을 맞대고 「방금전, 어디 어디에서 댁의 부인을 뵈었읍니다……」하는 말을 들을 때가 그에게 무엇보다도 고통스러웠다. 사람들은 일부러 그녀가 하고 있는 일을 그에게 들려 주었다. 새로 짓는 호텔 건축장에서 일어난 일을 모두들 이야기했다. 공사를 청부맡고 있는 토미 웰번이 다른 사람에게서 재목을 사려 하고 있는 곳에, 마침 스카알렛이 지나가게 됐다. 그녀는 곧 마차에서 내려 기초 공사를 하고 있는 난폭한 아일랜드 석공들 틈을 헤치고 들어가 토미에게, 당신은 속임수에 걸려들었다고 거침없이 주의를 주었다. 그리고 이번에는 자기집 재목은 물건도 좋고 값도 싸다고 하며, 그것을 증명하기 위해 암산으로 까다로운 계산을 해 보이고, 즉석에서 견적을 그에게 내보였다고 한다. 보지도 알지도 못 하는 거친 노동자들 틈을 비집고 들어간 것만도 나쁜 일인데, 더더구나 여자의 몸으로 많은 사람 앞에서 그처럼 계산이 밝다는 것을 보여 준 것이다. 토미가 그녀의 견적에 만족해서 주문을 했는데도, 스카알렛은 순순히 금방 돌아가려 하지 않고, 그 근처를 어슬렁거리며 아일랜드에서 온 석공 우두머리인 조니 캘리거와 이야기를 하다가 갔다는 것이다. 조니는 다루기 힘든 땅딸보로, 평판이 나쁜 인간이었다. 그 뒤 몇 주일 동안이나 시내 사람들은 이 소문으로 떠들썩하게 떠들었다.

나쁜 중에서도 더욱 나쁜 것은, 그녀가 정말 제재소를 해서 돈을 벌기 시작한 것이다. 자기의 아내가 그런 여자답지 못한 일에 손을 대서 성공을 하면, 누구나 그리 유쾌하지는 않을 것이다. 게다가 그녀는 번 돈의 전부, 혹은 일부라도 가게 밑천으로 그에게 융통해 주려고 하지 않았다. 그 대부분을 타라로 보내고, 윌 벤틴에게 긴 편지를 써서 어떻게 쓸 것인가, 그 용도를 적어 보냈다. 그뿐만 아니라 그녀는 또 프랭크에게 타라의 집수리가 완전히 끝나면 이번에는 담보를 잡고 돈놀이를 시작하겠다고 말했다.

「아, 아!」그 일을 생각할 때마다 프랭크는 신음했다. 여자는 담보란 것이 무엇인지 그것조차 알 필요가 없는 건데!

그 무렵 스카알렛은 여러 가지 계획에 골몰하고 있었는데 프랭크가 볼 때, 어느 계획도 이 전의 것보다 점점 좋지 않을 것 같은 것 뿐이었다. 그녀는 샤만군이 불을 놓기 전까지 창고가 있던 그녀의 소유지에 술집을 세울 계획까지 비쳤다. 프랭크는 금주주의자는 아니었지만 그 계획에는 맹렬히 반대했다. 술집을 갖는다는 것은 나쁜 일이고 피해야 할 일로, 포주에게 집을 세주는 거나 다름없는 불명예스런 일이다. 그러나 어째서 나쁜가는 그는 설명할 수 없었다. 그래서 불완전한 그의 이론에 그녀는 다음과 같은 한마디의 말로 거절하고 말았다. 「바보 같은 소리예요!」

「술집으로 세를 놓으면 무척 좋대요. 헨리 아저씨가 그러는데 말예요.」하고 그녀는 말했다. 「집세도 또박또박 치른다고 해요. 들어 보세요, 프랭크. 술집 같은 건 팔리지 않는 값싼 재목으로 세워서, 비싼 세로 빌려 주는 거예요. 나는 그 집세와 제재소 수입과, 담보를 잡고 꾸어 준 돈의 이자로 제재소를 또 하나 살까 해요.」

「이 이상 제재소 같은 거 필요 없어!」하고 프랭크는 깜짝 놀라 소리쳤다. 「그보다도 지금 가지고 있는 것도 팔아 버려요. 그런 건 당신을 피로하게만 만들고, 게다가 당신도 알다시피 거기다 부리는 해방된 흑인들을 고용하는 것이 얼마나 힘드는 일인데.」

「그래요, 해방된 흑인들은 확실히 쓸모가 없어요.」하고 그녀는 동의했으나 제재소를 파는 편이 좋다는 그의 의견에는 전연 상대도 하려 하지 않았다. 「존슨 씨 말에는 매일 아침 공장에 와볼 때까진 흑인 노동자가 와 있는지 어쩐지 전연 예상을 할 수가 없다는 거예요. 이제는 흑인은 전연 믿을 수가 없게 되고 말았어요. 하루나 이틀 일을 하고는, 다음엔 돈이 떨어질 때까지 빈둥거리고 나오지 않으니까요. 하룻밤 사이에 전부 날려 버리는 때도 있는가 봐요. 노예 해방이 죄악이라는 것이 실지로 겪으면 겪어 볼수록 확실히 알게 돼요. 흑인들을 아주 못 쓰게 만들어 버렸어요. 몇 천 명이라는 흑인이 빈들빈들 놀고 있고, 우리 공장에서 일을 시키고 있는 패들만 해도, 게으름뱅이고 쓸모가 없어서 있으나 없으나 마찬가지예요. 그런데 버릇을 고치려고 때리기라도 하는 날이면, 아니 조금 잔소리만 해도 노예 해방 사무국이 마치 풍뎅이를 본 오리 모양으로 잡으러 오니까 말예요.」

「설마 당신은 존슨 씨를 시켜서 그들을 때리는 건 아니겠지?」

「물론이죠.」그녀는 귀찮은 듯 대답했다.「만약 그런 짓을 하게 되면, 당장 북부 관리들에게 붙잡혀 감옥에 들어간다고 방금 말하지 않았어요?」

「당신 아버님은 아마 평생 흑인을 때린 일이 없었을 거요.」프랭크는 말했다.

「아뇨, 꼭 한 번 있었어요. 하루 종일 사냥을 하고 돌아와서 마구간 보는 검둥이 아이가 말에 손질을 하지 않았을 때예요. 하지만 프랭크, 그때는 지금과는 틀렸단 말예요. 해방된 흑인은 옛날 흑인과는 아주 딴판이에요. 그러니까 실컷 때려 주는 편이 오히려 그들을 위해 좋을지도 몰라요.」

아내의 의견이나 계획만이 프랭크를 놀라게 한 것이 아니었다. 결혼 뒤 불과 얼마 안 되는 몇 달 동안에 아내의 변화가 더욱 그를 놀라게 했다. 그녀는 이미 그가 아내로 삼은, 그 상냥하고 사랑스럽고 여자다운 여성은 아니었다. 짧은 구애의 기간중 그는 그처럼 인생에 대한 태도가 순진하고 여성적이고, 그처럼 철부지이고 소심하고 연약한 여성은 없으리라고 생각하고 있었다. 그러나 지금은, 그녀의 인생에 대한 태도는 마치 남자의 그것과 다름 없었다. 장미빛 뺨과 볼우물과 사랑스런 미소는 그대로였지만, 말하고 행동하는 것은 그대로 남자였다. 목소리는 쾌활하고 또렷또렷하며, 즉석에서 일을 결정짓고, 젊은 여자다운 우유부단한 곳이라고는 없었다. 자기가 바라는 것이 무엇인가를 명확히 파악하고, 남자들처럼 가장 빠른 길을 달려서 그것을 쫓아갔다. 여성 특유의, 가만가만 뒤를 돌아가는 방법은 결코 취하지 않았다.

프랭크는 지금까지 지배적인 여성을 보지 않은 것은 아니었다. 모든 남쪽 도시들과 마찬가지로 이 애틀랜타에도 사람들이 그 비위를 거스를세라 두려워하는 여걸이 꽤 많이 있었다. 예를 들면, 뚱뚱한 메리웨더 부인처럼 지배적이고, 우아한 엘싱 부인처럼 품위 있고, 은발에 상냥한 목소리를 내는 와이팅 부인처럼 교묘한 술책을 써서 목적을 달성한다는 것은 그 누구도 흉내낼 수 있는 일이 아니다. 그러나 이들 부인들이 목적을 달성하기 위해 어떤 계교를 부리든, 그것은 언제나 여자다운 계교였다. 설령 그녀들을 지도하고 있는 것이 남자들의 의견이든 아니든 간에, 적어도 남자들의 의견으로 움직이고 있는 척하는 것에 중점을 두고 있었다. 남자들 말에 따르고 있는 것같이 보이게 하는 예의, 그것을 안다는 것이 중요한 것이다. 그러나 스카알렛은 자기 이외 사람의 지도를 받지 않고, 남자와 같은 방법으로 사물을 처리해 간다. 그러니까 시중 소문의 대상이 되는 것이다.

『그리고 여편네에게 그런 여자답지 못한 일을 시킨다고 사람들은 틀림없이 나를 비난하겠지.』하고 프랭크는 비참한 기분으로 생각했다.

그 밖에도 또 버틀러라는 사나이의 문제가 있었다. 그가 빈번히 피티 아주머니의 집을 찾아 오는 것은 그에게는 최대의 치욕이었다. 프랭크는 그가 싫지 않은 적이 한 번도 없었다. 전쟁 전 그와 상거래를 할 때부터 싫었다. 레트를 트웰브 오우크스 집으로 데리고 가서 친구들에게 소개한 날을 그는 두고두고 저주했다. 전쟁중 소문이 났던 그의 냉혈적인 행위에 대해서, 군대에 참가해 싸우지 않은 점에 대해서, 그는 레트를 경멸해 왔다. 레트가 여덟 달 동안이나 남군에 가담해 싸웠다는 것을 알고 있는 것은 스카알렛뿐이었다. 그것은 레트가 제발 살려 달라고 목을 움츠리면서, 자기의 그런 망신을 아무에게도 말하지 말라고 그녀에게 사정했기 때문이다. 특히 프랭크가 가장 그를 경멸한 것은, 발로크 제독을 위시해, 그와 같은 처지에 있던 정직한 사람들이 몇 천 달러라는 돈을 북부 연방 정부에 반환했는데, 그만은 남부 동맹 정부의 돈을 착복해 버린 것이다. 그러나 프랭크가 좋아하든 싫어하든 상관없이 여전히 레트는 자주 드나들었다.

표면상 그가 찾아오는 것은 피티 아주머니였고 그 피티 아주머니는 그것을 의심할 만큼 사람이 나쁘지 않았기 때문에 그의 방문이 큰 자랑이었다. 그러나 프랭크는 그를 끌어들이는 것은 아주머니가 아니라고 못마땅한 감정을 가지고 있었다. 어린 웨이드는 대부분의 사람에게는 수줍은 아이였지만, 레트에게만은 잘 따랐다. 레트 아저씨라고까지 불러 그것이 프랭크를 괴롭혔다. 전쟁중에 내내 레트가 스카알렛과 함께 다녀, 당시 사람들의 입에 오르내린 것도 프랭크는 생각해 내지 않을 수 없었다. 요즘은 두 사람에 대해 더욱 나쁜 소문이 퍼졌을 거라고 그는 생각했다. 그의 친구들도 제재소에 관계되는 일이라면 스카알렛의 행동에 대해 거리낌 없이 이것저것 이야기를 하는데, 이런 종류의 일만은 어느 한 사람도 감히 입 밖에 내어 용기 있게 말하려는 사람이 없었다. 그러나 자기와 스카알렛이 전처럼 자주 만찬에 초대되지 않게 되고, 또 찾아오는 사람도 점점 줄어드는 것을 프랭크는 깨닫지 않을 수 없었다. 스카알렛은 이웃 사람들을 대개 싫어했다. 게다가 제재소 쪽 일이 바빠서 반가운 사람들과도 만날 수 없을 정도였기 때문에, 방문객이 적어진 것 같은 것은 전연 염두에 두지 않고 있었다. 그러나 프랭크에게는 그것이 절실히 몸에 느껴졌다.

프랭크는 그의 전생애를 『이웃 사람들이 뭐라고 할까?』하는 것에 지배되어 왔다. 그러므로 이렇게 꼭대기에서부터 아내에게 사교상의 관계를 무시당하게 되니, 도저히 그 충격에 저항할 수가 없었다. 모든 사람들이 스카알렛을 비난하고, 아내에게 〈남녀의 구별도 없는〉 행동을 허락한다고 해서 자기까지 경멸하고 있는 것을 그는 느끼고 있었다. 그의 견해에 의하면 스카알렛은 남편으로 용납할 수 없는 많은 일을 감히 하고 있는 셈인데, 그가 그런 것을 하지 말라고 명령을 하든가, 그것을 문제삼거나 비평적인 말을 하기만 해도, 당장 폭풍우가 머리

위에서 폭발하는 것이었다.

『아, 아!』하고 그는 어찌 할 바를 모르고 생각에 잠겼다. 『그녀는 지금까지 본 어떤 여자보다도 성을 잘 내고, 그리고 언제까지 풀어지지 않는다!』

모든 일이 순조롭게 진행되어, 즐겁게 콧노래를 섞어 가며 집 안을 돌아다니던 애정 깊은 아내가, 순식간에 전혀 다른 인간이 돼 버리는 그 변화의 빠르고 완전함은 정말 놀랄 일이었다. 「나봐, 내가 만일 당신이었다면 그렇게는 안 할 것이라고 생각되는데…….」하고 다만 이 한마디만 해도 당장 폭풍우가 폭발하는 것이다.

그녀의 검은 눈썹이 코 위까지 내려와 날카로운 각도를 그린다. 그러면 프랭크는 어느 덧 기가 죽고 만다, 그녀는 타타르인처럼 성깔이 세고, 삵괭이처럼 성을 잘 낸다. 그리고 그렇게 되면 하고 싶은 소리를 마음대로 하고 그것이 상대방에게 어느 정도 상처를 주는지 전혀 생각하지도 않는다. 그럴 경우에는 집안은 음산한 검은 구름에 싸이고 만다. 즉, 프랭크는 아침 일찍 가게로 나가 밤 늦게까지 돌아오지 않는다. 피티는 마치 굴로 도망치는 토끼처럼 침대 속으로 파고들어가 버린다. 웨이드와 피터 할아범은 마구간으로 숨어 버리고, 쿠키는 부엌에서 나오려고 하지 않고 하느님을 찬양하는 찬송가까지도 소리를 높이지 않으려고 애쓴다. 스카알렛의 화를 태연히 견딜 수 있는 것은 마미뿐이었다. 마미는 오랜 세월 동안 제랄드 오하라와 그의 화에 단련을 받아왔기 때문이다.

스카알렛도 굳이 화를 내려는 것은 아니었다. 프랭크가 싫은 것도 아니고, 또 타라를 구해 준 것을 고마와하고 있었기 때문에 실지로 좋은 아내가 되려고 생각하고 있었다. 그러나 그의 편에서 가끔, 그리고 여러 모로 화를 내게 건드리는 것이다.

아내 궁둥이에 깔리는 남자를 그녀는 존경할 수가 없었다. 그녀와 또는 다른 누구와, 뭔가 재미롭지 못한 일이 생겼을 경우, 그가 보이는 겁 많고 소심한 태도는 그녀를 못 견디게 짜증나게 했다. 그러나 돈 문제가 다소라도 해결이 된 요즘에는 그런 정도는 대범하게 보아 넘길 수도 있고 행복하기까지 했으나 프랭크가 뛰어난 사업가가 아니라는 점, 그리고 아내가 뛰어난 사업가라는 것을 좋아하지 않는 데서 생겨나는 가지가지 문제가 잇따라 그녀를 화나게 하고 있었다.

예상한 대로 그는 꾸어 준 돈을 독촉하자는 그녀의 의견에 찬성하지 않았다. 그녀가 마구 몰아 세우면 그는 마지못해 나가서 변명을 해가며 무척 열의 없이 돈을 받으러 다녔다. 이 경험은 결국, 그녀가 손에 넣으려고 결심한 돈은 자기 손으로 만들어 내야지 그렇지 않으면 케네디 일가는 언제까지나 그 날 그 날의 생활이나 겨우 해나갈 거라는 결론의 마지막 증거가 되었다. 프랭크는 죽을 때까지 그 지저분한 작은 가게나 그런 대로 해나가면 만족하리라. 안정을 기한다는 면에서 자기들이 가지고 있는 기반이 얼마나 무력한 것인가 하는 것도, 또 돈만이 언제 밀어닥칠지 모르는 재난에 대한 방패가 되는 이 혼란한 시대에, 보다 많은 돈을 버는 것이 얼마나 중요한 것이라는 것도 그는 알고 있지 않은 것 같았다.

전쟁 전의 여유 있는 시대라면, 프랭크도 사업가로서 성공했을지 모른다. 그러나 그녀가 본 견해로는 답답할 정도로 시대에 뒤떨어졌다. 낡은 생활 양식도 옛 시대도 이미 지나가 버렸는데, 그는 무슨 일이고 완고하게 옛날 방식으로만 해나가려 하고 있었다. 이 새로운 고난 시대에 필요한 적극성이 그에게는 전연 없었다. 그런데 그 적극성을 그녀는 가지고 있는 것이다. 그것을 그녀는 프랭크가 좋아하든 말든 이용하려 하고 있다. 그들은 돈이 필요했다. 그래서 그녀는 돈을 벌려는 것인데 그것은 수월한 일이 아니었다. 그녀의 의견에 따르면 프랭크가 할 수 있는 최소한의 일은, 현재 이익을 올려 가고 있는 그녀의 계획을 절대로 방해하지 않는 것뿐이었다.

경험이 없는 그녀에게 제재소의 경영은 결코 쉬운 일이 아니었다. 게다가 처음에 비해 요즘은 경쟁이 아주 심해서, 밤에 집에 돌아올 때는 언제나 피로하고 짜증이 나 화가 나기가 쉬웠다. 때문에 프랭크가 조심조심 밭은 기침을 해가며, 「나 같으면 그런 일을 하지 않아.」라든가 「내가 당신이었다면 그렇겐 안 했을 거야.」 어쩌고 하는 소리를 들으면 맹렬하게 폭발하려는 화를 겨우 참는 것이었다. 그리고 가끔 참지 못할 때도 있었다. 밖에 나가 돈을 빌어올 수완도 없는 주제에 어째서 그는 그렇게 언제나 남의 흠만 잡는 것일까? 게다가 그가 끈덕지게 늘어놓는 일이란 모두 실상 어리석기만 한 것들이다. 이런 시대에 그녀가 여자답지 못한 행동을 한다고 해서 그것이 어떻다는 것인가? 더구나 그녀가 여자의 몸으로 경영하는 제재소는, 그녀와 그녀의 가족이, 타라가, 프랭크까지 몹시 필요해 하는 돈을 벌려고 하는 것인데.

프랭크는 휴식과 안정을 바라고 있었다. 그가 그처럼 양심적으로 참가했던 전쟁은 그의 건강을 파괴하고 재산도 날리고 그를 늙게 만들었다. 그러나 그는 그것을 조금도 한스럽게는 생각하지 않았다. 사 년 동안의 전쟁 뒤에 그가 인생에서 찾은 것은 오직 평화와 애정으로, 주위의 정다운 얼굴을 바라보고 친구들에게 사랑을 받는 것이었다. 그리고 가정의 평화에는, 그만한 대가를 치르지 않으면 안 된다는 것을 그는 곧 알게 됐다. 대가라는 것은 스카알렛을 무슨 일이나 그녀 마음대로 내버려두는 것이었다. 그래서 지칠 대로 지친 그는 그녀가 내건 조건으로 평화를 샀다. 그리고 그녀가 추운 황혼녘에 비로소 미소를 지으며 현관 도어를 열어 줄 때, 그리고 귀라든가 코라든가 그 밖에 얼토당토 않은 곳에 입을 맞춰 줄 때, 또는 밤에 따뜻한 이불 속에서 어깨에 풀썩 기대 오는 그녀의 머리를 느낄 때 등, 그 대가는 결코 비싼 것이 아니라고 생각했다. 스카알렛은 마음대로 하게만 내버려두면, 가정 생활은 이렇게 즐거운 것이 될 수 있는 것이다. 그러나 그가 손에 넣은 평화는 알맹이가 없는 것이었고, 단순한 외관만의 것이었다. 왜냐하면 그것은 그가 결혼 생활에서 정당하다고 생각하는 모든 것을 희생에서 산 것이었기 때문이다.

『여자란 가정과 가족에 대해 보다 마음을 써야 하고, 남자들처럼 밖으로 돌아다녀서는 안 된다.』하고 그는 생각했다. 『그러나 만일 그녀에게 어린애라도 생긴다면…….』

어린애 생각을 하면 자기도 모르게 미소가 떠올랐다. 그리고 그는 가끔 어린애에 대해 생각했다. 스카알렛은 어린애 같은 건 필요 없다고 아주 거침없이 내놓고 말했다. 그러나 초청할 때까지 기다렸다가 나와 주는 어린애는 별로 없다. 대개의 여자는 어린애 같은 건 원하지 않는다고 한다. 그러나 그것은 모두가 어리석기 때문이며, 무섭기 때문인 것이다. 만일 스카알렛에게 아기가 생긴다면, 그녀도 다른 여자들과 마찬가지로 어린애를 귀여워하고, 만족해 해서 집에 있으면서 보살펴 줄 것이다. 그렇게 되면 제재소도 팔지 않으면 안 되게 될 것이고, 절로 문제는 해결된다. 모든 여자는 자신들의 행복을 완전하게 하기 위해서 아기가 필요한 것이다. 스카알렛이 결코 행복하지 않다는 것을 프랭크는 알고 있었다. 여자에 대해서는 아는 것이 없는 그이긴 했지만, 때때로 그녀가 불행하다는 것을 모를 만큼 눈이 어둡지는 않았다.

가끔 그는 밤중에 잠이 깨어, 베개에 엎드려 소리를 죽이고 우는 들릴 듯 말듯한 울음 소리를 들었다. 맨 처음 침대가 떨리게 흐느껴 우는 소리를 듣고 잠이 깬 그는 깜짝 놀라 물었다. 「여보 왜 그래?」그러고는 격한 울음 섞인 소리로 핀잔을 들었다. 「내버려뒤요!」

그렇다. 아이는 그녀를 행복하게 해줄 것이다. 그리고 그녀를, 관여하지 않아야 할 많은 일로부터 해방시켜 줄 것이다. 가끔 프랭크는 한숨을 쉬며, 자기는 굴뚝새라도 충분했을 텐데 온 몸이 불꽃과 보석으로 싸인 열대조를 잡은 거라고 생각했다. 사실 틀림없이 굴뚝새가 훨씬 좋았을 텐데.

37

　사월의 폭우가 쏟아지던 어느 날, 토니 폰텐이 존즈보로에서 기진 맥진하여 땀투성이가 된 말을 타고 와서 현관 문을 두들겼다. 스카알렛과 프랭크는 깜짝 놀라 벌떡 일어났다. 최근 넉 달 동안에 걸쳐 그녀는 다시금 재건이란 무엇인가를 이 날 밤에 또다시 현실적으로 느꼈다. 그리고 『우리들의 곤란은 이제 겨우 시작됐을 뿐이오.』하고 말한 윌의 심정을 한층 절망적인 말이 진실인 것도 깨닫게 되었다. 『우리들 모두가 직면하고 있는 것은 전쟁보다도 더하고 감옥보다도 심하고 죽음보다도 더 지독한 것입니다.』

　그녀가 처음으로 재건의 가혹함과 정면으로 부딪친 것은 북부의 손을 빌린 조나스 윌커슨이 그녀들을 쫓아낼 수도 있다는 것을 알았을 때였다. 그러나 이번 토니의 방문은 그보다 훨씬 무서운 방법으로 그것을 깨닫게 했다. 토니는 어두운 밤 호우를 뚫고 찾아왔다가 금방 다시 영원히 밤의 어둠 속으로 사라져 갔다. 그러나 그는 도착해서 떠날 때까지의 짧은 시간에 새롭게 무서운 한 장면의 막을 올리고 간 것이다. 그리고 이 막은 두 번 다시 내리지 않을 것이라고 그녀는 절망적으로 생각했다.

　그 폭풍우가 불던 밤, 찾아온 사람이 문을 황급히 두들겼을 때, 그녀는 계단 층계참에 선 채 가운을 꼭 여미고 계단 밑 현관을 내려다보았다. 토니의 거무튀튀하고 음울한 얼굴이 힐끗 보이는가 싶더니 그는 얼른 몸을 내밀어 프랭크가 든 촛불을 불어 꺼버렸다. 그녀는 급히 어둠 속을 내려가 그의 차갑게 젖은 손을 움켜쥐었다. 그리고 그의 속삭이는 소리를 들었다.

　「놈들에게 쫓기고 있어요. 이 길로 곧장 텍사스로 갈 참입니다. 말이 금방 죽을 것 같아요. 나도 배가 고파 죽을 지경이고. 애실리가 말했지만, 당신들이 촛불을 켜면 안 돼요! 흑인들도 깨워서는 안 돼요……. 가능한 한 당신들에게 폐를 끼치고 싶지 않아요.」

　부엌 창문의 블라인드를 내리고 차양으로 전부 내려 버리자, 그제야 그는 불을 켜게 하고 황급히 빠른 말로 프랭크에게 말했다. 스카알렛은 그 동안 부랴부랴 있는 것을 주워모아 식사 준비를 했다.

　그는 외투도 입지 않아 온 몸이 흠뻑 젖어 있었다. 모자도 쓰지 않아서 검은 머리에 착 달라붙어 있었다. 그러나 폰텐 집 형제 특유의 쾌활함을 보였는데 사실 그 날 밤은 추워 보이는 쾌활함이었지만, 그 활발하게 움직이는 작은 눈에 띠고, 그녀가 내놓은 위스키를 단숨에 들이켰다. 스카알렛은 피티 고모가 이 소리

를 듣지 못한 채 이층에서 코를 골고 있는 것을 하늘이 도왔다고 생각했다. 이
무서운 방문객을 보았다면 고모는 틀림없이 졸도하고 말았을 테니까.

「얄미운 놈을 하나씩 해치우는 대로, 남부의 변절자가 그만큼 줄어드는 겁
니다.」토니는 한 잔 더 달라고 글라스를 내밀며 말했다. 「정신 없이 말을 달려
왔어요. 빨리 여기까지 도망해 오지 않으면 이쪽 목숨까지 위험하니까요. 하지
만 그만한 일을 저질렀으니 하는 수가 없죠. 정말이오, 나는 이 길로 어떻게든
지 텍사스로 가서 몸을 숨길 작정이오. 애실리하고는 존즈보로까지 같이 왔어
요. 그가 이리로 가라고 말해 주더군요. 내게 말을 한 필 마련해 주지 않겠나,
프랭크? 이왕이면 돈도 좀. 내 말은 곧 쓰러질 지경이야. 여기 오는 동안 죽어
라 하고 달려왔거든. 그리고 얼빠진 소리지만 오늘 집을 나올 때, 지옥에서 튀
어 나온 박쥐 모양으로 외투도 모자도, 그리고 돈 한 푼 안 가지고 나왔어. 하기
는 우리 집에 대단한 돈이 있는 것도 아니지만.」

그는 웃으며 찬 옥수수 빵과 찬 무우 잎을 허겁지겁 먹었다. 무우 잎에는 기름
기가 얼어서 하얀 조각이 되어 두껍게 붙어 있었다.

「내 말 타고 가.」프랭크가 조용히 말했다. 「돈은 지금 십 달러밖에 가진 것이
없는데 아침까지 기다릴 수 있으면…….」

「지옥엔 지금 불이 붙었는데 어떻게 기다리나!」말투는 억세었으나 들뜬 어
조였다. 「놈들은 바로 뒤에까지 쫓아온 모양이야. 떠나오는 데 시간이 걸려서
말이야. 애실리가 나를 거기서 끌어내다 말을 태워 주지 않았다면, 나는 바보처
럼 멍청하게 앉았다가 아마 지금쯤은 뻗어 버렸을 거야. 좋은 사람이야, 애실리
는.」

그렇다면 애실리도 역시 이 무서운 비밀 운동 속에 끼어 있단 말인가. 스카알
렛은 오싹해져 손을 목으로 가져갔다. 애실리는 지금쯤 북쪽 관헌의 손에 붙잡
힌 것이 아닐까? 어째서, 어째서 프랭크는 자세한 내용을 물으려 하지 않는 걸
까? 어째서 저렇게 태연히 듣고만 있는 것일까. 마치 당연한 일인것처럼 듣고
있다. 그녀는 어떻게든지 알아내려고 입을 열었다.

「어떤.」하고 그녀는 말을 꺼냈다. 「누가…….」

「당신 아버님이 부리던 늙다리 농장 감독이었던 악당 녀석인 조나스 윌커슨이
오.」

「그럼 당신은 그 남자를, 그……. 그 남자를 죽였나요?」

「건방진 소리 같지만 스카알렛 오하라!」하고 토니는 성난 어조로 말했다.
「상대가 어느 놈이든, 내가 일단 해치우려고 덤벼든 이상 단도로 상대를 긁기나
하고 물러날 줄 아셨읍니까? 천만에요, 놈을 산산 조각을 내고 말았지요.」

「그것 잘했군.」프랭크가 불쑥 말했다. 「정말 얄미운 놈이니까.」

스카알렛은 프랭크를 쳐다보았다. 평상시의 흐리멍덩한 프랭크와는 전혀 다른 모습이었다. 평상시의 남편은 공갈에 잘 넘어가고 신경질적으로 수염을 쥐어뜯는 사나이였다. 그런데 지금 보니 그는 뭔가 날카로운 냉혹성을 느끼게 했다. 뜻하지 않은 사건을 듣고도 필요 없는 소리 한마디 하지 않았다. 결국 프랭크도 사나이, 토니도 사나이였다. 이런 난폭한 사건은 남자들이 하는 일이지, 여자가 나설 장면은 아닌 것이다.

「하지만 애실리는, 그이는⋯⋯.」

「아니, 애실리도 그녀석을 해치우고 싶어했지만, 그놈은 내 쪽에 권리가 있다고 내가 물려받았어요. 글쎄 그렇지 않습니까. 샐리는 내 처형이니까요. 결국 그도 납득을 했지요. 윌커슨에게 내가 당한 경우를 염려해서 애실리도 함께 존즈보로로 들어왔읍니다. 하지만 애실리는 귀찮은 일은 일으키지 않을 거예요. 그렇게 되면 곤란하죠. 이 옥수수 빵에 바를 잼은 없읍니까? 그리고 아무거로나 도시락을 좀 싸주세요.」

「모두 말해 주지 않으면 나 큰 소리를 치겠어요.」

「잠깐, 그건 제가 갈 때까지 참아 주십시오. 그 뒤에는 소리치고 싶으면 쳐도 좋습니다. 프랭크가 안장을 차리는 동안 말씀을 드리죠. 그 악당 윌커슨이란 놈은, 지금까지 무척 많은 사람들을 괴롭혀 왔읍니다. 당신도 세금 때문에 지독히 혼이 나셨지요? 그것도 그녀석의 그 야비한 행동 중의 하나입니다. 그러나 가장 돼먹지 않은 것은, 검둥이를 선동해서 소란을 일으키는 거예요. 일생 동안에 내가 검둥이를 미워하는 세상이 오리라고는 정말 누구도 생각 못 했을 겁니다. 검둥이란 놈들도 괘씸해요. 놈들은 그 악당들이 하는 소리를 무엇이나 곧이듣고는 우리들이 지금껏 해준 것은 까맣게 잊고 있어요. 지금 북쪽 놈들은 검둥이에게 선거권을 줄 것을 논의하고 있어요. 그런데 우리에게는 선거권을 주려 하지 않거든요. 이 군 전체를 통틀어 선거에서 밀려나지 않은 민주당원은 손을 꼽을 정도밖에 없어요. 그럴 수밖에 없는 것이, 놈들은 남부 동맹군에 참가한 사람들은 전부 명령을 내려 제외시켜 버렸거든요. 만일 놈들이 검둥이에게 선거권을 주게 되면 우리들은 이제 끝장이에요. 세상에 그런 법이 어디 있어요! 우리들의 주가 아니에요! 북쪽 놈들의 것은 아니잖아요. 스카알렛, 이건 결코 가만히 있을 수 없는 일이에요! 절대로 못 참아요! 다시 전쟁이 나도 상관없어요. 뭔가 한 번 본때를 보여 줄 필요가 있어요. 우물쭈물하고 있으면 그러는 동안에 검둥이 재판관이 생겨나고, 검둥이 의원이 생겨나게 될 거예요. 정글에서 나온 검은 원숭이 주제에.」

「자, 부탁이에요. 빨리 말씀하세요 ! 당신들은 무슨 일을 하셨어요 ?」

「그 빵을 싸기 전에 한 쪽만 더 주시오. 그런데 그 윌커슨이 퍼뜨리는 말로는 그놈의 백흑 동권 운동도 다소 미치광이짓 같아요. 정말이오. 그놈은 시간을 정해 놓고 검둥이 바보놈들에게 연설을 하고 있거든요. 낯가죽 두껍게도.」토니는 하는 수 없이 그 대목을 얼른 말했다.「검둥이도 백인 여자와 결혼할 권리가 있다고.」

「어머나, 토니, 거짓말이겠죠 ! 그럴 수가 ?」

「하지만 사실이오. 당신이 깜짝 놀라는 것도 무리는 아니지만. 그런데 말이오, 스카알렛. 그런 게 새삼 당신에게 새로운 뉴스는 아닐 텐데요. 이 애틀랜타에도 지금 그 이야기로 한창이 아닌가요 ?」

「나, 난, 몰랐어요.」

「그럼 프랭크가 당신에게 숨기고 있는 거겠죠. 어쨌든 그래서 우리는 다 함께 생각했어요. 윌커슨을 밤중에 몰래 찾아가서 충고를 해주자고요. 그런데 그 기회를 잡기 전에……. 당신도 알고 계시죠, 우리 집 흑인 우두머리를 하고 있던 검둥이 유스티를 ?」

「알고 있어요.」

「그녀석이 오늘 우리 집 부엌 문 앞에 찾아온 거예요. 때마침 샐리가 점심 준비를 하고 있었어요. 그리고 그녀석이 샐리에게 뭐라고 했는지 그건 모르겠어요. 지금도 짐작이 안 가요. 하여튼 뭐라고 했어요. 그녀의 비명이 들려 와서 급히 부엌으로 뛰어갔더니, 글쎄 그녀석이 마치 아무 짝에도 쓸모 없는 유랑극단 배우의 동행 모양으로 취해서 눈이 이상한 게 아니겠어요. 아 실례. 스카알렛, 입을 함부로 놀려서.」

「그래서 어떻게 했어요 ?」

「나는 당장 그놈에게 한 방 먹였지요. 그리고 어머니가 달려와서 샐리를 간호하는 동안, 말을 집어타고 윌커슨을 찾으러 존즈보로로 갔던 겁니다. 그놈이야말로 원흉이니까요. 그녀석이 없었으면 그런 괘씸한 검둥이 얼간이들이 그런 생각을 할 리가 없어요. 타라를 지나가다 도중에서 애실리를 만났어요. 물론 그는 나와 동행했죠. 윌커슨이란 놈이 타라 집에 그런 짓을 했으니까 자기에게 맡기라고 애실리는 말했지만 나는 듣지 않았어요. 샐리는 내 죽은 형의 아내니까 내가 하는 것이 당연하다고 했지요. 도중 내내 그와 나는 말다툼을 했읍니다. 그런데 시내에 도착해 보니 글쎄 스카알렛, 제일 중요한 권총을 잊고 오지 않았겠어요. 마구간에서 잊어버리고 온 거지요. 그만큼 나는 화가 머리끝까지 치밀었던 거예요.」

그는 말을 끊고 딱딱한 빵을 씹었다. 스카알렛은 부들부들 떨고 있었다. 폰텐집 사람의 살인적인 분노에 대해서는 오래 전부터 군 전체에 널리 알려져 있었다.

「그래서 하는 수 없이 칼로 상대하는 수밖에 없었죠. 놈은 술집에 있었어요. 애실리가 다른 녀석들을 붙들고 있는 동안에 나는 놈을 방 한구석에 몰아 넣고, 죽이기 전에 죽이는 이유를 들려 주었죠. 그리고 정신을 차렸을 때는 이미 일은 모두 끝나 있었어요.」토니는 그때 일을 회상하며 말했다.「정신을 차리니까 애실리가 나를 말에 태워 주며 당신들 있는 데로 가라고 하다군요. 애실리는 위기에도 강한 사나이로 아주 침착해요.」

프랭크가 들어왔다. 팔에 걸렸던 큼직한 외투를 토니에게 건네주었다. 그것은 그의 한 벌밖에 없는 외투였지만 스카알렛은 나무라지 않았다. 이 사건, 이 순수한 남자들 세계의 사건은, 그녀 따위가 도저히 관여할 수 없는 일인 것처럼 생각되었기 때문이다.

「하지만 토니, 댁에서는 당신이 없으면 곤란하잖아요? 돌아가서 사정을 이야기해 보면……」

「프랭크, 자네도 바보 마누라를 얻었군.」토니는 몹시 힘들여 외투를 입으며 싱글싱글 웃었다.

「스카알렛 씨는 검둥이 손에서 자기 집 여자들을 지킨 남자에게 북쪽 놈들이 표창이라도 해줄 줄 아는 모양이지. 하긴 줄지도 모르지. 즉결 재판과 교수형의 표창 말이야. 스카알렛, 내게 키스해 주지 않겠소. 뭐 프랭크는 별로 언짢아하지 않을 거요. 이제 두 번 다시 만나지 못할지도 모르니까. 텍사스는 멀어요. 게다가 섣불리 편지도 낼 수 없어요. 그러니까 집사람들에게 여기까지는 무사히 왔었다고 알려 주시오.」

그녀는 토니에게 키스를 허락했다. 두 사나이는 장대같이 쏟아지는 빗속으로 나갔다. 뒷문 쪽에서 두 사람은 잠시 서서 이야기를 했다. 그러나 한참 뒤 돌연 말발굽에 물이 튀는 소리가 들렸다. 토니는 가 버렸다. 그녀는 문을 빠끔히 열었다. 프랭크가 축 늘어져 비틀거리는 말을 마구간으로 끌고가는 것이 보였다. 그녀는 다시 문을 닫고 앉았다. 무릎이 와들와들 떨리고 있었다.

이제야 그녀는 재건이 무엇이라는 것을 깨달았다. 흡사 앞만 가린 벌거벗은 야만인들에게 내 집이 완전히 포위되어 있는 느낌이었다. 갖가지 생각이 한꺼번에 밀려들었다. 요즈음 전혀 생각도 못 해 본 일, 듣기는 들었으나 염두에도 두지 않았던 사람들의 이야기, 그녀가 방에 들어가면 도중에 그치던 남자들의 이야기, 그 당시는 아무것도 아니라고 생각했던 사소한 일들, 무력한 피티 할아범

밖에 보호해 줄 사람이 없는데 제재소로 마차를 타고 간다고 쓸데없이 투덜거리 던 프랭크의 충고, 그런 것들 모두가 하나가 되어 한 장의 소름끼치는 그림이 되 었다.

그림 위쪽에는 흑인이 있다. 그 배경에는 북쪽 사람들의 총이 있다. 그녀를 죽이든 강간을 하든 그들 마음대로다. 게다가 무엇 하나 그것에 대해 손을 쓸 도 리가 없는 것이다. 그리고 누가 됐든, 그녀의 원수를 갚아 준 사람은 모두 양키 의 손에 교수형을 당한다. 재판관과 배심원에 의한 정당한 재판 절차를 거치지 않은 채 교수대에 서게 되는 것이다. 법률도 모르고, 정상 참작 같은 건 더군다 나 생각지도 않는 북군 장교들이니까 심리(審理)에 대한 변명도 아랑곳 없이, 남 부 사람들의 목에 밧줄을 걸 수도 있을 것이다.

『그런데 우리들이 할 수 있는 일이란 무엇인가?』 그녀는 생각하고 구원받을 길 없는 공포에 대한 고민으로 손을 쥐어짰다. 『토니처럼 착한 사람이 집안 여 자들을 보호하기 위해, 주정뱅이 흑인이나 악당 변절자를 죽였다는 오직 그 한 가지 이유만으로 교수형을 당한다. 그런데 그 악마에게 우리는 대체 무엇을 할 수 있단 말인가?』

『참을 수 없는 일이다.』라고 토니가 말했다. 그의 말이 옳았다. 정말 참을 수 없는 일이다. 하지만 어떻게 할 수도 없지 않은가. 참는 도리밖에 달리 방법이 없지 않은가? 와들와들 몸이 떨려 왔다. 난생 처음으로 그녀는 인간이니 사건 이니 하는 것들을 자기로부터 동떨어져 있는 것으로서 바라보았다. 그리고 그것 이 공포와 절망 속에 있는 스카알렛 오하라만의 여자가 아니라는 것을 똑똑히 알았다. 자기와 같은 여자가 남부에 몇 천 명이나 있어 무서워하고 있는 것 이다. 애퍼매턱스에서 무기를 버리고 항복한 몇 천이라는 사나이가, 다시 한 번 무기를 들고 남부의 여자들을 지키라는 포고가 나오면 순식간에 생명을 걸고 일 어나려고 대기하고 있는 것이다.

토니의 얼굴에는 뭔가 프랭크의 얼굴에 나타나 있던 것과 같은 것이 있었다. 그것은 그녀가 요즘 애틀랜타의 다른 모든 남자들의 얼굴에서도 본 똑같은 표정 이었다. 지금까지는 그 표정을 보기만 했지 그것이 무엇인지 깊이 캐내려고 하 지는 않았다. 그것은 항복한 뒤 싸움터에서 철수해 오는 남자들의 얼굴에서 본 그 지친 절망과는 아주 다른 표정이었다. 그 당시 남자들은 내 집으로 돌아가는 것 이외에는 아무것도 바라지 않았다. 그러나 지금 남자들은 다시금 뭔가 초조 해 하고 있는 것이다. 마비된 신경이 생기를 되찾고 옛날 경기가 불타기 시작한 것이다. 그들은 다시금 냉혹할 만큼 애처롭게 애를 쓰고 있는 것이다. 그리고 토니와 마찬가지로 그들도 또한 참고 있을 수 없다고 생각하고 있는 것이다.

그녀가 본 남부의 남자들은 전쟁 전에는, 말소리는 상냥했지만 동시에 위험한 사람들이었다. 종전이 가까와 필사적일 때는 앞뒤 분간 못 하는 고집장이였다. 그러나 금방, 촛불 너머로 말없이 마주 바라보고 있던 두 사나이의 얼굴에는 무언가 다른 것이 있었다. 무언가 그녀의 마음을 설레이게 하면서 오싹 소름이 끼치게 하는 것이 있었다. 입 밖에 낼 수 없는 분노, 목적을 꼭 달성하겠다는 결의가 있었다.

처음으로 그녀는 주위에 있는 사람들과 연결되어 있는 자신을 느꼈다. 공포와 고뇌와 결의를 품고 있는 사람들과 하나라는 느낌이었다. 그렇다, 결단코 참을 수 없는 일이다! 남쪽은 너무나 아름다운 땅이다. 이것을 선뜻 내버릴 수 있겠는가. 남쪽 사람들을 미워하고 있는 북쪽 패들은, 남쪽 사람들이 너무나 사랑하고 있기 때문에 그것을 짓밟고 재미있어하고 있는 것이다. 그런 북쪽 놈들이 흙발에 내맡기고 견딜 수 있겠는가. 그것은 우리들의 너무도 소중한 고향인 것이다. 그것을 위스키와 해방에 취한 무지한 흑인들에게 넘겨 주어도 될 것인가.

토니의 갑작스런 출현, 그리고 그 황급히 사라지던 모습을 생각하자 그에 대해 육친의 정 같은 것이 느껴졌다. 그녀는 자기 아버지의 옛 이야기를 생각해 냈던 것이다. 아버지가 자기 때문도 아니오, 가족들 때문도 아닌 살인을 저지르고, 그 밤중에 황급히 아일랜드를 탈출한 이야기를 말이다. 그녀의 몸에는 제랄드의 피가 용솟음치고 있다. 격렬한 피다. 그녀는 약탈하러 왔던 북군 병사를 쏘아죽였을 때의 그 미칠 것 같은 기쁨을 회상했다. 격렬한 피는 모든 사람의 체내에 흐르고 있는 것이다. 아슬아슬할 정도로 표면에 가깝게, 친절하고 은근한 살갗 바로 밑에 숨어 있는 것이다. 그들 한 사람 한 사람, 그녀가 알고 있는 모든 남자, 온유한 눈매를 가진 애실리도, 작고 침착성 없는 늙은 프랭크도 한 꺼풀만 벗기면 밑은 다 똑같은 것이다. 여차할 때에는 살인도 감히 사양치 않는 광포한 성격이 숨어 있는 것이다. 레트까지도 양심 같은 건 아예 없는 악당인 주제에, 〈숙녀에게 무례하게 굴었다〉는 이유로 흑인을 죽인 것이다.

프랭크가 빗물을 뚝뚝 흘리면서 기침을 하고 들어오자, 그녀는 벌떡 일어났다.

「아, 프랭크. 이런 일이 언제까지나 계속될까요?」

「북쪽 놈들이 우리를 미워하고 있는 한 계속될 거야.」

「아무도 어떻게 할 수 없나요?」

프랭크는 피로한 손으로 젖은 수염을 훑었다. 「우린 지금 하고 있어.」

「어떤 일이에요?」

「해 보지 않고는 뭐라고 말할 수 없어. 몇 해가 걸릴지 몰라. 아마 남부는 이제부터 쭉 이런 상태일 거야.」

「싫어요, 난 그런 것!」

「자아, 그만 잡시다. 춥지? 떨고 있잖아.」

「언제나 모든 것이 다 끝날까요?」

「우리들 모두가 다시 옛날처럼 선거를 할 수 있을 때까지지. 남부를 위해 싸운 사람들이 모두 대통령 선거에서 남부와 민주당을 위해 투표할 수 있게 될 때까지 될 거야.」

「대통령 선거라고요?」그녀는 절망적인 말투로 외쳤다. 「흑인 놈들이 미쳐 날뛰고, 북부 녀석들이 흑인들에게 자꾸 반항하라고 나쁜 지혜를 불어 넣어 준 다음, 그러고 나서 하는 대통령 선거가 무슨 소용이 있어요?」

프랭크는 타고난 그 끈질긴 어조로 설명하기 시작했다. 그러나 대통령 선거가 자기들의 고난을 건져 줄 것이라는 이론은 너무나 복잡하여 그녀에게는 잘 이해가 되지 않았다. 그녀는 다만 두 번 다시 조나스 윌커슨에게 타라의 집이 위험받지 않을 것이라는 것만이 고맙게 생각되었다. 그리고 토니를 생각했다.

「아, 가엾어라, 폰텐네 식구들!」그녀는 소리쳤다. 「남은 것은 알렉스 혼자 뿐이고, 게다가 미모자 집에는 일이 산더미같이 쌓여 손이 모자라 쩔쩔매는데 어째서 토니는 밤중에 살짝 아무도 모르게 할 생각을 못 했을까? 텍사스에서 살기보다는 봄 밭갈이를 돕는 편이 훨씬 수월할 텐데.」

프랭크는 그녀를 끌어안았다. 보통 때는 언제나, 쌀쌀하게 뿌리칠 것을 예상한 듯 조심스럽게 안았는데 오늘 밤은 먼 곳을 바라보는 눈매로 힘껏 그녀의 허리를 껴안았다.

「지금은 농사보다 더욱 중요한 일이 있어. 검둥이를 위협하고 변절자들에게 본때를 보여 주는 것도 그 중의 하나요. 토니같이 좋은 청년이 남아 있는 한, 남부 일은 그렇게 걱정하지 않아도 될 거요. 자아, 그만 잡시다.」

「하지만, 프랭크.」

「우리가 단결해서 북부 놈들에게 한 걸음도 양보하지 않으면 언젠가는 이길 때가 올 거요. 당신의 귀여운 머리를 그런 걸로 썩여선 안 돼요. 그런 일은 남자들에게 맡겨 두면 돼. 승리는 우리들 시대에는 오지 않을지 모르지만 언젠가는 반드시 올 거요. 북부 놈들이 우리한테 항복을 받지 못할 테니 그렇게 되면 우리를 괴롭히는 일에도 싫증이 날 게 아니오? 알게 되면 전 같은 그런 살기 좋은 세상이 되어 아이들도 마음놓고 기를 수 있게 될 거요.」

그녀는 웨이드를 생각하고, 최근 몰래 가슴에 간직해 둔 비밀을 생각했다. 싫다, 싫다. 껍데기 밑에 증오와 불안과 고통과 광포와 소란이 숨어 있는 세상,

빈곤과 살을 저미는 듯한 생활고와 내일을 예측할 수 없는 불안한 세상에서 키워야 할 애 같은 것은 갖고 싶지 않다. 이렇게 세상에서 고통밖에 아무것도 맛볼 수 없는 때, 아이 같은 건 절대로 갖고 싶지 않다고 생각했다. 바라는 것은, 안정되고 조용하게 자리가 잡힌 세상, 장래를 내다보고 자식들의 앞날에 편안한 미래가 있다고 생각되는 세상, 아이들이 다만 인정의 부드러움과 아름다운 의복과 맛있는 음식밖에 모르는 세상이었다.

프랭크의 생각에 따르면, 그러한 세상은 선거에 의해 실현된다고 한다. 선거에 의해서? 그것과 선거가 무슨 상관이 있단 말인가. 남부의 기품 있는 사람들은 두 번 다시 투표는 못 할 일이다. 이 세상에서 운명이 가져다 줄 수 있는 어떤 재난에도 버틸 확실한 보루는 오직 타라뿐이다. 그것은 돈이다. 어떻게든지 돈을 벌자. 비참한 생활에서 몸을 안전하게 지키기 위해 한껏 돈을 벌자 하고 그녀는 미친 것같이 생각했다.

그녀는 불쑥 자기가 임신했다는 것을 프랭크에게 말했다.

토니가 도망치고 나서 수주일 동안, 피티 고모님 집은 몇 차례나 북군 군대들에게 가택 수색을 받았다. 그들은 아무 때나 상관없이 또 아무런 예고도 없이 갑작스레 침입해 들어왔다. 우르르 방으로 들어와서는 심문을 하고 벽장을 열어 보고 옷 넣는 큰 상자를 총검으로 쿡쿡 쑤셔 보고 침대 밑을 기웃거렸다. 군 당국에서는 토니가, 미스 피티 집으로 가라는 충고를 받았다는 사실을 알고, 아직도 그 집이나 아니면 어딘가 그 근처에 숨어 있다고 믿고 있었다.

마침내 피티 고모는 장교가 인솔하는 한 떼의 병사들이 언제 자기 침실로 밀어닥칠지 모른다고 해서 피터 할아범이 말하는 소위 〈만성적인 홍분 상태〉에 빠지고 말았다. 프랭크도 스카알렛도, 토니가 급히 다녀간 것에 대해서는 한마디도 하지 않았기 때문에, 이 늙은 부인으로서는 설령 실토하고 싶은 생각이 났다 해도 아무 것도 할 말이 없었을 것이다. 토니 폰텐과는 지금까지 꼭 한 번밖에 만난 일이 없다. 그것도 1862년 크리스마스 때였다고 조심조심 단언한 것도 그녀로 볼 때는 마음 속에서 나온 정직한 고백이었다.

「게다가 그때는 그 사람이 아주 취해 있었어요.」심문을 받을 때마다 몇 번이고 그녀는 북군 병사들을 향해 무슨 도움이라도 주려는 마음에서 숨을 헐떡이며 덧붙이는 것이었다.

스카알렛은 임신 초기여서 참혹할 정도로 몸이 좋지 않은 데다 자기 방에 염치 없이 들어와서는 자질구레한 물건들을 닥치는 대로 집어가 버리는 북부 푸른 군복의 병사들에게 울분을 주체할 수 없는 증오를 느꼈다. 그런가 하면 또 토니

때문에 모두가 파멸해 버리는 것이 아닌가 하고 무서운 불안에 시달리기도
했다. 어느 감옥이고, 보다 하찮은 이유라도 불리한 사실이 판명되기만 하면,
자기나 프랭크만이 아니라 아무것도 모르는 피티 고모까지도 감옥에 처넣으리
라는 것을 그녀는 알고 있었다.

한때 워싱턴에서 합중국의 전쟁 빚을 갚기 위해, 〈반역자의 재산〉을 전부 몰
수하라고 떠든 일이 있었다. 이런 소동 때문에 스카알렛은 끊임없이 고통스러울
정도로 불안에 사로잡혀 있었다. 더구나 이 무렵 애틀랜타에서는 군 명령 위반
자의 재산을 몰수한다는 풍문이 떠돌고 있었다. 그통에 스카알렛은 프랭크와 함
께 자기들이 자유 뿐만 아니라 집과 가게와 제재소까지도 잃는 것이 아닌가 하고
전전 긍긍하고 있었다. 설령 자기들의 재산이 군에 몰수되지 않는다 하더라도
자기나 프랭크가 감옥에 들어가면 그것이 곧 재산을 잃는 거나 마찬가지였다.
왜냐하면 없는 동안에 자기들이 사업을 보살펴 줄 사람이 아무도 없기 때문이
었다.

그녀는 이런 걱정을 자기들에게 갖다 주었다는 이유로 토니를 미워했다. 왜
그 사람은 친구를 이런 지경으로 만들었는가. 어째서 애실리는 자기들에게 토니
를 보낼 생각이 났던 것일까. 사람을 도와 준 그 결과가, 큰 호박벌 떼같이 북부
놈들에게 습격을 받게 되는 줄을 알았으니, 이제 다시는 그 누구에게도 절대로
편의를 주지 않으리라. 누가 도움을 청하든 꼭 문을 닫고 있으리라. 물론 애실
리는 예외다. 토니가 급하게 다녀간 뒤 몇 주일 동안, 그녀는 바깥 길에서 조금
만 무슨 소리가 나도 문득 옅은 잠에서 깨어나, 혹시 애실리가 토니를 도와 준
것으로 텍사스로 도망치고 있는 것이 아닌가 하고 마음을 졸였다. 토니가 한밤
중에 방문했던 것에 대해서는, 타라의 집으로 선불리 편지를 내지 못했기 때문
에 애실리가 어떻게 하고 있는지 전혀 몰랐다. 편지가 도중에서 북군으로 들어
가, 타라까지 재난에 휩쓸릴 염려가 있기 때문이었다. 그러나 몇 주일이 지나도
아무런 나쁜 소문도 들리지 않았으므로 겨우 애실리도 무사한 줄 알게 되었다.
그리고 마침내 북군 쪽에서도 귀찮게 조사하던 것을 그만두고 말았다.

그러나, 일단은 마음이 놓였지만, 공포의 기분은 스카알렛의 마음에서 사라
지지 않았다. 그 공포는 토니가 문을 두드리는 소리를 들었을 때부터 일어난 것
인데, 그것을 저 애틀랜타가 포위되고 포탄이 날아들 때 온 몸의 솜털이 곤두서
던 공포보다도 더욱 나빴고, 전쟁 이전 며칠 동안 샤만 부대에게서 받았던 공포
보다도 더욱 심한 것이었다. 그 폭우가 쏟아지던 밤 토니가 나타난 것은, 흡사
그때까지 달래듯이 그녀의 눈을 가리고 있던 장막을 찢어 버리고 억지로 그녀의
불안한 생활 실태를 그대로 보여 준 것과 같은 것이었다.

1866년 그 추운 봄, 스카알렛은 주위를 둘러보고 자기와 그리고 남부 전체가 직면하고 있는 것이 무엇이라는 것을 알았다. 생활 계획이나 순서를 세우는 정도는 하려고 들면 할 수도 있을 것이다. 앞서의 그 노예들의 일보다도 더 힘드는 노동도 못 할 것은 없었다. 어떤 고난도 어떻게든지 헤치고 나갈 수 있을 것이다. 처녀 시절에는 전연 배우지도 않았지만, 각오만 있으면 여러 가지 문제들도 처리해 나갈 수 있을 것이다. 그러나 아무리 희생을 치르고 겨우 손에 넣은 이 얼마 안 되는 토대를, 언제 어느 때 빼앗기게 될지 모르는 것이다. 그런 변을 당하더라도 그녀에게는 아무런 법률상의 권리도 없거니와, 아무런 법률상의 배상도 없고, 호소할 곳이라고는 겨우 토니가 쓰디쓴 말투로 욕을 하던 그 즉결 재판소나, 엉터리 권한을 쥐고 있는 군사 재판소뿐이었다. 현재는 권리와 배상이 있는 것은 흑인들뿐이었다. 북군은 남부를 내리누르고 언제까지나 이런 상태로 만들어 둘 작정인 것이다. 남부는 거대한 악의에 찬 손에 의해 넘어져 버리고, 일찌기 지배 세력이었던 사람은, 일찌기 그들이 부리고 있던 노예 상태보다도 못한 비참한 처지로 떨어졌던 것이다.

조지아 주는 군대의 수비가 엄중했는데, 특히 애틀랜타는 필요 이상으로 삼엄했다. 각 시에 있는 북군 부대의 사령관들은 일반 시민에 대해 일체의 권한을 가지고 있었다. 생살여탈(生殺與奪)의 권한까지 가지고 있었고, 실제로 그 권한을 행사하고 있었다. 이유 여하를 불문하고, 경우에 따라서는 전연 이유가 없이도 시민을 투옥하고, 그 재산을 빼앗고, 그리고 이들을 교수형에 처할 수도 있었다. 시민의 영업 방법, 고용인에게 치를 급료, 공적 사적 장소에서의 말, 신문 기사 쓰는 법 등 귀찮은 규칙을 만들어 시민을 못 살게 굴 수도 있었고, 또 실지로 하고 있었다. 쓰레기는 어떤 식으로 언제 어디에 버려야 한다는 규칙도 만들었고, 또 전에 남부 동맹에 소속되었던 사람들의 딸이나 부인들이 불러야 할 노래까지도 정했다. 그래서 《딕시》니 《아름다운 푸른 기》를 부르는 것은 반역죄보다는 약간 가벼웠지만, 아뭏든 죄가 되었다. 또 누구든 엄숙한 서약을 하지 않고, 우체국에서 우편물을 받아서는 안 된다는 규칙도 나왔고, 경우에 따라서는 부부가 되는데도 이 지긋지긋한 선서를 하지 않으면 혼인 허가서를 발행해 주지 않았다.

신문은 굳게 재갈이 물려 있어 군의 부정이나 약탈에 대해 항의의 여론이 일어날 수가 없었고, 또 개인의 항의는 투옥에 의해 묵살당했다. 감옥은 많은 병사로 우글거리고 그들은 곧 재판받을 희망도 없이 감옥에 매인 그대로 있었다. 배심 재판이나 인신 보호법은 사실상 정지되어 있었다. 민사 법정만은 겨우 아직 기능을 유지하고 있었지만, 그것도 군의 눈치를 살펴 가며 움직이고 있었기 때문에 군은 법정의 판결에 간섭할 수가 있었고 또 사실 간섭하고 있었다. 그 때문에 불행하게도 체포된 시민은 군 당국이 하는 대로 내맡겨진 거나 같았다. 게다가 체포되는 사람의 숫자는 어마어마했다. 정부를 반대하는 선동적인 언사를 쓴 혐의, 큐 클럭스 클랜단과 내통한 혐의, 혹은 백인이 흑인에게 거만하게 굴었다는 흑인들의 불평, 그러한 것들이 시민을 감옥에 처넣는 충분한 이유가 되었다. 증거나 증언은 아무 소용이 없었다. 고발만으로 충분했다. 노예 해방 사무국 선동으로 흑인은 언제나 자진해서 고발을 할 수가 있었던 것이다.

혹인에게는 아직 선거권은 주어지지 않았지만 북쪽의 속셈은 그들도 투표를 해야만 하고, 동시에 그 투표는 북쪽에 우호적인 것이어야만 한다고 정해져 있었다. 이런 생각을 뱃속에 가지고 있었기 때문에 흑인에게는 대우가 극진했다. 북군은 무슨 일이고 흑인을 배후에서 성원하고 멋대로 하게 놓아 두었다. 그러므로 백인으로 볼 때는, 자기에게 재난을 가져오게 하는 가장 확실한 방법은 흑인에게 무엇이고 상관할 것 없이 마구 야단을 치는 일이었다.

전날의 노예는 이제는 만물의 주인이 되었고, 북부의 지원을 얻어 어떤 천한, 어떤 무지한 흑인도 높은 자리에 올라갈 수가 있었다. 일찌기 그들보다 윗계급에 속해 있던 흑인들은 해방에는 코도 내밀지 않고 그들이 섬기는 백인 주인과 마찬가지로 처량한 생각을 하고 있었다. 노예 중에서도 제일 지위가 높은 시종들을, 몇 천 명이고 종전대로 백인들 집에 머물러 옛날 같으면 그들이 할 일이 아니었던 너절한 일들을 하고 있었다. 많은 충성된 머슴들도 감히 새로운 해방에 편승하려고는 하지 않았다. 이와는 반대로 가장 시끄러운 불씨가 되고 있는 것은 무수한 〈해방이 낳은 쓰레기 같은 흑인들〉로, 그들은 대부분 들일 하는 흑노(黑奴) 계급 출신들이었다.

노예 제도가 존재하고 있을 때는 이러한 천한 흑인들은, 가정이나 일터에서 일하고 있는 흑인들로부터 망나니라 해서 사람 대우를 받지 못하고 있었다. 어머니 엘렌도 그러했지만 남부 일대의 농장 주부들은 흑인을 어릴 때부터 길을 들여, 그 중에서 가장 바탕이 좋은 자를 골라 차츰 책임이 무거운 지위를 주어 왔던 것이다. 들일로 돌려지는 것은, 배우려는 의지도 능력도 정력도 없고 또 정직이라든가 신뢰라든가 하는 점에서도 가장 떨어지고 성질도 가장 나쁘고 급이 낮은 흑인이었다. 그런데 지금은 이 패들, 흑인의 사회적 계급에서 가장 하급에 속하는 패들이 남부의 생활을 참으로 비참하게 만들고 있는 것이다.

노예 해방 사무국을 운영하고 있는 염치 없는 뻔뻔한 무법자의 위세를 빌어, 이 들일 하던 흑인들은 속임수 쓰는 면에서는 거의 종교적이라고 해도 좋을 만한 양키의 심한 증오에 박차를 받아 하루 아침에 일약 권력자의 지위로 뛰어올랐다. 그 지위에 서서, 그들은 지능 정도가 얕은 자들이 당연히 할 수 있는 일들을 해내고 있었던 것이다. 원숭이나 철부지 아이들이 그들 머리로는 도저히 이해할 수 없는 귀중한 가치가 있는 보물 속에 내던져진 것처럼, 그들 천한 흑인들은 마음대로 광포해졌다. 그것은 파괴의 사악한 쾌감에서든가, 아니면 단순히 그들의 무지 때문이든가, 그 어느 쪽엔가에 기인하는 것이었다.

가장 지능 정도가 낮은 사람까지를 포함해서, 흑인의 명예를 위해 덧붙여 두거니와, 악의에 선동된 사람은 극히 소수로, 이 소수의 사람은 노예 제도가 있었을 무렵에도 대개가 〈망나니 검둥이〉들이었다. 그러나 그들은 전반적으로 어린 아이 같은 지능 때문에 남의 꾀임에 빠지기 쉬웠는데, 이것도 명령만 받아 온 오랜 습관에 의한 것이었다. 전에는 그들의 백인 주인이 명령을 내리고 있었다. 그러나 지금은 주인이 새로 바뀌었다. 즉 노예 해방 사무국과 욕심에 날뛰는 북쪽에서 흘러들어온 정상배들이 주인이 되어, 다음과 같은 명령을 하고 있었던 것이다. 『너희들은 조금도 백인에게 뒤떨어지지 않으니 백인들과 똑같이 행동하라. 너희들이 공화당 정책에 투표할 수 있게만 되면 당장에 백인들 재산은 너희들의 것이 된다. 현재도 너희들의 것이 된 거나 마찬가지다. 손에 넣을 수 있는 것은 넣어 두리라！』

이러한 달콤한 이야기에 눈이 어두워 해방은 언제 끝날지도 모르는 피크닉으로 되어 버려, 한 주일 내내 큰 잔치가 벌어지고, 게으름과 강도질과 오만의 사육제로 화했다. 시골 흑인들은 농사짓는 일을 싫어하여, 그 고장을 버리고 도시로 흘러들어왔다. 애틀랜타는 그런 패들로 들끓었고, 그들은 새 사상에 물들어 게을러지고 난폭해지고, 그리고 여전히 몇 백 명씩 줄을 지어 흘러들여왔다. 더러운 오두막에 꽉꽉 들어 차 있기 때문에 천연두와 장티푸스와 결핵이 그들 사이에 생겼다. 노예였을 때는 병에 걸리면 언제나 안주인이 보살펴 주었기 때문에, 그들은 병이 들자 자기 자신과 병을 어떻게 다스려야 할지를 몰랐다. 옛날엔 가족 중의 노인과 어린 아이의 시중은 일체 주인에게 맡겨져 있었기 때문에 지금의 그들에게는 연약한 자에 대한 책임감이 전연 없었다. 게다가 노예 해방 사무국은 정치면에만 관심을 쏟고 있어 전에 농장 주인이 해준 것 같은 시중까지는 전혀 미치지 못했다.

흑인들이 버린 아이들은 마치 겁먹은 동물처럼 거리를 방황하고 어쩌다 친절한 백인을 만나면, 그 부엌에서 길러지고 있는 형편이었다. 시골의 늙은 흑인들은 자식들에게 버림을 받고 혼잡한 거리에서 어쩔 바를 모르며, 공포에 휩싸여 길가 살핏돌에 주저앉아 지나가는 부인들에게 울며불며 호소하고 있었다. 『아가씨, 아씨, 제발 소원이와요. 저의 옛 주인에게 편지를 써주십시오. 저기 페이

에트군에 계십니다요. 주인 나리께서는 이 늙어 빠진 검둥이를 다시 데려가 주
실 겁니다요. 정말 해방 같은 건 이제 지긋지긋합니다요.』

　노예 해방 사무국은 파도처럼 밀려든 이 무리들의 너무도 많은 수효에 겁을
먹고, 늦게나마 일부 정책이 너무 지나쳤던 것을 시인하고 그들을 전 소유자에
게로 되돌려보내려 했다. 너희들은 돌아가더라도 날품삯을 정한 계약서의 보호
를 받는 자유 노동자로서 가는 것이라고, 흑인들은 관리들로부터 설명을 들
었다. 늙은 흑인들은 반겨 농장으로 돌아가, 그렇지 않아도 생활에 시달리고 있
는 농장주에게 전보다 더한 무거운 부담을 주었다. 농장주들은 아무리 곤란해도
그들을 차마 쫓아 보내지 못했다. 그러나 젊은 패들은 애틀랜타에 머물러 있
었다. 그들은 어디에 있든 일하고 싶지 않았던 것이다. 배만 부르면 일할 필요
는 없다는 태도였다.

　흑인들은 세상에 태어난 뒤 처음으로 마음껏 위스키를 마실 수 있었다. 노예
였을 때에는 위스키는 크리스마스 이외에는 맛볼 수 없는 귀중한 것이었다. 크
리스마스에는 선물과 함께 저마다 한 잔씩을 얻어 마셨던 것이다. 그런데 지금
은 노예 해방 사무국의 선동자와 북부의 뜨내기들이 마음대로 마시게 해줄 뿐만
아니라 위스키 그 자체에도 유혹되어 있었다. 끝판에 가서는 으레 소동이 따르
게 마련이었다. 이 패들에게 걸리면 생명이고 재산이고 안전한 것이 없었다. 그
래서 백인들은 의지가 될 법률도 없이 공포에 빠져 있었다. 남자는 곤드레가 된
흑인들에게 거리에서 모욕을 당하고 밤이면 집과 창고가 불탔으며, 말과 소, 닭
이 백주에 공공연히 도둑을 맞고, 온갖 범죄들이 횡행했으며 그러고도 범인이
재판에 넘어가는 일은 거의 없었다.

　그러나 이러한 모욕과 수난도, 전쟁 때문에 남자의 보호의 손을 빼앗기고 도
시 변두리나 인가가 드문 큰 길가에 혼자 살고 있는 많은 백인 부인들의 위험과
피해에 비하면 아무것도 아니었다. 여성에 대한 폭행은 놀라운 숫자에 달하고
누구나가 아내와 딸의 안전에 대해 끊임없이 염려를 하고 있는 형편이었다 이
때문에 남자들은 냉혹하고 몸서리치는 분노에 사로잡혀, 마침내 하룻밤 사이에
큐 클럭스 클랜단이 생기는 결과에까지 이르렀다. 그리고 북부 신문이 요란스럽
게 공격하기 시작한 것이 이 야간에 활동하는 비밀 결사에 대해서였는데, 그런
데도 신문은 비극적인 필요성에서 어쩔 수 없이 이 결사대가 생겨났다는 사정에
대해서는 조금도 아는 바가 없었다. 북부에서는 큐 클럭스 단원을 모조리 찾아
내서 교수형에 처하라고 요구했다. 그렇게 된 것도 법률이나 규칙에 의한 정당
한 소송 절차 같은 것이 침략자들로 인해 어디론가 날아가 버리고 만 때에, 그들
북부 사람들이 범죄의 처벌을 멋대로 자기 손아귀에 넣고 말았기 때문이었다.

여기에, 국민의 반이 총검을 들이대고 다른 반수의 국민에게 흑인의 지배를 강요하는 놀라운 광경이 벌어졌다. 게다가 그 흑인의 대부분은 아프리카의 밀림 속에서 나와서 아직 한 세대를 지났을까 말까하는 무리들인 것이다. 그들 흑인에게 투표권을 주라, 그러나 그 본래의 소유주인 대다수에게는 주어서는 안 된다는 것이다. 남부는 미리부터 내리눌러 놓지 않으면 안 된다. 그 한 가지 방법은 백인의 공민권 박탈이었다. 남부 동맹을 위해 싸운 사람, 그 밑에서 공직에 종사하던 사람, 혹은 지원한 사람의 대부분에게 투표권을 주어서는 안 된다. 관리의 선거에 선거권을 쓰게 해서는 안 된다. 모두 이방인들의 지배 밑에 두라는 것이었다. 다수의 사람들은, 리 장군의 말과 교훈을 진지하게 받아들여 서약을 하고 다시 시민이 되어 과거를 잊고 싶어했다. 그러나 그 서약을 행하는 것이 허락되지 않았다. 또 한편, 서약을 하도록 허가가 주어진 사람들은 분연히 서약할 것을 싫어하고, 고의로 학대와 굴욕을 더하고 있는 정부에 대해 충성을 맹세하기를 아예 거부하고 말았다.

스카알렛은 이런 소리를 수없이 듣고 있었기 때문에 나중에는 같은 소리를 듣게 되면 고함을 치고 싶을 지경이었다. 모두들 정해 놓고 이런 말을 하는 것이었다. 『북부 사람들이 훌륭한 행동을 했다면, 항복 직후에라도 그 아니꼬운 서약을 했을지도 모른다. 나를 다시 그 전 연방으로 돌려보낼 수는 있다. 그러나 나를 개조해서 연방에 맞춰 넣을 수는 결코 없는 것이다!』

이러한 불안한 낮과 밤을 보내면서, 스카알렛은 겁에 질리고 말았다. 무도한 흑인과 북군 장병의 끊임없는 협박이 그녀의 마음을 괴롭혔고, 언제 재산을 몰수당할지도 모른다는 두려움이 쉴새없이 꿈 속에까지 따라다녔다. 나중에는 더 심한 공포에 사로잡히는 것이 아닌가 하고 걱정하였다. 자신도, 친지도, 남부 전체가 불안하게 압박을 당하고 있는 상태이고 보면, 요즘은 자주 토니 폰텐이 무섭게 흥분한 어조로 하던 말들이 생각나는 것도 이상할 것이 없었다.

『스카알렛, 이건 정말 참을 수 없어요. 절대로 참을 수 없어요!』

전쟁, 화재, 그것에 뒤따른 재건에도 불구하고 애틀랜타는 다시 놀라울 정도로 세월 좋은 도시가 되었다. 여러 가지 점에서, 남부 동맹 초기의 번화로운 젊음에 넘치던 도시를 연상시켰다. 다만 다른 것은 거리에 득실거리는 군대가 낮선 군복을 입고 있고, 다른 패들이 돈을 쥐고, 흑인들이 빈둥거리며 놀고 있는데 그 전 주인들은 악착같이 고생을 하면서 굶주리고 있다는 것이었다.

한 꺼풀 벗기면 비참한 공포가 있는데, 외면만은 모두 급속히 폐허에서 다시 일어나는 번영의 도시, 부산하게 웅성거리고 있는 도시였다. 애틀랜타는 어떤 처지에 놓여 있건, 언제나 시끄럽지 않으면 안 되는 것처럼 생각되었다. 사배나, 찰스턴, 오가스타, 리치먼드, 뉴 올리안즈는 결코 이렇게까지는 부산하지 않았다. 그러나 이 도시만은 전부터 인심이 좋지 못했고, 게다가 성급히 양키화되어 있었다. 그러나 요즘의 애틀랜타는 전보다 더 질이 나빠졌고, 그리고 전무후무라해도 좋을 만큼 양키식으로 되어 있었다. 새 손님이 사면 팔방에서 밀려 들어와 거리는 숨이 막힐 것 같았고, 아침부터 밤중까지 시끌시끌했다. 북군 장교의 부인들과, 신흥 재벌인 뜨내기들의 으리으리한 마차가 시민들의 삐걱거리는 이류 마차에 흙탕물을 튀기며 다녔다. 그리고 돈 많은 외국인들의 요란한 새 주택들이 전부터 살고 있는 주민들의 초라한 집 사이에 마구 들어서기 시작했다.

전쟁 때문에 남부에 있어서의 애틀랜타의 중요성은 한층 뚜렷해졌다. 지금까지는 눈에도 띄지 않았던 거리가 이제는 멀리 각 지방에까지 유명해졌다. 샤만 휘하의 부대가 여름내 전투의 목표로 삼아 수천의 전사자를 낸 철도는, 철도가 있음으로 해서 생긴 이 도시에 다시금 활기를 주었다. 애틀랜타는 파괴되기 전과 마찬가지로 다시 이 지방 일대의 활동의 중심이 되고, 시는 환영하는 사람이나 안 하는 사람이나 한꺼번에 와아 밀려드는 새 시민을 맞아들였다.

남부를 휩쓰는 뜨내기들은 애틀랜타를 본거지로 삼고, 역시 도시에서는 신참자인 남부의 가장 오래된 전통 있는 후계자들과 거리에서 으르렁거리고 있었다. 샤만 부대의 진격으로 불타 쫓겨나고, 게다가 노예를 잃어 이제는 더 이상 목화 농사로 살아갈 수도 없게 된 이 시골 패들은 애틀랜타로 와서 살지 않을 수 없었다. 새 이주자들은 매일처럼 테네시 주와 남부 양캐롤라이나 주에서 몰려들어 왔다. 그 지방에서는 재건 공작의 조지아 주보다도 한층 가혹했다. 북군에 고용되어 싸운 아일랜드 사람과 독일 사람의 대다수도 제대하자 곧장 애틀랜타에 자리를 잡았다. 북부 주둔군 부인들과 딸들은 사 년이나 계속된 전쟁이 끝나자, 남부를 구경하고 싶은 호기심에 못 이겨 찾아오기 때문에 자리의 인구는 그만큼 불어 갈 뿐이었다. 온갖 모리배들이 기회만 있으면 한 밑천 잡으려고 떼를 지어 들어왔다. 그리고 지방의 흑인들은 여전히 몇 백 명씩 떼를 지어 밀려들어왔다.

시는 극도로 혼란하였다. 변경에 있는 부락처럼 무정부 상태였고, 게다가 그 악덕과 죄악을 감추려고도 하지 않았다. 하룻밤 사이에 술집이 마냥 악의 꽃을 피웠고, 한 구역에 두 집 혹은 세 집이나 술집이 있어, 밤만 되면 흑인과 백인의 주정꾼이 거리에 범람하여 담과 벽의 살핏돌 사이를 비틀비틀 왔다갔다하고 있었다. 깡패, 소매치기, 창녀들이 등불이 없는 골목과 큰길 그늘진 곳에 숨어 있었다. 노름판은 크게 흥청거리고, 총질이다 칼부림이다 싸움이 벌어지지 않는 밤이 거의 없었다. 품행이 방정한 시민은, 애틀랜타에 번화한 대홍등가가 생기고 더구나 그것이 전시중보다도 더 커지고 번영하는 것을 보고 개탄했다. 밤새도록 덧문을 꽉꽉 닫은 문틈 사이로 피아노를 쾅쾅 치는 소리가 들리고 시끌시끌한 노랫 소리와 웃음 소리가 새어나왔다. 때로는 그것이 비명 소리와 권총 소리로 중단되는 때도 있었다. 그런 집에 사는 사람들은 전시중의 매춘부보다도 더욱 염치가 없어 뻔뻔스럽게도 창밖으로 몸을 내밀고 지나가는 사람들을 부르고 있었다. 그리고 일요일 오후라도 되면, 홍등가 마담들의 멋진 유개 마차가 성장을 한 계집들을 가득 싣고 큰 거리로 몰려나와 나지막하게 드리운 비단 커튼 너머로 밖의 공기를 마시고 있었다.

벨 와틀링은 그러한 마담들 중에서도 가장 악명 높은 여자였다. 새로 자기 가게를 열었는데, 커다란 이층집으로 이 지역의 어느 집도 이것에 비하면 마치 더러운 토끼집으로 보일 만큼 당당한 것이었다. 아래층에는 멋있는 유화가 걸린 길다란 홀이 있고 매일 밤 흑인 오케스트라의 연주가 있었다. 소문에 의하면, 이층에는 최고급 우단을 씌운 가구, 묵직한 레이스의 커튼, 외국산 금테 거울 등이 갖춰져 있다고 했다. 이 가게에 나와 있는 십여 명의 젊은 여자들은, 곱게 화장하고 있을 때는 제법 미인들로서 다른 가게에 비하면 훨씬 얌전하기도 했다. 적어도 벨의 가게만은 경찰의 간섭도 거의 없는 것 같았다.

이 가게는 아뭏든, 애틀랜타 상류 부인들의 귓속 이야깃 거리가 되고, 목사는 조심스런 말로 사악과 빈축과 오욕의 쓰레기통이라고 비난의 설교를 했다. 벨 같은 타이프의 여자가 이런 으리으리한 가게를 꾸밀 만한 돈을 스스로 마련할 수 없다는 것은 누구의 눈에도 명백했다. 틀림없이 후원자가 있을 것이고, 게다가 그는 부자임이 뻔했다. 그런데 레트 버틀러는 품위가 없는 사람이었기 때문에 그녀와의 관계를 숨기지 않아, 세상은 그가 그녀의 후원자임을 누구나 알고 있었다. 벨은 가끔 얼굴빛이 싯누런 건방진 흑인 마부를 데리고 유개 마차를 타고 외출했는데 언뜻 보이는 그 모습은 제법 화려한 것이었다. 멋있는 밤색 말 두 필에 끌려 그녀가 지나가면, 어머니 손에서 용케 빠져 나온 길 근처의 사내아이들은 전부 달려나와 그녀를 들여다보며 흥분해서 속삭이는 것이었다. 「저 여자다, 저게 옛날 벨이다. 난 그 새빨간 머리칼을 봤어.」

포탄으로 그 구멍투성이가 된 것을 헌 재목 토막이나 연기에 그을린 벽돌을 써서 수리한 집을 밀어제치듯, 뜨내기 정상배들과 전쟁 벼락부자의 훌륭한 주택들이 세워져 가고 있었다. 지붕은 이중 경사에다 바람막이를 대고 뾰족탑에 착색 유리창, 그리고 넓고 넓은 잔디밭이 있었다. 밤마다 이런 신축된 집 창에는 가스등이 휘황하게 켜지고 음악과 춤추는 소리가 도어 밖에까지 흘러나왔다. 색깔이 고운 값비싼 비단옷을 입은 여자들이 긴 베란다를 거닐고, 야회복을 입은 남자들이 곁에 붙어 있었다. 샴페인 마개를 뽑는 소리가 신나게 들리고, 레이스 테이블보 위에는 일곱 종류의 요리가 놓여 있었다. 포도주에 절인 햄, 눌린 들오리 고기, 거위 간으로 만든 파이 요리, 제철 아닌 진기한 과일들이, 상이 비좁을 만큼 차려져 있었다.

옛날부터 있는 집의 일그러진 도어 안쪽에는 빈곤과 기아가 있었다. 그들이 이를 악물고 가난을 참으며 신사의 체면을 지키고 있는 만큼 그것은 더욱 쓰라렸고, 물질적인 결핍에는 겉으로 초연한 체해 보이고 있는 만큼 그것은 한결 괴로왔다. 호화로운 저택 생활에서 하숙살이로 옮기고, 다시 하숙집에서 뒷골목 오막살이로 전락한 허다한 가정의 비참한 실례를, 미드 의사는 알고 있었다. 심장 쇠약과 영양 실조로 신음하는 부인 환자를 너무도 많이 보아왔기 때문이다. 의사는 바싹바싹 다가오는 굶주림이 병의 원인임을 알고 있었고, 환자들도 의사가 그 원인을 알고 있다는 것을 알았다. 그는 온 가족이 차례로 잇달아 폐병에 걸리는 것을 보았고, 전염성 피부병에 걸리는 가족들도 보았다. 이런 병은 옛날에는 가난한 백인만이 앓는 것이었는데, 지금은 애틀랜타 최상류 가정에도 나타나기 시작했다. 갓난아이의 다리는 비비 꼬일 정도로 여위고, 젖을 주지 못하는 어머니도 있었다. 늙은 의사는 전에는 갓난아이를 받아내는 것을 하느님께 감사했다. 그러나 지금은 새로 태어나는 생명도 그다지 은혜로 생각되지는 않았다. 지금 세상은 연약한 갓난아이에겐 너무도 가혹했고, 나서 두세 달만 되면 죽고 마는 아이가 많았기 때문이다.

여보란 듯이 서 있는 큰 저택에는 휘황하게 등불이 빛나고 술, 음악, 춤, 눈부신 금실 무늬의 비단, 최상품의 나사가 있건만, 한 발짝 모퉁이만 돌아서면 거기에는 굶주림과 추위가 바싹바싹 밀어닥치고 있었다. 정복자에게는 오만과 냉혹이 있었고, 피정복자에게는 무서운 고난과 정복자에 대한 증오가 있었다.

38

스카알렛은 이러한 모든 것을 눈으로 보고, 낮에는 이것과 함께 살고 밤에는 이것을 잠자리에까지 가지고 가서, 이후는 대체 어떻게 될 것인가 늘 겁을 먹었다. 토니의 사건으로, 자기도 프랭크도 이미 북군의 요주의 인물 수첩에 전해 있는 것을 알고 있었다. 그러므로 언제 어느 때 재난이 닥쳐올지 모르는 신세였다. 그러나 언제나 그렇듯이, 특히 지금은 두 번 다시 출발점으로 되돌아간다는 것은 견딜 수 없었다. 더구나 멀지 않아 아기를 낳게 될 지금은 더욱 그렇다. 제재소가 그럭저럭 순조롭게 되어 가고 가을이 되어 목화의 수확이 있을 때까지 타라가 경제적으로 그녀를 의지하고 있는 지금은 싫었다. 보잘것없는 무기밖에 갖지 못하고, 이 미치광이 같은 세상과 또다시 처음부터 싸워 나가야만 된다면 어떻게 할 것인가. 붉은 입술과 푸른 눈과, 빈틈은 없으나 그리 현명하지도 못한 머리를 가지고, 북부 사람들과 그들이 뒤를 밀고 있는 것들과 싸우지 않으면 안 된다. 공포에 지치고 지친 끝에, 또다시 새 출발을 할 지경이라면 차라리 자살하는 편이 낫다고 생각했다.

1866년 봄의 폐허와 혼란 속에서, 그녀는 한결같이 모든 정력을 기울여, 제재소의 수지가 맞게 하려고 애썼다. 애틀랜타에는 돈이 있었다. 건축 부흥의 물결이, 그녀에게 바라는 기회를 주고 있었다. 그러므로 감옥에만 들어가지 않으면 얼마든지 벌 수가 있다고 생각했다. 그러니까 앞으로는 신경질을 부리지 말고 세상을 살아가며, 모욕을 받아도 상대를 말고 얌전히 있으며, 부정에는 눈을 감고, 흑인이든 백인이든 못되게 구는 상대에게 절대로 화를 내지 않으리라 몇 번이나 스스로에게 타일렀다. 그녀도 역시 해방된 무례한 흑인에 대해서는 누구에 못지않는 증오를 느끼고 있었다. 지나가는 길에 무례한 말이나, 꽥꽥거리는 소리를 들을 때마다 노여움이 전신에 지글지글 끓었다. 그러나 그녀는 경멸하는 눈길조차 그들에게 던지지 않았다. 그녀는, 자기는 악전 고투를 하고 있는데 힘 하나 안 들이고 돈을 버는 뜨내기 정상배와 변절자들을 미워했다. 그런데도 그들을 비난하는 말은 한마디도 입에 담지 않았다. 아마 이 애틀랜타에서 그녀 이상으로 북부인을 미워하는 사람도 없으리라. 왜냐하면 그녀는 푸른 군복을 보기만 해도, 분노로 구역질이 날 정도였기 때문이다. 그러나 그녀는 집안 식구끼리만 있는 데서도 그들의 욕을 입 밖에 내지 않았다.

나는 큰 소리만 치는 바보가 되고 싶지는 않다. 그렇게 생각한 그녀의 마음은 용서 없이 엄격했다. 옛날 일이나 다시 돌아오지 않는 남자들을 생각하고 슬퍼하는 것은 그들 마음대로다. 북군의 행위에 분노하고 대통령 선거의 투표권을 잃었다고 치를 떠는 것도 그들 마음대로다. 다른 사람들이야 본심을 털어놓은 죄로 감옥으로 가려면 가라지. 큐 클럭스 클랜단에 가입했다가 교수형을 당하는 것도 괜찮겠지. 아, 스카알렛에겐 그것은 정말 무서운 이름이었다. 흑인에게도 그랬지만, 그녀도 그 이름만 들으면 오싹 소름이 끼쳤다. 다른 여자들이 자기 남편이 그 단원이라고 자랑하는 것도 그들 자유다. 다행히도 프랭크는 그런 것에 관계하지 않는 것 같다. 자기들 손으로는 도저히 어쩔 수 없는 것을, 속을 태우고, 기를 쓰고, 음모를 꾸미고 계획을 짜거나 한다면 그것도 멋대로 하라지. 지나간 일들은 이 괴로운 현재와 믿을 수 없는 미래와 비교해 보면 아무것도 아니잖는가. 먹는 것과 사는 집과 감옥에 들어가지 않도록 하는 것만이 절실한 문제인 이때에, 대통령 선거 따위가 무슨 상관이 있단 말인가. 아, 하느님, 유월까지는 제발 저를 재난에서 지켜 주십시오!

유월까지면 된다! 그때까지 피티 고모네 집에 들어박혀 있으면 된다. 아이를 낳을 때까지는 세상 사람들 눈을 피해야 한다는 것을 스카알렛은 알고 있었다. 세상에서는 벌써 이런 몸으로 사람들 앞에 나오는 그녀를 시끄럽게 비난하고 있었다. 숙녀인 사람은 임신하면 절대로 사람들 앞에 모습을 보여서는 안되는 것이다. 벌써 프랭크와 피티 고모는, 그녀에게나 그리고 자기들에게도 망신이 되는 일은 하지 말아 달라고 성가시게 말하고 있었다. 그 전부터 그녀는 유월만 되면 그만두겠다고 그들과 약속했던 것이다.

유월까지면 된다. 유월까지 완전히 제재소의 기초를 잡아 자기가 손을 떼도 지장이 없을 만큼 해두지 않으면 안 된다. 유월까지 뜻밖의 불행에 대비해서 아쉬운 대로 얼마간이라도 신변을 지킬 만한 돈을 만들어 두지 않으면 안 된다. 해야 할일은 산더미 같은데, 그만한 시간은 거의 없었다. 그녀는 하루의 시간이 좀더 길었으면 싶고, 일 분 일 분을 세면서 열에 들뜬 것처럼 열심히 돈을 벌고, 그래도 부족해서 쉴새없이 돈을 탐냈다.

마음 약한 프랭크를 몰아세운 결과, 가게 쪽도 이제는 순조롭게 되어 가고 묵은 외상을 받으러 나다니게까지 되었다. 그러나 그녀가 희망을 걸고 있는 것은 제재소였다. 요즘의 애틀랜타는 말하자면 땅에 쓰러진 거목이 다시금 일어나, 전보다도 많은 가지를 뻗고 있는 것과 같았다. 건축 자재의 수요는 공급이 뒤를 못 댈 만큼 많았다. 재목, 벽돌, 석재 값은 터무니 없이 뛰어올라 스카알렛은 이른 새벽부터 저녁때까지 계속 공장을 움직여야 했다.

매일 몇 시간을 공장에서 보내고 온갖 일을 보살피며, 도둑질을 막기 위해 최대의 노력을 기울였다. 그녀의 직감으로는 도둑을 맞고 있는 것이 거의 확실했기 때문이다. 그러나 대부분의 시간은 시내를 마차로 돌아다녔고, 앞으로 집을 지을 계획이라는 소리만 들으면 설사 그것이 전혀 모르는 사람일지라도 서슴 없이 찾아가 자기에게서만 재목을 사도록 약속을 받았다.

순식간에 그녀의 모습은 애틀랜타 시내의 하나의 낯익은 풍경이 되었다. 위엄은 갖추고 있으나 불만스런 표정을 한 늙은 흑인 마부와 나란히 이륜 마차에 앉아서 무릎 가리개를 가슴까지 끌어올리고 장갑 낀 작은 손을 무릎 위에 깍지를 끼고 있었다. 피티 고모가 만들어 준 예쁜 초록색 짧은 외투가 그 몸을 사람의 눈에서 가려 주었고, 납작한 초록색 모자가 푸른 눈과 잘 어울렸다. 그녀는 장사 일로 찾아갈 때는 언제나 이 어울리는 옷차림으로 갔다. 엷게 바른 볼연지와 그보다 한결 아련한 화장수 냄새가, 이륜 마차에서 내려서서 온 몸을 다 드러내지 않는 한, 그녀를 한 폭의 고운 그림으로 만들었다. 그러나 마차에서 내릴 필요는 거의 없었다. 방긋 웃고 고개를 끄덕이기만 하면 남자들은 급히 마차까지 와 주었고, 빗속에 모자도 쓰지 않고 선 채로 그녀와 흥정하는 일이 허다했다.

재목으로 한 밑천 잡을 기회를 노린 것은 그녀만이 아니었지만, 경쟁 상대 같은 것은 전연 염두에 두지 않았다. 누구에게도 지지 않을 자신의 약삭빠름을 그녀는 똑똑히 자각하고 긍지를 갖고 있었던 것이다. 그녀는 다름 아닌 저 제랄드의 딸로, 아버지에게서 이어받은 빈틈 없는 장사 솜씨, 지금은 필요에 의해 더욱 날카롭게 날이 서 있었던 것이다.

처음엔 다른 업자들은 그녀를 비웃었다. 여자의 몸으로서 장사에 손을 댔다고 하는 단순히 그 생각만으로 악의 없는 경멸감을 가지고 코웃음을 쳤다. 그러나 지금은 속으로 욕을 퍼부었다. 여자란 경우에 따라서 매우 유리했다. 왜냐하면, 필요할 때는 어디까지나 가련한 모습을 보이며 상대에게 매달려 그 마음을 누그러뜨릴 수가 있었기 때문이었다. 용감하게는 보이나마 못된 세상 때문에 하는 수 없이 꼴사나운 흉내를 내는 마음씨 약한 상류 부인, 재목을 사주지 않으면 굶어죽을지도 모르는 연약한 숙녀라는 인상을 암암리에 주기는 그녀에게는 식은 죽 먹기였다. 한편 숙녀답게 보여서는 안 될 듯싶으면 곧 냉담하게 사무적이 되었고, 또 이 흥정으로 따로 새 손님이 생길 경우에는 손해를 보고서도 기꺼이 경쟁 상대보다 헐값으로 팔았다. 들키지 않을 것같이 보이면 나쁜 물건도 좋은 재목 값을 받고 예사로 팔아넘겼다. 그러면서도 언제나 다른 재목상의 험담을 먼저 했고, 그러고도 양심의 가책은 조금도 느끼지 않았다. 사실을 폭로하는 것은 참으로 마음이 내키지 않는다는 태도를 꾸며 보이면서 살 기색이 있는 손님에게 한숨을 섞어 가며 경쟁 상대의 재목은 값이 턱없이 비싼 데다가 썩었거나 옹이 구멍투성이로, 요컨대 한심스러울 정도로 나쁘다고 깎아내리는 것이었다.

처음 스카알렛은 이런 식의 거짓말을 하고는, 으례 당황과 죄악감을 느꼈다. 당황을 느낀 것은 거짓말이 정말 힘도 안 들이고 자연스럽게 입 밖에 나왔기 때문이고, 죄악감을 느낀 것은 이것을 알면 어머님이 뭐라고 하실까 하는 생각이 언뜻 마음에 떠올랐기 때문이다.

거짓말을 하면서까지 약삭빠른 짓을 하고 있는 딸을 보고 엘렌이 뭐라고 할 것인가는 생각해 볼 필요도 없었다. 어이가 없어서 아마 쉽게 믿으려고도 하지 않을 것이다. 그리고 말씨는 부드러우나 뼈에 사무치는 꾸중을 할 테지. 명예와 정직과 진실과 이웃에 대한 의무에 대해 말할 것이다. 한순간 스카알렛은 어머니의 얼굴에 나타난 표정을 그려 보고 마음이 움찔했다. 그러나 이내 그 환상은 흐려지고, 마침내 거칠고 무도하고 탐욕스런 충동 때문에 완전히 지워지고 말았다. 이러한 충동은 타라 농장의 그 곤궁할 때에 생겨난 것으로, 그것이 이제는 불안한 생활 때문에 더욱 강해진 것이다. 이리하여 그녀는 전에도 그러했듯이 이 이정표를 통과하고 말았다. 지금의 자기는 엘렌이 이렇게 되었으면 하고 바랐던 그런 자기는 아니라고 한숨을 내쉬며, 어깨를 흔들고 그 영험이 뚜렷한 주문을 다시 되풀이했다. 『이런 것들은 모두 이 다음에 생각하자.』

그러나 그녀는 두 번 다시 어머니를 자기의 장사 수법과 결부해서 생각하지 않았다. 다른 재목상을 앞지르기 위해서는 어떤 수단을 쓰든 결코 후회하지 않았다. 그들에 대해 거짓말을 해도 절대 안전하다는 것을 알고 있었기 때문이었다. 남부 특유의 신사도가 지켜 주었던 것이다. 남부에서는 부인이 신사에게 거짓말을 하는 것은 상관없으나, 신사가 부인에게 거짓말을 하는 것은 허락되지 않았다. 게다가 부인을 거짓말장이라고 부르는 것은 더더구나 용납되지 않았다. 다른 재목상들은 고작 속으로 분통을 터뜨리고 가족들이 있는 데서나 분개하는 정도로, 아쉬운 대로 오 분만이라도 좋으니 케네디 부인이 남자가 되어 주었으면 하고 억울해 했다.

디케이터 가도에서 공장을 경영하고 있는 어떤 가난한 백인이 그녀의 무기에 대해 스카알렛에게 도전했다. 공공연히 그녀는 거짓말장이요, 협잡꾼이라고 떠들어 댔다. 그러나 이것은 그에게 득이 되기는커녕 오히려 재앙을 가져왔다. 왜냐하면 설령 가난한 백인일망정 양가집 숙녀에게 그 부인이 아무리 여자답지 못한 행동을 했다 하더라도, 그러한 돼먹지 않은 소리를 한다는 것은 언어 도단이라고 세상 사람들이 분개했기 때문이었다. 스카알렛은 그것에 대해서는 한마디도 대꾸하지 않고, 잠자코 그 욕을 참았다. 그리고 시간을 두고 모든 주의를 그와 그의 단골에게로 돌렸다. 속으로 남몰래 이를 악물고 자기의 결백을 증명하기 위해, 가장 좋은 재목을 사정 없이 그보다도 헐값으로 그의 단골에게 팔았다. 그 때문에 이윽고 그는 파산했다. 그녀는 개가를 올리고 자기가 정한 값으로 그의 공장을 사들였다. 프랭크는 이것을 보고 몸서리를 쳤다.

공장이 일단 내것이 되자, 당장 그 관리를 맡길 만한 믿음직한 사람을 찾아야 한다는 어려운 문제가 생겼다. 존슨 같은 사람은 이젠 달갑지 않았다. 아무리 감시를 해도, 그가 여전히 스카알렛의 눈을 피해 재목을 팔아넘기고 있는 것을 그녀는 알고 있었다. 그러나 그렇게 애쓰지 않아도 적당한 남자가 곧 나설 것 같았다. 누구나가 몹시 가난한 생활을 하고 있다. 거리에는 남자가 우글거리고 그 중에는 전에는 부자였지만 지금은 일자리가 없어 고생하고 있는 사람도 있을 것이 아닌가. 군대 출신으로 굶주리고 있는 사람에게 프랭크는 하루도 돈을 보태 주지 않는 날이 없었고, 피티 시고모와 쿠키는 말라 빠진 거지에게 매일 먹을 것을 싸주고 있는 형편이었다.

그러나 스카알렛은 무슨 까닭인지 자기도 알 수 없었지만 그런 패들을 고용하고 싶지는 않았다. 『일 년이나 지났는데 아직 아무런 일자리도 못 구하는 남자는 틀렸다.』그녀는 생각했다. 『아직도 평화에 순응하지 못하는 인간이라면 내 비위도 맞추지 못할 것이다. 게다가 그런 패들이 아주 근성이 야비해서 사람들에게 무시를 당하고 있다. 나는 남에게 무시당하고 있는 인간은 싫다. 르네나, 토미 웰번이나, 켈즈 와이팅이나, 또는 시몬즈 형제 중의 어느 쪽이나 좋다. 하여간 이런 부류에 속하는 기민하고 정력적인 남자가 필요하다. 이 사람들에게는 항복 직후 군인들이 가지고 있던 그 아무렇게나 되라는 식의 자포 자기 심리가 없다. 무엇에나 무서운 의욕을 가지고 있는 것 같다.』

그러나 놀랍게도 벽돌구이를 시작한 시몬즈 형제도, 아무리 심한 흑인 고수머리라도 여섯 번만 바르면 펴진다고 보증을 하고 자기 어머니 부엌에서 약품을 만들어 팔고 있는 켈즈 와이팅도, 은근한 미소를 띄우고 감사의 뜻을 표하며 점잖게 그녀의 청을 거절했다. 그녀가 말을 건넨 다른 여남은 명도 역시 마찬가지였다. 화가 나서 급료를 듬뿍 주겠다고 해 보았지만 그래도 거절당했다. 메리웨더 부인의 조카 한 사람은 건방지게도 다음과 같은 의견을 내세웠다. 자기는 뭐 특별히 좋아서 짐마차를 굴리고 있는 것은 아니다, 그러나 어찌 됐든 이것은 자기 짐마차다, 스카알렛에게 고용되는 것보다는 어디서고 자기 손으로 일하는 편이 낫다.

어느 오후의 일이었다. 스카알렛은 르네 피칼의 파이를 실은 짐마차 옆에 자기 마차를 대고 르네와 절름발이가 된 토미 웰번에게 말을 걸었다. 토미는 르네의 차를 얻어타고 집으로 돌아가는 길이었다.

「이봐요, 르네. 어째서 나를 도와 주지 않는 거죠? 공장을 관리하는 편이 파이 차를 끌고다니는 것보다 훨씬 낫지 않아요? 그런 일을 하고 있는 것이 당신도 부끄럽죠?」

「나는 이제 조금도 부끄럽게 생각하지 않아요.」하고 르네는 빙글빙글 웃었다. 「점잖게 보이고 싶은 생각은 조금도 없어요. 전쟁 덕분에 흑인과 마찬가지로 해방이 되기까지는 스물 네 시간 내내 점잔을 빼고 있었죠. 그러나 위엄을 갖추고 지루하게 앉아 있는다는 건 이제 지긋지긋해요. 나는 새처럼 자유롭고 싶어요. 나는 이 파이 차가 좋아요. 이 노새가 좋단 말이오. 우리 장모님이 만들어 주신 파이를 팔아 주는 친절한 북군 병사들도 좋아요. 아니 스카알렛, 나는 기어코 파이 왕이 될 거요. 그것이 나의 운명인걸요. 나는 나폴레옹처럼 나는 내 운명의 별에 순종하겠어요.」그렇게 말하고 그는 연극이나 하듯 채찍을 휘둘렀다.

「하지만 당신은 지체로 보아도 파이 장수 같은 건 성미에 맞지 않을 거예요. 토미가 많은 난폭한 아일랜드 석공들 틈에 끼어 힘겹게 일하는 것이 성미에 맞지 않는 것과 마찬가지예요. 내가 하고 있는 일은 좀더…….」

「그러고 보면 당신은 아마 제재 공장을 경영하게시리 길러진 모양이죠?」하고 토미가 입 양끝을 일그러뜨리며 말했다. 「그게 틀림없어. 내게는 어린 스카알렛이 어머니 무릎에 앉아 잘 돌아가지도 않는 혀로 되받아 말하는 모양이 눈에 선하거든. 『나쁜 재목이 비싼 값으로 팔리면, 절대로 좋은 것은 팔아서는 안 된다.』고 말이야.」

이 말을 듣자 르네는 큰 소리로 웃으며 조그만 원숭이 같은 눈을 반짝이면서 몸을 꼬고 있는 토미의 등을 철썩 때렸다.

「실례되는 소리는 하지 말아요.」스카알렛은 쌀쌀하게 말했다. 왜냐하면 토미가 한 말은 조금도 우습다고는 생각되지 않았기 때문이다. 「물론 나는 제재 공장을 경영하게시리 키워지진 않았어요.」

「실례되는 말을 하려고 한 건 아닙니다. 하지만 당신은 현재 제재 공장을 하고 있지 않습니까. 그것을 위해 길러졌거나 아니거나 말이오. 게다가 제법 재미도 보고 있소. 그런데 내가 보는 한에는, 우리들 중에는 아직 진삼으로 하고 싶어하는 사람은 한 사람도 없는 것 같아요. 앞으로도 역시 마찬가질 거요. 인생이 소망대로 안 되었다고 해서 주저앉아 우는 것은 약한 인간, 약한 국민이 하는 짓이오. 사업욕이 왕성한 뜨내기들이라도 붙들어다가 시키면 되잖아요, 스카알렛? 숲속에는 그런 녀석들이 얼마든지 있어요. 정말이오.」

「뜨내기 따위는 싫어요. 그녀석들은 시뻘겋게 단 것이나, 못질을 해둔 것 이외는 무엇이고 훔치니까요. 그 패들은 조금이라도 돈이 생길 만하면 자기들이 좋아하는 곳에 자리를 잡고, 우리들을 거들어 주려고 하지 않아요. 나는 지체 있는 사람들 중에서 마음에 드는 사람이 필요해요. 머리가 좋고 정력적이고 그리고…….」

「너무 지나친 욕심은 갖지 않는 편이 좋아요. 그리고 당신이 말하는 보수로는 좀 무릴 거요. 심한 병신이 된 녀석이면 몰라도, 당신이 말하는 그런 사람은 모두 이젠 뭔가 일자리를 가지고 있으니까 말이오. 적당한 자리라곤 할 수 없어도, 어쨌든 모두 무언가 하고 있어요. 여자를 위해 일 할 바에는 무엇이든지 자기 일을 하는 편이 좋아요.」

「남자들이란 밑바닥에 떨어져 있어도 별로 눈동자가 제대로 돌지 않는 모양이죠?」

「그럴 거요. 하지만 긍지만은 소중하게 지니고 있지.」 토미의 목소리는 진지했다.

「긍지라고요? 긍지란 굉장히 달콤한 거죠. 특히 껍데기가 얇고, 달콤한 크림이라도 발린 경우에는.」 스카알렛의 말은 날카로왔다.

두 사나이는 웃었다. 다소 불쾌한 것 같았다. 둘이 남자로서 여자에게 반발심을 품고 뭉쳐 있는 것같이 그녀에게는 생각되었다. 토미가 한 말이 옳다고 그녀는 생각했다. 마음 속에 지금까지 이미 말을 건네 본 남자들, 그리고 앞으로 건네 보려 하고 있는 남자들이 문득 생각났기 때문이었다. 그들은 모두 바쁜 것 같았다. 바쁜 듯이 무언가를 하고 있었다. 열심히 일하고 있었다. 전쟁 전에 상상했던 이상의 능력으로 일을 하고 또 열심히들 하고 있었다. 자기가 좋아하는 일을 하고 있는 것도 아니고, 가장 즐거운 일을 하고 있는 것도 아니고, 또 그것을 하기 위해 배워 온 일을 하고 있는 것도 아니었으나 어쨌든 무언가 일하고 있었다. 세상은 남자들에게 일자리를 골라잡는 것을 허용할 만큼 편안하지 못했다. 그들은 잃어버린 희망을 탄식하고 슬퍼하며, 잃어버린 옛 생활 양식을 그리워하고 있는지도 몰랐다. 그러나 그것은 남이 알 바가 아니었다. 그들은 새로운 전쟁을 하고 있는 것이다. 그것은 먼젓번 전쟁보다는 더욱 격렬한 것이었다. 이제 그들은 다시 인생을 소중히 알기 시작했다. 전쟁이 그들의 인생을 둘로 딱 갈라 놓기 전에 그들에게 활기를 주고 있던 것과 똑같은 긴장과 열의를 가지고 소중히 하고 있었다.

「스카알렛.」 하고 토미는 조심스럽게 말했다. 「실례되는 말을 해서 뻔뻔스럽게 당신의 호의에 매달리려는 것은 아니지만, 그러나 역시 말을 안 할 수가 없군요. 아뭏든 당신에게도 도움이 될 테니까. 내 처남 휴 엘싱이 장작 행상을 하고 있는데 별로 신통치가 못 해요. 북부 녀석들 외에는 누구나 자기네 땔감은 자기들이 주우러 다니니까요. 그래서 엘싱네는 무척 곤란을 받고 있어요. 나는, 나도 하는 데까지는 해주고 있지만 원체 당신도 알다시피 패니를 데리고 있지요, 게다가 스파르타에는 돌봐 줘야 할 어머니와 같이 과부가 된 두 누이동생이 있어요. 휴는 얌전한 사람이에요. 당신은 얌전한 사람이 좋다고 했는데, 알다시피 집안도 좋고 또 그는 정직한 남자입니다.」

「하지만 그 휴는 별로 수완이 없잖아요. 그렇지 않다면 장작 장사도 꽤 재미를 봤을 텐데요.」

토미는 어깨를 으쓱했다.

「당신은 무척 까다롭군요, 스카알렛.」그는 말했다.「하지만 휴를 좀더 좋게 봐줬으면 좋겠어요. 당신은 또 달리 알아보실 수도 있겠지만 도리어 그만 못할는지도 모르잖아요? 그의 정직과, 자진해서 일을 해 보려는 성질은, 수완이 부족한 것쯤 보충하고도 남음이 있으리라 생각되는데.」

스카알렛은 대답을 하지 않았다. 너무 실례되는 소리는 하고 싶지 않았기 때문이었다. 그런 말을 들어도 그녀는 수완보다 더 좋은 특질은 없다고 생각했다.

온 시내를 돌아다니며 권유해 보아도 뜻대로 되지 않고, 또 많은 열의 있는 뜨내기들의 끈질긴 부탁을 물리친 끝에 결국 큰맘 먹고 토미의 권고에 따라 휴 엘싱에게 부탁하기로 결심했다. 그는 전쟁중에는 용감하고 지혜가 뛰어난 장교였으나 두 번 중상을 입고, 사 년이나 전투를 겪는 동안에 그 머리도 완전히 말라 버려서 마치 어린 아이처럼 어찌할 바를 모르는 채 가혹한 전후의 세상과 직면하고 있었다. 요즘에는, 장작을 팔러 다니는 그의 눈에는 집 없는 개와도 같은 표정이 있었다. 그러고 보면, 그녀가 바라고 있는 것 같은 남자는 결코 아니었다.

『그 사람은 바보야.』그녀는 생각했다.『장삿속도 모르고, 어쩌면 둘에다 둘을 더하는 덧셈도 못 할지 몰라. 앞으로 알게 될지 어떨지 모르지. 하지만 그저 정직해서 나를 속이지 않는 것만이 유일한 장점일 거야.』

스카알렛은 요즘 그녀 자신에게는 전혀 정직이라는 말 같은 걸 쓰지 않았다. 그러나 자기 쪽 정직을 가볍게 보면 볼수록, 다른 사람의 정직은 더 중요시하게 되었다.

『조니 갤리거가 토미 웰번하고 같이 그 건축 공사에 나가 있는 것이 유감이다.』하고 그녀는 생각했다.『그 사람이야말로 내가 바라는 남자인데, 못처럼 완고하고 뱀처럼 빈틈이 없지. 그에 알맞은 보수를 주면 아마 틀림없이 정직하게 해줄 거야. 성격도 내가 알고 있고, 상대방도 이쪽 성질을 알고 있으니까 같이 사업을 하면 아주 잘 돼 나갈거야. 그 호텔 공사가 끝나면 그 사람을 오게 할 수도 있을지 모르지. 그때까지는 휴와 존슨 씨를 데리고 그럭저럭 해가는 수밖에 없어. 휴에게 새 공장 관리를 시키고 존슨 씨에게 그 전 공장을 맡기게 되면, 나는 시내에서 판매만 도맡아서 할 수가 있어. 그 동안에 그 두 사람이 제재와 운반을 해 줄거야. 하지만 줄곧 내가 시내에 있게 되면 조니가 올 때까지는 존슨이 마구 도둑질을 할 텐데. 그 사내가 도둑질만 안한다면! 그 동안에 찰즈가 남긴 땅 반에다가 원목 창고를 만들어야지. 나머지 반에 술집을 세우는 것을 프랭크가 귀찮게 야단만 치지 않는다면 ! 하지만 프랭크가 아무리 야단을 쳐도 그만한 돈만 생기면 당장 술집을 세워야지. 프랭크가 그 모양으로 무기력하지만 않다면 얼마나 도움이 될까. 아, 하느님, 하필이면 이런 때에 아이만 생기지 않았더라도 ! 이제 얼마 안 있으면 밖에 나갈 수 없을 만큼 배가 부르겠지. 아, 하느님, 정말 아이만 낳지 않는다면 ! 그 얄미운 북군 녀석들이 나를 가만히 놓아두기만 한다면 ! 만약……』

언제까지나 만약에 만약이다 ! 인생에는 만약이라는 가정이 너무도 많다. 무엇 하나 확실한 것이 없고, 무엇 하나 안정감 있는 것 없이, 시종 몽땅 잃어버리는 것이 아닐까, 다시 추위와 굶주림에 시달리게 되는 것이 아닐까 전전 긍긍하고 있다. 물론 프랭크도 요즘은 다소 돈을 벌려고는 하고 있다. 그러나 늘 감기에 걸려 며칠씩이나 누워 있어야 하는 날이 허다하다. 만일 프랭크가 병으로 폐인이라도 된다면 어떻게 할까. 아니, 프랭크 같은 사람은 그다지 미덥지가 못하다. 믿을 수 있는 것, 믿을 수 있는 사람은 나 이외에는 없다. 그런데 내가 벌 수 있는 돈은 한심할 정도로 적다. 아 ! 만약 북부 녀석들이 밀어닥쳐 모조리 가져가 버리면 어떻게 할까. 만약 ! 만약에 ! 만약에 !

매달, 그녀가 버는 돈의 반은 타라의 윌에게 송금되고, 일부는 꾼 돈을 갚느라고 레트의 손으로 들어가며 나머지는 모아 두고 있었다. 어떤 수전노도 그녀보다 자주 돈 계산을 하지는 않을 것이고, 어떤 수전노도 그녀 이상으로 돈을 잃을까 무서워하지 않을 것이다. 그녀는 절대로 돈을 은행에다 맡기지 않았다. 은행이 파산할지도 모르고, 북군이 몰수할지도 몰라 그것이 걱정이 되었기 때문이다. 그러므로 돈은 될 수 있는 대로 코르셋 속에 쑤셔넣어, 살에서 떨어지지 않게 간직했다. 또 난로 위 벽돌 틈이라든지, 자기의 일용품 주머니 속이라든지, 성경책 사이라든지, 온 집안에다 작은 돈뭉치를 숨겨 두었다. 그리고 세월이 갈수록 그녀는 더욱더 조바심을 쳤다. 즉 모으는 돈이 불어나면 불어날수록, 만약 재난이 닥치는 경우 잃는 돈이 많아지기 때문이다.

프랭크도, 피티 고모도, 하인들까지도, 제정신이 아닐 정도로 고분고분 그녀의 신경질을 참았다. 그 심한 신경질도 임신 탓이려니 하고, 참된 원인은 꿈에도 생각지 못했다. 몸이 무거운 여자를 건드려서는 못 쓴다는 것 정도는 프랭크도 알고 있었기 때문에 자기의 자존심 같은 건 호주머니에 집어 넣고, 그녀의 공장 경영에 대해서도, 그렇게 몸이 무거워 가지고 숙녀답지 않게 시내를 돌아다니는 것에 대해서도 일체 입을 열지 않았다. 아내의 행위는 언제나 골칫거리였지만, 이제 조금만 참으면 된다고 생각하고 있었다. 아기만 낳으면 예전처럼 사랑을 요구할 때 모양으로 상냥하고 여자다운 여자가 되리라 생각하고 있었다. 그러나 아무리 그녀의 마음을 가라앉혀 주려고 해도 여전히 신경질은 가라앉지 않고, 마치 무엇에 홀리기라도 한 것 같은 행동으로 느껴질 때가 자주 있었다.

그녀가 정말로 무엇에 홀려 있는지, 미친 여자처럼 그녀를 내몰고 있는 원인이 무엇인지 짐작이 가지 않았다. 그것은 집에 들어앉기 전에 모든 것을 질서 정연하게 해두고 싶은 정열, 커다란 재난이 다시 밀어닥칠지도 모를 경우를 대비해서 될 수 있는 한 많은 돈을 준비해 두고 싶은 정열, 고조되어 가는 북부의 증오의 물결에 대비해서 현금의 방파제를 만들어 두고 싶은 정열에 지나지 않았다. 돈이야말로 요즘 그녀의 마음에 맹위를 떨치고 있는 강박 관념이었다. 아기를 생각할 때도 그것은 형편이 나쁠 때 태어난다는, 자기의 앞길을 방해당한 분노를 가지고 생각할 뿐이었다.

『죽음과 세금과 출산! 이것만은 형편이 좋을 때가 절대로 없는 거야!』

스카알렛이 여자의 몸으로 제재 공장을 시작했을 때, 애틀랜타 시내 사람들은 말도 안 되는 일이라고 몹시 이를 비난했다. 그러나 시간이 지남에 따라 그녀가 하는 일에는 한도가 없다는 데 사람들의 평이 일치했다. 사람들은 그녀의 약삭빠른 장사 수완에 입을 딱 벌렸다. 더우기 그녀의 죽은 어머니가 로비야르 집안 출신이라는 것을 생각하고 누가 보아도 임신이 분명한 데에도 줄곧 시내를 돌아다니는 것이 얼마나 꼴사나운가 하는 것을 생각하고는 더 한층 놀라지 않을 수 없었다. 점잖은 백인 부인이라면, 더더구나 비록 흑인 여자일지라도 임신했다는 것을 알면 그 순간부터 한 걸음도 집 밖에 나가지 않는 법이다. 그러니까, 메리웨더 부인 같은 이는 스카알렛이 하는 짓을 보고는 저 여자는 아마도 길 복판에서 아이를 낳을 작정인 모양이라고 화를 못 참겠다는 말투로 마구 떠들어댈 정도였다.

그러나 그녀의 행동에 대한 지금까지의 비난 같은 것은, 현재 시중에 퍼져 있는 뒷공론에 비하면 아무것도 아니었다. 스카알렛은 단순히 북부 사람들과 거래하고 있을 뿐만 아니라 진심으로 그것을 좋아하는 모양이라고 소문이 나 있었다.

메리웨더 부인이나, 그 외 많은 남부 사람들도 역시 북부에서 새로 온 사람들을 상대로 장사는 하고 있었으나 스카알렛과 다른 점은, 그들은 좋아서 하고 있는 것이 아니고, 또 좋아서 하고 있는 것이 아니라는 태도를 똑똑히 보이고 있는 점이었다. 그런데 스카알렛은 좋아서 하고 있는 것이다. 또는 좋아서 하고 있는 것처럼 보이는 것이다. 그것은 어느 쪽이든 괘씸한 일임에는 틀림이 없었다. 현재, 북군 장교의 부인들과 함께 그 집에서 차를 대접받고 있잖은가 ! 사실 그녀는 자기 집에 북부 부인들을 초대하는 이외는 무엇이고 하고 있었다. 그러므로 시내 사람들은, 만일 피티 고모나 프랭크만 없었다면 북부 부인들을 자기 집에 초대하는 일도 감히 사양치는 않았으리라고 상상했다.

시중에서 자기를 뭐라고 수군거리고 있는지 스카알렛은 알고 있었다. 그러나 조금도 개의하지 않았다. 개의할 여유도 없었다. 그녀가 지금도 무서운 증오심을 가지고 양키를 미워하고 있는 기분은, 그들이 타라의 집을 불태우려 했던 그날과 조금도 다름이 없었다. 그러나 그녀는 그 증오를 숨기고 있었다. 돈을 버는 마당이라면 북부 녀석들에게서 짜내야만 한다고 그녀는 생각하고 있었다. 그리고 미소와 친절한 말이 따르는 것만이 자기 공장을 위해, 그들로부터 한 밑천 잡는 가장 확실한 방법이라고 알고 있었다.

언젠가 자기가 큰 부자가 되어, 북쪽 놈들이 찾아낼 수 없는 곳에 돈을 감춰 둘 수 있게 되면, 그때에는 본심을 털어놓으리라. 내가 양키를 어떻게 생각하고 있고, 얼마나 무서운 증오와 혐오와 멸시를 가지고 있는가 하는 것을 그들에게 똑똑히 알려 주리라. 그렇게 되면 얼마나 통쾌할까 ! 그러나 그때가 올 때까지 그들과 사이좋게 지내야 한다는 것은, 너무나 뻔한 상식이다. 만일 그것이 위선이라고 한다면, 애틀랜타는 실컷 그 위선을 이용하면 되는 것이다.

북군 장교와 친해지는 것은, 땅에 앉은 새를 쏘는 것만큼이나 쉬운 일이라는 것을 그녀는 깨달았다. 그들은 적지에 있는 고독한 망명자와 같았다. 그 대부분은 시의 상류 여성과 교제하기를 갈구하고 있었다. 그런데도 양가집 여성들은 그들 옆을 지나갈 때는, 스커트를 바싹 여며 붙이고 마치 침이라도 뱉아 주고 싶은 표정으로 노려보며 갔다. 그들에게 친절한 말을 거는 것은 오직 매춘부와 혹인 여자들뿐이었다. 그런데 스카알렛은 일은 하고 있을망정 엄연한 숙녀였고, 게다가 양가집 여성이었다. 그만큼 그들은 살짝 비치는 그녀의 미소와, 그 푸른 눈에 빛나는 정다운 반짝임에 가슴을 설레고 있었다.

스카알렛은 마차에 올라앉아 볼우물을 보이며 그들과 이야기하고 있을 때, 울컥울컥 그들에 대한 혐오감이 치밀어올라서 도저히 맞대놓고 욕설을 퍼붓지 않고는 견딜 수 없을 정도로 싫을 때가 자주 있었다. 그런데도 그런 기분을 아무렇지도 않은 듯이 억제하고 있었다. 그리고 손끝 하나로 북부의 사나이들을 농락하기는, 옛날 남부의 사내들을 상대로 같은 일을 하며 즐기던 것보다, 훨씬 문제가 안 된다는 것을 깨달았다. 다만 양키를 상대할 경우에는 낙으로 하고 있는 것이 아니라 불쾌한 장삿속이었다. 그녀가 연출하고 있는 역할은 곤경에 빠진 남부의 세련된 아름다운 숙녀의 그것이었다. 위엄이 있는 겸손한 태도를 취함으로써 그녀는 그녀의 상대와 일정한 거리를 유지할 수가 있었다. 그래도 그녀의 태도에는 우아한 데가 있었고 그 때문에 북군 장교들은 케네디 부인을 생각할 때마다 포근한 따뜻함이 가슴 속에 솟아나는 것을 느꼈다.

이런 따뜻함은 그녀에게 대단한 이익을 가져다 주었다. 하기야 스카알렛은 애당초부터 그런 속셈으로 나섰던 것이기는 하지만, 주둔군 장교의 대부분은 언제까지 애틀랜타에 주둔하게 될지 모르기 때문에 아내와 가족을 이곳에 불러다 두고 있었다. 호텔과 하숙집은 만원이어서 그들은 작은 주택을 세웠다. 그러므로 그들은 시내 그 누구보다도 정중한 대우를 해주는 우아한 케네디 부인에게서 기꺼이 재목을 샀다. 뜨내기 정상배들과 변절자들도, 새로 번 재산으로 훌륭한 주택, 점포와 호텔 등을 세우고 있었는데, 그들도 그 전 남부 동맹의 병사를 상대하기 보다는 그녀와 상거래하는 것을 더 유쾌하게 생각했다. 군대 출신들은 태도는 정중했지만 그 정중함은 노골적인 증오보다도 형식적이었고, 그리고 보다 싸늘한 것이었다.

이리하여 그녀는 아름답고, 매력이 있고, 게다가 때로는 무척 가련하고 쓸쓸하게까지 보여, 그들은 기꺼이 그녀의 목재 창고며 프랭크의 가게까지도 후원해 주고, 변변치 못한 남편밖에 의지할 사람이 없는 용감한 젊은 여성을 돕는 것이 자기들의 의무라고 생각했다. 한편 스카알렛은 사업이 커지는 것을 보자, 자신의 현재가 양키의 돈으로 안전하게 지켜지고 있을 뿐만 아니라, 장차도 양키 친구들에 의해 지켜지리라는 것을 느꼈다.

북군 장교들과 마음대로 교섭하는 것은 예상보다 쉬웠다. 그것은 그들 모두가 남부의 숙녀들에게 존경과 두려움을 가지고 있기 때문이었다. 그러나 스카알렛은 멀잖아 그들의 부인들이 그녀가 생각지도 못 했던 문제가 되기 시작했다는 것을 깨달았다. 북쪽 부인들과의 접촉은 그녀가 원하는 바가 아니었다. 될 수만 있으면 피하고 싶었는데 그렇게는 되지 않았던 것이다. 왜냐하면 그쪽 부인들 쪽에서 먼저 그녀와 만나기로 작정하고 접근해 왔기 때문이었다. 부인들은 남부와 남부 여인들에게 대단한 호기심을 품고 있었다. 그리고 스카알렛이 이 호기심을 만족시켜 주는 최초의 기회를 제공한 것이었다. 다른 애틀랜타 여자들은, 이들 아낙네들과는 전혀 교섭을 가지려 하지 않았고, 교회에서 만나도 인사도 하지 않았다. 그런 형편이었기 때문에 스카알렛이 장삿속으로 그녀들 집에 나타났을 때는 마치 그녀들의 소원이 이뤄진 것이나 다름 없었다. 스카알렛이 마차를 탄 채 북부 사람들 집 앞에서, 그 집 주인과 기둥이니 지붕 판자에 대해서 이야기를 하고 있으면, 아낙이 나와서 이야기에 끼기도 하고, 기어코 들어와서 차라도 한 잔 들고 가라고 권하는 일이 종종 있었다. 스카알렛은 그것이 아무리 싫어도 좀처럼 거절한 일이 없었다. 왜냐하면 프랭크의 가게에서 물건을 살 수 있다는 것을, 교묘한 말로 그녀들에게 비쳐 보일 기회를 그녀는 항상 노리고 있었기 때문이었다. 그것은 그녀들이 개인적으로 자세한 이야기를 여러 가지로 묻기도 하고, 남부 사람들에 대해 하나하나 경멸하는 듯한 태도를 보였기 때문이었다.

《엉클 톰의 오두막》을 성경 다음 가는 유일한 계시로 알고 있는 북부 부인들은, 남부 사람이면 누구나가 도망치는 노예를 추적하기 위해 기르고 있는 불럿하운드(경찰견─ 역자주)에 대해 알고 싶어했다. 그래 그녀가 그런 개는 나서 오늘날까지 꼭 한 번밖에 본 일이 없고, 또 그것은 조그만 온순한 개로 거대한 맹견은 아니라고 아무리 설명해도 아예 믿으려고 하지 않았다. 그녀들은 또 농장 주인이 노예의 얼굴에 표를 하기 위해 쓰는 무서운 쇠도장이라든지 노예를 때려죽이는 데 쓰는 채찍에 대해 얘기해 달라고 졸라 댔다. 게다가 스카알렛이 느낀 바로는 그녀들은 노예 첩이란 것에 대해 몹시 망측스럽고 추잡한 흥미를 가지고 있는 것 같았다. 북군 병사가 이 시에 주둔한 이래 애틀랜타에는 흑인과 백인의 혼혈아가 놀랄 만큼 불어난 것을 생각하고 스카알렛은 특히 이런 흥미에 심한 분노를 느꼈다.

다른 애틀랜타 여자였다면 아마 이런 미련하고 무식한 질문에 부딪쳤으면 분해 죽고 말았을지도 모른다. 그러나 스카알렛은 간신히 자신을 억제할 수 있었다. 억제할 수 있었던 것은 북쪽 부인들이 그녀의 가슴에, 분노보다는 경멸을 불러일으켜 주었기 때문이었다. 결국 이 패들은 북부 사람들이었고, 북부 사람들 하는 소리는 어차피 신통한 것이 없을 것이라고 생각했던 것이다. 그러므로 남부 부인, 남부의 도덕에 대한 북부의 어처구니 없는 모욕은 제대로 받아들일 생각이 없었고, 고작 마음 밑바닥에 모욕을 불러일으킬 정도였다. 그러나 마침내 한 사건이 일어났다. 그것은 속이 뒤집힐 정도로 그녀를 분개하게 만들었는데, 북부와 남부의 벌어진 틈이 얼마나 큰가, 거기에 다리를 놓기가 얼마나 힘든가를 똑똑히 증거로 보여 주었다.

어느 날 오후 피터 할아범과 마차를 타고 집으로 돌아오던 도중, 세 장교가 많은 식구를 거느리고 사는 집 앞을 지나게 되었다. 그들은 스카알렛의 재목으로 각각 주택을 짓는 중이었다. 그녀가 지나가자, 세 아낙이 마침 현관 앞길에 서 있다가 손을 흔들어 그녀를 멈추게 했다. 마차의 디딤돌 있는 데까지 다가와서 그녀들은 독특한 악센트로 인사를 했다. 그것은 그런 어조만 아니라면 북부인들의 어떠한 짓도 대개는 너그럽게 보아 줄 수 있겠다고 그녀가 생각할 정도로 듣기 싫은 사투리였다.

「마침 알맞은 때 와 주셨어요, 케네디 부인.」하고 메인 주에서 온 키가 크고 여윈 여자가 말했다. 「여기 뭐가 뭔지 알 수 없는 도시에 대해서 좀 알고 싶은 것이 있어요.」

스카알렛은 이 애틀랜타에 대한 모욕과 그 모욕에 상당한 경멸을 느꼈지만 아무 말없이 애교 있는 웃음을 띄었다.

「무슨 일인데요?」

「우리 집 유모 브리제트가 북부로 돌아가 버렸어요. 이 시의 검둥이들 속에서는 하루도 못 살겠다고 하면서 말예요. 덕분에 나는 아이들 치다꺼리에 머리가 다 멍해졌어요. 그러니 어디로 가야 새 유모를 구할 수 있는지 꼭 좀 가르쳐 주세요. 어디에 부탁해야 될지 몰라서.」

「그런 거라면 문제없어요.」스카알렛은 말하고 웃었다. 「아직 노예 해방 사무국의 영향으로 나빠지지 않은 시골에서 갓 나온 흑인을 찾으시면 아주 훌륭한 하인을 구할 수 있을 거예요. 이 문간에 잠깐 서서 지나가는 흑인 여자들에게 차례로 물어보시면, 틀림없이…….」

세 여자들은 한꺼번에 화가 나 소리질렀다.

「어머, 당신은 우리가 아이들을 검둥이에게 맡길 줄 아세요?」메인 주 출신의 여자가 외쳤다. 「나는 성질이 좋은 아일랜드 여자를 구하고 싶은 거예요.」

「애틀랜타에는 아일랜드 하녀는 한 사람도 없을 거예요.」스카알렛은 쌀쌀한 목소리로 대답했다. 「나 자신도 백인 하인 같은 건 한 번도 본 적이 없고, 또 내 집에 백인 하인을 두려고 생각해 본 일도 없어요. 그리고…….」하며 그녀는 자기도 모르게 어렴풋하게나마 비꼬는 투로 말하지 않을 수 없었다. 「흑인들은 식인종이 아니라고 장담할 수 있어요. 정말 신용할 수 있답니다.」

「아이구, 어림도 없어요! 검둥이 따위를 집에다 두다니, 될 법이나 한 일이에요. 어림도 없지!」

「내가 이 눈으로 직접 보기 전에는 흑인 같은 건 도무지 믿을 수 없어요. 더구나 어린애를 맡긴다는 것은…….」

스카알렛은 엘렌과 자기와 웨이드를 섬기노라 거칠대로 거칠어진, 다정하고 마디가 굵은 마미의 손을 생각했다. 이런 타관내기들이 어떻게 흑인의 손 같은 걸 알겠는가. 그것이 얼마나 상냥하고, 얼마나 위안이 되며, 얼마나 적당히 어루만져 주고, 도닥거려 주고, 얼러 주고 하는 방법을 터득하고 있는지 이따위 것들이 알 리가 있겠는가. 그녀는 억지로 웃음을 지었다.

「그런데, 참 이상하군요. 그런 말씀을 하시는 당신네들이 흑인을 해방시키지 않으셨던가요?」

「어머, 그것은 내가 아니에요.」하고 메인 주 출신의 여자가 웃었다. 「나는 지난달 남부로 올 때까지는 검둥이란 것을 한 번도 본 일이 없었어요. 그리고 이 이상 보고 싶지도 않고요. 검둥이를 보면 나는 온 몸이 스물스물해지는 것 같아요. 검둥이 따윈 하나도 믿을 수 없어요.」

스카알렛은 아까부터 피터 할아범이 거친 숨소리를 내면서 몸을 꼿꼿이하고 가만히 말의 귀만 지켜보고 있는 것을 눈치챘다. 메인 주 출신 여자가 갑자기 큰 소리로 웃으며 옆의 여자들에게 피터의 이야기를 하기 시작하는 바람에 스카알렛도 자연히 할아범 쪽으로 주의가 쏠렸다.

「좀 보세요, 저 검둥이 영감, 꼭 두꺼비처럼 퉁퉁 부어 있죠?」그녀는 킥킥거리며 웃었다. 「아마도, 저 검둥이는 당신들한테서 오냐오냐 하고 멋대로 길러진 모양이죠? 당신들 남부 사람들은 검둥이 다룰 줄을 모르시나 봐요. 몹시 건방지게 만들어 놓았으니 말예요.」

피터는 훅 숨을 들이마셨다. 그 주름투성이 이마에 깊은 골이 패었으나 눈은 여전히 똑바로 앞을 쏘아보고 있었다. 그는 나서 오늘날까지 백인에게 검둥이라고 불리어 본 적이 한 번도 없었다. 다른 흑인들에게서 들은 일은 있다. 그러나 백인에게서 들은 일은 절대로 없었다. 게다가 오랜 세월 해밀턴 댁의 당당한 큰 기둥 노릇을 해온 그 피터가, 믿을 수 없다느니 오냐오냐 하고 멋대로 키워졌느니 하는 소리를 들은 것이다.

상처입은 자존심으로 그 검은 턱이 떨리기 시작한 것을 스카알렛은 보았다. 보았다기 보다 느꼈다는 편이 옳았다. 그리고 상대를 죽이고 싶은 분노가 온 몸에 굽이치는 것을 느꼈다. 이들 북부 여인들이 남군을 얕보거나, 제프 데이비스를 욕하거나, 남부의 인간들이 노예를 죽이고 학대한다고 비난하는 동안은 그대로 온순하게 경멸하는 마음으로 듣고 있을 수가 있었다. 만일 그것이 자기의 이익이 되는 것이라면 비록 자기의 정조나 결백이 모욕을 당했대도 참았을 것이다. 그러나 이런 어리석은 비평으로 충실한 늙은 흑인에게 상처를 주었다고 생각하자 그녀는 마치 화약에 성냥불을 던진 것처럼 분노가 타올랐다. 힐끔 피터의 혁대에 꽂혀 있는 커다란 기병 권총을 보았다. 그것을 뽑아 쥐고 싶어 손이 부들부들 떨렸다. 이 여자들, 이 무례하기 짝이 없는 무식하고 오만한 정복자들을 죽여 버리는 도리밖에 없다. 그러나 그녀는 턱의 힘줄이 튀어 나올 정도로 이를 악물고, 북부 인간들에게 자기의 본심을 털어 보일 시기는 아직 오지 않았다고 스스로에게 타일렀다. 그 시기는 언젠가는 꼭 온다 ! 그러나 지금은 아직 그럴 때가 아니다 !

「피터 할아범은 우리 가족의 한 사람이에요.」스카알렛의 목소리는 떨리고 있었다.「그럼 실례하겠어요. 자아, 마차를 몰아요.」

피터가 너무도 갑자기 채찍질을 했기 때문에 놀란 말이 느닷없이 앞으로 내달았다. 마차가 달리기 시작했을 때, 메인 주 여자가 잘 알아들을 수 없는 말투로 이렇게 말하는 소리가 들렸다.「저 사람의 가족이라고? 설마 친척이라는 뜻은 아닐 테지? 글쎄 저건 아주 새까맣잖아!」

얼마나 괘씸한 여자들인가! 저런 것들은 이 땅에서 싹 쓸어내야 한다. 만일 내게 돈이 많이 모이면 저것들 낯짝에 모조리 침을 뱉아 주어야지! 나는…….

그녀는 힐끗 피터를 보았다. 눈물 한 방울이 그의 코를 타고 떨어지고 있었다. 갑자기 뜨거운 애정이, 그의 굴욕에 대한 격렬한 슬픔이 가슴을 메워 왔다. 눈이 찌르는 듯 아팠다. 마치 누군가가 무자비하게도 가엾은 어린 아이에게 잔인한 짓을 한 것 같은 느낌이었다. 그 여자들이 피터 할아범을 해친 것이다. 멕시코 전쟁중, 줄곧 해밀턴 노중령의 뒤를 따라다닌 피터, 주인이 전사했을 때 그를 품에 안고 있던 피터, 멜라니와 찰즈를 기르고, 아무것도 못 하는 어리석은 피티의 뒤를 보살피고, 그녀가 피난을 갈 때에도 같이 가고, 항복 후에는 전쟁으로 황폐한 땅을 멀리 메이콘으로부터 피티를 말에 태워 데리고 온 피터가 아닌가! 그런데 그 여자들은 검둥이 같은 걸 믿을 수 있느냐고 말했다.

「피터 할아범.」하고 부르며 그의 여윈 팔에 손을 얹자 스카알렛의 목소리는 떨려 나왔다.「바보같이 울기는. 그런 거 마음에 안 두는 게 좋아. 그런 것들 북부의 개돼지나 다름 없어.」

「그 사람들은 나를 꼭 무슨 말귀도 못 알아듣는 노새처럼 내 눈 앞에서 욕설을 했읍니다요. 이 내가 아프리카 토인처럼 그 사람들의 하는 소리를 모르는 줄 알고서.」하고 말하면서 피터는 무겁게 코를 울렸다.「게다가 그 사람들은 이 나를 검둥이라고 했읍니다요. 나는 백인 양반들한테서 아직 한 번도 검둥이란 소릴 듣지 않았읍니다요. 그 사람들은 이 나를 버릇없이 길렀다고 했읍니다요! 그 사람들은 검둥이 같은 건 신용할 수 없다고 했읍니다요. 이 내가 믿을 수 없다고 했읍니다요. 어림도 없는 소리, 큰나리께서 돌아가실 때 제게 말씀하셨읍니다요.『이봐 피터, 아이들을 돌봐 주게. 젊은 피티도 돌봐 주고, 그 앤 메뚜기처럼 아무것도 모르는 애니까.』저는 오랫 동안 그분의 뒤를 보살펴 왔읍니다요.」

「가브리엘 대천사(인간에게 위로와 좋은 소식을 보내오는 천사—역자주)가 아니면 할아범보다 더 잘 할 수는 없다고 생각해.」스카알렛은 위로하듯 말했다.「우리가 이렇게 무사하게 지내는 것도 할아범이 있어 주었기 때문이야.」

「친절하시게도 스카알렛 아씨, 고맙습니다요. 그건 저도 알고 있읍니다요. 아씨께서도 알고 계십니다요. 그런데 저 북부 놈들은 모릅니다요. 알려고 하지

도 않습니다요. 어째서 그것들은 우리 일에 간섭을 하려 드는 걸깝쇼, 스카알렛
아씨? 그것들은 우리 남부 동맹에 대해서는 아무것도 모릅니다요.」

 스카알렛은 아무 말도 하지 않았다. 북부 여자들 앞에서 폭발시키지 못한 분
노가 아직도 가슴 속에서 타고 있는 것만 같았기 때문이었다. 두 사람은 아무 말
없이 집으로 향해 말을 몰았다. 피터의 거친 숨결은 가라앉았으나, 그 아랫입술
은 점점 앞으로 나왔다. 마침내는 무서울 정도로 나왔다. 처음의 굴욕감이 가라
앉자 그의 마음에는 분노가 높아지기 시작했던 것이다.

 스카알렛은 생각했다. 북부 인간들이란 어째서 그렇게 몰상식하고 이상 야릇
한 인간들일까. 그 여자들은 피터 할아범이 검다는 것만으로, 자기들과 마찬가
지로 민감하게 남이 모욕하는 것을 알아듣는 귀도 감정도 없다고 생각하는 것일
까. 흑인이란, 어린 아이처럼 깨우쳐 주고 칭찬을 해주고 귀여워 해 주고 꾸짖
고 하면서 상냥하게 다루어야만 한다는 것을 모르고 있다. 흑인에 대해서, 흑인
과 전주인과의 관계에 대해서 아무것도 모르고 있다. 그 주제에 그것들은 흑인
을 해방하기 위해 전쟁을 했다. 그런데 막상 해방이 되니까 이제는 흑인과는 조
금도 교섭을 하려고 하지 않는다. 다만, 남부인들에게 테러 행위를 할 때만 흑
인을 이용하고 있다. 흑인을 좋아하지는 않고, 신용도 하지 않으며, 이해도 하
지 못한다. 그 주제에 남부 사람은 흑인과 사이좋게 지내는 방법을 모른다고 시
끄럽게 떠들어 대고 있는 것이다.

 흑인을 믿지 않는다니 무슨 소린가. 스카알렛은 대부분의 백인들보다도 흑인
쪽을 훨씬 신용하고 있었다. 어느 양키보다도 확실히 그들을 더 신용했다. 흑인
에게는 아무리 쓰라린 고생을 시켜도 배반할 줄 모르고, 또 돈으로 살 수 없는
충실함과 인내성과 애정의 미점이 있다. 북군의 침입을 목전에 두고 도망치려고
하면 도망칠 수도 있고, 적군에 들어가 편한 생활을 하려면 그것도 할 수 있는
때가 되었는데도 아직 타라에 남아 있는 몇몇 충실한 흑인들을 그녀는 생각
했다. 지금도 여전히 그들은 그대로 눌러 있는 것이다. 그녀는 자기와 함께 목
화밭에 들어가 악착같이 일해 준 딜시를 생각했다. 가족들에게 먹이려고 목숨을
걸고 근처 닭장을 찾아 돌아다닌 포크를 생각했다. 그녀가 나쁜 짓을 못 하도록
애틀랜타까지 함께 따라온 마미를 생각했다. 백인 주인들 곁에서 충실히 섬겨
온 이웃 가정의 하인들을 생각했다. 그들은 남자들이 전선에 나가 있는 동안 주
부를 지키고, 무서운 전화에서 그녀들을 피난시키고, 상처입은 사람들을 간호
하고, 죽은 사람을 장사지내고, 유족들을 위로하고, 식탁에 음식이 떨어지지 않
도록 일을 하고, 구걸을 하고, 도둑질까지도 한 것이다. 그리고 지금도 노예 해
방 사무국이 온갖 종류의 그럴 듯한 약속을 하고 있는데도 눈 하나 깜짝하지 않

고 여전히 백인 주인 옆을 떠나지 않고, 노예였을 때보다도 더 열심히 일하고 있는 것이다. 그러나 양키는 그런 것들을 이해하지 못하고, 또 절대로 흑인을 이해려고도 하지 않는다.

「하지만, 할아범을 해방시킨 것은 그 사람들이 아니야?」그녀는 큰 소리로 말했다.

「천만에요, 스카알렛 아씨. 저는 그 사람들에게 해방된 게 아닙니다요. 그런 쓰레기 같은 녀석들에게 해방시켜 달라고 하진 않았읍니다요.」피터는 화가 나서 말했다. 「저는 지금도 피티 마님의 것입니다요. 제가 죽으면 그분은 저를 해밀턴 묘지에 묻어 주실 겁니다요. 거기가 제가 들어갈 곳인걸입쇼……. 아씨께서 어떻게 북부 여자들에게 저를 모욕당하게 했는가 하는 것을 그분에게 말씀드리면 피티 마님은 아마 틀림없이 굉장히 야단치실 겁니다요.」

「어머, 내가 언제 그런 짓을 했어!」스카알렛은 깜짝 놀라 외쳤다.

「하셨읍니다요, 스카알렛 아씨.」피터는 말하더니 더욱 입술을 내밀었다. 「결국 아씨나 나나 북부 것들과 상종을 하지 않았으면 이런 모욕은 당하지 않았을 것입니다요. 아씨께서 그것들과 이야기를 하시지 않았더라면 그것들은 저를 노새나 아프리카 토인처럼 취급하지는 않았을 겁니다요. 게다가 아씨께서는 제 역성을 들어 주지 않았읍니다요.」

「들어 주었잖아?」스카알렛은 그의 비난에 발끈해서 말했다. 「할아범을 가족 중의 한 사람이라고 말해 주었잖아?」

「그건 역성을 들어 준 게 아닙니다요. 그건 사실일뿐입죠.」피터는 말했다. 「스카알렛 아씨, 구태여 북부 것들과 장사 거래를 하실 필요는 없지 않습니까요? 다른 아씨들은 아무도 하는 분이 없읍니다요. 아씨께서 아무리 말씀하셔도 그런 쓰레기 같은 것들에게는 피티 마님 같으시면 그분의 작은 신도 못 닦게 하실 것입니다요. 그것들이 나보고 뭐라고 했는지 피티 마님이 들으시면 틀림없이 기분 나빠하실 겁니다요.」

피터의 비난은 프랭크나 피티 고모나 이웃 사람들에게 뭐라고 말을 듣는 것보다도 더 뼈저리게 느껴졌다. 이 늙은 흑인을, 이 없는 잇몸이 부딪쳐 딱딱 소리가 나도록 흔들어 주고 싶을 만큼 속이 탔다. 피터가 하는 말은 사실이지만 흑인에게, 비록 자기 집 흑인에게라도 그런 소리를 듣기는 싫었다. 하인의 의견에 초연할 수 없다는 것은 남부 사람에겐 굴욕이나 같았다.

「버릇없이 멋대로 길러 온 영감이라고 주둥이를 놀렸것다!」하고 피터는 말했다. 「이제 앞으로는 제가 아씨를 모시고 다니게 하고 싶지 않다고, 피티 마님은 말씀하실 게 틀림없읍니다요. 반드시 안 된다고 말씀하실 겁니다요.」

「피티 고모님은 지금까지 하던 대로 같이 다니시라고 하실 거야.」그녀는 위압적으로 말했다. 「그러니까 이제 그 이야기는 그만두어.」

「이거 등이 이상하게 아파 오는걸입쇼!」하고 피터는 음침한 말투로 경고했다. 「지금도 어찌나 아픈지 못 견디겠읍니다요. 똑바로 앉아 있을 수가 없을 지경입니다요. 등뼈가 몹시 아파지면, 피티 마님도 마차를 타라고는 하시지 않을 것입니다요……. 스카알렛 아씨, 북군이나 그런 쓰레기 같은 것들하고 함부로 접촉하시는 것은 아씨를 위해서도 좋지 않습니다요. 집안 사람들도 아씨가 하는 일을 좋게 말씀하시지 않습니다요.」

이 말만큼 스카알렛의 입장을 정확히 말한 것은 없었다. 그녀는 화가 난 나머지 입을 꽉 다물고 말았다. 분명히 그대로였다. 정복자들은 자기의 행동을 인정해 주고 있지만, 가족이나 이웃 사람들은 결코 시인해 주지 않았다. 시내에서 자기를 뭐라고 하고 있는지 그녀는 모두 알고 있었다. 그런데 이제는 피터까지 그녀와 함께 많은 사람 앞에 나가지 않겠다고 비난하고 있는 것이다. 한 올의 희망마저 잃어버린 느낌이었다.

지금까지 그녀는 세상의 평판 같은 것은 조금도 염두에 두지 않았다. 뿐만 아니라 어느 정도 경멸하기까지 했다. 그러나 피터의 말은 그녀의 가슴에 무서운 분노를 타오르게 하고 수세에 몰려, 양키에 대한 혐오와 마찬가지로 이웃 사람들에게 대해서도 역시 갑작스레 혐오를 품게 하였다.

『어째서 그 사람들은 내가 하는 일에 일일이 신경을 쓰는 걸까.』그녀는 생각했다. 『그 사람들은 내가 좋아서 북부 것들과 접촉하고 있는 줄 아는 모양이지? 마치 농사꾼처럼 일하고 있는 줄 알고 있다. 하지만 그 사람들이 어떻게 생각하든 나는 상관없다. 신경 쓸 게 뭐람. 신경 쓸 시간도 없다. 그러나 언젠자는, 언젠가는.』

아, 언젠가는! 다시 그 전처럼 내 세계가 확고히 안정됐을 때는, 그때는 의젓하게 의자에 앉아 팔짱을 끼고, 어머니 엘렌처럼 훌륭한 귀부인이 되리라. 참다운 귀부인답게 가련하고, 남자들의 보호를 받는 부인이 되리라. 그렇게 되면 한 사람도 빠짐없이 모두 나를 인정해 주겠지. 부자가 되면 나는 얼마나 훌륭한 여자가 될까! 그렇게 되면 엘렌처럼 사람들에게도 내가 자진해서 친절하고 상냥하게 대해 줄 수 있을 것이다. 그리고 남을 동정하고 예의 범절도 지킬 것이다. 낮이고 밤이고 불안에 시달리지도 않게 되겠지. 인생은 평온하고 여유 있는 것이 될 것이다. 아이들과 놀 여가도, 공부를 보살펴 줄 여유도 있을 것이다. 한가하고 따뜻한 오후에는 귀부인들이 찾아오겠지. 태피터의 패티코트가 사각거리는 소리와 종려 부채가 즐겁게 펄럭이는 소리를 들으며, 차와 맛있는 샌드

위치와 과자를 대접하면서 한가하게 세상 이야기를 하며 보내리라. 불행에 시달리는 사람에게는 될 수 있는 대로 친절하게 해주리라. 가난한 사람들에게는 광주리에 담은 선물을 보내 주고, 아픈 사람에게는 수프와 젤리를 갖다주리라. 그다지 행복을 누리지 못하는 사람들은 내 멋있는 마차에 태워 소일 겸 산책에 데리고 가주리라. 어머니처럼 진정한 남부 부인다운 귀부인이 되리라. 그러면 사람들은 엘렌을 사랑한 것처럼 나를 사랑해 주겠지. 그리고 내가 얼마나 인정이 많은가를 칭찬하고 나를 〈자애 부인〉이라고 부르겠지.

이렇게 미래에 대해 이것저것 공상하는 그녀의 즐거움은, 사실은 조금도 인정 많은, 혹은 자비로운 여자가 되고 싶어서가 아니었다. 그녀가 바라는 것은 이런 좋은 점이 있다는 명성뿐이었다. 그러나 그녀의 두뇌의 그물 눈은 이러한 세밀한 차이까지 포착하기에는 너무나 컸고 너무나 성글었다. 언젠가 부자가 되었을 때, 모두가 칭찬을 해줄 것이라는 것만으로 그녀는 충분했던 것이다.

언젠가는! 그러나 그것은 지금은 아니었다. 남들이 뭐라고 하든 지금은 안 되었다. 지금은 훌륭한 귀부인이 될 여유가 없는 것이다.

과연 피터가 말한 대로였다. 피티 고모는 무척 속을 끓였다. 게다가 피터 할아범 등의 통증은 하룻밤 사이에 두 번 다시 마차를 몰 수 없을 정도로 악화되었다. 그 뒤부터 스카알렛은 자기가 마차를 몰았다. 모처럼 부드러워지기 시작하던 손이 다시 전처럼 딱딱해지기 시작했다.

이리하여 봄철은 지나가고, 찬비 내리는 사월은 푸른 잎 향그러운 오월의 따뜻하고 부드러운 날씨로 바뀌었다. 한 주일 한 주일, 오직 악착같이 일하고 근심하고, 산월이 가까와짐에 따라 여러 가지 장애가 일어났다. 옛날부터의 친지들은 점점 냉담해져 가고, 그와 반대로 가족들은 더욱더 상냥해져서 말할 수 없이 아껴 주었다. 그러면서도 그녀를 몰아치고 있는 것에 대해서는 더욱더 모른 체했다. 이러한 불안과 고투를 겪는 요즘, 그녀의 세계에서 오직 한 사람 의지가 되고 이해해 주는 사람이 있었다. 그것은 레트 버틀러였다. 하고 많은 사람 중에서 그가 그렇게 느껴진다는 건 이상한 일이었다. 왜냐하면 그는 마치 수은처럼 잡을 수 없었고, 지옥에서 뛰쳐나온 악마처럼 심술궂었기 때문이었다. 그런데 그녀만은 동정해 주었다. 지금까지 누구에게서도 얻지 못한 것, 그에게서 얻으리라고는 생각지도 못 한 것을 그녀에게 주었다.

때때로 그는 뉴 올리안즈로 가는 수수께끼 같은 여행으로 시에서 자취를 감추곤 했다. 여행의 이유는 한 번도 가르쳐 주지 않았지만, 그녀는 다소 질투 비슷한 감정도 있어서 그 여행은 정녕 어떤 한 여자나 아니면 몇 여자와 관계가 있는 것이라고 생각하고 있었다. 그러나 피터 할아범이 그녀의 마부가 되기를 거부한 뒤로 그가 애틀랜타에 있는 기간은 점점 길어졌다.

그가 시내에 있는 동안은 대개 술집 〈현대 아가씨〉의 이층 방에서 노름에 빠져 있거나, 아니면 벨 와틀링의 술집에서 북부 사람들이며 뜨내기 벼락 부자 녀석들과 어울려 술을 마시면서 돈벌어 이야기를 하고 있었다. 그 때문에 시중 사람들은 그 술친구들을 싫어하는 이상으로 그를 싫어했다. 요즘은 피티 집을 찾아오는 일도 없었다. 아마 스카알렛이 임신중인 데 남자가 찾아다니면, 프랭크나 피티가 기분 나빠할 것이라고 생각한 것이리라. 그러나 그녀는 별로 약속한 것도 아닌데 매일같이 그와 만나게 되었다. 공장이 있는 피치트리가나 디케이터가의 한적한 길을 그녀가 마차로 지나가고 있노라면 그는 곧잘 말을 몰아 따라왔다. 언제나 고삐를 당기고 말을 건넸고, 때로는 그의 말을 마차 뒤에 붙들어매고 그녀의 마부 노릇을 해주기도 했다. 요즘 그녀는 전보다도 더 쉬 피로해지곤 했기 때문에 기꺼이 그가 하는 대로 내버려두었다. 그가 고삐를 잡아 주면 언제나 마음 속으로 고마와하고 있었던 것이다. 그는 으례 시내에 들어서기 직전에 헤어져 갔지만, 애틀랜타에서 둘이 만나고 있는 것을 모르는 사람은 없었다. 그 때문에 지금까지도 몇 번이고 적힌 스카알렛의 예의 범절을 무시한 기록에 다시금 새로운 이야깃 거리를 보태는 결과가 되었다.

그녀는 가끔, 이렇게 자주 만나게 되는 건 단순한 우연 이상의 것이 아닐까 하고 의심해 보는 일이 있었다. 날이 지남에 따라, 그리고 흑인의 폭행에 대한 시중의 불안이 높아 감에 따라 두 사람이 만나는 도수는 점점 더 잦아졌다. 하필이면 지금처럼 내가 제일 보기 싫은 모양을 하고 있을 때 그는 나를 찾는 것일까. 전에는 다소 있었을지 모르지만, 지금은 자기에게 무슨 야심이 있을 턱이 없었다. 첫째로 야심 같은 건 처음부터 가지고 있지 않았던 것이 아닐까 하는 의심마저 갖게 되었다. 그가 북군 감옥에서의 그 난처했던 일을 끄집어내어 놀리지 않게 된 지 벌써 몇 달이나 된다. 그리고 애실리나 애실리에 대한 그녀의 사랑에 대해서도 일체 말을 않게 되었다. 당신의 육체가 탐난다는 따위의 난폭하고 천한 소리도 전연 하지 않게 되었다. 잠들어 있는 개는 그대로 가만히 두는 것이 상책이라고 그녀는 생각했다. 그래서 자주 만나게 되는 데 대해서도, 그 까닭을 묻거나 하지는 않았다. 그리고 최후로 그녀는 이렇게 판단했다. 그 사람은 노름 이외에는 하는 것도 없고, 애틀랜타에는 그다지 재미있는 친구도 없으니까, 그저 친구 겸 자기를 찾고 있는 것이라고.

그 이유야 어찌 됐든, 그와의 교제가 가장 즐거운 것 같았다. 단골을 잃어버린 불평, 빚에 대한 심한 푸념, 존슨 씨의 교활한 수법, 휴의 무능한 점에 대해서도 열심히 들어 주었다. 그녀가 다른 경쟁자를 앞질러 이긴 이야기 같은 건 대단히 통쾌해 했다. 그럴 때 프랭크라면 그저 사람 좋은 웃음을 보여 줄 뿐이고 피티 고모는 어이 없다는 듯『아이구, 저런!』할 뿐이었으나, 그는 가끔 자기에게 돈 벌 기회를 주고 있다고 그녀는 생각했다. 왜냐하면 그는 돈 많은 양키며 정상배들과 누구나 할 것 없이 친하게 지내고 있었기 때문이다. 그래도 그는 별로 당신을 도와 주려는 생각으로 그러는 것은 아니라고 늘 말하고 있었다. 그녀는 그가 어떤 남자라는 것을 알고 있었기 때문에 결코 그 말을 신용하지는 않았다. 그러나 커다랗고 새까만 말에 올라타 그늘진 길모퉁이를 돌아 다가오는 그의 모습을 보면, 그녀는 언제나 기쁨에 넘쳐 기운이 솟아났다. 그가 마차로 옮겨타고 그녀의 손에서 고삐를 받아들고 두 세마디 거침없는 농담을 하고 나면 그녀는 모든 걱정과 불룩한 배도 다 잊고, 다시 옛날처럼 싱싱하고 쾌활하고 매력 있는 자가로 되돌아가는 기분이었다. 그에게는 거의 무엇이고 털어놓을 수가 있었다. 자기 생각의 진정한 동기조차 감출 필요가 없었다. 상대가 프랭크라면 또는 애실리라도, 자기 기분에 정직해야 할 경우라면 금방 이야깃거리가 끊기고 마는데, 레트에 대해서는 그렇지가 않았다. 애실리와 이야기하고 있을 때에는, 당연한 일이기는 하지만, 명예를 위해 입 밖에 낼 수 없는 일, 두 사람 사이에는 절대로 말해서는 안 될 일들이 많이 있었다. 무슨 이유 때문인지는 알 수 없어도 레트가 그녀에 대해 훌륭한 태도를 취하려 하고 있는 지금은, 그 같은 친구가 있다는 것은 위안이 되었다. 친구라고 할 사람이 거의 없어진 지금의 그녀에게 있어서는 정말 커다란 위안이었다.

「레트.」피터 할아범한테 최후 통첩을 받은 지 얼마 안 되어 그녀는 서슬이 시퍼래 가지고 물었다. 「어째서 이 도시 사람들은 내게 대해 그렇게 비열한 태도를 취하고 이러니저러니 귀찮은 말들만 하는지 모르겠어요. 나나 정상배들이나 어느 쪽에 대해서 누가 가장 지독한 말을 할 수 있는지 내기라도 하고 있는 것 같아요! 나는 내 장사만 생각하고 다른 나쁜 것은 아무것도 생각한 기억이 없는데, 그런데…….」

「당신이 아무 나쁜 짓도 안 했다면, 그건 그럴 기회가 없었기 때문이오. 어쩌면 시내 사람들도 어렴풋이나마 그런 것을 알고 그러는 게 아닐까?」

「아이, 진정으로 들어 주세요. 나는 여러 사람 때문에 미칠 지경이에요. 내가 지금까지 해온 일이란 그저 돈을 좀 벌어 보려고…….」

「당신이 지금까지 해온 일은, 다른 여자들과는 다른 일이오. 그리고 그것에 약간 성공했소. 앞서도 말한 적이 있지만 이것은 어느 사회에서도 용서할 수 없는 하나의 죄악이오. 남과 다른 사람에게 저주 있으라! 하는 거요, 스카알렛.

당신이 공장으로 무사히 성공을 했다는 단순한 그것이, 성공하지 못한 모든 사람들에 대한 모욕이 되는 거요. 알겠소? 고상하게 자란 여성이 있어야 할 장소는 가정이니까. 이 시끄럽고 각박한 세상에 대해서는 아무것도 알아서는 안 되는 거요.」

「하지만 만일 내가 집 안에 처박혀 있었다면 살림할 집 따위는 없어졌을지도 몰라요.」

「결론을 말한다면, 당신은 점잖게 그리고 긍지를 가지고 굶어죽기를 기다려야 했던 거요.」

「어마나, 기가 막혀서! 그러나 메리웨더 부인을 보세요. 그녀는 북군에게 파이를 팔고 있잖아요. 그건 제재소를 경영하는 것보다 더 나빠요. 그리고 엘싱 부인은 바느질 일을 하고 하숙을 치고 있으며, 패니는 그 대단한 사기 그릇에 그림을 그리고 있어요. 그런 건 아무도 갖고 싶어하지 않는데도, 그래도 모두들 그 애를 도와 주려고 팔아 주고 있고…….」

「아니 그건 빗나간 생각이오. 그 사람들은 성공하지 못했소. 그러니까 남부 남자들의 무서운 긍지를 상처를 낸 건 아니오. 성공만 하지 못하면 남자들은 변함 없이 이렇게 말할 수 있으니까요. 『저봐, 가엾게도 여자들이 열심히 일하고 있어. 그럼 어디 여자들에게, 그녀의 노력이 헛되지 않다는 것을 알게 해줄까?』하고. 그래서 당신이 말하는 상류 부인들은 하는 수 없이 마지못해 일하고 있는 거요. 누군가 남자가 찾아와서 여자답지 못한 일의 무거운 짐을 내려 줄 때까지, 마지못해 일하고 있는 체해 보이는 거요. 그러니까 모두들 동정을 하는 거요. 그런데 당신은 아무리 보아도 일이 좋아서 하고 남자의 신세 같은 건 지지 않겠다는 태도가 역력히 보이니까 아무도 동정하지 않는거요. 그러니까 애틀랜타 사람들은 절대로 당신을 용서하려 들지 않소. 남을 동정한다는 것은 여간 유쾌한 일이 아니니까요.」

「나는 가끔 당신이 좀 진지하게 해주었으면 해요.」

「동양 속담에 〈개가 짖어도 대상(隊商)은 지나간다〉는 말이 있는데 아십니까? 모두들 짖어 대라고 내버려두십시오. 당신의 대상을 못 가게 할 사람은 아무도 없으니까요.」

「하지만 어째서 사람들은 내가 돈을 좀 벌었다고 그렇게까지 못마땅해 하는지 모르겠어요.」

「이것저것 다 손에 넣으려 하면 안 돼요, 스카알렛. 당신이 지금 하고 있는 것처럼 숙녀답지 못한 방법으로 돈을 벌어 도처에서 냉대를 받든가, 아니면 가난하고 고상하게 굴어 많은 친구들을 만들든가 어느 쪽 하나요. 그리고 당신은 벌써 그 중 하나를 택했소.」

「가난 같은 건 싫어요.」그녀는 얼른 말했다. 「하지만 내가 골라잡은 게 잘못된 게 아닌가 모르겠어요.」

「만일, 당신이 가장 원하는 것이 돈이라면 그래야지!」

「그래요, 나는 이 지상에서 무엇보다도 돈이 소원이에요.」

「그렇다면, 그것 하나밖에는 골라잡을 도리가 없었소. 그러나 거기에는 한 가지 벌이 딸려 있소. 원하는 것에는 대개 따르게 마련이지만 말이오. 즉 고독이라는 벌이오.」

그 말을 듣자 그녀는 잠시 침묵을 지켰다. 확실히 그랬디. 잘 생각해 보면 확실히 뭔가 쓸쓸했다. 여자 친구가 없다는 외로움이었다. 전시중엔 우울해지면 엘렌을 찾아갈 수가 있었다. 엘렌이 죽은 뒤로는 언제나 멜라니가 있어 주었다. 하긴 멜라니와의 사이에는, 타라에서 같이 쓰라린 노동을 했다는 것 이외에는 아무런 공통점도 없었지만. 그러나 지금은 아무도 없었다. 피티 고모가 있다고는 해도 그녀는 자기의 좁은 이야기 이외에는 인생 같은 것은 아무것도 몰랐다.

「난, 생각해요.」그녀는 망설이듯 말했다. 「나는 여자로서는 언제나 고독했다고요. 애틀랜타의 부인들이 나를 싫어하는 것은 내가 일하고 있다는 이유에서만이 아니에요. 어찌 됐든 내가 싫은 거예요. 나는 누구한테나, 정말로 여자들로부터 환영받은 일은 없어요, 어머니만은 예외지만. 동생들한테서도 그랬어요. 어찌 된 영문인지 전쟁 전에도, 찰즈와 결혼하기 전에도, 여자들은 내가 하는 일은 무엇이고 마음에 들지 않았던 것 같아요.」

「당신은 윌크스 부인을 잊고 있소.」하고 레트가 말했다. 그 눈은 짓궂게 반짝이고 있었다. 「그분은 언제나 당신이 하는 일을 진심으로 인정해 주고 있었소. 사람을 죽이는 건 몰라도, 당신이 하는 일이라면 무엇이든 인정해 줄 거요.」

스카알렛은『그녀는 살인도 인정했어.』하고 생각하자 오싹 소름이 끼쳤다. 그리고 비웃듯이 소리내어 웃었다.

「아, 멜라니!」그녀는 원망스러운 듯 말을 이었다. 「멜라니가 나를 인정해 주는 유일한 여자라면 정말 한심스러워요. 하지만 그녀는 색시 닭 정도의 신경밖에 없어요. 그녀에게 만약 조금이라도 신경이 있다면…….」하고 말을 하다가 황급히 입을 다물었다.

「만약 그분에게 조금이라도 신경이 있다면, 좀더 세상 물정을 알아서 당신이 하는 일에 찬성하지 않았겠죠.」하고 레트가 대신 말을 했다. 「하기야 그 점에 대해서는 나보다는 당신이 더 잘 알 테니까.」

「어쩌면, 남이 싫어하는 일을 끄집어내고, 너무해요.」

「당신의 부당한 폭언은 까짓것 묵살하기로 하고 처음 문제로 되돌아갑시다. 이 점만은 확실히 생각해 두시오. 만일 당신이 남과 다른 일을 하면, 당신은 같은 또래 사람들만이 아니라, 당신의 양친이나 자식 대 사람들에게까지 따돌림을 받게 되오. 그 사람들로부터 절대로 이해되지 못하고 당신이 무엇을 하든 깜짝 놀랄 거요. 다만 당신의 할아버지나 할머니는 당신을 자랑삼아 말할는지도 모르지요. 『과연 우리 손녀다운 데가 있다.』고 말이오. 또 당신 손자들은 부러운 듯 한숨을 내쉬며 말할 테지. 『할머니는 좀 말괄량이였던 모양이다.』 그리고 당신의 흉내를 내려고 할 거요.」

스카알렛은 재미있다는 듯이 웃었다.

「당신도 때때로 참말을 하시는군요. 그래요, 로비야르 할머니가 생각나요. 마미는 내가 나쁜 짓만 하면 언제든지 꼭 할머니 이야기를 들려 주었어요. 할머니는 마치 고드름처럼 차서, 자신은 물론 남의 행동에 대해서도 무척 까다로왔대요. 하지만 세 번이나 결혼을 해서 할머니 때문에 몇 번 결투 소동이 있었는지 모른대요. 루즈를 바르고, 깜짝 놀랄 만큼 가슴이 패인 드레스를 입고 있었대요. 그리고, 전연 아니, 저……. 속옷은 별로 입지 않으셨대요.」

「그러니까, 당신은 열심히 어머님을 따르려고 애쓰면서도 속으로는 끔직이도 할머니에게 반해 있었군. 우리 버틀러 집안에는 해적이었던 할아버지가 있었소.」

「설마, 그 눈을 가리고 판자 위를 걷게 하다 바다로 밀어 넣었다는 그 사람은 아니겠죠?」

「아니, 할아버지는 돈을 손아귀에 넣기 위해서는 능히 많은 사람들에게 판자 위를 걷게 했을 거요. 어쨌든 우리 아버지가 큰 부자가 될 만큼 돈을 남겼으니까. 그렇지만 집안 식구들은 언제나 주의해서 할아버지를 선장이라고 부르고 있었죠. 할아버지는 내가 태어나기 훨씬 전에 술집에서 싸움질을 하다가 살해되었소. 할아버지가 죽어서 크게 마음을 놓게 된 것은 말할 것도 없이 자식들이었소. 왜냐하면 그 노인은 대체로 언제나 취해 있었고, 술이 들어가면 자기가 퇴직 선장이란 것도 까맣게 잊고, 아이들의 머리털이 곤두설 것 같은 회고담만 늘어놓았으니까 말이오. 그러나 나는, 할아버지한테 반해서, 아버지보다도 훨씬 더 할아버지를 본받으려 했었지. 아버지는 훌륭한 습관을 많이 몸에 지닌, 믿음이 깊은 존경할 만한 신사였소. 그러니까 나머지는 말 안 해도 알 거요. 스카알렛, 당신 아이들은 아마 메리웨더 부인이나 엘싱 부인이나, 혹은 그녀들의 아이들이 현재 당신을 인정하지 않는 이상으로 당신을 인정하지 않을 거요. 당신 아이들은 아마 얌전하고 신경질적인 인간이 될 거요. 말괄량이의 자식은 대개가 그러니까. 그리고 아이들에게 한층 나쁜 것은, 당신도 모든 어머니들처럼, 자기가 경험한 고생을 자식들에게는 시키지 않으려고 결심하고 있는 모양인데, 그러나 그것은 전연 틀린 생각이오. 고생은 인간을 만들든가, 파괴시키든가 둘 중의 하나요. 그러니까 당신도 손자가 생겨서 그 손자에게 인정을 받을 때까지 기다리는 수밖에는 도리가 없는 거요.」

「우리들의 손자는 대체 어떨지 모르겠어요.」

「아니, 우리들이라고 하는 걸 보니, 당신과 나 사이에 생긴 손자라는 말인가요? 이거야말로, 케네디 부인!」

스카알렛은 퍼뜩 자기의 실언을 깨닫고 얼굴이 붉어졌다. 그녀를 부끄럽게 만든 것은 그의 농담만이 아니었다. 갑자기 자기의 커다란 배가 다시 마음에 걸렸던 것이다. 그의 농담에는 그녀 몸의 이상을 비치는 구석은 조금도 없었고, 게다가 그녀는 그와 같이 있을 때는 언제나 따뜻한 날이라도 무릎 덮개를 겨드랑이 밑까지 높이 올리고 있었다. 이렇게 가려 두면, 전연 보이지 않는다고 믿고 보통 여자들처럼 안심하고 있었던 것이다. 그녀는 자기가 임신한 것이 갑자기 화가 치밀어 그가 알았으면 어떻게 하나 하는 부끄럼 때문에 기분이 나빠졌다.

「마차에서 내리세요, 당신은 정말 나쁜 사람이에요.」하고 말했으나 그 소리는 떨리고 있었다.

「아니, 절대로 내릴 수 없어요.」그는 조용히 대답했다. 「당신이 집에 도착하기 전에 어두워질 것이고, 또 요다음 집 근처에는 천막과 움막집에 살고 있는 새로운 혹인 부락이 있으니까요. 나도 전부터 들어서 알고 있는 무지막지한 검둥이들이오. 그리고 성급한 큐 클럭스단 패들이 오늘 밤 가운을 입고 말을 타고 뛰어나오는 소동의 실마리를 굳이 당신이 만들지 않아도 된다고 생각되기 때문이오.」

「내려줘요!」하고 그녀는 소리치며 고삐를 낚아챘다. 그때 갑자기 울컥하고 구역질이 치밀어올랐다. 그는 재빨리 말을 세우고 깨끗한 손수건 두 장을 건네주더니, 아주 익숙한 솜씨로 그녀의 머리를 마차 밖으로 밀어내 주었다. 신록의 나뭇가지 너머로 낮게 비스듬히 비추고 있는 오후의 햇빛이 일순 금빛과 초록빛 소용돌이로 변해 현기증이 나듯 빙글빙글 돌았다. 구역질이 가라앉자 그녀는 두 손으로 얼굴을 싸고 진심으로 분해 울음을 터뜨렸다. 단순히 남자가 보는 앞에서 토했다는 그것만으로도 여자로서는 참을 수 없는 무서운 사건이었다. 뿐만 아니라, 토했다는 것으로 임신했다는 굴욕적인 사실이, 이제는 아주 명확하게 돼 버렸기 때문이었다. 다시는 그의 얼굴을 똑바로 쳐다볼 수 없을 것 같이 생각되었다. 하고 많은 사람 중에 하필이면, 그녀에 대해서 조금도 존경심을 품고 있지 않은 이 레트와 같이 있을 때 이런 추태를 보이고 만 것일까. 잊을래야 잊을 수 없는 무례한 야유를 퍼부으리라는 것을 각오하고 그녀는 울었다.

「바보 같은 짓은 말아요.」그의 말투는 조용했다. 「부끄러워서 운다면 당신은 바보요. 자아, 스카알렛, 어린애 같은 짓은 말아요. 소경이 아닌 바에야, 당신이 임신하고 있다는 것쯤 나도 알고 있었소. 당신도 그건 알고 있었을 텐데.」

그녀는 숨이 막히는 듯한 소리로「오오!」하고 말했을 뿐 새빨개진 얼굴을 손가락으로 꽉 눌렀다. 임신이란 말을 듣기만 해도 오싹했던 것이다. 프랭크는 그녀가 임신한 것을 언제나 난처한 듯이 〈당신의 몸 형편〉이라고 말했고, 제랄드는 그런 말을 꼭 해야만 할 경우에는 언제나 조심스럽게 둘러서 말을 했다. 부인들은 점잖게 임신이란 말을 〈몸이 거북하다〉고 말하고 있었다.

「내가 몰랐다고 생각했다면 당신은 어린애요. 그 더워서 못 견딜 무릎 덮개 같은 건 아무리 덮어 봐야 소용이 없소. 물론 나는 알고 있었소. 그렇지 않았다면 당신은 내가 이렇게…….」

그는 갑자기 입을 다물었다. 둘이 다 잠자코 있었다. 그는 고삐를 빼앗아 들자 말에게 고함을 쳤다. 그는 다시 조용히 말을 계속했다. 그 여유 있는 어조가 그녀의 귀에 유쾌하게 울려 와 수그린 얼굴에서 차차 붉은기가 사라져 갔다.

「당신이 그렇게 부끄러워할 줄을 몰랐소, 스카알렛. 좀더 철이 든 줄 알았는데 실망했는걸. 당신 가슴 속에 아직도 정숙한 구석이 남아 있다니, 있을 수 없는 일이오. 그런 말을 한 이상 나도 신사가 아닐는지 모르오. 아니, 임신한 여자에게 뻔뻔하게 구는 것으로 보아 확실히 나는 신사가 아니오. 임신한 여자와 만나도 보통 사람을 대한 듯이 하고, 땅바닥을 보거나 하늘을 쳐다보거나 그 밖에 이리저리 함부로 눈길을 돌리면서 여자의 허리께는 안 보는 체, 그러면서도 흘금흘금 훔쳐보는 그런 짓은 가장 천한 짓이라고 나는 늘 생각하고 있었소. 그런데 내가 그런 시시한 짓을 할 턱이 있겠소? 임신은 아주 정상적인 상태가 아닐까요. 유럽 사람들은 우리보다 훨씬 재치가 있소. 그 사람들은 멀지 않아 어머니가 될 부인에게 축하합니다 하고 말하거든요. 거기까지 가야 한다는 건 아니지만, 우리들처럼 보고도 못 본 척하는 것보다는 훨씬 재치가 있소. 임신은 정상적인 상태이고, 여자들은 그것에 긍지를 가져야 해요. 마치 죄라도 진 것처럼 집 안에 숨어 있지만 말고.」

「긍지라고요!」그녀는 짓눌린 소리로 외쳤다. 「긍지라고요? 어머, 싫어!」

「당신은 애기가 생긴다는 데 긍지를 느끼지 않습니까?」

「당치도 않아요. 전연 느끼지 않아요! 애기 같은 건 아주 질색이에요!」

「그건 말하자면 프랭크의 아기라서?」

「아뇨. 누구의 애기든 마찬가지예요.」

순간, 이 새로운 실언이 또 마음에 걸렸다. 그러나 그는 조금도 그런 것에는 생각이 미치지 않은 듯 천연스럽게 말을 계속했다.

「그렇다면, 우린 서로 생각이 다르군요. 나는 아이를 좋아하죠.」

「아이를 좋아한다고요?」 이 말을 듣자 그녀는 자기의 당황한 기분도 잊어버리고 놀라 얼굴을 들고 소리쳤다. 「거짓말만 하시네!」

「나는 갓난애도 좋아하고 좀 큰 어린 아이들도 좋아해요. 그것들이 자라서, 거짓말을 하고 남을 속이고 추잡한 짓을 하는, 어른들의 생각이나 어른들의 습관을 배워 익히기 전에는 말이오. 당신도 그만한 것쯤은 알고 계셨을 텐데. 내가 웨이드 해밀턴을 귀여워하고 있는 것은 당신도 알고 있잖소. 그 애는 사내 아이답진 않지만.」

갑자기 이상한 기분에 사로잡히면서도 스카알렛은 확실히 그렇다고 생각했다. 그는 웨이드와 재미있게 놀았고 곧잘 선물을 가지고 왔다.

「자아, 이 진절머리나는 문제는 분명해졌고, 가까운 장래에 애기를 낳는다는 것을 당신도 인정했으니까, 전부터 말하려던 것을 하겠소. 두 가지가 있는데, 첫째는 당신 혼자서 마차를 타고 돌아다니는 것은 위험하다는 것이오. 이 점은 당신도 알고 있을 거요. 벌써 몇 번이나 들었을 테니까 말이오. 당신 자신은 폭행을 당하든 당하지 않든 아무렇지 않다고 하더라도 그것이 미칠 영향을 생각해야 해요. 당신의 고집 센 성격 때문에 스스로 어떤 궁지로 빠지게 될지도 몰라요. 즉 의협심이 강한 당신의 이곳 친지들이 당신을 위해 원수를 안 갚을 수 없게 되고, 검둥이 몇 명을 목졸라 죽일지도 모르오. 그렇게 되면 북부 녀석들은 그 사람들에게 내리덮쳐 누군가가 교수형을 당하게 될 것이오. 부인들이 당신을 좋아하지 않는 한 가지 이유는, 당신의 행동 때문에 자기들의 아들이나 남편의 목이 달아날지도 모른다는 두려움에서 오는 것이라고 생각해 본 적은 없소? 아니 그것만이 아니오. 만일 큐 클럭스가 보다 많은 흑인을 해치우면, 북부 패들은 샤만 부대의 가혹한 행동도 아직 천사 같았다고 생각될 만큼 애틀랜타를 족쳐 댈 거요. 나는 되는 대로 지껄이는 게 아니오. 나는 북부 패들과 친하니까 말이오. 부끄러운 일이지만, 놈들은 나를 저희들 편으로 알고 내 앞에서 무엇이고 터놓고 말하고 있소. 놈들은 비록 또 한 번 이 도시 전체를 불사르고, 열 살 이상된 남자를 모조리 목졸라 죽이는 한이 있어도 클랜단을 섬멸시키겠다고 말하고 있소. 그렇게 되면 당신은 호된 꼴을 당하게 될 거요. 스카알렛, 돈 같은 건 모두 허사가 되고 말 거요. 들판의 불이란 놈은, 일단 붙기 시작하면 어디서 꺼질지 모르는 거요. 재산은 몰수되고 세금은 점점 올라만 가요. 혐의를 받게 된 부인은 벌금을 물게 되오. 놈들이 모두 이런 소리를 하고 있는 것을 들었소. 큐 클럭스는…….」

「클랜단 사람을 알고 계세요? 토미 웰번이라든가, 휴라든가, 그리고…….」
그는 답답한 듯 어깨를 으쓱했다.

「알 턱이 없잖소? 나는 매국노요, 배신자요. 변절자란 딱지가 붙어 있소. 아니면 알고 있을 것 같소? 하지만 나는 북부측에서 혐의를 걸고 있는 사람은 알고 있소. 그들은 조금이라도 서투른 짓을 하면 모두 목이 졸린 거나 같은 녀석들이오. 당신은 당신 이웃 사람이 교수대에서도 후회 같은 거 하지 않겠지만 자기 공장을 빼앗기게 되면 틀림없이 후회할 거요. 그 얼굴에 나타나 있는 고집스런 태도를 보아도, 당신이 내 말을 믿지 않고 내 말 따위는 돌투성이 땅바닥에 흘려 버리고 있다는 것을 알 수 있소. 그러니까 나는 이것만을 말해 두겠소. 당신의 그 권총을 언제나 쏠 수 있게 해둘 것. 그리고 내가 시내에 있을 때는 언제나 당신의 마부가 되어 드리겠소.」

「레트, 당신은 정말로…… 나를 지켜 주기 위해서…….」

「그렇소. 당신을 지켜 준다는 것도 천하에 널리 알려진 내 의협심 때문이오.」
조롱하는 듯한 빛이 그의 검은 눈에서 춤을 추었다. 그와 동시에 진지한 표정은 그 얼굴에서 모조리 사라지고 말았다. 「그리고 또 있소. 당신에 대한 내 깊은 애정 때문이오, 케네디 부인. 그렇소. 나는 마음 깊이 당신을 갈구하고 있었소. 당신을 아주 멀리에서 숭배하고 있었소. 그러나 나는 애실리 윌크스 씨와 마찬가지로 훌륭한 인간이기 때문에 그것을 당신한테 감춰 왔소. 당신은 유감스럽게도 프랭크의 부인이 되었소. 그러니까 명예심이 나에게 그 말을 못 하게 했던 거요. 그러나 윌크스 씨의 명예심까지도 때때로 흔들리는 수가 있었으니, 하물며 나의 명예심이 흔들리기 시작한 지금, 나의 숨겼던 정열을 고백하고 나의…….」

「아, 제발 이제 그만두세요!」 그가 자기를 자만심이 강한 어리석은 여자로 다룰 때 스카알렛은 언제나 짜증이 나서 이렇게 그를 제지했다. 더구나 애실리와 그의 명예심이 화제에 오른다고 생각하자 그녀는 견딜 수가 없었다. 「당신이 말하고 싶다는 또 한 가지는 뭐예요?」

「아니 이거, 당신은 남이 안타깝게 사랑의 고민을 털어놓고 있는데 화제를 바꾸긴가요? 좋소, 그럼 나머지 한 가지를 얘기하리라.」 그 눈에서 조롱하는 빛은 다시 사라지고 어둡고 침착한 얼굴이 되었다.

「이 말을 어떻게든 하지 않으면 안 되겠소. 이놈은 고집이 세고 입이 마치 쇠처럼 단단해요. 이놈의 고삐를 잡고 있으면 쉽게 피로해요. 정말이지 이놈이 내

닫기로 말하면 도저히 당신 손으로는 멈추게 하지 못할 거요. 마차가 도랑 속에
라도 뒤집히는 날이면 아이와 함께 당신은 죽고 말 거요. 제일 무거운 재갈을 물
리든가 아니면 내가 입이 좀더 부드럽고 순한 말과 바꿔 주든지 해야겠소.」

그녀는 수염이 없는 매끈매끈한 그의 얼굴을 쳐다보았다. 그러자 갑자기, 임
신 이야기를 하고 나서 어색한 생각이 없어졌던 것과 마찬가지로 짜증스럽던 기
분이 싹 가시는 것을 느꼈다. 바로 조금 전에 그는 친절하게도, 죽어 버리고
싶다고까지 생각하고 있던 기분을 편하게 해주었다. 그런데 이제 그는 또 더욱
친절해져서 말까지 걱정해 주고 있는 것이다. 그녀는 갑자기 고마운 생각이 들
어서, 왜 이 사람은 늘 이렇게 못하는가 이상하게 생각했다.

「이 말은 정말 다루기 힘들어요.」그녀는 온순하게 말했다. 「이걸 몰고 다니
노라면 이따금 밤새도록 양팔이 아플 때가 있어요. 당신 좋으실 대로 해주세요,
레트.」

그의 눈은 심술궂게 번쩍였다.

「무척 상냥하고 여자다운 말씨를 쓰는군요, 케네디 부인. 언제나처럼 버티는
구석이 전혀 없고. 역시 제대로만 다루면 당신도 상냥하게 매달려 오는군.」

그녀는 샐쭉해졌다. 다시 화가 나기 시작했다.

「이번에야말로 정말 마차에서 내려 주세요. 내리지 않으면 이 채찍으로 때리
겠어요. 어떻게 나는 당신이 하는 소리를 참고 듣고 있었는지 몰라. 어떻게 당
신 같은 사람에게 상냥하게 해줄 생각이 났는지 몰라. 당신은 예의를 모르는 사
람이에요. 염치를 모르는 사람이에요. 당신은 꼭 자아, 어서 내려요. 정말이에
요.」

그러나 그가 마차에서 내려 뒤에 매어 둔 말을 끌러 황혼이 깃든 길에 서서 약
을 올리듯 빙글빙글 웃고 있는 것을 보자, 그녀는 마차를 몰면서 자기도 모르게
마주 생긋 웃지 않을 수 없었다.

확실히 그는 난폭하고, 교활하고, 상대하기에는 위험한 사나이였다. 무심코
그의 손에 넘겨 준 무딘 칼날이 어떻게 잘 드는 날카로운 칼로 변할지 몰랐다.
그러나 뭐라고 해도 그에게는 마치, 그렇다, 몰래 마신 브랜디처럼 사람을 흥분
케 하는 데가 있다.

몇 달 전부터 스카알렛은 브랜디를 마시는 것을 배웠다. 비에 젖든가, 오랜
시간 마차를 타고 돌아다녀서 온 몸이 쑤시고 마비된 것처럼 되어 오후 늦게 돌
아오든가 할 때, 무엇보다 기운을 나게 해주는 것은, 자기 사무 책상 제일 윗서
랍에 감춰 둔 브랜디 병을 생각하는 일이었다. 마미의 날카로운 눈에 띄지 않게
쇠를 채워 두었다. 미드 박사는 임신중에 술 같은 것을 마셔서는 안 된다는 말은

그녀에게 할 생각도 못 했다. 왜냐하면, 점잖은 부인이 백포도주보다 독한 것을 마시려니 하는 것은 생각조차 할 수 없었기 때문이었다. 물론 결혼 잔치의 샴페인이라든가, 심한 감기에 걸려 누워 있을 때 마시는 설탕 넣은 뜨거운 종려주 같은 것은 예외였다. 그러나 세상에는 발광한 여자와 이혼한 여자, 스잔 B 안토니(미국의 사회 운동가—역자주)처럼 부인에게도 참정권이 있다고 믿는 여성이 있는 것과 마찬가지로, 술을 마시고 영원히 집안 망신을 시키는 불행한 여자도 있었다. 그러나 의사가 허락하지 않는데 스카알렛이 멋대로 술을 마시리라고는 꿈에도 생각지 않았다.

스카알렛은 저녁식사 전 물을 타지 않은 브랜디 한 잔이 얼마나 원기를 회복시켜 주는지를 알고 있었다. 그리고 언제나 술 냄새를 없애기 위해 커피알을 씹거나 화장수로 양치질을 했다. 남자는 마음 내키는 대로 아무 때나 술을 마시고 기분을 내는데 왜 여자가 마시면 모두들 그토록 귀찮게 구는 것일까. 프랭크가 옆에서 코를 골며 정신 없이 자고 있는데 자기는 잠이 들지 못하고 가난에 대한 공포, 양키에 대한 공포, 타라에의 향수, 애실리에 대한 사모로 가슴이 미어지는 것 같아 엎치락뒤치락하고 있었다. 이럴 때, 그녀는 만일 브랜디가 없었다면 미쳐 버렸을 것이라고 생각하는 일이 종종 있었다. 그리고 유쾌하고 정다운 훈훈한 기운이 그녀의 혈관 속으로 스며들면, 온갖 걱정이 차례로 사라져 갔다. 석 잔만 마시면 언제나 이렇게 혼잣말을 할 수 있게 되었다. 『이런 건 내일 좀더 마음이 가라앉거든 생각하기로 하자.』

그러나 브랜디를 마셔도 마음의 아픔이 좀처럼 가라앉지 않는 밤이 있었다. 그 아픔은 공장을 잃어버리지 않을까 하는 불안보다도 훨씬 심한 아픔, 타라를 다시 한 번 보고 싶은 아픔이었다. 시끄럽고, 새 집이 줄지어 서고, 낯선 얼굴이 불어나고, 좁은 거리는 말과 짐마차와 시끄러운 군중들로 들끓고 있는 애틀랜타는 가끔 그녀를 질식시킬 것만 같았다. 그녀는 애틀랜타를 사랑하고 있었다. 그러나, 아아, 그 타라의 부드러운 전원의 정적, 황토밭과 그 주위의 시커먼 소나무들이 못 견디게 그리웠다. 아, 타라로 돌아가고 싶다, 애실리에게로 가고 싶다, 그저 만나기만 해도 좋다, 그의 목소리를 듣고 그의 사랑을 확인하고 힘을 얻고 싶다! 멜라니의 편지가 올 때마다 둘은 건강하게 지낸다고 적혀 있었다. 윌이 짤막한 편지로, 밭갈이와 모심기와 목화의 성장에 대해서 알려 줄 때마다, 그녀는 내 집으로 다시 한 번 돌아가고 싶은 뜨거운 욕망을 느끼곤 했다.

유월엔 집으로 돌아가자. 유월이 되면 여기 있어도 아무것도 할 수 없다. 두 달쯤 집에 가 있자. 그렇게 생각하면 기운이 솟았다. 사실 또 그녀는 유월이 되자 고향으로 돌아갔는데 그것은 그녀가 그처럼 한결같이 돌아가고 싶어한 때가 되어 간 것이 아니라, 그달 초에 윌한테서 아버지 제럴드가 죽었다는 짤막한 소식이 왔기 때문이다.

39

기차가 상당히 연착했기 때문에, 스카알렛이 존즈보로에 내렸을 때는 유월의 푸른 저녁 햇살이 길게 그림자를 끌며 전원 전체를 뒤덮고 있을 무렵이었다. 누런 램프 불이 띄엄띄엄 남아 있는 이 마을의 상점과 민가에 켜져 있었다. 그러나 그것도 아주 드물었다. 포탄에 부서지고 혹은 타버란 큰길가 건물과 건물 사이에는 가는 곳마다 커다란 틈이 나 있었다. 지붕은 포탄 구멍투성이고, 벽도 반쯤 날아가 버린 폐허가 된 집들이 조용하고 침울하게 그녀를 바라보고 있었다. 말과 노새 몇 마리가 발러드네 가게의 나무 차양 밖에 매여져 있었다. 먼지투성이인 황토길은 인기척 하나 없이 조용했다. 마을에서 들려 오는 소리라곤 이따금 일어나는 커다란 고함 소리와 술취한 웃음 소리뿐이었는데, 그것은 큰길에서 훨씬 떨어져 있는 외딴 주막에서 고요한 저녁 공기를 타고 흘러오고 있었다.

정거장은 전쟁으로 불탄 뒤 아직 다시 세워지지 않았고, 그 자리에 겨우 널빤지로 지붕을 이었을 뿐이라 비바람을 막을 벽도 없었다. 스카알렛은 그 아래로 들어가 조그만 빈 통 하나에 걸터앉았다. 그것은 분명히 의자 대신 거기에 놓여 있는 것이었다. 그녀는 큰길 여기저기를 살피며 윌 벤틴의 모습을 찾았다. 윌은 미리 마중을 나와 있어야만 한다. 제럴드가 죽었다는 그의 간단한 기별을 받고 나서 첫 기차로 온다는 것을 알고 있을테니까.

그녀는 너무 서둘러 나오는 바람에 작은 여행 가방에 갈아 입을 속옷도 넣지 않고, 잠옷과 치솔 밖에 안 갖고 왔다. 상복을 만들 틈도 없어, 미드 부인에게 빌려 입었기 때문에 검은 옷이 꼭 끼어 거북해 견딜 수 없었다. 미드 부인은 지금은 여위었는데 스카알렛이 배가 불렀기 때문에 더구나 맞지 않았다. 제럴드의 죽음을 슬퍼하면서도, 현재의 자기 모양이 머리에서 떠나지 않아 혐오감을 갖고 자기 몸을 내려다보았다. 날씬한 맵시는 완전히 없어져 버리고, 얼굴과 발목은 부어 있었다. 지금까지 별로 겉치레에 신경을 쓰지 않았는데, 앞으로 한 시간

안에 애실리를 만난다고 생각하자 몹시 그것이 마음에 걸렸다. 가슴은 슬픔에 잠겨 있었지만, 또다시 다른 남자의 아이를 배고 그와 만난다고 생각하자 뭔가 망설여지는 것이었다. 그녀는 그를 사랑하고, 그도 그녀를 사랑하고 있다. 이 바라지도 않은 아이가 지금은 그 사랑에 대한 부정(不貞)의 증거처럼 생각되었다. 그러나 날씬한 허리와 가벼운 발걸음을 잃은 모습을 그에게 보이는 것이 아무리 싫더라도 이제는 이미 어찌 해 볼 도리가 없었다.

그녀는 초조한 듯 발을 굴렀다. 윌은 마중을 나와 있어야 했다. 물론 발러드네 가게까지 가서 그에 대해 물어보고 만일 그가 오지 못한다는 것을 알면, 누군가 타라까지 마차로 데려다 줄 사람을 부탁할 수도 있다. 그러나 그녀는 발러드네 가게에는 가고 싶지 않았다. 마침 토요일 밤이니까 이 고을 사나이들의 반은 아마 그 가게에 와 있을 것이다. 커다란 배를 안고, 몸을 감춰 주기는커녕 오히려 꼴사납게만 보이게 하는 이런 어울리지 않는 검은 옷을 입고 사람 앞에 나가기가 싫었다. 그리고 제랄드의 죽음에 대해 일제히 친절하게 동정의 말을 보내는 것도 싫었다. 동정 같은 건 받고 싶지도 않았다. 누가 아버지 이름만 불러도 울음이 터질 것만 같았다. 한편 절대로 울지 않겠다고 생각했다. 만일 일단 울기 시작하면 애틀랜타가 함락된 뒤 레트가 어두운 교외 큰길에 버려 두고 가던 그 무서운 밤, 말갈기를 잡고 흐느껴 울며 가슴이 미어질 듯이 무섭고 도무지 눈물이 그치지 않았을 때처럼 되리라는 것을 알고 있었기 때문이다.

아니, 절대로 울지 말자! 목구멍에 다시 커다란 덩어리가 치밀어올랐다. 아버지의 부고를 받고 나서 몇 번이나 그랬다. 그러나 울어 보았자 아무 소용이 없는 것이다. 다만 머리만 어지러워지고 마음이 약해질 뿐이다. 아, 어째서 윌이고 멜라니고 동생들이고 아버지가 병이 난 것을 알리지 않았을까. 그랬으면, 당장 기차로 타라에 달려와서 간호해 드릴 수도 있었을 텐데. 만일 필요하다면 애틀랜타에서 의사도 데려올 수 있었을 텐데. 그 사람들은 내가 없으면 아무것도 못 하는가. 어쩌면 모두가 그렇게 바보들이람. 몸이 둘이 있는 것도 아니고 같은 시간에 양쪽에 있을 수는 없지 않은가. 모두를 위해 애틀랜타에서 열심히 일하고 있는 것은 하느님도 알고 계신다.

윌이 여전히 나타나지 않기 때문에 마음이 초조해진 그녀는 빈 통 위에서 안절부절 못하고 있었다. 어디 있는 것일까 하고 생각했을 때, 뒤에서 철도 선로의 석탄재를 밟는 소리가 났다. 뒤돌아보니까 알렉스 폰텐이 선로를 가로질러 귀리 자루를 어깨에 메고 짐마차 쪽으로 다가오는 참이었다.

「아니 스카알렛 아니오!」외치고 자루를 내려놓더니 달려와 그녀의 손을 잡았다. 그의 젊고 검게 탄 작은 얼굴에는 기쁜 빛이 가득 넘치고 있었다. 「잘 오셨군요! 윌은 대장간에서 말 편자를 박고 있었어요. 기차가 늦기 때문에 아직 시간이 있는 줄 안 모양이죠. 당장 달려가 데려올까요?」

「네 부탁해요, 알렉스.」슬픔을 이기지 못하면서도 방긋 웃으며 그녀는 말했다. 낯익은 얼굴을 다시 만나 기뻤던 것이다.

「아, 저어, 스카알렛.」하고 그는 여전히 손을 쥔 채 더듬더듬 말했다. 「당신 아버님께선 정말 안 됐읍니다.」

「고마와요.」그런 말은 하지 않았으면 좋았을 텐데, 생각하면서 그녀는 대답했다. 그의 말로 제랄드의 혈색 좋은 얼굴과 기운 찬 목소리가 선하게 되살아났다.

「당신을 위로하려는 건 아니지만 스카알렛, 우리들은 당신 아버님을 이 고장의 자랑으로 삼고 있었소.」알렉스는 그녀의 손을 놓고 말을 이었다. 「아버님은 ……. 우리들은, 당신 아버님이 군인의 본분을 다하고, 군인답게 돌아가셨다고 생각하고 있소.」

대관절 이게 무슨 뜻인가! 그녀의 생각은 마구 어지러워졌다. 군인? 그렇다면 아버지는 누구에게 사살되기라도 했단 말인가? 토니처럼 남부의 배신자와 싸운 것일까? 그러나 그 이상 캐물어도 안 되었다. 아버지 이야기를 하면 울게 된다. 울어서는 안 되는 것이다. 윌과 마차를 타고, 남이 아무도 보지 않는 시골로 나가 이제는 괜찮다고 생각되는 곳까지 가기 전에는 울어서는 안 된다. 윌이라면 상관없다. 그 사람은 동생이나 마찬가지니까.

「알렉스, 그 이야기는 말아 주세요.」그녀는 무뚝뚝하게 말했다.

「나는 당신을 조금도 나무랄 생각은 없지만 말이오, 스카알렛.」하고 알렉스는 노여움으로 얼굴을 확 붉히며 말했다. 「그게 만일 내 누이동생이었다면 나는 아마, 아니 스카알렛, 나는 한 번도 여자에게 난폭한 말을 한 기억은 없지만, 내 심정을 말하면 누군가가 생가죽 채찍으로 스월렌을 실컷 두들겨 주었으면 싶소.」

무슨 바보 같은 소리를 지금 와서 꺼내는 것일까, 하고 그녀는 의아하게 생각했다. 스월렌이 대체 어떻게 했다는 말인가.

「이 고장 사람들은 모두 안 됐기는 하지만 그 여자에 대해서 같은 기분을 가지고 있소. 그녀의 편을 드는 사람은 윌 뿐이오. 그야 물론 멜라니 씨가 있긴 하지만. 그러나 멜라니 씨는 성인 같은 사람이어서 누구나 나쁘게 보는 법이 없으니까.」

「그 이야기는 말아 달라고 했잖아요!」그녀는 쌀쌀하게 말했지만 알렉스는 태연했다. 마치 그녀가 무례하다는 것은 다 알고 있다는 그런 표정이었다. 그것이 오히려 화가 났다. 그녀는 다른 사람에게서 가족들의 험담을 듣고 싶지 않았고, 또 자기가 사건에 대해 아무것도 모르고 있다는 것을 상대에게 알리고 싶지 않았다. 어째서 윌은 자세한 내용을 알려 주지 않은 것일까.

알렉스가 자꾸만 흘끔흘끔 보는 것이 싫었다. 그가 자기 몸의 이상을 알아챘다고 생각하자 몹시 거북했다. 그러나 땅거미 속에서 그녀를 보며 알렉스가 느낀 것은 이것이 스카알렛이라고는 도저히 알아볼 수 없을 정도로 그 얼굴이 완전히 변하고 말았다는 것이었다. 아마 그건 아기가 생긴 때문이리라. 이런 때는 여자란 마치 악마처럼 변하는 법이다. 거기에 물론 죽은 오하라 노인을 생각하고 몹시 슬퍼하고 있는 까닭도 있을 것이다. 그녀는 노언의 사랑하는 딸이었다. 그러나, 아니 이 변모는 더욱 심각하다. 요먼저 만났을 때보다도 지금이 사실은 인상이 좋아 보였다. 적어도 지금의 그녀는 하루 세 끼 식사만은 충분히 취하고 있는 것처럼 보인다. 그리고 무언가에 쫓기고 있는 짐승 같은 눈매도 얼마쯤 없어져 있다. 그 전에는 공포에 떨고, 절망적이었던 눈이 지금은 확실히 가라앉아 있다. 웃을 때도 어딘가 위엄과 자신과 의젓한 품격이 있다. 아마도 저 프랭크와 즐거운 생활을 하고 있는 모양이지. 정말 그녀는 변해 버렸다. 분명히 아름답기는 한데, 그 사랑스럽고 포근한 상냥함이 그 얼굴에서 말끔히 가셔 버리고, 남자를 쳐다볼 때 누구보다도 자기가 제일 잘 알고 있는 그 어리광하는 것 같은 데가 흔적도 없이 사라지고 말았다.

그러나 누구나가 다 변한 것이 아닐까? 알렉스는 자기의 초라한 옷을 다시 보았다. 가끔 밤중에 잠이 오지 않을 때, 어머니는 저 일을 어떻게 할 작정인가 걱정하고, 가엾게 죽어 버린 조의 아들을 어떻게 교육시킬 것인가 걱정하고, 노새 한 필 더 살 돈을 어떻게 마련할까 생각하면서, 전쟁이 언제까지나 계속되었으면 좋았을 것이라고 생각하는 때조차 있었다. 그때는 모두가 자기의 행복 같은 것은 조금도 염두에 두지 않았다. 군대에는 비록 옥수수 빵일망정 언제나 먹을 것이 있었고, 언제나 누군가 명령을 내리는 사람이 있었다. 이런 어떻게도 해 볼 수 없는 문제에 부딪치는 고통 따위는 전연 없었다. 군대에 있으면 죽는다는 것 이외에는 아무 걱정도 없었다. 그리고 그 무렵에는 디미티 먼로도 있었다. 알렉스는 그녀와 결혼하고 싶었지만, 벌써 그때는 이미 많은 사람들이 그를 의지하고 있어 도저히 결혼 같은 걸 생각할 수도 없었다. 그는 오랫동안 그녀를 사랑하고 있었지만 이제는 벌써 그녀의 볼에서 장미빛이 가시고 눈에도 청춘의 빛이 사라져 가고 있었다. 토니만 텍사스로 도망가지 않았어도 좋았을 것이다. 남자가 한 사람 더 있었으면 이 세상도 일변했을지 모른다. 신경질을 잘 부리는 그의 사랑스런 동생은 빈털터리로 서부의 어딘가에 있을 것이다. 정말이

지 모두 변해 버렸다. 그러나 변하는 것도 당연하지 않은가. 그는 깊은 한숨을
내쉬었다.

「당신과 프랭크가 토니를 위해 애써 준 데 대해 아직 감사를 드리지 않았군
요.」그는 말했다.「그가 무사히 도망한 것도 당신들 덕택이었어요. 친절하게
도, 정말 감사해요. 인편에 묻자니 토니는 무사히 텍사스에 있다더군요. 당신들
께 편지로 묻는 것도 걱정이 되고 해서요. 그런데 혹시 토니가 당신이나 프랭크
한테서 돈을 꾸어가지 않았는지요? 돌려드리고 싶은데.」

「아, 알렉스! 제발 소원이니까 그만해 두세요. 지금은 안 돼요!」스카알렛
은 소리쳤다. 이때만은 사실 돈 같은 건 생각하고 싶지 않았던 것이다.

알렉스는 잠시 아무 말도 하지 않았다.

「윌을 데려다 드리지요.」그는 말했다.「내일 장례식에서 모두 만나게 되겠군
요.」

그가 귀리 자루를 집어 들고 떠나려고 할 때, 덜거덕거리는 차바퀴 소리와 함
께 짐마차가 옆 골목에서 나와 바퀴를 삐걱거리며 둘이 있는 곳으로 다가갔다.
윌이 자리에서 고함을 쳤다.「늦어서 미안합니다, 스카알렛.」

마차에서 느릿느릿 내려오자 천천히 그녀 쪽으로 다가와 몸을 구부리고 그 뺨
에다 키스했다. 윌은 지금까지 한 번도 그녀에게 키스 같은 걸 한 일이 없고, 반
드시 이름에는 〈씨〉를 붙여 불렀기 때문에, 그녀는 놀라면서도 그것이 오히려
정다운 느낌이 들어 무척 기뻤다. 그는 조심스럽게 그녀를 차바퀴 위로 안아올
려 마차 안으로 밀어 넣었다. 자세히 보니 그것은 그녀가 애틀랜타에서 도망쳐
올 때 탔던 바로 그 덜거덕거리는 낡은 마차였다. 용케도 부서지지 않고 오랫동
안 견뎌냈구나. 아마 윌이 늘 알뜰히 손질을 한 것이리라. 이 마차를 보고 그 날
밤 일이 생각나서 웬지 모르게 가슴이 아파 왔다. 설사 자기가 신을 벗고 맨발이
되는 한이 있더라도, 고모의 밥상에 먹을 것이 줄어드는 한이 있더라도 타라에
새 짐마차를 사주어야겠다. 이 낡은 마차는 태워 버려야지.

윌은 처음에는 아무 말도 하지 않았다. 그편이 스카알렛에게는 고마웠다. 그
는 떨어진 밀짚 모자를 마차 뒤쪽으로 집어던지고 말에게 고함쳤다. 마차는 움
직이기 시작했다. 윌은 전과 다름 없이 달라진 데가 없이 비쩍 말랐고 머리털은
붉그레하고, 눈은 침착하게 가라앉아 마차 끄는 말처럼 참을성이 강했다.

마을을 뒤로 하고 타라로 향하는 황토길로 굽어들었다. 아직도 하늘 끝에는
어렴풋이 붉은 빛이 남아 있었다. 폭신폭신한 깃털 같은 구름은 금빛과 연한 초
록빛으로 물들어 있었다. 조용한 들판의 황혼이 두 사람 주위로 내려와 기도처
럼 마음을 평온하게 했다. 몇 달 동안이나 이곳을 떠나, 이 시골 공기의 싱그러

운 향기, 갈아엎은 땅, 달콤한 여름밤을 못 보고 용케 견디었구나. 축축한 황토 냄새는 뭐라 말할 수 없을 만큼 기분이 좋고 반갑고 정다왔다. 마차에서 내려 손에 듬뿍 움켜쥐어 보고 싶은 생각이 났다. 황토길 양쪽에 패인 도랑에 푸른 잎이 마주 엉키어 늘어진 인동(忍冬) 덩굴은 비가 갠 뒤에는 언제나 그렇듯 코가 찡할 만큼 이 세상에서 제일 기분 좋은 향가를 떨치고 있었다. 머리 위에는 한 떼의 집제비가 날쌔게 날개를 퍼득이며 지나갔다. 이따금 토끼가 놀라 깡총거리며 길을 가로질러갔다. 흰 꼬리가 솜털로 만든 분첩 모양으로 간들간들 뛰어갔다. 푸른 관목 덤불이 무성한 황토 땅 옆의 갈아 놓은 밭 사이를 지나가면서 목화가 잘 핀 것을 기쁜 마음으로 바라보았다. 모든 것이 어쩌면 이렇게도 아름다운가! 낮은 늪지에 보얗게 낀 부드러운 잿빛 안개, 붉은 땅에 무럭무럭 자라나고 있는 목화, 초록색으로 줄을 지어 부드럽게 물결치고 있는 경사진 밭, 이런 것들 뒤에 검은 담비로 된 벽처럼 솟아 있는 시커먼 송림. 어떻게 그토록 오랫 동안 애틀랜타 같은 데 있었던 것일까?

「오하라 씨 이야기를 하기 전에 말이오, 스카알렛. 집에 닿기 전에 죄다 이야기하려 하는데, 어떤 문제에 대해 당신의 의견을 듣고 싶은 것이 있읍니다. 뭐니뭐니해도 이제는 당신이 가장이니까요.」

「뭔데요, 윌?」

그는 순간 침착하고 진지한 눈길을 보냈다.

「다름이 아니라, 제가 스월렌과 결혼하는 것을 승낙해 주었으면 합니다.」

스카알렛은 뒤로 나가떨어질 정도로 놀라 자리를 꽉 움켜잡았다. 스월렌과 결혼한다? 프랭크 케네디를 동생한테서 빼앗은 뒤로, 누가 스월렌과 결혼하리라고는 생각지도 못 했다. 스월렌과 결혼하고 싶어할 사람이 있겠는가.

「어머, 잘됐네요, 윌!」

「그럼 이의는 없다는 말씀이군요.」

「이의? 없어요. 하지만 정말이지 윌, 깜짝 놀래키는군요! 당신이 스월렌과 결혼을 하다니? 윌, 난 당신이 캐린을 좋아하는 줄로만 알고 있었는데요.」

윌은 말없이 말을 바라보면서 고삐를 놀렸다. 그의 옆얼굴에는 아무런 변화도 없었지만 그가 어렴풋이 한숨을 쉰 것같이 느껴졌다.

「전에는 그랬지요.」 그는 말했다.

「그럼 그 애 쪽에서 싫다고 했나요?」

「나는 한 번도 그분에게 물어본 적이 없읍니다.」

「어쩌면, 윌, 바보시군요. 물어보세요, 그 애는 스월렌보다 갑절이나 값어치가 있어요.」

「스카알렛, 타라에서는 요즘 여러 가지 일이 있었다는 걸 당신은 모르기 때문이오. 요 몇 달 동안 당신은 너무도 우리 생각을 해주시지 않았읍니다.」

「내가 생각하지 않았다고요?」 그녀는 발끈했다. 「대체 내가 애틀랜타에서 무엇을 하고 있은 줄 아세요? 네 마리가 끄는 화려한 마차를 타고 무도회에라도 다닌 줄 아세요? 매달 꼬박꼬박한 송금해 주었잖아요? 세금도 치러 주었고, 지붕도 이었고, 새 보습과 노새도 사주지 않았어요? 그리고 또…….」

「가만, 그렇게 흥분해서 화를 내지 마시오.」 하고 그는 조용히 가로막았다. 「당신이 한 것을 아는 사람이 있다면 그것은 바로 이 나일 거요. 내가 가장 잘 알고 있어요. 남자 두 몫 일을 하셨으니까요.」

다소 마음이 누그러져 그녀는 물었다. 「그럼 뭐란 말예요?」

「과연 지붕도 말끔히 갈아 주셨고, 찬장에는 잠시도 먹을 것이 떨어지지 않게 해주셨소. 그 점은 나도 부정하지 않아요. 그러나 당신은 이 타라에서 모두들 어떤 생각을 하고 있는지 그 점에 대해서는 전혀 머리를 쓰신 일이 없잖습니까? 나는 당신을 책하는 것이 아닙니다, 스카알렛. 당신은 그런 분이죠. 남의 생각 같은 것엔 전혀 관심을 갖자 않는 분이에요. 그러나 내가 말씀드리는 것은, 내가 한 번도 캐린 씨에게 묻지 않았다는 점입니다. 물어보았자 헛일이니까요. 그분은 내게는 누이동생과 같습니다. 그분은 세상의 누구보다도 내게 모든 것을 숨기지 않고 말합니다. 그러나 그 전사한 청년을 잠시도 잊지 않고 있어요. 앞으로도 잊지 않을 거예요. 그리고 이건 말해 두는 편이 좋다고 생각되는데, 그분은 찰스턴의 수녀원으로 갈 작정입니다.」

「당신 혹시 농담하고 있는 게 아녜요?」

「아니, 농담할 리가 있읍니까. 다만 나는 한 가지 부탁하고 싶습니다, 스카알렛. 그 일로 그분과 옥신각신하거나, 꾸짖거나 비웃지 말아 주세요. 가도록 해주세요. 그것이 지금 그녀의 소원 전부입니다. 그분은 몹시 슬픔에 빠져 낙담하고 있으니까요.」

「하지만 바보 같은 짓이 아니냔 말예요. 지금 슬픔에 빠져 낙담하고 있는 사람은 수없이 있어요. 그래도 아무도 수녀원으로 달려가지는 않았잖아요. 나를 보아요. 나도 남편을 잃었어요.」

「하지만 당신은 슬픔에 낙심하진 않았읍니다.」 윌은 조용히 말하고 마차 바닥에서 짚을 집어 입에 물고 천천히 씹었다. 이렇게 말하자 그녀도 진지해졌다. 진실한 소리를 들으면 언제나 그렇듯이, 그것이 아무리 듣기 싫은 소리라도 마음 속에서 정직하게 그것이 진실이라고 인정하지 않을 수 없었다. 그녀는 잠시 아무 말도 하지 않고 캐린이 수녀가 된 모습을 상상하려 했다.

「그녀를 괴롭히지 않겠다고 약속해 주십시오.」

「네, 좋아요, 약속하죠.」말하고 그녀는 새삼 다시 보는 기분으로 그를 바라보고, 약간 놀라운 생각이 들었다. 윌은 아직도 캐린을 사랑하고 있었다. 지금도 여전히 그녀의 편을 들어, 무사히 수녀원에 들어가도록 도와 줄 만큼 사랑하고 있었다. 그런데 스월렌과 결혼하기를 바라고 있다.

「그럼 스월렌은 어때요? 당신은 그 애 생각은 하지도 않았잖아요, 어때요?」

「아니, 그렇지는 않아요. 사랑하고 있다고 해도 좋겠죠.」말하고, 그는 짚을 입에서 꺼내 그것이 마치 무척 재미있는 것이기나 한 듯 유심히 들여다보았다. 「스월렌은 당신이 생각하고 있는 것만큼 그렇게 나쁜 사람이 아닙니다, 스카알렛. 그분과는 원만하게 지낼 수 있을 것이라고 생각해요. 현재 스월렌에게 오직 걱정이 되는 것은, 남편과 아이가 없어서는 안 된다는 점입니다. 하기야 이것은 어떤 여자의 경우도 마찬가지겠지만.」

마차는 한참 동안 바퀴 자국이 가득한 길을 덜거덕거리며 지나갔다. 그 동안 두 사람은 아무 말도 하지 않았다. 스카알렛의 머리는 바쁘게 움직였다. 무언가 여기에는 겉에 나타난 이상으로, 깊고 중대한 이유가 있는 것이 틀림없다. 그렇지 않으면, 이 얌전하고 온순한 윌이, 스월렌같이 잔소리가 심하고 성가신 여자와 결혼하려고 할 리가 없다.

「당신은 진심을 숨기고 있군요, 윌. 내가 가장이라면 알 권리가 있어요.」

「당연한 말씀입니다.」윌은 말했다. 「당신은 알아 주실 거요. 나는 타라를 떠날 수가 없읍니다. 타라는 내게는 고향이지요, 스카알렛. 타라만이 나의 참다운 고향입니다. 그 돌 하나하나까지도 나는 사랑하고 있소. 나는 그것이 내것이나 되는 것처럼 그 위에서 일해 왔소. 당신도 무언가 한 가지 일을 계속하면, 그것에 애착을 가지게 되시죠. 내가 하는 말 아시겠소?」

그녀는 그것을 잘 알고 있었다. 이 사람도 역시 자기가 다시 없이 사랑하고 있는 것을 사랑하고 있다는 것을 알자, 그에 대한 따뜻한 애정의 물결이 가슴 속에 일어났다.

「그래서 나는 이렇게 생각해요. 당신 아버님이 돌아가시고 캐린이 수녀원으로 가고 나면, 다음에 남는 사람은 나와 스월렌뿐입니다. 그렇게 되면, 내가 앞으로 계속 타라에서 살려면 스월렌과 결혼하는 도리밖에 없소. 세상이 시끄러울 테니까.」

「하지만 윌, 멜라니하고 애실리가 있잖아요.」

애실리의 이름이 나오자 그는 고개를 돌리고 그녀를 바라보았다. 그 색이 엷은 눈은 무엇을 생각하고 있는지 짐작하기가 어려웠다. 윌은 자기와 애실리에

대해 모든 것을 알고 있고 일체를 이해하고 있으면서 나무라지도 용서하지도 않
는다, 하고 옛날에 품었던 느낌이 되살아났다.

「그 사람들은 멀지 않아 떠납니다.」

「떠난다고요? 어디로? 타라는 당신의 고향이기도 한 것처럼, 그 사람들의
고향이기도 해요.」

「아니오, 그 사람들의 고향은 아닙니다. 바로 그 점입니다, 애실리를 괴롭히
고 있는 것은. 타라는 그의 고향도 아니고, 그는 자기가 자기 먹을 것을 벌지 못
한다고 생각하고 있읍니다. 농사꾼으로는 돼먹지 않았고, 그것을 자신도 잘 알
고 있는 겁니다. 자기는 힘껏 하고 있지만, 원래가 농사꾼으로 태어나지 않았으
니까요. 그것은 나만큼 당신도 알고 있겠지요. 장작을 쪼개고 있어도 자기 발을
찍을 것만 같고, 보습으로 밭을 갈아도 똑바로는 되지 않아요. 보우도 그 정도
는 할 겁니다. 그 밖에 그가 할 수 없는 것을 세려면, 책으로 한 권은 될 거예요.
그러나 그것은 그의 죄는 아닙니다. 그렇게 자라지 못했을 뿐이죠. 게다가 자기
는 남자이면서 여자의 동정으로 타라에서 살며 이렇다 할 보답도 하지 못한다고
울적해 하고 있어요.」

「동정이라고요? 그분이 언제 그런 말을 했어요?」

「아뇨, 그런 말은 한 번도 안 했어요. 당신은 애실리가 어떤 사람인지 알고 있
잖아요. 하지만 나는 말 안 해도 알아요. 어젯밤 우리들이 당신 아버님의 경야
(經夜)를 하고 있을 때 나는 애실리에게, 스월렌에게 물었더니 승낙해 주더라고
말했어요. 그러니까 애실리는, 이젠 안심했다, 실은 이대로 타라에 있는 것이
무척 비참하게 생각되었다. 그러나 오하라 씨가 돌아가시고 나면, 나와 스월렌
을 놓고 세상 사람들이 숙덕거리지 못하게, 오직 그것만을 위해 자기와 멜라니
는 역시 여기 머물러 있어야 할 거라고 생각하고 있었다고 말했어요. 이렇게 되
었으니 이제 타라를 하직하고 일자리를 찾을 작정이라고 말했어요.」

「일? 어떤 일? 어디로 가죠?」

「어떻게 할 작정인지 자세히는 모르지만 북부로 갈 작정이라고 말하더군요.
뉴욕에 양키 친구들이 있는데, 그들에게서 그곳 은행에 일자리가 있다고 편지로
연락이 온 모양입니다.」

「어머나, 안 돼요!」 스카알렛은 가슴 밑바닥에서 부르짖었다. 그런 부르짖
음을 들어도 윌의 표정은 조금도 변하지 않았다.

「북쪽으로 가면 모든 일이 잘 되지 않을까요?」

「안 돼요! 안 돼요! 그럴 리 없어요!」

그녀는 머리를 세게 흔들었다. 애실리를 북부로 보내서는 안된다! 두 번 다

시 만나지 못하게 될지도 모른다. 비록 몇 달 동안 그의 모습을 보지 못했을망정, 그리고 그 과수원에서의 숙명적인 장면이 있은 뒤로 한 번도 그와 단 둘이 이야기를 나눈 일은 없을망정, 그를 하루도 생각지 않은 날이 없었고 그가 자기 집에서 무사히 지내고 있다고 생각하면 그것만으로도 기뻤던 것이다. 윌에게 돈을 보내고 있는 것도, 그만큼 애실리의 생활이 편해질까 싶어 그것이 즐거웠기 때문이었다. 물론 그가 농사꾼으로 도움이 될 리가 없었다. 애실리는 보다 훌륭한 일을 하기 위해 자란 것이다. 그녀는 긍지를 가지고 그렇게 생각했다. 그는 사람을 지휘하며 큰 저택에 살고, 훌륭한 말을 타고 다니며, 시집을 읽고, 흑인에게 일을 시키게시리 태어난 것이다. 지금은 이미 저택도, 말도, 흑인도 없고 책도 별로 없다고 하지만 그것마저 변할 수는 없다. 애실리는 밭을 갈거나 장작을 패기 위해 자라지는 않았다. 타라를 떠나고 싶어하는 것도 당연한 일이다.

그러나 어떤 일이 있어도 그를 조지아 주에서 떠나게 해서는 안 된다. 필요하면 프랭크를 졸라서라도 가게 일을 애실리에게 맡기도록 하자. 프랭크가 지금 고용하고 있는 카운터 뒤에 있는 그 젊은 점원을 내쫓도록 하자. 하지만 안 돼. 카운터 뒤도 보습 뒤나 마찬가지로 애실리가 있을 곳은 아니야. 윌크스 집 사람이 점원이 돼? 아, 그런 건 절대로 안 돼! 뭔가 다른 것이 있을 거야. 그렇다, 내 공장이 좋다. 거기야말로 안성마춤이다! 그렇게 생각이 들자 마음이 푹 놓이고 자기도 모르게 미소를 띄웠다. 그러나 그가 내 제안을 받아들여 줄까? 역시 동정이라고 생각하지 않을까. 어떻게 잘 말을 해서, 나를 위해서 하는 거라는 생각이 들게 하지 않으면 안 된다. 존슨 씨는 목을 자르고, 애실리에게 그 전 공장을 맡기도록 하자. 휴에게는 새 공장을 맡겨 놓으면 된다. 프랭크는 병이 잦은 데다 가게 일이 무척 바빠 내 일까지 거들 수 없다고 그 이유를 말하자. 그리고 내가 이런 몸이니까 꼭 좀 도와 달라고 사정을 하자.

어쨌든, 지금은 애실리의 도움 없이는 해나갈 수 없다고 그런 식으로 그에게 납득을 시키자. 만일 그가 받아들이면 공장 이익을 절반씩 나누어도 좋다. 아무래도 좋으니까 그저 그를 내 옆에 두고 싶다. 어떻게 되든 그가 활짝 밝게 웃는 것을 보고 싶다. 지금도 여전히 나를 생각하고 있다는 증거를 잡을 기회를 얻고 싶다. 그러나 그녀는 스스로 굳게 맹세했다. 이제는 두 번 다시 사랑이란 말을 억지로 하도록 만들지는 않으리라. 다시는 그가 그처럼 사랑보다도 소중하게 여기고 있는 그 어리석은 명예심을 버리도록 강요하지는 않으리라. 어쨌든 나의 이 새로운 결심을 넌지시 그에게 알리지 않으면 안 된다. 그렇지 않으면, 그 앞서의 무서운 장면을 다시 한 번 되풀이하지는 않을까 겁이 나서, 그가 거절할지도 모른다.

「그이를 위해, 애틀랜타에서 뭔가 일자리를 구해 보겠어요.」그녀는 말했다.

「글쎄요, 그거야 당신과 애실리의 문제죠.」윌은 말하며 다시 짚을 입에 물었다.「자아 가자, 샤만! 그런데 스카알렛, 당신의 아버님 이야기를 하기 전에 또 하나 당신에게 부탁해 두고 싶은 것이 있어요. 스월렌을 야단치지 마세요. 그녀가 한 일은 이미 끝난 일입니다. 당신이 그녀를 아무리 혼을 내보았자, 오 하라 씨가 다시 살아날 리가 없으니까요. 그리고 그녀는 가장 좋은 일인 줄 알고 정직하게 생각하고 한 일이니까요.」

「난 그게 듣고 싶었어요. 대체 스월렌이 어쨌다는 거예요? 알렉스는 뭔가 영문 모를 소리를 했어요. 채찍으로 때려 주어야 한다면서. 그 애가 어쨌다는 거죠?」

「그렇습니다. 세상에선 그녀에 대해 무척 분개하고 있읍니다. 오늘 오후 존즈보로에 갔더니, 모두들 이번에 만나면 그녀의 머리를 쪼개 놓겠다고 하더군요. 물론 녀석들은 그러다가 잊어버리겠지만. 자아, 어쨌든 그녀를 야단치지 않겠다고 약속해 주십시오. 나는 오늘 밤, 객실에서 아버님의 유해를 앞에 놓고 자매끼리 싸우는 건 보고 싶지 않읍니다.」

나는 싸우는 걸 보고 싶지 않다! 스카알렛은 발끈하며 이렇게 생각했다. 마치 벌써 타라가 제것이나 된 것 같은 말투가 아닌가?

그때, 객실에 유해로서 누워 있는 제랄드의 생각이 떠올랐다. 갑자기 그녀는 울기 시작했다. 애절하게 흐느껴 울었다. 윌은 그녀의 몸에 손을 돌려 위로하듯 끌어당겼으나 아무 말도 하지 않았다.

어두워 가는 길을 천천히 흔들리면서, 보네트를 비스듬히 쓴 머리를 그의 어깨에 기대고 있으려니까 다시는 돌아보지 않는 아내를 기다리면서 문간을 바라보고 있던 정신 나간 노인——이 두 해 동안 그러한 제랄드의 모습은 머리에서 사라졌다. 머리에 떠오른 것은, 기운차고, 곱슬곱슬한 아름다운 백발을 한 쾌활한 노인, 꽥꽥 소리치고 밝은 목소리, 힘찬 신발 소리, 서투른 재담, 착한 마음씨 등이었다. 어릴 때 아버지가 세상에서 제일 훌륭한 사람으로 보이던 것이 생각났다. 그 곧잘 뽐내기 좋아하던 아버지는 그녀를 안장 앞에 태워 가지고 울타리를 뛰어넘기도 하고, 그녀가 나쁜 장난을 하면 엎어 놓고 볼기를 때리고, 그녀가 울면 달래기 위해 이십 오 센트짜리 은화를 손에 쥐어 주었다. 또 찰스턴이나 애틀랜타에서 아이들에게 전연 맞지도 않는 선물을 산더미처럼 싣고 돌아왔다. 그녀는 또, 눈물 속에 어렴풋이 미소를 띠우고, 아버지가 곧잘 존즈보로에서 재판이 끝난 다음 몹시 취해 울타리를 뛰어넘고 우스꽝스런 목청을 높여 《초록빛 옷을 몸에 두르고》를 부르면서 돌아오던 것을 생각했다. 그런 다음 아침에 엘렌 앞에 나온 그는 으레 아주 기가 죽어 있었다. 이제 그 아버지도 엘렌의 옆으로 가 버린 것이다.

「어째서 당신은 아버지가 병환이신 것을 알리지 않았어요? 그랬으면 당장이라도 달려왔을 텐데.」

「아버님은 단 일 분도 앓지 않으셨읍니다. 자 이 손수건으로 눈물을 닦으세요. 이제 자세한 사정을 말씀드리지요.」

그녀는 흰 바탕에 알록달록한 무늬가 있는 그의 손수건에 코를 풀었다. 손수건도 안 가지고 애틀랜타를 떠났던 것이다. 그리고 다시 윌의 가슴에 기대었다. 윌은 어쩌면 이렇게 믿음직한 남자인가. 어떤 일에도 이 남자는 당황하는 일이 없었다.

「실은 이렇습니다, 스카알렛. 당신이 꼬박꼬박 송금해 주신 덕택에 애실리와 나, 이렇게 우리들은 세금도 치르고, 노새니 씨앗이니 하는 것들, 그리고 돼지며 닭도 좀 사들였읍니다. 멜라니 씨는 암탉을 기르는 솜씨가 여간 아니거든요, 정말입니다. 훌륭한 분이에요, 멜라니 씨는. 뭐 어쨌든 타라에서 필요한 것을 사들이고 나면 그 다음에는 조그만 것도 살 돈이 남지 않았어요. 그래도 불평을 하는 사람은 한 사람도 없었어요. 단지 스월렌만은 예외였지만. 멜라니 씨와 캐린 씨는 집에서 낡은 옷을 입고 있어도 아무렇지 않았지만 스월렌은 당신도 아시다시피 그렇지 않습니다, 스카알렛. 전혀 융통성이 없는 사람이니까요. 존즈보로나 페이에트빌에 데리고 갈 때마다 헌 옷으로 참고 가야 한다고 타이르기에 아주 진땀을 뺀답니다. 뜨내기 정상배들의 부인, 아니 여편네들이 언제나 예쁜 장식이 붙은 옷을 입고 거드럭거리는 통에 더욱 곤란했읍니다. 노예 해방 사무국의 그 밉살스런 양키 여편네들의 몸치장은 또 어떤데요! 이 고을 부인들의 제일 초라한 옷을 입고 읍내에 간다는 것도 명예심과 관계되는 문제입니다. 옷차림 같은 것은 상관하지 않고, 낡은 옷을 입는 것을 자랑으로 안다는 것을 똑똑히 보여 주고 싶기 때문이지요. 그런데 스월렌만은 그렇지 못해요. 그녀는 말과 마차도 갖고 싶다고 했어요. 당신도 마차를 가지고 있다는 거예요.」

「마차라지만 내것은 낡은 이륜 마차예요.」 스카알렛은 화가 나서 말했다.

「뭐 그런 건 아무래도 상관없읍니다. 내가 말해 두고 싶은 것은, 스월렌은 아직도 당신이 프랭크 케네디와 결혼한 것에 앙심을 품고 있다는 겁니다. 그것도 무리는 아니라고 생각합니다만. 말을 하자면 동생을 약삭빠르게 속였다는 것밖에 안 되니까요.」

스카알렛은 그의 어깨에서 몸을 일으키고 당장이라도 덤벼들 것 같은 방울뱀처럼 무서운 얼굴을 했다.

「약삭빠르게 속였다고요? 고마와요, 당신은 꽤 고상한 말을 알고 계시는군요, 윌 벤틴! 프랭크가 그 애보다 나를 더 좋아했다면 어쩔 수 없는 일이 아녜요?」

「당신은 영리한 분입니다, 스카알렛. 프랭크가 당신을 좋아하지 않게 하는 것도 불가능하지는 않았겠지요. 여자라면 누구나 할 수 있읍니다. 그러나 당신의 경우는, 그 사람을 적당히 구슬린 것이 아닙니까? 당신이라면, 그럴 생각만 있다면 얼마든지 남자의 마음을 끌 수가 있으니까요. 어쨌든 뭐라고 해도 그 사람은 스월렌의 애인이었읍니다. 당신이 애틀랜타를 떠나기 일 주일 전에, 그 사람한테서 스월렌에게 편지가 왔는데 거기에는 무척 다정한 말들이 적혀 있었읍니다. 좀더 돈이 모이면 결혼하자는 내용이 자세히 적혀 있었어요. 스월렌이 그 편지를 보여 주었기 때문에 그것을 알고 있어요.」

스카알렛은 잠자코 있었다. 왜냐하면 그가 옳은 소리를 하고 있다는 것을 알고 있었고, 대답할 말이 얼른 생각나지 않았기 때문이었다. 하필이면 윌한테서 이러한 비난을 받으리라고는 꿈에도 생각하지 못했다. 그뿐더러, 프랭크를 속인 일에 대해서도 그녀는 그다지 양심의 가책을 느낀 일이 없었다. 애인의 마음을 붙들어 놓지 못하는 여자라면, 남자에게 버림을 받아도 할 말은 없을 것이다.

「이봐요, 윌. 쓸데없는 소리는 이제 그만하세요.」 그녀는 말했다. 「스월렌이 만일 그 사람과 결혼했다면, 당신은 어떻게 생각해요? 그 애가 타라나 우리들을 위해 한 푼이라도 쓸 것 같아요?」

「아까도 말했지만, 당신은 그럴 생각만 있으면 뭐든지 차지하는 사람이니까요.」 윌은 조용히 쓴웃음을 지으며 그녀 쪽을 쳐다보고 말했다. 「하긴, 만일 그렇게 되었다면 우리는 프랭크의 돈을 한 푼도 받지 못했겠지요. 그러나, 그런 말을 해도 비겁한 속임수에는 변함이 없읍니다. 하지만 당신이 수단으로라도 목적을 정당화하려고 한다면 나로서도 알 바 아니고 또 이의가 있을 수 없지요. 그러나 어쨌든 스월렌은 그 뒤로 마치 호박벌 모양으로 손을 댈 수 없게 되었읍니다. 아직도 프랭크를 깊이 생각하고 있는 건 아니지만, 말하자면 허영심을 다쳤다고나 할까요. 당신은 훌륭한 옷도 입고 마차도 있고, 애틀랜타에서 살고 있는데, 자기는 타라 같은 이런 시골에서 썩고 있냐고 말하고 있읍니다. 그녀는 당신도 알다시피 누구를 찾아간다든지, 파티에 나간다든지, 화려한 옷을 입기를 무척 좋아합니다. 그렇다고 그녀를 나무랄 수도 없어요. 여자란 다 그런 거니까요. 그런데 한 달쯤 전 일인데, 그녀를 데리고 존즈보로로 가서, 그녀가 딴 곳에 들르는 동안에 나는 볼일을 보았어요. 그러고 나서 집으로 데리고 왔는데,

마치 생쥐처럼 얌전하겠지요. 하지만 나는 곧 그녀가 몹시 흥분해서 당장이라도 폭발할 정도라는 것을 알았읍니다. 이것은 아마 틀림없이 스월렌이 누군가의, 아니 뭔가 재미있는 소문이라도 들은 거구나 생각하고 별로 마음에도 두지 않았읍니다. 그 뒤 일 주일쯤 집 안을 돌아다니며, 아주 우울하고 흥분해서 말도 별로 하지 않았어요. 그러다가, 그녀는 캐린 캘버트 씨네 집엘 갔었어요. 그런데 ……. 스카알렛. 만일 당신이 캐스린 씨를 만나면 울고 말 거요. 가엾은 분입니다. 그 비겁한 양키 힐톤과 결혼하느니 차라리 죽는 게 나았을 거요. 그놈은 캘버트네 토지를 저당잡혔다가 그만 유질(流質)을 당했기 때문에 캘버트네 사람들은 쫓겨나게 됐어요. 알고 계세요?」

「아뇨, 몰라요. 하지만 그런 거 알고 싶지 않아요. 내가 알고 싶은 건 아버지 일이에요.」

「이제 차차 이야기하지요.」윌은 늑장을 부리며 말했다.「스월렌이 캐스린 씨 집에서 돌아오더니 하는 말이 모두들 힐튼을 오해하고 있다고 말하더군요. 그때는 그녀석을 힐튼 씨라고 부르며 그 사람은 머리가 좋은 사람이라고 하는 거예요. 우리들은 그저 웃고 있었지요. 그 뒤로 매일같이 오후만 되면 스월렌은 당신 아버님을 산책에 데리고 나가는 거예요. 내가 밭에서 돌아오면 흔히 그녀가 무덤 근처 울타리에서 아버님과 나란히 앉아 있는 걸 볼 수 있었읍니다. 뭔가 열심히 아버님과 이야기를 하며 손을 흔드는 거예요. 그러면 아버님은 뭔가 난처한 표정으로 머리를 흔들며, 그저 그녀를 바라보고 있을 뿐이었어요. 전에 아버님의 사정은 당신도 알고 계시죠? 요즘은 더욱 멍청해지셔서 자신이 어디에 있는지, 우리들이 대체 누군지도 전연 모르는 형편이었어요. 언젠가 나는 스월렌이 당신 어머님의 무덤을 가리키자, 아버님이 우는 것을 보았어요. 그리고 스월렌은 집으로 돌아오더니 매우 즐거운 듯 흥분한 표정이었어요. 그래서 나는 톡톡히 나무래 주었어요. 『스월렌 씨, 대관절 당신은 어째서 가엾은 아버님께서 어머님을 생각나게 해서 괴롭히는 거요? 모처럼 어머님께서 돌아가셨다는 걸 잊기 시작하셨는데, 당신은 끈덕지게 생각나게 하는 말을 하고 있지 않소!』하고 말예요. 그러자 그녀는 그냥 머리만 홱 돌리고 웃으면서『공연한 걱정 말아요. 언젠가는 모두들 내가 지금 하고 있는 것을 기뻐할 때가 올 거예요.』그렇게 말하는 거예요. 멜라니 씨한테서 어젯밤 들었는데, 스월렌은 그 계획을 멜라니 씨한태만은 털어놓았다는 거예요. 그러나 스월렌이 설마 진심으로 그러리라고는 생각지 않았다는 겁니다. 그 계획을 듣고 너무나 놀라서 아무에게도 말하지 않았다고 멜라니 씨는 말하더군요.」

「어떤 계획인데요? 언제나 돼야 요점을 얘기해 줄 작정이죠? 벌써 집까지 반은 왔잖아요, 난 아버님 얘기가 듣고 싶어요.」

「지금 말하는 참입니다.」윌은 말했다. 「이제 곧 집이니까, 이야기가 끝날 때까지 여기 마차를 세울까요?」

그는 고삐를 당겼다. 말은 걸음을 멈추고 코를 불었다. 두 사람이 마차를 세운 곳은, 매킨토시네 집 땅을 에워싸고 저절로 무성한 고광나무 울타리 옆이었다. 어두운 나무 그늘에서 힐끗 쳐다본 스카알렛의 눈에, 적막한 빈터 위에 우뚝 괴물처럼 조용히 선 굴뚝이 보였다. 윌이 어딘가 좀더 적당한 곳에 세워 주었으면 좋았을 것이라고 생각했다.

「그녀의 생각을 요약해 말한다면 말입니다, 북부 놈들이 태운 목화와, 놈들이 쫓아 흩어 버린 가축과, 놈들이 부숴 버린 울타리와 곳간을 놈들에게 변상시키겠다는 겁니다.」

「북군에게?」

「당신은 못 들었읍니까? 북부 정부는 남부에 있는 연방 지지자들의 파괴된 재산에 대해서는 손해를 배상하고 있읍니다.」

「물론 그건 들어서 알고 있어요.」스카알렛은 말했다. 「하지만 그게 우리와 무슨 상관이 있죠?」

「스월렌 씨의 의견으로는 상관이 있다는 겁니다. 내가 존즈보로로 데리고 갔던 그 날, 그녀는 매킨토시 부인 댁에 갔었읍니다. 거기에서 모두 세상 이야기들을 하고 있었대요. 스월렌은 매킨토시 부인이 너무 화려한 옷을 입고 있어 그것이 궁금해 결국은 참지 못하고, 그 옷에 대해 물었답니다. 그러니까 매킨토시 부인은 아주 신이 나서 한바탕 늘어놓더래요. 남부 동맹에는 손톱때만큼도 조력이나 지원을 하지 않는 충실한 남부 연방 지지자였는데, 재산을 파괴당했다고 해서, 정부에다 손해 배상을 청구했다는 것입니다.」

「그 사람들은 다른 사람에게 조력이나 지원 같은 건 한 번도 한 일이 없어요.」스카알렛은 씹어뱉듯 말했다. 「그 사람들은 스코틀랜드계의 아일랜드 사람이에요!」

「뭐 그건 그럴는지도 모르지만 난 그 사람들을 몰라요. 어쨌든 정부는 배상금을 치렀읍니다. 몇 천 달러였는지 그건 잊어버렸지만 아뭏든 상당한 액수였어요. 그래서 스월렌도 가만히 있을 수 없었던 거죠. 일 주일 동안 골똘히 궁리를 했지만, 우리한테 말하면 웃음거리밖에 안 된다는 것을 알고 한 마디도 하지 않았던 겁니다. 그러나 아무한테라도 말하지 않곤 못 배기겠고, 그래서 캐스린 씨에게 갔던 거지요. 그런데 그 밉살스런 못난 백인 힐튼이란 놈이, 공연한 지혜를 불어 넣어 준 겁니다. 당신 아버님은 이 나라에서 태어난 것도 아니고, 전쟁

에도 나가지 않았으며, 전쟁에 내보낸 아들도 없고 남부 동맹의 관직에 있는 일
도 없다고 그렇게 가르친 겁니다. 그리고 또 오하라 씨는 충실한 연방 지지자
였다고 못할 것도 없다는 말도 일러 주었어요. 어쨌든 이런 돼먹지 않은 소리를
잔뜩 얻어듣고 집에 돌아오자 스월렌 씨는 오하라 씨를 부추기기 시작했던 겁
니다. 스카알렛, 나는 목을 걸어도 좋소. 당신 아버님은 그녀가 하는 말을 반도
못 알아들었어요. 그 점이 그녀가 노린 것으로, 뭔가 영문을 모른 채 아버지에
게 엄숙한 서약을 시키려 했던 것입니다.」

「아버지께서 그런 서약을 했다고요?」하고 스카알렛은 외쳤다.

「아니, 아버님은 요즘 완전히 제정신이 아니었기 때문에 그녀는 그 점을 이용
하려 했던 것입니다. 그러나 우리들은 한 사람도 그런 걸 의심한 일조차 없었어
요. 그녀가 뭔가 계획을 꾸미고 있는 것 정도는 알았지만, 당신의 돌아가신 어
머님까지 들춰 가면서, 아버지는 북부 정부에서 십 오만 달러나 받아낼 수 있는
데 자기 딸에게 누더기를 걸치게 하는 법이 어디 있느냐고 몰아 대고 있는 줄은
우린 전혀 몰랐죠.」

「십 오만 달러!」스카알렛은 중얼거렸다. 서약에 대한 공포는 사라져 갔다.
정말 대단한 금액이다! 합중국 정부에 대해 충성을 맹세하고 항상 정부를 저
지하고, 그 적에 대해서는 절대로 조력이나 지원을 하지 않았다고 맹세하고 서
명만 하면, 그만한 돈이 생기는 것이다. 십 오만 달러! 그 정도의 하찮은 거짓
말을 하기만 하면 큰 돈이 생기는 것이다. 그렇다면 스월렌을 나무랄 수는 없지
않은가. 어림도 없지! 그런 일로 알렉스는 그녀를 생가죽 채찍으로 두들기고
싶다고 하다니 무슨 당치 않은 생각인가. 군내 사람들은 그녀의 머리를 쪼개 버
리겠다고 하다니 무슨 소리들을 하는 건가. 어쩌면 모두들 이렇게 바보들인가.
그만한 돈이 있으면 뭐든지 할 수 있지 않은가. 군내 사람들도 못 할 건 없지. 잠
깐 거짓말을 한다고 그게 어떻단 말인가. 요컨대, 북부에서 얻어낼 수 있는 깃
이라면 어떤 방법을 취하든 정당한 것이 아닌가.

「어제 점심때였어요. 애실리하고 내가 장작을 패고 있으려니까 스월렌이 이
마차를 끌어내 아버님을 태워 가지고, 아무에게도 말하지 않고 읍내로 나갔어
요. 멜라니 씨는 대강은 알고 있었지만 그러다가 어떤 기회에 스월렌의 생각이
달라지기를 빌며 우리에게는 잠자코 있었답니다. 설마 스월렌이 그런 짓을 할
수 있으리라곤 꿈에도 생각 못했던 거죠. 오늘 나는 모든 내용을 들었읍니다.
그 비겁한 힐튼이란 놈이 읍내의 다른 변절자와 공화당 패들에게 공작을 해서
만일 놈들이 오하라 씨 건에 대해 서로 짜고, 충실한 연방 지지자로, 아일랜드
사람이며, 전쟁에 나가지 않았다는 것을 잘 꾸며 추천장에 서명만 해주면 사례

를 하겠다——얼마인지 나는 모르지만——고 결정하고 거기에 스월렌이 동의
한 것입니다. 다음은 다만 아버님이 선서를 하고 서류에 서명만 하면 서류를 워
싱턴으로 보내게 되어 있었던 것입니다. 놈들은 선서를 후딱후딱 해치우고, 아
버님이 잠자코 있는 동안에 스월렌이 아버님께 서명을 독촉하도록 일을 진행시
켰읍니다. 그런데 그때에야 아버님은, 잠시 동안이기는 하지만 제정신으로 돌
아온 듯, 머리를 저어 거절했읍니다. 아버님은 사정을 안 것 같진 않았지만 하
여튼 싫었던 거죠. 그래서 스월렌은 달래고 타이르고 했지만 끝내 서명을 안 하
셨읍니다. 승강이를 하다못해, 스월렌은 금방 울화통이 터질 지경이 되었읍
니다. 그래서 아버님을 사무소에서 데리고 나와 마차에 태워 길을 왔다갔다하면
서, 아버지는 자식들의 생활을 편하게 해줄 수 있는데도 자식들을 고생시키려
하고 있다, 어머님은 그렇게 생각하고 덤불 밑에서 울고 계시다고 설득을 시켰
던 것입니다. 읍내 사람들의 이야기로는, 아버님은 마차에 앉은 채 어머니의 이
름을 듣자, 언제나 그랬듯이 마치 어린애처럼 마구 울고 계셨답니다. 읍내 사람
들은 모두들 보고 있었대요. 알렉스 폰텐도 무슨 일인가 하고 옆으로 갔었는데
스월렌은 서슬이 시퍼래 가지고 공연한 참견 말라고 쏘아 붙였기 때문에, 알렉
스는 성이 머리끝까지 나서 가버리고 말았답니다. 어떻게 스월렌이 그런 걸 생
각해 냈는지 모르겠지만, 그 날 오후 조금 지나 그녀는 브랜디를 한 병 구해 들
고 다시 오하라 씨를 사무실로 데리고 들어가서 그것을 마구 아버님께 마시게
했답니다. 스카알렛, 이 일 년 동안 타라에는 술 같은 건 전연 없었어요. 다만
딜시가 만든 검정딸기술이나 백포도주가 조금 있을 정도였지요. 오하라 씨는 술
을 안 먹던 끝이라 정신 없이 취해 버렸던 겁니다. 스월렌이 두 시간 정도 같은
수단으로 설득한 결과 마침내 아버님도 지고 말아 좋다, 무엇이든 네가 좋을 대
로 서명을 하마, 하고 말씀을 했대요. 다시 선서를 새로 하고 아버님은 붓을 들
어 막 서명을 하려는 참이었는데 스월렌이 실수를 했어요. 『자아, 이젠 스레터
리네나 매킨토시네가 으스대는 꼴을 안 보아도 되게 됐어.』하고 말해 버렸답
니다. 스카알렛, 그 스레터리네 사람들은 북군에게 불타 버린 그 보잘것없는 통
나무 집에 엄청난 큰 돈을 요구해서 에미의 남편이 감쪽같이 워싱턴 정부로부터
그것을 받아내고 말았읍니다. 사람들 말로는, 스월렌이 그놈들의 이름을 입 밖
에 내자 아버님은 엄숙한 표정으로 어깨를 솟구치며 쏘는 듯한 눈으로 노려보
았다는 거예요. 그때는 이미 맑은 정신으로 돌아와서 『스레터리와 매킨토시 패
들도 이런 것에 서명했냐!』하고 소리쳤대요. 스월렌은 당황해서 그렇다는 건
지 안 그렇다는 건지 종잡을 수 없는 대답을 했대요. 아버님은 큰 소리로『뭐라
고? 그 천벌받을 오렌지 당원 쓰레기 백인 녀석도 이런 것에 서명을 했다고!』

하고 호통을 쳤어요. 그러자 그 힐튼이란 녀석이 고양이 달래는 소리로 『네, 그래요. 그 사람들또 이렇게 해서 듬뿍 돈을 탔어요. 아저씨도 이제 곧 돈 타게 돼요.』하고 말했대요. 이 말을 듣자, 아버님은 마치 황소처럼 울부짖었읍니다. 알렉스 폰텐은 그때 읍내에서 뚝 떨어진 술집에 있었다는데 거기에서도 들리더랍니다. 그리고 아버님은 심한 아일랜드 사투리로『너희들은 타라의 오하라 집 사람이, 천벌받을 오렌지 당원이나 쓰레기 백인 녀석들처럼 이런 더러운 짓을 할 줄 알았냐?』말하면서 서류를 반으로 쭉 찢어 스월렌의 얼굴에다 냅다 내던지고『너는 인제 내 딸이 아니다 !』하고 호통을 치고 순식간에 사무소에서 뛰어나와 버렸대요. 알렉스는 아버님이 황소 같은 기세로 밖으로 나오는 것을 보았다고 합니다. 그의 말로는, 어머님이 돌아가신 뒤로 다시 옛날처럼 그렇게 기운이 난 것은 처음 보았대요. 그리고 술이 취해 비틀비틀하면서 목청껏 욕설을 퍼붓더랍니다. 알렉스는 그렇게 속이 시원한 욕설은 처음 들어 봤대요. 알렉스의 말이 마침 밖에 있었는데 허락도 없이 느닷없이 훌쩍 뛰어나와 타더니, 숨도 못 쉴 정도로 흙먼지를 자욱이 일으키며 계속 욕설을 퍼붓고 마구 달려갔다고 합니다. 그런데 해질 무렵에 애실리와 나는 현관 계단에 앉아 길 쪽을 바라보면서 무척 걱정을 하고 있었읍니다. 멜라니 씨는 이층에서 침대에 엎드려 울면서 우리들에게는 아무 말도 하지 않았어요. 이어 길 쪽에서 말발굽 소리가 나더니 누군가가 흡사 여우 사냥이라도 하는 것같이 소리를 지르고 있잖겠어요. 그때 애실리는 이렇게 말했지요. 『이상한데. 저건 어쩐지 오하라 아저씨가 전쟁 전에 흔히 집으로 말을 타고 올 때 지르던 소리 같은데 !』그러자 이윽고 아버님의 모습이 목장 저쪽에 보였읍니다. 맞은편 울타리를 단숨에 뛰어넘어온 것이 틀림없었어요. 마치 이 세상에는 아무런 근심도 없다는 듯, 목청을 높여 노래를 부르면서 곧장 언덕을 뛰어올라왔읍니다. 아버님한테서 그런 소리가 나올 줄은 정말 몰랐어요. 《페그는 포장 없는 마차로 간다》를 노래하면서, 모자로 말을 때렸는데 말은 꼭 미친 것처럼 달리고 있었어요. 언덕 막바지까지 왔는데도 아버님은 고삐를 당기지 않고 목장 울타리를 뛰어넘을 기세였어요. 우리들은 무척 걱정이 되어 벌떡 일어났읍니다. 그때 아버님은『여보, 엘렌 ! 내 솜씨를 보구려 !』하고 외쳤어요. 그러나 말은 울타리 앞에서 갑자기 딱 멎더니 뛰어넘으려고 하지 않았어요. 아버님은 곤두박이고 말았읍니다. 괴롭고 뭐고 할 것이 없었지요. 우리들이 달려갔을 때는 이미 운명하셨더군요. 목뼈가 부러졌던 모양입니다.」

월은 잠깐 그녀가 무슨 말을 할까 기다렸지만 아무 말도 하지 않자 고삐를 집어 들었다. 그리고「자아 가자, 샤만 !」하고 소리를 쳤다. 말은 집을 향해 걷기 시작했다.

40

스카알렛은 그 날 밤 거의 자지 않았다. 새벽녘이 되어 태양이 동쪽 언덕에 우거진 검은 숲 위에 조금씩 얼굴을 내밀 무렵, 그녀는 구김살투성이가 된 침대에서 일어나 창가 걸상에 걸터앉아서 지친 머리를 팔로 괴고, 곳간 앞마당과 타라의 과수원이며 목화밭을 바라보았다. 모든 것은 싱싱하고 이슬에 젖은 채 소리 없이 고요하고.푸르렀다. 목화밭을 보고 있노라니까 그녀의 괴로운 마음도 얼마간 위안이 되었다. 아침 햇빛을 받은 타라는 그 주인을 잃었음에도 아름답고 손질이 잘 되어 있어서 평화로운 풍경이었다. 투박한 통나무로 지은 닭장은, 쥐나 족제비를 막기 위하여 찰흙으로 다지고 흰 회칠이 곱게 칠해져 있었다. 커다란 마구간도 마찬가지였다. 옥수수, 노란 호박, 순무우 등이 줄줄이 늘어서 있는 채소밭은 말끔히 김이 매어져 있고, 참나무 쪼갠 것으로 단정하게 울타리가 둘러쳐져 있었다. 과수원은 깨끗이 밑가지를 쳐주었고, 끝없이 이어진 과일나무 밑으로 데이지 꽃만이 피어 있었다. 사과와 뽀얀 솜털이 있는 연붉은 복숭아가 푸른 잎 밑에서 햇빛을 받아 어른어른 빛나고 있었다. 그 뒤쪽에는 굽이굽이 잇닿아 있는 목화가 금빛 아침 하늘 아래 고요히 푸르렀다. 거위며 닭이 뒤뚱뒤뚱, 묘하게 점잔을 부리면서 밭 쪽으로 가고 있었다. 갈아엎은 부드러운 흙더미 밑으로 가면 그들이 가장 좋아하는 벌레와 민달팽이를 먹을 수 있기 때문이었다.

스카알렛의 가슴은, 이 모든 일을 죄다 해준 윌에 대한 애정과 감사하는 기분으로 부풀어 있었다. 애실리에도 정성을 바치고 있다고는 하지마는, 그가 이만큼 훌륭한 일을 해냈으리라고는 믿어지지 않았다, 왜냐하면, 타라가 훌륭한 것은 지주 귀족의 노동에 의한 것이 아니라, 자기 땅을 사랑하는 근면하고 지칠 줄 모르는 머슴의 노동에 의한 것이기 때문이었다. 지금의 타라는 말 두 필의 농장이지, 노새와 준마가 꽉 들어찬 목장, 눈이 미치는 데까지 펼쳐져 있는 목화와 옥수수밭이 있는 옛날의 당당한 큰 농장은 아니었다. 그러나 현재 농사짓고 있는 것은 잘 되어 가고 있었고, 그리고 현재 묵혀 있는 땅은 세월만 좋아지면 다시 갈면 되는 것이다.

윌은 몇 에이커의 땅을 가꾸고 있을 뿐만 아니라, 조지아 주의 농장주의 두 가지 적인, 씨가 떨어져서 나는 애소나무와 검정딸기의 번식을 단단히 막고 있었다. 이것들은 무심히 있다 보면, 어느 틈엔가 채소밭이나 목장이나 목화밭이나 잔디밭을 점령하고, 염치 없이 타라의 포치 옆에까지 번식해 온다. 그리고

그렇게 해서 이 주의 도처에 있는 무수한 농장을 버려 놓곤 했다

타라가 하마터면 황무지가 될 뻔한 생각을 하면 스카알렛은 가슴이 철렁했다. 그러나 그것도, 그녀와 윌 두 사람의 힘으로 그럭저럭 막아냈다. 양키를 막아내고, 뜨내기 정상배를 막아내고, 자연이 좀먹는 것을 막아낸 것이다. 거기에 무엇보다 다행스러웠던 것은 금년 가을 목화 수확만 끝나면 이제는 돈을 보낼 필요가 없다는 윌의 말이었다. 다만 뜻밖의 뜨내기 정상배들이 눈독을 들여서 눈알이 툭 튀어 나올 만큼 세금이라도 내게 된다면 별문제지만. 그녀의 원조가 없어지면 윌이 몹시 고생하리라는 것을 스카알렛도 알고 있었다. 그러나 그녀는 그의 독립심에 감탄하고 그것을 존경하고 있었다. 그가 고용인의 위치에 있는 한은 그녀에게서 돈을 받겠지만, 동생의 남편이 되어 이 집의 유일한 남자가 될 이 마당에, 그는 자기 힘만으로 해나갈 작정인 것이다. 확실히 윌은 하느님이 주셨다고 해도 좋았다.

포크는 전날 밤, 엘렌의 무덤 바로 옆에 구덩이를 팠다. 그리고 그는 지금 삽을 들고, 이제 다시 제자리로 떠넣어야 할 축축한 붉은 찰흙 앞에 서 있었다. 스카알렛은 그의 등뒤에 가지를 낮게 드리운 옹이 투성이인 삼나무의 성긴 나무 그늘에 서 있었다. 유월의 뜨거운 아침 햇살을 얼룩지게 받으면서, 그녀는 눈앞의 황토 구덩이에서 줄곧 눈을 돌리려 하고 있었다. 짐 탈레턴, 키 작은 휴 먼로, 알렉스 폰텐, 그리고 막크레이 노인의 막내 손자가 제랄드의 관을 두 개 참나무 장대로 메고서, 집에서 작은 길을 따라 위태로운 발걸음으로 천천히 오고 있었다. 그 뒤에 조심스럽게 약간 떨어져, 초라한 옷차림을 한 이웃 사람과 친구들이 묵묵히 따라왔다. 채소밭을 벗어나는 양지바른 작은 길을 지나 그들이 가까이 오자, 포크는 삽자루에 머리를 대고 울기 시작했다. 그 곱슬머리가 바로 얼마 전 그녀가 애틀랜타로 떠날 무렵에는 새까맸는데, 지금은 벌써 반백이 된 것을, 그녀는 놀라지는 않고 멍하니 바라보고 있었다.

전날 밤 눈물이 마르도록 울었기 때문에 지금은 꼿꼿이 눈물도 흘리지 않고 서 있을 수 있는 것을, 맥이 탁 풀어지는 피로를 느끼면서 하느님께 감사했다. 바로 등뒤 어깨께에서 들리는 스월렌의 우는 소리에 못 견디게 짜증이 나서, 뒤를 돌아보고 그 눈물로 부어오른 뺨을 찰싹 갈겨 주고 싶은 충동을 참느라고 주먹을 불끈 쥐고 있어야 했다. 고의든 아니든, 아버지가 돌아가신 원인은 스월렌에게 있었다. 그러니까 그녀를 미워하는 이웃 사람들 앞에서는 흐트러진 꼴을 보이지 않도록 감정을 억제해야 하는 것이다. 그 날 아침은 한 사람도 그녀에게 말을 거는 사람도 없고, 동정의 눈길로 보는 사람도 없었다. 모두들 조용히 스

카알렛에게 키스하기도 하고, 손을 잡기도 하고, 가만히 목소리를 낮추어서 정다운 말을 캐린과 포크에게까지 해주면서도, 스월렌에 대해서는 마치 그녀가 그곳에 없는 것처럼 못 본 체하고 있었다.

그들의 눈으로 보면, 그녀는 아버지를 죽인 이상의 나쁜 짓을 한 것이다. 아버지를 속여 남부에 대한 배신 행위를 감행케 하려고 했던 것이다. 그러니까 이 엄격하고 단결심이 강한 부락으로서는 그 행위는 마치 부락 전체의 명예를 배반하려고 한 거나 마찬가지였다. 그녀는 이 군이 세상에 자랑하고 있는 견고한 전선(前線)을 깨뜨린 것이다. 북부 정부로부터 돈을 울궈내려고 꾀함으로써 그녀는 스스로 그녀 자신을, 북군 병사보다도 가증스러운 적인 뜨내기 정상배나 변절자와 같은 대열에 서게 하였던 것이다. 충실한 남부 동맹의 구가(舊家)이자 대농장주의 가족의 한 사람인 그녀가 적군에게 항복하고, 그 때문에 이 군의 모든 가정을 망신시킨 것이다.

조객들은 슬픔을 이기지 못하면서도 격분에 가슴을 떨고 있었다. 그 중에서도 다음 세 사람의 분개하는 모습은 특히 대단했다. 훨씬 옛날, 사배나에서 이 벽지로 옮겨온 이후, 제랄드의 친구였던 막크레이 노인, 엘렌의 남편이기 때문에 그를 사랑하고 있었던 폰텐네 할머니, 입버릇처럼 제랄드는 이 군에서 씨말[種馬]과 악대말[去勢馬]을 판별할 수 있는 단 한 사람이라고 하면서, 이웃 사람 그 누구보다도 그와 친하게 지냈던 탈레턴 부인 등 세 사람이다.

장례식 전, 제랄드의 유해가 안치되어 있는 어둠침침한 객실에서, 이 세 사람의 무서운 표정을 본 애실리와 월은 어쩐지 걱정이 되어서, 엘렌의 사무실에 들어가서 의논했다.

「저 사람들 중 누군가가 스월렌에 관한 일로 뭐라고 시비를 걸어올 거요.」하고 짚을 두 토막으로 뚝 끊으면서 월은 불쑥 말을 꺼냈다. 「저 사람들은 시비를 할 만한 이유가 있다고 생각하고 있는 거요. 하기는 그것도 무리는 아니겠지요. 저로서는 이러니저러니 말하고 싶지 않아요. 그러니 애실리, 저 사람들이 옳건 옳지 않건 우리는 한 집의 남자로서 그런 일을 당한다면 아무래도 유쾌하지는 않아요. 그리고 이러쿵저러쿵 시끄러워질 테니 말이오. 저 막크레이 노인은 우체통처럼 귀머거리라 누가 무슨 소리를 해도 잠자코 물러서지 않기 때문에 골치거든요. 그리고 당신도 아시다시피 폰텐네 할머니가 화가 나서 지껄여 대기 시작하면, 그걸 다물게 할 사람은 이 세상에 한 사람도 없는 형편이니까요. 게다가 탈레턴 부인은…… 그분이 스월렌을 볼 때마다, 핏발선 눈을 뒤룩거리는 것을 보셨나요? 노발 대발해서 절대로 더는 참을 수 없다는 태도예요. 누군가가 뭐라고 말을 꺼내면 자연 이웃 사람들과도 사이가 벌어져서, 타라의 고생은 더욱 심해질 거요.」

애실리는 난처해서 한숨을 쉬었다. 그는 월 이상으로 이웃 사람들의 기질을 알고 있었다. 전쟁 전의 싸움이나, 때에 따라서는 권총을 쏘아 대는 소동의 태반은, 죽은 이웃 사람의 관 앞에서 짤막한 인사를 하는 이 군의 관습에서 일어났던 것을 상기했다. 대개는 고인을 극구 찬양하는 말이었으나 때로는 그렇지 못한 경우도 있었다. 최대의 경의를 담아서 한다는 인사말이, 마음이 여려진 죽은 이의 집안 사람에게 오해를 받아, 관 위에 마지막 흙을 미처 덮기도 전에 소동이 시작되는 일도 과히 드물지 않았다.

신부가 없기 때문에 애실리가 캐린의 기도서에 의하여 장례식을 행하기로 되어 있었다. 존즈보로나 페이에트빌의 감리교나 침례교의 목사들은 완곡히 집례(執禮)를 거절하여 왔던 것이다. 캐린은 두 언니에 비해서 열정적인 가톨릭 신자였던 만큼, 스카알렛이 애틀랜타에서 미처 생각하지 못해서 신부를 데리고 오지 않은 것에 몹시 당황했으나, 월과 스월렌의 결혼식에 신부가 왔을 때, 제랄드의 기도를 부탁할 수 있다는 생각이 들어서, 겨우 다소 마음을 놓았다. 근처에 있는 프로테스탄트의 목사를 부르는 것에 반대하여, 애실리에게 집례를 맡긴 것도 그녀였다. 그녀는 기도서에 그가 읽어야 할 곳에 표를 해주었다. 애실리는 낡은 책상에 몸을 기대어 소동을 미연에 방지할 책임이 자기에게 있다는 것을 알면서도 성 잘 내는 이 군의 기질을 잘 알고 있는 만큼 어떻게 해야 좋을지 모르고 있었다.

「아무래도 방법이 없는걸, 월.」하고 그는 금발을 쥐어뜯으면서 말했다. 「폰텐네 할머니나 막크레이 노인을 때려누일 수도 없고, 그렇다고 탈레턴 부인의 입에 뚜껑을 해 덮을 수도 없으니까 말이오. 가장 점잖은 말을 한다고 해도, 스월렌이 아버지를 죽인 배반자이고, 스월렌만 아니었더라면 오하라 씨는 아무 탈 없이 살아 있었을 것이 틀림없다는 정도의 말은 할 거요. 죽은 사람 앞에서 이런 연설을 하는 습관은 좋지 못한 거요, 야만적이거든.」

「애실리.」하고 월은 여유 있는 어조로 말했다. 「나는 그 사람들이 어떻게 생각하든, 아무에게도 스월렌의 험담을 하게 두고 싶지 않소. 내게 맡겨 주시오. 당신이 기도서를 다 읽고 기도가 끝난 다음 『어느 분이든 작별 인사를 하고 싶으면.』하고 말할 단계가 되거든 나를 바로 보아 주시오. 그러면 내가 맨 먼저 하겠소.」

그러나 관을 멘 사람들이 애를 먹으면서 묘지의 좁은 어귀로 관을 운반하는 것을 보고 있던 스카알렛은 장례식 뒤에 일어날 소동 같은 것은 전혀 생각하고 있지 않았다. 그녀는 침울한 기분으로 제랄드가 매장되고 나면, 행복하고 아무런 걱정도 없었던 옛날과 자기를 맺고 있던 마지막 쇠사슬 고리 하나를 묻게 되는 것이라고 생각하고 있었던 것이다.

관을 멘 사람들은 간신히 관을 무덤 가까이에 내려놓고 아픈 손가락을 오무렸다 폈다 하고 있었다. 애실리와 멜라니와 윌이 울타리 안으로 차례차례 들어와서 오하라네 자매들 뒤에 가 섰다. 친한 이웃 사람들이 들어올 수 있는 데까지 밖에 섰다. 스카알렛은 비로소 그들을 자세히 보고, 그 수가 많은 데 놀라기도 하고 감동도 했다. 교통이 몹시 불편해져 있었기 때문에 이처럼 많이 올 줄은 생각 못한 일이었다. 조객들은 오륙십 명이나 되었고, 그 중에는 이 장례식에 대어 올 수 있을 만큼 어떻게 이 소식을 그렇게 빨리 들을 수가 있었을까 하고 이상하게 생각될 만큼 멀리서 온 사람도 있었다. 존즈보로와 페이에트빌이나, 러브 조이에서 집안이 모두 온 사람도 있었고 흑인 하인까지 따라와 있는 사람도 드문드문 보였다. 강 건너 멀리서 온 가난한 농군도 많이 있었고, 변경의 신개척지의 가난한 백인과 늪지대의 사람들도 섞여 있었다. 늪지에서 온 사람은 볼품 없는 턱수염을 기른 걸때 큰 남자들이었는데, 손으로 짠 옷을 입고, 너구리곰 가죽으로 만든 모자를 쓰고, 라이플 총을 느직하게 팔에 기대 세우고 씹는 담배를 입에 문 채 씹으려고도 하지 않았다. 그 아낙네들도 함께 와 있었는데, 맨발은 부드러운 황토에 묻고 아랫입술에는 코담배 가루가 잔뜩 묻어 있었다. 그녀들의 볕가리개 모자 밑으로 보이는 얼굴은 핏기가 없어서 말라리아라도 앓고 있는 얼굴빛이었으나, 그래도 반짝반짝 윤이 날 정도로 깨끗이 씻겨 있었고, 그리고 갓 다리미질을 한 캘리코 옷은 풀을 빳빳하게 먹이고 있었다.

이웃에 사는 사람들은 모두 모여 있었다. 늙어 털이 빠진 새처럼 누렇게 찌그러들고, 주름투성이가 된 폰텐네 할머니는 지팡이에 기대 있었으며, 그 뒤에는 샐리 먼로 폰텐과 폰텐 젊은 아씨가 서 있었다. 이 두 사람은 할머니를 벽돌담에 걸터앉게 하려고 낮은 목소리로 권하기도 하고, 스커트를 잡아당기기도 했으나, 할머니는 도무지 들으려 하지 않았다. 할머니의 영감인 늙은 의사는 없었다. 캐스린 캘버트 힐튼은 오늘의 비극을 낳게 된 것도, 반은 그 남편 때문이라는 생각에서 그 아름답게, 혼자 떨어져서 퇴색한 볕가리개 모자로 수그린 얼굴을 감추듯이 하고 서 있었다. 그 무명옷에는 군데군데 기름 얼룩이 져 있고, 게다가 손이 주근깨투성이에다 깨끗하지 못한 것을 보고 스카알렛은 깜짝 놀랐다. 손톱 끝에는 검은 초승달 같은 때가 끼어 있었다. 지금은 이미 캐스린에게는 양가집 자녀의 모습은 찾아볼 수가 없게 되어 있었다. 가난한 농군보다도 더 참혹한 몰골이었다. 무능하고 맺힌 데가 없고 쓸모 없는 가난뱅이 같은 모습이었다.

『이제 저 애는 사그라지고 말 것이다. 지금은 어떻게 간신히 버티고 있지만.』
하고 스카알렛은 무서운 생각이 들었다. 『어쩌면 저 다지도 몰락해 버렸을까!』
 그녀가 오싹해져서 캐스린에게 눈을 돌렸다. 상류의 사람과 가난한 사람과의
차이 같은 것은 아주 하찮은 것이라고 곰곰 생각했다.
 『하지만, 내게는 이만한 처세술이 있다.』고 그녀는 생각하면서, 그녀와 캐스
린이 종전 뒤 같은 조건으로, 맨손과 타고난 두뇌를 가지고 출발한 것이라고 생
각하자 자랑이 가슴에 솟아올랐다.
 『나는 그다지 실수는 하지 않았어.』하고 생각하면서 턱을 내밀고 빙그레 웃
었다.
 그러나 탈레턴 부인의 극도로 분개한 시선이 부어지고 있다는 것을 깨닫자,
미소도 중간에서 지워지고 말았다. 눈언저리가 울어서 빨갛게 부어 있었으나 스
카알렛을 비난하듯이 바라보고 나서, 다시 스월렌에게로 시선을 돌렸다. 무섭
게 성이 나서 노려보고 있는 그 눈매는 분명히 좋지 않은 전조를 보여 주고 있
었다. 부인과 그녀의 남편의 등뒤에는, 탈레턴네 네 딸들이 있었다. 그 붉은 타
래머리는 엄숙한 장소에는 어울리지 않을 정도로 눈에 띄었고, 그 적갈색 눈은
아직도 생기가 있어서 무서울 만큼 기운 찬 젊은 짐승의 눈을 생각케 했다.
 애실리가 캐린의 닳아 빠진 기도서를 손에 들고 나오자, 발소리는 조용해지
고, 사람들은 모자를 벗고 손을 포개고, 스커트 자락이 조용히 사각거렸다. 그
는 잠시 말없이 고개를 숙인 채 있었다. 금발이 햇볕을 받아서 반짝반짝 빛
났다. 조객들은 모두 숙연히 서 있었다. 목련 잎을 살랑거리는 바람 소리가 모
든 사람들의 귀에 똑똑히 들릴 정도로 조용했다. 어디선가 멀리서 울어 대는 앵
무새 소리가 견딜 수 없을 만큼 높고 어쩐지 슬프게 들렸다. 애실리는 기도서를
읽기 시작했다. 그가 낭랑하고 아름다운 억양 있는 목소리로. 간결하고 엄숙한
기도의 귀절을 읽어 나감에 따라서 사람들은 깊숙이 머리를 수그렸다.
 『어머!』하고 스카알렛은 목을 졸리는 듯한 기분으로 생각했다. 『어쩌면
저다지도 아름다운 목소리일까! 아버님을 위하여, 누군가에게 부탁해야 할
바에는 애실리에게 부탁하기를 참 잘 했다. 신부님 따위보다는 애실리 쪽이 나
아. 생면부지 남에게 장례식을 맡아 달라는 것보다 아버지가 아시는 분이 해주
셔서 참 잘 되었어.』
 연옥(煉獄)에 있는 영혼에 대하여 쓴 귀절에 이르자 애실리는 갑자기 기도서
를 덮었다. 그곳을 읽으라고 캐린이 표시를 해둔 것이었다. 그곳을 빼버린 것을
눈치챈 사람은 캐린뿐이었기 때문에, 그가 주기도문을 시작하자 그녀는 황급히
얼굴을 들었다. 그곳에 있는 사람들의 대부분은 연옥에 대해서는 들어 본 적도

없었을 것이고, 또 들어 본 사람은 비록 기도에서일말정 오하라 씨처럼 훌륭한 사람도 곧장 천국으로는 가지 못하는 것이라고 말을 비치기라도 하면, 개인적인 모욕으로 받아들일 것이다. 애실리는 그것을 알고 있었기 때문에, 사람들의 기분을 존중해서 연옥에 관한 대목은 전부 빼버린 것이다. 조객들은 진심으로 주 기도문을 외었다. 그런데 그가 성모경을 시작하자, 사람들의 목소리는 제각각으로 어지러워지더니, 나중엔 난처한 듯이 잠잠해지고 말았다. 사람들은 한 번도 그런 기도의 글귀를 들어 본 적이 없었기 때문에, 가만히 서로의 얼굴을 마주 보고 있었으나, 그 동안에 오하라네 딸들과 멜라니와 타라의 하인들은 답구(答句)를 외었다.「이제와 우리 죽을 때에, 우리 죄인을 위하여 빌으소서, 아멘.」

그러고 나서 애실리는 머리를 들고 잠깐 동안 망설이고 서 있었다. 이웃 사람들은 기다란 연설을 들을 것을 기대하면서, 자세를 편안히 하고 눈을 그에게로 집중하고 있었다. 누구나 그가 좀더 의식을 계속할 것으로 짐작하고 기다리고 있었다. 이것으로 구교의 기도가 끝난 것이라고는 아무도 생각지 않았기 때문이다. 지방의 장례식은 언제나 길게 마련이었다. 장례를 하는 침례교나 감리교 목사들은, 특별히 정해진 기도가 있는 것이 아니라, 임기 응변으로 즉석에서 기도를 하고, 조객들이 한결같이 눈물을 흘리고, 고인의 집안 부인들이 슬퍼서 울부짖기 전에는, 좀처럼 의식을 그만두는 일이 없었던 것이다. 이렇게 맥빠진 기도만으로 모두가 사랑했던 고인의 장례식이 끝났다고 한다면, 조객들은 깜짝 놀라서 불만스럽게 생각하고 분개하기 시작할 것이다. 애실리는 그것을 누구보다도 잘 알고 있었다. 이 문제는 몇 주일을 두고 저녁식사 때 화제에 오를 것이며, 오하라네 딸들은 아버지에 대하여 정당한 존경을 바치지 않았다는 것이 이 군의 일치된 의견이 될 것이다.

그래서 그는 용서를 비는 것처럼 캐린을 재빨리 흘끔 보고 나서, 다시 머리를 숙이고 트웰브 오우크스 저택에서 노예가 죽었을 때, 가끔 읽어 준 일이 있는 감독 교회의 매장식 기도를 외기 시작했다.

「나는 부활이요 생명이니……나를 믿는 자는……영원히 죽지 않으리라.」

생각이 잘 나지 않았기 때문에 천천히 외었다. 때로는 글귀가 머리에 떠오를 때까지 잠자코 있는 일도 있었다. 그런데 이렇게 사이를 두어 가며 외는 이 기도가 도리어 깊은 감동을 주어, 그때까지 눈물을 보이지 않았던 조객들도 손수건을 꺼내기 시작했다. 모두 완고한 침례나 감리교 신자인 그들은 이것을 구교의 의식인 줄만 알고, 구교의 의식을 냉담하고 교황(敎皇) 냄새를 풍기는 것으로 생각하고 있었던 처음의 생각을 당장 바꾸고 말았다. 스카알렛도 스월렌도 아무것도 모르면서, 고맙고 아름다운 기도 귀절이라고 생각하고 있었다. 멜라니와 캐린만은, 열성적인 구교도였던 아일랜드 사람이, 영국 교회의 의식으로 매장되고 있다는 것을 알아차리고 있었다. 그러나 캐린은 슬픔과 애실리의 변절에 대한 원망으로 어리둥절해져서 말을 꺼낼 수도 없는 형편이었다.

기도를 마치자 애실리는 슬픔에 잠긴 잿빛 눈을 크게 뜨고 조객들을 둘러보았다. 잠시 뒤 윌을 보고 말했다. 「어느 분이시고 작별 인사를 하시고 싶은 분은 안 계십니까 ?」

탈레턴 부인이 움직거리기 시작했으나 미처 그녀가 나오기 전에 갑자기 윌이 앞으로 걸어나와 관 머리께에 서서 말하기 시작했다.

「여러분 !」 하고 그는 억양이 없는 조용한 목소리로 시작했다. 「제가 오하라님을 알아 모신 지 아직 일 년 정도밖에 되지 않는 데 비해서, 여러분은 벌써 이십 년이나, 그보다 더 오래 친해 오셨읍니다. 그런 제가 맨 먼저 나와서 말씀드린다는 것은, 참으로 주제넘은 짓이라고 생각합니다. 왜냐하면, 오하라님이 앞으로 한 달쯤만 더 살아 계셨더라면 저는 오하라님을 아버님이라고 부를 자격이 있었기 때문입니다.」

조객들은 놀란 것처럼 웅성거렸다. 귓속말을 삼가는 정도의 예의는 차릴 줄 알고 있었으나, 모두들 뒤를 돌아다보고 고개를 떨어뜨리고 있는 캐린 쪽을 바라보았다. 그가 캐린을 사랑하고 있다는 것을 누구나 알고 있었다. 모든 사람의 시선이 쏠리고 있는 쪽을 보면서, 윌은 아무것도 못 알아차린 채하고 말을 계속했다.

「애틀랜타에서 신부님이 오시는 대로 저는 스월렌과 결혼하기로 되어 있었기 때문에, 맨 먼저 말할 자격이 있지 않은가 생각한 것입니다.」

그의 이야기의 뒷부분은 희미하게 잇사이로 새는 중얼거림 같은 소리 속에 지워져 버렸다. 그것은 조객들 전체에 전해져서, 성난 벌이 붕붕거리는 것 같은 소리로 변했다. 그것에는 분개와 절망이 섞여 있었다. 모두들 윌을 좋아했고, 타라를 위하여 애써 준 데 대하여 그에게 존경하는 마음을 품고 있었다. 그가 캐린에게 사랑을 품고 있었던 것을, 한 사람도 모르는 사람이 없었던 만큼 그녀하고가 아니라, 망나니 같은 스월렌과 결혼한다고 듣자 버럭 화를 내기 시작한 것이다. 윌 같은 훌륭한 사람이 그런 얄밉고 비열한 스월렌 오하라와 결혼한다는 것이다 !

한순간 긴장된 공기가 팽팽하게 들어 찼다. 탈레턴 부인의 눈은 당장이라도 달려들 것만 같았고, 그 입은 소리도 없이 열렸다 닫혔다 하고 있었다. 극히 조용한 가운데 막크레이 노인이 손자를 바라보고, 윌이 뭐라고 하느냐고 묻고 있는 높은 소리가 들려 왔다. 윌은 여전히 침착한 얼굴로 여러 사람들 쪽을 바라보고 있었으나 그 파르스름한 눈에는, 자기의 아내가 될 사람에게 한마디라도 시비를 거는 사람이 있다면 가만 두지 않겠다는 기백이 엿보이고 있었다. 잠깐 동안, 사람들이 윌에 대하여 품고 있는 진정한 호의와 스월렌에 대한 경멸이 평형을 유지하고 있었다. 마침내는 윌에 대한 호의 쪽이 이겼다. 그는 그때까지 입을 다물고 있던 것이 자연스러운 일이었던 것처럼 천연스럽게 말을 이었다.

「저는 여러분들처럼 오하라님이 혈기 왕성하시던 시절을 알지 못합니다. 제가 잘 알고 있는 것은, 머리가 약간 이상하셨던 훌륭한 노신사로서의 오하라님입니다. 그러나 이전의 오하라님은 어떤 분이었나 하는 것은 여러분한테서 들어서 알고 있습니다. 그래서 저는 이렇게 말씀드리고 싶습니다. 오하라님은 용감한 아일랜드 사람이시고 남부의 신사이시며, 누구 못지않은 충성된 남부 동맹의 지지자이셨읍니다. 이 세 가지보다 훌륭한 결합은 없읍니다. 그러므로 고인과 같은 분은 어제는 좀처럼 볼 수 없지 않을까 하고 생각합니다. 왜냐하면, 그러한 분을 만들어낸 시대는 고인과 함께 사라져 버렸기 때문입니다. 고인은 외국에서 태어났지만 오늘 우리가 여기에 묻어 드리는 분은 이 장례식에 참석해 있는 우리들 누구보다도, 참으로 조지아 사람다운 조지아 사람이었읍니다. 우리들과 생을 함께 하고 우리들의 땅을 사랑했던 겁니다. 그리고 여러분이 똑똑히 그것을 인정하셨을 때에는, 이미 마치 군인처럼 남부의 대의를 위하여 생명을 바치셨던 것입니다. 오하라님은 우리들 남부 사람의 한 분이었으며, 우리들의 미점도 결점도 우리들의 강한 점이나 약한 점도 다 가지고 계셨읍니다. 그가 가지고 계셨던 남부의 미점이라는 것은, 한 번 이렇다고 각오를 정하시면 끝까지 밀고나가셔서 어떤 사람도 무서워하시지 않았던 점입니다. 외부로부터의 위협에 굽힌 일은 한 번도 없었던 것입니다. 오하라님은 영국 정부가 교수형을 처하려 했을 때에 눈도 깜짝하시지 않았읍니다. 보기 좋게 그들 손에서 벗어나서 본국을 떠나셨던 겁니다. 이 나라에 오셨을 때에는 가난했었지만, 그것에 굽히시지 않고 노력해서 돈을 모으셨읍니다. 이 근처 땅이 아직 태반이 개척되지 않은 황무지로서, 바로 얼마 전까지도 인디언이 출몰하고 있었다는데도 끄떡하시지 않고, 이 땅을 손에 넣으셨읍니다. 그리하여 황무지를 개척해서 큰 농장을 만드셨던 겁니다. 다시 전쟁이 시작되어 모처럼 장만한 재산이 줄어들고 다시 가난하게 되었어도, 꿈쩍도 하시지 않았읍니다. 이윽고 북군이 타라에 침입하여, 집을 불사르게 되느냐 생명을 빼앗기게 되느냐 하는 막바지에서도 조금도 두려워하시지 않고 굴하시지 않았던 겁니다. 꿋꿋하게 땅을 밟고 떠나시지 않았던 겁니다. 고인이 우리 남부의 미점을 가지고 계셨다고 하는 것도 앞에 말씀드린 이유에서입니다. 우리들은 밖으로부터 굴복당하는 일은 절대로 없는 것입니다. 그것은 안으로부터의 힘에는 굴복한다는 점입니다. 전세계를 가지고도 굴복시킬 수 없었지만 자신의 마음에 대해서는 약하셨다는 점입니다. 오하라 부인이 돌아가셨을 때는, 오하라님의 마음도 죽고 말았던 겁니다. 오하라님은 굴복해 버린 것입니다. 그러니까 그 뒤로 이 땅을 걸어서 돌아다니고 계신 오하라님은 진정한 오하라님은 아니셨던 것입니다.」

월은 말을 멈추고, 조용히 주위 사람들의 얼굴을 둘러보았다. 일동은 마치 마술에 의하여 대지에 묶여 있는 것처럼 뜨겁게 내리쬐는 태양 아래 서 있었다. 그리고 스월렌에 대하여 품고 있었던 노여움 따위는 완전히 잊고 있었다. 월의 눈은 순간 스카알렛에게로 쏠렸다. 마치 마음 속으로 그녀에게 위로의 미소를 보내기라도 하는 것처럼, 눈언저리에 희미한 미소를 띄워 보냈다. 쏟아지려는 눈물을 간신히 참고 있는 스카알렛은 진심으로 위로를 받은 것만 같았다. 즐거운 저 세상에서 다시 만나게 된다느니, 모든 것이 하느님의 뜻이니 하고 지껄이지 않고, 월은 상식적인 이야기를 하고 있는 것이다. 스카알렛은 언제나 상식적인 것에서 힘과 위안을 찾아내고 있었던 것이다.

「여기서 저는, 그분이 목뼈를 부러뜨리게 되셨다고 해서, 어느 분이고 오하라님을 어리석은 사람이라고 생각지 마시기를 부탁드립니다. 여러분이나 저나 모두 오하라님과 다를 바가 없는 사람입니다. 우리들은 같은 약점과 결점을 가지고 있는 것입니다. 우리들은 오하라님에 못지않게, 어떤 것에도 굴복하지 않을 만한 것을 가지고 있읍니다. 북부 사람들에게도, 뜨내기들에게도, 곤란한 시대에도, 높은 세금에도, 또 무서운 굶주림에도 굴복하지는 않는 겁니다. 그러나 우리들의 마음 속에 있는 약한 점에는, 눈이 어두워질 수도 있고 지는 일도 있읍니다. 그러나 그것에 졌다고 해서 오하라님처럼 사랑하는 사람이 늘 죽게 마련인 것은 아닙니다. 여러 가지로 다를망정 저마다 사는 보람이라는 것이 있읍니다. 그러므로 저는 이렇게 말씀드리고 싶습니다. 사는 보람을 잃은 사람은 죽는 편이 낫다고요. 요즈음 같은 세상에는 그러한 사람들이 살 여지는 없읍니다. 그러한 사람들은 죽는 편이 행복할 겁니다……. 여러분이 오하라님의 죽음을 슬퍼하실 까닭은 없다고 말씀드리려 하는 것도 그러한 이유 때문입니다. 슬퍼하지 않으면 안 되었던 것은, 샤만군이 침입해 와서, 오하라 부인이 돌아가셨을 때였읍니다. 오하라님의 육신이 자신의 영혼과 만나기 위하여 이 세상을 떠난 지금은, 우리들로서는 고약한 이기심이라도 있다면 모르거니와 탄식하고 슬퍼할 까닭은 없다고 생각합니다. 오하라님을 친아버지처럼 사랑했던 저인 만큼 이상과 같이 말씀드리는 바입니다……. 허락해 주신다면, 이걸로 저의 인사를 마치고 싶습니다. 유족되시는 분들은 대단히 피로하시기 때문에 더 이상 이야기를 한다는 것은 결코 이해심 있는 태도가 아니라고 생각합니다.」

월은 말을 마치자, 탈레턴 부인 쪽을 향하여 나지막한 소리로 말했다. 「부인, 스카알렛을 집으로 데려가 주실 수 없을까요? 양지에 너무 오래 세워 두는 것은 좋지 않습니다. 그리고 폰텐 할머니께서도, 절대로 실례되는 말씀을 드리는 건 아닙니다만, 그다지 기력이 좋지 않으신 것 같으니, 사양 마시고.」

스카알렛은 갑자기 애도의 인사에서 자기에게로 화제가 바뀌어서 모든 사람들의 눈이 자기에게로 쏠리는 것을 보고 수줍어서 빨개졌다. 어째서 월은, 이미 누구나가 다 알고 있는 자신의 임신을 새삼스럽게 알릴 필요가 있을까. 그녀는 부끄러워서 원망스러운 눈길을 그에게로 돌렸으나 월의 부드러운 시선과 마주치자 눈을 아래로 깔았다.

『사양할 것 없어요.』하고 그의 눈길은 말하고 있었다. 『나는 내가 하고 있는 일쯤은 알고 있어요.』

이미 그는 이 집 남자인 것이다. 소란 같은 것은 일으키고 싶지 않은 것이다. 스카알렛은 하는 수 없이 탈레턴 부인 쪽을 보았다. 이 부인은 월의 계획대로 금세 스월렌에 대한 것을 잊어버리고 스카알렛의 팔을 잡았다. 그녀는 동물이건 사람이건 시중을 든다는 것에 대해서 언제나 참을 수 없는 기쁨을 느끼고 있는 사람이었다.

「자아, 집으로 돌아가지.」

부인의 얼굴에는 무척 친절하고 정성스러운 표정이 나타나 있었다. 스카알렛은 사람들이 내주는 좁은 통로를 빠져 나가는 것이 고통스러웠다. 뚫고 지나가자 동정 어린 말이 속삭여지고, 몇 사람인가가 위로하는 표정으로 손을 내밀기도 하고, 어깨를 두들기기도 했다. 폰텐네 할머니 옆에 이르자, 노부인은 주름 투성이인 손을 내밀고, 「자, 네 손 좀 이리 다오.」말을 덧붙였다. 「아니다, 너희들은 오면 안 된다. 너희들은 오지 않아도 좋으니까.」

세 사람은 천천히 비켜 주는 사람들의 사이를 빠져 나와서 나무 그늘이 진 작은 길을 지나 집 쪽으로 향했다. 탈레턴 부인이 너무도 알뜰히 스카알렛의 팔을 부축하고 있기 때문에, 그녀는 걸을 때마다 마치 땅에서 들어올려지는 듯한 느낌이 들었다.

「월은 어째서 그런 소리를 했을까요?」하고 여러 사람에게 들리지 않는 데까지 오자 스카알렛은 볼멘 소리로 외쳤다. 「그런 소리는 마치 보십시오, 저 사람은 인제 곧 아기를 낳게 됩니다, 하고 광고한 거나 다름 없잖아요.」

「저런, 그렇지만 실지가 그렇지 않아?」하고 탈레턴 부인은 말했다. 「월이 한 일은 당연한 거야. 기절해서 유산을 할지도 모를 형편인데, 내리쬐는 뙤약볕 아래 세워 둔다는 건 말도 안 되거든.」

「윌은 이 애가 유산할까 봐 걱정한 것은 아니야.」하고 충계로 향하는 앞뜰을 간신히 지나가고 약간 가쁜 숨을 쉬면서 할머니는 말했다. 그 얼굴에는 못마땅한 듯한, 무엇이고 다 알고 있는 것 같은 미소가 떠올라 있었다. 「윌은 머리가 좋은 사내야. 자네나 나나 무덤 옆에 놓아 두고 싶지 않았던 거지. 베아트리스, 우리들이 무슨 소리를 할지 모른다고 염려가 되었기 때문에, 우리를 쫓아 버리려면 이렇게 하는 도리밖에 없었던 거야……. 그것만이 아니야. 관 위에 흙을 덮는 소리를 스카알렛에게 들려 주고 싶지 않았던 거야. 그건 잘한 일이지. 알겠니, 스카알렛? 그 끔찍한 소리만 안 들으면 죽은 사람도 정말로 죽었다고는 생각되지 않는 거란다. 그러나 일단 그것을 듣고 나면……정말 그건 세상에서 제일 무서운 죽음의 소리니까 말이다……. 충계를 올라갈 테니 손을 빌려 다오, 스카알렛. 그리고 내 손을 좀 잡아 주어, 베아트리스. 스카알렛은 협장(脇杖))이 필요치 않는 것처럼 자네 팔도 필요치 않아. 그리고 나도 윌이 말한 것처럼 쇠약하진 않아……윌은 네가 아버지의 귀염을 받았다는 것을 알고 있기 때문에, 이젠 이 이상 슬프게 하고 싶지 않았던 거야. 너의 동생들은 문제없다고 생각한 모양이군. 스월렌에게는 부축해 주는 굴욕이 있고, 캐린에게는 하느님이 계시지만, 네게는 아무것도 부축해 줄 것이 없으니까 말이다. 안 그러냐?」

「그래요.」하고 스카알렛은 대답하고, 노부인을 부축해서 충계를 오르게 하면서 이 갈대 같은 노파의 음성에 진정이 어려 있는 것에 적이 놀랐다. 「저에게는 어머니 외에는 아무도 저를 붙들어 주는 사람이 없었어요.」

「그렇지만, 어머니가 안 계시면 너도 혼자서 해나갈 수 있다는 것을 알았지 않니? 세상에는 흔히 혼자서는 해나가지 못하는 사람이 있단다. 너의 아버님도 그런 축이지. 윌이 말한 대로야. 슬퍼할 것까지는 없어. 오하라 씨는 엘렌이 없어지자 해나가지를 못 했으니까 말이야. 천국으로 가는 편이 행복해. 나도 마찬가지로 죽은 남편 곁으로 가는 편이 행복한 거야.」

그렇게 말하면서도 조금도 동정을 구하는 기색도 없고, 다른 두 사람도 아무런 동정도 보이지 않았다. 할머니의 말하는 것은 마치 영감님이 아직 살아 계시고 존즈보로에 계셔서 마차로 조금만 가면 금방 만날 수 있는 것처럼 쾌활하고 자연스러웠다. 할머니는 너무나 오래 살아서 많은 것을 경험해 왔기 때문에, 죽음 같은 것은 조금도 무섭지 않았던 것이다.

「하지만 할머님은 혼자 해나가실 수 있는 분이에요.」하고 스카알렛은 말했다.

노부인은 새처럼 밝은 눈으로 스카알렛을 흘끗 보았다.

「그렇지, 하지만 때로는 정말 지겨울 때가 있단다.」

「잠깐, 할머니.」하고 탈레턴 부인이 옆에서 말참견을 했다. 「그런 말씀은 스카알렛에게 하시면 안 되잖아요. 이 애는 벌써 마음이 어지러워져 있어요. 여기까지 먼 길을 온 데다가 거북한 옷이며, 슬픔이며, 더위며, 이 이상 할머니께서 슬프고 음울한 말씀을 하시지 않아도, 유산의 원인이 될 만한 일이 얼마든지 있단 말이에요.」

「천만에요!」하고 스카알렛은 짜증이 나서 외쳤다. 「마음이 어지러워지거나 하지 않았어요! 그리고 그런 끔찍스러운 유산 따위를 하는 못난이는 아니란 말예요!」

「어떤지 알 게 뭐냐.」하고 탈레턴 부인은 다 안다는 듯이 말했다. 「나는 황소가 우리 집 흑인을 뿔로 받는 것을 보고 첫아이를 유산했었으니까 말이다. 넌 기억하는지 모르겠다. 우리 집 붉은 암말 넬리 말이다. 그런 튼튼한 말은 없는 줄 알았는데, 그것이 신경질적이고 성미가 괴팍스러워서 말이다. 만약 내가 잘 보살펴 주지 않았더라면, 그건…….」

「베아트리스, 이제 그만해요.」하고 할머니는 말했다. 「스카알렛은 절대로 유산 따위는 하지 않아. 이 현관 홀에서 좀 쉬자고, 여기가 시원하니까. 바람이 잘 들어오는군그래. 부엌에 혹시 있거든 말이야, 베아트리스, 버터 밀크 한 잔 내게 갖다 주게나. 그렇잖으면 찬장을 열어 보고 포도주가 있으면 그것도 괜찮아. 한 잔 하면 기운이 나니까 말이야. 모두들 하직 인사를 하러 올 때까지 여기 있자고.」

「스카알렛을 눕혀야만 해요.」하고 탈레턴 부인은 임신이라면 하나에서 열까지 다 알고 있다는 듯이 익숙한 태도로 그녀의 몸을 훑어보았다.

「좀 가져다 주게.」하고 할머니는 지팡이로 가볍게 부인을 찔렀다. 탈레턴 부인은 아무렇게나 되는 대로 모자를 식기장 위에 던져 놓고, 땀이 밴 붉은 머리카락을 쓸어넘기면서 부엌 쪽으로 갔다.

스카알렛은 의자에 깊숙이 앉자, 거북한 코르셋 위의 단추를 두 개 풀었다. 천정이 높은 현관 홀은 시원하고 어둠침침했다. 뜨거운 양지에 있었던 뒤라, 뒤꼍에서 앞쪽으로 빠져 나가는 변덕스러운 바람이 매우 상쾌했다. 제랄드의 유해가 안치되어 있었던 건너편 객실을 바라보자, 아버지 생각을 머리에서 떨어 버리고는, 난로 위에 걸려 있는 로비야르 할머니의 초상화를 올려다보았다. 머리를 높게 빗어 넘기고 가슴을 반쯤 드러내 보인 채 새침스럽게 얌전을 빼고 있는, 총검 자국이 난 초상화를 보자, 언제나처럼 기운이 솟아났다.

「베아트리스 탈레턴이 아들들을 잃은 것과 말을 잃은 것과 어느 쪽이 저 사람을 더 슬프게 했는지 모르겠어.」하고 폰텐네 할머니는 말했다.「짐이나 딸들에 대해서 한 번도 염려해 본 적이 없었으니까 말이야. 저 사람도 윌이 말한 것 같은 그런 축이야. 사는 보람을 잃어버린 거지. 가끔 나는 생각할 때가 있어. 저 사람도 너의 아버님처럼 죽어 버리는 게 어떨까 하고 말이야. 저 사람은 말이건 사람이건 무엇인가 보살펴 줄 것이 눈 앞에 없으면, 결코 행복하지 못하는 사람이거든. 그런데 딸들은 한 사람도 시집가지 않았고 앞으로도 이 근처에서는 사윗감을 찾아낼 것 같지 않으니까, 지금은 아무 데도 마음을 붙일 곳이 없는 거란다. 원래가 저런 성질만 아니라면…… 그런데, 윌이 스월렌과 결혼한다고 말한 것은 사실이냐?」

「네.」하고 스카알렛은 노부인을 똑바로 보면서 말했다. 폰텐네 할머니를 무척 무섭다고 느낀 시절도 있었다는 것이 생각났다. 그 시절에 비하면 나도 어른이 되었구나. 만약 할머니가 타라에 대해서 공연한 말참견을 하더라도 이놈의 할미 죽어 버려라는 등 고함을 치지 않는 편이 좋을 것이다.

「쓸데 없는 짓을 했군그래.」하고 할머니는 거침없이 말했다.

「그럴까요?」하고 스카알렛은 거드름을 피우면서 대답했다.

「그렇게 거드름을 피우면 못 써, 아가씨.」하고 노부인은 신랄한 어조로 말했다.「내가 뭐, 너와 소중한 동생을 비난의 대상으로 삼자는 것은 아니다. 하기야 묘지에 있었으면 했을지도 모르지만 말이다. 결국 내가 말하고 싶은 것은, 이 근처에는 남자가 아주 모자라니까 윌은 어떤 처녀와도 결혼할 수 있었을 텐데, 하는 거란다. 베아트리스에게는 말괄량이 딸이 넷 있고, 먼로네 집에도 딸들이 있어. 막크레이네 집에도…….」

「윌은 스월렌과 결혼할 생각인 거예요, 그뿐이에요.」

「그런 남자를 만났으니, 그 애도 운이 좋았어.」

「타라로서도 그 사람을 만나서 운이 좋았다고 생각해요.」

「너는 이 땅을 사랑하고 있는 거구나?」

「네.」

「타라를 돌봐 주는 남자라면 자기 동생이 신분이 낮은 남자와 결혼해도 상관없다고 생각할 정도로 말이지?」

「신분이라고요?」하고 스카알렛은 그런 생각에 깜짝 놀라서 외쳤다.「신분요? 젊은 여자가 자기를 보살펴 줄 남편을 고를 수만 있다면, 지금 세상에 신분 같은 것이 무슨 소용이 있겠어요?」

「그것이 사람에 따라서 의견이 다른 문제지.」하고 노부인은 말했다.「네 의견은 당연한 거라고 말할 사람도 있을 것이고, 또 개중에는 단 일 인치일지라도 절대로 내려서는 안 될 가로대를 내렸다고 할 사람도 있을 것이다. 윌은 분명히 상류 사람은 아니다. 그래도 너희 집안에는 어엿한 가문의 어른이 계셨어.」

할머니는 날카로운 눈초리로 로비야르 할머니의 초상화를 바라보았다.

스카알렛은 여위고 인상적인 곳이 없고 무던하고 늘 짚을 씹고 있는 윌을 생각해 보았다. 실지는 그렇지 않지만 전체적인 느낌이, 가난뱅이 백인들에게 흔히 있는 것처럼 어딘가 정력이 부족한 것처럼 느껴졌다. 그에게는 대대로 이어져 내려오는 부와 지위가 있는 훌륭한 혈통의 조상이 있는 것도 아니었다. 윌의 첫 선조가 조지아 주에 발을 들여놓았을 때에는, 아마 오글소프 마을의, 빚으로 묶여 있는 패거리였거나, 계약 고용살이를 하는 머슴이었거나 했을 것이다. 윌은 대학 교육도 받지 못했다. 솔직이 말하면 변경의 신개척지의 소학교에 다니던 사 년 동안이 그가 받은 교육의 전부였던 것이다. 정직하고 충실한 사나이며, 끈기 있고, 매우 쓸모 있는 일꾼이기는 했으나, 상류 사람이 아닌 것만은 확실했다. 확실히 로비야르네를 표준으로 한다면, 스윌렌은 격이 내려지는 참이었다.

「그래, 너는 윌이 친척이 되는 것을 승낙했니?」

「승낙했어요.」 하고 스카알렛은 한마디라도 비난조로 나오면 당장 대들려고 잔뜩 힘을 주어 대답했다.

「그럼, 내게 키스해 다오.」 하고 의외에도 할머니는 그렇게 말하고, 사뭇 자기 뜻에 맞는다는 듯이 빙그레 웃었다.

「나는 여태까지 너를 마음에 든다고 생각한 적은 한 번도 없었다, 스카알렛. 너는 언제나 마치 호두알처럼 딱딱했기 때문에 말이다. 아이 때에도 그랬었지. 나는 나 자신을 제외하곤 딱딱한 여자를 싫어해. 그렇지만 네가 일처리하는 건 마음에 들어. 설사 그것이 마음에 안 들더라도 하는 수 없다고 생각하면 앙탈하지 않는 태도가 좋아. 마치 훌륭한 사냥꾼처럼 울타리를 뛰어넘어 버리는 사람이야.」

스카알렛은 애매한 미소를 띄우며, 얌전하게 내민 주름살투성이인 볼에 살짝 입술을 댔다. 비록 무슨 소리인지 분명히 알아들을 수는 없더라도, 칭찬을 들으면 역시 싫지는 않았다.

「네가 스윌렌을 가난한 백인과 짝을 지어 주면, 그걸 이러니저러니 말할 사람이 이 근방에도 많이 있을 거다. 설사 모두가 윌을 좋아한대도 말이다. 그 사내는 훌륭한 사람이라고 말은 하면서도, 뒷구멍으로는 오하라네 딸이 자기보다 신분이 낮은 사내와 결혼하다니 말이 안 된다고 할 것이다. 그러나 그런 일을 개의하면 안 된다.」

「저는 남의 소문에 신경을 쓴 일은 한 번도 없어요.」

「그 말은 나도 들었어.」할머니의 목소리에는 다소 비양거리는 어조가 섞여 있었다. 「뭐 남이 하는 소리에 신경 쓸 건 없는 거야. 이 혼인은 틀림없이 원만히 나갈 거다. 물론 월은 여전히 가난뱅이 백인처럼 보일 테고, 결혼했다고 해서 그 사람의 말씨가 좋아질 리도 없고, 그리고 설사 돈이 듬뿍 생긴다 해도 너의 아버님과 달라서, 그 사람으로서는 타라가 번쩍거리기 시작하는 일은 절대로 없을 게다. 가난뱅이란 화려하게 할 줄을 모르거든. 하지만 사실 월은 신사니까 엉뚱한 짓은 하지 않을 거다. 타고난 신사가 아니고서는 아무도 아까 월이 묘지에서 한 말을, 어디가 나쁘다고 타박할 수는 없을 거야. 온 세계가 덤벼들어도 우리들은 지지 않지만 이젠 더 이상 바랄 수도 없는 것을 함부로 갖고 싶어하거나, 그리고 함부로 생각하거나 하면 그것에 지고 마는 거야. 그렇지, 월이면 스월렌도 타라도 원만히 해갈 거다.」

「그럼 제가 그 두 사람을 결혼시키는 걸 할머니도 찬성해 주시는 거군요?」

「천만에!」그 목소리는 지치고 괴로운 듯했으나, 그래도 기운이 있었다. 「가난뱅이 백인이 이름 있는 집안 사람과 혼인하는 데 찬성을 하다니? 어림도 없지! 잡종이 순종과 어울리는 것을 내가 찬성할 수 있겠니? 하기야 뭐 가난뱅이 백인이라도 선량하고 똑똑하고 정직한 사람이 있지만.」

「하지만 할머니는 이 혼인은 잘 될 것으로 생각한다고 하셨잖아요!」하고 스카알렛은 갈피를 잡을 수가 없어서 외쳤다.

「그래, 그 점이라면 스월렌이 월과 결혼하는 것은 좋은 일이라고 생각한다. 누구와 결혼하든 좋은 거야. 스월렌도 남편을 얻어야만 되니까 말이다. 막상 남편감을 찾으려면 어디 다른 데서라도 찾아야 할 거다. 그리고 너로 말하더라도 타라의 좋은 관리인이 다른 곳에서 발견되리라고 생각하고 있지는 않겠지. 그렇다고 해서, 내가 너보다도 이번 일을 기뻐하고 있다고는 볼 수 없는 거야.」

그런 소리를 하더라도 나는 무척 기뻐하고 있는걸요, 하고 스카알렛은 노부인의 속맘을 알아내려고 하면서 생각했다. 나는 월이 동생과 결혼하는 것을 기뻐하고 있다. 어째서 할머니는 내가 기뻐하지 않는 걸로 생각하고 있는 것일까. 마치 할머니와 마찬가지로 마음에 들지 않는 것이 당연한 것처럼 생각하고 있다.

그녀는 뭐가 뭔지 영문을 알 수가 없어서, 좀 부끄러운 생각이 들었다. 사람들이 자기들의 감정이나 동기를, 그녀도 역시 가지고 있으리라 단정하고 나올 때면 언제나 이런 기분이 드는 것이었다.

할머니는 종려 부채를 부치면서 기세 좋게 말을 계속했다. 「나는 너와 마찬가지로 이 혼인에는 찬성하지 않는다. 그러나 나는 실제적인 성질이라서 말이다. 너도 그렇지만 마음에는 들지 않지만, 아무래도 어쩔 수 없는 거라면 울부짖거나 떠들거나 하고 바보 짓은 하지 않는다. 그런다고 인생의 고빗길을 빠져 나가게 되는 건 아니야. 친정이고 시집이고 말할 수 없는 고비를 겪었기 때문에 잘 알고 있다. 만약 우리 집안에 가훈이 있다고 한다면, 그건 이런 거다. 〈울부짖지 마라. 웃으며 시기를 기다려라.〉 우리는 이렇게 웃으면서 시기를 기다렸다가 여러 가지 고비를 넘겨 왔단다. 그러니까 참고 넘기는 데는 익숙해졌다. 익숙해지지 않을 수가 없었거든. 우리는 언제나 지는 말에만 내기를 걸고 있었던 거야. 신교도와 함께 프랑스를 도망쳐 나오기도 하고, 왕당파와 같이 영국을 빠져나오기도 하고, 낙천공(樂天公) 찰즈와 함께 스코틀랜드를 도망쳐 나오기도 하고, 흑인들 때문에 하이티를 빠져 나오기도 하고, 그리고 지금은 또 지금대로 북부 사람 때문에 호된 꼴을 당하고 있다. 그러나 우리는 언제고 몇 해만 지나면 머리를 쳐들고 일어나게 되는 거야. 왜 그런지 알겠니 ?」

할머니는 머리를 홱 뒤로 젖혔다. 스카알렛은 아는 것이 많은 늙은 앵무새와 흡사하다고 생각했다.

「아뇨, 저는 모르겠어요.」하고 그녀는 공손히 대답했다. 그러나 속으로는 넌더리가 났다. 훨씬 전에, 할머니가 크리크 토인의 반란에 대한 추억담을 시작했을 때에도 역시 지루해서 혼났던 적이 있었다.

「그건 말이다, 이런 거란다. 우리는 도저히 피할 수 없는 것에는 머리를 숙인다. 우리는 밀이 아니라 메밀인 거야. 폭풍이 불어오면 여문 밀은 물기가 없어서 바람에 휘지 않으니까 쓰러지고 만다. 그러나 여문 메밀은 물기가 있으니까 휜단 말이다. 그러니까 바람이 지나가 버리면 다시 그 전처럼 꼿꼿이 일어서서 여전히 튼튼해진단다. 우리들은 완고한 인간은 아니니까 말이다. 심한 바람이 불 때에는 될 수 있는 대로 휘는 거야. 그러는 편이 이득이거든. 어려운 일이 닥치면 도무지 피할 수 없는 일에는, 아무 소리 말고 머리를 숙이고 부지런히 일하며 웃으면서 시기를 기다리는 거지. 하찮은 녀석들하고도 함께 어울려서 그놈들에게서 빼앗을 수 있는 것은 빼앗는 거야. 그리고 이쪽이 웬만큼 강해지면 매달렸던 그놈들의 머리통을 걷어차 버리는 거야. 그것이 살아 있는 비결이지.」하고 말하고 잠시 숨을 돌리고 나서 덧붙였다. 「이걸 네게 가르쳐 주마.」

노부인은 자기가 한 말이 무척 재미있다는 듯이 킥킥 웃기 시작했다. 그러나 그 말에는 독기가 서려 있었다. 그녀는 스카알렛이 무슨 의견이라도 말하지 않을까 하고 기다리는 모양이었으나, 당사자인 스카알렛은 무슨 말인지 도무지 알 수가 없어서 할 말이 생각나지 않았다.

「아니다, 애야.」하고 할머니는 계속했다. 「우리들 집안은 쓰러졌다가도 다시 일어난다. 그런데 이 근처 사람들은 도무지 그러지 못하는 사람이 많아. 캐스린 캘버트를 보렴. 그 꼴이 뭐냐? 가난뱅이 백인이 되고 말았지 않니! 결혼한 상대방 남자보다도 더 비참하게 몰락해 버렸더구나. 막크레이네를 보렴 형편없이 땅바닥에 주저앉아서 무엇을 해야 할지, 어떻게 해야 할지 모르는 꼴이야. 해 보려고도 하지 않거든. 옛날에 잘 살던 시절을 훌쩍거리면서 회상하는 것으로 시간을 보내고 있지 않니? 그리고 또 보란 말이다. 그렇지, 우리 알렉스나, 샐리나, 너나, 짐 탈레턴과 누이동생들이나, 그 밖의 몇몇 사람을 빼고 이 군의 대부분의 사람들을 보란 말이다. 모두가 몰락해 버렸지 않니. 그것도 다 물기가 없었기 때문이야. 즉 다시 일어날 만한 재치가 없기 때문이야. 이 사람들이 가지고 있던 거라고는 돈과 검둥이뿐이었어. 그것이 지금은 돈도 검둥이도 없어지고 말았으니, 이 사람들은 다음 대에는 정말 가난뱅이가 되고 말 거다.」

「할머니는 윌크스네 사람들을 잊고 계시군요.」

「아니, 잊지야 않았지. 애실리는 이 집에 온 손님이라고 생각했기 때문에 예의상 그 사람들의 이름을 들먹이지 않았을 뿐이야. 네가 왜 그 이름을 꺼냈는지 알겠다마는, 그 사람들만 해도 보렴. 인디어라는 딸이 있어. 남의 말을 들으면, 인디어는 벌써 말라 빠진 노처녀가 되어, 스튜어트 탈레턴이 죽었다고 완전히 과부 행세를 하면서 죽은 사람을 언제까지나 잊으려 하지 않고, 다른 남자를 찾으려고도 하지 않는다는 거야. 하긴 그 애도 벌써 나이가 들었지만 그래도 해 볼 생각만 있다면 많은 식구를 거느린 홀아비쯤은 구할 수 있을 거다. 그리고 그 불쌍한 하니는, 색시 닭 같은 바보 계집애인 주제에 노상 사내 꽁무니만 쫓아다녔지 뭐냐. 그리고 애실리만 해도 좀 보려무나.」

「애실리는 퍽 훌륭한 사람이에요.」하고 스카알렛은 샐쭉해서 말했다.

「훌륭하지 않다고는 말하지 않겠다. 하지만 그 사람은 벌렁 뒤집어진 바닷거북이처럼 아무짝에도 쓸모가 없는 사람이야. 윌크스네 사람들 중에 이 어려운 시기를 어떻게 용케 뚫고 나갈 사람이 있다면 그것은 멜라니야, 애실리는 아니지.」

「멜라니라고요? 원 할머니도! 무슨 말씀을 하시는 거예요? 저는 멜라니와 오랫동안 함께 지내 보았으니까 잘 알지만, 그애는 몸이 약하고 마음도 약해서 거위를 우 하고 쫓을 만한 주변도 없는 여자예요.」

「도대체 거위에게 우 해 보고 싶은 사람이 어디 있다든? 그런 건 내가 볼 때 언제나 공연한 시간 낭비로밖에는 생각되지 않더라. 멜라니는 거위 보고는 우 하지는 않을지 모르지만, 세상에 대해서나, 북부 정부에 대해서나, 그 밖에 그

애의 소중한 애실리나, 아기나, 자기의 소중한 마음을 위협하는 것들에 대해서는 얼마든지 우 할 수 있을 거다. 그 애의 방법은 네 방법과는 다른 거야, 스카알렛. 또 내것과도 다르다. 그것은 너의 어머니가 만약 살아 계셨다면 꼭 그렇게 하셨으리라고 생각되는 방법인 거다. 멜라니는 내게 너의 어머니의 젊은 시절을 생각나게 해준다……. 틀림없이 멜라니는 윌크스네 집안을 이끌어나갈 거다.」

「어머나, 멜라니는 마음씨 착한 바보예요. 할머니는 애실리를 매우 오해하고 계세요. 그 사람은…….」

「천만에! 애실리는 책을 읽는 것밖에는 할 수 없도록 자라났어. 그런 건 우리들이 지금 당면하고 있는 어려운 생활을 이겨나가는 데에 아무 소용이 닿지 않는 거야. 남들의 얘기로는, 그 사람은 이 군에서도 제일 쓸모 없는 농군이라고 하더구나. 그저 우리 알렉스와 비교해 보렴. 전쟁 전에 알렉스는 세상에서도 제일 돼먹지 않은 건달로, 새 넥타이라든가, 술 취하는 일이라든가, 누군가를 권총으로 쏘는 일이라든가, 변변지도 못한 계집애 뒤를 쫓아다니는 일 정도밖엔 생각한 적이 없었던 거야. 그런데 지금의 그 애를 보렴. 농사일을 제대로 다 배우지 않았니. 마지못해서 배운 거지만 그렇지 않았으면 저는 물론이고 우리들까지 굶어죽고 말았을 거다. 지금은 그 애가 이 군에서 제일 좋은 목화를 만들어내고 있어. 그렇지, 타라의 목화보다는 훨씬 좋지. 그리고 돼지며 닭도 칠 줄 알아. 정말이다! 그 애는 불끈거리긴 잘 하지만 훌륭한 젊은이야. 시기를 기다리며 임기 응변으로 해나가는 재주를 터득했어. 이 고통스러운 재건 시대가 지나면, 알렉스는 틀림없이 저의 아버지나 할아버지와 마찬가지로 부자가 될 거다. 하지만 애실리는…….」

스카알렛은 애실리에 대한 경멸에 분개했다.

「그런 건, 제게는 시시한 걸로 생각돼요.」하고 그녀는 쌀쌀하게 말했다.

「그럴 리가 있나!」하고 할머니는 날카로운 눈길로 스카알렛을 보면서 말했다. 「하지만, 이와 꼭 같은 일을 너는 애틀랜타에 간 이후 네 자신이 하고 있지 않느냐. 아무렴, 아무리 우리가 이런 시골에 들어박혀 있다 해도, 네가 맹활동을 하고 있다는 것쯤을 알고 있다. 너도 세상이 변하는 데 따라서 변하지 않았니. 너는 북군이나 백인 불량배와, 벼락 부자가 된 뜨내기들에게 아첨을 하면서 돈을 우려낸다면서? 소문을 듣자니 그러면서도 무던히 얌전을 뺀다더구나. 뭐, 괜찮다. 얼마든지 해라. 그놈들한테서 짜낼 수 있는 데까지 짜내라고. 하지만 돈이 넉넉하게 모이거든 그놈들의 낯짝을 걷어차 버리는 거야. 그 이상은 쓸모가 없으니까 말이야. 힘껏 해 보아, 잘 해 보는 거야. 돼먹지 못한 녀석에게 걸려들면 엉뚱한 봉변을 당하니까 말이다.」

그 말을 잘 음미해 보려고 이마에 주름을 지으면서 그녀는 할머니의 얼굴을 바라보았다. 어떤 뜻인지 잘 알 수는 없었으나, 그래도 애실리를 뒤집힌 바닷거북이라고 한 말에는 아직도 화가 나 있었다.

「할머니는 애실리를 오해하고 계신다고 생각돼요.」하고 그녀는 느닷없이 말했다.

「스카알렛, 너는 말귀를 못 알아듣는구나.」

「아마 그럴 거예요.」하고 스카알렛은 이 할머니의 턱을 쥐어박아 줄 수 있다면, 하고 생각하면서 퉁명스럽게 말했다.

「너는 돈에는 무척 머리가 잘 돌아가는데 말이다. 그런 건 남자들의 꾀라는 거다. 너에게는 여자다운 꾀가 도무지 없어. 사람에 대해서는 전혀 머리가 돌지 않아.」

스카알렛의 눈엔 확 불이 일었다. 그녀는 주먹을 쥐었다 폈다 하고 있었다.

「이거 네 비위를 몹시 건드린 모양이구나.」하고 노부인은 미소를 지으면서 말했다.「그저, 골을 좀 내게 해 보고 싶었단다.」

「어머나, 정말이세요? 어째서요?」

「그야 여러 가지 이유가 있지.」

할머니는 의자 등받이에 몸을 기댔다. 그때 스카알렛은 할머니가 몹시 피로해서, 깜짝 놀랄 만큼 늙었다는 것을 문득 깨달았다. 부채 위에 포갠 그 조그만, 새발톱 같은 손은 죽은 사람의 손처럼 누렇고 마치 밀랍 같았다. 문득 어떤 생각이 나자 스카알렛의 가슴에서 노여움이 사라졌다. 그녀는 몸을 일으켜서 할머니의 손을 잡았다.

「할머니는 무척 상냥한 거짓말장이시군요.」하고 그녀는 말했다.「진심으로 이런 긴 이야기를 하신 건 아니시겠죠? 그저 저에게 아버지 생각에서 기분을 돌려 주시려고 말씀하신 거지요?」

「놀리면 못 써요.」하고 노부인은 손을 뿌리치면서 못마땅한 듯이 말했다. 「한 가지는 그것도 있지만, 그것만이 아니라 지금 내가 한 말이 진실이니까, 그래서 말해 준 거다. 그런데 너는 바보니까 모르는 거야.」

그러나 할머니는 자신이 한 말을 누그러뜨리려는 듯이 약간 웃어 보았다. 스카알렛의 마음 속에 애실리에 대한 분개는 깨끗이 사라지고 말았다. 할머니가 진심으로 한 말이 아니라는 것을 알게 되자 기뻤다.

「그래도 고마와요, 친절하게 여러 가지 말씀을 해주셔서. 그리고 윌과 스월렌의 일에 대해서는 제편을 들어 주셔서 기뻐요. 아마 찬성하지 않는 분이 많이 계실 거예요.

탈레턴 부인이 버터 밀크의 글라스를 두 개 들고 들어왔다. 그녀는 집안 살림이라면 무엇이고 서툴러서 밀크를 질질 흘리고 있었다.

「저장고까지 갸서 겨우 찾아냈어요.」하고 부인은 말했다. 「어서 마시세요. 인제 슬슬 모두들 돌아올 때가 되었으니까요. 스카알렛, 넌 정말로 스윌렌을 윌과 결혼시킬 작정이냐? 그 사람이 스윌렌과 어울리지 않는다는 건 아니지만, 뭐니뭐니해도 윌은 가난뱅이 백인이고, 그리고…….」

스카알렛의 눈이 할머니의 눈과 마주쳤다. 할머니의 눈에는 스카알렛이 생각하고 있는 것과 똑같은 대답이 짓궂은 빛으로 나타나 있었다.

41

마지막 작별 인사를 마치고, 마지막으로 차바퀴와 말발굽 소리가 사라져 버리자, 스카알렛은 엘렌의 사무실로 들어가서 사무용 책상의 서류꽂이에 있는 누래진 서류 사이에서, 어젯밤에 숨겨 두었던 번쩍거리는 것을 꺼냈다. 포크가 코를 홀쩍이며 식당에서 저녁식사 준비를 하고 있는 소리를 듣고 그를 불렀다. 그녀의 곁으로 다가온 검은 얼굴은 마치 주인을 잃은 집 없는 개처럼 서글퍼 보였다.

「포크.」하고 그녀는 엄숙한 어조로 말했다. 「할아범이 또 울면, 나도, 나도 울음이 나오니 울지 말아요.」

「예, 안 울려고 하는데도, 울지 않으려고 하면, 그럴 때마다 제랄드 나리가 생각이 나서…….」

「그럼 생각을 말아요. 나는 다른 사람이라면 누가 울든 아무렇지 않지만, 할아범이 울면 괴로와, 알겠지?」하고 갑자기 상냥하게 말했다. 「왜 그런지 모르겠어? 할아범이 얼마나 아버님을 사랑해 드렸는지 그것을 알고 있기 때문에 난 할아범이 울면 괴로운 거야. 코를 풀어요, 포크. 할아범에게 줄 것이 있어.」

커다란 소리를 내어 코를 풀면서도, 포크의 눈에는 흘끗 호기심이 스쳤다. 그것은 호기심이라기 보다도 일종의 예의라는 편이 옳았다.

「할아범은 누구넨가 닭장에 도둑질을 갔다가, 총에 얻어맞은 그 날 밤의 일을 기억하고 있어?」

「어떻게, 어떻게, 스카알렛 아씨! 저는, 네, 결코…….」

「기억하고 있구면. 그럼, 그로부터 무척 오래 됐지만 사실을 말할 수 있겠군. 그때, 내가 그처럼 우리들을 위해서 생각해 준 인사로, 시계를 주겠다고 약속한 걸 기억해 ?」

「네, 알고 있읍죠. 저는 아씨야말로 잊으신 줄 알았사와요.」

「아냐, 잊지 않았어. 자, 이것이 그거야.」

그녀는 전면에 조각이 되어 있는 묵직한 금시계를 내밀었다. 축 늘어진 줄에는, 리본과 도장이 주렁주렁 매달려 있었다.

「아니, 이건, 스카알렛 아씨.」하고 포크는 외쳤다.「제랄드 나리의 시계가 아닙니까 ! 나리께서 노상 그것을 보시던 걸 저는 자주 보았읍니다요.」

「그래, 아버님 시계야, 포크. 이걸 할아범에게 줄 테야. 자 받아요.」

「아이구 당치도 않사와요.」하고 포크는 무서운 듯이 뒷걸음질을 쳤다.「그것은 백인 나리들께서 가지는 시계고 더군다나 제랄드 나리 것이옵니다요. 어째서 제게 주시려고 하십니까요, 스카알렛 아씨. 그 시계는 마땅히 웨이드 해밀턴 도련님이 가지셔야 하는 것입니다요.」

「이건 할아범이 가져도 되는 거야. 도대체 웨이드 해밀턴이 아버님께 무얼 해 드렸다는 거야 ? 아버님께서 병환으로 쇠약해 계실 때 그애가 병구완이라도 해 드렸다는 건가 ? 아버님에게 목욕을 시켜 드리고, 옷을 입혀 드리고, 수염을 깎아 드리고 하는 것을 그애가 했다는 건가 ? 북군이 쳐들어왔을 때, 아버님 곁에 모시고 있었단 말인가 ? 아버님을 위해서 도둑질까지 했다는 건가 ? 바보 같은 소리를 하는 게 아니야, 포크. 이 시계를 받을 만한 한 사람이 있다면 그것은 할아범이야. 그것은 아버님도 인정해 주시리라고 생각해. 자아 !」

그녀는 새까만 손을 잡고, 그 손바닥에 시계를 놓았다. 포크는 황송한 듯이 그것을 들여다보고 있었으나, 이윽고 조금씩 그 얼굴에는 기쁜 빛이 퍼져 있었다.

「정말로 제게 주시는 겁니까요, 아씨 ?」

「응, 정말이래도.」

「이것, 정말, 고맙습니다요, 아씨 !」

「난 그것을 애틀랜타로 가지고 가서 조각을 해다 줄까 하는데 할아범은 어떻게 생각하지 ?」

「조각이라니, 어떤 것인뎁쇼 ?」포크의 음성에는 의아스러운 빛이 있었다.

「즉, 그 뒤에다 글자를 새기는 거야. 이를테면,〈오하라네에서 포크에게. 선량하고 충실한 하인이었음을 감사하는 기념으로서〉하는 글귀를 말이야.」

「웬걸입쇼. 괜찮습니다요, 아씨. 조각 같은 건 걱정하지 마시와요.」포크는 시계를 꼭 움켜쥐면서 한 걸음 물러섰다.

그녀는 입술을 일그러뜨리며 조금 웃었다.

「왜 그러지, 포크? 내가 그걸 돌려 주지 않을까 봐 그러는 거야?」

「아니와요, 전 아씨를 신용합죠. 다만, 저 아씨의 생각이 변하지나 않을까 싶어섭죠.」

「그렇지는 않아.」

「그래도 파실지도 모릅죠. 돈을 많이 받을 수 있을 거 같은뎁쇼.」

「내가 아버지 시계를 팔 것 같아?」

「네, 혹시 아씨께서 돈이 필요하게 되시면 말입죠.」

「그런 생각을 한다면, 할아범은 맞아야 해. 나 그 시계를 도로 받아야겠는걸.」

「아니와요, 아씨께선 그런 짓을 하지 않으시와요!」 포크의 슬픔에 여윈 얼굴에는 그 날 비로소 희미한 미소가 나타났다. 「저는 아씨의 마음을 알고 있으니깝쇼. 그런데, 스카알렛 아씨.」

「왜, 포크?」

「만약 아씨께서 검둥이에게 해주시는 반만큼이라도 백인 양반들께 해주신다면, 틀림없이 그분들은 아씨께 좀더 잘해 드릴 거라고 저는 생각하는뎁쇼.」

「무던히들 해주고 있어.」 하고 그녀는 말했다. 「자아, 애실리 씨를 찾아가서 곧 여기서 내가 뵙자고 한다고 말씀드려 줘.」

애실리는 그의 긴 몸을 웅크리고 엘렌의 부서질 것 같은 작은 사무용 의자에 앉은 채, 스카알렛의 공장의 이익을 절반 나눠 주겠다는 제의를 들었다. 한 번도 그는 그녀와 눈을 마주치지 않고, 한마디도 도중에 말참견을 하지 않았다. 묵묵히 고개를 숙인 채 자기의 손을 마치 처음 보는 물건이기라도 한 것처럼 천천히 뒤집어서 처음에는 손바닥을, 다음에는 손 등을 찬찬히 살펴보고 있었다. 심한 노동을 하고 있음에도 불구하고, 그 손은 옛날과 다름 없이 매끈하고 민감해 보였으며, 농사꾼의 손치고는 놀랄 만큼 손질이 잘 되어 있었다.

그가 고개를 수그린 채 잠자코 있는 것이 어쩐지 마음에 걸려서, 그녀는 곱절이나 열을 올려서 공장 일을 좋게 생각하게 했다. 갖은 미소와 눈웃음의 매력도 써 보았으나 그가 눈을 들려고도 하지 않기 때문에 아무런 보람도 없었다. 그가 잠시라도 좋으니까 자기 쪽을 보아 주기만 한다면! 그녀는 애실리가 북쪽으로 갈 결심을 했다고 윌에게서 들은 것은 전혀 비추지도 않고, 자신의 계획을 그가 찬성하는 데 있어서 아무런 장애도 있을 리가 없다는 피상적인 가정 밑에서 이야기를 해나갔다. 그래도 그는 한마디도 입을 떼지 않았기 때문에 마침내는 그녀도 말끝을 얼버무리고 입을 다물어 버렸다. 그의 섬세하고 우아한 어깨에는, 그녀가 뜻밖으로 생각했을 만큼 단호한 결의가 나타나 있었다. 이 사람이 거절하는 일이 있을까. 거절할 이유라고는 전혀 없지 않은가.

「애실리.」하고 그녀는 다시 말을 시작하려다가 잠시 입을 다물었다. 처음 그녀는 의논을 하기 위하여 자기가 임신한 것을 이용할 마음은 털끝만큼도 없었다. 이렇게 보기 흉하게 배가 부른 꼴을 애실리가 본다고 생각만 해도 끔찍했기 때문이다. 그러나 다른 방법을 써서 설득하려 해도 아무런 효과가 없을 성싶자, 이제는 마지막 수단으로서 자기가 임신한 것과, 의지할 곳 없는 허전함을 들고 나오는 수밖에 없다고 결심했다.

「당신이 아무래도 애틀랜타로 와 주셔야만 되겠어요. 지금의 저로서는 당신의 도움이 꼭 필요해요. 저 자신이 공장을 돌볼 수가 없는걸요. 공장 일을 보게 되려면 아직 수개월 걸려야 할 테니까 말예요. 글쎄, 그 왜, 저 즉…….」

「제발!」하고 그는 거칠게 말했다. 「그만해요, 스카알렛!」

그는 일어서더니, 느닷없이 창가로 가서 그녀에게 등을 돌리고는, 곳간 앞뜰에서 한 줄로 열을 지어 시끄럽게 걸어가는 거위의 행렬을 물끄러미 바라보고 있었다.

「그래서, 그래서, 당신은 나를 보려고 하지 않았었군요.」하고 그녀는 서글픈 듯이 말했다. 「알고 있어요. 제가 어떤 꼴로 보이는지.」

그는 홱 돌아섰다. 그 회색 눈빛은 그녀가 저도 모르게 두 손으로 자기 목을 눌렀을 정도로 매섭게 그녀의 눈을 지켜보았다.

「당신의 모습이 어떻다는 거요!」하고 그는 재빠른 말로 거칠게 말했다. 「당신이 어느 때고 내게는 아름답게 보인다는 것은 당신도 알고 있을 거요.」

행복감이 치밀어올라서 그녀의 눈에서는 눈물이 핑 돌았다.

「그렇게 말씀해 주시다니, 당신은 정말 살뜰한 분이에요. 전 당신에게 보여야 하는 것이 무척 부끄러웠어요.」

「부끄럽다고요? 어째서 부끄럽다는 거요. 부끄럽게 생각해야 할 사람은 내 쪽이오. 사실 나는 부끄럽소. 내가 바보가 아니었던들, 당신은 이런 고통스러운 꼴을 당하지 않았을 거요. 프랭크와도 절대로 결혼하지 않았을 거요. 작년 겨울, 나는 당신을 타라에서 떠나지 못하게 했어야 옳았소. 나는 정말 바보였소. 나는 필사적으로 애쓴다는 것을 짐작했어야만 했소. 당신이 그토록 필사적이었으니까 나는 당연히, 당연히, 나는…….」그의 얼굴은 초췌해졌다.

스카알렛의 가슴은 마구 뛰었다. 그는 나와 함께 달아나지 않았던 것을 후회하고 있는 거다!

「거지처럼 굴러다니는 우리들을 맡아 주었으니, 적어도 나는 이 집을 나가서, 강도질을 해서라도, 살인을 해서라도 당신을 위해서 세금을 낼 돈을 만들어야 했었소. 아아, 내가 모든 것을 엉망으로 만들어 버린 거요!」

실망 때문에 그녀는 가슴이 죄어들고 조금 전의 행복감도 얼마쯤 사라져 버렸다. 그런 말을 듣고 싶었던 것은 아니었기 때문이다.

「어쨌든 저는 역시 떠났었을 거예요.」하고 그녀는 실망하면서 말했다.「그런 짓을 당신에게 시킬 수는 없으니까. 그리고 아뭏든 이미 지나간 일인걸요.」

「그렇소, 이미 끝나 버린 일이오.」하고 그는 느릿느릿 괴로운 듯이 말했다. 「당신은 내게 불명예스러운 짓은 시키지 않았소. 그러나 당신은 자기를 사랑하지도 않는 사나이에게 팔고, 그리고 그 사나이의 자식을 배고 있소. 그것도 내 식구와 나를 굶기지 않기 위해서였소. 나의 무능함을 감싸 주다니, 당신은 친절한 사람이오.」

그 목소리에 담겨 있는 날카로움은 그의 가슴 속을 쑤시는, 나을 수 없는 생생한 상처를 이야기하고 있었다. 그의 말을 듣자, 그녀의 눈에는 무안한 빛이 떠올랐다. 그는 잽싸게 그것을 눈치채자 얼굴을 누그러뜨렸다.

「내가 당신을 책망한다고 생각하지는 마시오. 당치도 않은 일이오, 스카알렛. 책망을 하다니, 당신은 내가 아는 사람 중에서 가장 용기 있는 부인이오. 꾸짖고 있는 것은 나 자신이오.」

그는 다시 저쪽을 향하여 창밖을 내다보았다. 그녀가 물끄러미 지켜보고 있는 그의 어깨에는, 이미 조금 전의 결연한 모습은 볼 수 없었다. 스카알렛은 오랫동안 침묵한 채, 다시 한 번 애실리가 자기의 아름다움을 칭찬해 줄 마음이 들기를, 자신이 소중하게 가슴 속에 간직해 두었던 말을 좀더 말해 주기를 바라면서 가만히 기다리고 있었다. 지금껏 그와는 꽤 오랫동안 만나지 못했었고, 그 동안 추억에만 매달려서 살아왔기 때문에, 이젠 그 추억도 시들어 버리고 말았던 것이다. 그녀는 애실리가 지금도 자기를 사랑하고 있다는 것을 알고 있었다. 그의 어떠한 태도에도, 그의 애처로운 자책의 말 하나하나에도, 프랭크의 자식을 배고 있는 일에 대한 분개에도 사랑하고 있는 증거는 분명했다. 그녀는 그것을 말로 해주기를 바랐다. 자기 쪽에서도 그의 고백을 끌어낼 만한 말을 하고 싶었지만 그럴 용기는 없었다. 작년 겨울, 과수원에서 두 번 다시 그의 목에 매달리거나 하지는 않겠다고 맹세한 약속을 그녀는 잊지 않았다. 만약 애실리를 가까이 있게 잡아 둔다면, 그 약속을 지켜야 한다는 것을, 서글프게도 그녀는 알고 있었던 것이다. 사랑이나 그리움의 부르짖음을 한마디라도 외친다면, 그의 포옹을 바라는 눈길을 순간이나마 보인다면, 그것으로 영원히 끝나고 마는 것이다.

애실리는 아마도 뉴욕으로 가 버릴 것이다. 그러나 그를 가게 해서는 안 된다.

「제발, 애실리, 자신을 책하지 말아 주세요! 어째서 당신이 나빴다는 결과가 되죠? 애틀랜타로 와서 저를 도와 주지 않으시겠어요, 싫으세요?」

「그렇소.」

「하지만 애실리.」그녀의 목소리는 고통과 실망으로 이지러질 것 같았다.「하지만 저는 당신을 믿고 있었어요. 그만큼 당신에게 도움을 받고 싶었어요. 프랭크는 저를 도울 수가 없는걸요. 그이는 가게 일이 무척 바빠요. 만약 당신이 와 주시지 않는다면, 저는 달리 와 달라고 할 사람이 없어요. 애틀랜타의 똑똑한 사람들은 모두 자기 일이 바쁘고, 그렇지 않은 사람은 전혀 쓸모가 없고, 그리고……。」

「뭐라고 해도 소용이 없소, 스카알렛.」

「그럼 당신은 애틀랜타로 가는 것보다 뉴욕에 가서 양키와 함께 지내는 편이 낫다고 말씀하시는건가요?」

「그런 걸 누구에게 들었소?」하고 그는 돌아서더니 약간 난처한 듯이, 이마에 주름을 지으면서 그녀 쪽을 바라보았다.

「윌에게서요.」

「그렇소, 나는 북부로 갈 결심을 했소. 전쟁 전 나와 함께 유럽 여행을 한 옛 친구가, 그의 부친이 하고 있는 은행의 어떤 자리를 내게 권해 온 거요. 그러는 편이 좋소, 스카알렛. 나는 도무지 당신에게 도움이 되지 않소. 재목 장사에 대해서는 전혀 모르니까.」

「하지만, 은행 일은 더 모르지 않아요. 그쪽이 훨씬 힘들 거예요! 그리고 내가 양키보다도 훨씬 당신의 무경험을 눈감아 줄 수 있어요!」

그가 쩔쩔매는 것을 보자, 스카알렛은 언짢은 말을 했구나 하고 생각했다. 그는 다시 얼굴을 돌려 창밖을 바라보았다.

「눈감아 주다니, 바라고 싶지 않아요. 나는 내 힘에 알맞게 스스로 해나가고 싶은 거요. 여태까지 나는 내 생활을 위해 무엇을 해왔던가요? 지금이야말로 내 스스로 무언가를 해야만 되오. 그렇지 못하면, 자신의 무능에 의해서 몰락하고 말 거요. 이미 너무 오랫동안 당신의 신세만 져왔으니까요.」

「하지만 저는, 공장 이익을 절반씩 나누겠다는 거예요, 애실리! 그렇게 하면 당신은 자력으로 하는 셈이잖아요? 글쎄, 이봐요, 그건 당신 자신의 일이 된다니까요.」

「그것도 마찬가지요. 절반이라는 이익을 내 힘으로 사들이는 것이 아니라, 선물을 받는 거요, 스카알렛. 먹는 것이며 사는 집이며, 그리고 나 자신과 멜라니와 아기의 옷까지 받고 있소. 그런데 나는 그 보답으로 아무것도 드린 것이 없소.」

「어머나, 그렇지가 않아요. 당신은 갚아 주고 계세요. 윌 혼자서는 도저히……. 」

「나는 이제는 장작 패는 것이 아주 익숙해졌지요.」

「어쩌면 애실리!」그의 빈정거리는 것 같은 어조에 그녀는 서글퍼져서 눈에 눈물을 글썽거리면서 외쳤다. 「제가 없는 동안에 무슨 일이 있었나요? 무척 심한 가시돋친 말씀을 하시는군요! 전에는 이렇지는 않았었는데.」

「무슨 일이 있었느냐고요? 굉장한 일이 있었지요, 스카알렛. 나는 오늘날까지 여러 가지로 생각했소. 저 종전시부터 당신이 이곳을 떠났을 때까지, 나는 정말로 사물에 대해서 생각한 일이 없었던 것 같소. 허탈한 것처럼 돼 버려서, 무엇이든 먹을 것과 몸을 누일 만한 잠자리가 있는 것만으로 만족하고 있었소. 그런데 당신이 남자가 져야 할 무거운 짐을 지고 애틀랜타로 갔을 때, 내가 남자 하나 구실도 못 하고……. 정말, 여자만도 못 하다는 것을 깨달았소. 그런 걸 생각하면서 지낸다는 것은 유쾌한 일이 못 되었고, 이젠 그런 생각을 하면서 지내는 것이 싫어졌단 말이오. 다른 사람들은 나보다 훨씬 못한 처지로 전쟁에서 돌아왔는데, 지금 그들을 보시오. 그러니까 나는 뉴욕으로 갈 결심을 한 거요.」

「하지만, 저는 모르겠어요! 만약 당신이 일하시기를 바란다면, 뉴욕으로 가건 애틀랜타로 가건 마찬가지가 아니겠어요. 그뿐만 아니라 제 공장은…….」

「아니오, 스카알렛. 이건 내 마지막 기회인 것이오. 나는 북부로 가겠소. 만약 내가 애틀랜타로 가서, 당신을 위하여 일을 한다면 나는 영원히 쓸모가 없게 되오.」

『쓸모 없게 된다, 쓸모 없어진다, 쓸모가 없어진다.』이 말이 마치 조종(弔鍾)처럼 무서운 소리를 내며 그녀의 가슴 속에서 울려 퍼졌다. 그녀는 얼른 그의 눈을 보았다. 그 눈은 커다랗게 떠져 있어, 수정처럼 맑은 잿빛을 띠고 그녀의 가슴 속을 꿰뚫어보고, 다시 더 먼, 그녀에게는 보이지 않는 이해할 수 없는 어떤 운명을 지켜보고 있었다.

「못 쓰게 되다니오? 그럼, 당신은 애틀랜타에서 무언가 북군에게 붙들릴 만한 일이라도 저질렀나요? 즉, 토니를 도와서 도망하게 했다든가, 아니면 아니면 아, 애실리, 당신은 큐 클럭스단에 들어 있는 것은 아니겠지요?」

그의 먼 데를 지켜보고 있는 것 같은 눈길이 갑자기 그녀에게로 돌려졌다. 그리고 그는 조금 미소지었으나, 눈은 조금도 웃고 있지 않았다.

「나는 당신이, 남의 말을 곧이곧대로 받아들이는 사람이란 것을 까맣게 잊고 있었소. 아니 내가 무서워하는 것은 북군이 아니오. 내가 말한 뜻은, 만약 애틀 랜타로 가서 또다시 당신의 도움을 받게 되면, 자립하려는 희망이 완전히 사라지고 만다는 거요.」

「어머나!」하고 그녀는 금세 살아난 것처럼 한숨을 푹 쉬었다. 「그것뿐이었군요!」

「그렇소.」하고 그는 다시 미소를 지었으나 그것은 아까보다도 더 음침한 미소였다. 「그것뿐이었소. 다만 나의 남자로서의 긍지, 나의 자존심, 그리고 만약 당신이 그렇게 말하고 싶다면, 나의 불멸의 영혼뿐이지요.」

「하지만…….」하고 그녀는 다른 수단으로 공격해 갔다. 「차츰 저한테서 공장을 사들일 수도 있지 않겠어요. 그래서 완전히 당신 것이 되면 그때는…….」

「스카알렛!」하고 그는 무서운 기세로 가로막았다. 「절대로 안 되오! 달리도 이유가 있으니까.」

「어떤 이유?」

「그 이유는 이 세상 어느 누구보다도 당신이 가장 잘 알고 있을 거요.」

「어머, 그 일? 하지만 그 일이라면 염려 없어요.」하고 그녀는 얼른 장담하고 나섰다. 「작년 겨울, 과수원에서 제가 약속하지 않았어요? 앞으로도 약속을 지킬 작정이에요. 그리고…….」

「그렇다면 당신이 나보다 꿋꿋하오. 나는 그 약속을 지켜질 것 같지도 않아요. 이 문제는 말할 것이 못 되지만 당신에게 분명히 해두지 않으면 안 되겠기 때문에 말하는 거요. 스카알렛, 나는 이 점에 대해서 더 이상 말하고 싶지 않소. 이야기는 끝난 거요. 윌과 스월렌이 결혼하면 나는 뉴욕으로 가겠소.」

그의 커다랗게 뜬 과격한 눈이, 한순간 그녀의 눈과 마주쳤다. 그러고 나서 빠른 걸음으로 방을 가로질러갔다. 그의 손이 도어의 손잡이를 쥐었다. 스카알렛은 괴로운 심정으로 그를 바라보았다. 회담은 끝났다. 그녀는 진 것이다. 오늘 하루의 긴장과 슬픔, 그리고 지금의 실망으로 갑자기 그녀는 맥이 탁 풀렸다. 별안간 신경이 이상하게 돼 버려서, 「아, 애실리!」하고 외쳤다. 그리고 용수철이 풀린 소파에 몸을 내던지고 소리를 내어 울기 시작했다.

그의 불안스러운 발소리가 도어에서 되돌아오더니 머리 위에서 몇 번이고 몇 번이고 자기 이름을 부르고 있는 약하디약한 그의 음성이 들렸다. 부엌에서 현관 홀을 달려오는 발소리가 나더니, 멜라니가 놀라서 눈을 휘둥그렇게 뜨고 방안으로 뛰어들어왔다.

「스카알렛…… 아기 아니우?」

스카알렛은 먼지 낀 소파에 얼굴을 묻고 또 한 번 외쳤다.

「애실리는 아주 나빠요! 아주 심술장이야. 정말 미워!」

「어머나, 애실리, 당신 무슨 짓을 했지요?」하고 멜라니는 소파 옆으로 몸을 던지고 스카알렛을 끌어안았다.「당신 무슨 소리를 했지요? 무슨 짓이에요! 유산할지도 모르는데! 자, 스카알렛! 내 어깨에 머리를 얹어요. 무슨 잘못이 있었수?」

「애실리가……. 그는 정말 고집장이에다가 미워!」

「애실리, 당신 참 어이 없는 분이군요! 이렇게 흥분시키다니, 홀몸도 아닌 데다가 오하라 아저씨의 장례식이 막 끝난 참인데!」

「그분께 그렇게 너무 심하게 굴지 말아요!」하고 스카알렛은 종잡을 수 없는 소리를 하고 갑자기 멜라니의 어깨에서 머리를 들었다. 그녀의 세고 새카만 머리카락이 머리망에서 비어나와 있었다. 그 얼굴에는 몇 가닥의 눈물 자국이 나 있었다.「그분은 자기 멋대로 하면 그만이야!」

「멜라니.」하고 애실리는 얼굴이 새파래져서 말했다.「사실은 이렇소. 스카알렛이 친절하게도 나를 애틀랜타에 있는 자기 공장의 지배인을 시켜 주겠다는 거야.」

「지배인이라고요?」하고 스카알렛은 발끈해서 외쳤다.「이익을 배분하자고 했어. 그랬더니 그는…….」

「어머나!」하고 스카알렛은 외치고, 다시 흐느껴 울었다.「나는 몇 번이나 말했었어. 얼마나 애실리가 필요한가를 말이야. 공장을 관리해 줄 사람은 아무 도 없다는 것을. 이제 곧 아이를 낳게 된다고 말야. 그랬더니 애실리는 거절하 잖아! 그러니 이제, 이제 나는 공장을 파는 수밖에 없어. 제값을 받지 못할 건 뻔해. 그렇게 되면, 돈이 없어져서 우리는 굶어죽을지도 모른단 말야. 그런데도 이이는 태연해. 그렇게 심사가 사납단 말이야!」

그녀는 다시 멜라니의 야윈 어깨에 얼굴을 묻었다. 가냘픈 희망이 솟아오기 때문에 심한 괴로움도 얼마쯤 가셨다. 그녀는 멜라니의 순진한 마음이야말로 자 기 편이라는 것을 짐작했다. 상대가 비록 사랑하는 남편이라 하더라도 스카알렛 을 울게 한 데 대해서 멜라니는 몹시 분노하고 있다는 것을 느낄 수 있었다. 멜 라니는 결의를 굳힌 어린 비둘기처럼, 난생 처음으로 애실리에게 달려들어 그를 부리로 쪼아 댔던 것이다.

「애실리, 어쩜 당신은 거절할 수가 있어요? 스카알렛은 우리들을 위해서 죽 도록 애써 주잖아요. 당신이 그런 짓을 하면 우리들은 배은 망덕한 사람이라고 인정받게 되지 않아요. 게다가 스카알렛은 아기를 낳게 되기 때문에 무척 난처 한 거예요. 당신은 어쩌면 그렇게 의협심이 없으시지요? 스카알렛은 우리들이 도움을 청했을 때 구해 주지 않았어요! 그런데 당신은 스카알렛이 그토록 부탁을 하는데도 거절을 하시다니!」

스카알렛은 몰래 애실리 쪽을 엿보았다. 멜라니의 성난 검은 눈을 지켜보고 있는 그의 얼굴에는 분명히 놀라움과 동요의 빛이 떠 있었다. 스카알렛도 멜라니의 공격이 날카로운데 놀랐다. 왜냐하면, 멜라니는 아내로서 남편을 책망한다는 것은 용서받을 수 없는 일이고, 남편의 뜻은 하느님의 뜻 다음으로 소중하게 생각하고 있었던 것을, 스카알렛은 알고 있었기 때문이다.

「멜라니…….」하고 그는 말을 꺼내다가 도무지 어쩔 수 없다는 듯이 두 팔을 벌려 보았다.

「애실리, 어째서 당신은 망설이고 있는 거예요? 스카알렛이 우리들 때문에, 우리들 때문에 애써 준 일을 생각해 보세요! 보우를 낳을 때 만약 스카알렛이 없었더라면 나는 애틀랜타에서 죽었을 거예요! 그리고 언니는, 그래요, 언니는 북군의 병사를 죽이면서까지 우리를 지켜 주었어요. 그걸 아시나요? 우리를 위해서 사람까지 죽였단 말예요. 그리고 또 당신과 윌이 돌아올 때까지, 우리들을 굶기지 않으려고 노예처럼 들일을 했어요. 언니가 밭을 갈기도 하고 목화를 따기도 한 것을 생각하면, 저는 그저……. 아, 스카알렛!」그녀는 문득 머리를 숙여서 스카알렛의 헝클어진 머리에 뜨거운 진정 어린 키스를 했다. 「그리고, 이제 처음 언니는 우리들에게 도와 달라고 부탁하고 있는데.」

「스카알렛이 우리를 위해서 해준 일은 당신이 말하지 않아도 나도 잘 알고 있어.」

「그리고 애실리, 생각을 좀 해 보세요! 언니를 돕는 것만이 아니라, 우리들의 친지들과 애틀랜타에서 지내는 것이 양키들과 함께 지내는 것보다 얼마나 즐거운 일인지 말예요! 고모님도, 헨리 삼촌도, 모든 친구들도, 거기 계시지 않아요? 그리고 보우도 많은 친구들이 생기고, 학교에도 가게 돼요. 만약 북부로 가면 저 아이를 학교에도 보낼 수 없고, 양키 아이들과 놀게 할 수도 없을 것이고, 흑인 아이들과 책상을 나란히 하고 공부를 시킬 수도 없지 않겠어요! 그렇게 되면 가정 교사를 두어야 할 거예요. 하지만 우리들에게는 도저히 그럴 만한 돈의 여유가 있을 리가 없잖아요.」

「멜라니!」하고 애실리가 말했다. 그 목소리는 무서울 정도로 조용했다. 「당신은 정말 그렇게까지 애틀랜타로 가고 싶소? 우리들이 뉴욕에 갈 이야기를 했을 때에는, 그런 소린 한마디도 하지 않았잖아. 당신은 그런 내색조차도 보이지 않았잖아.」

「어머, 하지만 뉴욕으로 갈 이야기를 했을 때에는, 애틀랜타에서는 당신이 할 일이 전혀 없는 줄로 알고 있었거든요. 그리고 제가 이러니저러니 참견할 일이 아니잖아요. 남편이 가는 곳으로 잠자코 따라가는 것이 아내의 의무니까요. 하지만 지금은 스카알렛이 저토록 우리가 필요하다고 하고, 당신이 아니면 안 될 일이 있는걸요. 우리는 고향으로 돌아갈 수 있지 않아요! 고향으로!」그녀의 목소리는 스카알렛의 가슴을 죄어 줄 만큼 흥이 나 있었다. 「그렇게 되면, 저는 다시 파이브 포인트나 피치트리 거리를 볼 수 있어요. 그리고, 그리고, 아, 꽤 오래 못 보았거든요! 그리고 아마 우리들의 조그마한 집을 갖게 될지도 모르겠군요! 아무리 작아도 보잘것없어도 상관없어요. 뭐라 해도 내 집이라면!」

그녀의 눈은 환희와 행복에 불타고 있었다. 두 사람은 물끄러미 그녀를 바라보고 있었다. 애실리는 어이가 없다는 듯 야릇한 표정이었고, 스카알렛은 여태껏 멜라니가 그렇게도 애틀랜타를 떠나 있는 것을 쓸쓸하게 생각하고, 한결같이 돌아가고 싶어하고, 내 집을 동경하고 있다고는 생각해 본 일도 없었다. 타라에 완전히 만족하고 있는 것 같았기 때문에, 그녀가 못 견디게 고향으로 돌아가고 싶어하는 것을 알자, 스카알렛은 몹시 놀랐다.

「어쩌면, 스카알렛, 우리들을 위해서 그렇게까지 생각을 해주다니, 언니는 정말 고마운 분이에요! 제가 얼마나 고향에 돌아가고 싶어하는지 알고 계셨군요.」

아무것도 아닌 일에, 그럴 듯한 동기를 생각해 내는 멜라니의 버릇에 부딪치자, 또 늘 그렇듯이 스카알렛은 부끄러워져서 안달이 났다. 그리고 갑자기, 애실리의 눈과도 멜라니의 눈과도 시선을 마주칠 수가 없게 되었다.

「우리들은 조그만 우리 집을 갖게 되는 거예요. 결혼한 지 다섯 해가 됐는데, 한 번도 내 집을 가진 적이 없다니, 그런 걸 생각이나 할 수 있어요?」

「피티 고모님 집에 함께 살면 될 거야. 거기가 멜라니의 집인걸.」스카알렛은 베개를 만지작거리면서, 반 입속말로 우물거렸다. 점점 형세가 유리해 가는 것을 느끼며, 치밀어오르는 승리감을 그들에게 눈치채이지 않도록, 눈을 아래로 내리깐 채 있었다.

「네, 고마와요. 하지만 그건 안 돼요. 그렇게 되면, 그 집에 너무 많은 사람들이 들게 되잖아요. 우리들은 따로 집을 갖겠어요. 네? 애실리, 좋다고 말씀해 주세요!」

「스카알렛!」하고 말한 애실리의 목소리에는 아무런 억양도 없었다. 「나를 좀 보아요.」

깜짝 놀라 얼굴을 든 그녀는 괴로운 듯한, 지쳐 버린 공허한 느낌이 드는 잿빛 눈과 마주쳤다.

「스카알렛, 나는 애틀랜타로 가겠소. 둘이서 덤비니 도무지 당하질 못하겠군.」

그는 등을 돌리고 방을 나갔다. 그녀의 가슴 속에 있던 승리감도, 마음을 꾸짖는 것 같은 불안으로 얼마간 흐려졌다. 그렇게 말한 그의 눈은, 만약 애틀랜타에 가게 되면, 영원히 쓸모 없이 돼 버린다고 말했을 때의 눈과 흡사했던 것이다.

스월렌과 윌이 결혼하고 캐린이 찰스턴 수녀원으로 가 버리자, 애실리와 멜라니는 보우를 데리고 애틀랜타로 왔다. 음식 만드는 일과 아이를 보는 것 때문에 딜시도 함께 왔다. 프리시와 포크는 윌의 일을 거들 흑인을 구할 때까지 타라에 남기로 했다. 그 뒤에 그들도 애틀랜타로 오기로 되어 있었다.

애실리가 내집이라고 세를 얻은 조그마한 벽돌 집은, 피티 고모네 집 바로 뒤인 아이비 거리에 있었다. 고모네 집과는 뒷마당이 마주 붙어 있어서, 겨우 빽빽하게 우거진 쥐똥나무 생울타리로 경계가 지어져 있을 뿐이었다. 멜라니가 이 집을 돌아온 첫날 아침, 웃었다 울었다, 스카알렛과 피티 고모를 부둥켜안았다 하면서, 사랑하는 사람들과 오랫동안 떨어져 있었으니까 될 수 있는 대로 가까이 있고 싶다고 말했던 것이다.

그 집은 원래는 이층집이었는데, 포위된 당시 이층은 포탄에 날아가 버리고, 집주인은 전쟁이 끝난 뒤 시내로 돌아오기는 했으나, 돈이 없기 때문에 수리를 할 수가 없어서 하는 수 없이 남은 아래층에 평평한 지붕을 씌웠으므로 흡사 아이들이 구두 상자로 만든 장난감 집처럼, 납작하고 볼품 없는 것이 되어 버렸다. 마룻바닥은 높고, 밑에는 커다란 지하실이 있어서, 집으로 통하는 길고 가파른 층계가, 이 집에 대하여 어딘가 우스꽝스러운 외관을 보여 주고 있었다. 그러나 납작하게 짓눌린 것 같은 모양도, 이 집을 가리고 있는 두 그루의 보기 좋은 떡갈나무 고목과, 먼지를 뒤집어쓴 사이로 여기저기 흰 꽃을 피우고 있는 현관 계단 옆의 한 그루의 목련 때문에 웬만큼 형태를 갖추고 있었다. 잔디밭은 넓고, 푸른 클로버로 두껍게 덮여 있고, 뜰 경계에는 좋은 향기를 풍기는 인동덩굴이 얽히고 손질을 하지 않아 제멋대로 자란 쥐똥나무의 생울타리가 있었다. 이곳저곳의 풀섶에는 짓밟힌 일도 없거니와, 북군의 말에 가지를 물린 적도 없었던 것처럼 싱싱하게 피어 있었다.

스카알렛은 이렇게 보기 흉한 집을 여태까지 본 적이 없다고 생각했으나 멜라니에게는, 저 호화 찬란한 트웰브 오우크스 저택조차도 이처럼 아름답지는 않다고 생각된 것이다. 뭐라 해도 내집이었고, 애실리와 아기와 세 식구가 이제야 겨우 내집에서 지내게 된 것이다.

1864년 이후, 하니와 함께 지내고 있던 인디어 윌크스가 메이콘 주에서 돌아와서 오빠 밑에서 함께 살게 되자 조그만 집에 식구가 늘었다. 그런데도 애실리와 멜라니는 반겨 그녀를 맞이했다. 시절은 바뀌고 가난해지기는 했지만 돈이 없어서 고생하는 일가들이나, 혼자 사는 친척 여자를 반겨 맞아들이는 남부 사람들의 생활 습관은 조금도 변하지 않았다.

하니는 이미 결혼해 있었다. 인디어의 말에 의하면, 자기보다 지체가 낮은 메이콘으로 이주해 온 미시시피 태생의 난폭한 서부 남자와 살게 되었다는 것이었다. 그 사나이는 얼굴이 붉고 목소리가 큰 쾌활한 사람이었다. 인디어는 그 결혼에 처음부터 찬성하지 않았었다. 그 때문에, 그 동생의 남편 집에 있기가 별로 좋지 않았던 것이다. 애실리가 자기 집을 가졌다는 소식에 진심으로 기뻐했다. 이제야 겨우 마음에 맞지 않는 고장에서도 벗어나, 시시한 남자와 함께 살며 바보처럼 즐거운 듯이 지내고 있는 동생을 보면서 언짢은 생각을 할 필요가 없게 된 것이다.

다른 가족들은 픽픽 웃기만 하고 있는 단순한 하니로서는 제법 잘한 일이라고 은근히 생각하고 있었다. 그리고 그녀가 상대야 어떻든 남자를 붙들었다는 것에 모두들 놀랐다. 그녀의 남편은, 실은 신사이고 얼마간의 재산도 있는 남자였다. 그러나 조지아에서 태어나, 버지니아의 전통 속에서 자라난 인디어에게 있어서는, 동해안 태생이 아닌 사람은 모두가 교양 없고 거칠고 야만인으로밖에는 생각되지 않았던 것이다. 아마 하니의 남편측에서도 그녀가 나가기로 결정이 되었을 때에는 속이 후련했을 것이다. 왜냐하면 요즈음의 인디어는 함께 살기에는 그다지 만만찮은 상대였기 때문이다.

그녀는 미혼 여인들이 쓰는 망토를 단정히 두르고 있었다. 나이는 스물 다섯이었고, 보기에도 나이에 걸맞았기 때문에, 이제는 새삼 아름답게 보일 필요도 없었다. 속눈썹이 없는 빛이 연한 눈은, 똑바로 완고할 정도로 무섭게 세상을 보고 있었고, 엷은 입술은 언제나 거만할 정도로 굳게 다물어져 있었다. 그 위엄과 긍지에 찬 모습은, 이상하게도 트웰브 오우크스 저택의 단정한 아가씨다운 상냥함보다도, 한층 더 그녀에게 잘 어울려 보였다. 지금의 그녀는 마치 과부와 같은 처지에 있었다. 스튜어트 탈레턴이 게티즈버그에서 전사하지 않았으면, 그녀와 결혼했으리라는 것은 누구나가 다 알고 있었다. 그래서 그녀는 비록 결혼은 하지 않았지만 남자의 청혼을 받았던 여성으로서의 존경을 받고 있었던 것이다.

아이비 거리의 조그만 집의 여섯 개의 방은 얼마 안 가서 프랭크의 가게에서 팔고 있는 제일 값싼 소나무와 떡갈나무로 만든 얼마 안 되는 가구로 장식됐다. 애실리에게는 한 푼의 저축도 없어서, 외상으로 사들이지 않으면 안 되었기 때문에 가장 싼 물건밖에 사려 하지 않을 뿐만 아니라 꼭 필요한 물건만을 샀다. 이 점은 애실리에게 호의를 보이고 있는 프랭크를 몹시 난처하게 했고 스카알렛을 괴롭혔다. 그나 프랭크나 가게에 있는 제일 좋은 마호가니 제품이나 조각이 있는 향나무로 만든 가구를 한 푼도 받지 않고 기꺼이 제공할 작정이었으나, 윌크스네에서는 완강히 이를 사양했다. 그들의 집은 보기 딱할 만큼 볼품 없었고, 아무것도 없었다. 스카알렛으로서는 애실리가 융단도 없고 커튼도 없는 방에서 살고 있는 것이 못마땅해서 견딜 수가 없었다. 그러나 그는 자기 주변에 관한 것 따위는 개의하지 않는 모양이었고, 또 멜라니도 결혼 뒤 처음으로 내집을 갖게 되었기 때문에 한없이 즐거웠고, 사실 그녀는 그 집에 대하여 자랑을 느끼고 있었던 것이다. 이것이 스카알렛의 경우였다면, 벽걸이도 융단도 방석도 없고, 의자나 찻종이 수효대로 갖춰지지 못한 것을 친구들에게 보이게 된다는 것에 견딜 수 없는 굴욕감을 느꼈을 것이다. 그러나 멜라니는 마치 플러시 커튼도, 비단을 씌운 소파도 있는 것처럼 자랑하고 있었다.

이리하여 멜라니는 누가 보아도 행복한 것 같았지만, 몸은 건강하지 못했다. 아기를 낳고 건강을 해친 데다가, 산후에 타라에서 심한 노동을 했기 때문에 한층 더 몸이 쇠약해지고 말았다. 가냘픈 뼈가 당장이라도 하얀 피부를 뚫고 튀어 나오지 않을까 생각될 만큼 여위어 보였다.

뒤뜰에서 아이를 상대로 뛰놀고 있는 그녀를 멀리서 보면 흡사 소녀처럼 보였다. 믿어지지 않을 만큼 허리가 가늘어서 성숙한 여자의 육체다운 데가 아무 데도 없었기 때문이다. 가슴도 납작했고 엉덩이도 아들인 보우와 같을 만큼 작았다. 게다가 배스크의 가슴에 주름을 잡거나, 코르셋 안에 속을 넣거나 하여 우쭐거리는 일도 없거니와 또 그럴 만한 주변도 없었기 때문에(그렇게 스카알렛은 생각하고 있었다) 야윈 몸이 더욱 두드러져 보였다. 몸과 마찬가지로 얼굴도 몹시 야위었고 창백했다. 나비의 수염처럼 가늘게 반달형을 그린 비단실 같은 눈썹은, 핏기 없는 피부와 대조하여 지나치게 검을 정도로 또렷하였다. 조그만 얼굴에 있는 눈은 아름답다고 하기에는 너무 컸고, 눈 밑에 있는 검은 그늘 때문에 한층 더 커다랗게 보였다. 그러나 그 눈 밑의 표정은 아무런 고생도 모르는 소녀 시절과 달라진 것이 없었다. 전쟁도, 끊임없는 고생도, 심한 노동도, 상냥하고 해맑은 표정 앞에서는 무력했던 것이다. 그것은 행복한 여성, 주위에 사납게 불어 대는 폭풍도 그녀의 생명 속에 있는 맑디맑은 마음을 조금도 어지럽힐 수가 없는 여성이 갖는 눈이었다.

어째서 저 사람은 언제나 저런 눈을 하고 있을 수가 있을까 하고 스카알렛은 시새우는 마음으로 그녀를 바라보면서 생각했다. 그녀는 자신의 눈이 때로는 굶주린 고양이처럼 된다니 어쩌니 하면서 되지 못한 소리를 한 적이 있었다. 아, 그렇다. 그렇다, 사실 그 눈은 촛불과 같았다. 어떤 바람에도 꺼지지 않도록 보호되고 있는 촛불, 다시 고향으로 돌아와서, 친구들에게 둘러싸여 행복에 빛나는 두 개의 부드러운 빛인 것이다.

조그만 집은 언제나 손님으로 붐볐다. 멜라니는 어릴 때부터 언제나 여러 사람들에게 귀염을 받았기 때문에 시의 사람들은 그녀가 고향으로 돌아온 것을 환영하여 모여들었다. 누구나 약간의 사기 그릇이라든가, 그림이라든가, 한두 개의 은 스푼이라든가, 린네르의 베갯잇, 냅킨, 값싼 깔개, 샤만군에게 빼앗기지 않도록 소중하게 감춰 두었던 자질구레한 물건들을 선물로 들고 찾아왔다. 그런 물건들은 지금의 자기들에게는 전혀 필요치 않다면서 두고 갔다.

그녀의 아버지와 함께 멕시코 전쟁에 나갔었던 노인들이 〈해밀턴 노대령의 귀여운 따님을 만나고 싶어한다는 손님을 데리고 찾아왔다. 그녀 어머니의 옛날 친구들도 그녀의 주위에 많이 모여 왔다. 왜냐하면, 멜라니는 손윗사람들을 소중하게 받들어 왔기 때문이고, 젊은 사람들이 예의 범절 등을 말끔히 잊어버리고 만 그런 거친 세상에 살고 있는 여걸들에게 있어서는 그것이 무척 기뻤던 것이다. 그녀와 같은 또래의 젊은 부인이나 어머니들이나 미망인들도 그녀를 사랑했다. 그것은 그녀가 자기들과 같은 괴로움을 맛보면서도, 조금도 비뚤어지자 않고, 그리고 언제나 그녀들의 이야기에 동정적으로 귀를 기울여 주었기 때문이다. 젊은 사람들은 또 젊은이대로 늘 찾아왔다. 그것은 다만, 멜라니의 집에 있으면 유쾌했고, 그리고 여기에 오면 만나고 싶은 친구들과도 만날 수 있었기 때문이다.

멜라니는 남의 비위를 건드리지 않고 자기를 내세우지 않는 인품이기 때문에, 순식간에 애틀랜타의 전쟁 전 사회에 남아 있던 가장 좋은 점을 대표하는 남녀 노소의 모임이 생겼다. 모두들 주머니는 가난했지만, 가문을 자랑하면서 최후까지 버티어낸 여러 방면의 사람들이었다. 그것은 마치 전쟁 때문에 흩어지고 파괴되고, 죽음 때문에 성글어지고, 변화 앞에 어쩔 바를 모르고 있었던 애틀랜타의 사회가, 그녀에게서 불굴의 핵심을 발견하고, 그것을 중심으로 다시금 그들의 사회를 만들어 내려고 하는 것 같았다.

멜라니는 나이는 비록 젊었지만, 이 전쟁에서 살아 남은 사람들이 존중하는 모든 미점——빈곤과, 빈곤을 자랑으로 아는 마음, 불평하지 않는 용기, 쾌활, 손님에 대한 따뜻한 대접, 친절, 특히 모든 전통에 대한 충성을 갖추고 있었다.

멜라니는 자기를 변화시키려고는 하지 않았다. 세상이 변했으니까 자신도 변해야만 한다는 이유를 인정하는 것마저 거부했다. 그녀의 집안에는 옛 시대가 다시 돌아온 것처럼 보였다. 사람들은 기운을 되찾고, 살벌한 생활, 탐욕스러운 뜨내기 정상배라든가, 신흥 재벌의 공화당원들을 휩쓸고 있는 사치에 극한 생활 풍조에 대하여 한층 경멸을 느끼고 있었다.

그녀의 싱싱한 얼굴을 물끄러미 바라보고 거기에 옛 시대에 대한 불굴의 충성을 발견하게 되면, 사람들은 짧은 순간이나마, 격분과 공포와 상심의 씨를 흩뿌리고 있는, 그들과 같은 계급의 배반자들을 잊을 수가 없었다. 그러한 사람들은 많았다. 훌륭한 가문의 남자들이 가난에 시달리다 못 하여 적의 군문에 무릎을 꿇고 공화당원이 되어서, 정복자에게서 지위를 얻어 그 덕분에 남의 적선에 매달려서 가족을 부양하는 것을 모면하고 있었다. 몇 해가 걸리든 기어코 내 힘으로 재산을 모아 보겠다는 용기가 없는 젊은 귀환자들도 있었다. 이 청년들은 레트 버틀러의 선창에 따라, 뜨내기 정상배들과 손을 잡고 옳지 못한 돈벌이를 꾀하고 있었다.

그 중에서도 가장 처치 곤란한 배반자들은, 애틀랜타에서도 가장 가문이 훌륭한 집안의 딸들이었다. 종전 뒤 어엿한 여자 구실을 할 만큼 자란 딸들이, 전쟁에 대해서도 어린 아이 같은 회상밖에 없었고, 어른들의 속을 끓게 하던 비통한 마음은 알지 못했다. 남편이나 애인을 잃는 일도 없었다. 과거의 재산이나 화려함을 생각해 내는 일은 거의 없었다. 게다가 북군 장교들은 매우 미남자였고 차림도 훌륭했으며, 그리고 무척 태평스러워 보였다. 그런데다가 그들은 호화스러운 무도회를 열고, 기막히게 좋은 말을 타고 다니면서, 무조건 남부의 처녀들을 숭배했다! 그들은 처녀들을 여왕처럼 떠받들고 그녀들의 상처받기 쉬운 긍지를 다칠세라 세심하게 마음을 쓰고 있었다. 그렇다면 장교들과 사귀어서 나쁜 것이 무엇이 있겠는가?

형편 없는 꼴에다 고지식하고, 놀 겨를도 없을 만큼 기를 쓰고 일만 하는 시의 촌스러운 청년들보다도 북군의 장교들은 훨씬 매력이 있었다. 그래서 북군 장교들과 눈이 맞아서 도망치는 처녀들이 많이 생겨서, 애틀랜타의 가정의 가슴을 아프게 하고 있었다. 거리에서 누이나 누이동생과 마주쳐도 말도 하지 않는 형제들도 있었고, 딸의 이름을 절대로 입 밖에 내지 않는 어머니와 아버지도 있었다. 이러한 비극을 생각하게 되면 〈절대로 항복 않는다〉고 표방하고 있던 사람들 혈관에는 싸늘한 공포가 지나갔다. 그리고, 그 공포는 멜라니의 상냥하고 의연한 얼굴을 보기만 해도 바람처럼 사라지고 마는 것이었다. 그녀는 여걸들이 말하는 것처럼 시의 젊은 처녀들의 극히 훌륭한, 극히 건전한 모범이었다. 게다가 그녀는 조금도 자기의 아름다운 점을 자랑하지 않기 때문에 젊은 처녀들의 반감을 사는 일도 없었다.

멜라니는 자기가 새로운 사회의 지도자가 되어 가고 있는 줄은 조금도 알지 못했다. 그녀는 다만 친절한 생각에서 사람들이 만나러 와 주고, 그들의 조그마한 바느질 모임이나, 코틸리언(정식 무도회에서 추는 복잡한 춤—역자주) 클럽이나, 음악회에 초대해 주는 것이라고만 생각하고 있었다. 애틀랜타는 옛날부터 다른 남부의 여러 도시에서 문화가 없는 도시라는 경멸적인 평을 듣고 있었다. 그럼에도 불구하고, 언제나 음악이 성행했고 아름다운 음악을 사랑하고 있었다. 그래서 지금은 음악에 대한 열광적인 흥미가 부활되고, 그리고 세상이 점점 고통스럽고 점점 험악해짐에 따라서 한층 더 강해져 갔다. 음악을 듣는 동안은 거리의 무례한 흑인도, 주둔군의 푸른 군복도 깨끗이 잊을 수가 있었다.

멜라니는 어느 틈엔가 새로 생긴 〈새터디 나이트 음악단〉의 회장이 되어 버린 데 대해서 약간 당황했다. 자기가 이런 지위에 추대된 것은, 어떤 사람의 노래에도——음치인 주제에 이중창을 하는 막클루아 자매의 노래에 피아노 반주를 할 수 있다는 것 외에는 짐작되는 일이 없었다.

회장으로 추대된 진정한 이유는, 멜라니가 외교적 수완을 발휘해서 〈부인 하프 악단〉, 〈남성 글리 클럽〉, 〈여성 만돌린과 기타 악단〉의 세 단체를 〈새터디 나이트 악단〉과 합병시켜, 그 덕분에 애틀랜타가 훌륭한 음악을 들을 수 있게 되었기 때문이다. 사실, 이 악단이 연주한 《보히미아의 처녀》는 뉴욕이나 뉴 올리안즈에서 들은 전문가들의 연주보다도 훨씬 뛰어나다고 많은 사람들의 평을 받았다. 그녀의 주선으로 〈부인 하프 악단〉이 합병되자 메리웨더 부인은, 미드 부인과 와이팅 부인을 보고, 무슨 일이 있더라도 멜라니를 악단의 회장으로 삼자는 말을 꺼냈다. 그 하프의 연주자들과 원만히 해나가는 이상, 멜라니는 누구보다도 잘 해나갈 수 있다고 메리웨더 부인은 주장했다. 부인 자신은 감리교회 합창대의 오르간을 치고 있었기 때문에, 오르간 연주자로서 하프라든가 하프 연주자에 대해서는 그다지 존경하지 않았던 것이다.

멜라니는 또 〈전몰자 묘지 미화 협회〉와 〈남부 동맹 미망인 고아 구원 바느질 모임〉의 간사직도 맡게 됐다. 이 새로운 명예직이 그녀에게 주어진 것은, 두 단체의 합동 집회가 열린 뒤였다. 이 집회는 처음부터 시비가 많았고, 결국은 큰 소란이 일어나서, 평생을 사귀어 온 우정의 인연도 산산이 흩어지는 것은 아닐까 하고 생각될 정도였다. 문제는 남군 병사들의 묘지 가까이에 있는 북군 병사의 무덤의 잡초를 뽑아 줄 것이냐 아니냐 하는 데서부터 시작했다. 바로 옆에 풀이 무성한 살풍경한 북군 병사의 무덤이 있어 가지고는, 부인들이 아무리 우리

편 전사자의 무덤을 미화하려 해도 헛일이라는 것이다. 그녀들의 꼭 낀 배스크 속에서 은근히 타고 있던 불은 금방 활활 타오르고, 두 단체는 적과 우리 편의 두 파로 갈라져서 맞섰다. 〈바느질 모임〉 쪽은 잡초를 뽑는 데 찬성을 하고, 〈미화 협회〉의 부인들은 정면으로 이에 반대했다.

미드 부인의 다음과 같이 말한 것은 후자의 견해를 표명한 것이었다.

「북군 병사의 무덤의 풀을 뽑아 준다고요? 나 같으면 이 센트만 받고도, 북군 병사의 무덤을 모조리 파다가 그놈들의 뼈를 시의 쓰레기장에다 내던져 버리겠어요!」

이 늠름한 목소리를 듣자, 두 단체는 일제히 일어서서, 저마다 의견을 말하고 있었으나 누구 한 사람 듣는 사람도 없었다. 이 집회는 메리웨더 부인의 객실에서 열렸었는데 부엌으로 쫓겨가 있던 메리웨더 할아버지가 뒤에 이야기한 것에 의하면, 그 싸움이야말로 프랭클린 전투에서 포문을 연 소총의 일제 사격 같았다고 하는 것이었다. 이어 할아버지는 이 부인들의 집회에 있는 것보다는 프랭클린 전투에 참가하는 편이 안전했을 것으로 생각한다고 덧붙였다.

멜라니는 어떻게 하였든지, 어쨌든 성이 나서 펄펄 뛰는 부인들의 한복판으로 나가서, 그 소란 속에 언제나 변함 없는 조용한 목소리를 울렸던 것이다. 펄펄 뛰는 부인들을 향하여 이야기하기가 너무나 무서워서 심장이 당장 목구멍으로 튀어 나올 것처럼 느껴졌다. 목소리는 부들부들 떨리고 있었으나, 그래도 소란이 가라앉을 때까지「여러분! 부탁이에요!」하고 계속 외쳤다.

「제가 말씀드리고 싶은 것은 훨씬 전부터 생각하고 있었던 일입니다만, 우리들을 풀 뽑기를 하는 것만이 아니라 꽃도 심어 주어야 한다고 생각합니다. 전……. 여러분들께서 어떻게 생각하시든 상관없읍니다. 찰즈의 무덤에 꽃을 가져갈 때마다, 저는 언제나 곁에 있는 이름도 모르는 북군 병사의 무덤에도 꽃을 조금 바치고 옵니다. 그, 그 무덤이 몹시 쓸쓸해 보이는걸요!」

전보다 더 큰 소리로 떠들기 시작했으나 이번에는 두 파가 한통속이 되어서 한 가지 말을 외쳤다.

「북군 병사의 무덤에? 어머나, 멜라니, 어쩌면 그런 짓을 했지!」「찰즈를 죽인 것은 그놈들이 아닌가 말이야!」「당신까지도 죽을 뻔했던 거예요!」「글쎄, 보우도 나와 있었다면 북군이 죽였을지도 몰라!」「그놈들은 타라를 태워버리려고 하지 않았느냐 말이야!」

멜라니는 여태까지 한 번도 경험하지 못한 반대의 압력에 짓눌릴 지경이 되어 간신히 의자 등받이를 잡고 몸을 지탱했다.

「오, 여러분!」하고 그녀는 호소하듯이 외쳤다. 「제발, 끝까지 들어 주세요! 제가 이 문제에 대해서 말할 자격이 없는 것은 알고 있어요. 제가 사랑하는 사람 중에 전사한 것은 찰즈뿐이니까요. 그리고 고맙게도 저는 찰즈가 있는 곳을 알고 있어요. 하지만 오늘, 여기 모이신 여러분 중에는 자기 아드님이나 바깥양반이나 오빠 동생 되는 분이 어디에 묻혀 있는지, 그것조차도 모르고 계시는 분이 많이 계셔요. 그리고…….」

그녀는 목이 메었다. 방안은 쥐죽은 듯이 고요했다.

미드 부인의 타는 듯한 눈이 점점 어두워져 있었다. 부인은 전투가 끝난 뒤, 다아시의 시체를 인수하려고 멀리 게티즈버그까지 갔었지만 어디에 묻혔는지 아무도 알지 못했다. 적지의 어디엔가 황급히 판 참호 속에라도 있을 것이다. 아런 부인의 입언저리도 떨리고 있었다. 부인의 남편과 오빠는 모건 부대가 오하이오 주에 대하여 계획했던 저 불운한 공격에 가담해 있었다. 북군 기병대가 쇄도했을 때에, 두 사람은 오하이오 강가에서 전사했다는 것이 그녀가 들은 마지막 소식이었다. 두 사람이 어디에 묻혀졌는지 끝내 알 수 없었던 것이다. 알리슨 부인의 아들은 북부의 포로 수용소에서 죽었다. 부인은 가난뱅이 중에서도 가난했기 때문에 시체를 인수하러 갈 수조차 없었다. 그 밖에도 전사자 명부에서 〈행방 불명, 전사 거의 확실〉이란 글귀를 읽은 사람이 많았다. 그리고 이 글귀야말로 출정하는 것을 전송한 남자들에 대하여 알 수 있었던 마지막 통지였던 것이다.

사람들은 다음과 같은 것을 이야기하는 눈빛으로 멜라니를 바라보고 있었다. 『어째서 당신은 그러한 상처를 다시 건드리는 거지? 그것은 영원히 나을 수 없는 상처, 어디에 묻혀 있는지 알 수 없는 상처인데 말이야.』

방안의 고요 속에 멜라니는 힘을 주어 이야기했다.

「그분들의 무덤은 어딘가 저 멀리 북쪽 땅에 있어요, 마치 북군 병사들의 무덤이 여기에 있는 것처럼. 아아, 만약 북쪽 여자들이, 무덤을 파헤치겠다는 소리를 들으면 얼마나 끔찍하게 생각되겠어요.」

미드 부인은 가냘프게 공포에 찬 신음 소리를 냈다.

「하지만 어느 분인가, 마음씨 고운 북쪽 여인이, 북쪽 여자들 중에도 반드시 마음 착한 사람이 더러 있다고 생각해요. 남에게 무슨 말을 듣든, 북쪽 여자는 모두 나쁘다는 그런 일은 있을 수 없다고 믿어요. 만약 그런 마음 착한 여자가 남군 병사의 무덤에 풀을 뽑고 꽃을 놓아 준다면, 비록 적일망정 우리들은 얼마나 고맙겠어요. 만약 찰즈가 북쪽에서 죽었다고 하더라도 누군가가 그런 일을 해주었다는 것을 알면 저는 얼마나 위로를 받을지 몰라요. 이런 말씀을 드려서, 여러분이 어떻게 생각하시든 전 하는 수 없어요.」 그녀의 목소리는 다시 어지러워졌다.「저는 양쪽 모임에서 빠지기로 하겠읍니다. 그리고 저는 북군 장병의 무덤에, 어느 것이고 눈에 띄는 대로 풀을 뽑고 꽃을 심어 주겠어요. 그리고 저는 누가 무슨 소리를 하든 이것만은 그만두지 않겠어요!」

이 마지막 반항의 소리와 함께, 멜라니는 왁 울음을 터뜨리고 비틀거리며 문간 쪽으로 가려고 했다.

그로부터 한 시간 뒤, 술집〈현대 아가씨〉에 남자답게 피난하고 있던 메리웨더 할아버지가 헨리 해밀턴 삼촌한테 이야기한 바에 의하면, 멜라니가 이렇게 말을 마치자 모두들 울면서 그녀를 끌어안았다. 그리고 화기 애애한 가운데 모임은 끝나고, 멜라니는 양쪽 단체의 간사로 추대되었다는 것이다.

「그래서 모두들 풀뽑기를 하기로 되었지. 괘씸하게도 돌리란 놈이,『할아버지는 그다지 볼일도 없으니까, 기꺼이 풀뽑기를 거들어 주시겠어요?』하면서 달라붙더란 말이야. 난 북군에게 아무런 원한도 없고, 아무래도 멜라니가 말하는 것이 옳다고 생각되는군. 그 삵괭이 같은 부인들이 잘못이야. 이러나저러나 이 나이에, 더군다나 산증(疝症)에 걸려 있는데, 풀뽑기를 하다니!」

멜라니는〈고아의 집〉의 부인 관리 위원도 되었고, 새로 생긴〈청년 도서 협회〉의 서적 수집에도 힘을 썼다. 한 달에 한 번, 아마튜어 극을 하고 있던 셰익스피어 극단〉까지도 애써 그녀를 끌어안았다. 너무 내성적인 그녀는 석유 램프의 각광을 받으면서 남 앞에 나설 용기는 없었으나, 달리 적당한 재료가 눈에 띄지 않으면 아무리 더러운 자루를 가지고서라도 의상을 만들어 주는 일쯤은 할 수가 있었다. 〈셰익스피어 독서회〉에서, 셰익스피어 작품만 읽을 것이 아니라 디킨즈나, 불워 리턴의 작품도 읽어야 한다는 결정적인 투표를 한 것도 그녀였다. 그러나 독서회 회원으로, 멜라니가 은근히 염려하고 있었던 젊은 건달 청년이 제안한 것처럼, 바이런 경의 시를 읽는 것에는 반대했다.

그해 여름이 끝나 갈 무렵에는, 밤마다 그녀의 조그맣고 희미한 등불이 비치는 집에는, 언제나 많은 손님들이 모여들었다. 모든 사람에게 돌아갈 만큼 의자가 없었기 때문에 부인들은 종종 현관 포치 계단에 걸터앉거나, 그 주위에 모인 사람들은 난간이나 나무 궤짝이나 아래의 잔디밭에 앉는 형편이었다. 풀 위에 앉은 손님이, 윌크스네에서 대접할 수 있는 유일한 성찬이라고 할 수 있는 차를 마시고 있는 것을 보고 이따금 스카알렛은, 어쩌면 멜라니는 자기가 가난한 것을 저다지도 부끄러워하는 기색도 없이 드러내 보이는 걸까, 하고 이상하게 생각했다. 스카알렛은 피티 고모네 집을 전쟁 전과 마찬가지로 꾸미고, 고급 포도주며, 쥴렙이며, 구운 햄이며, 차게 만든 사슴의 허릿살을 내놓을 수 있을 만큼 되기까지는 손님을, 특히 멜라니가 맞이하고 있는 그런 명사 손님을, 내집으로 청하지는 않겠다고 생각하고 있었다.

조지아 주의 영웅인 존 B 고오돈 장군도 종종 가족 동반으로 찾아왔다. 남부 동맹의 시인 성직자인 라이안 신부도 애틀랜타를 지날 때에는 반드시 찾아왔다. 그는 그 재치로써 모인 사람들을 반하게 했고, 청하기도 전에 자작시인 《리 장군의 칼》이며 불후의 명작이라고 할 수 있는 《정복당한 군기》를 읊어서 언제나 부인들을 울렸다. 남부 동맹의 부통령이었던 알렉스 스티븐즈도 시에 오면 반드시 찾아왔다. 그가 멜라니네 집에 와 있다는 이야기가 전해지면, 집 안은 금방 사람들로 꽉 들어차게 되고, 사람들은 몇 시간이고 이 병약한 사람의 낭랑한 목소리에 매혹되어 자리에서 일어나려 하지 않았다. 대개 십여 명의 아이들이 따라와서 양친 품에 안겨 졸린 듯이 꾸벅꾸벅하면서, 언제나의 취침 시간보다 훨씬 늦게까지 자지 않고 있었다. 아이들이 자란 뒤에, 위대한 부통령의 키스를 받았다든가, 남부의 대의의 지도를 도운 손과 악수한 적이 있다든가 하고 자랑할 수 있는 기회를 아이들에게 주고 싶다고 바라지 않는 부모는 한 사람도 없었다. 애틀랜타로 찾아온 명사는 누구든 반드시 윌크스네를 찾아와서, 가끔 하룻밤을 그 집에서 지냈다. 그 때문에 조그만 납작 지붕의 이 집은, 사람들로 꽉 들어 차서 인디어는 보우의 육아실로 되어 있는 조그만 방의 짚방석 위에서 자야만 했고, 딜시는 부랴부랴 뒤쪽 생울타리를 빠져 나가, 피티 고모네 쿠키한테 아침 식사에 쓸 달걀을 꾸어 오지 않으면 안 되었다. 그런데도 멜라니는, 내 집이 마치 훌륭한 저택이기라도 한 것처럼 그들을 살뜰하게 대접했다.

멜라니는 사람들이 닳아 빠진 소중한 군기 주위에 모여들듯이 자기 주위에 모여 있는 것이라고는 생각지 않았다. 그래서 미드 박사가 어느 즐거운 밤 《맥베드》의 일절을 당당하게 낭독하고 나서 그녀의 손에 키스하고는, 일찌기 〈우리의 영광된 남부의 대의〉에 대하여 연설한 그 음성으로 다음과 같은 의견을 말했을 때 멜라니는 놀라기도 하고 당황하기도 했었다.

「친애하는 멜라니 씨, 당신 댁에 찾아오는 것은 언제나 우리들의 특권이요 즐거움입니다. 그것은 당신이 또, 당신과 같은 부인들이 우리 모든 사람들의 중심이요, 우리에게 남겨진 모든 것의 중심이기 때문입니다. 북부 사람들은 남부의 남자로부터의 정기를 빼앗고, 젊은 여성에게는 웃음을 빼앗았읍니다. 북부 사람들은 우리들의 건강을 파괴했고, 생활을 뿌리째 뒤엎어 우리들의 습관을 흔들어 놓았읍니다. 북부 사람들은 우리들의 번영을 파괴하고 오십 년이나 뒷걸음질을 시켰으며, 대학에 들어가 있어야 할 청년이나 햇볕을 쬐며 쉬어야 할 노인의 어깨에, 너무나 무거운 짐을 지웠던 것입니다. 그러나 우리는 다시 일어났읍니다. 왜냐하면 우리에게는 그 토대로 될 당신들과 같은 중심이 있기 때문입니다. 그리고 그러한 마음이 있는 한, 북부 사람은 손을 쓸 수가 없는 것입니다!」

스카알렛은 피티 고모의 커다란 검은 숄로 가리고서도, 부른 배가 눈에 두드러져서 숨길 수가 없다고 생각될 무렵까지, 프랭크와 함께 뒤의 생울타리를 빠져 나와 멜라니네 포치에서 열리는 여름밤의 모임에 끼었다. 스카알렛은 언제나 밝은 데서 훨씬 떨어져서 앉아 있었다. 그렇게 그늘에 숨어 있으면 사람들의 눈에 뜨이지 않을 뿐더러, 누구에게도 눈치채이지 않고, 애실리의 얼굴을 마음껏 바라볼 수가 있었기 때문이었다.

그녀를 이 집으로 끌어당기는 것은 애실리뿐이었다. 사람들의 이야기는 따분하고 답답하기만 했기 때문이다. 이야기의 줄거리는 언제나 뻔한 것이었다. 맨처음에는 괴로운 생활에서 시작하여 다음은 정치 문제가 되고 마지막에는 반드시 전쟁으로 낙착되는 것이다. 부인들은 모든 물가가 비싼 것을 한탄하고, 신사들에게 생활이 편해질 시절이 과연 돌아올 것인가 하고 물었다. 그러면 무엇이든지 잘 알고 있는 신사들은, 언제고 반드시 돌아온다, 다만 그것은 시간 문제에 불과하다, 생활난을 겪는 시대 따위는 일시적인 것이라고 대답했다. 부인들은 신사들이 말하는 것은 거짓말이라고 알고 있었고, 신사들 쪽에서도 부인들이 자기들의 거짓말을 빤히 들여다보고 있는 줄 알고 있었다. 그런데도 신사들은 여전히 기꺼이 거짓말을 했고, 부인들은 그 거짓말을 그대로 받아들이는 척했다. 누구나 괴로운 시대가 언제까지나 사라지지 않는다는 것을 알고 있었다.

괴로운 생활 이야기가 일단락되면, 부인들은 점점 심해져 가는 흑인들의 교만이나 뜨내기 정장배들의 횡포나, 북군 병사들이 도처에서 활개치는 굴욕에 대해서 이야기했다. 그리고 신사들에게 물었다. 「당신들은 북부에서 어디까지나 철저하게 조지아를 재건하리라고 생각하시나요?」 그러면 신사들은 안심시키려는 것처럼 대답했다. 「재건은 당장이라도 끝나게 된다. 즉, 민주당원이 다시 투표를 하게 되면 금방 끝이 날 줄로 생각한다.」라고 하는 것이다. 부인들도 눈치가 빠르기 때문에, 그것이 어느 때쯤이냐고 묻거나 하지는 않는다. 이런 정치 이야기가 끝나면, 이번에는 전쟁 이야기가 나오게 되는 것이다.

전에 남부 동맹의 군인이었던 두 사람이 만나기만 하면, 어디서고 화제가 되는 것은 오직 하나밖에 없었고, 많은 사람들이 모이기만 하면 주고받는 이야기의 결론은, 처음부터 정신적으로 다시 한 번 싸워야 한다는 것으로 정해져 있었다. 그리고 〈만약에〉라는 말이 반드시 이야기 가운데 가장 중요한 역할을 하고 있었다.

「만약에 영국이 그때 남부의 입장을 인정하고 있었다면.」「만약에 대통령인 제프 데이비스가 목화를 전부 징발해서 봉쇄가 엄중해지기 전에 영국에 보냈었더라면.」「만약에 롱스트리트가 게티즈버그에서 명령에 복종했더라면.」「만약에 제프 슈튜어트가 리 장군이 그를 필요로 했울 때, 그 공격에 가담했더라면.」「만약에 일 년만 더 버티었더라면.」그리고 또 늘 하는 말은「만약에 존스톤 장군을 훗 장군과 교체하지 않았더라면.」이었고, 혹은「만약에 존스톤 장군이 아니라, 훗 장군에게 달턴의 지휘를 맡겼더라면.」이었다.

만약에 ! 만약에 ! 일찌기 보병, 기병, 포병이었던 패들이 사는 보람이 있었던 옛날을 회상하며, 이런 겨울의 쓸쓸한 저녁 무렵에, 그 몹시 뜨겁던 한여름 철을 상기하고, 고요한 저녁 어스름 속에서 이야기를 나누는 동안에 그들은 옛날의 생기 있는 흥분을 되찾고, 낮고 느릿한 이야기 소리도 차츰 빨라져 가는 것이었다.

『모두들 다른 이야기는 조금도 하지 않는단 말야.』하고 스카알렛은 생각했다. 『전쟁 이야기뿐이야. 언제나 전쟁 이야기로 정해져 있어. 앞으로도 아마 전쟁 이야기밖에는 하지 않을 거야. 아니, 죽을 때까지 그럴 게 뻔해.』

그녀는 주위를 둘러보면서, 어린 사내아이들이 아버지 팔에 안겨서 숨을 할딱거리고 눈을 반짝이면서, 한밤중에 일어난 일이며 맹렬한 기병의 돌격이며 적진의 흉벽(胸壁)에 군기를 꽂은 이야기들을 열심히 듣고 있는 것을 보았다. 아이들은 북소리와 나팔 소리를 듣고, 돌격의 함성을 듣고, 다리를 다친 병사들이 축 늘어진 너덜너덜한 군기를 들고 빗속을 진군하는 광경을 머리 속에 그려 보고 있었다.

『그리고 이 아이들도, 역시 다른 것은 아무 것도 이야기하지 않게 되겠지. 북군과 싸워서 소경이 되거나 불구자가 되어서 고향으로 돌아오는 것이, 혹은 전사하는 것이, 장렬하고 명예로운 일이라고 생각하게 되겠지. 아이들은 모두 즐겨 전쟁을 기억에 남기고, 그 이야기를 하게 되겠지. 그러나 나는 그런 것은 싫다. 전쟁 따위는 생각만 해도 싫다. 될 수 있으면 그런 일은 깨끗이 잊고 싶다. 오오, 정말 잊을 수만 있다면 !』

멜라니가 타라의 이야기를 하고, 스카알렛을 여장부로 만들어, 그녀가 침입자와 맞서서 찰즈의 군도를 되찾고, 어떻게 해서 불을 껐는가를 자랑하는 것을 들으면, 그때마다 온 몸이 근질근질했다. 스카알렛은 이 사건을 회상할 때마다 불쾌해지고 자랑 같은 것을 전혀 느낄 수 없었다. 이 일은 조금도 생각하고 싶지 않았던 것이다.

『아아, 왜 모두들 잊지를 못 하는 것일까. 어째서 지나간 일 따위를 돌아보지 말고, 앞만 보지 못하는 것일까. 그런 전쟁을 하다니, 우리들은 바보였던 거야. 전쟁을 한시라도 빨리 잊어버리면 그만큼 우리들은 행복해질 텐데.」

그러나 그녀 이외에는 아무도 잊고 싶어하지 않는 것 같았다. 그래서 스카알렛은 멜라니에게, 비록 어두운 곳일지라도 남에게 모습을 내놓기가 겁이 난다고, 거짓 없이 말할 수 있었을 때에는 저도 모르게 마음이 놓였다. 이 설명은 아이를 낳는 문제라면, 무슨 일에도 몹시 신경 과민이 되어 있는 멜라니에게는 곧 짐작이 갔다. 멜라니는 아이를 하나 더 갖고 싶어했지만, 미드 의사도 폰텐의사도 이번에 아기를 낳으면 그녀의 생명을 잃게 된다고 말하고 있었다. 그래서 자기의 운명에 대하여 거의 체념해 버린 그녀는, 자기가 임신한 것도 아닌데, 자신의 일처럼 기뻐하면서 거의 스카알렛에게 붙어다니는 형편이었다. 스카알렛은 지금 뱃속에 있는 아이도 갖고 싶은 생각이 없었고, 게다가 출산 시기가 나빠서 짜증스럽기만 해서 멜라니의 그와 같은 태도가 감상적인 어리석은 짓으로 생각되었다. 그러면서도 의사의 명령으로, 애실리와 그 아내와의 사이에논 진정한 부부 관계를 가질 수 없게 된 데 대하여 뒤가 켕기는 야릇한 기쁨을 품고 있었다.

스카알렛은 지금 애실리와 늘 만나고 있었으나, 그래도 단 둘이 만난 적은 한 번도 없었다. 애실리는 매일 밤 공장에서 돌아오는 길에 들러서 그 날 일을 보고 했지만 프랭크와 피티 고모가 언제나 그 자리에 있었고, 더 형편이 나쁠 때에는 멜라니와 인디어까지도 함께 있었다. 그래서 그녀는 사무적인 이야기를 듣고, 자기 생각을 전하는 것이 고작이었다. 그러고는 다만 「일부러 오시느라고 수고가 많으셨어요. 그럼 안녕히 주무세요.」 하고 말하는 것이었다.

아이를 낳는 일만 없었더라면 ! 하느님이 주신 절호의 기회에, 매일 아침 그와 함께 마차를 타고 공장으로 갈 수가 있을 터인데. 귀찮은 사람들의 눈을 피해서 그 호젓한 숲을 빠져 나가면, 전쟁 전의 평화로왔던 무렵의 시골로 되돌아간 것 같은 마음이 들련만.

아니, 그러나 그녀는 단 한마디도 그에게 사랑의 말을 시키려고는 하지 않을 것이다. 사랑 따위는 조금도 입 밖에 내지 않을 것이다. 두 번 다시 그와 단 둘이 있게 되면, 틀림없이 애실리는 애틀랜타에 온 뒤로 쓰고 있는 그 정떨어지는 예의바른 가면을 벗어 던질지도 모른다. 혹시 어쩌면 다시 옛날의 그로, 바베큐의 모임이 있기 전부터 알았던 애실리로, 사랑의 말 같은 것을 한마디도 두 사람 사이에 주고받지 못했을 무렵의 그로 돌아갈지도 모른다. 비록 애인 사이는 될 수 없을지라도, 다시 한 번 친구 사이가 될 수는 있겠지. 그렇게 되면, 그녀의 차가운 고독한 마음도, 그의 뜨거운 우정에 감싸여서 따뜻해지겠지. 『이 아이를 낳고 완전히 몸이 그 전처럼 되면.』하고, 그녀는 초조하게 생각하는 것이었다. 『그렇게 되면, 매일 그와 함께 마차를 타고 이야기를 할 수가 있는 것이다.』

집에 틀어박혀서 도무지 안타까와서 견디지 못하고 몸부림치고 있는 것은, 단순히 애실리와 단 둘이 되고 싶은 생각 때문만은 아녀었다. 공장 쪽에도 그녀가 필요했기 때문이다. 공장은 그녀가 사실상 감독을 그만두고, 휴와 애실리에게 관리를 맡긴 이래로 줄곧 결손만 보고 있었던 것이다.

휴는 무척 애를 쓰고 일했지만 말할 수 없이 무능했다. 홍정도 서툴렀지만 일을 감독하는 것은 더욱 서툴렀다. 누구한테나 값을 따지는 데 있어서는 감쪽같이 속기만 했다. 말주변이 좋은 청부업자가, 이 재목은 품질이 나빠서 정한 값을 받을 만한 물건이 못 된다고 하면, 신사인 만큼 사과하고 값을 내리는 수밖에 없다고 생각해 버리는 것이다. 천 피트의 마루 판자감 값으로 그가 받은 금액을 듣자, 그녀는 화가 치밀어서 울음을 터뜨리고 말았다. 공장에서 여태까지 제재한 것 중에서도 가장 좋은 판자임인데, 그가 그것을 형편 없는 헐값으로 팔아 버린 것이다. 그것만이 아니라 그가 노동자들을 잘 구슬려 놓지도 못 했다. 흑인들은 날마다 임금을 지불하라고 요구했다. 그리고 가끔 그 임금을 모두 마셔 버리고는, 취해서 다음날은 공장에도 나오지 않는 것이다. 이럴 경우 휴는 하는 수 없이 달리 인부를 그러모아야 했고, 그 때문에 공장 일이 시작되는 것도 늦어지기가 일쑤였다. 이런 애로가 있기 때문에, 휴는 며칠씩이나 계속해서 시내로 재목을 팔러 가지를 못 했다.

휴의 손가락 사이로 이익이 줄줄 새어나가는 것을 보고, 스카알렛은 자기의 무력과 그의 무능에 머리가 돌 지경이었다. 해산을 하고 나서 전처럼 활동할 수 있게 되면 당장 휴를 내보내고 다른 관리인을 두리라고 생각했다. 누구를 데려오든지 휴보다는 나을 것 같았다. 그리고 다시는 해방된 흑인에게 골탕을 먹지 않아야겠다. 걸핏하면 일을 쉬는 해방된 흑인을 상대해 갖고는, 변변한 일은 아무것도 할 수 없을 것이다.

「프랭크.」하고 그녀는 말했다. 없어진 노동자 때문에 휴와 심한 언쟁을 하고 난 뒤의 일이었다. 「전 죄수를 데려다가 공장에서 일을 시킬까 하고 생각하고 있어요. 일전에 토미 웰번네서 감독을 하고 있는 조니 캘리거에게 검둥이가 일을 하지 않아서 도무지 일이 진척이 안 돼서 곤란하다는 이야기를 했더니, 그 사람이 어째서 죄수들을 고용하지 않느냐고 말하더군요. 과연 그건 좋은 생각이구나 싶었어요. 마치 공것처럼 싼 임금으로 데려올 수 있고, 식비도 무척 싸게 먹히게 된다는 거예요. 그리고 이쪽 마음대로 죄수들을 부려도, 노예 해방국으로부터 호박벌들이 밀려와서 호된 꼴을 당하는 일도 없거니와, 자기들의 일도 아닌데, 까다로운 소리를 하러 오는 일도 없대요. 그러니까 조니 갤리거와 토미와의 계약 기간이 끝나면 곧 조니를 데려다가 휴가 하는 공장을 맡기려 해요. 조니는 그 수많은 아일랜드의 난폭한 사람들을 턱으로 부리고 있으니까 틀림없이 죄수들을 부려서 부쩍 성적을 올릴 거라고 생각해요.」

죄수! 프랭크는 말도 나오지 않았다. 죄수들을 데려온다는 것은 스카알렛이 여태까지 제안한 여러 가지 난폭한 계획 중에서 가장 지독한 것이었다. 술집을 세우겠다는 생각보다도 더 나빴다.

이것은 적어도, 프랭크와 그가 들어 있는 보수파 사람들에게 있어서는 매우 나쁜 일로 생각되었다. 죄수를 고용한다는 것은, 전쟁 뒤 주(州)가 가난해졌기 때문에 생긴 새로운 제도였다. 죄수를 먹여낼 수 없게 되자, 주정부는 철도 건설이라든가, 테레빈 유(油) 채취림이라든가, 삼림 벌채 사업지 같은 많은 노동자가 필요한 곳에, 죄수들을 빌려 주고 있었던 것이다. 프랭크나, 그의 얌전한 신앙심 깊은 친구들도 이 제도가 부득이하다는 것은 인정했으나, 그래도 한심한 일이라고 개탄하곤 했었다. 그들 대다수는 노예 제도를 좋다고 생각하지 않았기 때문에, 이것을 지난날의 노예 제도보다도 훨씬 나쁜 것이라고 생각하고 있었던 것이다.

그런데도 불구하고 스카알렛은 죄수를 고용하고 싶다는 것이다. 만약 그녀가 그런 짓을 한다면 자기는 두 번 다시 세상에 머리를 들 수 없게 된다고 프랭크는 생각했다. 이것은 그녀가 공장을 갖고 자신이 경영하는 것보다도, 또는 지금까지 그녀가 한 어떤 일보다도 훨씬 나쁘다. 그의 여태까지의 반대는 언제나 〈세상 사람들이 뭐라고 하겠는가?〉 하는 질문이 따르게 마련이었다. 그러나 이번 만큼의 일은 이번만은 세상 사람의 의견을 두려워하는 것보다도 더 심각했다. 그것은 매춘이나 다름 없는 인신 매매다. 만약 그녀에게 이것을 허락한다면, 자기 영혼에 대해서 죄악을 범하게 되는 것이라고 느꼈다.

이러한 불굴의 신념에서 프랭크는 용기를 돋우어, 스카알렛이 그런 일을 하는 것을 단호하게 막았다. 그의 어조가 너무나 강했기 때문에 그녀는 깜짝 놀라서 입을 다물어 버렸다. 마지막에는 그를 달래기 위하여 진심으로 그럴 생각은 아니었다고 온순하게 말했다. 단지 휴와 해방된 흑인들에게 너무나 골탕을 먹었기 때문에 분통이 터진 거라고 했다. 그래도 마음 속으로는 그런 생각을 버리지 못하고 해 보고 싶은 생각이 꽤 강했다. 죄수를 쓰면 자기의 가장 어려운 문제 하나가 해결되는 것이다. 그러나 프랭크가 저토록 야단을 친다면……

그녀는 한숨을 쉬었다. 공장 어느 한 쪽만이라도 이익을 본다면 참을 수도 있을 것이다. 그러나 애실리가 하는 공장도 휴가 하는 공장이나 큰 차이가 없었다.

맨 처음 스카알렛은 애실리가 좀처럼 일을 터득하지 못하고, 그녀가 할 때의 두 곱의 이익을 올려 주지 못하는 데에 대해서 한편 놀라기도 하고 한편 실망하기도 했다. 그는 머리가 퍽 영리하고 책도 많이 읽었으니까, 굉장한 성공을 거두어서 듬뿍 이익을 올릴 것이라고 생각하고 있었다. 그런데 성적은 휴와 별로 다를 바가 없었다. 경험이 없는 데다가 실수와 장사에 대한 재치가 전혀 없고, 절박한 거래를 할 경우의 융통성이 없는 점 등은 휴와 다를 바가 없었다.

애실리를 사랑하고 있는 스카알렛의 마음은, 곧 그를 두둔할 구실을 찾아내어, 두 사람을 나란히 놓고 생각하지는 않았다. 휴는 어떻게도 해 볼 수 없는 바보이지만, 애실리는 다만 장사에 익숙하지 못한 것뿐인 것이다. 그래도, 애실리는 자기처럼 재빠르게 머리 속에서 견적을 뽑아 틀림없는 값을 매기고 하는 일은 제대로 못 하는 것이 아닐까 하고 그만 걱정이 되는 것이었다. 또 때로는 그가 마루 판자와 토대 판자를 구별할 수 있을까 하고 의심해 보기도 했다. 게다가 그는 신사이고 본성이 정직하기 때문에, 찾아오는 악당들을 모두 믿으려 들었다. 그 때문에 만약 그녀가 적당히 말참견을 하지 않았더라면, 몇 번이나 손해를 보았을지 모르는 일이었다. 또 그는 남에게 호의를 가지면 그것이 또 무턱대고 아무에게나 호의를 갖는 모양이었다 ! 상대방이 은행에 돈을 가지고 있는지, 재산이라도 있는지 알아보려고도 하지 않고, 외상으로 자꾸 재목을 마구 팔아 버리는 것이었다. 그 점에서는 그는 프랭크와 마찬가지로 정말 골칫거리였다.

그러나 그도 인제 틀림없이 장사를 터득하게 되겠지 ! 터득할 때까지만이라고 생각하고 그녀는 그의 실수에 대해서 상냥한 어머니처럼 굴면서 참았다. 매일 밤 그가 지쳐서 맥이 풀려 들르면, 그녀는 싫증도 내지 않고 솜씨 있게 유리한 지시를 했다. 그러나 아무리 격려하고 기운을 복돋우어 주어도, 그의 눈은 이상하게 생기 없는 표정이 깃들어 있었다. 그녀에게는 그것이 무엇인지 알 수가 없어서 무서운 생각이 들었다. 그는 사람이 달라져 버린 것이다. 전과는 딴 사람처럼 변해 버린 것이다. 그와 단둘이서 만날 수만 있다면 틀림없이 그 까닭을 알 수 있을 터인데.

이런 형편이었기 때문에 그녀에게는 잠을 못 이루는 밤이 많았다. 애실리가 마음에 걸려서 견딜 수가 없었다. 그것은 그가 행복하지 못한 것을 알고 있기 때문이었고, 또 그 행복하지 못한 점이 그를 훌륭한 재목상을 만드는 데 도움이 되지 않는다는 것이기 때문이다. 휴나 애실리 정도밖에 장사 솜씨가 없는 두 사나이에게, 공장을 맡겨 두는 것도 여간 고통이 아니었다. 그녀가 여태까지 악착같이 일하여 자기가 활동하지 못할 이 몇 달 동안을 대비해서 지극히 신중하게 계획을 세워 진행했는데, 경쟁 상대자들에게 뻔히 알면서 가장 좋은 단골 손님들을 빼앗기는 것을 보면, 가슴이 터질 것만 같은 기분이었다. 아아, 다시 일을 하게만 되면! 애실리의 손을 잡고 차근차근 가르쳐 줄 수 있다. 그러면 그도 틀림없이 알게 될 것이다. 그리고 조니 캘리거에게 다른 쪽 공장을 맡기고, 자기가 판매 일을 맡게 되면 모든 것이 잘 돼나갈 것이다. 만약 휴가 계속해서 그대로 일하고 싶다고 하면 운반차의 마부라도 하게 해야겠다. 그 사나이가 할 수 있는 일은 그 정도가 고작이다.

물론 갤리거는 머리는 잘 돌아가지만 뻔뻔스러운 데가 있는 것 같다. 그러나 달리 사람이 없잖은가. 머리가 좋고 정직한 다른 패들은 왜 그렇게 완강하게 자기를 위해서 일하기를 싫어하는 것일까. 그들 중 한 사람이라도 지금, 휴를 대신해서 일해 준다면 그리 걱정할 것도 없으련만!

토미 웰번은 등이 병신인데도, 시내에서 가장 바쁜 청부업자로서 듬뿍 돈을 벌었다는 소문이 났다. 메리웨더 부인과 르네도 장사가 잘 되어서 시내에다 빵가게를 차렸다. 르네는 제법 프랑스 사람답게 무척 야무지게 가게를 잘 관리해 가고 있었다. 메리웨더 할아버지는 난로 구석에서 떠나게 되는 것이 좋아서, 르네 대신 파이의 짐마차를 타고 돌아다니고 있었다. 시몬즈 형제도 무척 바빠서, 하루 세 번씩이나 교대하면서 벽돌구이를 하고 있었다. 또 캘즈 와이팅도 고수머리를 펴는 약으로 돈을 벌고 있었다. 그도 그럴 것이 흑인들에게 고수머리는 공화당에 투표할 수 없게 될지도 모른다고 선전하고 있었기 때문이다.

그 밖에 그녀가 알고 있는 영리한 청년들은, 의사건 변호사건 상점 주인이건 모두들 마찬가지로 잘 해내고 있었다. 전쟁 직후의 그들을 사로잡고 있었던 허탈 상태가 깨끗이 없어져 버리고, 자기들의 재산을 만들기에 바빠서 그녀의 재산 만들기를 거들어 줄 마음이 생기지 않았던 것이다. 바쁘지 않은 남자라면 휴와 같은 형의, 또는 애실리와 같은 형의 남자뿐이었다.

장사를 하면서, 게다가 아이까지 낳아야 하다니 얼마나 귀찮은 일인가.

『이제 다시는 아기 따위는 안 가질 테다.』하고, 그녀는 굳게 결심했다. 『다른 여자처럼 연년생으로 낳지는 않을 테다. 지겹다. 그러다가는 일 년 중 여섯 달은 공장에서 떨어져 있어야 한다. 그리고 지금 깨닫고 보니, 단 하루도 공장에서 떠나 있을 수 없다는 것을 절실하게 알게 됐다. 나도 이젠 아이는 낳지 않겠다고, 프랭크에게 똑똑히 말해야지.』

프랭크는 아이들을 많이 두고 싶어하지만, 그 점은 어떻게 프랭크를 잘 다루어 나가면 된다. 그녀의 결심은 섰다. 이번만 낳고는 다시는 아이를 낳지 않을 테다. 공장 쪽이 더 소중한 것이다.

42

　스카알렛의 아기는 계집아이였다. 조그맣고, 머리에 털이 하나도 없어서 마치 털 없는 원숭이처럼 보기 싫은 데다가, 끔찍이도 프랭크를 닮았다. 아기가 귀여워서 견디지 못 하는 아버지 외에는 누구의 눈에도 그 아이가 예쁘게 보이지 않았다. 그러나 이웃 사람들은 아무리 보기 싫은 아이라도 자라나면 모두 예뻐지게 되는 법이라고 말해 주는 정도의 인정미는 가지고 있었다. 그 아이는 엘라 로레나라고 이름을 지었다. 엘라는 할머니 엘렌에서 따온 것이었다. 로레나는 때마침 사내아이들의 이름에 로버트 E 리라든가, 철벽 장군 잭슨이라든가가 인기가 있고, 또 흑인의 아이들에게는 에이브러함(논예 해방이라는 뜻—역자주)이라든가 하는 이름이 인기가 있었던 것과 마찬가지로 그 무렵의 계집아이 이름으로 가장 유행되고 있었기 때문이다.

　아기가 태어난 것은, 애틀랜타가 미칠 것 같은 흥분 속에 싸이고, 재난의 예감으로 시의 공기가 긴장되어 있던 일 주일 동안 한창 술렁거릴 무렵이었다. 백인 여자를 강간했다고 자랑스럽게 떠벌리던 한 흑인이 체포되었는데, 재판에 회부되기 전에 그 감옥이 큐 클럭스 클랜단의 습격을 받고, 흑인은 아무도 모르게 교살당했다. 클랜단의 행동은 아직 이름이 밝혀지지 않은 피해자가 공공연하게 법정에 나가서 증언을 강요당하게 되는 것을 구하기 위해서였다. 대중 앞에 나와서 그녀의 부끄러움을 뭇사람 앞에 드러내야 할 바엔, 아버지나 형제들은 그녀를 쏘아죽이고 말았을 것이다. 그래서 흑인을 사형한 것은 시중 사람들로 볼 때에는 도리에 맞는 해결 방법이었고, 사실 유일한 인정 있는 해결 방법이었던 것이다. 그러나 군 당국은 격노했다. 당국으로서는 그 처녀가 공중 앞에서 증언하기를 꺼릴 이유가 없기 때문이다.

　비록 애틀랜타 안에 있는 백인 남자들을 모조리 감옥에 집어 넣는 한이 있더라도, 클랜 단원을 일소하겠다고 맹세하고, 병사들은 닥치는 대로 시민을 체포했다. 흑인은 겁을 먹고 음울한 표정으로 복수의 방화(放火)에 대하여 투덜거렸다. 군 당국은 대규모의 교수형을 감행해서라도 범죄자 일당을 찾아내고 말 것이라느니, 흑인이 단결해서 백인에 대하여 폭동을 일으킬 것이라느니 하는 소문들이 파다하게 돌았다. 시민들은 문에 자물쇠를 채우고, 창 덧문을 내리고 집안에 틀어박혀 있었다. 남자들은 불안해서 여자와 아이들을 아무런 보호도 없이 두고 일하러 나갈 수는 없었다.

스카알렛은 쇠약한 몸을 침대에 누이고, 애실리가 클랜단에 가입할 만큼 무분별한 사람이 아니라는 것, 또 프랭크가 나이도 들고 패기가 없는 것을, 힘없이 마음 속으로 하느님께 감사했다. 당장이라도 북군이 밀어닥쳐서, 두 사람을 체포할지도 모르게 된다면 얼마나 무서운 일인가! 어째서 또 클랜단의 미치광이 같은 젊은 바보들은 공연한 참견을 해서 이토록 북군을 성나게 해버렸단 말인가? 어쩌면 그 처녀는 폭행 같은 것은 전혀 당하지 않았을지도 모른다. 아마 바보 같은 공포심에 쫓겼을 뿐일 것이다. 그런데도, 그 때문에 많은 남자들이 생명을 잃게 될지도 모르는 것이다.

화약통을 향하여 심지가 바작바작 타들어가는 것을 지켜보고 있는 것 같은, 신경이 긴장될 대로 긴장된 분위기 속에서 스카알렛은 점점 체력을 회복해 갔다. 타라의 고난 시대를 겪어낸 강건한 강인성이, 지금은 크게 도움이 되어서 엘라 로레나가 태어나서 이 주일도 채 못 되는데 마루 위에 일어나 앉을 수 있을 만큼 회복되어 가만히 있기도 갑갑했다. 삼 주일이 지나자, 일어나서 아무래도 공장을 보러 가야겠다고 했다. 애실리와 휴도 가족을 온종일 내버려두는 것이 걱정되어서, 공장은 휴업 상태로 되어 있었다.

그리고 충돌이 생겼다.

새로 아버지가 된 자랑으로 차 있는 프랭크는 용기를 내어 이런 위험한 상태 속에서 외출하면 안 된다고 스카알렛을 말렸다. 만약 그가 스카알렛의 말과 마차를 삯마차 집에 맡겨 놓고 자기 이외의 사람은 누가 오든지 내주지 말라고 일러 두지 않았더라면, 그녀는 프랭크의 명령 따위는 조금도 무서워하지 않고, 서슴지 않고 일하러 나갔을지도 모른다. 게다가 더욱 난처한 것은 그와 마미가, 그녀가 해산하고 누워 있는 동안에 온 집안을 샅샅이 뒤져 숨겨 둔 돈을 찾아내서, 프랭크가 자기 이름으로 은행에 맡겨 버린 것이었다. 그 때문에 지금은 삯마차를 빌 수도 없었다.

스카알렛은 프랭크와 마미에게 마구 앙탈을 했다. 다음에는 빌붙어 사정을 해보기도 했다. 그래도 안 되자 마지막에는 틀어진 떼장이처럼 오전중 내내 울며 지냈다. 그러나 그처럼 애를 썼는데도 불구하고 그녀가 그들로부터 들은 것은 오직 다음과 같은 말뿐이었다.

「원 당신도, 마치 토라진 계집아이 같구려.」 그리고 「스카알렛 아씨, 그렇게 언제까지나 울음을 안 그치면 젖이 시어져서 아기가 배탈이 납니다요, 정말이와요.」

  몹시 분개한 스카알렛은, 볼이 잔뜩 부어서 뒷마당을 빠져 나가 멜라니네로 가서, 거기서 목청껏 다음과 같은 소리를 지껄여 대며 울분을 터뜨렸다. 「나는 걸어서라도 공장에 나갈테야. 애틀랜타를 두루 돌아다니면서 내 남편은 나쁜 놈이라고 떠들어 댈 테야. 응석받이 철부지 아이 같은 취급을 당하는 것은 더 이상 참을 수 없어. 권총을 들고 다니면서 나를 위협하는 놈은 어떤 놈이고 쏘아 버릴 테야. 그리고 또……」 무서워서 현관 포치에도 나가지 못했던 멜라니는 이렇게 위협을 당하자 기가 질리고 말았다.

  「아이구, 그런 위험한 짓을 해서는 안 돼요! 언니에게 만약의 사고라도 생긴다면, 난 죽어 버릴 테야! 제발 부탁이에요!」

  「난 갈 테야! 기어코 갈 테야! 걸어서라도 가서……」

  멜라니는 물끄러미 그녀를 바라보며, 이것은 해산 때문에 아직 몸이 쇠약해 있는 여자의 히스테리가 아니라는 것을 알았다. 스카알렛의 얼굴에는, 제랄드 오하라가 결심을 굳혔을 때에 곧잘 그 얼굴에 나타나 있었던 것과 같은, 그 위험하기 짝이 없는 무모한 결의가 나타나 있었다. 그녀는 스카알렛의 허리를 꼭 끌어안았다.

  「언니처럼 용기가 없어서, 애실리를 노상 집에만 붙들어 두고 공장에 내보내지 않은 것은 모두가 내 잘못이었어요. 네, 스카알렛! 저는 그런 바보예요! 전, 애실리에게 난 조금도 무섭지 않다고 말하겠어요. 그리고 저는, 언니나 피티 고모네에 가 있겠어요. 그러면 애실리는 일하러 나가게 될 거 아니겠어요? 그리고……」

  아무리 스카알렛이지만, 애실리가 이런 시끄러운 속에서 혼자 해나갈 수 있으리라고는 생각하지 않았다. 그녀는 외쳤다. 「절대로 그런 짓을 해서는 안 돼! 애실리가 노상 식구들 걱정만 하고 있으면, 일을 한댔자 나을 게 하나도 없잖아. 모두 몹시 미워! 피터 할아범까지 나하고 같이 가는 건 싫다는 거야! 그래도 난 상관없어! 혼자서 갈 테야. 내 발로 걸어가서 어디서든 검둥이 인부를 찾아낼 테야!」

  「아이구 안 돼요! 그러면 못 써요! 어떤 끔찍한 변을 당할지 모른단 말예요. 디케이터 거리의 샨티타운 부락에는 못된 흑인들이 꽉 차 있다잖아요. 그런데 언니는 바로 그 옆을 지나가지 않으면 안 되는 거예요. 제게 맡겨 주어요, 네? 오늘은 아무 일도 않겠다고 약속해 주세요. 그러면 제가 어떻게 생각해 보겠어요. 바로 집으로 가서 눕겠다고 약속해 줘요. 언닌 무척 파리해 보여. 저하고 약속해요.」

너무나 화를 냈기 때문에, 맥이 탁 풀려서 아무것도 할 생각이 나지 않았기 때문에 스카알렛은 마지못해서 멜라니와 약속하고 집으로 돌아왔으나, 집안 사람들이 화해할 눈치를 보여도 싹 외면을 했다.

그 날 오후, 알지 못하는 남자가 멜라니네 생울타리를 빠져서 피티 고모네 뒤뜰로 들어왔다. 분명히 그는 마미와 딜시가 말하던 〈멜라니 아씨가 거리에서 데려다가 지하실에 묵게 해준 하충민(下層民)〉의 한 사람임이 틀림없었다.

멜라니의 집에는 전에 하인들의 거실과 술광으로 쓰고 있던 방이 세 개 있는 지하실이 있었다. 지금은 그 방 하나를 딜시가 쓰고, 다른 두 개는 언제나 처참한 누더기를 입은 떠돌이들이 드나들면서 쓰고 있었다. 그들이 어디서 와서 어디로 가는지 멜라니 외에는 아무도 몰랐으며, 어디서 그녀가 데려오는지도 몰랐다. 아마 마미나 딜시가 말하듯이 거리에서 데려오는 것일 것이다. 그러나 위대한 사람들이나 높은 사람들이 그녀의 조그만 객실로 끌려들 듯이, 불행한 사람들도 식사와 잠자리가 주어지고, 그 위에 도시락까지 싸서 주는 그녀의 지하실로 기꺼이 찾아오는 것이다. 지하실에 묵는 사람은 대개가 난폭하고 무식한 남군의 병사 출신이거나 일자리를 구하려고 각지를 돌아다니는 무숙자거나, 가족이 없는 사람들이었다.

머리카락이 더부룩하고, 말이 없고 걸신들린 아이들을 데리고, 새까맣고 말라 빠진 시골 여자가 그곳에서 하룻밤을 묵어 가는 일도 드물지 않았다. 여자들은 전쟁 때문에 과부가 되고, 밭을 잃고, 뿔뿔이 흩어져서 간 곳을 모르게 된 친척들을 찾고 있었다. 때로는 영어도 변변히 못 하는, 혹은 전혀 못 하는 외국 사람이 묵게 되어, 이웃 사람들을 분개하게 만드는 일도 있었다. 그런 사람들은 남쪽으로 가면 문제없이 한 밑천 장만할 수 있다는 그럴 듯한 이야기에 매혹되어서 찾아온 것이었다. 한 번은 공화당원이 묵어 간 일도 있었다. 적어도 마미가 우기는 말에 의하면, 그는 공화당원이라는 것이다. 그녀는, 말이 방울뱀을 찾아내듯이 공화당원을 구별해 낼 수 있다는 것이다. 그러나 마미의 말을 곧이듣는 사람은 한 사람도 없었다. 아무리 인정이 많은 멜라니라도 한계가 있는 것이라는 사람들의 의견이었다. 적어도 그렇기를 사람들은 바라고 있었다.

갓난아이를 무릎 위에 안고, 십일월의 엷은 햇볕을 쬐면서, 옆쪽 포치에 앉아 있던 스카알렛은 그렇다, 저 사나이는 멜라니네에 있는 절름발이 중의 하나이다. 게다가 진짜 절름발이로구나 하고 생각했다.

뒤뜰을 지나 다가오는 그 사나이는, 윌 벤틴과 마찬가지로 나무 의족으로 절름거리면서 걸어왔다. 키가 크고 여윈 노인이었다. 벗겨진 대머리가 분홍색을 띠고 지저분하게 번쩍이고 있었다. 반백의 턱수염은 혁대에 닿을 만큼 길었다.

상처 자국이 있는 험상궂은 얼굴로 보아서 나이는 예순이 넘어 보였지만, 몸매에는 그런 노쇠한 티는 조금도 없었다. 비쩍 말라서 보기는 흉했지만 나무 토막 의족을 달고 있는 주제에 뱀처럼 날쌘 동작이었다.

그는 계단을 올라와서 그녀에게로 다가왔다. 낮은 지대에서는 보기 드문 〈르〉 소리를 울리는 콧소리로 말을 꺼내기 전에, 스카알렛은 이 사나이가 산골 태생이라는 것을 알았다. 더러운 누더기를 입고 있으면서도 대부분의 산골 사람들이 그러하듯이, 그에게도 어딘가 어떠한 되지 못한 수작도 용서하지 않고, 어떤 실없는 짓도 용납하지 않는, 날카롭고 묵묵한 긍지가 엿보였다. 턱수염은 담뱃물이 들어 있었다. 커다란 씹는 담배를 씹느라고 얼굴이 비뚤어져 보였다. 코는 가늘면서도 울퉁불퉁했고, 눈썹은 짙어서 마치 마술장이의 머리카락처럼 꼬여 더부룩했고, 숱이 많은 머리카락은 귀에서 처져 흡사 복슬복슬한 삵괭이의 귀를 연상케 했다. 이마 밑에는 한쪽 눈구멍이 퀭하게 패어 있고, 거기서부터 볼에 걸쳐서 수염 있는데까지 엇비슷하게 한 줄기의 상처 자국이 패어 있었다. 다른 쪽 눈은 작고 엷은 빛깔인데, 차갑고 깜박이지도 않는 잔인한 눈매를 갖고 있었다. 바지 혁대에는 집도 씌우지 않은 큼직한 권총이 꽂혀 있고, 해진 장화목에서 사냥칼 자루가 드러나 있었다.

그는 스카알렛의 눈길을 차갑게 마주 받으면서, 말을 꺼내기 전에 난간 가로대 너머로 침을 뱉았다. 그 한쪽 눈에는 경멸의 빛이 보였다. 그녀에 대한 경멸뿐만이 아니라, 모든 여성에 대한 경멸이었다.

「윌크스 댁 아씨로부터 댁의 일을 해 달라는 부탁을 받고 왔소이다.」하고 그는 퉁명스럽게 말했다. 평소에 말이 익숙하지 못한 것처럼 녹슨 음성으로, 거의 말을 잘 할 수 없다는 투로 천천히 이야기했다. 「내 이름은 아치라고 하오.」

「안 됐지만, 당신에게 시킬 일은 없어요, 아치 씨.」

「아치라는 것은 내 이름이오.」

「실례했어요. 성은 뭐라고 하지요?」

그는 또 침을 뱉았다. 「그런 것은 당신이 알 바가 아니오.」하고 그는 말했다. 「아치만으로 좋소.」

「당신의 성이 뭐가 되었든 상관없어요! 당신에게 부탁할 일은 아무것도 없어요.」

「있을 텐데요. 윌크스 댁 아씨는 당신이 바보처럼 혼자서 돌아다니려는 것을 몹시 걱정하고 계시더군요. 그래서 내게 마부 노릇을 해드리라면서 보내셨단 말이오.」

「바보 같은 소리 말아요.」하고 스카알렛은 사나이의 무례함과, 멜라니의 지나친 참견에 몹시 화가 나서 외쳤다.

그의 외눈은 싸늘한 증오를 담고, 그녀의 눈을 쏘아보았다. 「정말이오? 남자가 거들어 주겠다고 하는데, 여자가 굳이 마다고 할 건 없을 것 같은데, 당신이 기어코 가야겠다면 같이 가 드리지요. 나는 검둥이가 아주 싫소. 북부 사람도 그렇고.」

그는 담배 덩어리를 다른 쪽 볼로 옮기고, 권하기도 전에 계단 맨 위에 앉았다. 「나는 여자들을 따라다니는 것은 좋아하지 않지만, 윌크스 댁 아씨께서 내게 고맙게 해주시고 지하실에 재워 주시기 때문에 그 아씨의 부탁으로 수행하러 왔다는 말이오.」

「하지만…….」하고 스카알렛은 마지못해 말을 꺼내다가 돌연 입을 다물고 그를 바라보았다. 곧 그녀는 생글생글 웃기 시작했다. 이 늙은이의 불량배 같은 태도는 비위에 거슬렸지만, 그가 있다면 일은 간단해진다. 그를 마부로 삼으면 시내에도 갈 수 있고 공장에도 갈 수 있고 단골들을 찾아다닐 수도 있다. 그를 데리고 다니면, 아무도 위험하다고 생각하지는 않을 것이고, 또 그의 생김새를 보기만 해도 나쁜 소문이 날 염려는 절대로 없을 것이다.

「그럼 당신에게 수고를 부탁하기로 하겠어요.」하고 그녀는 말했다. 「바깥 양반이 승낙하면 말예요.」

프랭크는 아치와 단 둘이서 이야기를 하더니 결국은 마지못해 동의하고, 삯마차 집으로 말과 마차를 돌려 달라고 심부름을 보냈다. 어머니가 되면 스카알렛도 달라지겠지 하고 생각하고 있었으나 기대가 어긋나서 그것이 불쾌하기도 했고, 실망도 되었다. 그러나 그녀가 기어코 그 진저리나는 공장으로 나갈 작정이라면, 아치야말로 하느님이 보낸 사람이었다.

맨 처음, 온 애틀랜타 시내를 깜짝 놀라게 했던 두 사람의 콤비는 이렇게 시작되었다. 아치와 스카알렛은 기묘하게 맞추어진 한 쌍이었다. 흙받이 위로 나무 의족을 내뻗은, 끔찍이도 험상궂게 생긴 지저분한 노인과, 이맛살을 찡그리고 무엇인가 골똘히 생각하고 있는 예쁘고 단정한 옷차림의 젊은 부인과의 짝이었다. 이 두 사람은 언제든지 애틀랜타 시내와 변두리에 모습을 나타냈지만, 그러나 두 사람은 좀처럼 말을 하지 않았고, 분명히 서로가 싫어하는 눈치였다. 그러나 두 사람은 서로 필요해서, 즉 노인은 돈이 필요하고, 그녀는 호위가 필요해서 맺어졌다고 세상에서는 보고 있다. 적어도 시내 부인들은, 그 따위 버틀러 같은 사나이와 뻔뻔스럽게 마차를 타고 돌아다니는 것보다는 낫다고 수군거리고 있었다. 부인들은 요즈음 버틀러가 어디에 있을까 하고 이상하게 여겼다. 왜냐하면 그는 석 달 전에 갑자기 시를 떠난 채 현재 어디에 있는지 누구 한 사람, 스카알렛조차도 몰랐기 때문이다.

아치는 말이 없는 사나이로서, 말을 걸어오지 않으면 절대로 입을 떼지 않았고, 그 대답도 대개 입 안에서 중얼중얼 할 뿐이었다. 매일 야침 멜라니네 지하실에서 나와, 피티 고모네 현관 계단에 앉아서 담배를 씹거나 침을 뱉거나 하면서 스카알렛이 나오고, 피터가 마구간에서 마차를 끌어내는 것을 기다리고 있었다. 피터 할아범은 마치 그를 악마나 클랜단원이기라도 한 것처럼 무서워하였으며, 마미까지도 말도 하지 않고 조심조심 그의 옆을 지나다녔다. 그는 흑인을 싫어하고 있었다. 그것을 알고 있는 만큼 더욱 무서웠던 것이다. 그는 여태까지의 권총과 단도 외에 한 자루의 권총을 더 찼다. 그의 평판은 훨씬 멀리 흑인들 사이에까지 퍼져 있었다. 그는 한 번도 권총을 빼들을 필요가 없었으며, 혁대에 손을 댈 필요조차도 없었다. 심리적인 효과만으로도 충분했던 것이다. 아치 가까이에서 웃을 만큼 용기가 있는 흑인은 한 사람도 없었다.

언젠가 스카알렛은 호기심에서, 왜 흑인을 싫어하느냐고 물은 일이 있었다. 그리고 그가 그 말에 대답한 데 대하여 깜짝 놀랐다. 대개는, 어떤 일을 물어도 「그런 건 당신이 알 바가 아니오.」 하고 대답하는 것이 보통이었기 때문이다.

「산에 사는 사람들이 모두 놈들을 싫어하듯이 나도 아주 싫어한다우. 단 한번도 좋다고 생각한 적은 없었고, 한 놈도 고용한 적이 없소. 전쟁을 시작한 것도 그 검둥이란 놈들 탓이지요. 놈들이 싫은 것은 그 때문도 있지요.」

「하지만 당신은 전쟁에 나가지 않았던가요?」

「사내로 태어났으니까, 나가는 것이 당연하지요. 나는 양키도 아주 싫소. 검둥이보다도 더 싫소. 수다스러운 여자가 싫은 것만큼이나 말이오.」

이런 식으로 노골적으로 버릇없는 말을 하기 때문에 스카알렛은 화가 치밀어서 입을 다물어 버리고, 그리고 어떻게든지 해서 이 사람을 쫓아내야겠다고 생각하는 것이었다. 그러나 이 노인이 없으면 자신이 무엇을 할 수가 있단 말인가. 이렇게 자유롭게 돌아다닐 수 있는 것도, 이 사나이가 있기 때문이 아닌가. 그는 버릇없고 추접스럽고, 때로는 고약한 냄새가 날 적도 있었으나, 그래도 맡은 일만은 꼬박꼬박 해나가고 있었다. 공장에 가고 오는 데도, 단골을 찾아다니는 데도 마차로 수행했고 그녀가 장사 이야기를 하거나 지시를 하고 있는 동안은, 침을 뱉기도 하고 다른 곳을 물끄러미 바라보기도 하면서 기다리고 있었다. 그녀가 마차에서 내리면 그 뒤를 따라 내리고, 그녀가 걸어가는 한 걸음 한 걸음을 개처럼 따라왔다. 그녀가 난폭한 인부나 흑인이나 북군 병사 속으로 들어갈 때에는 그녀의 팔꿈치에서 한 걸음도 안 되는 곳에 바싹 붙어 있었다.

이윽고 애틀랜타 사람들은, 스카알렛과 그 호위도 눈에 익어 버렸다. 눈에 익어 버리자, 부인들은 자유롭게 돌아다니는 그녀가 부러워지기 시작했다. 클랜단의 사형(私刑) 이후로 부인들은 사실상 완전히 집에 갇혀 있었다. 거리로 물건을 사러 나가는 데에도 대여섯 사람이 떼를 짓지 않으면 나가지 못했다. 사교를 좋아하도록 타고난 그녀들은 안절부절을 못 하게 되었다. 긍지는 주머니 속에 집어 넣어 버리고 스카알렛에게 아치를 빌어 달라고 부탁하기도 시작했다. 그래서, 그녀도 볼일이 없을 때에는 언제고 기꺼이 빌려 주어서, 다른 부인들이 데리고 다니게 해주었다.

오래지 않아서 아치는 애틀랜타의 명물이 되었다. 부인들은 앞을 다투어 그가 틈날 때를 노렸다. 아침식사 때에, 아이나 혹인 심부름꾼이 다음과 같은 편지를 가지고 오지 않는 날은 별로 없었다. 〈오늘 오후 아치를 쓸 일이 없으시면, 부디 좀 빌어 주십시오. 산소에 꽃을 바치러 갈까 싶어서요.〉 〈나는 부인 모자점에 꼭 가야하기 때문예요.〉 〈난 넬리 숙모를 마차로 산책을 시켜 드릴까 싶어서요.〉 〈나는 피터즈 거리로 누구를 찾아가야 하겠는데, 할아버지가 편찮으셔서 함께 갈 수가 없어요. 그러니 아치를……〉

그는 처녀건 주부건 미망인이건 모두 마차에 태워 주었다. 그리고 모든 사람들에 대해서, 그 고집 센 경멸의 빛을 노골적으로 드러내 보였다. 그가 혹인이나 북쪽 사람을 싫어하는 이상으로 여자를 좋아하지 않는 것은 분명했다. 다만 멜라니만은 예외였다. 부인들은 처음에는 그의 난폭한 것에 무서워서 떨었으나, 나중에는 익숙해지고 말았다. 그리고 담뱃물을 뱉는 외에는, 한마디도 말을 하지 않기 때문에, 그가 고삐를 잡고 있는 말과 마찬가지로 마음이 쓰이지 않아서 그 존재마저 잊어버리는 수가 있었다. 사실 메리웨더 부인 같은 사람은, 아치가 마차 앞자리에 있는 것도 깜빡 잊고 자기 조카딸이 해산하는 모습을 빼지 않고 세밀히 이야기하여 들려 주었을 정도였다.

요즈음 같은 세상이 아니면 이런 일은 있을 수 없었다. 전쟁 전 같았으면, 그는 이 부인들의 부엌에 발을 들여놓는 것조차 허락되지 않았을 것이다. 부인들은 뒷문으로 먹을 것만 주고 쫓아 보내고 말았을 것이다. 그러나 지금은 누구나가 그가 곁에 있어서 안전하게 지켜 주는 것을 환영했다. 난폭하고 무식하고 지저분하기는 했지만 그는 부인들과 재건의 공포와의 중간에 선 보루(堡壘)가 되었다. 그는 친구도 아니었거니와 하인도 아니었다. 고용된 호위자였고, 낮에 남자들이 일하러 나간 사이, 혹은 밤에 집을 비게 될 때, 여자들을 보호해 주고 있었던 것이다.

아치가 수행하게 되면서부터, 프랭크는 밤만 되면 노상 외출하는 것같이 스카알렛에게는 생각되었다. 가게 장부를 대조해 보지 않으면 안 된다. 요즈음은 일이 바빠서 낮에 가게를 열고 있는 동안에는 도저히 그럴 틈이 없다. 그렇게도 말했고 또, 친구들이 병이 났기 때문에 병간호를 하러 가야 한다고도 했다. 또 매주 수요일 저녁에 모이는 민주당원의 회합이 있어서 투표권의 회복을 획책하고 있었는데, 프랭크는 이 회합에는 빠지지 않고 출석했다. 스카알렛은 이 회합을, 고작해야 존 B 고오돈 장군의 공적이 리 장군을 빼고는 다른 어느 장군보다도 크다는 토론을 하거나, 다시 한 번 전쟁을 하라고 떠드는 정도겠지 하고 생각하고 있었다. 그러나 프랭크는 분명히 이 회합을 즐겨했고 그런 날 밤은 늦게까지 집을 비었다.

애실리도 병난 친구를 문병하러 가기도 하고 민주당원의 회합에 나가기도 했다. 그리고 대개 프랭크와 같은 날 저녁에 외출하곤 했다. 그런 날 밤엔 아치는 피티 고모, 스카알렛, 웨이드, 그리고 어린 엘라를 지키면서 뒷마당을 가로질러 멜라니의 집에까지 데려다 주었다. 그리고 두 집 식구들은 한데 모여서 밤을 보내는 것이었다. 부인들이 바느질을 하는 동안 아치는 객실 소파에 길게 뻗고 누워서, 숨을 쉴 때마다 잿빛 수염을 떨어 가면서 코를 골고 있었다. 그러나 소파에서 자라고 권하는 사람은 아무도.없었던 것이다. 뿐만 아니라 그것은 이집 가구 중에서는 제일 고급인 만큼, 그가 깨끗한 깔개 위에 장화를 척 올려 놓고 소파에 앉을 적마다, 부인들은 은근히 원망했다. 그러나 누구 한 사람 그것을 나무랄 말한 용기는 없었다. 특히 그가 기분좋게 잘 수 있어 다행스럽다. 그렇지 않아도 색시 닭 떼처럼 시끄럽게 지껄여 대는 여자들의 말소리를 듣노라면 미칠 것만 같다느니 어쩌고 하는 말을 들은 뒤이기 때문에 더욱 다행스러웠다.

스카알렛은 가끔 아치가 어디서 왔는지, 멜라니네 지하실에서 살게 되기 전에는 어떤 생활을 하고 있었는지 궁금하게 여겨지는 일이 있었으나 아무것도 묻지 않았다. 그의 무시무시한 외눈박이 얼굴에는, 그런 호기심 따위는 대번에 달아나게 하는 것이 있었다. 그녀가 아는 것은 다만 그의 말소리에 북방 산악 지대의 사투리가 있다는 것과, 그가 군대에 있다가 종전 조금 전에 한쪽 다리와 한쪽 눈을 잃었다는 것뿐이었다. 아치의 과거가 드러나게 된 것은, 그녀가 휴 엘싱에 대해서 홧김에 해버린 말이 원인이 되었다.

어느 날 아침, 노인은 그녀를 마차에 태우고 휴가 있는 공장으로 갔다. 그런데 공장은 아무 일도 안 하고 있었다. 흑인의 모습은 보이지 않고, 휴가 나무 밑에 기운을 잃고 축 늘어져서 앉아 있었다. 그 날 아침 인부들이 보이지 않아서 그는 어떻게 해야 좋을지를 몰랐던 것이다. 스카알렛은 울화통이 치밀어서 사정없이 그것을 휴에게 화풀이했다. 왜냐하면, 많은 분량의 재목 주문, 그것도 무척 급한 주문을 받아온 참이었기 때문이다. 정력과 매력과 흥정 솜씨를 발휘해서 가까스로 그 주문을 받았는데 와 보니 공장은 조용하기만 하고 이꼴이니 말이다.

「저쪽 공장으로 가 줘요.」하고 그녀는 아치에게 명령했다. 「그래요, 시간이 꽤 걸리는 걸 알고 있어요. 점심도 못 먹게 될 거예요. 하지만 당신에겐 그만한 대접은 해드리고 있잖아요. 난 윌크스 씨에게, 지금 하고 있는 일을 중지시키고 이 재목을 아주 급하게 빼내도록 하겠어요. 아마 저쪽 인부들도 놀고 있는지 몰라요. 정말 야단났어요. 휴 엘싱 같은 등신은 처음 봤어요. 조니 캘리거가 지금 하고 있는 가게의 건축이 끝나면, 당장 휴를 쫓아내 버릴 작정이에요. 캘리거가 북군에 있었다고 해도 그런 건 상관없어요. 그 사람이라면 잘 해낼 거예요. 게으른 아일랜드 사람은 여태까지 한 사람도 본 적이 없어요. 인제 해방된 흑인 따위는 딱 질색이란 말야. 그 따위 놈들은 믿을 수가 없어요. 조니 캘리거를 데려다가 죄수들을 삯 주고 부리도록 해야겠어. 그 사람이라면 죄수를 부릴 수 있을 거예요. 그 사람이면……」

아치는 그녀 쪽을 돌아보았다. 그랬더니 그의 눈에는 악의가 차 있었다. 녹슨 목소리로, 싸늘하게 노여움을 담아서 말했다.

「당신이 죄수를 고용하는 날은 내가 하직을 하게 되는 날이오.」

스카알렛은 깜짝 놀랐다. 「아니! 어째서요?」

「죄수를 고용한다는 것이 어떤 것인지 나는 알고 있소. 그것은 죄수를 잡는다고 하는 편이 나을 거요. 노새처럼 사람을 사는 일이오. 노새보다도 더 못 한 대우를 받게 되오. 때리고 굶기고 죽도록 혼을 내기도 하고, 대관절 누가 놈들의 뒤를 보아 주지요? 주정부는 봐주지 않소. 다만 빌려 준 삯만 받을 뿐이지. 죄수를 빌어 온 사람들도 놈들의 뒤를 돌보지 않소. 그들이 생각하는 것은, 그저 될 수 있는 대로 값싼 밥을 먹이고 될 수 있는 대로 일을 시킨다는 것뿐이오. 아씨, 나는 지금까지 여자라는 것을 한 번도 대단하게 생각한 일은 없지만, 이렇게 되고 보니 더욱 하찮게 생각되는군요.」

「그것이 당신과 무슨 관계가 있지요?」

「있소.」하고 아치는 짤막하게 말하고 잠시 사이를 두었다. 「나는 그럭저럭 사십 년이나 죄수였으니까.」

스카알렛은 숨을 죽이고, 한순간 좌석 뒤로 움츠러들었다. 그렇다면 이것이 아치의 수수께끼, 자기의 성과 출생지와 과거의 생활을 일체 말하려 하지 않았던 것에 대한 대답, 말을 잘하지 못하던 일이나 세상에 대한 차가운 증오에 대한 대답이었던 것이다. 사십 년! 꽤 젊었을 때 감옥에 들어 간 것이 틀림없다. 그리고 무기 징역수는……

「그럼 당신은……. 살인을 했나요?」

「그렇소.」하고 아치는 퉁명스럽게 대답하고 고삐를 딱 하고 울렸다. 「내 여편넬 말이오.」

너무나 무서워서 스카알렛은 눈만 깜짝깜짝할 뿐이었다.

수염 밑의 입 언저리가 마치 그녀의 공포를 보고, 능글맞게 미소하는 것처럼 움직이는 것 같았다. 「무던히도 무서워하시는 것 같은데 아씨, 뭐 내가 당신을 죽이겠다는 건 아니오. 여자를 죽이는 이유는 꼭 한 가지밖에 없으니까.」

「당신은 자기 부인을 죽였군요!」

「여편네란 것이 내 형과 함께 자고 있었거든. 형은 도망쳐 버렸지. 여편네를 죽인 것쯤은, 나는 나쁘다고는 생각지 않소. 소행이 좋지 못한 계집은 죽는 것이 당연하니까. 그런 일을 했다고 해서, 남자를 감옥에 처넣을 권리는 법률에는 없는데, 나는 처박히고 말았소.」

「하지만 어떻게 당신은 나오게 됐지요? 탈주했나요? 아니면 석방되었나요?」

「말하자면 석방된 셈이지요.」그의 짙은 잿빛 눈썹은 마치 말을 이어 온 노력이 쉬운 일이 아니었다는 듯이 잔뜩 다붙어 있었다.

「겨우 육십 사년에, 샤만군이 쳐들어 왔었소. 나는 사십년 전과 마찬가지로 밀레지빌 형무소에 있었거든. 그때 간수장이 우리 죄수들을 모조리 모아 놓고, 북군이 쳐들어와서 집을 불사르고 사람을 죽이고 한다는 말을 하더군요. 그런데 내겐 검둥이나 여자보다도 더 몹시 싫어하는 것이 하나 있었어요. 그게 북쪽 사람이란 말이오.」

「왜 그렇지요? 당신은 전에, 누군가 북쪽 사람을 알고 있었나요?」

「아니오. 하지만 놈들의 이야기는 듣고 있었소. 놈들은 제 앞의 일도 변변히 처리하지 못한다고 듣고 있었소. 나는 제 일도 처리 못 하는 그런 놈들은 아주 싫어하거든요. 놈들은 조지아 주에서 무엇을 했지요? 검둥이를 해방하거나 우리들의 집을 불사르거나 가축을 죽이거나 하지 않았던가요? 그런데 간수장이 말합디다. 군대에는 병사가 많이 필요하다, 너희들 중에서 군대에 들어가는 사람에게는 전쟁이 끝나고 만약 살아 남으면 그대로 석방해 준다고 말이오. 그런데 우리들 무기 징역 죄수들, 즉, 나 같은 살인범은 군대에서 원하지 않는다고 간수장은 말하더군요. 우리들은 어딘가 다른 형무소로 가기로 되었소. 하지만 나는 간수장에게, 나는 다른 무기 징역수와는 다르다고 말했소. 나는 마누라를 죽였지만 마누라에게는 그럴 만한 이유가 있었다, 나도 북군과 싸움을 하게 해 달라고 말했소. 그랬더니 간수장은 내 말을 받아들여서 다른 죄수들과 함께 몰래 내놓아 주었소.」

그는 숨을 돌리고 나서, 중얼중얼 말하기 시작했다.

「흥, 참 얄궂는 일도 있지, 나는 살인을 하고 옥에 들어갔는데, 이번엔 그런 내 손에다가 총을 들려 주고 감옥에서 내놓으면서, 좀더 많은 살인을 하라고 버젓하게 허가를 해주었으니 말이오. 총을 들고 다시 한번 자유로운 몸이 되었을 때에는 정말 기쁩디다. 우리들 밀레지빌에서 나온 놈들은 잘 싸워서 많은 적을 무찔렀소. 우리들 패에서도 많이 죽었지만 말이오. 도중에 도망을 친 녀석은 하나도 없었던 것 같소. 전쟁이 끝나자 우리들은 석방되었소. 이 한쪽 다리하고 한쪽 눈은 잃었지만, 나는 아무렇지도 않게 생각하오.」

「어쩌면!」하고 스카알렛은 힘없이 말했다.

그녀는 성난 물결처럼 밀려오는 샤만군을 막기 위하여 그 최후의 필사적인 노력을 하고 있었을 때, 밀레지빌 형무소 죄수를 석방했다는 이야기를 들은 것 같아서, 그것을 생각해내려고 했다. 저 1864년의 크리스마스 때, 프랭크가 그 이야기를 해주었던 것이다. 프랭크는 그때 어떻게 말했더라? 그러나 그 당시 그녀의 기억은 너무나도 혼란해 있었다. 다시금 그녀는 그 무렵의 몸서리쳐지는 공포를 느끼고, 포위전의 포성을 듣고, 황토길에 피를 뚝뚝 흘리면서 지나가는 마차의 행렬을 보고, 나이 어린 사관 후보생과 필 미드 같은 소년들이며 헨리 아저씨와 메리웨더 할아버지 같은 노인들을 섞은 향토 방위군이 행진하는 광경이 머리 속에 떠올랐다. 그 죄수들도 남부 동맹의 황혼 속에 생명을 잃고, 테네시의 마지막 전투에서, 눈과 진눈깨비 속에 얼기 위하여 진군해 갔던 것이다.

극히 짧은 동안이긴 했지만, 사십 년이라는 인생을 빼앗아 간 주를 위하여 싸우다니, 이 노인은 얼마나 바보일까 하고 생각했다. 조지아 주는, 그 자신으로는 아무런 범죄로도 생각되지 않는 범죄 때문에, 그의 청춘과 장년 시절을 빼앗아 버린 것이 아닌가. 그런데 그는 한쪽 다리와 한쪽 눈을 아낌없이 조지아 주에 바친 것이다. 전쟁 초기에 레트가 이야기하던 신랄한 말이 기억에 되살아났다. 나는 나를 내버린 사회를 위해서는 절대로 싸우지 않는다. 그렇게 그는 말했던 것이다. 그러나 사태가 급박해지자, 그도 또한 아치처럼 그러한 사회를 위하여 싸움터로 나갔다. 남부의 사나이들은 지체가 높은 사람이나 낮은 사람이나, 모두가 감상적인 바보들이어서, 아무런 뜻도 없는 말 때문에, 자기의 몸 같은 것은 어떻게 되든 상관없다고 생각하는 모양이다.

그녀는 아치의 마디투성인 손과 두 자루의 권총과 단도를 바라보았다. 그러자 다시 섬뜩해졌다. 아치처럼 남부 동맹의 이름으로 죄를 용서받은 살인범이나 무뢰한이나 강도 등, 그러한 죄수 출신들이 이 밖에도 또 많이 있는 것이 아닐까.

아니 거리에서 만나는 낯선 놈은 그런 살인범인지도 모른다! 만약 프랭크가 아치의 정체를 안다면 야단날 것이다. 만약 피티 고모가, 아니 고모는 너무나 놀라서 죽어 버릴지도 모른다. 그리고 멜라니……. 스카알렛은 멜라니에게 아치의 정체를 말해 주면 어떨까 하는 생각이 들었다. 이것을 알면, 불량배 따위를 데려다가 친구나 친척에게 떠맡기는 일이 어떤 것인가를 멜라니도 깨닫게 될 것이다.

「난 당신이 사실대로 이야기를 해주어서 기뻐요, 아치. 난 부인들이 알면, 무척 놀랄 거라고 생각해요.」

「흥, 윌크스 댁 아씨라면 이미 알고 계시는걸요. 지하실에 재워 주시던 날 밤에, 나는 죄다 말씀드렸소. 도대체 당신은, 이 나를 그렇게 다정한 아씨 댁에 묵게 해주시는데도, 아무것도 알리지 않을 그런 인간으로 생각하는 거요?」

「아이구 맙소사!」스카알렛은 새파랗게 질려서 외쳤다.

멜라니는 이 사나이가 살인자, 그것도 여자를 죽였다는 것을 알고 있으면서도, 집에서 내쫓으려고도 하지 않았던 것이다. 그녀는 자기 아들이나 고모나 올케나 친구들까지를 이 사나이에게 맡겨 왔던 것이다. 그리고, 그녀는 여자들 중에서도 가장 겁이 많은 주제에, 그와 단 둘이 집 안에 있어도 조금도 무서워하지 않았다.

「윌크스 댁 아씨는 여자로서는 정말 이해심이 많은 분입다. 내겐 조금도 잘못이 없다고 용서해 주셨소. 거짓말장이는 언제까지나 거짓말을 그만두지 못하고, 도둑은 언제까지나 도둑질을 그만두지 못하지만, 인간은 한 번 살인을 하면 두 번 하는 법은 없다고 인정해 주신 거요. 남부 동맹을 위하여 싸운 사람은 누구나 과거의 어떠한 죄도 모두 용서받는다고, 아씨는 생각하고 계셨소. 하기야 나는 여편네를 죽인 만큼, 조금도 나쁜 짓은 하지 않았다고 큰 소리칠 수는 없지만…… 아무렴, 정말 윌크스 댁 아씨는 여자로서는 세상 물정을 잘 아시는 분입니다. 그건 그렇고, 아시겠소? 탕신이 죄수를 빌어 오는 날은, 내가 그만두는 날이오.」

스카알렛은 아무런 대답도 하지 않고 속으로 이렇게 생각했다.

『네가 그만두는 것이 빠르면 빠를수록 나는 다행한 일이란 말이다. 이 살인자 놈아!』

어째서 멜라니는 이런, 이런, 정말이지 이 불량배 늙은이를 재워 주고 그 사나이가 죄수라는 것을 친구들에게도 알리지 않고 있다니, 이런 짓은 정말 뭐라고 해야 좋을지 모르겠다. 그렇다면 군대에 들어가면 과거의 죄가 모조리 없어진다는 것인가! 멜라니는 이것과 세례와를 혼동하고 있는 것이다! 그러나 그렇다면 멜라니는 남부 동맹이나 남군의 옛 용사들이나 그들에 관한 일에 대해서는 무엇이나 어리석기 짝이 없는 생각을 하고 있는 것이다. 스카알렛은 마음 속으로 북군을 저주했다. 그리고 그들에 대한 채점표에 또 하나 벌점(罰點)을 더했다. 여자가 자기 몸의 안전을 도모하기 위하여 살인자를 수행원으로 데리고 다니지 않으면 안 되는 세상이 된 것도 모두 북군 탓인 것이다.

쌀쌀한 해질 무렵, 아치와 함께 집을 향해 마차를 급히 몰고오다가, 스카알렛은 술집 현대 아가씨 앞이 안장을 얹은 말이며 이륜 짐마차 등으로 혼잡을 이루고 있는 것을 보았다. 애실리가 긴장한 표정으로 말에 올라앉아 있고 시몬즈 형제가 마차에서 몸을 내밀고, 무언가 수선스러운 몸짓을 하고 있다. 휴 엘싱은 다색(多色) 머리카락을 눈 언저리까지 흐트러뜨리고 팔을 휘두르고 있다. 메리웨더 할아버지의 파이 수레가 혼잡한 그 마당 한가운데에 있다. 스카알렛이 가까이 가 보니, 토미 웰번과 헨리 해밀턴 아저씨가 할아버지와 함께 좁은 좌석에 끼어앉아 있는 것이 보였다.

스카알렛은 조바심을 하면서 생각했다. 『난 헨리 아저씨가 저런 꼴사나운 마차를 타고 집으로 돌아오는 건 싫단 말이야. 저런 꼴을 남들이 보아도 부끄럽다고 생각하지 않으시다는 말인가. 저거야 마치 자기 말을 못 가지고 있는 것 같잖아. 아저씨가 저런 짓을 하는 것도, 다 메리웨더 할아버지와 함께 매일 밤 술집에 갈 수가 있기 때문이다.』

사람들에게로 가까이 가자 둔감한 그녀에게도 무엇인가 긴장된 분위기가 느껴져서 갑자기 불안감이 솟았다. 『아!』하고 그녀는 생각했다. 『또 누군가 폭행을 당한 것이 아닐까? 큐 클럭스가 다시 한 번 검둥이를 사형(私刑)하면, 이번에야말로 우리들은 북군들에게 송두리째 당하고 만다!』그녀는 아치에게 일렀다. 「세워 주어요. 무슨 사건이 생긴 모양이에요.」

「술집 앞에서 마차를 세우는 것은 좋지 않소.」하고 아치는 말했다.

「내가 하자는 대로 세워 주어요. 여러분, 안녕하세요. 애실리, 헨리 아저씨, 무슨 일이 생겼나요? 여러분, 어쩐지 무척…….」

사람들은 그녀 쪽을 돌아다보고 모자에 손을 대고 싱긋 웃었다. 그러나 그들의 눈에는 몹시 흥분한 빛이 있었다.

「옳기도 하고 틀리기도 해.」하고 헨리 아저씨가 고함을 쳤다. 「네가 볼 나름이야. 주 의회로서는 달리 방법이 없었겠지.」

주 의회? 스카알렛은 한시름 놓으며 생각했다. 주 의회 따위는 전혀 흥미가 없었고, 의회가 무엇을 하거나 자기와는 그다지 상관이 없다고 생각했다. 그녀가 두려워하고 있는 것은 북군 병사가 다시 설치게 되는 것이 아닌가 하는 예상이었다.

「여태까지 의회에서 무슨 일이 있었나요?」

「의회는 헌법 수정의 비준(批准)을 정면으로 거절했단 말이다.」하고 메리웨더 할아버지가 말했다. 그 목소리는 제법 의기가 당당한 것 같았다.「북부에 대한 반발이야.」

「그대신 인제 지옥에 떨어지는 것 같은 호된 꼴을 당할걸. 난폭한 말을 해서 매우 미안하오, 스카알렛.」하고 애실리가 말했다.

「어머나, 그 헌법 수정 이야긴가요?」하고 스카알렛은 아는 체하고 물었다.

정치에 대해서는 그녀는 아무것도 몰랐다. 그런 것을 생각하느라고 시간을 보내는 일은 거의 없었다. 얼마 전에, 수정 십 삼 조의 비준이 있었다. 어쩌면 그것은 수정 십 육 조였는지도 모른다. 첫째, 비준이란 어떤 것인지 도무지 알지 못했다. 남자들이란 언제나 그러한 문제로 법석을 떨고 있는 것이다. 그녀의 얼굴에는 무언가 납득이 안 간다는 듯한 기색이 나타나 있었기 때문에 애실리는 빙그레 웃었다.

「흑인에게 선거권을 준다는 그 수정 조항 말이오.」하고 그는 설명했다.「그것이 의회에 제출되었는데, 그 비준을 거절했다는 거요.」

「어째서 바보 같은 짓을 했을까요! 그렇게 해 보았자 결국 북부에서는 억지로라도 그것을 우리들에게 강요해 올 것 아녜요!」

「내가 인제 혼이 날 거라고 한 것도 그 이야기지요.」하고 애실리는 말했다.

「나는 의회나 의회의 처사나 다 훌륭하다고 생각한다!」하고 헨리 아저씨가 외쳤다.「제아무리 북부라도 우리들이 싫다고 하면 강제로 떠맡길 수는 없다.」

「떠맡길 수 있지요. 그리고 반드시 떠맡길 겁니다.」하는 애실리의 목소리는 조용했으나 그 눈에는 걱정하는 빛이 나타나 있었다.「그렇게 되면 우리들에게는 세상이 더 살기가 어려워집니다.」

「오오 애실리, 그럴 리 없어요! 지금보다 더 세상이 살기 어려워지다니 있을 수 없어요.」

「아니, 지금보다 더 어려워지고 말고요. 검둥이 의회, 검둥이 지사가 나올 것을 생각해 보시오. 지금보다도 군의 규칙이 더 심해질 것을 생각해 보아요.」

얼마쯤 짐작이 가게 되자, 스카알렛의 눈은 공포 때문에 휘둥그래졌다.

「나는 여태까지 어떻게 하면 조지아 주를 위해서 가장 좋을지, 우리 모두를 위해서 가장 좋을지, 그것을 생각해 보려고 했던 겁니다.」애실리의 얼굴은 괴로운 듯이 일그러졌다.「주 의회가 한 것처럼, 이 문제와 싸워서 우리들에 대해서 북부를 노하게 하고, 북군의 힘을 휘둘러서 원하든 원하지 않든 상관할 것 없이 우리들에게 흑인의 선거권을 강요하는 결과를 가져오는 것이 가장 현명한 방법인지, 그렇지 않으면 될 수 있는 한 우리들의 긍지를 버리고, 고분고분하게 말을 들어, 일을 평온하게 끝내는 것이 현명한지, 어쨌든 결과는 같겠지요. 하는 수 없읍니다. 우리로서는 그들이 주려고 하는 약의 분량만은 안 마실 수가 없어요. 발버둥치지 말고 마시는 편이 우리로서는 상책이 아닐까요?」

스카알렛은 그가 하는 이야기를 거의 듣지 않았다. 중요한 전체의 뜻 따위는 그녀의 머리에서 그대로 곧장 달아나 버리고 말았던 것이다. 애실리는 언제나 그렇듯이 문제를 양면에서 보고 있는 것이다. 그녀 자신에게는 단지 일면밖에는 보이지 않았다. 이 북부의 따귀를 후려갈긴 결과가 자기에게 어떠한 영향을 미칠 것인가 하는 단지 그것뿐이었다.

「급진주의자라도 되어, 공화당에 투표하는 게 어떻겠나, 애실리?」메리웨더 할아버지가 사정 없이 빈정거렸다.

모두들 금세 긴장해서 입을 다물어 버렸다. 스카알렛은 아치의 손이 재빠르게 권총 쪽으로 뻗다가 다시 멈추는 것을 보았다. 아치는 이 할아버지를 커다란 허풍장이로 알고 있었고, 그런 말도 가끔 하고 있었다. 그래서 아치는 멜라니 아씨의 주인이 비록 바보 같은 소리를 했다 하더라도, 허풍장이 늙은이에게 모욕을 당하는 것을 잠자코 보고만 있을 수 없었던 것이다.

당황한 빛이 갑자기 애실리의 눈에서 사라지자, 맹렬한 분노가 번득였다. 그러나 그가 입을 열기 전에, 헨리 아저씨가 할아버지를 몰아세웠다.

「무슨 소릴 하는 거야. 이 개 같은……. 아니, 미안하다, 스카알렛. 영감, 당신은 멍텅구리야. 그런 소리를 애실리에게 하는 게 아냐!」

「자네가 변호해 주지 않아도, 애실리는 자기 일은 자기가 해낼 수 있어.」하고 할아버지는 쌀쌀하게 말했다. 「애실리가 하는 소리는 마치 변절자가 하는 소리와 똑같아. 고분고분하게 말을 듣는다고? 빌어먹을! 아니, 대단히 미안하다, 스카알렛!」

「전 남부의 분리가 옳다고 믿지 않았읍니다.」하고 애실리는 말했다. 그 소리는 노여움에 떨고 있었다. 「그러나 조지아 주가 분리되었을 때, 저도 그것에 따랐어요. 그리고 저는 전쟁을 옳다고는 믿지 않았지만 역시 싸움터에 다갔어요. 또 저는 이 이상 북부의 비위를 거스르는 것을 좋지 않다고 생각하고 있어요. 그러나 의회가 그것을 결행했다면 의회 편을 듭니다, 저는.」

「아치.」하고 헨리 아저씨가 느닷없이 말했다. 「스카알렛 아씨를 빨리 집으로 모시고 가게. 여기는 아씨가 있을 곳이 못 돼. 어쨌든 정치 이야기는 부인들에겐 상관이 없어. 게다가 모두들 말이 거칠어지고 있어. 빨리 가게, 아치. 잘 가

거라, 스카알렛.」

피치트리 거리를 내려가면서 스카알렛은 공포 때문에 가슴이 두근거렸다. 의회의 맹랑한 처사가 자기의 안전에 어떠한 영향을 주는 것이 아닐까. 북부를 노발대발하게 해서 공장을 빼앗기고 마는 것은 아닐까.

「허 참.」 하고 아치는 신음했다. 「토끼가 불독 낯짝에 침을 뱉는다는 이야기는 듣고 있었지만 보기는 처음이오. 의회 녀석들은 〈제프 데이비스와 남부 동맹 만세〉 하고 외친 거나 마찬가지요. 그런 짓을 해 봤자 놈들에게는……. 우리들을 위해서도 아무런 이득이 없소. 검둥이를 좋아하는 북부 놈들은, 검둥이를 우리들의 상전으로 만들기로 작정해 놓고 덤비는 거요. 그런데 당신네들은 의회 놈들의 배짱에 감탄하고 있단 말이오!」

「감탄하고 있다고! 실없는 소리 말아요. 의회 사람들에 감탄하고 있다니! 그런 인간들은 쏘아죽여 버려야 해! 그런 짓을 한 덕분에, 북부 놈들은 풍뎅이를 본 거위처럼 우리들에게 덤벼든단 말예요. 어째서 의회 사람들은, 비, 비지……. 뭐랬는지는 모르지만, 무엇을 하든간에, 북부를 이 이상 건드리지 말고 비위를 맞출 수는 없는 걸까? 또 항복하고 말게 아니냔 말야. 이왕 항복할 바엔 나중이거나 지금이거나 마찬가지가 아니냔 말예요.」

아치는 차디찬 눈으로 찬찬히 그녀를 바라보았다.

「싸워 보지도 않고 항복한단 말이오? 여자들이란 염소만한 오기도 없군.」

스카알렛이 양쪽 공장에 다섯 사람씩 열 명의 죄수를 빌어 오자, 아치는 전부터 경고해 왔던 대로, 그길로 그녀의 일은 일체 거절했다. 멜라니가 아무리 사정해도 프랭크가 품삯을 올려 준다고 해도, 두 번 다시 고삐를 잡으려고는 하지 않았다. 멜라니나, 피티 고모나, 인디어나, 그녀들의 친구들이라면 기꺼이 시내고 수행했으나, 스카알렛에게만은 수행하지 않았다. 마차에 다른 부인들과 함께 스카알렛이 타고 있으면 고삐를 잡으려고도 하지 않았다. 늙은 무뢰한에게 이렇듯 비난을 받게 되자 그녀도 비위가 상했다. 내집 식구나 친구들까지도 늙은이와 같은 생각을 가지고 있다는 것을 알자 더욱 기분이 상했다.

프랭크는 죄수를 쓰는 것을 반대해서 그녀에게 줄곧 부탁했다. 애실리는 처음에는 죄수를 쓰는 것을 거절했으나, 그녀가 울기도 하고 애원을 하기도 하며, 경기가 좋아지면 해방 흑인을 쓰겠다고 약속을 해서 마지못해서 겨우 승낙하고 말았다. 이웃에서는 맹렬히 드러내 놓고 반대를 하고 있었기 때문에, 프랭크도 피티 고모도 멜라니까지도 머리를 들고 다니기가 민망스러웠다. 피터와 마미까지 죄수를 쓰는 것은 운명의 버림을 받는 일이다, 앞으로 신통한 일은 없을 거라고 까놓고 말하고 있었다. 남의 비참한 일이나 불행을 이용한다는 것은 좋지 않다고 누구나가 말하고 있었다.

「하지만 당신네들은 노예를 부리는 데는 조금도 반대하지 않았잖아요!」하고 스카알렛은 분개해서 외쳤다.

그러나 그것은 문제가 다르다, 노예는 비참하지도 않거니와 불행하지도 않았다. 흑인들은 노예였을 무렵에 현재의 자유로운 생활보다도 더 행복하게 지내고 있었다. 거짓말이라고 생각되면 잠깐 주위를 둘러보면 알게 된다. 그러나 그처럼 반대를 받으면 받을수록 그것은 자기의 고집대로 밀고가는 스카알렛의 결심을 굳게 해줄 뿐이었다. 그녀는 휴에게 공장 관리를 그만두게 하여 재목 운반차의 마부로 돌리고, 조니 캘리거를 고용하는 최종적인 상세한 계약서를 만들었다.

그녀가 아는 사람 중에서 죄수를 쓰는 데에 찬성한 사람은 이 사나이뿐인 것 같았다. 그는 둥근 머리를 꾸뻑 하고 그것 참 잘 된 일이라고 했다. 짧고 안으로 굽은 다리로 야무지게 서 있는 기수(騎手) 출신의 조그만 사나이의, 냉혹한 난장이 같고 민첩하게 생긴 얼굴을 보면서 스카알렛은 생각했다.

『이 사나이에게 말을 내맡긴다면, 어떤 말이라도 상관없다. 그렇지만 나는 이 사나이에게 속을 빼앗길 것 같은 서투른 짓은 하지 않는다.』

그런데도 그녀는 아무런 걱정도 없이 죄수들을 이 사나이에게 맡겼다.

「그러니까 이놈들을 어떻게 부리거나 내 마음대로란 말씀이지요?」하고 그는 잿빛의 마노(瑪瑙) 같은 눈을 차갑게 번쩍이면서 물었다.

「마음대로예요. 다만 내가 부탁하고 싶은 것은, 당신이 공장을 마음대로 돌려서, 내가 필요할 때에는 언제든지 필요한 만큼의 재목을 내놓도록 해 달라는 거예요.」

「좋소, 당신 말씀대로 하지요.」하고 조니 캘리거는 퉁명스러운 목소리로 말했다. 「웰번 씨에게 그만둔다는 말을 하고 오지요.」

많은 석공들이며, 목수며, 벽돌 나르는 일꾼들 사이를 빠져 몸을 흔들면서 그가 멀어져 가자 스카알렛은 마음을 놓으며 기운이 솟아났다. 조니를 드디어 고용하게 되었다. 저 사나이라면, 튼튼하고 다부져서 서투른 짓은 하지 않을 거다. 〈자기의 이익만을 아는 이기주의자고 천덕스런 아일랜드 사람〉이라고 프랭크는 그를 평하고 있지만, 그렇기 때문에 스카알렛은 그를 높이 평가했던 것이다. 무엇인가를 하겠다고 마음을 정한 아일랜드 사람은, 그 인품이야 어떻든지 간에 내편으로 끌어들이면 크게 도움이 된다는 것을 그녀는 알고 있었다. 그리고 조니는 돈이 귀하다는 것을 알고 있는 만큼, 그녀는 자기와 같은 계급의 많은 남자들보다도 친밀감을 느끼고 있었다.

그는 공장을 인계받고 나서 후 처음 일 주일 동안에, 그녀가 바라는 대로 일을 해냈다. 휴가 여태까지 열 명의 흑인을 써서 하던 일을 다섯 사람의 죄수로, 그 이상의 일을 해낸 것이다. 그뿐만이 아니라, 그녀가 일 년 전에 애틀랜타로 온 이후 처음이라고 해도 좋을 만큼, 스카알렛을 한가하게 해주었던 것이다. 그것은 그녀가 공장에 오는 것을 좋아하지 않다고 그는 솔직하게 말했기 때문이다.

「당신은 주로 판매 쪽을 맡고, 제재는 내게 다 맡겨 두십시오.」하고 그는 무뚝뚝하게 말했다. 「죄수들이 일하는 곳은 부인들이 나설 자리가 못 되니까요. 다른 녀석들은 그런 말을 안 할지 모르지만, 이 조니 캘리거는 그렇게 말씀드립니다. 재목은 꼬박꼬박 뽑아내 드릴 테니까 말이오. 뭐니뭐니해도, 나는 윌크스 씨처럼 매일 붙어 있으면서 뒤를 보아 주는 것은 질색이란 말입니다. 그분이라면 뒤를 보아 줄 필요가 있겠지만, 나는 필요치 않아요.」

그래서 스카알렛은 하는 수 없이 조니의 공장에는 안 가기로 했다. 너무 귀찮게 찾아갔다가, 그가 그만두기라도 하는 날엔 그것으로 끝장이 날까 봐 겁이 났기 때문이다. 애실리는 뒤를 봐줄 필요가 있다고 한 그의 말이 마음에 걸려 견딜 수 없었다. 그 말은, 그녀가 옳은 말이라고 생각하는 이상으로 진실을 꿰뚫은 말이었기 때문이다. 애실리는 자기로서도 왜 그런지 알 수 없었지만, 죄수들을 써도, 자유 노동자를 썼을 때와 거의 다름 없는 성적밖에 올리지 못하고 있었다. 그뿐만이 아니라 죄수를 쓰는 것을 부끄러워하는 눈치여서, 요즈음은 그녀와 거의 말도 하지 않았다.

스카알렛은 그가 차츰 변해 가는 것이 여간 걱정되지 않았다. 머리에는 흰 머리카락이 섞이게 되고, 어깨는 앙상하게 살이 빠져 있었다. 그리고 좀처럼 웃는 일도 없었다. 그의 모습에는, 그 옛날 그녀가 가슴을 두근거리며 사랑을 품었던 그 우아한 애실리의 풍모는 이미 없어져 버렸다. 남모르게 거의 견딜 수 없는 고통에 시달리는 사나이처럼. 그녀는 어떻게 해야 좋을지 몰라 슬퍼졌다. 그의 머리를 와락 끌어안고 백발이 섞인 머리카락을 어루만지며 외치고 싶은 심정이었다.

『무엇을 고민하시는지 가르쳐 주어요, 네? 제가 잘 해 드릴 테니까요! 모든 것을 좋도록 해드리겠어요!』

그러나 그의 딱딱하고 서먹서먹한 태도는 그녀를 적당한 거리 안으로는 접근시키려고 하지 않았다.

43

십이월이 되어도, 햇살이 마치 봄날씨처럼 따뜻한 날이 가끔 있는 어느 날의 일이었다. 피티 고모네 뜰에 있는 떡갈나무에는 아직도 말라 빠진 붉은 잎이 매달려 있었고, 마른 풀 속에도 아직 옅은 황녹색 잎이 악착스럽게 남아 있었다. 아기를 팔에 안고 스카알렛은 옆 포치로 나가 양지 쪽에 놓인 흔들의자에 앉았다. 몇 야드인지도 알 수 없는 길고 검은 끈으로 선을 두른 새로운 초록빛 샬리 직(織) 드레스를 입고, 피티 고모가 그녀를 위하여 만들어 준 새 레이스의 실내 모자를 쓰고 있었다. 두 가지 다 썩 잘 어울렸고, 그녀도 그것을 알고 있어서, 이것을 입는 데에 커다란 기쁨을 느끼고 있었다. 오랜 세월 동안, 그처럼 처참한 꼴을 하고 지내오던 끝에, 다시 아름답게 차릴 수 있다는 것은 얼마나 신나는 일인가!

그녀가 콧노래를 부르면서 아기를 흔들고 있으려니까 옆 골목 쪽에서 말발굽 소리가 들렸다. 포치 위에 얽혀 있는 마른 덩굴 사이로, 무슨 일인가 하고 내다보았더니, 레트 버틀러가 말을 타고 다가오는 것이 보였다.

그가 애틀랜타에서 모습을 감춘 것은 몇 달 전의 일로서 제랄드가 죽은 직후였고, 엘라 로레나가 태어나기 훨씬 전이었다. 한때는 그녀도 그가 없는 것을 쓸쓸하게 느꼈지만, 지금은 어떻게든 안 만날 수만 있으면 하고, 간절히 바라고 있었다. 막상 그의 거무스름한 얼굴을 보면, 그녀는 죄의식 때문에 당황해지고 가슴이 답답해지는 것이었다. 그녀의 양심에는 애실리와 관련되는 한 가지 일이 남아 있었고, 그것을 레트가 따지고 드는 것이 싫었다. 그리고 아무리 그녀가 싫어해도, 그가 반드시 그것을 따질 것이라는 것도 그녀는 알고 있었다.

그는 문간에서 말을 세우자, 날렵하게 말에서 뛰어내렸다. 그녀는 초조한 마음으로 그를 바라보면서 웨이드가 노상 읽어 달라면서 귀찮게 조르는 책의 삽화와 흡사하다고 생각했다.

『저 사람에게 필요한 것은 단지 귀걸이와 입에 무는 해적용 단도뿐이야.』하고 그녀는 속으로 생각했다. 『하지만 해적이건 아니건, 그것을 잡아누를 수만 있다면 설마 오늘 내 목을 찌르려고 하지는 않겠지.』

그가 현관 앞길을 걸어오자, 그녀는 될 수 있는 대로 애교 있는 미소를 띄우면서 인사를 보냈다. 새 드레스를 입고 잘 어울리는 모자를 쓰고, 이렇게 아름답게 차렸을 때라 정말 다행이었다. 재빠르게 그녀를 훑어보는 그의 눈에서, 그도 역시 그녀를 아름답다고 생각하고 있는 것을 알았다.

「새 아기로군 ! 깜짝 놀랐는걸요, 스카알렛 ! 」그는 웃으면서, 몸을 구부려 엘라 로레나의 아직 예쁘지 않은 작은 얼굴에서 담요를 벗겼다.

「함부로 그러면 안 돼요. 」하고 그녀는 빨개지면서 말했다. 「그런데 그간 어쨌어요, 레트 ? 꽤 오래 오시지 않으셨어요. 」

「정말 그랬군요. 아기 좀 안아 봅시다, 스카알렛. 뭐 아이 안는 법쯤은 알고 있어요. 난 이래봬도 여러 가지 별난 재주를 가지고 있거든요. 허허, 이 아기는 프랭크를 꼭 닮았군요. 단지 볼수염이 없을 뿐이군. 하기야 크면 어떨지 모르지만. 」

「그건 곤란해요, 계집앤걸요. 」

「계집애 ? 그러면 더욱 잘됐군. 사내아이란 건 너무 말썽을 부려서 못 써. 인제 사내아일랑 이 이상 낳지 않는 편이 좋으실 거요, 스카알렛. 」

사내아이고 계집아이고, 이제는 절대로 아이 같은 건 낳지 않을 작정이라고 앙칼진 대답이 하마터면 혀끝에까지 나올 뻔했으나, 그녀는 가까스로 참아내고 미소를 지었다. 그리고 어떻게 해서든지, 이야기가 그녀가 두려워하는 화제로 옮겨지는 불쾌한 순간을 피하고 싶어서, 마음 속으로 무슨 좋은 이야깃 거리가 없을까 하고 부지런히 이것저것 궁리해 보았다.

「재미있는 여행이었나요, 레트 ? 이번에는 어딜 갔다오셨나요 ? 」

「아, 쿠바, 뉴 올리안즈, 그 밖의 여러 곳이지요. 자, 스카알렛, 아기를 돌려 드리지요. 침을 흘리기 시작했는데, 나는 손수건을 꺼낼 수가 없군요. 우수한 아기임에는 틀림이 없지만, 내 와이셔츠의 가슴도 적시는군요. 」

그녀는 아기를 무릎 위에 받아 안았다. 레트는 유유히 난간에 기대서서, 은 담뱃갑에서 담배를 빼들었다.

「당신은 곧잘 뉴 올리안즈에 가시는군요. 」이렇게 말하고 그녀는 약간 토라진 듯이 입을 내밀었다. 「그리고 거기서 무얼하고 계시는지 조금도 이야기를 안 해 주시는군요. 」

「나도 부지런한 일꾼이오, 스카알렛. 그런 데로 가야 하는 것도 내 사업 때문이지요. 」

「부지런하다고요 ! 당신이 ! 」하고 스카알렛은 허물 없이 웃었다. 「하지만 당신은 세상 밖에 나온 이후 한 번도 일한 적은 없지 않아요. 기막힌 게으름뱅이에요. 당신이 하시는 일이라면, 그저 도둑 같은 짓을 하는 정상배들의 전주 노릇이나 해서 이익을 갈라먹거나, 양키 관리들에게 뇌물을 써서 세금 낼 사람에게서 돈을 빼앗을 계획에 끼어들거나, 그런 것밖에 더 있어요. 」

그는 머리를 뒤로 젖히고 웃었다.

「그리고 당신은, 그런 일을 하고 싶어서 관리들에게 뇌물을 쓸 만한 돈을 벌려고 얼마나 안달을 하고 있소.」

「그런 일은 생각하기만 해도…….」 감정이 거칠어지기 시작했다.

「그러나 당신도 멀지 않아, 틀림없이 듬뿍 뇌물을 쓸 수 있을 만큼 돈이 생길 거요. 당신이 고용하고 있는 그 죄수들 덕분에 기막힌 부자가 될지도 모르지.」

「어머나!」하고 그녀는 약간 당황해서 말했다. 「어떻게 그렇게 빨리, 우리 죄수들 일을 알아냈어요?」

「난 어젯밤 여기에 도착하자, 밤 시간을 보내기 위해서 술집 현대 아가씨로 갔었소. 거기에 가면 시내 소식은 죄다 들을 수가 있거든요. 그곳은 일종의 소문 어음 교환소니까요. 부인들의 바느질 모임보다도 더 굉장하죠. 당신이 죄수를 고용해서, 그 천덕스럽고 올곧지 못한 캘리거에게, 놈들을 죽도록 부려먹게 하고 있다는 것을 모두들 말해 줍디다.」

「거짓말예요.」하고 그녀는 발끈해서 말했다. 「캘리거는 죽도록 일을 시키거나 하지는 않아요. 그런 짓을 하면, 내가 주의를 시켜요.」

「당신이?」

「물론 주의시키지요! 어째서 당신은 그런 거짓말에 속아 넘어갈까요.」

「아니, 실례했소, 케네디 부인! 당신의 동기가 언제나 비난의 여지가 없다고 하는 것은 나도 알고 있소. 그러나 조니 갤리거라는 놈은 약자를 괴롭히는 것을 자랑으로 아는 냉혹하고 비열한 사나이요. 잘 주의시키시는 편이 좋을 거요. 그렇지 않으면 공장 감독관이 순시를 왔을 때 시끄러워져요.」

「당신은 당신 일이나 주의하세요. 내 일은 내가 주의하겠어요.」하고 그녀는 화를 내며 말했다. 「난 인제 죄수 이야기 따위는 하고 싶지 않아요. 죄수 말만 나오면 모두들 심술궂은 소리만 하는걸요. 죄수에 대한 일은 나 자신의 문제예요. 당신은 아직도 뉴 올리안즈에서 무엇을 하고 계시는지 얘기를 안 해 주시는군요. 당신이 너무 자주 뉴 올리안즈엘 가기 때문에 모두들 말하던걸요.」그녀는 얼른 입을 다물었다. 거기까지 말할 생각은 없었던 것이다.

「뭐라고 하던가요?」

「즉, 거기에 애인이 있다고요. 그리고 당신은 결혼할 작정이라면서요. 정말예요, 레트?」

훨씬 전부터 그녀는 이 점이 궁금했기 때문에, 그예 참지 못하고 노골적으로 질문을 해버렸다. 그러나 레트가 결혼한다고 생각하면, 웬지 그녀 자신도 알 수 없었으나, 야릇한 질투의 고통이 희미하게 가슴을 찔렀다.

그의 평온하던 눈이 갑자기 긴장했다. 그녀의 눈길을 잡고 그녀가 살짝 볼을 붉힐 때까지 놓지 않았다.

「그것이 당신에게는 그렇게도 궁금하오?」

「궁금해요, 난 당신과의 우정을 잃고 싶지 않은걸요.」하고 그녀는 그럴 듯하게 말하고, 무관심한 척하며 몸을 구부리고 엘라 로레나의 머리에 담요를 씌워 주었다.

그는 갑자기 짤막하게 웃었다. 「나를 좀 보십시오, 스카알렛.」

그녀는 마지못해서 얼굴을 들었다. 얼굴이 좀 붉어졌다.

「당신의 호기심 많은 친구분들에게 전해 주시오. 만약 내가 결혼한다면, 그건 다른 방법으로는 내가 바라는 여자를 손에 넣을 수가 없었기 때문이라고 말이오. 나는 아직 결혼할만큼 꼴사납게 여자를 갖고 싶었던 적은 없어요.」

그 말을 듣자, 그녀는 당황해서 어쩔 줄을 몰랐다. 왜냐하면 그녀는 포위전이 한창일 때에 장소도 똑같은 이 포치에서 그가 이렇게 말한 그 날 밤 일을 생각했기 때문이다. 「나는 결혼하게 돼먹은 인간이 아니오.」그리고 그때 문득 그녀를 자기의 정부로 삼고 싶다고 비쳤던 것이다. 그녀는 또, 그가 감옥에 있었던 그 무서운 일이 생각났다. 그리고 그 추억에 부끄러워졌다. 그녀의 눈을 지켜보고 있는 동안에 심술궂은 미소가 점점 그의 얼굴에 번져 가고 있었다.

「그러나 모처럼 그런 솔직한 질문을 해줬으니까, 나도 당신의 흉허물 없는 호기심을 만족시켜 드리지요. 내가 뉴 올리안즈엘 가는 것은 절대로 애인 때문이 아니오. 조그만 사내아이 때문이오.」

「조그만 사내아이!」너무나 뜻밖이었기 때문에 그녀의 쩔쩔매던 마음도 완전히 사라져 버렸다.

「그렇소. 나는 법률상 그 아이의 보호자로 되어 있으니까 매사를 돌봐 주어야 할 책임이 있는 거요. 그 아이가 지금 뉴 올리안즈 학교에 다니고 있어요. 그래서 나는 이따금 만나러 가주는 거요.」

「그래 선물을 가지고 가시나요?」웨이드가 어떤 선물을 좋아하는지, 그가 잘 알고 있는 것은 그 때문이었구나 하고 그녀는 생각했다.

「네.」하고 그는 내키지 않는 것처럼 무뚝뚝하게 대답했다.

「어머나, 그랬군요! 그래 예쁜 아인가요?」

「장래가 염려될 만큼 예쁘지요.」

「순한 아인가요?」

「아니오, 형편 없는 장난꾸러기요. 태어나지 않았으면 좋았을 거라고 생각할 정도요. 사내아이 놈은 정말 골칫거리란 말이오. 그건 그렇고, 그 밖에 물어보고 싶은 것이 있소?」

그는 갑자기 성난 듯한 표정을 짓고 눈썹을 찌푸렸다. 마치 공연한 소리를 해 버렸다고 후회하고 있는 것처럼.

「아니에요, 얘기하고 싶지 않으시면 그만해 두세요.」하고 좀더 듣고 싶으면서도 우쭐하면서 말했다. 「하지만 난, 당신이 보호자 노릇을 하는 모습이 도무지 상상되지 않아요.」하고 그를 난처하게 만들어 주려고 그녀는 웃었다.

「물론 그러리라고 생각하오. 당신이 사물을 보는 눈은 상당히 한정되어 있으니까요.」

그는 이렇게만 말하고, 잠시 잠자코 담배를 피우고 있었다. 그녀도 거기에 못지않게 이따금 말을 해주려고, 여러 모로 궁리했으나 아무것도 머리에 떠오르지 않았다.

「내가 지금 한 이야기, 아무에게도 말하지 말아 주었으면 퍽 고맙겠는데요.」이윽고 그는 말했다. 「하기는 여자들에게 잠자코 있어 달라고 부탁하는 것은, 불가능한 일을 부탁하는 것이나 다름 없다고 생각하지만.」

「난, 비밀쯤은 지킬 수 있어요.」하고 그녀는 위엄을 손상했다는 듯이 말했다.

「정말이오? 친구들의 생각지도 못 했던 비밀을 듣는 것은 유쾌한 일이니까요. 자아, 그렇게 입을 빼물지 마시오, 스카알렛. 실례되는 말을 해서 안 됐지만, 당신의 캐묻는 성질에도 책임은 있어요. 자, 웃어 주시오. 과히 재미도 없는 이야기로 들어가기 전에 잠시 유쾌한 기분이 되는 게 어떻소?」

저것 보라니까! 하고 그녀는 생각했다. 기어코 애실리와 공장 이야기를 끄집어낼 작정인 것이다! 그래서 그녀는 그를 기쁘게 하기 위하여 얼른 웃음을 띄고 볼우물을 지어 보였다. 「그런데 그 밖에 어디에 가 있었나요, 레트? 내내 뉴올리안즈에만 있었던 건 아니겠지요, 네?」

「네, 마지막 한 달은 찰스턴에 있었소. 아버지가 돌아가셨기 때문이오.」

「저런, 상심되시겠어요.」

「뭘요, 천만에요. 아버지도 돌아가시는 것이 그다지 싫지 않으셨던 모양이고, 나도 아버지가 돌아가신 것을 조금도 슬퍼하거나 하지는 않소.」

「레트, 무슨 그런 끔찍한 소리를 하는 거지요!」

「그렇지만, 슬프지도 않은데 슬픈 척하거나 하면 그편이 훨씬 더 끔찍하지요. 그렇잖소? 아버지와 나 사이에는 전혀 애정이란 것이 없었소. 아버지가 내게 대해서 못마땅해 하지 않았던 때라곤 내 기억에는 없소. 나는 아버지의 아버지, 즉 할아버지를 아주 몹시 닮았는데, 아버지는 진심으로 자기 아버지를 싫어하고 있었으니까요. 내가 자라나자 내게 대한 아버지의 불만은 순전히 미움으로 변했

는데, 나는 도무지 아랑곳하지 않고, 조금도 내 행동을 고치려고 하지 않았어
요. 아버지가 내게 시키려고 한 것, 내게 그렇게 되어 주었으면 하고 바라던 것
은, 모두가 따분하기 그지없는 것들뿐이었으니까요. 그래서 끝내 나는 돈 한 푼
없이 빈털터리로 세상에 내던져진 셈이오. 몸에 익힌 재주라고는 권총을 잘
쏜다는 것과, 포커를 잘하는 정도여서, 이것으로는 아무리 뭐라도 찰스턴의 신
사는 될 수가 없었지요. 그런데 내가 굶어죽지도 않고, 포커로 돈을 잘 벌어서
버젓이 생활을 계속해 가는 것을, 아버지는 일종의 개인적인 모욕이라도 되는
것처럼 생각하는 모양이었어요. 내가 처음 집에 돌아갔을 때에는 아버지는 버틀
러네의 인간이 노름꾼이 됐다면서 노발대발 분격해서, 어머니에게도 나하고 만
나지 못하게 할 정도였지요. 전쟁중에는 내가 찰스턴에서 쫓겨나 있는 동안, 어
머니는 핑계를 만들어서 몰래 나를 만나러 와 주시곤 했지만 말이오. 이런 형편
이니 자연 아버지에 대한 내 사랑은 조금도 커질 수가 없었던 거요.」

「어머나, 난 그런 걸 전혀 몰랐었군요 !」

「아버지는 전형적인 훌륭한 구식 신사였죠. 즉 몰지각하고 고집 세고 완고해
서, 다른 구식 신사들이 생각하는 것 이외에는 아무것도 생각하지 못하는 사람
이었소. 아버지가 나를 의절하고 이미 죽은 인간으로 치고 있다는 것을 사람들
은 무척 칭찬하고 있었소. 〈너의 오른쪽 눈이 만약 너에게 거역하거든 그것을
도려내 버려라.〉 하는 거지요. 장남인 난 말하자면 아버지의 오른쪽 눈이었소.
그러니까 아버지는 복수라도 하는 마음으로 나를 도려내 버린 거지요.」

그는 희미하게 미소를 띄웠다. 흥미있는 추억에 대해 매서운 눈빛을 나타내면
서…….

「하기야 그런 것은 나는 아무래도 상관없소. 그러나 도저히 참을 수 없었던
것은, 전쟁이 끝나고 나서 아버지가 어머니와 누이동생에게 취한 행동이었어
요. 그 무렵 우리 집안은 완전히 몰락해 있었소. 농장 집은 불타고 논은 다시 그
전처럼 늪지가 돼 버렸소. 시내 집도 세금의 담보로 빼앗겨 버렸기 때문에, 식
구들은 흑인도 살지 못할 것 같은 두 개의 방에서 살고 있었소. 그래서 내가 어
머니에게 돈을 보내 드렸더니, 아버지는 고스란히 그것을 되돌려 보냈더군요.
더러운 돈이니까 말이오 ! 그 뒤로 나는 가끔 찰스턴에 가서 몰래 누이동생에게
돈을 주었지요. 그런데 아버지는 언제나 그것을 찾아내 가지고는 불쌍한 누이동
생을 못 살게 들볶는 것이었소. 그러고는 내게로 돌려 보냈단 말이오. 식구들이
어떻게 살아가고 있었는지 나는 알 수가 없소……. 아니 알고 있소. 내 아우가
기를 쓰고 도와 주고 있었소. 하기는 동생도 그다지 돈이 있는 건 아니었으니까
대단한 도움도 주지 못했겠지만, 동생 놈도 내게서는 아무것도 받으려고 하지

않았소. 투기꾼의 돈 따위는 불결하니까요! 그리고 친구들로부터의 동정도 있었던 모양이오. 당신의 율라리 이모님 같은 분은 무척 친절히 해주었소. 아시다시피 그분은 우리 어머니와 절친한 친구였으니까요. 옷이니 그 밖의 온갖 것들을 베풀어 주셨소. 아, 이 무슨 일이란 말이오! 우리 어머니가 남의 동정을 받다니!」

그런 투로 가면을 벗은 그를, 그녀는 극히 드물게밖에는 본 적이 없었다. 아버지에 대한 마음으로부터의 증오와 어머니에 대한 측은한 마음으로 그의 표정은 험악했다.

「어머나, 율라리 이모가! 하지만 레트, 이모님이 갖고 계신 것은, 대개가 제가 보내 드린 거였어요!」

「흠, 과연 그렇게 된 것이었군! 그러나 부끄러워하고 있는 내 눈 앞에서 그런 걸 자랑하다니, 당신의 교양 없는 것에 놀랐소, 그렇군요, 나보고 그것을 변상하란 말씀이군요!」

「기꺼이 그러겠어요.」하고 스카알렛은 말했다. 그리고 갑자기 싱긋이 웃자, 그도 끌린 것처럼 미소를 보냈다.

「아, 스카알렛, 돈 이야기만 하면, 당신 눈은 이상하게 빛나거든! 당신 몸에는 아일랜드 사람의 피에 못지않게 스코틀랜드 사람이나, 아니 어쩌면 유태인 피라도 섞여 있는 게 아니오?」

「그런 망측한 소릴 하는 게 아녜요! 전 율라리 이모 일로 당신에게 망신을 주려는 건 아니었어요. 하지만 솔직하게 말하면, 이모는 내가 돈을 좀 번 줄로 알고 있는 거예요. 편지 할 적마다 좀더 보내 달라고 써 오거든요. 그야 내가 꽤 돈을 가지고 있는 건 사실이지만, 찰스턴에 있는 사람에게는 아무 신세도 지지는 않았거든요. 대체 당신 아버님께서는 왜 돌아가셨나요?」

「영양 실조 때문이겠지요. 또 그렇기를 나는 바라고 있소. 그것이 아버지에게는 당연한 보답이지요. 아버지는 어머니와 로즈메리까지, 자기와 함께 굶겨죽일 작정이었던 모양이오. 그러나 그 아버지도 이젠 죽어 버렸소. 그러니까 앞으로는 거리낌 없이 어머니와 누이동생을 도울 수가 있게 된 셈이지요. 나는 두 사람을 위해서, 포병대 옆에 집을 한 채 사주었소. 시중을 들 하인들도 고용했소. 그러나 물론 그 돈이 내 손에서 나가고 있다는 것을 다른 사람들에게 알려서는 곤란하오.」

「왜 곤란하지요?」

「찰스턴이 어떤 곳인지는 당신도 알고 있을 텐데! 가 본 적이 있겠지요. 우리 가족은 비록 아무리 가난해도 집안 명예만큼은 더럽힐 수 없어요. 그런데 만약 노름으로 번 돈이나 투기꾼의 돈이나, 이권으로 번 돈 따위로 지내고 있는 것을 알면 그 가명은 형편 없이 깎이고 말아요. 그러니까 남에게는 아버지가 들어 있던 막대한 보험의 돈이 들어온 것으로 꾸미고 있소. 즉 아버지는 자기가 죽은 뒤, 그 돈으로 가족들이 편히 살 수 있도록 자진해서 거지 같은 생활도 했고 굶어죽기까지 했다는 걸로 되어 있단 말이오. 그래서 아버지는 옛날식으로 말하면 훌륭한 신사였다고 해서 죽은 뒤에 더욱더 꽃을 피우고 있소. 말하자면, 가족에 대한 순교자가 된 셈이지요. 생전에 여러 가지 고생을 했는데도, 현재 어머니와 로즈메리가 내 돈으로 행복하게 지내고 있는 것을 알면, 아버지는 틀림없이 무덤 속에서 안절부절을 못 하고 계시겠지요. 다만 내가 가엾게 생각하는 것은, 아버지가 돌아가시고 싶어했다는 것, 죽는 것을 반겨하고 있었다는 것이오.」

「왜 그렇지요?」

「리 장군이 항복했을 때, 말하자면 아버지는 이미 죽은 거나 마찬가지였으니까요. 그런 사람들은 당신도 알겠지요. 아버지는 아무리 해도 새 시대에 적응하지 못하고, 노상 옛날 살기 좋은 시절의 이야기만을 하고 있었던 거요.」

「레트, 옛날 사람들이란 모두가 그런 걸까요?」 그녀는 제랄드와, 윌이 제랄드에 대해서 하던 이야기를 생각하고 있었다.

「그럴 수가 있소! 우선 시험삼아 당신의 헨리 아저씨나, 늙다리 삵쾡이 같은 메리웨더 씨를 보시오. 그분들은 향토 방위군과 함께 출정했을 때, 인생과 새로운 흥정을 한 겁니다. 그 뒤로 두 분은 전보다도 훨씬 젊고 훨씬 지독한 사람이 된 걸로 나는 생각하오. 오늘 아침, 나는 메리웨더 노인을 만났었는데, 노인은 르네의 파이 수레를 타고 다니면서, 마치 군용 노새의 가죽 벗기는 인부처럼, 말에게 고래고래 소리를 치더군요. 그리고 지성껏 받드는 며느리 곁을 떠나서, 집을 뛰쳐나가 마차를 타고 돌아다니게 된 뒤로 자기가 십 년이나 젊어진 것 같은 기분이 든다고 하더군요. 또 헨리 아저씨는 재판소 안팎에서 양키와 맞서는 게 재미있어서 정상배들 손에서 미망인과 고아들을——틀림없이 무료라고 생각되는데——변호해 주고 있어요. 만약 전쟁이 일어나지 않았다면, 아저씨는 아마 벌써 옛날에 들어앉아서 신경통이나 치료하고 있었겠지요. 자기들이 아직도 쓸모 있는 인간이 돼서, 세상이 필요로 하고 있다는 것을 느끼기 때문에 그분들은 젊어진 거요. 그리고 노인들은 다시금 기회를 주는 이 새 시대가 마음에 든 거지요. 그러나 우리 아버지나 당신 아버지 같은 마음을 가진 사람은, 젊은 패들 속에도 많이 있소. 세상에 적응할 수도 없거니와 또 그렇게 하려고도 하지 않는 패들이 말이오. 그렇기 때문에, 내가 이제부터 당신하고 따지려는 것과 같은 불쾌한 문제도 일어나게 되는 거요, 스카알렛.」

느닷없이 형세가 바뀌었기 때문에, 그녀는 완전히 당황해져서 「무슨, 무슨 …….」하고 더듬거리면서 말했다. 그리고 마음 속으로 신음했다. 『아, 하느님! 그예 오고 말았구나. 어떻게 이 사람을 잘 구슬릴 수는 없을까?』

「나는 당신이란 사람을 잘 알고 있기 때문에 진실이니, 도의심이니, 공평한 거래니, 그런 것을 당신에게 기대해서는 안 되었던 거요. 그런데 나는 어리석게도 당신을 믿고 있었단 말이요.」

「나는 당신이 하는 말을 못 알아듣겠어요.」

「알고 있는 줄로 나는 아는데. 어쨌든 당신 얼굴에 분명히 죄를 범했다고 씌어져 있소. 방금 내가 이리로 오는 길에 아이비 거리를 지나려니까, 생울타리 저쪽에서 부르는 사람이 있었소. 누군가 했더니, 애실리 윌크스 부인이었어요! 그래서 물론, 말을 세우고 이야기를 하고 왔지만.」

「정말?」

「정말이고 말고요. 유쾌하게 이야기를 하고 왔지요. 부인은 내가 늦게나마 남부 동맹을 위해서 한 팔의 힘을 보태 주었다는 것을 얼마나 용감한 일로 생각하고 있는지를 항상 내게 알려 주려 했다고 말하더군요.」

「어쩌면 바보같이! 멜라니는 바보예요. 당신의 그 용감한 행위 때문에 그녀는 그 날 밤 죽었을지도 모르는데.」

「그녀는 아마, 자기의 목숨을 훌륭한 대의를 위해 바쳤다고 생각했겠지요. 그런데 애틀랜타에서 무엇을 하고 있느냐고 물었더니, 내가 아무것도 모르는 데 대해서 놀랐다는 표정으로, 스카알렛이 고맙게도 윌크스 선생을 공장의 공동 경영자로 해주었기 때문에 지금은 여기서 살고 있다고 이야기하더군요.」

「그래서 그게 어떻다는 거지요?」스카알렛은 무뚝뚝하게 힐문했다.

「당신에게 그 공장을 살 돈을 빌려 드렸을 때, 나는 당신과 약속을 했었지요. 당신도 그걸 동의했을 텐데. 즉 애실리 윌크스를 돕거나 하는 일은 절대로 하지 않는다는.」

「당신은 참 짓궂은 분이군요. 전, 돈을 갚아 드렸잖아요. 공장은 내거예요. 그러니까 그것을 어떻게 하든 내 마음대로가 아니겠어요?」

「내게 꾼 돈을 갚을 돈을 당신이 어떻게 만들었지요?」

「재목을 팔아서 만들었지요, 물론.」

「결국 그것도 내가 빌려 드린 돈으로 만든 셈이군요. 그건 부정할 수는 없겠지요. 즉 내 돈은 지금, 애실리를 돕기 위해서 쓰여지고 있는 셈이 돼요. 당신은 정말로 도의심이 없는 사람이군요. 만약 당신이 아직 돈을 갚지 않았다고 한다면, 나는 지금부터 그것을 회수하는 수단을 기꺼이 강구할 거요. 만약 당신이 지불할 수 없었다고 한다면 공장은 경매를 해버릴 텐데.」

그는 가벼운 어조로 말했으나 그 눈에는 노여운 빛이 번쩍이고 있었다.

스카알렛은 재빨리 적의 영토로 파고들어갔다.

「어째서 당신은 그다지도 애실리가 밉지요? 틀림없이 당신은 질투를 하고 있는가 보군요.」

그렇게 말해 버리고 나서, 그녀는 혀를 물어 끊고 싶었다. 그 말을 듣자, 그가 머리를 젖히고 크게 웃음을 터뜨렸기 때문이다. 그녀는 너무나 분해서 얼굴이 빨개졌다.

「신의가 없는 데다가 자부심까지 곁들이긴가요?」하고 그는 말했다. 「당신은 여전히 자기를 이 일대에서 가장 미인이라고 생각하고 있군요, 그렇지요? 자기는 굉장히 영리한 사람이기 때문에 만나는 남자는 모조리 자기에게 반해 있다고 생각하는 마음은, 언제까지고 당신에게서 떠나지 않는 모양이로군.」

「설마 그렇기야!」하고 그녀는 발끈해서 외쳤다. 「하지만, 난 당신이 왜 그렇게 애실리를 미워하는지 그것을 알 수가 없는 거예요. 그러니까 그렇게 밖에 더 생각할 수 없잖아요?」

「딴은 그렇군. 그러나 좀더 다르게도 생각할 수가 있을 텐데요. 그렇게 생각하다니 전혀 당치도 않소. 내가 애실리를 미워한다고 하지만, 나는 물론 애실리를 좋아하지는 않소. 그렇다고 미워하지도 않소. 정직하게 말해서, 나는 그와 같은 인간에 대한 내 마음은 그저 가엾은 생각뿐이오.」

「가엾다고요?」

「그렇소. 그리고 얼마가는 경멸도 하고 있소. 자아, 또 칠면조처럼 부어 올라서, 그가 나 같은 무뢰한의 천 배나 되는 가치가 있다는 것과, 그리고 그를 가엾이 여긴다거나 경멸하거나 한다는 건 어처구니 없을 만큼 주제넘은 짓이란 말이라도 그 전처럼 한 번 퍼부어 주시지요. 그것이 끝나면 내 기분을 말해 드릴 테니까요. 만약 듣고 싶다면 말이오.」

「난 그러고 싶지 않아요.」

「아뭏든 할 말은 하겠소. 내가 질투라고 하고 있는 것 같은 유쾌한 망상을, 당신이 언제까지나 품고 있게 해서는, 내가 견딜 수 없으니까 말이오. 내가 그를 가엾게 생각하는 것은 말이오, 죽는 편이 나을 텐데 아직도 죽지 않고 있기 때문이오. 또 그를 경멸하는 것은 그의 세계가 사라져 버린 현재, 자기의 처신이 어려워서 우물쭈물하고 있기 때문이오.」

그의 그러한 의견 속에는 무언가 귀에 익은 것이 있었다. 여태까지도 비슷한 이야기를 분명히 들은 적이 있는 것을 그녀는 어렴풋이 기억하고 있었지만, 언제 어디서 들었는지 생각나지 않았다. 그리고 잔뜩 화가 나 있었기 때문에 깊이 생각하려 하지 않았다.

「하지만, 당신 말대로 한다면, 남쪽의 훌륭한 남자들은 모두 죽어야만 하겠군요!」

「아니, 누구나 똑똑한 인간이라면, 예를 들어 애실리와 같은 인간은 차라리 죽음을 택해야만 했단 말이오. 그래서 깨끗한 묘표 위에 〈남부를 위하여 생명을 바친 남군 병사 이곳에 잠들다〉라든가, 〈조국을 위하여 죽는 것은 즐겁고 또 명예롭다〉라든가, 그 밖에 뭔가 그렇게 극히 흔해 빠진 비명이라도 써야겠지요.」

「어째서 그런 것을 해야만 되나요?」

「당신은 언제나 일 피트쯤 되는 큰 글자로 쓴 것을 코 앞에 들이대지 않으면 아무것도 모른단 말야, 그렇지요? 죽어 버리면 여러 가지 고통도 없어지고, 해결되지 않는 가지가지 문제에 부딪칠 일도 없어지게 될 거 아니오. 게다가 또, 가족들은 두고두고 자랑으로 여길 거요. 죽은 사람은 행복하다고 하니까요. 당신은 애실러 윌크스를 행복한 사나이라고 생각하고 있소?」

「그래요, 물론…….」하고 그녀는 말을 꺼냈으나 최근의 애실리의 눈빛을 생각해 내고 입을 다물어 버렸다.

「그나, 휴 엘싱이나, 미드 선생 같은 이가 과연 행복할까요? 우리 아버지나 당신 아버지보다도 행복하다고 말할 수 있을까요?」

「글쎄요, 아마 그다지 행복하지 않을지도 모르지요. 어쨌든 모두 돈을 없애 버렸으니까요.」

그는 웃었다.

「돈이 아니오. 그 사람들이 잃은 것은 그들의 세계, 그들이 자라온 세계인 거요. 그들은 마치 뭍에 올라간 고기나, 날개 돋친 고양이 같은 거요. 일정한 인간이 되어 어떤 일정한 일을 하고, 어떤 일정한 장소에 살도록 길러진 것이오. 그런데 그러한 일정한 인간이나, 일이나, 장소는 리 장군이 애퍼매턱스에서 북군에게 머리를 숙이고 말았을 때에, 영원히 소멸되고 만 거요. 아, 스카알렛, 그런 멍청한 얼굴을 하면 못 써요! 집을 잃고, 농장은 세금 대신 빼앗기고, 훌륭한 신사들이 겨우 일 센트 때문에 스무 명씩 밀려드는 요즈음 같은 세상에, 애실리 윌크스가 할 수 있는 일이 어떤 것이 있소? 그의 머리나 손이 과연 무엇에 소용되겠소? 그가 공장을 맡아서 돌리게 된 뒤로 당신의 이익이 몹시 줄었으리라는 것을 쉽게 짐작이 되는군요.」

「그렇지 않아요!」

「그거 나행이군. 그렇다면 가까운 날에, 일요일 밤에라도, 당신이 한가하실 때 장부를 보여 주시겠소?」

「악마한테 가 버려요. 한가할 때니 뭐니 할 것 없이, 지금 당장 가줘요, 상관 없으니.」

「웬걸, 나는 전에도 한 번 악마한테 갔던 적이 있지만 말이오. 아주 재미 없는 놈이더군. 아무리 당신을 위한 일이라도, 나는 두 번 다시 갈 생각은 나지 않소 ……. 당신은 돈이 다급하게 필요했을 때 내게서 빚을 내서 그걸 썼소. 그리고 그것을 어떻게 쓰느냐에 대해서는 분명히 약속되어 있는데도 당신은 그것을 위반해 버렸소. 글쎄, 잘 생각해 보아요. 내게서 돈을 더 꾸고 싶을 때가 멀지 않아 틀림없이 찾아올 거요. 좀더 많은 공장을 세우고, 노새를 사들이고, 술집을 세우기 위해서, 터무니 없이 싼 이자로 내게서 돈을 꾸려고 할 때가 말이오. 당신이란 사람은 그때가 돼야 비로소 발을 동동 구를 테니까.」

「돈이 필요하게 되면, 난 우리 은행에서 빌어 올 테예요, 미안하지만.」하고 그녀는 쌀쌀하게 말했으나, 가슴은 격한 분노로 들먹이고 있었다.

「딴은 그렇기도 하군요. 그것도 좋겠지요. 그러나 나는 그 은행의 주를 잔뜩 가지고 있단 말이오.」

「어머 정말이에요?」

「정말이죠. 나는 정직한 사업에 대해서도 상당히 흥미를 가지고 있으니까요.」

「하지만 은행은 딴 데도 있어요.」

「많이 있지요. 그런데 내가 마음먹기에 따라서 당신은 어느 은행에서나 단 일 센트도 얻어내지 못할 거요. 하기야 정 돈이 필요하면, 뜨내기 고리대금업자에게로 가는 길은 있지만 말이오.」

「난 고리대금업자고 뭐고 기꺼이 빌러 갈 거예요.」

「그것도 괜찮겠지요. 그러나 이자 액수를 들으면 그다지 유쾌한 표정은 못 가질 거요. 여봐요 스카알렛, 장사를 하는데 무리한 짓을 하면 여러 가지 벌을 받아야만 하는 거요. 그러니까 당신은 정직한 거래를 했어야만 옳았소.」

「당신은 훌륭한 분이지요? 그처럼 부자이고, 세력이 좋으신데 아직도 애실리나 나 같은 몰락한 사람에게서 짜내려 하시는 건가요!」

「자신을 애실리와 같이 취급하는 일은 않는 게 좋아요. 당신은 몰락한 사람이 아니오. 어떤 사람이고 당신을 무능한 사람으로 만들 수는 없소. 그러나 그는 몰락할 대로 몰락했소. 누군가 세력 있는 사람이 뒤라도 보아 주고 잘 지도하고 보호해 주지 않는 한, 평생 그 꼴을 면하지 못할 거요. 나는 내 돈을 그런 인간을 위해서 쓰고 싶은 생각은 조금도 없소.」

「당신이 나를 도와 주려 하지 않았기 때문에 나는 몰락해 버렸단 말예요. 그리고…….」

「당신은 상당한 수완가였소, 스카알렛. 입이 딱 벌어질 정도의 수완가였소. 왜냐고요? 그건 말이오, 당신이 남자 친척에게 신세를 지며, 옛날 일을 생각하고 울며 지내거나 하지 않았기 때문이오. 당신은 용감하게 세상에 나가서 싸웠소. 그리고 지금은 죽인 사나이의 지갑과 〈남부 동맹〉에서 훔친 돈을 밑천삼아, 버젓하게 재산을 만들었소. 당신은 살인도 하고, 남의 남편을 훔치기도 하고, 간통이나 다름 없는 짓을 하기도 하고, 거짓말을 하기도 하고, 폭리를 보는 거래를 하기도 하고, 그 밖에 세상이 알면 곤란할 만한 온갖 나쁜 짓을 했소. 모두가 굉장한 일뿐이오. 그것은 당신의 정력과 결단력과, 돈벌이에 능하다는 것을 잘 증명해 주고 있소. 자기 힘으로 해낼 수 있는 사람을 돕는다는 것은 기쁜 일이오. 저 메리웨더 부인 같은 사람에게라면, 나는 증서 없이 일만 달러라도 빌려 주겠소. 그녀는 과자 광주리 하나로 출발했는데, 현재의 그녀를 보아요! 빵가게에서 대여섯 명씩 사람을 부리고 있고, 노인은 유쾌한 듯이 마차로 배달을 하고 그 게으름뱅이 혼혈아 르네까지도 열심히 좋아서 일하고 있지 않소? 또, 저 불량 청년 토미 웰번은 반 사람 몫의 몸으로 두 사람 몫의 일을 훌륭하게 하고 있소. 그리고……. 아니, 당신을 지루하게 해 봤자 재미 없으니까 인제 그만둡시다.」

「정말 지루해요. 머리가 멍할 만큼 지루해졌어요.」 스카알렛은 쌀쌀하게 말했다. 그녀는 어떻게든지 그를 몰아세워서 불행한 애실리의 이야기에서 그의 마음을 돌리려고 했다. 그러나 그는 짤막하게 웃을 뿐, 도전에 응하려고 하지 않았다.

「그런 사람들이라면 원조할 만한 가치가 있어요. 그러나 애실리 윌크스쯤 되면, 이건 좀 곤란해! 그런 종류의 인간은, 요즈음 같은 무질서한 시대에는 아무 쓸모가 없거니와 아무런 가치도 없어요. 언제고 세상이 뒤집힐 때는, 그런 종류의 인간이 맨 먼저 망하고 말아요. 그것이 또 당연하오. 그들은 싸울 생각도 없고, 어떻게 싸워야 하는가도 모르니까 살아 남을 만한 가치가 없는 거죠. 세상이 뒤집힌 것은 이번이 처음도 아니거니와 또 이것이 마지막도 아니오. 여태까지만 해도 몇 번이나 이런 일이 있었소. 앞으로도 또 있을 것이 틀림없소. 세상이 그렇게 되면 모두들 모든 것을 잃고 모두가 평등하게 되죠. 그리고 모두가 전혀 아무것도 갖지 않고 새로 출발하는 거요. 즉 머리가 돌아가는 것과, 팔힘밖에는 아무것도 갖지 않고 말이오. 그러나 어떤 인간, 가령 애실리와 같은 인간에게는 그러한 머리도 없거니와 힘도 없고, 설사 있다손 치더라도 우물쭈물

하기만 하고, 그것을 활동시키지를 못 해요. 그러니까 뒤처져서 바닥에 깔릴 수밖에 없지요. 그것이 자연의 법칙이고, 그런 사람 따위는 없는 편이, 이 세상은 훨씬 좋아지는 겁니다. 그러나 어느 시대에나 작은 수의 똑똑한 사람이 있어서, 끝까지 버티고 나가게 마련이죠. 그리고 시간만 주어지면, 세상이 뒤집히기 이전의, 옛날 상태로 또 한 번 제대로 돌아가는 겁니다.」

「당신에게도 가난했을 때는 있었어요! 당신은 아까, 아버지한테서 빈털터리로 쫓겨났다고 말하지 않았어요?」하고 스카알렛은 격한 어조로 말했다.「당신은 애실리를 이해해주고 동정해 주지 않으면 안 돼요.」

「이해는 하죠.」하고 레트는 말했다.「그러나 동정하는 건 딱 질색이란 말이오. 종전 뒤의 애실리 쪽이, 쫓겨났을 당시의 나보다 훨씬 여러 가지 것을 가지고 있었소. 적어도 그에게는 내가 이스마엘(구약 성서에 나오는 사람으로 아브라함과 그 시녀 하갈과의 사이에 난 아들 어머니 하갈 때문에 쫓겨남. 사회의 미움을 받는 자, 따돌림을 받는 사람들의 대명사—역자주) 같았던 처지에 비해서, 따뜻하게 맞아 줄 친구들이 많았소. 그러나 애실리는 그 뒤 자신이 무슨 일을 했죠?」

「만약 당신이 자신을 애실리와 비교하고 있다면, 그것은 당신의 자만심이란 거예요. 왜냐하면, 애실리는 당신과 같은 사람은 아니란 말예요! 당신처럼 뜨내기 정상배나, 남부의 배신자나, 양키 따위와 함께 돈벌이를 꾀해서, 손을 더럽힐 짓은 하지 않아요. 애실리는 조심성 깊고, 수치란 것을 알고 있는 분이에요!」

「그러면서 여자에게서 도움을 받거나, 돈을 얻거나 하는 것을 사양도 않거니와 부끄러운 줄도 모르고 있군요.」

「그럼, 달리 무슨 도리가 있죠?」

「그런 것까지 내가 알 게 뭐요? 나는 단지 집에 쫓겨났을 때와, 현재 내가 한 일을 알고 있을 뿐이오. 물론 다른 인간이 한 일도 알고 있소. 우리들은 한 문명의 폐허 속에서 성공의 기회를 찾아내어, 그것을——어느 사람은 정직하게, 어느 사람도 남 모르게——충분히 활용한 것에 불과한 거요. 지금도 역시 그것을 활용하고 있어요. 그러나 애실리와 같은 사람은, 우리와 똑같은 기회의 혜택을 받고 있으면서 그것을 잡지 않소. 말하자면 재치가 없는 거요, 스카알렛. 그래서 재치 있는 사람들만이 살아 남을 가치가 있는 거죠.」

그녀는 그가 말하는 것을 거의 듣고 있지 않았다. 그것은 그가 지껄이기 이삼분 전에, 일찌기 그녀를 초조하게 했던 추억이 또렷이 되살아났기 때문이었다. 타라의 과수원을 몰아치던 찬바람과, 물끄러미 다른 곳을 바라보면서 수북이 쌓아올린 통나무 옆에 서 있던 애실리의 모습을 그녀는 생각해 냈던 것이다. 그때 그가 말한 것은 어떤 것이었더라? 신을 모독하는 말처럼 들리는, 어딘지 이상한 외국어를 섞어 가면서, 그는 이 세상의 종말을 말한 것 같은 생각이 든다. 그때는 그가 하는 말을 잘 알 수가 없었으나, 지금은 어렴풋하게나마 알게 되었다. 그리고 그와 동시에, 속이 메스꺼운 듯한, 힘이 쭉 빠지는 것 같은 기분이 되었다.

「어머나, 애실리도 말한 적이 있어요.」

「뭐라고?」

「아직 타라에 있을 무렵, 애실리는 신들의 황혼이니 이 세상의 종말이니, 그밖에 역시 그런 식의 우스꽝스러운 소리를 했어요.」

「아, 〈괴테르댐머룽(신들의 황혼—역자주)〉 말이군요?」레트는 흥미에 이끌려서 눈을 빛냈다. 「그 밖에 어떤 말을 하던가요?」

「전 똑똑히 기억하고 있지 않아요. 별로 주의해서 듣지 않았거든요. 하지만, 그래요. 강한 자가 찾아와서, 약한 자는 추려내지고 흔들려 떨어진다던가 뭐라고 했어요.」

「아아, 그럼 그도 알고 있군. 그렇다면 한층 더 괴로울 거요. 대부분의 사람들은 현재나 앞으로나, 절대로 그런 건 모르죠. 그들은 한평생, 어째서 자기들이 그런 꼴이 되었는지 이상하게만 여기고 있을 뿐이겠죠. 단지 긍지를 가지고 묵묵히 괴로와할 뿐이겠죠. 그러나 그는 알고 있는 거요. 자기가 추려내지고 말았다는 것을 알고 있는 거요.」

「어머나, 그럴 리는 없어요! 제가 살아 있는 동안은 그 꼴을 당하게는 하지 않을 거예요.」

그는 조용히 그녀를 바라보았다. 그 거무스름한 얼굴은 부드러웠다.

「스카알렛, 당신은 도대체 어떻게 해서, 애틀랜타에 와서 공장을 맡을 것을 그에게 승낙하게 했죠? 그는 한사코 거절하지 않던가요?」

제랄드의 장례식 직후의 애실리와의 장면을 그녀는 재빨리 생각해 냈다. 그러나 그녀는 그것을 떨쳐 버렸다.

「그런 일은 물론 없어요.」하고 그녀는 성난 목소리로 대답했다. 「나는, 그때까지 공장을 맡겨 놓았던 악당을 믿을 수 없다는 것과, 프랭크가 바빠서 거들어 주지 못한다는 것과, 또 내가 이 엘라 로레나를 낳게 되기 때문에 일할 수 없게 된다는 것들을 이야기하면서 어째서 애실리에게 도움을 받지 않으면 안 되는지 그 이유를 설명했어요. 그랬더니 애실리는 도와 줄 것을 쾌히 승낙했어요.」

「모성(母性)을 이용한 것은 걸작인걸! 과연 그랬었군요. 그래서 당신은 소원을 성취한 셈이지만, 불쌍하게도 그는 의리와 인정에 묶여 있소. 마치 당신의 죄수들이 쇠사슬로 묶여 있는 것처럼 말이오. 당신이 어느 쪽에나 다 만족할 수 있기를 바라겠소. 그러나 처음에도 말했듯이, 앞으로 나는 당신의 여자답지 못한 계획을 위해서는 단, 일 센트도 빌려 주지 않겠소. 아시겠소, 거짓말장이 부인?」

그녀는 화도 났지만 동시에 실망을 느꼈다. 최근 그녀는 레트에게서 좀더 돈을 꾸어다가, 상공업 지대에 터를 사서 재목 창고를 지었으면 하고 생각했었기 때문이다.

「당신 돈 따위는 빌지 않고도 해나갈 수 있어요 !」하고 그녀는 외쳤다. 「해방된 흑인을 쓰지 않게 된 뒤부터는 조니 갤리거의 공장은 듬뿍 벌어지고 있어요. 거기에다 꾸어 준 돈에서 들어오는 이자도 있고, 흑인을 상대하는 가게 쪽도 연방 현금이 들어오고 있으니까요. 」

「아, 그건 나도 듣고 있소. 무능한 사람이나, 과부나, 고아나, 무식한 사람들을 속이다니, 당신다운 영리한 수법이오 ! 그러나 스카알렛, 같은 도둑질을 하더라도 부자나 강한 자에게서 훔치지 않죠 ? 로빈 훗 이래로 오늘날까지, 그것은 아주 도덕적인 것으로 되어 있어요. 」

「하지만……. 」하고 스카알렛은 냉담하게 말했다. 「같은 도둑질이라면──당신의 말버릇이 아니더라도──가난한 사람 쪽이 훨씬 수월하고 그리고 안전하거든요. 」

그는 어깨를 흔들면서 소리 없이 웃었다.

「당신은 정말 정직한 악당이오, 스카알렛 ! 」

악당이라니 ! 그런 말을 듣게 되자 이상하게 발끈 화가 치밀었다. 나는 악당이 아니다 ! 하고 그녀는 매섭게 자기 자신에게 타일렀다. 적어도 그녀는 그런 사람이 되고 싶은 생각은 없었다. 그녀가 되고 싶은 것은 위대한 귀부인이었다. 잠깐 동안 그녀는 재빠르게 먼 옛날 일을 생각해 냈다. 그리고 스커트를 사각거리면서 은은하게 향주머니의 향내를 풍기며 돌아다니던 어머니의 모습을. 조그만 손을 남을 위해서 쉴새없이 놀리면서 사람들로부터 사랑을 받고, 존경을 받고, 흠모를 받던 어머니의 모습을 회상해 냈다. 그러자 갑자기 그녀는 슬퍼졌다.

「당신이 아무리 저를 들볶으려 해도. 」그녀는 맥풀어진 어조로 말했다. 「그건 소용 없는 짓이에요. 내가 요즈음 여자답게 조심하거나 하지 않는 것은 나도 알고 있어요. 나는 또 친절하지도 못 하지만 붙임성도 좋지는 않아요. 그렇게 하도록 교육은 받아 왔지만 말예요. 하지만 달리 도리가 없어요, 레트. 정말 도리가 없는 거예요. 달리 무슨 도리가 있겠어요 ? 벌써 저 양키가 타라에 왔을 때, 내가 얌전하고 있었으면, 나와 웨이드와 타라와 그 밖의 모두들은 도대체 어떻게 되었겠어요? 틀림없이 나는 아니, 그런 건 생각하기도 싫어요. 또 조나스 윌커슨이 집을 빼앗으려고 했을 때 내가 친절하고 얌전히 굴었다면 어떻게 되었겠어요? 우리들은 지금쯤은 어디에 있을 것 같아요? 내가 상냥하고 마음이 좋아서, 프랭크에게 귀찮게 굴어서 꾸어 준 돈을 받아들이라고 하지 않았다면 우리들은 틀림없이……. 네, 알고 있어요. 그야 나는 악당일지도 몰라요. 하지만 언제까지나 악당으로 있을 생각은 없어요, 레트. 최근 몇 해 동안 아니, 현재도 그렇지만 내가 달리 어떤 일을 할 수가 있었겠어요? 달리 어떻게 할 수가 있었겠어요? 난 어쩐지 자신이 폭풍우를 뚫고, 무거운 짐을 실은 배를 젓고 있는 것 같은 마음도 들더군요. 배를 물에 띄우고 있는 것만도 여간 고생이 아니었기 때문에, 그다지 소중하지 않은 것이나, 마구 내던져도 그다지 아깝지 않은 것들은, 가령 예의 범절이라든가, 그 따위엔 도저히 마음을 쓰고 있을 수가 없었던 거예요. 배가 가라앉지는 않을까, 그것만이 걱정되어서 아무렇지도 않게 생각되는 것은 모조리 배 밖으로 내던져 버렸던 거예요.」

「긍지나 명예나 진실이나 도의심이나 친절심을 말이지요.」하고 그는 거침없이 늘어놓았다. 「그게 당연한 거죠, 스카알렛. 배가 가라앉으려 하고 있을 때에는 그런 건 조금도 아까울 게 없어요. 그러나 당신 주위의 친구들을 보시오. 그 사람들은 소중한 짐들을 싣고, 안전하게 배를 강가로 젓고 있거나, 아니면 많은 깃발을 휘날리면서 만족한 마음으로 가라앉고 있어요.」

「그런 사람들은 바보들만 모인 거예요.」하고 그녀는 간단히 말했다. 「무엇을 하든지 시기가 있어요. 듬뿍 돈이 모이면 나도 당신 마음에 들 만한 살뜰한 여자가 될 거예요. 얌전한 체할 수도 있어요. 그때까지는 난 참지 않으면 안 되는 거예요.」

「당신이라면 참을 수 있소. 그러나 이제부터 앞으로 어떻게 될 건지. 짐을 버린 화물선을 구조하기란 여간 어려운 게 아니오. 용케 구조되었다 하더라도 내던진 경우, 손도 댈 수 없을 정도로 망가져 있죠. 배 밖으로 내던진 명예나 도의심이나 친절심을 당신이 다시 낚아올릴 수 있더라도, 그것이 과연 본래 그대로 있어 줄지 어떨지, 조류가 변했기 때문에 변질되었거나, 무언가 사치스러운 야릇한 것이 되어 있지 않다고는 보장할 수 없다고 생각되는데요…….」

그는 벌떡 일어나서 모자를 집었다.

「가시겠어요?」

「그렇소. 한시름 놓이지요? 나는 아직도 남아 있을 당신의 양심에 희망을 걸어 보겠소.」

그는 입을 다물고 갓난아이를 굽어보았다. 그리고 손가락을 내밀어서 아이에게 쥐어 주려고 했다.

「프랭크는 아마 퍽 만족해 하겠지요?」

「그야 물론이죠.」

「벌써 이 아이의 장래에 대해서 여러 가지 계획을 세우겠지요?」

「그래요, 당신도 아시다시피, 어버이란 것은 자식들에게는 아주 맹목적이거든요.」

「그럼 프랭크에게 이렇게 전하시오.」하고 레트는 말했으나 갑자기 말을 끊고 야릇한 표정을 지었다. 「만약 이 아이를 위한 계획을 무사히 이루고 싶거든, 요즘처럼 밤에 집을 비는 일은 그만두는 게 좋을 거라고 말이오.」

「그건 무슨 뜻이지요?」

「내가 말한 대로만 전하면 되오. 집을 비지 말라고 말이오.」

「아이 참, 당신은 나빠요! 흡사 프랭크가 무슨…….」

「허, 이거 놀랐는걸!」레트가 갑자기 큰 소리로 웃음을 터뜨렸다. 「나는 뭐 프랭크가 여자들 꽁무니를 쫓아다닌다는 말은 안 했소! 오, 하느님!」

그는 여전히 웃으면서 계단을 내려갔다.

44

삼월 바람이 부는 어느 추운 날 오후, 스카알렛은 겨드랑이까지 깊숙이 무릎덮개를 두르고, 조니 갤리거의 공장으로 마차를 달리는 것이 얼마나 위험한지, 그것은 그녀도 알고 있었다. 흑인이 손을 댈 수 없을 정도로 난폭한 짓을 멋대로 하고 있었기 때문에, 위험은 여태까지 보다도 한결 더 했다. 애실리가 예언한 대로 주 의회가 개정 법안을 부결시킨 이후, 사나운 복수가 닥쳐왔던 것이다. 이 단호한 부결은 마치 성난 양키의 따귀를 올려붙인 거나 진배 없었다. 그런 만큼 그 보복은 당장에 찾아왔다. 즉, 북부에서는 흑인의 투표권 승인을 무슨 일이 있어도 이 주에 실시토록 하려고 꾀하여, 그 때문에 조지아 주는 반란의 염려가 있다는 이유 아래, 엄중한 계엄령을 선포하고 만 것이다. 이리하여 조지아 주로서의 존재를 말살당하고, 플로리다 주와 앨라배마 주 등과 함께 군 관할 제3구가 되어서, 북부의 한 장군의 지배 아래 통치를 받게 되었던 것이다.

지금까지의 생활을 불안하다느니 무섭다느니 하고 말하는 것이라면 지금은 그 불안과 공포가 두 곱이 되어 있었다. 엄중한 것같이 생각했던 작년까지의 군사 단속령(軍事團束令)만 하더라도, 포프 장군이 내린 새로운 규칙에 비하면 아직 미지근한 것이었다. 흑인 단속의 전도는 캄캄하기만 해서 손을 쓸 수가 없었고, 무거운 짐이 지워진 주는 함부로 보복을 당하여 몸부리칠 뿐이었다. 흑인들은 자기들이 새로이 중요시당하게 되자 매우 콧대가 높아지고 게다가 양키 군대가 뒤를 보아 준다고 해서 더욱 횡포가 심해져 갈 뿐이었다. 그들에게 걸렸다가는 누구 한 사람 안전을 보장받을 사람은 없었다.

이러한 무질서한 공포 시대에 스카알렛도 겁을 먹고 있었다. 그러나 배짱을 정하고 프랭크의 권총을 마차의 방석 밑에 밀어 넣고는, 혼자서 공장을 둘러보러 나섰던 것이다. 그녀는 불행을 가져다 준 주 의회를 마음 속으로 원망하고 있었다. 모두들 훌륭하다느니 용감하다느니 사내답다느니 하며 칭찬하고 있지만, 그런 저항 태도를 보였댔자, 도대체 무슨 소용이겠는가? 사태를 더욱더 악화시킬 뿐이 아닌가.

샨티타운 부락의 작은 분지로 내려가는, 잎이 진 나무들 사이로 뚫린 길 가까이에 이르자, 그녀는 소리를 질러서 급히 말을 몰았다. 내버려진 군대의 텐트며, 흑인의 판자집 따위가 저저분하게 들어서 있는 이 더러운 부락을 지나갈 때에는 언제나 무언가 불안감을 느끼지 않을 수가 없었다. 이곳은 애틀랜타 주변에서도 가장 평판이 나쁜 곳으로, 흑인 불량배나 흑인 매춘부들의 소굴로 되어 있었고, 그 속에 섞여서 가장 하등 계급에 속하는 가난한 백인이 약간 살고 있었다. 흑인이나 백인 범죄자들이 은신하는 곳도 여기이기 때문에, 양키의 군대들도 범인을 찾을 때에는, 우선 먼저 이곳을 뒤진다는 말까지 전해지고 있을 정도였다. 총질 칼질 같은 사건도 이곳에서는 매번 있는 일이어서, 당국에도 골치를 앓고, 흑인들끼리의 사건 해결은 대개 샨티타운 주민들에게 맡겨 버리고 마는 것이었다. 숲 깊숙한 곳에는 옥수수로 빚는 값싼 위스키 양조장이 있어서, 밤만 되면 이 분지의 흑인 판자집 여기저기에서 주정꾼의 욕지거리, 고함 소리가 시끄럽게 들려 왔다.

양키들마저도, 여기가 꽤 골치 아픈 곳이어서 조만간 철거해야 한다는 것은 인정하고 있었지만, 거기까지는 아직 손을 대지 않았었다. 애틀랜타와 디케이터를 내왕하려면 아무래도 이 길을 지나야만 하기 때문에 양쪽 시민들 사이에서도 차차 원성이 높아 갔다. 남자들이 샨티타운을 지나갈 때에는 권총집에서 권총을 빼들고 있었고, 빈틈 없는 여자들은 비록 수행하는 남자가 있더라도 이곳을 지나기를 꺼려했다. 길 여기저기에 언제나 술취한 흑인들이 주저앉아서 모욕적인 말을 던지거나 추잡한 소리를 외치거나 하기 때문이었다.

아치가 곁에 있어 주던 동안은, 스카알렛은 샨티타운도 그다지 마음에 쓰이지 않았었다. 제아무리 무례한 흑인 여자라도 아치가 한 번만 노려보면 웃을 수가 없었기 때문이다. 그러나 그녀가 혼자서 마차를 몰아야 하게 된 뒤로는 몹시 비위에 거슬리는, 화나는 일이 종종 일어났다. 못된 흑인 여자들은 언제나 꼭 그녀가 마차를 모는 길목에 일부러 나타나는 것같이 보였다. 이에 대해서는, 완전히 그것들을 무시해서 화가 머리끝까지 치밀게 하는 외에는 방법이 없었다. 더구나 그녀는 이웃 사람이나 가족들에게 그러한 고통을 털어놓고 울분을 풀 수조차 없었다. 이웃 사람들은 그것 보라는 듯이『그야 당연하잖아요.』하고 말할 것이 뻔했고, 가족들은 그것을 이유로 들고 일어나서 귀찮게 말릴 것이 뻔했기 때문이다. 그래도 그녀는 아무리 위험하더라도 절대로 이 일을 그만둘 생각은 없었다.

다행히 오늘은 길가에 누더기를 걸친 여자는 한 사람도 없었다. 그녀는 부락으로 내려가는 길로 마차를 몰면서, 오후의 기울어져 가는 쓸쓸한 햇볕을 받으면서, 분지 안에 웅크리고 있는 통나무집을 증오를 담고 바라보았다. 찬바람이 갑자기 획 불어오면, 바람을 타고 장작 타는 냄새와 돼지고기 굽는 냄새와 제대로 청소를 못 한 변소의 악취가 한꺼번에 코끝으로 파고 들어왔다. 그녀는 코를 돌리고 익숙한 솜씨로 말등을 채찍으로 한 번 때리고 급히 그곳을 빠져 나가서 길모퉁이를 꺾어들었다.

그리고 한시름 놓고 숨을 돌리려 했을 때, 그녀의 심장은 너무나 놀라서 목구멍까지 치밀어올라 온 것같이 느껴졌다. 그때 떡갈나무 그늘에서 키가 큼직한 흑인 하나가 불쑥 나타났기 때문이다. 깜짝 놀라기는 했지만 정신을 잃을 정도는 아니었기 때문에, 곧 말을 멈추고 프랭크의 권총을 움켜쥐었다.

「무슨 일이지?」하고 그녀는 될 수 있는 대로 위엄을 갖춘 소리로 외쳤다. 그러자 뜻밖에도 그 거대한 흑인은 떡갈나무 그늘로 숨어서 겁먹은 소리로 대답했다.

「스카알렛 아씨, 빅 샘을 쏘지 마시와요.」

빅 샘! 한순간 그녀는 그 말이 믿어지지 않았다. 타라의 검둥이 감독으로서, 포위전 때에 만났을 뿐인 빅 샘. 대관절 이 사나이는 어떻게…….

「정말로 샘인지 아닌지 거기서 나와서 모습을 보여 봐!」

그는 숨었던 곳에서 머뭇거리며 모습을 나타냈다. 올려다볼 만큼 커다란 몸에 누더기를 걸치고 맨발이었다. 그리고 두꺼운 무명 바지에 북군의 푸른 군복 웃도리를 입고 있었지만, 그 큰 몸집에는 너무 작아서 몹시 거북해 보였다. 그가 정말로 샘인 것을 알자, 그녀는 권총을 방석 밑으로 밀어 넣고 기쁜 듯이 미소지었다.

「아이구, 샘! 정말 오래간만이다!」

샘도 기쁜 듯이 눈알을 뒤룩거리면서 흰 이를 드러내고 마차 곁으로 달려왔다. 그리하여 그녀가 내 민 손을, 햄처럼 커다란 검은 두 손으로 움켜잡았다. 샘이 수박 같은 분홍빛 혀로 입술을 핥으면서 온 몸을 기쁜 듯이 흔들어 대는 모습은 마치 사나운 개가 반가와서 정중하려는 것처럼 익살스러웠다.

「한집안 식구를 만난다는 건 정말 기쁜 일입니다요!」하고 외치더니 그는 뼈가 으스러지지나 않을까 싶을 정도로 그녀의 손을 꽉 움켜쥐었다. 「왜 아씨는 그렇게 천하게 되셨읍니까요. 권총 따위를 가지고 다니면서 말입니다요. 네, 스카알렛 아씨?」

「요즘은 못된 인간이 너무나 많기 때문에 나도 권총을 가지고 다녀야 하게 됐어, 샘. 도대체 자네 같은 훌륭한 흑인이 왜 샨티타운 같은 더러운 곳에 있지? 왜 나를 만나러 시내로 오지 않았지?」

「웬걸입쇼, 스카알렛 아씨. 전 샨티타운 같은 데엔 살지 않습니다요. 그저 잠시 머물러 있었을 뿐인걸입쇼. 어떤 일이 있어도 그런 곳에서는 살지 않았읍니다요. 저는 그런 무능한 검둥이들을 나서부터 본 적이 없사와요. 그리고 저는 그저 아씨께서 애틀랜타에 계신 줄은 전혀 몰랐읍니다요. 타라에 계시는 줄로만 생각했읍죠. 그래서 저는 때를 보아서 타라로 돌아갈 작정이었읍지요.」

「자네는 그 포위전 이후로 계속 애틀랜타에 있었나?」

「웬걸입쇼, 그렇잖습니다요! 객지로 다녔읍죠.」라고 말하고, 그는 그제야 겨우 그녀의 손을 놓았다. 그녀는 아픈 듯이 손을 오므리고 뼈에 이상이 없는지 살펴보았다.

「제가 아씨를 마지막 뵈었을 때 일을 기억하고 계신갑쇼?」

스카알렛은 포위전이 시작되기 전의 더운 날에, 레트와 함께 마차를 타고 있었을 때, 빅 샘을 앞세운 흑인 한 부대가 《가거라 모세여》를 부르면서 먼지투성이 길을, 참호 쪽으로 행진해 간 것을 생각해 냈다. 그녀는 끄덕여 보였다.

「저는 참호를 파기도 하고, 흙부대를 채우기도 하면서, 남군이 애틀랜타에서 물러날 때까지 개처럼 일했읍죠. 그러는 동안에 제가 모시던 대위님이 전사해 버려서, 아무도 빅 샘에게 무얼 하면 좋은지 지시해 주는 사람이 없어졌기 때문에 할 수 없이 덤불 속에 숨어 있었읍죠. 어떻게 해서든지 타라로 돌아갈 생각이었읍죠만, 그때 타라 근처 동네가 모두 타버렸다는 말을 듣게 되었사와요. 게다가 저는 어떻게 하면 타라로 갈 수 있는지를 몰랐읍죠. 아뭏든 저는 통행증을 가지지 못했기 때문에 순경에게 붙들려가는 것이 무서워서 말입죠. 그러노라니까 얼마 안 있다가 양키들이 들어왔는데 양키 나리가, 그 사람은 대령이었는데 제가 퍽 마음에 들어서 말과 장화를 보살피는 데 저를 써주었읍지요. 정말입니다요! 저는 들일 하는 하인에 지나지 않았는데, 포크 같은 집일 하는 하인이 되었기 때문에, 어쩐지 높아진 것 같은 생각이 들더군입쇼. 대령한테는 제가 들일 하는 하인이란 걸 말하지 않았읍죠. 그랬더니 그 사람은 말입죠, 스카알렛 아씨, 양키란 건 아무것도 모르는 녀석들이더군입쇼! 그런 차이조차도 모르니깝쇼! 그래서 저는 한동안 그 사람 밑에 있었읍죠. 그리고 샤만 장군을 따라서 그가 사배나엘 갔을 때 저도 같이 갔읍죠. 스카알렛 아씨, 저는 그런 끔찍스러운 행군은 본 적이 없사와요. 사배나까지 가는 도중에 약탈도 하고, 불도 지르고 하면서, 정말 무시무시하더군입쇼. 타라는 불에 탔읍니까요, 스카알렛 아씨?」

「불을 질렀지만 우리들이 껐어.」

「그랬군입쇼. 그 소리를 들으니 저도 무척 마음이 놓입니다요. 타라는 우리 집이니깝쇼. 저는 기어코 타라로 돌아갈 작정입죠. 전쟁이 끝났을 때 대령도 저보고 이렇게 말했사와요. 『샘! 너도 나와 같이 북부로 가자. 급료는 듬뿍 주마.』하고 말입니다요. 다른 흑인들과 마찬가지로 저도 집에 돌아가기 전에, 어떻게든지 자유라는 걸 맛보고 싶어서 대령을 따라서 함께 북부로 갔읍죠. 워싱턴에서 뉴욕, 그리고 대령의 집이 있는 보스톤까지 말입니다요. 긴 여행을 했읍죠! 스카알렛 아씨, 양키의 거리에는 말도 마차도 셀 수 없을 만큼 잔뜩 있더군입쇼. 저는 마차에 치지나 않을까 해서 노상 조마조마하면서 지냈읍죠!」

「자네, 그래서 북부가 마음에 들던가, 샘?」

샘은 그 곱슬곱슬한 머리를 긁었다.

「마음에 드는 것도 같고 안 도는 것도 같고, 도무지 분명히 말할 수가 없군입쇼. 대령은 무척 훌륭한 분이어서 흑인에 대해서도 잘 이해해 주셨지만, 아씨는 그렇지가 못 했사와요. 아씨는 처음 저를 보자 〈씨〉를 붙여서 불렀읍죠. 저는 그렇게 불리자 정말로 도망치고 싶었사와요. 대령이 아씨에게 샘에겐 해라를 하라고 말씀했기 때문에, 겨우 그 뒤로는 저를 오하라 씨라고 부르면서 말입죠, 저도 모든 사람들과 똑같은 훌륭한 사람이니까 같이 앉으라는 겁니다요. 저는 백인과 같이 앉아 본 적은 한 번도 없었고, 이 나이가 되면 버릇이라는 것이 좀처럼 고쳐지질 않는 법입죠. 그 사람들은 저를 모든 사람과 동등하게, 백인처럼 대우를 해줬지만 스카알렛 아씨, 뭐 마음 속으로는 절대로 저를 좋아하는 일은 없사와요. 그 사람들은 흑인을 좋아하지 않사와요. 그리고 제가 이렇게 크기 때문에 모두 저를 무서워했사와요. 그리고 으레 제게 사냥개에게 쫓겨 본 일이 있느냐는 둥, 채찍으로 맞은 일이 있느냐는 둥, 그런 것만 묻더군입쇼, 당치도 않게. 스카알렛 아씨, 저는 채찍으로 맞은 일은 한 번도 없었사와요! 제랄드 나리께서 저처럼 값비싼 검둥이를 채찍으로 때리실 리가 있겠읍니까요. 그건 아씨께서도 잘 알고 계실 겁니다요! 그래서 저는 그런 걸 말하고, 그러고 나서 엘렌 마님이 얼마나 검둥이들에게 잘해 주셨는지, 제가 폐렴에 걸렸을 때에는 일 주일 동안이나 꼬박 매달려서 병구완을 해주신 것까지 들려 주었지만 모두들 곧이 듣지 않더군입쇼. 그래서 스카알렛 아씨, 저는 엘렌 마님과 타라가 갑자기 그리워져서 도저히 참을 수가 없어서 마침내 어느 날 밤 집으로 돌아갈 결심을 하고, 애틀랜타까지 화물 열차를 타고 왔읍죠. 그러니까 지금 만약에 아씨께서 타라까지 차표만 끊어 주신다면 저는 신이 나서 집으로 돌아가겠사와요. 엘렌 마님과 제랄드 나리를 다시 뵈올 수 있다면 얼마나 반갑겠읍니까요! 자유는 벌써 실컷 맛보았읍죠. 앞으로는 또박또박 밥을 먹여 주시고, 무엇을 해라, 무엇은 하면 안 된다 하고 말해 주시는 분이 그리워졌사와요. 그리고 병이 났을 때 친절하게 병구완을 해주시는 분이 그립습니다요. 만약 제가 폐렴에라도 걸린다면, 그 양키 부인이 제 병구완을 해주겠읍니까요? 어림도 없읍죠! 저를 오하라 씨라고 불러 주기도 해도, 병구완 같은 건 절대로 해줄 리가 없읍죠. 그렇지만 엘렌 마님이라면 기꺼이 제 병구완을 해주십니다요. 제가 병이 났을 때 아니, 왜 그러십니까요, 스카알렛 아씨?」

「아버지도 어머니도 두 분 다 돌아가셨어, 샘.」

「돌아가셨다굽쇼? 저를 놀리시는 겁니까요, 스카알렛 아씨? 농담으로라도 놀리지는 마시와요!」

「놀리는 게 아니야, 정말이야. 어머니는 샤만 군대가 타라를 지나갔을 때 돌아가셨고, 아버지는 지난해 유월에 돌아가셨어. 저런, 샘, 울지 말아. 울지 말란 말야! 샘이 울면 나까지 울고 싶어지잖아. 샘, 울지 말아! 나도 못 견디겠어. 인제 그 이야기는 그만두기로 해. 아무 때고 나중에 자세히 이야기해 줄 테니까 말야. 스월렌은 타라에 있어. 윌 벤틴 씨라는 아주 훌륭한 사람과 결혼했어. 그리고 캐린은, 그 애는……..」스카알렛은 말을 끊었다. 이 울고 있는 커다란 사나이에게 수녀원의 설명을 해줄 만한 용기가 없었던 것이다. 「그 애는 지금 찰스턴에서 살고 있어. 하지만 포크와 프리시는 여전히 타라에 있어……. 자아, 샘, 코를 풀어요. 자네 정말로 집에 가고 싶나?」

「그러문입쇼. 그러나 엘렌 마님이 계시지 않는다면……..」

「샘, 자네 애틀랜타에서 지내면서 나한테서 일할 생각은 없어? 나 마부가 한 사람 있었으면 하고 있던 참이었어. 요즘처럼 이 근처에 질이 좋지 못한 사람이 많아지면, 더더구나 마부가 없으면 곤란해.」

「그렇고 말곱쇼. 마부 없이는 안 됩죠. 저도 혼자서 말을 타고 돌아다니시지 마시라고 말씀드리려던 참이었읍니다요, 스카알렛 아씨. 아씨는 요즈음 검둥이들 속에 얼마나 못된 놈들이 있는지 모르시와요. 특히 이 샨티타운에 사는 놈들로 말하면 다루기가 어렵습죠. 정말 위험한 일입죠. 저는 샨티타운에 온 지 이틀밖에 안 되지만 놈들이 아씨의 이야기를 하는 것을 들었읍니다요. 어제 아씨께서 그 돼먹잖은 검둥이 계집들이 떠들어 대는 속을 지나가셨읍죠? 그때 저는 금방 아씨라는 걸 알았지만 너무나 급히 지나가셨기 때문에 붙잡을 수가 없었사와요. 하지만, 아씨께 못되게 군 그 흑인들은 실컷 두들겨 주었읍죠! 그래서 오늘은 이 근처에 얼씬거리는 놈이 한 놈도 없는 겁니다요. 모르시겠던갑쇼?」

「알고 있었어. 고마와, 샘, 정말 감사해요. 그런데 어때, 내 마부가 되어 주지 않겠어?」

「스카알렛 아씨, 고마운 말씀이긴 합니다만, 저는 역시 타라로 가는 편이 좋을 것 같사와요.」

빅 샘은 고개를 숙이고 맨발 끝으로 길 위에다 종잡을 수 없는 그림을 그리고 있었다. 그 태도에는 어딘지 모르게 불안해 하는 구석이 엿보였다.

「그건 왜 그렇지? 급료는 넉넉히 줄 테야. 꼭 좀 나한테서 일해 주어, 응?」

그는 어린 아이 얼굴처럼 노골적으로 감정을 나타내는, 멍청한 커다란 얼굴을 들어 그녀를 쳐다보았다. 그것은 무언가 두려워하는 듯한 얼굴빛이었다. 그는 바싹 다가오더니 마차에 기대듯이 하면서 속삭였다.

「스카알렛 아씨, 전 말씀입죠, 애틀랜타에서 도망쳐야 합니다요. 저는 놈들에게 들키지 않게 타라에 가야 합니다요. 저는 사람을 죽이고 말았사와요.」

「흑인을?」

「아닙니다요, 백인이와요. 양키 병정입니다요. 저는 쫓기고 있사와요. 제가 샨티타운에 와 있는 것도 그런 이유 때문입죠.」

「어떻게 그런 일을 저질렀지?」

「술이 취해 가지고, 제게 참지 못할 소리를 하기에 목을 졸라 주었읍죠. 죽일 생각은 없었읍니다요, 스카알렛 아씨. 그런데 제 손이 원체 억세기 때문에 저도 모르는 사이에 죽이고 말았더군입죠. 저는 놀라서 어떻게 하면 좋을지를 몰랐사와요! 그래서 여기에 와서 숨어 있었읍죠. 어제 아씨께서 지나가시는 걸 보았을 때에도 전 저도 모르게 소리를 질렀읍죠.『인제 됐다! 스카알렛 아씨다. 저분이라면 나를 숨겨 주실 거다. 양키에게 붙들리지 않게 해주실 거다. 그리고 나를 타라로 보내 주실 거다.』하곱쇼.」

「그러면 모두들 자네를 쫓고 있다는 말이지? 그리고 자네가 했다는 것을 알고 있는가?」

「그렇습죠. 제가 원체 크기 때문에 모를 리가 없읍죠. 아뭏든 애틀랜타에서는 제가 제일 큰 검둥이인걸입쇼. 엊저녁엔 여기까지 찾으러 왔더군입쇼. 하지만 다행히도 검둥이 색시가 숲속의 오두막에다 숨겨 주었기 때문에 말입죠, 놈들이 그냥 되돌아갔다는군입쇼.」

스카알렛은 잠시 동안 눈썹을 찡그린 채 앉아 있었다. 샘이 사람을 죽였다는 데 대해서는 조금도 놀라지 않았거니와 걱정도 하지 않았다. 다만 마부로 쓸 수 없는 것이 유감이었던 것이다. 샘처럼 덩치 큰 흑인이라면 아치에 못지않을 만큼 든든한 호위가 되었을 것인데 말이다. 그러나 어쨌든 무슨 수를 써서라도 무사히 타라로 달아나게 해주어야 한다. 샘 같은 흑인을 목을 매달게 한다는 것은 아까운 일이다. 이처럼 좋은 검둥이 두목은 타라에도 처음 있지 않았던가! 스카알렛의 머리에는, 그가 자유의 몸이라는 사실 따위는 미처 떠오르지 않았다. 그도 역시 포크나 마미나 피터나 쿠키나 프리시처럼, 자기의 소유물이라고밖에는 생각되지 않았다. 그가 여전히 가족의 한 사람인 이상, 그의 몸을 보호해 주지 않으면 안 되는 것은 당연한 일이다.

「오늘 밤 타라로 떠나도록 해줄께.」 하고 스카알렛은 마지막으로 이렇게 말했다. 「이봐 샘, 난 요 앞에까지 볼일이 있어서 다녀와야겠는데, 해질 무렵까지는 돌아올 거야. 그때까지 여기서 기다리고 있어. 아무에게도 어디로 간다는 것을 지껄여서는 안 돼. 그리고 모자가 있거든 갖고 오라고, 얼굴을 가리기 편할 테니.」

「모자 같은 게 있어얍죠.」

「그럼 여기 은화 한 닢이 있어. 이걸로 판자집 흑인에게서 모자를 사 가지고, 여기서 나를 기다려 줘.」

「알았읍니다요.」 그의 얼굴은 이래라저래라 하고 지시해 주는 사람이 다시 생겼기 때문에 마음이 놓여서 기쁨으로 빛났다.

스카알렛은 이 궁리 저 궁리하면서 마차를 몰았다. 윌은 타라에 도움이 되는 들일 하는 사람을 틀림없이 환영할 것이다. 포크는 여태까지도 밭에서는 아무런 도움도 되지 않았다. 앞으로도 도움이 될 가망은 거의 없다. 그대신으로 샘을 보내면서 포크도 애틀랜타에 와서 딜시와 함께 지낼 수가 있고, 그렇게 되면 제랄드가 죽었을 때의 약속도 지키게 되는 셈이다.

공장에 닿았을 때에는 해가 이미 저물기 시작해서 예정하고 온 시간보다 훨씬 늦어지고 말았다. 조니 갤리거는 조그만 제재 공장의 취사장으로 쓰이는 초라한 우두막 문 어귀에 서 있었다. 판자를 붙이고 침실로 쓰고 있는 오두막 앞의 통나

무 위에는 스카알렛이 이 공장에 할당한 다섯 죄수 중 네 사람이 걸터앉아 있
었다. 죄수복은 더럽고 땀내가 나며, 지친 걸음걸이로 달아다닐 때마다 차꼬가
그들의 복사뼈 사이에서 철커덕거렸다. 그들의 신변에는 일종의 무감각과 절망
의 공기가 감돌고 있었다. 어쩌면 저다지도 여위고 파리해 보일까 하고 스카알
렛은 그들에게 날카로운 눈길을 부으면서 생각했다. 바로 얼마 전, 그녀가 그들
을 데려왔을 때에는 그처럼 억센 사람들이었는데. 그녀가 마차에서 내려도 그들
은 쳐다보려고도 하지 않았다. 그러나 조니는 모자를 벗으면서 곧 그녀에게로
다가왔다. 그 갈색 얼굴은 인사를 했을 때에도 호두 열매처럼 딱딱했다.
「저 사람들의 얼굴빛이 보기 흉하군요.」하고 그녀는 불쑥 말했다. 「혈색이
좋지 않아요. 또 한 사람은 어디에 있죠?」
「아프다면서 누워 있어요.」하고 조니는 짤막하게 대답했다.
「어디가 아픈가요?」
「아마 게으름뱅이겠지요.」
「가서 봐주어야겠어요.」
「그만두십시오. 틀림없이 알몸으로 누워 있을 테니까요. 내가 가 보죠. 뭐,
내일은 일하러 나올 겁니다.」
스카알렛은 망설였다. 그리고 죄수 한 사람이 느릿느릿 머리를 쳐들고, 조니
에게 힐끗 증오에 찬 눈길을 주고는 다시 얼굴을 숙이는 것을 보았다.
「당신은 이 사람들을 채찍으로 몰아 가며 부리는 건 아니겠죠?」
「실례지만 케네디 부인, 대체 이 공장은 누가 관리하는 겁니까? 당신은 내게
이곳의 관리를 맡긴다고 하시지 않았던가요? 내 자유로 내가 좋을 대로 하라고
말입니다. 설마 이제 와서 내게 대해서 이러니저러니하고 불평을 하시는 건 아
니겠죠? 난 당신을 위해서 엘싱 씨의 두 곱이나 벌어 드리지 않습니까?」
「네, 그건 그래요.」하고 마지못해서 말은 했지만 까닭없이 온 몸에 소름이 오
싹 끼치고 진저리가 쳐졌다.
꼴사나운 오두막집과 함께, 이 공장에는 무언지 모르게 휴 엘싱이 맡아 보고
있었을 때에는 없었던 불길한 그림자가 드리워져 있었다. 그뿐 아니라 이곳은
세상으로부터 쓸쓸하게 고립되어 있는 것이다. 그것을 생각하자 그녀는 등골이
오싹했다. 이 죄수들은 모든 것으로부터 완전히 떨어져서 이제는 전적으로 조니
갤리거 한 사람의 의지 밑에 놓여 있었다. 채찍으로 때리거나, 그 밖에 어떤 심
한 취급을 당하거나, 그녀는 아마 아무것도 모를 것이다. 그리고 죄수들은 나중
에 좀더 심한 벌을 받게 될 것을 두려워해서 절대로 그녀에게 불만을 호소하려
고는 하지 않았다.

「모두들 몹시 여윈 것 같군요. 먹는 것은 넉넉하게 주고 있겠죠? 난 이 사람들을 돼지처럼 살찌우려고 돈을 상당히 내놓은 셈인데. 지난달만 해도 밀가루와 돼지고기에만 삼십 달러나 들었어요. 오늘 저녁밥으로는 무얼 먹일 참이죠?」

그녀는 취사장 쪽으로 걸어가서 안을 들여다보았다. 뚱뚱한 백인과 흑인의 튀기 여자가 녹슬고 낡은 난로 옆에 웅크리고 있다가, 스카알렛을 보자 고개를 끄덕여 보이고는 다시 삶고 있던 검정콩 남비를 계속 저었다. 스카알렛은 조니 갤리거가 이 여자하고 함께 산다는 것을 알고 있었으나 모르는 체하는 것이 좋을 성싶어서 잠자코 있었다. 그녀는 콩과 옥수수 빵 접시 외에는 아무것도 음식이 마련되어 있지 않은 것을 알았다.

「저 사람들에게 먹일 음식은 그 밖에는 아무것도 만들지 않았어?」

「없사와요.」

「이 콩 속에는 고기가 안 들어 있는 것 같은데?」

「안 들었사와요.」

「삶은 베이컨이라도 콩 속에 넣지그래? 베이컨도 넣지 않은 검정콩은 맛이 없어서 먹을 수가 없어. 저 사람들에게 조금도 힘이 붙지 않을 거야. 왜 베이컨이 없지?」

「조니 씨가 고기 같은 건 안 넣어도 좋다고 했읍죠.」

「상관없으니까 베이컨을 넣어요. 식료품은 어디에 넣어 두었지?」

여자는 깜짝 놀라서 찬장으로 쓰고 있는 조그만 벽장 쪽을 흘끗 보았다. 스카알렛은 주저하지 않고 그 문을 열어 보았다. 바닥에는 뚜껑이 열려 있는 옥수수 가루 통이 하나 놓여 있고, 그 밖에는 조그만 밀가루 부대가 하나, 커피가 일 파운드, 설탕이 조금, 일 갈론들이 당밀 단지가 하나, 그리고 햄이 두 덩이 있었다. 선반 위에 얹혀 있는 햄 한 덩이는 요즈음 봉을 땄는지 아직 한 조각이나 두 조각밖에 잘려내지 않은 것이다. 스카알렛은 화가 머리끝까지 치밀어서 조니 갤리거 쪽을 돌아다보자 그도 노기를 띤 눈으로 잠자코 이쪽을 지켜보고 있었다.

「지난주, 내가 보내 준 다섯 부대의 밀가루는 어디에 있죠? 그리고 설탕 부대와 커피는? 햄도 다섯 덩이 보냈고 고기도 십 파운드, 그리고 고구마와 감자 같은 건, 대체 얼마나 보냈는지 알아요? 자, 어디에 있죠? 저 사나이들에게 하루 다섯 끼씩을 먹였다 해도, 도저히 일 주일 동안에 다 먹어 치울 리는 없어요. 당신은 그걸 팔아치웠군요! 그래요, 그랬을 거예요. 도둑 같으니라고! 내가 보내 준 고급 식료품은 팔아서 그 돈은 호주머니에 집어 넣고, 이 사람들에게는 마른 콩과 옥수수 빵만 먹였구면. 그러니까 이 사람들은 이 모양으로 비쩍 말라 버린 거야. 비켜요!」

그녀는 사나운 기세로 그를 밀어 붙이고 문 쪽으로 갔다.

「이봐요, 그 끝에 있는 사람. 그래요, 당신 말예요! 이리로 좀 와요!」

지적을 당한 사나이는 꾸물꾸물 일어나더니 차꼬를 철커덕거리면서 겁에 질려서 주춤주춤 그녀 쪽으로 걸어왔다. 그의 맨발의 복사뼈는 차꼬 쇠에 쓸려서 벌겋게 벗겨져 있었다.

「요즘 햄을 먹은 게 언제예요?」

사나이는 머리를 숙이고 땅바닥을 보았다.

「말해 봐요!」

사나이는 여전히 잠자코 선 채 아래를 보고 있었다. 그리고 겨우 눈을 들어 스카알렛의 얼굴을 애원하듯 쳐다보았으나 이내 또 눈을 내리깔고 말았다.

「말하기가 겁이 나요, 네? 그럼 식료품실에 가서, 선반에 있는 그 햄을 가져와요. 레베카, 이 사람한테 나이프를 빌려 줘. 그것을 가져다가 모두들 같이 나눠 먹어요. 레베카, 이 사람들에게 비스킷하고 커피를 만들어 주어. 그리고 당밀도 듬뿍 내주어. 자아, 곧 시작해. 제대로 내주는 걸 나는 보고 싶으니까.」

「그건 조니 씨만 잡수시는 밀가루와 커핀뎁쇼.」 하고 레베카는 겁에 질린 것처럼 중얼거렸다.

「조니 씨 거라고! 그래 저것도 조니 씨만 먹는 햄이군. 흥, 상관없으니까 너는 내가 시키는 대로 해. 얼른 하란 말이야. 조니 갤리거, 나와 함께 마차 있는 데까지 갑시다.」

그녀는 죄수들이 햄을 잘라내어 게걸스럽게 입에 밀어 넣는 모습을 흐뭇한 표정으로 바라보면서, 어지럽게 널린 마당을 재빠르게 가로질러서 마차에 올라탔다. 죄수들은 마치 당장이라도 햄을 도로 빼앗기는 게 아닌가 하고 겁을 먹고 있는 것 같았다.

「당신 같은 악당은 없을 거예요!」 그녀는 조니가 모자를 뒤로 젖히고 못마땅한 듯이 눈썹을 곤두세운 채 마차 곁에 와 서는 것을 보자, 느닷없이 이렇게 고함을 쳤다. 「자아, 당장 식료품 판 돈을 이리 내세요. 앞으로는 한 달치 주문하는 대신, 날마다 식료품을 가지고 오겠어요. 그렇게 하면 아무리 당신이라도 그렇게 속이는 못 할 테니까요.」

「앞으로는 내가 여기 없을걸요.」 하고 조니 갤리거가 했다.

「그럼 그만둔다는 말이군요!」

순간, 화가 치민 스카알렛은 『나가요, 정말 속시원해요!』 하고 외치고 싶었다. 그러나 냉정한 판단의 손길이 그것을 막았다. 만약 조니가 정말 그만둔다면, 그녀는 어떻게 한단 말인가? 이 사나이는 휴가 뽑아내던 두 배나 되는 재목을 제재하고 있었다. 게다가 현재 그녀는 여태까지 없었을 만큼 큰 주문을 받고 있다. 그것도 몹시 급한 주문이다. 급히 제재를 해서 애틀랜타까지 갖다 주어야 하는 것이다. 만약 조니가 그만두어 버리면 누구에게 제재소를 맡겨야 한단 말인가!

「그렇소, 그만두겠소. 당신은 내개 이곳 관리를 맡기고 내게 바라는 것은, 될 수 있는 대로 많은 재목을 제재해 주는 것뿐이라고 말씀하셨소. 당신은 그때, 일하는 방법까지는 어떻게 하라고는 절대로 말하지 않았소. 지금 새삼스럽게 당신에게 그런 것까지 이러니저러니 지시받고 싶지는 않소! 내가 장사를 잘못했다는 군소리는 있을 리가 없소. 나는 제대로 당신에게 벌어 드렸고, 그리고 내 급료와 거기에 약간의 부수입을 얻었을 뿐이니까요. 그런데 당신이 와서 간섭을 하고 별의별 것을 다 캐물었기 때문에 놈들 앞에서 내 체통은 완전히 망쳐 버렸소. 이런 일이 있고 나서, 어떻게 내가 놈들을 계속 다스려 나갈 수가 있겠소? 안 그렇소? 놈들을 가끔 때려 주었다고 해서 그게 어떻다는 거요? 게으른 인간의 쓰레기 따위는 좀더 혼을 내도 상관없어요. 놈들에게 맛있는 것을 배불리 먹이지 않았다는 것이 어떻다는 거요? 놈들에게 저 이상의 대우를 할 필요는 조금도 없어요. 서로가 남의 일에 참견하는 것은 그만두기로 합시다. 그렇지 않으면 당장 그만두겠소.」

그의 조그맣고 까다롭게 생긴 얼굴에는, 더욱더 냉혹한 표정이 떠올랐다. 스카알렛은 어찌 해야 좋을지 난처해졌다. 만약 그가 오늘 밤에 당장 가 버린다면, 어떻게 해야 한단 말인가? 그녀가 여기에서 밤을 새워 죄수들을 감시할 수도 없잖은가!

그녀가 난처해 하는 모습을 보자, 조니의 표정은 빈틈 없이 달라져서, 굳은 표정이 조금씩 누그러지는 것같이 보였다. 그리고 입을 열었을 때에는, 이미 그 음성에 타협적인 어조마저 풍기고 있었다.

「늦으시겠소, 케네디 부인. 슬슬 댁으로 돌아가시는 편이 좋으실 거요. 이런 사소한 일로 의를 상하는 일은 그만두는 게 어때요. 다음달 내 급료에서 십 달러 제하기로 하면 어떻소? 그걸로 모두 깨끗이 지워 버리기로 합시다.」

자기도 모르게 스카알렛의 눈길은 햄을 물어뜯고 있는 처참한 무리들에게로 갔다. 그녀는 바람이 마구 새어드는 오두막집에 누워 있는 병든 사나이도 생각했다. 아무래도 조니 갤리거 따위는 쫓아내야 한다. 이런 잔인하고 도둑 같은 인간 따위는! 그녀가 없을 때에는 죄수들에게 어떤 짓을 할지 알 수 없는 일이다. 그러나 한편 그는 수단꾼이다. 그리고 그녀에게는 수단꾼이 필요한 것이다. 역시 이 사나이를 놓칠 수는 없다. 이 사나이는 그녀를 위해서 돈벌이를 해주는 소중한 인간이다. 그렇지만 죄수들이 앞으로 남같이 먹을 수 있도록 해주어야 한다.

「난, 당신 급료에서 이십 달러 공제하기로 하겠어요.」하고 그녀는 짤막하게 말했다. 「그 이상의 일에 대해서는 내일 아침에라도 다시 와서 의논하죠.」

그녀는 마차의 고삐를 집어 들었다. 그러나 이 이상 아무것도 의논할 것이 없다는 것은 그녀도 알고 있었다. 사건이 이것으로 일단락된 것은 그녀도 알았지만, 조니도 알고 있다는 것을 그녀는 짐작하고 있었다.

디케이터 거리를 되돌아오면서, 그녀의 양심은 돈을 벌고 싶은 욕망과 맹렬하게 싸우고 있었다. 그녀에게는 그 조그맣고 냉혹한 사나이의 의지로 몇 사람의 목숨을 위험 속에 내버려두어도 된다고는 도무지 생각되지 않았다. 만약 그가 그 중의 한 사람을 죽게 하는 일이라도 있다면, 그가 잔인하다는 것을 알면서도 여전히 관리를 맡겨 둔 그녀 자신도, 그와 마찬가지로 벌을 받지 않으면 안 된다고 생각했다. 그러나 다시 생각하면…… 그렇다, 뒤집어 생각하면 누구든간에 함부로 죄수가 될 리는 없다. 그들이 법률을 위반하고 체포된 인간이라면 그러한 취급을 받는 것이 당연하다고도 할 수 있으나, 그러면서도 마차를 급히 몰고 있는 동안 내내 그녀의 머리 속에는 죄수들의 음침하고 파리한 얼굴이 떠올랐다가 사라지곤 하는 것이었다.

「아아, 그러나 그 사나이들의 일은 나중에 생각하기로 하자.」하고 난처한 일을 당했을 때의 버릇대로, 모든 일을 나중으로 돌리기로 마음을 정하자 그녀는 죄수들의 생각은 마음 속 광에다 처넣고 문을 닫아 버리고 말았다.

샨티타운 위쪽 가도의 길모퉁이까지 왔을 때에는 해는 완전히 지고 주위의 숲은 어두컴컴했다. 해가 숨어 버리자마자 매서운 추위가 어스름녘의 세계로 내려오고, 찬바람이 어두운 숲을 지나서 잎 떨어진 나뭇가지를 울리고 마른 잎을 버스럭거리게 하고 있었다. 이렇게 늦게 혼자서 밖에 나와 있었던 적이 없었기 때문에 너무나 불안해서 갑자기 집이 그리워졌다.

빅 샘의 모습이 아무 데도 보이지 않기 때문에, 고삐를 잔뜩 당기고 기다리는 동안에도, 혹시 양키들에게 붙잡히지나 않았나 하고, 끊임없이 걱정이 되어서 견딜 수가 없었다. 그러나 이윽고 부락에서 올라오는 길 쪽에서 발소리가 들렸기 때문에 마음이 놓이면서 후 하고 안도의 한숨이 그녀의 입술에서 새어나왔다. 그와 동시에, 이처럼 기다리게 하다니 샘이란 놈, 단단히 야단을 쳐주어야겠다고 생각했다.

그러나 모퉁이에서 나타난 것은 샘이 아니었다.

그것은 누더기를 걸친 덩치 큰 백인과, 어깨와 가슴이 고릴라처럼 생긴 몽땅하고 뚱뚱한 흑인 한 사람이었다. 그녀는 재빨리 말등을 고삐로 때리고는 권총을 움켜쥐었다. 말은 달려나가려 했으나, 백인이 손을 쳐들자 급히 뒷걸음질치고 말았다.

「아씨 !」하고 그는 말했다.「은화 한 닢만 주세요. 너무도 배가 고파서요.」

「비켜요 !」하고 될 수 있는 대로 또렷한 음성으로 그녀는 대답했다.「돈은 한 푼도 없어요. 자, 가자, 이랴 !」

갑자기 사나이의 손이 날쌔게 재갈을 잡았다.

「계집을 잡아라 !」하고 사나이는 흑인을 향하여 소리쳤다.「돈은 틀림없이 품 속에 지녔을 거다 !」

다음 순간에 일어난 일은, 스카알렛으로서는 마치 악몽과 같은 것이었다. 뿐더러 모든 일이 눈깜짝할 사이에 신속하게 진행된 것이었다. 그녀는 얼른 권총을 꺼냈으나, 언뜻 말을 쏠 염려가 있어 백인에게 발사해서는 안 된다고 직감했다. 검은 얼굴을 능글맞은 웃음으로 일그러뜨리면서 흑인이 마차를 향하여 돌진해 왔을 때, 그녀는 다짜고짜로 그에게 발사했다. 다음 순간, 그녀의 손목은 부러지는가 싶게 비틀려지고 손에 쥐었던 권총은 어이 없이 빼앗기고 말았다. 정신을 차리자, 흑인이 그녀의 곁에 바짝 다가서 있었다. 너무나 가까왔다. 그는 느닷없이 손을 뻗쳐, 그녀를 마차에서 끌어내리려고 했다. 흑인 특유의 고약한 체취가 그녀의 코를 찔렀다. 자유로운 쪽의 손으로 필사적으로 그의 얼굴을 할퀴면서 저항했으나, 이윽고 그의 커다란 손이 그녀의 목줄기에 닿는가 싶자, 그녀의 배스크가 부욱 소리를 내며 목에서 허리께까지 쭉 찢기고 말았다. 그리고 시커먼 손이 그녀의 앞가슴 사이를 마구 더듬었다. 그녀는 여태껏 일찌기 느끼지 못했던 공포와 격정에 쫓겨서 미친 듯이 고함을 질렀다.

「계집을 소리치지 못하게 해 ! 마차에서 끌어내려 !」하고 백인 사나이가 소리치자, 시커먼 손은 스카알렛의 얼굴을 훑으면서 입 쪽으로 뻗었다. 그녀는 그 손을 있는 힘을 다해서 물어뜯고 다시 소리를 질렀다. 그 고함 소리 속에서 그녀는 백인 사나이의 욕지거리를 듣고, 어두운 길에 세 사람째의 사나이가 나타난 것을 알았다. 그 순간, 그녀의 입에서 검은 손이 물러갔다. 흑인은 빅 샘의 습격을 받고, 허둥지둥 그녀에게서 물러났던 것이다.

「빨리 도망가시와요, 스카알렛 아씨 !」흑인과 맞붙어 있는 샘이 소리를 질렀기 때문에, 떨면서 소리지르던 스카알렛은 황급히 고삐와 채찍을 잡고 정신 없이 말등을 때렸다. 말은 갑자기 내달았다. 이때 그녀는 차바퀴가 무엇인지 물컹한 것을 타고 넘은 듯이 느껴졌다. 그것은 샘이 길바닥에 때려 눕힌 백인의 몸뚱이였다.

공포에 미칠 듯이 돼 버린 그녀는 정신 없이 말을 계속 채찍질했다. 마차는 구르는 것처럼 달려갔다. 그리고 그렇게 하는 동안에도, 등뒤로 다가오는 발소리를 듣고 더 한층 정신 없이 말을 몰았다. 만약에 다시 그 검은 원숭이에게 붙잡힐 바에는, 그 전에 죽는 편이 낫다.

외치는 소리가 등뒤에서 들렸다. 「스카알렛 아씨, 기다리시와요!」

속력을 늦추지 않은 채 흔들리는 어깨 너머로 뒤를 돌아다보니, 빅 샘이 긴 양다리를 피스톤처럼 맹렬하게 놀리면서 곧 뒤쫓아와서 껑충 마차에 뛰어올랐다. 그 서슬에 그녀는 마차 한쪽 옆으로 밀려났다. 헐떡거리는 샘의 얼굴에서는 땀과 피가 흐르고 있었다.

「다치지는 않으셨사와요? 놈들이 상처나 내지 않았사와요?」

그녀는 말을 할 수가 없었다. 그러나 그의 눈이 자기 가슴에서 얼른 피하는 것을 보자, 그녀는 배스크가 허리께까지 찢어지고 헤쳐진 가슴과 코르셋 끝이 드러나 보이는 것을 깨달았다. 떨리는 손으로 양쪽 끝을 여미며, 그녀는 머리를 숙이고 심하게 흐느껴 울기 시작했다.

「고삐를 이리 주시와요.」하고 말하며 샘은 그녀의 손에서 낚아채듯이 고삐를 빼앗았다. 「자, 가자!」

채찍이 울리자 깜짝 놀란 말은, 마차를 도랑 속에 처박을 듯한 기세로 쏜살같이 내달았다. 「그 검은 원숭이란 놈을 기어이 처죽이려고 했읍니다만, 찾을 틈이 없었사와요.」하고 샘이 헐떡거렸다. 「그렇지만, 만약 놈이 아씨께 상처라도 입혔다면, 스카알렛 아씨, 제가 지금이라도 되돌아가서 때려죽이고 오겠읍니다.」

「아니, 아니, 어서 가줘.」하고 그녀는 흐느낌을 그치지 않았다.

45

그 날 밤 프랭크가 그녀와 피티 고모와 아이들을 멜라니네에다 맡겨 놓고 애실리와 함께 마차를 타고 외출해 버렸을 때에는 스카알렛은 노여움과 상심으로 가슴이 터질 것만 같았다. 이런 날 밤에 어떻게 그는 태연히 정치적 모임 따위에 나갈 수가 있을까? 정치적 모임! 그녀가 습격을 당하고 무슨 일을 당했을지도 모를 만큼 혼이 나고 온 밤이 아닌가 ! 결국 프랭크의 냉정과 자기 위주인 이기심 탓인 것이다. 샘이 웃옷을 허리께까지 찢기고 흐느껴 우는 그녀를 집으로 데리고 오자 그는 짜증이 날 정도로 냉정하게 차근차근 사건의 자초지종을 들었다. 그녀가 흐느끼면서 말을 하고 있을 때에도 단 한 번도 그는 그 수염을 쥐어뜯으려고도 하지 않았다. 그리고 다만 상냥하게 물었을 뿐이었다. 「어떻게 됐어? 다치기라도 하지 않았소? 그렇지 않으면 그저 놀라기만 한 건가?」

노여움이 눈물에 섞여서 그녀는 대답할 수도 없었다. 그래서 샘이 대신 앞으로 나가서 그저 몹시 놀랐을 뿐이라고 대답했다.

「놈들이 그 이상 못된 짓을 하기 전에 제가 달려갔읍죠.」

「자네는 훌륭한 사람이야, 샘. 자네가 한 일에 대해서는 결코 잊지 않겠네. 무엇이든 내가 도움이 되는 일이 있다면…….」

「네, 될 수 있는 대로 빨리 저를 타라로 보내 주시면 제게 더 고마울 데가 없겠사와요. 전 양키에게 쫓기고 있읍니다요.」

프랭크는 이 이야기도 냉정히 들었을 뿐 아무것도 물으려고는 하지 않았다. 그의 태도는 토니가 느닷없이 찾아와서 그들의 집 도어를 두들긴 그 날 밤의 그것과 매우 흡사했다. 이것은 어디까지나 사나이들의 일이기 때문에 될 수 있는 대로 말없이, 감정적으로 흐르는 일 없이 처리해야 할 일이라는 그런 태도였다.

「가서 마차를 타고 있게. 오늘 밤 안으로 피터를 시켜서 라프 앤드 레디까지 데려다 주라고 할 테니, 거기서 아침까지 숲 속에 숨어 있다가, 존즈보로로 가는 기차를 타면 돼. 그러는 편이 안전해……. 이봐요 스카알렛, 울지 말아요. 이미 지난 일이야. 다치지 않기가 정말 다행이었어. 피티 아주머니, 아주머니의 정신 나는 약을 좀 주실 수 있겠어요? 그리고 마미, 스카알렛 아씨에게 포도주를 한 잔 갖다 드려.」

스카알렛은 또 새로이 눈물이 솟았다. 이번에는 분노의 눈물이었다. 그녀의 믿음직한 위로와 분개와 복수를 다짐하는 말을 듣고 싶었던 것이다. 그녀는 차라리 그가, 세상에 이런 일도 있을 수가 있나, 그러기에 그처럼 주의를 해두지 않았더냐고 하면서 꾸짖어 주는 편이 고마울 것같이 생각되었다. 그러는 편이 이렇게 모든 것을 냉담하게 취급하거나 그녀의 위험을 마치 대단치 않은 일처럼 취급하는 것보다 훨씬 나았다. 그는 원래 상냥하고 친절했다. 그러나 오늘 밤의 그는 무언가 보다 더 중대한 일이 마음에 걸려서 마음이 여기에 없는 것같이 보였다.

더구나 그 중대한 일이라는 것이 알고 보면 시시한 정치적 집회인 것이다 !

그가 옷을 갈아입고, 오늘 밤엔 멜라니네에서 지내라고 말했을 때에는, 그녀는 자기의 귀를 의심했다. 그도 그녀가 얼마나 혼이 났는가쯤은 알 만한 일이 아니겠는가. 멜라니네에서 밤을 보낸다는 것보다는, 그녀의 지친 몸이나 흥분한 신경은, 구운 벽돌로 발을 따뜻하게 녹여 주고, 따끈한 종려 술로 공포를 가라앉히고, 따뜻한 잠자리에서 담요를 덮고 쉬기를 얼마나 바라는지, 그것쯤은 알 만도 하지 않은가. 만약 그가 참으로 그녀를 사랑한다면, 비록 어떠한 일이 있을지라도 오늘 같은 날 밤에 그녀의 곁을 떠날 수는 없다. 집에서 그녀의 손을 잡아 주면서, 그녀에게 만약 무슨 일이라도 생긴다면 자기도 살 수 없다는 그런 말을 되풀이하여 들려 주는 것이, 사랑하는 사람이 마땅히 해야 할 일이 아닌가. 오늘 밤 그가 돌아온 다음 단 둘이 있게 되면 그런 말을 하고 톡톡히 나무라 주리라고 그녀는 마음 속으로 별렀다.

멜라니네의 조그만 객실은 프랭크와 애실리가 외출한 다음, 여자들이 바느질 감을 가지고 모이는 여느 날 밤과 조금도 다름 없이 평화로와 보였다. 방은 난롯불로 따뜻하고 즐거웠다. 테이블의 램프는, 바느질 감 위에 구부리고 있는 부드러운 네 여자의 머리 위에 고요하게 노란 빛을 던지고 있었다. 네 여자의 스커트가 부드럽게 물결치고 여덟 개의 조그만 발이, 낮은 발판 위에 단정하게 얹혀 있었다. 웨이드와 엘라와 보우의 조용한 숨결이, 열려 있는 아이들 방문 쪽에서 들려 왔다. 아치는 난롯가의 의자에 불 쪽으로 등을 돌리고 앉아서 불을 담배로 불룩하게 하고는 부지런히 작은 나뭇조각을 깎고 있었다. 추레한 텁석부리 노인과 네 사람의 말쑥한 부인들과의 대조는, 마치 흰 털 섞인 사나운 늙은 집지기개와 네 마리의 새끼 고양이처럼 동떨어져 보였다.

멜라니는 조금 노기를 띤 부드러운 목소리로, 부인 하프 악단의 최근의 분쟁을 차근차근 이야기하고 있었다. 남자 합창단과 다음 연주회의 프로그램에 대해서 의견이 충돌된 부인 하프 악단은 이 날 오후 멜라니를 찾아와서, 악단에서 탈퇴하겠다고 씨근거렸다. 그것을 멜라니는 힘 닿는 데까지 열심히 달래어 겨우 그녀들의 결정을 연기시킬 수 있었다는 것이었다.

신경이 날카로와져 있던 스카알렛은『부인 하프 악단이란 게 다 뭐야!』하고 외치고 싶을 정도였다. 그녀는 자신의 무시무시했던 경험을 말하고 싶었던 것이다. 자세하게 여러 사람에게 들려 주고 싶어서 근질근질했던 것이다. 남들을 깜짝 놀래게 해주면 어쩐지 자신도 얼마쯤 위로가 될 것 같았던 것이다. 게다가 자기가 얼마나 용감했던가를, 자기 입으로 하는 말에 의해서 확인하고 싶었던 것이다. 그렇게 화제를 그리로 끌고가려고 하면, 꼭 멜라니가 교묘하게 다른 시시한 이야기 쪽으로 화제를 돌려 버리고 마는 것이었다. 이것이 스카알렛을 견딜 수 없을 만큼 짜증스럽게 만들었다. 누구나 할 것 없이 프랭크처럼 옹졸한 천성을 타고났군.

  내가 그런 끔찍한 운명을 빠져 나온 참이라는데도, 모두들 어쩌면 이다지도 냉정하고 태연할 수가 있단 말인가? 이 사람들에게는, 내게 그 이야기를 하게 함으로써 내가 마음을 가라앉히는 것을 어째서 마다하는 것인지, 그 까닭을 말해 줄 호의마저도 없는 것이다.

  그 날 오후의 사건은 자신이 생각하고 있는 것 이상으로 그녀를 전율케 했다. 으스름녘의 가도 숲 속에서 그녀를 엿보고 있었던 사납고 검은 얼굴이 생각날 때마다 그녀의 온 몸은 부들부들 떨렸다. 만약에 빅 샘이 나타나지 않았더라면, 그녀의 가슴을 움켜쥔 그 시커먼 손이 어떤 짓을 했을까 하고 생각하자 그녀는 머리를 푹 수그리고, 눈을 꼭 감아 버리고 말았다. 평화로운 방안에 잠자코 앉아서 멜라니의 목소리를 들으면서 바느질을 하려고 하면 할수록 그녀의 신경은 더욱더 날카롭게 긴장되어 오는 것이었다. 밴조의 줄이 끊어지듯이 팽 소리를 내면서 당장이라도 신경이 끊어지는 것이 아닌가 싶을 지경이었다.

  아치가 나무를 깎는 소리가 이상하게 귀에 거슬려서, 그녀는 얼굴을 찡그리고 그를 바라보았다. 그러자 갑자기 그가 거기에 앉아서 나무 토막을 만지고 있는 것이 이상하게 생각되었다. 언제나 그가 집을 지킬 때에는, 밤새도록 소파 위에 쭉 뻗고 누워 잠이 들어서 길다란 수염이 숨을 쉴 때마다 공중으로 날아오를 만큼 요란하게 코를 고는 것이 보통이었다. 멜라니나 인디어나, 도무지 그에게 나무 부스러기가 어질러지니 마룻바닥에 종이라도 펴면 어떠냐고 주의를 주지 않는 것도 이상한 일이었다. 그가 난로 앞의 깔개 위를 벌써 부스러기투성이로 만들었는데도, 두 사람은 그것을 그다지 마음에 두지도 않는 모양이었다.

  그녀가 지켜보고 있으려니까, 아치는 갑자기 불 쪽을 돌아보고 담뱃불을 퉤 하고 불 속에다 뱉었다. 그 소리가 너무나 요란했기 때문에 인디어나 멜라니와 피티는, 폭탄이라도 터진 것처럼 기겁을 해서 벌떡 일어났다. 「침을 그렇게 요란한 소리를 내가면서 뱉을 필요가 있나요?」 하고 놀라서 신경이 곤두선 인디어가 목쉰 소리로 대들었다. 여느 때는 무척 자제력이 강한 인디어가 그러는 만큼, 스카알렛은 놀라서 그녀를 보았다.

  아치는 그녀를 마주 흘겨보았다.

  「필요가 있는 것 같소.」 하고 냉담하게 대답을 하고는 다시 퉤 하고 침을 뱉았다. 멜라니는 눈썹을 약간 찌푸리고 인디어의 얼굴을 보았다.

  「나는 아버지가 담배 같은 걸 씹지 않았으니까 정말 다행이었어.」 하고 피티 고모가 말을 시작하자, 멜라니는 더욱더 이마의 주름을 깊게 하면서 윽박지르듯이, 스카알렛마저도 일찌기 들어 본 적이 없을 만큼 매섭게 말을 던졌다.

「원, 참 잠자코 계셔요, 고모님! 정말 눈치도 없으셔요.」

「아니!」 피티 고모는 바느질 감을 무릎 위에 놓고는, 감정이 매우 상해서 입을 빼물었다. 「정말 오늘 밤엔 모두들 무슨 일로 그러는지 모르지만, 너나 인디어나 몹시 신경질을 부리는구나.」

아무도 그 말에 대답하는 사람은 없었다. 멜라니는 자기의 언짢은 행동에 사과하려고 하지도 않고, 거친 손길로 바느질을 계속했다.

「어머나, 네 바느질 땀이 왜 그렇게 뜨냐? 한 치는 되겠구나.」 하고 피티는 다소 우쭐해서 말했다. 「모조리 뜯어야겠다, 도대체 어떻게 된 거냐?」

그러나 멜라니는 여전히 대꾸하지 않았다.

이 사람들은 정말 왜들 이럴까, 하고 스카알렛은 생각했다. 나는 자신의 공포에만 마음을 빼앗겨서 여태까지 눈치를 채지 못했더란 말인가? 그렇다, 멜라니는 기를 쓰고 여태까지 몇 번이나 여럿이 함께 지냈던 밤과 조금도 다름 없이 꾸미려고 애를 쓰고 있는 것이다. 그런데도 불구하고 확실히 무엇인가 달라진 분위기가 엿보인다. 그것은 그 날 오후의 사건에 놀란 때문이라고는 절대로 말할 수 없는 초조함이었다. 스카알렛은 가만히 좌중의 눈치를 살펴보다가 문득 인디어와 시선이 마주쳤다. 그녀가 증오보다도 더 강하고, 경멸이라기 보다도 더 모욕적인 기분을 깊숙이 간직한 눈길로 묵묵히 무엇을 알아내려는 듯 지켜보았기 때문에 스카알렛은 몹시 기분이 상하고 말았다.

『이 애는 마치 내 탓이기라도 한 것 같은 얼굴을 하고 있어.』 하고 스카알렛은 괘씸하게 생각했다.

인디어는 그러고 나서 아치에게로 눈을 옮겼으나, 이미 그녀의 얼굴에서는 그에 대한 불만의 표정은 말끔히 사라져 버리고, 어딘가 묻고 싶어하는 빛을 띠고 있었다. 그러나 그는 인디어와는 시선을 마주치지 않았다. 그대신 스카알렛 쪽을 인디어가 하던 것처럼 차갑고 험한 표정으로 응시하기 시작했다.

멜라니가 다시 이야기를 계속하려고 하지 않았기 때문에 방안은 음울한 침묵에 잠기고 말았다. 그 침묵 속에서 스카알렛은 문 밖의 바람 소리가 차츰 사나워지는 것을 듣고 있었다. 그러는 동안, 갑자기 이 밤이 더없이 불쾌한 밤으로 여겨지기 시작했다. 그녀는 비로소 절박한 공기를 느꼈다. 그리고 너무나 그녀 자신이 이성을 잃고 있었기 때문에 미처 눈치를 채지 못했지만, 오늘 밤은 처음부터 이런 공기가 감돌고 있었던 것이 아닌가 하고 생각해 보았다. 그것을 알지 못할 만큼 자기는 당황했었던 것이 아닌가 하고 생각해 보았다. 그러고 보니, 아치의 얼굴에도 무엇인가를 기다리고 있는 듯한 표정이 똑똑히 나타나 있어서, 그 텁석부리 귀를 삵쾡이처럼 쫑긋하게 세우고 있었다. 멜라니와 인디어도 불안한 마음을 애써 누르고 있는 듯이 보였고, 가도에서 말발굽 소리가 들리거나, 지나가는 바람에 잎이 떨어진 나뭇가지가 울음 소리를 내거나, 잔디밭 위를 바시락거리며 구르는 마른 잎 소리가 날 때마다 으례 바느질 감에서 머리를 들고 귀를 기울이는 것이었다. 난로에서 타고 있는 통나무가 탁탁 튀기만 해도, 그들은 소리 없이 다가오는 발소리를 들은 것처럼 움찔하고 일어서는 것이었다.

대체 무슨 일이 있는 것일까 하고 스카알렛은 생각했다. 무슨 일인지 일어나려 하고 있는 모양이다. 그러나 그녀는 그것을 알아낼 수가 없었다. 토라진 것처럼 입을 일그러뜨리고 있는 피티 고모의 살찌고 천진스러운 얼굴을 보면, 이 노처녀도 그녀와 마찬가지로 아무것도 모르고 있는 것이 분명했다. 그러나 아치와 멜라니와 인디어는 알고 있다. 침묵 속에서 그녀는 우리 안의 다람쥐처럼 미친 듯이 뛰어다니고 있는 인디어와 멜라니의 심정을 거의 느낄 수 있을 것 같았다. 여느 때와 다름 없이 꾸미려고는 하지만 그들은 무엇인가를 알고 있는 것이다. 무엇인가를 기다리고 있는 것이다. 그리고 두 사람의 마음 속의 불안은, 그대로 스카알렛의 마음에도 반영되어, 그녀를 전보다도 더 초조하게 만들었다. 건성으로 바늘을 놀리고 있었기 때문에, 그녀는 바늘로 엄지손가락을 쿡 찌르고 말았다. 그리고 그 아픈 서슬에 저도 모르게 나직하게 소리를 지르자, 그 때문에 모두들 소스라치게 놀랐다. 그녀는 새빨간 핏방울이 나올 때까지 손가락을 눌러 짜고 있었다.

「난, 도무지 짜증이 나서 바느질을 할 수가 없어요!」 마침내 그녀는 바느질 거리를 마룻바닥에 내던지며 말했다. 「짜증이 나서, 커다란 소리로 고함을 지르고 싶을 지경이야. 집에 가서 눕고 싶어. 프랭크도 잘 알고 있을 거야. 그분이 외출하다니 잘못이란 말야. 그이는 노상 검둥이나 뜨내기들한테서 여자들을 보호해야 한다고 말한 주제에, 막상보호가 필요하게 된 때에 어디로 갔다는 거죠? 집에서 나를 돌봐 주는 게 당연하잖아? 그런데 그이는 다른 남자들과 놀러 돌아다니고 잡담이나 하는 것 외에는 아무것도 하려고 하지 않아요. 그리고 ……..」

그녀의 물어뜯을 것 같은 눈이 인디어의 얼굴에 이르자, 그녀는 저도 모르게 입을 다물어 버렸다. 인디어는 숨을 거칠게 헐떡이면서 창백하고 속눈썹이 없는 눈으로 소름이 끼칠 것처럼 냉랭하게 스카알렛을 노려보고 있는 것이었다.

「인디어, 폐가 되지 않는다면.」 하고 그녀는 참다 못해서 마침내 가시 돋친 말을 쏘아붙였다. 「왜 내 얼굴만 하룻밤 내내 힐끔힐끔 바라보고 있는 건지 말해 주었으면 좋겠어. 내 얼굴이 새파란가, 아니면 어떻게 됐나?」

「폐될 건 조금도 없어요. 얼마든지 말해 줄 테예요.」 하고 대답한 인디어의 눈은 번쩍번쩍 빛나고 있었다. 「난 말예요, 스카알렛이 케네디 씨 같은 훌륭한 분을 우습게 아는 게 싫어. 특히 만약…….」

「인디어!」하고 이때 멜라니가 타이르듯이 말참견을 했다. 멜라니의 손은 바느질 감을 꼭 움켜잡고 있었다.

「내 남편 일이라면, 인디어보다는 내가 잘 알고 있을 거야.」하고 스카알렛은 마침내 싸울 듯이 대들었다. 인디어와 다른 사람들 앞에서 싸우는 것은 이것이 처음이었다. 그리고 이쯤 되자, 스카알렛은 기운이 솟구쳐서 짜증스럽던 기분 따위는 금방 달아나고 말았다. 멜라니의 눈길이 나무라자 인디어는 마지못해 입을 다물었지만 금세 증오에 찬 차디찬 음성으로 말을 시작했다.

「스카알렛 오하라, 당신이 보호를 바란다느니 어쩌고 하는 소리를 들으면, 나는 속이 뒤집힐 것만 같아! 당신은 보호를 받는 것 따위는 문제로도 삼고 있지 않았잖아? 만약 문제삼고 있었다면, 요즈음처럼 태연하게 나다니지는 못 했을 거야. 나보란 듯이 거리를 싸돌아다니면서, 알지도 못 하는 사나이들에게 자신을 내보이고, 와글와글 떠들어 대게 하지는 않았을 것 아냐! 오늘 일만 하더라도, 당신으로서는 당연한 보복이야. 솔직이 말하면 좀더 심한 꼴을 당했어야 해!」

「인디어, 제발 잠자코 있어요!」하고 멜라니가 외쳤다.

「좀더 말하게 내버려두어요.」하고 스카알렛은 외쳤다. 「무척 재미있군그래. 당신어 날 미워한다는 건 처음부터 알고 있었어. 그래도 위선자이기 때문에 여태까지 시치미를 떼고 있었던 거야. 당신은 자기를 떠받들어 주는 사람만 있다면, 아침부터 저녁까지 발가벗고 거리를 나다니는 것쯤 예사로 알고 할 주제에.」

인디어는 벌떡 일어나자 모욕을 참지 못해서 여윈 몸을 부들부들 떨었다.

「나는 처음부터 당신이 딱 싫었어.」하고 그녀는 떨리는 목소리로 분명히 말했다. 「하지만 그 말을 하지 않은 것은 절대로 위선자였기 때문이 아니었단 말야. 도무지 남들처럼 몸을 삼갈 줄도 모르고, 남들 같은 교양도 없는 당신 따위에게는 이해되지 않기 때문이었어. 우리들이 단결해서 서로의 조그마한 미움 같은 건 내버리고 대들지 않으면 도저히 양키에게 대항할 수가 없다는 것을 알고 있었기 때문이야. 그렇지만 당신은, 당신이라는 사람은 교양 있는 사람들의 체면이 상할 짓을 하거나, 훌륭한 남편에게 망신을 시키는 일을 시작하거나, 양키와 천민들에게 우리들까지 조소를 받게 하고 우리들의 품위를 의심받게 하는 짓을 해왔단 말이야. 양키는 당신이 우리들과는 전혀 다른 사람이라는 것을 모르니까, 조금도 품위를 가지고 있지 않은 것은 이 사람만이라는 걸 판별할 힘이 그

322

들에게는 없어. 그러니까 당신이 습격해 오라는 것처럼 마차를 타고 숲 속을 돌아다닌다는 것은 검둥이나 못된 백인틀의 마음을 충동질해서, 시내에 있는 조심성 깊은 부인들까지를 위험 속으로 끌고들어가는 거나 마찬가지야. 게다가 당신은 우리 집안 남자들의 생명까지 위험하게 만들어 버렸어. 그들은 그예…….」

「어머나, 인디어!」하고 멜라니가 어쩔 줄 몰라하며 외치는 소리를 듣자, 분노에 불타던 스카알렛도 엉겁결에 소스라치게 놀랐다. 「잠자코 있어요! 언니는 아무것도 모른단 말야. 그것은 언니는……. 자, 아무 말도 말아야 해! 약속했잖아.」

「아이구 얘들아!」하고 피티 고모가 애원하는 듯한 소리를 냈다. 입술이 바들바들 떨리고 있었다.

「내가 뭘 모른다는 거지?」하고 스카알렛은 일어서더니, 흥분으로 굳어져 버린 인디어와, 중간에서 한사코 말리고 있는 멜라니에게 정면으로 대들었다.

「시끄러운 암탉들이군!」하고 이때 아치가 갑자기 멸시하는 듯한 어조로 말했다. 그리고 그 말에 항의할 겨를도 주지 않고, 그는 센 머리를 흔들면서 재빨리 일어섰다. 「누가 문으로 들어왔소. 윌크스 씨는 아닌 모양인데. 그만들 떠드시오!」

그 소리에는 위압하는 것 같은 늠름함이 있었다. 여자들은 우두커니 선 채 갑자기 입을 다물어 버렸다. 그리고 그가 방을 가로질러 문 쪽으로 가려 했을 때에는 그녀들의 얼굴에서도 노여운 기색이 사라져 있었다.

「누구시오?」찾아온 사람이 노크도 하기 전에 그는 소리쳤다.

「버틀러요, 문 좀 열어 주시오.」

멜라니는 이때, 스커트의 후프가 기울어져서, 팬터렛이 무릎까지 보일 만큼 맹렬한 기세로 와락 달려가더니 아치의 손이 손잡이를 잡기 전에 재빨리 문을 열었다. 레트 버틀러가 검은 소프트 모자를 깊숙이 눌러 쓰고, 세찬 바람에 케이프를 펄럭이면서 문 앞에 있었다. 오늘 밤만은 그 전처럼 깍듯한 태도도 잃고 있었다. 그는 모자를 벗으려고도 하지 않고, 방안에 있는 사람들에게 말을 걸려고도 하지 않았다. 멜라니 이외에는 거들떠보지도 않고, 인사도 하지 않은 채 퉁명스럽게 말을 건넸다.

「그 사람들은 어디로 갔읍니까? 빨리 가르쳐 주십시오. 생사에 관한 일입니다.」

스카알렛과 피티는 깜짝 놀라서, 도대체 무슨 일인가 하고 서로 얼굴을 마주보았다. 인디어는 여윈 늙다리 고양이처럼 방을 가로질러서 멜라니 곁으로 달려갔다.

「이 사람에게 아무 말도 해서는 안 돼요.」하고 인디어는 재빠르게 외쳤다. 「이 사람은 앞잡이야! 배신자야!」

레트는 그녀를 거들떠보려고 하지 않았다.

「빨리, 윌크스 부인! 아직 시간이 있을지도 모릅니다!」

멜라니는 공포 때문에 멍하니 그저 그의 얼굴을 바라볼 뿐이었다.

「아니, 도대체……」하고 스카알렛이 말을 꺼냈다.

「가만 계시오.」하고 아치가 간단히 말을 막아 버리고 말았다. 「아씨도 말이오, 멜라니 아씨. 이 배신자는 썩 나가 달래야겠소!」

「안 돼요, 아치! 안 돼요!」하고 외치고 멜라니는 떨리는 손으로, 아치에게서 보호하듯이 레트의 팔을 잡았다. 「무슨 일이 생겼나요? 어떻게, 어떻게 당신은 아셨지요?」

레트의 거무스름한 얼굴에는 분명히 초조와 조심성이 다투고 있었다.

「윌크스 부인, 그 사람들은 처음부터 주목받고 있었던 거요. 다만, 원체 교묘하게 굴었기 때문에 오늘 밤까지 겨우 어떻게 무사했던 거요! 어떻게 내가 알 수 있었겠소. 나는 오늘 밤 술취한 양키 대위 둘과 포커를 하는 동안, 무심코 놈들이 지껄이는 말을 듣고서 비로소 안 겁니다. 양키들은 오늘 밤에 사건이 일어날 것을 알고, 미리 준비하고 대기하고 있는 거요. 그러니까 그 사람들은 마치 덫을 바라보고 걸어간 것이나 같은 겁니다.」

순간, 멜라니는 호되게 한 대 맞은 것처럼 비틀비틀 넘어지려 했으나, 레트의 팔이 재빨리 그녀의 허리를 받쳤다.

「말하면 안 돼요! 이 사람이야말로 언니를 덫에 걸리게 하려는 거예요!」하고 인디어는 레트를 흘겨보면서 외쳤다. 「이 사람은 자기가 오늘 밤 양키 장교와 함께 있었다고 말하고 있잖아?」

그래도 여전히 레트는, 그녀를 보려고 하지 않았다. 그의 재촉하는 듯한 눈은 멜라니의 창백한 얼굴 위에 못박혀 있었다.

「말해 주시오. 그 사람들은 어디로 갔소? 모이는 장소가 있겠지요?」

놀라움과 수수께끼에 싸여 있으면서도 스카알렛은, 이때의 레트의 얼굴처럼 창백하고 무표정한 얼굴은 본 적이 없다고 생각했다. 그러나 멜라니는 분명히 그 이외의 무엇인가를, 그를 믿게 하는 심정을 불러일으키는 무엇인가를 발견한 것이 틀림없었다. 왜냐하면, 그녀는 자기를 부축하고 있던 레트의 팔에서 몸을 떼고 꼿꼿이 서자, 약간 떨리는 목소리로 조용히 말했기 때문이다.

「샨티타운 근처의 디케이터 가도를 벗어난 곳이에요. 설리반네 집터 지하실에 모여 있어요. 그 반쯤 타버린 지하실.」

「고맙소, 급히 달려가야겠소. 양키가 이리로 찾아오더라도 아무도 아무것도 모른다고 잡아떼는 겁니다.」

그는 눈깜짝할 사이에 몸을 날려 케이프와 함께 밤의 어둠 속으로 빨려들어가고 말았다. 바람과 같은 그 행동에 사람들은, 자갈을 걷어차면서 전속력으로 달려가는 말발굽 소리를 들을 때까지는, 그가 방금 거기에 있었다는 사실마저 거짓말처럼 생각되었다.

「양키가 여길 온다고?」하고 외치고, 피티 고모는 너무나 놀라서 눈물도 나오지 않고, 겨우 그 작은 발을 돌려서 소파 위에 주저앉아 버리고 말았다.

「도대체 이게 어떻게 된 일이지? 그 사람은 무슨 말을 했지? 말해 주지 않으면 난 미칠 것 같아!」스카알렛은 양손을 멜라니의 어깨에 얹고, 마치 그 대답을 흔들어내려고나 하는 것처럼 세게 흔들었다.

「무슨 일이냐고요? 그건 말이야, 당신 때문에 어쩌면 애실리도 케네디 씨도 죽게 됐다는 거야!」공포의 절정에서 떨고 있었음에도 불구하고 인디어의 말소리에는 승리를 자랑하는 듯한 투가 있었다.「그만 흔들어요. 멜라니는 까무라칠 지경이란 말야.」

「괜찮아, 염려 없어.」하고 멜라니는 의자 등받이를 꽉 잡고 중얼거렸다.

「제발, 제발! 나는 까닭을 모르겠어! 애실리가 죽을지도 모른다니? 부탁이니 누구든지 이야기 좀 해줘요.」

녹슬은 돌쩌귀 같은 아치의 목소리가 스카알렛의 말을 가로막았다.

「앉으시오.」그는 짧게 명령하듯이 말했다.「다시 바느질 감을 들고 아무 일도 없었던 것처럼 바느질을 하고 계시란 말요. 저녁때부터 양키가 이 집을 감시하고 있는지도 몰라요. 앉으라니까요, 그리고 바느질을 하란 말요.」

떨면서도 모두 그 말에 따랐다. 피티 고모까지도 양말을 주워들더니, 떨리는 손가락에 그것을 쥐고, 겁먹은 아이처럼 휘둥그런 눈으로, 좌중을 둘러보면서 설명을 듣고 싶어하는 눈치였다.

「애실리는 어디에 있지? 그이가 어떻게 했다는 거지, 멜라니?」하고 스카알렛은 외쳤다.

「그보다도 당신 주인은 어디에 있지? 그분 걱정은 안 되나?」깁고 있던 떨어진 타월을, 구겼다 폈다 하면서 인디어의 연푸른 눈은 미칠 듯한 악의에 타고 있었다.

「인디어, 그만두래도!」멜라니의 음성은 차분했다. 그러나 그 창백하게 떨고 있는 얼굴과 고뇌에 시달리는 눈은 괴로움을 참는 안간힘을 쓰는 것은 여실히 말해 주고 있었다.「스카알렛, 언니에게도 이야기했어야 옳을지도 모르지만, 하지만 언니는 오늘 오후에 그런 변을 당했기 때문에, 우리들은 아니, 프랭크의 의견에 따라서, 그리고 언니는 늘 클랜단에대해서는 그토록 노골적으로 반대하고 있었으니까…….」

「클랜단!」

처음 스카알렛은, 들은 일도 없거니와 어떤 뜻이 있는가도 모른다는 태도로, 무의미하게 그 말을 입 밖에 내어 말해 보았다.

그러나 그녀는 이어「클랜단!」하고 마치 절규하는 듯한 소리를 질렀다.「설마 애실리가 클랜단에 들어 있는 건 아니겠지! 설마 프랭크가! 그이는 나하고 약속했었는데!」

「물론 케네디 씨도 클랜단에 들어 있어요. 그리고 애실리도 말이에요. 우리들이 아는 남자들은 모두 들어 있어.」하고 인디어는 외쳤다.「모두 남자들이 아닌가 말야? 게다가 백인이고, 그뿐 아니라 남부 사람이거든. 당신은 프랭크를 자랑해야 하는데도, 그분은 당신 때문에 무슨 부끄러운 일이라도 하는 것처럼 몰래 빠져 나가지 않으면 안 되었단 말야. 그리고…….」

「당신들은 처음부터 모두 알고 있었는데, 나는 아무것도 몰랐어.」

「언니를 놀라게 해서는 안 된다고 생각했기 때문이에요.」하고 멜라니는 슬픈 듯이 그렇게 말했다.

「그럼 그이들은 정치적인 모임이니 뭐니 하면서 사실은 그런 데엘 가고 있었군? 어쩌면, 그이는 나와 그토록 굳게 약속을 하고서도! 인제 양키들이 와서 우리 공장도 가게도 모두 몰수하고 그이를 감옥에 처넣어 버린단 말야. 이봐요, 레트 버틀러는 뭐라고 했지?」

인디어의 눈과 멜라니의 눈은 심한 공포 때문에 서로 마주보았다. 스카알렛은 바느질 감을 집어 던지고 일어섰다.

「말해 주지 않으면 거리에 나가서 알아볼 테야. 알게 될 때까지 닥치는 대로 아무한테라도 물어볼 테야…….」

「앉아요.」하고 아치는 그녀를 쏘아보면서 말했다.「내가 말해 드리리다. 당신이 오늘 오후에 싸돌아다니면서 멋대로 소동을 일으켰기 때문에 윌크스 씨와 케네디 씨와 그 밖의 여러분들이 그 검둥이와 백인을 찾아내는 대로 처죽이고 샨티타운 부락을 송두리째 뽑아 버린다고 떠나신 거요. 그리고 말이오, 만약에 그 배신자인 버틀러의 말이 사실이라면, 양키 놈들은 어디선가 냄새를 맡고 그분들을 체포하기 위해서 군대를 풀어 놓았다는 거요. 그러니까 그분들은 마치 함정에 빠진 거나 마찬가지란 말요. 또 가령 말이오, 그 버틀러가 말한 것이 사실이라면, 놈도 스파이로, 그분들을 양키에게 밀고할 테니까 역시 그분들은 죽고 말 거요. 놈이 만약 그분들을 밀고한다면 이 내가 목숨을 걸고라도 놈을 쳐죽일 거요. 만약 그분들이 무사하다고 하더라도 모두들 곧 여기서 텍사스로라도 달아나서 숨어 있어야 할 테니까, 평생 돌아올 수는 없을 거요. 그러나 이러고 저러고 모든 것이 당신 때문이란 말요. 당신의 그 손에는 피가 묻어 있소.」

스카알렛의 얼굴에는 조금씩 까닭을 알겠다는 듯한 표정이 나타나더니, 이윽고 그것이 갑자기 놀라움으로 바뀌는 것을 보자, 멜라니의 얼굴에는 공포가 사라지고 노여움이 떠올랐다. 그녀는 일어서더니 스카알렛의 어깨에 손을 얹었다.

「이 이상 그런 말을 하려거든, 이 집에서 나가 줘야겠어요, 아치.」멜라니는 엄숙한 소리로 말했다. 「언니 때문이 아니에요. 언니는 그저, 그저 자기가 해야만 되겠다고 생각되는 일을 했을 뿐이에요. 사람들에게는 저마다 해야 할 일이 있는 거예요. 우리들은 모두가 똑같은 생각을 하거나, 똑같이 행동하거나 하는 건 아니에요. 그러니까 자기 자신의 마음으로 남을 헤아린다는 건 잘못된 짓이에요. 당신이나 인디어나, 어떻게 그렇게 잔인한 소리를 하죠? 언니의 주인과 마찬가지로 내 남편이 만약, 만약에…….」

「들어 보시오.」하고 아치가 조용히 가로막았다. 「앉으시오, 아씨. 말이 왔어요.」

멜라니는 의자에 앉아, 애실리의 와이셔츠를 집어 들고, 그 위에 고개를 수그리고는 무의식중에 선 두른 것을 찢어내서 가느다란 리본을 만들기 시작했다.

집을 향하여 달려오는 말발굽 소리가 점점 높아져 왔다. 그리고 재갈 소리며 가죽 끈이 당겨지는 소리며, 사람의 목소리가 들려 왔다. 이윽고 현관 앞에서 말발굽 소리가 멎자, 한 사람이 한결 높은 소리로 무엇인가를 명령하고 있었다. 그러자 발소리가 옆뜰을 지나서 뒤 포치 쪽으로 가는 것이 들렸다. 적의에 찬 무수한 눈이, 차일을 내리지 않은 앞쪽 창문으로 들여다보는 것 같아서 네 여자들 가슴은 덜덜 떨면서도 머리를 숙이고 부지런히 바늘을 놀리고 있었다. 스카알렛은 마음 속으로 『내가 애실리를 죽였다! 내가 그이를 죽인 것이다!』하고 계속 외쳐 대고 있었다. 그러나 이 미칠 것 같은 순간에 그녀는, 프랭크도 역시 자기가 죽였다고는 손톱만큼도 생각하지 않았다. 그녀의 마음에는 아름다운 머리카락에 피가 밴 채, 양키 기병대의 발 밑에 쓰러져 있는 애실리의 모습밖에는 넣을 수가 없었던 것이다.

성급하고 사나운 도어 두드리는 소리가 났다. 그녀는 부지중에 멜라니를 보았다. 그리고 멜라니의 조그만 긴장된 얼굴에 새로운 표정이 떠오르는 것을 보았다. 그것은 아까 레트 버틀러의 얼굴에 떠올랐던 것과 같은 공허한 표정이

었다. 듀스 두 장으로 포커의 승패를 디투는 사람들의 평온하고도 공허한 표정
이었다.

「아치, 도어를 열어요.」하고 그녀는 조용히 말했다.

단도를 장화 끝에 밀어 넣고 권총을 찬 바지의 혁대를 늦추더니, 아치는 문 쪽
으로 가서 선뜻 도어를 열었다. 문 어귀에 한 사람의 양키 대위와, 푸른 군복을
입은 병사들이 모여 서 있는 것을 보자, 피티 고모는 덫에 치인 쥐와도 같이 작
은 비명을 질렀다. 그러나 그 밖의 사람은 아무 말도 하지 않았다. 스카알렛은
그 장교를 알고 있었기 때문에 적이 마음이 놓였다. 톰 제퍼리라는 대위로서 레
트의 친구의 한 사람이었다. 그가 집을 지을 때에 재목을 판 일이 있기 때문에
그가 신사라는 것도 알고 있었다. 신사인 이상, 자기들을 끌고 나가서 감옥에
처넣지는 않겠지 하고 생각하였다. 그쪽에서도 곧 그녀를 알아보고 모자를 벗더
니 다소 난처한 듯이 머리를 숙였다.

「안녕하십니까, 케네디 부인. 윌크스 부인은 어느 분이신가요?」

「제가 윌크스의 안사람이에요.」하고 멜라니가 일어서면서 대답했다. 조그마
한 그녀의 몸이, 이상하게도 주위를 위압하는 것처럼 보였다.「도대체 무슨 일
로 이렇게 몰려오셨지요?」

대위는 눈을 두리번거리면서 방안을 둘러보았다. 그리고 한 사람 한 사람의
얼굴을 찬찬히 보고 나서 재빨리 테이블 위로부터 모자걸이로 시선을 돌리며,
남자가 있는 기미는 없는가 하고 찾는 것 같았다.

「윌크스 씨와 케네디 씨에게 드릴 말씀이 있는데요.」

「두 분 다 여기엔 안 계세요.」하고 멜라니가 말했다. 그 부드러운 목소리엔
쌀쌀한 가락이 섞여 있었다.

「틀림없지요?」

「부인의 말씀을 의심한다는 건 잘못이오.」하고 아치가 수염을 곤두세우면서
말했다.

「용서하십시오, 윌크스 부인. 실례되는 말씀을 드리고 싶지는 않습니다. 부
인의 말씀이 틀림없다면 가택 수색은 하지 않기로 하겠읍니다.」

「제 말은 틀림이 없어요. 하지만 원하신다면 수색하셔도 상관없어요. 두 분은
시내 케네디 씨 가게로 모임이 있어서 가셨으니까요.」

「가게에는 안 계십니다. 오늘 밤엔 모임이 없었읍니다.」하고 대위는 냉랭한
소리로 대답했다.「아뭏든 돌아오실 때까지 밖에서 기다리겠읍니다.」

그가 가볍게 머리를 숙이더니 도어를 닫고 나갔다. 이윽고 바람에 섞여서 날
카롭게 명령하는 소리가 들려 왔다.「집을 에워싸고, 모든 문과 창에는 한 사람

씩 감시를 서라 !」 뒤이어 집 밖을 돌아다니는 발소리가 들려 왔다. 창으로 수염을 기른 얼굴이 그녀들 쪽을 들여다보고 있는 것이 희미하게 보였기 때문에, 스카알렛은 무서웠다는 이야기를 꺼내려 하다가 얼른 그만두어 버렸다. 멜라니는 자리에 앉자, 테이블 위에 놓여 있는 한 권의 책에 침착하게 손을 뻗었다. 그것은 남군 병사들이 즐겨 읽던 걸레처럼 너덜너덜한 〈레 미제라블〉이었다. 남군 병사들은 야영하는 화톳불 빛에 이것을 읽고는, 리 장군을 꼬집어 우스갯소리로 〈리즈 미제라블〉(《리의 가엾은 부하
들》이란 뜻—역자주)이니 하면서 자포 자기하고 웃고 까불곤 했었던 것이다. 그녀는 그 책의 중간쯤을 펼치더니 또렷하고 억양이 없는 소리로 읽기 시작했다.

「바느질을 하시오.」 하고 아치가 목쉰 소리로 명령했기 때문에 세 여자는 멜라니의 차분한 목소리에 기운을 얻어, 바느질 감을 집어 들고 저마다 그 위에 고개를 수그렸다.

집을 에워싸고 가만히 지켜보고 있는 양키의 감시 밑에서, 멜라니가 얼마나 읽어 내려갔는지 도무지 알 수가 없었으나, 스카알렛에게는 그것이 무척 길고 긴 시간처럼 생각되었다. 그녀는 멜라니의 낭독 따위는 한마디도 듣고 있지 않았으나, 그 무렵에야 겨우 애실리 생각과 함께 프랭크 생각도 하게 되었다. 프랭크가 오늘 밤 유난히 냉정하게 군 것도 이런 까닭이 있었기 때문이었구나 ! 절대로 클랜단에는 관계하지 않겠다고 그처럼 약속을 했었는데. 아, 그녀가 걱정했던 것은, 바로 이런 일이 일어나지는 않을까 해서였는데 ! 이 일 년 동안의 고생이 모조리 수포로 돌아가고 만다. 비나 추위 속에서 무서움도 잊고 그녀가 애써 싸워 온 것도 이젠 완전히 헛일이 되고 말았다. 그녀가 그 빙충맞은 프랭크가 열광적인 클랜단에 몸을 던졌으리라고는 ! 이미 그는 죽었을지도 모른다. 죽지 않았더라도 양키 손에 붙잡히면, 목이 달려서 죽고야 만다. 애실리까지도 !

그녀는 손톱이 손바닥에 박혀서 네 개의 새빨간 반달 모양의 자국이 생길 만큼 손을 꽈악 움켜쥐고 있었다. 애실리가 교수형을 당할 위험한 처지에 놓여 있다는데 어떻게 멜라니는 이다지 침착하게 낭독 따위를 할 수가 있을까 ? 어쩌면 이미 죽었을지도 모른다는데 ? 그러나 장 발장의 비극을 낭독하는 차분하고 평온한 목소리를 듣고 있노라면, 당장이라도 벌떡 일어나 고함을 치고 싶은 그녀의 초조감도 웬일인지 가라앉은 것이었다.

그녀의 마음은, 토니 폰텐이 양키에게 쫓겨서, 돈 없이 지칠 대로 지쳐 그들에게로 찾아왔던 그 날 밤으로 날아갔다. 만약 그때 토니가 자기 집까지 찾아오지 못하고, 따라서 돈도 튼튼한 말도 얻을 수가 없었다면, 그는 훨씬 이전에 교수형을 받았을 것이 뻔했다. 프랭크나 애실리도 이 순간 설혹 죽지 않았다 하더라도, 마치 그 날 밤의 토니와 똑같은 처지에 놓여 있는 셈이다. 아니, 좀더 불리한 처지에 있다. 왜냐하면 집 둘레를 병사들이 에워싸고 있기 때문에 붙잡힐 것이 뻔하니까, 돈이나 옷을 가지러 올 수도 없지 않은가. 그리고 아마도 거리 위쪽에서 아래쪽까지, 어느 집이나 여기와 마찬가지로 양키 병사가 감시를 하고 있을 테니까, 친구들에게 도움을 청할 수도 없을 것이 뻔하다. 어쩌면 지금쯤, 그들은 텍사스를 향하여 밤길에 말을 몰고 있을지도 모른다.

그러나 레트가, 아마도 레트가 용케 시간에 대어 가주었을 것이다. 레트는 항상 호주머니에 많은 현금을 가지고 있다. 그러니까 그가 도망갈 수 있을 만큼 돈을 빌려 주겠지. 그러나 생각하면 이상한 일이다. 왜 레트는 애실리의 안전을 위해서 마음을 쓰고 있는 것일까. 그는 애실리를 싫어했을 텐데. 애실리를 경멸한다고 공언했을 정도인걸. 그렇다면 왜? 그러나 이 의문은 애실리나 프랭크의 신변을 염려하는 새로운 불안 때문에 곧 사라지고 말았다.

『아, 모두 내가 잘못한 거야!』 그녀는 마음 속으로 통곡했다. 『인디어나 아치가 말한 게 옳아. 모두 내 탓이야. 하지만 나는 그 두 사람이 클랜단에 가담할 만큼 어리석다고는 꿈에도 생각하지 않았다. 그리고 나 자신에게 이런 일이 닥치리라고는 생각조차 못 했었어. 하지만 나로서는 달리 방법이 없었던 거야. 멜라니가 한 말도 옳다. 인간은 저마다 해야만 할 일을 할 수밖에는 다른 도리가 없는 거야. 그리고 나는 공장을 안 할 수가 없었던 거야. 나는 돈을 벌어야만 했거든. 그러나 지금 나는 그것을 송두리째 잃게 되었다. 그것도 아마 모두가 내 죄일지도 모르지.』

시간이 꽤 지났으리라고 생각될 무렵, 멜라니의 음성이 더듬거렸다 목에 걸렸다가 하더니 이윽고 아주 끊가고 말았다. 그녀는 머리를 들더니, 양키 병사가 유리창 밖에서 동정을 살피고 있다는 것 따위는 아예 무시해 버리는 태도로, 물끄러미 창 쪽을 노려보았다. 거기에 끌려서 다른 사람들도 머리를 들고, 귀를 기울이고 있는 그녀를 따라서 역시 귀를 기울였다.

꽉 닫아 걸은 창문과 도어에 막히고, 사납게 불어 대는 바람에 방해되면서도, 말발굽 소리와 노랫소리를 분간해 들을 수가 있었다. 그것도 노래 중에서도 고르고 골라서 가장 듣기 싫은 샤만군의 《조지아 침입의 노래》로서 레트 버틀러가 부르는 것이었다.

그가 맨 첫귀절을 다 불렀을까 말까 해서, 다른 두 사람의 술취한 목소리가, 우스꽝스러운 가락으로 높다랗게 뭐가 뭔지 종잡을 수 없는 소리를 고래고래 질러 대며 레트의 노랫소리를 지워 버리고 말았다. 이때, 제퍼리 대위의 비명 소리가 포치에 울리자, 급히 달려가는 병사들의 발소리가 들렸다. 그러나 그 발소리를 듣기 전에 이미 여자들은 소스라치게 놀라서 서로 얼굴을 마주 보고 있었다. 왜냐하면 레트에게 매달린 두 사람의 주정뱅이의 음성은 분명히 애실리와 휴 엘싱의 것이었기 때문이다.

제퍼리 대위가 무엇인가 질문하는 퉁명스러운 소리, 휴의 쨍쨍 울리는 듯한 바보 같은 웃음 소리, 레트의 나지막한 우악스러운 목소리, 애실리의「뭐란 말야! 뭐란 말야!」하고 되풀이하는 묘하게 시치미떼는 고함 소리, 그러한 소리들이 점점 커지면서 현관 앞 자갈길로 다가오고 있었다.

『저건 애실리가 아니야!』하고 스카알렛은 강하게 부인했다. 『그이가 취할 리가 없어! 그리고 레트도, 레트는 취하면 취할수록 차분해지는 성질이거든. 저렇게 고래고래 소리를 지를 리가 없어!』

멜라니가 일서서자, 아치도 함께 몸을 일으켰다. 「이 두 사람을 체포하라!」하고 고함치는 대위의 날카로운 음성이 들렸다. 아치의 손은 재빠르게 권총 자루를 잡았다.

「안 돼요!」멜라니가 익숙한 어조로 속삭였다. 「안 돼요, 내게 맡겨 두어요.」

그녀의 얼굴에, 그 옛날 타라의 계단 위에 우뚝 서서 무거운 군도를 쥔 팔을 축 늘어뜨리고 양키의 시체를 내려다보고 있었을 때에 나타났던, 그와 똑같은 표정이 떠오르는 것을 스카알렛은 보았다. 그것은 상냥하고 내성적인 영혼이 때와 경우에 따라서는 놀랍도록 표변할 수 있다는 것을 이야기하고 있었다. 그녀는 현관 도어를 홱 열었다.

「우리 주인을 데려다 주세요, 버틀러 선장님.」그녀는 악의를 노골적으로 드러낸 또렷한 어조로 외쳤다. 「당신은 또 우리 주인을 취하게 만들었군요. 어서 데리고 들어오세요!」

그러자 마당 안의 어두운 자갈길에서 양키 대위의 소리가 났다. 「안 됐읍니다만 윌크스 부인, 당신 주인과 엘싱 씨는 체포하겠읍니다.」

「체포? 무엇 때문이에요? 취했기 때문인가요? 애틀랜타 사람이 누구나 술 취했대서 체포된다면, 양키 주둔군은 모조리 줄곧 감옥에 들어가 있어야 되겠군요. 자, 주인을 데리고 들어가 주어요, 버틀러 선장님. 괜찮겠어요? 혼자서도 걸을 수 있는 거죠?」

스카알렛의 머리는 기민하게 돌지 못해서, 한참 동안 뭐가 뭔지 도무지 까닭을 알 수가 없었다. 그녀는 레트나 애실리가 취하지도 않았고, 멜라니도 두 사람이 취하지 않았다는 것을 알고 있다는 것도 알고 있었다. 그런데도 언제나 그토록 얌전하고 조심성 많은 멜라니가, 더구나 양키 면전에서 마치 막된 계집처

럼 애실리들에게 술이 취해서 걷지 못하느니 어쩌니 하고 고함을 치고 있는 것
이다.

뭐라고 한참 동안 투덜투덜하며 욕지거리를 하는 것 같은 말다툼 소리가 들리
더니 이윽고 비틀거리는 발소리가 돌계단을 올라오고, 창백한 얼굴을 한 애실리
가 문 어귀에 나타났다. 그가 고개를 축 늘어뜨리고 아름다운 머리카락이 마구
흐트러지고 후리후리한 몸은 목에서 무릎까지 레트의 검은 케이프로 싸고 있
었다. 휴 엘싱과 레트가 역시 비틀비틀하는 발걸음으로 양쪽에서 그를 부축하고
있었다. 두 사람이 부축하지 않으면 애실리는 당장이라도 마룻바닥에 쓰러질 것
만 같았다. 그 뒤에서 양키 대위가 의혹과 흥미가 뒤섞인 야릇한 얼굴을 하고 올
라왔다. 열어젖뜨린 채로 있는 문간에 버티고 서 있는 대위의 어깨 너머로 병사
들이 신기한 것처럼 그들을 들여다보고 있었다. 찬바람이 집 안으로 불어 들어
왔다.

스카알렛은 반은 놀라고 반은 어이가 없어서 멜라니를 보았다. 그러고 나서
축 늘어져 있는 애실리에게로 눈을 옮겼다. 순간 어느 정도 내막을 알아차릴 수
있었다. 그녀는 너무나 놀라서 부지중에 〈이이가 취하다니, 그럴 리가 없어
요!〉 하고 소리칠 뻔했으나 간신히 그 말을 삼켜 버렸다. 이것은 연극이다. 목
숨을 건, 죽느냐 사느냐 하는 연극을 보여 주고 있다는 것을 겨우 눈치챌 수 있
었기 때문이다. 그녀와 피티 고모를 빼놓은 그 밖의 사람들은, 마치 몇 번씩이
나 연습한 연극을 하는 배우들처럼, 서로 관계되는 대사를 주고받고하는 것이
었다. 아직 충분히 납득이 가지는 않았지만 자기가 잠자코 있어야 한다는 것쯤
은 그녀도 이해할 수 있었다.

「주인을 의자에 앉혀 주세요.」 하고 멜라니는 화난 것처럼 외쳤다. 「그리고
버틀러 선장님, 당신은 당장 돌아가 줘요! 이이를 또 이렇게 취하게 하고서도,
당신은 어쩌면 뻔뻔스럽게 여기에 올 수가 있어요!」

휴와 레트는 흔들의자에 애실리를 내려놓았다. 그러고 나서 레트는 의자 등을
잡고 휘청거리는 자기 몸을 버티면서 대위 쪽을 향하여 불쾌한 듯이 말했다.

「대단한 인사를 받게 됐군그래. 경관에게 잡힐까 봐서 고함을 지르고 할퀴고
하는 녀석을 모처럼 집까지 데려다 주었는데도 말이야!」

「그리고 휴 엘싱, 당신도 정말이지 어쩌면 그렇게도 채신머리가 없어요! 불
쌍하게도 당신 어머님이 아시면 뭐라고 하시겠어요? 곤드레가 되어 버틀러 선
장 같은 양키 앞잡이의 변절자와 함께 어울려 다니다니! 어쩌면 정말, 애실리,
당신도 그래요. 어떻게 이럴 수가 있단 말예요?」

「멜라니, 난 그렇게 취하지 않았어.」 하고 투덜거리면서 애실리는 테이블 위

에 엎드려서 두 팔로 머리를 감쌌다.

「아치, 이이를 방으로 모시고 가서 눕혀 줘요. 늘 하듯이 말예요.」하고 멜라니가 명령했다. 「그리고 피티 고모님, 미안하지만 방에 가서서 잠자리를 좀 봐 주세요. 아!…….」하고 갑자기 그녀는 눈물을 흘렸다. 「어쩌면 정말 이럴 수가 있어요? 그처럼 약속을 하시고선!」

아치가 애실리의 어깨 밑으로 손을 돌리고, 피티 고모가 깜짝 놀라서 영문을 모르면서도 일어났을 때 대위가 입을 열었다.

「그 사람을 건드리지 마시오, 체포하겠소. 상사!」

상사가 총을 들고 방안으로 들어섰을 때, 레트는 자기 몸을 똑바로 가누려고 애를 쓰면서 대위의 팔을 잡고 간신히 그 눈을 한군데로 모았다.

「톰, 왜 이 사나이를 체포하는 거지? 그다지 많이 취하지는 않았어. 이 사나이는 더 취했을 때도 있었단 말야.」

「취했다는 사실 따위는 문제삼지 않아.」하고 대위는 외쳤다. 「시궁창에 자빠져 있었대도 상관없어. 나는 경관이 아니야. 이분과 엘싱 씨는 오늘 밤 샨티타운을 습격한 클랜단의 한패로 체포하겠어. 검둥이 한 사람과 백인 한 사람이 피살되었단 말야. 윌크스 씨는 그 주모자야.」

「오늘 밤이라고?」레트는 웃음을 터뜨렸다. 그리고 소파에 주저 앉아서 두 손으로 머리를 끌어 안듯이 하고는 정신 없이 웃어 댔다. 「그런 바보 같은 얘기가 어디 있어, 톰?」하고 겨우 말을 할 수 있게 되었을 때, 그는 말했다. 「이 두 사람은 오늘 밤 나하고 함께 있었단 말야. 모임에 가기로 되어 있었던 여덟 시부터 주욱 말이야.」

「자네하고 같이 있었다고, 레트? 그러나…….」이마에 주름을 짓고, 대위는 반신 반의하는 태도로, 코를 골고 있는 애실리와 울고 있는 그의 아내를 바라보았다. 「그러나 자네들은 어디에 있었단 말인가?」

「그건 말하고 싶지 않은걸.」레트는 술취한 교활한 눈을 흘끗 멜라니 쪽으로 던졌다.

「말하는 편이 좋을걸!」

「그럼 포치로 나가세. 거기서라면 우리들이 어디에 있었는지 말함세.」

「여기서 말하게.」

「부인네들 앞에서 말을 하라니 잔인한데. 그럼 부인들께서 방을 나가 주신다면…….」

「전 나가지 않겠어요.」하고 화난 듯이 손수건으로 눈을 누르면서 멜라니가 소리쳤다. 「제게는 들을 권리가 있어요. 저의 주인은 어디에 있었죠?」

「실은…… 벨 와틀링의 유흥장에 있었어요.」 레트는 더듬거리면서 말했다. 「이 사람도 휴 엘싱도 프랭크 케네디도 미드 선생도, 그리고, 그리고, 모두들 모여 있었어요. 잔치를 벌였었거든요, 성대한 잔치를 말이오. 샴페인에다 계집들 …….」

「뭐라고? 벨 와틀링 집이라고요?」

멜라니의 음성이 너무나 비통하고 앙칼졌기 때문에 모두들 깜짝 놀라서 그녀 쪽을 바라보았다. 그녀는 손으로 가슴을 움켜잡고, 아치가 부축할 겨를도 없이 기절하고 말았다. 인디어는 물을 가지러 부엌으로 달려가고, 피티 고모와 스카알렛은 부채질을 하기도 하고 손목을 두드리기도 했다. 그러는 동안, 휴 엘싱은 되풀이해 가며 떠들어 대고 있었다. 「자네 덕분에 이 꼴이 되었네! 자네 덕분에 이 꼴이 됐단 말이야!」

「자, 덕분에 이 일은 온 시중에 파다하게 소문이 날걸세.」 하고 레트가 무서운 눈초리로 대위를 보며 쏘아붙였다. 「이만하면 자네도 만족했겠군그래, 톰. 내일만 되어 보게! 애틀랜타에서는 주인 어른하고 이야기할 마누라는 한 사람도 없을 테니.」

「레트, 나는 그럴 셈은 아니었어.」 하고 차가운 바람이 열린 문에서 등에 불어닥치는데도 대위는 땀을 흘리면서 말했다. 「여보게! 자네는 분명히 그들이, 그, 그 벨의 집에 있었다고 맹세할 수 있겠나?」

「맹세하고 말고!」 하고 레트는 큰 소리를 쳤다. 「나를 믿지 못하겠으면 가서 그 여자에게 직접 물어보게나. 자, 내가 윌크스 부인을 방으로 모셔가지. 내게 맡기란 말야, 아치. 아무렴, 문제없어, 모시고 갈 수 있어. 피티 아주머니, 램프를 들고 앞장서 주세요.」

그는 아치의 팔에서 멜라니의 가냘픈 몸을 가뿐하게 받아들었다.

「자네는 윌크스 씨를 뉘어 드리게, 아치. 오늘 밤 이후로는, 나는 그 친구 따위는 보기도 건드리기도 싫으이.」

피티 고모는 손이 몹시 떨려서 금방이라도 램프를 떨어뜨릴 것 같았으나, 간신히 그것을 들고 앞장서서 어두운 침실쪽으로 갔다. 아치는 무어라고 투덜거리면서 애실리의 몸 밑으로 팔을 넣어 그를 일으키기 시작했다.

「그러나 나는 아무래도 이 두 사람을 연행해야겠어!」

레트는 어두컴컴한 복도에서 뒤를 돌아보았다.

「그렇다면, 날이 밝거든 데려가게나. 이 꼴을 해 가지고는 달아나지는 못 할 테니까 말일세. 그리고 유흥장에서 술이 취해서는 안 된다는 말은 들은 적이 없는걸. 이봐 톰, 두 사람이 벨의 집에 있었다는 것을 증명할 사람은 얼마든지 있어.」

「남부 사람 중에는 언제고 있지도 않았던 곳에 있었다고 증명하는 사람이 얼마든지 있지.」하고 대위는 몹시 불쾌한 듯이 말했다. 「당신은 나하고 함께 갑시다, 엘싱 씨. 윌크스 씨는 맹세한다면 놓아 주어도 좋지만.」

「저는 윌크스 씨의 여동생이에요. 제가 맹세하고 출두시키겠어요.」하고 인디어가 냉랭하게 대답했다. 「그럼, 어서 돌아가 주세요. 오늘 밤은 어만큼 법석을 떨었으니 이젠 됐지요.」

「대단히 죄송합니다.」하고 대위는 어색하게 머리를 숙였다. 「다만 두 분이 그, 미스 아니, 미시즈 와틀링네에 있었다는 것만 증명되면 그것으로 됩니다. 오빠 되시는 분에게 내일 아침에 꼭 헌병 사령관에게 출두하시도록 전해 주시겠읍니까?」

인디어는 쌀쌀하게 머리를 끄덕이자, 도어의 손잡이를 잡고 제발 빨리 나가 달라는 듯한 몸짓을 했다. 대위와, 이어 상사와 휴 엘싱이 나가자 그녀는 그들의 등뒤에서 도어를 쾅 닫아 버렸다. 그리고 스카알렛이 있는 쪽은 바라보지도 않고 재빠르게 창문 쪽으로 가서, 차일을 전부 내려 버렸다. 스카알렛은 무릎이 떨려서, 애실리가 여태까지 앉아 있던 의자를 붙들고 몸을 버티고 있었다. 문득 눈길을 아래로 떨어뜨리자 의자 등받이의 쿠션 위에 그녀의 손보다 크게 검게 젖은 얼룩이 있는 것이 눈에 띄었다. 무엇일까 하고 손을 대 보았더니 손바닥에 끈적끈적한 빨간 물이 들었기 때문에 깜짝 놀랐다.

「인디어!」하고 그녀는 속삭였다. 「인디어, 애실리는……. 그이는 부상당했어.」

「멍청하군! 오빠가 정말로 취한 줄 알았어?」

인디어는 마지막 차일을 끌어내리더니 나는 것처럼 침실로 달려갔다. 스카알렛도 숨이 막힐 것 같은 마음으로, 곧 그녀의 뒤를 따랐다. 레트의 큼직한 몸이 문간을 가로막고 서 있었으나, 그 어깨 너머로 스카알렛은 애실리가 창백한 얼굴로 가만히 침대에 누워 있는 것을 보았다. 멜라니는 금방 기절했던 사람치고 이상할 만큼 날쌔게, 그의 피로 물든 와이셔츠를 자수 가위로 재빠르게 베어 제치고 있었다. 아치는 램프를 침대 곁으로 들이대고 멜라니의 손께를 비춰 주고 있었다. 그리고 마디 굵은 억센 한쪽 손으로 애실리의 손목을 꽉 잡고 있었다.

「죽었어?」두 여자가 동시에 외쳤다.

「아니, 출혈 때문에 정신을 잃었을 뿐이오. 어깨를 관통했소.」하고 레트가 말했다.

「왜 이리로 데리고 왔죠, 바보같이?」인디어가 외쳤다. 「오빠 곁에 가게 해

쳐요! 비켜 줘요! 붙잡힐 것이 뻔한데 왜 이리로 데리고 왔어요?」

「너무 쇠약해서, 멀리 갈 수가 없었기 때문이오. 그렇다고 이 근처에는 아무 데도 떼메고 들어갈 데도 없고 말이오, 아가씨. 그리고 당신은 이 사람을 토니 폰텐처럼 망명자로 만들 생각인가요? 당신은 친척 중에 누군가가 세상을 피해서 텍사스 같은 데서 여생을 보내기를 원하시나요? 모든 사람을 구해 낼 기회는 있는 겁니다, 벨조차도.」

「들어가게 해 달라니까요!」

「안 돼요, 아가씨. 당신이 해야 할 일은 따로 있어요. 우선 의사를 불러와야 하겠어요. 미드 선생은 안 되오. 그분도 여기에 관련되어 있으니까 지금쯤은 양키에게 심문을 받고 있을 겁니다. 누군가 다른 의사를 불러다 줘요. 밤중에 혼자 나가시기가 무서운가요?」

「아뇨.」하고 인디어는 옅푸른 눈을 반짝이며 말했다. 「무섭지는 않아요.」그리고 홀의 모자걸이에 걸려 있는 멜라니의 후드가 달린 외투를 집어 들었다. 「딘 노선생님을 모셔오겠어요.」애써 태연하려고 하면서 침착을 되찾은 목소리로 말했다. 「당신을 앞잡이니 바보 같으니 하고 말한 것을 용서하세요. 저는 몰랐어요. 당신이 애실리를 위해서 해주신 일을 전 진심으로 감사해요. 하지만, 역시 당신을 내내 경멸할 거예요.」

「나는 솔직한 것을 좋아합니다. 솔직하게 말해 주셔서 고맙군요.」레트는 머리를 숙이자, 입술을 아래로 일그러뜨리며 재미있다는 듯이 미소를 지었다. 「그럼 얼른 뒷문으로 나가시오. 그리고 돌아오실 때에 혹시 집 근처에 병사들이 있는 것 같으면 들어오셔선 안 됩니다.」

인디어는 또 한 번 애실리 쪽을 걱정스럽게 바라보더니 외투를 두르고, 홀을 빠져 뒷문 쪽으로 살그머니 달려나가, 조용히 어둠 속으로 자취를 감추었다.

스카알렛은 레트의 어깨 너머로, 잠자코 애실리를 지켜보고 있었다. 그리고 그가 눈을 떴을 때, 자기의 심장이 다시 무섭게 뛰기 시작하는 것을 느꼈다. 멜라니가 세면대의 선반에서, 접어 둔 타월을 집어서 피가 흐르는 어깨에 대자, 그는 그녀의 얼굴을 올려다보고 마음을 놓은 듯한 약하디약한 미소를 띄웠다. 스카알렛은 레트의 날카롭고 쏘는 듯한 눈이 자기에게로 곧바로 쏠리고 있는 것을 느끼고, 자신의 마음이 뚜렷하게 얼굴에 나타나 있는 것이로구나 하고 생각했으나, 그런 것에 마음을 쓰고 있을 여유는 없었다. 애실리는 지금 피를 흘리고, 어쩌면 죽을지도 모르는 것이다. 이다지도 그를 사랑하고 있는 내가 그의 어깨에 저런 구멍을 내고 만 것이다. 그녀는 침대 곁으로 달려가서 무릎을 꿇고 그를 끌어안고 싶었으나 다리가 떨려서 방으로 들어갈 수도 없었다. 그녀는 손

336

으로 입을 누르고, 멜라니가 새 타월을 그의 어깨에 대고 흘러나오는 피를 몸 속으로 밀어 넣으려고나 하는 것처럼 기를 쓰며 누르고 있는 것을, 가만히 지켜보고 있었다. 그러나 타월은 요술이라도 부리는 것처럼 잠시 동안에 뻘겋게 물들었다.

저렇게 피를 흘리고도 아직 살아 있을 수 있는 것일까? 그러나 다행하게도 그의 입술은 피거품을 품고 있지 않았다. 아아, 그 죽음의 징조인 피거품. 그녀는 피치트리 강 전투에서 상처입은 병사가 피티 고모네 잔디밭에서 입으로 피를 토하고 죽던 그 날부터 그것을 잘 알고 있었던 것이다.

「기운을 차리시오.」하고 레트는 말했다. 그 목소리에는 딱딱하고 어딘가 비웃는 듯한 어조가 어려 있었다. 「저 사람은 죽지는 않소. 자, 안으로 들어와서 윌크스 부인에게 램프를 들어 드리시오. 아치는 심부름을 가야 할 테니까요.」

아치는 램프 너머로 레트를 바라보았다.

「나는 당신 명령 같은 건 듣지 않겠소.」씹는 담배 뭉치를 입 안에서 우물거리면서 그는 퉁명스럽게 말했다.

「그분이 시키는 대로 해야 해요.」하고 멜라니가 엄숙하게 말했다. 「빨리 해 줘요. 버틀러 선장님이 이르시는 말씀은 무슨 말씀이든지 들어야 해요. 스카알렛, 램프를 들어 줘요.」

스카알렛은 안으로 들어가서 램프를 받아들자, 떨어뜨리지 않도록 두 손으로 받쳤다. 애실리의 눈은 다시 감기어 있었다. 그의 드러난 가슴이 천천히 부풀어 올라왔는가 하면 또 갑자기 낮아지면서, 그때마다 피가 멜라니의 홍분한 가냘픈 손가락 사이로 스머나왔다. 그녀는 아치가 방을 가로질러 레트 쪽으로 가는 발소리를 멍하니 듣고 있었다. 이윽고 재빠르게 말하는 레트의 나직한 목소리가 들렸다. 그러나 애실리에게만 마음이 쏠려 있었기 때문에, 거의 속삭이듯이 하는 레트의 말 중에서 다만 『내 말을 타고……밖에 매어 놓고……급히 몰아야 하오.』 하는 것밖에는 들을 수가 없었다.

아치가 무엇이라고 소곤소곤 물었다. 레트가 그에 대답하는 말이 약간 똑똑하게 들렸다. 「설리반네 집터요. 제일 큰 굴뚝에 옷을 밀어 넣어 두었소. 그것을 태워 버리는 거요.」

「으음!」하고 아치가 신음 소리를 냈다.

「그리고 지하실에 아직 두 사람이 있소. 사람이 둘 남아 있으니 그들을 될 수 있는 대로 단단히 말에 붙들어매서 벨네 뒤쪽 빈터로 끌고가는 거요. 집과 철로 사이의 빈터요. 조심해야 하오. 만약에 남에게 들키는 날엔 영감도 우리들과 같이 목이 달리는 거요. 두 사람을 그 빈터에 들여 놓고, 그 곁에, 아니 두 사람 손에 권총을 쥐어 두는 거요. 자, 내 것을 가져 가시오.」

스카알렛이 방 건너로 보고 있으려니까 레트는 웃도리 아래를 더듬어서 두 자루의 권총을 꺼냈다. 아치는 그것을 받아들더니 자기 혁대에 질러 넣었다.

「양쪽에서 한 발씩 발사하는 거요. 흔히 있는 총부림처럼 보여야 하오, 아시겠소?」

아치는 잘 알았다는 듯이 고개를 끄덕였다. 그 차가운 눈 속에는 본의는 아니나마 레트에 대한 존경의 빛이 어려 있었다. 그러나 스카알렛으로서는 아무 것도 알 수가 없었다. 그 반 시간쯤 되는 동안은 끔찍스러운 악몽 같아서 이것을 다시 분명하게 알게 되리라고는 생각되지 않았다. 그렇긴 하지만 아뭏든 레트가 이 혼란을 수습하기 위하여 빈틈 없는 지시를 한 것 같아서 다소 마음이 놓였다.

아치는 나가려고 하다가 갑자기 돌아다보더니, 외눈으로 궁금한 듯이 레트의 얼굴을 바라보았다.

「그 사람이오?」

「그렇소.」

아치는 신음 소리를 내고는 마룻바닥에 침을 뱉았다.

「야단났군.」하고 말하고는, 그는 홀을 터벅터벅 걸어서 뒷문 쪽으로 갔다.

이 나직하게 주고받은 마지막 말이, 무슨 까닭인지 스카알렛의 가슴에 새로운 공포와 의혹이, 점점 커져 가는 거품처럼 부풀어오르게 했다. 그리고 그 거품이 터졌을 때…….

「프랭크는 어디에 있지요?」하고 그녀는 외쳤다.

레트는 재빨리 방을 가로질러 침대 곁으로 다가왔다. 그의 커다란 몸이 고양이처럼 날렵하게 소리도 없이 다가왔던 것이다.

「이제 곧 알게 돼요.」라고 말하고 약간 웃었다. 「램프를 잘 들어요, 스카알렛. 윌크스 씨를 태우면 큰일 아니오. 멜라니 씨.」

멜라니는 명령을 기다리는 충실한 병사처럼 그를 올려다보았다. 그리고 너무 긴장된 그 자리의 분위기 때문에, 가족의 옛 친구들만이 쓰는 이름을 처음으로 레트가 정답게 부르는 것도 깨닫지 못했다.

「미안합니다. 윌크스 부인이라고 말씀드린다는 것이 그만…….」

「어머, 버틀러 선장님, 사과를 하시다니 전 싫어요. 〈씨〉 따위는 붙이지 마시고 멜라니라고 불러 주세요. 저는 당신이 마치 저의, 저의 친형제나 사촌 같은 생각이 들어요. 당신은 정말 친절하고 정말 총명하신 분이에요! 어떻게 하면 저는 당신에게 충분한 보답을 할 수 있을지 모르겠어요.」

「고맙습니다.」하고 레트는 말했으나 순간 몹시 미안해 하는 태도였다. 「하지만 난 그렇게까지 나서지 말았어야 했을지도 모릅니다. 그러나 멜라니 씨.」그의 목소리에는 사과하는 것 같은 가락이 섞여 있었다.「윌크스 씨가 벨 와틀링에 있었던 것처럼 꾸며 대어 정말 미안하게 생각해요. 주인뿐 아니라, 그 밖의 여러 사람들까지 함께, 그런, 그런. 그러나 나는 여기서 말을 몰고가는 도중에 갑작스레 생각해야 했기 때문에, 그 이외의 계획은 생각이 나지 않았던 겁니다. 나는 양키 장교들 중에도 친구가 많았으니까 내 말이라면 믿어 주리라고 생각했었죠. 영광인지 뭔지 모르겠지만, 놈들은 나를 같은 패의 한 사람쯤으로 생각하고 있어요. 그러니까 그것을 증언해 줄 양키는 얼마든지 있죠. 그리고 벨이나, 그곳 여자들도 기꺼이 윌크스 씨나 그 밖의 사람들이 저녁때부터 주욱 이층에 있었다고 증언해 줄 겁니다. 양키들도 그녀들의 말이라면 틀림없이 믿거든요. 양키는 그 점에 있어서는 참 이상한 놈들입니다. 그들에게는 그런 직업의 여자가 열렬한 충성심이나 애국심을 가지고 있으리라는 것은 생각할 수도 없는 모양입니다. 양키는 애틀랜타의 점잖은 한 숙녀가, 모임에 가 있었을 남자들의 행방에서 증언을 한다면 믿어 주지 않지만, 놀아난 계집들 말이라면 당장 믿어 버리고 말거든요. 그래서 나는 나 같은 변절자와 많은 창녀들의 증언 속에, 그 사람들이 빠져 나갈 길이 있다고 생각했던 거요.」

마지막 말을 했을 때의 그의 얼굴에는 자조적인 웃음이 어려 있었으나, 멜라니는 감사에 빛나는 얼굴을 돌렸을 때, 그것은 자취도 없이 사라져 버렸다.

「버틀러 선장님, 당신은 정말 현명하세요! 그것으로 구해낼 수 있다면, 저는 그들이 오늘 밤 정말로 지옥에 있었다고 하셔도 상관 없어요. 우리 주인이 그런 끔찍한 곳에는 절대로 발을 들여 놓지 않았다는 것은, 저나 남들이 모두 잘 알고 있으니까요.」

「그런데…….」하고 레트는 난처하다는 표정으로 말했다.「실은, 주인께서는 오늘 밤 정말로 벨네 집에 계셨어요.」

멜라니는 새침해서 몸을 뒤로 뺐다.

「그런 거짓말을 저에게 믿도록 하시려고 해도 소용 없어요!」

「제발, 멜라니 씨! 까닭을 말씀드릴 테니 들어 주시오! 오늘 밤, 내가 설리반네 집터로 가 보았더니 윌크스 씨는 부상을 당해 있었고, 휴 엘싱과 미드 선생과 메리웨더 노인도 함께 있었어요.」

「설마 그런 노인이!」하고 스카알렛이 외쳤다.

「남자란 것은, 나이를 암만 먹어도 바보 같은 짓을 한답니다. 그리고 헨리 아저씨도.」

「어머나, 어찌 된 일이지요?」하고 피티 고모가 외쳤다.

「그 밖의 사람들은 군대하고 약간 툭탁거리다가 뿔뿔이 흩어져 달아나 버렸어요. 그리고 함께 있던 패들이 옷을 굴뚝에다 감추기도 하고, 윌크스 씨의 부상이 어느 정도인지 알아보기 위해서 설리반네 집터로 와 있었던 거요. 그러나 만약 이 사람이 부상하지 않았더라면 모두들 지금쯤은 텍사스를 향하고 있었을 겁니다, 모두가 함께 말이오. 그러나 이 사람이 먼 데까지 말을 몰 수는 없겠고, 다른 사람들도 이 사람을 남겨 두고 가려고는 하지 않았던 거지요. 그래서 다들 다른 장소에 있었다고 증명할 필요가 생겼던 거요. 그래서 나는 그들을 뒷길로 해서 벨 와틀링네 집으로 안내했던 겁니다.」

「어머나, 알겠어요. 저의 버릇없음을 용서하세요, 버틀러 선장님. 모두를 그리로 데리고 가신 까닭을 이제야 알겠어요. 하지만 버틀러 선장님. 하지만 당신들이 들어가는 것을 다른 사람들이 보았을 것 아녜요?」

「다행히 아무에게도 눈에 띄지 않았어요. 철도 선로 쪽으로 나 있는 사용(私用) 뒷문을 거쳐서 갔으니까요. 뒷문은 언제나 어둡고 자물쇠가 채워져 있죠.」

「그럼 어떻게?」

「열쇠를 가지고 있어요, 내가.」하고 레트는 간단히 대답했다. 그리고 조용한 눈빛으로 멜라니의 얼굴을 보았다.

갑자기 그 말이 지닌 뜻에 부딪쳐서, 멜라니는 몹시 당황하고 말았다. 붕대가 상처에서 완전히 벗겨져 있는 것도 깨닫지 못할 정도였다.

「전, 쓸데없는 일까지 여쭤 볼 생각은 없었는데.」하고 기어들어가는 듯한 소리로 말하고는, 그녀는 창백한 얼굴을 붉히면서 허둥지둥 타월을 상처에 갖다 댔다.

「천만에, 이런 말씀을 숙녀 앞에서 하게 돼서 나는 후회하고 있여요.」

『역시 사실이었구나!』 그렇게 생각하며 스카알렛은 이상한 고통을 가슴에 느끼는 것이었다. 『그럼, 역시 레트는 그 천한 와틀링과 함께 살고 있구나! 그 여자의 집을 가지고 있는 거야!』

「난 벨을 만나서 사정 이야기를 했죠. 그리고 오늘 밤에 모였던 사람들의 명단을 주고 왔으니까 그녀는 그곳에 있는 여자들도 입을 모아 증언해 줄 겁니다. 그리고 나올 때는 더 요란스럽게 했지요. 그녀는 가게에 두고 있는 두 폭력배를 불러내서 우리들을 아래층으로 끌어내리게 했던 겁니다. 그리고 소란을 피우면서 홀을 거쳐, 가게를 시끄럽게 하는 형편 없는 주정꾼들이라면서 길거리로 쫓아내게 했죠.」

그는 그때를 돌이켜 생각하고 싱그레 웃었다.「미드 선생님은 도무지 주정꾼 흉내가 서툴러서 말이죠. 그이는 그런 데에 있는 것마저도 자존심이 상하는 모양이더군요. 하지만 헨리 아저씨나 메리웨더 노인의 연기는 정말 훌륭했어요. 그분들이 연극을 하지 않았다는 것은 우리 연극계가 유명한 배우를 두 사람 잃은 거와 같은 겁니다. 그분들은 이 사건이 재미가 나서 못 견디는 모양이었어요. 메리웨더 씨는 너무 열렬히 연기했기 때문에 헨리 아저씨의 눈에 시퍼런 멍이 들게 한 모양입니다. 그분은……」

뒤쪽 도어가 열리면서 인디어가 딘 노의사를 데리고 들어왔다. 의사의 길다란 흰 머리는 흐트러지고, 닳아 빠진 가죽 가방이 외투 밑으로 불룩했다. 방안의 사람들에게 말없이 가볍게 끄덕이더니, 의사는 급히 애실리의 어깨에서 붕대를 떼었다.

「폐에서 훨씬 윗부분이로군.」하고 그는 말했다. 「어깨뼈를 뚫고 지나가지만 않았더라면 그리 대단한 상처는 아니었을걸. 타월을 아주 많이 주시오, 부인들. 그리고 혹시 있다면 솜과 브랜디도 약간.」

레트는 스카알렛에게서 램프를 받아들고 멜라니와 인디어가 의사의 명령에 따라서 이리저리 뛰어다니는 동안, 그것을 테이블 위에 놓았다.

「당신은 여기서 아무것도 할 일이 없어요. 객실 불 옆으로 갑시다.」하고 그는 그녀의 팔을 잡아 방에서 데리고 나왔다. 그의 손에도 말소리에도, 그답지 않은 상냥함이 담겨 있었다. 「오늘은 참 혼났겠군요.」

그녀는 이끄는 대로 바깥 방으로 들어갔다. 난로 앞의 불 가까이 있는 깔개 위에 서 있는데도 그녀는 달달 떨기 시작했다. 그녀의 가슴 속의 의혹의 거품은 더욱더 커다랗게 부풀어올랐다. 그것은 이미 의혹 따위가 아니었다. 거의 확신이라 해도 좋았다. 무서운 확신이었다. 그녀는 레트의 굳어진 얼굴을 올려다보면서 잠시 동안은 말할 수가 없었다. 이윽고……

「프랭크도 벨 와틀링네에 있었나요?」

「아니오.」

레트의 목소리는 무미건조했다.

「지금쯤은, 아치가 벨네 집 근처 빈터로 그를 옮기고 있을 거요. 그는 죽었소. 머리를 관통당했소!」

46

  그 날 밤, 시 북쪽 끝에서 사는 가족들 중에는, 클랜단이 변을 당했다는 소식 때문에 거의 잠을 잔 사람이 없었다. 그리고 인디어 윌크스의 그림자가 발소리도 없이 뒤뜰로 숨어들어와서 부엌문에서 급히 무언가를 소곤거리고는 다시 바람이 불어 대는 어둠 속으로 사라질 적마다, 레트의 계책도 재빨리 다음에서 다음으로 퍼져 나갔다. 이리하여 인디어가 지나간 뒤에는 공포와 한 가닥의 희망이 남겨졌다.

  밖에서 보면, 집집마다 어둡고 고요하기만 해서 잠에 싸여 있는 것 같았으나 안에서는 날이 샐 무렵까지 열띤 속삭임이 끊이지 않았다. 그 날 밤 습격에 가담했던 사람이나 아니나, 클랜단 단원은 한 사람도 빠지지 않고 도망갈 채비를 하고 있었다. 피치트리 거리에 연해 있는 집집마다의 마구간에는, 거의 빠짐없이 어둠 속에 안장을 얹은 말이 서 있었고, 안장 총집에는 권총이, 안장 자루에는 식량이 채워져 있었다. 이러한 대규모의 탈출을 저지한 것은 인디어가 소곤거리고 간 메시지였다. 「버틀러 선장은 도망치지 말라는 거예요. 길거리에는 엄중하게 경비될 거예요. 그가 와틀링과 다 짜두었어요.」 어두운 방안에서 남자들은 속삭였다. 「그렇지만 그 따위 변절자 버틀러 따위를 신용할 수 있나? 틀림없이 함정일 거야!」 그러면서 여자의 목소리가 애원을 했다. 「가지 말아요! 그가 애실리와 휴를 도와 주었다면 다른 사람들도 구해 줄 거예요. 인디어나 멜라니가 그 사람을 믿고 있다면…….」 그래서, 그들은 달리 방도도 없었기 때문에 반신 반의하면서 머물러 있기로 했던 것이다.

  아직 초저녁일 때에 병사들은 십여 채의 집들의 문을 두드려서, 그 날 저녁 어디에 있었던가를 묻고 돌아다녔고, 있던 곳을 대지 못하거나, 말하기를 거부한 사람들은 모조리 끌고갔다. 그 날 하룻밤을 감옥에서 보낸 사람들 중에는 르네 피칼과 메리웨더 부인의 조카 한 사람, 시몬즈네 형제, 앤디 본넬도 있었다. 그들은 불운한 그 날 밤 습격에 가담했다가 총질을 한 뒤에 다른 사람들과 떨어지게 되었던 사람들이었다. 급히 집으로 달려들어왔다가 레트의 계획을 미처 알 겨를도 없이 체포되고 말았던 것이다. 다행히도 그들은 누구나가 다 그 날 밤 어디에 있었느냐는 심문에 대해서는, 그런 것은 우리들의 자유이기 때문에 양키들이 관여할 일이 아니라고 대답하고 입을 열지 않았다. 그래서 상세한 취조는 다음날 아침에 하기로 되어 모두 그 날 밤엔 감금되고 말았던 것이다. 메리웨더 노인과 헨리 해밀턴 아저씨는 유들거리면서 벨 와틀링의 유흥장에 있었다고 대답했다. 그리고 제퍼리 대위가 그런 나쁜 곳에 드나들 나이도 아닐 텐데, 하고 조롱을 하면 두 사람은 대위에게 맞붙어 싸우기라도 할 기세를 보였던 것이다.

제퍼리 대위의 호출을 받아서 출두한 벨 와틀링은, 묻기도 전에 느닷없이「오늘 밤은 가게를 닫아 버렸어요.」하고 악을 썼다.「싸움질 잘하는 주정뱅이 한 떼가 초저녁부터 달려와서 싸움을 시작하더니 가게를 엉망진창으로 만들어 놓고, 게다가 내 가장 소중한 거울을 산산이 부숴 놓아서 젊은 계집애들도 완전히 겁에 질려 버렸기 때문에 오늘 밤은, 장사를 그만두어 버렸어요. 하지만 제퍼리 대위님이 혹시 한 잔 하시겠다면, 홀만은 아직 열려 있읍니다만…….」

제퍼리 대위는 부하 병사들이 이 말을 듣고 싱긋이 웃고 있다는 것을 날카롭게 의식했다. 그리고 안개와 싸우고 있는 것 같은 안타까움을 느끼고, 화난 듯이 계집도 술도 소용 없다고 말하고, 벨에게 그 난폭한 짓을 한 손님의 이름을 알고 있느냐고 물었다.「네, 알다뿐이겠어요.」하고 벨은 대답했다.「모두들 우리 집 단골이에요. 언제나 수요일 밤에 찾아와서 무슨 뜻인지, 나 같은 사람은 알지도 못하고 알고 싶지도 않았지만, 모두들 수요 민주당이라나 뭐라나 하더군요. 어찌 됐든 만약에 이층 홀의 거울값을 물어내지 않으면 저는 고소할 작정입니다. 저는 아시다시피 점잖은 가게를 경영하고 있기 때문에…… 아아, 그 사람들의 이름 말씀이에요?」이렇게 말하고, 벨은 거침없이 혐의를 받고 있는 열두 명의 이름을 주욱 늘어놓았다. 제퍼리 대위는 씁쓸하게 웃었다.

「홍, 그 반도들은 우리들의 비밀 정보부만큼이나 교묘한 조직을 가지고 있군.」하고 그는 말했다.「당신과 당신 가게의 여자들을 내일 헌병 사령관 앞으로 출두하도록.」

「헌병 사령관이 그 사람들에게 우리 거울값을 물도록 해주실 건가요?」

「당신 거울 따위를 알 게 뭐야! 레트 버틀러에게라도 치르게 하면 될 것 아닌가? 그녀석이 당신 가게 주인이지 그렇지?」

밤이 새기 전에 시내에 있는 남군측 가족들은 한 사람도 남김 없이 모조리 알고 말았다. 그들 집에 있는 흑인들도, 아무 말도 일러 주지 않았는데, 백인에게는 도저히 불가능한 예의 포도덩굴식 통신법으로 모조리 알고 있었다. 습격의 자초지종에 대해서도, 프랭크 케네디와 절름발이 토미 웰번이 피살된 것도, 애실리가 프랭크의 시체를 운반하려다가 부상당한 것도, 모르는 사람은 한 사람도 없었다.

스카알렛이 이 비극의 원인을 만들었다고 해서, 여자들의 마음에 타오른 맹렬한 증오도, 남편인 프랭크가 죽었다는 사실에 의해서 얼마간 누그러졌다. 그녀 자신도 그것을 알고 있었다. 그러나 그녀로서는 도무지 남편의 죽음을 믿을 수가 없었다. 그리고, 그의 시체를 보기 전에는, 하고 덧없는 희망에 겨우 마음을 달래고 있었던 것이다. 날이 밝아 시체가 발견되고 당국에서 통지가 올 때까지는, 그녀는 아무것도 모르는 것처럼 해야 했다. 프랭크와 토미는 싸늘한 손에 권총을 쥐고, 빈터 마른 풀 속에 누운 채 굳어져 있었다. 양키에게, 두 사람은 벨네 집 한 여자를 둘러싸고 흔히 볼 수 있듯이 술김에 서로 총질을 하다가 죽은 것으로 보이려는 것이다. 토미의 아내, 최근 아기를 갓 낳은 패니에 대해서 사람들의 동정은 부쩍 높아 갔다. 그러나 양키의 한 떼가 집 둘레를 에워싸고, 토미가 돌아오기를 기다리고 있기 때문에 누구 한 사람 어둠을 뚫고 나가서 그녀를 위로하러 찾아갈 수는 없었다. 피티 고모네 집 주위에서 양키의 한 떼가, 프랭크가 돌아오기를 기다리고 있었다.

밤이 밝기도 전에, 군사 재판이 그 날 안으로 열린다는 소문이 퍼져나갔다. 수면 부족과 근심으로 눈이 무거워진 시내 사람들은, 가장 유력한 시민 중 누구누구의 안전이, 다음 세 가지에 걸려 있다는 것을 알았다. 애실리 윌크스가 일어나서, 숙취(宿醉)의 두통 이외에는 아무 일도 없었던 것 같은 얼굴로 군사 재판소에 출두할 수 있느냐 어떠냐 하는 것과, 벨 와틀링이 그들이 전날 밤에 죽 그녀의 집에 있었다고 증언해 주느냐 어떠냐 하는 것과, 마지막으로 레트 버틀러가 그들과 함께 있었다고 증언하는 것, 이 세 가지였다.

시민들은 마지막 두 가지에 대해서 적지않게 불안해 했다. 벨 와틀링! 선량한 시민이 그녀에게 생명을 구원받지 않으면 안 된다니! 견딜 수 없는 노릇이었다. 벨이 오는 것을 보면 일부러 길을 피했던 여자들은, 그녀가 그 일을 기억하고 있지는 않을까 하고 염려가 되었고 또 기억하고 있다는 데에 공포를 느꼈다. 남자들은 벨에게 생명의 구원을 받는다는 것을 여자들이 생각하는 것만큼 부끄러운 일이라고 생각하지는 않았다. 대부분은, 속으로 은근히 그녀에게 호의를 가지고 있었기 때문이다. 그러나 투기꾼이며 변절자인 레트 버틀러의 손에, 그들의 생명과 자유가 쥐어져 있다는 것을 생각하면, 남자들도 견딜 수 없을 만큼 고통스러웠다. 벨과 레트, 시내에서 누구 한 사람 모르는 사람이 없는 창녀와, 시에서 가장 싫어하는 사람. 그들은 이제 와서 이 두 사람의 동정을 받자 않을 수 없는 것이다.

또 한 가지, 그들을 은근히 분노케 한 것은, 틀림없이 양키와 뜨내기 정상배들이 비웃을 것이라는 생각이었다. 아아, 놈들은 참으로 얼마나 비웃을 것인가! 어쨌든 시의 열 두 명의 유력한 시민들은 벨 와틀링의 단골이었다는 것을 폭로한 것이다! 더구나 그 두 사람은 하찮은 계집아이 때문에 싸움을 해서 죽었고, 어떤 사람은 곤드레만드레가 되어 벨에게 수모를 당하면서 끌려 나왔고,

또 어떤 사람은 그들이 집에 있었다는 것을 모르는 사람이 없는데도 시침을 떼다가 구속되는 추태를 부렸던 것이다.

애틀랜타 사람들의 이러한 근심은 불행하게도 적중하였다. 양키들은 여태까지 오랫동안, 남부 사람들의 냉담과 모욕 밑에서 몸부림을 치고 있었던 만큼 이 추문을 알게 되자, 환성을 울리며 좋아 날뛰었다. 장교들은 동료를 두드려 깨워서 자세한 일의 경위를 이야기했다. 남편들은 새벽에 아내를 깨워서 여자들에게 들려 주어도 무관할 범위 안에서 될 수 있는 대로 자세하게 아슬아슬한 대목까지 얘기해 주었다. 이것을 들은 여자들은 서둘러서 옷을 갈아입고는 이웃 누구 누구를 찾아다니면서 이야기를 퍼뜨리고 다녔다. 양키 부인들은 이 이야기가 몹시 마음에 들었던지 눈물이 나올 만큼 웃어 댔다. 「글쎄 보시란 말이에요. 이것이 남부 사람들이 자랑하는 기사도인지 신사도인지 하는 거란 말이에요! 여태까지 무던히도 얌전을 부리고, 평민적인 것을 코웃음치던 남부의 귀부인들도, 그녀들의 남편이 정치적인 모임에 나간다고 핑계를 대고는 어디에 가 있는지 이렇게 모든 사람들에게 알려진 이상, 그다지 뽐내지도 못 할걸요. 정치적 모임이라고요! 흥, 정말 꼴사납지 뭐예요!」

그러나 그들은 이렇게 서로 비웃고 있었으나 다만 스카알렛에게만은 동정을 보였다. 스카알렛은 아뭏든 숙녀였고, 양키에게 호의를 보여 주는 애틀랜타의 얼마 안 되는 부인 중의 한 사람이었다. 그녀의 남편이, 할 수 없는지 그렇지 않으면 자진해서 안 하는 건지 그것은 알 수가 없지만, 어쨌든 그녀를 충분히 부양하지 않았기 때문에, 그녀가 몸소 일을 해야만 한다는 사실은 이미 양키 부인들의 동정을 사고 있었던 일이다. 뿐더러, 비록 아무리 무능한 남편일지라도 그 남편이 그녀에 대해서 충실하지 못했다는 것을 알게 되다니 얼마나 딱한 일인가. 게다가 그녀는 남편의 부정을 아는 동시에 그의 죽음을 맞이해야만 했던 것이다. 정말이지 이중으로 불쌍한 사건이다. 아무리 못된 남편이라도 없는 것보다 나은 법이다. 그래서 양키 부인들은 스카알렛에게만은 특별히 친절하게 대하기로' 했다. 그러나 그 밖의 미드 부인, 메리웨더 부인, 엘싱 부인, 토미 웰번의 미망인, 특히 애실리 윌크스 부인 등에 대해서는 만날 때마다 비웃어 주기로 하자. 그러면 그녀들도 조금쯤은 예의라는 것을 깨닫게 될 것이다.

그 날 밤, 시 북쪽에 있는 집집마다의 어두운 방에서 서로 속삭이는 대화의 대부분은 거의 이와 같은 문제에 대해서였다. 애틀랜타의 부인들은 저마다 그 남편에 대해서 양키가 뭐라고 하든 조금도 개의하지 않겠다고 열심히 말하고 있었다. 그러나 속으로는, 양키에게 조소를 받으면서도 남편의 결백을 입 밖에 내어 말하지 못하는 고통을 맛볼 바에는 차라리 인디언에게 매를 맞는 형벌을 받는 편이 낫겠다고 생각하고 있었던 것이다.

　미드 의사는 레트의 계교에 따라, 다른 시민들과 마찬가지로 위엄이 깎이는 처지에 놓인 것을 몹시 분개하여, 부인에게 만약 다른 사람들을 끌고들어가지 않을 수만 있다면 나는 벨네 집에 있었다는 말을 듣는 것보다는, 자수해서 교수형을 당하는 편이 훨씬 낫겠다면서 노발대발하고 있었다.

　「이것이 미드 부인인 당신에 대한 모욕이란 말이오.」하고 그는 화가 날 대로 나 있었다.

　「하지만 다들 알고 있어요. 당신이 그 집에 가신 건 뭐, 그, 그…….」

　「양키는 알 턱이 없어. 만약 우리들의 목숨이 부지된다면 놈들은 정말로 우리들이 그 집에서 논 줄로 생각할 거야. 그리고 웃음거리로 삼을 것이 뻔해. 그런 걸 믿고 비웃는 놈이 한 명이라도 있다는 것이, 나로서는 참을 수가 없단 말야. 그리고 그것은 당신에 대한 모욕인 거야. 나는 여태껏 당신을 배신한 일은 한 번도 없었으니까 말이오.」

　「그건 알고 있어요.」어둠 속에서 미드 부인은 미소를 지었다. 그리고 가느다란 손을 내밀며 노의사의 손을 잡았다.「하지만 나는 설사 그것이 사실이라 하더라도, 당신의 머리카락 하나라도 위험에 빠뜨리기 보다는 훨씬 나아요.」

　「당신은 자신이 하는 말의 뜻을 알고 있는 거요?」하고 의사는 자기 아내의 뜻하지 않은 현실주의에 어이가 없다는 듯이 외쳤다.

　「그럼요, 알고 있어요. 저는 다아시를 잃고, 필을 잃어버리고 지금은 당신만이 저의 전부인걸요. 그러니까 당신을 잃기 보다는 차라리 당신이 영원히 벨네 집에 머물러 계신대도 참겠어요.」

　「사뭇 제정신이 아니군그래 ! 당신은 자기가 말하는 뜻을 모르고 있단 말이오.」

　「당신은 바보예요.」하고 미드 부인은 상냥하게 말하고 머리를 남편의 소매에 기대었다.

　미드 의사는 화를 내면서도, 잠자코 잠시 동안 늙은 아내의 머리를 쓰다듬고 있었으나, 이윽고 다시 무섭게 노여움을 터뜨렸다.

　「그 버틀러 같은 무리의 동정을 받다니 ! 목을 달리는 편이 훨씬 낫겠단 말야. 아니 비록 그녀석의 덕으로 목숨을 건진다 하더라도, 나는 그런 놈에게 절대로 머리를 숙이지는 않겠어. 놈의 거만한 꼴이란 정말 말도 못 해. 게다가 놈이 파렴치한 부당한 이득을 긁어먹은 걸 생각하면, 나는 가슴이 부글부글 끓는 것 같단 말야. 한 번도 군대에 가담한 일이 없는 놈에게 목숨을 구원받다니 !」

　「멜라니가 그러는데, 그 사나이는 애틀랜타가 함락된 뒤에, 군대에 들어가서 일한 적이 있다던걸요.」

「거짓말이야. 멜라니는 구변 좋은 악당들을 금방 믿어 버리는 버릇이 있어서 탈이야. 그리고 내가 도무지 이해가 안 가는 것은, 놈이 어째서 이번 소동에 이토록 열성을 보이게 되었느냐 하는 점이야. 이런 소리는 하고 싶지 않지만 그놈과 케네디 부인하고는 언제나 화제거리가 되어 있었으니까 말이야. 금년에만 하더라도 나는 그 두 사람이 함께 말을 타고 멀리 나갔다가 돌아오는 것을 종종 보았거든. 그녀석은 틀림없이 그 여자를 위해서 그러는 거야.」

「스카알렛 때문이라면, 그 사내는 손도 꼼짝 않았을 거예요. 프랭크 케네디의 목이 달리는 편이, 그 사내를 위해서는 좋을 것 아니겠어요? 저는 오히려 멜라니를 위해서가 아닌가 생각하는데요.」

「당신은 멜라니와의 사이에 무슨 일이라도 있었다는 말인가? 바보 같은 소리! 실없는 소리로라도 그런 소리를 하는 게 아니야!」

「어머나, 그런 말 하지 않았어요! 하지만 멜라니는 전쟁중에 그 사나이가 애실리 대신에 여러 가지로 수고를 해준 뒤로는 이상할 만큼 레트의 편을 들고 있단 말이에요. 그리고 그 사나이는 그 애하고 같이 있을 때에는 절대로 그 천덕스러운 웃음을 웃지 않는단 말예요. 정말 고분고분하고 친절해서 마치 딴 사람이 된 것같이 느껴지거든요. 그러니까 멜라니에 대한 태도로 보아 주지 않으면 안 되는 거예요. 그러려고만 하면 그 사나이도 얼마든지 점잖게 행동할 수 있단 말예요. 제 생각에도 왜 그가 그렇게 열성을 부리느냐 하면, 그것은……」하고 말하고, 그녀는 잠시 입을 다물었다. 「하지만 당신에게는 제 생각이 못마땅할 것이 뻔하니까요.」

「내게는 이번 일은 무엇이나 다 못마땅해!」

「그러시겠죠. 전 말이에요, 그 사나이가 그런 일을 한 것은 일부분은 멜라니 때문이지만, 대부분은 우리들 모두를 마음껏 웃음거리를 삼으려고 그런 것은 아닐까 생각해요. 우리들은 여태까지 그를 무척 싫어했고, 그것을 노골적으로 나타내 보여 주었거든요. 그러니까 그 보복으로 그는 와틀링 집에 있었다고 말을 해서, 당신들 자신은 물론 부인들까지 양키 앞에서 수모를 당하든가 아니면 사실을 자백하고 목을 달리든가, 둘 중에 하나라는 궁지로 우리들을 몰아 넣을 거예요. 그리고 우리들이 그 사나이나 그 사나이의 정부의 동정에 매달릴 것이 틀림없으리란 것도 알고 있고, 그뿐더러 우리들에게는 두 사람의 동정에 매달릴 바에는 목을 달리는 편이 낫다고 생각하는 것까지 빤히 들여다보고 있는 거예요. 분명히 그 남자는 장난삼아 그런 짓을 했을 거예요.」

의사는 앓는 소리를 냈다. 「그 말을 듣고 보니, 우리들을 그 집 이층으로 안내

했을 때의 그자의 태도는 정말 재미있어하는 모양이었어.」

「여보.」하고 말하고, 미드 부인은 잠시 망설였다.「도대체 어떤 곳입니까?」

「무슨 소리를 하고 있는 거요?」

「그 여자네 집 말예요. 어떤 곳이에요? 컷 글라스의 샹들리에가 있다는데 정말이던가요? 그리고 빨간 빌로도 커튼이 쳐져 있고, 금칠로 테를 두른 키만큼 큰 거울이 많이 있다면서요? 그리고 여자들은, 여자들은 옷을 벗었다면서요?」

「뭐라고!」하고 의사는 깜짝 놀라 외쳤다. 정숙한 여자가 정숙하지 못한 여자에 대해서, 이토록 욕심 많은 호기심을 품고 있다는 것은, 의사에게는 너무나 뜻밖의 일이었다.「어째서 그런 망측한 걸 묻는 거요? 당신은 오늘 밤 좀 어떻게 된 모양이군그래. 진정제라도 만들어 주어야겠군.」

「진정제 같은 건 필요 없어요. 전 알고 싶은걸요. 네, 여보? 그런 집이 어떤 곳인지, 달리는 알 기회가 없잖아요. 그런데도 들려 주지 않으시겠다는 당신 정말 심술궂어요!」

「난 아무것도 보지 못했어. 사실은 말이오, 나는 내가 그런 데 있다고 생각하는 것만으로 이미 완전히 당황해 버려서, 주위의 모양 같은 건 자세히 보고 있을 여유도 없었단 말이오.」의사는 거북스럽게 이렇게 말했다. 그는 전날 밤 사건에 놀란 이상으로 마누라의 뜻밖의 성격을 발견한 데 대하여 놀라고 있는 것이었다.「별일 없으면 난 좀 자야겠어.」

「그럼 주무세요.」하고 말한 그녀의 목소리에는 실망한 듯한 가락이 있었다. 이윽고 의사가 장화를 벗으려고 몸을 구부렸을 때, 다시 명랑해진 그녀의 목소리가 어둠 속에서 들려 왔다.

「틀림없이 돌리가 메리웨더 씨에게 모조리 알아냈을 거예요. 그리고 내게도 들려 줄 거예요.」

「놀라게 하지 말아! 그럼 정말로 점잖은 귀부인들이 그런 것을 모여 앉아서 이야기한단 말요?」

「글쎄, 당신은 주무시라니까요.」하고 미드 부인은 말했다.

다음날은 아침부터 진눈깨비가 내리고 있었으나 저녁녘이 되자, 그것은 그치고 겨울다운 차가운 바람이 불어왔다. 멜라니는 외투를 두르고, 낯선 흑인 마부의 뒤를 따라서 미심쩍은 듯이 현관 앞 자갈길을 걸어갔다. 이 마부는 그녀를 불러내서 집 앞에 기다리고 있는 유개 마차까지 와 달라고, 이상한 말을 전했던 것이다. 그녀가 마차 옆까지 가자, 문이 열리더니 어둠침침한 속에 앉아 있는 한 여자가 보였다.

마차 옆으로 바싹 다가서서 안을 들여다보면서 멜라니는 물었다. 「누구신가요? 집으로 좀 들어오시지요, 몹시 추우니까요.」

「어서 이리로 들어오셔서 잠깐 저와 함께 앉아 주세요, 윌크스 부인.」 어렴풋이 들어 본 기억이 나는 목소리가 마차 안에서 당황한 듯이 말했다.

「어머나, 당신, 와틀링 씨가 아니세요! 난 무척 당신을 뵙고 싶었어요! 자, 집으로 들어오시지 않으면 안 돼요.」 하고 멜라니가 외쳤다.

「원 천만에요, 부인.」 하고 벨 와틀링은 부끄러워하는 것 같은 소리로 말했다. 「제발 이리 좀 들어오셔서 잠깐만 앉으세요.」

멜라니가 마차 안으로 들어가자, 마부가 문을 닫았다. 그녀는 벨과 나란히 앉자 손을 잡고 말했다.

「당신이 오늘 해주신 일에 대해서 전 무어라고 인사를 드려야 좋을지 모르겠어요! 정말이지 저희들은 아무리 감사를 드려도 모자랄 거예요!」

「부인, 오늘 아침 그런 편지를 보내시다니, 안 돼요. 아뇨, 편지를 받는 것이 반갑지 않다는 것이 아네요. 단지 양키의 손에라도 들어간다면 어떻게 하시겠어요. 그리고 부인께선 인사를 하러 제게로 오시겠다는 말씀을 하셨는데, 부인, 그건 정신 나간 이야기예요! 공연한 소리가 아니에요! 그래서 전, 어둡기를 기다려서 그런 일을 하시지 않도록 주의 말씀을 드리려고 온 거예요. 글쎄…….
전 글쎄, 부인 정말 그러시면 안 돼요.」

「우리 주인의 목숨을 건져 주신 고마운 분을 찾아가서 인사를 드리는 것이 못쓴단 말씀이신가요?」

「어머나, 그런 건 아니지만 부인! 하지만 제가 드린 말씀은 알아들으시겠죠!」

멜라니는 그 은연중의 말뜻을 알아듣자 당황해져서 잠시 말을 못 하고 있었다. 어둠침침한 마차 안에 앉아 있는, 이 아름답고 수수한 차림을 한 여자는, 그녀가 못된 계집, 은근짜집 마담으로 상상하고 있었던 것과는 태도나 말씨가 전혀 달랐다. 그 말투에는 약간 품위가 없는 시골티가 있기는 했지만 상냥하고 따뜻한 마음씨가 엿보였다.

「오늘 헌병 사령관 앞에 나오셨을 때, 당신의 태도는 참으로 훌륭했어요, 와틀링 씨! 당신과 그리고 다른 젊은 아가씨들이 그 남자 분들의 목숨을 구해 주신 거예요.」

「윌크스 씨야말로 정말 훌륭하셨어요. 어떻게 그분이 일어나서 말씀하실 수 있었을까 하고 생각해요. 더구나 그처럼 침착한 모습으로 말예요. 어젯밤 제가 보았을 때에는 돼지처럼 피를 흘리고 계셨는데, 그 뒤로 좀 기운을 차리셨나요, 부인?」

「네, 고마와요. 의사는 출혈은 좀 심했지만 비교적 가벼운 상처라고 하시더군요. 오늘 아침, 그이는 실은 브랜디로 기운을 차리고 가셨던 거죠. 그렇지 않았으면 그처럼 용케 해치울 힘은 없었을 거예요. 하지만 모든 사람을 건져 준 건 와틀링 씨 당신이었어요. 당신이 깨뜨린 거울 이야기를 정신 없이 하셨기 때문에, 완전히, 완전히 납득이 갔던 거예요.」

「고마와요, 부인. 하지만 전, 전 버틀러 선장님도 참 훌륭했다고 생각해요.」 하고 말한 벨의 목소리는 약간 쑥스러운 듯한 자랑이 들어 있었다.

「네, 그분 참 훌륭하셨어요!」 하고 멜라니는 열을 내어서 외쳤다. 「양키들도 그분의 증언을 안 믿을 수는 없었거든요. 그분은 처음부터 끝까지 아주 현명하게 처리해 주셨어요. 뭐라고 그분에게 감사를 드려야 할지 모르겠어요. 당신께도 그래요! 얼마나 친절하고 좋으신 분들인지 몰라요!」

「고맙습니다, 윌크스 부인. 그저 그렇게 하는 것이 기뻤던 거예요. 제가, 제가, 윌크스 씨가 저희 집 단골이니 뭐니 한 것을 너무 언짢게 생각하지는 마세요. 그분에 한해서만은 절대로…….」

「네, 잘 알고 있어요. 전 언짢기는커녕 진심으로 당신에게 감사하고 있어요.」

「하지만 다른 부인들은 고마와하지 않아요.」 하고 벨은 갑자기 원망스러운 듯이 말했다. 「그분들은 절대로 버틀러 선장에게도 감사하고 있지는 않을 거예요. 도리어 그이를 더 한층 미워하게 될 거예요. 제게 고맙단 말씀이라도 하시는 분은 당신 한 분뿐이에요. 그분들은 거리에서 저를 만나도 얼굴을 보려고도 하시지 않을 게 뻔해요. 하지만 전 상관하지 않아요. 그분들의 바깥 양반들이 모두 사형을 받는대도 그런 건, 전 아무렇지도 않았어요. 하지만 윌크스 씨만은 잠자코 보고 있을 수가 없었어요. 전 전쟁중, 병원에 기부할 돈 때문에 부인께서 얼마나 친절하게 해주셨는가를 잊을 수가 없어요. 부인처럼 제게 친절하게 해주신 부인은 이 시에서는 한 분도 없었어요. 그 친절은 정말로 잊지 않겠어요. 전 만약에 윌크스 씨가 사형이라도 받게 된다면, 부인께서 어린 아드님과 함께 과부로 남게 된다는 것을 생각했어요. 아드님은 정말 좋은 아이더군요, 부인. 제게도 사내아이가 있기 때문에, 전……..」

「어머나 당신도 있으세요? 아드님은 지금 함께……..」

「아니오, 천만에요! 이 애틀랜타에는 없어요. 여기에는 한 번도 온 일이 없어요. 학교에 다니고 있지요, 먼 곳의. 어렸을 때 만났을 뿐이에요. 전…… 어머나, 그건 그렇고 버틀러 선장으로부터 그 사람들을 위해서 거짓말을 해 달라고 부탁받았을 때, 어떤 사람들이냐고 묻고, 그 속에 윌크스 씨의 이름이 있었기 때문에 전 대번에 승낙해 버렸어요. 전 우리 집의 여자들에게도 말했어요. 『너희들, 특히 윌크스 씨와는 밤새도록 함께 주욱 있었다고 똑똑히 말하지 않으면 살려 두지 않겠다.』하고 말이에요.」

「어머나!」멜라니는 벨이 여자들에게 일러 뒀다는 꾸밈 없는 말투에 한층 더 당황해 버렸다. 「어쩌면! 정말 고마우셔라. 당신에게, 그리고 아가씨들께도 감사를 드리겠어요.」

「당신을 위해서라면 그 따위 일쯤 아무것도 아니에요.」하고 벨은 진심으로 말했다. 「그러나 다른 사람들을 위해서라면 전 사양하겠어요. 만약에 케네디 부인의 남편이었다면 버틀러 선장이 뭐라고 하든지 저는 손가락 하나 까딱하지 않았을 거예요.」

「어째서요?」

「그건 부인, 저 같은 장사를 하고 있는 사람은 여러 가지 일을 알고 있답니다. 우리들이 얼마만큼, 가지가지로 훌륭한 부인들의 일을 알고 있는가를 조금이라도 아시게 되면, 여러분은 깜짝 놀라실 거예요. 그 부인은 좋은 분이 아니에요, 부인. 그분은 자기의 남편이나 웰번 씨를 자기 손으로 쏘아죽인 거나 마찬가지예요. 그분이 애틀랜타를 싸돌아다니면서, 검둥이들이나 불량배들의 못된 마음을 들뜨게 해서 이런 일을 벌어지게 만든 거예요. 우리 집 여자들 중에도 그런…….」

「제 올케를 그렇게 심하게 말씀하시지 말아 주세요.」하고 멜라니는 쌀쌀하게 말을 던졌다.

벨은 용서를 비는 것처럼 멜라니의 팔에 자기 손을 얹었으나 얼른 다시 그 손을 움츠렸다.

「제게 역정을 내지 말아 주세요, 부인. 그렇게 친절하고 상냥하게 대해 주신 뒤에 그렇게 하시면 전 견딜 수가 없어요. 부인께서 그분을 아주 좋아하고 계신다는 걸 전 깜빡 잊고 있었어요. 그런 말씀을 드리다니, 정말 미안해요. 그리고 케네디 씨가 돌아가신 데 대해서는 저도 무척 안 됐다고 생각하고 있어요. 케네디 씨는 좋은 분이었어요. 그분에게서 저희 집에서도 물건을 좀 사고 있었지만, 언제나 친절하게 해주셨어요. 하지만 케네디 씨 부인은, 그분은 부인과 같은 지체의 분은 아네요, 부인. 그분은 무척 쌀쌀한 분예요. 제게는 아무래도 그렇게밖에는 생각되지 않기 때문에 하는 수가 없군요……. 그런데 케네디 씨의 장례는 언제 치르시나요?」

「내일 아침이에요. 당신은 케네디 부인에 대해서 잘못 생각하고 계셔요. 지금도 그분은 슬픔에 잠겨 있어요.」

「그야 그럴지도 모르지요.」하고 벨은 믿어지지 않는 모양이었다.「그럼 전 그만 가 보아야겠어요. 너무 오래 여기 있다가, 이 마차로 제가 왔다는 걸 남이 알면 안 돼요. 부인께 누를 끼치게 될 테니까요. 그리고 부인, 혹시 거리에서 저를 만나시는 일이 있더라도 일부러 말을 걸어 주지 않으셔도 괜찮아요. 저는 아무렇지도 않으니까요.」

「전 당신과 이야기하는 것을 영광으로 생각해요. 당신에게서 은혜를 입은 것을 영광으로 생각하고 있어요. 또 언제고 뵙고 싶어요.」

「안 돼요.」하고 벨은 말했다.「그건 안 돼요. 그럼 안녕히 계셔요.」

47

스카알렛은 침실에서 마미가 가져온 저녁식사의 접시를 깔짝거리면서 어두운 창밖에서 마구 불어 대는 바람 소리를 듣고 있었다. 집 안은 무서울 정도로 고요했다. 겨우 몇 시간 전까지도 객실에 프랭크의 시체가 안치되어 있었는데 그때보다도 더 적막했다. 아까까지는 발끝으로 걸어다니는 발소리며, 나직한 이야깃 소리며, 현관 도어를 조심스럽게 두들기는 소리며, 이웃 사람들이 옷 스치는 소리를 내면서 들어와서 나직한 목소리로 조상(弔喪)을 하는 소리며, 존즈보로에서 장례에 참석한 프랭크의 여동생의, 가끔 생각난 듯이 흐느끼는 소리가 들려 왔다.

그러나 지금은 완전히 침묵에 싸여 있었다. 방문은 열려 있지만, 아래층에서도 아무 소리도 들리지 않았다. 웨이드와 갓난아이는 프랭크의 시체가 집으로 옮겨진 이후 멜라니네 집에 맡겨 두었기 때문에, 웨이드의 발소리도 엘라의 소리도 들리지 않는 것이 적적했다. 부엌도 휴전 상태로 들어갔는지, 피터나 마미나 쿠키의 다투는 소리도 여기까지 흘러들어오지 않았다. 아래층 서재에 있는 피티 고모마저도 스카알렛의 슬픔에 동정을 표하여, 혼들의자를 삐걱거리지도 않았다.

슬픔을 안고 혼자 가만히 있고 싶어하려니 하는 동정심에서, 누구 한 사람 그녀를 방해하려는 사람이 없었다. 그러나 스카알렛은 혼자 있는 것이 조금도 좋지 않았다. 자기와 무릎을 맞대고 있는 것이 단지 슬픔뿐이라면, 여태까지 갖가지 슬픔을 견디어 왔듯이, 얼마든지 참고 견딜 수가 있었을 것이다. 그러나 지금은 프랭크를 잃어버린 놀라움에다가, 공포와 회한과, 갑자기 눈뜨기 시작한 양심의 가책과 직면하고 있는 것이다.

그녀는 생전 처음으로 자기가 한 일에 대해서 뉘우칠 줄 알았다. 그러나 후회하는 동시에, 격렬한 미신적인 공포에 사로잡혀서 자기도 모르게 여태까지 프랭크와 함께 누워 있던 침대를 바라보지 않을 수가 없었다.

내가 프랭크를 죽인 것이다. 내 손가락으로 방아쇠를 당겨서 그를 죽인 것이나 다름 없다. 그가 혼자서 돌아다니는 것만은 제발 그만두어 달라고 그토록 부탁했는데도 나는 듣지 않았다. 프랭크는 나의 그 고집 때문에 죽고 만 것이다. 하느님은 결코 그 죄를 용서하지 않으실 것이다. 그러나 그녀의 양심에는 그의 죽음의 원인이 되었던 것보다 더 괴롭고 더 무서운 또 하나의 일이 짓누르고 있었다. 그것은 관에 담긴 그의 얼굴을 보기까지는 한 번도 그녀를 괴롭힌 적이 없었던 일이었다. 그의 조용한 얼굴에 감돌고 있던 구원받기 어려운 비애의 빛이 그녀의 가슴을 날카롭게 찔렀던 것이다. 진심으로 동생 스월렌을 사랑하고 있었던 남자와 결혼해 버린 그녀를 하느님은 반드시 벌하실 것이다. 그녀는 하느님의 심판 앞에 웅크리고, 양키의 캠프에서 프랭크의 마차로 돌아오는 길에 그에게 한 그 거짓말을 문초당할 것이 틀림없었다.

너무나 많은 사람의 운명이 그녀 한 사람의 어깨에 걸려 있었기 때문에, 프랭크나 스월렌의 권리도 행복도 생각할 겨를도 없이, 정신 없이 그를 함정에 떨어뜨렸다는, 목적을 위해서는 수단을 가리지 않는다는 변명도, 지금에 이르러서는 아무런 소용이 없었다. 진실이 엄연히 그녀 앞에 가로막고 서 있다. 그녀는 그것으로부터 몸을 웅크리고 달아나는 수밖에 도리가 없는 것이다. 그녀는 냉혹하게 그와 결혼했고 냉혹하게 그를 이용했다. 그리고 마음먹기에 따라서는 얼마든지 행복하게 해줄 수 있었던 마지막 여섯 달 동안마저도 그녀는 그를 불행한 일만 겪게 하고 말았던 것이다. 하느님께선 그에 대해서 좀더 살뜰하게 굴지 않은 데 대해서도 반드시 벌하실 것이다. 남편인 그에게 대한 한껏 방자하게 굴었고, 걸핏하면 화를 내서 고함을 질렀고, 그의 충고를 무시했고, 그의 친구들을 멀리하고, 그리고 마침내는 제재소를 경영하고, 술집을 세우고 죄수를 부려서 그에게 망신을 시키고 말았다. 그 죄를 반드시 벌하실 것이다.

여태까지 자신이 남편을 불행에 떨어뜨려 가고 있었다는 것은 그녀도 알고 있었다. 그러나 프랭크는 모든 것을 신사답게 참고 있었던 것이다. 만약 그녀가 그에게 참다운 행복을 준 것이 있다면, 그것은 엘라를 그에게 낳아 준 것뿐이었다. 그녀가 아기 낳기를 피할 생각이었다면 결코 엘라도 태어나지는 않았을 것이다.

그녀는 공포로 몸을 떨었다. 프랭크가 살아 있어 준다면, 앞으로 얼마든지 다정하게 해줄 수 있을 텐데. 마음껏 다정하게 해줌으로써 모든 것을 보상할 수도 있으련만. 오, 하느님, 제발 그렇게 끈덕지게 두고두고 화를 내지 말아 주십시오! 아아, 왜 이다지도 시간이 더디 갈까! 왜 이다지도 집 안이 조용할까! 어쩌면 사람들은 나만을 혼자 남겨 두는 것일까!

멜라니가 함께 있어 주기만 한다면, 멜라니가 이 공포를 가라앉혀 줄 텐데. 그러나 멜라니는 애실리의 병구완 때문에 자기 집에 있었다. 한순간 스카알렛은 피티 고모를 불러서, 자기와 자기의 양심 사이에 막아 서 달라고 부탁할까 하고도 생각했으나 그것은 망설여졌다. 아마 피티 고모는 프랭크의 죽음을 슬퍼하고 있을 테니까 사태를 더욱 악화시키고 말 것이다. 같은 나이 또래였던 만큼, 피티 고모는 진심으로 프랭크를 경애하고 있었던 것이다. 그도 또 한 집안의 기둥으로서 피티가 필요로 하는 것이 무엇이고 충분하게 채워 주고 있었다. 사소한 선물을 가져다 주기도 하고, 허물 없는 뜬소문이나 우스갯소리를 하기도 하고, 밤에는 그녀가 그의 양말을 깁고 있는 곁에서 신문을 읽어 주기도 하고, 그 날 문제되었던 사건을 설명해 주기도 했던 것이다. 피티 고모도 그의 일이라면 야단 법석을 떨면서 특별한 음식을 생각해 내거나 걸핏하면 걸리는 그의 감기에 대해서도 진심으로 살뜰히 그의 응석을 받아 주곤 했다. 그렇기 때문에 그의 죽음을 남달리 슬퍼하며 빨갛게 부어오른 눈을 누르면서「클랜단 같은 것들과 같이 나가지만 않았던들!」하고 되풀이하면서 넋두리를 하는 것도 무리는 아니었다.

어째서 이다지도 갖가지 공포가 내 마음을 슬프게 하고 차가운 병(病)과도 같은 느낌이 들게 하는지, 누가 그것을 분명하게 설명해서 나의 공포를 가라앉혀 주고, 나의 마음을 위로해 줄 사람은 없는 것일까? 만약 애실리만…… 하고 생각을 하다가 그녀는 얼른 뒷걸음질을 치고 말았다. 프랭크를 죽인 거나 마찬가지로, 그녀는 애실리까지도 하마터면 죽일 뻔하지 않았던가. 게다가 그녀가 어떤 거짓말을 해서 프랭크를 차지했는가 하는 것과, 그녀가 프랭크에 대해서 얼마나 못 할 짓을 해왔는가 하는 사실을 만약 애실리가 정말로 알게 된다면, 그는 다시는 그녀를 사랑할 수 없게 돼 버릴 것이 뻔하지 않은가. 애실리는 도의심이 강하고, 진실하고, 친절하여 매사를 올바르게 똑똑히 보는 사람이다. 그러니까 진상을 알았다 해도 좀더 이해해 줄 것이다. 보나마나 지나칠 정도로 이해해 줄 것이다! 그대신 그는 인제 절대로 그녀를 사랑하지 않을 것이다. 그렇다면 그에게 사실을 알려서는 안 된다. 그한테서 언제까지나 계속해서 사랑을 받아야 하기 때문이다. 남이 알지 못하는 그의 사랑이라는 힘의 원천 없이, 어떻게 내가 살아갈 수 있단 말인가. 그러나 만약 그의 어깨에 머리를 기대고 마음껏 울면서 죄 많은 마음을 참회할 수 있다면 얼마나 위로가 되겠는가!

죽음의 그림자가 깃들인 적막한 집안의 공기는 그녀의 고독한 마음을 무겁게 짓눌러서, 무슨 도움 없이는 이제 단 한시도 견딜 수 없는 지경이 되었다. 그녀는 조심스럽게 일어나서 방문을 반쯤 살그머니 닫고, 장롱 맨 밑의 서랍을 열어 속옷들을 뒤지기 시작했다. 그리고 그곳에 숨겨 둔 피티 고모의 〈정신 나는 약〉인 브랜디 병을 꺼내어 램프에 비춰 보았다. 거의 절반이나 비어 있었다. 설마 엊저녁부터 이렇게 마셔 버렸으리라고는 생각되지 않았다! 그녀는 글라스에 가득히 부어서 단숨에 주욱 들이켰다. 아침까지는 병 주둥이에까지 물을 채워서 술병 선반에 도로 갖다 놓지 않으면 안 된다. 장례식 전에 관을 지키는 사람들이 한 잔 마시고 싶다고 했을 때, 마미가 열심히 이것을 찾아다니던 일이 그녀는 생각났다. 뿐만 아니라 이미 부엌 공기는 이 술병을 둘러싼 의심 때문에, 마미와 쿠키와 피티 사이는 서로 험악하게 되어 있었던 것이다.

브랜디는 기분 좋게 온 몸에 타올랐다. 취하고 싶을 때에는 이게 그만이다. 브랜디는 정말 언제 마셔도, 싱거운 포도주 따위보다 훨씬 맛이 좋았다. 도대체 무엇 때문에 여자는 포도주를 마시게 마련이고, 다른 알콜 같은 것은 마셔서는 안 된다는 말인가? 메리웨더 부인과 미드 부인은 장례식 때, 내 숨결에서 나는 냄새를 분명히 알아내고 의기 양양한 얼굴을 서로 마주 보았것다! 늙은 고양이 같은 것들!

그녀는 또 한 잔 마셨다. 오늘 밤은 조금쯤 취해도 상관 없다고 생각했던 것이다. 이제 곧 잘 것이고, 마미가 옷을 갈아입는 것을 거들러 올라오기 전에 콜론 수로 양치질을 해두면, 눈치채일 염려가 없다. 재판 날만 되면 언제나 꼭 취하곤 하던 아버지 제랄드처럼 그녀도 앞뒤 분간을 못 할 정도로 취하고 싶었다. 그렇게 하면, 그녀 때문에 한평생을 망치고, 목숨까지 빼앗긴 것을 원망하는 듯한 프랭크의 절망적인 얼굴도 잊을 수가 있겠지.

시 사람들은 모두 내가 프랭크를 죽였다고 생각하고 있는 것일까. 장례식에 온 사람들은 누구나 내게 대해서 냉담했다. 동정 어린 말을 하고 조금이나마 따뜻한 마음을 보여 준 것은, 나와 거래가 있었던 양키 장교의 부인들뿐이었다. 홍, 그까짓 시 사람들이 무슨 말을 하든 상관이 없지. 하느님의 심판 앞에서 무엇이라고 변명해야 할 것인가 하는 걱정에 비하면 그런 것은 아무것도 아니잖는가.

그녀는 이런 생각을 하다가 다시 무서워져서 얼른 브랜디를 또 한 잔 들이켰다. 뜨거운 액체가 목구멍을 지나갔다. 몸은 더워졌지만, 술이면 모든 것을 잊을 수가 있다는 둥 남자들은 곧잘 말하지만 참 바보들이다. 지각을 완전히 잊어버릴 때까지 마시지 않으면 소용 없는 것이다. 그렇게라도 하지 않고서는, 마지막으로 혼자서 마차를 타고 돌아다니지 말아 달라고 쭈뼛쭈뼛하면서 나무라듯이 또 사과하듯이 부탁하던 때의 프랭크 얼굴이 눈 앞에서 사라질 것 같지가 않았다.

현관 도어를 두들기는 둔한 소리가 고요한 집안 공기를 흔들더니, 이윽고 피티 고모가 비틀거리면서 홀을 지나 도어를 여는 소리가 들렸다. 잠시 동안 인사하는 소리며 무슨 말인지 분간할 수 없는 두런거리는 소리가 들려 왔다. 이웃 사람들이 장례식 이야기를 하러 어쩌면 블러먼즈라도 가지고 온 거겠지. 피티 고모는 그런 것을 좋아한다. 조객과 이야기하는 일에, 정중하고 그리고 감상적인 즐거움을 느끼고 있는 것이다.

누굴까? 별로 깊이 파고들 생각도 없었지만, 잘 울리는 남자의 목소리가 피티 고모의 슬픔에 잠긴 속삭임 소리를 뚫고 들려 왔을 때, 그녀는 그것이 누구인가를 알았다. 기쁨과 안도감이 와락 밀어닥쳤다. 레트였다, 프랭크가 죽었다는 기별을 받은 뒤로 한 번도 만나지 못했지만, 그녀는 곧 마음 속 깊은 곳에서 그가 오늘 밤의 그녀를 구해 줄 수 있는 오직 한 사람이라는 것을 깨달았다.

「그분은 꼭 만나 주시리라고 생각하는데요.」 레트의 목소리가 그녀에게까지 들려 왔다.

「하지만 그 애는 이미 자리에 들었어요, 버틀러 선장님. 아마 아무하고도 만나지 않을 거예요. 불쌍하게도 그 애는 아주 쇠약해졌어요.」

「아니오, 만나 주실 겁니다. 부디 제가 내일 여행을 떠나기 때문에 얼마 동안 떠나 있게 된다고 전해 주십시오. 중대한 용건입니다.」

「하지만…….」 하고 피티 고모는 여전히 망설이고 있었다.

스카알렛은 홀로 달려나갔다. 그리고 다리가 휘청휘청하는 것을 깨닫고는 약간 놀랐으나, 상반신을 난간 밖으로 내밀었다.

「곧 내려가겠어요, 레트.」 하고 그녀는 소리쳤다.

그녀는 피티 고모가 살찐 얼굴을 돌리고 놀라움과 비난으로 눈이 올빼미처럼 된 것을 언뜻 보았다. 스카알렛은 급히 방으로 돌아와서 머리를 매만지면서 자, 이 일로 또 내가 남편의 장례식 날 형편 없이 얌전치 못한 행동을 했다는 소문이 온 시내에 파다하게 퍼지게 될 것이라고 생각했다. 그리고 검은 배스크의 단추를 턱 밑에까지 잠그고, 피티 고모의 상복에 다는 브로우치를 깃에 달았다. 거울 속을 들여다보면서, 『그다지 예쁘게 보이지 않는 몹시 창백하고 겁먹은 듯한 얼굴이구나.』 하고 속으로 중얼거렸다. 순간 볼연지를 감추어 둔 조그만 상자에 손을 뻗으려다가 끝내 그것만은 단념했다. 만약 그녀가 장미빛 도는 화사한 얼굴을 하고 내려간다면, 가엾은 피티 고모는 깜짝 놀라서 기절해 버릴지도 모른다. 그녀는 콜론수 병을 들고 한 입 가득히 머금고, 정성들여서 양치질을 하고 물 버리는 항아리에 뱉아냈다.

그녀는 옷을 사그락거리면서 계단을 내려가자, 아직 현관 홀에 우두커니 서 있는 두 사람 쪽으로 걸음을 옮겼다. 피티 고모는 스카알렛의 행동에 완전히 기가 질려서 레트에게 앉으라고 하는 것마저 잊고 있었던 것이다. 그는 예의바르게, 검은 상복을 차려 입고 주름 장식이 있는 린네르의 와이셔츠는 빳빳하게 풀이 서 있었다. 그 태도는 절친한 사람을 잃은 사람을 위로하기 위해서 찾아온 오랜 친구로서 어디 한 군데도 흠잡을 곳이 없었다. 실상 너무나 빈틈 없이 차렸기 때문에 피티 고모는 물론 깨닫지 못했지만, 다소 우스꽝스럽게 보이지 않는 것도 아니었다. 그는 형식대로 스카알렛을 번거롭게 한 데 대한 변명을 하고, 시를 떠나기 전에 서둘러서 장사 일의 끝맺음을 해야만 되었기 때문에, 장례식에도 참석할 수 없었노라고 사과했다.

『도대체 무엇 때문에 찾아왔을까?』 하고 스카알렛은 이상하게 생각했다. 『이 사람은 멀쩡한 거짓말을 늘어놓고 있다.』

「이런 시간에 번거롭게 해드리고 싶지는 않았읍니다만, 원체 거래상의 의논이 있어서, 그것을 미룰 수가 없어서요. 실은 케네디 씨와 제가 계획하던 일입니다만…….」

「당신하고 케네디 씨가 거래를 했었다는 건 난 처음 듣는 일이에요.」 피티 고모는 특히 프랭크에 관한 일로서, 자기가 모르는 일이 있었다니 분하다는 듯한 말투였다.

「케네디 씨는 사업을 광범위하게 벌이고 계셨으니까요.」 하고 레트는 공손하게 말했다. 「객실로 들어가실까요?」

「아녜요!」 하고 스카알렛은 꽉 닫혀 있는 문 쪽을 보면서 외쳤다. 어쩐지 아직도 그 방에 관이 있는 것만 같아서 두 번 다시 그 안으로 들어가고 싶지 않았던 것이다. 피티 고모는 결코 친절심에서 그런 것은 아니었지만 비로소 눈치 있게 굴었다.

「서재를 쓰세요. 나는 이층에 올라가서 기울 것을 가져와야 하니까요. 아뭏든 지난 주일에는 너무나 게으름을 피워서 말예요. 정말…….」

그녀는 약간 비난하는 빛을 띠고 뒤를 돌아보면서 계단을 올라갔는데, 그 표정은 스카알렛도 레트도 눈치채지 못했다. 그는 스카알렛이 자기 앞을 지나서 서재로 들어갈 수 있도록 몸을 비켜섰다.

「당신하고 프랭크 사이에 어떤 거래가 있었던가요?」하고 그녀는 퉁명스럽게 물었다.

그는 옆으로 다가와서 속삭였다.「전혀 없어요, 그저 피티 아주머니가 자리를 비켜 주기를 바랐을 뿐이지요.」그러고 나서 그녀에게로 몸을 수그리며「도무지 효과가 없군요, 스카알렛.」하고 말했다.

「뭐가요?」

「콜론수가.」

「어머나, 무슨 말씀을 하시는 건지 나는 조금도 못 알아듣겠군요.」

「아실 텐데요, 꽤 마신 모양이군요.」

「마셨다면 그게 어쨌다는 거죠? 당신이 관여할 일이 아니잖아요.」

「아무리 슬픔에 잠겼다 하더라도 예의쯤은 분간해야 하오. 혼자서 마시면 안 돼요, 스카알렛. 반드시 드러나고 말아요. 남이 알게 되면 아주 평판이 나빠지고 말아요. 도대체 혼자서 마시다니 좋지 못한 취미요. 대관절 어찌 된 일이지요?」

그가 권하는 대로, 그녀는 자단목 소파에 잠자코 앉았다.

「도어를 닫을까요?」

도어를 닫고 단 둘이서 이야기를 하고 있는 것을 마미가 보게 되면, 사정 없이 나무라고 나서 틀림없이 며칠씩이나 끈덕지게 설교를 되풀이하며 잔소리를 늘어놓을 것이라는 것을 알고 있었으나, 이렇게 술을 마셨다는 등 하는 이야기를 혹시 엿듣게 되는 날에는, 그야말로 브랜디 병이 없어졌을 때의 소동에 비추어 보더라도 이것은 귀찮게 될 것이 분명하다. 그래서 그녀는 잠자코 끄덕여 보였다. 레트는 열린 문을 두 쪽 다 닫아 버렸다. 그리고 되돌아와서 그녀의 곁에 앉자, 그 검은 눈으로 날쌔게 그녀의 얼굴을 살펴보았다. 죽음의 그림자는 그가 발산하는 왕성한 생명력 앞에 자취를 감추고, 방안은 다시 아늑한 안정을 되찾고, 램프의 빛도 밝고 따뜻하게 보였다.

「대관절 어찌 된 거죠?」

이 세상에 비록 농담일지라도, 애정을 표현하는 데 이렇게 어이 없는 말을 쓰는 사람이 아마 레트밖에는 없을 것이다. 뿐만 아니라 그는 지금 결코 농담을 하고 있는 표정은 아니었다. 그녀는 괴로움이 가득 찬 눈을 들어 그의 얼굴을 쳐다보았다. 그리고 그의 아무런 감정도 나타내지 않고 있는 얼굴 속에서 무엇인가 위안을 찾아냈던 것이다. 그가 믿을 수 있는 만큼, 어째서 그렇게 따뜻한 것을 느끼게 되는 것인지 그녀로서도 알 수가 없었다. 아마도 그가 가끔 말했듯이 두 사람이 서로 몹시 닮은 구석이 있기 때문이기라도 할까. 그녀에게도 여태까지 사귀어 온 사람들이, 레트 이외에는 모두가 전혀 생소한 남인 것처럼 생각된 적이 종종 있었다.

「나한테 말할 수 없소?」하고 그는 우스울 만큼 상냥하게 그녀의 손을 잡았다. 「프랭크가 죽었기 때문만은 아니겠지요? 돈이 필요한가요?」

「돈? 그런 건 아녜요! 아, 레트, 난 여간 무섭지가 않아요.」

「바보 같은 소리 말아요, 스카알렛. 당신은 세상 밖에 나온 이후로 무섭다고 생각한 일은 없을 텐데요.」

「어머나 레트, 난 무섭단 말예요!」

이야기를 한다기 보다는, 말이 자꾸자꾸 꼬리를 물고 솟아오르는 것이었다. 그에게라면 말할 수가 있는 것이다. 레트라면 무슨 말이고 다 할 수가 있는 것이다. 그 자신이 그런 악당인 만큼 그녀를 비판할 수는 없을 테니까 말이야. 세상 사람들이 너나 없이 영혼의 순결을 위해서 거짓말을 하지 않고, 명예롭지 못한 일을 할 바에는 차라리 굶어죽는 편이 낫다고 생각하고 있을 때에 아무라도 좋다, 자기와 마찬가지로 악당이고, 비열하고, 사기꾼이고, 거짓말장이 동료가 있다는 것을 알게 되는 것은, 그것만으로도 얼마나 좋은 일인지 모른다.

「나는 죽는 게 무서워요. 그리고 지옥으로 가는 게 무서운 거예요.」

만약 그가 웃었다면, 그녀는 그 자리에서 죽어 버렸을지도 모른다. 그러나 그는 웃지 않았다.

「당신은 퍽 건강해 보이고, 그리고 도대체 지옥이란 것은 아마 없을 거요.」

「어머나, 그렇지만은 않는걸요, 레트! 당산도 있다는 건 알고 있을 거예요!」

「있다는 건 알고 있소. 그러나 그것은 이 세상에 있는 것이지 죽은 뒤에 있는 건 아니오. 죽어 버리면 아무 것도 없어요, 스카알렛. 당신이 현재 빠져 있는 고뇌의 세계, 그것이 지옥이오.」

「어머나, 레트, 그건 모독이에요!」

「그러나 이상하게 마음은 가라앉는 법이오. 이야기해 보아요. 어째서 당신은 지옥에 간다고 생각하는 거죠?」

벌써 놀리기 시작하는 것이다. 그의 눈 속에는 여느 때의 광채가 보이기 시작했다. 그러나 그녀는 개의하지 않았다. 그의 손은 무척 따뜻하고 억세어서, 거기에 매달려 있으면 마음이 이상하게 가라앉은 것처럼 느껴지는 것이었다.

「레트, 나는 프랭크와 결혼하는 게 아니었어요. 잘못되었던 거예요. 그이는 스월렌의 애인이었고 그 애만을 사랑하고 있었던 거예요. 나를 사랑했던 게 아니었어요. 그런데 나는, 스윌렌은 토니 폰텐하고 결혼한다는 둥 거짓말을 해버렸던 거예요. 정말이지 내가 어떻게 그런 짓을 할 수 있었을까요?」

「아하, 그런 사연이 있었군! 나도 이상하다고는 생각하고 있었지.」

「그리고, 그뒤로도 나는 프랭크를 아주 형편 없이 처참한 꼴을 당하게 해버렸어요. 마치 돈을 지불할 능력이 없는 사람에게 억지로 돈을 내게 하려는 것처럼, 나는 그이가 싫어하는 여러 가지 일을 하게 했어요. 게다가 내가 제재소를 경영한다, 술집을 꾸민다, 죄수를 고용한다 한 일들은 그이의 마음을 여간 상하게 한 것이 아니었어요. 그이는 너무나 창피해서 머리를 들고 나다니지도 못 할 지경이었거든요. 그리고 레트, 내가 그이를 죽인 거예요. 그래요, 죽이고 말았어요. 나는 그이가 클랜단에 들어 있는 줄은 몰랐어요. 그이가 그만한 재간이 있으리라고는 꿈에도 생각하지 못했던 거예요. 하지만 몰랐다는 것은 내가 바보였기 때문이에요. 그래서 나는 그이를 죽이고 만 거예요.」

「〈넵튄의 바닷물을 모조리 기울여도 이 손을 깨끗하게는 하지 못하리.〉(셰익스피어의 비극 《맥베드》 속의 귀절로서, 맥베드가 국왕을 죽인 직후, 스스로 자기의 피묻은 손을 보고 하는 말―역자주)」

「뭐라고요?」

「아무것도 아니오. 계속하시오.」

「계속하라시지만, 그것뿐이에요. 그것으로 충분하잖아요. 나는 그이와 결혼해서 그이를 불행하게 하고, 그리고 죽이고 만 거예요. 오오, 하느님! 어떻게 그럴 수가 있었는지 저도 모르겠어요. 나는 거짓말을 해서 그이와 결혼했어요. 그때에는 그것이 아주 옳은 일처럼 생각되었던 거예요. 하지만 지금은 얼마나 그것이 잘못된 일이었던가 알았어요. 레트, 내가 그런 일을 했다는 것은 지금은 사실이었다고 생각되지 않을 정도예요. 나는 그이에 대해서는 무척 비열했었어요. 하지만 나는 본래가 비열한 건 아니에요. 난 결코 그렇게 자라나진 않았어요. 어머니는……」 그녀는 아차 하고 말을 삼켜 버렸다. 온 종일, 엘렌의 생각을 않으려고 했었지만 이미 그녀로서는 그 얼굴 모습을 지워 버릴 수는 없게 되었다.

「난 말이오, 가끔 당신 어머님이란 어떤 분이었을까 하고 생각을 하죠. 내 생각에는 당신이 아버님을 퍽 많이 닮은 것 같군요.」

「어머닌 말예요 저어, 레트, 난 지금 비로소 어머니께서 돌아가시길 참 잘했다고 생각했어요. 덕분에 어머니께서는 이렇게 돼 버리고 만 나를 안 보시게 되신 거예요. 어머니께서는 나를 비열한 인간으로 기르시지는 않았어요. 어머니께서는 누구에게나 아주 친절하시고 퍽 좋은 분이었어요. 어머니께선 이런 짓을 할 바엔 내가 굶어죽는 편이 낫다고 생각하셨을 게 틀림없어요. 그리고 나는 모든 점에서 어머니 같은 여자가 되기를 바랐는데, 조금도 어머니를 닮지 않았어요. 난 그런 걸 생각하지도 않았지만 그야, 내게는 그 밖에 여러 가지를 생각해야 할 일들이 많았거든요. 그렇지만 어머니처럼 되고 싶다고 생각은 하고 있었어요. 아버지를 닮고 싶다고는 생각하지 않았어요. 아버지는 좋기는 했지만, 아버지는 무척 경솔하셨거든요. 레트, 나는 가끔 되도록 사람들에게 상냥하게 대하자, 프랭크에게도 살뜰하게 굴자 하고 노력한 적도 있어요. 하지만 그렇게 하면, 으례 또 무서운 꿈을 꾸고 시달리기 때문에, 나는 당장 뛰어나가서 내것이건 아니건간에, 남에게서 닥치는 대로 돈을 움켜쥐고 싶은 기분이 들곤 해요.」

눈물이 사정 없이 그녀의 볼을 타고 흘렀다. 그녀는 손톱이 살에 박힐 만큼 그의 손을 꽉 쥐었다.

「어떤 무서운 꿈이죠?」 그의 목소리는 조용하고 상냥했다.

「어머나, 당신은 모르셨군요. 그래요, 내가 사람들에게 친절하게 하려고 하거나, 내 자신에게 돈이 전부는 아니라고 깨우쳐 주거나 하면, 꼭 꿈을 꾸게 돼요. 그것은 어머님께서 갓 돌아가시고, 양키가 쳐들어온 직후의 타라의 꿈이에요. 레트, 당신은 상상도 못 하시겠지만, 나는 그것을 생각하면 온 몸이 싸늘해지곤 해요. 모든 것이 다 타버려서, 쥐죽은 듯이 조용하고 먹을 것이라곤 아무것도 없는 광경이 또렷하게 보이는 거예요. 이봐요 레트, 그 꿈 속에서 나는 여전히 굶주리고 있는 거예요.」

「계속하시오.」

「나도 배고프지만 다른 사람들도, 아버지께서도, 동생들도 검둥이들도, 굶어죽을 지경이 되어서 되풀이되풀이 『우리들은 배가 고파.』 하고 말을 계속하고 있는 거예요. 나는 배고픈 걸 뼈저리게 느끼고 공포에 떨면서, 마음 속으로 『만약 이것을 이겨나갈 수 있다면 어떤 일이 있더라도, 두 번 다시 배고픈 꼴을 당하지 않으리라.』 하고 거듭 말하고 있는 거예요. 그러면 꿈이 변해서 잿빛 안개 속에 싸여 버리고, 나는 그 안개 속을 마구 달려서 심장이 터질 지경이 되도록 달려나가면, 무언가가 내 뒤를 쫓아오는 거예요. 나는 숨도 쉬지 못할 지경이에요. 그래도 저쪽으로 가 닿기만 하면 살아날 수 있다고 계속 생각하는 거예요. 하지만 어디로 가려는 것인지 그건 모른단 말예요. 그리고 잠이 깨면 무서움 때문에 소름이 쫙 끼치고, 내가 다시 또 굶는다는 것만이 걱정이 되어서 견딜 수가 없는 거예요. 난 그 꿈에서 깨어나면, 내가 다시 굶을까 봐서 걱정을 하지 않게 되려면 온 세계의 돈을 모조리 긁어모아도 모자랄 것 같은 거예요. 그러고는 프랭크가, 배짱이 없고 아둔한 것만 같아서 대번에 화가 치밀어 울화통을 터뜨리고 싶어지곤 해요. 그이도 내 마음은 몰랐을 것이고, 나도 그이에게 알릴 수는 없었던 거죠. 어느 때고, 그렇게 굶주릴 걱정을 하지 않아도 좋을 만큼 돈을 벌게 되면, 그이에게도 여태까지의 보상을 해드려야겠다 하고 늘 생각은 하고 있었지만, 그이는 죽어 버렸으니 그것도 이제는 너무 늦었어요. 그때에는 정말로 옳은 일이라고 생각되었지만, 사실은 모든 것이 잘못되었던 거예요. 다시한 번 처음부터 하게 된다면 전혀 다른 방법으로 하겠어요.」

「울지 말아요.」하고 말하고 그는 미친 듯이 꽉 움켜쥐고 있는 그녀의 손을 풀고, 주머니에서 깨끗한 손수건을 꺼냈다. 「얼굴을 닦아요. 그렇게 자기 자신을 학대하는 것은 어리석은 짓이오.」

그녀는 손수건을 받아서 눈물로 얼룩진 얼굴을 닦았다. 자기가 지고 있는 무거운 짐의 일부를 그의 튼튼한 어깨에 옮겨 놓기라도 한 것 같은 홀가분한 마음이, 살그머니 마음 속으로 스며들었다. 그는 믿음직스럽고 침착하였다. 그가 입언저리를 조금 일그라뜨리고 있는 것마저 그녀의 괴로움이나 번민이 당치 않다는 것을 증명하고 있는 것처럼 생각되어서, 그녀의 마음은 위로가 되는 것이었다.

「이제 기분이 좀 나아졌나요? 그럼 이 문제를 철저히 따지기로 합시다. 당신은, 만약 처음부터 다시 하게 된다면 좀더 다른 방법으로 하게 되리라고 했소. 그러나 과연 그럴까요? 자, 잘 생각해 보아요. 정말 그렇게 할까요?」

「그야…….」

「아니, 당신은 또 같은 일을 하게 될 거요. 당신은 달리 방법이 있었다고 생각하오?」

「아뇨.」

「그럼 당신은 무엇을 후회하고 있는 거죠?」

「하지만 내가 그런 비열한 짓을 했기 때문에 그이는 죽어 버린걸요.」

「그럼, 만약 그가 죽지 않았다면, 당신은 여전히 그 비열한 짓을 계속할 것이 틀림없소. 내가 잘못 보지 않았다면 당신은 프랭크하고 결혼한 것이며, 그를 괴롭힌 것이며, 우연히 그가 죽은 원인이 된 것 등을 결코 진심으로 후회하고 있지는 않다고 생각해요. 다만 지옥으로 갈 것이 걱정되어 후회될 뿐인 거요, 그렇지 않소?」

「글쎄요, 뭐가 뭔지 무척 뒤죽박죽인 것 같군요.」

「당신의 윤리라는 것도 상당히 뒤죽박죽이오. 당신은 현행범으로 잡힌 도둑이 훔친 것은 후회하지 않는데, 감옥으로 가야 하는 것이 분해서 견딜 수 없다고 한탄하고 있는 것과 같은 거요.」

「도둑…….」

「뭐, 그렇게 말을 곧이곧대로 듣지 마시오! 다시 말하면, 만약에 당신이 지옥의 겁화(劫火)에 타리라는 그런 어리석은 생각만 갖지 않는다면, 당신은 성가신 프랭크를 용케 떼버렸다고 시원하게 생각하겠지요.」

「어쩌면, 레트!」

「자, 자! 어차피 실토를 할 바에는, 그럴 듯한 거짓말보다는 차라리 진실한 말을 하는 편이 나아요. 당신은 그, 말하자면 생명보다도 소중한 그 보석을 삼백 달러의 돈 때문에 내놓으려고 했을 때, 양심이 몹시 아프던가요?」

브랜디가 머리 속을 빙글빙글 돌아서 현기증이 날 것만 같았다. 그리고 약간 당돌한 마음이 되어 있었다. 그에게 거짓말을 해 봐야 무슨 소용이랴? 그는 언제나 내 마음 속을 환하게 들여다보고 있지 않은가.

「난, 그때는 정말이지 하느님이나 지옥 따위는 별로 생각하지 않았었어요, 조금은 생각해 본 적도 있었지만. 그래요, 난 하느님도 틀림없이 알아 주시리라고 생각하고 있었어요.」

「그런데도 프랭크하고 결혼한 데 대해서는 하느님이 이해해 주실 리가 없다는 건가요?」

「레트, 당신은 왜 그렇게 하느님 하느님 하죠? 자신은 하느님 같은 건 문제삼지도 않으면서.」

「그러나 당신은 노하는 하느님을 믿고 있는 거지요. 그것만이 지금 중대한 것 아니겠소. 왜 하느님은 이해해 주지 않으리라는 거지요? 당신은 타라가 아직도 당신의 것이고 뜨내기 정상배의 것이 되지 않은 것을 후회하고 있소? 당신은 굶지도 않고 누더기도 걸치지 않은 것을 후회하는 건가요?」

「어머나, 그럴 리가 있겠어요!」

「그럼 프랭크하고 결혼하는 것 외에 무슨 좋은 방법이 있었다는 건가요?」

「아니에요.」

「그 사나이 쪽에서 당신과 결혼하지 말았어야 옳았던 거겠죠? 남자란 것은 행동의 자유를 가지는 법이오. 그도 당신한테 시달리는 것이 싫으면, 자기가 원치 않는 것을 하지 않았으면 되었을 것 아니오?」

「그야 그렇지만…….」

「스카알렛, 왜 그런 걸 걱정하지요? 가령 말이오, 가령 당신이 다시 한 번, 처음부터 새 출발을 한다고 하더라도, 당신은 틀림없이 또 거짓말을 해서 그 사나이가 당신에게 결혼을 신청하도록 만들 거요. 그리고 역시 당신은 자진해서 위험 속에 뛰어들어감으로써 그 사나이로 하여금 당신의 원수를 갚지 않을 수 없도록 만들 것이 뻔하오. 또 만약 그 사람이 동생인 스월렌과 결혼했다고 가정 합시다. 스월렌 씨는 그 사람의 죽음의 원인이 될 만한 일은 안했을지도 모르 오. 그러나 그녀는 당신의 두 곱이나 그를 불행하게 했을지도 모를거요. 아무리 해도 그 밖에는 될 수가 없었던 거요.」

「하지만 난, 좀더 그이에게 살뜰하게 굴 수가 있었던 거예요.」

「당신이 말이오? 딴 사람이라면 또 몰라도, 당신이 그렇게 할 수 있다는 건 가요? 당신은 누군가를 들볶지 않고는 못 견디는 성미란 말요. 이 세상은 강한 인간은 학대하도록, 약한 인간은 학대를 받도록 되어 있단 말요. 애당초 당신을 말채찍으로 후려갈기지 않은 것이, 프랭크의 잘못이었소. 난 말이오, 스카알 렛, 이제 이르러서야 양심의 싹이 트기 시작한 당신에 대해서 사실은 놀라고 있 는 거요. 당신과 같은 기회주의자는 양심 따위를 가져서는 안 되는 거요.」

「뭐라고요, 기…… 뭐라고 하셨죠?」

「기회를 교묘하게 이용하는 사람 말이오.」

「그건 나쁜 건가요?」

「우선 악평을 피할 수는 없을 거요. 특히, 똑같이 기회가 있었는데도 그것을 이용할 줄 몰랐던 인간에게서 말이오.」

「어쩌면! 레트, 당신은 날 위로해 주는 줄로 알고 있었는데, 농담을 하고 계 시는군요!」

「난 자신을 위로하고 있는 거요, 스카알렛. 당신은 취해 있소, 모든 것이 그 탓이오.」

「어쩌면 그렇게도.」

「암, 그렇고 말고요. 당신은 속된 말로 〈울보 주정뱅이〉란 거요. 그러니까 이 번에는 화제를 돌려서, 당신이 기뻐할 만한 소식을 전해 주고 기운을 돋우어 드 려야겠소. 실은 떠나기 전에 이 소식을 전하고 싶어서 일부러 오늘 밤 찾아온 겁 니다.」

「어디로 가시는데요?」

「영국으로. 아마 몇 달 동안 돌아오지 못하게 될 거요. 자, 양심 따위는 잊으 시오, 스카알렛. 나는 인제 이 이상 당신 영혼의 행복 따위를 논할 마음은 없소. 그런데 내 소식이 듣고 싶지 않소?」

「하지만…….」하고 그녀는 힘없이 말을 꺼내다가 입을 다물어 버렸다. 원래 가 너무 엉성한 후회였다. 그것이 브랜디로 부드러워지고 레트의 농담으로 위로 를 받았기 때문에, 어느 덧 프랭크의 창백한 유령의 그림자도 차츰 희미해지고 말았다. 레트가 말하는 것이 사실일지도 모른다. 아마 하느님은 알아 주시겠지.

그녀는 자기 머리에서 언짢은 생각을 밀어내고 모든 것은 내일 생각하기로 하자고 결심을 할 수 있을 만큼 기운을 회복할 수가 있었다.

「당신의 소식이란 게 뭐죠?」그의 손수건으로 코를 풀기도 하고 흐트러진 머리카락을 뒤로 쓸어넘기기도 하면서, 그녀는 간신히 물었다.

「소식이란 건 말이오.」하고 그는 빙글빙글 웃으면서 그녀의 얼굴을 들여다보며 대답했다.「내가 아직도 당신을 여태까지 보아 온 어떤 여자보다도 탐내고 있다는 얘기요. 프랭크가 죽어 버린 이상 이런 이야기도 차츰 당신에게는 흥미가 있으리라고 생각돼서 말이오.」

스카알렛은 그가 잡고 있던 손을 뿌리치고 벌떡 일어났다.

「난 당신이라는 사람만큼 비열한 남자는 처음 봤어요! 하필이면 이런 때에 그런 추잡한 이야기를 하러 오다니. 역시 당신은 조금도 달라지지 않았군요. 더구나 프랭크의 몸이 채 식기도 전에 말예요! 다소나마 예의란 걸 알고 있거든 제발, 여기서 나가 주어요!」

「조용히 해요. 떠들면 피티 아주머니가 내려온단 말이오.」하고 그는 앉은 채 손을 뻗어, 그녀의 양쪽 주먹을 감싸쥐었다.「당신은 아직 내 이야기의 요점을 모르는 모양이군.」

「이야기의 요점을 모른다고요? 나는 죄다 알고 있단 말예요.」그녀는 그의 손을 떨쳐내려 했다.「나를 놓고 여기서 나가 달란 말예요. 난 그런 천한 소리는 들어 본 적이 없어요. 난……..」

「조용히 하래도.」하고 그는 말했다.「나는 당신에게 결혼해 달라고 부탁하고 있는 겁니다. 그럼 무릎을 꿇어 보이면 진심으로 받아 주시겠소?」

그녀는「어머나!」하고 말했을 뿐, 숨도 쉬지 못하고 털썩 소파에 주저앉았다.

그리고 입을 벌린 채 멍하니 그를 지켜보고 있었다. 『난 결혼을 할 그런 위인이 아니오.』 하고 비웃던 때의 그를 뜻도 없이 회상하면서, 이것은 브랜디 때문에 머리가 이상해진 것이 아닐까 하고 의심해 보았다. 이쪽이 취한 것이 아니라면 그의 머리가 이상해졌을 것이다. 그러나 그는 별로 정신이 이상해 보이지도 않았다. 그는 마치 날씨 이야기라도 하고 있는 것처럼 태연했고, 그의 느릿한 말투도 특별히 어세를 강조하려고도 않고 담담했다.

「난 말이오, 스카알렛. 트웰브 오우크스에서 처음 당신을 만났을 때, 용감하게 꽃병을 내던지면서, 당신이 숙녀가 아니라는 것을 스스로 증명하는 현장을 보았을 때부터, 줄곧 당신을 내 것으로 만들리라 생각했었소. 사실이지 어떻게 하든 당신을 차지하려고 생각했었단 말이오. 그러나 당신과 프랭크가 돈을 좀

번 뒤로는, 인제 절대로 두 번 다시 내게 대해서 빚을 달라거나 담보물을 제공하
거나 하는 그런 유쾌한 일이 없을 것으로 생각했었소. 그래서 이번에는 내 편에
서 자진해서 청혼을 하게 되었다 이 말씀이오.」

「레트 버틀러 씨, 그것도 역시 당신의 비열한 농담인가요?」

「이토록 내 영혼을 발가벗겨 보였는데 당신은 아직도 의심하는 거요! 아니,
스카알렛, 이것은 성심 성의를 다한 고백이오. 이런 때에 찾아오다니 다소 취미
가 좋지 못한 점은 인정하지만, 내 버릇없는 점에 대해서는 매우 그럴싸한 핑계
가 있단 말이오. 뭐냐하면 나는 내일 출발해서 오랜 여행을 떠나게 되었소. 그
런데 돌아올 때까지 기다리면, 당신은 얼마 되지 않는 돈 때문에, 누군가 다른
남자하고 결혼해 버릴지도 몰라요. 그래서 나는 생각했소. 나와 내가 갖고 있는
돈 가지고는 안 될까 하고 말이오. 사실 말이지 스카알렛, 아무리 나라도 당신
이 연방 결혼하는 동안 당신을 붙잡으려고 기다리고만 있다가, 한평생을 헛되게
보낼 수도 없는 일 아니겠소?」

정말로 그럴 작정이었구나, 의심할 여지가 없다. 그녀는 이 발견을 소화시키
려 하자 입이 말랐다. 침을 삼키고 나서, 그리고 무슨 단서를 잡으려고 그의 눈
을 들여다보았다. 거기에는 웃음이 가득 담겨 있기는 했으나, 그 속에는 그것과
는 다른, 그녀가 여태까지 본 적이 없는, 분석하기 힘든 빛이 번쩍이고 있었다.
그는 여유 있게 아무렇지도 않은 체하고 앉아 있었지만 쥐구멍을 노리는 고양이
처럼 방심하지 않고 자기를 지켜보고 있는 것을 느꼈다. 그 태연스러움 속에 그
녀를 꼼짝 못 하도록 얽어매는 힘이 느껴지고, 그것이 그녀를 주춤하게 하고 얼
마간 불안하게 했다.

그는 정말로 결혼해 달라고 하고 있는 것이다. 믿어지지 않는 일을 실지로 행
하고 있는 것이다. 일찌기 그녀는 그가 결혼을 신청해 오는 일이 있으면, 어떻
게 그를 괴롭혀 줄 것인가 하고 궁리한 적이 있었다. 언젠가는 만약 그가 그러한
말을 입 밖에 내기만 하면 마음껏 깎아내려서, 그녀의 힘을 깨닫게 해줌으로써
심술궂은 보복의 기쁨을 맛보이리라고 생각했던 적도 있었다. 그런데 그가 그
말을 꺼내고 있는 지금, 그런 계획 따위는 떠오르지 않는 것이다. 왜냐하면 여
태까지의 그와는 달리, 지금의 그는 그녀의 힘으로는 감당할 수 없는 것처럼 생
각되었기 때문이다. 그뿐 아니라 그가 완전히 그 자리의 공기를 누르고 있기 때
문에 그녀는 마치 처음으로 결혼 신청을 받은 숫처녀처럼 당황해 버려서 그저
얼굴을 붉히고 말을 우물거릴 뿐이었다.

「난, 난…… 다시는 결혼 같은 건 하지 않을래요.」

「천만에, 합니다. 당신은 결혼하도록 되어 있으니까. 왜 어째서 나하고는 안

된다는 거지요?」

「하지만, 레트 난, 난, 당신을 사랑하고 있지 않는걸요.」

「그런 건 장애가 될 수 없어요. 당신의 여태까지의 두 번의 모험도 사랑이 특히 두드러졌다고는 볼 수 없으니까요.」

「어머나, 어떻게 그런 말을! 내가 프랭크를 사랑하고 있었다는 것은 당신도 알잖아요!」

그는 아무 대답도 하지 않았다.

「사랑하고 있었어요! 사랑했었단 말이에요!」

「아니, 그 이야기는 그만두기로 합시다. 내가 없는 동안에 내 청혼을 충분히 생각해 두시겠지요?」

「레트, 난 매사를 오래 끄는 것을 싫어해요. 그보다도 지금 말씀드리겠어요. 난 곧 타라로 돌아가겠어요. 여기서는 인디어가 피티 고모님과 함께 살게 될 거예요. 난 죽 타라에서 살 생각이에요. 그리고 난, 난 두 번 다시 결혼하고픈 생각은 없어요.」

「우스운 노릇이군. 어째서죠?」

「어머, 그런 건 어째서든 상관없잖아요. 난 그저 결혼이란 것이 싫은 거예요.」

「그러나 가엾게도 당신은 진정한 결혼이란 어떤 것인가를 전혀 모르는 거요. 알 까닭이 없지. 확실히 운이 나빴어. 한 번은 홧김에서였고, 한 번은 돈 때문이었으니까 말이오. 당신은 결혼이라는 것을 재미삼아서 한다는 걸 생각해 본 적이 있나요?」

「재미삼아서! 바보 같은 소리 말아요. 결혼하는 데 재미삼아 한다는 법은 없어요.」

「없다? 어째서 없지요?」

얼마간 냉정해지고, 그와 동시에 브랜디가 그녀의 지나치게 솔직해서 무뚝뚝해 보이는 타고난 성격을 표면으로 밀어냈다.

「남자들은 장난삼아 해요. 왜 그런지는 모르지만 난 도무지 이해할 수 없었어요. 그러나 여자가 결혼 생활에서 얻는 것이라면, 얻어먹고 일에 쫓기고 남자들의 바보스러운 짓을 참아내고, 그리고 해마다 아이를 낳는 것밖에 더 있나요?」

그는 조용한 온 집 안에 울릴 만큼 커다랗게 웃기 시작했다. 그 때문에 스카알렛은 부엌 도어가 열리는 것을 들었다.

「조용히 해요! 마미는 삵괭이 같은 귀를 가지고 있어요. 더구나 웃다니 너무나 조심성이 없군요. 아직 겨우…… 웃지 말아요. 그게 정말이란 건 당신도 알고 있을 거예요. 재미삼아서라니! 참 기가 막히는군요!」

「나는 당신이 불운했다고 했소. 지금 당신이 한 말이 분명히 그것을 증명하고 있소. 당신이 결혼한 것은 처음에는 애송이였고, 다음엔 늙은이였소. 게다가 틀림없이 당신 어머니는, 여자라는 것은 모성의 기쁨을 누리는 대신 그런 짓을 참지 않으면 안 된다고 들려 주었을 것이 뻔하오. 그런데 그것은 큰 잘못이오. 왜, 여자에 대해서 제나름의 지식을 갖추고 있대서 평판이 좋지 않은, 그런 훌륭한 청년과 결혼해 보려고 하지 않는 거죠? 재미있는 겁니다.」

「당신은 상스럽고 무척 잘난 체하는군요. 그런 얘기는 너무 도를 넘는 것 같아요. 정말 추잡스러워요.」

「그리고 제법 재미도 있지 않을까요? 아마 당신은 여태까지 남자들과, 가령 찰즈나 프랭크하고도, 부부 관계에 대해서 서로 이야기해 본 일은 한 번도 없을 걸요.」

그녀는 잠자코 그를 흘겨보았다. 레트는 너무나 많은 것을 알고 있다. 도대체 어디서 그는 여자에 대해서 그처럼 배웠을까 하고 그녀는 신기하게 생각됐다. 아뭏든 그다지 점잖은 일은 못 된다.

「얼굴을 찡그리지는 말아요. 날짜를 정해 주오, 스카알렛. 나도 당신의 명예를 위해서 당장 결혼하자고는 않습니다. 상당한 기간 동안 기다리기로 하리다. 그건 그렇고 상당한 기간이라는 것은 얼마쯤일까요?」

「난 당신하고 결혼한다고는 하지 않았어요. 그런 이야기를 이런 때에 하다니, 너무나 조심성이 없는 짓이에요.」

「왜 이런 이야기를 하는지는 설명을 했을 텐데요. 난 내일 출발한단 말이오. 그리고 좀 생각도 해주구려. 이 이상 정열을 눌러 둘 수 없는 열렬하기가 불과 같은 애인이란 말이오. 하기야 이 결혼 신청은 다소 조급한 편인지도 모르지만 말요.」

말을 마치기가 무섭게 그는 느닷없이 소파에서 미끄러져 내려와서 무릎을 꿇고, 한쪽 손으로 공손히 자기 가슴을 누르고 빠른 말로 이야기했다.

「나의 격렬한 감정으로 해서 당신을 놀라게 한 것을 용서해 주기 바라오. 친애하는 스카알렛. 아니, 친애하는 케네디 부인, 내 마음에 싹튼 당신에게 대한 우정은 언제부터인지 더 한층 깊은 감정, 보다 아름다운, 보다 순수하고 성스러운 감정으로까지 성숙했다는 것은, 이미 당신의 눈에도 분명하리다. 그러나 굳이 말한다면 아! 이토록 나를 대담하게 만든 건, 그것은 사랑이외다!」

「일어나세요.」 하고 그녀는 애원했다. 「정말 바보 같은 모양을 하고, 마미가 들어와서 이걸 보면 어떠하시겠어요?」

「틀림없이 나의 처음 보는 우아한 태도에 놀라서, 자기 눈을 의심하겠지요.」
라고 하면서 레트는 가볍게 일어났다.「자, 스카알렛, 당신은 어린애도 아니거
니와 여학생도 아니란 말요. 체통이 어떻고 뭐가 어떻고 하면서 우스꽝스러운
핑계로 이야기를 회피하지만 말고, 내가 돌아오면 결혼하겠다고 얼른 말해 버려
요. 그렇지 않으면 나는 단연코 떠나지 않겠소. 그리고 이 근처를 빙빙 돌며 매
일 밤 당신의 창문 아래에서 기타를 치면서, 될 수 있는 대로 커다란 목소리로
사랑의 노래를 불러 당신 명예 때문에라도, 도저히 나하고 결혼하지 않고는 못
배기도록 해 보일 테요.」

「레트, 그런 난폭한 소리는 하지 말아 주어요. 난 누구하고도 결혼하고 싶지
않은 거예요.」

「하고 싶지 않다? 당신은 진정한 이유를 말해 주지 않는군요. 설마 처녀처럼
수줍은 탓은 아니겠지요? 어떻게 된 거요?」

갑자기 그녀는 애실리를 생각했다. 그러자 레트와는 전혀 다른, 빛나는 머리
카락에다가 생각에 잠긴 듯한 눈의, 보기에도 의젓한 그의 모습이 마치 그녀 곁
에 서 있는 것처럼 뚜렷이 보이기 시작했다. 그 사람이야말로 그녀가 두 번 다시
결혼하고 싶지 않은 진정한 이유였다. 그 이외에는 레트에 대해서 그다지 불만
은 없었고, 때에 따라선 진심으로 좋아질 때도 있었던 것이다. 그러나 그녀는
영원히 애실리의 사람인 것이다. 결코 찰즈나 프랭크의 것이 아니었듯이 진정으
로 레트의 것이 될 수도 없는 것이다. 그녀의 모든 것은 애실리의 것인 것이다.
그녀가 여태까지 애쓰고 바둥거리며 이뤄 놓은 모든 것은, 그리고 차지한 모든
것은 애실리의 것인 것이다. 그를 사랑하기 때문에 그녀는 여태까지 싸워 온 것
이다. 애실리와 타라. 그녀는 이 두 가지 것에 속해 있었다. 그녀가 찰즈나 프랭
크에게 준 미소도, 웃음도, 키스도 모조리 애실리의 것이다. 그런데도 애실리는
지금까지 단 한 번도 그런 것들을 자기 것으로서 요구한 적도 없었거니와 앞으
로도 아마 영원히 요구하지 않을 것이다. 그것을 알고 있으면서, 그녀의 마음
속 깊숙한 곳에는 그를 위해서 자기를 남기고 싶다는 욕망이 숨어 있는 것이다.

그녀는 자기 얼굴에 변화가 생긴 것을 깨닫지 못했다. 그러나 그런 환상에 의
해서 그녀의 얼굴에는 여태껏 레트가 한 번도 본 적이 없는 상냥함이 나타나 있
었다. 그 커다랗고 꼬리가 치켜진 것 같은 윤기 있는 푸른 눈이며, 입술의 상냥
한 곡선을 보자, 그는 한순간 숨이 막힐 것 같았다. 그리고 한쪽 입가를 사납게
일그러뜨리고 격정을 견뎌내지 못하는 것처럼 외쳤다.

「스카알렛 오하라, 당신은 바보야!」

아득히 먼 데를 헤매고 있던 그녀의 상념이 퍼뜩 돌아올 겨를도 없이, 그의 팔

은 예전에 타라로 가는 어두운 큰길에서 느꼈을 때와 마찬가지로, 단단히 그녀를 끌어안고 있었다. 그녀는 다시 그때처럼 무기력해지고, 솟아오르는 따뜻한 물결 속으로 힘없이 잠겨드는 것처럼 느껴졌다. 그리고 애실리 윌크스의 조용한 얼굴은 점점 희미해지다가, 어느 덧 무(無) 속으로 빠져 버리고 말았다. 그는 자기의 팔 위에 그녀의 얼굴을 젖히고, 처음에는 부드럽게, 이어 재빨리 힘을 더하면서 카스했다. 그녀는 현기증이 날 것 같은, 흔들리는 세계에서 오직 하나 든든히 손에 잡을 수 있는 것으로서 그에게 매달려 있었다. 그의 집요한 혀는 그녀의 떨리는 입술을 비집고 사나운 전율을 그녀의 신경으로 보내어, 그녀로 하여금 이토록 격렬한 감동은 미처 겪어 보지 못했다 싶을 만한 것을, 자신의 오관(五官)으로부터 눈뜨게 만들었다. 그리고 핑핑 도는 것 같은 현기증으로 온 몸이 흔들리기 전에, 그녀는 자기 쪽에서도 마주 키스를 보내고 있는 것을 알았다.

「그만, 제발, 나는 까무러치고 말아요!」하고 그녀는 머리를 힘없이 그에게서 돌리려고 하면서 소곤거렸다. 그는 그녀의 머리를 자기 어깨에 꽉 누르고 있었다. 그녀는 그의 얼굴을 어질어질한 눈으로 흘끗 보았다. 그의 눈은 커다랗게 열리고 이상한 빛을 내뿜고 있었다. 그 두 팔의 전율이 그녀를 겁먹게 했다.

「나는 당신을 기절하게 만들고 싶소, 기절시켜 줄 테요. 당신은 몇 해 동안이나 이걸 기다리고 있었던 거요. 당신이 알고 있었던 바보들은 누구 한 사람, 이런 키스는 하지 못했소. 그렇지? 당신의 소중한 찰즈도, 프랭크도, 아니 그 못난 애실리만 해도……」

「제발!」

「못난 애실리라고 말했소. 신사지, 모두. 그러나 여자에 대해서 무엇을 알고 있다는 거요. 당신에 대한 일만 해도, 그들은 무엇을 알고 있었소? 당신을 알고 있는 것은 나요.」

그의 입술이 다시 그녀의 입술에 포개졌다. 그녀는 몸부림도 치지 않고 몸을 내맡겼다. 머리를 돌리려 해도, 아니 그렇게 생각하는 것마저도 할 수 없을 만큼 힘이 빠지고 말았다. 심장이 요란하게 고동을 치며 몸을 흔들고, 그의 힘의 무서움과 신경이 마비된 무기력한 느낌이 그녀의 몸을 뚫고 흘렀다. 이 이상 그는 어쩌자는 것일까? 여기서 그만두지 않는다면 그녀는 실신하고 말 것이다. 그만두어 주었으면, 아니 절대로 그가 그만두지 말아 주었으면.

「결혼한다고 말하시오!」그는 입술을 그녀에 입술에 눌렀다. 그의 눈이 온 세계에 가득히, 엄청나게 보일 만큼 가까이 있었다. 「자아, 네, 하고 말하시오, 말 안 하면……」

그녀는 자기도 모르는 사이에 「네.」하고 소곤거리고 있었다. 그것은 거의 그가 바라고 있는 말을, 그녀는 그저 암시받는 대로 중얼거린 데에 불과한 것 같았다. 그러나 그것을 입 밖에 내서 말한 것만으로, 그녀는 갑자기 자기의 마음이 가라앉는 것을 깨달았다. 그리고 핑핑 돌던 현기증이 멎고 브랜디의 취기마저도 가시는 것 같았다. 그녀는 약속할 마음도 없었는데 결혼할 것을 약속해 버린 것이다. 어떻게 그렇게 되고 말았는지 자신도 알 수 없었으나, 그러나 후회하는 마음은 없었다. 승낙하는 대답을 한 것이 지극히 자연스러운 일처럼 생각되었던 것이다. 그녀의 의지를 초월한 하나의 억센 손이, 신성한 중개자로서 그녀를 위해 문제를 처리해 준 것처럼 생각되었던 것이다.

그녀가 대답하자, 그는 갑자기 숨을 들이마시고 다시 키스하려는 것처럼 몸을 구부렸다. 그녀는 눈을 감고 머리를 뒤로 젖혔다. 그러나 그는 그냥 몸을 일으키고 말았다. 희미한 실망을 그녀는 마음 속에 느꼈다. 이렇게 해서 키스를 받는다는 것이 그녀에게는 참으로 야릇한 느낌을 주었다. 그리고 그것은 무엇인가 마음을 설레게 하는 것이기도 했다.

그는 자기 어깨에 그녀의 머리를 끌어안은 채 잠깐 동안 가만히 앉아 있었다. 그리고 억지로 그렇게 했는지 그의 팔도 이미 떨리고 있지 않았다. 그는 약간 물러앉으면서 그녀의 얼굴을 위에서 들여다보았다. 그녀는 눈을 뜨고 그의 얼굴에서 그 사나운 격정이 이미 사라진 것을 알았다. 그러나 도무지 그의 눈길을 감당할 수가 없어서, 쓰라린 낭패를 느끼며 얼른 눈을 내리깔았다.

그가 입을 열었을 때, 말은 매우 부드러웠다.

「정말이지요? 지금 한 말을 취소하고 싶다고는 생각하지 않겠죠?」

「없어요.」

「그것은 그저 내가, 어떻게 말하면 좋을까? 내 격정으로 당신의 발을 걸어서 당신을 쓰러뜨렸기 때문은 아니오?」

그녀는 뭐라고 말을 해야 할지 몰랐기 때문에 대답할 수도 없거니와 그의 눈을 똑바로 볼 수도 없었다. 그러자 그는 그녀의 턱 밑에 손을 대고 얼굴을 젖혔다.

「나는 거짓말만 뺄 수 있다면, 당신의 어떠한 행위도 참을 수 있다고 말한 적이 있었죠. 자아, 바른 말을 해주오, 왜 결혼하겠다고 말했지요?」

여전히 말은 나오지 않았으나 간신히 마음의 균형을 되찾고서, 그녀는 다소곳이 눈을 내리깐 채 입 언저리에 방긋이 가벼운 미소를 띄웠다.

「나를 똑바로 봐요. 내 돈 때문인가요?」

「어머나, 레트! 무슨 말을 하는 거죠?」

「얼굴을 들어요. 내게 그럴 듯한 말을 해 보았자 소용 없어요. 나는 찰즈나 프랭크나 그 밖의 시골 청년들과는 틀리니까, 당신이 눈을 깜짝깜짝하는 정도에 속지는 않소. 자아, 내 돈 때문이었나요?」

「글쎄요, 그것도 약간은.」

「약간?」

불쾌해진 기색은 없었다. 다만 그는 갑자기 숨을 들이쉬며 눈 속의 격한 빛을 겨우 씻어 버렸다. 그 격한 빛은 그녀가 한 말 때문이었으나 그녀는 당황해 있었기 때문에 그것을 깨닫지 못했다.

「하지만.」하고 그녀는 쩔쩔맬 뿐이었다. 「돈은 필요하거든요. 안 그래요, 레트? 그리고 사실을 말한다면 프랭크는 그다지 돈을 남기지는 못 한 모양이에요. 하지만 그 밖에…… 이봐요 레트, 우리들은 마음이 맞아요. 그리고 여태까지 내가 만난 사람들 중에서 당신만은 여자의 진실을 알고도 태연할 수 있는 분이에요. 그리고 나를 무식한 바보 취급을 하지 않고, 내게 거짓말 않기를 바라는 남편을 갖는다는 것은 좋은 일이 아니겠어요? 그리고, 그래요, 난 당신을 좋아하고 있어요.」

「나를 좋아하고 있다고?」

「이봐요.」하고 그녀는 초조한 듯이 말했다. 「내가 만약 당신을 죽도록 사랑한다느니 어쩌고 하면, 거짓말을 하는 것이 될 것이고, 그보다도 당신은 그것을 다 알고 있지 않아요.」

「가끔 당신은 너무 바른 말을 하거든. 비록 거짓말일지라도 『나는 당신을 사랑하고 있어요, 레트.』 하는 정도는, 입에 발린 말이라도 말해 주는 편이 좋다고 생각하지 않소?」

그녀는 그가 말하는 뜻을 알 수가 없어서, 더욱더 허둥거리고 말았다. 그는 몹시 이상하고 날카롭고 불쾌한 듯한, 비웃는 것 같은 얼굴을 하고 있었다. 그녀에게서 손을 떼자 두 손을 바지 깊숙이 집어 넣었다. 속에서 주먹을 부르쥐고 있는 모양이었다.

『비록 이 말 때문에 레트를 잃는 한이 있더라도, 나는 바른 말을 해주리라.』하고 그녀는 심술궂게 생각했다. 그러자 언제나 그가 약올릴 때처럼 흥분되었다.

「레트, 글쎄 그런 소리를 해 봤자, 거짓말이란 게 뻔하잖아요. 그리고 그런 바보스러운 소리를 한들, 어떻게 끝까지 참을 수가 있겠어요? 난, 지금도 말했듯이 당신을 좋아하고 있어요. 어떻게 좋은지는 당신도 알고 있어요. 당신이 언젠가 나한테 한 말이 있지요. 나를 사랑하고 있지는 않지만 둘이는 서로 아주 통하는 데가 있다고요, 둘이 다 악당이라고.」

「좋지 않은데!」하고 그는 얼굴을 돌리면서 재빨리 중얼거렸다.「내가 놓은 덫에 내가 치이다니, 할 말 없지.」

「뭐라고 했죠?」

「아무것도 아니오.」하고 말하자 그는 그녀 쪽을 보고 웃었다. 그러나 그것은 결코 유쾌한 웃음은 아니었다.「날짜를 정해 주오.」하고 말하고 다시 웃더니, 몸을 구부리고 그녀의 손에 입맞추었다. 그가 기분을 돌린 것을 보자 마음이 놓여서 그녀도 미소를 보냈다.

그는 잠시 그녀의 손을 어루만지더니 이윽고 싱그레 웃으며 그녀를 바라보았다.

「당신은 소설에서 쌀쌀한 아내가, 차츰 남편을 사랑하게 되는 이야기를 읽은 적이 없소?」

「내가 소설 같은 건 읽지 않는다는 걸 아시잖아요?」하고 말하고, 그녀는 그의 농담에 장단을 맞추려고 애를 쓰면서 말을 계속했다.「그리고 당신은 **언젠가, 남편과 아내가 서로 사랑하는 그런 부부는 가장 악취미라고 말씀하신 적이 있었어요.」**

「난 여러 가지로 벌받을 소리를 많이 했군그래.」하고 퉁명스럽게 말하면서 그는 일어섰다.

「벌받을 말은 하지 마세요.」

「당신은 벌받을 일에 익숙해지고, 벌받을 소리를 할 줄 알아야 해요. 내 모든 나쁜 버릇에 익숙해져야만 한단 말이오. 그것이 나를 좋아하게 되고, 내 돈에 당신의 그 아름다운 손을 대는 데 대한 대가의 일부란 말이오.」

「그렇게 말을 딴 데로 돌리지 않아도 돼요. 아뭏든 난 거짓말을 해서 당신을 우쭐하게 만들려고 했던 건 아니었으니까요. 당신은 나를 사랑하지는 않죠? 그런데 왜 내가 당신을 사랑해야 되겠어요?」

「옳은 말이오. 나는 당산을 사랑하지 않소. 당신이 나를 사랑하지 않는 것과 마찬가지로 말이오. 설사 사랑한다 하더라도, 당신에게 그런 말을 털어놓지는 않소. 당신을 진정으로 사랑하고 있는 남자를, 하느님이시여 도와 주옵소서. 당신은 아마 틀림없이 그 사나이의 가슴을 찢어발기고 말 거요. 이 잔인한 새끼 고양이는, 매사에 무관심하고 뻔뻔스러워서 자기 손톱을 감추려고도 하지 않지.」

그는 그녀를 잡아끌듯이 일으켜 세우자 또다시 키스했다. 그런데 이번에는 그의 입술이 어쩐지 달라진 것처럼 느껴졌다. 마치 그녀의 감정 따위는 아랑곳없다는 듯이 되는 대로 아무렇게나 해버리는 키스였다. 아니, 그보다도 그녀의 마음을 상하게 하고, 그녀를 모욕하고 싶어하는 것처럼 보이기 조차 했다. 그는 입술을 그녀의 목덜미에 그리고 마지막에는 그녀의 태피터를 입은 가슴 위로 내려와서, 숨결이 살을 태우는 것처럼 느껴질 정도로 세게 오래 누르고 있었다. 그녀는 너무나 점잖지 못한 태도에, 정신 없이 두 손으로 그를 밀어젖혔다.

「안 돼요, 이게 무슨 짓이에요!」

「당신 가슴은 토끼처럼 팔딱거리고 있군그래.」하고 그는 놀리는 것처럼 말했다. 「아무래도 단순히 좋아한다고 하기에는 좀 고동이 빠르다고 생각하면 내가 우쭐거리는 것이 될까. 글쎄 너무 그렇게 기를 올리지 말라니까, 처녀 같은 티를 꾸며 보일 작정이겠지만. 자아, 그런데 영국에서는 무엇을 가져다 주리까? 반지? 어떤 반지가 좋겠소?」

그녀는, 그의 마지막 말에 흥미가 끌리었으나, 노여움과 격분으로 하여 이 자리를 좀더 오래 끌게 하려는 여자다운 욕망 때문에 잠시 망설였다.

「어머, 다이아 반지예요. 네, 레트, 아주 큼직한 걸 사다 줘요.」

「그러니까, 당신은 그것을 가난에 쪼들린 친구들 앞에 내보이면서 『자, 봐요. 내 전리품을!』 하고 말할 수 있다는 거겠군. 좋소, 큰 놈을 사다 주리다. 엄청나게 커서, 당신보다 운이 없는 친구들이 서로 수군거리면서, 저렇게 커다란 보석을 끼고 다니다니, 정말 천덕스러워, 어쩌고 하며 좋아할 만한 놈을 말이오.」

그는 갑자기 방을 가로질러 닫혀 있는 도어 쪽으로 걸어가기 시작했다. 그녀는 어리둥절해서 뒤를 쫓았다.

「왜 그러시죠? 어디로 가시는 거예요?」

「인제부터 내 처소에 돌아가서 짐을 꾸려야겠소.」

「어머나 하지만…….」

「하지만 뭐요?」

「아무것도 아녜요. 즐거운 여행을 하세요.」

「고맙소.」

그는 도어를 열고 홀 쪽으로 나갔다. 스카알렛은 뜻밖에 싱거워진 결말에 무언가 아쉬운 듯한 희미한 실망을 느끼면서 그의 뒤를 따라갔다. 그는 외투를 입고 장갑과 모자를 집어 들었다.

「편지를 드리리다, 만약 마음이 변하거든 알려 주오.」

「당신은…….」

「뭐요?」그는 돌아가기를 서두르고 있는 눈치였다.

「작별의 키스는 안 하세요?」하고 그녀는 집안 사람들이 들을까 봐서 소곤거렸다.

「당신은 그래도 아직 오늘 밤 키스가 부족하다는 거요?」그는 싱글싱글 웃으면서 그녀를 굽어보며 응수했다. 「체통이란 걸 생각하시오, 교양 없는 아가씨. 어떻소, 내가 재미있는 거라고 한 말의 뜻을 겨우 알게 된 모양이군요?」

「아이참, 기가 막혀서!」하고 그녀는 마미에게 들리지 않을까 하는 염려도 잊고 무심중 악을 썼다. 「당신 따위는 영원히 돌아오지 않아도 상관없어요!」

그리고 홱 돌아서서 그의 따뜻한 손이 자기 어깨를 잡고 말리려니 짐작하면서 계단 쪽으로 걸어갔다. 그러나 그는 단지 현관 문을 열었을 뿐이었다. 찬바람이 문에서 불어들어왔다.

「그렇지만 난 돌아오오.」라고 말하고 그는 나가 버렸다. 그녀는 맨 아래계단 에 우두커니 선 채 닫혀진 도어를 바라보고 있었다.

레트가 영국에서 가져다 준 반지는 아닌게 아니라 너무 커서, 스카알렛도 차 마 그것을 끼기가 좀 거북할 정도였다. 그녀는 화려하고 값비싼 보석류를 좋아 했지만, 남들이 이 반지를 천하다고 말할 것을 생각하면, 그것이 사실인 만큼 약간 마음이 편안치가 못 했다. 한가운데의 사 캐럿짜리 다이아를 여러 개의 에 메랄드가 둘러싸고 있었다. 뿐만 아니라 그것이 손가락 마디에까지 닿아서 그 무게 때문에 손이 처져 있는 것처럼 보이는 것이었다. 스카알렛은 레트가 이 반 지를 주문하는 데에 얼마나 돈을 주었을까 하고 생각했다. 어쩌면 겉보기에만 화려하도록 인색한 주문을 한 것이 아닐까.

레트가 애틀랜타로 돌아오고, 그녀의 손가락에 다이아 반지가 끼어질 때까지 는, 그녀는 아무에게도 식구들에게까지 자기의 의향 같은 것은 조금도 기미를 보이지 않았다. 그런 만큼, 일단 레트와의 약혼이 발표되자 굉장한 소문이 폭풍 처럼 일어났다. 클랜단 사건 이후로, 레트와 스카알렛은 양키나 뜨내기 정상배 들을 빼놓고는, 온 시중에서 가장 평판이 나쁜 시민이었다. 예전에, 스카알렛이 찰즈 해밀턴을 위한 상복을 벗어 던진 이후, 그녀의 이야기를 좋게 말하는 사람 은 한 사람도 없었다. 여자답지 못하게 제재소에 관계하기도 하고, 임신하고도 조심성 없이 나돌아다니기도 하고, 그 밖의 여러 가지 일로 더욱 악화되고 있었 던 것이다. 게다가 프랭크와 토미의 죽음을 가져오게 하고, 십여 명의 남자들의 목숨을 위태롭게 했대서 이런 혐오의 감정은 더욱 강하게 타올라 시민들의 공공 연한 비난의 대상이 되고 말았다.

레트 쪽은, 전쟁 때에 투기를 하여 시민들의 증오를 감수해야 했고, 또 그 무 렵부터 공화당과 결탁하고 있었다 해서 세평은 더욱 좋지 못했었다. 그러나, 특 히 이상한 것은 그가 애틀랜타의 가장 유명한 사람들의 목숨을 건졌다는 것이, 애틀랜타의 숙녀들에게 무엇보다도 격심한 증오를 품게 했다는 사실이었다.

　그렇긴 하지만, 숙녀들도 그녀들의 남편이나 오빠 동생들이 목숨을 건진 것을 후회하고 있는 것은 아니었다. 다만 레트 따위의 사나이에 의해서 그들의 목숨이 살아나고, 또 그런 해괴한 계략을 썼다는 것을 원망스럽게 생각하고 있었던 것이다. 그 계략 때문에 숙녀들은 몇 달 동안을 양키들의 조소와 모욕을 견디지 않으면 안 되었다. 그러니까 숙녀들은, 레트가 만약에 진심으로 클랜단에 호의를 가졌었다면, 좀더 체면이 서는 방법으로 해결해 주었을 것이라고 생각했고, 그렇게 이야기들을 하고 있었던 것이다. 그리고 레트는, 아마 벨 와틀링을 시켜서, 일부러 시의 훌륭한 분들을 명예롭지 못한 처지에 빠지게 한 것이 틀림없다는 결론을 내렸던 것이다. 따라서 아무리 사람들의 목숨을 구해 주었다고 해도 레트 따위에게는 고마와할 필요도 없거니와, 그로 인해 그의 지난날의 죄를 용서할 것도 없다는 것이 그녀들의 일치된 의견이었다.

　이러한 부인들은 친절한 마음에는 대번에 감동하고, 슬픔에는 동정하여, 압박받는 시대에도 어지간히 참을성 있게 견디어 온 터이지만, 그녀들의 불문율 중에서 아무리 사소한 일이라도, 이것을 깨뜨리는 사람이 있으면, 그러한 배신자에 대해서는 참으로 끈덕진 분노를 품었다. 그 불문율이란 것은 지극히 간단한 것으로 남부 동맹을 존중하고, 선각자를 존경하고 옛 전통에 대해서 충실하고, 빈곤에도 긍지를 가지고, 우정에 두텁고, 양키에 대해서 불멸의 증오를 품는 일이었다. 그런데도 스카알렛과 레트는 이 불문율의 어느 항목도 태연하게 무시하고 있었던 것이다.

　레트에 의해서 목숨을 건진 남자들은 한편으로는 예의상, 또 한편으로는 감사하는 마음에서, 이러한 여자들의 입을 막으려고 애썼으나, 그것은 그다지 효과를 거두지 못했다. 두 사람의 결혼이 발표되기 전까지는, 아무리 평판이 나쁘다지만, 아직 사람들은 두 사람에 대해서 형식적으로나마 실례될 만한 짓은 하지 않았다. 그것이 지금에 이르러서는 겉으로만 지키는 예의마저도 날아가 버리고 말았다. 두 사람의 약혼 소식이 전해지자, 온 시가 발칵 뒤집힐 듯이 시끄러웠고, 누구보다도 상냥하고 점잖은 부인들까지도 떠들썩하게 서로 의견을 토론하고 있었다. 프랭크가 죽은 지 채 일 년도 되기 전에 재혼을 하다니! 그리고 프랭크는 그녀가 죽인 것이나 다름 없는 것이다! 더구나 상대는 색시집을 경영하고 양키나 뜨내기 정상배들의 못된 음모에 늘 끼어들고 있는 버틀러가 아닌가! 두 사람이 남남일 때에는 오히려 그런 대로 참을 수 있었다. 그러나 스카알렛과 레트가 뻔뻔스럽게도 결혼을 하다니, 정말 언어 도단인 것이다. 둘이 다 똑같이 천하고 비열한 사나이와 계집! 기어코 이 한 쌍은 시에서 추방해야만 한다!

　만약에 이 약혼 소식이, 레트의 친구인 뜨내기 정상배나 남부의 변절자들 따위가, 존경할 시민들 눈에, 여태까지보다도 더 더러운 것으로 비췄을 때에 전해지지 않았더라면 애틀랜타도 두 사람에 대해서 좀더 관대했을지도 모른다. 그런데 때마침, 시민들이 이 약혼에 대해서 알게 된 것은, 북부의 지배자들에 대한 조지아 주의 저항의 마지막 보루가 무너진 직후여서, 북부 및 북부에 가담한 모든 사람에 대한 인심이 미친 듯이 뒤끓고 있었을 때였던 것이다. 사 년 전, 달턴 지구에서 샤만이 남진을 개시했을 때에 시작된, 장기간에 걸친 남부 공략전은, 마침내 종국에 이르렀고, 여기에 조지아 주의 굴복은 완결된 것이다.

삼 년 동안, 북부 연방 정부는 조지아 주에 북부의 사상, 북부의 법률 제도를 강요하려고 하고, 그 명령을 강제로 시행하기 위해서 군대의 힘을 사용했다. 그리고 그러한 노력은 상당히 성공했다. 그러나 새로운 정치 체제를 지탱하고 있는 것은 군대의 힘뿐이었다. 주는 북부의 지배 하에 있었지만 주민은 이것을 지지하고 있지 않았다. 조지아 주의 지도자들은 그들 자신의 의견에 의해서, 주 정치를 행하는 주권의 회복을 위해 줄곧 싸워 왔다. 그들은 북부에게 양보시키고 그들 자신의 주법(州法)을 실시할 것을 워싱턴 정부에 승인시키려고 갖은 노력을 다해 왔던 것이다.

조지아 주의 주(州) 정부는, 정식으로는 아직 항복한 것이 아니었다. 그러나 그것은 무익한 투쟁이었고, 언제나 지는 싸움이었고, 이길 가능성이 없는 싸움이기는 했으나, 그러나 적어도 피할 수 없는 운명을 연기시키는 데에는 도움이 되었다. 이미 남부의 다른 주에 있어서는, 배운 것 없는 흑인이 높은 공직에 앉기도 하고, 흑인이나 북부의 뜨내기 정상배들이 주 의회를 지배하고 있는 곳도 많았다. 그러나 조지아 주만은 그 완강한 저항 정신의 덕택으로 아직까지는 이 최후적인 패퇴(敗退)를 모면하고 있었던 것이다. 주 의회 의사당은 삼 년 동안 대부분의 기간을 백인의, 그리고 민주당 지배 관리들도 그다지 대단한 일은 할 수 없었지만, 그래도 항악와 저항은 계속해 왔다. 그리하여 비록 유명 무실하기는 했지만, 아뭏든 적어도 주 정부를 조지아 사람의 손아귀에 쥐여 둘 수만은 없었던 것이다. 그러나 그 마지막 보루가 이제는 허물어지고 만 것이다.

사 년 전, 존스톤 장군과 그 휘하 부대가 달턴에서 애틀랜타까지 한 걸음 한 걸음 퇴각해 왔듯이, 조지아의 민주당원은 1865년 이후, 조금씩 후퇴하지 않을 수 없게 되었던 것이다. 주 행정과 시민 생활을 지배하는 북부 정부의 압력은 서서히 커져 갔다. 압력 위에 다시 압력이 더해지고, 군 명령의 수가 늘어 감에 따라서 문관의 권력은 차츰 무력화했다. 그리고 마침내 군 관리 구역으로서의 조지아는, 주법이 인정하거나 인정하지 않거나, 흑인에게 투표소를 개방할 것을 어거지로 단행시키고 말았던 것이다.

스카알렛과 레트가 약혼을 발표하기 일 주일 전에, 지사 선거가 실시되었다. 남부의 민주당원은 조지아에서 가장 사랑받고 가장 존경받고 있는 시민의 한 사람인 존 B 고오돈 장군을 후보자로 내세우고 있었다. 여기에 대항해서 옹립(擁立)된 것이 블럭이라는 공화당원이었다. 선거는 하루가 아니라 사흘에 걸쳐서 행하여졌다. 기차에 가득 실린 흑인들이 거리에서 거리로 밀어닥쳐, 도중의 모든 선거구에서 투표하며 다녔다. 물론 블럭이 승리를 거둔 것은 말할 것도 없다.

샤만에 의하여 조지아 주가 점령된 것이 고통의 원인이었다면 뜨내기 정상배나 북부 사람이나 흑인들에 의해서 주 의회 의사당이 점거된 것은 주가 일찌기 경험한 적이 없는 최악의 고통의 원인이었다. 애틀랜타와 조지아는 발칵 뒤집히고 격분했다.

그리고 레트 버틀러는 가증스러운 블럭의 친구인 것이다 !

스카알렛은 무슨 일이나 코앞에 닥친 일이 아니면 관심을 갖지 않는 평소의 버릇대로, 선거가 있었다는 것조차 거의 알지 못했다. 레트도 별로 선거에는 관계하지 않았었고, 양키와의 관계도 종전 그대로여서 아무것도 달라진 것은 없었다. 그러나 레트는 변절자였고, 블럭의 친구라는 사실이 남아 있었다. 그러니까 레트와 결혼하게 되면, 스카알렛도 변절자가 되는 셈이다. 애틀랜타 사람들은 누구이거나 적의 진영에 있는 사람에 대해서 관대하고, 또는 동정적일 수 있는 마음의 상태가 아니었다. 그러므로 두 사람의 약혼 소문이 전해지자, 사람들은 두 사람의 좋은 점은 조금도 생각해 내지 않고, 갖은 나쁜 점만을 생각해 냈던 것이다.

스카알렛도, 시민들이 떠들어 대고 있는 것을 알고 있었으나, 메리웨더 부인이 교회 친구들의 충동을 받아, 스카알렛 자신을 위하여, 감히 설교를 하려고 찾아왔을 때까지는 일반 사람들의 감정이 그처럼 격화되어 있는 줄은 몰랐다.

「너의 어머니는 돌아가셨고, 피티 씨는 기혼 부인이 아니니까, 이런 문제에 대해서 네게 이야기하기에는 적당치 않다고 생각되어서, 나는, 나야말로 네게 충고하지 않으면 안 되겠다고 생각했던 거야, 스카알렛. 버틀러 선장은 양가집 부인과 결혼해도 무방할 그런 종류의 인간은 아니야. 그 사람은……」

「하지만 메리웨더 할아버지나, 그리고 아주머니 조카님도 그의 덕으로 목숨을 건지신 거예요.」

메리웨더 부인은 볼이 부었다. 바로 한 시간쯤 전에, 부인은 할아버지와 몹시 화가 나는 이야기를 하고 온 참인 것이다. 노인은 비록 그가 배신자요 악당이라 할지라도, 만약 당신이 레트 버틀러에 대해서 다소라도 감사하는 마음을 갖지 않는다면, 당신은 내 목숨 같은 것은 그다지 소중히 여기지 않는 것이 틀림없다고 윽박질렀던 것이다.

「그 사나이는 양키 앞에서 우리에게 창피를 주기 위해서 야비한 계략을 썼을 뿐이야, 스카알렛.」하고 메리웨더 부인은 말을 계속했다. 「너도 우리와 마찬가지로 그가 협잡꾼이란 것을 알고 있잖아. 여태까지 늘 그랬었고 특히 요즘에 와서는 정말 언어 도단이다. 그 사나이는 점잖은 사람들이 교제할 수 있는 종류의 인간은 아니란 말이다.」

「그럴까요? 하지만 이상하군요, 메리웨더 부인. 전쟁 중에는 꽤 자주 댁의 객실에 드나들고 있었어요. 그리고 메이벨의 흰 공단 웨딩드레스를 선물한 것도 그 사람이 아니었던가요? 혹시 제가 착각한 걸까요?」

「전쟁중엔 여러 가지로 사정이 달랐기 때문에 점잖은 사람들도, 그다지 점잖지 못한 사람들과 교제를 했던 거야. 하지만 모두가 남부의 대의를 위해서였고, 다 경우에 닿는 일이었어. 설마 너는 군대에도 나가지 않고, 더군다나 군대에 참가한 사람들을 비웃던 그런 사나이하고 정말로 결혼할 작정은 아니겠지?」

「어머나, 그 사람도 군대에 갔었어요. 여덟 달 동안이나 군대에 있었어요. 마지막 전투에 참가해서 프랭클린에서 싸웠고, 종전될 때에는 존스톤 장군 부대에 있었거든요.」

「그건 처음 듣는 소린걸.」하고 메리웨더 부인은 말했다. 도무지 곧이 들리지 않는 모양이었다. 「하지만 부상은 당하지 않았더구나.」하고, 그래도냐? 하는 듯이 덧붙였다.

「부상당하지 않는 사람은 그이 외에도 많이 있어요.」

「천만에, 누구네 누구라고 할 만한 사람들은 모두 부상했어. 변변한 사내로서 부상하지 않은 사람을 나는 본 적이 없단다.」

스카알렛은 부아가 치밀어올랐다.

「그럼 아주머니께서 알고 계시는 분들은 모두가, 날아오는 것이 탄환의 비인지, 아니면 하늘에서 내려오는 비인지 그것도 분간하지 못하는 저능한 인간들뿐인 모양이군요. 하지만 이 말 한마디만은 해두겠어요, 메리웨더 부인. 돌아가시거든, 아주머니의 남의 일 참견 잘하는 친구분께 말씀해 주세요. 저는 버틀러 선장과 결혼하겠어요. 그가 비록 북부측에 가담한 인간이라 하더라도 그런 건 상관없어요.」

이 존경할 만한 부인이 성이 나서 보네트를 푹 눌러쓰고 집에서 나갔을 때, 스카알렛은 뒷구멍으로 자기를 비난하고 있던 친구들이 이제는 노골적으로 적이 되었다는 것을 알았다. 그러나 그녀는 태연했다. 메리웨더 부인이 말하고 그리고 행할 만한 일은, 어느 하나도 그녀에게 상처를 입힐 수는 없다. 그녀는 누가 무슨 소리를 하거나 예사로 생각했다. 마미 이외의 누가 뭐라고 하거나.

피티가 이 소식을 듣고 기절해도 태연할 수 있었고 그녀의 행복을 축하해 준 애실리가 갑자기 늙어 보이고 그녀의 눈길을 피하는 것을 보고도 마음을 독하게 먹고 있었다. 찰스턴의 포라인 이모나 율라리 이모가 이 기별에 펄쩍 뛰면서 이 결혼은 스카알렛의 사회적 지위를 손상시킬 뿐만 아니라, 자기들의 지위마저도 위태롭게 하는 일이니까 절대로 하지 말아 달라고 편지를 보내왔을 때에도 일소에 붙이고 속으로는 분노하고 있었다. 멜라니가 걱정스럽게 미간을 찌푸리고, 진심을 다하여 다음과 같이 말했을 때조차도 웃을 수가 있었다. 「물론 버틀러 선장은 많은 사람들이 생각하고 있는 것보다는 훨씬 홀륭한 분이고, 애실리를 구해 주셨을 때의 방법만 하더라도 그분도 결국 남군을 위해서 싸웠거든요. 하지만 스카알렛, 그렇게 성급하게 결정짓지 않는 편이 좋다고 생각되지 않아요?」

그녀는 마미 이외에는 누구의 말도 전혀 개의하지 않고 있었다. 그러나 마미가 한 말만은 그녀를 극도로 화나게 했고 그녀의 마음을 다시 없이 상하게 했다.

「엘렌 마님께서 아시게 된다면, 틀림없이 한탄하시리라고 생각되는 일을 아씨께선 여태까지도 꽤 많이 해왔사와요. 저도 거기 대해서는 얼마나 가슴이 아팠는지 모르겠어요. 하지만 이번 일은 가장 나쁘죠. 인간의 찌꺼기하고 결혼하시다닙쇼! 그렇구 말곱쇼, 찌꺼깁죠. 어엿한 집안 출신이란 말은 하시지도 마시와요. 그렇더라도 조금도 다를 게 없읍죠. 찌꺼기는 높은 데서나 낮은 데서나 똑같이 나옵죠. 어느 쪽이 되었든 그건 찌꺼기입니다요! 스카알렛 아씨, 저는 아씨께서, 사랑도 아무것도 느끼지 않으시면서, 하니 아씨에게서 찰즈님을 가로챈 것도 알고 있사와요. 그리고 아씨의 동생인 스월렌 아씨에게서 프랭크 나리를 가로채신 것도 말입죠. 게다가 나쁜 재목을 좋은 것이라고 속여 팔기도 하고, 다른 재목상을 곯리기도 하고, 해방 노예들의 앞을, 까불까불하고 자기 혼자서 마차를 타고 돌아다니다가 프랭크 나리가 총에 맞은 원인을 만드시기도 하고, 불쌍한 죄수들에게 몸에다가 혼을 붙잡아 둘 정도의 음식도 먹이지 않거나 갖은 짓을 다 하시는 것을 저는 여태까지 잠자코 보고 있었사와요. 저는 엘렌 마님께서 천국에서 『마미야, 마미야! 너는 내 딸이 올바른 짓을 하도록 마음을 써 주지 않는구나.』 하고 말씀하시는 것을 듣자와도, 잠자코 아무 말씀도 드리지 않았사와요. 저는 그것도 참아 왔읍니다요. 그러나 이번만은 참을 수가 없읍니다요, 스카알렛 아씨. 인간의 찌꺼기하고 결혼하시는 것은 안 됩니다요. 제 몸에 숨이 붙어 있는 한 참을 수가 없사와요.」

「나는 내가 좋다고 생각되는 사람하고 결혼하는 거야.」하고 스카알렛은 쌀쌀하게 말했다. 「할멈은 자기 분수를 잊고 있는 것 같아, 마미.」

「게다가 때가 좋지 않습니다요! 제가 이런 말을 하지 않으면 누가 말할 사람이 있겠읍니까요.」

「난 여러 가지로 생각해 보았지만 말이야, 마미. 할멈은 타라로 돌아가는 것이 가장 좋을 것 같아. 할멈에게 돈을 줄 테야, 그리고…….」

마미는 있는 대로 위엄을 차리고 몸을 쭉 폈다.

「저는 자유로운 신분입죠, 스카알렛 아씨. 아무리 아씨라고 해도 제가 가고 싶지 않은 데에는 아무 데도 보낼 수 없사와요. 제가 타라엘 갈 때는 아씨께서 저와 함께 가실 때입죠. 저는 엘렌 마님의 자녀분 곁에서 떠날 수는 없사와요. 무슨 짓을 하셔도 저를 보낼 수는 없읍니다요. 그리고 저는 엘렌 마님의 손주님한테서도 떨어질 수 없사와요. 엘렌 마님의 손주님을, 찌꺼기 같은 의붓아비 따위에게 키우게 하고 싶지는 않으니깝쇼. 저는 여기서 한 발짝도 움직이지 않겠읍니다요!」

「난 할멈을 이 집에 두고, 버틀러 선장에게 실례되는 짓을 하게 내버려두지는 않겠어. 나는 뭐라고 한대도 그 사람하고 결혼할 테니까 이젠 더 아무 말도 할 필요 없어요!」

「아직도 할 말은 많습니다요.」하고 마미는 태연하고 침착하게 반박했다. 그녀의 흐릿한 늙은 눈에 투쟁의 불이 켜져 있었다.

「저는 엘렌 마님의 핏줄을 이은 분에게 이런 말을 하고 싶지는 않았지만 스카알렛 아씨, 잘 들으시와요. 아씨는 말의 장구를 갖춘 노새에 지나지 않습니다요. 노새라도 다리를 단련시키고, 털에 윤이 나게 하고, 놋쇠 장구를 두르고 좋은 마차를 끌게 할 수는 있읍죠. 하지만 노새는 역시 노새입죠. 누구의 눈도 속일 수는 없사와요. 아씨도 그것과 똑같사와요. 아씨는 비단 옷이 있고, 제재소도 가게도 돈도 가지고 계시와요. 그리고 아씨 자신은 훌륭한 말인 것처럼 우쭐하고 계시지만 역시 노새입죠. 누구의 눈도 속일 수는 없읍죠. 그리고 그 버틀러라는 사나이도, 좋은 가문에 태어나서 경주하는 말처럼 재치 빠른 인간이기는 하지만 역시 아씨와 마찬가지로 말의 장구를 갖춘 노샙죠.」

마미는 찌를 듯한 눈길을 여주인에게 쏟았다. 스카알렛은 말도 못 하고, 이 모욕에 치를 떨었다.

「아씨께서 그 남자하고 결혼하시겠다고 하시는 이상 반드시 결혼하실 것이 틀림없읍죠. 아버님하고 꼭 같아서 아씨도 고집이 세시니까 말입죠. 하지만 아씨, 이것만은 잊지 말아 주시와요. 저는 아씨 곁을 떠나지 않는다는 걸 말입니다요.

저는 여기 있으면서 일이 되어 가는 형편을 끝까지 볼 겁니다요.」

그리고 대답도 기다리지 않고, 마미는 몸을 돌려 스카알렛 앞에서 나가 버렸다. 만약 마미가, 이때에 〈필리파이에서 다시 만나세 ! 〉(셰익스피어의 작품 《줄리어스 시저》 속에 나오는 귀절로서, 암살당한 시저의 망령이 부루터스에게 하는 말. 여기서는 〈두고 보아라, 앙갚음을 하겠다〉는 뜻―역자주)라고 말했다 하더라도 이같이 불길하게는 들리지 않았을 것이다.

두 사람이 뉴 올리안즈로 밀월 여행을 갔을 때, 스카알렛은 레트에게 마미가 한 이야기를 했다. 놀랍게도, 그리고 노엽게도, 레트는 말의 장구를 갖춘 노새라고 평한 마미의 말을 재미있어 하면서 웃었다.

「나는 여태까지 이처럼 간결하게 표현된 깊고 깊은 진리를 들은 적이 없소.」 하고 그는 말했다. 「마미는 무척 재빠르고 영특한 할멈이오. 내가 존경받고 싶고, 그 호의를 사고 싶은 몇 사람 되지 않는 사람들 중의 한 사람이오. 그러나 나도 노새라고 한다면, 아무래도 존경도 호의도 두 가지가 다 가망이 없겠는걸. 나는 결혼식 뒤에 새신랑 같은 흥분 상태에서 할멈에게 금화 십 달러를 주려고 했지만 그것마저도 거절당하고 말았소. 현금을 보고 마음이 누그러지지 않는 사람을 나는 별로 본 적이 없는걸. 그런데 그 여자는 내 눈을 보면서 고맙다고 하고, 자기는 해방 노예는 아니니까 내 돈 따위는 필요 없다더군.」

「왜 그 할멈은 그렇게 야단일까요 ? 왜 사람들은 내 일이라면 마치 색시 닭이 모인 것처럼 시끄럽게 떠들어 댈까요 ? 누구하고 결혼하든, 몇 번을 결혼하든, 그것은 내 자신의 문제 아니겠어요 ? 나는 언제나 내 일밖에는 생각하지 않아요. 왜 남들은 자기 자신의 일만 생각하려고 하지 않을까요 ?」

「그런데 세상이라는 것은 사실상 자기 일밖에 생각하지 않는 사람을 가만두지는 않는 법이거든. 그러나 당신은 또 왜 불에 덴 고양이처럼 그런 걸 자꾸 말하는 거지 ? 남이 뭐라고 내 말을 하든지 상관하지 않는다고 당신은 그처럼 여러 번 말하지 않았소. 왜 그 말대로 하지 않는 거요. 당신은 여태까지만 해도 사소한 일로 자주 당신 자신을 세상의 비평 앞에 드러내 왔다는 것을 잘 알고 있지 않소. 이런 커다란 문제로 세상의 압길을 듣지 않으려고 한다는 것은 무리요. 나 같은 악당하고 결혼하면, 무슨 평을 들을 것이라는 것쯤은 각오했을 게 아니겠소. 만약 내가 좀더 무식하고 초라하고, 인색한 악당이었다면 남들도 이처럼 기를 쓰지는 않을 거요. 그런데 돈 많고 만만찮은 악당이거든. 물론 남들이 너그러워질 수 없는 것은 그것 때문이란 말요.」

「난 때로는 당신이 착실해 주었으면 해요 !」

「난 착실해. 신을 공경하는 사람에게 있어서는 신을 공경하지 않는 사람이 푸르른 월계수처럼 번영하고 있다는 사실이 언제나 배가 아픈 법이오. 스카알렛,

기운을 내요. 당신은 언젠가 듬뿍 돈을 벌고 싶은 것은, 모든 사람에게 지옥으로 가라고 말해 주고 싶은 것이 근본 이유라고 말하지 않았었소? 자아, 이제야말로 기회가 온 거요.」

「하지만 지옥으로 가라고 말해 주고 싶었던 첫번째 사람은 당신이었는걸요.」하고 스카알렛은 웃었다.

「당신은 지금도 내게 지옥으로 가라고 말하고 싶소?」

「글쎄요, 전처럼 자주 생각하지는 않게 되었어요.」

「그것으로 당신이 행복해진다면, 언제든지 마음내킬 때에 말하는 게 좋을 거요.」

「말한댔자 그다지 행복해지지도 않을걸요.」하고 스카알렛은 말하고 몸을 구부려서 가볍게 그에게 키스했다. 그의 검은 눈은 재빠르게 그녀의 얼굴 위를 달려서 그녀의 눈에서 무엇인가를 찾으려 했으나 찾아낼 수 없었는지 그는 짧게 웃었다.

「애틀랜타의 일은 잊어요. 늙다리 고양이들 생각은 잊어버리는 것이 상책이오. 난 당신에게 즐거움을 맛보여 주려고 뉴 올리안즈로 데리고 온 거요. 기어코 맛보여 주리다!」

48

그녀는 재미가 나서 어쩔 줄을 몰랐다. 전쟁 전 봄 뒤로는 한 번도 맛본 일이 없는 재미를 맛보았다. 뉴 올리안즈는 이상한 매력을 가진 고장이었다. 스카알렛은 마치 종신형에서 석방된 것처럼 어쩔 줄 모르는 기쁨을 안고, 이 고장의 매력을 마음껏 즐겼다. 이곳도 역시 뜨내기 정상배들이 시의 부정한 이득을 취하고, 진실한 사람들은 대부분 자기 집에서 쫓겨나 길거리에서 방황하고 있었다. 그리고 흑인이 부지사 자리에 앉아 있었다. 그러나 레트가 보여 준 뉴 올리안즈는 그녀가 지금까지 한 번도 본 일이 없는 화려한 고장이었다. 그녀가 만난 사람들은 얼마든지 돈을 가지고 있고, 걱정이라곤 조금도 없는 것같이 보였다. 레트는 많은 부인들을 소개했다. 그녀들은 누구나 화려한 옷을 입은 아름다운 부인들로 힘든 노동의 흔적이라곤 조금도 없는 부드러운 손을 가지고, 무슨 일에나 잘 웃고, 부질 없는 답답한 이야기나, 괴로운 세상 이야기 같은 걸 절대로 하지 않았다. 또 그녀가 만난 남자들도 어쩌면 그렇게 멋있는 남자들일까! 애틀랜타의 남자들과는 어쩌면 그렇게 딴판일까! 그들은 앞을 다투어 그녀와 춤을 추었고, 마치 사교계의 인기 아가씨라도 대하듯 덮어놓고 그녀의 비위를 맞추려고 했다.

이 남자들도 레트와 마찬가지로 과격하고 거리낌 없는 표정들을 하고 있었다. 그들의 눈은 흡사 너무 오랫 동안 위험한 생활을 해왔기 때문에 무엇에 대해서도 경계를 보내는 인간들처럼 항상 틈이 없었다. 그들에게는 과거도 미래도 없는 것 같았다. 스카알렛이, 그들이 뉴 올리안즈로 오기 전에 무엇을 하고 있었는가, 어디에 있었는가, 그런 방면으로 이야기를 돌리면 그들은 언제나 천연덕스럽게 화제를 바꾸어 버렸다. 이러한 점만으로도 이 고장 사람들은 좀 별난 데가 있었다. 왜냐하면 애틀랜타에 새로 온 많은 사람들은 누구나 자기 가정이며 집안에 대해서 자랑하거나, 남부 전역에 걸친 친척 관계의 까다로운 연줄을 꼬치꼬치 찾아내어 한시라도 빨리 자기 신임장을 바치기가 일쑤였기 때문이다.

그러나 이 남자들은 말이 없고 하는 말 한마디 한마디에도 신중한 주의를 기울였다. 가끔 레트만이 이 사람들과 같이 있고 스카알렛은 다음 방에 있거나 할 때, 그녀는 웃음 소리와 무언지 똑똑히 알 수 없는 회화의 단편과 말의 토막이나 영문 모를 이름들을 듣는 수가 있었다. 그것은 쿠바라든가, 봉쇄 시대의 낮소라든가, 골드 러시아든가, 토지 횡령이라든가, 무기의 밀매라든가, 불법 침입이라든가, 니카라과라든가, 윌리암 워커라든가, 그가 토드히료(^{섬인토 도미니카 공화}_{국의 한 지방—역자주})에서 비명에 죽은 이야기라든가, 그런 이야기들이었다. 한 번은 그녀가 불쑥 들어가자, 퀸트릴(^{농부 출신의 도박사로 남}_{군의 게릴라 대장—역자주})의 게릴라 부대에서 대원들 사이에 있었던 이야기를 하다가 뚝 그치고 만 적이 있었는데, 그때 그녀는 프랭크와 제시 제임즈 형제(^{함께 남군 군인으로, 종전 당시, 항복을 인정하지 않고 게릴라 부대로서 항전을 계속했다.}_{동생인 제시는 당시 강도단의 두목으로 미국의 로빈 훗이라는 별명이 있다—역자주})라는 이름을 들었다.

그러나 그들의 태도는 모두 훌륭했고 멋있는 마춤 옷들을 입고 있었다. 그리고 분명히 그녀를 찬미하고 있었기 때문에 스카알렛에게는 그들이 찰나주의적인 생활을 하고 있는 것도 그다지 마음에 걸리지 않았다. 그들이 레트의 친구이고, 큰 저택과 좋은 마차를 가지고 있고, 그리고 가끔 그녀와 레트를 마차에 태워 산책에 데리고 가고, 만찬에 초대도 하며 두사람을 주빈으로 연회를 열어 주는 것만으로도 충분했다. 그리고 스카알렛은 그들이 무척 마음에 들었다. 그런 말을 레트에게 했더니, 그는 재미있어했다.

「그럴 줄 알았어.」하고 그는 웃었다.

「어머, 어떻게요?」그가 웃으면, 그녀는 언제나 마음이 긴장되는 것이었다.

「놈들은 모두 좋지 못한 인종들이야. 따돌림을 당하고 있는 악당들이야. 놈들은 모두 사기꾼이거나 뜨내기 정상배 귀족들이야. 말하자면 당신이 사랑하는 서방님과 마찬가지로, 식료품의 투기라든가, 정부의 엉터리 청부라든가, 남이 알까 무서운 엉큼한 수단으로 돈을 번 놈들뿐이야.」

「설마 그럴라고요. 당신은 날·놀리시는 거죠? 모두 정말 훌륭한 사람들인데 ……. 」

「이 도시에서 정말 훌륭한 사람들은 모두 굶고 있어.」 레트는 말했다. 「그리고 다 쓰러져 가는 집에서 조심스레 지내고 있지. 그런 쓰러져 가는 집에 나 같은 사람이 영접을 받을 수 있나. 알겠소, 스카알렛? 나는 전쟁중 내내 이 고장에서 못된 일만 꾸미고 있었으니까. 그리고 그 사람들은 기막히게 기억력이 좋아. 스카알렛, 당신은 언제나 나를 유쾌하게 해주는군. 당신이 고르는 것은 으례 나쁜 사람이거나 아니면 나쁜 일이니까 말이야.」

「하지만 그 사람들은 당신의 친구가 아녜요!」

「그래. 한데 나는 악당이 좋단 말이야. 나는 젊었을 때, 강배 위에서 노름을 하며 지내 왔기 때문에 그런 패들을 이해할 수 있어. 게다가 나는 놈들이 어떤 인간들이란 것을 잘 꿰뚫어보고 있어. 그런데 당신은.」 하고 말을 꺼내다 그는 또 웃었다. 「당신은 인간을 보는 직관력이 없어. 가치 없는 인간과 위대한 인간을 전혀 구별하지 못해. 가끔 나는 생각할 때가 있는데, 당신이 지금까지 상종해 온 사람들 중에 훌륭한 부인이 있다면 당신 어머니와 멜라니 씨뿐일 거야. 그리고 둘 중의 누구에게서도 당신은 아무런 영향도 받지 않았어.」

「멜라니라고요? 어머, 그 애는 마치 떨어진 신처럼 못생겼고, 옷은 초라하기만 하고, 자기 혼자는 한마디도 재치 있는 말을 못 하잖아요!」

「질투는 삼가 주시지, 부인. 여자란 아름다워서 귀한 것도 아니요, 옷이 화려해서 위대한 것도 아니로다!」

「정말 그럴까요! 어디 두고 보세요, 레트 버틀러. 이제 내가 보여 줄 테니까. 이제 내게는, 우리에게는 돈이 있으니까. 난 지금까지 당신이 한 번도 본 적이 없을 만큼 훌륭한 숙녀가 돼 보이겠어요!」

「그럼 즐겁게 기다리기로 하겠읍니다, 부인.」 하고 그는 말했다.

그녀가 만난 사람들보다도 더 가슴을 설레게 한 것은, 레트가 손수 색깔이며 감이며 모양을 골라 사준 가지가지 옷들이었다. 벌써 후프는 유행이 지났다. 최신 유행형은 스커트를 앞에서 뒤쪽으로 당겨 죄고 벼슬 위에 주름을 잡아 그 위에 화환이나 나비 모양의 리본이나 레이스의 물결 따위를 장식한 아주 매력적인 것이었다. 전시에 입던 얌전한 후프를 생각하면, 아랫배의 윤곽이 분명히 나타나는 이 신형 스커트는 어쩐지 약간 어색한 것 같았다. 그리고 귀여운 보네트,

이것이야말로 보네트라고는 도저히 할 수 없는 열매니, 꽃이니 가벼운 깃털이니, 하늘하늘하는 리본 같은 것을 장식한, 납작하고 조그만 것을 한쪽 눈 위까지 눌러쓰는 것이었다. 『이 작은 모자 뒤로 검고 곧은 머리 매듭을 보이게 하려고 그녀가 모처럼 산 타래 머리의 가발을 레트가 태워 버렸지만. 그가 그런 공연한 짓만 하지 않았더라면 정말 좋았을 텐데 !』그리고 수녀원에서 만든 우아한 속옷들 ! 그 예쁜 속옷을 그녀는 몇 벌이나 가지고 있었던 것이다. 우아한 자수와 놀랄 만큼 잔주름으로 가선을 두른 고급 린네르 시미즈와 잠옷과 페티코티. 그리고 레트가 사준 공단 슬리퍼 ! 그 슬리퍼는 뒤축의 높이가 삼 인치나 되고, 번쩍번쩍 빛나는 커다란 인조 보석 버클이 붙어 있었다. 그 밖에 비단 양말이 몇 다스나 되었는데, 그것도 발끝이 무명으로 된 것은 한 켤레도 없었다. 이 무슨 호사일까 !

그녀는 닥치는 대로 가족들에게 줄 선물을 사들였다. 웨이드를 위해서는 그가 언제나 갖고 싶어하던 털이 복슬복슬한 세인트 버너드 종 강아지, 보우에게는 페르샤 고양이 새끼, 어린 엘라에게는 산호 팔찌, 피티 고모에게는 월장석(月長石)이 매달려 있는 묵직한 목걸이, 멜라니와 에실리에게는 셰익스피어 전집, 피터 할아범한테는 솔까지 달린 값비싼 비단 마부 모자 외에 멋있는 제복, 딜시와 쿠키에게는 드레스 옷감, 그 밖에 타라 사람들에게도 한 사람도 빼지 않고 모조리 값비싼 선물을 준비했다.

「마미한테는 무엇을 샀지 ?」그들의 호텔 방 침대에 산더미처럼 늘어놓은 선물을 바라보고 강아지와 고양이를 화장실로 옮겨 놓으며 레트가 물었다.

「아무것도 안 샀어요. 얄미워 죽겠는걸. 우리를 노새니 뭐니 한 사람한테 선물 같은 거 갖다 줄 필요 있어요 ?」

「어째서 당신은 그렇게 바른 말만 들으면 화를 내지 않고 못 배기지. 마미한테도 선물을 사 가지 않으면 안 돼요. 그렇게 안 하면 그 여자는 가슴이 터지고 말거야. 그 여자가 가지고 있는 그런 가슴을 터뜨리는 것은 아까운 일이거든.」

「아무것도 사다 줄 필요 없어요. 그까짓 할멈 내버려두는 게 좋아요.」

「그럼 내가 하나 사다 주지. 나는 지금도 기억하고 있지만, 우리 집 할멈은 입버릇처럼 이렇게 말했어. 『천국에 갈 때는 태피터로 만든 페티코트를 입었으면 좋겠어, 아주 깨끗한, 하느님이 천사의 날개 소리인가 생각하실 정도로 옷 스치는 소리가 요란한 걸 입었으면 좋겠어.』 하고 말이야. 그래서 나는 마미한테 빨간 태피터를 사다 주고, 고상한 페티코티를 만들도록 해야겠어.」

「그 할멈은 당신한테 그런 거 받지도 않아요. 당신이 준 것을 입느니 차라리 죽는 편이 낫다고 할 게 뻔해요.」

「아마 그럴지도 모르지. 하지만 나는 할 수 있는 데까지는 해 볼 거야.」

뉴 올리안즈의 상점들에는 물건이 너무 많아서 가슴이 다 울렁거리는 것 같았다. 레트와 같이 물건을 사는 것은 뭔가 모험이라도 하는 것처럼 자극적이었다. 그와 함께 식사를 하는 것도 역시 그랬다. 아니, 식사는 물건 사는 것보다 더 유쾌했다. 그는 주문할 것을 환히 알고 있었고, 그 요리의 비결까지 알고 있었기 때문이었다. 뉴 올리안즈의 포도주와 리큐르와 샴페인을 그녀는 처음으로 마셔 보았는데, 마시니 정말 얼큰해 왔다. 그녀는 지금까지 집에서 만든 검정 딸기 술이나 백포도주나, 피티 고모의 〈각성제〉인 브랜디의 맛밖에 몰랐던 것이다. 게다가 레트가 주문하는 식사는 어쩌면 그렇게 훌륭한 요리들만인가! 뉴 올리안즈에서 제일 가는 것은 무엇보다 요리였다. 타라의 괴로왔던 시절의 배고픔과 보다 최근의 가난을 생각하면 스카알렛은, 이런 사치스런 요리를 아무리 먹어도 모자랄 것 같았다. 검보우 요리, 크리올식의 새우 요리, 비둘기 찜에 포도주, 크림 소스를 듬뿍 친 연한 굴 파이, 버섯 요리, 송아지의 지라, 칠면조의 간, 기름 종이와 석회를 써서 교묘하게 구운 생선. 그녀의 식욕은 한정이 없었다. 타라에 있을 때, 영원히 계속될 것만 같던 땅콩이나 말린 완두콩이나 고구마를 생각할 때마다, 그녀는 또 새삼 크리올식의 요리에 달려들지 않고는 못 배길 기분이 되었다.

「당신은 마치 이것이 최후의 식사나 되는 것처럼 먹는구려.」 레트가 말했다. 「접시를 닥닥 긁지 말아요, 스카알렛. 요리실에는 아직도 들어올 것이 얼마든지 있으니까 급사한테 명령만 하면 되는 거야. 함부로 그렇게 많이 먹으면 쿠바의 여자처럼 뚱뚱해질 덴데, 그렇게 되면 이혼이다.」

그러나 그녀는 혀를 날름 내보였을 뿐, 머랭그 과자에 초콜렛을 듬뿍 씌운 케잌을 또 주문했다.

궁상맞게 잔돈을 계산할 것도 없거니와, 세금을 치르기 위해, 혹은 노새를 사기 위해 돈을 남길 필요도 없고, 멋대로 실컷 돈을 쓸 수 있다는 것은 얼마나 유쾌한 일인가. 청빈을 달게 여기고 있는 애틀랜타의 고상한 체하는 가난뱅이들과 달라, 쾌활하고 돈 많은 사람들과 같이 지낸다는 것은 얼마나 즐거운 일인가. 허리의 곡선을 두드러지게 드러내고, 목과 팔과 가슴 언저리까지 대담하게 나온 비단옷을 사락사락 끌면서, 남자들의 찬미에 둘러싸여 있는 것은 얼마나 멋진 일인가. 그리고 헐뜯기 좋아하는 사람들에게 숙녀답지 못하다고 욕먹지도 않고 마음 내키는 대로 요리를 먹을 수 있다는 것은 얼마나 즐거운 일인가. 얼마든지 원하는 대로 샴페인을 마실 수 있다는 것은 얼마나 유쾌한 일인가. 처음 과음한 이튿날 아침에는 잠이 깨자 머리가 빠개지는 것같이 아프고 무개 마차로 뉴 올리안즈의 시내를 호텔로 돌아오는 도중 〈보니블루 플랙〉을 계속 불러 대던 무서운 날 밤의 기억으로 그녀는 완전히 나가떨어지고 말았다. 그녀는 지금까지 거나할 정도로 취한 여자를 본 일도 없었다. 지금까지 꼭 한 번, 곤드레가 된 여자를 본 것은 애틀랜타가 함락되던 날 그 와틀링이란 여자뿐이었다. 스카알렛은 부끄러워 레트를 대할 수도 없다고 생각하고 있었는데, 이 만취 사건은 도리어 그를 재미있게 한 것 같았다. 마치 그녀가 재롱부리는 새끼 고양이라도 되는 것처럼 무엇이고 그녀가 하는 일은 그를 재미있게 해주는 것 같았다.

그가 호남자라는 것도, 같이 나돌아다니는 그녀에게는 가슴이 뛰는 것 같은 설레임을 느끼게 했다. 어찌 된 일인지 그녀는 지금까지 그의 용모에 대해서는 한 번도 생각해 본 적이 없었다. 그리고 애틀랜타에서는 모두들 그의 결점만을 주워 섬길 뿐 그의 외모에 대해서는 말하는 일이 없었다. 그러나 이 뉴 올리안즈에서는 다른 여자들의 눈이 줄곧 그를 뒤쫓고 있다는 것과 그가 몸을 구부려 여자들의 손에 입을 맞추면 그녀들이 몹시 가슴을 설레고 있다는 것을 똑똑히 알수 있었다. 다른 여자들이 자기들의 남편에게 이끌리면서도 틀림없이 자신을 부러워할 것이라고 생각하자, 그녀는 갑자기 그의 옆에 있는 것이 무척 자랑스럽게 느껴졌다. 『우리들은 미남과 미녀의 좋은 한 쌍이야.』 생각하면 스카알렛은 기쁨을 누를 수가 없었다.

그렇다, 레트가 예언한 것처럼 결혼에는 정말로 여러 가지 재미있는 것이 있다. 재미만 있는 것이 아니라 참으로 여러 가지 배울 것이 있다. 인생에서 이제 더는 아무것도 배울 것이 없다고 생각하고 있었던 만큼, 스카알렛에겐 이것만으로도 신기했다. 그녀는 마치 어린 아이처럼 매일 뭔가 새로운 것을 발견하려고 가슴을 두근거렸다.

첫째, 레트와의 결혼은 찰즈와 프랭크와의 결혼과는 아주 다르다는 것을 알았다. 먼젓번 두 사람은 그녀를 존경하고 그녀의 신경질을 무서워했다. 두 사람은 동정을 빌고 있는 것 같았고, 그녀 쪽에서도 마음이 내키면 동정을 베풀어 주는 격이었다. 그런데 레트는 그녀를 무서워하지 않았다. 그뿐만이 아니라 그다지 그녀를 존경하지 않는 것같이 생각되는 때가 종종 있었다. 그는 자기 멋대로 했다. 그것이 그녀의 마음에 들지 않는 일일지라도, 그는 그저 그녀의 얼굴을 보고 웃을 뿐이었다. 그녀는 그에게 애정은 없었지만, 같이 사는 데는 확실히 재미있는 상대라고 느끼고 있었다. 특히 가장 재미있고 자극적으로 느껴지는 것은, 그가 정열을 폭발할 경우, 약간 잔인하게 굴든가, 때로는 애를 먹이고 기뻐하면서도, 항상 자신을 억제하고 자기 감정에 언제나 재갈을 물려 부리고 있는 것처럼 생각되는 점이었다.

『그건 틀림없이 나를 진심으로 사랑하지 않는 탓이야.』 생각하면서도, 그러한 상태에 충분히 만족하고 있었다.

『하지만 그가 아주 주착이 없어지면 나는 틀림없이 그가 싫어질 거야.』 그런데 그렇게 될 것 같다고 생각은 하면서도 이상하게 가슴이 뛰고 호기심이 일어나는 것은 어쩔 수 없었다.

지금까지 그녀는 레트를 아주 잘 알고 있다고 생각했었는데, 같이 살면서 여러 가지 새로운 것을 알았다. 그의 말소리는, 잠시 동안 마치 고양이 털처럼 부드럽고 매끄럽다가도 다음 순간에 갑자기 돌변해 짓궂은 독설을 사정 없이 마구 내뱉었다. 언뜻 보면 제법 진지하고 의젓한 표정으로 용기니 명예니 미덕이니 하고 떠들다가도 지금까지 살아 온 다른 고장에서의 연애 이야기를 하는가 하면, 바로 뒤이어 아주 싸늘하게 비꼬는 천한 이야기를 했다. 그녀는, 보통 남자들은 아내에게 그런 이야기를 하지 않을 것이라고 생각하면서도, 그 이야기가 못 견디게 재미가 나서 자기의 어딘가에 숨어 있는 저속성이 기꺼이 그런 이야기를 맞아들이는 것을 알았다. 열정적이고 다정한 애인인가 하면, 어느 사이에 입버릇이 고약한 심술꾸러기로 변해, 그녀의 화약 같은 성질의 뚜껑을 사정 없이 열어젖뜨리고 불을 당겨, 그것의 폭발을 보고 기뻐하고 있는 그런 식이었다. 그의 아첨에는 반드시 양면이 있다는 것과 그의 어떤 상냥한 말에도 모두 다 방심할 수 없다는 것을 그녀는 깨달았다. 사실상 뉴 올리안즈에서 보낸 이 주일 동안에, 그에 대해 여러 가지를 알게 되었으나 그의 정체만은 도저히 파악할 수가 없었다.

어느 날 아침은, 하녀를 물러가게 하고 자신이 직접 아침 상을 들고 들어와, 마치 어린 아이에게라도 먹이듯 그녀의 입에 먹을 것을 넣어 주기도 하고, 그녀의 손에서 머릿솔을 빼앗아 그 긴 검은 머리를 바작바작 불꽃이 튀는 소리가 나도록 빗겨 주기도 했다. 그런가 하면 또 어느 날 아침에는, 아직 깊은 잠에 곯아떨어져 있는 그녀를 두들겨 깨워, 이불을 홀렁 벗겨 버린 다음 발을 간지르기도 했다. 또 때로는 진지한 관심을 가지고, 그녀의 장사에 대해서 자세한 것을 묻고, 그녀의 총명함에 감탄한 듯 고개를 끄덕여 보이는가 하면, 때로는 조금이라도 떳떳치 못한 거래일 경우에는 넝마주이라느니, 노상 강도라느니, 협박꾼이니 하고 욕설을 퍼부었다. 그런가 하면 그녀를 도박장으로 데리고 가서, 아마 하느님은 이런 오락을 시인하시지 않을 거라고 속삭이며 그녀를 난처하게 하고, 혹은 교회로 데리고 가서 나지막한 소리로 갖은 익살맞고 추잡한 이야기를 들려주고는 그녀가 재미있어 웃기라도 하면, 금방 그것을 비난하는 것이었다. 그는 늘 그녀에게 자기가 생각한 대로 어려워 말고 말하는, 당당하고 대담하게 행동하라고 권했다. 그녀는 레트가 말한 풍자나 빈정거리는 말을 귀담아 두었다가, 그것을 다른 사람에게 써서 시험해 보는 것을 배웠다. 그러나 그녀에게는 그가 하듯 심술궂은 것을 놓치는 유머의 센스도 없거니와, 남을 조롱하고 있을 때에도 자기 자신을 조소하는 것처럼 보이는 그의 독특한 미소도 갖춰지지 않았다.

그는 스카알렛에게 노름을 시켰다. 그녀는 거의 그 방법마저 잊고 있었다. 그만큼 그녀가 지금까지의 해온 생활은 엄숙했고 아무렇게나 살아 온 것이 아니었던 것이다. 그는 노름 솜씨가 능숙했다. 그래서 같이 하고 있노라면, 자꾸만 끌려들어가 열중해 버리는 것이다. 그리고 그의 솜씨에는 조금도 어린애 같은 티가 없었다. 어디까지나 어른다왔다. 그가 하는 짓, 하는 일, 하나하나가 그녀에게는 잊을 수 없는 것들뿐이었다. 여자들이 흔히 어른이면서 마음 밑바닥에 묘하게 어린애 같은 데가 있는 사나이들을 미소를 띄우고 바라보듯, 여자다운 우월감을 가지고 미소를 띄우고 그를 바라볼 수는 도저히 없었다.

이런 것을 생각할 때마다, 언제나 그녀는 다소 초조감을 느꼈다. 레트에 대해 우월감을 가질 수 있다면 얼마나 유쾌할까. 지금까지 그녀가 안 남자들 모두가 「어머, 당신은 꼭 어린애 같애!」하고 반바보 취급을 하여 처리할 수가 있었다. 아버지 제랄드만 해도 그랬다. 남을 골리기를 좋아하고 심술궂은 장난이 심한 탈레턴네 쌍동이 형제도, 털보에다 어린애처럼 화를 잘 내는 폰텐네 형제들도, 찰즈나 또는 프랭크도, 전쟁중 그녀를 따르던 남자들은 모두가, 사실 애실리를 빼놓고는 모두 남김 없이 다 그랬다. 애실리와 레트만은 그녀에게 이해가 되지 않고, 그녀가 생각하는 대로 되지 않았다. 두 사람 다 어른이고 아이다운 요소가 아무 데도 없었기 때문이었다.

그녀로서는 레트라는 인물을 이해할 수가 없었다. 또 굳이 이해하려고도 하지 않았다. 그렇기 때문에 때때로 어리둥절해지는 경우가 적지 않았다. 그녀가 모르고 있는 것 같으면 그는 가끔 묵묵히 그녀를 지켜보았다. 그런 때 갑자기 그를 향해 고개를 돌리면 그녀는 언제나 날카롭고 열기 띤, 가만히 기다리고 있는 것 같은 시선과 마주치게 되었다.

「왜 그런 눈으로 나를 보세요!」언젠가 그녀는 화가 나서 이렇게 물은 일이 있었다. 「흡사 쥐구멍을 노리는 고양이처럼!」

그러나 그는 재빨리 표정을 바꾸고 웃을 뿐이었다. 얼마 안돼 그녀 쪽에서도 그 일을 잊어버리고, 그 이상 그 일에 대해서나 또 레트에 관한 그 밖의 일에 대해서나 골치를 썩이려고 하지 않았다. 그와 같은 인간은 전연 종잡을 데가 없어서 하나하나 신경을 쓰려 들면 한이 없고, 그리고 인생은——애실리를 생각할 때 이외에는——너무나 유쾌하고 즐거웠던 것이다.

레트 때문에 그녀는 애실리도 별로 생각하지 않았다. 낮에는 거의 애실리를 생각할 틈도 없었지만 밤이 되어 춤에 지치거나 샴페인을 지나치게 마셔 머리가 핑핑 돌 때 같은 때는 문득 애실리의 모습이 가슴에 떠오르곤 했다. 달빛이 새어드는 침대 위에 누워 레트의 팔에 안겨 잠이 들려고 할 때 곧잘 그녀는 이렇게 힘껏 껴안아 주는 것이 만약에 애실리의 팔이었다면, 그리고 내 검은 머리에 얼굴에서 목까지 파묻혀 있는 이 남자가 만약 애실리였다면, 인생은 얼마나 즐겁고 만족한 것일까 생각했다.

한 번은, 그녀가 이런 생각을 하고 한숨을 지으며 머리를 창 쪽으로 돌렸을 때, 아차 하는 사이에 그녀의 목 밑에 있던 억센 팔이 쇠처럼 단단히 죄어드는 것을 느꼈다. 그리고 정적 속에서 레트의 목소리가 들려 왔다. 「야비한 거짓투성이 영혼이여, 영원히 지옥으로 떨어져라!」

그리고 그는 벌떡 일어나 옷을 갈아입고, 그녀가 놀라 변명하듯 까닭을 묻는 것도 들은 체 만 체 하고 방에서 휙 나가 버렸다. 그리고 다음날 아침, 그녀가 방에서 아침을 먹고 있으려니까 머리를 흐트러뜨리고 흠뻑 술에 취해, 그러면서도 그 가장 다루기 힘든 조소 띤 표정으로 돌아와 사과도 하지 않고 외박하고 온 변명도 하지 않았다.

스카알렛은 자존심을 상한 아내처럼 아무 것도 묻지 않고 될 수 있는 대로 냉담한 태도를 취했다. 그리고 식사를 마치자, 그가 핏발이 선 눈으로 노려보고 있는 앞에서 옷을 갈아입고 물건을 사러 나갔다. 그녀가 돌아왔을 때는 그의 모습은 없었고, 저녁식사 때가 되어서야 모습을 나타냈다.

두 사람 아무 말도 하지 않고 식사를 하였다. 스카알렛은 이것이 뉴 올리안즈에서의 마지막 만찬이었고, 또 가재를 실컷 먹고 싶었기 때문에 기를 쓰고 화를 참았다. 게다가 그에게 눈총을 받는 만찬도 맛이 없다. 그래서 그녀는 가재를 엄청나게 큰 걸로 먹고 샴페인을 적잖이 마셨다. 아마 이 두 가지가 겹친 탓이기도 하겠지만, 그 날 밤 그녀는 옛날의 무서운 꿈에 쫓겨 식은 땀을 흘리고 몹시 흐느껴 울며 잠에서 깼다. 그녀가 타라에 돌아가 보니 타라는 황폐해지고 어머니는 이미 죽고 없었다. 그리고 어머니와 함께 이 세상의 모든 힘도 지혜도 완전히 사라져, 이 세상 어디를 찾아보아도 의지할 사람 하나 없었다. 게다가 뭔가 무서운 것이 뒤에서 쫓아오고 있었다. 그녀는 기를 쓰고 뛰어 달아났다. 가슴이 터질 것만 같았다. 게다가 소리쳐 울면서 현기증이 나는 것만 같은 짙은 안개 속을 줄곧 달리며, 바로 그곳 안개 속 어딘가에 있는 이름도 모르는 미지의 피난처를 찾고 있었다.

눈을 떠 보니, 레트가 들여다보고 있었다. 그리고 아무 말도 하지 않고 어린

애처럼 그녀를 안아올렸다. 그리고 그녀가 그 억센 팔에 마음을 놓고, 그 소리 없는 속삭임에 마음을 가라앉혀, 흐느낌을 그칠 때까지 꼭 껴안고 있어 주었다.

「아, 레트, 나 몹시 춥고 몹시 배고프고 몹시 피로했어요. 그리고 도무지 그것을 찾아낼 수가 없었어요. 안개 속을 기를 쓰고 뛰어다녀도 도무지 보이지가 않아요.」

「뭐가 보이지 않아?」

「뭔지 몰라요. 그것을 알았으면 좋았을 텐데.」

「그 옛날 꿈 말인가?」

「웅, 그래요!」

그는 살그머니 그녀를 침대 위에 내려놓자, 어둠 속을 더듬어 촛불을 켰다. 불빛 속에 핏발선 눈을 하고, 깊은 주름이 새겨진 그의 얼굴은 돌처럼 무표정해서 아무것도 찾아낼 수가 없었다. 와이셔츠가 허리까지 열려 있어, 검은 가슴털이 부스스한 갈색 가슴이 보였다. 여전히 공포에 떠는 스카알렛에게는 그 가슴이 무척 억세고 믿음직하게 보였다. 그녀는 속삭였다. 「날 안아 주어, 레트.」

「그래!」그렇게 말하고 그는 후딱 그녀를 안고 커다란 의자에 앉아, 그녀의 몸을 흔들기 시작했다.

「아, 레트, 배고픈 심정이란 정말 견딜 수 없는 거예요.」

「그런 엄청난 가재에다 일곱 접시나 되는 정식을 먹고서도, 굶어죽을 것 같은 꿈만 꾸다니! 정말 우스운 노릇이군.」그는 웃었지만 그의 눈은 무척 부드러웠다.

「레트, 나 열심히 뛰어다니며 찾았어요. 그런데도 내가 찾고 있는 게 무엇인지 도저히 알 수가 없었어요. 아무리 가 보아도 안개 속에 숨어 있는 거예요. 만일 그것을 찾아내기만 하면 나는 영원히 안전해서, 두 번 다시 추운 꼴 배고픈 꼴을 당하지 않는다는 것만은 알고 있었어요.」

「당신이 찾은 건, 사람인가 아니면 물건인가?」

「몰라요. 그런 건 생각해 보지도 않았어요. 레트, 당신은 내가 꿈속에서 그 안전한 곳에 도착할 수가 있을 것 같아요?」

「아니.」그는 흩어진 그녀의 머리를 쓰다듬으며 말했다. 「그렇게 생각 안 해. 꿈이란 그런 게 아냐. 당신이 그 날 그 날의 생활에서 언제나 마음 편히, 따뜻하고 배불리 지낼 수 있으면, 그런 꿈은 꾸지 않게 될 거야. 그러니까 스카알렛, 이제부터 내가 당신을 마음 편히 살 수 있게 해줄게.」

「레트, 당신은 정말 좋은 분이군요..」

「이건 정말, 당신 식탁의 빵 부스러기에 감사를 드립니다, 부자집 마님. 그런데 스카알렛, 이제부터 매일 아침 눈을 뜨면 자신에게 이렇게 타이르는 게 **좋을** 거야. 『레트가 옆에 있고, 합중국 정부가 있는 한, 나는 두 번 다시 배고픈 생각은 하지 않을 것이고, 어떤 놈도 내게 손가락 하나 대지 못할 것이다.』고 말이야.」

「합중국 정부라고요?」반문하고 그녀는 뺨에 눈물 자국을 남긴 채 깜짝 놀라 벌떡 일어났다.

「그 전 남부 동맹의 돈이 지금은 떳떳한 돈이 되었단 말이오. 나는 그 대부분을 합중국 공채로 돌렸지.」

「농담 말아요!」외치고 스카알렛은 그때까지의 공포를 잊고, 그의 무릎 위에 똑바로 일어나 앉았다. 「그럼 당신은 자기 돈을 양키에게 빌려 주었단 말예요?」

「상당한 이자를 받기로 하고.」

「설사 십 할의 이자가 붙는대도, 그런 건 문제가 아니에요! 당장 찾아 버리지 않으면 안 돼요. 북부 놈들에게 당신 돈을 쓰게 한다는 것 그게 문제예요!」

「그럼 그 돈을 어떻게 하라는 거야?」그는, 그녀의 눈에서 이미 공포가 사라진 것을 보고 웃으며 물었다.

「그건, 그건 파이브 포인트의 땅이라도 사놓으면 되지 않아요. 당신이 가지고 있는 돈이면, 아마 파이브 포인트 전부라도 사들일 수 있을 거예요.」

「고맙소. 하지만 파이브 포인트는 마음이 내키지 않아. 뜨내기 정상배들로 형성된 정부가 조지아 주의 실권을 쥐고 있는 한, 어떤 일이 일어날지 알 게 뭐야. 바야흐로 동서 남북 각처로부터 조지아를 덮치려 드는 독수리 떼들 앞에 나는 아무것도 놓아 둘 생각은 없어. 나는 당신도 알다시피 어디까지나 충실한 북부 가담자로 그들과 같이 일을 하고 있지만, 결코 그들을 믿고 있지는 않아. 그리고 나는 부동산에 투자할 생각은 없어. 공채가 나아. 공채라면 감출 수도 있지만 부동산은 그리 간단히 감출 수는 없거든.」

「그럼 당신은…….」그녀는 제재소와 가게를 생각하고 파랗게 질려서 말했다.

「뭔진 모르지만 그렇게 깜짝 놀라는 얼굴을 하지 말아요, 스카알렛. 우리들의 존경하옵는 새 지사는 내 친구야. 지금은 하도 변화가 많은 시대여서 내 돈을 함부로 부동산에 투자하고 싶지 않다는 것뿐이야.」

그는 그녀를 다른 쪽 무릎으로 옮겨 앉히고, 뒤로 몸을 젖혀 담배를 꺼내 불을 붙였다. 그녀는 걸터앉은 채 벗은 발을 흔들흔들하며, 그의 갈색 가슴의 근육이 움직이는 것을 바라보며 공포를 완전히 잊었다.

「그런데 부동산 이야기가 나온 김에 말해 두지만 말이야, 스카알렛.」그는 말했다. 「나는 집을 지을 작정이야. 프랭크라면 당신 호통 소리에 못 이겨 피티 씨 집에 같이 살지도 모르지만 나는 틀려. 나는 그녀의 거드름을 하루에 세 번도 견딜 수 없을 거야. 그리고 피터 할아범은 아마 나를 신성한 해밀턴 집 지붕 밑에 살게 하기 전에 암살해 버리고 말 거야. 인디어 윌크스 양보고 같이 와 살라고 하면, 피티 씨 집에도 귀신은 얼씬하지 못할 거야. 우리는 애틀랜타로 돌아가거든, 집이 다 될 때까지 내셔널 호텔의 신혼방에서 묵기로 합시다. 나는 애틀랜타를 떠나기 전에 피처트리 거리의 그 큰 빈터를 사들일 생각으로 교섭을 해두었어. 레이든 집 근처의 빈터 말이야. 당신도 알지?」

「어머, 레트, 어쩌면 그렇게 멋이 있어요! 난 내 집이 갖고 싶어 못 견디겠어요, 아주 큰 집이.」

「그럼, 어떤 점에서든 우리는 결국 의견의 일치를 본 셈이군. 이 근처의 크리올식 집처럼, 흰 회벽에다 연철식을 하면 어떨까?」

「으응, 못 써요, 레트. 이 뉴 올리안즈의 주택처럼 구식은 절대로 안 돼요. 난 다 생각한 게 있어요. 그건 아주 최신식이에요. 나, 그 그림, 어디 보자. 그렇지, 내가 보던 《하퍼스 위클리》에 나와 있었어요. 스위스의 샬레를 본딴 거예요.」

「스위스의 뭐라고?」

「샬레(시골집)!」

「어떻게 쓰지?」

그녀는 써 보였다.

「그래.」하고 그는 수염을 쓰다듬었다.

「근사했어요. 꼭대기에는 살창이 있는 높은 이중 경사 지붕이 있고 양끝에는 예쁜 장식을 붙인 나무 탑이 하나씩 서 있었어요. 그리고 탑에는 빨강과 파랑 유리를 끼운 창이 달려 있어요. 아주 멋진 집이에요!」

「그리고 포치 난간은 아주 가늘게 톱으로 다듬었지?」

「그래요.」

「포치 지붕에는, 나무로 만든 소용돌이 장식이 하나씩 늘어져 있지?」

「그래요, 당신 그런 집 보셨군요?」

「봤지, 하지만 스위스서 본 게 아니야. 스위스 사람은 무척 교양이 있는 인종들이라서, 건축미에는 아주 민감해. 당신은 그런 집이 정말 소원이야?」

「물론이죠!」

「나하고 같이 살게 되면, 당신 취미가 향상될지도 모른다고 기대하고 있었는데 말이야. 왜 크리올식 주택이나 또는 여섯 개의 흰 둥근 기둥이 있는 식민지 시대풍의 주택이면 안 되는 거지?」

「난 좀스런 구식 물건은 뭐든지 싫어요. 그러니까, 방안은 새빨간 벽지로 바르고, 그리고 쌍바라지 위에도 모조리 새빨간 우단 휘장을 쳐요, 네? 아, 그리고 값비싼 호두나무 재목으로 된 가구랑, 묵직하고 두꺼운 융단을 듬뿍 사고, 그리고 또 뭐더라, 아 레트, 우리 집을 보고 모두들 부러워서 얼굴이 파래질 거예요!」

「그렇게 남들이 부러워하는 게 보고 싶어? 그럼 좋아, 당신이 그렇게 하고 싶으면 사람들을 파랗게 질리게 하는 것도 좋겠지. 하지만 스카알렛, 사람들이 다른 곤란을 받고 있을 때, 집에다 그런 사치스런 장식을 잔뜩 차려 놓는 것이 좋은 취미는 아니라고 생각해 본 적은 없소?」

「하지만 나는 그렇게 하고 싶은걸요.」그녀는 고집을 부렸다.「지금까지 내게 잘못한 사람들에게 앙갚음을 하고 싶어요. 그리고 큰 파티를 열어 시내 사람들에게 그런 심한 소리를 하지 말걸, 하고 후회하게 만들고 싶어요.」

「하지만 우리 파티에 누가 와 줄까?」

「물론 모두 올 테죠.」

「그럴까? 그건 알 수 없는 일이야. 〈보수파〉는 죽어도 굴복을 않는다 그거야.」

「아이, 레트. 사람을 놀리고, 너무 해요! 돈만 있으면 세상 사람은 다 좋아하게 마련이에요.」

「남부 사람들은 그렇지는 않을걸. 투기업자의 돈을 가지고 양가집 객실에 들어가는 것은, 낙타가 바늘 구멍에 들어가기 보다 더 어려워. 그리고 남부의 배신자로 말하면——그것은 당신과 나를 두고 하는 말인데——그들이 침을 뱉지 않는 것만도 운이 좋은 거야. 그러나 당신이 해 보고 싶다면 나는 후원하겠어. 그리고 당신의 맹렬한 운동을 열심히 구경하겠어. 그리고 돈 문제가 나온 김에, 이것만은 당신에게 확실히 해두고 싶은데 말이야. 집을 위해서, 혹은 장신구를 위해서 필요한 돈이라면 나는 얼마든지 내주겠어. 보석이 갖고 싶으면 사도 좋아. 그러나 고르는 것만은 내가 해야 돼. 당신의 취미란 정말 형편 없으니까 말이야. 그리고 웨이드나 엘라를 위해서 필요한 것이 있으면 뭐든지 사줘요. 그리고 만일 윌 벤틴이 목화로 재미를 못 볼 경우에는, 나는 기꺼이 돈을 대주어서, 당신이 그토록 아까와하는 클레이턴군의 그 귀찮기 이를 데 없는 일을, 어떻게든 해낼 수 있도록 힘을 빌려 주겠어. 그러면 부족할 거 없겠지?」

「그럼요. 당신은 정말 친절해요.」

「그러나 잘 들어 두어요. 당신 가게나 그 불쏘시개 같은 공장을 위해서는 단 돈 한 푼도 못 내놓겠어.」

「어머나!」스카알렛은 고개를 떨구고 말았다. 이 밀월 여행을 하는 동안 그녀는 자기의 재목을 쌓아 두는 곳을 오십 피트 더 넓히기 위해 땅을 확보할 돈을 어떻게 달라고 할까 줄곧 그것만을 생각하고 있었던 것이다.

「당신은 배짱이 세서, 내가 사업을 하고 있는 것을 세상에서 뭐라고 하든 개의치 않고 언제나 자랑으로 알고 있는 줄 알았더니, 그러고 보니 역시 다른 남자들과 조금도 다를 것이 없군요. 내가 집안 살림을 맡고 있다고 세상 사람들이 말할까 봐 무척 겁이 나는 거죠?」

「버틀러 집안에서는 누가 살림을 맡고 있는가, 그런 걸 이상하게 생각할 놈은 한 놈도 없을걸.」레트는 느린 어조로 말했다. 「바보 녀석들의 이야기 따윈 전연 염두에도 두지 않아. 사실 나는 빈틈 없는 아내를 가졌다는 것이 자랑스러울 만큼 교양이 없는 놈이라서 말이야. 가게와 공장이나 계속해 나가길 바래. 어느 것이나, 말하자면 당신 자식과 같은 것이니까 말이오. 웨이드가 자라면 의붓아비에게 얹혀 있는 것을 달갑게 여기지는 않을 거야. 그럴 경우에는 그 애가 사업을 물려받을 수도 있는 거지. 그러나 내 돈은 일 센트라도 어느 장사에고 대주지 않을 테야.」

「왜 그러죠?」

「애실리 윌크스를 돕기 위해 힘을 빌려 주고 싶지 않아서지.」

「당신, 또 그런 얘기 시작할 작정이에요?」

「아니야, 당신이 이유를 물으니까 그냥 한 소리야. 그리고 또 하나 있어. 당신이 엉터리 장부를 내게 보이고, 옷값이나 살림에 쓴 돈을 속여 노재를 더 산다든가 애실리에게 또 다른 제재소를 사줄 생각이면 그건 큰 오산이야. 나는 당신의 지출에 대해서는 자세히 살펴서 충분히 따져 볼 생각이야. 나는 물건값을 잘 알고 있으니까 말이야. 뭐 골낼 건 없어. 당신은 하고도 남을 테니까. 함부로 하는 대로 내버려두고 싶지는 않아. 타라나 애실리에 관한 한, 무엇이고 당신 멋대로 해서는 안 돼요. 타라는 또 모르지만, 애실리에게는 확실히 경계선을 그어 두지 않으면 안 되겠어. 나는 고삐를 늦추고 당신을 타고 돌아다니지만, 그래도 굴레도 박차도 있다는 것을 잊지 말아 달라는 거야.」

49

엘싱 부인은 복도 쪽에 귀를 기울였다. 멜라니의 발소리가, 마실 것을 준비하고 있는 듯 접시와 은그릇의 부딪는 소리가 나는 부엌으로 사라진 것을 확인하자, 무릎에 바느질 상자를 놓고 둥글게 원을 지어 앉아 있는 부인들 쪽을 돌아보며 나직한 소리로 말했다.

「나는 인제 절대로 스카알렛을 찾아가지 않겠어요.」쌀쌀한 얼굴이 평소보다 한층 차게 보였다.

〈남부 동맹 미망인 고아 구제 바느질회〉의 회원들은 기다렸다는 듯 바늘을 놓고 각자의 흔들의자를 끌어당겼다. 부인들은 누구나가 스카알렛과 레트의 이야기를 못 견디게 꺼내고 싶었지만 멜라니가 있어 그럴 수가 없었던 것이다. 바로 어제 스카알렛과 레트는 뉴 올리안즈에서 돌아와, 내셔널 호텔 신혼방에 들어갔다.

「휴는 버틀러 선장이 목숨을 구해 줬으니까 예의상 내가 방문을 해야 한다는 거예요.」엘싱 부인은 말을 계속했다. 「그리고 패니까지도 휴의 편을 들어 자기도 방문하겠다는 거예요. 나는 딸에게 일렀죠. 『패니야, 만일 스카알렛이 그런 짓만 하지 않았다면 토미는 끄떡 없이 살아 올 거다. 찾아가고 어쩌고 하는 것은 그에 대한 추억을 욕되게 하는 거예요.』 하고 말예요. 그랬더니 패니란 것도 철이 없어서 글쎄 이렇게 말하잖아요. 『어머니, 나는 스카알렛을 찾아가는 게 아니에요, 버틀러 선장을 찾아가는 거예요. 그분은 토미를 구해 주려고 할 수 있는 모든 노력을 기울였어요. 구해 내지 못했다고 해서 그것이 그이의 잘못은 아니잖아요.』」

「젊은 것들은 정말 할 수 없군요.」메리웨더 부인이 말했다. 「찾아가다니? 바보같이!」부인의 커다란 가슴은, 레트와의 결혼에 대해 충고하러 갔을 때의 스카알렛의 건방진 태도가 생각나서 노여움에 물결치고 있었다. 「우리 메이벨도 댁의 패니와 마찬가지 생각이라 정말 큰일이에요. 버틀러 선장은 르네가 사형당할 걸 구해 주었으니까. 르네와 같이 찾아간다잖겠어요. 그래서 나는 타일렀죠. 스카알렛만 그런 짓을 하지 않았다면 르네도 결코 위험한 변은 당하지 않았을 거라고 말예요. 게다가 우리 집 할아버지까지도 찾아갈 생각인가 봐요. 말하는 게 아주 망녕이라니까요. 네가 어떻게 생각하든 나는 버틀러 선장에게 감사하고 있다나요! 그런 악당에게 말이에요. 아무래도 할아버진 그 와틀링이란 년들 집에 갔다온 뒤로는 태도가 영 글러먹었어요. 찾아가다니, 정말 어처구니가 없어서! 나야 절대로 찾아갈 리가 없죠. 스카알렛은 그런 사내와 결혼해서 망나니가 돼 버린 거예요. 그자는 전쟁중엔 투기를 해서, 우리들이 굶주리고 있는 틈에 돈을 번 데다가 이번엔 뜨내기 정상배들이나 배신자들과 한통이 되어, 게다가 또 그 밉살스럽고 뻔뻔한 블럭 지사와 친구거든요. 찾아가다니, 정말 기가 막혀서!」

본넬 부인이 한숨을 쉬었다. 그녀는 쾌활한 얼굴을 가진 뚱뚱한 다갈색의 굴뚝새 같은 여자였다.

「여러분들은 예의상 한 번밖에 안 찾아가시겠지요, 돌리? 나는 그렇게 덮어 놓고 나무랄 수만은 없다고 생각해요. 그 날 밤에 나갔던 남자들은 다 찾아갈 예정이라고 들었는데, 그것이 당연하다고 나는 생각해요. 왜 그런지 나는 스카알렛이 그 어머니의 딸이라고는 생각되지 않아요. 나는 사배나에서 스카알렛의 어머니인 엘렌 로비야르와 같이 학교에 다녔지만 말예요. 그런 귀여운 처녀는 한 사람도 없어요. 더구나 내게는 무척 친절하게 해주었거든요. 그녀의 아버지가 사촌인 필립 로비야르와 결혼하는 걸 반대하지만 않았어도! 그 청년에게는 나쁜 점이라고는 정말 조금도 없었는데 말예요. 젊은 혈기의 실수라는 건 세상 어디에나 흔히 있는 일이 아니에요? 그런데 엘렌은 그곳에서 견뎌내지를 못 하고 도망쳐 나와 늙은 오하라 씨와 결혼해서 스카알렛과 같은 딸을 갖게 된 거예요. 하지만 사실 나는 엘렌에 대한 추억 때문에 한 번쯤은 꼭 찾아가 주어야겠다고 생각하고 있어요.」

「부질 없는 감상이에요!」메리웨더 부인이 세차게 코를 불었다.「키티 본넬, 당신은 남편이 죽은 지 일 년도 안 돼 결혼한 그런 여자를 찾아갈 셈이에요? 여자란…….」

「게다가 스카알렛은 케네디 씨를 죽인 거나 마찬가지예요.」하고 인디어가 사이에 끼어들었다. 냉정한 목소리였으나 심술이 섞여 있었다. 그녀는 스카알렛을 생각할 때마다 반드시 스튜어트 탈레턴과의 일이 생각나 그만 이성을 잃고 마는 것이었다.「그리고 내 생각에는 아무래도 그녀와 버틀러란 사내와의 사이에는 케네디 씨가 죽기 전부터, 세상에서 상상하고 있는 이상으로 관계가 있었던 것같이 생각돼요.」

부인들은 인디어 같은 미혼 처녀가 이런 소리를 꺼냈기 때문에 몹시 놀랐다. 그리고 아직 그 놀라움이 채 가시기 전에 멜라니가 문가에 나타났다. 이야기에 너무 열중해서 멜라니의 가벼운 발소리를 듣지 못한 것이다. 그래서 이렇게, 이 집의 안주인과 얼굴을 마주치자 부인들은, 귓속말을 하고 있다가 선생에게 들킨 여학생들처럼 어쩔 줄을 몰라했다. 멜라니의 얼굴빛이 달라진 것을 보자 놀라움은 한층 심한 경악으로 변했다. 그녀는 의분에 상기되어, 그 부드러운 눈에는 불꽃이 튀고 콧구멍은 바르르 떨리고 있었다. 누구 한 사람 지금까지 멜라니의 성난 모습을 본 사람은 없었다. 그곳에 모여 있는 부인들 가운데 어느 한 사람도 멜라니가 성낼 줄 안다고 생각하고 있던 사람은 없었다. 그녀들은 모두 멜라니를 사랑하고는 있었다. 그러나 누구나가 그녀를, 누구보다도 상냥하고 온순하고 웃사람에 대해 겸손해서 자기 자신의 의견 같은 건 아무것도 갖고 있지 않은 여자로만 생각하고 있었다.

「무슨 소리를 하는 거죠, 인디어?」멜라니는 나지막하게 떨리는 목소리로 질문했다. 「아가씨는 질투 때문에 자신을 어디까지 잊어버릴 작정이에요? 부끄럽지도 않으세요!」

인디어는 얼굴이 새파래졌지만 고개를 여전히 꼿꼿이 들고 있었다.

「난 아무것도 취소할 게 없어요.」그녀는 불쑥 내뱉았지만 마음 속은 편안치가 못 했다.

『내가 질투하고 있는 걸까?』 그녀는 생각했다. 스튜어트 탈레턴이나 허니나 찰즈의 그런 추억이 있는 한, 스카알렛을 질투해도 될 어엿한 이유가 있는 게 아닐까. 더구나 스카알렛이 애실리까지도 그녀의 그물에 잡아 둔 것같이 생각되는 요즈음, 그녀를 미워하는 게 어째서 나쁘단 말인가. 『네가 역성 들고 있는 스카알렛과 애실리 사이에 네게 말해 주고 싶은 것이 얼마든지 있어.』 그녀는 생각했다. 인디어는 이때 아무 말도 하지 않고 애실리를 두둔해 주고 싶은 마음과, 자기의 의심을 멜라니와 세상 사람들에게 밝혀서 스카알렛의 그물에 걸려든 그를 구해 주고 싶은 두 가지 생각에 망설였다. 그렇게 하면 설사 스카알렛이 어떤 방법으로 애실리를 움켜잡고 있더라도 마지못해 손을 떼지 않을 수 없을 것이다. 그러나 지금은 그 시기가 아니다. 다만 의혹을 품고 있을 뿐, 확설한 것은 아무것도 잡고 있지 않기 때문이다.

「난, 아무것도 취소할 게 없어요.」그녀는 다시 한 번 반복했다.

「그렇다면 아가씨하고는 이제 한 지붕 밑에 살고 싶지 않아요.」하고 멜라니는 말했다. 그 목소리는 냉랭했다.

인디어는 발딱 일어났다. 혈색이 나쁜 얼굴이 확 붉어졌다.

「멜라니, 언니는 내 올케인데, 설마 그 타락한 여자 때문에 나와 싸우려는 건 아니겠죠?」

「스카알렛 역시 내 올케예요.」멜라니는 인디어의 눈을, 전연 남을 보듯 똑바로 쏘아보며 말했다. 「그뿐만 아니라 친형제보다도 내게는 더 가까운 사람이에요. 아가씨는 내가 그 언니의 신세를 이것저것 진 것을 다 잊어버렸는지 모르지만, 나는 잊을 수 없어요. 그 언니는 포위전을 할 때 피티 고모님까지 메이콘으로 피난갔는데도 자기 집으로 돌아가려고 하지 않고 나와 같이 있어 주었어요. 북군이 거의 이 애틀랜타까지 와 있다고 하는데 언니는 아기를 받아내 주고, 그리고 나를 그대로 병원에 버려 두어도 아무 상관이 없는데도 줄곧 나와 보우라는 무거운 짐을 지고 무서운 여행을 계속해 타라까지 데리고 가주었어요. 덕택에 나는 북군에게 잡히지 않고 지냈어요. 그리고 그 언니는 자기가 아무리 지치고 배가 고파도 나를 간호해 주고, 식사를 하도록 해주었어요. 내가 병으로 몸이 약하다고 언니는 타라에서 제일 좋은 요를 깔게 해주었어요. 내가 걸어다닐 수 없게 되었을 때, 제대로 짝이 맞는 신발을 신고 있는 건 나뿐이었어요. 아가씨는 그 언니가 내게 정성껏 해준, 이런 모든 것들을 잊을 수 있을지는 모르지만 인디어, 나는 도저히 그럴 수 없어요. 애실리가 병에 시달려 기운을 잃고 살 집도 없고, 주머니에 일 센트의 돈도 없이 돌아왔을 때, 그 언니는 마치 누나처럼 정합게 받아들여 주었어요. 그리고 우리들이 북부로 가야만 하게 되어 조지아를 떠나는 것이 가슴이 찢어지는 것같이 아플 때, 스카알렛은 구원의 손을 뻗쳐 애실리에게 제재소의 경영을 맡도록 해주었어요. 그리고 버틀러 선장도 고마운 마음으로 애실리의 생명을 구해 주었어요. 애실리는 그분에게 그런 구원을 받을 만한 무엇은 조금도 없었는데도 말예요！ 나는 참으로, 참으로 스카알렛과 버틀러 선장에게 감사하고 있어요. 그런데 인디어는 어쩌면！ 어떻게 스카알렛이 나와 애실리에게 베풀어 준 친절을 잊을 수가 있죠? 어떻게 아가씨는 생명의 은인인 사람에게 진흙을 던질 만큼, 오빠의 생명을 값싸게 취급하고 있지요? 아가씨 같으면 버틀러 선장이나 스카알렛 앞에 무릎을 꿇어도 오히려 부족할 정도예요.」

「아니, 이봐, 멜라니.」하고 아까부터 냉정을 되찾고 있던 메리웨더 부인이 세차게 말을 꺼냈다.

「그런 식으로 인디어에게 말하는 게 아니야.」

「저는 아주머니가 스카알렛에 대해 하는 말도 다 들었어요.」하고 멜라니는 마치 결투하는 사람이 쓰러뜨린 한 사람이 적에게서 칼을 뽑아들고 돌아서는 서슬로 또 한 사람의 적에게 사납게 맞서듯, 억척스런 노부인을 향해 소리쳤다. 「그리고 아주머니가 하신 말씀도요, 엘싱 부인. 아주머니가 그 좁은 속으로 그 사람을 어떻게 생각하든 그건 상관없어요. 아주머니 마음대로니까요. 하지만 저의 집에서, 제가 듣는 데서 말씀하시는 것은 잠자코 있을 수는 없어요. 그런데 아주머니들은 어째서 그런 끔찍한 생각들을 하고 계시지요. 더구나 입 밖에 내어 말씀을 하시다니！ 살아 있는 것보다 죽는 편이 낫다고 생각할 만큼, 아주머니들 댁 남자분들의 생명은 아주머니들에겐 그렇게 값싼 것인가요? 아주머니들은 아주머니네 남자분들을 구해 준 분에게, 더구나 자기의 목숨을 걸고 구해 준 분에게 감사한 마음이 들지 않으세요? 만일 진상이 모두 폭로되었더라면 북부 사람들은 그분까지도 클랜 단의 일원이라고 간단히 인정하고 말았을 것이 틀림없어요. 그렇게 되면, 그분은 사형을 받았을지도 몰라요. 그런데도 그분은 아주머니네 남자분들을 건지기 위해서 자기 목숨을 걸었던 거예요. 아주머니의 시아버님을 위해서였어요, 메리웨더 부인. 그리고 아주머니의 사위님과 두 조카님들을 위해서이기도 했어요. 본넬 부인 댁에서는 아주머니네 형제들을 위해서이기도 했어요. 부인 댁은 아주머니네의 아드님과 아주머니네의 사위님을 위해서요. 배은 망덕이란 아주머니들 같은 분들을 두고 한 말이에요! 전 여러분께서 사과해 주시기를 바라요.」

엘싱 부인은 입을 꽉 다물고, 바느질 감을 바느질 상자에 쑤셔넣으며 일어났다.

「다른 사람에게서, 네가 그런 교양 없는 말을 했다고 들었다면……. 멜라니. 아니야, 난 사과 못해. 인디어가 한 말이 사실이야. 스카알렛은 경박하고 단정하지 못한 말괄량이야. 나는 전쟁 중 그 애의 행동을 잊을 수 없어. 그리고 쥐꼬리만큼 돈을 벌었다고 그 애가 하는 짓은 정말 형편 없는 백인 쓰레기와 마찬가지가 아니었어? 잊으려 해도 잊혀질 리가 없지.」

「잊혀지지 않는다는 말씀은」 멜라니는 작은 주먹을 양쪽에서 움켜쥐며 부인의 말을 가로막았다. 「휴가 그 언니 제재소를 제대로 경영하지 못해, 다른 일자리로 돌린 것을 말씀 하시는 건가요?」

「멜라니!」 일동은 소리를 합해 외쳤다.

엘싱 부인은 머리를 확 젖히더니 도어 쪽을 향해 걸어갔다. 현관 도어 손잡이에 손을 댄 채, 그녀는 멈춰서서 뒤를 돌아보았다.

「멜라니.」 말했지만 그 목소리는 누그러져 있었다. 「난 이 가슴이 찢어지는 것 같아요. 난 네 어머니의 친구고, 미드 선생을 도와 너를 받아내었어. 그리고 너를 내 딸처럼 사랑하고 있었어. 만약 이것이 뭔가 다른 일이었다면, 네게서 이런 소리를 들어도 이토록 가슴이 아프지는 않았을 게다. 그러나 우리들 차례 바로 다음에는, 네게까지 못된 짓을 하지 않으리라고 장담할 수 없는 스카알렛 오하라 같은 여자의 일로…….」

엘싱 부인의 첫마디 말을 들을 때는 눈물을 글썽이던 멜라니는 노부인이 말을 마치자 험악한 얼굴이 되었다.

「이것만은 말해 두겠어요.」 멜라니는 말했다. 「스카알렛을 찾아 주지 않는 분은 어느 분이고 결코, 저의 집에도 찾아오실 수 없어요.」

큰 소리로 와글와글 떠들어 대며 부인들은 일어섰다. 엘싱부인은 바느질 상자를 바닥에 떨어뜨린 채, 황급히 방으로 되돌아왔다. 앞머리의 가발이 옆으로 툭 비어져 나왔다.

「난 그럴 수 없어!」그녀는 소리쳤다. 「그런 법이 어디 있니! 너 아무래도 이상하구나! 멜라니, 너 정말 네 정신이냐. 앞으로도 너는 우리 친구고 나는 네 친구야. 이런 일로 의를 상하기는 싫단 말이다.」

그녀는 울고 있었다. 어느 사이엔가 그녀의 팔에 안겨 있는 멜라니도 울고 있었는데, 흐느껴 우는 사이사이에 자기가 한 말은 모두가 진정이었다고 잘라 말했다. 다른 부인들도 울고 있었다. 메리웨더 부인은 큰 소리를 내서 손수건으로 코를 풀더니 엘싱 부인과 멜라니를 끌어안았다. 그냥 놀라 멍하니 자초지종을 지켜보고 있던 피티 고모는 여태까지 별로 볼 수 없었던 진짜 발작을 일으켜, 갑자기 마룻바닥에 맥없이 쓰러지고 말았다. 눈물과 혼란과 키스와, 각성제와 브랜디를 가지러 이리 뛰고 저리 뛰고 하는 가운데, 오직 한 사람 냉정한 얼굴과 메마른 눈을 하고 있는 사람이 있었다. 그 인디어 윌크스는 아무도 모르는 사이에 가만히 나가 버리고 말았다.

메리웨더 할아버지는 헨리 해밀턴 아저씨와 그로부터 몇 시간 뒤에 술집 현대 아가씨에서 만나, 메리웨더 부인에게서 들은 그 날 아침에 일어났던 일을 이야기해 들려 주었다. 늙은이는 자기의 무서운 며느리를 윽박지를 만큼 용기 있는 사람이 과연 있었던가 하고, 그것이 견딜 수 없이 유쾌하여 무척 재미있고 우습게 이야기를 들려 주었다. 사실 이 노인은 한 번도 용기를 내어 며느리를 윽박질러 본 적이 없었던 것이다.

「그래서 그 바보 같은 것들은 결국 어떻게 결정을 내렸지?」헨리 아저씨가 성급하게 물었다.

「자세히는 모르지만.」할아버지는 말했다. 「멜라니가 어떻게 겨우 그들을 진정시킨 모양이야. 모두들 적어도 한 번은 찾아갈 거야. 모두 자네 조카딸한테는 한두 수씩 꺾이는 형편이니까, 헨리.」

「멜라니는 바보야. 부인들이 옳아. 스카알렛은 형편 없는 말괄량이야. 어째서 찰즈가 그런 여자와 결혼했는지 난 도무지 이해가 안 가.」헨리 아저씨는 우울한 표정으로 말했다. 「하지만, 어느 정도는 멜라니의 말에도 일리가 있어. 버틀러 선장의 도움을 받은 사람의 가족들이 찾아가야만 한다는 건 예의상 당연한 일이지. 이 점에 대해서는 나도 별로 버틀러에게 반감을 갖고 있지는 않아. 우리들의 목숨을 구해 준 그 날 밤 같은 때는 그자는 아주 제법 훌륭했어. 도꼬마리(^{가시가 있는 일년}생 감초—역자주)처럼 내 뒤꽁무니를 따끔따끔 찌르는 것이 스카알렛이야. 그 애는 제 이익에 대해서는 지나칠 정도로 영리하고 재치 있는 여자니까 말이야. 어찌 됐든 뭐, 나도 찾아가야만 되겠는걸. 배신자이든 아니든 스카알렛은 내게는 조카 며느리니까. 나는 오늘 오후에라도 찾아갈까 생각하고 있네.」

「나도 자네와 같이 가겠네, 헨리. 돌리란 놈, 내가 갔다는 소릴 들으면, 막 화를 내겠지? 가만 있게나 한 잔 더 들고 갈 테니까.」

「아니야, 버틀러 선장한테 가면 얼마든지 마실 수 있어. 그 사낸 기특하게도 언제나 고급 술을 준비해 두고 있으니까 말이야.」

레트는 보수파는 절대로 굴복하지 않는다고 했는데, 과연 그대로였다. 그는 몇 안 되는 사람들이 두 사람을 찾아왔다고 해야, 그것이 거의 아무런 의미도 갖지 못한다는 것을 알고 있었고, 왜 그들이 찾아왔는가 그 이유도 알고 있었다. 예의 이 클랜단의 불행한 습격에 가담해 있던 사람들의 가족들이 우선 먼저 찾아왔으나, 그 뒤에는 누구도 좀처럼 찾아오지 않을 것이라는 것을 그는 똑똑히 알고 있었다. 그리고 그들은 절대로 레트 버틀러 부부를 자기들 집에 초대하지 않았다.

레트는 멜라니의 노여움에 자극되지 않았던들 그들도 찾아오지 않았을 것이라고 했다. 그가 어째서 그렇게 생각하게 됐는지 그것을 알 수는 없었지만, 스카알렛은 도저히 믿을 수 없이 일소에 붙이고 말았다. 멜라니가 어떻게 엘싱 부인이나 메리웨더 부인 같은 사람을 상대로, 그런 힘을 휘두를 수 있단 말인가? 그 사람들이 두 번 다시 찾아 주지 않는 것도 그녀에게는 조금도 고통이 되지 않았다. 실상 아무리 그들이 모습을 나타내지 않아도 그녀에게는 거의 마음 쓰일 것이 없었다. 왜냐하면 그녀의 방에는 다른 타이프의 손님들로 언제나 가득 차 있었기 때문이다. 전부터 애틀랜타에 살고 있던 사람들은 그런 패들을 〈새 시민〉이라 부르고 있었는데 그것은 아주 정중히 부르는 이름이었다.

내셔널 호텔에는 레트와 스카알렛처럼 자기들 집이 완성되기를 기다리고 있는 새 시민들이 많이 묵고 있었다. 그들은 쾌활하고 돈이 많아 레트의 뉴 올라안즈 친구들과 흡사했는데, 멋있는 옷차림을 하고, 돈도 잘 썼으나 조상에 대해서는 확실히 모르는 사람이 많았다. 남자들은 모두가 공화당원으로, 누구나가 주 정부와 사업상 거래가 있어 애틀랜타에 와 있다는 것이었다. 그것이 어떤 거래인지 스카알렛은 알지 못했고 또 알려고도 하지 않았다.

레트라면 그 거래가 어떤 것인지 그녀에게 분명히 설명해 줄 수 있었으리라. 즉 다 죽어가는 동물에게 독수리가 모여드는 목적과 같은 장삿속이었던 것이다. 먼 데서 죽은 냄새를 맡고, 먹이를 향해 똑바로 달려들어 그것을 마구 뜯어먹는 것이다. 원시민들의 손으로 된 조지아 주 정부는 망해 버리고 주는 무력해져, 거기에 이권을 노리는 패들이 꾸역꾸역 모여들어 왔던 것이다.

레트의 친구들인 남부의 배신자와 북부에서 온 뜨내기들의 부인들이 끊일 새 없이 찾아왔고, 그녀가 건축용 재목을 팔 때 만난 적이 있는 새시민들도 자꾸만 찾아왔다. 전에 거래가 있었던 이상, 접대하는 것이 당연하다고 레트가 말했기 때문에 그녀는 그들 부인들을 손님으로 청했다. 그리고 사귀어 보니 유쾌한 상대라는 것을 알게 되었다. 모두들 아름다운 옷을 입고, 절대로 전쟁이나 생활고 같은 이야기는 꺼내지 않았으며, 유행에 대한 이야기나 추문에 대한 이야기, 그리고 트럼프의 〈휘스트〉에 열중했다. 스카알렛은 지금까지 한 번도 트럼프 노름을 한 적이 없었지만 휘스트에는 즐겨 끼어들었고 금방 솜씨를 보였다.

그녀가 호텔에 있을 때에는 그녀의 방에는 언제나 휘스트하는 패들이 있었다. 그런데 요즘은 방안에 있는 일도 그리 많지 않았다. 내집 짓기에 바빠 손님 같은 것에 매달려 있을 수가 없었던 것이다. 요즘은 손님이 있건 없건 그녀는 전혀 아랑곳하지 않았다. 사교적인 활동은, 자기가 애틀랜타 제일의 호화로운 저택의 부인이 되고, 거리에서 제일 사치스런 연회의 여주인공으로 모습을 나타내게 되는 날까지 연기해 두기로 마음먹고 있었기 때문이었다.

해가 따뜻한 요즘, 하루 종일 그녀는 붉은 돌과 잿빛 기와집이 피치트리 가의 어느 집보다도 높이 우뚝 치올라가는 것을, 지칠 줄 모르고 지켜보고 있었다. 가게 일이고 상점 일이고 다 잊어버리고, 목수와 따지고 석공과 시비를 하고, 청부업자를 독촉해 가며 그 집터에서 지내고 있었다. 벽이 순식간에 되어 감에 따라 이것이 완성되면, 거리의 어느 집보다도 크고 훌륭하게 보일 것이 틀림없다고 만족하게 여겼다. 최근 블럭 지사의 관저로 사들인 근처의 제임즈 저택보다도 더 당당할 것이 틀림없었다.

지사 관저의 난간과 처마에 해붙인 세공 장식은 과연 훌륭하기는 했지만, 스카알렛 집의 복잡한 소용돌이 모양의 세공에 비하면 관저는 아무것도 아니었다. 관저에도 무도실이 있기는 했지만, 스카알렛 집의 삼층 전부를 차지하고 있는 넓은 무도실에 비하면 마치 당구대 같은 것이었다. 사실 둥근 지붕이며, 크고 작은 탑이며, 발코니며, 피뢰침이며, 색유리를 끼운 창 같은 것이 많기로는 지사 관저는 물론, 시내 어느 집에 비교해도 손색이 없었다.

집을 완전히 둘러싸고 있는 베란다에는 건물 사방에 네 단씩의 계단이 딸려 있었다. 정원은 넓고 푸르렀으며 여기저기에 전원풍의 철제 긴의자가 놓여 있었고, 시쳇말로 〈전망대〉라고 불리우는 쇠로 만든 정자가 하나 있었다. 이것을 스카알렛은 순수한 고딕식 설계라고 믿고 있었다. 그리고 커다란 철제 조각상이 둘 있었다. 하나는 숫사슴이었고, 하나는 셔틀랜드 종의 망아지만한 맹견이었다. 크고 화려하고 그러면서도 유행에 따라 어둠침침하게 지은 새 집에는 약간 어지럼증을 느끼는 웨이드와 엘라도, 이 두 마리의 철제 동물에게만은 기쁜 듯한 눈길을 보냈다.

집 내부는 스카알렛이 오랫동안 희망했던 대로 장식되었다. 바닥 전면에 두꺼운 붉은 융단을 쫙 깔고, 붉은 빌로도의 휘장을 드리우고, 니스로 번쩍번쩍 윤을 낸 새 검은 호두나무 가구들을 늘어놓았다. 이들 가구에는 일 인치의 빈틈도 없이 조각이 되어 있었다. 의자 덮개는 매끈매끈한 말털천으로 되어 부인들은 여기에 앉으려면 미끄러지지 않도록 무척 조심하지 않으면 안 되었다. 벽이란 벽에는 전부 금테를 두른 거울과 긴 기둥 거울이 걸려 있었다. 『벨 와틀링의 집처럼 꽤나 거울이 많군.』 하고 레트가 실없는 소리를 했을 정도였다. 곳곳에 묵직한 틀에 넣은 동판 판화가 있었다. 그 중에는 스카알렛이 일부러 뉴욕에서 주문해 온 길이가 팔 인치나 되는 것도 있었다. 벽은 아주 검은 벽지로 발라지고, 천장은 높고, 창에는 살구빛 우단 커튼이 드리워져 햇빛을 거의 가리고 있었기 때문에 집 안은 언제나 어둠침침했다.

말하자면 그것은 사람의 기를 꺾기에 충분한 저택이었다. 스카알렛은 부드러운 융단을 밟아 보기도 하고, 푹신한 깃털 이불이 덮인 침대 속에 파묻혀 보기도 하며, 타라의 그 차디찬 마룻바닥과 밀짚을 넣은 침대를 회상하고, 다시 없는 만족감에 잠겼다. 이렇게 아름답고, 이렇게 우아한 가구며 장식을 꾸민 집은 지금까지 본 일이 없다. 그러나 레트는 이런 집은 악몽과 같은 것이라고 말했다. 그녀는 누가 뭐라고 하건 자기를 행복하게 해주는 것이면 기꺼이 받아들였다.

「우리들에 대해 아무런 예비 지식도 없고 악평을 들은 일도 없는 사람이라도, 이 집을 보면 못된 돈으로 세웠다는 걸 한눈에 알게 되겠군.」그는 말했다. 「여보, 스카알렛 돈은 절대로 좋은 열매를 못 맺는다더니, 이 집이 바로 그 원칙의 증거로군. 이거야말로 간상배들이 세울 수 있는 집이야.」

그러나 스카알렛은 자랑과 행복감에 넘친 데다 이 집에서 완전히 자리가 잡히면 열려고 생각하고 있던 연회 계획으로 꽉 차 있었기 때문에 장난으로 그의 귀를 잡아당기며 「정말 미워! 어쩌면 그렇게 험구람!」 하고 받아넘겼을 뿐이었다.

그녀도 이제는 레트가 그녀의 거만한 코를 꺾기를 좋아한다는 것과, 그의 조롱에 귀를 기울이고 있으면 언제나 즐거움이고 뭐고 다 뒤죽박죽이 된다는 것을 잘 알고 있었다. 그가 하는 말을 무심코 진정으로 받아들이면 아무래도 그와 한바탕 싸움을 하게 되는데, 언제나 지게 마련이기 때문에 싸울 생각이 나지 않았다. 그래서 그가 뭐라고 하든, 거의 귀를 기울이지 않기로 했다. 그리고 아무래도 들어야만 할 경우에는 농담으로 넘겨 버리려고 했다. 적어도 당분간은 그렇게 하려고 노력하고 있었던 것이다.

밀월 여행 동안과 내셔널 호텔에 묵고 있는 동안의 대부분은, 두 사람 사이는 지극히 원만했다. 그러나 새 집으로 옮겨 와서, 스카알렛이 자기 주위에 새 친구를 모으기 시작하자마자 갑자기 두 사람 사이에는 무서운 싸움이 일어났다. 그것도 오래 끄는 싸움은 아니었다. 그녀가 아무리 사나운 말을 퍼부어도, 태연히 버티고 앉았다가 틈을 보아 한꺼번에 그녀를 찌르고 마는 레트 같은 인간과, 싸움이 오래 계속된다는 것은 있을 수 없는 이야기였기 때문이다. 그녀 쪽에서는 진심으로 싸움을 하고 있는데도 레트는 아예 상대를 하지 않는 것이다. 그는 다만 그녀에 대해서, 그녀의 행동에 대해서, 그녀의 집에 대해서, 그녀의 새 친구에 대해서, 명확한 의견을 말하는 데 불과했다. 그러나 그 의견 가운데 무시해 버리거나, 농담으로 가볍게 넘겨 버릴 수 없는 것이 포함돼 있었다.

예를 들면, 그녀는 〈케네디 잡화점〉의 이름을 좀더 효과적인 것으로 바꾸기로 결심하고 〈엠포리엄〉이란 이름을 넣어, 무언가 좋은 이름이 없겠느냐고 레트와 상의했다. 그러자 레트는 라틴 말의 〈케이뷔애트 엠프토리엄〉이란 이름이 어떠냐고 말했다. 가게에서 팔고 있는 상품과 가장 관계 있는 말이라는 것이었다. 그녀도 제법 장중한 느낌을 주는 말이라고 생각하고 간판을 쓰게 할 단계에까지 이르렀는데, 애실리 윌크스가 보다 못해 그 참뜻은 〈살 사람은 상품이 좋고 나쁜 것을 알고 살 것〉이라고 번역해 주었다. 그런데도 레트는 그녀가 화가 나서 막 덤벼들자, 너털웃음을 웃으며 태연했다.

또 마미에 대한 그의 태도도 좀 별스러웠다. 마미는 레트 같은 인간은 노새가 말안장을 갖춘 것과 같은 것이라는 지론을 여전히 한 걸음도 양보하지 않고 있었다. 레트에 대한 그녀의 태도는 정중하긴 했지만 차가왔다. 언제나 그를 버틀러 선장이라고 부르고 버틀러 나리라고는 절대로 하지 않았다. 레트가 붉은 페티코트를 선물로 주었을 때도, 인사 한마디 하지 않고, 그리고 한 번도 그것을 몸에 걸치지 않았다. 웨이드도 레트 아저씨를 따르고 있고, 레트도 이 소년을 좋아하고 있는 줄 알면서도, 마미는 될 수 있는 대로 웨이드와 엘라를 레트로부터 멀리 떼어 놓으려고 했다. 그런데도 레트는 마미를 해고시키지도 않거니와 쌀쌀하게 대하지도 않고 심하게 대하지도 않으며, 오히려 최고의 경의와, 스카알렛이 최근 사귄 어느 부인들에게보다도 훨씬 은근한 태도를 가지고 마미를 대하고 있었다. 실상 스카알렛 자신에게보다도 더 은근했다. 웨이드를 승마에 데리고 나갈 때는 반드시 마미의 허가를 받았고, 엘라에게 인형을 사줄 때도 반드시 사전에 그녀의 의견을 물은 다음에 했다. 그런데도 마미는 겨우 그에 대한 예의를 지키고 있을 정도일 뿐이었다.

적어도 한 집의 가장으로, 레트는 마미에 대해 위엄을 지켜야 한다고 스카알렛은 생각하고 있었지만, 그러나 레트는 웃으며 마미야말로 진짜 가장이라고 말할 뿐이었다.

그는 앞으로 몇 년이 지나 공화당의 지배가 조지아 주에서 물러나고, 민주당원이 다시 권력을 잡게 될 때는, 스카알렛에게는 무척 유감스런 일이 일어날 것이라고 냉정하게 말해 그녀를 몹시 화나게 한 적이 있었다.

「민주당이 지사 자리와 의회 자리를 차지하게 되면, 당신이 요즘 새로 사귀기 시작한 그 야비한 공화당 친구들은 모두 장기판에서 떨려나와 전날 하던 말몰잇군이나 시궁창 청소부로 돌아가게 돼. 그리고 당신은 민주당 친구도 없거니와 공화당 친구도 하나도 없는 막다른 골목에 나가 떨어지게 되지. 하지만 뭐, 내일 일을 생각하며 고민할 필요는 없지.」

스카알렛은 웃었다. 웃는 데도 얼마간의 이유는 있었다. 왜냐하면 현재 블럭은 아무런 불안도 없이 지사 자리에 앉아 있었고, 주 의회에는 스물 일곱 명의 흑인 의원이 있었으며, 게다가 조지아 주 민주당 선거인 중, 수천 명이 선거권을 박탈당하고 있는 형편이었기 때문이다.

「민주당원이 세력을 되찾다니 그럴 리가 있어요. 그 사람들의 하는 짓이란 어디까지나 점점 더 북부의 비위를 거스르는 것뿐으로 권력을 되찾을 날을 더디게만 하고 있잖아요. 그 사람들은 입으로만 큰 소리치고 밤이 돼야 겨우 클랜단이니 뭐니 하고 뛰어나와 소동을 피우고 다니잖아요.」

「아니, 그들은 반드시 세력을 되찾아. 난 남부인을 잘 알고 있어. 조지아 사람을 알고 있단 말이야. 그들처럼 끈덕지고 굳센 사람들은 없어. 세력을 회복하기 위해 또 한 번 전쟁을 해야 한다면 반드시 또 하고 말 거야. 만일에 또 북부 사람들이 한 것처럼 흑인들의 투표를 매수해야 한다면 매수도 할 거야. 만일 북부 사람들처럼 만 명의 죽은 사람에게 투표를 시켜야 한다면, 조지아 안에 있는 무덤 속 시체를 하나도 남기지 않고 투표장으로 데리고 올 거야. 우리들의 친구 루퍼스 블럭의 고마우신 정치 밑에서 사태는 매우 험악해 가고 있어. 조지아는 당장이라도 구역질을 해서, 녀석을 토해내 버리려고 하고 있는 거야.」

「레트, 그런 야비한 말은 하지 말아요!」 스카알렛은 소리쳤다. 「당신 하는 말을 들으니까, 마치 내가 민주당의 세력 만회를 좋아하지 않는 것 같은 말투가 아네요! 내가 그렇지 않다는 건 당신도 잘 알고 계시잖아요! 민주당이 세력을 되찾아 준다면 난 얼마나 기쁜지 몰라요. 북부 군인이 주위에 우굴거리는 것을 내가 좋아하고 있는 줄 아세요? 내게 지긋지긋한 생각이 나게 하는 그놈들의 모습을 내가 좋아하기라도 하는 줄 아세요? 어쨌든, 나도 조지아 사람이에요! 나도 민주당이 다시 일어나는 걸 보고 싶어요. 하지만 그것은 불가능해요. 영원히 글렀어요. 또 설령 다시 일어난다 하더라도, 그것이 내 친구들에게 무슨 영향을 주겠어요. 어쨌든 내 친구들은 돈을 가지고 있으니까요.」

「혹시 그때까지 돈을 가지고 있다면야 그렇겠지. 하지만 그 쓰임새로 보아, 오 년 이상 지탱해 낼 녀석은 한 놈도 없을 것 같은데 나쁜 돈은 오래 가지 못하는 법이거든. 녀석들의 돈은 조금도 도움이 되지 않을 거야. 내 돈이 조금도 당신의 도움이 되지 않는 것과 마찬가지로. 당신은 여전히 좋은 말은 되지 못하고 있잖아, 나의 귀여운 노새님.」

이 마지막 말로 일어난 싸움은 며칠 계속되었다. 나흘 동안 스카알렛은 퉁퉁 부은 얼굴을 해 가지고, 사과를 하라고 고집하며 말을 하지 않기 때문에 레트는 마미의 반대도 뿌리치고 웨이드를 데리고 뉴 올리안즈로 가 버렸다. 그리고 스카알렛의 화가 가라앉을 때까지 그곳에 머물렀다. 그러나 끝내 그의 무릎을 꿇게 하지 못한 고통은 언제까지나 그녀의 가슴에 남았다.

그가 뉴 올리안즈에서 돌아왔을 때, 그녀는 냉정하고, 아무렇지도 않은 얼굴로, 그 일은 좀더 뒤에 천천히 생각하기로 마음 속에 밀어 넣고, 될 수 있는 한 노여움을 억누르고 있었다. 지금은 불유쾌한 일에는 일체 머리를 썩이고 싶지 않았다. 새 집에서 처음으로 여는 연회 일로 마음이 가득 차 있었기 때문에 될 수 있는 한 즐거운 기분으로 있고 싶었다. 종려나무를 장식하고, 오케스트라를 불러오고, 포치에는 온통 캔버스를 둘러치고, 이 연회를 호화로운 대야회(大夜會)로 만들 작정이었다. 그리고 생각만 해도 침이 도는 맛있는 밤참도 내놓을 작정이었다. 이 대야회에는 옛날 친구는 물론, 밀월 여행에서 돌아온 뒤 알게 된 재미있는 친구들도, 애틀랜타에 있는 아는 사람이란 사람은 모조리 초대할 작정이었다. 이 연회 준비에 바빠, 레트에게 당한 것도 거의 잊어버리고 그녀는 그저 즐겁기만 했다. 연회 계획을 짜고 있노라면, 최근 몇 해 동안 젖어 보지 못했던 행복한 기분에 잠기었다.

「아, 부자가 된다는 것은 얼마나 유쾌한 일인가! 돈을 아끼지 않는 큰 연회도 열 수 있고 더할 수 없이 값비싼 가구와 의복과 음식을 사들여도 계산서에 신경을 쓸 필요가 없다! 찰스턴의 포라인 이모나 율라리 이모, 그리고 타라의 윌한테도 얼마간의 수표를 보낼 수 있다는 것은 얼마나 멋진 일인가. 돈이 전부가 아니라는 말은 샘 많은 바보가 하는 소리다! 돈이 내게 조금도 도움이 되지 않다니, 레트는 무슨 비뚤어진 소리를 하고 있는 건가.」

스카알렛은 초대장을 친구들과 아는 사람들 전부에게, 옛날 사람이나 새 사람이나, 그녀가 그다지 좋아하지 않는 사람들에게도 보냈다. 내셔널 호텔로 그녀를 찾아왔을 때 형편 없는 실례의 말을 한 메리웨더 부인도, 냉랭할 정도로 서먹서먹했던 엘싱 부인도 빼놓지 않았다. 자기를 싫어한다는 걸 알고 있는 미드 부인과 와이팅 부인까지 초대했다. 이들은 이런 성대한 연회에 입고 나올 정식 의상이 없었기 때문에 틀림없이 당황할 것이라고 생각하면서 스카알렛의 새 집 낙성은 반은 연회, 반은 무도회인 유행어로 말한다면 〈크러시〉(혼잡한 회—역자주)라 부르는 것으로, 애틀랜타 유사 이래 가장 멋들어진 대축하연이었다.

그 날 밤은 집 안에서 캔버스를 둘러친 포치까지, 스카알렛이 대접하는 샴페인의 펀치를 마시거나, 파이와 크림으로 졸인 굴을 먹거나, 종려와 고무나무로 솜씨 있게 둘러친 오케스트라의 음악에 맞춰 춤을 추는 손님들로 꽉 차 있었다. 그러나 레트가 보수파라고 부른 사람들 중에서는 멜라니, 애실리, 피티 고모, 헨리 아저씨, 미드 의사 부처, 메리웨더 할아버지를 제외하고는 아무도 참석하지 않았다.

보수파의 대부분의 사람들은 크러시에 참석하는 것을, 본의는 아니지만 사양했던 것이다. 어떤 사람은 멜라니의 의견을 생각해서 초대를 받아들였고 또 어떤 사람은 자기들과 자기 친척들의 생명을 건져 준 레트에 대한 은혜를 생각해서 참석하려고 하고 있었다. 그런데 축하회 이틀 전에, 문제의 블럭 지사도 초대되었다는 소문이 애틀랜타 전역에 쫙 퍼졌다. 보수파들은 유감스럽지만 스카알렛의 친한 초대에 응할 수 없다면서, 한 다발의 초대장에 그들의 비난을 담아 되돌려 보냈다. 또 참석한 몇 옛 친구들도 지사가 스카알렛 집에 들어오는 것을 보자 즉시 난처한 표정이 되었다. 그러나 단호히 돌아가고 말았다.

스카알렛은 이러한 경멸 때문에 모처럼의 연회가 엉망이 돼 버린 것에 몹시 당황한 한편, 화가 나서 어쩔 줄을 몰라했다. 모처럼의 호화로운 크러시! 그것을 위해 기막힌 온갖 멋을 다 부렸는데, 그 기막힌 것을 보아 줄 친구들은 겨우 몇 명밖에 와 주지 않았고, 옛 원수들은 한 사람도 오지 않은 것이다. 날이 밝을 무렵이 되어 마지막 손님이 돌아가 버리자, 그녀는 엉엉 울어 버리고 싶었다. 큰 소리로 고함이라도 지르고 싶었다. 그러나 레트가 웃을 게 겁이 났다. 설령 입 밖에 내서 말은 하지는 않더라도, 그 검은 눈을 굴리며 『내가 말한 대로 아냐?』할 표정이 싫었다. 그래서 그녀는 분을 참고 아무렇지도 않은 것처럼 하고 있었다.

그러나 다음날 아침, 멜라니에게만은 실컷 화풀이를 했다.

「멜라니는 날 모욕했어요! 그리고 애실리와 다른 사람들까지도 나를 모욕하게 했어요! 멜라니가 끌고가지만 않았더라면 그 사람들은 결코 그렇게 허둥지둥 돌아가지는 않았을 거예요. 그런 건 멜라니도 알고 있을 텐데. 그래, 난 다 보았어요! 내가 블럭 지사를 멜라니에게 소개시키려고 지사를 부르러 갔더니, 멜라니는 토끼처럼 뛰어 달아나 버리지 않았냐고요!」

「나는 설마 하고 생각했어요. 그가 정말로 참석하리라고는 믿지 않았어요.」 멜라니는 침울하게 대답했다.「모두 그런 말을 하긴 했지만.」

「모두라고? 그럼 모두들 나를 놓고 이러쿵저러쿵 떠들었단 말예요?」 스카알렛은 화를 내며 소리쳤다.「그럼 멜라니도 지사가 오는 줄 알았더라면 역시 오지 않았을 거란 말이군요?」

「그래요, 스카알렛. 가지 않았을 거예요.」 하고 멜라니는 마룻바닥을 내려다보며 낮은 소리로 말했다.

「너무 하잖아요! 그러니까 멜라니까지도 다른 사람들과 마찬가지로 나를 모욕할 작정이었군요!」

「어머, 그렇지 않아요!」 하고 멜라니는 진심으로 안타까운 듯이 외쳤다.「난 언니의 마음을 상하게 할 생각은 조금도 없었어요. 언니는 내 올케가 아니에요? 나와 피를 나눈 찰즈 오빠의 미망인인, 그리고 나는…….」

그녀는 조심조심 스카알렛의 팔에 손을 얹었다. 그러나 스카알렛은 제랄드가 화가 났을 때면 언제나 그랬듯이 목청껏 소리를 내어 무섭게 호통치고 싶은 충동을 느끼며, 그 손을 힘껏 뿌리쳐 버렸다. 그러나 멜라니는 그녀의 분노에 단호히 맞섰다. 그리고 스카알렛의 분노로 타는 푸른 눈을 빤히 쳐다보았다. 멜라니가 가느다란 어깨를 딱 펴고 서자, 그 어린애 같은 얼굴과 몸에는 이상하게 조화되지 않는 위엄의 장막이 그 전체를 덮는 것이었다.

「언니의 마음을 상하게 한 것은 미안하게 생각하지만, 하지만 난 블럭 지사나 공화당원이나 남부의 배신자는 만날 수 없어요. 언니네 집에서든, 그 밖의 누구의 집에서든 그들과는 만나지 않을 작정이에요. 그래요, 설령 내가…… 도저히, 도저히…….」 멜라니는 뭔가 가장 나쁜 것을 생각해 내려고 말을 찾았다.「설사 내가 실례를 저지르게 되는 한이 있더라도.」

「멜라니는 내 친구들을 비난하는 거예요?」

「아니에요. 하지만 그들은 언니의 친구이긴 해도, 내 친구는 아니에요.」

「그럼 멜라니는 내집에 지사를 초대한 것이 애당초 잘못이라는 거군요.」

추궁을 당해도 멜라니는 여전히 눈도 깜짝하지 않고 스카알렛의 눈을 들여다보았다.

「보세요, 스카알렛. 언니는 무엇을 하든 언제나 그럴 만한 이유가 있어서 하시잖아요? 그리고 나는 언니를 사랑하고 있어요, 신뢰하고 있어요. 내가 비난을 한다는 건 당치도 않은 이야기예요. 누구든 내가 듣는 데서 언니를 비난하는 일이 있으면 난 절대로 가만 두지 않을 작정이에요. 하지만, 스카알렛 언니!」 문득 격한 말이 입에서 흘러나왔다. 그 나직한 목소리에는 굽힐 줄 모르는 증오심이 깃들어 있었다. 「언니는 그들이 한 일을 잊을 수가 있어요? 아, 스카알렛, 언니는 어머님의 바느질 상자를 빼앗으려 해서 언니가 쏘아죽인 그 무서운 사나이를 잊진 않았을 거예요. 잊을 수 없을 거예요! 샤만의 군대가 타라로 밀어닥쳐 우리들의 속옷까지 도둑질해 가던 것을 잊진 않았을 거예요! 그들은 그곳을 불지르고 우리 아버지의 칼까지 빼앗으려고 하지 않았어요! 그런데 스카알렛, 언니가 연회에 초대한 사람이야말로 우리들에게서 약탈을 하고, 우리들을 괴롭히고, 우리들을 배곯아 울게 한 사람들과 같은 사람들이 아니냔 말예요! 그 사람이야말로 흑인으로 하여금 우리들을 지배하게 하고, 우리들의 물건을 훔치게 하고, 우리들의 남자들에게서 선거권을 빼앗은 사람들이 아니에요! 나는 잊을 수가 없어요. 잊혀질 리가 있어요? 우리 보우도 잊지는 못 할 거예요. 내 손자들에게도 그들을 미워하도록 가르쳐 주겠어요. 내 손자의 손자에게도! 만일 하느님이 그때까지 나를 살려 두신다면. 스카알렛, 언니는 어떻게 이런 것들을 잊을 수 있죠?」

멜라니는 숨을 돌렸다. 스카알렛은 멜라니가 떨리는 목소리로 몰아세우는 이 격한 말에 기가 꺾여 자기의 노여움도 잊고 멍하니 그녀의 얼굴을 쳐다보고 있었다.

「멜라니는 나를 바보로 아는 거예요?」그녀는 초조한 듯 반문했다. 「물론 나도 잊진 못 해요! 하지만 그런 건 모두 지나간 일이에요, 멜라니. 지금은 될 수 있는 대로 모든 걸 잘 이용할 시기예요. 나는 그렇게 힘쓰고 있는 거예요. 블럭지사나 공화당원 속에서도 친절한 사람들은, 조종하는 방법에 따라서 얼마든지 우리들의 도움이 될 수 있어요.」

「친절한 공화당원이라니, 그런 건 있지도 않아요.」멜라니는 딱 잘라 말했다. 「그리고 난 그런 사람들의 힘을 빌고 싶지는 않아요. 될 수 있는 대로 잘 이용할 생각도 없어요. 북부 것이라면 뭐든지.」

「어머 멜라니, 어쩌면 그렇게 뒤틀린 소리만 하지!」

「아!」멜라니는 후회의 빛을 나타내며 외쳤다. 「정말 내가 너무 떠들어 댔군요! 스카알렛, 난 언니의 기분을 상하게 하거나 비난할 마음은 조금도 없어요. 저마다 생각이 다른 법이고, 또 누구나 자기의 의견을 가질 권리는 있으니까요. 난 언니를 사랑하고 있어요. 언니도 그건 알고 있을 거예요. 언니가 무슨 일을 하든 내 마음은 조금도 변하지 않아요. 그리고 언니도 나를 사랑하고 계시죠? 이런 일로 나를 싫어하거나 하지는 않겠죠? 스카알렛, 만일 우리들 사이에 뭔가 섭섭한 일이 생긴다면 난 도저히 견딜 수 없어요. 우린 여기까지 애써서 서로 도와 참아 왔는데! 안 그래요? 아무렇지도 않다고 말해 주세요!」

「싱겁긴, 멜라니도 참. 하찮은 걸 가지고 뭘 그렇게 야단스럽게 떠들어 대지.」스카알렛은 마지못해 말했다. 그러나 자기 허리에 살짝 감긴 멜라니의 팔을 뿌리치려고는 하지 않았다.

「그럼 인제 우린 사과한 거죠?」멜라니는 기쁜 듯 말했으나 그 다음에 살짝 덧붙였다. 「우린 여태까지와 마찬가지로 서로 찾아다니고 싶어요. 그러니까 공화당원이나 북부에 가담한 사람들이 찾아오는 날을 내게 알려 줘요. 그럼 그 날은 집에 있기로 하겠어요.」

「멜라니가 찾아오든 말든, 내게는 아무 상관없어요.」스카알렛은 말한 다음 보네트를 쓰고 벌떡 일어나 나갔다. 그녀는 멜라니의 괴로와하는 얼굴빛을 보고, 짓밟힌 자신의 자존심이 약간 위로를 받은 듯 만족을 느꼈다.

첫 연회가 있는 뒤 몇 주일 동안은, 제아무리 스카알렛이지만 세상 소문에 대해서 전연 무관심한 체하고 있기는 어려웠다. 멜라니와 피티와, 헨리 아저씨와 애실리 이외에는 옛 친구라고는 한 사람도 찾아와 주지 않고, 또 그들의 소박한 대접을 받을 수 있는 초대장도 오지 않는 것을 보고, 그녀는 정직하게 말해서 어찌 할 바를 모르는 기분으로 몹시 우울했다. 지금까지만 해도, 그녀는 일부러 세상 평판이나 숨은 험담에 대해서 조금도 나쁜 감정을 갖지 않는 것처럼 보이고, 될 수 있으면 옛날의 시시한 평판을 없애려고 노력하고 있었다. 그러니까 세상에서도, 그녀가 세상 사람들 이상으로 블럭 지사를 좋아하는 것이 결코 아니고, 지사에게 정답게 구는 것은, 그렇게 하는 편이 유리하기 때문이라는 것쯤은 알아 줄 만도 했다. 얼마나 바보 같은 인간들인가! 만일 모두가 공화당 패들에게 좋게만 대해 준다면 조지아 주는 재빨리 현재의 곤경에서 벗어날 수 있을 텐데.

당시의 그녀에게는, 단지 한 번 힘껏 잡아당긴 것 때문에 그녀와 옛날의 생활, 그리고 옛 친구들 사이에 연결지어 있던 약한 줄이 영원히 끊어지고 말았다는 것에 생각이 미치지 못했다. 한 번 그 약한 줄이 끊어져 버린 이상 아무리 멜라니가 힘을 써도 이을 수는 없었다. 게다가 멜라니는 어떻게 해야 좋을지 방법을 몰라 가슴을 졸이면서도 역시 옛날의 남부, 옛날의 친구에 충실하지 않으면서까지 그것을 연결시키려고는 하지 않았다. 설사 스카알렛이 옛날로 돌아가고, 옛 친구들에게로 돌아가려고 해도, 벌써 지금은 돌아갈 방법이 없었다. 그녀에게로 향한 사람들의 얼굴은 화강암처럼 차디찼다. 블럭 정권에 대한 증오가 그녀에게로 돌려진 것이다. 그것은 타는 듯한 격렬함은 없었으나 도저히 유화될 수 없는 싸늘함을 다분히 지닌 증오였다. 스카알렛은 이제는 적 편인 북부 사람과 운명을 같이할 수밖에 없게 된 것이다. 그리고 그녀의 출생이나 친척이 어떻든 지금에 와서는 변절자, 흑인의 동정자, 반역자, 공화당원, 남부의 배신자라는 범주에 들어가 버린 것이다.

잠시 동안은 비참한 심정이었지만, 이윽고 표면만의 스카알렛의 태연함은 차츰 진정한 것이 되어 갔다. 그녀는 인간의 변덕스런 행동을 언제까지나 걱정해 본 적은 한 번도 없었고, 자기가 한 일이 설령 하나쯤 실패했다고 해도 언제까지나 조바심을 하며 낙심하지는 않았다. 오래지 않아 그녀는 메리웨더네 사람들과 엘싱네, 와이팅네, 본넬네, 미드네 가족들과 그 밖의 사람들이 자기를 어떻게 생각하고 있든 그런 건 전혀 염두에 두지 않게 되었다. 다만 멜라니만은 애실리를 데리고 가끔 찾아와 주었다. 그리고 애실리만 와 주면 다른 사람 같은 건 아무래도 좋았던 것이다. 뿐더러 애틀랜타에는 기꺼이 그녀의 연회에 참석해 주는 사람들이 그들이 아니라도 많이 있었다. 편협한 늙은 암탉들보다는 훨씬 그 사람들 쪽이 기분도 좋았다. 그녀는 언제고 원하는 대로 자기 집을 손님으로 가득 채울 수가 있었다. 그리고 그 손님들은 그녀를 비난하고 있는 그 까다롭고 완고하고 어리석은 늙은이들보다 훨씬 유쾌하고 옷차림도 훌륭했다.

이들은 애틀랜타로 밀려들어온 신출내기들이었다. 그 중에는 레트의 친구도 있었고 또 레트의 말을 빈다면 〈단순한 거래 관계〉라고 하는 종잡을 수 없는 용건으로 교제하고 있는 사람도 있었다. 그 중에는 스카알렛이 내셔널 호텔에 묵고 있는 동안 알게 된 부부도 있었고, 블럭 지사에게 소개받은 사람도 끼어 있었다.

그녀가 현재 교제하고 있는 사람들은 가지각색이었다. 예를 들면 십여 개 주를 드나들며 사기를 일삼아 어느 주에서도 배겨내지를 못 해 들통이 날까 봐 겁이 나 도망쳐 온 겔러트 부부, 어딘가 먼 주의 노예 해방 사무국과 결탁해서 보호를 해주어야 할 흑인을 희생물로 큰 돈을 벌고 있는 코닝톤 부부, 남부 동맹 정부에 〈마분지〉로 만든 구두를 팔아먹다가 마지막 판에는 전쟁이 끝나던 해를 유럽에 도망가 지내야만 했던 딜 부부, 많은 도시에서 전과를 가지고 있으면서 주의 입찰에는 줄곧 감쪽같이 자기 손에 낙찰을 시키고 있는 헌튼 부부, 도박장 경영으로부터 출발해서 지금은 정부의 돈으로 유령 철도 건설이라는 큰 도박을 하고 있는 카라한 부부, 1861년에는 일 파운드 당 일 센트 하는 소금을 매점해서

1863년에 오십 센트로 올랐을 때 이것을 팔아서 한 밑천을 만든 플래허티 부부, 전쟁중 북부의 어느 수도에서 커다란 색시집을 경영해 지금은 정상배들 사회에서 거물의 한 사람이 된 바드 부부 등.

이런 패들이 지금은 스카알렛의 친한 친구가 된 것이다. 그러나 그녀의 대연회에 참석한 사람들 중에는 상당히 교양이 있는 점잖은 사람들도 있었고, 명문집 사람들도 많이 섞여 있었다. 뜨내기 정상배들 외에, 현재 부흥과 확장기에 있는 애틀랜타의 끊임없이 번성하는 사업에 마음이 이끌려 진실한 양키들이 많이 들어와 있었던 것이다. 부유한 양키의 가정에서 새로운 토지를 개척하기 위해 남부로 보내진 아들들도 있었고, 또 애틀랜타 공략전에 많은 공로를 바친 북군 장교들 중에는 제대한 뒤에 여기를 영주지로 정하려는 사람도 있었다. 그러한 사람들은 처음에는 딴 고장의 도시에 온 타향 사람으로서, 돈 많은 붙임성 있는 버틀러 부인의 사치에 극한 연회에 즐겨 참석했으나 이윽고 오래지 않아 그녀들 패에서 차츰 빠져 나가 버렸다. 선량한 사람들인 만큼, 정상배들이나 정상배의 관습에 접하게 되면 금방 싫증이 나서 토박이 조지아 사람들과 마찬가지로 화를 내고 마는 것이다. 그리고 그 대수는 민주당원이 되어 남부 사람돌보다도 더 남부 사람답게 되어 갔다.

그 밖에 스카알렛 패들과 배짱이 안 맞는 사람들은, 어디를 가도 환영을 받지 못한다는 오직 그 이유만으로 하는 수 없이 그녀들 패에 남아 있었다. 그들에게는 보수파 쪽에서 이런 사람들을 일체 가까이하지 않았다. 그런 사람들 가운데는 흑인을 향상시키고 싶은 일념에서 남부로 찾아온 북부의 여교사들도 있었고, 그리고 원래는 선량한 민주당파였는데, 종전 뒤 공화당으로 전향한 남부의 배신자들도 있었다.

실제로 아무런 소용도 닿지 않은 여교사들과 남부의 배신자들 사이에 어느 쪽이 더 토박이 시민들에게 진심으로 따돌림을 당하고 있는지 일괄적으로 말하기는 어려운 문제였지만, 저울에 달아 보면 아마 후자의 쪽이 무거웠을 것이다. 여교사들이라면 〈검둥이는 동정하는 양키들한테 무엇을 기대할 수 있겠는가, 그것들이 검둥이를 자기들과 똑같이 훌륭하다고 생각하고 있는 것은 벌써 알고 있는 사실인걸!〉 하고 무시해 버릴 수도 있었다. 그러나 개인적인 이익을 목적으로 공화당파로 전향한 조지아 사람에 이르러서는 아무런 변호의 여지가 없었던 것이다.

〈굶주림에 대한 고통은 우리들도 충분히 뼈저리게 느끼고 있다. 그러니까 너희들도 역시 마찬가지로 뼈저리게 당해야 마땅하다.〉 하는 생각을 보수파들은 품고 있었다. 전에 남군 병사였던 대부분의 사람들은, 처자들이 가난에 시달리는 것을 직접 눈으로 보아야 하는, 남자로서는 미칠 것만 같은 불안을 맛보고 있는 만큼 처자를 굶기지 않기 위해 정치적 색채를 바꾼 옛날 전우에 대해서는, 다른 사람들보다 훨씬 관대했다. 그러나 보수파 여자들은 그럴 수는 없었다. 게다가 세상 인심을 좌우하는 집요하고 끈덕진 실권을 쥐고 있는 것은 이러한 여자들이었다. 패전으로 끝난 남부의 대의는 아직도 그녀들의 마음 속에서 그 영광의 절정에 있던 전쟁 때보다도 한결 강하고 귀한 것이 되어 남아 있었다. 그것은 지금은 일종의 신성한 우상이었다. 그것에 속한 모든 것이 신성했다. 복도에 엇갈려 장식된 군도, 일선에서 온 잉크가 바랜 편지, 살아 남은 용사, 이들 부인들은 옛적에 대해 아무런 도움도 위로도 동정도 주려고 하지 않았다. 그리고 스카알렛은 이제 그 적 편의 한 사람으로 꼽히게 된 것이다.

극도로 험악한 정치적 정세 때문에 모든 것이 뒤죽박죽이 된 이런 혼란한 사회에서 오직 하나로 공통된 것이 있었다. 돈만이 만능의 힘을 가지고 있는 것이었다. 대개 전쟁 전에는, 나서부터 한 번도 한꺼번에 이십 오 달러의 돈을 못 쥐어 본 패들인 만큼 그들은 지금 애틀랜타가 생긴 이래 처음 보는 어처구니 없는 낭비성을 발휘하기 시작했던 것이다. 정치적 권력에 편승한 공화당파 사람들에 선동되어 애틀랜타는 점잖은 듯 가면을 쓰고는 있지만, 한 꺼풀만 벗기면 곧 악덕과 야비가 고개를 내미는 낭비와 허식의 시대로 들어갔다. 부자와 가난한 사람들과의 차이가 이렇게까지 뚜렷한 시대는 일찌기 없었다. 높은 지위에 있는 사람들은 불행한 사람들을 거들떠보지도 않았다. 하긴, 흑인에 대해서는 예외였지만, 그들은 무엇이고 제일 좋고 아름답지 않으면 직성이 풀리지 않았다. 학교도, 주택도, 의복도, 오락도, 무엇이고 최고가 아니면 마음이 놓이지 않았다. 그것은 정치상의 실권을 쥐고, 그리고 흑인의 투표를 모조리 내것으로 만들 수가 있었기 때문이다. 그런 반면 최근에 몰락하여 가난해진 애틀랜타 사람들은 신흥 재벌인 공화당 패들이야 무슨 짓을 하든, 그들은 언제 어느 때 굶어 쓰러지게 될지 모르는 완전히 뒤바뀐 상태로 떨어지고 있었다. 이런 저속한 물결의 정점에 스카알렛은 자랑스레 올라가 있었던 것이다. 신혼의 신부로서 날아갈 듯한 아름다운 옷을 차려 입고, 레트의 재물을 엄연히 등뒤에 쌓아 두고 있었던 것이다. 경박하고, 천덕스럽고, 나 보란 듯이 멋을 부리는 여자, 지나치게 치장한 주택, 보석, 말, 음식, 위스키 등 무엇이고 어이 없을 만큼 범람해 있는 이 시대처럼 그녀에게 꼭 맞는 시대는 없었다. 어쩌다 차분히 가라앉아 생각해 볼 경우, 자기의 새로 사귄 사람들 중에는 누구 한 사람 엘렌의 엄격한 규범으로 보아 숙녀라고 부를 수 있는 부인이 없는 것에 생각이 미칠 때가 있었다. 그러나 그녀는 타라의 객실에 서서 레트의 정부가 되겠다고 생각한 그 날부터 엘렌의 규범을 깨뜨린 일이 너무나 많기 때문에 지금은 양심의 고통을 느끼는 일도 별로 없었다.

이런 새 친구들은 엄밀히 말해 숙녀나 신사는 아니었지만, 그러나 레트의 뉴올리안즈 친구들과 마찬가지로 어울려 놀기에는 아주 재미있는 패들이었다. 옛날 애틀랜타 친구들, 얌전하고 교회에 나가기를 좋아하고, 셰익스피어를 애독하는 패들보다 훨씬 재미있었다. 게다가 그때까지 오랜 동안 그녀는 짧은 신혼여행 때를 제외하고는 재미있는 일을 전혀 맛보지 못했다. 또 생활의 안정감을 맛본 일도 없었다. 생활의 불안이 없어진 지금, 그녀는 춤을 하기도 하고, 노름을 하기도 하고, 터무니 없이 소란을 피워 보기도 하고, 성찬이나 고급 술을 싫도록 먹어 보기도 하고, 비단 공단을 입어도 보고, 부드러운 깃털 이불이나 좋은 이불에 몸을 묻어도 보고, 아뭏든 닥치는 대로 온갖 것을 해 보고 싶어 견딜 수가 없어했다. 레트가 재미있어하며 관대하게 해주는 데 이끌려, 어린 시절부터의 속박에서 해방돼 지금까지의 궁핍에 대한 공포를 잊고 지금까지 수없이 꿈 속에서 그려 오던 온갖 사치를 다 해 보았다. 자기가 하고 싶은 대로 하고, 그것이 마음에 안 드는 놈은 지옥에 빠지라는 듯한 기세였다.

그녀는 도박꾼이라든가, 사기꾼이라든가, 점잔을 빼는 여자 투기꾼이라든가, 어쨌든 천성적으로 임기 응변에 능해 성공한 패들 다시 말해, 정상적인 사회에 나가면 어디까지나 배척을 당하고 말 그런 생활을 하고 있는 패들에게만 있는 그 특유한 쾌락에 열중하고 말았다. 그녀가 하는 말, 하는 일은 아주 제멋대로였고 사실 순식간에 그 교만함이 어느 정도에까지 이를지 전혀 종잡을 수 없는 형편이었다.

새로 사권 친구인 공화당원이나 남부의 배신자에 대해서도 거리낌 없이 건방지게 굴었지만, 특히 북부 주둔군 장교들이나 그 가족들에 대해 취한 태도는 무례하고 오만 불손하기 이를 데 없었다. 애틀랜타로 흘러들어온 온갖 잡다한 인간 가운데, 군인들에 한해서만은 그녀는 초대도 하지 않았으며, 또 초대를 해도 결코 관대하게 대하지 않았다. 그녀는 자진해서 일부러 그들을 향해 무례한 태도를 보였다. 푸른 군복이 무엇을 말하고 있는가! 그것이 잊혀지지 않는 것은 멜라니만은 아니었다. 스카알렛에게도 그 푸른 군복과 금단추는 언제나 포위전의 공포와, 목숨을 건 탈출과, 방화와, 타라에서의 절망적인 빈곤과, 살을 깎는 노동의 공포를 상기시켰다. 지금은 재산도 있고 지사나 많은 저명한 공화당원과도 친교가 있으니까, 안심하고 눈에 띄는 푸른 군복을 한 사람은 하나도 빼지 않고 모조리 모욕할 수가 있다. 그래서 그녀는 함부로 모욕을 주고 있었던 것이다.

한 번은 레트가 무심코, 우리 집에 모이는 남자 손님의 대부분은 바로 얼마 전까지 푸른 군복을 입고 있던 패들이라고 지적한 일이 있었다. 그러나 그녀는 양키도 푸른 군복을 입고 있지 않는 한 양키로는 보이지 않는다고 반박했다. 이 말에 대해 레트는「변치 않는 신념, 그대야말로 귀한 보석이로다.」하고 어깨를 으쓱했다.

북군 장교가 입고 있는 화려하고 야한 푸른 빛이 끔찍이도 싫었던 스카알렛은 그들에게 타박을 주고는 재미있어했다. 그들이 어리둥절해 하면 더욱 신이 나서 괴롭혔다. 주둔군 가족들이 어리둥절해 하는 것도 당연했다. 왜냐하면 그 대부분은 조용한 교양 있는 사람들이었고, 적지에 있으면서 쓸쓸해 견딜 수 없어 늘 북부로 돌아가고 싶어하는 사람들이었기 때문이다. 게다가 그들이 옹호해 주지 않으면 안 되는 인간들, 권력을 잡고 있는 못난 인간들에게 다소 굴욕감을 품고 있는 형편으로, 어쨌든 스카알렛이 교제하는 패들보다는 훨씬 품위 있는 계급의 사람들이었다. 자연 장교 부인들은 멋들어진 버틀러 부인이, 빨강 머리의 브리제트 플래허티 같은 천한 계집들과 사이 좋게 지내면서 의식적으로 자기들을 업신여기는 것에 어리둥절해 하지 않을 수 없었다.

그러나 스카알렛이 특히 친하게 지내는 부인들도 그녀와 교제해 가는 데는 상당한 인내가 필요했다. 그런데도 그녀들은 기꺼이 참았다. 그녀들에게 있어 스카알렛은 부와 우아함을 대표할 뿐만 아니라, 그녀들이 애써 관계를 갖고 싶어 하던 옛날 이름, 옛날 가문, 옛날 전통이 있는 구사회의 관습을 대표하고 있는 것으로 생각됐던 것이다. 그녀들이 동경하고 있는 옛 집안들은 벌써 스카알렛을 따돌리고 있는 셈이었는데도 그런 것을 신흥 귀족의 부인들은 모르고 있었다. 알고 있는 것은 다만, 스카알렛의 아버지가 많은 노예를 가지고 있던 대농장주였다는 점, 그리고 어머니는 사배나의 로비야르 집안 출신이라는 것, 그리고 남편은 찰스턴의 레트 버틀러라는 정도였다. 그러나 그것만으로도 그녀들에게는 충분했다. 스카알렛이야말로 그녀들이 들어가려고 원하고 있는 묵은 사교계로 비집고 들어가기 위한 쐐기였던 것이다. 그 묵은 사교계는 그녀들을 경멸하여 방문의 답례도 해주지 않거니와, 교회에서 만나도 냉정히 고개를 끄덕이는 정도였다. 사실 스카알렛은 그녀들에게 사교계에 대한 쐐기 이상의 존재였다. 과거의 가문도 혈통도 모르는 애매한 경력에서 막 세상에 떠오르게 된 그녀들로 볼 때는 스카알렛이야말로 사교계, 바로 그것이었다. 자기들이 벼락 숙녀인 만큼, 스카알렛이 자기도 모르는 사이에 부리고 있는 겉멋만이 그녀들 눈에 띄었다. 스카알렛에게 기막힌 경의를 표하고 그녀의 건방짐에도 방자함에도 별난 동정에도 신경질에도 교만한 것에도 될 수 있는 대로 참고, 그리고 그녀가 가한 어떠한 노골적인 무례에도, 또 그녀들의 결점을 사정 없이 폭로하는 행동에도 잘 견디었다.

그녀들은 극히 최근에 하층 계급에서 올라섰고, 그래서 자기에 대해 전연 자신이 없기 때문에 그만큼 이중으로 자기를 교양 있는 인간으로 보이려고 애를 쓰고 있었다. 신경질을 내는 것을 보여 주거나, 밑천이 드러나는 말대답을 해서 자기가 숙녀가 아닌 게 보일까 봐 몹시 두려워하고 있었다. 어떤 희생을 치르고라도 숙녀로만 보이고 싶었던 것이다. 그래서 무척 섬세한 신경을 지니고 있는 사람이며, 조심성이 많고 순진한 체 꾸미기에 애를 썼다. 그녀들의 대화만을 들어서는 악의 세계에는 발을 들여 놓은 일도 없고, 악을 행사하는 힘 같은 건 날 때부터 가지고 있지도 못 하며, 악의 세계 따위는 꿈에도 알지 못하는 여자들이라고 생각되었을지도 모른다. 햇빛마저 반사할 정도로 새하얀 살결에다, 아일랜드 사투리로 몹시 혀끝이 부드러운 말을 쓰는 빨강 머리의 브리제트 플래허티가 설마하니 아버지가 감춰 둔 비밀의 돈을 훔쳐내어 미국으로 건너와 뉴욕 호텔에서 하녀 노릇을 하고 있던 여자라고는 아무도 눈치챌 수 없을 것이다. 또 실비어 코닝톤(이전에는 새디 벨이라 불렀다)과 매미 바드 등의 나약하고 우울한 정신 상태를 보고 있노라면, 실비어가 뉴욕 유흥가인 바워리가의 아버지 술집에서 자라 가게가 붐빌 때에는 접대부로 손님 자리에 나간 것이나, 매미가 소문에 의하면 남편이 경영하고 있던 색시집 색시 출신이라는 과거 신분 같은 것에는 아무도 생각이 미치지 못할 것이다. 정말 놀랍게도, 지금에 와선 그녀들은 바람에도 쓰러질 것만 같은 연약한 여성이 되어 있는 것이다.

남자들 쪽은 돈은 벌었지만 좀처럼 새로운 신사도를 몸에 익힐 수가 없었다. 또 그렇게 열심히 몸에 익히려 하지도 않는 것 같았다. 그들은 스카알렛의 연회에 나오면, 으레 곤드래가 되었다. 너무 취해서 연회가 끝나면 언제나 한두 사람은 자고 가는 것이 예사였다. 게다가 그 취한 꼴이란, 스카알렛이 소녀 시절에 본 주정꾼과는 아주 달랐다. 이들은 꼭 주착이 없어지고 바보처럼 되어 지저분해졌다. 그리고 아무리 많은 타구를 눈에 띄는 곳에 준비해 놓아도, 다음날 아침이 되면 반드시 양탄자에는 담뱃물을 함부로 뱉은 얼룩이 나 있는 것이었다.

그녀는 이 패들을 속으로는 경멸하면서도 아주 재미있어했다. 사귀는 것이 재미있었기 때문에, 언제나 집에 넘칠 정도로 초대했던 것이다. 또 경멸하고 있었기 때문에 귀찮아서 못 견디게 되면 그들을 향해 지옥으로 가 버리라고 곧잘 고함을 쳤던 것이다. 그래도 그들은 아주 태연했다.

그들은 레트에 대해서도 참을성이 많았다. 레트는 그들의 바닥의 바닥까지 들여다보고 있었다. 그리고, 그들도 그것을 알고 있었기 때문에 참는다고는 해도 그것은 그렇게 쉬운 일은 아니었다. 레트는 자기 집인데도, 언제나 전연 변명의 여지도 주지 않는 말을 사용해서 사정 없이 그들의 정체를 벗겨 보였다. 그리고 자신도 어떻게 해서 재산을 만들었느냐 하는 점에 대해서 조금도 쑥스럽게 생각하지 않으니까 너희들도 특별나게 과거를 부끄러워할 필요는 없지 않느냐는 표정을 지으며 누구나 그런 것을 밝히지 않는 것이 예의라고 암암리에 서로가 양해되어 있는 그런 것까지 기회만 있으면 놓치지 않고 털어놓아 버리는 것이었다.

펀치를 마시며 그가 정답게 이야기할 때는, 무슨 말을 끄집어낼지 알 수 없었다.

「랄프, 나도 좀 더 영리했더라면 봉쇄 무역 따위는 하지 않고, 자네들처럼 과부나 고아들을 속여 금광 주(株)를 팔아서 돈을 버는 건데 그랬어. 그쪽이 훨씬 안전하니까 말이야.」

「여보게, 빌. 자네는 새 말을 한 쌍 샀더군! 유령 철도의 주권을 이삼천 팔았나? 잘 해먹는군!」

「축하하네, 에미스. 그 주의 입찰을 낙찰시켰다며? 뇌물로 많이 들어간 건 좀 안 됐지만.」

부인들은 레트를 천하고 한없이 얄미운 사나이라고 생각하고 있었다 남자들은 안 보는 데서, 그녀석은 돼지처럼 욕심장이로 더러워서 코를 들 수 없다고 했다. 새로 온 애틀랜타 사람들도 토박이 애틀랜타 사람에게 지지 않을 만큼 레트를 싫어했다. 그도 토박이 애틀랜타 사람에게 대해서 그러했던 것처럼 새 애틀랜타 사람의 비위를 맞추려고 하지 않았다.

여전히 레트답게 유쾌하고, 건방지고, 주위 사람들의 의견 따위에는 전연 무관심했다. 그리고 지나칠 정도로 기막히게 공손했다. 그것만으로도 모욕을 당한 것으로 느끼지 않을 수 없는 공손이었다. 스카알렛에게는 그는 여전히 수수께끼였지만 그것도 요즘에는 별로 그녀의 머리를 썩이는 수수께끼는 안 되었다. 여태까지는 그를 기쁘게 해준 것이 아무것도 없었던 것처럼 앞으로도 레트를 기쁘게 할 수 없을 것이 뻔했다. 레트라는 인간은, 무엇인지는 모르지만 무척 탐낸 것이 있었는데 그것이 손에 들어오지 않은 때문인가, 아니면 가지기를 원하는 것이 아무것도 없는 때문인가, 아뭏든 그 어느 쪽인가의 이유 때문에 무엇에 대해서나 전연 무관심하다고 그녀는 믿고 있었다. 그는 그녀가 하는 일은 모조리 웃었고 그녀의 사치와 교만을 부채질해 놓고는 그녀의 허영을 비웃었다. 그러고는 잠자코 셈을 치러 주었다.

50

레트는 두 사람 사이가 어느 정도 부드러워졌을 때도, 결코 차고 조용한 태도를 버리지는 않았다. 그러나 스카알렛은 레트가 그녀의 내부를 지켜보고 있다는 옛날부터의 감정, 어쩌다 그녀가 갑자기 얼굴을 들고 그의 눈을 보게 되면 거기에는 탐색하는 듯한 뭔가를 기다리고 있는 듯한 표정, 그녀가 이해하기 어려운 무섭게 참을성 있는 표정을 발견하고 틀림없이 놀라게 될 것이라는 생각에서 벗어나지를 못 했다.

레트는 자기의 눈 앞에서 일어나는 여러 가지 거짓말이나 마음에도 없는 잔꾀, 호언 장담을 그대로 보아 넘기지 못하는 불행한 버릇을 가지고는 있었다. 그러나 같이 살기에는 결코 재미가 없는 사나이는 아니었다. 그녀가 가게 일이며 제재소며 술집이며 죄수들이며 그들의 식비에 얼마나 드는가 하는 이야기를 하면, 그는 언제나 현명하고 냉철한 조언을 해주었다. 그리고 그녀가 몹시 즐기는 춤과 연회 같은 곳에서도 피로를 모르는 강인한 정력을 가지고 있었고, 모험적인 이야기를 무진장 알고 있어, 가끔 둘만이 있는 저녁에는, 식탁이 치워지고 두 사람 앞에 브랜디와 커피가 놓이게 되면 그런 이야기로 그녀를 즐겁게 해주곤 했다. 그녀가 솔직이 부탁만 하면, 어떤 희망이라도 들어 주었고 어떤 질문에도 대답해 주었다. 그러나 만약 간접적인 수단이나 암시나 여자의 잔꾀 같은 걸로 얻으려고 하면 무엇이고 거절했다. 그리고 또, 그녀의 마음 속을 들여다보고 그녀를 낭패시킨 다음 그것을 보고는 좋아라고 웃음을 터뜨리는 버릇을 가지고 있었다.

그가 대개의 경우, 상냥하고 무관심한 태도로 담담하게 그녀를 다루고 있는 것을 보면 가끔 스카알렛은 골똘히 생각하는 건 아니지만 불현듯, 이 사나이는 왜 나와 결혼한 것일까 하고 생각할 적이 있었다. 남자란 사랑이라든가 가정이라든가 자식이라든가 돈이라든가 그런 것 때문에 결혼하는 것인데 레트는 그 중의 어느 하나도 해당이 되지 않았다. 확실히 그는 그녀를 사랑하고 있지 않았다. 그는 그녀의 아름다운 집을 도깨비 집이라고 했고 가정에 있기 보다는 규칙적인 호텔 생활이 훨씬 낫다고 말했다. 그리고 그는 단 한 번도, 찰즈나 프랭크처럼 아이를 갖고 싶다느니 하는 소리를 한 적이 없었다. 그녀가 한 번 그에게 응석을 부리느라고, 어째서 자기와 결혼을 했느냐고 물은 적이 있었다. 그러자 그는 재미있다는 듯이 눈을 빛내며, 『당신을 노리개로 삼고 싶어서.』 하고 대답을 해 그녀를 펄펄 뛰게 만들었다.

그는 보통 남자가 여자와 결혼하는 것 같은 이유에서 결혼한 것은 아니었다. 단지 그녀를 자기 것으로 만들고 싶은데, 달리는 방법이 없으니까 결혼이란 수단을 택한 데 불과한 것이다. 그것은 그가 결혼을 신청하던 날 밤, 그 자신도 인정한 것이다. 벨 와틀링을 원하는 것과 같은 기분으로 그녀를 원했던 것이다. 그렇게 생각하는 것은 유쾌하지는 않았지만 그것은 사실 노골적인 모욕이었다. 그러나 그녀는 불유쾌한 일은 무엇이나 깊이 생각하지 않기로 하고 있었다. 그래서 이 생각도 적당히 쫓아 버리고 말았다. 결국 자기들의 결혼은 하나의 거래였다. 그리고 그 거래에서 그녀는 충분히 만족하고 있었던 것이다. 그도 역시 똑같이 만족해 주기를 바랬지만, 그러나 그녀는 그가 만족을 하든 안 하든 그런 것에는 별로 마음을 쓰지 않았다.

그러나 어느 날 오후, 속이 좋지 않아 미드 선생을 만났을 때 마침내 그녀는 간단히 떨어 버릴 수 없는 불유쾌한 사실에 부딪쳤다. 해가 질 무렵 그녀가 침실로 뛰어들어가 레트에게 애기가 생겼다고 말했을 때, 그녀의 눈에는 진실한 증오의 빛이 있었다.

그는 비단 실내복을 입고, 담배 연기가 자욱한 방안을 왔다갔다하고 있었는데, 그녀의 이야기를 듣고 있는 동안 그녀의 얼굴을 날카롭게 쳐다보았다. 그러나 그는 아무 말도 하지 않았다. 말없이 그녀를 지켜보고 있었는데, 그녀의 다음 말을 기다리고 있는 그의 모습에는 일종의 긴박감이 역력히 엿보였다. 그러나 그것은 그녀에게는 아무런 효과도 없었다. 분노와 절망이 다른 모든 생각을 완전히 내몰아 버리고 말았던 것이다.

「이봐요, 나, 이 이상 아이 같은 거 갖고 싶지 않아요! 나, 갖고 싶다고 생각한 적 한 번도 없어요. 언제든지 일이 잘 되어 갈 만하면 꼭 아이를 낳게 된단 말예요. 제발 그런 데 걸터앉아 웃기만 하고 있지 마세요! 당신도 갖고 싶지 않지요? 참, 정말, 어떻게 했으면 좋을지 모르겠어요.」

그녀가 뭐라고 하는가 듣고 싶어 기다리고 있었지만, 그것은 그가 바라고 있던 말은 아니었다. 그의 얼굴은 약간 험악해지고 눈은 빛을 잃었다.

「그럼 멜라니 씨라도 드리면 되잖아? 그분은 아이를 더 갖고 싶은데 낳지 못한다고 했잖아?」

「아이 얄미워! 난 아이를 낳고 싶지가 않단 말예요. 똑똑히 말해 두지만 낳고 싶지가 않아요!」

「낳고 싶지가 않다? 어서 다음 말을 해 봐.」

「아, 방법이 있어요. 나라고 언제까지나 아무것도 모르는 시골뜨기는 아니니까요. 여자가 아이를 낳고 싶지 않으면 낳지 않아도 되는 것쯤 알고 있어요! 방법은 얼마든지 있어요.」

그는 일어나 그녀의 손목을 잡았다. 그 얼굴에는 공포에 쫓기는 빛이 역력히 나타났다.

「스카알렛! 바보 같으니, 바른 대로 말해. 설마 무슨 짓을 한 건 아니겠지?」

「네, 안 했어요. 하지만 할 작정이에요. 이제 겨우 허리의 선이 제대로 잡혀서 이제부터 실컷 즐거운 생활을 보낼 판인데 제가 제 모양을 보기 싫게 만들 것 같으세요?」

「당신은 그런 생각을 어디서 받아들였지? 누가 그런 걸 가르쳐 주었지?」

「매미 바드예요, 그 여자는…….」

「색시집 여편네라면 그런 재주도 알고 있겠지. 그런 여자는 두 번 다시 이 집에 발을 들여 놓지 못하게 해. 알았어? 어쨌든 여기는 내집이야, 내가 주인이니까. 그 여자와는 이후 다시 말도 하지 말아!」

「나는 내가 하고 싶은 대로 할 작정이에요. 말해 줘요, 대관절 왜 그렇게 신경을 쓰는 거죠?」

「나는 당신이 아이를 하나는 고사하고 스물을 낳아도 상관없지만, 만일 당신이 죽기라도 하면 그거야말로 큰일이니까 그래.」

「죽어요? 내가요?」

「그래, 죽어. 틀림없이 매미 바드란 년은 여자가 그런 짓을 할 경우에 어떤 위험이 따른다는 말까지는 안 해 주었겠지.」

「그래요.」스카알렛은 마지못해 대답했다.「그 여자는 잘 될 거라고만 말했어요.」

「빌어먹을, 그년을 죽여 버려야지!」

외친 레트의 얼굴은 성이 나서 시뻘개졌다. 그는 눈물에 얼룩진 스카알렛의 얼굴을 내려다보았다. 그리고 얼마쯤 성난 빛이 누그러졌으나, 얼굴은 여전히 딱딱하고 험악했다. 그는 갑자기 그녀를 안아들더니, 마치 그녀가 자기에게서 도망칠까 봐 겁이라도 나는 듯 꽉 끌어안고 의자에 앉았다.

「이봐, 알았어? 나는 당신 자신이 자기 목숨을 빼앗도록 두고 싶지 않아. 듣고 있어? 그야 나도 아이가 싫은 건 당신이나 마찬가지야. 하지만 나는 아이를 못 기를 정도는 아니야. 다시는 당신 입에서 그런 바보 같은 소리를 듣고 싶지 않아. 만약에 그런 짓을 해 봐. 스카알렛, 나는 그런 짓을 하다가 결국 죽고 만 아가씨를 알고 있는데, 그 아가씨는 단지, 아냐, 하지만 그런 짓을 하기에는 좀 지나치게 선량한 아가씨였어. 그건 이만저만한 죽음이 아니었어. 나는……..」

「어머 레트!」그녀는 감동으로 떨고 있는 그의 목소리에 놀라, 자기의 격정도 잊고 말았다. 그가 이렇게 감동하는 것은 처음 보았다.

「어디서였죠? 누구예요?」

「뉴 올리안즈에서. 아니, 뭐 벌써 몇 년 전 일이야. 나도 젊었고 또 다감한 때였기 때문에.」그는 갑자기 머리를 숙이고 그녀의 머리칼에 입술을 묻었다.「아이를 꼭 낳아야 해, 스카알렛. 앞으로 아홉 달 동안 당신 팔에 수갑을 채워, 내 손목에 붙들어매는 한이 있어도 나는 꼭 낳게 하고 말 테야.」

그녀는 그의 무릎에 올라앉아 신기한 듯, 빤히 그의 얼굴을 지켜보았다. 그녀의 시선과 마주치자 그의 얼굴은 마치 마술에라도 걸린 듯 갑자기 조용하고 부드러운 표정으로 바뀌었다. 그는 눈썹을 올리고 입가를 일그러뜨렸다.

「당신은 내가 그렇게도 소중하세요?」그녀는 눈을 내리깔며 물었다.

그는 이 질문에 어느 정도 교태가 숨어 있는지 찾으려는 듯 조용한 표정으로 그녀를 바라보았다. 그리고 그녀의 태도의 진의를 알아내고 아무렇지 않게 대답했다.

「응, 그래. 어쨌든 당신에게는 상당한 돈을 투자했으니까, 함부로 잃고 싶진 않지.」

멜라니는 스카알렛의 방에서 나왔다. 너무 긴장해 있었기 때문에 무척 피로하긴 했지만, 스카알렛이 계집애를 낳았기 때문에 기뻐 눈에는 눈물마저 글썽거렸다.

레트는 긴장한 얼굴로 홀에 서 있었다. 주위에는 함부로 내던진 담배 꽁초로 값진 융단에 구멍이 몇 개나 뚫려 있었다.

「인젠 들어가서도 괜찮아요, 버틀러 선장님.」그녀는 수줍어하며 말했다.

레트는 재빨리 그녀의 앞을 지나 방으로 들어갔다. 마미의 무릎에 안겨 있는 작은 알몸뚱이 갓난애를 구부리고 들여다보고 있는 레트의 모습이 미드 선생이 문을 닫기 전에 힐끗 멜라니의 눈에 보였다. 멜라니는 푹신한 의자에 걸터앉자 뜻밖에 그런 평화로운 광경을 목격하게 된 당황함에 얼굴이 화끈 달아올랐다.

그녀는 생각했다. 『어머나! 어쩌면 저렇게 다정하지! 버틀러 선장은 지금까지 무척 초조해 했어. 그리고 그인 처음부터 끝까지 한 방울의 술도 자시지 않았어! 얼마나 훌륭한 분이람. 남자들이란, 자기 아이를 낳을 때는 대개 취해 버리게 마련인데. 저분도 한 잔쯤 마시는 편이 좋았을지 몰라. 그렇게 말해 줄까? 하지만 그건 좀 주제넘은 짓이야.』

그녀는 기쁜 듯이 등을 의자 속에 묻었다. 요즘 쭉 그녀 등은 허리 근처에서 둘로 쪼개지는 듯 아팠다. 아기를 낳는 동안 내내 도어 밖에서 버틀러 선장이 지키고 있다니, 스카알렛은 얼마나 행복한 사람인가! 나도 보우를 낳던 그 무서운 날에 만일 애실리가 있어 주었으면, 그 반도 고통을 안 겪었을 텐데. 이 닫혀 있는 도어 저쪽의 저 조그만 계집애가 만약 스카알렛의 아기가 아니고, 내 아기였으면 얼마나 좋을까! 어머, 어쩌면 나는 이렇게 못된 사람일까, 하고 그녀는 자기를 꾸짖었다. 스카알렛은 내게 그처럼 친절히 해주었는데, 나는 그 아이를 탐내고 있다. 하느님 용서해 주십시오. 나는 정말로 스카알렛의 아기를 탐내는 것이 아니라, 아냐, 나는 내 아기가 무척 갖고 싶은 거야!

그녀는 아픈 등에 작은 쿠션을 눌러 대며 자기도 계집애를 낳았으면 하고 간절히 생각했다. 그러나 미드 선생은 이 문제에 한해서만은 절대로 의견을 나누려고 하지 않았다. 그리고 또 그녀가 설사 아이를 갖기 위해서는 자기의 목숨쯤 위태로와도 상관없다고 한대도 애실리가 승낙할 리가 없었다. 딸, 애실리는 얼마나 그 딸애를 귀여워할까!

딸! 어머! 그녀는 깜짝 놀라 일어났다. 나는 버틀러 선장한테 딸이라고 하는 걸 깜빡 잊었다. 그이는 물론 아들이라고 믿고 있었을 것이다. 무슨 얼빠진 짓을 했단 말인가!

멜라니는 여자라면 계집아이든 사내아이든 똑같이 반가운 일이지만, 남자들에게는, 특히 버틀러 선장처럼 자아(自我)가 강한 남자에게는 틀림없이 계집애는 타격이 될 것이고 남자로서 치욕이라고 생각할 것이라고 알고 있었다. 아, 하느님이 내 오직 하나의 아이를 사내애로 주신 것은 얼마나 감사한 일인가! 그녀는 만일 자기가 무서운 버틀러 선장의 아내였다면 그의 첫아이로 계집애를 낳느니, 차라리 아이를 낳다가 죽는 편이 낫다고 생각했다.

그러나 마미가 벙글벙글 웃으며 방에서 나와 그녀의 마음을 달래 주자, 동시에 대관절 버틀러 선장은 정말 어떤 남자일까 이상하게 생각하지 않을 수 없었다.

「제가 지금 애기를 씻길 때.」 마미는 말했다. 「레트 나리에게 애기가 사내가 아니라고 잠깐 사과했읍죠. 그랬더니 말입쇼, 멜라니 아씨. 그분이 뭐라고 하셨는지 아시겠읍니까요? 『무슨 소리야, 마미! 누가 사내애를 갖고 싶다고 했어? 사내애는 재미가 없어. 고통스러울 뿐이야. 계집애가 귀여워. 나는 사내애를 열 둘 준다고 해도 계집애하고 바꾸고 싶지 않아.』 이렇게 말씀했읍니다요. 그리고 제 손에서 발가숭이 아이를 빼앗으려 하기에 저는 그분 손목을 두드리면서 말해 주었읍니다요. 『점잖게 계십쇼, 레트 나리! 저는 사내애가 생길 때까지 기다렸다가, 그때 나리께서 기뻐서 큰 소리를 치실 때 웃고 바치겠읍니다요.』 했더니 그분은 빙그레 웃으며 머리를 젓고 말씀하셨읍니다요. 『마미, 할멈은 바보야. 사내애는 아무짝에도 소용이 없어. 내가 그 증거가 아니야?」 멜라니 아씨, 오늘의 그분의 태도는 정말 신사였읍니다요.」하고 마미는 기쁜 듯 말을 끊었다. 레트가 취한 태도가 마침내 마미의 눈에도 그를 다시 보게 했다는 것은 멜라니에게도 기쁜 일이었다. 「저는 레트 나리를 좀 오해하고 있었는지 모르겠읍니다요. 정말 오늘은 제게는 무척 기쁜 날입니다요, 멜라니 아씨. 저는 로비야르 댁 아가씨를 삼대째 받았읍죠만, 오늘은 정말 기쁜 날입니다요.」

「응, 정말 기쁜 날이야, 마미! 아기가 태어난 날만큼 기쁜 날은 없어!」

그러나 집안에서 오직 한 사람, 이 날이 기쁘지 않은 사람이 있었다. 야단만 치고 거의 돌봐 주지 않기 때문에, 웨이드 해밀턴은 처량한 심정으로 식당 근처를 어정거리고 있었다. 그는 그 날 아침 일찍, 갑자기 마미에게 끌려 일어나 부랴부랴 옷을 입고 엘라와 함께 피티 할머니 집으로 아침을 먹으러 갔다. 그가 들은 말은 엄마가 아파서 그의 노는 소리가 못마땅하기 때문이라는 것뿐이었다. 피티 할머니 집에서는 스카알렛이 아프다는 소식을 듣자, 할머니는 즉시 자리에 누워 버리고 쿠키는 그 간호로 정신이 없었기 때문에, 피터 할아범이 아이들을 위해 만들어 준 아침식사는 아주 형편 없는 것이었다. 시간이 지남에 따라 공포가 점점 웨이드의 영혼에 파고들었다. 엄마는 죽은 게 아닐까? 그는 영구차가 집에서 나가고 그의 어린 친구들이 흐느껴 우는 것을 본 일이 있었다. 엄마가 **혹**시 죽으면 어떡하나, 웨이드는 엄마가 무섭긴 했지만 엄마를 무척 사랑하고 **있**었다. 그 엄마가 재갈에 깃털을 장식한 검은 말이 끄는 검은 영구차에 실려 끌려 갈 것을 생각하자, 그의 작은 가슴은 거의 숨을 쉴 수 없을 정도로 아팠다.

낮이 되어 피터가 부엌에서 분주히 일하고 있는 틈을 타 웨이드는 현관으로 살짝 빠져 나와 공포에 떨면서 조그만 발로 기를 쓰고 집으로 달려갔다. 레트 아저씨나 멜라니 아줌마나 마미 중 누구 하나가 반드시 사실대로 말해 주리라. 그러나 레트 아저씨나 멜라니 아줌마의 모습은 아무 데도 보이지 않았고 마미와 딜시는, 타월과 더운 물이 담긴 대야를 들고 뒷계단을 오르내리느라고 그가 현관 홀에 나타난 것도 모르고 있었다. 이층에서 도어가 열릴 때마다, 가끔 미드 선생의 무뚝뚝한 말소리가 들려 왔다. 이윽고 어머니의 신음 소리가 들려 왔기 때문에 그는 마침내 흑흑 울음을 터뜨리고 말았다. 어머니는 지금 틀림없이 죽어가고 있다. 마음을 진정하기 위해 그는 현관 양지바른 창턱 위에 배를 깔고 엎드려 있는 벌꿀빛 고양이에게 손을 내밀어 보았다. 그러나 늙은 고양이놈은 건드리는 것을 싫어하여 꼬리를 탁 치고 가만히 소리질렀다.

이윽고 마미가 정면 계단으로 내려왔다. 마미의 에이프런은 꾸깃꾸깃 꾸겨 더러워지고 머릿 수건은 비뚤어졌는데 그를 보자 얼굴을 찡그렸다. 웨이드는 마미만을 의지하고 있었기 때문에 그 찡그린 얼굴을 보자, 몸을 떨었다.

「도련님처럼 나쁜 아가는 본 일이 없읍니다요.」그녀는 말했다「피티 할머니 댁에 보냈는뎁쇼. 어서 빨리 돌아가 계십쇼!」

「엄마는, 엄마는 죽는 거야?」

「도련님처럼 애를 먹이는 아가는 처음 봤읍니다요! 돌아가신다굽쇼? 무슨 엉뚱한 말입니까요? 사내아이란 정말 골치군입쇼. 어째서 하느님은 사내아이 같은 걸 식구로 점지해 주셨는지. 자, 저리로 갑쇼.」

그러나 웨이드는 가지 않았다. 그는 홀 벽걸이 뒤로 물러갔다. 그에게는 마미의 말이 그다지 믿어지지 않았다. 언제나 착한 아이가 되려는 그에게 사내애는 애를 먹인다는 말은 가슴이 아팠다. 반 시간쯤 지나서 멜라니 아줌마가 창백한 얼굴로, 그러나 혼자 생글생글 웃으며 급히 계단을 내려왔다. 그리고 벽걸이 뒤에서 웨이드의 얼굴을 발견하자 깜짝 놀라 발길을 멈췄다. 멜라니 아줌마는 언제나 참을성 있게, 그를 돌봐 주는 사람이었다. 이 아줌마는 엄마가 늘 말하듯이, 『날 방해하지 말아, 바쁘니까.』라든가, 『저리 가 있어, 웨이드. 난 바쁘단 말이야.』 하고 말한 적이 없었다.

그러나 오늘 아침은 그녀도 다른 소리를 했다. 「웨이드야, 넌 정말 멍청하구나. 어째서 피티 할머니 댁에 가지 않고 있지?」

「엄마는 죽는 거야?」

「아니, 무슨 소리야. 그렇지 않아, 웨이드! 그런 바보 같은 소리 하는 게 아니에요.」그렇게 말은 했지만 곧 측은해져서「미드 선생이 말이야, 지금 엄마한테 귀엽고 조그만 애기를 갖다 주셨어. 네가 이제부터 같이 놀 수 있는 이쁘고 조그만 누이동생이야. 그러니까 아주 얌전하게만 굴면 오늘 밤에 보여 줄 수도 있어. 자, 밖에 나가 놀고 있어요. 지끄럽게 하는 게 아니야.」

웨이드는 조용한 식당으로 몰래 숨어들어갔다. 그의 조그만 세계는 불안에 혼들리고 있었다. 이렇게 날씨가 좋고, 어른들은 뭔가 바쁘게 일을 하고 있는데, 마음 속에 걱정을 지닌 이 어린 일곱 살 소년에게는 몸 붙일 곳도 없는 것일까. 그는 벽 구석에 있는 골방 창틀 위에 걸터앉아, 양지 쪽 궤짝에 심어 둔 가을 해당화 잎을 뜯어 씹고 있었다. 씹고 있는 동안 매워서 어찌나 눈을 자극하는지 눈물이 쏟아져 나왔다. 이윽고 그는 정말로 울어 버리고 말았다. 어머니는 틀림없이 죽어가고 있는 것이다. 누구도 자기 같은 건 돌봐 주지 않고, 모두 새 갓난애——계집애를 위해 뛰어다니고 있다. 웨이드는 어린애 같은 건 별로 흥미가 없었다, 더구나 계집애 같은 것에는. 그가 잘 알고 있는 계집애는 엘라뿐이었지만 그녀는 별로 그가 감탄할 만한 일도, 그가 좋아할 만한 일도 하지 않았다.

한참 지나 미드 선생과 레트 아저씨가 계단을 내려와 홀에 서서 뭔가 낮은 소리로 이야기를 주고 받았다. 도어를 닫고 의사가 가버리자, 레트 아저씨는 얼른 식당으로 들어와 웨이드를 보기 전에 술병에서 술을 넘칠 듯이 따랐다. 웨이드는 또 바보 같은 아이니, 피티 할머니 집에 가야 한다느니 말을 들을까 봐 몸을 웅크리고 있었다. 그러나 레트 아저씨는 잔소리 대신 빙긋 웃었다. 웨이드는 아저씨가 이처럼 웃는 것도 또 이렇게 행복스러워하는 것도 본 일이 없었기 때문에 기운이 나서 창틀에서 뛰어내리자 그에게로 달려갔다.

「네게 누이동생이 생겼단다.」레트는 말하고 그를 안았다.「정말 그렇게 이쁜 애는 처음 봤어! 아니, 왜 울고 있니?」

「엄마가……..」

「네 엄마는 말이다, 지금 맛있는 걸 잔뜩 먹고 있는 중야. 닭고기에 쌀밥에 고깃국에 커피를 말이다. 이제 곧 아이스크림을 만들어 드릴 거다. 너도 먹고 싶으면 두어 접시 먹어라. 그리고 네 누이동생도 보여 주마.」

마음이 놓이고 맥이 탁 풀리면서 웨이드는 새 누이 동생에게는 정답게 해주리라 생각했지만 그렇게는 되지 않았다. 모두 계집애에게만 마음이 쏠려 있다. 누구도 인젠 자기 같은 건 전연 돌보려 하지 않는다. 멜라니 아줌마랑 레트 아저씨까지도 그렇다.

「레트 아저씨.」그는 입을 열었다.「다들 남자애보다는 여자애를 좋아하나요?」

레트는 글라스를 놓고, 작은 얼굴을 유심히 들여다보았으나, 곧 그의 눈에는 모든 것을 이해한 듯한 표정이 떠올랐다.

「아니지, 그렇지도 않지.」그는 매우 신중하게 생각을 가다듬는 듯 진지한 태도로 대답했다.「그저 계집애는 사나애보다 더 성가시니까 누구든지 성가시지 않은 것보다 성가신 쪽을 더 걱정들을 하는 거야.」

「마미는 아까 사내애가 더 성가시다고 했어요.」

「그래, 마미는 정신이 없었으니까. 정말로 그렇게 말한 건 아닐 거야.」

「레트 아저씨, 아저씨는 계집애보다 사내애가 더 갖고 싶지 않았어요?」웨이드는 그렇다고 대답해 주기를 바라며 물었다.

「아니.」레트는 얼른 대답했으나 소년의 얼굴이 수그러지는 것을 보자 말을 아었다.「사내애가 벌써 하나 있는데 누가 또 사내애를 갖고 싶어하겠니?」

「있어요?」웨이드는 그 말에 입을 딱 벌리며 소리쳤다.「어디 있어요?」

「여기.」레트는 대답하고 소년을 안아 자기 무릎에 바싹 끌어당겼다.「사내애는 너 하나면 충분해요, 아가야.」

잠시 동안 자기가 중요시되고 있다는 것이 너무나 기쁘고 안심이 되어 웨이드는 또 울음을 터뜨릴 뻔했다. 그래서 황급히 울음을 삼키고 머리를 레트의 조끼에 기댔다.

「너는 내 아들이지, 그렇지?」

「하지만, 그럼 난 아버지가 둘이에요?」본 일도 없는 아버지에 대한 의리와, 자기를 그렇게 잘 알아 주는 사람에 대한 애정 사이에 끼어 웨이드는 난처한 듯 이렇게 물었다.

「그렇단다.」레트는 분명하게 말했다.「마치 네가 엄마의 아들도 되고 또 멜라니 아줌마의 아들도 되는 것과 마찬가지지.」

웨이드는 이 설명을 잘 생각해 보았다. 그리고 납득이 갔으므로 싱긋 웃고 부끄러운 듯 레트의 팔에 매달렸다.

「아저씨는 남자애에 대해서 뭐든지 알고 계시네요, 레트 아저씨.」

레트의 거무튀튀한 얼굴은 예의 그 딱딱한 표정을 띠고 입술이 일그러졌다.

「응.」그는 괴로운 목소리로 말했다.「나는 사내애들에 대해서 잘 알고 있어.」

잠시 동안 웨이드의 마음에는 공포가——문득 질투가 섞인 공포가 돌아왔다. 레트 아저씨는 자기를 생각하고 있는 것이 아니라 누군가 다른 사람을 생각하고 있다.

「아저씨는 딴 데 또 사내애가 있어요?」

레트는 그를 내려놓았다.

「난 이제부터 한 잔 할 텐데. 너도 하는 거다. 웨이드. 너 생전 처음 마시는 거지? 네 새 누이동생을 위해 축배를 들자.」

「아저씨에겐 따로 또…….」하고 말을 꺼내다가, 웨이드는 레트가 클라렛 병으로 손을 뻗는 것을 보자, 어른들의 축배에 끼어든다는 홍분에 완전히 정신을 빼앗기고 말았다.

「안 돼요, 난 마시지 못해요, 레트 아저씨! 난 말예요, 멜라리 아줌마하고 대학을 졸업할 때까지 술 안 마시기로 약속했어요. 만약 마시지 않으면 아줌마가 시계를 주시겠다고요.」

「그럼 난 시계 줄을 주지. 좋다면, 지금 내가 차고 있는 이 줄도 좋아.」그렇게 말하고 레트는 다시 미소를 지었다.「멜라니 아줌마 말씀이 옳아. 하지만 아줌마 말씀하시는 건 독한 술이지 포도주가 아니야. 너는 신사니까 포도주 정도는 마실 줄 알아야 해, 아가. 그리고 그걸 배우는 데는 지금처럼 좋은 기회가 없단다.」

물을 타서 포도주가 복숭아빛이 되도록 묽게 한 다음, 레트는 그 글라스를 웨이드에게 주었다. 이때 마미가 식당으로 들어왔다. 그녀는 검정 나들이옷으로 갈아입고, 에이프런도 머릿 수건도 새로 단정히 갖추고 있었다. 걸으면서 몸을 흔들자 스커트에서 비단이 스치는 미묘한 소리가 들렸다. 그녀의 얼굴에는 근심스런 빛은 완전히 사라지고, 이가 거의 없는 잇몸을 드러내며 웃었다.

「생일 축배인가요, 레트 나리!」그녀는 말했다.

웨이드는 입으로 가져가던 글라스 쥔 손을 멈췄다. 그는 마미가 이 의붓아버지를 싫어하고 있다는 것을 알고 있었다. 그녀가 버틀러 선장님이라고 부르는 것밖에 듣지 못했고, 그녀의 그에 대한 태도가 정중은 하면서도 차갑다는 것도 알고 있었다. 그런데 지금 그녀는 벙글벙글 웃으며, 다가와서 그를 보고 레트 나리라고 부르고 있다. 얼마나 모든 것이 뒤죽박죽이 된 날인가!「할멈은 포도주보다 럼주가 좋을걸.」레트는 말하고 술장 쪽으로 손을 뻗쳐 뭉툭한 병을 꺼냈다. 「애기가 그만하면 무척 이쁜 편이지, 마미?」

「그러믄입쇼.」대답하자 마미는 글라스를 들고 혀로 입술을 핥았다.

「그 애보다 더 이쁜 애를 본 일이 있소?」

「글쎄입쇼, 스카알렛 아씨가 태어났을 때도 무척 예뻤지만 그만은 못 했읍죠.」

「한 잔 더 하지, 마미. 그리고 마미.」그의 어조는 엄숙했으나 눈은 빛나고 있었다. 「그 사락사락하는 소리는 뭐지?」

「아이구머니, 레트 나리. 이건 제 빨간 페티코트입니다요.」마미는 그 큰 몸집이 흔들릴 정도로 킬킬 웃었다.

「할멈의 페티코트라고! 정말인가? 마치 가랑잎 더미가 부스럭거리고 있는 것 같군. 좀 보여 주게, 스커트를 걷어 봐.」

「레트 나리, 짓궂으십니다요! 안 됩니다요!」

마미는 나지막하게 외치곤 뒷걸음질을 치더니, 일 야드쯤 떨어진 곳에서 살짝 옷자락을 몇 인치쯤 들어, 붉은 태피터 페티코트의 주름 장식을 내보였다.

「할멈은 그것을 입는 데 무척 시간이 걸렸군.」레트는 볼멘 소리로 말했지만 그 검은 눈은 춤추듯 웃고 있었다.

「정말입니다요, 꽤 오래 걸렸읍니다요.」

그러자 레트는 웨이드에게는 못 알아들을 소리를 했다.

「이젠 말 장식을 붙인 노새가 아닌가?」

「레트 나리, 스카알렛 아씨는 나리께 그런 말까지 하셨읍니까요? 어쩜 그렇게 나쁘신 분이람. 이 늙어 빠진 검둥이가 한 말 같은 걸 언제까지나 마음에 꽁하고 두지 맙쇼.」

「아니, 꽁하고 있는 게 아니야. 그저 물어보고 싶었을 뿐이지. 자 한 잔 더 하지, 마미. 한 병 다 비워 버리지. 마시는 거야. 웨이드! 건배하자.」

「누이동생을 위해서!」외치자 웨이드는 쭉 포도주를 들이켰다. 그와 동시에 몹시 사레가 들려 기침과 딸꾹질을 하기 시작했기 때문에 다른 두 사람은 웃으며 등을 두드려 주었다.

딸이 태어난 순간부터의 레트의 행동은, 그를 알고 있는 모든 사람에게 무척 의외였다. 그것은 시내 사람들이나 스카알렛이나, 이제 새삼스레 취소하고 싶지 않은 그애 대한 정평을 뒤집어엎을 만한 전향이었다. 그와 같은 사나이가 이토록까지, 부끄러운 것도 남의 평도 상관 않고 자식에 빠져, 아버지가 된 것을 자랑할 줄이야 누가 상상이나 했으랴! 더구나 그의 첫아기가 사내아이가 아니고 계집아이라는 과히 반갑지 않은 사정으로 보아 더욱 그러했다.

아버지가 된 새로운 감격은 날이 가도 조금도 줄지 않았다. 이것은, 명명식 (命名式)을 마치기 훨씬 전부터, 태어난 아이를 마치 당연한 것처럼 받아들이는 그런 남편을 가진 부인들 사이에 숨은 질투까지 낳게 했다. 그는 거리에서 아는 사람을 만나면 그를 붙들어 놓고 길다랗게 자기 아이의 놀랄 만한 발육 상태를 자세히 들려 주는 것이었다. 더구나 그의 말에는 일단은 예의상 『누구나 제자식이 제일 귀엽다고 생각하는 것이지만……』 하는 따위의 서두는 싹 떼버린 채였다. 그는 자기 딸의 잘난 것은 다른 집 아이 같은 건 비교도 안 된다고 진심으로 믿고 있는 것 같았고 또 그런 기분을 조금도 감추려고 하지 않았다. 새 유모가 아기에게 돼지 비계를 빨려서 그 때문에 처음으로 배탈이 났을 때의 레트의 행동은, 아이 기르는 데 이력이 난 부모들을 몹시 웃겼다. 그는 허둥지둥 미드 선생과 따로 두 의사를 불러들였는데, 이 운 나쁜 유모에게 사냥터의 채찍을 안기고 싶은 것을 간신히 참는 모습이었다. 유모는 해고를 당했지만, 그 뒤로 새로 들어오는 대로 일 주일 이상 붙어 있는 사람은 거의 없었다. 한 사람도 레트가 제시하는 까다로운 요구를 만족시킬 만한 사람이 없었던 것이다.

마미도, 들락날락하는 유모들에게 똑같이 만족해 하지 않았다. 그녀는 새로 온 흑인에게는 누구에게나 샘을 내며, 자기가 갓난아기나 웨이드나 엘라를 보살피지 못할 이유는 하나도 없다고 생각하고 있었다. 그러나 그 마미도 나이에는 당할 수 없었다. 신경통 때문에 그 무거운 발걸음이 한결 힘들어 가고 있었다. 레트도, 할멈의 몸이 그렇기 때문에 달리 유모를 사들인다고 할 수는 없고 해서, 하는 수 없이 자기쯤 되는 지위에 있으면 다만 한 사람의 유모만으로는 되지 않는다고 말했다. 그러나 그것도 마미에게는 별로 효과가 없었다. 그래서 두 사람을 더 사들여서 힘드는 일을 시키고 할멈에게는 감독을 하도록 하겠다고 말해 보았다. 이 말은 마미에게 잘 이해가 갔다. 하인을 늘린다는 것은, 레트의 신용을 늘리는 동시에 그녀의 지위에 빛을 더하는 것이었다. 그러나 그녀는 돼먹지 않은 해방 노예 따위는, 단 한 사람도 아기 방에 들여 놓아서는 안 된다면서 단호히 들어 주지 않았다. 그래서 레트는 타라에서 프리시를 불러왔다. 이 여자의 결점은 레트도 잘 알고 있었지만, 그래도 어찌 됐든 그녀는 〈우리 집 검둥이〉의 한 사람인 것이다. 그리고 피터 할아범의 로우라는 조카딸을 데려왔다. 그녀는 지금까지 피티 고모의 사촌 언니인 바아네 집에서 일하고 있었다.

스카알렛은 일어날 수 있게 되기 전에 벌써 레트가 갓난아이에게 정신이 빠져 있다는 것을 알았다. 그리고 그가 찾아온 손님들 앞에서 딸자랑을 하는 것을 보고 약간 짜증스러워하기도 하고 얼떨떨해 하기도 했다. 남자가 자기 아이를 사랑하는 것은 물론 훌륭한 일이었지만, 그러나 그렇게 노골적으로 애정을 나타내는 것은 그녀에게는 어쩐지 사내답지 못한 느낌이 들었던 것이다. 레트도 다른 남자들과 마찬가지로 무관심하고 냉담한 편이 낫다고 생각되었다.

「당신은 일부러 우스꽝스런 흉내를 내고 계시는 거죠?」그녀는 짜증스레 말했다. 「난 왜 그러는지 모르겠지만.」

「몰라? 그야 물론 당신은 잘 모르겠지. 그 이유는 말이지, 이 아이가, 완전히 내것이 된 맨 처음의 인간이기 때문이야.」

「이 아이는 내것도 되는걸요!」

「아니야, 당신에게는 달리 두 아이가 있어. 이 아이는 내거야.」

「어머, 어이 없는 소릴 하시네요!」스카알렛은 말했다. 「아기를 낳은 건 내가 아니에요! 그리고 당신, 나도 당신 거예요.」

레트는 아이의 검은 머리 너머로 그녀를 보며 이상한 웃음을 띠었다.

「당신이 말이야?」

멜라니가 들어왔기 때문에, 요즘 와서 곧잘 터지는 순간적인 격한 싸움의 하나가 중단되고 말았다. 스카알렛은 화를 누르고, 멜라니가 갓난애를 안는 것을 보고 있었다. 아이의 이름은 으제니 빅토리아라고 부르기로 결정돼 있었지만, 이 날 오후, 멜라니는 무의식중에, 피티퍼트라는 애칭이 사라 제인이라는 고모의 본명을 말살해 버린 것과 같은, 애칭을 이 아이에게 주게 되었다.

레트는 아이를 들여다보며 이런 말을 했다. 「이 아이의 눈은 차츰 피 그린(푸른 빛 자주 -역)이 되어 가는군.」

「그럴 리가 있어요.」멜라니는 스카알렛의 눈이 거의 같은 빛이라는 것을 잊고 화난 듯이 외쳤다. 「오하라 씨 눈과 같이 점점 푸른 빛이 돼 가요. 마치 보니 블루 플랙(아름다운 푸른 깃발—역자주)처럼 푸른 빛으로요.」

「보니 블루 버틀러란 말이지.」레트는 그녀에게서 아이를 받아 안고, 그 작은 눈을 한층 가까이 들여다보았다. 이리하여 이 아이는 보니라고 불리어지게 되고, 두 여왕의 이름을 따서 지어진 본명은 양친조차 생각해 내지 못하게 되고 말았다.

51

그럭저럭 외출을 할 수 있게 되었을 때 스카알렛은 루를 시켜 코르셋을 입고, 그 끈을 될 수 있는 대로 바싹 졸라매게 했다. 그리고 줄자로 허리를 재게 했다. 이십 인치 ! 그녀는 큰 소리로 신음했다. 아이를 몇이나 낳았기 때문에 이 꼴이 되고 만 것이다 ! 그녀의 허리통은 피터 시고모나 마미의 허리통과 같이 돼 버리고 만 것이다.

「더 바싹 졸라매 줘, 루. 만약 십 팔 인치 반이 되지 못하면 난 아무 옷도 못 입게 돼.」

「끈이 끊어집니다요.」루는 말했다. 「아씨의 허리통이 굵어지셨읍니다요, 스카알렛 아씨. 이 이상은 어떻게 해 볼 도리가 없읍니다요.」

『어쩔 수 없지는 않겠지.』스카알렛은 필요한 만큼 폭을 늘이기 위해 드레스 솔기를 함부로 뜯으며 생각했다. 『인제 더는 아기를 낳지 않도록 하는 수밖에 없어.』

물론 보니는 예뻐서 그녀에게는 자랑스런 아이이고 레트도 끔찍이 귀여워하고 있었지만, 그러나 그녀는 더 이상 아기는 갖고 싶지 않았다. 자, 그럼 그것을 어떻게 해야 상대가 무난히 해낼 수 있을까? 레트이고 보면 프랭크처럼 잘 조종이 안 되기 때문에 그녀는 어떻게 해야 좋을지 궁리가 서지 않았다. 레트는 나를 무서워하고 있지 않다. 사내애를 낳으면 강물에 집어던지겠다느니 어쩌니 했지만, 보니가 태어나자 저렇게 바보처럼 되고 말았다. 내년쯤 되면, 사내아이가 갖고 싶다고 할지도 모른다. 상대가 이런 레트이고 보면, 좀처럼 쉬운 일은 아니다. 그러나, 뭐 어찌 됐든 사내애고 계집애고 인제 다시 애 같은 것 낳나 봐라. 여자는 애를 셋만 낳으면 충분한 것이다.

루는 뜯은 솔기를 꿰매고 깨끗이 주름을 펴서, 스카알렛의 치장을 마치자 마차를 불렀다. 이렇게 하고 스카알렛은 제재소로 떠났다. 가는 도중 이제부터 공장에서 애실리를 만나 둘이서 같이 장부를 조사한다고 생각하자 기운이 생겨나, 허리통 같은 건 다 잊고 말았다. 운이 좋으면 그와 단 둘이 만나게 될지도 모른다. 보니를 낳기 훨씬 전부터 그와는 만나지 못했다. 임신한 것이 남의 눈에도 드러나게 된 뒤로부터는 그와는 잠시도 만나기가 싫었다. 그 때문에 다른 사람들은 노상 옆에 있지만, 그와 매일 만나지 못하는 것이 쓸쓸해 견딜 수 없었다. 틀어박혀 있는 동안은, 재목 장사의 소중한 일도 영업 성적 같은 것도 그만 등한해져 버렸다. 물론 지금은 일을 할 필요는 없었다. 공장을 팔아 그 돈을 웨이드와 엘라를 위해 투자해도 문제가 없었다. 그러나 그렇게 되면, 많은 사람들이 함께 모이는 사교 장소 이외에는, 좀처럼 애실리와 만날 수 없게 되고 만다. 그리고 애실리 옆에서 일한다는 것이 그녀에게는 무엇보다도 큰 즐거움이었던 것이다.

공장에 닿자, 그녀는 수북이 쌓인 산더미 같은 재목, 그리고 그 주위로 많은 고객들이 서서, 휴 엘싱과 이야기를 하고 있는 광경을 기쁜 듯이 바라보았다. 여섯 쌍의 노새와 짐 마차에 흑인 마부가 짐을 싣고 있다. 여섯 쌍이나 되는구나 하고 그녀는 자랑스럽게 생각했다. 그러나 이것은 모두 내가 내 힘으로 해낸 것이다.

애실리가 작은 사무실 문에서 나왔다. 오래간만에 그녀와 만나는 기쁨에 눈을 빛내며 마치 여왕이라도 맞아들이듯 그녀에게 손을 내밀어 마차에서 부축해 내린 다음 사무실로 맞아들였다.

그러나 그의 공장 장부를 조사하고, 조니 갤리거의 장부와 비교해 보았을 때, 그녀의 즐겁던 기분은 다소 어두워졌다. 애실리는 어떻게 겨우 경비를 메워 나가는 정도였는데 조니 쪽은 놀랄 만큼 판매고를 올려 주고 있었던 것이다. 그녀는 양쪽 장부를 대조해 보면서 꾹 참고 아무 말도 하지 않았다. 그러나 애실리는 그녀의 얼굴에서 곧 그것을 알아차렸다.

「스카알렛, 미안하오. 다만 나로서 말할 수 있는 것은 당신에게 죄수를 쓰는 것을 그만두고 해방 흑인을 고용하도록 해 달라는 거요. 그러면 나도 좀더 성적을 올릴 수 있으리라 생각하오.」

「흑인이라고요! 어머, 그렇게 하면 흑인에게 치르는 품삯으로도 우리는 파산해 버려요. 죄수들은 공것이나 다름 없이 싸요. 조니가 죄수를 써서 이만큼 이익을 올릴 수 있다면…….」

애실리의 눈은 그녀의 어깨 너머로 그녀에게는 보이지 않는 무언가를 지켜보고 있었다. 그때까지의 기쁜 빛은 사라지고 없었다.

「나는 죄수를 조니 갤리거처럼 부릴 수는 없소. 나는 죄수를 혹사시킬 수는 없단 말이오.」

「참 어리숙하군요! 조니는 그 점에 있어서는 정말 수완가예요. 애실리, 당신은 너무 인정이 많아요. 좀 더 사정 없이 그들을 부리지 않으면 안 돼요. 조니가 그러는데, 일하기 싫은 죄수가 꾀병을 부리느라고 아프다고 말하면, 당신은 당장 하루 휴가를 준다면서요? 당치도 않은 소리예요, 애실리! 그래 가지고는 돈이 벌릴 턱이 없어요. 두어 번 채찍으로 후려갈겨 보세요. 다리뼈라도 부러지지 않은 놈이라면 어지간한 병은 낫고 말 테니까요.」

「스카알렛! 스카알렛! 그만 해둬요! 당신이 그런 소리를 하는 것을 들으면 나는 정말 견딜 수가 없어요.」애실리는 외치며 그녀를 쏘아보았다. 그 눈은 그녀로 하여금 그대로 입을 닫게 하기에 충분했다.「당신은 그들도 인간이란 것을 모르오? 개중에는 병자도 있고 심한 영양 실조에 걸린 사람도 있고 비참한 사람도 있소. 아, 스카알렛, 그 사나이 때문에 당신이 잔인한 여자가 되어 가는 것을 나는 보고 있을 수가 없소. 당신은 언제나 그토록 인정이 많았었는데…….」

「누가 나를 어쨌다는 거예요?」

「나는 말하지 않을 수 없소. 그런 말 할 권리는 조금도 없지만 그러나 나는 말하지 않을 수 없는 거요. 그것은 당신의 레트 버틀러요. 그는 그가 손을 대는 모든 것에 독을 쏟아 넣고 있소. 다소 지나치게 활발하기는 했지만, 그처럼 상냥하고 너그럽고 정숙했던 당신을, 그는 제것으로 만든 다음 다시 당신에게 독을 부어넣었소. 당신에게 손을 대어, 당신을 냉혹하고 잔인한 인간으로 만들어 버렸소.」

「어머나!」스카알렛은 한숨을 쉬었다. 죄의식과 애실리가 이렇게까지 깊이 자기를 생각해 주고, 지금도 자기를 상냥한 여자라고 생각해 준다는 기쁨이 마음 속에서 서로 싸웠다. 고맙게도 그는 내가 일 센트라도 인색하게 아끼고 있는 것을 레트 때문이라고 생각하고 있다. 물론 그것은 레트와는 아무 관계도 없고 나쁜 것은 자기임이 틀림없었지만, 그렇다고 해서 레트에게 오점이 하나 더 찍힌다고 해도 어차피 아플 것도 가려울 것도 없는 것이다.

「만일, 이것이 다른 사람이라면 나는 그다지 신경을 쓰지 않을 거요. 그러나 상대는 레트 버틀러요! 그가 지금까지 당신에게 어떻게 해왔는지 나는 알고 있소. 당신이 알지 못하는 사이에 그는 당신의 사고 방식을 그 자신이 달려온 것과 같은 길로 휘어 넣고 만 거요. 그렇소, 이런 소리는 할 필요가 없을 거요. 그건 나도 알고 있소. 그는 내 생명을 구해 주었소. 그건 감사하고 있소. 그러나 나는 그것이 그가 아니고 다른 사람이었으면 하고 하느님께 빌고 싶을 지경이오! 내가 당신에게 이런 말 할 권리는 없지만.」

「아, 애실리. 애실리, 아녜요. 당신에겐 권리가 있어요. 당신에게 만일 그것이 없다면, 대관절 누구에게 권리가 있겠어요!」

「그 사람 때문에 당신의 그 섬세함이 무너져 가는 것을 나는 도저히 보고 있을 수가 없소. 당신의 아름다움, 당신의 매력이 그 사람의 손아귀에 있다고 생각하면, 그의 손이 당신에게 닿는다고 생각하면, 나는…….」

『이 사람은 내게 키스하려고 하고 있다!』 스카알렛은 가슴을 두근거리며 생각했다. 『하지만 키스한대도 그것은 내 탓이 아니야!』

그녀는 살며시 그를 향해 몸을 돌렸다. 그러나 그는 자기가 지나친 말을 했다는 것, 결코 할 생각이 없던 말을 했는 것을 깨달은 듯 움찔하며 뒤로 물러섰다.

「미안하오, 스카알렛. 나는, 나는, 당신 주인이 신사가 아닌 것처럼 말을 해 버렸는데, 그렇게 말한 내 말이야말로 내가 신사가 아니라는 것을 증명하고 있소. 누구에게도 부인을 향해 그 남편을 비판할 권리는 없소. 내게는 변명의 여지가 없소. 만일에, 만일에…….」그는 주저했다. 얼굴이 괴로운 듯 일그러졌다. 그녀는 숨을 죽이고 기다렸다.

「내게는 전연 변명의 여지가 없소.」

집으로 돌아오는 마차 속에서 스카알렛의 마음은 설레었다. 전연 변명의 여지가 없다! 그가 나를 사랑하고 있는 것이 아니라면! 그녀가 레트의 팔에 안기어 있다고 생각하는 것이 그에게 노여움을 불러일으키리라곤 생각조차 할 수 없는 일이었다. 그러나 어찌 됐든 그 기분은 그녀에게도 이해가 되었다. 만일 그와 멜라니와의 관계가, 멜라니의 육체적 사정 때문에 부득이 오빠와 누이동생의 관계에 머물러 있다는 것을 알지 못했다면, 그녀는 밤낮으로 고민했을 것이다. 그리고 레트의 포옹이 그녀를 천하게 만들고, 잔인하게 만들었다고 했다. 그렇다, 만일 애실리가 그렇게 생각하고 있다면 레트의 포옹 따위 없이도 상관이 없다. 비록 두 사람이 각각 다른 사람과 결혼해 있더라도 서로 육체적 정절을 지켜 간다면 그것은 얼마나 순결하고 로맨틱한 일인가. 이런 생각은 그녀의 공상을 불러일으켰다. 그녀는 그 공상에 황홀한 기쁨을 느꼈다. 그리고 그 공상에는 실제적인 일면도 있었다. 그렇게 되면 이젠 애를 낳지 않아도 되는 것이다.

집에 돌아와 마차를 돌려 보내자 애실리의 말로 인해 꽉 차있던 황홀감도 약간 빛이 바래 가는 것을 느꼈다. 그것은 이제부터 레트에게 침실을 따로 쓸 것과, 그 밖에 거기에 따른 여러 가지를 요구해야 할 것을 생각했기 때문이었다. 그것은 쉬운 일이 아닐 것 같았다. 그것만이 아니고, 애실리에게 당신 소망대로 레트를 거절했다고 어떻게 말할 수 있을까? 아무리 희생을 치렀대도 그것을 아무도 알아 주지 않는다면, 모처럼의 희생이 도대체 무슨 소용이 있겠는가? 겸손이니 섬세한 마음 가짐이니 하는 것은 얼마나 까다로운 일인가! 만일 애실리에게 말할 때도 레트에게 말할 때와 마찬가지로 솔직이 말할 수가 있다면! 아냐, 상관없어. 어떻게든지 해서 애실리에게 사실을 알게시리 하리라.

그녀가 이층으로 올라가 아이들 방 도어를 열자, 레트는 보니의 작은 침대 옆에 걸터앉아, 엘라를 무릎 위에 안고 있었다. 웨이드가 제 호주머니 속을 그에게 보여 주고 있었다. 레트처럼 아이들을 좋아하고 아이들을 소중히 여기는 사람은 본 일이 없다. 세상에는 전남편과의 사이에 난 자식들에게 아주 나쁘게 대하는 계부도 있다고 하는데.

「당신에게 할 이야기가 있어요.」그녀는 말하고 아이들 방을 지나 부부 침실로 들어갔다. 인제 이 이상 아이를 낳지 않겠다는 결심이 굳어 있는 동안에, 이 문제를 확실히 결정지어 두는 편이 좋다.

「레트.」그가 침실 문을 뒤로 닫자 그녀는 곧장 말했다. 「나, 인제 이 이상 아이는 낳지 않기로 결심했어요.」

이 뜻하지 않은 말에 그는 놀랐지만 그것을 얼굴에 나타내지는 않았다. 그는 천천히 의자 옆으로 걸어가 앉자 몸을 뒤로 젖혔다.

「나는 보니가 태어나기 전에 말했듯이 당신이 아이를 하나를 낳든 스물을 낳든 그런 건 아무래도 상관없소.」

마치, 아기가 생겨나느냐 않느냐 하는 것은 실지로 그때가 되어 보지 않으면 모른다는 듯이, 그럴 듯하게 문제를 처리해 버리는 이 사람은 얼마나 심사 사나운 사람인가.

「난 셋이면 충분하다고 생각해요. 해마다 하나씩 낳는다는 건 정말 싫어요.」

「셋이라는 숫자는 어쩐지 운이 좋을 것 같군.」

「여보, 잘 아시겠죠?」말을 꺼내고는 난처해져서 볼을 붉혔다. 「내가 하려는 말 아시겠죠?」

「알고 있어. 당신도 나의 남편으로서의 권리를 거절하면 내가 당신과 이혼할 수 있다는 것을 알고 있겠지?」

「당신은 무엇이든지 금방 그런 식으로 생각하시는군요. 정말 야비해요.」그녀는 무엇이고 마음대로 되지 않는 것에 부아가 치밀어 소리쳤다. 「만일 당신에게도 조금이라도 여자를 생각해 주는 신사다운 마음이 있다면, 당신도, 당신도, 충분히……. 애실리 윌크스를 보세요. 멜라니는 아이를 낳을 수가 없어요. 그래서 애실리는…….」

「정말 어린애 같은 신사야, 애실리는.」레트는 말했다. 눈이 이상한 광채를 띠기 시작했다. 「자, 어서 부인의 의견을 말씀해 보시지.」스카알렛은 말문이 콱 막혔다. 그녀의 이야기는 그것뿐으로 더 이야기할 것이 없었기 때문이었다. 그녀는 이때에야 비로소 이런 중대한 문제를 특히 레트 같은 이기적인 야비한 사나이를 상대로 조용히 결말을 내려고 한 것이 얼마나 어리석었던가를 깨달았다.

「당신, 오늘 오후 제재소 사무소에 다녀온 게 아니오?」

「그게 무슨 상관이 있어요?」

「당신은 개를 좋아하지, 스카알렛? 당신은 개를 개답게 제대로 개집에 놓아 두고 싶소, 아니면 심술궂게 말구유 속에 넣어 두고 싶소?」

그녀의 가슴에는 분노와 실망이 끓어올랐다. 때문에 모처럼의 레트의 비유도 아무런 효과가 없었다.

그는 벌떡 일어나 그녀의 목에 손을 걸더니, 얼굴을 위로 확 젖혔다.

「당신은 어쩌면 그렇게 어린애 같지! 남자를 셋씩이나 같이 데리고 살아 보고도 아직 남자의 본성이 무엇이라는 것을 모르나? 당신은 남자라는 것을 무슨 갖은 풍상을 겪은 늙은 부인처럼 알고 있는 모양이야.」

그는 짓궂게 그녀의 턱을 꼬집고 확 손을 놓았다. 오랫동안 냉랭하게 그녀를 보고 있는 동안에 한쪽 검은 눈썹이 점점 위로 치켜올라갔다.

「스카알렛, 이것만은 알아두기를 바라오. 만일 당신과 당신의 잠자리가 아직 다소라도 내게 매력이 있다면, 아무리 자물쇠를 채우건 당신이 사정을 하건, 나를 멀리할 수는 없다는 것을. 그리고 나는 내가 무슨 짓을 하든 조금도 부끄럽다고는 생각하지 않아. 왜냐하면 나는 당신과 거래를 했기 때문이야. 그 거래에서 나는 지금까지 충실히 약속을 지켜 왔는데, 당신은 지금 그것을 깨뜨리려고 하고 있어. 자, 그럼 한껏 당신의 잠자리 순결을 지켜보시지.」

「그럼 당신은!」스카알렛은 화가 나서 외쳤다.「나를 상관하지 않겠다는 말이에요?」

「당신은 벌써 내게 싫증이 났지? 하지만 말이야, 남자 쪽이 여자보다는 싫증을 쉬 내는 법이야. 당신의 신성을 지는 것이 좋아, 스카알렛. 그런 걸로 굽힐 내가 아니야. 전연 아무렇지도 않아.」그는 눈썹을 치켜세우며 빙그레 웃었다. 「다행히도 세상에는 잠자리가 얼마든지 있어. 그리고 대개의 잠자리는 여자들로 꽉 차 있지.」

「설마 당신은 정말로 그런…….」

「바보 같으니! 물론이지. 지금까지 내가 오랫동안 밖으로 헤매지 않은 것이 이상할 정도지. 지금껏 나는 한 번도 한 여자에게 순결을 지켜 온 일이 없었으니까.」

「나는 앞으로 매일 밤 침실에 자물쇠를 걸겠어요!」

「부디 소원대로. 그러나 만일 내가 당신을 필요로 한다면, 자물쇠 같은 걸 채우고 나를 몰아내려고 해야 그건 아무 소용이 없어.」

그는 몸을 돌리자 마치 이 문제는 이걸로 끝이 났다는 듯 방을 나가 버렸다. 스카알렛은 그가 아이들 방으로 돌아가 아이들의 환영을 받는 소리를 들었다. 그녀는 털썩 주저앉았다. 그녀는 자기가 생각한 대로 했다. 그것은 자기도 바라고 애실리도 바라고 있는 일이다. 그러나 그렇게 해 보아도 그녀는 행복한 기분은 되지 않았다. 레트가 이 문제를 아주 대수롭지 않게 취급하여 그녀를 도와 주려 하지 않고 다른 잠자리의 다른 여자와 같이 그녀를 취급한 것을 생각하자 상처난 자존심 때문에 분해 견딜 수가 없었다.

그녀는 어떻게 품위 있게, 자기와 레트는 이미 실질적으로 남편도 아내도 아니라는 것을 애실리에게 알리는 방법은 없을까 하고 생각했다. 그러나 이미 그것은 헛일이라는 것을 깨달았다. 모든 것이 엉망이 되어 버리고 만 것이다. 이럴 바엔 아무 말도 하지 않은 편이 좋았을 것을 하고 생각했다. 이미 이렇게 되어서는 그의 담배 불빛이 어둠 속에서 빛나는 것을 보며, 레트와 언제까지나 잠자리 속에서 이야기를 즐길 수도 없게 되고 말았다. 찬 안개 속을 달리는 악몽에서 깨어나 무서운 기분에 빠졌을 때, 그의 품에 안겨 위안을 받을 수도 없게 되고 말았다.

문득 그녀는 자기가 무척 불행하게 느껴졌다. 그래서 의자 손잡이에 얼굴을 묻고 울었다.

52

보니의 첫돌이 지나고 얼마 안 된 어느 비오는 날 오후, 웨이드는 심심한 듯 거실 안을 거닐다가 가끔 창가로 가서 빗방울이 흘러내리는 창유리에 코를 대곤 했다. 그는 가냘프고 약하디약한 소년으로 여덟 살로서는 몸집이 작고 수줍을 정도로 얌전하며, 이야기를 걸어오지 않으면 결코 자진해서는 말을 하지 않았다. 지루하고 분명히 장난거리가 없어서 답답한 모양이었다. 왜냐하면 엘라는 한쪽 귀퉁이에서 인형놀이에 정신이 팔려 있고, 스카알렛은 책상을 향해 혼자 투덜거리며 긴 숫자의 열(列)을 계산하고 있었고, 레트는 마룻바닥에 배를 깔고 엎드려 시계 줄을 집어 들고 보니가 손을 뻗으려고 하는 코 끝에 그것을 흔들흔들하고 있었기 때문이었다.

웨이드가 책 대여섯 권을 집어 들어 탕 하고 큰 소리를 내며 떨어뜨리고 커다랗게 한숨을 쉬자, 스카알렛은 짜증을 내며 그를 돌아다보았다.

「시끄럽구나, 웨이드! 냉큼 밖에 나가 놀지 못 하니겠니!」

「못 나가요. 비가 오고 있는걸요.」

「그래? 미처 몰랐구나. 그럼 뭐든지 하면 될 거 아냐. 네가 얼씬거리는 바람에 정신이 섞갈려 못 견디겠어. 포크한테 가서 마차를 내달래 가지고 보우네 집에라도 놀러 갔다 오렴.」

「그 앤 집에 없어요.」 웨이드는 한숨을 쉬었다. 「라울 피칼의 생일 파티에 갔어요.」

라울은 메이벨과 르네 피칼 사이에 태어난 조그만 아들인데, 사람의 자식이라기 보다는 원숭이에 가까운 못생긴 아이라고 스카알렛은 생각하고 있었다.

「그럼 아무 데고 네가 가고 싶은 곳에 가면 되잖니. 빨리 포크한테 가서 마차를 내 달라고 해.」

「오늘은 아무도 집에 없어요.」 웨이드는 대답했다. 「모두 생일 파티에 갔단 말예요.」

『나말고는 전부.』 라고 입에는 내지 않은 말이 포함되어 있었지만 장부에 정신이 팔린 스카알렛은 조금도 그것을 알아채지 못했다.

레트는 몸을 일으켜 앉았다. 「아가, 왜 너도 생일 파티에 가지 그랬니?」

웨이드는 내키지 않는 얼굴로 한쪽 발을 끌며 그의 옆으로 다가갔다.

「난 초대를 받지 못했어요.」

레트는 당장 부숴뜨릴 것만 같은 보니의 손에 시계를 쥐어주고 가볍게 일어섰다.

「그런 돼먹지 않은 숫자 같은 건 집어치워요, 스카알렛. 어째서 웨이드는 오늘 생일 파티에 초대받지 않았지?」

「제발 좀 레트, 지금 방해하지 말아 주세요. 애실리의 장부 정리는 정말 엉망이에요. 아, 그 생일 파티? 웨이드가 초대받지 못했대도 그런 일은 아무것도 아니에요. 또 초대받았다고 해도 난 보내지 않았을 거예요. 라울이 메리웨더 부인의 손자라는 걸 잊으셨어요? 메리웨더 부인은 우리 가족을 초대하느니 차라리 그 신성한 응접실에 해방 흑인들을 초대할 거예요.」

웨이드의 얼굴을 생각에 잠긴 눈으로 물끄러미 바라보고 있던 레트는 소년이 겁에 질리는 것을 알아챘다.

「이리 온, 애야.」 그는 소년을 가까이 끌어당겼다. 「너 그 파티에 가고 싶니?」

「아뇨.」 웨이드는 용기 있게 대답했지만 눈길은 그대로 내리깐 채였다.

「음, 그럼 웨이드야. 넌 조 와이팅네 파티나, 프랭키 본넬네 파티나, 혹은 그렇지 누구든 네 친구네 집에는 늘 가니?」

「아뇨, 난 별로 파티에는 초대되지 않는걸.」

「웨이드, 너 거짓말장이구나!」 스카알렛은 뒤돌아보며 소리쳤다. 「넌 지난 주에도 세 번이나 파티에 갔었잖아, 바아네 어린이회하고, 그리고 겔러트네 집하고, 헌든네 집하고.」

「고르고 골라서, 말안장을 얹은 노새들만 모였군그래.」 레트는 말했으나, 그의 음성은 차츰 다정하고 느릿한 어조로 변해 갔다. 「그런 파티에 가서 재미있었니? 말해 봐.」

「아뇨.」

「왜?」

「난, 난 모르겠어요. 마미가, 마미가 그 사람들은 백인의 쓰레기 같은 것들이라고 했지만.」

「당장, 마미의 껍질을 벗겨 버릴 테야!」 스카알렛은 펄쩍 뛰어 일어나며 소리쳤다. 「그리고 너도, 웨이드야, 엄마 친구들을 그렇게 말하면…….」

「이 애가 말한 것은 사실이야. 그리고 마미가 한 말도 그래.」 레트는 말했다. 「하지만 물론, 당신은 진실에 부딪혀도 그것을 깨달은 적은 한 번도 없으니까. 염려할 것 없다, 애야. 너는 인제 가고 싶지 않은 파티 같은 데는 안 가도 괜찮다.」 말하고 그는 주머니에서 일 달러짜리 지폐를 한 장 꺼냈다. 「자, 포크한테 가서 마차 준비를 해 가지고, 시내로 데려다 달라고 해라. 캔디라도 사 가지고 오렴. 잔뜩 말이다, 네 뱃속이 신나게 아플 정도로.」

웨이드는 얼굴을 활짝 펴며 지폐를 호주머니에 넣고, 승낙을 구하듯 불안하게 어머니 쪽을 쳐다보았다. 그러나 그녀는 무뚝뚝하게 눈썹을 찡그리고 레트를 뚫어져라 바라보고 있었다. 그는 바닥에서 보니를 안아들자, 그녀의 작은 얼굴을 자기 볼에 대고 얼렀다. 그녀는 레트의 표정을 읽을 수 없었지만 그의 눈에는 무언지 모르게 거의 공포에 가까운 것, 공포와 자책의 빛이 떠 있었다.

웨이드는 의붓아버지의 다정한 태도에 용기를 얻어, 조심조심 그에게로 다가갔다.

「레트 아저씨, 나 물어보고 싶은 게 있어요.」

「오냐, 그래라.」보니의 머리를 끌어당기며, 레트의 눈에는 뭔가 염려스럽고 맥이 풀린 듯한 표정이 있었다. 「뭐지, 웨이드?」

「레트 아저씨, 아저씬 전쟁에 나갔었어요?」

레트의 눈은 갑자기 본래대로 날카로와졌지만 목소리는 여전히 아무렇지 않았다.

「어째서 그런 걸 묻지?」

「저, 조 와이팅이 말예요, 아저씬 전쟁에 나가지 않았대요. 그리고 프랭키 본 넬도 그렇게 말했어요.」

「호, 그래서 넌 개들에게 뭐라고 했니?」하고 레트는 말했다.

웨이드는 내키지 않는 표정이었다.

「난, 난 말했어요. 난 모른다고 말했어요.」그리고 얼른 덧붙였다. 「하지만 난 아무렇지도 않았어요. 그리고 그놈들을 때려 주었어요. 하지만 정말 전쟁에 나갔었어, 레트 아저씨?」

「물론 갔고 말고.」레트는 갑자기 거친 어조로 말했다. 「아저씨도 전쟁에 갔었지. 여덟 달 동안, 군대에 있었단다. 러브조이의 싸움에서부터 프랭클린 싸움까지 죽 싸웠단다. 존스톤 장군이 항복했을 때는 그분과 같이 있었단다.」

웨이드는 자랑스런 듯 어쩔 줄을 몰랐다. 스카알렛은 웃음을 터뜨렸다.

「난, 당신이 전쟁에 나간 것을 부끄러워하고 있는 줄만 알고 있었는데.」그녀는 말했다. 「당신은 그걸 말하지 말아 달라고 내게 부탁하지 않았어요?」

「잠자코 있어.」그는 짤막하게 말했다. 「그래, 기분이 풀렸니, 웨이드야?」

「응, 그래! 난 아저씨가 전쟁에 나갔었다는 걸 알고 있었어요. 남들이 말하는 것처럼 아저씨는 겁장이가 아니라는 것을 알고 있었어요. 하지만, 어째서 다른 아이들 아버지하고 같이 있지 않았죠?」

「그건 말이다, 다른 아이들 아버지는 아무것도 할 줄 모르기 때문에 보병 노릇밖에 할 수 없었기 때문이야. 아저씨는 사관학교 출신이라서 포병이 되었었지. 그것도 정규군의 포병으로. 웨이드야, 향토 방위군이 아니야. 포병대에 들어가려면 아주 여러 가지를 알고 있지 않으면 안 되는 거란다.」

「그렇구나.」웨이드는 얼굴을 환히 빛내며 말했다. 「부상도 입었었어요, 레트 아저씨!」

레트는 망설였다.

「이질에 걸렸던 얘기라도 해주시구려.」스카알렛은 조롱하며 웃었다.

레트는 갓난아기를 가만히 마룻바닥에 내려놓자, 와이셔츠와 속옷을 바지 허리띠에서 끄집어냈다.

「이리로 와 봐, 웨이드야. 부상당한 데를 보여 주마.」

웨이드는 신이 나서 앞으로 걸어갔다. 그리고 레트가 가리키는 곳을 자세히 보았다. 한 줄기 불쑥 솟아오른 칼자국이 갈색 가슴에서 힘줄이 불끈 솟은 배께까지 비스듬히 나 있었다. 그것은 캘리포니아 금광에서 칼로 격투를 하다가 생긴 상처 자국이었지만, 그런 걸 웨이드가 알 리 없었다. 그는 행복한 듯 긴 한숨을 쉬었다.

「아저씨도 우리 아버지만큼 용감하셨죠, 레트 아저씨!」

「그래, 비슷하긴 했지만 아주 똑같다곤 할 수 없지.」레트는 와이셔츠를 바지 속으로 밀어 넣으며 말했다.「자, 거리에 가서 그 돈을 쓰고 와. 그리고 아저씨가 전쟁에 안 나갔었다고 하는 애가 있으면 모조리 두들겨 줘라.」

웨이드는 신바람이 나서 포크를 부르며 뛰어나갔다. 레트는 다시 갓난애를 안아올렸다.

「어째서 그런 거짓말을 하시는 거죠, 용감한 군인 아저씨?」스카알렛은 말했다.

「사내애란 자기 아버지를 자랑스럽게 생각하지 않으면 안 돼. 설사 그게 의붓 아버지라도 나는 다른 개구쟁이들 앞에서 그 애가 모욕을 당하는 것을 모른 척할 수는 없소. 아이들이란 사정이 없으니까.」

「바보 같은 소리!」

「나는 웨이드에게 그게 어떤 의미를 갖는 것인지 생각해 본 일이 없었어.」레트는 천천히 말했다.「그 애가 얼마나 안타까와하고 있는지 생각한 일도 없었어. 보니는 그런 꼴을 당하게 해서는 안 돼.」

「어떤 꼴이요?」

「당신은 내가 보니에게, 아버지를 부끄럽게 생각하게 할 것 같소? 이 애가 아홉 살이나 열 살쯤 되었을 때 파티에서 따돌림을 당해도 좋다는 거요? 당신은 이 애가 웨이드와 똑같이 이 애때문이 아니라, 당신이나 나 때문에 모욕을 당해도 좋다고 생각하는 거요?」

「아이 참, 애들 파티 같은 걸 가지고!」

「아이들 파티가 커지면, 젊은 아가씨가 사교계에 처음으로 등장하는 파티가 되는 거야. 자기 딸이 애틀랜타의 상류 사회 사람들로부터 일체 따돌림을 당하며 자라도 상관없다는 말이야? 이 애가 애틀랜타에서, 혹은 찰스턴이나 사배나에서 또 뉴 올리안즈에서 환영을 받지 못한다고 해서, 북부로 보내 학교를 다니게 하거나 교제 석상에 내보내는 것은 난 싫소. 남부의 점잖은 가정이 어디서나

이 애를 맞아 주지 않는다고 해서, 혹은 어머니가 바보이고 아버지가 악당이라고 해서, 억지로 북부 사람이나 외국인과 결혼시키는 것은 난 싫단 말이오.」

도어 있는 데까지 돌아온 웨이드는, 의미는 잘 모르면서도 재미있는 듯 열심히 두 사람의 이야기를 듣고 있었다.

「보니는 보우하고 결혼할 수 있잖아요, 레트 아저씨.」

레트가 소년 쪽을 돌아다보았을 때 그 얼굴에는 이미 노여움이 사라져 있었다. 그리고 아이들을 상대할 때면, 언제나 그렇듯 무척 진지한 표정으로 자기 말을 신중히 생각하며 말했다.

「참 그렇구나, 웨이드야. 보니는 보우와 결혼하면 되는구나. 그러나 너는 누구와 결혼하지 ?」

「아니야, 난 아무하고도 결혼하지 않아 !」 웨이드는 분명히 말했다. 멜라니 아줌마를 빼놓고는 절대로 꾸중을 하거나 하지 않고 언제나 격려를 해주는 단 한 사람의 어른과 당당한 남자끼리의 이야기를 할 수 있다는 데에 소년은 우쭐해 있었다. 「난 아버지처럼 하버드 대학에 가서 변호사가 될래요. 그리고 아버지한테 지지 않는 용감한 군인이 될래요.」

「멜라니는 쓸데없는 소리를 말아 주었으면 좋겠는데.」 스카알렛은 소리쳤다. 「웨이드야, 너는 하버드 같은 곳에 가선 안 돼. 거긴 양키들의 학교야. 나는 양키의 학교 같은 곳에 너를 보낼 생각은 없어. 너는 조지아 대학에 가서 졸업하면 내 가게 일을 돌봐야 한다. 그리고 너의 아버지가 용감한 군인이었다는 것은 ……. 」

「잠자코 있어.」 레트는 무뚝뚝하게 말했다. 그는 웨이드가 꿈에서도 본 일이 없는 아버지의 이야기를 할 때 그 눈에 광채가 번쩍번쩍 빛나는 것을 놓치지 않았다. 「빨리 커서 아버지처럼 용감한 군인이 되는 거다, 웨이드. 아버지한테 지지 않는 사람이 되는 거야. 아버지는 영웅이었으니까 말이다. 그러니까 안 그렇다느니 하는 소리는 아무한테서도 들을 염려가 없어. 아버지는 어머니하고 결혼했지 않니 ? 그것만 보아도 영웅이었던 증거는 충분하다. 그러니까 아저씨가 꼭 하버드에 가서 변호사가 되도록 해주마. 자, 빨리 포크한테 뛰어가서 거리로 데려다 달라고 해라.」

「내 아이는 내가 감독하도록 해주었으면 좋겠어요 !」 스카알렛은 웨이드가 고분고분 방에서 달려나가자 소리쳤다.

「하지만 당신으로 말하면 형편 없이 불안한 감독자니까 말야. 당신은 여태까지 모처럼 엘라와 웨이드가 잡은 기회를 언제나 망쳐 왔었어. 그러나 보니에게는 그렇게 하도록 내버려두지 않겠어. 보니는 귀여운 공주님이 되는 거야. 온 세계가 다 이 애를 동경하도록 만들겠어. 이 애가 못 갈 곳은 아무 데도 없게 만들겠어, 알겠소? 당신은 이 애가 자라서 지금 이 집에 우글거리고 있는 천한 것들과 사귀어도 좋다고 생각하고 있는 거요?」

「그 사람들은 당신과 잘 어울려요.」

「그리고 당신에게는 과분하다는 말이지. 하지만 보니에게는 절대로 맞지 않아. 당신이 교제하고 있는 이 건달패 같은 녀석들과 이 애를 결혼시키다니 어림도 없는 말이지. 욕심장이 아일랜드인, 양키, 백인 쓰레기, 뜨내기 벼락 부자 같은 것들. 우리 보니는 버틀러 집 피를 받고, 로비야르 집안의 혈통을 이어받아…….」

「그리고 오하라 집의…….」

「오하라 집안은 전에는 아일랜드의 임금이었던 때가 있는지는 몰라도, 그러나 당신의 아버님은 영리하고 욕심장이 아일랜드인 이외의 아무것도 아니었어. 그리고 당신으로 말하면, 그 이하야. 하긴 이런 말을 하는 나도 대단한 건 아냐. 나는 지옥에서 나온 박쥐 모양 인생을 빈둥빈둥 놀며 보내 왔소. 무엇 하나 소중한 것이 없었기 때문이오. 그러나 지금은 보니가 있소. 아, 나는 얼마나 바보였을까! 우리 어머니나 당신의 율라리 이모나 포라인 이모가 어떤 일을 하든 보니는 찰스턴에서는 환영을 받지 못할 거요. 그리고 이 애틀랜타에서도 우리가 빨리 무슨 수를 쓰지 않으면 역시 환영을 받지 못할 게 뻔한 일이오.」

「어머, 레트, 당신이 그런 걸 그토록 야단스럽게 생각하다니 참 우습군요. 우리만큼 돈이 있으면…….」

「우리의 돈이 무슨 소용이야! 우리들의 돈을 전부 기울여도 내가 이 애에게 해주고 싶은 것은 살 수 없어. 나는 보니가 공화당 대통령 취임 축하 무도회에서 인기자가 되는 것보다는, 피칼의 초라한 집이나, 엘싱 부인의 찌그러져 가는 집에 말라 빠진 빵이라도 먹으러 오라고 초대를 받는 편이 훨씬 낫다고 생각해. 스카알렛, 당신은 바보였어. 당신은 당신의 자식들을 위해 사교계에 나갈 수 있는 장소를 몇 해 전부터 미리 확보해 두었어야 했소. 그런데 당신은 하지 않았소. 이제 새삼, 당신이 그 전처럼 되려고 해도 이미 그건 불가능한 일이오. 당신이 너무 돈벌이에 정신이 팔려 있었고, 허세를 부리는 것만이 무턱대고 좋았던 거요.」

「난, 그까짓 것들 차주전자 속의 폭풍 정도로밖에 생각하지 않아요.」

스카알렛은 쌀쌀하게 말하고 자기에게 관한 그런 논쟁은 끝났다는 듯 서류를 뒤적이기 시작했다.

「우리들을 도와 주는 사람이 있다면, 지금은 윌크스 부인밖에 없소. 그런데 당신은 될 수 있는 대로 그녀를 멀리하려 하고 모욕하려 하고 있소. 그녀의 가난한 살림살이나 초라한 차림 같은 것에 대해선 이젠 말 않는 게 좋겠어. 그녀는 애틀랜타의 모든 올바른 것의 정신이고 중심이오. 그녀가 있다는 것은 바로 하느님의 은혜요. 그녀는 틀림없이 내가 하려는 일에 힘을 빌려 줄 거요.」

「그래 당신은 어떻게 하실 작정이세요?」

「어떻게 하느냐고? 나는 이 거리의 보수파인 그 부인 감시원들에게 닥치는 대로 접근할 생각이오. 그 중에서도 특히 메리웨더 부인, 엘싱 부인, 와이팅 부인, 미드 부인에게 말이오. 만일 나를 싫어하는 뚱뚱보 늙다리 고양이들 앞에 내가 기어서 가야 한다면 그것도 사양하지 않겠소. 그 여자들의 냉담한 태도도 꾹 참고 과거의 잘못을 뉘우쳐야 한다면 그것도 하겠소. 그녀들의 쓸모 없는 자선에도 기부를 하고 그녀들의 보잘것없는 교회에도 가겠소. 남부 동맹을 위해 일한 것을 인정하고 그 자랑도 하겠소. 최악의 경우에는 그 지긋지긋한 클랜단에도 가담하겠소. 하기야 자비하신 하느님께선 그토록까지 힘든 고행을 내 어깨에 지워 주시진 않겠지만. 그리고 또 목이 달리는 것을 구해 준 바보들에게 신세를 졌다는 것을 생각나게 하는 일도 주저하지 않고 해내겠소. 그런데 부인, 당신은 내가 비위를 맞추고 있는 사람들의 저당물을 팔아 버리거나 그들에게 썩은 재목을 팔거나, 그 밖에 그들의 감정을 해치는 짓을 해서, 모처럼 내가 하고 있는 일을 뒤에서 망치는 짓은 제발 삼가야만 되겠소. 그리고 블럭 지사 같은 사람은 두 번 다시 이 집에 들여 놓지 말았으면 좋겠소. 듣고 있는 거요? 그리고, 당신이 교제하고 있는 점잖은 체하는 도둑들도 한 사람도 이 집에 들어오지 못하게 하오. 만일 당신이 내 부탁을 무시하고 놈들을 초대하는 날에는 당신은 집 안에 손님을 대접할 남자 주인이 없다는 따분한 궁지에 빠지게 될 걸 각오하지 않으면 안 될 거요. 놈들이 이 집에 오게 되면 난 벨 와틀링의 술집에서 시간을 보내면서 만나는 사람에게마다 나는 그런 놈들과 한 지붕 밑에 살고 싶지는 않다고 떠들어 댈 거요.」

이 말에 속이 상한 스카알렛은 코웃음을 쳤다.

「알겠어요, 강배(江船)의 노름꾼 출신 투기꾼이 앞으로는 존경받는 인간이 되어 보겠다 이거죠! 남들에게 존경을 받는 사람이 되고 싶거든 먼저 벨 와틀링의 집부터 파는 게 어때요?」

이것이 넘겨짚고 한 말이었다. 레트가 그 집을 가지고 있다는 확신은 전연 없었던 것이다. 그는 그녀의 마음을 알아 차린 듯 갑자기 웃음을 터뜨렸다.

「좋아, 충고는 고맙소.」

아무리 레트가 노력한다 해도, 사람들의 존경을 회복하는 데 이처럼 곤란한 시대는 없었다. 과거에도 미래에도 공화당원이라든가 변절자라는 말이 이렇게까지 증오의 대상이 된 적은 없었던 것이다. 바야흐로 북부의 뜨내기가 지배하는 사회적 부패가 절정에 달해 있었기 때문이었다. 그리고 패전 이래 레트의 이름은 북부 사람이나 공화당원이나 변절자들과 뗼래야 뗼 수 없는 관계로 연결되어 있었다.

1866년에는, 애틀랜타 사람들은 자포 자기적인 분노를 가지고, 그들에게 가해지고 있는 가혹한 군정처럼 나쁜 것은 없다고 생각하고 있었다. 그런데 이제, 블럭 지사의 정치 밑에서 그들은 최악의 것을 경험하고 있는 것이다. 흑인들의 투표 덕택에 공화당과 그 동맹자들은 굳은 기반을 마련하고, 무력한 대로 여전히 저항을 계속하고 있는 소수당 위에 떡 버티고 있었다.

『성서 속에는 두 개의 정당이 기록되어 있을 뿐이다. 즉 퍼블리컨(^{세무 관리}—역자주)의 정당과 죄인의 정당이다.』라고 하는 말이 누가 한 말인지 흑인들 사이에 퍼지고 있었다. 죄인만으로 조직되어 있는 정당으로 들어가고 싶어하는 흑인은 한 사람도 없었다. 그래서 그들은 허둥지둥 리퍼블리컨(공화당—역자주)에 가입했다. 그들의 새 주인들은 몇 번이고 몇 번이고 투표를 시켜, 가난한 백인과 변절자를 당선시켰다. 그리고 그들을 높은 지위에 앉혀 몇 사람인가의 흑인 의원까지 선출했다. 이들 흑인들은 주 의회의 의석에 앉아서도 대개는 땅콩을 씹거나, 맨발로만 다니던 발에 익지 않은 구두를 벗었다 신었다 하며 시간을 보내고 있었다. 읽기 쓰기를 할 수 있는 사람은 거의 없었다. 대개는 목화나 사탕수수밭에서 갓 온 주제에, 그들 자신과 공화당 패들을 위해 막대한 세비(歲費)는 물론 세금이나 공채를 가결할 권한을 쥐고 있었다. 그들은 또 그들 자신에게 투표했다. 주민들은 무거운 세금에 허덕이면서 울분을 참을 길 없는 기분으로 세금을 치르고 있었다. 납세자들은 공공의 목적을 위해 가결된 막대한 세금이, 사복을 채우기 위해 쓰여지고 있다는 것을 알고 있었기 때문이다.

사업의 발기인이라든가, 투기꾼, 입찰 브로커, 그 밖의 터무니없는 낭비의 찌꺼기를 노리는 패들이 빽빽이 주 의사당을 둘러싸고 있었고, 많은 사람들이 부끄러운 줄도 모르고 돈을 모으고 있었다. 그들은 절대로 건설될 리 없는 철도 건설과, 절대로 구입될 리 없는 차량과 기관차의 구입이나, 사업가의 머리 속 이외에는 절대로 존재하지 않는 공공 건물의 건축을 내걸어, 주의 돈을 쉽사리 착복하고 있었다.

남발된 공채는 수백만 달러라는 거액에 달하고 있었다. 그 대부분은 불법적이고 사기적인 것이었지만 그런데도 여전히 발행되고 있었다. 주 재무 장관으로 공화당원이기는 했으나 청렴 결백한 한 사나이가 공채의 불법 발행에 반대해서 이것에 서명할 것을 거부했으나, 이 사나이 역시 그 밖에 이 남발을 방지하려고 했던 다른 사람들과 마찬가지로 현재의 조류에는 어떻게 손을 쓸 도리가 없었다.

주 소유 철도는 전에는 주의 재원이 돼 있었지만 그것이 지금은 부채가 되고, 그 적자도 백만이란 숫자에까지 달하고 있었다. 그것은 이미 철도가 아니었다. 탐욕스런 무리들이 닥치는 대로 먹어 대는 거대한 밑 빠진 여물통이었다. 철도 관리들만 해도 대다수는 정치적 정실에 의해 임명되어 철도 경영의 지식은 형편 없고 필요한 인원의 세 배나 고용되어 있었다. 공화당원은 무임 승차권으로 타고 돌아다녔고, 같은 선거를 몇 번이나 되풀이하기 때문에 여러 칸에 나누어 탄 흑인들은 무료로 주 안을 여기저기 돌아다니며 즐거운 여행을 하고 있었다.

이 주 소유 철도의 문란한 경영은 특히 납세자들의 격분을 샀다. 철도 수익의 일부는 수업료 없는 학교 경비에 충당하기로 되어 있었는데, 수익은 전연 없고 어떤 것은 단지 부채뿐이었다. 따라서 수업료 없이 해나가는 학교는 하나도 없었다. 그런데 아이들을 수업료 내고 다니는 학교에 보낼 수 있는 여유 있는 사람은 거의 없었다. 그 때문에 이 시대의 아이들은 교육 없이 자라나 그 뒤 수년에 걸친 문맹의 씨를 뿌리는 원인을 만들고 있었다.

그러나, 낭비나 문란한 경영이나 독직(瀆職)에 대한 주민의 분노보다도 더 사람들의 울분을 산 것은, 지사가 북부의 중앙 정부에 대해 주민의 의향을 나쁘게 전달한 사실이었다. 조지아 주의 주민이 행정의 부패에 불평을 하기 시작하자, 지사는 급히 북부로 가서 연방 의회에 출석하여 흑인들에 대한 백인들의 포학을 연설하고, 조지아 주민은 다시금 반역을 꾀하고 있으니까 이 주에는 엄중한 군정이 필요하다고 역설했던 것이다. 조지아 주 사람들은 한 사람도 흑인과의 싸움을 원치 않았고 싸움을 피하려 애쓰고 있었다. 다시금 전쟁을 하고 싶다고 바라는 사람은 한 사람도 없었다. 조지아 주민이 다 같이 바라고 있는 것은, 오직 전쟁의 상처에서 빨리 회복이 되도록 가만히 놔두어 주었으면 하는 것뿐이었다. 그러나 지사의 〈비위 맞추기 전술〉이라고 불리우게 된 헐뜯기 공작에 의해, 북부 정부는 조지아 주를 무거운 압력을 필요로 하는 반역적인 주로밖에 보지 않았다. 이리하여 무거운 압력의 손길은 더욱 강하게 가해져만 갔다.

이것은 조지아 주의 목덜미를 누르고 있던 악당들에게는 기막힌 횡재가 되었다. 그들은 달콤한 이권의 국물에 얼마든지 참여할 수가 있었다. 특히 고관들의 공공연한 부정 소득에는 생각만 해도 오싹 소름이 끼치는 대담성이 있었다. 저항도 노력도 아무런 소용이 없었다. 왜냐하면 주 정부는 합중국 군대의 무력에 의해 후원과 지지를 받고 있었기 때문이었다.

애틀랜타 사람들은 블럭의 이름을 저주하고, 그 일당인 변절자들을 저주하고, 공화당을 저주하고, 그 패들과 교섭을 가진 모든 사람을 저주했다. 그런데 레트는 그런 패들과 교섭이 있었던 것이다. 레트는 그들과 한 패였고, 그들의 음모마다 모조리 한 몫 끼어 있었다. 그러나 이제 그는 바로 얼마 전까지의 흐름에 역행하는 방향으로 죽을 힘을 다해 거슬러 올라가기 시작한 것이다.

그는 이 운동을 천천히 교묘하게 해 애틀랜타 사람들에게 표범이 하룻밤 사이에 그 얼룩점을 바꾸려 하는 광경을 보고 의혹을 품지 않도록 주의를 했다. 그는 수상쩍은 패들을 멀리 했으므로, 그가 북군 장교들이나 변절자나 공화당원과 같이 있는 장면은 볼 수 없게 되었다. 민주당 대회에 참가해서 일부러 사람들 눈에 띄게 민주당에 투표했다. 판돈이 큰 트럼프 노름을 삼가고, 될 수 있는 대로 술도 마시지 않으려 했다. 더구나 이따금 벨 와틀링의 집에 가는 일이 있어도, 거리의 점잖은 사람들이 하듯이, 밤에만 살짝 나가고 한낮에 그 집 앞에 자기의 말을 매두어 안에 있다는 것을 광고하는 일은 하지 않았다.

그가 예배에 늦었기 때문에, 웨이드의 손을 끌고 가만히 발끝걸음으로 교회로 들어왔을 때는, 감독 교회 신자들은 하마터면 자리에서 미끄러져 떨어질 뻔했다. 신자들은 레트가 교회에 모습을 나타낸 것에도 놀랐지만, 웨이드가 온 것에도 역시 놀랐다. 왜냐하면 이 소년은 가톨릭 교도라고만 믿고 있었기 때문이다. 적어도 스카알렛은 가톨릭 교도였다. 혹은 아마 그럴지도 모른다고 생각하고 있었다. 그러나 그녀는 최근 수년 동안 교회에 발을 들여 놓아 본 일이 없었다. 어머니 엘렌이 가르쳐 준 많은 것과 함께 신앙의 가르침도 그녀에게서 사라지고 말았기 때문이었다. 사람들은 그녀가 자기 아들의 종교 교육 같은 것에는 전혀 등한하다고 생각하고 있었다. 그래서 레트가 소년을 가톨릭 교회로 데리고 가지 않고 일부러 감독 교회로 데리고 온 것에 대해서도, 그것은 지금까지 내버려두었던 아이의 종교 교육의 책임을 다하기 위한 것이라고 생각하고, 사람들은 레트의 고심이 크리라고 보았던 것이다.

레트는 입을 조심하기만 하면, 또 그 검은 눈을 조소하듯 움직이지만 않으면, 태도에 무게를 갖출 수도 있었고 사람들의 환심을 살 수도 있었다. 말버릇이 좋지 못한 것과, 눈을 비웃듯이 움직이는 것은 몇 해 전부터 조심해 왔지만, 지금은 진실한 태도로 사람들의 환심을 사도록 노력했고 조끼 같은 것도 될 수 있으면 점잖은 색깔을 입었으며 한층 태도를 조심하고 있었다. 생명을 구해 준 일이 있는 남자들로부터 우정의 발판을 얻기는 그렇게 어려운 일이 아니었다. 레트가, 자네들의 감사 따윈 아무것도 아니라는 태도만 취하지 않았어도 그들은 훨씬 이전에 고마움을 보여 주었을 것이다. 요즈음 휴 엘싱도, 르네도, 시몬즈 형제도, 앤디 본넬도, ·그 밖의 사람들도 그가 유쾌한 사람으로 잘난 체 나서기를 싫어하고 신세진 이야기를 하면 난처해하는 사람이라고 생각하는 정도가 되었다.

「그런 건 아무것도 아닙니다.」그는 언제나 말하는 것이었다.「내 입장이었으면 당신들도 역시 같은 일을 했을 테니까요.」

그는 감독 교회의 수리를 하는 데에도 기금을 듬뿍 내었다. 또 전몰자 묘지 미화 협회에도 많은 돈, 그렇다고 실례될 정도는 아닌 많은 기부금을 냈다. 그는 이 기부를 하기 위해 일부러 엘싱 부인의 집을 찾아가 이렇게 하면 부인이 잠자코 있을 리가 없고 틀림없이 소문을 퍼뜨리라는 것을 알고 있었으므로 짐짓 난처한 표정을 짓고, 이 기부금은 비밀로 해 달라고 부탁했다. 엘싱 부인은, 그 투기꾼의 돈을 받는 것을 달갑게 여기지는 않았다. 그러나 협회는 무척 돈을 필요로 하고 있었다.

「어째서 특별히 당신 같은 분이 기부를 하시겠다는 건지 나는 알 수 없군요.」그녀는 떨떠름한 표정으로 말했다.

레트가 어디까지나 그 장소에 어울리는 진지한 태도로, 옛날 같은 군대에 자기보다 더 용감한 무덤에 묻혀 그 전우를 생각해 기부하는 것이라고 말했을 때, 거만한 엘싱 부인도 잠시 입을 멍하니 벌린 채 다물지 못했다. 버틀러 선장도 군대에 간 일이 있다고 스카알렛이 말하더라는 이야기를 메리웨더 부인을 통해 듣기는 했지만 물론 그녀는 곧이듣지 않았었다. 그녀만이 아니고 참말이라고 생각한 사람은 아무도 없었다.

「당신이 군대에 계셨다고요? 어느 부대였나요, 당신의 연대는?」

레트는 설명했다.

「어마, 포병대예요! 내가 알고 있는 사람은 모두 기병대거나 보병대였어요. 자, 이젠 알았어요.」그녀는 그의 눈이 조소적으로 빛날 것을 두려워하여 얼른 말을 딿고 말았다. 그러나 그는 그저 아래를 보며 시계 줄을 만지작거리고 있을 뿐이었다.

「저도 보병대에 들어가고 싶었읍니다.」하고 그는, 그녀의 빈정거리는 소리를 흘려들으면서 말했다.「그런데 제가 육사 출신이란 것을 알고 있었기 때문에……. 하긴 엘싱부인, 젊은놈의 변덕으로 졸업은 못 했읍니다만 포병대로 돌려지고 만 것입니다. 그래도 의용군으로가 아니고 정규군 포병대였어요. 그 마지막 작전을 할 때에는 전문적 지식을 가진 사람이 필요했던 것입니다. 그때 사상자가 얼마나 많았던가는 부인도 알고 계시겠죠. 무척 많은 포병이 전사했답니다. 포병대는 아주 쓸쓸했어요. 아는 사람이라곤 한 사람도 만날 수 없었으니 까요. 종군중 애틀랜타 출신은 아마 단 한 사람도 만나지 못했죠.」

「어머나!」엘싱 부인은 당황하고 말았다. 만일 이 사나이가 군대에 있었다면 자기는 엉뚱한 잘못을 저지른 것이 되는 것이다. 그녀는 몇 번이나 그의 비겁함을 맹렬히 비난한 일이 있었기 때문이다. 그런 생각을 하자 부끄러움을 참기 어려운 심정이 되었다. 「어쩌면! 그럼 왜 당신은 지금까지 출정했던 것을 아무한테도 말씀하시지 않았었죠? 당신의 태도는 마치 그걸 부끄러워하고 계신 것 같군요.」

레트는 무표정한 얼굴로 그녀의 눈을 물끄러미 바라보았다.

「부인,」그는 열띤 어조로 말했다.「저는 지금까지 한 일, 앞으로 할 일의 그 어느 것보다도 남부 동맹에 봉사한 것을 자랑으로 생각하고 있읍니다. 저의 그런 심정을 믿어 주십시오. 저는 생각하고 있읍니다. 저는…….」

「그래, 왜 지금까지 숨기고 계셨던가요?」

「입 밖에 내는 것이 부끄러웠기 때문입니다. 저의 옛날 행동을 뒤돌아보았을 때…….」

엘싱 부인은 레트의 기부와 그와 주고받은 대화의 내용을 메리웨더 부인에게 자세히 전했다.

「그리고 말이야 돌리, 거짓말이 아니야, 그 사람이 부끄럽다고 말했을 때, 눈에는 눈물이 괴어 있었어! 그래, 눈물이 말이야! 나도 하마터면 같이 울 뻔했어.」

「무슨, 못난 소리!」메리웨더 부인은 곧이듣지 않고 외쳤다.「난 말이야, 그 사내가 눈에 눈물이 괴어 있다는 것은 그 사내가 군대에 들어갔다는 것과 마찬가지로 믿어지지 않아. 알아보는 것은 문제가 없어. 그 포병대에 있었다면 얼마든지 진상을 확인할 수가 있어. 그 포병대 대장을 하고 있던 칼튼 대령으로 말하면 내 증조모의 딸과 결혼한 사이니까 말이야. 당장 편지로 물어보아야지.」

그녀는 칼튼 대령에게 편지를 냈다. 그런데 그 답장을 보고 깜짝 놀랐다. 대령은 레트의 근무 태도를 극구 칭찬해 온 것이다. 선천적 소질의 포병, 용감한 병사, 말이 없는 신사, 장교를 시켜 주겠다 해도 그 사령장조차 받으려고 하지 않았던 겸손한 사나이.

「이것 좀 봐!」하며 메리웨더 부인은 그 편지를 엘싱 부인에게 보였다.「이렇게 놀라 보기는 난생 처음이야. 그 악당이 군인이 아니었다고 생각한 것은 우리들이 잘못 생각했었는지도 모르겠어. 스카알렛과 멜라니가, 애틀랜타가 함락되던 날 밤 그 사내가 입대했다고 한 말을 믿어야 할지 모르겠어. 그러나 그렇다

해도 역시 그 사내는 변절자요, 악당이야.」

「어찌 됐든……」하고 엘싱 부인이 애매한 어조로 말했다. 「어쨌든 나는 그렇게 나쁜 사람이라고는 생각하지 않아. 남부 동맹을 위해 싸운 사람이 아주 나쁜 사람일 수는 없으니까 말이야. 나쁜 것은 스카알렛이야. 이봐요, 돌리. 난 확실히 그 사람은 스카알렛을 부끄러워할 것이라고 생각해요. 하지만 신사라 그걸 입 밖에 내지 않는 것이 아닐까?」

「부끄러워하고 있다고요? 흥! 그 둘은 똑같은 사람들이에요. 어떻게 당신은 그런 바보 같은 생각을 하게 됐지?」

「바보 같은 소리가 아니야.」 엘싱 부인은 볼이 부어서 말했다. 「어제 비가 쏟아지는 속을 그 사람은 세 아이들을 데리고, 알겠어요? 그 갓난아이까지 데리고 말이야. 마차를 타고 피치트리 거리를 왔다갔다하고 있었어. 그리고 나를 집에까지 바래다 주었지만 말이야. 내가 『버틀러 선장님, 당신은 아기들을 이런 축축한 밖으로 데리고 다니시니 머리가 어떻게 되신 게 아녜요. 왜 집으로 데리고 돌아가시지 않지요?』 하고 말했더니 그 사람은 아무 말도 없이 난처한 표정만 하고 있었어. 그런데 마미가 옆에서 말참견을 하더군. 『집에는 백인 건달들이 잔뜩 있기 때문에, 집에 있는 것보다 이러는 편이 아기들을 위해 좋습니다요.』 하더군.」

「그러니까 그 사내는 뭐라고 해?」

「그런 경우 뭐라고 했을 것 같아? 그 사람은 그저 마미에게 얼굴을 찌푸려 보였을 뿐 아무 말도 하지 않았어. 스카알렛은 어제 오후, 그 천한 계집들을 초대해서 굉장한 트럼프 놀이를 했단 말이야. 그 사람은 그런 계집들이 자기 아이에게 키스하는 것이 싫었을 거야.」

「그래!」 메리웨더 부인은 어지간히 흔들거리기는 했으나 여전히 고집을 부리고 있었다. 그러나 다음 주가 되자 그녀도 결국 굽히고 말았다.

레트는 요즘은 은행에 적을 두고 있었다. 그런 자리에 앉아 그가 무엇을 하려는 건지 어안이 벙벙해진 행원들은 알 수가 없었지만, 그는 은행의 대주주였기 때문에 그의 입사를 반대해 보았자 소용이 없었다. 얼마가 지나자 행원들은 전에 반대했던 것도 다 잊고 말았다. 왜냐하면, 그는 차분하고 예의도 깍듯했고 그리고 은행 업무와 투자에 대해서도 실제로 상당한 실력이 있었기 때문이었다. 어쨌든 그는 충실하게 온종일 책상을 마주하고 있었다. 은행에서 일하는 존경할 만한 동료 시민들과 대등한 교제를 바라고 있었기 때문이었다. 그는 열심히 일했다.

메리웨더 부인은 차츰 번창해 가는 빵 가게를 확장시키려고, 집을 저당으로 은행에서 이천 달러를 빌려고 했다. 그런데 주택은 이미 두 번이나 저당잡혀 거절을 당하고 말았다. 이 완고한 노부인이 화가 머리끝까지 치밀어 은행을 나오려는데, 레트가 뒤에서 불러 세웠다. 그리고 그 경위를 듣자 걱정스런 얼굴로 말했다. 「하지만 그건 틀림없이 뭔가 잘못된 걸 겁니다, 메리웨더 부인. 뭔가 당치도 않은 착오일 겁니다. 다른 사람이라면 또 몰라도 부인 같은 분이 담보에 대해서 걱정하실 게 뭐 있읍니까? 저 같으면 부인의 말씀만으로 기꺼이 응해 드리겠읍니다! 세상에서 부인처럼 장사를 능란하게 하시는 분만큼 안전한 차용인은 없을 겁니다. 은행에서는 기꺼이 부인 같으신 분에게 편의를 보아 드리고 싶어합니다. 자, 여기 제 의자에 앉으십시오. 제가 주선을 해보겠읍니다.」

이윽고 은근한 미소를 띄우며 돌아온 그는, 역시 자기가 생각한 대로 착오였다, 이천 달러는 필요할 때는 언제나 꺼낼 수 있도록 준비해 두었다, 집 건에 대해서는 여기에 서명 좀 해주실 수 없겠느냐고 말했다.

메리웨더 부인은 분노와 모욕으로 마음이 산란해져, 자기가 싫어하고 신용하지 않는 사나이에게 신세를 져야만 하는데 화가 나 고맙다는 인사를 할 경황도 없었다.

그러나 그는 그런 것은 전연 눈치채지 못한 체했다. 도어까지 부인을 배웅하면서 그는 말했다. 「메리웨더 부인, 저는 진작부터 부인의 지식에는 경의를 표하고 있었읍니다만, 좋은 수를 좀 가르쳐 주시지 않겠읍니까?」

그녀의 보네트의 깃털 장식이 겨우 움직였을 정도로 부인은 고개를 약간 끄덕여 보였다.

「댁의 따님인 메이벨 씨가 어렸을 때 엄지손가락을 빨 때는, 부인께선 어떻게 하셨읍니까?」

「뭐라고요?」

「저의 집 보니가 엄지손가락을 자꾸 빨아 걱정이랍니다. 어떻게 그만두게 할 수가 없답니다.」

「그건 못 하게 해야지요.」 메리웨더 부인은 딱 잘라 말했다. 「그대로 내버려 두면 입술 모양이 보기 싫게 돼 버리고 말아요.」

「그렇습니다! 그래요! 더구나 그 애 입매는 퍽 이쁘답니다. 하지만 어떻게 그만두게 해야 할지 도무지 모르겠읍니다.」

「아니, 그런 일이야 으레 스카알렛이 알고 있을 게 아녜요?」 메리웨더 부인은 퉁명스럽게 말했다. 「그 사람한테는 달리 또 애가 둘이나 있으니까.」

레트는 자기 발을 내려다보면서 한숨을 쉬었다.

「전 그 애 손톱 사이에 비누를 넣어 봤읍니다만…….」 그는 스카알렛에 대한 말은 흘려 버리고 말았다.

「비누라고요! 세상에! 비누 같은 거로 되나요. 난 메이벨의 엄지손가락에 키니네를 발라 주었어요. 그랬더니 말예요, 버틀러 선장님, 글쎄 손가락 빠는 것을 딱 그치지 않아요?」

「키니네! 아, 그렇군요. 이거 정말 뭐라고 감사를 드려야 할지 모르겠읍니다, 메리웨더 부인. 실은 이 일로 전 무척 머리를 썩이고 있었답니다.」

그가 너무나 기뻐하며 감사에 넘친 웃음을 띄었기 때문에 메리웨더 부인은 잠시 동안 아무 말도 못 하고 그대로 서 있었다. 그러나 작별의 인사를 할 때는 그녀도 웃고 있었다. 그녀는 마지못해 엘싱 부인에게 자기는 그를 오해하고 있었다고 고백했다. 그녀는 정직한 사람이었다. 그러므로 자식을 귀여워하는 남자라면 틀림없이 어딘가 좋은 점이 있을 것이라는 말까지 덧붙였던 것이다. 그러나저러나 스카알렛은 보니같이 귀여운 아이도 돌보지 않다니 얼마나 한심한 여자인가! 남자 혼자의 손으로 어린 계집애를 하나에서 열까지 돌봐야 한다니 얼마나 딱한 일인가! 레트는 그런 딱한 사정을 잘 알고 있었다. 그리고 그 때문에 스카알렛의 평판이 나빠진다 해도 그는 태연했다.

아이가 걸을 수 있게 되자 그는 줄곧 마차에 태우든가 안장 앞에 앉혀 같이 데리고 다녔다. 오후가 되어 은행에서 돌아오면 그녀의 손목을 잡고 피치트리의 거리를 산책했다. 그녀의 서투른 걸음걸이에 맞춰 자기의 넓은 발걸음을 가늠해 가며, 그녀가 쉴새없이 묻는 말에 참을성 있게 대답해 주었다. 사람들은 해질 무렵에는 언제나 앞뜰이나 포치에 나와 있었다. 보니는 검은 곱슬머리에 맑고 푸른 눈을 한 붙임성 있는 귀여운 계집애였기 때문에 대개의 사람은 그녀에게 말을 걸어 보지 않고는 못 배겼다. 레트는 이러한 대화에는 결코 끼어들지 않고, 아버지다운 긍지와 자기 딸을 귀여워해 주는 것에 대한 감사하는 마음을 나타내며 조용히 옆에 서 있었다.

애틀랜타 사람들은 지나간 일을 언제까지나 잊으려 하지 않고, 의심이 많고 쉽게 생각을 바꾸려 하지 않았다. 블럭 지사나 그 일파와 다소라도 관계가 있던 사람에 대해서는 가혹한 감정을 품고 있었다. 게다가 시국도 험악했다. 그러나 보니는 스카알렛과 레트의 가장 좋은 매력만을 갖추고 있었던 만큼, 레트가 애틀랜타의 냉혹한 벽 속으로 뚫고 들어갈 하나의 작은 쐐기가 되었다.

보니는 무럭무럭 자라나, 날이 갈수록 점점 제랄드 오하라의 손녀라는 티를 뚜렷이 나타내기 시작했다. 짧고 다부진 다리와, 아이리시 블루의 커다란 눈을 가지고 있었고, 그 작은 네모진 턱은 무엇이고 제 생각대로 해나가는 강한 의지를 나타내고 있었다. 제랄드의 성급한 기질을 이어받아 조그만 일에도 금방 떼를 쓰며 울어 댔고 자기 뜻대로만 되면 금세 씻은 듯이 잊고 마는 것이었다. 그리고 아버지만 옆에 있으면, 그녀의 소망은 언제나 당장 이루어졌다. 마미와 스카알렛이 아무리 말려도, 그는 덮어놓고 딸의 응석을 받아 주었다. 왜냐하면 단 한 가지 점을 제외하고는 그는 딸의 어느 점에도 진심으로 만족하고 있었기 때문이다. 왜냐하면 단 한 가지 점이란 그녀가 어둠을 무서워하는 것이었다.

만 두 살이 될 때까지는 그녀는 웨이드나 엘라와 함께 애들 방에서 쉬 잠이 들었다. 그러나 그 뒤부터는 이렇다 할 뚜렷한 이유도 없이 마미가 램프를 들고 방을 나가면 반드시 훌쩍훌쩍 울게 되었다. 이것이 심해져서 나중에는 한밤중에 잠이 깨면 기겁을 하고 소리쳐 울어 다른 두 아이를 무섭게 하기도 하고 온 집안을 놀라게 하기도 했다. 한 번은 미드 의사를 청해 보였으나 나쁜 꿈이라도 꾼 모양이라고 진단했을 뿐 레트는 무척 마음이 개운치 않았다. 누가 물어도 보니한테서 들을 수 있는 말은 다만 어둡다는 한마디뿐이었다.

스카알렛은 드디어 보니에게 짜증이 나서 매를 때리게 되었다. 그녀는 아이들 방에 램프를 켠 채로 둘 만큼 보니의 비위를 맞추고 싶지는 않았다. 밝게 해두면 웨이드와 엘라가 잠을 자지 못하는 것이다. 걱정이 되어 상냥하게, 좀 더 여러 가지 얘기를 딸에게서 들으려고 애쓰던 레트는, 매를 때리려면 내가 때린다, 그리고 만일 보니를 때리면 당신도 때려 주겠다고 스카알렛에게 차갑게 일렀다.

이런 사정으로 마침내 보니는 아이들 방에서 지금은 혼자 자고 있는 레트의 침실로 옮겨졌다. 그녀의 작은 침대가 그의 큰 침대 옆에 놓여지고 테이블에는 갓을 씌운 램프가 밤새도록 환히 켜져 있었다. 거리의 사람들은 이 이야기가 퍼지자 여러 가지 뒷공론들을 했다. 어찌 됐든, 비록 겨우 두 살밖에 안 된 아이라도 계집아이가 아버지의 침실에서 잔다는 것은 그다지 좋은 일이 아니었다. 스카알렛은 이중으로 이 뒷공론에 속을 태웠다. 하나는 이것은 분명히 그녀와 남편이 침실을 따로 쓰고 있다는 것을 뚜렷이 폭로하는 일이었다. 이것만으로도 사람들을 놀래키기에 충분한 문제였다. 또 하나는 만일 아이가 혼자 자는 것을 무서워한다면 어머니와 같이 자는 것이 당연하다고 누구나 생각하고 있었던 것이다. 자기는 불을 켠 방에서는 잠을 자지 못한다든가 아이가 자기와 같이 자는 것을 레트가 허락하지 않는다든가 그런 변명을 하고 싶은 마음은 스카알렛에겐 없었다.

「당신은 보니가 깨서 울 때까지는 절대로 잠을 안 깰 것이고 잠이 깨면 틀림없이 때릴 거야.」하고 그는 퉁명스럽게 말했다.

스카알렛은 보니의 야공증(夜恐症)에 대해 그가 법석을 떠는 것이 짜증이 났지만, 그러나 언젠가는 틀림없이 사태가 회복되어 다시 보니를 아이들 방으로 보낼 수 있겠거니 하고 있었다. 어떤 아이나 어둠을 무서워하는 법이고 그것을 고치려면 엄격하게 다루는 수밖에 없다. 레트는 내방에서 내쫓긴 분풀이로, 나를 아무 쓸모도 없는 어미라고 세상에 알리기 위해 이 문제로 심술을 부리고 있는 것이다.

그는 그녀가 이제 다시는 아이를 갖고 싶지 않다고 말한 그 날 밤 이후 한 번도 그녀의 방에 발을 들여 놓은 일이 없었고 도어의 손잡이를 덜거덕거린 일조차 없었다. 그 뒤로 보니의 야공증 때문에 집에 있게 될 때까지는 집에서 저녁을 들지 않는 일도 허다했다. 때로는 밤새도록 집을 비는 일도 있었다. 스카알렛은 자물쇠를 채운 도어 뒤에서 항상 눈을 뜬 채 시계가 새벽을 알리는 소리를 들으며 대관절 어디에 가 있는 것일까 골똘히 생각했다. 『다른 데도 잠자리는 있으니까!』 말하던 그의 말이 생각났다. 괴로운 생각에 시달리면서도 그녀는 도저히 어쩔 수가 없었다. 섣불리 말을 꺼냈다가는, 틀림없이 자물쇠를 채운 도어에 대해 노골적인 얘기를 꺼낼 것이고, 그 일에 곁들여 애실리의 얘기를 꺼낼 것이 뻔하다. 그렇다, 보니를 불을 켠 방에서——불을 켠 그의 방에서——재운다는 그의 우스꽝스런 행동은 나에 대한 비열한 보복 방법임에 틀림없다.

어느 날 밤 무서운 일이 일어날 때까지는 그녀는, 레트가 보니의 못난 버릇을 어느 만큼 진지하게 걱정하고 있는가, 얼마나 자기 자식에 대해 그의 전부를 기울이고 있는가에 생각이 미치지 못했다. 그 날 밤의 일은 집안 사람 모두가 아무리 잊을래야 잊을 수 없는 사건이었다.

그 날, 레트는 전에 봉쇄 무역을 하던 남자와 만났다. 서로의 쌓인 이야기는 끝이 없었다. 스카알렛은 이들 두 사람이 어디로 가서 마시고 이야기하는지 잘 알지 못했지만, 보나마나 벨 와틀링의 집이 틀림없으리라고 상상하고 있었다. 그 날은 오후가 되어도, 보니를 산책에 데리고 나가기 위해 돌아오지 않았고, 저녁식사에도 돌아오지 않았다. 보니는 딱정벌레니 돌 부스러기 같은 자질구레한 수집품을 기어코 아버지에게 보이겠다면서, 오후 내내 창문으로 밖을 내다보며 안달을 하다가 끝내 울며 악을 쓰다가 결국은 루의 손에서 잠이 들고 말았다.

루가 램프를 켜두는 것을 잊은 것인지 아니면 기름이 다 닳아 버린 것인지, 그 날 밤 일은 아무도 자세한 것을 알 수 없었다. 레트가 겨우 집에 돌아왔을 때는 취해 있었기 때문에 한결 형편이 나쁘기는 했지만, 온 집안이 큰 소동을 벌이고 있었다. 보니의 울며 외치는 소리가 마구간에 있는 그에게까지 들려 왔다. 그녀는 어둠 속에서 눈을 뜨고 아버지를 불렀다. 그러나 아버지는 거기 없었다. 그녀의 작은 상상의 세계에 살고 있는 이름 모를 공포가 그녀를 와락 움켜잡았다. 아무리 달래도, 스카알렛과 하녀들이 밝은 램프를 가지고 와도, 그녀의 기분을 가라앉힐 수는 없었다. 그때 계단을 셋씩 뛰어올라 온 레트의 얼굴은 마치 사신(死神)을 본 것 같은 표정이었다.

이윽고 그가 아이를 품에 안고, 흐느껴 우는 울음 속에서 단 한마디 어둡다는 말을 알아듣자, 그는 무섭게 화가 나 스카알렛과 흑인들 쪽을 돌아보았다.

「불을 끈 게 누구야? 누가 이 애를 어두운 데에다 내버려두었어? 프리시, 이런 꼴을 만들어 놓고. 네 살가죽을 벗기고 말 테다. 너는…….」

「오오, 레트 나리! 전 아닌뎁쇼, 루입니다요!」

「오오, 레트 나리! 전…….」

「닥쳐! 넌 내 명령을 알고 있을 테지. 나는 절대로……. 나가! 그리고 돌아오지 마! 스카알렛, 이년에게 돈을 주어 내가 아래층으로 내려가기 전에 내보네. 자, 모두 나가, 모두!」

흑인들은 도망쳤다. 운 나쁜 루는 앞치마에 얼굴을 묻고 울부짖고 있었다. 그러나 스카알렛은 그대로 남아 있었다. 자기의 사랑하는 자식이, 자기 품안에서는 그렇게 슬프게 울부짖더니 레트의 팔에 안기자 조용해지는 것을 보자 가슴이 아팠다. 조그만 팔이 그의 목을 껴안고 있는 것을 보고, 자기로서는 무엇 하나 조리 있는 말을 들을 수 없었는데, 목이 메어서 그에게 무서워한 까닭을 이야기하는 것을 듣고 있는 것은 가슴 아팠다.

「그래 네 가슴 위에 앉았단 말이지?」레트는 다정하게 말했다. 「커다란 놈이든?」

「응, 그래! 아주 큰 거야. 그리고 발톱도.」

「허어, 발톱도 있었어? 자, 아버지가 밤새도록 지키고 있다가 이번에 오면 꼭 쏘아죽이마.」레트의 목소리는 제법 열심히 들어 주는 것 같았다. 거기에 위안을 받아 보니의 흐느낌은 차츰 가라앉았다. 아버지만 알아듣는 말로 무서운 마귀가 왔을 때의 모양을 자세히 이야기하는 동안 보니의 폭맨 음성도 차츰 사라져 갔다. 레트가 마치 뭔가 정말로 있었던 것처럼 말상대를 해주는 것을 보자, 스카알렛은 화가 났다.

「제발 레트…….」

그러나 그는 잠자코 있으라고 눈짓했다. 이윽고 보니가 잠이 들자, 그는 침대에 누이고 이불을 덮어 주었다.

「난 그 검둥이의 생가죽을 벗겨 줄 테야.」그는 조용히 말했다. 「당신도 나빠. 어째서 램프에 불이 켜 있는지 어쩐지 보러 오지 않았지?」

「바보 같은 짓 좀 작작 하세요.」그녀는 낮은 목소리로 말했다. 「당신이 응석을 받아 주니까 이 꼴이 되는 거예요. 아이들이란 대개 어두운 걸 무서워하는 법예요. 하지만 스스로 그것을 이겨내게 마련이에요. 웨이드도 무서워했지만 난 받아 주지를 않았어요. 하룻밤이나 이틀밤만 이 애가 울며 악을 써도 그냥 내버려두면…….」

「내버려둔다고!」순간 스카알렛은 얻여맞는 게 아닌가 생각했다. 「당신은 바보거나, 바보가 아니라면 지금까지 내가 본 일이 없는 매정하고 무서운 여자야.」

「난 이 애를 신경질적이고 겁장이로 기르고 싶진 않아요.」

「겁장이? 무슨 소리를 하는 거야! 이 애의 몸에 겁장이의 피가 하나라도 있을 것 같아! 당신은 상상력이 너무 없어. 그러니까 괴로와하는 사람의 기분, 특히 아이들의 기분 같은 걸 전혀 모르는 거야. 만일 발톱이나 뿔을 가진 놈이 와서 당신 가슴 위에 앉으면, 당신은 그놈을 쫓아 달라고 하겠지? 당신 같으면 아마 야단이 날 거야! 부인, 지나간 일을 좀 생각해 보시지. 당신이 안개 속을 헤맨 꿈만 꾸고서도, 온통 화상을 입은 고양이처럼 소리를 지르며 잠을 깨던 것을 나는 본 일이 있어. 그것도 그다지 옛날 일은 아니었지 아마!」

스카알렛은 기습을 당하고 당황했다. 그 악몽은 생각하기도 싫었기 때문이었다. 그것만이 아니라, 레트가 흡사 보니를 달래는 것과 똑같은 태도로 그녀를 위로해 주던 일이 생각났기 때문에 정말로 당황하고 말았다. 그래서 그녀는 재빨리 말을 바꾸었다.

「당신은 정말 큰일이에요. 그 애의 어리광만 받아 주고.」

「난 끝내 이 애의 어리광을 받아 줄 작정이야. 어리광을 받아 주어도 이 애가 자라면 어둠 같은 건 무서워하지 않게 될 것이고 그런 건 다 잊게 될 거야.」

스카알렛은 한껏 빈정거리는 투로 말했다. 「그럼 만약에 유모 흉내를 내시려거든 교대할 수 있도록 밤에는 꼭꼭 집으로 돌아오시는 게 어때요? 그것도 술 안 마신 얼굴로 말예요.」

「앞으로는 일찍 돌아오겠어. 그러나 아무리 취해 오든 그건 내 자유야.」

그 뒤부터 그는 보니가 자는 시간보다 훨씬 일찍 집으로 돌아오게 되었다. 그녀의 곁에 앉아 잠이 들어 손을 놓을 때까지 보니의 손을 쥐어 주었다. 그러고 나서야 비로소 밝게 켠 램프를 그대로 두고, 만일 그녀가 잠이 깨어 겁을 내더라도 금방 들을 수 있도록 도어를 반쯤 열어 놓은 채 발끝을 세워 계단을 내려갔다. 다시는 보니에게 어둠의 공포를 맛보지 않게 할 작정이었다. 집안 사람들도 램프 불에 무척 신경을 써, 스카알렛과 마미와 프리시와 포크 같은 사람은 불이 꺼지지 않았나 가끔 발소리를 죽이고 이층으로 살피러 갔다.

그는 차츰 술을 안 마시고 돌아오게 되었다. 그러나 그것은 스카알렛이 빈정거린 말 때문이 아니었다. 요즘 몇 달 동안 그는 결코 곤드레가 될 정도로 마신 일은 없었지만 꽤 마시고 있었다. 그런데, 어느 날 밤의 일이었다. 그 날 밤은 그의 숨결에서 유난히 위스키 냄새가 풍겼다. 그는 보니를 어깨까지 들어 올리며 「너의 애인에게 키스해 주지 않겠니?」하고 말했다.

그녀는 그 조그만 들창코에 주름을 지으며, 아버지의 팔에서 내려오려고 버둥거렸다.

「싫어!」그녀는 똑똑히 말했다. 「냄새가 나.」

「아버지가 어떻다고?」

「나쁜 냄새가 나. 애실리 아저씨는 나쁜 냄새가 안 나.」

「아니, 이거 한 대 먹었는걸.」그는 서글프게 말하며 그녀를 바닥에 내려놓았다. 「하필이면 우리 집에 금주론자가 있는 줄을 몰랐는걸!」

그러나 그 뒤부터는, 술은 저녁식사 뒤에 포도주 한 잔을 마시는 정도로서 그쳤다. 글라스에 남은 마지막 두세 방울을 늘 얻어마시고 있던 보니는 포도주 냄새만은 조금도 싫어하지 않았다. 그 결과, 거칠었던 볼의 선은 차츰 부드러워지고, 눈 언저리의 검은 빛도 그다지 검게 보이거나 두드러져 보이지 않게 되었다. 보니가 안장 앞에 타기를 좋아하기 때문에 집 밖에서 보내는 일이 많아지고, 그의 거무튀튀한 얼굴은 볕에 타서 한층 검게 되었다. 그는 전보다 한층 건강해 보였고, 더욱 잘 웃게 되었으며, 전쟁 초기 애틀랜타 사람들을 흥분하게 만들던 용감한 젊은 봉쇄 돌파군 당시로 돌아간 것 같았다.

지금까지 절대로 호의를 갖지 않았던 사람들도, 그가 안장 앞에 어린 딸을 태우고 지나가면 미소를 보낼 정도가 되었다. 지금까지는 그 사나이에게 걸리기만 하면 어떤 여자도 무사하지 못하다고 믿고 있던 여자들도 거리에서 만나면, 걸음을 멈추고 그에게 말을 걸고 보니를 칭찬해 주었다. 가장 완고한 노부인들까지도, 그 사나이처럼 아이의 병이며 여러 가지 일로 열심히 애기를 하는 사나이는, 도저히 나쁜 사람일 리가 없다고 생각하게시리 되었다.

53

　오늘은 애실리의 생일이다. 멜라니는 그 날 밤, 그를 위해 예고 없이 깜짝 놀랠 파티를 열 계획이었다. 애실리만 제외하고는 누구나 그 파티 건을 알고 있었다. 웨이드와 어린 보우까지도 알고 있었다. 비밀히 하도록 입을 봉해 두었기 때문에 그것이 또 못 견디게 자랑스러웠다. 애틀랜타의 훌륭한 사람들은 전부 초대되어 참석할 예정이었다. 고오돈 장군 일가도 기꺼이 참석할 것을 승낙했고, 알렉산더 스티븐즈도 건강만 허락하면 참석하겠다고 했고, 남부 동맹의 〈바다 제비〉라고 불리는 바브 툼즈도 참석하기로 돼 있었다.

　오전 내내 스카알렛은 멜라니와 인디어와 피티 고모와 함께 좁은 집 안을 뛰어다니며, 흑인들이 깨끗이 빨아 놓은 커튼을 달기도 하고 은그릇을 닦기도 하고 마룻바닥에 왁스를 칠하기도 하고 요리를 만들기도 하고 마실 것을 섞기도 하고 맛을 보기도 하는 것을 지휘했다. 스카알렛은 멜라니가 이처럼 들떠 있고 행복해 하는 것을 일찌기 본 일이 없었다.

　「글쎄, 애실리는 그 뒤로 생일 잔치 같은 걸 한 일이 없었어요. 그래요, 그 트웰브 오우크스 집에서의 바베큐 모임 이후론 처음이에요. 그건 마침 링컨 씨가 의용군을 소집했다는 뉴스가 전해진 그 날이었죠. 그 뒤로 생일 잔치 같은 건 한 일이 없었어요. 게다가 그분 요즘 너무 일이 많아서 밤 늦게 집에 돌아올 때에는 언제나 녹초가 돼 버려요. 그래서 오늘이 자기 생일이라는 것도 전연 모르고 있어요. 저녁 먹고 나서 사람들이 하나 둘 모여들면 애실리는 틀림없이 깜짝 놀랄 거예요.」

　「윌크스 씨가 저녁을 드시러 돌아오셨을 때 마당의 초롱불을 못 보시게 하려면 어떻게 해야 되지요?」 아치가 무뚝뚝한 얼굴로 물었다.

　그는 오전 내내 묵묵히 앉아 파티의 준비를 재미있는 듯, 그러나 못마땅한 듯 바라보고 있었다. 그는 지금까지 큰 도시의 가정집에서 파티를 준비하는 광경을 본 일이 없었기 때문에 신기했던 것이다. 정말 하찮은 모임을 갖는다는 것만으로 부인들이 마치 불난 집처럼 온 집 안을 이리 뛰고 저리 뛰는 것에 서슴없이 비평을 가하고 있었지만, 그러나 어떠한 깡패라도 그를 그 자리에서 끌어낼 수 없을 만큼 그는 그 광경에 정신을 빼앗기고 있었다. 엘싱 부인과 패니가 만든 색종이 초롱이 특히 그의 흥미를 끌었다. 이런 별난 것은 난생 처음 보았기 때문이었다. 그것은 지하실 그의 방에다 숨겨 두었던 것인데, 그는 이모저모로 자세히 그것을 살펴보았다.

「정말! 그건 미처 생각을 못 했네!」멜라니가 외쳤다. 「아치, 그걸 일러줘서 다행이에요. 글쎄, 어떻게 할까? 작은 초를 넣어 여기저기 나뭇가지에 매달아 놓았다가, 손님들이 도착할 무렵에 불을 붙일 작정이에요. 스카알렛 언니, 우리가 저녁을 먹는 동안 포크를 시켜서 그렇게 하도록 해주시지 않겠어요?」

「윌크스 부인, 당신은 보통 부인들보다 훨씬 신경이 예민하신데 금방 허둥거리시는군요.」아치가 말했다.

「포크 같은 그런 얼간이 검둥이가 이런 색다른 것을 다룰 수 있겠어요. 금방 불을 내고 말 거예요. 이건 제법 예쁜데요.」그는 정직하게 말했다. 「부인과 주인께서 식사를 하고 계시는 동안 제가 달아 드리지요.」

「어마, 아치, 친절도 하셔라!」멜라니는 감사와 신뢰에 찬 어린애 같은 눈을 그에게로 돌렸다. 「당신이 아니었다면 난 어떻게 했으면 좋을지 몰랐을 거예요. 그럼 지금 초를 넣어 주시지 않겠어요? 그러면 우리도 그만큼 손을 덜 테니까요.」

「글쎄, 할 수 있겠죠.」아치는 시무룩하게 말하고 지하실 계단 쪽으로 걸어갔다.

「고양이를 죽이는 데는 버터로 숨을 틀어막는 방법만 있는 게 아니군.」멜라니는 수염을 기른 이 노인이 지하실 계단을 내려가는 것을 바라보고 킥킥 웃으며 말했다. 「난 처음부터 저 사람에게 초롱을 맡아 달랠 작정이었어요. 그러나 원체가 그런 사람이라서 말예요. 이쪽에서 부탁을 하면 결코 해줄 사람이 아니거든요. 자, 이젠 잠시 동안 귀찮은 사람은 떨어져 나갔어요. 흑인들은 그 사람을 겁내서 그가 옆에 있으면 얼굴도 들지 못하고 아무것도 하려 하지 않거든요.」

「멜라니, 나 같으면 저런 무뢰한은 집에 놔두지 않았을 거야.」스카알렛은 밉살스런 듯 말했다. 그녀와 아치는 어느 쪽도 똑같이 서로 미워하고 별로 말도 하지 않았다. 그 미운 스카알렛이 있어도 멜라니의 집만이 그가 머물 유일한 집이었다. 그리고 멜라니의 집에 있으면서도 그는 의혹과 차가운 경멸을 가지고 스카알렛을 보고 있었던 것이었다. 「인제 또 뭐든지 누를 끼칠 거야. 조심하는 게 좋아요.」

「이쪽에서 비위를 맞추고, 믿는 눈치를 보이면 절대로 나쁜 일을 할 사람은 아니에요.」멜라니는 말했다. 「그리고 애실리하고 보우한테는 무척 잘 해주니까 그 사람이 옆에 있으면 안심이 돼요.」

「결국, 그 사람은 언니한테는 무척 잘한다는 거군요.」인디어가 말했다. 늘 차기만 한 그녀의 얼굴도 올케를 정답게 바라보며 어렴풋이 따뜻한 미소가 번졌다. 「그 무뢰한이 여편네를, 즉 여편네 사건 이후로, 사랑한 건 틀림없이 언니가 처음일 거예요. 그 사내는 누가 언니를 모욕하는 사람이 있으면 오히려 좋아할 거예요. 왜냐하면 그놈을 죽이면 언니에게 바치고 있는 존경을 표시할 수 있게 되니까 말예요.」

「아니, 무슨 소리를 하는 거죠, 인디어!」멜라니는 빨개지면서 말했다. 「그 사람은 나를 상당한 바보로 생각하고 있어요. 그건 아가씨도 알고 있잖아요.」

「저런 흙내 나는 시골뜨기가 생각하는 것은 대단한 게 못 돼.」스카알렛이 불쑥 말했다. 아치가 자기에 대해 마치 재판관 같은 태도를 취하는 것이 생각만 해도 언제나 화가 치밀어 견딜 수 없었던 것이다. 「그럼, 난 그만 가 보아야겠어. 점심을 마치고 가게로 가서 점원들에게 급료를 주고 그리고 원목장으로 가서 마부들이랑 휴 엘싱에게 급료를 줘야 하니까.」

「어머, 그럼 언니, 원목장으로 가세요?」멜라니가 물었다. 「애실리도 저녁 무렵 휴를 만나러 원목장으로 간다고 했어요. 그럼 스카알렛 언니, 그이를 다섯 시까지 거기 붙들어 두지 않겠어요? 그 전에 돌아오면 우리가 케잌이니 뭐니 만드는 것을 들키게 될 테니까요. 그러면 조금도 놀라게 해줄 수 없거든요.」

스카알렛은 속으로 회심의 미소를 지었다. 이것으로 기분이 나빴던 것도 다 풀어졌다.

「그래, 붙들어 둘께.」그녀는 말했다.

그녀가 그렇게 말했을 때, 마음 속까지 꿰뚫어보는 것 같은 인디어의 속눈썹 없는 엷은 눈이 스카알렛의 눈과 마주쳤다. 『이 사람은 내가 애실리 이야기만 하면 언제나 저런 이상한 눈으로 나를 본다.』 하고 스카알렛은 생각했다.

「그럼 다섯 시 지날 때까지, 될 수 있는 대로 오래 붙들어 주세요.」멜라니는 말했다. 「그러면 인디어가 마차로 그이를 맞으러 갈 거예요. 스카알렛, 오늘 밤은 꼭 일찍 오세요. 일 분이라도 파티에 늦게 오면 안 돼요.」

스카알렛은 마차로 집에 돌아오며 불쾌하게 생각했다. 『일 분이라도 파티에 늦으면 안 된다고? 그럼 왜 멜라니는 내게, 인디어랑 피티 고모님과 함께 손님을 접대해 달라고 하지 않았을까?』

대체로 스카알렛은, 멜라니가 벌이는 보잘것없는 파티에서 손님 접대를 하는 것 따위는 실상 아무래도 좋았다. 그러나 오늘 밤은, 멜라니가 지금까지 연 것 중에서도 가장 큰 파티였고, 더구나 애실리의 생일 파티이기도 했다. 그래서 스카알렛은 애실리 옆에 서서, 그와 함께 손님 접대를 하고 싶어 견딜 수 없었던 것이다. 그러나 어째서 자기에게는 그런 역할이 주어지지 않았는지 그녀는 알고 있었다. 설사 몰랐다 하더라도, 그 점에 대한 레트의 설명으로 충분히 그것을 알 수가 있었다.

「옛날 남부 군인과 민주당 거물들이 나타나는 마당에, 남부의 배신자가 접대를 하게 됐어? 당신은 머리가 정말 좀 어떻게 된 거 아냐? 당신이 초대를 받은 것만도, 오로지 멜라니 씨의 두터운 호의에서 나온 결과야.」

스카알렛은 그 날 오후, 가게와 원목장으로 가는 데 보통 때보다 훨씬 정성들여 차림을 했다. 빛의 반사에 따라서 어떤 때는 라일락빛으로도 보이는 어두운 초록빛 새 태피터 프록을 입고, 암녹색 깃털 장식이 주위에 달린 새로 만든 담녹색 보네트를 썼다. 앞머리를 내리고 이마 있는 데서 그것을 곱슬곱슬하게 하도록 레트가 허락만 해준다면 이 보네트는 훨씬 더 잘 어울릴 텐데! 그러나 그는 만일 앞머리를 내리기만 하면 머리를 싹 밀어 버리고 말겠다고 위협했던 것이다. 더구나 그는 요즘에 와선 정말로 그런 짓을 할 것처럼 아주 심하게 굴었다.

상쾌한 오후였다. 햇볕은 내리쬐고 있었지만 지나치게 더울 정도는 아니고, 맑은 햇볕이기는 했지만 눈이 부실 정도는 아니었다. 훈훈한 미풍이 피치트리 거리의 나무들을 살랑거리게 하고, 스카알렛의 보네트 깃털 장식을 한들거리게 했다. 그녀의 마음도 언제나 애실리를 만나러 갈 때면 그런 것처럼 설레고 있었다. 마부와 휴에게 빨리 급료를 주어 버리면, 그들은 곧장 돌아가 버릴 것이다. 그리고 원목장 한가운데 네모난 작은 사무실에서 애실리와 단 둘이만 남게 되겠지. 요즘은 애실리와 단 둘이 만날 기회가 좀처럼 없었다. 게다가 오늘 온 멜라니한테서 그를 붙들어 달라는 부탁을 받고 있다. 그걸 생각하면 기뻐 견딜 수가 없었다.

가게에 도착해서도 그녀의 마음은 한껏 들떠 있었다. 윌리와 그 외 점원들에 대해서도, 오늘의 장사 실적 같은 건 묻지도 않고 잠자코 급료를 치러 주었다. 토요일이라 농부들이 모두 물건을 사러 거리로 쏟아져 나오는 날이어서 가게로 볼 때는 일 주일 중에서 가장 많이 팔리는 날이었지만, 그녀는 아무것도 묻지 않았다.

원목장으로 가는 도중에서도, 멋진 옷차림을 한 뜨내기 정상배들의 아낙네들과——멋지다곤 해도 자기만은 못 하다고 그녀는 마음 속으로 생각했다——붉은 흙먼지 속을 걸어와 모자를 벗고 인사하는 많은 남자들과 말을 주고받기 위해 그녀는 몇 번이나 멈춰 섰다. 아름다운 오후였고 마음은 행복했으며, 게다가 아름답게 차리고 있었기 때문에 길에서도 사뭇 공주님 같은 기분이었다. 이런 일들로 시간이 걸려 원목장에 도착했을 때는 의외로 늦어 휴와 마부들은 낮게 쌓아올린 재목 위에 앉아 그녀가 오기를 기다리고 있는 중이었다.

「애실리 씨 오셨어요?」

「네, 사무실에 계세요.」휴는 대답했다. 그리고 그녀의 기쁨에 넘친 듯한 눈이 빠르게 움직이는 것을 보자 언제나의 걱정스런 표정도 사라져 버렸다. 「지금 하고 계시는 중이에요. 저, 뭐라더라? 장부를 조사하고 있어요.」

「어머, 오늘은 그런 거 안 해도 되는데.」그녀는 말한 다음 소리를 낮추었다. 「오늘 밤 파티 준비가 완전히 끝날 때까지 그분을 붙들어 두도록 멜라니한테 부탁을 받고 온 거예요.」

휴는 오늘 밤 파티에 참석하기로 되어 있었기 때문에 그 소리를 듣자 빙긋 웃었다. 그는 파티를 좋아했다. 그래서 오늘 스카알렛의 들떠 있는 모습을 보자 그녀도 역시 파티를 좋아하는구나 하고 생각했다. 그녀는 마부와 휴에게 급료를 치르자, 같이 따라오면 귀찮다는 듯한 태도를 보이며 재빨리 그들과 헤어져 사무실 쪽으로 갔다. 애실리는 문까지 나와서 그녀를 맞이했다. 오후의 태양을 받아 머리칼이 반짝반짝 빛나고, 입 언저리에는 엷은 미소 아니, 미소라기 보다는 놀리는 듯한 웃음을 띄고 서 있었다.

「아아, 스카알렛. 지금 이런 시각에 거리에 나와서 무얼 하시는 거요? 왜 우리 집에 가서 나를 깜짝 놀라게 할 파티 준비를 위해 멜라니를 거들어 주지 않는 거요?」

「어쩌면, 애실리 윌크스!」그녀는 어이가 없어 소리를 질렀다. 「당신이 알고 계실 줄은 정말 몰랐어요. 하지만 당신이 깜짝 놀라지 않으면 멜라니가 무척 낙심할 텐데요.」

「아니, 염려할 것 없어요. 난 애틀랜타 안에서 제일 놀래 보일 거요.」말하고 애실리는 눈으로 웃었다.

「그런데, 당신에게 고자질한 그 비겁한 사람은 누구예요?」

「사실을 말하면 멜라니가 초대한 사람 전부라고 할 수 있소. 고오돈 장군이 제일 먼저 알려 주었어요. 그분의 경험으로는 부인들이 느닷없이 파티를 하는 것은, 언제나 사내가 집안에 있는 총을 닦거나 손질을 하려고 생각한 그 날 밤에 있게 마련이라는 거요. 두 번째는 바로 메리웨더 할아버지가 경고를 해주었소. 일찌기 메리웨더 부인이 그 할아버지를 위해 별안간 파티를 연 일이 있었는데 그때 가장 놀란 것은 바로 당사자인 부인이었다는 거요. 왜냐하면 할아버지는 류머티즘에 약이 된다고 해서 몰래 위스키를 애용하고 있었는데, 공교롭게도 그 날 밤은 너무 취해 침대에서 일어날 수도 없었다는 거예요. 그리고 또 별안간 파티를 당한 경험이 있는 사람들은 모두 가르쳐 주었소.」

「정말 얄미운 사람들이네요!」스카알렛은 외쳤지만 그래도 웃지 않을 수 없었다.

애실리가 이렇게 웃고 있자, 트웰브 오우크스 집에 있을 때의 옛날 애실리와 조금도 다름 없이 보였다. 그리고 그는 요즘은 별로 웃는 일이 없었다. 공기는 무척 부드러웠고, 태양은 한없이 포근했으며, 애실리의 얼굴은 즐거워 보였고, 그의 말도 어디까지나 여유가 있었기 때문에 그녀의 심장은 행복에 뛰놀았다. 행복에 가슴은 부풀어 오르고, 너무 기뻐 괴로울 지경이었는데, 환희에 넘친 마음은 눈으로 넘쳐 흐르지 않는 눈물 때문에 몹시 안타까울 지경이었다. 문득 그녀는 열 여섯 살 때의 옛날로 돌아간 듯 즐거움과 숨이 막힐 듯한 흥분을 느꼈다. 보네트를 홀렁 벗어 공중으로 내던지며 만세! 하고 외치고 싶을 정도로 미칠 듯한 충동을 느꼈다. 그리고 만일 그런 짓을 한다면 애실리가 얼마나 놀랄까 생각하고 갑자기 웃음이 터져나와 눈물이 날 정도로 웃어 댔다. 그도 역시 웃는 것이 즐거운 듯 몸을 뒤로 젖히고 웃었다. 그는 그녀의 명랑함을, 멜라니의 비밀을 새게 한 사람들의 허물 없는 배신을 재미있어하고 있는 것으로 생각했던 것이다.

「들어오십시오, 스카알렛. 장부를 조사하고 있던 중이었소.」

그녀는 오후의 햇살이 밝게 들이비치는 조그만 방으로 들어가, 뚜껑을 접는 책상 앞 의자에 앉았다. 뒤따라 들어온 애실리는 초라한 책상 끝에, 긴 다리를 흔들거리며 걸터앉았다.

「오늘은 장부 같은 따분한 일은 그만두세요, 애실리! 오늘은 귀찮은 일은 하기 싫어요. 새 보네트를 쓰고 있으면 숫자 같은 것이 모조리 머리에서 달아나 버리는 것만 같아요.」

「그런 아름다운 보네트를 쓰고 있으면 숫자 같은 건 정말 다 잊어버리게 될 거요.」 그는 말했다. 「스카알렛, 당신은 언제보나 점점 더 아름다와지는군.」

그는 책상에서 미끄러져 내려오자 웃으며 그녀의 두 손을 잡고 입은 옷이 잘 보이도록 팔을 활짝 벌렸다. 「정말 아름답군! 당신이 나이를 먹고 있다고는 도저히 생각할 수 없소!」

그에게 손을 잡히자, 그것을 의식한 것은 아니지만 이야말로 은근히 바라고 있던 일이라는 것을 깨달았다. 이 행복한 오후 내내 그녀는 그의 따뜻한 손, 그의 다정한 눈, 그의 애정이 담긴 말을 바라고 있었던 것이다. 타라의 과수원에서의 그 춥던 날 이후로, 완전히 둘만이 된 것은 이것이 처음이었다. 형식적인 인사 이외에 두 사람의 손이 쥐어진 것도 이것이 처음이었다. 그리고 오랜 세월, 그녀는 좀 더 가까이 접촉했으면 하고 계속 목마르게 바라고 있었던 것이다. 그런데 지금……

그의 손이 닿는데도 조금도 마음이 설레지 않는 것은 무슨 기묘한 일인가! 전에는 그가 옆에 가까이 있기만 해도 몸이 떨렸다. 그런데 지금은 이상하게도 따뜻한 우정과 만족을 느낄 뿐이었다. 그의 손에서는 아무런 열정도 전해 오지 않았다. 그의 손에 잡혀 있으면, 그녀의 마음은 행복한 안정 속으로 가라앉았다. 이것은 그녀를 어리둥절하게 만들었고 다소 당황하게 했다. 그는 지금도 그녀의 애실리이고, 여전히 그녀의 자랑스런 애인이고, 생명보다도 소중하게 아끼는 사람이다. 그런데 어떻게 돼서…….

그러나 그녀는 이런 생각을 마음에서 쫓아 버렸다. 그와 함께 있고, 그가 자기 손을 잡고 긴장도 정열도 없이 다만 정답게 미소짓고 있으면 그것으로 충분한 것이다. 두 사람 사이에는 입 밖에 내서 말하지 못할 일이 잔뜩 있다고 생각하고 있었는데, 이런 일이 일어났다는 것은 기적과 같았다. 그의 눈은 그녀가 사랑하고 있던 옛날 그대로 맑게 빛나고, 미소를 띄우고 묵묵히 그녀의 눈을 들여다보고 있었다. 마치 둘 사이에는 행복 이외에 아무것도 없었던 것처럼 미소하고 있었다. 두 사람의 눈동자에는 무엇 하나 가린 것이 없었고 난처한 듯한 서먹서먹함도 없었다.

「어머, 애실리! 점점 나이를 먹어 늙어 가는걸요.」

「그건 단지 표면뿐이오. 아니야, 스카알렛, 당신이 예순살이 되어도 내게는 언제나 똑같이 보일 거요. 나는 언제나, 우리들의 마지막 바베큐 모임 때, 떡갈나무 밑에서 많은 남자들에게 둘러싸여 앉아 있던 그 날의 당신만을 생각하게 될 거요. 당신이 어떤 옷차림을 하고 있었는지 나는 잘 기억하고 있소. 조그만 초록색 꽃무늬가 있는 흰 옷을 입고, 흰 레이스의 숄을 어깨에 걸치고 있었지. 검은 레이스 장식이 달린 조그만 초록빛 슬리퍼를 신고, 기다란 초록 리본이 달린 큰 밀짚 모자를 쓰고 있었소. 나는 그때의 차림을 환히 기억하고 있소. 왜냐하면, 수용소에 들어가서 호된 꼴을 당하고 있을 때, 나는 이 추억을 더듬어 하나하나 세밀한 데까지 기억을 되찾아 그림이라도 뒤적이듯 그것을 몇 번이고 몇 번이고 뒤적였기 때문이오.」

그는 갑자기 말을 멈췄다. 그의 얼굴에서는 차츰 정열의 빛이 사라져 갔다. 그는 가만히 그녀의 손을 놓았다. 그녀는 열심히 다음 말을 기다렸다.

「우리는 둘이 다 그 날 이후 무척 먼 길을 걸어왔소, 스카알렛. 우리는 꿈에도 생각지 못한 길을 더듬어 온 거요. 당신은 똑바로 거침없이 걸어왔고, 나는 느릿느릿 마지못해서.」

그는 다시 책상에 걸터앉아 그녀를 물끄러미 바라보았다. 어렴풋한 미소가 다시 그의 얼굴에 떠올랐다. 그러나 그것은 바로 조금 전까지 그녀를 그토록 행복하게 하던 그런 미소는 아니었다. 그것은 쓸쓸한 미소였다.

「그렇소, 당신은 나를 당신의 개선 마차 바퀴삼아 끌면서 거침없이 전진해 왔소. 스카알렛, 가끔 나는 당신이 없었다면 나라는 인간은 어떻게 됐을까 하고, 제삼자의 호기심으로 생각하는 때가 있소.」

스카알렛은 그럴 리가 없다고 얼른 그의 말을 막으려 들었다. 전에도 같은 문제에 대해서 레트가 말한 것이 생각지도 않게 이때 문득 마음에 떠올랐기 때문에 더욱 당황해서 부인하려 들었던 것이다.

「하지만 전 당신을 위해서 아무것도 해드린 게 없어요, 애실리. 제가 없었어도 아마 마찬가지였을 거예요. 언젠가 당신은 부자가 되고, 당신이 아니면 안 될 그런 훌륭한 사람이 되셨을 거예요.」

「아니, 스카알렛. 내게는 훌륭하게 될 소질 같은 건 전연 없소. 만일 당신이 없었다면 나 같은 건 사람들로부터 잊혀지고 마는 인간이 돼 버렸을 거요. 가엾은 캐스린 캘버트나 그 밖에 일찌기 그 이름이 알려졌던 많은 명문 집 사람들과 마찬가지로.」

「어머, 애실리, 그렇게 말씀하시면 안 돼요. 어쩐지 무척 슬퍼져요.」

「아니오, 난 슬퍼하지는 않소. 인제 그런 기분은 없소. 한때는, 한때는 슬펐소. 지금은 나는 다만…….」

그는 갑자기 말을 끊었다. 문득 그가 무슨 생각을 했는지 그녀는 알았다. 이제야 비로소 그의 눈이 그녀의 어깨 너머로 맑게 가라앉아, 방심한 듯 앞을 바라보고 있을 때 애실리가 무엇을 생각하고 있는지 그녀도 분명히 알 수 있었다. 격렬한 사랑의 정열이 그녀의 가슴을 뛰게 하면, 그의 마음은 언제나 그녀를 들여놓지 않으려고 닫혀 버렸다. 지금 두 사람 사이에 있는 조용한 우정에 잠겨 있으려니, 그의 마음 속으로 얼마쯤 들어갈 수가 있었고, 그리고 얼마쯤 이해할 수가 있었다. 그는 이제 슬퍼하지는 않았다. 패전 직후는 슬퍼했다. 애틀랜타로 와 달라고 부탁했을 때도 슬퍼하고 있었다. 그러나 지금은 이미 완전히 체념해 버린 것이다.

「그렇게 말씀하시는 건 정말 싫어요, 애실리!」그녀는 격한 어조로 말했다. 「어쩌면 그렇게 레트하고 똑같은 말씀을 하세요. 그분은 언제나 지금 당신이 하신 말씀이나 적자 생존이니 하는 말만 자꾸 해서 전 어떤 때는 견딜 수 없이 소리를 지르고 싶은 때가 있어요.」

애실리는 빙그레 웃었다.

「스카알렛, 당신은 레트와 내가 근본적으로 비슷하다고 생각해 본 적이 없소?」

「어머, 그럴 리가 있어요! 당신은 아주 교양이 있고 훌륭한 분이시고, 그는 ······.」 그녀는 생각에 혼란이 일어나 말을 뚝 끊었다.

「하지만 우리는 닮았소. 우리는 같은 종류의 인간에서 태어나 같은 틀로써 길러지고 같은 것을 생각하게시리 교육을 받아 가며 자라 왔소. 그리고 인생의 길목 어딘가에서 각각 딴길로 갈라져 버린 거요. 우리는 지금도 같은 생각을 하고 있지만 다만 행동하는 방법이 틀린 거요. 예를 들어, 우리는 다 똑같이 전쟁을 믿지 않았소. 그런데 나는 군대에 들어갔고 싸움터에 나갔소. 그러나 그는 전쟁이 끝날 무렵까지 싸움터로 나가려 하지 않았소. 우리는 둘 다 이 싸움은 전연 승산이 없는 것이라고 알고 있었소. 둘 다 지는 전쟁이라고 생각하고 있었소. 나는 질 것을 알면서도 자진해서 전쟁에 나갔소. 그러나 그는 나가지 않았소. 때때로 나는 그가 옳았다고 생각할 때가 있소. 그러면 또······.」

「아아, 애실리, 당신은 언제가 돼야 문제를 양쪽에서 바라보는 버릇을 고치겠어요?」 그녀는 말했다. 그러나 그 어조에는 옛날처럼 짜증스런 데는 없었다. 「문제는, 양쪽에서 바라보는 결론은 절대로 나오지 않는 법이에요.」

「옳은 말이오. 하지만 스카알렛, 대관절 당신은 장차 어떻게 되기를 바라오? 나는 곧잘 그런 걸 생각했소. 나는 보다시피 장차 어떻게 되고 싶다고 생각한 적은 한 번도 없소. 다만 나는 나 자신이고 싶을 따름이오.」

내가 장차 어떻게 되고 싶으냐고? 정말 무슨 바보 같은 질문인가. 돈, 그리고 안심할 수 있는 생활, 그거야 뻔한 얘기가 아닌가. 그러나 그녀의 마음은 아직 뭔가를 찾고 있었다. 그녀는 지금 돈도 가지고 있고, 불안한 세상에서 더 바랄 수 없을 만큼 안정된 생활도 하고 있다. 그러나 그것을 생각해 보면, 지금에 와선 그것만으로는 아직 충분한 것 같지 않았다. 지금 와서 생각해 보면, 그 전 같이 내일 일을 아둥바둥 애를 태우거나 걱정하는 일은 없다고 하더라도, 그러나 그렇게 특별히 행복해진 것같이 생각되지는 않았다. 돈과, 안심할 수 있는 생활과, 그리고 당신만 얻을 수 있다면, 그거야말로 내가 바라고 있는 전부라고 생각하면서 그녀는 안타까운 마음으로 그를 바라보았다. 그러나 입 밖에 내서 말하지는 못 했다. 지금 두 사람 사이에 있는 매혹적인 이 기분이 그로 인해 허물어지지 않을까, 그의 마음이 나를 받아들이지 않으려고 닫히지 않을까 그것이 두려웠기 때문이었다.

「그냥 자기 자신이고 싶다고요?」 그녀는 별로 생기 없는 목소리로 웃었다. 「나는 어떻게든지 자기 자신이 아니려고 억척같이 노력해 왔어요. 자기가 어떻게 됐으면 하는 점에서는 나는 이미 거기에 이른 것으로 생각해요. 난 부자가 되어 편안한 생활을 하고 싶었어요, 그리고······.」

「그러나 스카알렛, 부자가 되든 못 되든 그런 것은 내게는 아무래도 좋을 거라고, 당신은 생각해 본 일이 없소?」

생각해 본 일도 없었던 일이다. 부자가 되고 싶지 않다고 생각하는 사람이 있으리라고는 한 번도 생각한 일이 없었다.

「그럼 당신은 무엇을 찾고 계세요?」

「지금은 모르겠소. 전에는 알았던 적도 있었지만 지금은 다 잊어버렸소. 그저 혼자 지내면서 싫은 사람들로부터 성화를 받지 않고, 하기 싫은 일을 억지로 하지 않았으면 하는 그런 정도일 거요. 어쩌면 나는 옛날이 다시 돌아오기를 바라고 있는지도 모르지만, 그러나 그런 건 두 번 다시 돌아오지 않을 거요. 나는 그런 추억에 끌리고 눈 앞에서 점점 허물어져 가는 세계에 끌리고 있는 거요.」

스카알렛은 굳게 입을 다물고 있었다. 그의 말뜻을 몰라서가 아니었다. 그의 그 음성이 무엇보다도 지나간 날을 회상하게 만들고, 그것이 생생히 마음에 떠올라 갑자기 가슴이 죄어드는 것만 같았기 때문이다. 그녀는 트웰브 오우크스 집 뒤뜰에서 안타깝고 쓸쓸한 마음으로 〈난 인제 과거를 생각하지 말자.〉 하고 맹세한 날부터 과거에는 일체 눈을 돌리지 않기로 하였던 것이다.

「나는 요즘이 좋아요.」 그녀가 말했다. 그러나 그렇게 말하면서도 눈은 그를 외면하여 딴 곳을 보고 있었다. 「언제나 파티니 뭐니 온갖 재미있는 일이 있거든요. 모든 것이 생기가 있어요. 옛날은 무척 따분했어요.」 『아, 평온한 나날, 따뜻하고 조용한 전원의 황혼녘! 흑인들의 집에서 들려 오는 은근하고 높은 웃음 소리, 그 무렵 생활의 황금 같은 따스함, 언제나 내일의 불안이 없는 편안함! 어떻게 당신 말에 반대할 수 있겠어요?」

「요즘이 좋아요.」 그렇게 말한 그녀의 음성은 그러나 떨리고 있었다.

그는 책상에서 내려와 곧이들리지 않는다는 듯 조용히 웃었다. 그리고 그녀의 턱에 손을 대고 얼굴을 위로 들었다.

「오, 스카알렛, 당신은 어쩌면 그렇게 거짓말이 서투르오! 그렇지, 확실히 지금의 생활이……. 하긴 화려할지도 모르지. 그러나 그게 틀렸다는 거요. 옛날은 이처럼 화려하지는 않았지만, 그러나 매력과 아름다움과 한가로운 운치가 있었소.」

그녀의 마음은 두 갈래로 갈려서 눈을 내리깔았다. 그의 음성을 듣고 그의 손이 닿자, 그녀가 영원히 닫은 줄 알았던 도어가 조금씩 열려 갔다. 그 도어 뒤에는 지난날의 아름다움이 숨겨져 있어, 그것에 대한 슬픈 동경이 그녀의 가슴 속에 샘물처럼 솟아났다. 그러나 문 뒤에 어떤 아름다운 것이 있어도 그것은 그대로 가만히 놓아 두지 않으면 안 된다는 것을 그녀는 알고 있었다. 괴로운 추억을 짊어지고 살아간다는 것은 아무도 할 수 없는 일이다.

그는 그녀의 턱에서 손을 떼고, 그녀의 한 손을 두 손으로 다정하게 싸쥐었다.

「기억하고 있소?」그는 말했다. 그러자 그녀의 마음에 요란한 경종이 울렸다. 과거를 돌아보아서는 안 된다! 옛날을 생각해서는 안 된다!

그러나 그녀는 곧 그 경종을 무시하고 행복의 물결에 몸을 맡겨 앞으로 밀려 나갔다. 마침내 그라는 사람을 알았다. 마침내 우리들의 마음은 서로 다가섰다. 이 순간이야말로 비록 다음에 어떤 고통이 오더라도 잃어서는 안 되는 귀중한 것인 것이다.

「기억하고 있소?」그는 말했으나, 그 소리의 주문에 걸리자 이 작은 사무실의 살풍경한 벽은 사라져 버리고, 세월을 초월해 두 사람은 말을 타고 늦은 봄의 오솔길을 지나고 있었다. 그는 말하면서 그녀의 손을 꼭 쥐었다. 그의 목소리에는 반쯤 잊혀진 옛 노래의 슬픈 마력이 깃들여 있었다. 탈레턴네 피크닉에 가는 도중, 싱싱한 어린 나무들이 우거진 길을 지나갈 때, 그 즐겁게 울리던 말방울 소리까지도 들려 왔다. 자신의 구김살 없는 웃음 소리도 들리고 햇볕에 은빛으로 빛나는 그의 머리칼의 반짝임도 눈에 떠올랐고 높다랗게 아무렇게나 말에 걸터앉은 그의 우아한 자세도 생생하게 떠올랐다. 그의 목소리에는 음악이 있었다. 이제는 이미 없어져 버린 그 흰 벽돌집에서 둘이 춤추던 바이올린과 밴조의 음악을 그것은 생각나게 했다. 싸늘한 가을 달빛을 받은 검은 늪지 근처에서, 주머니쥐 사냥을 하는 개 짖는 소리가 들렸다. 크리스마스에는 전나무로 장식한 그릇 속에 담은, 에그노그의 냄새가 풍기고 흑인도 백인도 벙글벙글 웃고 있었다. 그러자 벌써 몇 년 전에 죽은 옛 친구들이 마치 아직 이 세상에 살아 있는 듯 차례로 그녀 앞으로 다가왔다. 스튜어트와 브렌트는 길다란 다리에 붉은 머리를 하고 여전히 심술궂은 장난을 좋아했다. 톰과 보이드는 망아지 새끼처럼 난폭했고, 조 폰텐은 타는 듯한 검은 눈을 하고 있었고, 캘버트 집 캐이드와 레이포드는 몹시 조용하고 우아한 동작을 하고 있었다. 존 윌크스도 있고, 브랜디로 얼굴이 벌개진 제랄드도 있었다. 목소리가 상냥하고 언제나 좋은 냄새를 풍기는 어머니 엘렌도 있었다. 이들 모든 사람들 위에 있는 것은 생활의 안전감, 내일도 또 오늘과 같은 행복한 날이 올 것이라는 안정된 심정이었다.

그의 목소리가 끊어졌다. 두 사람은 오랫동안 조용히 서로의 눈을 지켜보았다. 둘 사이에는 아무런 근심도 없이 같이 즐겼던 잃어버린 밝은 청춘이 있었다.

『당신이 어째서 행복해지지 못하는가, 난 이제 비로소 알았어요.』 그녀는 슬프게 생각했다. 『지금까지는 전연 알지 못했다. 나 자신도 역시 어째서 완전히 행복해지지 못하는 지 전에는 전연 알지 못했다. 하지만 어떻게 된 일인가, 우리는 마치 늙은 노인 같은 이야기를 하고 있지 않은가!』 그녀는 어둡고 놀라운 기분으로 생각했다. 『흡사 오십 년이나 지난 일을 회상해 보는 노인들 같다. 그러나 우리는 노인들은 아니다! 다만 우리들 사이에 그러한 노인들과 같은 온갖 일들이 있었을 뿐이다. 모든 것이 완전히 변해 버렸기 때문에, 오십 년이나 지난 것처럼 생각되는 것이다. 그러나 우리는 그런 노인은 아닌 것이다!』

그러나 애실리를 바라보면, 그는 결코 젊지도 또 생기가 있어 보이지도 않았다. 그는 다시 그녀의 손을 잡고 머리를 숙여 그것을 물끄러미 바라보고 있었는데, 전에 그토록 밝은 색이었던 그의 머리칼도 완전히 햇빛으로, 고요한 수면을 비추는 달빛처럼 은회색이 되어 있었다. 어딘지 모르게, 밝은 아름다움이 사월의 오후에서 사라져 버렸듯이 그녀의 마음에서도 사라지고, 슬프고 달콤한 추억이 쓸개처럼 쓰게만 느껴졌다.

『이 사람 때문에 그만 생각이 났지만 옛날 같은 것 회상하지 않을걸 그랬다.』 그녀는 절망적인 심정으로 생각했다. 『내가 다시는 과거를 회상하지 않으리라고 맹세한 건 옳은 일이었다. 옛날을 회상하면 너무나 안타까와 필경은 그것에 이끌리게 되고, 그리고 마지막에는 옛날을 회상하는 것 이외에는 아무것도 할 수 없게 되고 만다. 그 점이 애실리의 잘못된 점인 것이다. 이 사람은 다시는 앞을 내다볼 수 없게 되고 말았다. 현재를 볼 수가 없고, 그리고 미래를 무서워하고 있다. 그래서 옛날만을 돌아보고 있는 것이다. 전에는 난 그걸 몰랐다. 아, 애실리, 부탁이에요. 과거 따위는 돌아보면 안 돼요! 그것이 무슨 소용이 있겠어요. 당신에게 끌리어 옛날 이야기를 하다니, 난 싫어요. 행복을 쫓아 과거를 회상하면 이런 괴로움, 이런 슬픔, 이런 불만이 솟아오를 뿐인걸요.』

그녀는 일어섰다. 그는 여전히 그녀의 손을 잡고 있었다. 나는 이제 가 봐야 한다. 여기서 옛일을 생각하고, 지쳐 슬픈 듯한 우울한 이 사람의 얼굴을 보고 있을 수는 없다.

「우리는 그 무렵에서 보면 꽤나 먼 길을 걸어온 셈이죠, 애실리.」 그녀는 자칫하면 떨릴 듯싶은 소리, 자칫하면 목이 메이려는 것을 상대방에게 보이지 않으려고 기를 쓰며 말했다. 「그 무렵 우리는 기막힌 생각들을 가지고 있지 않았어요!」 그리고 다급하게 말했다. 「하지만 애실리, 우리가 생각한 대로 된 건 하나도 없군요!」

「정말 그렇군.」 그는 말했다. 「인생은 우리가 기대하고 있는 것을 억지로라도 우리에게 주어야 할 의무가 있는 건 아니니까. 우리는 현재 있는 것을 받아들이고 그것이 그 이상 나쁘지 않은 것만을 감사해야 할 거요.」

그때부터 아득하게 걸어온 긴 발자취를 더듬어 보자, 그녀의 마음은 고뇌와 피로로 갑자기 힘이 빠지는 것만 같았다. 그 마음 속에는 젊은 남자들을 사랑하고, 아름다운 옷을 좋아하고, 언젠가 그때가 오면 어머니 엘렌처럼 훌륭한 여성이 되리라 생각하던 스카알렛 오하라의 모습이 떠올랐다.

갑자기 눈물이 넘쳐 조용히 뺨으로 흘러내렸다. 상처를 입어 어쩔 줄 모르는 어린 아이처럼 묵묵히 선 채 그를 바라보았다. 그도 아무 말없이 조용히 그녀를 끌어안아 그녀의 머리를 자기 어깨에 기대게 하고 몸을 구부려 볼을 비볐다. 그녀는 그의 어깨에 매달려 늘어진 채 그의 몸에 팔을 감았다. 안겨 있으니까 마음이 위로가 되어 갑자기 흘러내리던 눈물도 말라 버렸다. 아, 미칠 것만 같은 정열도 긴장도 없이, 다만 서로 사랑하는 친구처럼 그의 팔에 안겨 있는 것은 얼마나 유쾌한 일인가. 그것은 추억과 청춘을 그녀와 함께 나눠 가지고, 그녀의 과거도 현재도 모조리 알고 있는, 애실리만이 이해할 수 있는 심정이었다.

도어 밖에서 발소리가 들렸지만 마부들이 돌아가는 것이려니 하고 그녀는 관심조차 안 가졌다. 애실리의 심장이 천천히 고동치는 것을 들으며, 잠시 동안 가만히 그러고 있었다. 그러자 갑자기 그가 기겁을 하듯 난폭하게 그녀에게서 몸을 뗐다. 그녀는 깜짝 놀라 그의 얼굴을 쳐다보았다. 그러나 그는 그녀를 보고 있지는 않았다. 그녀의 어깨 너머로 도어 쪽을 보고 있었다.

그녀가 돌아보니까 거기에는 얼굴이 새파랗게 질려 가지고, 연푸른 눈을 번쩍번쩍 빛내고 있는 인디어와, 외눈박이 앵무새처럼 심술궂은 표정을 한 아치가 서 있었다. 그리고 그 뒤에는 엘링 부인이 서 있었다.

어떻게 사무실을 나왔는지 기억이 안 났다. 그러나 그녀는 애실리의 재촉을 받고, 작은 방안에서 심상찮은 어조로 말을 주고받는 애실리와 아치, 밖에서 그녀에게 등을 돌리고 있는 인디어와 엘싱 부인을 그대로 둔 채 허둥지둥 나왔던 것이다. 부끄러움과 두려움으로 집으로 돌아오는 발걸음이 빨라졌다. 구약 성경에서 뛰어나온 복수의 귀신 같은 꼴을 한, 장노(長老) 수염을 기른 아치의 모습이 또렷이 마음에 떠올랐다.

집에는 인기척이 없고, 사월의 해질 무렵의 조용한 정적에 싸여 있었다. 하인들은 모두 어느 장례식에 가 버리고 아이들은 멜라니네 집 뒷뜰에서 놀고 있었다. 멜라니…….

멜라니! 스카알렛은 계단을 올라 자기 방으로 가면서, 멜라니를 생각하자 온 몸이 싸늘해 왔다. 멜라니의 귀에도 이야기는 들어가겠지. 인디어는 멜라니에게 이르겠다고 했다. 아, 인디어는 애실리의 얼굴에 흙칠을 하는 것도 생각하지 않고, 멜라니의 마음을 괴롭히는 것도 생각하지 않고, 스카알렛을 해칠 수만 있으면 신이나 멜라니에게 다 일러바치겠지! 그리고 엘싱 부인도, 사실은 그때 사무소 도어에서 인디어와 아치 뒤에 있었기 때문에 아무것도 보지 못했겠지만, 역시 지껄여 대겠지! 어찌 됐든 그 부인은 지껄여 댈 것이다. 저녁식사 때까지 이 소문은 온 거리에 퍼지겠지. 내일 아침식사 때까지는 누구나가, 흑인까지도 알고 말 것이다. 오늘밤 파티에서는 여자들은 한쪽 구석에 몰려서서, 여보란 듯 악의에 찬 기쁨을 가지고 소곤소곤 속삭여 대겠지. 스카알렛 버틀러는 마침내 그 거만한 지위에서 굴러떨어지고 말았다. 소문은 바퀴에 바퀴를 달아 자꾸만 커져 갈 것이다. 도저히 멈추게 할 수 없겠지. 소문은 울고 있는 그녀를 애실리가 안고 있었다는, 있는 그대로의 사실에 머물진 않을 것이다. 밤이 될 때까지는, 그녀는 간통을 하다가 들켰다고 사람들은 불어 댈 것이다. 그러나, 사실은 그처럼 결백하고 그처럼 아름다운 것이었는데! 스카알렛은 미칠 것만 같은 심정으로 생각했다. 그가 휴가로 돌아왔던 크리스마스 때, 작별의 키스를 하는 것을 보게 되었더라면——타라의 과수원에서 함께 도망가자고 그에게 조르고 있을 때 들켰었다면…… 아, 우리들이 참으로 나쁜 짓을 하고 있을 때 들켰더라면, 이렇게까지 비참한 심정은 아닐 텐데! 그런데 지금은! 지금은! 나는 단지 친구로서 그의 팔에 안겨 있었을 뿐인데.

그러나 누구도 그것을 믿어 주지는 않으리라. 나를 편들어 줄 사람은 한 사람도 없으리라. 「그 여자가 그런 실수를 하리라곤 믿을 수 없어.」하고 말해 줄 사람은 한 사람도 없을 것이다. 먼 옛날에, 옛 친구들의 감정을 모조리 해치고 말았기 때문에, 일부러 그녀를 위해 변호의 역할을 맡고 나설 사람은 한 사람도 있을 것 같지 않았다. 새로운 친구들은 평소에 그녀의 거만을 말없이 참고 있었기 때문에, 때는 왔다고 욕을 퍼부을 것이 틀림없었다. 사람들은 애실리 윌크스같이 훌륭한 사람이 이런 추잡한 사건에 말려든 것을 안타까와할지는 모르지만, 그녀의 일이라면 무엇 하나 믿어 주지 않을 것이다. 그리고 언제나 그렇듯이 죄는 여자 쪽에 밀어 붙이고 여자의 나쁜 점에는 약간 어깨만 으쓱하고 말 것이다. 더구나 이 경우는 사람들 쪽이 옳다. 왜냐하면 그녀 쪽에서 안겨 있었으니까.

아, 자신은 어떤 비방에도, 경멸에도, 비웃음에도 또 어떤 거리의 소문에도 참아야 한다면 참으리라. 그러나 멜라니에게만은 견딜 수 없다! 아, 멜라니만은 안 된다! 다른 누구보다도 특히 멜라니에게 알려지는 것이 왜 이다지도 마음에 걸리는지 그녀는 알 수 없었다. 지난날의 죄악감에 겁이 나고 그것에 압도

되어 알아보려고 할 수조차 없었던 것이다. 그러나 애실리가 스카알렛을 애무하고 있는 현장을 목격했다고 인디어가 일러바쳤을 때, 멜라니의 눈에 어떤 표정이 나타날까 생각하자, 눈물이 와락 쏟아져 나왔다. 멜라니는 이것을 알면 어떻게 할까? 애실리와 헤어질까! 다소라도 자존심이 있다면 달리 무슨 수가 있을까? 그렇게 되면 애실리와 나는 어떻게 하면 좋을까. 그녀는 미친 듯 생각했다. 눈물이 뺨을 타고 흘러내렸다. 아, 애실리는 부끄러워서 죽겠지. 이런 꼴을 당하게 한 나를 미워하겠지. 문득 무서운 공포가 가슴을 스치고 갑자기 눈물이 멎었다. 레트는 어쩔까? 그는 어떻게 할까?

어쩌면 그는 아무것도 모르고 말는지 모른다. 옛날 사람은 익살맞은 소리를 하지 않았는가. 『모르는 것은 남편뿐이니라』고. 어쩌면 아무도 그에게 말하지 않을는지 모른다. 이런 소문을 레트에게 쏟아 놓기에는 상당한 용기가 필요하다. 레트는 우선 상대에게 한 방 먹이고 나서, 그리고 따진다는 평판을 듣고 있기 때문이다. 제발 하느님, 그에게 이 말을 할 만한 용감한 사람이 없도록 해 주소서! 그러나 그때 그녀는 문득 원목장 사무실에서 본, 그 싸늘하고 푸르스름한 빛을 한 외눈박이의 잔인한, 그녀까지를 포함해 모든 여자를 미워하고 있는 아치의 얼굴을 생각해 냈다. 아치는 하느님도 사람도 무서워하지 않고, 그리고 행실 나쁜 여자를 특히 미워하고 있다. 죽여도 시원찮을 만큼 미워하고 있다. 그뿐더러 그는 레트에게 이르겠다고 했다! 애실리가 아무리 생각을 돌리도록 말해 보았자, 아치니까 상관 않고 이르고 말 것이다. 애실리가 그를 죽여 버리지 않는 한, 아치는 말하는 것을 그리스도교도의 의무로 알고 레트에게 쏟아 놓고 말 것이다.

그녀는 옷을 벗어 던지고 침대에 누웠으나, 마음은 회오리 바람처럼 거칠게 몰아쳤다. 이 도어에 자물쇠를 걸고 언제까지나 언제까지나 이 안전한 장소에 숨어서, 다시는 누구와도 만나지 않을 수 있다면! 레트는 어쩌면 오늘 밤까지는 모를는지 모른다. 두통이 나서 멜라니네 모임에는 가고 싶지 않다고 말해 두리라. 아침까지는 뭔가 그럴 듯한 구실을, 이치에 맞는 변명을 생각해 두리라.

『지금은 생각하지 말자. 나중에 마음이 가라앉거든 생각하기로 하자.』

밤이 되어 하인들이 돌아오는 소리가 들렸다. 저녁 준비를 하고 있는 그들이 일부러 발소리를 죽이고 있는 것 같아 견딜 수 없었다. 마음에 켕기는 데가 있기 때문일까. 마미가 도어 앞에까지 와서 두드렸으나, 저녁은 먹고 싶지 않다고 하고 돌려 보냈다. 시간이 지나 드디어 레트가 계단을 올라오는 발소리가 들렸다. 그가 이층 복도까지 왔을 때, 그녀는 몸을 도사리고 있는 힘을 다해 그에 대기하고 있었지만 그는 그대로 자기 방 쪽으로 가 버렸다. 그녀는 다소 마음이 놓였다. 레트는 아직 모르는 것이다. 다행히 그는 지금도 여전히 자기 침실에 발을 들여 놓지 말아 달라고 한 그녀의 매정한 요구를 지켜 주고 있는 것이다. 만일 지금 그를 만나게 되면 그는 그녀의 표정만으로도 모든 것을 알고 말 것이다. 용기를 내서 몸이 몹시 불편하기 때문에 멜라니네 집 모임엔 갈 수 없다고 레트에게 말해야 한다. 마음을 가라 앉히는 데는 아직도 충분한 시간이 있다. 아니 정말로 그런 시간이 있을까. 오늘 오후의 그 무서운 순간부터, 인생에는 시간이 없어진 것처럼 느껴졌다. 그녀는 오랫동안 레트가 자기 방에서 가끔 포크에게 뭔가 이야기를 하며 걸어다니는 소리를 듣고 있었다. 아직 그녀에겐 레트에게 소리칠 용기는 나지 않았다. 그대로 어둠 속에서 떨며 침대에 누워 있었다.

꽤 오래 지난 다음 그가 도어를 두드렸다. 그녀는 목소리를 침착하게 내려고 애쓰며 말했다. 「네.」

「정말로 이 거룩한 곳에 들어가도 좋단 말이지?」그는 도어를 열며 말했다. 깜깜했기 때문에 그의 얼굴은 보이지 않았다. 그의 목소리에서도 아무것도 읽을 수 없었다. 그는 방으로 들어오자 도어를 닫았다.

「파티에 갈 준비는 됐소?」

「미안하지만 저 머리가 좀 아파요.」그녀의 목소리가 제법 자연스럽게 들린 것은 얼마나 신기한 일인가! 어둠이 무엇보다 고마웠다. 「도저히 갈 수 없을 것 같아요. 레트, 당신이 가서 멜라니에게 내가 미안해 하더라고 전해 주세요.」

그대로 긴 침묵이 계속되었지만, 이윽고 그는 캄캄한 속에서 천천히 날카로운 어조로 말했다.

「당신이라는 인간은 어쩌면 그렇게 겁장이이고 비겁하오.」

그는 알고 있다! 그녀는 입도 못 열고 떨었다. 어둠 속에서 부스럭거리는 소리가 들리더니 이윽고 성냥을 그었기 때문에 방안이 확 밝아졌다. 그는 침대로 다가가 그녀를 내려다 보았다. 그는 야회복을 입고 있었다.

「일어나요.」그는 말했지만 그 목소리에는 특별히 달라진 데는 없었다. 「모임에 가야 해. 서두르지 않으면 안 돼.」

「아이, 레트, 저 정말 못 가요. 글쎄 저……..」

「알고 있어. 어쨌든 일어나.」

「레트, 아치가 얘기해 줬어요?」

「아치가 말해 주었어. 아치는 무척 용감한 놈이야.」

「거짓말이나 하고, 그런 사내는 죽여 버려야 해요.」

「나는 참말을 얘기하는 사람은 죽이지 않는 괴상한 버릇이 있소. 자 지금은 이러니저러니 말할 시간이 없어. 일어나요.」

그녀는 실내복을 여미면서 일어나 앉아 그의 얼굴을 살피듯이 바라보았다. 어둡고 무표정한 얼굴이었다.

「저, 안 가겠어요. 레트, 아무래도 이 오해가 풀릴 때까지는 갈 수 없어요.」

「오늘 밤 당신이 얼굴을 내놓지 않으면, 당신은 평생 이 거리에서 얼굴을 내놓을 수가 없게 되오. 그리고 나는, 행실이 나쁜 여자라면 데리고 살 수 있지만, 비겁한 여자는 같이 살 수가 없소. 당신은 오늘 밤 가지 않으면 안 되오. 비록 모두가, 알렉스 스티븐즈까지가 당신을 욕할지라도, 또 윌크스 부인이 우리보고 돌아가라고 할지라도 가지 않으면 안 돼.」

「레트, 사정을 들어 주세요.」

「듣고 싶지 않아. 그럴 시간이 없어. 어서 옷을 입어요.」

「그 사람들은 오해하고 있는 거예요. 인디어도, 엘싱 부인도, 아치도, 게다가 그 사람들은 무척 나를 미워하고 있어요. 특히 인디어는 몹시 나를 미워하기 때문에 내가 나쁜 년이 될 수만 있으면 자기 오빠에 대한 일이라도 예사로 거짓말을 해요. 당신이 내가 말하는 경위를 들어만 주신다면.」

오, 성모님, 만일 그가 바른 대로 말하라고 말한다면, 나는 어떻게 할까, 생각하자 가슴이 답답해 왔다. 자기가 무슨 말을 할 수 있겠는가, 뭐라고 변명을 할 수 있겠는가.

「그 사람들은 모두 거짓말을 하고 있어요. 난 오늘 밤은 갈 수 없어요.」

「가야 해.」 그는 말했다. 「설사 당신의 목덜미를 잡고 끌고가는 한이 있더라도, 한 걸음 한 걸음 당신의 그 매력적인 엉덩이를 구둣발로 차면서 가는 한이 있더라도 데리고 가야겠어.」

그녀를 억지로 일으켜 세웠을 때의 그의 눈은 차게 빛나고 있었다. 그는 코르셋을 집어 들어 그녀에게 던져 주었다.

「자, 그걸 입어, 내가 죄어 주지. 문제없어, 끈을 매는 것쯤은 알고 있어. 마미를 불러서 거들어 달라고 할 것까지도 없어. 그리고 이 도어에다 자물쇠를 채우고, 비겁자처럼 가만히 여기 숨어 있는 것 같은 흉내도 못 내게 하겠어.」

「난 비겁자는 아니에요.」 공포에 쫓기며 그녀는 소리쳤다. 「난…….」

「북군 병사를 쏘아죽였다, 샤만군과 맞섰다, 하는 따위의 옛날 이야기는 이제 그만 하시지. 당신은 비겁자야. 누구보다도 비겁자야. 당신은 오늘 밤 당신을 위해 가는 게 아니야. 오늘 밤은 보니를 위해 가는 거야. 이 이상, 그애의 장래를 망쳐 놓는 일이 어디 또 있겠소? 빨리 그 코르셋을 입어.」

그녀는 급히 실내복을 벗어 던지자, 시미즈 하나만으로 일어섰다. 잠깐이라도 내 쪽으로 눈을 돌려, 시미즈 차림을 한 내가 얼마나 멋있는가를 보기만 한다면, 저런 무서운 표정도 곧 사라져 버리고 말 텐데, 어쨌든 내 시미즈 차림을 이 이는 꽤 오래 보지 못했다. 그러나 그는 거들떠보지도 않았다. 벽장 속으로 들어가 그녀의 옷을 부산스럽게 고르고 있었다. 잠시 부스럭거리더니, 이윽고 비취빛에 무늬가 있는 비단옷을 꺼냈다. 그것은 가슴께가 움푹 패고, 스커트는 엄청나게 큰 바슬 위로 주름을 잡아 매고, 그 바슬에는 연분홍 빌로도의 커다란 장미꽃 다발이 달려 있었다.

「그걸 입어.」그는 옷을 침대 위에 던지고 그녀에게로 다가왔다.「오늘은 수수한 부인같이 붉은 빛이 도는 회색이나 라일락 빛깔은 못 써. 당신의 깃발을 돛대 위에 못박아 놓지 않으면, 당신은 금방 그것을 내려 버리고 마니까. 그리고 볼연지도 듬뿍 발라. 바리새 사람에게 간통죄로 몰린 여자도, 아마 당신의 반밖에 파래지지 않았을 거야. 저쪽으로 돌아서.」

그는 코르셋 끈을 잡고 갑자기 꽉 졸라맸다. 이런 난폭한 행동에 놀라 그녀는 굴욕감을 느끼며 당황해 자기도 모르게 커다란 소리를 질렀다.

「아파?」그는 무뚝뚝하게 웃었지만 그의 얼굴은 볼 수 없었다.「목이 아니기가 다행이었지.」

멜라니의 집은 방마다 훤히 등불이 켜져 있었고 멀리 떨어진 길에서도 음악 소리가 들려 왔다. 두 사람이 밖에다 마차를 대자 많은 사람들의 즐겁고 흥분한 소리가 흘러나왔다. 집 안은 손님으로 빽빽했다. 베란다에까지 넘쳐 있었고, 희미한 초롱불이 드리워진 마당 벤치에까지 많은 사람들이 나와 걸터앉아 있었다.

도저히 들어갈 수 없다. 안 되겠다, 스카알렛은 마차 속에서 돌돌 만 손수건을 꼭 틀어쥐며 생각했다: 들어갈 수 없다. 들어가고 싶지 않다. 이대로 뛰어나가 도망치자. 어디로? 그렇다, 타라로 돌아가자. 어째서 레트는 억지로 나를 데리고 온 것일까. 모두들 어떻게 할까? 멜라니는 어떻게 할까. 어떤 얼굴을 할까. 난 그 사람과 얼굴을 대할 수는 없다. 도망치자.

그녀의 마음을 꿰뚫어본 듯, 레트는 멍이 들 정도로 세게 그녀의 팔을 잡았다. 마치 전연 남을 대하듯 난폭하게 잡았다.

「아일랜드 사람이 비겁하다는 소리는 들은 적이 없어. 끔찍이도 자랑하던 당신의 용기는 다 어디로 가 버렸지?」

「레트, 제발 부탁이에요, 나를 집으로 돌아가게 해주세요. 그리고 자초지종을 들어 주세요.」

「변명을 할 시간은 앞으로도 얼마든지 있어. 원형 극장에서 순교자가 되는 것은 오늘 하룻밤뿐이야. 자, 마차에서 내려 사자가 당신을 물어뜯는 장면을 내게 보여 줘. 내리란 말야!」

어쨌든 그녀는 현관까지 가는 자갈길을 걸어갔다. 돌처럼 단단히 꽉 움켜쥔 레트의 팔에서 어쩐지 용기가 전해 오는 것을 느꼈다. 지고 말 수 있는가. 그들과 얼굴을 대하는 것 뿐이다. 좋다, 얼굴을 대해 주자. 그것들은 단지 꽥꽥 소리치며 할퀴는 고양이가 아닌가. 그것들은 나를 시기하고 있는 것이다. 당당하게 나가자, 그것들이 어떻게 생각하든 상관없다. 다만 멜라니만은, 멜라니만은.

사람들이 포치에 나와 있었다. 레트는 모자를 벗어 들고 이 사람 저 사람과 인사를 하고 있었다. 그 목소리는 침착하게 가라앉아 있고 부드러웠다. 그들이 들어갔을 때 마침 음악이 그쳤다. 그리고 혼란된 그녀의 마음에는, 사람들이 떼를 지어 성난 물결처럼 와아 하고 그녀를 향해 밀어닥쳤다가는, 다시 차츰 소리를 죽이면서 멀어져 가는 듯이 느껴졌다. 모두들 나를 따돌리려는 것일까. 좋다! 할 테면 해 보라지! 그녀는 턱을 쑥 내밀고, 눈꼬리에 주름을 지으며 미소를 지었다.

도어 바로 옆에 있는 사람들 쪽을 향해 그녀가 말을 걸려고 했을 때, 사람들을 헤치며 가까이 오는 사람이 있었다. 스카알렛의 가슴을 섬뜩하게 하는 이상한 침묵이 좌중을 눌렀다. 이윽고 멜라니가 가냘픈 다리를 잽싸게 놀리며, 사람들 사이를 뚫고 다가왔다. 도어께에서 스카알렛을 만나기 위해, 누구보다도 먼저 그녀에게 말을 걸기 위해 멜라니는 급히 왔던 것이다. 가냘픈 어깨를 펴고, 작은 턱을 성난 듯 긴장시키고 주위를 살피며, 스카알렛 이외의 손님의 얼굴은 눈에 띄지도 않는 듯 곧장 다가왔다. 그녀는 스카알렛 옆으로 바싹 다가오자 팔을 그녀의 허리에 돌렸다.

「어머나, 스카알렛. 옷이 어쩌면 이렇게 예뻐요!」그녀는 작고 맑은 목소리로 말했다. 「마치 천사 같군요. 인디어는 오늘 밤 못 나오게 돼서 돌봐 줄 사람이 없어요. 언니, 나하고 같이 손님 접대를 좀 해주지 않겠어요?」

54

자기 방으로 돌아오자 스카알렛은 마음이 탁 풀어져 바슬과 장미꽃이 달린 물결 무늬 비단옷을 입은 채 그대로 침대에 쓰러졌다. 한참 동안 가만히 누워 있었지만, 멜라니와 애실리 사이에 서서 손님에게 인사하고 있던 일밖에 생각나지 않았다. 얼마나 무서운 일이었던가? 그런 일을 두 번 다시 당하느니 차라리 또

한 번 샤만군과 부딪치는 편이 나을 것이다. 한참 지나서 침대에서 일어나 불안한 듯 방안을 왔다갔다 했다. 걸으면서 옷을 벗었다.

긴장했던 마음이 풀어지자 떨리기 시작했다. 머리 핀이 손가락에서 미끄러져 방바닥에 우수수 떨어졌다. 언제나 하듯 머리를 고쳐 빗으려다 솔 등으로 관자놀이를 호되게 쳤다. 몇 번이나 발끝으로 도어까지 가 아래층의 기척에 귀를 기울였다. 아래층 복도는 캄캄한 지하실처럼 조용하기만 했다.

파티가 끝나자, 레트는 그녀 혼자만을 먼저 마차에 태워 돌려 보냈다. 그녀는 이것으로 우선은 살았다고 하느님께 감사했다. 그는 아직 돌아오지 않았다. 다행히도 레트는 돌아오지 않은 것이다. 이토록 부끄럽고, 무섭고, 떨리니까 오늘밤은 도저히 그와 얼굴을 대할 수 없다. 그건 그렇다치고, 그는 대체 어디로 간 것일까. 틀림없이 그년 집에 가 있겠지. 스카알렛은 처음으로 벨 와틀링 같은 여자가 있다는 것을 기뻐했다. 이 집 말고 레트의 독기 어린, 살인도 사양치 않을 것만 같은 기분이 가라앉을 때까지, 그를 붙들어 줄 곳이 있는 것을 기쁘게 생각했다. 남편이 창부 집에 있는 것을 기뻐한다는 건 잘못된 이야기지만, 그녀는 기뻐하지 않을 수 없었다. 오늘 밤 그와 얼굴을 대하지 않고 지낼 수만 있다면 그가 죽었다고 해도 기뻐할 것만 같은 심정이었다.

내일, 내일은 또 내일의 해가 뜬다. 내일이 되면 뭔가 그럴 듯한 변명거리가 생각나겠지. 반대로 레트를 몰아 세우고, 그가 나빴다고 스스로 자인하도록 만드는 방법이 생각날지도 모른다. 내일 되면, 이 무서운 밤의 기억도 이렇게 떨릴 정도로 심하게 마음을 괴롭히지는 않겠지. 내일이 되면, 애실리의 얼굴이며 그의 상처입은 자존심이며 그의 굴욕적인 기억에 시달리지도 않게 되겠지. 그의 굴욕, 그것은 나 때문이다. 그에게는 거의 책임이 없다. 창피를 주었다고 해서, 애실리는, 나의 사랑하고 존경하는 애실리는 나를 미워하고 있을까. 물론 틀림없이 미워할 것이다. 둘이 다 같이 멜라니가 그 분노로 치솟은 가냘픈 어깨로 매끄러운 마룻바닥을 가로질러 와서 스카알렛과 팔짱을 끼고 호기심과 악의에 차서, 적의를 품고 가만히 노려보던 사람들과 마주 섰을 때 멜라니의 목소리에 깃들어 있던 사랑과 굳은 신뢰로 인해 구원을 받은 지금에 와서 그건 더욱 그러했다. 보기 좋게 추문을 막아냈던 것이다. 사람들은 다소 싱거운 생각이 들어 공연히 당황했으나 그래도 예의바르게 행동하고 있었다.

아, 멜라니의 스커트 그늘에 숨어, 나를 미워하며 온갖 뒷소리를 하고, 갖은 비난을 일삼는 사람들로부터 보호를 받다니, 얼마나 어이 없는 일인가 ! 멜라니의 맹목적인 신뢰의 그늘에 숨다니 ! 하필이면 멜라니의…….

스카알렛은 그것을 생각하자 오한이 나는 듯 몸이 떨렸다. 술을 한 잔 마시지 않으면, 아니 실컷 마시지 않으면 자려고 해도 잠이 올 것 같지 않았다. 그녀는 가운 위에 실내복을 걸치고 급히 어두운 복도로 나갔다. 뒤축이 낮은 슬리퍼 소리가 고요한 가운데 몹시 크게 울렸다. 계단을 중간쯤 내려가서 닫힌 식당 도어에 눈길을 돌렸을 때, 도어 밑의 틈으로 새어나오는 가느다란 광선이 보였다. 순간 심장이 딱 멎는 것만 같았다. 아까 자기가 집에 돌아왔을 때도 등불이 켜져 있었는데 너무 정신이 없어 미처 몰랐던 것일까? 아니면 레트가 돌아와 있는 것일까? 부엌 문으로 살짝 들어 올 수도 있다. 레트가 돌아와 있다면 아무리 마시고 싶더라도 브랜디는 단념하고 살짝 침대로 돌아가기로 하자. 그럼 얼굴을 대하지 않아도 된다. 내 방으로 들어가기만 하면 자물쇠를 채울 수 있으니까 안심해도 된다.

발소리를 죽이고 급히 돌아가려고, 몸을 구부려 슬리퍼를 벗어 들려고 했을 때, 갑자기 식당 도어가 활짝 열리며 레트의 모습이 희미한 촛불을 등지고 실루엣처럼 떠올랐다. 마치 지금까지 본 적이 없을 만큼 크게 보였고, 얼굴 없는 몸뚱이만이 가늘게 흔들리며 무섭게 서 있었다.

「한 잔 같이 합시다, 버틀러 부인.」 그는 말했다. 그 목소리는 약간 이상했다.

그는 취한 데다가, 그것을 감추려고도 하지 않았다. 지금까지는 아무리 취해도 절대로 취한 태도를 보인 일이 없었다. 그녀가 아무 말없이 주저하며 서 있으려니까 그는 명령하듯 팔을 들었다.

「이봐, 이리 와!」 하고 거칠게 말했다.

무척 취한 모양이라고 그녀는 가슴을 두근거리며 생각했다. 평소에는 그는 취하면 취할수록 태도가 공손해졌다. 익살도 날카로와지고, 말도 한층 신랄해지게 마련인데 그것에 따른 태도만은 반드시 공손하게, 바보스러울 정도로 공손해지는 것이 보통이다.

『내가 얼굴을 마주치기를 두려워한다고 조금이라도 그가 생각하게 해서는 안 된다.』 이렇게 그녀는 생각하고 실내복 옷깃을 여미고 얼굴을 번쩍 쳐들고 슬리퍼 소리를 일부러 크게 내며 계단을 내려갔다.

그는 옆으로 몸을 비켜 절을 하며 그녀를 지나가게 했는데 그것은 몸이 오싹해질 정도로 남을 무시하는 태도였다. 그는 웃옷을 벗고 있었다. 넥타이가, 단추를 벗긴 칼라 위로 꼴사납게 늘어져 있었다. 와이셔츠 앞이 벌어져 부스스한 시커먼 가슴털이 보였다. 머리는 헝클어지고, 핏발선 눈은 게슴츠레했다. 초가 한 자루 테이블 위에서 타고 있었다. 그 작은 불꽃이 천장이 높은 방안에 하나 가득 괴물 같은 그림자를 던지고, 큰 찬장과 식기대는 소리 없이 웅크리고 있는 짐승처럼 보였다. 테이블 위 은쟁반에는 마개를 뺀, 색채 무늬가 든 술병이 있고, 그 주위에는 글라스가 늘어서 있었다.

「앉아.」뒤따라 들어온 그는 퉁명스럽게 말했다.

다시 새로운 공포가 그녀를 엄습해 왔다. 그와 얼굴을 마주쳤을 때의 경계심 같은 건 어디론가 다 날아가 버릴 것 같은 공포였다. 그는 마치 생판 남 같은 표정으로 말을 하고 행동했다. 이런 난폭한 레트를 그녀는 지금까지 본 일이 없었다. 지금까지는 어떤 때도, 그는 그져 냉담하게 구는 정도에 불과했다. 성이 나 있을 때에도 바보스러울 정도로 익살스러웠으며, 위스키를 마시면 이런 성질이 한층 심해졌다. 처음에는 그녀도 이것이 비위에 거슬려 그 냉담함을 한 번 고쳐 보려 했지만, 그러는 사이에 어느 덧 그것이 아주 편한 것으로 생각되기 시작했다. 최근 몇 해 동안 그는 어떤 것에도 흥미를 잃고 인생의 모든 것을, 그녀까지도 풍자적인 반농담으로 밖에는 보지 않는다고 그녀는 생각하고 있었다. 드디어 농담만으로 넘길 수 없는, 뭔가를 지독히 진지하게 생각하고 있다는 것이 속속들이 느껴졌다.

「아무리 내가 이렇게 못난 꼴을 하고 있을 만큼 교양이 없다고 하더라도 당신까지 밤술을 마셔서는 안 된다는 법은 없겠지.」그는 말했다. 「한 잔 따를까?」

「나는 술이 마시고 싶은 게 아니에요.」하고 말하는 그녀의 말투는 어색했다. 「무슨 소리가 들리길래 내려와서…….」

「들렸을 리가 없지. 내가 돌아온 줄 알았으면, 당신이 무엇하러 내려왔겠어. 난 여기서 당신이 이층에서 부지런히 걸어다니는 것을 듣고 있었어. 술이 마시고 싶어 못 견디겠지? 마셔.」

「난 술 같은 건…….」

그는 술병을 집어 들자, 위태로운 솜씨로 찔끔찔끔 홀리면서 글라스 가득 따랐다.

「마셔.」말하고 그는 그것을 그녀의 손에 난폭하게 밀어 주었다. 「덜덜 떨고 있잖아. 그렇게 체면 차릴 거 없어. 당신이 가끔 몰래 마시는 것도, 꽤 마신다는 것도 알고 있으니까. 훨씬 전부터 나는 공연히 체면 차릴 것 없이 마시고 싶을 때는 떳떳이 마시는 것이 어떠냐고 당신에게 말할 생각이었어. 브랜디가 좋으면 그걸 마셔도 좋아.」

그녀는 입 속으로 그를 저주하면서 젖은 글라스를 집어 들었다. 그는 그녀의 마음 속을 마치 책을 읽듯이 읽고 있는 것이다. 그는 언제나 그녀의 마음을 들여다보고 있었다. 그런데도 그녀는 세상에서 그에게만은 자기의 진정을 숨기고 싶었던 것이다.

「그걸 마시란 말야.」

그녀는 글라스를 집어 들자 흡사 제랄드가 언제나 물 안 탄 위스키를 마실 때면 하던 것처럼, 손목은 움직이지 않고 팔을 번쩍 들어 단숨에 들이켰다. 그것이 얼마나 익숙하고, 보기 흉한 것인지 스스로 생각이 미치기 전에 다 마셔 버렸던 것이다. 그는 그 마시는 모양을 놓치지 않고 보다가 입을 일그러뜨리며 빙그레 웃었다.

「앉지. 그리고 오늘 밤의 아름다운 연회에 대해서 유쾌한 가정적인 토론이라도 나누어 보는 게 어때?」

「당신은 취해 있어요.」그녀는 쌀쌀하게 말했다.「전 이제 그만 자겠어요.」

「난 무척 취했어. 하지만 오늘 밤은 아주 흠뻑 취해 볼 생각이야. 그러니까 당신은 자면 안 돼. 아직 일러. 자, 앉으라고.」

그의 목소리에는 평소의 그 침착하고 가라앉은 어조가 아직 얼마쯤 남아 있었으나, 그 말 그늘에는 무서운 광포성이 머리를 쳐들려고 몸부림치고 있는 것을 그녀는 느꼈다. 그것은 채찍의 울림과도 같은 잔인한 광포성이었다. 그녀가 결심이 서지 않아 망설이고 있자, 옆으로 다가온 그가 아플 정도로 그녀의 팔을 잡았다. 게다가 그 팔을 가볍게 비틀었기 때문에 그녀는 아파 가늘게 비명을 지르고 얼른 자리에 앉았다. 그녀는 무서웠다. 평생 이렇게 무서운 것은 처음이었다.

그가 그녀에게 몸을 구부렸을 때, 레트의 얼굴은 검붉게 충혈되고 눈은 여전히 위협하듯 반짝이고 있었다. 그 눈 저쪽 밑바닥에는, 그녀에게는 보이지도 않고 이해되지도 않는 뭔가, 노여움보다도 더 심각하고 고통보다도 더 강렬한, 그의 눈을 한 쌍의 석탄 덩이처럼 새빨갛게 불타게 할 것 같은 뭔가가 숨어 있었다. 그는 오랫동안 말없이 그녀를 내려다보았다. 너무 오래 내려다보고 있기 때문에 처음에는 지지 않을 마음으로 마주 보고 있던 그녀도, 주저하면서 눈을 내리깔고 말았다. 그러자 그는 그 맞은쪽 의자에 털썩 주저앉아 다시 자기 글라스에 술을 따랐다. 그녀는 예방선을 쳐두려고 급히 이것저것 생각했다. 그러나 그가 뭔가 말을 꺼내기 전에는 상대가 어떻게 공격해 올 것인지 똑똑히 알 수 없기 때문에 뭐라고 해야 좋을지 알 수 없었다.

그는 글라스 너머로 그녀를 지켜보며 천천히 술을 마셨다. 그녀는 떨지 않으려고 신경을 곤두세웠다. 한참 동안, 그의 얼굴에는 아무런 표정의 변화도 일어나지 않았으나, 이윽고 그녀에게서 시선을 떼지 않은 채 갑자기 웃음을 터뜨렸다. 그 웃음 소리를 듣자 그녀는 더 이상 떨리는 자신을 참을 수가 없었다.

「재미있는 희극이었어, 오늘 밤은. 안 그래?」

그녀는 아무 말도 못 하고 떨리는 것을 참으려고 헐거운 슬리퍼 속에서 발끝을 오므라고 있었다.

「배우는 갖춰 있겠다, 정말 재미있는 희극이었어. 잘못을 저지른 계집에게 돌을 던지려고 온 마을 사람이 모였지. 여편네가 서방질을 한 사내는 신사인 척 여편네를 감싸 주고, 서방이 바람을 핀 여편네는 기독교 정신으로 중간에 들어서 한 점 나무랄 데 없이 모든 걸 처리해 버렸어. 그리고 샛서방놈은…….」

「제발 부탁이니.」

「부탁은 받고 싶지 않아. 오늘 밤은 정말 재미있었거든. 그리고 샛서방이란 놈은 마치 등신 같은 표정으로 차라리 죽었으면 하고 있었어. 어때, 가령 당신이 미워 견딜 수 없는 계집을 옆에다 세워 두고, 그녀의 죄를 숨겨 주려고 한다면 어떤 심정일까? 앉아 있어.」

그녀는 앉았다.

「그렇게 되면, 당신 역시 그런 계집에게는 조금도 호의가 안 가겠지. 당신은 그 여자가 당신과 애실리 사이의 사실을 완전히 알고 있는지 어떤지 반신 반의하고 있을 거야. 알고 있다면 어떻게 그럴 수가 있을까 이해가 가지 않겠지. 다만 자기 체면을 지키기 위해서 한 것일까, 그렇게도 생각하겠지. 그 덕택에 당신이 상처를 입지 않고 끝났다 하더라도, 그런 행동을 하다니, 그 여자는 바보라고 당신은 생각할 거야.」

「그런 소리 듣고 싶지 않아요.」

「아니, 그래도 들어 줘. 이건 당신의 고민을 가볍게 해주려는 생각에서 말하고 있는 거니까. 멜라니 씨는 바보야. 하지만 당신이 생각하고 있는 종류의 바보는 아니야. 누군가가 그 여자에게 일러바친 것은 분명하지만 그 여자는 그것을 믿지 않는 거야. 그 여자에게는 강한 자존심이 있기 때문에, 자기가 사랑하는 사람의 불명예를 인정할 수 없는 겨야. 애실리 윌크스가 그 여자에게 어떻게 거짓말을 했는지는 모르지만, 사실은 어떤 서투른 거짓말이라도 상관이 없어. 그 여자는 애실리를 사랑하고 있고, 당신을 사랑하고 있으니까. 왜 당신을 사랑하고 있는지, 나는 전연 알 수 없지만 어쨌든 당신을 사랑하고 있어. 이건 말하자면 당신이 짊어지고 있는 십자가 중의 하나이지.」

「당신이 그렇게 취해서 모욕적인 말만 하지 않는다면, 난 자초지종을 얘기할 텐데.」 스카알렛은 다소 위엄을 회복하고 말했다. 「그러나 지금은…….」

「당신의 변명 같은 건 흥미 없어. 나는 당신보다 진상을 더 잘 알고 있으니까. 알겠소, 그 의자에서 다시 한 번 일어나 보지그래. 그러면…… 그리고 오늘 밤 희극보다 더 재미있게 생각되는 것은, 내가 많은 죄를 범했다고 해서 침실의 쾌락을 굳은 정조로 거절하면서, 마음 속으로는 애실리 윌크스와 간음하고 있었다는 사실이야. 마음 속으로 간음한다? 음, 좋은 글귀 아니야? 그 책에는 좋은 글귀가 잔뜩 있거든.」

『어떤 책일까, 무슨 책을 말하는 걸까? 그녀는 미칠 듯한 눈으로 방안을 둘러보고, 묵직한 은그릇이 희미한 불빛 속에서 유난히 부옇게 번쩍이고 있다든가, 방 저쪽 구석이 무섭게 어둡다든가, 얼빠진 듯 엉뚱한 일을 마음 속으로 부지런히 생각하고 있었다.

「내 추잡한 욕구가 너무 지나쳐 점잖은 당신으로는 다 응할 수 없다느니, 인젠 이 이상 아이를 낳고 싶지 않다느니, 그런 이유로 나는 침실에서 밀려나고 말았어. 나는 그것을 정말 불유쾌하게 생각했어. 내가 얼마나 기분을 상했던지! 그래서 나는 밖으로 나가 쾌락의 위안을 찾으며, 당신의 점잖은 몸에는 손도 대지 않고 있었어. 그런데 당신은 그 시간을 오랫동안 고민하고 있는 윌크스를 쫓아다니는 데 쓰고 있었어. 그 사나이야말로 낯 가죽이 보통 아니지. 그는 무엇을 고민하고 있었을까? 그는 아내에 대해 정신적으로는 충실할 수가 없고, 육체적으론 배반을 하지 못하고 있어. 왜 그는 결심을 못 하는 것일까. 당신은 그의 아이라면 낳기 싫다고는 하지 않겠지? 그리고 그것을 내 아이라고 떠맡기는 것도 말이야.」

그녀는 비명을 지르며 벌떡 일어났다. 그도 그녀의 피를 얼릴 것 같은, 언제나의 버릇인 낮은 웃음 소리를 내며 날쌔게 의자에서 일어섰다. 그리고 크고 붉은 손으로 그녀를 의자에 도로 앉히고 그녀에게로 몸을 구부렸다.

「이 손을 보아.」 그는 말하고 그녀의 코끝에 손을 오므려 보였다. 「나는 이 손으로 힘도 안 들이고 당신을 갈기갈기 찢어 놓을 수가 있어, 만일 그것으로 당신의 마음에서 애실리를 끌어낼 수만 있다면 해 보일 거야. 하지만 그것은 불가능해. 그래서 나는 당신의 마음에서 그 사나이를 이렇게 쫓아 내려고 하고 있어. 이렇게 말이야. 당신의 머리 양쪽에 이렇게 두 손을 대고 눌러서 당신의 두개골을 호두처럼 부숴 버리고 마는 거야. 그러면 그 사나이도 사라져 없어지겠지.」

그는 애무하듯 그녀의 탐스러운 머리칼 속에 손을 넣고 힘을 꽉 주어 얼굴을 위로 젖혔다. 그녀는 마치 생판 남인 것처럼 그의 얼굴을 바라보았다. 그것은 술이 잔뜩 취해, 혀꼬부라진 소리를 하는 전연 다른 타인의 얼굴이었다. 그녀는 아직 동물적인 용기까지는 잃지 않고 있었다. 때문에 위기에 직면하자 그 용기가 혈관에 세차게 되살아났다. 그녀는 등을 곧추세우고 날카로운 눈초리로 노려보았다.

「바보 같은 주정뱅이, 손을 놓아요 !」 그녀는 말했다.

의외에도 쉽게 손을 뗀 그는 테이블 끝에 가 앉아 다시 자기 글라스에 술을 따랐다.

「나는 언제나 당신의 용기에는 감탄하고 있지만, 이런 막다른 골목에 몰린 지금처럼 감탄한 적은 없어.」

그녀는 실내복을 단단히 여몄다. 아, 내 방으로 돌아가서 튼튼한 도어에 자물쇠를 걸고 혼자 있을 수만 있다면. 어떻게든지 해서, 이 사나이의 창 끝을 피하여 거꾸로 이쪽에서 궁지로 몰아 넣어 항복을 하도록 만들어야겠다. 레트가 이러는 것은 아직 본 일이 없다. 그녀는 떨리는 무릎을 보일세라 천천히 일어나 실내복의 허리 근처를 단단히 여미고 얼굴에 흐트러진 머리칼을 쓸어넘겼다.

「막다른 골목에 몰리다니 무슨 소리예요.」그녀는 조롱하듯 말했다. 「레트 버틀러, 당신같이 사람에게 쫓기고 위협받을 내가 아니에요. 당신은 한낱 주정뱅이 짐승에 불과하잖아요. 못된 계집만 상대하고 있으니까 추잡한 것밖에 이해가 되지 않는 거예요. 애실리나 나를 이해할 수는 없어요. 더러운 생활을 너무 오래 해 왔기 때문에 더러운 것밖에는 아무것도 모르는 거예요. 자기가 이해하지 못하는 걸, 당신은 질투하고 있는 거예요. 그럼 잠이나 자요.」

그녀는 태연히 돌아서 도어 쪽으로 걸어갔지만, 폭발하는 듯한 웃음 소리에 자기도 모르게 걸음을 멈췄다. 돌아보니까 그가 비틀거리며 방을 가로질러 그녀에게로 다가왔다. 아, 그 무서운 웃음만 그쳐 준다면! 이런 때 웃다니, 뭐가 그렇게 우습다는 건가. 그가 다가오는 서슬에 도어 쪽으로 뒷걸음질을 치다가 무심중 벽에 부딪치고 말았다. 그는 덥석 그녀에게 손을 얹어, 그 어깨를 벽에 밀어 붙였다.

「웃지 마세요.」

「내가 웃는 것은 당신을 무척 불쌍하게 생각하기 때문야.」

「불쌍해요, 내가? 당신이야말로 불쌍하죠.」

「아니, 당신이 정말 불쌍해. 내 귀여운 바보야. 그게 귀에 거슬려? 웃는 것도, 동정을 받는 것도 견딜 수 없단 말이지?」

그는 웃음을 그치고, 그녀의 어깨를 아플 정도로 무겁게 눌렀다. 그의 얼굴 표정은 변해 있었다. 더욱 바싹 다가서자 위스키 냄새가 훅 끼쳐 그녀는 얼굴을 돌렸다.

「내가 질투한다고?」그는 말했다. 「질투해서는 안 되나? 그래, 나는 애실리 윌크스를 질투하고 있다. 그게 잘못이란 말이야? 아아, 굳이 변명하려 할 건 없어. 당신이 육체적으로 내게 충실하다는 건 알고 있어. 당신이 말하려는 것은 그거지? 그거라면 처음부터 알고 있었어. 지금까지 죽 말이야. 어떻게 내가 아느냐고? 나는 애실리 윌크스란 인물을 알고 있고 그의 바탕을 알고 있기 때문이야. 그가 존경할 만한 신사라는 걸 나는 잘 알고 있어. 그리고 이 이상은 당신을 위해서나 나를 위해서나 말할 수 없어. 우리는 신사도 아니거니와 명예심 같은 것도 전연 가지고 있지 않아. 그렇기 때문에 우리는 울창한 월계수처럼 번성하고 있는 거야.」

「좋아요, 이런 곳에서 모욕당하기는 싫어요.」

「모욕하는 게 아냐, 당신의 육체적인 정절을 칭찬하고 있는 거야. 이 점에 있어서는 일찌기 한 번도 나를 속인 일은 없었어. 당신은 남자를 그런 얼간이로 생각하나? 스카알렛, 당신의 지기 싫어하는 천성과 머리가 좋다는 것을 무시해 보았자 아무 소용도 없어. 그리고 나는 얼간이는 아니야. 당신이 내 팔에 안겨 있으면서 나를 애실리 윌크스라고 마음 속으로 생각하고 있는 것쯤은 나도 훤히 알고 있었어.」

그녀는 입을 딱 벌렸다. 그 얼굴에는 공포와 놀람이 역력히 나타나 있었다.

「유쾌한 이야긴데 이것은. 아니 약간 괴담 같기도 해. 둘뿐이라고 생각한 침대에 셋이 자고 있은 셈이니까.」

그는 딸꾹질을 하면서 경멸하는 듯한 엷은 웃음을 띠고 아주 가볍게 그녀의 어깨를 흔들었다.

「아니 사실은 당신이 내게 정조를 지켜 온 것도 결국은 애실리가 당신을 자기 것으로 만들려고 하지 않았기 때문이야. 그러나 당신의 몸뚱이 같은 것은 그에게 주어 버려도 아깝지 않아, 육체 따윈. 더구나 여자의 육체 따위는 아주 시시한 거니까. 하지만 당신의 마음과 당신의 귀중한, 뻔뻔스럽고 완고한 정신만은 그에게 주고 싶지 않아. 그가 바라고 있는 것은 어리석게도 당신의 정신이 아니야. 그러나 내가 바라고 있는 것은 당신의 몸뚱이가 아니야. 여자의 몸뚱이라면 싸게 살 수 있어. 내가 요구하고 있는 것은 당신의 정신과 당신의 마음이란 말이야. 하지만 나는 그것을 절대로 손에 넣을 수 없을 거야. 마치 당신이 애실리의 마음을 절대로 잡을 수 없는 것과 마찬가지로. 그러니까 당신이 불쌍하다는 거야.」

공포와 곤혹에 싸여 있으면서도 그의 조롱이 찌르는 듯이 아팠다.

「불쌍하다고요, 내가?」

「그래, 당신이 너무 어린애이기 때문에 불쌍한 거야, 스카알렛. 당신은 달을 갖고 싶어 울고 있는 어린애와 같아. 달을 얻었다고 어린애가 그걸 어떻게 하겠어. 마찬가지로 당신은 애실리를 어떻게 하겠다는 건 아니지? 정말 당신이 가엾어. 두 손으로 행복을 내던져 놓고는, 결코 행복하게 될 수 없는 것을 바라고 손을 내밀고 있는 것을 보면, 가엾은 생각이 들어. 비슷한 사람끼리 좋아하지 않고는 행복해질 수 없다는 것을 모르는 당신의 어리석음이 가엾어. 만일 내가 죽고, 멜라니 씨도 죽어서, 당신의 아끼고 존경하는 애인을 손에 넣었다면, 당신은 그와 행복해질 수 있으리라고 생각하나? 절대로 아니지! 당신은 절대로 그를 이해할 수 없어. 그가 생각하고 있는 것도 절대로 몰라. 당신에게는 음악이니, 시니, 책이니 그 밖에 달러나 센트 이외의 것은 전연 이해가 안 가는 것처럼, 그를 절대로 이해할 수 없어. 그런데 말이야, 내 사랑하는 아내여, 우리는 당신이 반만이라도 기회를 준다면, 지극히 행복해질 수 있어. 우리는 비슷한 사람들이니까. 우리는 다같이 무뢰한이야, 스카알렛. 그리고 우리들이 원해서 얻지 못한 것은 하나도 없어. 우리는 행복하게 되려고만 하면 행복해질 수도 있어. 나는 당신을 사랑하고 있고, 그리고 스카알렛, 나는 당신이라는 인간을 뱃속까지 알고 있어. 이것은 애실리로서는 도저히 흉내도 못 내는 거야. 만일 그가 당신이라는 것의 정체를 알면 당신을 경멸하고 말 거야. 하지만 당신은 자신이 이해 못하는 사나이를 한평생, 달을 갖고 싶어하듯이 뒤쫓아다니겠지. 그리고 나는 여전히 창부를 뒤쫓아다니겠지. 그래도 우리는 세상의 보통 부부들보다 원만히 지내리라고 나는 감히 말하는 거야.」

그는 갑자기 손을 떼자 헤엄치듯 술병 있는 쪽으로 돌아갔다. 순간 스카알렛은 뿌리라도 내린 듯 꼿꼿이 서 있었다. 여러 가지의 생각이 마음 속을 눈이 어지러울 정도로 들락거리기 때문에 그 하나하나를 붙들고 살펴볼 틈도 없었다. 레트는 나를 사랑한다고 했다. 정말일까. 아니면 그냥 술취한 기분에 한 말일까. 아니면 늘 하는 무서운 농담 중의 하나일까. 그리고, 애실리……. 달…… 달을 갖고 싶어 울고 있다. 그녀는 악마에게라도 홀린 듯 황급히 어두운 복도로 달려나왔다. 아, 빨리 내 방으로 돌아갈 수 있다면! 뒤꿈치를 잘못 밟아 슬리퍼가 반쯤 벗겨지려 했다. 걸음을 멈추고 미친 듯 그것을 차던지려고 하자, 레트가 인디언처럼 날쌔게 달려와서 어둠 속에 그녀와 나란히 섰다. 그의 뜨거운 숨결이 얼굴에 확 끼쳐 왔다. 그는 실내복 밑으로 거칠게 그녀의 맨살을 껴안았다.

「당신은 애실리를 뒤쫓아다니면서 나를 거리로 내쫓았어. 알겠지? 오늘 밤만은 내 침대에서 단 둘이 지내는 거야.」

그는 번쩍 그녀를 안아올리고, 계단을 오르기 시작했다. 그녀의 머리는 그의 가슴에 꽉 눌려 있었기 때문에 그의 심장의 무서운 고동 소리가 들렸다. 아플 정도로 끌어안아 숨이 막힐 것 같았고 무서워 자기도 모르게 비명을 질렀다. 깜깜한 속을 그는 한 발 한 발 계단을 올라갔다. 그러자 그녀는 무서워서 미칠 것 같았다. 그는 마치 미쳐 버린 타인 같았다. 그리고 그 어둠은 그녀에게는 방향을 알 수 없는 죽음보다도 더 어두운 암흑이었다. 그녀를 아플 정도로 끌어안고 가는 그는 죽음의 사자처럼 생각되었다. 그녀는 그의 몸에 눌리어 비명을 질렀다. 그는 문득 층계참에 멈춰 서더니 재빨리 품안에서 그녀를 고쳐 안고 몸을 구부려 입이 뿌듯하도록 거칠게 키스했다. 그녀는 자신이 빠져들어가고 있는 암흑의 세계와 입술을 누르고 있는 그의 입술을 느낄 뿐, 다른 것은 모두 마음 속에서 씻겨 나가는 것을 느꼈다. 그는 강풍에 흔들리기라도 하듯 흔들거리고 있었다. 그의 입술은 그녀의 입에서 차츰 내려와 벌어진 실내복 안의 부드러운 살결을 더듬어갔다. 그는 뭔가 입 속에서 중얼거렸지만 그녀는 하나도 알아듣지 못했다. 그의 입술은 지금까지 한 번도 맛보지 못한 감정을 흔들어 일깨웠다. 자기도 잊어버렸다. 그도 잊어버렸다. 현재의 이 시간에는 아무것도 존재하지 않았다. 지금 있는 것은 다만 어두운 세계와 포개어진 그의 입술뿐이었다. 그녀는 말을 하려다가 다시 그의 입술에 막히고 말았다. 갑자기 그녀는 일찌기 경험한 일이 없는 미칠 듯한 전율을 느꼈다. 환락, 공포, 착란, 흥분, 너무도 억센 팔, 너무도 사납게 밀어닥친 입술, 너무도 빨리 변해 가는 운명에의 항복이었다. 평생 처음으로 그녀는 자기보다 강한 것, 자기가 위협을 해도 정복되지 않는 상대가, 자기를 정복하는 것과 대결한 것이다. 어느 틈엔가 그녀의 팔은 그의 목을 안고 있었다. 그녀의 입술은 그의 입술 밑에서 떨고 있었다. 그리하여 다시금 그들은 어둠 속을, 부드럽고 소용돌이치는 듯한 모든 것을 감싸 버리는 암흑 속을 이층으로 올라갔다.

이튿날 아침 그녀가 눈을 뜨자 이미 그의 모습은 보이지 않았고, 만일 옆에 구겨진 베개가 없었다면 어젯밤 일도 미칠 듯한 어처구니 없는 꿈으로밖에 생각되지 않았을 것이다. 그녀는 그것을 생각해 내자, 얼굴이 새빨갛게 되어 턱밑까지 이불을 끌어올리고, 햇빛에 파묻혀 토막토막 끊겨진 인상들을 마음 속에서 연결해 보려고 했다.

두 가지 일이 커다랗게 떠올랐다. 몇 년 동안이나 레트와 같이 생활하며, 같이 자고, 같이 먹고, 서로 싸우고, 그리고 그의 아이를 낳고. 그러면서도 아직 그녀는 그라는 인간을 잘 몰랐다. 그녀를 안고 깜깜한 계단을 올라간 사나이는, 그런 사나이가 있다는 것을 꿈에서조차 들어 본 일이 없는 전연 알지 못하는 남이었다. 그리고 지금도 그에 대해 증오를 불러일으키려 해도, 화를 내려고 해도 그것이 안 되었다. 그는 그녀를 천대하고 그녀의 마음을 상하게 하고 미칠 듯한 무서운 하룻밤 내내 그녀를 야수처럼 멋대로 했다. 그런데도 그녀는 그 속에서 환희에 한껏 빠져 있었던 것이다.

아, 얼마나 부끄러운 일인가! 그 살이 짓무를 것만 같은 소용돌이치는 암흑을 생각만 해도 진저리가 쳐질 것만 같았다. 숙녀라면, 참다운 숙녀라면, 그런 하룻밤을 지낸 다음에는 뻔뻔스레 머리도 들 수 없을 것이다. 그러나 열광적인 쾌감의 추억, 정복당하는 황홀한 감각은 부끄러움보다도 더욱 강렬했다. 평생 처음으로 그녀는 삶을 느꼈고, 애틀랜타를 도망쳐 나온 날 밤 경험했던 그 공포와도 흡사한 처절하고 적나라한, 그리고 또 북군 병사를 쏘아죽였을 때의 싸늘한 증오와 비슷한 현기증이 날 것 같은 달콤한 정열을 느꼈던 것이다.

레트는 나를 사랑하고 있다! 적어도 그는 자기 입으로 그렇게 말했다. 그렇다면 어떻게 그것을 의심할 수 있겠는가? 그가, 그렇게도 차디찬 생활을 함께 해온 그 야만적인 남이, 자기를 사랑하고 있다는 것은 정말 이상하고 이해하기 힘든 믿기 어려운 일이었다. 이 뜻밖의 사실에 대해 자기가 어떻게 느끼고 있는지 아직 스스로도 완전히 알지는 못 했지만 문득 한 가지 일에 생각이 미치자 그녀는 큰 소리로 웃었다. 그는 나를 사랑하고 있다. 그렇다면 결국 그는 내것이 된 것이다. 그녀는 훨씬 이전에, 어떻게든지 수단을 써서 자기를 사랑하게시리 만들리라, 그렇게 되면 그의 거만한 검은 얼굴에 채찍을 휘둘러 굴복시킬 수도 있을 텐데, 하고 생각했었으나, 그것도 지금은 거의 잊고 있었다. 지금 문득 그것을 생각하자 그녀는 커다란 만족을 느꼈다. 밤새도록 그는 멋대로 그녀를 다루었다. 그러나 그녀는 이제 비로소 그 무장의 약점을 안 것이다. 이제부터 앞으로는 그를 마음대로 휘두를 수가 있다. 오랫 동안 그녀는 레트의 조롱에 시달려 왔다. 그러나 이제야말로 그에게 명령을 내려, 내가 생각하는 대로 굴렁쇠 속을 들락날락하게 할 수 있게 된 것이다.

대낮의 훤한 빛 속에서 그와 얼굴을 다시 마주 대한다고 생각하자 가슴이 울렁거리는 기쁨과 함께 신경이 쑤시는 듯한 당황함을 느꼈다.

『나 좀 봐. 새색시처럼 흥분하고 있네.』그녀는 생각했다. 『그것도 레트의 생각으로!』 그렇게 생각하자 바보처럼 킬킬 웃음이 나왔다.

그러나 레트는 점심때도 저녁때도 나타나지 않았다. 밤도 깊어 갔다. 긴 밤이었다. 그녀는 밤이 다 샐 때까지 잠을 못 이루고, 금방이라도 열쇠 구멍에서 그의 열쇠 소리가 나지 않는가 귀를 기울였다. 그러나 그는 오지 않았다. 다음 날도 그에게서 말 한마디 없이 지나갔다. 그녀는 실망과 불안으로 미칠 것같이 되었다. 그녀는 은행 앞을 지나가 보기도 했으나, 거기서도 그의 모습은 보이지 않았다. 가게에 나가도 모두에게 몹시 쌀쌀하게 대했다. 도어가 열리고 손님이 들어올 때마다 가슴을 두근거리며 혹시 레트가 아닌가 얼굴을 들었다. 원목장에 가선 휴에게 신경질을 부렸다. 마침내 휴는 재목 더미 뒤로 숨고 말았다. 그러나 여기에도 레트의 모습은 보이지 않았다.

친구들에게 머리를 숙이고, 그를 보지 못했느냐고 묻고 다니기는 싫었다. 하인들에게 물어볼 수도 없었다. 그러나 그들은 뭔가 자기가 알지 못하는 것을 알고 있는 것이 아닐까, 생각이 들기도 했다. 흑인들이란 언제나 무엇이나 알고 있다. 마미는 평소와는 달리 요 이틀 동안은 전연 입을 떼지 않았다. 한편으로 스카알렛의 눈치를 살피면서도 아무 말도 하지 않았다. 이틀째 밤이 깊어 가자 스카알렛은 경찰에 가기로 결심했다. 혹시 무슨 사고가 있었는지도 모른다. 말에서 떨어져, 어딘가 시궁창에서 꼼짝 못하고 누워 있는지도 모른다. 어쩌면? 무서운 상상이지만 죽었는지도 모른다.

그 이튿날 아침, 그녀가 아침을 마치고 방에서 보네트를 쓰고 있으려니까 바쁜 걸음으로 계단을 올라오는 발소리가 들렸다. 힘없이 침대에 팍 엎으러지며, 마음이 놓여 기뻐하고 있는데 레트가 들어왔다. 방금 머리를 깎고 수염을 밀고 맛사지를 한 듯 말쑥하긴 했지만, 술 때문에 눈에는 핏발이 서고 얼굴은 부석부석 부어 있었다. 그는 쾌활한 손짓으로 그녀를 향해 손을 흔들고「여어!」하고 소리쳤다.

아무런 변명도 없이 이틀씩이나 집을 비고도 어떻게 남자들은「여어!」하고 태연히 말할 수 있을까. 단 둘이 지낸 그 날 밤의 기억에, 어떻게 그는 이렇게도 태연할 수 있을까. 어쩌면 그에게는? 아, 무서운 생각이 그녀의 마음 속에 떠올랐다. 어쩌면 그러한 밤이 그에게는 당연한 것으로 되어 있는 것은 아닐까. 순간 그녀는 말도 나오지 않고, 그에게 보이려고 했던 아름다운 몸짓이며 미소를 완전히 잊어버리고 말았다. 그는 언제나 하는 멋있는 키스를 하기 위해 가까이 오려고도 하지 않고, 불이 당긴 담배를 손에 든 채, 빙글빙글 웃으며 그녀를 바라보고 서 있었다.

「어디에, 어디에, 지금까지 가 계셨어요?」

「시침 떼지 마! 지금은 온 시내 사람들이 다 알고 있어. 당신 외에는 다들 알고 있단,말야. 옛 속담에도 있잖아. 〈모르는 것은 여편네뿐〉이라고.」

「무슨 말을 하는 거예요?」

「분명히 그저께 밤이었어. 경관이 벨의 집에 와서 말이야, 그 뒤로……」

「벨의 집이라니, 그, 그 여자 말이군요! 당신은 지금까지 그런 곳에?」

「물론이지. 달리 어디 갈 데가 없잖아. 당신은 나 같은 거 걱정도 안 할 것이라고 생각했는데.」

「당신은 내게서, 바로…… 그 어쩌면!」

「이봐, 이봐, 스카알렛! 새삼 배신을 당한 아내도 아니잖아. 벨에 대해서는 벌써 옛날부터 알고 있었잖아.」

「당신은 나하고 그런 일이 있은 다음에…….」

「아, 그랬던가?」그는 능청을 떨었다. 「하마터면 인사를 잊을 뻔했군. 요 먼저 만났을 때는 무척 실례가 많았읍니다. 아시다시피 몹시 취한 데다가, 당신의 그 아름다움에 그만 정신이 혼미해져 버려서. 그 아름다움을 하나하나 꼽아야만 될까요?」

그녀는 갑자기 울고 싶어졌다. 침대에 엎어져서 언제까지고 흐느껴 울고 싶었다. 그는 조금도 변함이 없다. 무엇 하나 변한 게 없다. 그가 나를 사랑하고 있다고 생각하다니, 나는 바보였어. 멍청하고, 자기 도취에 빠져 있었어. 큰 바보였어. 그건 모두 그의 야비한 술취한 기분의 농담이었던 거야. 그는 그건 모두 그의 야비한 술취한 기분의 농담이었던 거야. 그는 취한 기분에 나를 벨의 집 계집들처럼 손아귀에 넣고 마음대로 한 거였어. 그리고 지금 돌아와서는 나를 모욕하고, 무시하고, 손이 닿지 않는 곳에 서 있는 거야. 그녀는 눈물을 삼키고 기운을 다시 차렸다. 이 사나이에게서 내가 생각하고 있던 것을 무슨 일이 있어도 절대로 알려서는 안 된다. 만일 안다면, 그는 얼마나 웃을 것인가. 아니 절대로 알려서는 안 된다. 그녀는 힐끗 그를 쳐다보았다. 평소의 그 수수께끼 같은 빈틈 없는 빛이 그의 눈 속에 엿보였다. 그녀의 다음 말을 기다리고 있는 것 같은, 그 말이 자기가 예상하고 있던 것과 같은 것이기를 바라는 듯한 날카로운 열을 띤 빛이었다. 내가 스스로 못난 짓을 하거나, 포악을 부리거나 그가 웃음을 터뜨릴 만한 말을 하기를, 이 사나이는 고대하고 있는 것일까? 누가 그런 짓을 할 줄 알고! 그녀는 앙칼진 눈썹을 차갑게 찌푸렸다.

「난, 그저 당신과 그 여자와의 관계가 어떻게 되어 있는지 의심해 본 것뿐이에요.」

「의심해 본 것뿐이라고? 왜 내게 물어 당신의 호기심을 만족시키려 하지 않았지? 물었으면 나도 대답해 주었을 텐데. 당신과 애실리 윌크스 때문에 우리들이 침대를 따로 하기로 정한 그 날부터 나는 그 여자와 같이 지냈어.」

「당신은 뻔뻔스럽게도, 그러고 서서 아내인 내게 그런 걸 자랑하시다니!」

「설교는 말아 주었으면 좋겠군. 내가 당신의 지불을 책임지고 있는 동안은, 당신은 내가 하고 있는 일에 대해, 한 번도 잔소리를 한 일이 없잖았소. 요새는 당신도 알다시피 나도 별로 투자를 하지 않았지만 말야. 그리고 당신이 내 아내라는 점에 대해선데, 당신은 보니가 태어난 뒤부터 전연 아내답지 못했어. 그리고 투자 대상으로서도, 당신은 그다지 이익이 있는 대상은 아니야, 스카알렛. 벨 쪽이 훨씬 낫지.」

「투자라고요? 그럼 당신은 그 여자에게 돈을 대주고 있었군요.」

「『계집에게는 장사를 시켜라』 하는 말은 거짓말은 아니거든. 벨은 영리한 여자야. 그걸 독립시켜 주려고 했었는데, 자기는 집을 한 채 가질 만한 돈만 있으면 그걸로 충분하다는 거야. 여자란 건 조금만 현금이 있으면, 어떤 기적을 행하는 건지, 그건 당신도 알고 있잖아, 현재 당신 자신을 보면 돼.」

「당신은 그런 여자를 나와 비교하고…….」

「이 방에서 나가지 못하겠어요?」

그는 한쪽 눈썹을 놀리듯 치켜올리고 천천히 도어 쪽으로 갔다. 어쩌면 자기를 이렇게도 모욕할까, 그녀는 노여움과 고통에 할딱이며 생각했다. 그는 고의로 나에게 상처를 주고 모욕을 주고 있다. 더구나 그 동안, 그는 술이 취해 색시집에서 경관과 악다구니를 하고 있었다고 생각하자 몸부림치고 싶도록 괴로왔다.

「이 방에서 나가고 다시는 들어오지 마세요. 앞서도 그렇게 말하지 않았어요? 당신은 신사가 아니니까 몰랐을 거예요. 오늘부터는 이 도어에 자물쇠를 잠그겠어요.」

「원대로.」

「암, 걸고 말고요! 그 날 밤은 그렇게 취해 가지고 그 따위 기분 나쁜 짓을 하고서는…….」

「이봐, 이봐, 조금도 싫어하진 않았잖아!」

「나가 주세요.」

「그렇게 걱정하지 않아도 나갈 참이야. 그리고 약속해 두지만 두 번 다시 방해는 하지 않을 테니까. 이것이 마지막이야. 그리고 나의 파렴치한 행동이 도저히 견딜 수 없으면 이혼해도 좋다고. 이 말을 당신에게 하려고 생각하고 있었어. 보니만 내게 준다면 나는 아무 말도 하지 않겠어.」

「이혼 같은 걸 해서, 가문을 더럽히고 싶지는 않아요.」

「그래도 멜라니 씨만 죽으면 당장 더럽히고 말 거 아냐. 당신이 정신 없이 이혼하고 가는 걸 생각하면 눈이 핑핑 돌 지경이야.」

「나가 주지 못하겠어요?」

「나갈 테야. 나가겠다는 말을 하러 돌아왔으니까. 찰스턴 하고 뉴 올리안즈하고, 야니, 하여간 아주 먼 데로 여행을 떠나기로 했어. 오늘 떠나.」

「어머!」

「보니도 같이 데리고 가겠어. 프리시한테 일용품을 챙기라고 해, 프리시도 데리고 가겠어.」

「내 자식을 이 집에서 데리고 나가지 못해요!」

「하지만 내 자식이기도 한걸. 부인, 찰스턴에 있는 그 애 할머니를 뵈러 가는 것도 못마땅한가?」

「그 애의 할머니라고요? 무슨 소리를 하는 거예요? 매일 밤같이 술이 취해 벨 같은 계집애의 집에도 사양 않고 데리고 갈 당신에게 어떻게 그 애를 같이 보내겠어요.」

그는 담배를 거칠게 집어 던졌다. 담배는 양탄자 위에서 마구 연기를 내고 털이 타는 냄새가 그들에게까지 풍겨 왔다. 그는 아차 하는 순간 성큼성큼 그녀 곁으로 다가왔다. 그 얼굴은 분노로 거무튀튀하게 되었다.

「당신이 남자라면, 지금 그 말 한마디로 목을 비틀어 놓을 텐데 그렇게도 할 수 없으니까 멋대로 지껄이게 내버려둔다. 천벌받을 소리는 하지 말아. 내가 그 애를, 내 딸을, 그런 곳에 데리고 갈 만큼 사랑하지 않는 줄 아나! 이 멍청이야! 너 같은 게 어머니인 척 점잖을 빼느니 차라리 고양이가 더 어머니답다! 넌 아이를 위해서 지금까지 대체 해준 게 뭐 있지? 웨이드나 엘라는 너를 죽도록 무서워하고 있어. 멜라니 윌크스가 아니었다면 그 애들은 애정이라든가 육친의 정 같은 건 이슬만큼도 모르고 말았을 거야. 그런데 보니는, 나의 보니는! 내가 그 애 치다꺼리를 너만큼도 못 하는 줄 아나? 웨이드나 엘라와 마찬가지로, 너 때문에 들볶여서 보니의 마음까지 비뚤어지게 놓아 둘 줄 아나? 어림도 없지! 한 시간 안으로 짐을 꾸리도록 해. 준비가 돼 있지 않으면, 요전날 밤처럼 순순히 넘어가지는 못 할 테니까, 그런 줄 알아. 나는 말채찍으로 후려갈기는 것이 네게는 가장 효과가 있다고 늘 생각하고 있었어.」

그녀가 말대답을 할 틈도 없이 그는 홱 몸을 돌리고 빠른 걸음으로 나가 버렸다. 그가 복도를 건너 아이들 방 도어를 여는 소리가 들렸다. 세 아이의 반가와하는 힘찬 목소리가 들렸다. 보니의 목소리가 엘라의 소리보다도 유난히 또렷이 들렸다.

「아빠, 어디 갔었어?」

「귀여운 보니한테 입히려고 토끼 가죽을 가지러 갔었지. 자, 키스를 실컷 해다오, 보니. 그리고 엘라도.」

55

「글쎄 언니, 난 언니에게 설명해 달라고 할 생각도 없었고, 묻고 싶지도 않아요.」하고 멜라니는 그 가냘픈 손으로 스카알렛의 괴로운 듯한 입을 살짝 누르고 딱 잘라 말했다. 「우리들 사이에 변명이 필요하다고 생각하기만 해도, 언니 자신이나, 애실리나, 나를 모욕하는 일이라고 생각해요. 글쎄 우리 세 사람은 오랫 동안 함께 지내면서, 병정처럼 세상과 싸워 온걸요. 그러니까 우리들 사이에 남의 실없는 소문 따위가 들어올 틈이 있다고 언니가 생각한다면, 난 그야말로 수치라고 생각해요. 내가 그런 뜬소문을 곧이들으리라고 생각하세요? 언니하고 내 애실리가…… 얼마나 끔찍한 일이에요! 나야말로 이 세상의 그 누구보다도 언니를 이해하고 있다는 것을 모르시겠어요! 언니가 애실리나 보우나 나를 위해서, 감사한 말을 이루 다 할 수 없을 만큼, 자기를 잊고 보살펴 주신 여러 가지 일들을요. 내 생명을 구해 주신 것에서부터 우리 한 식구가 굶어죽지 않게 보살펴 준 것까지 그것을 내가 잊은 줄로 생각하세요! 언니는 마치 맨발이나 진배 없이, 물집투성이가 된 손으로 북군의 말 때문에 그늘이 진 밭두렁을 걸어가던 일이 나는 지금도 또렷하게 생각나요. 그것도 갓난애와 내게 무엇이든 먹을 것을 찾아다 주려는 마음에서 그렇게 해주셨던 일이에요. 그런데 그런 끔찍한 뜬소문을 내가 믿을 줄 아세요? 언니한테서, 단 한마디라도 변명 비슷한 소리는 듣고 싶지 않아요, 스카알렛 오하라. 한마디도 말이에요.」

「하지만…….」스카알렛은 말을 꺼내다가 그만두었다.

한 시간 전, 레트는 보니와 프리시를 데리고 시를 떠났다. 스카알렛의 마음에는 여태까지의 치욕과 분노에다가 쓸쓸함마저 더해졌다. 애실리에 대한 미안한 심정과 멜라니가 감싸 준 일은 더욱 무거운 짐이 되어서, 그녀로서는 이미 견딜 수 없게 되었다. 만약 멜라니가 인디어나 아치의 말을 믿고 파티 석상에서 그녀를 나무라거나, 혹은 적어도 냉담한 눈치라도 보였다면, 스카알렛은 꿋꿋한 태도로 자기의 무기를 모조리 동원해서라도 그것을 반격할 수 있었을 것이다. 그러나 지금 이처럼 그녀를 사회적인 파멸로부터 구해 내려고, 신뢰와 불굴의 광채로 눈을 빛내면서 서슬이 시퍼런 칼날처럼 버티고 서서, 자기를 두둔하고 있는 멜라니를 생각하면 모든 것을 털어놓는 이상으로 성실한 것은 없을 것이라고 생각되는 것이었다. 그렇다, 타라의 햇빛 밝은 그 포치에서 애당초의 발단에서부터 모든 것을 털어놓아야 했었다.

그녀는 오랫 동안 양심에 눌려 있기는 했어도, 그래도 아직 마음에 되살아난 강한 가톨릭적인 양심에 쫓겼다. 『죄를 참회하는 거야. 그리고 슬픔과 회한으로 속죄하는 거다.』 하고, 엘렌은 몇 번씩이나 그녀에게 들려 주었었다. 그리고 지금의 위기에 다다라, 엘렌의 종교적인 교육이 되살아나서 그녀의 마음을 사로잡았다. 털어놓아야지, 그렇다, 하나하나의 표정에서부터 말 끝에 이르기까지, 몇 번 되지도 않는 그 포옹까지 모든 것을 실토해야지. 그렇게 하면 하느님은 내 고통을 덜게 해주시고 틀림없이 마음의 평안을 주실 것이다. 그러나 속죄를 위해서는, 멜라니의 얼굴이 깊은 사랑과 신뢰에서 상상도 할 수 없는 공포와 혐오로 바뀔 무서운 광경을 보지 않으면 안 된다. 아아, 그것은 너무나 가혹한 속죄가 아니냐. 앞으로의 일생을, 자기 마음 속에 숨기고 있는 보잘것없는 일이나 비열한 일이나 표리 있는 부실이나 위선도 멜라니가 다 알고 있다고 생각하면서, 매사에 멜라니의 얼굴을 생각해 가면서 살아가지 않으면 안 된다는 것은 너무나 가혹한 속죄가 아닐까, 하고 그녀는 괴롭게 생각했다.

전에는 멜라니의 얼굴에 맞대고 조롱하듯이 진실을 털어놓아서 그녀의 어리석은 낙원이 허물어지는 꼴을 마음 속에 그려 보는 것이 재미가 있어 견딜 수가 없었다. 그렇게만 된다면 모든 것을 다 잃어도 아까울 게 없다고까지 생각했던 것이다. 그러나 지금은, 그것이 하룻밤 사이에 완전히 달라지고 그런 생각은 꿈에도 할 수 없게 되었다. 왜 이렇게 되었는지 그녀는 알 수가 없었다. 그녀의 마음 속에는 온갖 생각이 뒤얽혀서 도무지 갈피를 잡을 수가 없었다. 다만 알고 있는 것은, 일찌기 어머니에게 자기 자신은 얌전하고 친절하고 순진한 딸로 생각해 주기를 바랐던 것과 마찬가지로, 지금은 멜라니가 자기에 대한 높은 평가를 떨어뜨리지 않았으면 하고 한결같이 바라고 있다는 것뿐이었다. 다만 자기가 알고 있는 것은, 세상에서 자기를 어떻게 생각하건, 혹은 애실리나 레트가 어떻게 생각하든, 멜라니에게만은 여태까지대로의 마음으로 자기를 생각해 주었으면 하는 것뿐이었다.

그녀는 멜라니에게 진실을 털어놓는 것이 두려웠다. 그러나 신기하게도 정직한 그녀의 천성 중의 하나가 이때 솟아올라왔다. 그것은 자기를 위하여 싸워 준 여자 앞에서는 거짓 가면을 쓰고 있을 수가 없다는 마음이었다. 그래서 그녀는 그 날 아침 레트가 보니를 데리고 집을 나가자 곧 멜라니에게로 달려왔던 것이다.

그러나 맨 처음 그녀가 더듬거리면서 「멜라니, 나 요 전날 일을 아무래도 설명하지 않고는…….」 하고 말을 꺼내자, 멜라니는 대번에 그녀의 말을 막아 버리고 말았던 것이다. 스카알렛은 사랑과 노여움으로 반짝이는 멜라니의 검은 눈동자를 부끄러운 듯이 들여다보면서, 모든 것을 고백한 뒤의 편안한 마음의 안정은, 자기에게는 도저히 바랄 수 없다는 것을 알자, 마음이 무겁게 잠겨 들어 가는 것을 느꼈다. 멜라니는 최초의 한마디로 스카알렛의 고백을 영원히 봉해 버렸던 것이다. 스카알렛은 원래가 어른의 감정 같은 것은 조금밖에는 가지고 있지 않았지만, 그 얼마 안 되는 감정 속에서 괴로운 자기 마음의 무거운 짐을 풀어 놓으려는 것은 너무나 이기적이라는 것을 깨달았다. 자기의 무거운 짐을 벗어 그것을 죄도 없는 신뢰하고 있는 사람의 마음에 지워 주려고 하고 있는 것이다. 그녀는 멜라니가 자기의 옹호자가 되어 준 대 대해서 은혜를 입었다. 그 은혜에 보답하려면 다만 침묵이 있을 뿐이었다. 멜라니의 남편은 아내를 배신하고, 그리고 멜라니가 사랑하는 친구가 그 상대였다는 끔찍한 일을 알려 줌으로써 멜라니의 일생을 파괴한다는 것은, 은혜에 대한 보답치고는 너무나 잔인하지 않은가 !

『이 사람에게는 고백할 수 없다.』 하고 그녀는 비참한 마음으로 생각했다. 『절대로 말할 수 없다. 설사 내가 양심의 가책으로 죽을 고통을 겪는다 하더라도.』 그녀는 레트가 술김에 한 말을 엉뚱하게 생각해 냈다. 『그녀로서는 자기가 사랑하는 사람의 명예롭지 못한 일을 인정할 수가 없는 거요. 이것은 당신이 지지 않으면 안·되는 십자가란 말이요.』

그렇다, 나는 죽을 때까지 내 십자가를 지고 이 괴로움을 마음 속에 굳게 간직하고, 고행자가 걸치는 치욕의 털옷을 입고 앞으로 긴 세월 동안, 멜라니가 상냥한 몸짓을 보여 줄 때마다 그 털옷의 고통을 느끼면서 『그렇게 다정하게 굴지 말아 주어 ! 나를 위한 싸움은 말아 ! 나는 그만한 대접을 받을 만한 값어치가 없는 여자야 !』 하고 외치고 싶은 충동을 영원히 참고 견디어 나가야만 하는 것이다.

『네가 이처럼 바보이고, 이처럼 상냥하고, 남을 잘 믿는 순진한 바보만 아니었다면 이토록 괴롭지는 않을 텐데.』 하고 그녀는 절망적으로 생각했다.

『나는 이제까지 무척 많은 무거운 짐을 졌었지만, 이처럼 무겁고 이처럼 괴로운 짐은 앞으로도 아마 없을 것이다.』

멜라니는 그녀를 마주 보며, 낮은 의자에 앉아 있었다. 발을 마치 어린 아이처럼 무릎이 튀어 나올 정도로 높이 발판 위에 세우고 있었다. 그녀가 이렇게 꼴사나운 자세를 갖는 일은 없었지만, 지금은 그런 것마저도 잊을 만큼 분개하고 있었던 것이다. 손에 뜨개질 실을 가지고 있었으나, 마치 결투에서 긴 칼을 휘두르듯이 빛나는 뜨개질 바늘을 세차게 앞뒤로 움직이고 있었다.

만약 스카알렛이 이 정도로 분개하고 있었다면, 틀림없이 발을 동동 구르면서 건강했을 당시의 제랄드처럼 고래고래 소리치면서, 인간의 저주받은 불성실과

부도덕과의 증인이 되어 달라고 하느님에게 호소하고, 피도 얼어붙을 것 같은 복수의 말을 부르짖었을 것이다. 그러나 멜라니는 다만 뜨개 바늘을 빛내고 가느다란 눈썹을 찌푸릴 뿐으로 겨우 내심의 울분을 나타내는 데 불과했다. 그녀의 목소리는 조용했고, 말수도 여느 때보다 훨씬 적었다. 그러나 그 말은 평소에 거의 자기 의견이라는 것을 내세워 본 적도 없고 모진 말을 한 번도 입 밖에 낸 적이 없는 멜라니로서는, 매우 강한 것이었다.

스카알렛은 윌크스네 사람이나 해밀턴네 사람도, 오하라 내 사람과 마찬가지로 아니, 그 이상으로 화를 낼 수 있다는 것을 문득 깨달았다.

「세상 사람들이 언니에 대해서 이러니저러니 하는 소리는 이미 넌더리가 날 만큼 들었어요.」하고 멜라니는 말했다. 「그리고 그 사람들로서는 언니를 파멸시키는 기회란 이것밖에는 없다고 생각하고 있는 거예요. 그래서 나도 무슨 수를 쓰지 않으면 안 되겠다고 생각하고 있어요. 이런 일이 생긴 것도 모두가 언니를 시기하고 있기 때문이에요. 언니가 무척 영리하고 성공을 했기 때문이에요. 언니는 많은 남자들이 실패한 일을 성공했거든요. 내가 이런 말을 했다고 해서 언짢게 생각하지는 말아 줘요, 난 남들이 말하듯이, 언니가 여자답지 않다느니, 남자처럼 행동한다느니 그런 말을 한 건 아니에요. 글쎄 그런 건 언니에게는 당치도 않은걸요. 세상 사람들에게는 언니라는 사람이 이해되지 않고 있어요. 여자가 똑똑하다는 것이 참을 수 없는 거예요. 하지만 아무리 언니가 똑똑하더라도 아무리 성공을 했더라도, 사람들이 그런 소리를 해도 좋다는 이유는 될 수 없어요. 언니하고 애실리가…… 에이, 빌어먹을 것들!」

이 마지막 말은, 이것이 남자의 입에서 나왔다면, 대수롭지 않은 욕지거리로 통할 수 있는 그다지 심한 것은 아니겠지만, 스카알렛은 이런 생각지도 못했던 소리가 멜라니의 입에서 나왔기 때문에 놀라서 그녀를 바라보았다.

「그리고 아치와 인디어, 그리고 엘싱 부인이 멋대로 그런 더러운 거짓말을 꾸며 갖고 내게로 오다니! 어쩌면 그럴 수가 있어요? 물론 엘싱 부인은 오지 않았어요. 그분에게는 그런 용기는 없었던 거죠. 하지만 그분은 언니가 패니보다도 언기가 있으니까 언니를 미워하고 있었던 거예요. 그리고 언니가 휴를 공장 관리에서 밀어냈기 때문에 그것에도 화를 내고 있었던 거예요. 하지만 언니가 그를 내려 앉힌 것은 당연해요. 그 사람은 실수만 저지르고, 일도 시원찮고 아무 데도 쓸모가 없는 사람이거든요!」

그러나 휴는 그녀의 어릴 적 소꿉 친구였고 처녀 시절의 연인이었던 것이다. 그래서 이 점은 대강 그 정도로 해두고, 그녀는 다음으로 넘어갔다.

「아치에 대해서는 내게 책임이 있어요. 난 그런 쓸모 없는 늙은일 붙들어 놓는 게 아닌데 그랬어요. 모두가 반대하는 것을 내가 듣지 않았던 거예요. 그 사람은 언니가 죄수를 쓴 것 때문에 언니를 미워하고 있었어요. 하지만 그런 말을 하는 그자는 뭔가 말예요. 무던히 돌봐 주었더니, 내게 와서 쓸데없는 고자질을 하다니. 애실리가 쏘아죽인대도 그 따위 녀석은 불쌍하다고도 생각하지 않아요. 그래서 난 몹시 뼈아픈 소리를 해주고 쫓아내 버렸어요. 정말예요, 이젠 이 시에는 없어요. 그리고 인디어로 말하더라도 나빠요! 난 언니와 인디어가 함께 있는 것을 처음 보았을 때부터, 아, 이 애는 언니를 질투하고 미워하고 있구나 하고 눈치를 챘었어요. 그도 그럴 것이 언니 쪽이 훨씬 예쁘고, 따르는 남자들도 무척 많았거든요. 그리고 그 애는 스튜어트 탈레턴 일로 해서 한층 더 언니를 미워하고 있는 거예요. 스튜어트에게는 그 애가 무척 열을 올렸거든요. 애실리의 누이동생을 이렇게 말하는 것은 좋지 않지만, 그래도 그 애는 너무 외곬으로만 생각해서 머리가 어떻게 된 거나 아닌가 하는 생각이 들어요. 이렇게밖에는 그 애가 한 일을 설명할 도리가 없는걸요……. 난 그 애한테 다시는 이 집에 발을 들여 놓지 말라고 말해 주었어요. 만약 그 애가 이상한 험담이라도 한다면, 난, 인디어는 거짓말장이라고 드러내 놓고 말해 주겠다고 그렇게 말해 두었어요.」

멜라니는 입을 다물었다. 그녀의 얼굴에서 노여운 기색이 싹 가시고 짙은 슬픈 표정이 나타났다. 멜라니는 조지아 사람 특유의 그 친척들에 대한 결정적인 충실성을 지니고 있었기 때문에 집안끼리의 싸움을 생각하면 가슴이 미어지는 것처럼 괴로왔던 것이다. 그녀는 약간 망설였다. 그러나 스카알렛이야말로 그녀에게는 가장 소중한 사람이었고, 스카알렛이야말로 먼저 마음에 떠오르는 사람이었다. 그러므로 멜라니는 스카알렛에 대한 신의를 지켜 말을 계속했다.

「그 애는 내가 언니를 제일 사랑한다고 늘 질투하고 있었어요. 그 애는 다시는 이 집에 오지 않을 거고, 나도 또 그애를 맞아들이는 집에는 어디든지 절대로 발을 들여 놓지 않을 작정이에요. 애실리는 내 심정을 이해해 주지요, 하지만 뭐니뭐니해도 애실리는 슬퍼하고 있는 것 같아요. 자기 누이동생이 그런…….」

애실리의 이름이 나오자 스카알렛의 지칠 대로 지친 신경은 마침내 견뎌나지를 못 했다. 갑자기 그녀는 울음을 터뜨리고 말았다. 무슨 수를 써서라도 그의 마음을 괴롭히지 않도록 하고 싶었다. 그녀가 여태까지 한결같이 생각하는 것은 그를 행복하게 하고 편안하게 하는 것뿐이었다. 그런데 사사 건건 그를 괴롭혀 주고 있는 것으로밖에 생각되지 않았다. 그의 일생을 파멸시키고 그의 긍지와 자존심을 짓밟고 결백했기 때문에 여태까지 간직할 수 있었던 마음의 평화, 마음의 안정을 부숴 버리고 만 것이다. 그뿐 아니라, 이번에는 그가 그처럼 사랑하던 여동생과의 사이를 갈라 놓고 만 것이다. 스카알렛의 평판과 올케의 행복을 지키기 위해서 인디어는 희생되고 만 것이다. 거짓말장이에다, 반미치광이에다, 질투하는 노처녀가 되고 말았다. 여태까지는 인디어가 어떤 의심을 하더라도 어떤 비난을 하더라도, 그것은 모두 절대로 옳은 것으로 되어 왔지만, 애실리는 인디어의 눈을 바라볼 때마다 언제나 거기에 빛나고 있는 진실, 윌크스집안 사람만이 가지고 있는 진실과 비난과 차디찬 모멸(侮蔑)을 보게 될 것이다.

애실리가 목숨보다도 명예를 더 소중하게 생각한다는 것을 알고 있는 만큼, 스카알렛은 그가 말할 수 없이 괴로와할 게 틀림없다고 생각했다. 그도 또 스카알렛과 마찬가지로 멜라니의 스커트 그늘에서 보호받지 않으면 안 되었던 것이다. 스카알렛은 그가 이를 감수해야 할 이유도, 그가 오해받고 있는 책임의 태반이 자신에게 있다는 것도 알고 있었지만, 그렇다 하더라도, 그렇다 하더라도, 애실리가 아치를 쏘아죽이고, 멜라니나 세상 사람들에 대해서 모든 것을 털어놓는 편이 훨씬 그를 존경할 수 있을 것이라고 여자다운 생각을 해 보는 것이었다. 그녀는 나쁜 것은 자기라고 알면서도 그런 것을 자질구레하게 이것저것 생각하기에는 너무나 비참한 심정이었다. 레트의 가시돋친 모욕의 말이 몇 마디인가가 생각났다. 그리고 도대체 애실리는 이런 소란 속에서, 남자답게 행동하고 있는 것인가 하는 의심이 생겼다. 그러나 그를 사랑하게 되었던 맨 첫날부터 그를 둘러싸고 있던 찬연한 광채가 얼마쯤, 분명하게는 알 수 없었지만 조금씩 빛을 잃어 가기 시작했던 것이다. 그녀를 둘러싸고 있는 치욕과 죄악의 어두운 구름이 그의 위에도 역시 끼기 시작했다. 이러한 생각을 떨어 버리려고 필사적으로 노력하는 것이었지만 그렇게 하면 할수록 한층 더 울음이 복받쳐 올 뿐이었다.

「울지 말아요, 울지 말란 말예요!」 하고 멜라니는 뜨개질 감을 떨어뜨리고 허둥지둥 소파에 몸을 구부려 스카알렛의 머리를 자기 어깨에 끌어당기면서 말했다. 「이런 이야기로 언니를 이렇게 괴롭혀 주어서 미안해요. 무척 괴로왔겠지요. 인제 다시는 이런 이야기는 말도록 해요, 네? 우리끼리도 다른 사람과도요. 아무 일도 없었던 옛날처럼 말예요. 하지만.」 그녀는 조용한 원망을 품고 계속했다. 「인디어와 엘싱 부인에게는 따끔하게 혼을 좀 내줄 작정이에요. 내 남편과 올케에 대해서 용케 속여 넘겼다고 생각하도록 하는 것은 어처구니 없는 일인걸요. 난 그 두 사람을 애틀랜타에서는 얼굴을 들지 못하게 해줄 작정이에요. 그 사람들의 말을 믿기나, 그 사람들을 집으로 초대하거나 하는 사람은 모두가 내 적이에요.」

스카알렛은 슬픈 심정으로 앞으로의 긴 세월을 생각해 보았다. 그러자 자기가 여러 대에 걸쳐서 이 도시와 가정을 어지럽히는 불화의 원인이 될 것만 같아서 견딜 수가 없었다.

멜라니는 그녀 말대로, 이 문제에 대해서는 스카알렛에 대해서도 애실리에 대해서도 두 번 다시 건드리지 않았다. 그들에게만이 아니라, 누구와도 말하지 않도록 하고 있었다. 만약 누군가가 조금이라도 그런 것을 비치면 처음에는 냉담하고 무관심한 체했지만, 이것은 언제 어느 때 차개 굳어진 태도로 변할지 모르는 것이었다. 애실리를 놀라게 하려면 파티가 끝나고, 레트가 어찌 된 영문인지 모습을 감추어 버리고, 온 시중이 추문과 흥분과 당파 싸움에 정신을 빼앗기고 있는 수주일 동안, 멜라니는 스카알렛을 나쁘게 말하는 사람은 그것이 그녀의 오랜 친구이든, 친척이든 가리지 않고 절대로 용서하지 않았다. 그녀는 입으로 말하는 대신에, 단호하게 실천했던 것이다. 그녀는 조개 관자처럼 스카알렛의 곁에 달라붙어서 떨어지지 않았다. 언제나와 같이 아침마다 스카알렛을 가게와 재목을 쌓아 둔 곳으로 다니게 했고, 자기도 함께 따라다녔다.

오후가 되면 스카알렛을 설복해서 마차로 산책을 시켰다. 스카알렛으로서는 자기의 모습을 거리 사람들의 호기심에 찬 눈 앞에 드러내고 싶지는 않았지만, 멜라니와 함께 타고 갔다. 방문 날에는 스카알렛이 두 해 이상이나 얼굴을 내놓지 않았던 집으로 데리고 가서, 상냥하게 그녀를 객실로 밀어 넣어 버리는 것이다. 그리고 멜라니는 〈제눈의 안경〉 식의 열렬한 애정을 얼굴에 드러내어 보이면서, 놀라서 어리둥절해 있는 그 집 부인들과 이야기를 하는 것이다.

이런 방문 날에는 그녀는 스카알렛을 일찌감치 데리고 가서 으례 다른 손님들이 돌아가 버릴 때까지 남겨 두곤 했다. 이리하여 모였던 부인들이 공연한 소리를 반재미삼아서 지껄여대는 기회를 빼앗아 버렸지만, 이것은 모든 사람들로부터 가벼운 분노를 불러일으키는 결과가 되었다. 이런 방문은 스카알렛에게 있어서는 특히 괴로운 일이었지만 멜라니와 함께 가는 것을 거절할 만큼의 용기는 없었다. 정말로 간통하는 현장을 들킨 것이나 아닌가 하고, 은근히 의심하고 있는 여자들 틈에 앉아 있기는 정말 싫어서 견딜 수가 없었다. 그 사람들이 멜라니를 사랑하고 있지만 않다면, 또 멜라니의 우정을 잃을까 봐서 염려하지만 않는대도, 자기와는 말도 하지 않으리라는 것을 생각하면 배겨낼 수 없는 심정이었다. 그러나 한 번이라도 자기를 손님으로 맞아들인 이상, 이제 그 사람들은 자기를 따돌리지는 못 한다는 것을 스카알렛은 잘 알고 있었다.

스카알렛에 대해서, 사람들이 생각하고 있는 특징적인 점은 그녀를 변호하거나 비난하거나 그녀가 결백한지 아닌지를 지금은 거의 문제삼지 않게 되었다는 점이다. 그녀가 어쨌거나 아무래도 상관없다는 것이 일반적인 사람들의 태도가 되어 있었다. 스카알렛에게는 너무 적이 많았기 때문에, 지금은 그녀 편이 되어 주는 사람은 거의 없었다. 이런 추문이 퍼져서, 대체 그녀는 난처해 하는지, 아니면 예사로 아는지 걱정해 주는 사람마저 전혀 없었다. 그토록 많은 사람들이 그녀의 언동에 대해 분개하고 있었던 것이다. 그런데도, 멜라니나 혹은 인디어의 마음을 상하게 하지 않으려는 데에는 모두들 여간 마음을 쓰는 것이 아니었다. 이리하여 문제는 오히려 스카알렛을 떠나서, 인디어는 거짓말을 했을까? 하는 하나의 의문을 중심으로 소용돌이치기 시작했던 것이다.

멜라니에게 편드는 사람들은, 요즘 그녀가 노상 스카알렛과 함께 있다는 사실을 자랑삼아 지적했다. 멜라니와 같은 높은 이상을 갖고 있는 부인이, 죄를 범한 여자, 특히 자기 남편하고 죄를 범한 여자의 처지를 옹호할 리가 있겠는가. 아니, 그럴 수가 없다! 인디어는 스카알렛을 미워한 나머지 그녀에 대해서 거짓말을 하고 아치와 엘싱 부인에게 그 거짓말을 믿도록 만든 반미치광이 노처녀인 것이다.

그러나, 스카알렛에게 죄가 없다면 버틀러 선장은 대체 어디로 가 버린 것일까? 이것이 인디어를 두둔하는 사람들의 의문이었다. 왜 그는 아내 곁에 머물러서 아내 편이 되어 주지 못하는 것일까? 이것은 풀 수 없는 의문이었다. 그리고, 몇 주일이 지나서 스카알렛이 임신했다는 소문이 퍼짐에 따라 인디어 편의 사람들은 만족한 듯이 끄덕거렸다. 이것은 버틀러 선장의 아이일 턱이 없다고 그들은 수군거렸다. 오래 전부터 내외간에 틈이 벌어져 있다는 것을 일반 사람들에게 알려져 있었다. 오래 전부터 내외가 침실을 따로 쓰고 있다는 것이 추문으로서 사람들 입에 오르내리고 있었던 것이다.

이리하여 소문은 파다하게 퍼지고, 온 거리는 물론이고, 해밀턴, 윌크스, 바아, 휘트맨, 윈필드의 친척들까지 두갈래로 갈라져서 대립하게 되었다. 친척 관계가 있는 사람은 누구든지 어느 한편으로 붙지 않으면 안 되었다. 중립 지대라는 것은 전혀 없었다. 멜라니는 침착한 위엄을 가지고 인디어는 맹렬한 악의를 가지고 저마다 이를 주목하고 있었다. 그러나 친척들간에는 어느 쪽을 편들던가에 스카알렛이 이처럼 친척들의 불화를 초래한 원인이 되었다는 것을 원망하고 있었다. 친척들은 한 사람도 그녀가 그럴 만한 값어치가 있는 여자라고는 생각하지 않았다. 또 어느 편이 되었든지간에, 친척들간에서는 인디어 때문에 집안의 추한 싸움이 세상에까지 알려져서 애실리를 이처럼 더러운 추문 속에 말려들게 한 것을 진심으로 한탄했다. 그러나 일단 그녀가 입을 놀려 버린 지금에 이르러서는, 멜라니를 아끼는 일파가, 그녀와 스카알렛의 편에 선 사람들에게 대항해서 앞을 다투어 많은 사람들이 인디어를 두둔하고 반스카알렛 파의 입장을 취했던 것이다.

멜라니와 인디어의 친척 혹은 친척이라고 주장하는 사람들은, 애틀랜타 시민의 반수를 차지하고 있었다. 사촌, 육촌, 외사촌, 키스만 한 사촌이라고 하는 잔가지들이 마구 얽히고 설켜 있기 때문에, 토박이 조지아 사람 이외에는, 아무도 누가 어떻게 연줄이 닿아 있는지 전혀 알지 못했던 것이다. 그들은 단결심이 강한 종족들이어서 일단 유사시에는 친척 개개인의 의견이나 행위가 어떻든지 간에, 항상 일심 동체가 되어서 외부에 맞서 왔던 것이다. 피티 고모와 헨리 아저씨와의 불화는 여러 해 동안 친척들의 큰 웃음거리가 되어 있지만, 이것을 제외한다면 이 명랑한 친척들 사이에는 공공연한 불화 같은 것은 여태까지 하나도 없었던 것이다. 그들은 모두가 침착하고 큰 소리도 내지 않는 겸손한 사람들로서, 애틀랜타의 가정에 흔히 있는 애교 있는 입씨름 버릇조차도 없었던 것이다. 그런데 지금은 두 쪽으로 갈라져서, 십여 촌씩 떨어진 일가붙이들이 애틀랜타 유사 이래의 끔찍한 추문 속에서 대립하는 꼴을 드러냈던 것이다. 이쯤 되면 아주 난처한 일이 생기는 법이어서 일가 친척이 아닌 나머지 절반의 애틀랜타 사람들은 이모저모로 신경을 쓰지 않을 수 없게 되었다. 그것은 인디어 대 멜라니의 싸움이 나아가서는 사교 단체에까지 파급되어서 사실상의 불화를 더 일으키는 결과가 되었기 때문이다. 〈극 연구회〉, 〈남부 동맹 미망인 고아 구제 바느질 모임〉, 〈전몰자 묘지 미화 협회〉, 〈토요 음악회〉 〈부인 무용 협회〉, 〈청년 도서 협회〉 등 모조리 여기에 말려들었다. 네 교회도 〈부인 후원 전도단〉과 함께 이 싸움에 말려들었다. 같은 위원회에 적과 내 편을 함께 넣지 않도록 깊은 주의를 기울이지 않으면 안 되게 되었다.

애틀랜타 부인들은 자기네 방문 날의 네 시에서 여섯 시까지는, 스카알렛을 동반한 멜라니와 인디어와 인디어 편의 친척들이 자기네 객실에서 맞부딪치지나 않을까 하고 조바심을 하고 있었다.

친척 가운데서도 가장 난처한 것은 피티 고모였다. 친척들에게서 사랑받으면서 마음 편하게 지내는 것밖에는 바랄 것이 없는 피티 고모는 이 사건에서는 팔방 미인 구실을 하려고 했지만 양쪽 다 이를 용납하지 않았다.

인디어는 피티 고모와 함께 살고 있었는데, 만약 피티 고모가 은근히 속으로 바라고 있었듯이 멜라니 편에 붙는다면, 인디어는 이 집을 나가 버릴 것이다. 그리고 그녀가 나가 버리면 가엾은 피티 고모는 어떻게 할 것인가. 그녀는 혼자서는 살 수 없었다. 그러니까 누구든지 다른 사람을 오게 해서 함께 살든가 아니면 집을 처분하고 스카알렛하고 함께 사는 도리밖에 없는 것이다. 피티 고모는 어쩐지 버틀러 선장이 함께 살기를 꺼릴 것이라고 느껴졌다. 그렇다면, 멜라니와 함께 살면서 보우의 방이었던 옹색한 아이들 방에서라도 자지 않으면 안 된다.

피티 고모는 그다지 인디어를 좋아하는 편은 아니었다. 인디어의 부드럽지 못한 외고집과 남에게 양보할 줄 모르는 거센 성미에 골치를 앓고 있었기 때문이다. 그러나 인디어는 피티 고모가 마음 편한 생활을 해나가는 데에는 간섭하지 않았고, 피티 고모는 언제나 도덕적인 문제보다도 생활의 편의를 첫째로 꼽고 있었기 때문에 마음에 맞지도 않는 인디어와 함께 살고 있었던 것이다.

그러나 인디어가 이 집에 있다는 사실이 피티 고모로서는 마치 폭풍 한복판으로 끌려든 것이나 다름이 없었다. 그것은 스카알렛과 멜라니는 피티 고모가 인디어 편이 되어 있는 것으로 알았기 때문이다. 스카알렛은 인디어가 한지붕 밑에 살고 있는 한은 이 이상 생활비를 원조할 수는 없다고 매정하게 거절했던 것이다. 애실리는 매주 인디어에게 생활비로서 돈을 보내 주었는데, 그것을 인디어는 매주 거만스럽게 잠자코 되돌려 보냈다. 이것은 피티 고모를 낭패하게 만들고 불안하게 했다. 이 붉은 벽돌집의 살림은 만약 헨리 아저씨의 주선이 없었던들, 극히 처량한 꼴이 되었을 것이 틀림없다. 그래서 피티 고모는 속으로 내키지 않았지만 그에게서 돈을 받지 않을 수 없었던 것이다.

피티 고모는 이 세상에서 자신을 제외하고는, 멜라니가 제일 마음에 들었다. 그런데 그 멜라니는 지금 마치 생 남처럼 냉담하고 새침한 태도를 취하고 있었다. 그녀는 현재 피티네 집 뒤뜰에 살고 있었지만, 여태까지는 울타리를 빠져서 하루에도 열 몇 번씩이나 왔다갔다하고 있었는데, 사건 이후로는 발길을 딱 끊고 말았다. 피티 고모는 그녀를 찾아가서 자기의 사랑과 신뢰를 울면서 호소하는 것이었지만, 멜라니는 언제나 상대하지 않고 그 방문에 대하여 답례도 하려 하지 않았다.

피티 고모는 스카알렛에게 얼마나 신세를 졌는지, 자기가 이렇게 살고 있는 것도 스카알렛의 은혜라는 것을 잘 알고 있었다. 사실상 전쟁이 끝나고 피티 고모가 오빠인 헨리를 택하느냐 굶주림을 택하느냐 하는 사태에 직면했던 그 지긋지긋했던 때에 스카알렛은 그녀를 자기 집에 맞아들여서, 입고 먹을 것을 돌봐주고, 애틀랜타 사회에서 창피를 당하지 않고 지내도록 해주었던 것이다. 스카알렛이 결혼해서 따로 가정을 꾸리게 된 뒤로도 여러 가지로 많은 신세를 지고 있었다. 게다가 어쩐지 무서우면서도 어딘가 사람을 이끄는 데가 있는 그 버틀러 선장, 그도 곧잘 스카알렛과 동반하여 찾아오곤 했는데, 두 사람이 돌아간 뒤에는 피티의 책상 위에는 지폐가 꽉 찬 새 지갑이 놓여 있기가 일쑤였고, 금화를 싼 레이스 손수건이 어느 틈엔가 피티의 바느질 상자에 들어 있기도 했다. 그런데도 레트는 언제나 그 일에 대해서는 전혀 알지 못한다고 시치미를 뗐고, 도리어 피티가 은근히 좋아하는 사람——언제나 그것은 수염을 기른 메리웨더 할아버지였다——을 갖고 있다는 것을 괘씸한 일이라면서, 퍽이나 점잖지 못한 말투로 그녀를 나무라곤 했다.

정말이지 피티 고모는 멜라니에 의해서 사랑을, 스카알렛에 의해서 생활의 보장을 받고 있었던 것이다. 그러면 인디어에게서는 무엇을 받고 있었던 것일까? 아무것도 받지 못했다. 다만 인디어가 있기 때문에 자기의 마음 편한 생활이 파괴되지 않고 무사한 것, 무엇을 하든 자기 의견으로 할 필요가 없다는 것, 그것뿐이었다. 그러므로 이번 문제에 있어서는 피티 고모는 정말 골치가 아팠고, 게다가 문제가 입에 담기에는 너무나 추잡한 것이었기 때문에, 태어나서 오늘날까지 일찌기 한 번도 자기 스스로 의견을 정한 적이 없는 그녀는, 그저 되어 가는 대로 내버려두는 수밖에 도리가 없었던 것이다. 그러나 그 결과는 당연히 고적해서 견딜 수가 없었고, 낮이고 밤이고 울면서 지내는 형편이었다.

그러는 동안, 마침내 일부 사람들은 스카알렛의 결백함을 진심으로 믿게 되었다. 그것도 그녀 자신에게 결백한 증거로 나타난 것이 아니라, 멜라니가 결백한 것을 믿고 있다는 이유에서였다. 진심으로 의심이 사라진 것은 아니었지만, 스카알렛에 대해서 정중하게 되었고, 찾아가게 된 사람도 개중에는 있었다. 그러나 이것도 그들이 멜라니를 사랑하고, 멜라니로부터 종전과 같이 사랑을 받고 싶어하는 심정에서였던 것이다. 인디어 편 사람들은 냉담하게 머리를 숙일 뿐이었지만, 개중에는 드러내 놓고 비방하는 사람도 있었다. 이 점에 있어서는 난처하기도 하고 화도 났지만, 만약 멜라니의 두둔과 재빠른 행동이 없었던들, 온 시내 사람들이 거들떠보지도 않고 자기는 완전히 돌림장이가 되고 말았을 것이라고 생각하면, 스카알렛은 참고 견디는 수밖에 없었다.

56

레트는 최근 석 달 동안, 집을 나간 채 스카알렛에게도 아무런 소식조차 없었다. 그녀에게는 그가 어디에 있는지 얼마 동안이나 집을 비어 둘 작정인지 전혀 짐작이 가지 않았다. 사실은 그가 돌아올 것인지 어쩔지도 몰랐던 것이다. 이 석 달 동안 그녀는 장사 일로 해서 여기저기에 돌아다니기는 했지만 마음은 울적해 있었다. 건강도 그리 좋은 편은 아니었지만, 멜라니가 격려해 주는 바람에 매일 가게에도 얼굴을 비쳤고, 공장에도 겉으로는 열심인 것처럼 보이려 하고 있었다. 그러나 여태까지와는 달리 가게 일이 재미가 없었다. 일은 작년보다도 세 배나 많아지고 돈도 쏟아지듯이 들어 왔지만, 조금도 일에 흥미가 없어서 점원들에게도 쌀쌀하고 불쾌하게 대할 뿐이었다. 조니 갤리거의 공장은 더욱 번창해서 원목장 쪽도 그의 공장에서 나오는 재목은 모조리 나는 듯이 달렸지만, 조니의 하는 짓, 하는 말, 그 하나하나가 그녀의 비위에 맞지 않았다. 그녀와 같은 아일랜드 사람의 피가 흐르는 조니는, 마침내는 그녀의 심한 잔소리에 울화통을 터뜨리고는 한바탕 불평을 늘어놓고 나서,「난 손을 떼겠소, 부인. 당신 멋대로 하시오.」하며 그만두겠다고 을렀다. 그녀는 하는 수 없이 고분고분하게 그를 달래야만 했다.

그녀는 애실리의 공장에는 절대로 얼굴을 비치지 않았다. 원목장 사무실에도 그가 있을 성싶을 적에는 가지 않았다. 그가 자기를 피하고 있는 것도 알고 있었고, 또 멜라니가 부르기 때문에 거절할 수가 없어서 줄곧 그의 집에 가기는 했지만, 그것이 그에게는 못내 고통스러운 일이라는 것도 알고 있었다. 단 둘이서 이야기를 하는 일은 전혀 없었다. 그러나 그녀는 어떻게 해서든지 그에게 묻고 싶은 말이 있었다. 그는 이제는 나를 미워하고 있는 것이 아닐까, 사실 멜라니에게는 뭐라고 이야기했는지, 그것이 궁금했던 것이다. 그러나 그는 절대로 그녀를 가까이 하려고 하지 않았고, 입 밖에도 내지 않았지만, 그의 태도는 아무 말도 말아 달라고 호소하고 있었다. 뉘우침 때문에 초췌해져서 갑자기 나이 들어 보이는 그의 얼굴을 보면, 그녀 마음의 짐은 한층 더 무거워지는 것이다. 그의 공장이 매주 계속해서 결손을 보고 있다는 것도 더욱 그녀의 마음을 초조하게 했지만, 그것도 입 밖에 내어 말할 수는 없었다.

현재, 계속되는 결손 상태에 놓여 있으면서도, 그가 도무지 어쩌지 못하는 것도 그녀의 골칫거리였다. 그가 어떻게 하면 좀더 잘 할 수 있을 것인지 그녀는 알 수 없었지만, 어쨌든 그로서도 무슨 수를 써야 한다는 것만은 느끼고 있었다. 레트라면 어떻게든 방법을 강구했을 것이다. 레트는 설사 그것이 잘못된 일이라 할지라도 무엇이건 늘 하고 있었다. 그 점에서 그녀는 본의는 아니나마 그를 존경하고 있었던 것이다.

레트와 그리고 레트가 준 모욕에 대한 당초의 노여움이 사라져 버린 지금, 그녀는 차츰 그가 없는 것이 허전해지기 시작했다. 그에게서는 아무런 기별도 없고 날이 감에 따라 더욱더 쓸쓸해져 갔다. 그가 남기고 간 환희와, 분노와, 실망과 상처받은 자존심 등이 마음의 혼란 속에서 견딜 수 없는 우울증으로 나타나서, 송장을 쪼아먹는 까마귀처럼 그녀의 어깨에 내려앉는 것이다. 그가 그리워서 견딜 수 없게 되었다. 커다란 소리로 웃지 않고는 배길 수 없을 것 같은 여러 가지의 희한한 이야기를 익살맞게 지껄이던 모습, 부질 없는 고민 따위는 순식간에 날아가 버릴 것 같은 익살까지도 그립게 생각되었다. 그 중에서도 가장 쓸쓸하게 느껴지는 것은 그에게 여러 가지 일을 이야기할 수 없다는 것이다. 레트는 남의 이야기를 잘 들어 주는 점에 있어서는 정말 그만이었다. 그에게라면 허연 이를 드러내고 있는 세상 사람들을 자기가 어떻게 해서 감쪽같이 속여 넘겼는지 부끄러운 줄도 모르고 신이 나서 이야기할 수도 있었고, 그 점에 대해서 그는 언제나 갈채를 보내 주었던 것이다. 다른 사람에게 만약 이런 말을 조금이라도 한다면 놀라 자빠지고 말 것이다.

레트와 보니가 없는 것이 가슴에 사무치도록 허전했다. 보니가 없는 것이 이처럼 허전하리라고는 정말 뜻밖이었다. 레트가 웨이드와 엘라에 대해서 마지막으로 남긴 뼈아픈 말이 생각나서, 공허한 시간을 그들 두 아이에 의해 채워 보려고 했으나 그것은 도저히 불가능했다. 레트가 아이들에게 말을 하고, 아이들이 거기에 응하는 광경을 생각해 보았을 때, 그녀는 비로소 쓸개처럼 쓰디쓴 놀라운 사실을 이제 뚜렷이 알게 되었다. 어느 아이나 갓 낳았을 무렵, 마침 그녀는 돈 문제로 몹시 바빴고, 무척 속을 끓이고 있었다. 그리고 마음이 거칠어져서 아무것도 아닌 일에도 대번에 짜증을 부리곤 했기 때문에, 아이들의 신뢰와 사랑을 얻을 수가 없었던 것이다. 그러나 이제는 이미 때가 늦고 말았다. 게다가 또 그들의 숨겨진 조그마한 마음 속으로 파고들어갈 만한 끈기도 지혜도 그녀에게는 없었다.

엘라! 엘라가 머리 나쁜 아이라고 생각하는 것은, 스카알렛에게 있어서는 고민거리였지만, 확실히 엘라는 좀 모자랐다. 작은 새가 가지에서 가지로 바쁘게 날아다니듯이 엘라의 마음은 언제나 한 가지 일에 머물러 있지 못했다. 스카알렛이 이야기를 들려 주고 있을 때에도 엘라의 마음은 곧 어린애처럼 옆길로 새어버려서 이야기와는 아무 상관도 없는 것을 묻거나 해서 이야기를 중단케 했다. 그리고 스카알렛이 그 대답을 해주려고 했을 때에는 벌써 자신이 무엇을 물었던가도 잊어버리고 마는 형편이었다. 틀림없이 웨이드는 나를 무서워하고 있는 것 같다. 생각해 보면, 이것은 도무지 이해되지 않는 일이지만, 그러나 역시 그녀에게는 고통스럽게 느껴졌다. 왜 내 자식이 그것도 단 하나밖에 없는 아들이, 나를 무서워하는 것일까. 그녀가 무슨 이야기에 끌어들이려고 하면 웨이드는 찰즈를 그대로 닮은 마음이 여려 보이는 다갈색 눈으로 어머니를 보면서 난처한 듯이 발을 꼼지락꼼지락했다. 그러면서도 멜라니하고라면, 그는 얼마든지 지껄여 대면서, 호주머니에서 낚싯밥 지렁이에서부터 낡은 실에 이르기까지 모조리 꺼내 보이기도 하는 것이었다.

멜라니는 아이들을 다루는 법을 터득하고 있었다. 그것으로 득을 보려는 속셈이 아니라, 어디까지나 순수한 것이었다. 그녀의 아들인 보우는 애틀랜타에서도 가장 얌전하고, 가장 귀여운 아이였다. 상대가 어른일지라도 조금도 낯을 가리지 않고, 부르지도 않았는데 스카알렛만 보면 얼른 무릎에 올라 앉았기 때문에, 그녀는 자기의 자식들보다도 이 아이와 함께 있는 편이 기분이 좋았다. 애실리를 꼭 닮은 얼마나 아름다운 금발의 소년이냐! 그런 대로 웨이드가 보우만한 아이기만 해도……. 물론 멜라니가 보우를 위해서 여러 가지로 해줄 수 있는 것은, 그녀에게는 아이가 하나밖에 없었고, 스카알렛처럼 속을 썩이거나 일을 해야 할 필요가 없기 때문일 것이 틀림없다. 적어도 스카알렛은 자기에 대해서 이렇게 변명하려고 했지만, 솔직이 말하면 마음 속으로는 멜라니가 아이들을 좋아하고 한 다스의 아이라도 기꺼이 낳을 것이라는 것을 인정하지 않을 수 없었다. 멜라니는 넘치는 사랑을 쏟을 길이 없어서, 웨이드와 이웃 아이들에게까지 그것을 부어 주고 있었던 것이다.

어느 날 스카알렛이 웨이드를 데리고 돌아가려고 마차를 멜라니네 집에 대놓고 현관 앞 좁은 길을 올라가려니까, 틀림없는 자기 아이가 싸움터의 함성을 그대로 흉내내어서 용감하게 외치고 있는 것이 들려 왔다. 웨이드는 집에서는 마치 생쥐처럼 언제나 얌전하기만 했다. 그런 만큼 이때의 놀라움을 그녀는 잊을 수가 없었다. 웨이드의 함성에 이어서 보우가 용감하게 외치는 소리가 들려 왔다. 거실로 들어 가자 두 아이는 나무 칼을 휘두르며 소파를 향해서 돌격하는 참이었다. 그녀가 들어가자, 두 아이는 얼굴을 붉히며 잠자코 있었다. 그와 동시에 멜라니가 머리 편과 헝클어진 머리를 손질하며 숨어 있던 소파 뒤에서 웃으면서 일어섰다.

「게티즈버그의 전쟁이에요.」하고 그녀는 설명했다.

「내가 북군인데 아주 사정 없이 공격당하는 중이었어요. 이쪽은 리 장군.」하며 보우를 가리키고「이쪽이 피케트 장군.」하며, 웨이드의 어깨에 손을 얹었다.

정말이지 멜라니는 아이들에 대해서 스카알렛으로서는 도저히 짐작할 수도 없는 방법을 알고 있는 것이다.

『하지만 적어도 보니만은 나를 사랑하고 있고 나하고 놀기를 좋아한다.』하고 그녀는 생각했다. 그런데도 마음 속으로는, 보니는 자기보다도 레트 쪽을 비교도 안 될 만큼 좋아한다는 것을 인정하지 않을 수 없었다. 게다가 아마 두 번 다시 보니는 만나지 못하게 되는 것이 아닐까, 설마 그런 일이야 없으리라는 것

을 알지만, 어쩌면 레트는 페르시아 이집트에라도 가 버려서 거기서 영주할 작
정인 것은 아닐까 하고 걱정이 되기도 했다.

미드 의사에게서 임신했다는 소리를 들었을 때, 그녀는 소스라치게 놀랐다.
화증이 심해졌다든가, 신경이 피로했다든가, 그러한 진단을 예기하고 있었기
때문이다. 그러나 그는 미치지 않을까 싶던 하룻밤 일을 생각하자, 그녀의 얼굴
은 새빨개졌다. 틀림없이 그 환희의 절정에서, 아어가 들고 만 것이리라. 그때
의 황홀했던 기억은 그 뒤의 사건 때문에 이미 거의 잊어 가고는 있었지만, 그래
도 그녀는 처음으로 아이를 낳는다는 데에 대해서 기쁨을 느꼈다. 사내아이라면
얼마나 좋을까. 그것도, 웨이드 같은 겁 많은 아이가 아니라 멋있는 사내아이라
면 얼마나 귀여워 해줄까. 이제는 정성을 들여서 돌봐 줄 겨를도 있고 그 아이의
장래에 아무런 불안도 주지 않을 만한 돈도 있으니까 얼마나 행복해질까 ! 그녀
는 찰스턴에 있는 레트의 어머니 편으로라도 그에게 편지를 해서 이 사실을 알
려 주고 싶었다. 그렇다, 지금이야말로 그에게 돌아와 달라고 해야 한다 ! 만약
아기를 낳게 될 때까지 그가 돌아오지 않기라도 한다면 ! 그러나 돌아오지 않을
이유라면, 그는 아마도 자기가 돌아오기를 고대하고 있다는 것을 알고 손뼉을
치며 좋아할 것이 뻔하다. 그러긴 싫다, 애타게 기다리고 있다고 생각하게 하는
것은 절대로 싫었다.

찰스턴의 포라인 이모로부터 편지를 받고 비로소 레트의 소식을 알았을 때,
그녀는 편지를 내지 않기를 잘 했다고 생각했다. 레트는 어머니를 찾아갔던 모
양 이었다. 포라인 이모의 편지엔 화가 났지만, 그가 아직 미국에 있다는 사실을
알고 마음을 놓았다. 레트는 포라인 이모와 율라리 이모에게 보니를 자랑하려고
데리고 갔던 것이다. 편지는 처음서부터 끝까지 보니를 극구 칭찬하고 있었다.

〈어쩌면 아이가 그렇게도 예쁘단 말이냐 ! 크면 기막힌 미인이 될 게다. 하지
만 그 아이를 따라다닐 남자는 버틀러 선장하고 한바탕 싸워야 할 것 같더구나.
왜 그런고 하면, 그처럼 아이에게 홀딱 빠져 있는 아버지를 나는 본 적이 없기
때문이란다. 지금이니까 바른 말을 한다마는 버틀러 선장을 만나기 전까지는 나
는 너의 이번 결혼은 엄청나게 지체가 맞지 않는 천한 남자하고의 결혼일 거라
고 생각했었다. 찰스턴에서는 말할 것도 없고, 그 사람에 대해서는 변변한 소문
을 들은 사람은 한 사람도 없었고, 모두들 그의 가족을 불쌍하게 생각하고 있기
때문이란다. 사실 율라리나 나나, 처음엔 그 사람의 방문을 받아들일 것인지 아
닌지 망설였단다. 하지만 뭐니뭐니해도 그 귀여운 아기는 우리들의 증손녀딸이
아니겠니 ? 그가 찾아왔을 때, 우리들은 반갑고 정말 기쁜 놀라움을 느꼈단다.
그리고 쓸데없는 뜬소문을 곧이듣는다는 것이 얼마나 기독교 신자답지 못한 것

인가를 깨달았단다. 왜 그러냐 하면, 그 사람은 여간한 매력적인 인물이 아니었기 때문이다. 그리고 풍채가 아주 좋고, 더구나 매우 착실하고 예의바른 사람이라고 생각되더구나. 게다가 너와 그 아이를 끔찍이 사랑하고 있지 않겠니? 그런데 우리들이 들은 어떤 일에 대해서 네게 말해야 하겠구나. 율라리나 나나 처음엔 그런 것은 믿고 싶지 않았다. 말할 것도 없이 그것은 네가 케네디가 남겨 놓은 가게에 나가서 종종 일을 하고 있다는 소문이다. 별별 풍문이 다 들렸지만, 물론 우리는 곧이듣지 않았다. 종전 뒤의 그 무서웠던 초기에는 형편이 형편인 만큼, 아마 그것도 하는 수 없는 일이겠다고 생각하고 있었다. 하지만 버틀러 선장은 아주 유복하고 또 네가 하고 있는 장사나 재산을 너를 대신해서 관리하는 것쯤은 넉넉히 할 수 있는 사람이라고 생각되니까 이제는 네가 그런 일을 할 필요는 전혀 없을 것으로 생각되는구나. 우리들은 여태까지 귀에 들어온 소문이 사실인지 거짓말인지를 확인하지 않을 수 없었다. 그것은 우리들로서는 참으로 언짢은 일이었지만, 그래도 버틀러 선장에게 똑똑히 물어보지 않을 수 없었다. 네가 매일처럼 가게에 나가서, 장부에는 아무도 손을 못 대게 한다는 것을 그 사람은 마지못해 이야기해 주더라. 그리고 또 하난지 몇 갠지의 제재소 (어느 쪽인지, 우리들은 처음 알게 된 이 소식에 어찌나 놀랐던지 굳이 물어볼 수도 없었다.)에 네가 흥미를 가지고 있다는 것도 말해 주더구나. 그리고 그 일 때문에 혼자 가든가, 불량배들을 데리고 가야만 한다더구나. 더구나 그 사나이는 살인범이라고 버틀러 선장은 분명하게 말하더라. 그 사람이 이런 것을 얼마나 괴로와하고 있는지 우리도 잘 알겠더구나. 그 사람은 참으로 너무 너그러울 정도로 관대한 주인이라고 생각되더라. 스카알렛, 그런 짓은 그만두지 않으면 안 되는 거다. 네가 그만두라고 말씀하실 어머님이 이미 세상에 계시지 않기 때문에 내가 대신 말하는 거다. 너의 귀여운 자식들이 자라서, 네가 장사를 했었다는 사실을 알면 어떻게 생각하겠니? 네가 제재소 일 따위에 종사면서 야비한 남자들의 모욕이며, 멋대로 지껄이는 추문 속에 몸을 드러냈다는 것을 알면, 자식들은 얼마나 부끄럽게 생각하겠니. 그런 여자답지 못한⋯⋯.〉

스카알렛은 화가 치밀어서 그 다음은 읽지도 않고 편지를 내동댕이쳐 버렸다. 포라인 이모와 율라리 이모가 포대 근처에 있는 낡은 집에서, 거드름을 피우는 표정으로 자기를 재판하고 있는 광경이 상상되었다. 두 사람 다 빈털터리나 다름 없어서 스카알렛이 매달 돈을 보내 주지 않으면 당장이라도 굶게 될 형편인 것이다. 여자답지 못하다고? 무슨 소리를 하는 거야. 만약 내가 여자답지 못하게 굴지 않는다면, 포라인 이모나 율라리 이모가 당장 비이슬을 막는 지붕마저도 없게 되지 않겠는가. 그리고 가게나 장부나 제재소에 대한 일을 이야기하다니, 레트도 레트다. 마지못해 이야기했다지만 그럴 리가 없어. 그가 노마님에게, 착실하고 점잖고 매력적인 인물이고, 헌신적인 남편이고 훌륭한 아버지인 체하며 우쭐거리고 있는 꼴이 그녀의 눈에는 빤히 보이는 것이다. 그는 가게며 제재소며 술집에서의 그녀의 일하는 모습을 자세히 이야기해 줌으로써 이모들의 마음을 괴롭게 하고는, 속으로 좋아하고 있을 것이 뻔했다. 얼마나 악마냐. 그런 심술궂을 짓을 하는 것이 어째서 그토록 재미가 나서 못 견디는 것일까.

그러나 조금 지나자, 이런 노여움은 아무렇지도 않게 되고 말았다. 요즈음은 강렬한 흥미가 인생에서 아주 없어져 버리고 만 것만 같았다. 애실리의 그 감격과 광채를 다시 한 번 되돌릴 수만 있다면, 레트가 돌아와서 웃겨 주기만 한다면 하는 생각마저도 하게시리 되었다.

레트와 보니는 예고도 없이 돌아왔다. 현관 마룻바닥에 내던져진 짐짝 소리와 「엄마!」 하고 외치는 보니의 목소리로 비로소 그들이 돌아온 것을 알았던 것이다.

스카알렛이 급히 방에서 나와서 계단 턱까지 나가 보았더니, 보니가 계단을 오르려고 통통하게 살찐 짤막한 다리를 내뻗고 있는 참이었다. 보니의 가슴에는 한 마리의 얼룩 고양이 새끼가 체념한 듯이 매달려 있었다.

「할머니가 주신 거야.」 하고 보니는 고양이의 목덜미를 잡고 내보이면서 들뜬 소리로 외쳤다.

스카알렛은 보니를 팔에 안고 키스하면서, 아이 덕분에 레트와 둘이서만 갑자기 얼굴을 대하지 않게 되어서 잘 되었다고 생각했다. 보니의 머리 너머로, 아래 현관에서 그가 마부에게 마차 삯을 주는 것이 보였다. 그는 위를 올려다보고 그녀의 모습을 보자, 과장된 몸짓으로 모자를 벗고 절을 했다. 그의 검은 눈과 시선이 마주치자 그녀의 가슴은 뛰었다. 그가 어떠한 사나이든 여태까지의 행동이 어떠했든, 아뭏든 돌아와 준 것이다. 그것이 그녀에게는 기뻤다.

「마미는 어디 있어?」 하고 보니는 물으면서 스카알렛의 팔 안에서 연방 몸을 바둥거렸다. 그녀는 하는 수 없이 아이를 내려놓았다.

극히 아무렇지도 않은 듯이 레트에게 인사를 하고, 아이가 생겼다는 것을 말하기가, 생각한 것보다 어려워질 것 같았다. 계단을 올라오는 그의 얼굴을 쳐다보았다. 그것은 전과 조금도 다름 없는 거무스름하고 무관심하고 극히 덤덤하고 무표정한 얼굴이었다. 아니다, 그와 이야기하는 것을 좀더 뒤로 미루자. 당장에는 도저히 말할 수 없다. 그렇긴 하지만 이러한 이야기는 맨 먼저 남편에게 이야기해야 하고, 그리고 남편이란 언제나 이런 이야기를 들으면 기뻐하는 법이다.

그러나 그녀에게는 레트가 기뻐하리라고는 생각되지 않았다.

그녀는 계단 층계참 난간에 기대서서, 그가 자기에게 키스해 줄 것인가 하고 생각하고 있었다. 그러나 그는 키스하지 않았다. 다만「얼굴이 핼쑥한 것 같군, 버틀러 부인. 볼연지가 떨어졌나요?」라고 했을 뿐이었다.

비록 빈말이나마 그녀하고 떨어져 지내기가 쓸쓸했노라고 해주지는 않았다. 하다못해 마미 앞에서라도 키스쯤은 해주어도 좋을 법한데, 하고 생각했다. 때마침 마미는 잠깐 머리를 숙여 인사하고는 보니의 손을 잡고서 아이들의 방을 향해 복도를 가로지르는 참이었다. 그는 층계참에서 그녀의 곁에 나란히 서면서 거북해 하지 않는 모습으로 그녀를 훑어보았다.

「그처럼 얼굴빛이 좋지 않은 것은 내가 없어서 쓸쓸했던 탓이오?」하고 그는 말했다. 입가에는 미소를 띄우고 있었지만 눈에는 미소의 그림자도 없었다.

여전히 그는 이런 태도를 계속할 작정일까. 그 미운 것은 여태까지와 조금도 다를 것이 없을 것 같았다. 갑자기 그녀는 뱃속에 들어 있는 아이가 여태까지 생각하고 있던 것처럼 즐거운 것이 아니라, 구역질이 날 만큼 지겨운 짐처럼 생각되었다. 그리고 자기 앞에서 차양 넓은 파나마 모자를 엉덩이에 대고 천연덕스러운 얼굴로 서 있는 이 사나이가 자기의 가장 박정한 적이요, 자기의 모든 고생의 씨앗처럼 여겨지기 시작했다. 그녀가 대답했을 때의 눈에는 원망이 담겨있었다. 그것은 놓칠 수 없을 만큼 뚜렷한 원한이었다. 그의 얼굴에서 미소가 사라졌다.

「내 안색이 좋지 않다면 그것은 당신 탓이에요. 하지만 당신이 없었기 때문에 쓸쓸했던 탓은 아녜요. 무척 우쭐거리시는군요. 안색이 나쁜 건…….」아, 이런 말투로 말할 작정은 아니었는데. 그러나 그예 격한 말이 입을 뚫고 나와 버리고, 그녀는 하인들이 들은들 대수롭겠느냐는 투로 내뱉었던 것이다. 「아기가 생겼기 때문이란 말예요!」

갑자기 그는 숨을 확 들이키고는, 재빠르게 그녀의 몸을 살폈다. 그리고 그녀의 팔에 손을 대려고 하는 것처럼 얼른 한 발을 내디뎠다. 그러나 그녀는 날쌔게 몸을 틀어 그에게서 떨어졌다. 그녀의 눈에 떠오른 증오의 빛을 알아채자 그의 표정은 굳어졌다.

「그렇군그래!」하고 그는 쌀쌀하게 말했다. 「그래서, 그 행복한 아버지란 누구지? 애실린가?」

그녀는 계단 기둥에 기대어 조각된 사자의 귀를 손바닥에 박힐 만큼 꽉 움켜잡았다. 레트라는 사나이를 그처럼 잘 알고 있을 터인 그녀로서도 이런 모욕을 당할 줄은 미처 생각하지 못했었다. 물론 그는 농담으로 하는 것이겠지만, 그러나 농담에도 정도가 있었다. 그녀는 자기의 날카로운 손톱으로 그의 눈알을 후벼내어 그 기분 나쁜 빛을 없애 버리고 싶었다.

「못하는 소리가 없군요！」라고 그녀는 말했으나, 그 목소리는 치밀어오르는 분노로 떨고 있었다. 「당신의, 당신의 아이가 뻔하잖아요. 당신의 아이 같은 건, 난 바라지도 않는단 말예요. 당신도 마찬가지겠죠？ 어떤, 어떤 여자라도 당신처럼 야비한 남자의 아이 따위는 낳고 싶어하지 않을 거예요！ 차라리, 차라리 당신의 아이가 아니었더라면 해요！」

그의 거무스름한 얼굴이 갑자기 변했다. 노여움과 그녀에게는 이해할 수 없는 그 무엇 때문에 날카로운 아픔을 느끼기라도 하는 듯이 그 얼굴은 부들부들 경련을 일으키고 있었다.

『고소하다！』 그녀는 통쾌할 만큼 후련해지면서 생각했다. 『기어코 그에게 분풀이를 했다！』

그러나 그의 얼굴은 곧 그 무감각한 가면으로 되돌아왔다. 그는 한쪽 콧수염을 쓸어올렸다.

「그렇게 낙심할 것 없소.」하고 그는 홱 몸을 틀어 계단을 올라가면서 말했다. 「지워 버리면 될 것 아니겠소.」

순간 현기증을 느끼면서, 그녀는 해산이라는 것을 생각했다. 고통스러운 입덧, 견딜 수 없을 만큼 긴 임신 기간, 불룩한 배, 진통. 남자들은 절대로 알지 못하는 일이다. 그런데 그는 농담으로 얼버무리려 하고 있다. 정말로 할퀴어 주고 싶었다. 그의 거무스름한 얼굴에 피가 흐르는 것을 보는 것 외에는 마음의 고통은 가라앉을 것 같지가 않았다.

그녀는 고양이처럼 날쌔게 그에게로 덤벼들었다. 그러나 그는 약간 놀랐다는 것 같은 동작으로 팔로 그녀를 뿌리치면서 훌쩍 옆으로 물러섰다. 그녀는 양초를 갓 먹인 제일 윗계단 끝에 서 있었고, 그리고 팔에 온 몸의 무게를 싣고 있다가 그의 팔에 밀렸기 때문에 몸의 균형을 잃었다. 정신 없이 계단을 기둥 잡으려다가 헛잡았다. 넘어질 때 갈비뼈에 심한 통증을 느낀 채 계단에서 곤두박질쳤다. 무엇을 잡으려고 해도 그저 정신 없어서 데굴데굴 맨 아래 계단까지 굴러떨어졌다.

스카알렛이 앓아서 눕는다는 것은, 해산 때 이외에는 이것이 처음이었다. 그러나, 산고 따위는 이번에 비하면 전혀 비교도 되지 않는 것이었다. 이렇게 불안스럽지도 않았고, 이토록 무섭지도 않았었다. 쇠약하지도 않았었고, 고문을 당하는 것 같은 고통도 없었고, 어떻게 해야 좋을지 쩔쩔 매지도 않았었다. 남들이 말하는 것 이상으로 자신의 용태가 나쁘다는 것을 알았다. 그리고 죽을지도 모른다는 것을 불안스럽게 생각했다. 숨을 들이쉴 때마다 부러진 갈비뼈가 아팠다. 부딪친 얼굴이며 머리도 아팠다. 온 몸이 악마의 손에 넘겨져서 불에 단 집게로 잡아 찢기고, 무딘 칼로 다져지고, 그런가 하면, 잠시 동안 그대로 내팽개쳐 두어서 힘이 빠져 축 늘어지는 형편이었으므로 다음 고통이 시작될 때까지 기력을 되찾아 둔다는 것은 도저히 할 수 없었다. 해산도 이렇게 고통스럽지는 않았다. 웨이드 때에도 엘라 때에도 보니 때에도, 몸을 풀고 두 시간만 지나면 마음대로 먹을 수가 있었는데, 지금은 찬물 이외에는 생각만 해도 구역질이 날 것 같았다.

차라리 아이를 낳는 편이 수월했다. 낳지 않고 넘긴다는 것은 이토록 고통스러운 일인가! 이상하게도 이토록 고생을 하면서도 이 아이를 만족스럽게 낳지 못할 것이라고 생각하면 가슴이 저려 왔다. 그리고 한층 더 이상한 것은, 이 아이야말로 참으로 갖고 싶었는데, 하고 생각하면 더욱 속이 쓰렸다. 어째서 이 아이를 갖고 싶어했던가를 생각하려 했으나 마음이 너무나 지쳐 있었다. 너무나 지쳐 있었기 때문에, 죽음의 공포밖에는 아무것도 생각할 수가 없었다. 죽음은 이미 발밑에까지 다가와 있는 것이다. 그런데도 그녀에게는 그것과 맞서 싸울 만한 힘도 없었다. 쫓아 보낼 만한 힘도 없었다. 그래서 그녀는 겁이 나서 견딜 수가 없었다. 자기 곁에 서서 손을 꼭 쥐어 주고 죽음과 싸울 만한 힘이 그녀에게 되살아날 때까지 대신 죽음을 쫓아 줄, 누군가 힘센 사람이 아쉬웠다.

너무나 고통스러워서, 노여움도 잊고 그녀는 레트를 찾았다. 그러나 그는 거기에 없었다. 그래도 그녀는 자청해서 그에게 와 달라고 부탁할 마음은 나지 않았다.

그에 대한 그녀의 마지막 기억은 계단 맨 아래 어두운 복도에서 자기를 안아 일으켜 주었을 때의 그의 표정이었다. 새파랗게 질려 있는 얼굴이었다. 소름이 오싹 끼칠 것 같은, 공포 외에는 모든 표정은 자취도 없이 사라져 버린 얼굴이었다. 쉬어 터진 목소리로 마미를 부르고 있었다. 그리고 이층으로 옮겨진 것을 어렴풋이 알고 있었지만 그 뒤는 이미 의식이 몽롱해져 버렸다. 이윽고 고통을 느꼈다. 고통은 시시 각각으로 더해 가서 방안에서 소곤거리는 사람들의 말소리, 피티 고모가 흐느껴 우는 소리, 미드 의사가 퉁명스럽게 지시하는 소리, 계단을 다급하게 올라오는 발소리, 이층 복도를 발끝으로 걸어다니는 발소리 등이 들려 왔다. 사나운 번갯불처럼 죽음과 공포를 느끼고 갑자기 큰 소리로 누군가의 이름을 부르려고 했으나, 속삭이는 것 같은 소리밖에는 나오지 않았다.

그러나, 그 힘없는 소리에 대답하는 것처럼 침대 곁 어둠속 어디선가 곧 그녀가 부른 사람의 상냥한 목소리가 마치 자장가라도 듣는 것처럼 황홀하게 들려왔다.

「여기 있어요. 난, 죽 언니 곁에 있었다우.」

멜라니는 그녀의 손을 잡고, 그 손을 가만히 자기의 찬 볼에 댔다. 그러자 죽음도 공포도 씻은 듯이 그림자를 감추고 말았다. 스카알렛은 고개를 돌려 멜라니의 얼굴을 보려 했으나 그럴 수가 없었다. 멜라니의 해산이 임박했는데, 북군이 밀어닥치고 있다. 시내는 불바다가 되었다. 빨리! 빨리! 급히 달아나지 않으면 안 된다. 그러나 멜라니가 해산할 것 같아 달아날 수가 없다. 아이를 낳기까지에는 그녀하고 함께 남아서 정신을 바짝 차리고 있어야만 한다. 멜라니는 내 힘만을 믿고 있는 것이다. 멜라니는 무척 괴로와하고 있다. 불에 달군 집게나 무딘 칼에 맞고 있는 것 같은 고통이다. 고통이 물결처럼 몇 번씩 밀려온다. 멜라니의 손을 잡아 주고 있어야 한다.

그래도 용케 미드 의사가 와 주었다. 정거장에 있는 병사들 치료도 해야 할 터인데, 아뭏든 와 주신 것이다. 그 증거로는 의사의 목소리가 들린다. 「헛소리요, 버틀러 선장은 어디에 있읍니까?」

깜깜한 밤이 되었다. 그런가 하면, 다시 밝아졌다. 그리고 해산하고 있는 것 같은 생각이 드는가 하면, 멜라니가 크게 고함을 치는 것처럼도 생각되었다. 그러나 이러는 동안에도 멜라니는 내내 그 방에서 침착하게 처리하고, 피티 고모처럼 허둥거리면서 공연한 법석을 떨거나 울거나 하지는 않았다. 스카알렛은 눈을 뜰 적마다 「멜라니는?」 하고 말했다. 그러면 멜라니의 목소리가 언제나 그것에 대답했다. 그리고 스카알렛은 번번이 낮은 소리로 「레트, 레트는?」 하고 그를 찾았다. 그리고 꿈에서 깨어난 것처럼, 레트가 자기를 찾지는 않는다는 것, 레트의 얼굴이 인디언처럼 거무스름하고 이가 비웃는 것처럼 희다는 것 등을 생각해 내는 것이었다. 그녀는 그를 찾고 있다. 그러나 그는 그녀를 찾고 있지 않는 것이다.

한 번은 그녀가 「멜라니는?」 하고 말하자 마미의 목소리가 「접니다요, 아씨.」 하고 얼굴에 찬 수건을 얹어 주었다. 그리고 그녀가 안타까운 듯이 「멜라니, 멜라니!」 하고 몇 번씩 계속해서 불러도 멜라니는 좀처럼 와 주지 않았다. 그녀는 레트의 침대 끝에 걸터앉아 있었다. 레트는 술이 취해서 흐느끼면서, 마룻바닥에 몸을 내던지고 그녀의 무릎에 머리를 묻고 울고 있었다.

멜라니는 스카알렛의 방에서 나올 적마다 언제나 침대에 앉아서, 도어를 열어놓고 복도를 사이에 둔 스카알렛의 방문을 지켜보고 있는 그의 모습을 보았다. 방안은 담배 꽁초와, 손도 대지 않은 식사 접시 등으로 지저분했다. 침대는 수

세미처럼 구겨져 있고, 이부자리는 개지도 않은 채였고, 그 위에 그는 앉아 있었다. 수염도 깎지 않고, 갑자기 야윈 것 같았으며, 마구 담배만 피워 대고 있었다. 멜라니의 얼굴을 보고도 아무것도 묻지 않았다. 그녀는 언제나 문 어귀에 잠깐 서서, 「그리 좋은 편은 아니에요.」라든가, 「아녜요, 아직 당신을 부르지는 않아요. 헛소리를 하고 있는 거예요.」라든가, 「희망을 잃어서는 안 돼요, 버틀러 선장님. 뜨거운 커피나 무엇 좀 잡수실 것을 만들어다 드리겠어요. 당신까지 병이 나시면 큰일이에요.」라든가, 말을 건넸다.

그녀는 수면 부족과 과로로 이미 아무것도 못 느낄 정도였지만, 그를 보면 자꾸 불쌍한 생각이 나서 마음이 아팠던 것이다. 어째서 세상 사람들은 그를 그렇게 혹평을 하는 것일까? 스카알렛에게 무정하다든가, 악의를 갖고 있다든가, 성실하지 못하다든가, 그런 말을 할 수가 있을까. 내 눈 앞에서 이렇게 그는 점점 야위어 가고 있고, 그 얼굴에는 고뇌의 빛이 역력히 나타나 있지 않은가. 지쳐 있기는 했지만 그녀는 병자의 용태를 알리러 올 적마다 어느 때보다도 친절하게 해주려고 애썼다. 그는 마치 재판을 기다리고 있는 죄수 같았다. 갑자기 적들만 있는 속으로 던져진 아이처럼 보였다. 그러나 그녀에게는 모든 사람이 아이들처럼 생각되는 것이었다.

마침내 스카알렛의 용태가 좋아졌다는 소식을 가지고 그녀가 기쁜 듯이 그의 방으로 갔다가, 그녀는 거기서 생각지도 못 했던 광경을 보았다. 침대 옆 테이블에는 반쯤 비어 있는 위스키 병이 있고, 술 냄새가 방안에 가득 차 있었다. 그는 번들거리는 눈으로 그녀를 올려다보았다. 턱의 근육은 아무리 이를 악물고 있으려고 해도 부들부들 떨리고 있었다.

「죽은 게로군요?」

「천만에요, 아주 좋아졌어요.」

그는 「오오, 하느님!」하고 두 손으로 머리를 감쌌다. 그의 넓은 어깨가 학질에 걸린 것처럼 떨고 있었다. 그녀는 측은한 마음을 금할 수 없어서 그를 바라보고 있었다. 울고 있는 것을 알자, 동정하는 심정은 공포로 변했다. 멜라니는 여태까지 남자가, 특히 레트처럼 침착하고, 남을 비웃기를 잘 하고 언제나 자신에 차 있는 사나이가 우는 것을 본 적이 없었던 것이다.

그의 심한 흐느낌 소리를 듣자, 그녀는 무서워지기 시작했다. 취한 것이 아닐까, 그렇게 생각하자 소름이 쫙 끼쳤다. 멜라니는 주정꾼이 무서웠던 것이다. 그러나 그가 얼굴을 들었을 때, 그의 눈을 한 번 보고, 그녀는 얼른 방안으로 들어가서 조용히 도어를 닫고 다가갔다. 사나이들이 우는 것은 한 번도 본 적이 없었지만, 아이들이 우는 경우라면 얼마든지 달래 준 경험이 있다. 그녀는 살그머

514

니 그의 어깨에 손을 얹었다. 그러자 갑자기 그는 스커트 위로 그녀에게 매달렸다. 어떻게 앉았는지 자기도 모르는 사이에 그녀는 침대에 걸터앉아 있었다. 그는 마룻바닥에 무릎을 꿇고, 머리를 그녀의 무릎에 묻고, 아플 만큼 미친 듯이 그녀에게 매달려 왔다.

그녀는 검은 머리를 상냥하게 어루만지면서 위로하듯이 말했다. 「자아, 스카알렛은 아주 좋아졌어요.」

그녀의 말을 듣자, 그는 한결 더 세게 매달렸다. 그리고 재빠르게 목쉰 소리로 이야기하기 시작했다. 마치 비밀이 새어 버릴 염려가 없는 무덤을 향하여 말하듯이 그는 평생 처음으로 진실을 숨김 없이 멜라니에게 지껄여 댔다. 그녀는 맨 처음 무슨 영문인지도 모르고, 그저 어머니와 같은 마음으로 그것을 듣고 있을 뿐이었다. 그는 머리를 그녀의 무릎에 묻고 스커트 주름을 움켜잡으면서 띄엄띄엄 이야기했다. 그 말은 어떤 때에는 목이 잠기고 흐려지고, 또 어떤 때에는 안타까울 정도로 엄숙했다. 그리고 난처하게 만드는 고백이 똑똑히 들렸다. 여자의 입에서도 들은 일이 없는, 그가 머리를 숙이고 있기 때문에 간신히 듣고 있을 수 있을 정도의, 얼굴이 붉어지는 비밀 이야기까지 그는 했다.

그녀는 보우에게 곧잘 하는 것처럼 그의 머리를 쓸어 주면서 말했다. 「어머나, 버틀러 선장님, 제게다 그런 이야기까지 하시면 안 돼요. 어떻게 되신 게 아녜요?」

그러나 그는 물이 힘차게 쏟아져 나오는 것처럼 미친 듯이 말을 계속하며 그녀의 옷을, 그것이 그의 사는 희망이기라도 한 것처럼 꽉 움켜잡고 놓지 않았다.

그는 연방 그 자신을 나무라고 있었지만, 무슨 소리인지 그녀는 알 수가 없었다. 벨 와틀링의 이름을 입 속에서 중얼거리는가 하면, 그는 멜라니를 마구 흔들어 대면서 외치는 것이었다. 「스카알렛을 죽인 것은 나요, 내가 죽인 겁니다. 당신은 몰라요. 그녀는 이번 아이를 낳고 싶지 않았었던 거요. 그리고 ……」

「그런 말씀을 하시면 안 돼요! 왜 이러세요! 아이를 낳고 싶지 않다니요? 설마 그럴 수가, 여자는 누구나……」

「아니오, 틀려요! 당신은 아기를 갖고 싶어하지만 스카알렛은 달라요. 그녀는 내 자식 따위는……」

「안 돼요, 그런 말씀 하시면 못 써요!」

「당신은 몰라요, 그녀는 아이 같은 건 바라지 않았던 겁니다. 그리고 그렇게 만든 것은 나요. 이번의, 이번 아이는…… 모두 내가 나빴어요. 우리들은 죽 함께 자지도 않았는데.」

「안 돼요, 버틀러 선장님, 그런 말씀을 여자 앞에서…….」

「그런데 내가 술이 취해서, 마치 미치광이 같았거든요. 그녀를 괴롭혀 주고 싶었던 겁니다. 그녀가 나를 괴롭혔기 때문이오. 나는 생각대로 해 보았죠. 그러나, 그녀는 나를 원하지 않았소. 언제나 나 따위는 조금도 원하지 않았던 거요. 나는 할 수 있는 데까지는 해 보았소. 그리고…….」

「이젠 제발, 그런 말씀!」

「나는 요전에 그녀가 떨어지던 그 날까지, 이번 아기에 대해서는 몰랐소. 편지를 하려고 해도 내가 있는 곳을 몰랐던 겁니다. 그러나 알고 있었다 해도 알려 오지는 않았겠죠. 틀림없이, 틀림없이, 난 곧바로 돌아왔으리라 생각해요. 만약 그런 사실을 알았다면 그녀가 내가 돌아오기를 바라든 안 바라든간에…….」

「그럼요, 그야 돌아오시고 말고요!」

「나는 최근 몇 주일 동안 머리가 돌았었어요. 미치광이처럼 되어서 취해 있기만 했던 겁니다. 그래서 그녀가 그 계단 위에서 그런 말을 했을 때 내가 어떻게 했으리라고 생각되죠? 뭐라고 했다고 생각해요? 커다란 소리로 웃으면서 『그렇게 낙심할 건 없어. 떼어 버리면 되지 않아』 그렇게 말했던 겁니다. 그러자 그녀는…….」

멜라니의 얼굴은 갑자기 새파래졌다. 그리고 공포 때문에 커다랗게 뜬 눈으로 무릎 위에서 괴로운 듯이 몸부림치고 있는 검은 머리를 내려다보았다. 오후의 햇볕이 열려 있는 창으로 흘러들어왔다. 그러자 갑자기 그녀는, 그의 손이 몹시 크고 검고 억세고, 그리고 손등에는 시커먼 털이 잔뜩 나 있는 것을 새삼스럽게 깨달았다. 부지중에 그 손에서 눈을 돌렸다. 그 손은 사정 없이 남의 것을 빼앗는 손, 무섭고 잔혹한 손이었다. 그런데 스커트를 움켜잡고 있는 것을 보면 힘이 빠지고, 움직일 힘마저 잃고 만 것처럼 보였다.

이 사람이, 스카알렛과 애실리와의 그 터무니 없는 거짓말을 곧이듣고 질투할 수가 있을까? 그런 추문이 있은 뒤 그가 곧 시를 떠났던 것은 사실이지만. 아니다, 그럴 리가 없어. 버틀러 선장은 언제나 느닷없이 여행을 떠나는 것이다. 그가 그런 소문을 믿고 있을 리가 없다. 그는 훨씬 현명하다. 만약 참으로 믿고 있었다면 아마도 그는 애실리를 쏘아죽이려 했을 것이 틀림없다. 아니면 적어도 해명을 요구했을 것이 틀림없다.

그렇다, 그런 일이 있을 턱이 없다. 다만 술이 취해 있고, 신경이 과로했기 때문에 병이 난 것처럼 되어서, 정상에서 벗어난 생각에 이끌려서 헛소리를 중얼거리고 있는 사람처럼 얼토당토 않은 소리를 하고 있을 뿐인 것이다. 아무리 남자라도 역시 여자와 마찬가지로 신경 과로에는 배겨나지 못하는 것이다. 어떤 일로 해서 그는 정신이 어지러워져 있는 것이다. 아마 스카알렛과 사소한 말다툼 끝에 그것이 크게 벌어진 것일 것이다. 그가 어떤 무서운 소리를 한 것은 어쩌면 사실일지도 모른다. 그러나 그가 한 말이 모두 사실일 리는 없다. 특히 그 마지막 말 같은 것은 절대로 사실일 리가 없다. 그가 스카알렛을 사랑하고 있는 만큼 그 정도 애정이 있는 남자라면, 아무도 여자에게 그런 말을 할 수가 없는 것이다. 멜라니는 여태까지 악한 것을 본 일이 없었다. 잔혹한 것을 본 적도 없었다. 그리고 지금 처음으로 그것을 보고도 너무나 생각 밖의 일이어서 도저히 믿을 수가 없었다. 이 사람은 술이 취해서, 몹시 불편한 것이다. 병든 아이는 달래 주어야 한다.

「자, 자! 자, 이젠 됐어요. 알았어요.」라고 그녀는 나직하게 노래라도 부르는 것 같은 투로 말했다.

그는 갑자기 머리를 들고, 사납게 그녀의 손을 뿌리치면서 핏발선 눈으로 그녀를 올려다보았다.

「아니, 바보 같은 소린 말아요. 당신은 전혀 알지 못하고 있어요! 이해가 안 되는 거요! 당신은, 당신은 너무나 지나치게 선량해서 이해할 수가 없는 거요. 당신은 내가 한 말을 믿지 않으시지만 모조리 사실이란 말이오. 나는 개만도 못한 놈입니다. 왜 내가 그런 말을 했는지 아시겠소? 나는 질투로 미치광이처럼 되었던 겁니다. 그녀는 나 같은 건 아무런 관심도 없었소. 그런데도 나는 관심을 갖도록 할 수가 있다고 믿고 있었던 겁니다. 그러나 그녀는 전혀 아무렇지도 않게 생각했소. 나 따위를 사랑하지는 않는단 말입니다. 한 번도 사랑한 일이 없었소. 그녀가 사랑하는 것은…….」

극도로 격한 그의 취한 눈이 그녀의 눈과 마주치는 순간, 그는 자기가 이야기하고 있는 상대가 누구인가를 비로소 깨달은 것처럼 입울 멍하게 벌린 채 말을 끊었다. 그녀의 얼굴은 새파랗게 긴장되어 있었다. 그러나 그 눈은 차분하게 가라앉아 있어서, 상냥함과 연민과 불신에 차 있었다. 그눈은 맑디맑은 빛을 담고 있었다. 그 부드러운 다갈색 눈동자 속에 있는 천진함과 마주치자, 그는 얼굴 한복판을 얻어맞은 것처럼 취기가 얼마쯤 깨고, 미친 사람처럼 지껄이는 말도 중도에서 끊어 버렸다. 그는 다음 말을 입 속에서 죽여 버리고, 그녀의 시선을 피해서 눈을 내리깔고, 급히 눈을 깜박거리고, 가까스로 정신을 차렸다.

「나는 나쁜 놈입니다.」하고 그는 다시 머리를 힘없이 그녀의 무릎에 축 늘어뜨리면서 중얼거리듯 말했다. 「하지만 그렇게 지독한 악당은 아닙니다. 내가 무슨 소리를 한대도 당신은 믿지 않을 겁니다. 당신은 너무 선량해서 내가 지껄이는 말 따위는 믿어지지 않을 겁니다. 나는, 참으로 선량한 사람이란 것을 여태껏 몰랐었어요. 당신은 내가 하는 말 따위는 또 안 믿으시겠죠?」

「네, 믿지 않아요.」하고 멜라니는 다시 그의 머리를 어루만지며 위로하듯 말했다. 「언니는 차도가 있어요. 자, 버틀러 선장님! 우시면 안 돼요! 언니는 많이 좋아졌어요.」

57

그로부터 한 달 뒤, 레트가 존즈보로행 열차에 태운 여자는 안색이 창백하고 수척한 여자였다. 그녀와 함께 가기로 되어 있는 웨이드와 엘라는, 어머니의 조용하고 하얀 얼굴을 보자 말없이 불안해 하고 있었다. 그들은 프리시에게만 매달려 있었다. 어린 마음에도 어머니와 의붓아버지 사이의 차갑고 서먹서먹한 공기 속에, 무언가 무서운 것을 느끼고 있었기 때문이다.

몹시 쇠약해지기는 했지만 스카알렛은 타라로 돌아가기로 했다. 이 이상 하루라도 더 애틀랜타에 있으면서 이번 말썽에 대해서, 극도로 피로한 마음으로 공연히 개미가 쳇바퀴를 도는 것처럼 부질 없는 생각만 하고 있다가는 숨이 막혀 버리고 말 뿐이라고 생각했던 것이다. 몸은 병들어 쇠약하고, 마음은 약해져서, 눈에 익은 도표(道標)라고는 하나도 없는 낯선 악몽의 나라에서 길을 잃은 어린 아이처럼 우두커니 서 있는 기분이었다.

그녀는 일찌기 북군의 침입을 앞에 두고 달아나던 것처럼 다시 애틀랜타를 떠나려 하고 있는 것이다.

『지금은 생각지 말자. 생각하려 해도 지금은 도저히 생각할 수가 없다. 내일 타라에서 생각하기로 하자. 내일은 또 내일의 해가 비친다.』

세상에 대해서 자기의 몸을 지키는 이 말과 함께 여러 가지 고민을 마음 한구석으로 밀어 붙였다. 타라의 고요와 푸른 목화밭으로 돌아가기만 하면, 이 고민도 그림자를 감추게 되고, 산산 조각이 난 마음을 어떻게 해서든지 살아갈 수 있는 형태로 만들어 놓을 수가 있을 것만 같았다.

레트는 보이지 않게 될 때까지 기차를 전송하고 있었는데, 그 얼굴에는 조금도 유쾌하지 않은, 무엇인가를 깊이 생각하고 있는 괴롭고 쓸쓸한 그림자가 깃들어 있었다. 그는 깊이 한숨을 내쉬고는 마차를 돌려 보내고 말에 올라서, 멜라니의 집을 향하여 아이비가로 말을 몰았다.

더운 아침이었다. 멜라니는 양말이 산더미처럼 쌓인 바느질거리 광주를 곁에 놓고, 담쟁이 그늘이 있는 포치에 앉아 있었다. 레트가 말에서 내려서 보도에 서 있는 무쇠처럼 검은 흑인의 팔에 고삐를 던져 주는 것을 보자, 멜라니는 몹시 당황했다. 스카알렛의 용태가 극히 나쁘고, 그리고 그가 많이 취해 있었던 그 무섭던 날 이후로, 그와 단 둘이 만난 일은 없었다. 멜라니는 그 말을 생각하는 것마저도 싫었다. 스카알렛이 회복기에 있는 동안 어쩌다가 그와 말을 할 뿐이 었지만, 그런 때에도 그와 눈을 마주칠 수가 없었다. 그러나 그쪽에서는 언제나 변함 없는 담담한 태도로, 얼굴에서나 말에서나 그러한 일이 두 사람 사이에 있 었다는 것을 조금도 보이지 않았다. 남자라는 것은 취했을 때에 한 말이나 행동 은 곧잘 잊어버리는 법이라고 애실리가 일찌기 말한 적이 있었기 때문에, 멜라 니는 버틀러 선장도 그때의 일을 잊어버려 주었으면 하고 마음 속으로 바라고 있었다. 그가 그때에 고백한 것을 기억하고 있다는 것을 알 바에는 차라리 죽는 편이 낫다고까지 생각되었다. 그가 현관 길을 걸어서 다가옴에 따라, 부끄럽고 당황해서 그녀는 얼굴이 달아올랐다. 그러나 아마도 그는 오늘 하루, 보우에게 보니의 상대가 되어 줄 수 없겠느냐고 그것을 부탁하러 왔을 뿐인 것이다. 설마 일부러 그 날의 인사를 하려고 올 만큼 몰상식하진 않겠지 !

언제나 그렇지만, 그가 그 커다란 몸집에서 어울리지 않게, 가볍게 걸어오는 것을 놀라운 마음으로 바라보면서, 그녀는 일어서서 맞았다.

「스카알렛은 벌써 떠났나요 ? 」

「떠났읍니다, 그녀를 위해서는 타라가 좋을 겁니다.」하고 그는 미소를 띄우 면서 말했다. 「나는 그녀를 땅에 닿을 때마다 억세져 가는 거인 앤티어스 같다 고 생각하는 때가 있어요. 스카알렛에게는 그녀가 좋아하는 황토 흙에서 너무 오래 떨어져 있으면 좋지 않은가 봅니다. 미드 선생의 약보다 자라나는 목화가 훨씬 효험이 있나 봐요.」

「앉지 않으시겠어요 ? 」하고 멜라니는 손을 꼼지락거리면서 말했다. 그는 너 무나 크고 남성적이었다. 그러나 너무나 남성적인 남자를 대하면, 그녀는 언제 나 침착성을 잃고 마는 것이었다. 그런 남자한테서는 무엇인가 강한 정력이 반 사되어 자신이 본래의 자기보다도 작고 약해서 압도되어 버리는 것처럼 느껴지 는 것이다. 그는 너무나 빛이 검고 무섭게 보였다. 그 흰 린네르 웃옷 밑으로 부 풀어 올라 있는 튼튼하고 억센 어깨의 근육을 보면, 어쩐지 그녀는 두려움을 느 끼는 것이었다. 그 늠름함과 패기를 자기 눈 아래로 내려다보고 있었다고는 도 저히 생각할 수 없는 일이었다. 그리고 또 그 검은 머리를 내 무릎 위에 묻도록 했던 것이다!

『내가 어쩌다가 그런 짓을 했을까!』 하고 그녀는 어쩔 줄 몰라하다가 다시금 얼굴을 붉혔다.

「멜라니 씨.」 하고 그는 조용히 말했다. 「내가 와서 폐가 되지는 않습니까? 돌아가는 편이 좋을까요? 솔직하게 말씀해 주십시오.」

『오오, 이 사람은 기억하고 있구나! 게다가 내가 지금 어떻게 동요하고 있는가도 알고 있다!』 하고 그녀는 생각했다.

그녀는 애원하는 것처럼 그를 올려다보았다. 그러자 갑자기 그녀의 망설임과 혼란은 사라져 버렸다. 그의 눈은 극히 상냥하고 이해에 넘쳐 있어서 어째서 나는 그다지도 바보처럼 혼자서 당황하고 있었던가 하고 생각될 정도였다. 그의 얼굴은 피로한 것처럼 보였다. 거기에다 놀랍게도 퍽이나 슬퍼 보였다. 어째서 나는 그를, 둘이 다 잊고 싶다고 생각될 말을 새삼스럽게 꺼낼 정도로 교양이 없는 사나이라고 생각했던 것일까.

『가엾게도 스카알렛에 대해서 저토록 걱정하고 있는 것이다.』 라고 그녀는 생각했다. 그리고 간신히 미소를 띄우면서 말했다. 「앉으셔요, 버틀러 선장님.」

그는 털썩 걸터앉더니, 바느질 거리를 집어 든 그녀의 모습을 지켜보았다.

「멜라니 씨, 특별히 부탁하고 싶은 일이 있어서 찾아왔는데요.」라고 말하고 그는 입술을 일그러뜨리며 미소했다. 「틀림없이 싫다고 하실 줄 압니다만, 사람을 속이는 데 힘을 좀 빌려 주셨으면 합니다.」

「네? 속이다니요?」

「그렇습니다. 실은 부인께 사업에 대해서 상의를 드리려고 온 겁니다.」

「어머, 그런 거라면 저의 주인을 만나시는 편이 좋으실 거예요. 저는 사업 같은 건 전혀 알지 못하거든요. 스카알렛처럼 영리하지는 못 한걸요.」

「그녀 자신을 위해서 말한다면, 스카알렛은 너무 지나치게 영리한 것이 아닐까 생각돼요.」라고 그는 말했다. 「그리고 내가 상의 말씀을 드리려는 것도 실은 그 일입니다. 아시다시피 그녀는 그런 병을 앓았읍니다. 그러나 타리에서 돌아오면 또 가게며 공장 일을 정신 없이 하려고 들 것이 뻔합니다. 그런 가게나 공장 따위는 밤중에라도 획 날아가 없어졌으면 좋겠다고 생각해요. 나는 그녀의 건강이 걱정인 겁니다, 멜라니 씨.」

「그래요, 언니는 일을 너무 많이 해요. 그런 건 선장님께서 못 하게 하시고, 좀 더 자기 몸에 대해서 조심하도록 해야 해요.」

그는 웃었다.

「그런데 그처럼 고집장이이기 때문에 말입니다, 이야기를 하려고 해도 도무지 안 되는 겁니다. 꼭 떼꾸러기 어린애 같은걸요. 내게 거들지도 못 하게 한답니다. 아무도 거들지 못하게 합니다. 그녀가 갖고 있는 공장 주권을 팔게 하려고 했던 일도 있었읍니다만 영 듣지 않는걸요. 그런데 멜라니 씨, 사업에 대한 이야기라는 것은 바로 이겁니다. 스카알렛은 다른 사람이라면 누구에게도 팔지 않겠지만 윌크스 씨라면, 공장 소유권을 넘겨 줄 거라고 생각해요. 그래서 나는 윌크스 씨가 사주었으면 하는 겁니다.」

「어머나! 그것은 참 좋은 일이긴 하지만…….」 하고 멜라니는 말을 끊고 입술을 깨물었다. 그녀는 남에게 돈 이야기 같은 것을 할 수가 없었다. 애실리가 공장에서 돈을 벌어온다고는 하지만, 아무래도 그녀나 애실리나 돈이 넉넉한 것 같지는 않았다. 저축한 것이 겨우 조금밖에 없다는 것이 그녀의 걱정거리였다. 돈이 어디로 달아나 버리는 건지 알 수 없었던 것이다. 애실리는 살림을 꾸려 나가기에는 충분한 액수를 그녀에게 건네주는 것이었으나 임시 지출이라도 있으면 흔히 곤란할 때가 있었다. 물론 그녀 때문에 의사에게 지불되는 돈이 제법 많았고, 애실리가 뉴욕에서 구해 들이는 책이며 가구의 값도 상당한 액수에 달했다. 게다가 그들은 지하실에 묵게 하고 있는 떠돌이들의 입고 먹는 것까지 돌봐 주고 있었다. 뿐만 아니라, 애실리는 일찌기 남군에 있었던 사람이 돈을 빌리러 오면 누구에게나 거절하지를 못 했다. 그리고 또…….

「멜라니 씨, 나는 부인께 돈을 꾸어 드리고 싶습니다만.」 하고 레트는 말했다.

「고마우신 말씀이지만 저희들은 도저히 갚을 수가 없는걸요.」

「갚아 주시지 않아도 좋습니다. 화를 내시지는 마십시오, 멜라니 씨! 제발 끝까지 들어 주십시오. 스카알렛이 매일 공장까지 먼 길을 다니면서, 쇠약할 정도로 몸을 혹사하지 않아도 된다고 생각하면, 그것만으로도 나로서는 충분히 갚아 주는 셈이 되는 겁니다. 가게 쪽만으로도 그녀는 충분히 바쁘고 즐겁게 보낼 수가 있어요. 아시겠지요.」

「네, 그렇겠군요.」 하는 멜라니의 말투는 뚜렷하지 못했다.

「아드님에게는 조그만 말을 사주고 싶으시겠지요. 그리고 대학에도 보내고 싶으시고, 그것도 하버드 대학에 유럽 여행도 시켜 주었으면 하고 생각하시겠지요?」

「네, 그야 물론이지요.」 하고 멜라니는 소리쳤다. 그녀의 얼굴은 언제나처럼 보우의 이야기만 하면 빛나는 것이었다.

「그 애에게는 무엇이든지 해주고 싶어요, 하지만 요즈음은 모두들 너무나 가난해서요.」

「윌크스 씨 같으면 언젠가는 그 공장으로 돈을 톡톡히 벌 수가 있을 겁니다.」하고 레트가 말했다. 「그리고 나로서도 부인께서 보우에게 무엇이고 해주시고 싶으신 대로 해주시는 것을 보고 싶습니다. 똑똑한 아이니까요.」

「어쩌면, 버틀러 선장님도 정말 여간 아니시네요!」하고 그녀는 미소를 지으면서 외쳤다. 「어머니의 자존심에 호소하시다니, 선장님의 마음 속이 빤히 들여다보이는군요.」

「그런 속셈은 아닙니다만.」하고 레트는 말했으나, 그의 눈에는 이때 비로소 광채가 나타났다. 「어쨌든 돈을 꾸어 쓰셔야겠읍니다.」

「하지만 속이다니, 대체 어떻게 되는 거지요?」

「우리들이 서로 짜고, 스카알렛과 윌크스 씨 두 사람을 속이지 않으면 안 되는 것입니다만.」

「어머나 그런 짓은 할 수 없어요!」

「내가 뒤에서 무슨 일을 꾸미고 있다는 것을 스카알렛이 안다면, 비록 그것이 스카알렛을 위해서 한 일일지라도…… 아시다시피 저런 성미니까요. 그리고 윌크스 씨도 내가 꾸어 주겠다고 하면 꾸어 쓰지는 않으실 겁니다. 그러니까 두 사람에게는 돈의 출처를 알려서는 안 되는 겁니다.」

「하지만, 아마 윌크스는 선장님이 말씀하신 것 같은 사정을 알게 되면 거절은 않으리라고 생각해요. 그이는 무척 스카알렛을 좋아하시니까요.」

「그렇지요, 확실히 스카알렛을 좋아합니다.」하고 레트는 조용하게 말했다. 「하지만 어찌 됐든 거절할 줄 압니다. 윌크스네 집안 사람은 모두 기품이 높기 때문에 말입니다.」

「글쎄요, 난 정말…… 버틀러 선장님, 주인을 속이다니, 못 하겠어요.」하고 멜라니는 한심하다는 듯이 외쳤다.

「아니, 스카알렛을 살리기 위해서라는 데도 말입니까?」레트는 몹시 감정이 상한 것처럼 보였다. 「그리고 그 사람은 부인을 그토록이나 사랑하고 있는 데도요!」

멜라니의 눈시울에 눈물이 괴었다.

「그 언니를 위해서라면, 내가 어떤 일이라도 한다는 것은 선장님도 아시지 않아요. 언니가 내게 해준 일을 생각하면, 나로서는 그 반도 갚을 수가 없어요. 그건 선장님도 알고 계시겠지요?」

「그렇죠, 그녀가 부인에게 해드린 일은 나도 잘 알고 있읍니다.」하고 그는 무뚝뚝하게 말했다. 「돈에 대해서는 누군가 친척 되시는 분이 당신에게 남기고 간

거라고 윌크스 씨에게 말씀하실 수 없을까요?」

「어머나, 버틀러 선장님, 제게는 일 센트도 남길 만한 친척은 없는걸요.」

「그럼 만약 내가 윌크스 씨에게, 보낸 사람을 알 수 없도록 돈을 우편으로 보내 드릴 테니, 그 돈은 꼭 공장을 사들이는 데 쓰고, 그리고 옛날 남군에 있었던 가난한 병사 따위에겐 주지 못하도록 부인께서 주선해 주시겠읍니까?」

그의 뒷부분의 말을 듣자, 마치 애실리에 대한 비난이 담겨 있는 것 같아서, 그녀는 약간 마음이 상한 듯싶었으나, 그가 모든 것을 이해하고 있는 것 같은 미소를 뛰우고 있었기 때문에 그녀도 무심결에 마주 미소를 보냈다.

「물론 그렇게 하지요.」

「그럼 그렇게 정하십시다. 이것은 우리들만의 비밀입니다.」

「하지만, 난 여태까지 주인에게 비밀을 가진 일은 한 번도 없었는걸요.」

「그건 나도 알고 있읍니다, 멜라니 씨.」

그의 얼굴을 보면서 그녀는 자기가 늘 얼마나 그를 올바르게 보아 왔는지, 그리고 많은 사람들이 얼마나 그릇된 견해를 가지고 보아 왔는지를 생각했다. 사람들은 그를 잔혹하고 조롱적이고, 품행이 좋지 못하고, 정직하지 못하다고까지 말하고 있었던 것이다. 그렇지만 특히 훌륭한 사람들만이 요즈음에 와서는 잘못 알았다는 것을 인정하게 되었다. 그렇다, 나는 애당초부터 이 사람이 훌륭한 인물이라는 것을 알고 있었던 것이다. 이 사람에게서 내가 받은 것은, 극히 상냥한 대접과 깊은 동정심과 절대적인 존경과 그리고 기막힌 이해뿐이 아니었던가! 그리고 얼마나 그는 스카알렛을 사랑하고 있느냐! 스카알렛이 짊어진 무거운 짐을 하나라도 덜어 주기 위해서 이렇게 까다로운 방법까지 쓰다니, 얼마나 살뜰한 사람이냐!

애정이 솟아나는 대로 그녀는 무심결에 말했다.

「이렇게 좋은 바깥 어른을 가졌으니 스카알렛은 정말 행복해요!」

「그렇게 생각하십니까? 그녀가 지금 부인이 하신 말씀을 들었다 하더라도, 아마 그녀는 그렇게 생각하지는 않을거요. 얘기가 바뀌지만, 나는 부인께 대해서는 좋은 친구가 되었으면 해요, 멜라니 씨. 스카알렛에게 주는 것보다 나는 더 좋은 것을 부인에게 드릴까 하고 있읍니다.」

「저에게요?」그녀는 무언지를 몰라 반문했다. 「아, 보우를 위해서 해주시겠다는 거군요?」

그는 모자를 집어 들고 일어섰다. 그리고 잠시 동안, 넓은 이마와 순진한 검은 눈동자를 가진 멜라니의 하트형으로 생긴 수수한 얼굴을 내려다보고 있었다. 조금도 속된 티가 없는, 생활에 대해서 아무런 방어도 갖지 않는 그런 얼굴이었다.

「아닙니다, 보우에게가 아닙니다. 상상이 되시지 않습니까? 보우보다도 더 좋은 것을 부인께 드리려고 하는 겁니다.」

「도무지 상상이 가지 않아요.」하고 그녀는 또 당황해서 말했다. 「제게 있어서 세상에서 가장 소중한 것은 애실리 아니, 주인 말고는 보우인걸요.」

레트는 묵묵히 거무스름하고 조용한 얼굴로 그녀를 지켜보고 있었다.

「제게 무슨 일인지 해주시겠다니, 정말 선장님은 좋은 분이에요. 버틀러 선장님, 하지만 전 무척 행복해요. 이 세상에서 여자가 갖고 싶어하는 것은 모조리 가지고 있는걸요.」

「참 훌륭하십니다. 부디 그것을 잃지 않도록 하십시오.」하고 레트는 갑자기 엄숙한 표정으로 말했다.

스카알렛이 타라에서 돌아왔을 때에는 병약하고 창백한 얼굴빛도 사라지고, 볼에는 도톰하게 살이 오르고 아련하게 혈색이 비치고 있었다. 그 푸른 눈은 그 전처럼 생기 있게 반짝이고 있었고, 레트와 보니가 웨이드와 엘라를 거느린 그녀와 정거장에서 만나자, 몇 주일 만에 그녀는 커다란 소리를 내어 웃었다. 어쩔 줄을 몰라하면서도 그래도 마음 속으로부터 크게 웃었다. 레트는 모자 차양에 부스스해진 칠면조의 깃털 두 개를 꽂고 있었고, 보니는 나들이옷이기는 했지만 가엾게도 찢어진 옷을 입고 있었으며, 볼에는 비스듬히 보랏빛 줄이 그어져 있고, 굽이치는 머리카락에는 제 키의 절반이나 되는 공작의 깃털을 꽂고 있었다. 보아하니 기차를 맞으러 가야만 할 시간이 되었을 때에는, 마침 인디언놀이가 한창이었던 모양이다. 그리고 레트의 얼굴에 나타나 있는 이상스럽게도 난처해 하고 있는 표정이나, 마미가 성난 것을 참고 있는 꼴을 보면, 보니가 어머니 마중을 간다고 해도 얼굴을 씻기지 못하게 한 것이 분명했다.

「어쩌면 그런 기막힌 꼴을 했니!」하고 스카알렛은 말하면서 아이에게 키스를 하고 레트의 입술에 뺨을 내밀었다.

정거장에는 많은 사람들이 있었다. 그렇지 않았으면 그녀는 레트에게 키스를 요구할 마음은 조금도 나지 않았을 것이다. 보니의 주제꼴은 참으로 민망했지만 그런데도 거기 있는 사람들이 모두 아버지와 딸의 모습을 보고, 미소지었다. 그것도 조소가 아니라 진심으로 재미있어하면서, 상냥하게 미소하고 있는 것을 인정하지 않을 수 없었다. 누구나가, 스카알렛의 막냇딸이 아버지를 제멋대로 휘두르고 있다는 것을 알고 있었다. 애틀랜타 사람들은 그것을 재미있어하고 좋은 일이라고 생각하고 있었던 것이다. 자식에 대한 레트의 깊은 사랑으로 말미암아, 그에 대한 세상 평판은 상당히 누그러져 있었던 것이다.

　집으로 돌아오는 길에 스카알렛은 시골 이야기를 지껄여 댔다. 날씨가 덥고 메마르기 때문에, 아마 당신도 들어서 아시겠지만, 목화는 아주 잘 자랐다. 그러나 윌의 이야기로는 금년 가을에는 목화 값이 떨어질 모양이다. 스월렌은 또 아이가 생긴다 ── 그녀는 이 이야기를 아이들이 알아듣지 못하도록 말했다 ── 엘라가 스월렌의 큰딸을 물어서 희한한 용맹을 떨쳤다. 그러나 스카알렛이 보는 바로는, 뭐니뭐니해도 스월렌이 그 아이의 어미니까 나쁜 것은 그녀 쪽인 것이다. 그런데 스월렌이 화를 냈기 때문에 옛날처럼 굉장한 자매 싸움을 하고 말았다. 웨이드는 저 혼자서 독사를 죽였다. 탈레턴네의 란다와 캐밀라는 학교 선생이 되었는데, 이런 어이 없는 이야기는 없다. 탈레턴네 사람치고, 고양이란 글자를 제대로 쓰는 사람은 한 사람도 없었기 때문이다. 벳시 탈레턴은 러브조이에서 온 뚱뚱한 외팔이 사나이하고 결혼해서, 해티와 짐과 함께 페어힐에서 상당한 목화 수확을 올리고 있다. 탈레턴 부인은 암말과 망아지를 한 필씩 가지고 마치 백만 장자나 된 것처럼 행복해 하고 있다. 그리고 그 전 캘버트네 집에는 현재 흑인들이 많이 살고 있고 그 집을 아주 저희들 것으로 삼아 버렸다. 강제 경매로 샀다는 이야기다. 그 농장들은 보기만 해도 울고 싶어질 만큼 황폐해 버렸다. 캐스린과 그 변변치 못한 남편의 행방은 아무도 모른다. 알렉스는 죽은 형의 아내인 샐리와 결혼하기로 되어 있다. 그처럼 여러 해 동안 한 집에 살고 있었는데 이상한 이야기다. 할머니도 어머니도 죽어 버린 다음, 단 둘이서 살고 있었기 때문에 야릇한 소문이 돌기 시작해서, 그래서 하는 수 없이 결혼하는 것이라고 사람들은 말하고 있다. 그 때문에 디미티 먼로는 여간 비관하고 있는 게 아니었다. 하지만, 이것은 그녀가 조금이라도 세상 물정을 알았다면, 알렉스에게 결혼할 만한 돈이 모이기를 기다리지 말고 진작 서둘러서 다른 남자를 붙들었어야만 했을 것이다.

　스카알렛은 유쾌한 듯이 지껄여 대고 있었다. 생각하면 가슴 아픈 여러 가지 일들이 고향에는 있었지만 그것은 숨기고 있었다. 그녀는 윌과 함께 몇 천 에이커나 되는 기름진 땅이 목화로 시퍼렇게 덮여 있었던 시절의 일은 생각하지 않으려고 애쓰면서 마차를 타고 군내를 둘러보았던 것이다. 지금은 어느 농장이나, 옛날처럼 푸른 숲이나 또는 억새풀이 뒤덮여 있던 황량한 땅으로 돌아가 버리고, 어느 틈엔가 자그마한 떡갈나무와 소나무들이 고적한 폐허나 묵은 목화밭에서 자라나고 있었다. 전에는 백 에이커나 경작하고 있던 곳에 지금은 일 에이커밖에는 밭이 남아 있지 않았다. 마치 죽어 버린 땅을 지나가고 있는 것 같았다.

　「이 근처가 다시 그 전처럼 되려면 오십 년이 걸린대도 될까 말까 하지요.」 하고 윌은 말했다.

「당신에게 있어서나, 내게 있어서나, 다행스럽게 타라가 이 지방에서는 가장 좋은 경작지지요, 스카알렛. 하지만 뭐니뭐니해도 노새 두 마리 몫의 밭이겠지요. 큰 농장이라고는 할 수 없어요. 타라의 다음으로 좋은 것은 폰텐네 집 땅이고, 그 다음은 탈레턴네 땅이지요. 그 사람들도 지금은 대단한 돈은 못 되지만, 그런 대로 그럭저럭 잘 해나가고 있어요. 그리고 처세술이 있으니까요. 그러나 그 밖의 사람들이나 혹은 밭이나 대개는…….」

아니다, 스카알렛은 황폐한 군의 광경 같은 것에 생각하고 싶지도 않았다. 애틀랜타의 혼잡과 번영 속에서 생각하면 더욱 슬퍼지는 것 같았다.

「여기서는 뭐 별다른 일은 없었나요?」하고 그녀는 드디어 집에 도착해서 앞쪽 포치에 앉자 물었다. 집으로 오는 도중 숨막힐 것 같은 침묵 속에 잠기게 되는 것이 두려워서 그녀는 쉴새없이 잽싸게 지껄여 댔던 것이다. 계단에서 떨어지던 그 날 이후로 레트와 단 둘이서는 한마디도 이야기한 일이 없었던 것이다. 그러나 지금은 그와 단 둘이 있게 되는 것이 조금도 고통스럽지 않았다. 그가 자신에 대해서 어떤 마음으로 있는지 그것은 알 수 없었다. 그 한심스럽던 회복 기간중 그는 무척 친절했었다. 그러나 그것은 서먹서먹한 남남끼리의 친절이었다. 그는 언제나 그녀가 바라는 것을 미리 알고 만족하게 해주었고, 아이들이 귀찮게 하지 못하도록 해주기도 했고, 가게나 공장 관리도 해주었다. 그러나 그는 한 번도 「미안했소.」라고 말한 일은 없었다. 그렇다, 아마 그는 미안하다고는 생각하지 않을 것이다. 아마 지금도 생기다만 그 아이는 자기 아이가 아니라고 생각할 것이다. 저 상냥해 보이는 거무스름한 얼굴 뒤에서 과연 어떤 것을 생각하고 있는지, 어떻게 안단 말인가? 그러나 그는 두 사람이 결혼한 이후 처음으로 정답게 해주려는 마음을 보여 주고, 마치 두 사람 사이에는 불쾌한 일 같은 것은 한 번도 없었던 것처럼 지내고 싶어하는 눈치를 보였다. 그것은 마치 둘 사이에 아무 일도 없었던 것 같은 투였다고 스카알렛은 우울한 듯이 생각했다. 좋다, 그것이 그가 원하는 바라면, 내 쪽에서도 내 자신의 할 일은 다 하도록 하리라.

「모두 제대로 잘 돼 나가고 있나요?」하고 그녀는 다시 한 번 말했다. 「가게에 새 지붕을 이어 주셨나요? 노새도 바꾸셨고요? 부탁이에요, 레트, 모자의 그 깃털만은 떼어 버려요. 바보 같아요. 깜빡 잊고 그냥 나오신 거겠지요?」

「싫어.」하고 보니가 아버지의 모자를 지키기라도 하는 것처럼 그것을 집어 들었다.

「모두 아주 잘 돼 가고 있소.」하고 레트는 대답했다. 「보니나 나나 유쾌하게 지냈었소. 보니는 당신이 간 뒤로는 머리를 빗겨 주지 않았던 모양이군. 보니야, 깃털을 빨면 못 쓴다, 더러울지도 모르니까. 암, 지붕도 고쳤고, 노새도 아주 흥정이 잘 됐소. 아니 전혀 조금도 달라진 것은 없소. 모두가 따분하기 그지없는 이야기야.」

이렇게 말하고 잠시 생각하고 나서 그는 말을 덧붙였다. 「어젯밤 애실리 군이 찾아와서 말이오, 당신 공장과 당신과 그가 절반씩 갖기로 한 이익을 팔지 않겠느냐고 그것을 알고 싶어하더군.」

의자를 흔들면서 칠면조 부채를 부치고 있던 스카알렛의 손이 갑자기 멈췄다.

「팔다니, 대관절 애실리는 어디서 그만한 돈이 생겼을까요? 그 사람들 한 푼도 가지고 있을 턱이 없잖아요. 애실리가 벌어 오는 돈은 들어오는 대로 멜라니가 써버리고 마는걸요.」

레트는 어깨를 으쓱했다. 「난 멜라니라는 사람은 절약가인줄 늘 알고 있었지만 말요, 그러나 난 당신만큼 윌크스네 집의 세밀한 일까지는 잘 모르니까.」

이 말은 레트의 여느 때 버릇인 비꼬는 소리로 생각되었기 때문에, 스카알렛은 짜증이 나기 시작했다.

「저리로 가 있어라.」 하고 그녀는 보니에게 말했다. 「엄마는 아빠하고 할 이야기가 있으니까.」

「싫어!」 하고 보니는 분명히 말하고는 레트의 무릎으로 기어 올라갔다.

스카알렛이 얼굴을 찡그려 보이니까 보니도 지지 않고 마주 찡그려 보였다. 그 얼굴이 제랄드 오하라와 영락없이 닮았기 때문에 스카알렛은 무심중에 웃음을 터뜨릴 뻔했다.

「보니가 있으면 어떻소.」 하고 레트는 대수롭지 않게 말했다. 「애실리 군의 돈의 출처에 대해서는 말이오, 록 아일랜드에 있을 적에 그가 천연두를 앓는 사람을 병구완해 준 일이 있는데, 그 사람한테서 보내온 것 같더군. 그런 감사한 마음을 갖고 있는 사람이 아직도 이 세상에 있다는 것을 알고, 나는 인간에 대한 신뢰를 새로이했소.」

「누굴까요, 우리들이 알고 있는 사람인가요?」

「편지에는 보낸 사람의 이름이 없대요. 발신지는 워싱턴이고 애실리도 그런 일을 할 만한 사람은 전혀 짐작이 안 가는 모양입니다. 그러나 애실리의 욕심 없는 성격은 세상 가는 곳마다 많은 선행을 남기고 왔으니까, 도저히 하나하나 생각해 낼 수는 없겠지.」

타라에 있는 동안, 애실리의 일로는 앞으로 절대로 레트와 싸움을 하지 않겠다고 결심을 했었지만, 그렇다 하더라도 만약 스카알렛이, 애실리의 이 뜻하지 않은 행운에 어리둥절해 있지 않았다면 레트의 이 도전에 응했을 것이다. 그러나 이 문제에 있어서의 자기의 처지가 전연 분명치 않았기 때문에 두 남자 사이에서 자기가 어떤 처지에 있는 것인지 그것이 확실해질 때까지는 꾐수에 빠져들 생각은 없었다.

「나한테서 사들이겠다는 거로군요?」

「그렇다니까. 그러나 물론 스카알렛은 손을 떼지 않을 거라고 말해 두었소.」

「내 일에는 참견하지 말았으면 좋겠어요.」

「하지만, 당신은 공장을 내놓고 싶지는 않을 거 아니겠소. 나는 이렇게 말해 두었소. 당신도 아시다시피 스카알렛은 무엇에고 머리를 틀어박지 않고는 못 배기는 성질인 데다가 만약 공장을 팔아 버리면, 당신 일에 참견할 수가 없기 때문에라고 말이오.」

「나에 대해서 정말로 그렇게 말씀하셨어요?」

「어떻소? 사실이 그렇잖소? 그도 속으로는 나와 같은 생각이었을 거라고 생각해. 단지 말할 것도 없이 그는 너무나 신사이기 때문에 그렇다고 확실하게 입 밖에 내지 않았을 뿐이야.」

「그건 거짓말예요! 난 그 사람에게 팔겠어요!」하고 스카알렛은 성이 나서 말했다.

그 순간까지 그녀는 공장을 내놓을 생각 같은 것은 조금도 없었다. 공장을 쥐고 있으려는 이유는 여러 가지가 있었다. 돈벌이 따위는 가장 작은 이유였다. 여태까지만 해도 상당히 비싼 값으로 팔 수도 있었지만 그러한 제의는 모조리 물리쳐 왔던 것이다. 공장이야말로 그녀가 누구의 힘도 빌지 않고, 큰 적을 상대로 싸워 가며 이룩해 놓은 결과에 대한 확실한 증거였다. 그래서 그녀는 그것을 자랑하고, 나아가서는 자기 자신을 자랑하고 있었던 것이다. 그러나 특히 공장을 팔고 싶지 않았던 가장 큰 이유는, 그것이 애실리와 공공연하게 만날 수 있는 유일한 길이었기 때문이다. 만약 공장이 자기 손에서 떠나 버리면, 애실리와도 좀처럼 만날 수 없게 되고, 아마 둘이서 만나는 일은 영영 없어지고 말 것이다. 그러나 그녀는 어쨌든 단 둘이 만날 필요가 있었다. 지금은 이미, 그가 자기를 어떻게 생각하고 있을까라든가, 그 무서운 멜라니네 연회 이후로 그의 사랑은 치욕 속으로 완전히 사라져 없어진 것은 아닐까 하는 생각으로, 이 이상 언제까지나 애태우며 지낼 수는 없게 된 것이다. 사업을 하고 있으면 누구에게도 의심받지 않고 그와 이야기할 기회가 많이 있다. 그리고 언젠가는 그의 가슴 속에 잃어버렸던 자신의 자리를 되찾을 수도 있다고 그녀는 믿고 있었던 것이다. 그러나 만약 공장을 내놓아 버린다면……

공장을 내놓을 생각은 조금도 없었지만, 레트가 자기의 속 마음을 애실리에 대해 이토록 노골적으로 말한 것을 생각하자, 저도 모르게 발끈해서 당장 마음을 정해 버린 것이다. 애실리에게 팔아 버리자. 그뿐 아니라 내가 얼마나 돈 같은 것을 문제삼지 않는가를 그가 생각하지 않을 수 없을 만큼 싼 값으로 팔아 버리자.

「팔아 버리겠어요!」하고 그녀는 성난 듯이 말했다. 「당신은 어떻게 생각하시죠?」

레트는 쭈그리고 앉아서 보니의 구두 끈을 매어 주고 있었는데, 그의 눈에는 엷은 승리의 빛이 흘끗 떠올랐다.

「곧 후회하지 않을까 싶은데.」하고 그는 말했다.

이미 그녀는 자기의 성급했던 말을 후회하고 있었다. 만약 이것이 레트에게 한 말이 아니었더라면, 그녀는 주저할 것도 없이 취소했을 것이다. 어떻게 갑작스럽게 그런 말을 해버렸단 말인가. 그녀가 화난 듯이 얼굴을 찌푸리며 레트를 보자, 그는 그 날카로운, 고양이가 쥐구멍을 노리고 있는 듯한 눈초리로 그녀를 지켜보고 있었다. 그리고 그녀의 찌푸린 얼굴을 보자, 흰 이를 드러내고 느닷없이 웃기 시작했다. 스카알렛은 그가 무슨 계략을 꾸며 가지고 자기를 이런 궁지로 몰아 넣어 버린 것이 아닌가 하는, 막연한 생각이 들었다.

「당신은 이 문제와 무슨 관계가 있지요?」하고 그녀는 날카롭게 말했다.

「내가?」그는 일부러 놀란 체하며 눈썹을 치켜세웠다. 「당신은 나라는 인간을 좀더 알고 있을 줄 알았는데. 나라는 인간은 될 수 있는 대로 착한 일 같은 것은 하지 않고 살아가려는 사나이가 아니냔 말야.」

그 날 밤, 그녀는 제재 공장과 그 권리 일체를 애실리에게 팔아 넘겼다. 애실리는 그녀가 맨 처음 요구한 싼 값을 받아들이지 않았을 뿐만 아니라, 여태까지 그녀가 흥정을 받아 본 일도 없을 만큼의 비싼 값으로 사들였다. 그러므로 그녀로서는 이것은 결코 손해 보는 흥정은 아니었다. 그녀가 서류에 서명을 마치고, 공장이 영원히 그녀의 손에서 떠나게 되고, 멜라니가 이 계약을 축하하기 위해서 조그만 포도주 글라스를 애실리와 레트에게 건네는 것을 보자, 스카알렛은 마치 자기의 하나밖에 없는 자식을 팔아 버린 것 같은 허전하고 섭섭한 생각이 들었다.

공장은 그녀의 사랑의 대상이었고, 자랑이었고, 여자 손 하나로 쌓아 올린 노력의 결정체였다. 애틀랜타가 폐허 속에서 알몸으로 일어서려고 했던 그 고난 시절에 그녀도 곤궁의 밑바닥에서 한낱 조그만 제재소로부터 출발했던 것이다.

북군 남자들마저도 어쩔 줄을 모르던 시절에 그녀는 공장을 위해서 싸우고 계획하고 길러 왔던 것이다. 그리고 애틀랜타가 전쟁의 상처에서 회복되어 건물이 도처에 세워지고 매일처럼 이주자가 떼를 지어 모여들고 있는 현재는 훌륭한 두 개의 제재 공장과 두 개의 원목장과 열 두 쌍의 노새와 값싼 임금으로 일하는 죄수 노동자들을 소유하고 있는 것이다. 그런 것들과 작별한다는 것은, 그녀로서는 그녀 인생의 한쪽 문을 영원히 닫아 버리는 것이나 다름 없는 일이었다. 그것은 가슴 아프고 냉혹한 일면이기는 했으나 한편 향수적인 만족을 가지고 회상할 수 있는 일면이기도 했다.

이 사업을 일으킨 것은 자신이었지만, 지금 이렇게 그것을 팔아 버리고 나자, 결국 자기가 키를 잡아 주지 않으면 애실리는 이 사업의 전부를 잃고 마는 것은 아닐까, 자기가 고생해서 쌓아 올린 것을 모조리 잃어버리는 것은 아닐까, 하고 그것이 눈에 보이는 것만 같아서 불안했다. 애실리는 누구의 말이나 곧이듣고, 이 인치에 사 인치짜리 재목과 육 인치에 팔 인치짜리 재목도 전혀 구별 못할 만큼 아직도 재목에 대한 관념이 부족했다. 게다가 앞으로는 그를 위해서 도움이 될 만한 조언도 할 수 없게 된 것이다. 이렇게 된 것도 모두 레트가 애실리에게, 스카알렛은 매사를 제멋대로 하지 않고는 배기지 못하는 성질이라고 말한 것이 원인인 것이다.

『괘씸한 레트 같으니라고!』 이렇게 생각하면서 그를 지켜보고 있는 동안에 이 문제의 밑바닥에 그의 손이 움직이고 있다는 것을 점점 뚜렷이 알 수 있을 것 같았다. 그것이 어떤 이유에서 이루어진 것인지, 그것은 알 수 없었다. 레트는 애실리와 이야기를 하고 있는데는, 그 말이 날카롭게 그녀의 주의를 끌었다.

「아마, 죄수들은 곧 돌려 보내시겠죠?」 하고 그는 말했던 것이다.

죄수를 돌려 보낸다? 대관절 죄수를 돌려 보내다니, 어떻게 그런 생각들을 하게 되었단 말인가. 공장에서 큰 수익을 올리는 것도 값이 헐한 죄수들의 노동 때문이라는 것은 레트도 충분히 알고 있을 게 아닌가. 그리고 레트는 어떻게 애실리의 장래에 대한 행동에 대해서 저토록 단호한 말을 할 수 있단 말인가. 무엇인가 그에 대해서 알고 있는 것이 아닐까.

「네, 곧 돌려 보낼 작정입니다.」 하고 애실리는 대답하면서, 스카알렛의 놀라는 듯한 시선을 피했다.

「당신, 어떻게 되신 것 아녜요?」 하고 그녀는 외쳤다. 「그렇게 하면 죄수를 빌기 위해서 선불한 임금을 모조리 손해 보지 않으면 안 돼요. 그리고 우선 대신할 노동자가 없지 않아요?」

「나는 해방 노예를 쓸 작정입니다.」

「해방 노예라고요! 바보 같은 소리는 하지도 마세요! 그놈들의 임금이 어떤 것인지 당신도 아시지 않아요. 게다가 그런 놈들을 부리면, 양키 당국에서 하루에 세 번 닭고기를 먹이고 있느냐는 둥, 깃털 이불을 덮어 주느냐는 둥, 스물 네 시간 내내 감시를 받아야 하는 거예요. 그리고 만약 게으름을 피우는 놈에게 일을 시키려고, 조금이라도 때리거나 했다가는 당국에서는 당장 달턴에 보고해서, 당신을 감옥에 처넣어 버릴 거예요. 거기에 비하면 죄수는 그저……..」

멜라니는 눈을 내리깔고, 무릎 위에 단단히 맞잡고 있는 손을 지켜보고 있었다. 애실리는 서글픈 듯한, 그러나 고집 센 표정으로 잠시 잠자코 있었으나, 이윽고 레트의 눈길과 마주치자, 그는 그 속에서 이해와 격려를 본 것 같았다. 그 눈길을 스카알렛은 놓치지 않았다.

「나는 죄수는 쓰지 않겠소, 스카알렛.」하고 그는 조용히 말했다.

「어머나!」하고 그녀는 깜짝 놀랐다. 「어째서 쓰지 않겠다는 거죠? 나처럼 남들에게 여러 가지 말을 듣게 되는 것이 싫어선가요?」

애실리는 얼굴을 들었다.

「나는 내 자신이 옳은 이상, 남의 말 같은 건 두려워하지 않습니다. 그러나 나는 여태까지도, 죄수들을 쓰는 것이 옳다고 생각한 적은 한 번도 없읍니다.」

「하지만 어떻게…….」

「난, 남에게 강제로 노동을 시키거나 사람들을 비참하게 만들면서까지 돈을 벌 수는 없읍니다.」

「그렇지만 당신은 노예들을 갖고 있지 않았던가요?」

「그들은 비참하지 않았어요. 그리고 나는 전쟁에 의해서 해방되지 않더라도, 아버지가 돌아가시면 내가 가진 노예를 해방시켜 줄 생각이었읍니다. 그러나 이 건 사정이 다른 거예요, 스카알렛. 죄수를 세내고 빈다는 제도는 공공연하게 그들을 학대하는 것을 허락하고 있는 겁니다. 아마 당신은 모르시겠지만, 나는 알고 있소. 조니 갤리거는 자기 숙사에서 적어도 한 사람을 죽였다는 것을 나는 분명히 알고 있소. 어쩌면 한 사람뿐이 아닐지도 모르오. 죄수 한두 사람쯤 죽었댔자, 아무도 이상하게 생각하지 않소. 도망치려고 했기 때문에 죽였다고 그는 말했지만, 내가 다른 사람에게 들은 바로는 그렇지 않은 것 같소. 그리고 그는 병이 나서 일할 수 없는 사람까지 일을 시키고 있소. 미신이라고 할지 모르지만, 나는 남에게 못할 짓을 해서 번 돈으로 행복해지리라고는 생각지 않소.」

「무슨 잠꼬대 같은 말씀을 하시는 거예요, 당신은? 애실리, 당신은 설마 월리스 목사가 한 더러운 돈에 대한 설교를 그대로 무턱대고 믿고 계신 건 아니겠죠?」

「무턱대고 믿는 건 아니오. 나는 그 설교가 있기 훨씬 전부터 그렇게 생각하고 있었던 겁니다.」

「그럼 내 돈을 전부 더럽다고 생각하시는군요.」하고 스카알렛은 발끈해서 목소리가 거칠어졌다. 「왜냐하면, 나는 죄수를 부렸고, 술집 땅을 가졌고, 그리고 …….」그녀는 잠깐 말을 끊었다. 윌크스 부부는 난처한 얼굴을 하고 있었고, 레트는 노골적인 엷은 웃음을 띠고 있었다. 얼마나 쾌씸한 레트냐, 하고 그녀는 진심으로 밉게 생각했다. 그는 또 내가 남의 일에 지나친 참견을 하고 있다고 생각하고 있는 것이다. 애실리도 그럴 거야. 두 사람의 머리를 마주 꽝 부딪치게 해서 깨어 버렸으면 좋겠다! 그녀는 분함을 꾹 참고 초연하게 침착한 모습을 보여 주고 싶었으나 좀처럼 생각대로 되지 않았다.

「그야 물론 그런 건 내게 있어선 아무래도 상관없는 일이지만 말예요.」하고 그녀는 말했다.

「스카알렛, 내가 당신을 비난하고 있다고는 생각하지 마시오. 그런 생각에서가 아닙니다. 요컨대 다만 우리들의 견해가 서로 다르다는 것뿐입니다. 당신에게 있어서 좋게 생각되는 일도, 내게 있어서는 좋게 생각되지 않을 수도 있으니까 말입니다.」

그녀는 갑자기 애실리와 단 둘이 있고 싶어졌다. 레트고 멜라니고, 이 세상 끝으로 사라져 버렸으면 하고 마음 속으로 생각했다. 그러면 나는 소리칠 수가 있다. 『하지만 나는 당신과 같은 견해를 갖고 싶은 거예요! 당신의 참다운 마음을 이야기해 주기만 하면, 나도 알 수 있어요. 그리고 당신과 똑같게 될 수 있어요!』

그러나 멜라니가, 이 자리의 어색한 공기에 몸을 떨면서 보고 있는 앞에서는, 그리고 레트가 빙글빙글 웃으면서 속 편하게 그녀를 바라보고 있는 앞에서는, 그녀는 그저 될 수 있는 대로 냉정하게 얌전하게 말하는 수밖에 없었다. 「물론 그거야 당신이 하실 일이니까요, 애실리. 당신이 어떻게 경영하시든 나로서는 인제 이러니저러니 할 일이 못 돼요. 하지만 꼭 이것만은 말해 두겠어요. 난 당신의 태도나 말이 어쩐지 미심쩍어요.」

아, 만약 그와 단 둘이 있다면, 이런 냉담한 말이나, 그를 슬프게 할 말 따위는 하지 않아도 되었을 텐데!

「화났나요, 스카알렛? 그러나 나는 그러려고 한 게 아니었읍니다. 나를 믿고 용서하십시오. 내가 한 말에는 딴 뜻은 전혀 없읍니다. 다만 나는, 방법에 따라서는 벌어도 행복해질 수 없는 돈이 있다고 생각한다는 것을 말했을 뿐입니다.」

「하지만, 그건 당신의 잘못된 생각이에요!」하고 그녀는 이미 자신을 억제할 수가 없어서 큰 소리로 말했다. 「나를 보세요, 내 돈이 어떻게 벌렸는지 그것은 당신도 아실 거예요. 내가 돈을 벌기 전의 일도 알고 계시지요? 그 타라의 겨울, 추위에 시달리면서 우리들이 신발 대신에 융단을 잘라서 쓰던 일이며, 먹을 것도 넉넉하지 못해서 보우나 웨이드를 장차 어떻게 교육을 시키면 좋을지 이 궁리 저 궁리 하던 일도, 당신은 기억하고 계시겠죠. 그리고 또…….」

「기억하고 있읍니다.」 하고 애실리는 지친 듯이 말했다. 「그러나 나는 차라리 잊으려고 해요.」

「하지만 그 당시의 우리들이 행복했다고는 말할 수 없겠죠. 그런데 지금의 우리들을 보세요. 당신은 훌륭한 가정을 가지고 계시죠, 밝은 장래도 있어요. 나만큼 말쑥한 집, 아름다운 의복, 좋은 말을 가지고 있는 사람이 또 있을까요? 나만큼 사치스러운 음식을 차리고 호화로운 연회를 열 사람은 달리 없어요. 그리고 우리 아이들에게는 고생을 시키지 않아요. 그렇게 할 수 있는 돈을 내가 어떻게 벌었을까요? 돈이 열리는 나무라도 갖고 있는 줄 아세요? 천만에요, 죄수와 술집 땅세와…….」

「그리고 그 북군 병사를 죽인 일을 잊어서는 안 되지.」 하고 레트가 조용히 말했다. 「사실 당신은 그때부터 첫발을 내디뎠으니까 말야.」

스카알렛은 그를 홱 돌아보았다. 무엇인지 과격한 말이 튀어 나올 것 같았다.

「그리고, 돈이란 것이 당신을 무척 행복하게 해주었단 말이지, 그렇지, 스카알렛?」 하고 그는 기분이 언짢을 정도로 상냥하게 말했다.

스카알렛은 도중에서 말을 중단한 채 입을 딱 벌리고 있었다. 그리고 얼른 세 사람의 눈을 둘러보았다. 멜라니는 난처해서 곧 울음을 터뜨릴 것만 같았다. 애실리는 갑자기 흥이 깨진 듯한 얼굴로 손을 뗀 형국이었다. 그리고 레트는 담배 너머로 남의 일처럼 재미있다는 듯이 바라보고 있었다. 그녀는 당장 『물론, 돈 때문에 행복해졌어요!』 하고 외치고 싶었다.

그러나 웬지 그 말이 나오지 않았다.

58

스카알렛은 자기가 앓아 눕던 뒤로는 레트가 달라진 것을 깨달았다. 그러나 그 달라진 태도는 조금도 유쾌한 것이 못 되었다. 그는 술을 마시지 않았고, 조용했고, 늘 무엇인가를 곰곰이 생각하는 것 같았다. 저녁식사 때에 집에 있는 일도 전보다 훨씬 많아졌고 하인들에게도 친절해졌으며, 웨이드나 엘라에 대해서도 상냥해졌다. 그뿐 아니라 둘 사이의 과거에 대해서 즐거운 일이든 언짢은 일이든 말하지 않게 됐으나, 그렇게 잠자코 있으면서, 그녀 쪽에서 그런 화제를 끌어내도록 하려는 것같이도 보였다. 스카알렛의 마음도 가라앉아 있었다. 가만히 내버려두는 편이 훨씬 마음이 편했기 때문이다. 이리하여 표면으로는 평온한 나날이 지나갔다. 그녀의 회복기부터 시작된 그의 서먹서먹할 만큼 정중한 태도는 아직도 계속되고 있었다. 전처럼 햇솜에 바늘을 싼 것 같은 말이나 빈정거리는 말도 입 밖에 내지 않았다. 이제 와서 보면, 심술궂은 소리를 해서 그녀를 화나게 하고, 부지중에 발끈해서 심한 말대꾸를 하는 일이 있기는 했지만, 그것도 모두 그가 그녀의 하는 일에 성의를 가지고 있었기 때문이라는 것을 깨달았다. 지금도 그는 자기가 하는 일에 성의를 가지고 있을까? 자기에게 대한 태도는 공손해졌지만, 동시에 자기에 대한 흥미를 잃은 것처럼 보이기도 했다. 그것이 섭섭했다. 옛날처럼 심술궂어도 좋으니 흥미를 가져 주기를 바랐다. 심한 싸움을 하던 옛날이 차라리 그리웠다.

그는 그녀에 대해서 유쾌한 듯이 굴었다. 그러나 그것은 생판 남남끼리 취하는 태도에 가까웠다. 그리고 일찌기 그녀를 뒤쫓고 있던 그의 눈은 지금은 보니만을 쫓고 있었다. 그것은 흡사 그의 생명에 조류가 흐르는 방향을 바꾸어 좁은 해협으로 밀려든 것 같기도 했다. 만약 레트가 아낌없이 보니에게 기울이고 있는 염려나 애정을 절반만이라도 자기에게 기울여 준다면 생활은 좀더 윤기 있게 될 것이 틀림없다고, 스카알렛은 가끔 생각할 때가 있었다. 남들이 「버틀러 선장은 어쩌면 그 애를 그렇게 귀여워하죠?」하는 소리를 들어도 웃어지지 않을 때가 있었다. 그러나 만약 그녀가 웃지 않으면, 남들은 이상하게 생각할 것이고, 또 스카알렛으로서도 저렇게 어린 자식에게, 게다가 그 자식은 자기 마음에 드는 자식인데 질투하고 있다고 생각하는 것은 자신에 대해서도 싫었다. 스카알렛은 언제나 주위 사람들의 우선 자기를 먼저 생각해 주기를 바랐다. 그러나 지금은 분명히 레트는 보니만을, 보니는 레트만을 생각하고 있는 것이었다.

레트는 밤 늦게까지 밖에 나가 있는 일이 흔히 있었지만, 그럴 때에도 늘 술 마시지 않은 얼굴로 돌아왔다. 그녀는 조용히 휘파람을 불면서 그녀의 꼭 닫혀진 방문 앞을 지나가는 레트의 발소리를 가끔 들었다. 또 때로는 밤 늦게 손님을 데리고 돌아와서, 식당에서 브랜디 병을 앞에 놓고 이야기할 때도 있었다. 그런데 그 사람들은, 두 사람이 결혼하던 해, 그가 함께 어울려서 술이 취하곤 하던 사람들과는 달랐었다. 요즈음 그가 데리고 오는 사람들은, 돈 많은 정상배도 아니고 남부의 배신자도 아니고 공화당원도 아니었다. 스카알렛이 소리를 죽이고 이층 복도의 난간까지 가서 귀를 기울이면 놀랍게도 르네 피칼이나, 휴 엘싱이나, 시몬즈 형제나, 앤디 본넬의 목소리가 흔히 들려 오는 것이었다. 메리웨더 할아버지와 헨리 아저씨는 단골이었다. 어떤 때는 미드 의사의 목소리까지 들려 온 일이 있어서 그녀를 깜짝 놀라게 했다. 그런 사람들은 모두 전에는 레트 따위는 교수형도 너무 과분하다고 생각하고 있던 사람들이었다.

그런 사람들은 언제나 그녀의 마음에 프랭크의 죽음을 연상케 했다. 또 레트가 요즈음 종종 늦는 것을 보면, 프랭크가 생명을 잃은 그 클랜단의 습격 직전 일들을 한층 더 생각나게 하는 것이었다. 하느님은 그토록 무거운 고형을 내게 지우지는 않으겠지만, 사람들이 존경을 얻기 위해서 필요하다면 그 괘씸한 클랜단에라도 들어가겠다고 한, 언젠가의 무서운 레트의 말이 생각났다. 만약 레트가 프랭크처럼…….

어느 날 밤 그가 돌아오는 것이 여느 때보다도 늦었기 때문에 그녀는 더 이상 잠자코 걱정만 하고 있을 수가 없어서, 열쇠를 돌리는 소리가 들려 오자 실내복을 걸치고 가스등이 켜져 있는 이층 복도로 나갔다. 계단 위에서 그와 얼굴을 마주쳤으나, 그때까지 무언가 골똘히 생각하고 있던 그의 표정은 거기 서 있는 그녀를 보자 놀라는 표정으로 변했다.

「레트, 제발 말 좀 해줘요. 사실을 말해 줘요. 설마 당신이 그 클랜단에 들어가 있는 것은…….」

밝은 가스등 아래서, 그는 시시하다는 듯이 그녀를 보고, 그리고 미소했다.

「당신은 시대에 뒤떨어져 있구려.」하고 그는 말했다. 「이젠 애틀랜타에는 클랜단 같은 건 없어요. 아마 조지아 주 안에는 아무데도 없을걸. 당신은 당신 친구들인 변절자나 정상배들에게서라도, 클랜단이 폭행한 이야기를 들은 모양이구려.」

「클랜단이 없다고요? 나를 달래려고 당신은 거짓말을 하고 있는 거지요?」

「언제 내가 당신을 달래려고 했단 말이오. 이젠 클랜단 같은 건 없어요. 그런 운동은 백해 무익이라고 우리들은 생각하고 있었어. 요컨대 북부를 도발하고, 블럭 지사 각하의 아첨 전술에 자료를 제공할 뿐이니까 말이오. 지사란 녀석은 중앙 정부나 북부 신문에다가, 조지아 주는 아직도 반란 음모 때문에 시끄럽고, 클랜단원이 도처에 숨어 있다는 생각을 품게 하는 한, 지금의 지위가 안전하다는 것을 알고 있단 말이오. 그 때문에 그는 충실한 공화당원이 엄지발가락과 엄지손가락을 묶여서 매달렸다느니, 정직한 검둥이가 강간했다는 누명을 쓰고 린치를 당했다느니, 있지도 않은 클랜단의 폭행에 대한 이야기를 필사적으로 꾸며 대고 있었던 거란 말요. 그러나 있지도 않은 과녁을 향해서 사격하는 격이라는 사실은, 그들도 잘 알고 있소. 당신이 걱정해 주는 것은 고맙지만, 내가 남부의 배신자 노릇을 깨끗이 청산하고, 충실한 민주당원이 되고 얼마 안 돼서, 진짜 클랜단이란 것은 없어져 버렸단 말이오.」

그녀는 클랜단이란 것은 없어졌다는 안도감에만 정신이 팔려서, 블럭 지사의 이야기 같은 것은 모두 한쪽 귀로 흘려 버렸다. 이제 레트는 프랭크처럼 살해당할 염려는 없는 것이다. 그녀도 이제 가게나 돈을 빼앗길 염려는 없는 것이다. 그러나 그의 말 가운데 한 가지 마음에 걸리는 것이 있었다. 그것은 그가 〈우리들〉이라고 한 말이다. 전에는 그가 보수파라고 부르던 패들과 그 자신을 한데 섞어서, 태연하게 우리들이라고 말한 것이다.

「레트.」하고 그녀는 느닷없이 물었다. 「당신 클랜단의 해산하고 무슨 관계가 있나요?」

그는 잠깐 그녀를 묵묵히 지켜보고 있었으나, 이윽고 그 눈은 버릇대로 놀리는 것처럼 깜박거리기 시작했다.

「그렇지, 주로 애실리 윌크스하고 내가 했지.」

「애실리하고 당신하고?」

「그렇소, 평범한 이야기지만, 사실상 전략이라는 것은 이상한 동지들을 만드는 법이거든. 애실리나 나나 친구로서 서로 도왔던 것은 아니었지만, 애실리는, 어떤 형식으로든 폭력에는 반대한다는 이유로 클랜단을 배척하고 있었던 거야. 그리고 나는, 이런 운동은 정말 바보 같은 짓이다, 우리들이 목적하고 있는 것을 이룩하는 수단이 아니라는 이유로 역시 반대했던 거지. 그것은 요컨대, 다만 〈왕국 도래(王國到來)〉까지 양키에게 짓눌려 있는 수단에 불과하니까. 그래서 애실리하고 나하고, 그 과격한 패들을 설득시켰단 말이오. 한밤중의 테러 행위를 하기 보다는 방심하지 말고 시기가 오기를 기다리면서 일하는 편이 상책이라고 말야.」

「그래 그 사람들은 당신의 의견을 진심으로 받아들였단 말인가요? 하지만 당신은…….」

「하지만 당신은 협잡꾼인데, 하는 말인가? 남부의 배신자로서 북부와 내통하고 있는 놈인데, 하는 말인가? 부인, 당신은 잊으셨나요. 내가 지금은 어엿한 민주당원으로서 우리들의 사랑하는 주를 강탈자의 손아귀에서 되빼앗아 오기 위해서는, 마지막 피 한 방울까지도 바치고 있다는 것을 말이오. 내 의견은 틀림이 없는 의견이니까 그들은 선뜻 받아들였지. 그 밖의 정치 문제에 대한 내 의견도 역시 훌륭한 거지. 주 의회에서는 민주당이 다수를 차지하고 있지 않소? 그러니까 언젠가는 우리들은 공화당 선생들 중 몇 사람을 감옥으로 맞아들이게 될 거야. 원체 그 친구들은 욕심이 좀 과한 데다가 더구나 지나치게 공개적으로 해먹었으니까 말야.」

「그 사람들을 감옥에 처넣으려는 건가요? 하지만 그 사람들은 당신의 친구들이었잖아요! 그 철도 공채 일에는 당신도 한몫 끼어서 몇 천 달러나 벌지 않았느냐 말예요!」

레트는 갑자기 빙그레 웃었다. 늘 웃는 비웃음이었다.

「나는 조금도 그들에게 악의를 갖고 있지 않아요. 그러나 지금은 반대되는 입장에 처해 있으니까, 그들은 마땅히 감옥에 들어가야 해요. 그러니까 어떤 방법이건 만약 그들을 감옥에 넣은 데 도움이 된다면 나는 도울 테요. 그러면 내 신용도 더 얻을 수 있을 테니까 말야! 의회가 그들을 폭로하려고 들면, 이 장사의 이면에도 상당한 이익이 있다는 것을 나는 빤히 알거든. 그리고 어쩐지 요즘 형편으로 보면, 그것도 그다지 먼 장래는 아닐 것 같아. 의회는 지사도 조사할 속셈이니까, 만약 거기에 무엇인가 있기만 한다면, 지사도 감옥에 처넣을 거야. 당신의 친구인 겔러트나 헌든 부부에게, 여차하면 곧 시를 뜰 수 있는 채비를 해두도록 일러 주는 게 좋을걸. 지사를 체포할 수 있다면, 지체없이 그들도 체포되고 말 테니까.」

스카알렛은 벌써 오랜 세월 동안 공화당원이 북군의 뒷받침으로 조지아 주에서 권력을 휘두르는 것을 보아 왔기 때문에, 레트가 너무나 대수롭지 않게 이야기해 버리는 말 같지 않은 것은 곧이들을 마음이 없었다. 지사는 극히 튼튼한 방어책을 마련하고 있었다. 그러니까 의회가 그에게 손을 댄다든가, 하물며 투옥을 시킨다든가 하는 일은 있을 수가 없다고 생각한 것이다.

「당신도 무던히 우쭐거리는구려.」하고 그녀는 비꼬았다.

「설령 투옥되지는 않는다 하더라도, 적어도 재선은 안 될걸. 우리들은 이번 선거에는 민주당에서 지사를 뽑아 면목을 일신하기로 되어 있소.」

「그리고 당신도 거기에 무슨 관계가 있겠군요?」하고 그녀는 비양거리듯이 말했다.

「아무렴, 난 이미 지금도 관계하고 있소. 내가 매일 밤 늦어자는 것도 그 때문이란 말이오. 나는 선거 단체를 조직하기 위해서 고울드 러시 시절에 삽을 들고 일하던 때 이상으로 맹렬하게 일하고 있단 말이오. 이건 다소 기분이 상할는지 모르겠지만 말이오, 부인, 실인즉 나는 그 단체에 많은 자금까지 제공하고 있소. 그 전에 당신이 프랭크의 가게에서, 남부 동맹의 돈을 내가 가지고 있는 것은 괘씸하다고 말한 것을 기억하오? 마침내 나도 당신과 의견이 일치하기에 이른 셈이오. 남부 동맹의 돈은 남부 동맹 사람들에 의해서 그 전처럼 권력을 되찾기 위해서 쓰여지고 있는 거란 말이오.」

「그럼 당신은 쥐구멍에다 돈을 쏟아 넣고 있군요!」

「뭐라고! 당신은 우리 민주당을 쥐구멍이라고 하는 거요?」그는 흘끗 비꼬듯이 그녀를 보았으나, 이내 또 조용하고 무표정한 눈으로 돌아갔다.

「누가 선거에 이기거나 내게는 하등 문제가 되지 않소. 문제는 내가 그 때문에 일을 했고, 그 때문에 돈을 썼다는 것을 모두에게 인정하게 하는 거란 말이오. 그렇게 해두면 장차, 보니에게 도움이 될 테니까.」

「당신이 너무 기특한 소리를 하시기에 주의(主義)라도 바꾸신 줄로 알 뻔했어요. 하지만 난 당신이 민주당 사람들에게 성의 같은 것은 전혀 갖고 있지 않다는 것을 알았어요, 매사에 그렇지만.」

「주의를 바꾸다, 당치도 않은 소리요. 약간 겉모양을 바꿨을 뿐이지. 표범의 얼룩점을 지워 버릴 수는 있어도 그것이 표범인 것에는 조금도 변함이 없으니까.」

보니가 복도에서 나는 말소리에 잠이 깨어 졸린 듯한, 그러나 도도한 목소리로「아빠!」하고 불렀다. 레트는 스카알렛을 거기에 둔 채 가려고 했다.

「레트, 잠깐만. 그 외에도 할 이야기가 있어요. 오후에 보니를 데리고 산책할 때, 정치 모임 같은 데에는 데리고 가지 말아 주세요. 그다지 보기 좋은 일이 못 돼요. 그런 장소에 어린애를 데리고 가다니, 생각 좀 해 보시구려! 당신이 마치 바보 같아 보이지 않느냐 말이에요. 설마 당신이 그런 장소에 데리고 갈 줄은 꿈에도 몰랐었는데, 그예 헨리 아저씨가 그런 말씀을 하시더군요. 아저씨는 내가 알고 있는 줄 아셨던지…….」

그는 갑자기 그녀 쪽을 돌아보면서 굳은 표정을 지어 보였다.

「아버지가 친구들과 이야기하는 동안에 어린 딸이 무릎에 앉아 있는 것이 어째서 나쁘다는 거요. 당신 같은 사람에겐 바보처럼 보일지 모르지만 결코 바보스러운 건 아니란 말요. 내가 공화당원을 이 주에서 몰아내는 데 힘을 보태 주고 있는 동안에 보니가 내 무릎 위에 앉아 있던 일을 사람들은 오랫동안 기억해 줄 거야. 모두들 언제까지나 잊지 않아」그의 얼굴에서 갑자기 굳은 표정이 사라지고 눈이 심술궂게 빛났다. 「당신은 모를지도 모르지만, 모두들 보니에게, 제일 좋은 사람이 누구냐고 물으면 『아빠하고 민주당원』이라고 한단 말이오. 그리고 제일 싫은 사람은 누구냐고 물으면 『변절자』 하는 거야. 고맙게도 사람들은 이 따위 일은 오래오래 기억해 주는 법이거든.」

스카알렛은 화가 나는 듯 큰 소리를 질렀다.

「그리고 보나마나 당신은 나를 가리켜서 변절자라고 일러 주었겠지요!」

「아빠!」하고 이번에는 성난 듯한 보니의 목소리가 들려 왔다. 레트는 여전히 웃으면서 딸의 방을 향해서 복도를 걸어갔다.

그해 시월, 블럭 지사는 사직하고 조지아 주에서 달아났다. 공금 소비, 남용, 부패는 그의 재직중에 극에 달해서 마침내 고대 광실(高臺廣室)도 그 자체의 무게를 감당하지 못하고 쓰러졌던 것이다. 민중들의 격분도 극에 달하여 마침내 그의 여당까지도 분열시키기에 이르렀다. 의회에서는 민주당이 다수를 차지했다. 이렇게 되면 결과는 하나밖에 없다. 자기가 조사받을 것을 짐작하고 탄핵당할 것을 두려워한 블럭은 꾸물럭거리지 않았다. 그는 급거, 그리고 비밀리에 자기의 사직이 북부까지 안전하게 달아날 때까지 공표되지 않도록 손을 써 놓고 행방을 감추고 말았던 것이다.

그가 달아난 일 주일 뒤 그 사실이 발표되자, 애틀랜타는 흥분과 환희로 들끓었다. 시민들은 거리에 모여서 축하의 뜻을 표하며 서로 웃고 악수했다. 부인들은 서로 키스하고 기쁨에 못 이겨 울었다. 모두들 축하 파티를 열었다. 그리고 승리를 알리는 소년들의 화톳불에서 번지는 불을 끄기 위해서 소방서는 정신을 못 차릴 지경이었다.

이제 위기는 벗어났다. 재건이라는 압제 정치도 끝장이 나려 하고 있는 것이다! 지사 대리도 역시 공화당임에는 틀림이 없었지만, 십이월에는 선거가 있을 것이고, 그 결과에 대해서 의심하는 사람은 한 사람도 없었다. 이리하여 선거가 행해졌다. 그리고 공화당의 결사적인 노력에도 불구하고 조지아 주는 다시금 민주당 출신의 지사를 맞게 되었던 것이다.

기쁨이 폭발했다. 흥분이 소용돌이쳤다. 그러나 그것은 블럭이 달아났을 때 온 시내가 들끓던 것과는 그 양상이 달랐다. 좀더 진지한, 진심에서 우러나오는 기쁨이었다. 영혼의 깊은 밑바닥에서부터 감사를 바치는 심정이었다. 도처의 교회에서 목사들은 빽빽하게 모여 있는 군중들 앞에서, 마침내 오랜 적으로부터 주를 구해 낸 데 대해서, 하느님께 감사의 기도를 드렸다. 득의와 환희에 자랑까지 섞여 있었다.

워싱턴 정부가 어떠한 정책을 펴거나 군대나 뜨내기 정상배들이나, 남부의 변절자들이나, 지방의 공화당원이 무슨 짓을 하거나 조지아 주는 다시 조지아 사람들의 손으로 돌아왔다는 자랑이었다.

일곱 차례에 걸쳐서, 국회는 조지아 주를 피점령 지역으로 남겨 놓기 위해서, 주에 대한 탄압적인 법안을 통과시켰다. 군대는 세 차례에 걸쳐서 민법의 실시를 물리쳤다. 흑인들은 의원단 사이를 신 나서 뛰어다녔다. 탐욕스러운 타지방 사람들은 주 정부를 악용했다. 하부의 말단 관리까지가 공금을 꺼내서 사복을 채웠다. 조지아 주는 오직 무력하고, 시달리고, 학대받고, 박살이 났다. 그러나 이제야 그 모든 것을 극복하고 조지아는 다시 옛날의 조지아로 되돌아갔다. 그리고 그것은 조지아 사람 스스로의 노력에 의해서 이룩된 것이다.

이 갑작스러운 공화당의 전복을 반드시 모든 사람이 다 기뻐한 것은 아니었다. 내부의 변절자나 뜨내기 정상배나 공화당 사이에는 대공황이 일어났다. 분명히 블럭의 사직이 공표되기 전에 미리 알아냈던 겔러트와 헌든네들은 황급히 시를 떠나서, 나타났을 때같이 다시 어딘가로 자취를 감춰 버렸다. 남은 정상배들과 남부의 변절자들은 불안에 떨면서 의회의 조사에서는 어떤 일이 드러나게 될 것인가 하고, 자기들의 개인적인 사건까지 걱정하면서 함께 모여서 서로 위로하고 있었다. 그들은 이미 거들먹거리지 않았다. 기가 죽고, 어쩔 줄을 몰라서 두려움에 떨었다. 그리고 스카알렛을 찾아오는 부인들은 몇 번이고 되풀이해서 말하는 것이었다. 「하지만, 설마 이렇게 되리라곤 아무도 몰랐겠지요. 지사의 권력은 좀더 강력한 것인 줄만 알고 있었어요. 도망치리라고는 생각하지 못했어요. 그리고…….」

스카알렛도 이렇게 되리라고 레트에게서 듣기는 했었으나, 이토록까지 되리라고는 생각하지 않았다. 그래서, 역시 어찌할 바를 몰랐다. 그녀가 슬퍼하고 있는 것은 블럭이 도망간 것도 아니었고, 민주당이 다시 세력을 되찾은 것도 아니었다. 아무도 믿지 않겠지만, 그녀도 역시 북부의 지배가 마침내 쫓겨난 데 대해서 잔인한 쾌감을 느끼고 있었던 것이다. 그녀의 마음에는 지금도 여전히 생생할 만큼 뚜렷이, 재건 시대 초기 때 자기의 고생이 생각났고, 군대와 정상배들에게 돈이나 재산을 몰수당하지는 않을까 하는 공포가 새겨져 있었다. 그 무렵의 불안, 그 불안에서 오는 공포, 남부에 이처럼 굴욕적인 제도를 실시한 양키에 대한 증오를 생각해 냈다. 단 한시라도 그들을 미워하지 않은 적은 없었던 것이다. 그러나 무엇이건 최선으로 이용하여 충분한 생활의 안전을 얻는 수단으로서 그녀는 정복자와 손을 잡아 왔던 것이다. 그들을 몹시 미워하면서도, 스스로 옛 친구나 옛 생활과의 인연을 끊고, 그들에게 둘러싸여 지내 왔던 것이다. 그러나 이렇게 해서 이제 정복자의 권력은 끝장이 났다. 그녀는 블럭 정권의 존속에 모든 것을 걸고 있었다. 그리하여 마침내 그녀는 패배를 맛보게 되었던 것이다.

1871년의 크리스마스, 최근 십 년 동안에 있어, 주에서는 가장 행복한 크리스마스였지만, 주위를 둘러보았을 때 그녀는 불안감을 느꼈다. 전에는 애틀랜타에서 가장 따돌림을 받던 레트가 지금은 가장 인기 있는 사람 중의 한 사람이 되어 있는 것을 그녀는 인정하지 않을 수가 없었다. 그것은 그가 이단자인 공화당원이었던 것을 스스로 겸허한 태도로 취소하고 자기의 시간과 돈과 노력과 두뇌를 조지아 주의 재건을 위해서 바쳤기 때문이었다. 그가 말을 타고 미소를 지으면서, 모자를 비스듬히 쓰고 파아란 옷을 입은 귀여운 보니를 안장 앞에 태우고 가면, 사람들은 모두 마주 미소를 보내고, 열의를 가지고 말을 건네면서 귀여운 듯이 보니를 보는 것이었다. 그런데 그녀는, 스카알렛은…….

59

　보니 버틀러가 점점 손을 댈 수 없을 정도로 버릇이 없어져 갔기 때문에 단단히 버릇을 가르쳐야 할 필요가 있다는 것은 누가 보나 분명했지만, 그녀는 사람들로부터 무척 귀염을 받고 있었으므로, 막상 내가 길을 들여 주마 하는 사람도 없었다. 그녀가 처음으로 버릇이 사나와진 것은 아버지와 함께 몇 달인가의 여행을 하는 동안이었다. 레트와 뉴 올리안즈나 찰스턴에 있었을 무렵엔 아무리 늦게까지 자지 않아도 괜찮았고, 극장이나 요리집이나, 트럼프 내기를 하고 있는 자리에서도, 아버지에게 안겨서 잠들어 버리는 것이 예사였다. 그 이후로는, 억지로 끌고가지 않으면 순한 엘라와 함께 침실로 가지 않게 되어 버리고 말았다. 여행중 레트는 그녀가 좋아하는 옷을 입혔기 때문에, 그 이후 마미가 파란 태피터에 레이스 깃이 달린 옷이 아니라, 능직 무명의 웃옷에 앞치마를 둘러 주려고 하면 당장 심술을 부렸다.

　보니가 가정을 떠나서 여행을 하고, 그리고 그 뒤 스카알렛이 앓아 눕고, 타라에 가고 하는 동안에 나빠진 밑바탕은, 그것을 전대로 고치는 방법은 전혀 없을 듯싶었다. 보니가 자라남에 따라서, 스카알렛은 그녀의 버릇을 가르치고, 너무 심한 고집이나 응석은 고쳐 주려고 했으나 거의 효과가 없었다. 보니가 아무리 터무니 없는 것을 바라거나, 아무리 난폭한 짓을 하거나, 레트는 언제나 아이 편을 들었다. 그는 자진해서 아이에게 어른스러운 말을 하게 하고, 또 어른처럼 대접하고, 제법 진지하게 그녀의 의견을 듣고, 그 의견에 따르는 체했다. 그 결과 보니는 언제나 멋대로 어른들의 이야기에 말참견을 하고, 아버지에게 대들고 반박하고 했다. 그는 그저 웃을 뿐이고, 스카알렛이 혼을 내주기 위해서 아이의 손을 때리려는 것까지 못 하게 했다.

『만약 저 애가 저렇게 아름답고 귀여운 아이가 아니었다면 정말 망나니가 되고 만다.』 하고 스카알렛은 분하게 생각하면서, 보니가 자기에 못지않은 고집통의 아이라는 것을 깨달았다. 『저 애는 레트를 몹시 따르니까 레트라면 버릇을 가르칠 수 있을 터인데.』

그러나 레트는 보니를 길들일 것 같은 눈치는 전혀 보이지 않았다. 그 애가 하는 일은 무엇이고 옳은 것이다. 만약 달님이 갖고 싶다고 한다면, 가져올 수만 있다면 가져다 주었을 것이었다. 그녀의 아름다움, 그녀의 굽이치는 머리, 그녀의 보조개, 그녀의 우아하고 귀여운 몸짓에 대한 그의 자랑은 끝이 없었다. 그는 그녀의 건방진 태도를, 그 발랄한 행동을, 또 아버지에 대한 사랑을 나타낼 때에 보이는 귀여운 몸짓을 사랑했다. 아무리 떼를 쓰고 고집을 부려도, 보니가 귀여서 견딜 수가 없었고, 그녀를 억누르려는 생각은 조금도 없었다. 그는 그녀의 신(神)이었고, 그녀의 조그마한 세계의 중심이었다. 그러나 그것은 그에게 있어서 너무나 귀중한 것이었기 때문에 꾸짖거나 벌을 주거나 해서 그것을 잃어버릴 위험을 저지를 생각은 없었던 것이다.

그녀는 마치 그림자처럼 아버지를 붙어다니면서 떨어지지 않았다. 그녀는 그가 잠이 깨기도 전에 일으키고, 식탁에서도 그의 옆에 앉아서 그의 접시와 자기 접시에서 번갈아 가며 먹었고, 그의 안장 앞쪽에 앉아 말을 탔고, 옷을 벗기는 데도 레트가 아니면 말을 듣지 않았고, 아버지 침대 곁의 조그만 침대에 재우는 것도 아버지라야만 했다

스카알렛은 자기의 어린 자식이, 사정 없이 아버지를 지배하는 것을 재미있게도 여겼고 감탄도 했다. 어쩌면 레트 같은 사나이가 이토록 진지하게 아버지 구실을 다 할 것이라고야 누가 생각했을 건인가. 그러나 스카알렛은, 겨우 네 살 난 보니가 자기보다도 훨씬 더 레트를 이해하고, 자기는 생각도 못 했을 만큼 교묘하게 레트를 조종하는 것을 보면, 강한 질투를 느낄 때도 있었다.

보니가 만 네 살이 되었을 때, 마미는 계집애가 〈아빠의 안장 앞에 걸터앉아서 옷자락이 올라간 채〉 말을 타는 것은 좋지 않다고 잔소리를 하기 시작했다. 레트는 계집아이를 기르는 방법에 대해서는 언제나 마미의 말을 귀담아 들었기 때문에 이 잔소리에도 그냥 들어넘기지 않았다. 그 결과 기다란 명주실 같은 갈기와 꼬리를 가진, 다갈색에 흰 색이 섞인 셔틀랜드 종의 작은 망아지와 은테를 두른 조그만 부인용 안장을 샀다. 표면상으로는, 이 망아지는 세 아이의 공용으로 되어 있었고, 레트는 웨이드에게도 안장을 사주었다. 그러나 웨이드는 세인트 버나드 개 쪽을 훨씬 더 좋아했고 엘라는 동물이라면 무엇이고 무서워서 가까이하지 않았다. 그래서 망아지는 결국 보니의 전용이 되고 〈버틀러 씨〉라는

이름이 붙여졌다. 보니는 모처럼 망아지가 생겨서 좋아했지만, 다만 한 가지만은 아버지처럼 걸터앉지 못 하는 것이었다. 그러나 부인용 옆안장에 오르른 편이 얼마나 어려운지 모른다고 아버지가 설명하자, 아주 만족해서 금세 옆으로 오르는 법을 익혀 버리고 말았다. 보니의 멋진 자세, 고삐를 능숙하게 다루는 솜씨에 대한 레트의 자랑은 이만저만이 아니었다.

「저 애가 사냥을 나갈 만큼 자랄 때까지 기다려 보란 말야.」하고 그는 자랑했던 것이다.

「어느 수렵장에 가더라도, 저 애만한 사람은 없다는 소리를 듣게 될 거야. 그렇게 되면 나는 버지니아엘 데리고 갈 생각이야. 거기엘 가면 진짜 사냥 맛을 볼 수 있으니까 말야. 그리고 켄터키에도 데리고 갈 테야. 거기라면 말타는 솜씨가 좋은지 나쁜지 알아 주니까.」

승마복을 지을 단계가 되자, 여전히 보니는 제가 빛깔을 골랐고, 그것도 전과 마찬가지로 파란 것을 골랐다.

「하지만 보니야! 그 파란 빌로도는 안 된다! 파란 빌로도는 나하고 나들이 옷에나 쓸 정도야.」하고 스카알렛은 웃으면서 말했다. 「계집아이가 입는 건 예쁜 검정 나사가 좋은 거야.」

그러나 보니의 작고 검은 눈썹이 찌푸려지는 것을 보자 이번에는 레트를 향해서 말했다.

「여보 레트, 부탁이니 파란 빌로도가 얼마나 어울리지 않는가, 그리고 얼마나 잘 더러워지는가를 일러 주세요.」

「어떻소? 파란 빌로도를 입혀요. 더러워지면 또 지어 주면 될 거 아니오.」하고 레트는 속 편한 소리를 했다.

이리하여 보니는 스커트가 망아지 옆구리로 늘어지는 파란빛 빌로도의 승마복과 빨간 깃털이 달린 검은 모자를 만들어 가졌다. 이 빨간 깃털은 멜라니 아줌마에게서 들은 젭 스튜어트의 깃털 이야기에서 그녀가 생각해낸 것이었다. 활짝 갠 날에는, 레트가 보니의 살찐 망아지 걸음에 맞추기 위해서, 자기가 탄 큰 검정말 고삐를 당기면서 피치트리 거리로 말을 몰고가는 모습이 종종 눈에 띄었다. 또 때로는 교외의 한적한 길을 보니는 채찍으로 버틀러 씨를 때리며 흐트러진 긴 머리를 나부끼면서, 레트는 딸에게 버틀러 씨 쪽이 경주에 이기고 있다고 생각되도록 고삐를 바싹 당겨서, 닭과 개와 아이들을 쫓아 버리면서 달려갈 때도 있었다.

레트는 그녀의 말타는 태도나 솜씨에 아무런 불안도 없는 모습을 보고, 이제는 염려 없다고 생각하고, 이번에는 버틀러 씨의 짧은 다리가 닿는 범위 안에서 나직한 뛰어넘기를 가르치려 했다. 그걸 위해서, 그는 뒤뜰에 장애물을 만들고 피터 할아범의 조카인 워시에게 하루 이십 오 센트씩이나 주어서 버틀러 씨에게 뛰어넘기를 가르쳤다. 지상 이 인치의 가름나무에서부터 시작해서, 차츰 일 피트의 높이까지 올려 갔다.

이 조교(調教)에 대해서는, 가장 관계가 깊은 워시도, 버틀러 씨도, 보니도, 모두 불찬성이었다. 워시는 말이 무서웠다. 단지 기막힌 삶에 눈이 어두워서, 좀처럼 말을 듣지 않는 망아지에게 하루에 몇 번씩이고 가름나무를 뛰어넘게 하고 있었던 것이다. 버틀러 씨는 어린 여주인이 꼬리를 잡아당긴다, 말발굽을 노상 조사한다, 하는 일을 지그시 참고는 있지만, 망아지라는 것은 살이 쪄서, 가름나무를 뛰어넘을 수 있도록 하느님이 만드시지는 않았는데 하고, 원망스럽게 생각하고 있었다. 보니는 남이 제 망아지를 타는 것이 못마땅해서, 버틀러 씨가 조교를 받고 있는 동안 기다리기가 지루한 나머지 발을 동동거리고 있었다.

인제 망아지도 어지간히 길이 들었으니까, 보니를 태워도 괜찮겠지 하고 레트가 말했을 때의 보니의 흥분은 이만저만이 아니었다. 그녀는 첫번째의 뛰어넘기를 거뜬하게 해냈다. 그리고 그 뒤로는 아버지와 함께 먼 곳으로 말을 모는 일에는 조금도 재미 없어 했다. 스카알렛은 이 부녀가 우쭐거리는 꼴과 열심인 것을 보고 웃지 않을 수가 없었다. 그러나 신기한 것도 지나고 나면, 보니는 또 다른 일에 마음이 옮겨 가서 주위 사람들을 그다시 들볶지 않겠지 하고 생각했다. 그러나 이 스포츠는 좀처럼 그만둘 것 같지 않았다. 뒤뜰 맨 끝에 있는 정자에서 장애물이 있는 곳까지 다져진 길이 생기고 오전중 내내 요란한 고함 소리가 온 뜰에 울리는 것이었다. 1849년에 대륙을 횡단해서 서해안까지 여행한 일이 있는 메리웨더 할아버지는, 이 외치는 소리는 흉포한 아파치족이 용케 적의 목을 잘랐을 때의 고함 소리와 똑같다고 평했다.

일 주일이 지나자, 보니는 가름나무를 일 피트 반으로 올려 달라고 졸랐다.

「여섯 살이 되거든.」하고 레트는 말했다. 「그때엔 너도 자라서 더 높은 것을 뛰어내릴 수 있게 될 테니까 좀더 큰 말을 사주지. 버틀러 씨는 다리가 짧아서 그 이상은 안 되는 거야.」

「안 그래. 난 멜라니 아줌마네 장미 덤불을 뛰어넘었는데, 그건 아주 높단 말이야 !」

「아냐, 아직은 안 돼.」하고 레트는 이번에만은 단호하게 거절했다. 그러나 그녀가 끈덕지게 졸라 대며 마구 생떼를 쓰는 바람에 그의 엄격한 태도도 차차 누그러지기 시작했다.

「그래 그래.」하고 어느 날 아침 그는 웃으면서 말하고 가느다랗고 흰 가름나

무릎을 높였다. 「떨어져도 울거나 아빠를 원망하지 마라.」

「엄마!」하고 보니는 스카알렛의 침실 쪽을 올려다보고 외쳤다. 「엄마! 나 좀 봐! 아빠가 괜찮다고 했어!」

머리를 빗고 있던 스카알렛은 창 옆으로 다가와서, 정나미가 떨어질 만큼 흙 투성이가 된 파란 승마복을 입고 흥분해 있는 아이 쪽을 내려다보면서 미소를 지었다.

『아닌게 아니라 한 벌 더 지어 주어야겠구나.』 하고 그녀는 생각했다. 『하지만 나로서는 도저히 저 더러운 옷을 단념시킬 수가 없을 것 같아.』

「엄마 여기 봐!」

「보고 있다.」하고 스카알렛은 미소를 지으며 말했다.

레트가 보니를 안아서 망아지에 태웠다. 몸을 꼿꼿이 세우고, 머리를 자랑스럽게 쳐들고 있는 보니가 대견스러워서 스카알렛은 말을 던졌다.

「여간 귀엽지 않구나, 그리고 멋있다, 보니야!」

「엄마도 그래.」하고 보니는 애교 있게 어머니의 말을 받으면서 버틀러 씨의 허리를 차고 정자 쪽으로 달려갔다.

「엄마, 이걸 뛰어넘을 테니 보고 있어!」하고 그녀는 망아지에게 채찍을 휘두르며 소리쳤다.

『이것을 뛰어넘을 테니 보고 있어!』

아득한 옛날의 기억이 다급한 종소리처럼 스카알렛의 마음에 울려 퍼졌다. 이 말에는 무엇인가 불길한 것이 있다. 망아지 위에 사뿐히 타고 앉은 딸의 모습을 내려다보았다. 순간 그녀는 차가운 것이 섬뜩 가슴을 스친 듯이 눈썹을 찡그렸다. 보니는 굽이치는 검은 머리를 휘날리고 파란 눈을 반짝이며 전속력으로 달려왔다.

『아버지 제랄드의 눈과 꼭 같다.』 하고 스카알렛은 생각했다. 『아일랜드의 푸른 눈이다, 저 애는 모든 것이 할아버지를 꼭 닮았어.』

그리고 제랄드를 생각하게 되자, 여태껏 생각해 내려 해도 도무지 생각나지 않던 기억이 갑작스럽게 여름 번갯불처럼, 심장이 멎는가 싶을 만큼 뚜렷이 되살아나서 순식간에 그 시골 풍경이, 부자연스러울 만큼 환히 떠오르는 것이었다. 아일랜드 사람의 노랫 소리가 들리고, 타라의 목장 언덕을 치달아 올라오는 아련한 말굽 소리가 들리고, 보니와 흡사한 기운 찬 목소리가 들려 왔다. 「엘렌! 이걸 뛰어넘을 테니 보고 있어!」

「아, 안 돼!」하고 그녀는 부지중 소리를 질렀다. 「안 돼! 보니야, 멈춰라!」

그녀는 창에서 몸을 내밀었다. 그 순간 나무가 부러지는 끔찍스러운 소리가 나고, 레트의 목쉰 부르짖음이 들리고, 어지럽게 날리는 파란 빌로도와 땅 위에서 버둥거리는 말발굽이 눈에 비쳤다. 이윽고 버틀러 씨는 몸을 버르적 거리며 일어서더니 빈 안장을 실은 채 달아났다.

보니가 죽은 지 사흘째 되는 날 밤, 마미는 천천히 멜라니네 부엌 계단을 올라 갔다. 그녀는 발끝이 나오도록 코를 잘라 버린 커다란 남자 구두에서부터 머리에 두른 천까지 전부 검은 것 일색이었다. 힘없는 눈은 핏발이 서 있고, 눈 언저리가 빨갛게 되어 있어서, 조그만 산더미 같은 몸 전체로 울며 슬퍼하고 있는 것 같았다. 얼굴은 늙은 원숭이처럼 주름투성이이고, 슬픔 때문에 넋을 잃은 것 같았으나, 턱 언저리는 무엇인가 결심한 듯한 확고한 표정이 나타나 있었다.

그녀는 딜시에게 무엇인가 두세 마디 속삭이듯이 말했다. 딜시는 옛날의 원한도 잊어버린 것처럼 상냥하게 고개를 끄덕이고 들고 있던 저녁식사 접시를 놓고, 식기실을 거쳐서 식당 쪽으로 조용히 걸어갔다. 곧 멜라니가 냅킨을 손에 든 채, 걱정스러운 얼굴로 부엌에 나타났다.

「스카알렛 아씨가 어떻게 되신 건……?」

「스카알렛 아씨는 전과 다름 없이 안녕하시와요.」하고 마미는 힘에 겨운 듯이 말했다. 「식사하시는 데 찾아와서 죄송하와요, 멜라니 아씨. 식사가 끝나실 때까지 기다렸다가, 제가 생각하고 있는 것을 말씀드리겠사와요.」

「식사는 이따가 해도 상관없어.」하고 멜라니는 말했다. 「딜시, 나머지 식사를 내가요. 마미, 날 따라와요.」

마미는 그녀 뒤를 따라 식당을 거쳐서 복도 쪽으로 뒤뚱거리며 걸어갔다. 식당에서는 애실리가 식탁 윗자리에 앉고 보우가 그 옆에, 스카알렛의 두 아이들이 그 맞은편에, 둘 다 수프 숟갈을 달그락거리며 앉아 있었다. 그들에게 있어서는 멜라니 아줌마네 집에 이렇게 오래 있을 수 있다는 사실이 마치 피크닉처럼 즐거웠던 것이다. 멜라니 아줌마는 언제나 다정했지만, 이번에는 한층 더 다정하게 대해 주었다. 동생의 죽음은 두 아이에게는 조금도 슬프지 않았다. 보니가 말에서 떨어지고 어머니가 언제까지나 울고 있자, 멜라니 아줌마가 아줌마네 집으로 데리고 와 주었다. 그리고 뒤뜰에서 보우와 놀게 해주었고, 먹고 싶을 때에는 언제나 과자를 주었다.

멜라니는 책이 즐비한 조그만 거실로 안내하고 도어를 닫자, 마미에게 앉으라는 몸짓을 했다.

「식사를 끝내고 곧 가 보려고 하던 참이야.」하고 그녀는 말했다. 「버틀러 선장의 어머님이 오셨다니까, 장례식은 내일 아침에 하겠지?」

「그 장례식 말씀인뎁쇼.」하고 마미가 말했다. 「멜라니 아씨, 저희들은 모두 여간 난처하지가 않아서 아씨의 힘을 빌려고 찾아왔사와요. 정말이지 괴로운 일뿐이와요, 괴로운 일뿐이와요.」

「스카알렛 아씨가 몸져 누운 게 아냐?」하고 멜라니는 걱정스럽게 물었다. 「난 보니가 그 모양이 된 뒤로는 변변히 만나지도 못 했어. 언닌 방에만 틀어박혀 있고, 버틀러 선장님은 밖에만 나가 계시고…….」

갑자기 마미의 시커만 얼굴에 눈물이 흐르기 시작했다. 멜라니는 마미 곁으로 가서 걸터앉으면서 그녀의 팔을 가볍게 두드렸다. 이윽고 마미는 검은 스커트 자락을 끌어다가 눈물을 닦았다.

「오셔서 도와 주시와요, 멜라니 아씨. 전 할 수 있는 데까지는 했읍니다만, 도무지 저는 어쩔 수가 없사와요.」

「스카알렛 언니가……?」

마미는 몸을 쭉 폈다.

「멜라니 아씨, 스카알렛 아씨는 염려 없사와요. 참고 견뎌나가야 할 일에는, 하느님은 다 그분에게 그만한 힘을 주셨읍죠. 이번에는 기막힌 꼴을 당하셨지만, 용케 견디고 계십죠. 제가 온 것은 레트 나리 때문입니다요.」

「나도 그분하고 좀 만날 생각이었는데 언제 가 보아도 거리로 나갔거나, 방에 자물쇠를 채우고 들어앉아 계시거나 해서. 그리고 스카알렛 언니는 유령 같은 얼굴을 해 가지고, 말도 하지 않으려고 드니. 빨리 말해 줘, 마미. 내가 할 수 있는 데까지는 할 테니까.」

마미는 손등으로 코를 문질렀다.

「방금도 말씀드렸듯이, 스카알렛 아씨는 하느님이 하시는 일이면 아무리 괴로운 일이라도 견딜 수가 있사와요. 이미 얼마든지 고통스러운 일을 견뎌내셨으니깝쇼. 하지만 레트 나리는…… 멜라니 아씨, 그분은 자기 마음에 안 드는 일은 아무것도 참지를 못 합니다요, 아무것도. 제가 온 것도 그분의 일 때문이와요.」

「하지만…….」

「멜라니 아씨, 저하고 함께 오늘 밤에 가주시와요.」마미의 음성은 잠시도 지체할 수 없다는 투였다. 「아씨의 말씀이라면 아마 레트 나리께서도 들으실 줄 압니다요. 그분은 언제나 아씨의 의견을 존중하고 계셨으니깝쇼.」

「어머나, 마미, 무슨 소리를 하는 거야? 무슨 말이지?」

마미는 어깨를 폈다.

「멜라니 아씨, 레트 나리께서는…… 정신이 이상해졌사와요. 아가씨를 데려 가서는 안 된다고 말씀하시는 겁니다요.」

「정신이 이상하다니? 어머나 마미, 그럴 리가 있어!」

「거짓말이 아닙니다요. 하느님께 맹세하고 참말입니다요. 그분은 아가씨를 묻지 못하게 하십니다요. 제가 그분 입으로 그 말을 들은 지 아직 한 시간도 안 됩니다요.」

「하지만 그럴 리가, 설마 그분이…….」

「그러니까 정신이 이상해졌다고 말씀드리는 겁죠.」

「하지만, 왜…….」

「멜라니 아씨, 모든 걸 말씀드리겠사와요. 이런 건 누구에게도 말해선 안 되는 일입죠만, 아씨는 친척되시는 분이시고 이야기할 수 있는 분은 아씨밖에 없으시니깝쇼. 모든 걸 말씀드리겠사와요. 그분이 아가씰 얼마나 귀여워하셨는가는 아씨께서도 알고 계셨읍죠? 백인이고 흑인이고 그처럼 자식을 귀여워하는 사람을 저는 본 적이 없읍니다요. 미드 선생이 아가씨의 목이 부러졌다고 말씀을 했을 때에는, 그분은 미치광이가 되었나 할 정도였읍죠. 총을 움켜잡고 달려나가더니 그 망아지를 쏘아죽이고, 그리고 전 나리 자신도 그 총으로 죽어 버리는 게 아닌가 생각했읍죠. 전 저까지 미치는 줄 알았사와요. 스카알렛 아씨는 기절해 버리시고, 이웃 사람들은 집 안팎에 모여들고, 레트 나리는 아가씨를 잔뜩 부둥켜안은 채, 제가 상처가 난 아가씨의 조그만 얼굴을 씻겨 드리려고 해도 못 씻게 하셨으니깝쇼. 스카알렛 아씨가 정신이 나셨을 때에는, 이젠 됐다, 이번에야 두 분께서 서로 위로를 하시겠지 하고 생각을 했읍죠만…….」

다시 마미는 눈물을 흘리기 시작했으나, 이번에는 닦으려고도 하지 않았다.

「그런데 스카알렛 아씨께서는 정신이 드시자, 레트 나리께서 보니 아가씨를 안은 채 앉아 계신 방으로 들어가서 『당신이 죽인 아이를 내게로 주어요.』 하고 말씀하셨와요.」

「어머나, 그럴 리가! 설마, 언니가!」

「아니와요, 그렇게 말씀하셨사와요. 『당신이 그 아이를 죽인 거예요.』 하고 말씀하셨사와요. 저는 레트 나리가 가엾어서 울음을 터뜨리고 말았사와요. 그분은 마치 두들겨 맞은 개와 같은 얼굴을 하고 계셨으니까 말입죠. 그래서 저는 말씀했사와요. 『아가씨는 이 마미에게 주시와요. 우리 아가씨 일로 싸움 같은 것을 하시면 곤란합니다요.』 라고 말입죠. 그리고 저는 아가씨를 레트 나리에게서 받아들고 방으로 모시고 와서 얼굴을 씻어 드렸읍죠. 두 분께서 말씀하시는 소리가 들려 왔는데, 그걸 듣자 저는 피가 얼어붙는 것만 같았사와요. 스카알렛 아씨는 레트 나리를 보고 그런 높은 걸 뛰어넘게 하다니 살인자라고 말씀하시더군입쇼. 그러자 레트 나리께서는 스카알렛 아씨를 보고, 『당신은 보니를 조금도 귀여워한 일이 없지 않으냐, 다른 아이들에게도 마찬가지다.』라고 말씀하셨사와요…….」

「이제 그만, 마미! 그 이상 말하면 안 돼. 그런 말을 내게 하면 안 돼!」하고 멜라니는 외쳤다. 마미의 말로 상상되는 광경을 생각만 해도 그녀는 소름이 쫙 끼쳤다.

「저도 아씨에게 말씀드릴 일이 아닌 것쯤은 알고 있읍지요만, 제 가슴은 온통 꽉 차 있어서, 어느 걸 말하면 안 되는 건지를 알 수 없게 되었사와요. 그러고 나서 레트 나리는, 나리 자신께서 직접 아가씨를 장의사까지 안고 가셨다가 다시 안고 돌아오시자, 나리 방의 아가씨 침대에 누이셨사와요. 스카알렛 아씨가 아가씨를 관에 넣어서 객실에 두겠다고 하셨을 때에는, 전 스카알렛 아씨가 레트 나리에게 매를 맞으시는 게 아닌가 했읍죠. 레트 나리는 『내 방에 두어야 해.』하고 차갑게 말씀하시고는 저를 보시고 『마미, 내가 돌아올 때까지 여기서 아가씨를 옮기지 못하도록 지키고 있어.』 하고 말씀하셨사와요. 그러고 나서 말을 타고 나가서서 저녁때까지 돌아오시지 않으셨사와요. 돌아오신 걸 보니 취하셨더군입쇼. 아주 몹시 취하셨는데도 여느 때와 같이 끄떡도 하지 않으셨읍죠. 레드 나리는 집 안에 뛰어들어오시자, 스카알렛 아씨에게도, 피티 마님에게도, 찾아온 부인들에게도, 아무 말씀도 안 하시고, 계단을 뛰어올라가서 나리 방 도어를 여시고, 저를 큰 소리로 부르셨사와요. 제가 급히 달려가 보았더니, 침대 옆에 서 계셨는데, 방안은 덧문이 내려져 있어 몹시 어두워서 모습을 분간할 수 없을 정도였읍죠. 그리고 저에게 사나운 목소리로 『덧문을 열어, 어둡잖아!』 하고 말씀하셨사와요. 그래서 저는 얼른 열었읍죠만, 그러자 그분은 나를 무서운 눈초리로 보셨기 때문에, 멜라니 아씨, 저는 무릎이 덜덜 떨릴 지경이었읍죠. 그러자 그분은 말씀하셨읍죠. 『등불을 가져와. 많이 가지고 오란 말야. 켜 두는 거야. 차양도 덧문도 내려선 안 돼. 보니 아가씨는 어두운 것을 싫어했다는 걸 할멈도 알고 있잖아.』」

멜라니의 공포에 찬 눈이 마미의 눈과 마주쳤다. 마미는 무서운 듯이 끄덕였다.

「레트 나리께서는 그렇게 말씀하셨사와요. 『보니 아가씨는 어두운 걸 싫어한다』라굽쇼.」

마미는 그렇게 말하고 몸을 떨었다.

「제가 촛불을 많이 가지고 갔더니 이번에는 저더러 『나가!』 하시더군입쇼.

그리고 도어에 쇠를 채우고는 아가씨와 단 둘이 있으면서 아무리 스카알렛 아씨께서 도어를 두들기고, 소리를 지르시고 해도 도어를 열어 주지 않으셨사와요. 이 이틀 동안 이런 형편이었읍죠. 레트 나리께선 장례식 이야기는 한마디도 안 하시고, 아침이면 방에다 쇠를 채운 다음, 말을 타고 거리로 나가시고 저녁때 취해서 돌아오시면 또 방안에 틀어박히셔서 아무것도 잡수시지 않고, 잠도 주무시지 않습니다요. 그리고 어머님이신 버틀러 노마님께서 장례식 때문에 찰스턴에서 오시고, 타라에서도 스윌렌 아씨와 윌 나리가 오셨는데도 레트 나리는 그 분들과 말도 하려고 하지 않으시와요. 아, 멜라니 아씨, 얼마나 끔찍한 일입니까요! 더 나쁜 일이 생길 겁니다요. 벌써 세상 사람들은 무언지 이상한 뒷공론들을 하고 있는 모양이니깝쇼. 그리고 오늘 저녁녘이었읍죠.」하고 마미는 말하고 나서 잠깐 말을 끊고, 또 손으로 코를 닦았다.「오늘 저녁녘, 스카알렛 아씨가 레트 나리께서 돌아오시는 것을 이층 복도에서 붙들고 함께 방으로 들어가서 말씀하셨읍죠. 『장례는 내일 아침에 지내기로 결정했어요.』라곱쇼. 그랬더니 레트 나리께서는 『지낼 테면 지내 봐. 내일 네년을 죽여 버릴 테다.』하고 이렇게 말씀하시는 것이었사와요.」

「어쩜, 아마 그분이 정신이 이상해지신 게로구면!」

「그렇다니깝쇼. 그리고 두 분께서 무언가 조그맣게 말씀하셨는데 무슨 말씀을 하셨는지 다는 들리지 않았읍죠만 단지 레트 나리께서 보니 아가씨에 대해서, 『어두운 곳을 무서워했었고 무덤은 지독히 어두우니까…….』 하고 말씀하시는 소리가 들렸사와요. 잠시 뒤에 스카알렛 아씨가 『당신은 자기의 자랑을 위해서 그 애를 죽이고서도, 그런 갸륵한 말씀만 하시니 참으로 훌륭하시군요.』하고 말씀하셨사와요. 그리고 레트 나리께서 『당신에게는 나를 가엾다고 생각하는 마음은 없소?』하고 말씀하시자 스카알렛 아씨는 이렇게 말씀하셨사와요. 『천만에요. 아이에게도 가엾은 생각은 없어요. 그리고 보니를 잃고부터는 당신 하는 일이 아주 지긋지긋해졌어요. 당신은 온 거리에서 소문이 났어요. 언제나 곤드레가 돼 있지 않아요? 만약 당신이 어디에 가 있는지 내가 모르는 줄 아신다면, 당신은 바보 천치예요. 당신이 그 계집한테, 벨 와틀링한테 가 있다는 것쯤은 다 알고 있어요.』하고 말예요.」

「어머, 마미, 그럴 리가!」

「아니와요, 정말 그렇게 말씀하셨사와요. 그리고 멜라니 아씨, 스카알렛 아씨가 하신 말씀은 사실이와요. 검둥이들은 백인들보다 무엇에고 눈치가 빨라서, 저도 그분께서 어디에 가시는지 알고 있었읍죠만 아무 말도 안 했읍죠. 레트 나리께서 그건 거짓말이라고 하시지 않고, 『그렇소, 여태까지 조금도 마음에 두지 않았던 주제에. 그런 천한 집이라도, 이 지옥 같은 집에서 빠져 나가면 마치 천국이나 진배 없단 말이오. 그리고 벨은 아주 상냥한 계집이거든. 나더러 내 자식을 죽였다느니 하고 포달을 안 부리니까.」하고 말씀하시더군입쇼.」

「어쩌면!」하고 멜라니는 진정으로 놀라서 외쳤다.

마냥 즐거운 생활 속에서, 세상의 거친 물결도 모르고, 사랑하는 사람들에게 둘러싸여서 정다운 마음에 차 있는 그녀에게는, 마미의 말은 도무지 이해할 수도 믿을 수도 없었다. 그뿐만 아니라 그녀의 마음에는 하나의 기억, 얼른 마음에서 쫓아 버리려 해도 쫓아 버릴 수 없는 장면, 남의 쩔나라한 고백을 듣게 된 그 심정이 숨어들었다. 레트는 멜라니의 무릎에 얼굴을 묻고 울던 날, 벨 와틀링에 대해서 고백했던 것이다. 그러나 그는 스카알렛을 사랑하고 있다. 그 날 분명히 멜라니는 그걸 알았던 것이다. 그리고 물론 스카알렛도 그를 사랑하고 있다. 둘 사이에 무슨 일이 일어났을까? 어떻게 부부 사이에 날카로운 칼날로 서로 저며 내는 것 같은 끔찍한 소리를 주고받을 수가 있는 것일까?

마미는 답답한 듯이 이야기를 계속했다. 「조금 있다 스카알렛 아씨가 새파랗게 질린, 하지만 무안가 결심하신 것 같은 얼굴로 나오시다가 제가 거기 서 있는 것을 보시자 『마미, 장례는 내일 치러.』하고 말씀하시더군입쇼. 그리고 유령처럼 저편으로 가 버렸사와요. 저는 숫제 정신이 달아나 버렸읍죠. 글쎄, 스카알렛 아씨는 입 밖에 낸 말은 기어코 하시는걸입쇼. 그리고 또 레트 나리께서도 말씀하신 건 틀림없이 하시거든입쇼. 레트 나리께서는 만약에 스카알렛 아씨가 내일 장례를 치르시면 죽여 버린다고 하셨사와요. 멜라니 아씨, 저는 이젠 미치는 게 아닌가 했사와요. 왜냐하면 노상 양심에 가책이 되어서 괴로와 견딜 수가 없사와요. 멜라니 아씨, 보니 아가씨가 어두운 곳을 무서워하게 된 건 저 때문이었사와요.」

「어머나, 하지만, 마미, 그런 건 아무것도 아니야……. 이제 새삼스럽게.」

「아니와요, 그렇지 않사와요. 이것이 모든 잘못의 원인이었읍죠. 저는 제 양심이 허락하지 않아서, 비록 맞아죽는 한이 있더라도 이 사실을 레트 나리께 말씀드려야 한다고 생각했사와요. 그래서 쇠를 채우기 전에 하려고, 재빨리 방으로 들어가 말씀드렸읍죠. 『레트 나리, 꼭 들어 주셔야만 할 일이 있어서 들어왔사와요.』 그러자 그분은 저 있는 쪽을 돌아보시고 미친 것 같은 눈으로 저를 보시더니 『나갓!』하시는 것이었사와요. 저는 그처럼 무서웠던 적은 없었사와요! 하지만 저는 말씀드렸읍죠. 『제발, 레트 나리, 들어주시와요. 저는 맞아죽을 만한 일을 저질렀사와요. 아가씨께서 어두운 곳을 무서워하시게 된 것은 저 때문이었사와요.』 그렇게 말씀드리고 멜라니 아씨, 저는 머리를 숙이고 때리리기를 기다리고 있었와요. 그분은 아무 말씀도 하시지 않으시더군입쇼. 그래서 저는 말씀드렸읍죠. 『저는 조금도 나쁜 생각으로 한 것은 아니었사와요. 하지만 레트 나리, 아가씨는 저희들이 하는 말 따위는 듣지 않으시고, 아무것도 무서워하지 않았사와요. 그리고 모두들 잠든 뒤에는 침대에서 뛰쳐나와 가지고는 온 집안을 맨발로 뛰어 돌아다니시기 때문에 저는 만약에 다치시기라도 할까봐 걱정이 되어서, 어두운 곳에는 유령이니 도깨비니 하는 것이 있다고 말씀드렸던 것입니다요.』 그러자, 멜라니 아씨, 그분께서 어떻게 하셨을 것 같사와요. 그분께서는 무척 상냥한 얼굴로 제게로 다가오셔서 저의 팔에 손을 대셨사와요. 그런 일은 처음이었사와요. 그리고 『그 애는 조금도 겁장이가 아니었지! 어두운 곳 이외에는 아무것도 무서워하지 않았지.』 라고 말씀하시더니, 제가 갑자기 울음을 터뜨리니까 『이봐, 마미』 하고 저를 쓸어 주시면서 『이봐, 마미, 그렇게 울지 마. 할멈이 말해 주어서 나는 기쁜걸. 할멈이 보니 아가씨를 귀여워했던 것은 나도 잘 알아. 그 애를 귀여워했으니까 그런 건 아무것도 아니야. 이런 건 마음의 문제니까.』 하고 말씀하시더군입쇼. 저는 친절히 대해 주시는 데에 기운을 얻어서 크게 마음을 다잡고 말씀을 드려 보았읍죠. 『레트 나리, 장례는 어떻게 할깝쇼?』 그랬더니 그분께선 미친 사람처럼 눈을 번들거리시면서 저를 향해 말씀하셨사와요. 『다른 사람은 다 몰라 주어도 할멈만은 알아줄 줄 알았어. 할멈은 그 애가 그처럼 무서워하던 어두운 곳에다 내가 그 애를 묻을 것 같은가? 지금도 나에게 그 애가 어둠 속에서 눈을 뜨고 늘 울던 그 목소리가 들린단 말야. 나는 그 애가 무서워할 일은 하고 싶지 않아.』 멜라니 아씨, 이걸로 저는 그분의 정신이 이상해지셨다는 것을 알게 됐사와요. 그분께서는 술이 취하셔서 잠도 주무시지 않고 잡수시는 것도 없기는 하죠만, 그뿐이 아니와요. 틀림없이 미치신 겁니다요. 그분께선 저를 방에서 밀어내시고는 말씀하시더군입쇼. 『아무 데로나 꺼져 버려!』 하곱쇼. 저는 아래층으로 내려왔읍죠만, 생각해 보면, 레트 나리께선 장례 같은 건 치르지 않겠다고 말씀하시고, 스카알렛 아씨는 내일 아침 치르겠다고 하시고, 게다가 레트 나리께선 장례식을 치르는 날에는 쏘아죽이겠다고 말씀하시니. 그리고 친척되시는 분이나 이웃 사람들이 모여와서 색시 닭처럼 지껄여 대는 겁니다요. 그래서 저는 멜라니 아씨 생각이 났던 것입죠. 오셔서 힘을 빌어 주시와요.』

「어머나 마미, 난 그런 데까지 참견할 수는 없어!」

「아씨께서 하실 수 없으시면 다른 분은 하실 분이 안 계시와요.」

「하지만 날더러 어떻게 하라는 거지, 마미?」

「멜라니 아씨, 그건 저도 모르겠사와요. 하지만 아씨라면 어떻게 되실 것 같사와요. 아씨께서 말씀하시면 레트 나리께선 아마 들으실 겁니다요. 그분께선 아씨를 무척 믿고 계시니깝쇼. 멜라니 아씨, 아씨께서는 모르실는지 모르지만, 그렇습니다요. 그분이 아씨를 자기가 알고 있는 오직 한 분뿐인 훌륭한 부인이라고 말씀하시는 걸 저는 몇 번이나 들은 적이 있사와요.」

「하지만……..」

멜라니는 레트와 얼굴을 대할 것을 생각하면 심장이 오그라드는 것 같아서 난처한 표정으로 일어났다. 마미가 지금 말한 것같이 슬퍼서 미쳐 있는 사나이를 설득시키지 않으면 안 된다고 생각하기만 해도 그녀는 몸이 싸늘해지는 것같이 느껴졌다. 자기가 그처럼 사랑하던 귀여운 아이가 죽어서 누워 있는, 그 환하게 불이 켜져 있는 방으로 들어갈 일을 생각하니 심장이 죄어드는 것 같았다. 내가 무슨 말을 할 수 있겠는가. 어떤 말로 레트의 슬픔을 덜어 주고, 그가 이성을 되찾게 할 수 있을까? 잠시 그냥 서서 망설이고 있는데, 닫혀진 도어 저쪽에서 그녀의 사랑하는 아들의 드높은 웃음 소리가 들려 왔다. 차가운 칼날에 심장을 찔린 듯이, 만약 그 애가 죽는다면, 하는 생각이 떠올랐다. 보우가, 그 귀여운 몸이 싸늘하게 굳어지고 그 즐거운 웃음 소리도 내지 못하고 이층에 누워 있다고 한다면 어떨까.

「아아!」하고 그녀는 공포에 사로잡혀 외치면서, 마음 속에서 사랑하는 아들을 단단히 부둥켜안았다. 레트의 심정을 이해할 수가 있었다. 만약에 보우가 죽는다면 바람이나 비나 어둠 속에다 내가 어떻게 그 애를 혼자 놓아 둘 수가 있단 말인가?

「아아, 가엾어라, 버틀러 선장님!」하고 그녀는 외쳤다. 「내 곧 갈게.」

그녀는 급히 식당으로 되돌아가자, 작은 소리로 애실리에게 두세 마디하고 나서, 보우가 깜짝 놀랄 만큼 꼭 껴안고 자기 아들의 금발에 뜨거운 키스를 했다.

그러고는 모자도 쓰지 않고, 냅킨을 손에 든 채 집을 나서자, 마미의 늙은 걸음으로는 도저히 따라갈 수 없을 정도로 재빠르게 걸음을 서둘렀다. 스카알렛의 집 현관에 들어서자, 서재에 모여 있는 사람들과, 겁에 질린 피티 고모와, 당당한 버틀러 노부인과, 윌과 스월렌에게 가볍게 머리를 숙였다. 그리고 뒤에서 힐떡거리며 따라온 마미와 함께 급히 이층으로 올라갔다. 잠시 스카알렛의 방 앞에 멈춰서려니까 마미가「그만두시와요.」하고 소곤거려서 말렸다.

멜라니는 조금씩 걸음을 늦추면서 복도를 지나 레트의 방 앞에서 멈췄다. 살짝 이대로 도망쳐서 돌아가 버릴까 하고 생각하기라도 하는 듯 잠시 망설이고 있었다. 그러나 이윽고 싸움터로 나가는 병사처럼 용기를 내어 도어를 두드리고 조용히 말을 꺼냈다. 「문 좀 열어 주세요, 버틀러 선장님. 저 멜라니예요. 보니가 보고 싶어서 왔어요.」

도어는 곧 열렸다. 복도의 어둠 속에 물러서 있던 마미의 눈에, 환한 촛불을 등진 레트의 모습이 커다랗고 시꺼멓게 비쳤다. 그는 비틀거리는 다리로 버티고 서 있었다. 숨결에 풍기는 위스키 냄새가 마미 있는 데까지 풍겨 왔다. 그는 잠시 멜라니를 지켜보고 있었으나, 이윽고 그녀의 팔을 잡아 방안으로 끌어들이고는 도어를 닫아 버렸다.

마미는 살그머니 도어 옆의 의자로 다가가서 힘없이 몸을 묻었다. 그녀의 커다란 덩치가 의자에서 넘쳐날 것 같았다. 그녀는 가만히 앉은 채, 소리를 죽여 울면서 기도를 드렸다. 이따금 옷자락을 끌어올려서 그것으로 눈을 비볐다. 열심히 귀를 기울였지만 방안에서는 무엇인가 두런거리는 낮은 목소리만 띄어띄엄 들릴 뿐, 무슨 이야기를 하는 건지 전혀 알아들을 수가 없었다. 시간이 꽤 지났다고 생각될.무렵, 도어가 빠끔히 열리고, 멜라니의 창백하게 긴장된 얼굴이 나타났다.

「얼른 커피 포트를 갖다 주어, 그리고 샌드위치도.」

악마에게 쫓기기나 하면 이럴까 싶을 만큼 마미는 마치 날쌘 열 예닐곱 살짜리 검둥이 소녀처럼 급히 달려갔다. 레트의 방에 들어갈 수 있다는 호기심이 더한층 거기에 박차를 가했다. 그러나 그 희망도, 멜라니가 도어를 조금 열고 접시를 받아 버렸기 때문에 실망으로 바뀌었다. 오랫 동안 마미는 귀를 기울이고 있었으나 사기 그릇과 은그릇이 부딪치는 소리와 멜라니의 조용하고 잘 알아들을 수 없는 목소리만 들릴 뿐이었다. 이윽고 묵직한 몸이 실린 것처럼 침대가 삐걱거리는 소리가 들리고, 거기에 이어서 장화가 마룻바닥에 떨어지는 소리가 들려 왔다. 잠시 뒤 멜라니가 문 어귀에 모습을 나타냈다. 마미는 재빠르게 방안을 들여다보려고 했지만, 멜라니에게 가려서 볼 수가 없었다. 멜라니의 얼굴은 지친 듯했고, 속눈썹에는 눈물이 반짝이고 있었으나, 곧 다시 침착한 얼굴이 되었다.

「버틀러 선장님이 내일 아침 장례를 치르겠다고 시원스럽게 승낙하셨다고, 스카알렛 아씨께 말씀드려.」하고 그녀는 조그만 소리로 말했다.

「고맙기도 하시와요!」마미는 느닷없이 커다란 소리로 말했다.「하지만, 대체 어떻게…….」

「그렇게 커다란 소리를 내지 말아요, 그분께서 주무시니까 말이야. 그리고 마미, 스카알렛 아씨에게 나는 오늘 밤 죽 여기 있겠다고 그렇게 말씀드려 줘. 그리고 내게 커피를 갖다 주어, 이 방으로 말야.」

「이 방으로 말씀입니까요?」

「그래, 난 버틀러 선장님께 만약 주무시겠으면 내가 밤새도록 그 애 곁에 있어 주겠노라고 약속했어. 아, 이젠 아무것도 걱정하지 말도록 스카알렛 아씨에게 전해 줘.」

마미는 거대한 몸으로 마룻바닥을 흔들면서 겨우 마음이 놓여 속으로 『할렐루야, 할렐루야』 하고 노래를 부르면서 복도로 멀어져 갔다. 스카알렛의 방 앞까지 오자, 감사와 호기심에 싸이면서도, 멈춰서서 생각했다.

『멜라니 아씨께서 어떻게 하셨는지 난 모르겠어. 아마 천사님이 그분의 편을 들어 주셨을 거야. 스카알렛 아씨께는 장례를 내일 치르게 된 것만을 말씀드리고 멜라니 아씨께서 아가씨 옆에서 밤을 새우시겠다는 말을 숨겨 두는 편이 좋겠군. 스카알렛 아씨께선 보나마나 싫어하실 테니까.』

60

무언지 이 세상과 융화되지 않는 느낌이었다. 한 치 앞도 보이지 않는 깊은 안개처럼 모든 것을 덮어 버린, 음산하고 무서운, 무언가 어울리지 않는 것이 남 모르게 스카알렛을 둘러싸고 있는 것이다. 이런 느낌은 보니의 죽음보다도 더 심각했다. 지금은 이미 처음의 견딜 수 없던 고뇌는 잃어버린 자신의 것을 체념하고 달게 받아들이는 심정 속에 사라져 버렸기 때문이었다. 그런데도 무언가 재난이 일어날 듯한 언짢은 예감은 지워지지 않았다. 그것은 마치 검은 옷차림을 하고 두건을 쓴 것이, 바로 어깨 옆에 서 있는 것 같은 느낌이었다. 그리고 발 밑의 땅이 걸음을 걸으려고 하면, 모두 모래로 변하는 것 같은 불안한 느낌이었다. 그녀는 이런 종류의 두려움을 지금까지 경험한 적이 없었다. 여태까지의 생활에서는, 그녀의 발은 상식 위에 든든하게 서 있었기 때문이다. 그리고 지금까지 두려워했던 것이라면 다친다든가, 굶주린다든가, 가난이라든가, 애실리의 사랑을 잃는 일이라든가, 어쨌든 그녀로서는 실체를 잡을 수 있는 것이었다. 사물을 분석적으로 생각할 줄은 모르나마 그녀는 여러 가지로 그것을 해석해 보려고 애를 썼다. 그러나 조금도 효과가 없었다. 가장 사랑하는 자식을 잃기는 했지만, 그 슬픔에도 여태까지의 갖은 심한 타격을 받았을 때와 마찬가지로 간신히 견딜 수가 있었다. 건강했고 주체를 못 할 만큼 돈도 있었다. 요즘은 점점 만날 기회가 없어졌다고는 해도 아직 애실리도 있었다. 멜라니의 그 불운한 파티날 이후로, 둘 사이에 있었던 어색한 마음도 시간이 지나면 없어지리라는 확신이 있었기 때문에, 그것도 마음에 걸리지는 않았다. 그러니까 그녀의 공포는 고통이라든가, 굶주림이라든가, 실연이라든가 그런 것은 아닌 것이다. 그러한 공포는 현재의 무언가 당해 낼 수 없는 마음만큼은 그녀를 무겁게 짓누르지는 않았던 것이다. 이 어두운 그림자와도 같은 공포는, 어디엔가에 숨겨져 있는 피난처를 찾느라고 허둥거리는 어린애처럼, 깊은 안개 속을 헤엄치듯이 하면서, 가슴이 터질 듯이 줄달음질치던 그 옛날의 악몽과 이상하게도 흡사했다.

그녀는 레트가 늘 자기를 잘 웃겨 주어서, 공포 같은 것을 날려 버려 주던 것을 생각했다. 그의 넓은 갈색 가슴이나 건강한 팔에 얼마나 위안을 받았는가를 생각해 냈다. 이런 마음으로 그녀는 레트를 바라보았다. 이 몇 주일 동안에 그를 제대로 본 것은 이것이 처음이었다. 그리고 그가 너무나 심하게 달라진 것에 놀랐다. 이 사나이는 이젠 도무지 웃으려고도 하지 않거니와 그녀를 위로하려고도 하지 않았다.

보니가 죽고 나서 얼마 동안 그녀는 레트에 대해서 몹시 노여워하고 있었고, 자신의 슬픔에만 마음이 가 있었기 때문에 하인들 앞에서 심한 말을 쓰지 않는 것만이 힘껏 하는 노력이었다. 근방을 뛰어다니는 보니의 발소리와 간지러운 듯한 웃음 소리를 회상하는 일만으로도 머리가 꽉 차서, 레트도 역시 자기와 같은 추억에 사로잡혀 있고, 그리고 자기보다도 훨씬 심한 고통에 시달리고 있다는 것은 생각해 볼 수도 없었다. 최근 몇 주일 동안, 그들은 서로 얼굴을 마주 대하거나 이야기를 하거나, 마치 호텔 안에서 만난 남남 사이처럼 서먹서먹하고 정중했고, 그리고 한지붕 밑에 살고 식탁을 함께 하면서도 서로의 마음만은 결코 함께 하지 않았다.

지금 이렇게 공포와 고독에 시달리고 있자니, 할 수만 있다면 이 장벽을 허물어 버리고 싶은 심정을 가눌 수가 없었다. 그래도 그는 표면 이상으로 진행되는 말은 주고받기 싫다는 듯이, 늘 그녀를 어느 간격 이상으로는 접근시키지 않았다. 한때의 노여움도 사라져 버린 이제, 보니의 죽음이 레트의 탓이라고 생각하지 않는다고 그에게 말하고 싶었다. 그의 팔에 안겨서 울고 싶었다. 자신도 역시 그 애의 능숙한 승마 솜씨가 못 견딜 만큼 자랑스러웠고, 그 애의 응석을 지나치게 사랑하고 있었다고 말하고 싶었다. 지금 같으면 자기는 기꺼이 겸허한 마음으로, 내가 그런 소리를 해서 당신을 책망한 것도 너무나 자신이 괴로웠기 때문이다, 당신을 괴롭힘으로써 내 괴로움을 조금이라도 덜고 싶었기 때문이었노라고 솔직하게 말할 수가 있을 것 같았다. 그러나 적당한 기회는 전혀 있을 것 같지도 않았다. 그의 검고, 퀭한 눈을 보게 되면 언제나 말을 꺼내지 못하고 마

556

는 것이었다. 뿐더러 한 번 기회를 놓친 사과의 말은 시간이 지날수록 더욱 말하기가 어려워지고 끝내는 영영 말을 꺼내지 못하고 마는 법이다.

그녀는 어쩌다가 이렇게 되어 버렸을까 하고 생각했다. 레트는 내 남편이다. 두 사람 사이는 침실을 함께 하고, 귀여운 자식까지 낳았고, 그리고 너무나 빨리 그 자식을 어두운 무덤으로 보낸 두 사람의 인간으로서, 끊을래야 끊을 수 없는 정리로 맺어져 있는 것이다. 그 아이의 아버지 품에 안기는 것으로서만 그녀는 위로를 받을 수가 있는 것이다. 그와 함께 여러 가지 회상과 슬픔을 주고받는 동안에, 처음엔 괴로울지 모르지만, 이윽고는 그것에 의해서 고통이 스러지는 것이다. 그러나 현재와 같은 둘 사이의 상태로서는, 차라리 낯 모르는 남의 팔에 안기는 편이 낫겠다고까지 느껴졌다.

그는 거의 집에 있지 않았다. 함께 저녁 식탁에 마주 앉았을 때에도 그는 대부분 취해 있었다. 그리고 그것은 전처럼 취기가 도는 데 따라서 지나치게 공손해지고, 익살맞고, 그리고 그녀가 아무리 웃지 않으려고 해도 웃지 않고 배길 수 없을 재미있는 이야기나 심술궂은 소리를 하는 취태가 아니었다. 지금의 그는 취했어도 말이 없고, 시무룩해 있었다. 그리고 밤이 깊어 감에 따라서 형편 없이 곤드레가 되어서 나가떨어지는 것이다. 때로는 새벽녘이 되어, 그가 뒤뜰로 말을 타고 들어와서 하인들이 거처하는 방문을 두들겨서 포크를 깨워 그의 부축을 받으며, 뒷계단으로 올라가서 잠자리에 들어가는 소리를 듣는 일도 있었다. 그가 남의 부축을 받아서 잠자리에 들다니! 언제나 상대방을 곯아떨어지게 해 놓고, 자기는 머리카락 하나도 까딱하지 않고 태연하게 상대를 잠자리로 데려다 주었던 레트였는데.

게다가 전에는 그처럼 몸가짐이 깔끔했었는데 요즈음은 몹시 게으르고 추레했다. 저녁식사 전에 와이셔츠를 갈아입히는 데도 포크가 잔소리를 늘어놓지 않으면 안 될 지경이었다. 위스키의 여독이 얼굴에도 나타나기 시작해서, 날카로운 턱의 뚜렷한 선도, 충혈된 눈 밑에 부어오른 불건강해 보이는 부기 때문에 볼 품 없게 되어 가고 있었다. 단단한 근육이 울퉁불퉁하게 솟아올라 있던 몸도, 맥없이 물컹하게 늘어진 것처럼 되어서 허리께가 통통하게 살이 찌기 시작했다.

외박하는 일도 드물지 않았다. 못 들어 가겠다는 전갈도 없이 자고 오는 것이다. 물론 취해서 어느 술집 이층에서라도 코를 골고 있는 것이리라. 그러나 스카알렛은, 이런 때에는 틀림없이 벨 와틀링네 집에 있을 거라고 늘 생각하고 있었다. 언젠가 그녀는 벨을 어느 가게에서 본 일이 있었다. 옛날의 미모도 거의 사라져 버리고, 한창때를 지난 천한 계집이 되어 있었다. 그러나 그 짙은 화장이며 화려한 옷차림에도 불구하고, 사뭇 상냥한 것 같은 마치 어머니 같은 태도가 엿보였다. 이런 장사하는 여자들이 숙녀와 얼굴을 마주 대했을 때에 흔히 하듯이 눈을 내리깔지도 않고, 밉살스럽게 눈을 번쩍이지도 않고, 벨은 어려워하는 기색도 없이 열심히 마치 동정하는 표정으로 그녀의 얼굴을 더듬는 것처럼 지켜보고 있었기 때문에, 스카알렛은 부지중에 얼굴을 붉히고 말았다.

그렇지만 그녀는 보니의 갑작스러운 죽음으로 그를 책한 것을 사과하려고 생각하면서도 도무지 사과할 수 없었던 그 이상으로 이제는 그를 책할 수가 없게 되었다. 화를 낼 수도, 행실을 고치도록 타이를 수도, 창피를 줄 수도· 없었다. 정체를 알 수 없는 무감동, 어떻게도 이해할 수 없는 불행한 심정에 빠져 버렸던 것이다. 일찌기 경험한 적도 없는 깊은 곳에 뿌리를 박은 불행에 사로잡혀 있는 것 같은 심정이었다. 그녀는 외로왔다. 여태까지 이처럼 외로왔던 적은 한 번도 없었던 것 같은 마음이었다.

아마 여태까지는 못 견디게 외로울 만한 마음의 여유는 한 번도 없었던 것일 게다. 아뭏든 쓸쓸했다. 무서웠다. 지금은 멜라니 이외에는 어느 한 사람도 의지할 사람이 없었다. 누구보다도 의지가 되어 주던 마미까지도 지금은 타라에 가 버리고 만 것이다.

마미는 타라로 돌아가는 데 대해서 아무런 설명도 하려고 하지 않았다. 돌아가는 기차삯을 얻으러 왔을 때에, 그녀는 늙고 지친 눈으로, 슬픈 듯이 잠자코 스카알렛을 지켜보았다. 스카알렛이 울면서 여기에 있어 달라고 부탁해도, 마미는 이렇게 대답했을 뿐이었다. 「엘렌 마님께서 『마미야, 돌아오너라, 네가 할 일은 끝난 거다.』 라고 말씀하시는 것처럼 제게는 생각이 듭니다요. 그래서 저는 돌아가는 것이와요.」

이 말을 듣고 있던 레트는 마미에게 돈을 주면서 그녀의 팔을 가볍게 두드렸다.

「할멈의 말은 옳은 말이야, 마미. 엘렌 마님께서 말씀하신 그대로야. 할멈이 할 일은 끝난 거야. 잘 돌아가요. 무엇이든지 필요한 것이 있으면 내게 말해 주어.」 그리고 스카알렛이 거친 목소리로 마미를 설득하려 하자, 「닥쳐, 바보! 돌려 보내는 것이 옳아. 이런 집에 누가 있고 싶어하겠어, 이 마당에?」하고 그녀의 말을 막았다.

그렇게 말했을 때의 그의 눈은 번쩍 하고 무섭게 빛났다. 스카알렛이 놀라서 한 걸음 물러설 정도였다.

「미드 선생님, 그의 정신이 이상해진 게 아닐까요?」하고, 그 뒤 그녀는 답답해져서 의사한테 가서 이렇게 호소했다.

「아니, 그렇지는 않아요.」하고 미드 의사는 말했다. 「그러나 그분은 무턱대고 술만 마시고 있거든. 이러다가는 얼마 안 가서 몸을 망치게 돼요. 그분은 아이에 대한 생각을 잊으려고 취하는 것이겠지. 될 수 있는 대로 빨리 또 아기를 하나 낳아 주는 거야. 이것이 내 충고야.」

스카알렛은 병원을 나오면서 안타까운 마음으로 생각했다. 아, 그러나 그것은 말로는 쉽지만 실천은 어렵다. 만약 아이를 낳음으로 해서 레트의 눈에서 그 무서운 표정이 사라지고, 괴롭던 텅 빈 듯한 내 마음이 채워질 수만 있다면, 나는 기꺼이 또 하나, 아니 몇이라도 아이를 낳으리라. 레트의 거무스름하고 잘생긴 얼굴과 꼭 닮은 사내아이와, 그리고 계집아이를 하나 더. 엘라와 같은 저능아가 아니라 귀엽고 명랑한, 응석받이에다가 언제나 방긋방긋 웃는 그런 계집아이를 하나만 더. 아아, 하느님께선 무슨 일이 있어도 내 세 아이들 중에서 하나를 꼭 데려가셔야 하셨다면 왜 엘라를 부르시지 않으셨단 말인가. 보니가 죽어 버린 지금, 엘라는 아무런 위로도 되지 못했다. 그러나 레트는 인젠 아이를 갖고 싶어하는 것 같아 보이지도 않았다. 적어도 그녀의 침실에는 한 번도 오지 않았다. 요즘은 도어에 쇠를 채우지도 않고, 마음을 끌어 보려고 일부러 언제나 조금 열어 두었었는데도. 그러나 그는 아무렇게도 생각하지 않는 모양이었다. 위스키와 그 행실 나쁜 붉은 머리의 계집 외에는 조금도 마음이 없는 것 같았다.

전 같으면 유쾌한 듯이 빈정거렸을 만한 일에도, 지금은 이상하게 쌀쌀했다. 전 같으면 신랄한 유머로 부드럽게 느껴졌을 일인데도 지금은 냉혹한 태도로 느껴졌다. 보니가 죽어 버린 뒤로는, 귀여운 자식에 대한 그의 살뜰한 태도에 완전히 매혹되어 버린 이웃 부인들은 다투어서 그에게 친절을 보여 주었다. 그녀들은 거리에서 그를 불러 세우고는 동정을 표했고, 또 울타리 너머로 그에게 말을 걸어서, 당신의 심정을 이해하겠어요, 어쩌고 하는 것이었다. 그러나 그의 살뜰한 태도의 근원이었던 보니가 죽어 버린 지금, 그 같은 태도는 이미 그에게는 없었다. 그는 부인들에게 대해서도 그 호의에 찬 위로의 말에 대해서도, 인사도 하지 않고 지나가 버리고 마는 것이었다.

그러나 이상하게도 부인들은 조금도 언짢아하지 않았다. 그녀들은 이해하고 있었던 것이다. 또는 적어도 이해할 줄 알았던 것이다. 저녁녘에 그가 안장에서 떨어질 만큼 술이 취해서, 말을 건네는 사람들에게 시무룩한 표정을 지어 보이면서 말을 타고 돌아오는 것을 보면, 부인들은 「가엾어라!」 하면서 한층 더 친절하고 상냥하게 대하려고 애쓰는 것이었다. 그녀들은 슬픔으로 상처를 입고, 스카알렛 따위의 사람 외에는 아무런 위안도 없는 집으로 돌아가는 것을 몹시 가엾게 여기고 있었던 것이다.

스카알렛이 얼마나 냉혹하고 무정한가 하는 것은 누구나가 다 알고 있었다.

보니를 잃은 슬픔에서 그녀가 무척 수월하게 회복되는 것을 보고 사람들은 놀랐다. 표면으로 회복된 것처럼 보이는 이면에 얼마만한 노력이 있었는가 하는 데 대해서는 조금도 주의하지 않았다. 또는 주의하려고도 하지 않았다. 레트는 온 시민의 동정을 한몸에 모으고 있었다. 그러나 그는 그것을 알지도 못 했고, 마음에 두려고도 하지 않았다. 스카알렛은 온 시민의 혐오의 대상이었다. 하지만, 이번에 한해서 그녀는 옛 친구들로부터 동정을 받고 싶었던 것이다.

지금은 피티 고모와 멜라니, 애실리 세 사람밖에는 옛 친구로서 찾아 주는 사람은 한 사람도 없었다. 새 친구들만이 으리으리한 마차를 타고 와서 다투어 그녀에게 동정을 표하고, 그러고는 그녀가 조금도 흥미를 갖지 않는 다른 새 친구들의 이야기를 해서 그녀의 마음을 딴 곳으로 돌리려 했다. 이들 신출내기들은 한 사람도 빠짐없이 모두 생판 남인 것이다. 그들은 그녀를 알지 못하는 것이다. 조금도 알려고 하지 않는 것이다. 피치트리 거리의 저택에 살면서, 아무런 고생도 없이 호사스러운 생활을 하게 되기 이전의 그녀의 생활이 어떤 것이었는지 그들은 조금도 몰랐다. 그리고 그들도 또 자기를 이 현재와 같이 호화로운 비단옷이며, 여러 필의 말이 끄는 훌륭한 마차를 갖기 이전의 생활에 대해서는 무엇 하나 이야기하려고 하지 않았다. 이 굉장한 저택이며, 아름다운 의상이며, 은그릇이며, 연회를 마땅히 가질 만한 값어치가 있는 그녀의 지난날의 괴로운 투쟁이나 궁핍이나 그 밖의 모든 것을 그들은 알지 못했다. 그들은 아무것도 모르는 것이다. 알려고도 하지 않는 것이다. 게다가 어디서 왔는지 아무도 모르는 사람들이었고, 언제나 사물의 표면만으로 생활하고 있는 사람들이었고, 전쟁과 기아와 고투를 함께 해온 공통된 추억도 갖지 않았고, 그녀와 함께 그 황토에 뿌리를 박아서는 안 될 사람들인 것이다.

못 견디게 쓸쓸한 지금의 그녀에게는, 메이벨이나 패니나 엘싱 부인이나 와이팅 부인이나, 그 무서운 노병인 메리웨더 부인하고라도 오후의 하루를 보냈으면 싶어지는 것이었다. 혹은 본넬 부인, 그리고……. 그리고 옛 친구들이나 이웃 사람이면 누구하고라도 좋았다. 그녀들은 알고 있기 때문이다. 전화(戰火)도 알고 있고, 덧없이 죽어간 사랑하는 사람들의 죽음도 보아 왔던 것이다. 굶주림에 쫓기고, 누더기를 걸치고, 그리고 그 굶주림과 싸워 온 것이다. 그리고 폐허 속에서 운명을 다시 고쳐 세워 온 사람들인 것이다.

메이벨과 함께 앉아서 샤만군을 앞에 두고, 메이벨이 정신 없이 달아나던 도중에 죽은 갓난아기를 묻었을 때의 추억담이라도 얘기한다면, 틀림없이 위로가 될 것이다. 패니와 함께 자기도 패니도, 둘이 다 같이 그 무서운 계엄령이 선포되었을 무렵에 남편을 잃었던 일을 회상한다면 얼마나 위로가 될까. 엘싱 부인과 함께 그 노부인이 애틀랜타가 함락되던 날 병참부에서 빼앗아 온 물건이 마차에서 퉁겨져서 떨어질 만큼 말에게 채찍질을 더하면서, 파이브 포인트를 질주해 갔을 때의 얼굴을 회상하고 마주 웃는다면, 틀림없이 아슬아슬한 재미가 있을 것이다. 요즘은 빵가게의 수입으로 평안한 생활을 하고 있는 메리웨더 부인과「종전 직후의 그 참상을 기억하고 계셔요? 이 다음엔 어디서 구두를 마련해야 할지 엄두가 나지 않던 일을 기억하고 계세요? 그런데 지금은 어때요!」하는 이야기들을 나누기라도 한다면 무척 즐거울 것이다.

확실히 그것은 즐거운 일임에 틀림없다. 지금에야 그녀는, 어째서 옛날 남부동맹 사람들이 둘만 모이면 반드시 전쟁 이야기를 흥미있고 자랑스럽게, 그리고 그리운 듯이 주고받는가를 알 수 있었다. 그 무렵은 그들의 참다운 시련기였던 것이다. 그리고 그들은 훌륭하게 그 시련을 견뎌 나간 것이다. 그들은 여전히 용사였다. 그녀도 역시 그 중의 한 사람이기는 했다. 그러나 그녀에게는 지금 과거의 고투를 함께 이야기할 만한 친구는 한 사람도 없는 것이다. 아아, 나와 같은 사람들, 나와 같은 일을 여러 모로 경험해 왔고, 괴로운 꼴을 당하고 그리고 그런 것들이 자기 몸의 한 부분이 되어 버린 것 같은 그런 사람들과 다시 만날 수 있다면!

그러나 어느 사이엔가 그들은 가 버리고 말았다 그녀는 그것이 자기의 탓이라는 것을 깨달았다. 그녀는 지금에 이르기까지 보니가 죽고, 외롭고, 견딜 수 없이 무섭고, 거기에다가 으리으리한 만찬 식탁 맞은편에 곤드레가 되어서 금방 쓰러질 듯이 앉아 있는 거무스름한, 남 같은 레트를 보게 되기까지, 그들에 대해서는 돌아보려고 조차도 하지 않았던 것이다.

61

레트로부터 급한 전보를 받은 것은 스카알렛이 마리에타에 있을 때였다. 십분 뒤에 떠나는 애틀랜타행 기차가 있었기 때문에 손가방 외에는 짐도 가지지 않고, 웨이드와 엘라를 프리시와 함께 호텔에 남긴 채, 그녀는 그 기차를 탔다.

애틀랜타까지는 겨우 이십 마일밖에 안 되었지만, 기차는 가는 곳마다 정거하여 손님을 태우면서 비오는 첫가을의 오후를 느릿느릿하게 언제 닿을지도 모르게 굴러갔다. 레트로부터의 기별에 정신이 어지러워, 애타게 서두르고 있던 스카알렛은 기차가 정거할 때마다 소리를 지르고 싶었다. 기차는 희미하고 시름겹게 단풍 든 숲을 느릿느릿 겨우 빠져 나가서, 지금도 여전히 뱀처럼 구불구불한 흉벽(胸壁) 터가 무참하게 남아 있는 붉은 황토 흙의 산허리며, 옛날의 포병 진지며, 존스톤군이 한 걸음 한 걸음 처참하게 싸우면서 퇴각했던 길을 지나갔다. 정거장에 정차하고 건널목을 지나고 할 때마다 차장은 과거의 격전지며, 작은 전투가 있었던 장소의 이름을 불렀다. 옛날엔 스카알렛도 그 이름을 들으면 무서운 기억을 불러일으키곤 했었으나, 지금은 그런 것을 생각할 여유도 없었다.

레트의 전보는 다음과 같은 것이었다.

〈멜라니 와병, 즉시 귀가〉

기차가 애틀랜타에 도착했을 때에는 벌써 해는 완전히 넘어가고 안개 같은 가을비로 거리의 모습도 희미해 있었다. 가로등의 가스 빛은 안개 속에서 누런 공처럼 뿌옇게 빛나고 있었다. 레트는 마차를 타고 정거장에서 기다리고 있었다. 그의 얼굴을 한 번 홀끗 보기만 하고도 그녀는 전보를 보았을 때보다 더욱 놀랐다. 이처럼 무표정한 그의 얼굴을 본 것은 이것이 처음이었기 때문이다.

「멜라니가, 혹시…….」하고 그녀는 저도 모르게 외쳤다.

「아니, 아직 살아 있소.」하고 레트는 그녀를 마차로 부축해 올리면서 말했다. 「윌크스 부인 댁으로, 될 수 있는 대로 빨리!」하고 그는 마부에게 명령했다.

「멜라니가 어떻게 된 거죠? 병이라니, 전혀 몰랐어요. 지난 주에는 그렇게 건강해 보였는데 다치기라도 했나요? 아, 레트, 그런 이상한 표정을 하고, 하지만 실지는 그렇게 심하지는…….」

「위독해.」하고 말한 레트의 음성은 얼굴과 마찬가지로 무표정했다. 「당신을 만나고 싶어해.」

「멜라니가! 그럴 리가 없어요! 아, 그럴 리가! 대관절 어떻게 된 거예요?」

「유산했다는군.」

「유, 유, 하지만, 레트, 멜라니는…….」

스카알렛은 더듬거렸다. 이 말을 듣자 너무나 무서워서 그녀는 숨도 쉴 수가 없었다.

「그녀에게 아기가 생긴 것을 당신은 모르고 있었군그래.」

그녀는 고개를 끄덕일 수조차 없었다.

「역시 그럴 거라고 생각했지. 아무에게도 말을 안 한 모양이니까. 그녀는 별 안간 모든 사람들을 놀라게 해줄 생각이었던 거야. 그러나 난 알고 있었지.」

「당신이, 하지만 당신에게도 말은 안 했겠지요.」

「특별히 내게만 말을 해야 할 이유는 없지 않소. 그러나 나는 알았단 말요. 그녀는 최근 두 달 동안, 무척 행복한 것 같았어. 그래서 나는 틀림없이 그럴 것이라고 생각했었던 거지.」

「하지만, 레트, 멜라닌 이번에 아이가 생기면 죽는다고 미드 선생이 말씀하셨잖아요?」

「그러니까 이런 일이 생긴 거지.」 레트는 말하고 마부에게 소리쳤다. 「여봐, 좀더 빨리 달릴 수 없을까?」

「하지만 레트, 그녀는 죽지는 않을 거예요! 나는, 나도 죽지 않았었고, 그리고 난…….」

「그녀에게는 당신만한 체력이 없어. 체력이라고는 전혀 없었으니까 말야. 그분에게는 마음 이외에는 아무것도 없었단 말야.」

마차는 납작한 조그만 집 현관 앞에 멈췄다. 레트는 그녀를 부축해서 마차에서 내려 주었다. 몸을 떨어 가며 겁에 질려 있는 그녀는 문득 고독감에 사로잡혀서 레트의 팔을 잡았다.

「당신도 함께 들어가시겠어요, 레트?」

「아니.」 하고 그는 말하고 다시 마차에 올라탔다.

그녀는 현관 계단을 나는 듯이 뛰어올라가서 포치를 지나서 홱 하고 도어를 열었다. 거기에는 램프의 누런 불빛 속에서 애실리와 피티 고모와 인디어가 있었다. 스카알렛은 생각했다. 『인디어는 무엇하러 왔을까. 이 집에는 두 번 다시 발을 들여 놓지 못하게 한다고 멜라니가 말했을 텐데.』 세 사람은 그녀를 보자 일제히 일어섰다. 피티 고모는 떨리는 입술을 진정시키려고 악물고 있었다. 인디어는 슬픔에 잠겨서 옛날의 미움도 잊어버린 듯이 묵묵히 스카알렛을 지켜보고 있었다. 애실리는 몽유병자처럼 멍청한 표정으로 그녀에게로 다가와 팔에 손을 얹고, 몽유병자 같은 소리로 말했다.

「저 사람이 당신을 만나고 싶어해요, 만나고 싶어하고 있어요.」

「지금 만날 수 있을까요?」 하고 그녀는 말하고, 멜라니 방의 굳게 닫힌 도어 쪽을 돌아다보았다.

「아뇨, 지금 미드 선생님께서 와 계십니다. 당신이 와 주셔서 참으로 다행이오, 스카알렛.」

「전, 될 수 있는 대로 서둘러 달려왔어요.」 스카알렛은 보네트와 외투를 벗었다. 「기차가…… 멜라닌, 설마 정말로, 저어, 좋아졌지요, 애실리. 말해 주어요. 그런 표정을 하지 말고요! 멜라닌 정말로…….」

「그 사람은 당신의 이름을 계속해서 부르고 있소.」라고 애실리는 말하고 그녀의 눈을 물끄러미 들여다보았다. 그 눈을 보니까, 그녀는 모든 것을 다 짐작할 수 있을 것 같았다. 순간 심장이 멎는 것 같은 느낌이었다. 그리고 다음 순간에는 불안 따위보다도 더 강하고, 슬픔보다도 더 강한 어떤 야릇한 공포로 그녀의 가슴이 두근거리기 시작했다. 그런 일은 있을 수 없다고, 그녀는 그 공포를 쫓아 버리려고 애를 썼다. 의사의 진단 같은 것은 믿을 것이 못 된다. 어떻게 옳다고 생각할 수 있겠는가. 꼭 그렇다고는 생각할 수 없지 않은가. 그런 일이 있다면 나는 울부짖고 말걸. 무언가 다른 것을 생각하지 않으면 안 된다.

「난 그런 건 믿지 않아요!」하고 그녀는 누가 무슨 소리를 하든 듣지 않겠다는 것처럼, 세 사람의 슬픔에 잠겨서 축 늘어진 얼굴을 보면서 거친 목소리로 외쳤다 「그리고, 멜라니는 어째서 나한테 말해 주지 않았을까요? 알았으면 난 마리에타 같은 델 절대로 가지 않았을 텐데!」

애실리의 눈은 겨우 몽유병에서 깨어난 것처럼 보였다. 참으로 괴로와 보이는 눈이었다.

「저 사람은 아무한테도 이야기하지 않았소, 스카알렛. 특히 당신에게는 말요. 당신이 알게 되면 꾸중이나 듣지 않을까 그것이 걱정이었던 거요. 저 사람은 석 달이 되도록……. 자신도 확실히 안전하다고 생각될 때까지 잠자코 숨겨 두었다가 당신들을 깜짝 놀라게 하고, 의사의 말 따위는 믿을 것이 못 된다면서 함께 웃으려고 했었던 거죠. 그러니까 저 사람은 무척 행복했었던 거죠. 당신도 아시다시피 저 사람은 아기라면 정신을 못 차렸소. 계집아이를 무던히도 갖고 싶어했으니까. 그리고 만사가 순조롭게 되어 가고 있었는데, 끝내는 이렇다 할 아무런 원인도 없는데…….」

멜라니의 방 도어가 조용히 열리고, 미드 의사가 복도에 모습을 나타내더니 다시 조용히 도어를 닫았다. 의사는 흰 수염을 가슴에 묻는 것처럼 하고, 잠시 멈춰선 채 갑자기 얼어붙은 듯이 서 있는 네 사람을 바라보았다. 마지막으로 의사의 눈길은 스카알렛에게로 쏠렸다. 그녀에게로 다가오는 의사의 눈에는 슬픔과 함께 혐오와 경멸이 깃들어 있었다. 그것을 눈치챈 그녀의 겁먹은 마음은 미안한 생각으로 가득찼다.

「이제야 왔군.」하고 의사는 말했다. 그녀가 미처 대답하기도 전에 애실리가 도어 쪽으로 나아갔다.

「당신은 아직 안 돼.」하고 의사는 말했다. 「부인은 스카알렛과 이야기하고 싶어해.」

「선생님.」하고 인디어가 의사의 소매에 손을 얹고 말했다. 그 음성에는 아무런 억양도 없었지만, 여러 말을 늘어놓는 것 이상으로 호소하는 것이 있었다. 「잠시라도 좋으니까 만나게 해주세요. 전 아침부터 여기 와서 기다리고 있었어요. 하지만 언니는, 잠깐만 만나게 해주세요. 말할 게 있어요. 꼭 해야만 할 말이 있어요. 제가 나빴다고, 어떤 일에 대해서…….」

그녀는 그렇게 말하면서도 애실리와 스카알렛 쪽은 보지 않았다. 그러나 미드 의사는 스카알렛에게 흘끗 차가운 시선을 보냈다.

「잘 알고 있소, 인디어.」의사는 무뚝뚝하게 말했다.「그러나 그것을 나한데 이야기한 이상 내가 나빴느니 어쩌고 해서, 더 이상 그녀를 지치게 하지 말아 주오. 그녀는 당신이 나빴다는 것을 알고 있소. 그러니까 당신이 사과를 한댔자, 그것은 다만 그녀를 괴롭힐 뿐이오.」

피티가 겁에 질려서 조심조심 입을 열었다.「제발, 미드 선생님.」

「피티 씨, 당신은 만나신댔자 울거나 기절을 하거나 할 뿐이잖소.」

피티는 뚱뚱하고 작달막한 몸을 곧추세우고, 똑바로 의사를 마주 보았다. 피티의 눈에는 눈물은 없었고, 우쭐하고 뽐내는 기개가 온 몸에 넘쳐 있었다.

「그럼, 좋아요. 그러나 좀더 나중에.」하고 의사는 훨씬 상냥한 목소리로 말하고,「자아, 스카알렛.」하고 그녀를 재촉했다.

그들은 발소리가 나지 않도록 복도를 걸어가서 닫혀진 도어 앞으로 갔다. 그러자 의사는 문득 스카알렛의 어깨에 손을 얹고 단단히 잡았다.

「알겠지, 스카알렛. 의사는 나직한 소리로 간단하게 말했다.「울거나 소리치거나 해서는 못 써요. 스카알렛 쪽에서 마지막 고백 같은 걸 해서도 안 돼요. 그런 짓을 하면 난 스카알렛의 목을 비틀어 버릴 테니까. 그런 천진스러운 눈길로 나를 보지 말아요. 내가 한 말은 알아듣겠지? 멜라니는 당장이라도 죽을지 모른단 말이야. 그러니까 스카알렛은 애실리에 대한 이야기 따위를 꺼내서 자신만 양심의 위안을 받으려 해서는 안 되는 거야. 난 여태까지 부인들에 대해서 난폭한 짓을 한 적은 없지만, 만약 스카알렛이 무슨 말만 하면 그냥 놓아 두지는 않을 테야!」

그는 그녀의 대답도 기다리지 않고 도어를 열어, 방안으로 그녀를 밀어 넣고 도어를 닫았다. 검은 호두나무로 만든 값싼 가구들이 있는 작은 방은, 램프에 신문지로 갓을 해 씌웠기 때문에 어둠침침했다. 마치 여학생 방처럼 아담한 방으로서, 좁고 작은 키 낮은 침대, 졸라맨 무늬 없는 레이스 커튼, 마룻바닥에 깔려 있는 정결하고 빛 바랜 깔개 등은 스카알렛의 침실의 당당한 조각이 있는 가구며, 패랭이꽃빛의 비단 커튼이며, 장미 무늬의 양탄자 등의 호사한 것과는 전혀 색다른 광경이었다.

멜라니는 그 작은 침대에 누워 있었는데, 이불을 덮은 그 모습은 마치 어린 아이처럼 조그맣고 납작하게 푹 꺼져 있었다. 땋은 검은 머리를 얼굴 양쪽에 늘어뜨리고, 감은 눈은 검푸른 테두리 속에 움푹 들어가 있었다. 그 모습을 보자, 스카알렛은 도어에 기댄 채 우두커니 서 버리고 말았다. 어둠침침한 방안인데도, 멜라니의 얼굴이 밀랍처럼 누렇게 되어 있는 것이 똑똑히 보였다. 이미 생기는 없어지고 코 언저리에는 임종의 표정이 나타나 있었다. 이 순간까지 스카알렛은, 미드 의사의 진단이 잘못된 것이기를, 하고 빌고 있었다. 그러나 이미 그녀에게도 확실하게 알 수 있었다. 전쟁 동안 병원에서, 이젠 도저히 죽음을 면할 수 없는 징조라고 생각하지 않을 수 없을 만큼, 뚜렷이 이러한 임종의 표정이 나타난 얼굴을 그녀는 지긋지긋할 만큼 많이 보아 알고 있었던 것이다.

멜라니는 죽어가고 있는 것이다. 그러나 한순간 스카알렛의 마음은 그 사실을 받아들이려 하지 않았다. 멜라니가 죽다니, 그런 일은 있을 수가 없다. 스카알렛이 이처럼 그녀를 의지하고 있는 이때에, 하느님께서 죽게 하실 리가 없다. 멜라니를 의지한다는 생각은 여태까지 해 본 적이 없었다. 그러나 지금에야 사실은 커다란 파도처럼 그녀의 영혼 속속들이 밀어닥쳐 왔다. 그녀는 여태까지 멜라니한테 의지해 왔던 것이다. 자기 자신에게 의지하고 있을 때조차도 멜라니한테 의지하고 있었다. 멜라니가 죽어가고 있는 지금, 비로소 스카알렛은, 그녀 없이는 살아갈 수 없다는 것을 알았다. 지금 죽음을 앞두고 몸을 조금도 움직이지 않고 있는 멜라니 쪽으로 발소리를 죽이고 다가가면서, 그녀는 미칠 듯한 심정으로 멜라니야말로 자신의 칼이요, 방패요, 위로요, 힘이었다는 사실을 깨달았다.

『멜라니를 놓쳐서는 안 된다! 멜라니를 죽게 할 수는 없다!』라고 생각했다. 그리고 스커트를 사락거리면서 침대 옆에 무릎을 꿇었다. 이불 위에 얹혀 있는 그녀의 약하디약한 손을 얼른 잡으면서, 그것이 너무나 차가운 데 더욱 놀랐다.

「나야, 멜라니.」하고 그녀는 말했다.

멜라니는 눈을 가늘게 뜨고, 정말로 스카알렛인 것을 알자 만족한 듯이 다시 감았다. 조금 뒤에 멜라니는 숨을 들이마시고 소곤거리는 것처럼 나직한 소리로 말했다.

「내 부탁 들어 주시겠어요?」

「그럼, 무엇이든지!」

「보우를…… 돌봐 줘요.」

온갖 감정이 목구멍으로 치밀어올라서, 스카알렛은 그저 끄덕이는 수밖에 없었다. 그리고 승낙한다는 것을 보이기 위해서 잡고 있던 손에 지그시 힘을 주었다.

「그 애를 언니에게 드리겠어요.」 보이지 않을 정도로 희미한 미소가 떠올랐다. 「난, 그 앨, 이미 언니한테 드렸었지요. 벌써 훨씬 전에. 생각나세요? 그 애가 아직 낳기도 전에.」

생각나느냐고? 어떻게 그때 일을 잊을 수가 있으랴. 마치 그 무서웠던 날이 다시 되돌아온 것처럼 뚜렷이 그 구월달 한낮의 숨막힐 듯한 더위가 느껴졌다. 그 북군의 무서움, 퇴각하는 군대의 발소리, 만약 자기가 죽거든 갓난아기를 부탁한다던 멜라니의 목소리. 그리고, 그때 멜라니를 얼마나 미워했던가, 얼마나 그녀가 죽기를 바랐었던가 하는 것까지 생생하게 기억이 되살아왔다.

『내가 멜라니를 죽인 거다.』 하고 그녀는 미신 같은 공포에 사로잡히면서 생각했다.』내가 그처럼 노상 멜라니가 죽기를 바라고 있었기 때문에 하느님은 내 소원을 들어 주시고, 그리고 나를 벌하고 계신 거다.』

「어머나 멜라니도, 그런 소리 하면 못 써! 꼭 나을 거야.」

「아니 이미 글렀어요, 부탁해요. 들어 줘요, 꼭!」

스카알렛은 꿀꺽 침을 삼켰다.

「염려 말아요. 내 자식들과 똑같이 기를 테야.」

「대학까지?」멜라니는 희미한 약하디약한 소리로 물었다.

「그럼 그럼, 대학이건 하버드건 유럽이건 무엇이건 그애가 원하는 대로. 그리고, 그리고 망아지도. 그리고 음악 공부도. 이봐, 제발, 멜라니, 정신 차려요! 기운을 내란 말야!」

다시 침묵에 잠겼다. 멜라니의 얼굴에는 다시 무언가를 계속 말하려고 애쓰고 있는 모습이 역력히 나타나 있었다.

「애실리…….」하고 그녀는 말을 꺼냈다. 「애실리하고 언니…….」그녀는 머뭇거리다가 다시 입을 다물고 말았다.

애실리의 이름이 나오자, 스카알렛의 심장은 돌처럼 싸늘하게 굳어 버렸다. 멜라니는 처음부터 알고 있었던 것이다. 스카알렛은 이불 위에 얼굴을 묻었다. 울려고 해도 목소리가 목에 걸려서 사정 없이 목을 조른다. 멜라니는 알고 있었던 것이다. 스카알렛은 이미 부끄러워할 수조차 없었다. 아무런 감정도 없었다. 그저 이 상냥한 사람을 오랜 세월 동안 괴롭혀 온 데 대해서 미칠 것만 같은 회한을 느낄 뿐이었다. 멜라니는 알고 있었던 것이다. 그런데도 여전히 나의 성실한 친구로서 사귀어 왔던 것이다. 아아, 만약 멜라니가 앞으로 몇 해고 살아 있어만 준다면 ! 나는 애실리와는 길도 마주치지 않도록 하련만.

『오,_하느님 ! 』 하고 그녀는 얼른 기도했다. 『부디 멜라니가 죽지 않도록 해주십시오 ! 저는 멜라니에게 보상을 하겠읍니다. 아주 친절하게 하겠읍니다. 멜라니의 병을 낳게만 해주시면, 저는 살아 있는 한 애실리와는 두 번 다시 말도 하지 않겠읍니다 ! 』

「애실리.」 하고 멜라니는 희미하게 말하고는 손을 뻗어, 스카알렛의 수그린 머리를 더듬었다. 스카알렛의 머리를 잡아당기는 그녀의 엄지손가락과 집게손 가락에는 이미 갓난아기만한 힘밖에는 없었다. 스카알렛은 그것이 무슨 뜻인가 를 알았다. 멜라니는 얼굴을 쳐들게 하려 하고 있는 것이다. 하지만 어떻게 얼굴을 들 수가 있단 말인가. 멜라니의 눈을 보고 그 속에 담겨 있는 뜻을 어떻게 헤아릴 수 있겠는가.

「애실리.」 하고 멜라니는 또 속삭였다. 스카알렛은 스스로 자기 몸을 움켜쥐 었다. 마지막 심판 날, 하느님 앞에 나가서 하느님 눈에서 자신의 선고를 알아 차렸다 하더라도 이처럼 괴롭게 생각되지 않을 것이다. 그녀의 영혼은 움츠러들 고 말았다. 그러나 그녀는 얼굴을 들었다.

거기에 본 것은 다만, 다가오는 죽음 때문에 푹 꺼지고 힘을 잃고, 그러나 정다운 그 검고 가련한 눈과, 숨을 쉬기도 괴로운 듯한 그 상냥한 입뿐이었다. 거기에는 비난도 없거니와 죄를 책하는 빛도 없고 공포도 없었다. 다만 말을 하고 싶은데도 말할 힘마저 없는 것에 초조해 하는 모습이 있었다.

잠시 동안, 스카알렛은 정신이 아물아물해지는 것 같아서, 후 하고 숨을 내쉴 수가 없었다. 이윽고 멜라니의 손을 꼭 쥐고 있는 동안에, 하느님에 대한 따뜻한 감사의 말씀이 솟아올라서, 어렸을 때 이후 처음으로 겸허하고 순진한 마음으로 기도했다.

『하느님 감사하옵니다. 제가 그만한 가치도 없는 인간이란 것은 알고 있읍 니다. 그러나 그녀에게 알리지도 않으신 데 대해서 감사드립니다.』

「애실리가 어쨌다는 거지, 멜라니 ?」

「언니한테…… 그이를 부탁해요.」

「알았어, 아무 걱정 말아요.」

「그이는 감기에 걸려요, 자주.」

잠시 침묵이 계속되었다.

「그이의 사업도 부탁해요, 알아들었수 ! 」

「응, 알았어, 걱정 말아.」

멜라니는 안간힘을 쓰고 있었다.

「애실리는 사업에 대한 수완이 없어요.」

죽음에 이르렀가 때문에, 멜라니의 입에서 남편에 대한 이 같은 불신도 새어 나왔으리라.

「그이를 부탁해요, 스카알렛. 하지만 그이에겐 아무 것도 말하지 말아요.」

「알았어, 그이에 대해서나 일에 대해서나 아무 걱정도 말아요. 그리고 애실리 한테는 아무것도 알리지 않을께, 알지 못하게 잘 할께.」

멜라니는 억지로 미소를 지어 보였다. 그러나 그녀의 눈이 다시금 스카알렛의 눈과 마주쳤을 때, 그 미소는 승리를 자랑하고 있는 것처럼 보였다. 각박한 세파에 대한 애실리 윌크스 옹호의 임무가 한 사람의 부인으로부터 다른 한 사람의 부인에게로 넘겨진 약속의 표시로서 두 사람은 눈길을 교환했다. 만약 이것을 안다면 애실리는 남성으로서의 긍지로 결코 그것을 허락하지 않았으리라.

스카알렛이 부탁을 들어 주었기 때문에 마음을 놓았는지 멜라니의 극도도 지쳐 버린 얼굴에서는 고통스러운 듯한 빛이 사라졌다.

「언니는 무척 영리하고, 무척 용감하고, 언제나 내게 다정하게 해주셨어요.」

이 말을 듣자, 스카알렛의 목에 걸려 있던 오열은 일시에 둑이 터진 것처럼 흘러나왔다. 그녀는 무의식중에 자기 입을 눌렀다. 이제 그녀는 어린 아이처럼 커다란 소리로 울부짖을 것만 같았다.

『나는 악마였어! 멜라니한테 못할 짓만 했었던 거야! 멜라니를 위해서 해준 일은 하나도 없었어! 모두가 애실리 때문이었던 거야!』

그녀는 문득 일어서서 마음을 가라앉히려고 엄지손가락을 꼭 깨물었다. 레트가 하던 말이 다시 생각났다. 『그녀는 당신을 사랑하고 있어. 그것은 당신이 져야 할 십자가란 말요.』 그렇다, 그 십자가가 지금은 더 한층 무게를 더해 온 것이다. 갖은 수단을 다해서 이 사람에게서 애실리를 빼앗으려고 한 것만도 못견딜 만큼 고통스러운 일인데, 지금 그 생애를 통하여 나를 맹목적으로 믿어 온 멜라니가, 죽음의 자리에서도 여전히 변함 없는 사랑과 신뢰를 바치고 있다고 생각하면 더욱더 괴로왔다. 이미 그녀는 말도 할 수 없었다.

「정신 차려요!」하고 한 번 더 말할 수는 도저히 없었다. 멜라니를 편안하게 괴로움도 없고, 눈물도 없고, 슬픔도 없이 죽게 해주어야 한다.

도어가 조금 열리며, 미드 의사가 문 어귀에서 서서 명령하는 것처럼 그녀를 손짓해 불렀다. 스카알렛은 눈물을 삼키고, 침대 위에 구부려 멜라니의 손을 잡아 자기 볼에 눌러 댔다.

「편히 쉬어요.」하고 그녀는 말했으나, 그 목소리는 자기로서도 의외로 생각될 만큼 침착했다.

「저어, 또 하나 약속해 주시겠수?」하고 멜라니가 이미 알아들을 수 없을 만큼 낮은 목소리로 말했다.

「그럼, 무엇이고.」

「버틀러 선장님…… 그분에게 정답게 해드려요. 그분은 언니를 무척 사랑하고 계세요.」

『레트가?』 하고 스카알렛은 어리둥절하면서 생각했다. 그러나 멜라니의 말은 그녀에게 있어서는 아무런 의미도 없었다.

「무척 사랑하고 있는걸.」하고 그녀는 기계적으로 대답했다. 그리고 멜라니의 손에 가볍게 키스하고, 그 손을 살그머니 침대에 놓았다.

「부인들에게 곧 오도록 말해 주시오.」하고 의사는 그녀가 방을 나오려 하자 작은 소리로 속삭였다.

인디어와 피티가 소리를 내지 않도록 스커트를 누르면서 의사의 뒤를 따라 방으로 들어가는 것을, 그녀는 멍하게 흐린 눈으로 바라보았다. 그녀들이 들어가자 도어가 닫히고 집안은 고요해졌다. 애실리의 모습은 아무 데도 보이지 않았다. 스카알렛은 장난을 하다가 벌을 받은 아이처럼 벽에 머리를 기대고 아픈 목을 문지르고 있었다.

도어 저쪽에서는 멜라니가 그리고 바로 그녀와 함께, 스카알렛이 오랜 세월 동안 알지 못하는 사이에 의지하고 있었던 그 힘이 세상을 떠나가려 하고 있는 것이다. 왜 나는 여태껏 자신이 얼마나 멜라니를 사랑했고, 얼마나 의지하고 있었는가를 모르고 있었단 말인가. 그러나 멜라니처럼 조그맣고 수수한 여자에게 그처럼 커다란 힘이 있었다고 누가 생각할 수 있었겠는가. 낯선 사람 앞에서는 부끄러워서 눈물도 흘리지 못했던 멜라니, 자기 의견을 말할 때에도, 쭈뼛거리면서 조심조심 큰 소리도 내지 못하고, 나이 먹은 부인들의 반대를 두려워하던 멜라니, 거위를 보고도 우 소리를 지를 용기도 없었던 멜라니에게. 그리고…….

스카알렛의 마음은, 잿빛 연기가 푸른 군복을 입은 북군 병사의 머리 위로 피어오르고, 멜라니가 찰즈의 군도를 들고 계단 위에 서 있던, 그 타라의 쥐죽은 듯이 조용하던 무더웠던 날을 생각해 냈다. 스카알렛은 그때 『어쩌면 바보스럽긴! 멜라니는 그 군도를 들어올릴 수도 없는 주제에!』 하고 생각했던 일을 회상했다. 그러나 지금에 와서 생각해 보면, 여차하면 그때 멜라니는 계단을 뛰어내려와서 북군 병사를 죽이든가 혹은 자기가 살해되든가 했을 것이 틀림없다고 깨달았다.

그렇다, 멜라니는 그 날 가냘픈 손에 군도를 쥐고 나를 위해서 싸우려 했던 것이다. 그리고 지금 스카알렛이 슬프게도 과거를 되돌아보니, 멜라니는 언제나 칼을 잡고 내 곁에 그림자처럼 소리 없이 붙어다니면서, 나를 사랑하고 맹목적인 성실성으로써 나를 위하여 북군과, 전화와, 기아와, 궁핍과, 세상 소문과, 그리고 사랑하는 그녀의 육친과도 싸워 주었다는 것을 똑똑하게 알았던 것이다.

스카알렛은 그녀와 세상과의 사이에서 번쩍이고 있었던 칼이 이제 영원히 칼집 속으로 들어가 버렸다고 생각하자 용기도 자신도 한꺼번에 빠져 버린 것처럼 느껴졌다.

「멜라니는 내게 있어서는 오직 하나밖에 없는 친구였다.」 그녀는 쓸쓸하게 생각했다. 「나를 진정으로 사랑해 주신 어머니를 빼면, 나를 사랑해 준 것은 멜라니뿐이다. 그녀는 어머니나 진배 없다. 그 사람을 아는 사람은 모두 그 사람의 스커트 자락에 매달려 있었던 것이다.」

갑자기, 그 닫혀진 도어 저편에서 어머니 엘렌이 다시 한 번 죽음의 자리에서 이 세상을 떠나려 하고 있는 것같이 생각되었다. 연약하고 상냥하고 따뜻한 마음을 가진 사람의 무서운 힘이 없이는 도저히 인생과 마주 서서 살아 나갈 수 없다는 것을 깨닫자, 황량한 마음에 사로잡혀서 느닷없이 자기 주변의 사람과 함께, 자신이 다시 타라에 되돌아가 있는 듯한 심정이 들기 시작했다.

그녀는 어떻게 해야 할지를 모르며, 겁에 질려서 복도에 서 있었다. 거실 난로의 불빛이 주위의 벽에 커다란 어두운 그림자를 던져 주고 있었다. 온 집안이 쥐죽은 듯이 고요했다. 그리고 고요함이 차가운 안개비처럼 그녀의 마음에 배어 들어왔다. 애실리! 애실리는 어디 있는 것일까.

그녀는 추위에 떠는 짐승이 불을 찾듯이 그를 찾아서 거실로 가 보았다. 그러나 그는 없었다. 그녀는 무슨 일이 있어도 그를 만나고 싶었다. 방금 그녀는 멜라니의 힘과, 자신이 그것에 의지해 왔다는 사실을 깨달았다. 그리고 깨달은 순간 그것은 사라지려 하고 있는 것이다. 그러나 아직 애실리가 남아 있다. 힘있고 슬기롭고 그녀를 위로해 줄 애실리가 있다. 지금은 애실리와 그의 사랑 속에만 힘이 있는 것이다. 자신의 약점을 덮어 줄 힘이 있고, 자신의 공포를 감당해 줄 용기가 있고, 자신의 슬픔을 낮게 해줄 위로가 있는 것이다.

틀림없이 그의 방에 있을 것이라고 생각하고, 발소리를 죽이면서 복도를 지나서, 조용히 도어를 두들겼다. 대답이 없었기 때문에 살짝 도어를 열어 보았다. 애실리는 화장대 앞에 서서 멜라니의 헝겊으로 기운 장갑을 보고 있었다. 맨 처음 한 짝을 집어 들고, 마치 처음 보는 것처럼 열심히 그것을 들여다보고 있었다. 그러고는 마치 유리 세공품을 다루는 것처럼 살그머니 그것을 놓고는 다른 한 짝을 집어 들었다.

그녀가 「애실리.」 하고 떨리는 목소리로 부르자, 그는 천천히 고개를 돌려 그녀를 보았다. 그 잿빛 눈에서는 잠자는 듯한 초연한 빛은 사라져 있었다. 커다랗게 떠져 있었고 감정을 감추려고도 하지 않았다. 그 눈에는 그녀에 못지않은 공포와, 그녀보다도 더 힘없는 불안과, 그녀가 본 적이 없을 만큼 깊은 혼란에 빠져 있는 빛이 나타나 있었다. 그 얼굴을 보자, 그녀는 복도에서 느꼈던 공포가 한층 더 깊어 가는 것을 느꼈다. 그녀는 다가갔다.

「난 무서워요.」하고 그녀는 말했다. 「아아, 애실리, 나를 꽉 잡아 주어요. 난 도무지 무서워서!」

그는 꼼짝도 하지 않고, 두 손으로 장갑을 움켜쥔 채 그녀를 지켜보고 있었다. 그녀는 그의 팔에 손을 얹으면서「왜 그러시죠!」하고 속삭였다.

그는 무언가 찾고 있으면서도 찾아낼 수 없는 것을 찾듯이 뚫어져라 하고 열심히 그녀를 바라보고 있었다. 가까스로 입을 열었으나 그 목소리는 평소의 그의 음성과는 전혀 딴판이었다.

「나는 당신을 만나고 싶었소.」하고 그는 말했다. 「나는 하마터면 뛰어다니면서 당신을 찾을 뻔했소. 위로를 받고 싶은 어린 아이들처럼 뛰어다니면서. 그런데 당신은 나보다도 더 겁을 먹고 내게로 달려온 어린 아이가 아니오?」

「어머나 당신이, 당신이 무서워하다니!」하고 그녀는 외쳤다. 「당신은 지금까지 무서워한 적이 없지 않아요. 그런데, 난, 당신은 지금까지도 늘 굳세었고 …….」

「만약 내가 굳세다고 한다면 그것은 저 사람이 내 뒤에 있어 주었기 때문이오.」하고 그는 힘없는 목소리로 말했다. 그리고 장갑을 들여다보면서 그 손가락을 어루만졌다.

「그러니까, 그러니까, 내가 가지고 있었던 힘은 저 사람과 더불어 이미 없어져 버린 거요.」

그의 나직한 목소리에는 극심한 절망의 음성이 깃들어 있었다. 그녀는 부지중에 그의 팔에서 손을 떼고 뒤로 물러섰다. 그리고 두 사람 사이를 차지하고 있는 무거운 침묵 속에서, 그녀는 난생 처음으로 그라는 인간을 정말로 안 것처럼 생각했다.

「하지만…….」하고 그녀는 천천히 말했다. 「하지만, 애실리, 당신은 그녀를 사랑하고 있겠지요?」

그는 괴로운 듯이 간신히 말했다.

「그녀는 내가 가지고 있던 유일한 꿈이오. 현실에 직면해서 생활하고 호흡하고 죽는 일이 없었던 꿈이오.」

「꿈!」 하고 그녀는 언제나처럼 짜증스러움을 느끼면서 생각했다. 「노상

572

꿈만을 안고 있는 사람! 상식이 전혀 없는 사람!」

답답하고, 웬지 견딜 수 없는 심정으로 그녀는 말했다.

「당신은 어지간히 바보였군요, 애실리. 그녀가 나 같은 것의 백만 배나 훌륭한 사람이라는 것을 어째서 당신은 몰랐었죠?」

「스카알렛, 인제 더는 말하지 말아 줘요! 내가 미드 선생의 주의를 받은 뒤로 얼마나 참고 견디어 왔는지, 그것을 알아만 준다면…….」

「얼마나 참고 견디어 왔는지라고요! 생각해 보세요, 나도…… 오, 애실리, 당신은, 더 훨씬 전에, 당신이 정말로 사랑하는 것은 그녀지, 내가 아니라는 것을 깨달았어야 옳았어요! 어째서 그것을 몰랐을까요? 그랬다면 모든 것이 완전히 달라졌을 텐데. 아, 진작 깨닫고, 명예니 희생이니 그 따위 말을 해서 나를 묶어 놓지 않았더라면 좋았을 거예요! 좀더 빨리 그런 말씀을 해주셨으면 나도 그것은 나로서도 죽는 것만큼이나 고통스러웠을지도 모르지만, 그래도 어떻게든 견디어냈으리라고 생각해요. 그런데 당신은 여태까지, 멜라니가 이렇게 될 때까지 그것을 모르고 있었다니. 이젠 무슨 짓을 해도 소용이 없어요. 아아, 애실리, 그런 것을 아는 것은 남자예요. 여자가 아니란 말예요! 당신이 사랑한 것은 언제나 그녀였지, 나에 대해선…… 레트가 와틀링 같은 여자를 요구하는 것처럼 나를 요구하고 있었다는 것을 진작 깨달았어야 옳았을 거예요!」

그는 이 말에 주춤했다. 그래도 여전히 그녀의 눈을 침묵과 위로를 애원하는 것처럼 물끄러미 바라보고 있었다. 그의 얼굴은 구석구석까지 그녀의 말이 진실이라는 것을 나타내고 있었다. 어깨를 축 늘어뜨리고 있는 것만 보아도 그녀가 책할 것도 없이 그의 자책이 얼마나 가혹한 것인가를 알 수 있었다. 그는 장갑을, 그것이 마치 자기를 이해해 주는 사람의 손이기라도 한 듯이 꽉 움켜잡고 그녀 앞에 서 있었다. 그리고 그녀는 자기 말 뒤에 이어진 침묵에 빠져 있는 동안에 노여움이 차츰 사라져 버리고, 경멸 어린 연민의 정이 새로이 솟아나는 것을 느꼈다. 그녀는 마음이 아파서 견딜 수가 없었다. 두들겨 맞으면서도 전혀 막을 재간이 없는 사나이를 채찍으로 때리고 있다. 그런데 방금, 멜라니에게, 그에 대해서는 걱정하지 말라고 약속하지 않았던가.

『멜라니와 약속하기가 바쁘게, 나는 이처럼 비열하게 그를 괴롭히는 말을 하고 말았다. 나는, 아니 나만이 아니다. 누구라도 이런 말을 할 필요는 없는 것이다. 이 사람은 스스로 잘 알고 있는 것이다. 그 때문에 살을 저미는 것 같은 생각을 하고 있는 것이다.』 하고 그녀는 비참한 마음으로 생각했다. 『이 사람은 아직도 어른이 아닌 것이다. 나와 마찬가지로 어린 아이인 것이다. 멜라니를 잃을 공포 때문에 마음이 약해져 있는 것이다. 그리고 멜라니는 이렇게 되리라는 것을 알고 있었던 것이다. 멜라니는 이 사람을 나보다는 훨씬 더 잘 알고 있었던 것이다. 그러니까 그녀는 애실리와 보우를 부탁한다고, 이 사람과 아들을 함께 말한 것이다. 어떻게 애실리가 이것을 견뎌낼 수 있겠는가? 나는 견뎌낼 수 있다, 나는 무슨 일이든 견뎌낼 수 있다. 여태까지도 나는 얼마든지 견뎌내야 할 일들이 있었으니까. 하지만 이 사람에게는 그것이 되지 않는다. 이 사람은 멜라니 없이는 아무것도 견뎌내지 못하는 것이다.」

「미안해요.」하고 그녀는 두 손을 내밀면서 상냥하게 말했다.「당신이 얼마나 괴로와하고 계시는지 나도 알아요. 하지만 애실리, 멜라니는 아무것도 몰라요. 의심해 본 적도 없어요. 이건 하느님 덕분이에요.」

그는 갑자기 그녀에게로 다가오자, 정신 없이 끌어안았다. 그녀는 발돋움을 하고 서서 자기의 따뜻한 볼을 위로하듯이 그의 볼에 눌러 붙이고, 한쪽 손으로 그의 머리를 쓸었다.

「울면 안 돼요. 멜라니는 당신이 꿋꿋하기를 바라고 있어요. 아마 곧 당신을 만나고 싶다고 할 거예요. 그러니까 꿋꿋하고 침착해야 해요. 우는 꼴을 보여서는 안 돼요, 멜라니가 걱정할 거예요.」

그는 숨도 쉬지 못할 만큼, 그녀를 꼭 끌어안았다. 그리고 그녀의 귓전에 대고 목쉰 소리로 말했다.

「나는 어떻게 하면 좋단 말이오? 나는 그녀 없이는 살아갈 수 없소!」

『나도 마찬가지예요.』하고 그녀는 멜라니가 없는 앞으로의 긴 세월이 머리 속에 떠오르자, 몸서리를 치면서 그렇게 생각했다. 그러나 그녀는 이를 악물었다. 애실리가 나를 의지하고 있었다. 멜라니도 나를 의지하고 있다. 전에도 한 번 타라의 달빛 속에서, 취하고 지쳐서 생각한 일이 있었다. 『무거운 짐은 그것을 질 만한 힘이 있는 어깨에 지워지는 것이다.』 그렇다, 내 어깨는 튼튼하고, 애실리의 어깨는 약한 것이다. 그녀는 짐을 지려는 것처럼 어깨를 펴고 억지로 자신의 마음을 가라앉히고, 정열도 동경도 욕망도 없이, 다만 냉정하고 상냥하게 그의 젖은 볼에 키스했다.

「우리들은 어떻게든지 해나갈 수 있으리라고 생각해요.」하고 그녀는 말했다.

도어가 별안간 거칠게 열리고 미드 의사가 날카롭게 초조한 듯이 불렀다.

「애실리! 빨리!」

『아아, 그녀는 죽고 말았구나!』 하고 스카알렛은 생각했다. 『그리고 애실리는 작별 인사를 할 틈도 없었구나! 하지만 어쩌면…….』

「빨리!」하고, 그녀는 그가 얼빠진 것처럼 가만히 그녀를 지켜보고 우두커니 서 있는 것을 보자, 그를 밀면서 외쳤다.「빨리!」

그녀는 도어를 열고, 그를 밀어냈다. 그녀의 말에 감전이라도 된 듯이, 그는 아직도 장갑을 꼭 움켜쥔 채 복도를 달려갔다. 잠깐 동안 그의 다급한 발소리가 들리고 이윽고 도어가 닫히는 소리가 났다.

「아아!」하고 그녀는 또 한 번 한숨을 내쉬고, 천천히 침대 쪽으로 다가가서 그 위에 걸터앉자, 두 손으로 머리를 감싸안았다. 갑자기 피로가 밀어닥쳤다. 난생 처음 느끼는 것 같은 심한 피로였다. 도어가 닫히는 소리와 함께 필사적으로 긴장돼 있던 마음이, 여태까지 힘이 돼 주고 있던 긴장이, 한꺼번에 확 풀어지고 말았다. 몸은 지칠 대로 지치고, 아무런 감정도 느낄 수 없게 되어 있었다. 슬픔도 회한도, 공포도, 놀라움도 지금은 느껴지지 않았다. 오직 피로해 있을 뿐이었다. 그리고 마음은 벽난로 선반의 시계처럼 그저 귀찮은 듯이 기계적으로 움직이고 있는 데 불과했다.

이 권태로움 속에서 한 가지 생각이 떠올랐다. 애실리는 자기를 사랑하지 않는다. 여태까지도 사랑하지 않았던 것이다. 그러나 그런 줄을 알았는데도 조금도 괴롭지 않았다. 괴로울 터인데도 비참해지고, 절망하고, 운명을 향하여 울부짖고 싶어질 터인데도. 그토록 오랫 동안 그의 사랑에 의지해 온 내가 아니었던가. 그의 사랑에 의지했었기 때문에 몇 번이고 어두움을 뚫고 지나올 수 있었던 것이 아니었던가. 그런데 사실은 어떤가. 그는 나를 사랑하고 있지 않다. 그리고 그 점에 대해서, 나는 아무렇게도 생각하고 있지 않다. 나도 또 그를 사랑하고 있지 않기 때문에 연한 것이다. 나는 그를 사랑하지 않는다. 그렇기 때문에 그가 무엇을 하거나 무슨 말을 하거나 괴롭지 않은 것이다.

그녀는 너무나 지쳐서 베개에 머리를 얹었다. 자신의 생각을 쫓아 버리려고 싸워도 보았다. 자신에게 타일러 보기도 했다. 『하지만 나는 사실은 그를 사랑하고 있는 것이다. 오랫 동안 사랑하고 있었던 것이다. 사랑이라는 것은 그렇게 갑자기 식는 것은 아니다.』 하고 타일러도 보았으나 헛일이었다.

사랑은 식을 수도 있는 것이다. 그리고 사실 식어 버린 것이다.

『애실리라는 사람은 실제로 있었던 것이 아니라 다만 내 환상 속에 살고 있었을 뿐이다.』 하고 그녀는 권태롭게 생각했다. 『나는 무언가 내가 만들어낸 것을 사랑하고 있었던 것이다. 지금 멜라니가 죽어 있듯이, 죽어 있는 데 불과한 것을 사랑하고 있었던 것이다. 나는 스스로 아름다운 옷을 짓고, 그것과 사랑에 빠져 있었던 거야. 애실리가 타라에서 말을 타고 찾아왔을 때, 사뭇 아름답고, 사뭇 희한했기 때문에 그 의상이 그에게 어울리는지 어떤지도 확인하지 않고, 나는 그에게 입혀 버리고 말았던 거야. 그리고 그가 사실은 어떤 사람인가를 보려고도 하지 않았던 거야. 내가 여태까지 줄곧 사랑해 온 것은 그 아름다운 의상이었던 거야. 애실리 자신은 아니었던 거야.』

아제, 훨씬 옛날 일을 돌이켜보면 초록빛 꽃무늬의 드레스를 입고 타라의 햇빛 속에 서서, 은투구처럼 금발을 빛내던 말 탄 청년에게 가슴을 설레던 자신을 뚜렷이 회상할 수 있었다. 지금 생각해 보면, 그는 어린 아이 같은 공상의 대상에 불과했고, 아버지 제랄드에게 녹주석 귀걸이를 조르던 방자한 욕망과 조금도 다른 데가 없었다는 것을 깨달았다. 일단 그 귀걸이를 내것으로 만들면 이미 그것은 아무런 가치가 없어지고 마는 것이다. 돈만은 그렇지 않지만 무엇이든지 일단 자기 것이 되어 버리면, 모든 것은 그 가치를 잃고 마는 것이다. 그러니까 이와 마찬가지로 애당초에 그가 청혼을 하고 그리고 그것을 거절하는 만족을 맛보았더라면, 애실리도 값싸게 보였을 것이다. 만약 그녀가 애실리를 자기 마음대로 조종하고, 다른 남자들과 마찬가지로 그가 정열적이었거나, 질투를 했거나, 볼이 부어 있거나, 슬픈 호소를 하거나 했었다면 그녀가 아무리 그에게 홀딱 반해 있었다 하더라도 다른 새로운 사나이를 만나면, 그 정열은 태양이나 산들바람 앞의 안개처럼 훌훌 어처구니 없이 날려가 버리고 말았을 것이 틀림없는 것이다.

『얼마나 나는 바보였었단 말인가.』 하고 그녀는 안타까운 듯이 생각했다. 『그러니까 지금 그 보복을 받게 된 것이다. 지금이야말로 내가 그처럼 바라던 대로 되고 만 것이다. 멜라니가 죽어 준다면 애실리는 내것이 될 것이라고, 나는 바라고 있었다. 그리고 지금 멜라니는 죽고, 나는 애실리를 차지하게 되었다. 그런데도 나는 그를 차지하고 싶지 않은 것이다. 그는 그 우스꽝스러운 체면을 중시하는 심정에서, 내가 레트하고 이혼하고 그와 정식으로 결혼할 작정이냐고 물을 것이다. 그와 결혼을 한다고? 어떤 일이 있어도 절대로 그하고는 같이 살지 않을 테다! 하지만 그렇다 하더라도 역시 나는 앞으로 평생 동안, 그의 의지가 되어 주어야 하는 것이다. 내가 살아 있는 한, 그의 뒷바라지를 해주고, 굶주리지 않도록 남들에게 천대를 받지 않도록 보아 주지 않으견 안 된다. 내 스커트 자락에 매달리는 어린 아이가 하나 더 생긴 셈이다. 나는 연인을 잃고 그대신 아이가 하나 더 생긴 것이다. 만약 멜라니에게 약속하지 않았더라면, 나는 인젠 이 이상 그를 못 만난다 해도 조금도 괴롭지는 않으련만.』

62

　방 밖에서 소곤거리는 소리가 들려 왔기에 도어 쪽으로 가 보았더니, 겁에 질린 흑인들이 뒷문 복도에 서 있었다. 딜시는 잠들어 있는 보우를 두 팔을 앞으로 축 늘어뜨려서 무거운 듯이 안고 있고, 피터 할아범은 울고 있었으며, 쿠키는 눈물에 젖은 커다란 얼굴을 앞치마로 닦고 있었다. 세 사람 다, 도대체 자기들은 어떻게 하면 좋겠느냐고 묻고 싶은 듯이 입을 꾹 다물고 그녀를 지켜보았다. 그녀가 복도에서 거실 쪽으로 시선을 보내자, 인디어와 피티 고모가 손을 서로 맞잡고 말도 못 하고 우두커니 서 있었다. 이번만은 인디어도 고집스러운 표정은 하고 있지 않았다. 흑인들과 마찬가지로 이 두 사람도 지시를 기다리고 있는 것처럼 애원이라도 하는 듯이 그녀를 지켜보고 있었다. 그녀가 거실로 들어가자 두 사람은 곧 옆으로 다가왔다.
　「오오, 스카알렛, 어떡하면…….」피티 고모는 뚱뚱한 아이처럼 입을 떨면서 말을 꺼내기 시작했다.
　「잠자코 계셔요. 제 심청은 울부짖고 싶어요.」하고 스카알렛은 말했다. 신경이 너무 긴장되어 있었기 때문에 부지중에 목소리가 날카로와지고 주먹으로 양쪽 옆구리를 짚었다. 지금 멜라니의 이야기를 하거나, 죽은 뒤의 처리 문제를 생각하거나 하면, 목이 다시 졸리는 것 같았다.「두 분한테서는 아무것도 듣고 싶지 않아요!」
　그녀의 위압적인 목소리를 듣자, 두 사람은 불안하고 괴로운 표정을 지으며 물러갔다. 『이 사람들 앞에서 울어서는 안 된다.』 하고 그녀는 생각했다. 『여기서 이성을 잃고 허둥거리면, 이 사람들도 울음을 터뜨리고 만다. 그렇게 되면 흑인들까지 커다란 소리로 울음을 터뜨리고, 우리들은 모두 미친 사람처럼 커다란 소리로 울음을 터뜨리고, 우리들은 모두 미친 사람처럼 되어 버린다. 마음을 가라앉혀야 한다. 해야 할 일이 많은 것이다. 장의사를 찾아가서 장례 준비를 해야 하고, 집안을 깨끗이 청소시켜야 하고, 여기 있으면서, 내 목에 매달려서 울음을 터뜨릴 사람들에게 잔소리도 해야 한다. 이런 일은 애실리는 못 하는 일이야. 피티 고모나 인디어도 이런 일은 하지 못한다. 아아, 얼마나 지겨운 짐이란 말인가? 언제나 나는 지겨운 짐만 지게 된다. 그것도 언제나 남의 짐뿐이란 말야!』
　그녀는 인디어와 피티 고모의 어리둥절하고, 어쩔 줄 몰라 하는 얼굴을 보자 진심으로 후회되기 시작했다. 멜라니는 그녀가 사랑하는 사람들에게 스카알렛이 이렇게 퉁명스럽게 대하는 것을 본다면 결코 좋아하지 않을 것이다.

「화를 내서 미안해요.」하고 그녀는 간신히 말했다. 「다만 전…… 고모님, 화를 내서 미안해요. 전 잠깐만 포치에 나갔다 오겠어요. 혼자 있고 싶어요, 돌아오거든 우리 함께…….」

그녀는 피티 고모의 어깨를 가볍게 두드리고, 인제는 잠시라도 이 방에 있다가는 견뎌나질 못할 것 같아서, 급히 고모의 곁을 빠져 나와 현관 도어 쪽으로 갔다. 어쨌든 혼자 있고 싶었던 것이다. 그리고 커다란 소리로 울고 싶었다. 그렇게라도 하지 않으면 가슴이 터질 것만 같았던 것이다.

어두운 포치에 한 걸음 발을 내딛고 도어를 닫자, 촉촉한 밤기운이 얼굴에 서늘하게 부딪쳤다. 비는 멎어서 가끔 처마 끝에서 떨어지는 빗방울 소리 외에는 아무런 소리도 안 들렸다. 주위는 온통 짙은 안개로 싸여 있었다. 살갗에 차가운 안개로서, 어쩐지 저물어 가는 한 해가 한층 박두했다는 것을 느끼게 했다. 길가의 집들은 어둠에 싸이고 오직 한 집의 밝은 창에서 한길로 떨어지는 램프 빛이 어렴풋하게 안개와 섞여서 고운 금가루 같은 안개가 그 광선 속에 감돌고 있었다. 온 세상이 꼼짝하지 않는 잿빛 연기의 막으로 둘러싸여 버린 것처럼 깊은 적막 속에 빠져 있었다.

머리를 포치 기둥에 기대고 울려고 했으나 눈물이 나오지 않았다. 이것은 울려고 해도 울 수 없을 만큼 심각한 불행이었다. 그녀는 부지중에 진저리를 쳤다. 그녀의 생활을 밝혀 주고 있던 두 개의 견고한 성채가 허물어지는 소리가, 귀가 멍해질 만큼 지금도 여전히 마음 속에서 메아리를 되풀이하고 있었다. 그녀는 잠시 우두커니 서서, 언제나처럼 『내일 좀더 마음이 가라앉은 다음에 생각하기로 하자.』하는 주문을 외려 했으나, 그 주문도 이미 그 마력을 잃어 버리고 있었다. 그녀는 지금 두 가지 일, 멜라니에 대해서는 자기가 얼마나 그녀를 사랑하고 있었던가, 얼마나 그녀에게 의지하고 있었던가 하는 것이었고, 그리고 애실리에 대해서는 그의 참모습을 보려고 하지 않았던 자신의 고집스러운 어리석음, 이 두 가지에 대해서 생각하지 않을 수 없었다. 그리고 내일이 되더라도, 아니 언제까지라도 이 일을 생각하면, 지금과 같은 괴로운 생각을 할 것이 틀림없을 것이라고 생각했다.

『지금은 도저히 그 방으로 돌아가서 그 사람들과 말을 할 수는 없어.』하고 그녀는 생각했다. 『오늘 밤엔 애실리를 만나서 그를 위로할 수가 없어. 오늘 밤엔 도저히 못 하겠어. 내일 아침 일찍 와서 준비를 하리라. 위로도 해주리라. 하지만 오늘 밤엔 안 되겠다. 할 수가 없단 말야. 이대로 집으로 돌아가야겠어.』

집은 불과 다섯 마장밖에 떨어져 있지 않았다. 흐느껴 우는 피터 할아범에게 마차 준비를 시키는 것도, 미드 의사가 마차로 바래다 주는 것도 기다리고 있을 수가 없었다. 피터 할아범의 눈물이나 미드 의사의 비난 섞인 침묵에는 도저히 견뎌낼 것 같지도 않았다. 코트도 입지 않고 모자도 안 쓴 채 급히 어두운 현관 계단을 내려가서 안개 자욱한 캄캄한 밤 속으로 나갔다. 거리 모퉁이를 돌아서, 조용하고 촉촉하게 젖은 거리를, 피치트리 거리 쪽으로 긴 언덕을 오르기 시작했다. 꿈속을 걷고 있는 것처럼 발소리조차 나지 않았다.

언덕을 오르면서 가슴은 나오지 않는 눈물로 죄어드는 것 같았다. 전에 도——더구나 그것은 한 번만이 아니라 몇 번이나——이 몽롱한 안개 낀 것 같은 언덕에서, 같은 상태에서 경험한 적이 있는 감정, 무언가 정체를 알 수 없는 감정이 마음 속으로 숨어들었다. 어리석은 일이라고 그녀는 걸음을 서두르면서 불안스럽게 생각했다. 아마 신경 탓이리라고 생각했다. 그러나 그 감정은 어느 틈엔가 그녀의 마음 전체를 싸고 끈덕지게 떨어지려 하지 않았다. 주위를 살그머니 살펴보았다. 그러자 매우 언짢은, 그러나 분명히 경험해 보았던 감정이 더해져 왔다. 그녀는 위험을 알아챈 야수처럼 번쩍 고개를 들었다. 너무 지쳐 있을 뿐이라고 마음을 가라앉히려고 했다. 그리고 오늘 밤은 도무지 이상하고, 안개가 몹시 짙다. 이런 짙은 안개는 여태까지 본 일이 없다. 다만 그때…… 언젠가? 그때!

간신히 생각이 나자 가슴이 죄어드는 것 같은 무서움을 느꼈다. 이제야 알았다, 며칠 밤이라고 말할 수도 없는 악몽 속에서, 아무런 길 표시도 없는 악몽 속에서, 아무런 길 표시도 없는 차갑고 짙은 안개에 싸여서, 당장이라도 달려들 것만 같은 유령이나 요괴들이 사는 나라에서, 이와 같은 안개를 벗어나려고 안간힘을 쓴 적이 있었던 것이다. 지금도 역시 그 꿈을 꾸고 있는 것일까. 아니면 꿈이 현실이 되어 나타난 것일까.

갑자기 현실 세계가 사라지고 그녀는 자기 자신을 잃고 말았다. 일찌기 악몽을 꾸었을 때의 감정이 전보다도 더 한층 강하게 밀어닥쳐 와서, 가슴은 터질 것처럼 빠르게 고동치기 시작했다. 일찌기 그 타라 시절과 같이 또 죽음과 정적 속에 있는 것이었다. 이 세상 모든 것이 사라져 버리고 인생은 폐허 속에 팽개쳐지고, 공포가 차가운 바람처럼 가슴 속에 거칠게 불어 댄다. 공포가 안개 속으로 숨고 그 안개가 그녀를 잡으려고 다가온다. 그녀는 달리기 시작했다. 일찌기 꿈속에서 몇 번이고 수없이 달렸듯이 말할 수 없는 공포에 쫓기면서 잿빛 안개 속을 어딘가 안전한 피난처는 없을까 하고, 그저 목표도 없이 무작정 달렸다.

몽롱한 거리를 달렸다. 머리를 숙이고, 가슴은 무섭게 고동치고, 입술은 밤공기에 젖고, 머리 위의 나무들은 위협하듯이 가지를 늘어뜨리고 있었다. 어딘가에, 안개가 자욱한 조용한 이 무서운 곳 어딘가에 피난처가 있을 것이다. 기다란 언덕을 헐떡거리면서 뛰어올라갔다. 젖은 스커트가 차갑게 발꿈치에 휘감기고, 숨이 차서 단단히 조여맨 코르셋이 갈빗뼈를 죄어서 심장을 죄어 붙이는 것 같았다.

눈 앞에 등불이 희미하게 보였다. 한 줄로 늘어선 등불이 희미하게 깜박이고 있었다. 희미하기는 했지만 현실이었다. 악몽 속에서는 등불 같은 것은 하나도 본 적이 없었고, 다만 잿빛 안개뿐이었다. 그녀의 마음은 그 등불에 매달렸다. 등불이 있는 이상 이제 불안은 없고, 사람과 현실 세계가 있을 것이다. 문득 그녀는 멈춰 서서, 손을 움켜잡고 공포로부터 마음을 가라앉히려고 늘어선 가스등을 응시하였다. 이것은 피치트리 거리다, 애틀랜타나, 수마(睡魔)와 유령의 잿빛 세계는 아니라는 생각이 머리를 스쳤다.

자기 손에서 스르르 미끄러져 떨어지는 밧줄이기라도 한 것처럼 기력을 잃지 않으려고, 기를 쓰고 헐떡이면서 노둣돌에 털썩 주저앉았다.

『나는 뛰었어. 미친 사람처럼 뛰었단 말야.』 하고 그녀는 생각했다. 몸은 떨리고 있었으나 공포는 조금씩 가셔 갔다. 심한 울렁거림 때문에 토할 것 같았다. 『그런데 도대체, 어디를 어떻게 뛰었을까?』

숨쉬기가 점점 수월해졌기 때문에 옆구리를 누르면서 피치트리 거리를 바라보았다. 그 언덕 위에 그녀의 집이 있었다. 모든 창엔 등불이 켜져 있고, 그 밝은 빛으로 어두운 안개를 쫓아 버리고 있는 것처럼 보였다. 내집! 이것이 현실이다! 훨씬 저편에 희미하게 보이는 내집을 반가운 듯이, 그리운 듯이 바라보았다. 그러자 어쩐지 마음이 차분히 가라앉는 것이었다.

우리 집! 이것이야말로 내가 오고 싶어했던 곳이다. 계속해서 달리고 달리면서 찾고 있었던 것은 이것이었던 것이다. 레트가 있는 우리 집으로!

여기에 생각이 미치자, 그때까지 그녀를 묶어 두고 있던 쇠사슬이 풀려 떨어지고, 그와 함께 비틀거리면서 타라에 와서, 결국 이 세상이 끝났다는 것을 알았던 그 날 밤 이후로, 꿈속에까지 달라붙어 따라다니던 불안이 사라져 버렸다. 타라에 와서 비로소 그녀는 모든 보장, 모든 힘, 모든 지혜, 모든 것을 사랑하는 살뜰함, 모든 이해가 사라져 버린 것을 알았다. 엘렌 속에 체현(體現)되고, 소녀 시절을 지켜 주던 모든 것이 사라져 버린 것을 알았던 것이다. 그리고 그 날 밤 이후 물질적으로는 아무런 불안도 없는 생활을 얻었으나, 꿈속에서는 아직도 잃어버린 세계의 잃어버린 안식처를 찾아 헤매면서 겁에 질려 있던 어린 아이에 불과했던 것이다.

이제야말로 그녀는 꿈속에서 찾고 있던 피난처, 언제나 안개 속에서 숨겨져서 보이지 않았던 따뜻한 안식처를 찾아낸 것이다. 그것은 애실리가 아니었다. 아아, 절대로 애실리는 아니었던 것이다. 그에게는 늪의 빛만한 온기도 없었고 센 팔로 받쳐 주고, 건장한 가슴에 지친 머리를 기대게 해주고, 조롱 어린 웃음으로 모든 일을 똑똑히 내다볼 수 있도록 해주는 레트였던 것이다. 더구나 그는 그녀와 먀찬가지로 실현을 진실로 보고, 명예라든가, 희생이라든가, 인간성에 대한 높은 신념이니 하는, 실제로는 아무런 도움도 되지 않는 부질 없는 생각에 구애되는 일도 없이, 완전히 모든 것을 이해해 주는 것이다. 그는 나를 사랑하고 있다. 그 독설로서는 도무지 사랑하는 것같이 보이지는 않지만, 그가 나를 사랑하고 있다는 것을 왜 깨닫지 못했더란 말인가. 멜라니는 그것을 꿰뚫어보고 있었다. 그러기에 임종의 괴로운 숨을 가누면서 『그분에게 다정하게 해드려요.』 하고 말했던 것이다.

『아, 어리석은 것은 애실리만이 아니다. 나도 알았어야 했었던걸.』 하고 그녀는 생각했다.

오랜 세월을 두고 그녀는 레트의 사랑은 고집스럽게 거들떠보지도 않았고, 자신의 힘은 스스로 혼자서 얻은 것처럼 우쭐거리면서, 멜라니의 사랑과 마찬가지로 당연한 것처럼 생각하고 있었다. 지난 번에 자기가 병상에서 고통과 싸우고 있었던 그 날 밤, 멜라니가 곁에 있어 준다는 것을 깨달은 것과 같이 지금 그녀는, 자신의 배후에는 레트가 묵묵히 자기를 사랑하고, 자기를 이해해 주고, 언제든지 도와 줄 준비를 갖추고 서 있다는 것을 깨달았다. 바자에서는 춤을 추고 싶어서 근질근질해 하는 자기의 눈치를 알아차리고 릴에 끌어내 주기도 하고, 상복의 속박에서도 구해 내 주었고, 불길과 폭발 속을 호송해 주었고, 자기가 사업을 시작할 돈도 빌려 주었고, 자신이 밤중에 가위에 눌려서 울음을 터뜨렸을 때는 위로도 해주었다. 그렇다, 여자를 진정으로 사랑하고 있지 않다면 누가 그런 일을 해주겠는가!

나무에서 물방울이 떨어졌지만, 그녀는 그것마저도 느끼지 못했다. 안개가 그녀의 주위에 소용돌이치고 있었지만 마음에도 두지 않았다. 거무스름한 얼굴, 흰 이, 열기 있는 검은 눈을 가진 레트를 생각하자 몸이 후들후들 떨리기 시작했다.

『나는 그이를 사랑하고 있는 거야.』 하고 생각했다. 그리고 언제나 그렇듯이 선물을 받은 어린 아이처럼, 이상한 생각도 품지 않고 그 사실을 선뜻 인정한 것이다. 『언제부터 사랑하고 있었는지는 모르지만, 그것은 사실인 거야. 그리고 만약 애실리가 없었던들 나는 훨씬 전에, 그것을 깨달았을 거야. 애실리가 방해하고 있었기 때문에 나는 세상이라는 것을 전혀 볼 수가 없었던 거야.』

　그녀는, 악당이니 천한 놈이니 하는 소리를 듣던 레트를, 주저없이 적어도 애실리가 말하는 것과 같은 명예 따위에 상관 없이 사랑했다.
　『애실리가 말하는 명예 따위가 무엇이란 말인가 ! 』 하고 그녀는 생각했다. 『애실리가 말하는 명예가 언제나 나를 골탕먹였던 것이다. 그렇다, 그의 가족들이 멜라니와 결혼하기를 바란다는 것을 알고 있었으면서도, 그가 언제나 나를 만나러 왔을 당초부터 그랬던 거야. 레트는 나를 골탕먹인 적은 절대로 없었어. 그 멜라니의 연회가 있었던 무서운 밤, 당연히 나는 목이 비틀릴 것이라고 생각했었던 때조차도 그러했었다. 애틀랜타가 함락되던 날 밤, 나를 길바닥에 내버린 것도 염려 없다는 것을 알고 있었기 때문이었던 것이다. 어떻게든지 내가 해낼 수 있다는 것을 알고 있었기 때문이었어. 북군 감옥에서 돈을 빌기 위해서 대가를 요구하는 척했을 때도, 역시 마찬가지였던 거야. 날 속일 생각은 없었고, 다만 나를 시험해 보고 있었던 거야. 그이는 나를 내내 사랑해 오고 있었는데 나는 천박한 짓만 해 왔던 것이다. 몇 번이나 나는 그이의 마음을 상하게 해주었지만, 그이의 강한 긍지가 그것을 얼굴에 나타내는 것을 허락하지 않았던 것이다. 그리고 보니가 죽었을 때에는…… 아아, 어떻게 나는 그런 짓을 할 수가 있었던 것일까 ! 』
　그녀는 벌떡 일어나서 언덕 위의 집을 바라보았다. 반 시간 전에는 돈 이외의 모든 것, 인생에 사는 보람이 있게 하는 모든 것, 엘렌, 제럴드, 보니, 마미, 멜라니, 애실리, 그러한 모든 것을 이 세상에서 잃어버린 줄로 생각했었다. 그러나 그것들을 잃은 대가로서, 그녀는 지금, 자신이 레트를 사랑하고 있다는 것, 그가 자신과 마찬가지로, 굳세고 무모하고 정열적이고 저속하기 때문에 그를 사랑하고 있다는 것을 깨달은 것이다.
　『그에게 모든 것을 실토해야겠다.』 하고 그녀는 생각했다. 『그이는 알아줄 거야. 언제나 알아 주었는걸. 내가 얼마나 바보였던가, 그리고 지금은 얼마나 그이를 사랑하고 있는가를 실토하자. 그리고 그이의 마음을 되찾아야지.』
　갑자기 그녀는 굳세고 행복해진 듯한 마음이 들었다. 어두움도 안개도 이젠 무섭지 않았다. 그리고 이제 다시는 그런 것을 무서워하지 않게 되리라는 것을 생각하자 가슴 속에서 노래라도 부르고 싶을 만큼 유쾌해졌다. 앞으로는 아무리 안개가 내 주위에서 소용돌이치더라도 피난처를 알고 있는 것이다.
　그녀는 집을 향하여 빠른 걸음으로 걷기 시작했다. 몇 마장 거리가 무척 긴 것처럼 생각되었다. 먼 길처럼 느껴졌다. 견디다 못해, 스커트를 무릎까지 걷어올리고 가볍게 뛰기 시작했다. 그러나 이번에는 공포에 쫓기어서 뛰고 있는 것은 아니었다. 거리 끝에 레트의 팔이 있기 때문에 뛰고 있는 것이다.

63

　현관의 도어가 조금 열려 있었기 때문에 그녀는 숨을 헐떡 거리면서 복도로 뛰어들어 무지개빛 프리즘 모양의 샹들리에 밑에서 잠시 멈춰 섰다. 등불은 휘황한데도, 집 안은 고요했다. 그것도 아늑한 잠의 고요가 아니라 어디인가 섬뜩하고, 경계적인 축 늘어선 것 같은 침묵이 감돌고 있었다. 객실에도 서재에도 레트가 없다는 것을 한눈에 알고 그녀는 맥이 탁 풀렸다. 벨의 집이라든가 또는 어딘지 모르지만 저녁식사 때가 되어도 나타나지 않고 매일 밤마다 놀러가는 데에 가 있는 것일까. 그가 없으리라는 것은 예상하지 못했던 것이다.

　식당 도어도 닫혀 있었기 때문에 그를 찾기 위하여 계단을 올라가려 했다. 닫혀 있는 식당 도어를 보자 어쩐지 부끄러워져서 몸이 오그라드는 것만 같았다. 레트가 식당에 혼자 앉아서 곤드레가 되도록 취하고, 포크에게 재촉을 받으면서 침실로 들어갔던 지난 여름의 며칠 밤인가의 일이 생각났기 때문이다. 그러한 일도 결국 내가 나빴기 때문이다. 앞으로는 깨끗이 고쳐야지. 오늘부터 무엇이든지 다 새로 시작하는 거다. 하지만 하느님 제발 오늘 밤만은 그가 너무 취해 있지 않도록 해주십시오. 취해 있으면 내가 하는 말 따위는 믿지 않고 나를 웃음거리로 삼을 것이다. 그렇게 되면 나는 실망하고 말 것이다.

　살짝 식당 도어를 열고 틈 사이로 들여다보았다. 그가 식탁을 앞에 놓고 고꾸라질 듯한 자세로 의자에 앉아 있었다. 술이 가득 들어 있는 술병이 마개를 한 채 앞에 놓여 있고, 글라스를 사용한 흔적은 없었다. 아아, 다행이었다. 취하지는 않았다. 그에게로 달려가고 싶은 것을 참고, 도어를 활짝 열었다. 그러나 얼굴을 들고 그녀를 바라보는 그의 눈을 보자, 그녀는 저도 모르게 문 어귀에 멈춰 선 채 나오려던 말도 들어가 버리고 말았다.

　그는 피로해서 흐릿해진 검은 눈으로 물끄러미 그녀를 바라보고 있었으나, 그 눈에는 생기 있는 빛이라곤 조금도 없었다. 그는 그녀와 머리카락이 어깨에까지 흐트러져 내리고 가슴은 괴로운 듯이 들먹거리고 스커트에는 무릎까지 진흙으로 튀어 있는데도 놀라지도 않고 안색이 변하지도 않았으며, 의아해 하지도 않고 비웃는 것처럼 입술을 일그러뜨리지도 않았다. 의자에 깊숙이 몸을 묻고 옷은 굵은 허리에 눌려서 수세미처럼 되어 있었다. 그의 어디를 보더라도 당당하던 육체의 쇠약이 뚜렷이 나타나 있었고, 탄력 있던 얼굴은 거칠어져 있었다. 술과 방탕이, 화폐에 새겨진 초상 같은 그 얼굴에 작용해서 지금은 이미 그것은 새 금화에 새겨진 이교도의 젊은 왕자의 얼굴이 아니라, 오랫 동안 써서 닳아 버린 동화에 새겨진 퇴폐적이고 지쳐 빠진 시저의 얼굴이었다. 그는 가슴에 손을 얹고 문 어귀에 우두커니 서 있는 스카알렛을, 조용하다기 보다는 상냥하기까지 한 눈길로 쳐다보았다. 그녀는 도리어 무서워졌다.

「자, 들어와서 여기 앉아요. 그녀는 죽었소?」하고 그는 말했다.

그녀는 고개를 끄덕였다. 그리고 일찌기 본 적이 없는 그의 얼굴 표정에 어쩐지 불안한 생각이 들어서 조심조심 다가갔다. 그는 일어서지도 않고, 한쪽 발로 의자를 밀어 주었다. 그녀는 그 의자에 털썩 주저앉았다. 그렇게 당장 멜라니에 대한 말을 말아 주었으면 싶었다. 지금 멜라니의 이야기를 함으로써 아까 맛보았던 괴로움을 다시 한 번 맛보고 싶지는 않았다. 멜라니의 이야기를 할 기회는 앞으로 자기 일생 동안 얼마든지 있다. 그러나 〈나는 당신을 사랑하고 있어요.〉하고 외치고 싶은 심한 욕구에 쫓기고 있는 지금의 그녀에게 있어서는, 자신의 심중을 레트에게 실토하기에는, 오늘 밤 이 시간밖에는 없을 것 같았다. 그러나 그의 얼굴을 보면, 웬지 그럴 수가 없었고, 그리고 또 갑자기, 멜라니가 조금 전에 죽었는데 사랑에 대한 이야기를 꺼내는 것이 부끄러웠다.

「그래. 하느님, 그녀를 편히 잠들게 하옵소서.」하고 그는 침통하게 말했다. 「그녀는 내가 알고 있는 단 하나의 진실로 상냥한 사람이었어.」

「아! 레트!」그의 말에 의해서, 멜라니가 자신에게 베풀어 준 갖가지 친절이 너무나 또렷하게 생각나서 그녀는 슬픈 듯이 외쳤다. 「어째서 당신은 같이 와 주시지 않았어요? 무서웠어요. 당신이 곁에 계셔 주셨으면 했어요.」

「난 도무지 견딜 수 없었던 거야.」하고, 그는 단지 그 말만을 하고 잠시 잠자코 있었다. 이윽고 간신히 입을 열어서 조용히「참으로 훌륭한 부인이었어.」하고 말했다.

그는 우울한 눈길로 그녀를 바라보았다. 그런 그의 눈에는 애틀랜타가 함락되던 날 밤, 패퇴하는 군대에 참가하겠다고 그가 말했을 때, 타오르는 불빛 속에서 그녀가 본 것과 같은 빛이 떠올라 있었다. 그것은 자기라는 것을 완전히 알고 있으면서도, 그리고도 자기 속에 생각지도 않았던 성실한 마음이나 감동이 숨어 있다는 것을 발견하고, 그 발견에 희미한 자조(自嘲)를 느끼고 있는 사나이의 놀라움이었다.

그의 시무룩한 눈은, 마치 멜라니가 조용히 방을 지나서 도어 쪽으로 가는 것을 보고 있기나 하는 것처럼, 스카알렛의 어깨 너머로 움직여 갔다. 작별을 고하고 있는 그 얼굴 표정에는 슬픔도 고통도 없었다. 단지 한 번 더 『참으로 훌륭한 부인이었어.』 하고 말했을 때, 자신의 불가해한 마음에 대해서 곰곰이 생각하며, 소년 시절부터 잃어버렸던 격렬한 감동에 흥분하고 있는 표정이 보였을 뿐이었다.

스카알렛은 몸서리를 쳤다. 그와 동시에, 나는 듯이 내집으로 돌아온 기쁨도, 환한 따뜻함도, 즐거움도 그녀의 가슴에서 사라져 버렸다. 그가 이 세상에서 존경하고 있었던 오직 한 사람의 부인에 대해서 애석해 하는 말을 했을 때, 그녀는 레트가 생각하고 있는 것을 절반쯤 알았다. 그리고 그녀는 다시금 사랑하는 것을 잃었다는 무서운 느낌을 받아 적막한 심정에 빠져들었다. 그 손실은 이미 단순한 한 개인의 것만은 아니었다. 레트가 무엇을 느끼고 있는지 완전히 이해할 수도 없고 분석도 할 수 없었지만, 그러나 그녀도 역시 레토와 마찬가지로, 멜라니가 자기 곁을 사락사락 스커트 자락 스치는 소리를 내면서 지나가며, 마지막 애무로서 가볍게 스치고 가준 것처럼 느꼈던 것이다. 그녀는 레트의 눈을 통하여 가는 사람의 모습을 보았다. 그것은 단순히 한 사람의 여성을 잃었다는 것이 아니라 하나의 귀중한 전설, 남부가 전시중에 그 사람을 중심으로 단결하고, 패전 뒤에는 그 사람의 긍지와 사랑의 팔을 따라 모여들었던, 상냥하고 자기 희생적인, 그리고 불굴의 영혼을 가진 여성을 잃은 것이다. 그의 눈은 다시 그녀에게로 돌려졌다.

「이로써, 그녀도 이 세상을 떠나 버렸군. 당신에게는 참으로 잘 되잖았나?」라고 말한 그의 목소리는 전과는 말리 가볍고 차가운 투로 바뀌어 있었다.

「어머나, 무슨 소릴 하는 거예요?」하고 그녀는 놀라서 벌써 눈물을 글썽거리면서 외쳤다. 「내가 얼마나 그녀를 사랑하고 있었는지 알고 계셨으면서!」

「아냐, 알고 있었다고는 말할 수 없지. 당신이 그 백인 찌꺼기 같은 친구에게 정신 못 차리고 있었던 것을 생각하면 마지막에 가서 그녀의 가치를 인식했다는 것도 매우 믿기 어려운 일이지만, 그렇다면 아뭏든 예상치도 못 했던 일인걸.」

「어떻게 그런 말씀을 하실 수가 있어요? 물론 나는 그 사람의 가치를 알았어요. 당신은 몰라요. 나만큼 그 사람을 알지 못해요. 당신 같은 분이 그 사람을 알 리 없어요, 얼마나 그 사람이 좋은 사람이었는가를.」

「정말인가? 그럴 리가 없을 텐데.」

「그녀는 자신을 버리고 남의 일만 생각하고 있었어요. 글쎄, 그녀가 임종 때 한 말도 당신에 관한 말이었어요.」

그가 돌아다보았을 때, 그 눈에는 순진한 감정이 빛나고 있었다.

「뭐라고 했는데?」

「어머, 레트, 지금은 말할 수 없어요.」

「말해 줘.」

말소리는 냉정했으나 그녀의 손목을 쥔 그의 손에는 아플 만큼 힘이 주어져 있었다. 그녀는 말하고 싶지 않았다. 이런 식으로, 이야기를 자신의 사랑에 대한 일로 끌고갈 작정은 아니었던 것이다. 그러나 움켜쥐고 있는 그 손아귀 힘으로 보더라도 그는 들어 줄 것 같지 않았다.

「그녀는 말했어요. 그녀는 『버틀러 선장님에게 정답게 해드려요. 그분은 무척 언니를 사랑하고 계셔요.』 하고, 그렇게 말했어요.」

그는 잠자코 그녀를 지켜보고 있더니 이윽고 손목을 놓았다. 얼굴이 창백해진 채 눈을 감았다. 갑자기 그는 벌떡 일어나 창가로 가서 커튼을 젖혔다. 창밖은 안개뿐인데도 마치 볼 것이라고 있는 것처럼 열심히 밖을 내다보고 있었다.

「그 밖에 뭐라고 했소?」하고 그는 저쪽을 향한 채 물었다. 「보우를 부탁한다고 했어요. 그래서 난 내 자식처럼 기르겠다고 약속했어요.」

「그 밖엔?」

「그녀는 애실리, 애실리도 부탁한다고 말했어요.」

그는 잠시 잠자코 있었으나 이윽고 낮게 웃었다. 「전처의 승낙을 얻었다니, 잘됐군그래.」

「그게 무슨 뜻이죠?」

그는 돌아보았다. 마음은 어지러워져 있었으나, 그녀는 레트의 얼굴에 조금도 비웃는 빛이 없는 것을 알고 놀랐다. 그리고 또 그는, 아무런 재미도 없는 희극의 마지막 장면을 보고 있는 사나이의 얼굴보다도 더 감흥이 없어 보이는 얼굴을 하고 있었다.

「내가 말한 뜻은 분명하다고 생각되는데, 멜라니 씨는 죽었어. 당신에게는 내게 이혼을 요구할 이유가 충분히 있어. 게다가 이혼했다고 해서 손상될 만한 명예는 당신에게는 이미 남아 있지 않고, 그리고 당신은 이미 신앙도 없으니까 교회도 문제되지 않을 거야. 그렇다면 애실리와 당신의 꿈이 멜라니 씨의 축복에 의해 실현되기에 이르렀지 않느냔 말야.」

「이혼이라고요?」하고 그녀는 외쳤다. 「싫어요! 싫어요!」순간 그녀는 머리 속이 뒤죽박죽이 되었다. 갑자기 뛰어 일어나더니 달려가서 그의 팔에 매달렸다. 「어머나, 당신은 오해하고 계셔요! 끔찍한 오해예요! 이혼하고 싶다니, 그런 생각은 내게는 없어요. 난…….」그녀는 말이 막혀서 그 이상 한마디도 할 수가 없었다.

그는 그녀의 턱에 손을 대고, 조용히 얼굴을 불빛 쪽으로 젖히고 가만히 그녀의 눈을 쏘아보았다. 그녀는 진정을 눈에 드러내고 그를 올려다보았다. 말을 하려고 하면 입술은 바들바들 떨렸다. 그러나 무엇을 어떻게 말해야 좋을지 알 수 없었다. 그의 얼굴에서 자기의 요구에 응해 줄 만한 감동, 희망과 환희를 끌어내 줄 빛을 찾아내려고 애쓰고 있었기 때문이다. 아마 지금이야말로 알아 주었을 것이 틀림없다. 그러나 미친 듯이 찾아낸 것은, 언제나 그녀를 당황하게 만드는 그 조용하고 무표정한 거무스름한 얼굴에 지나지 않았다. 그는 턱에서 손을 떼고 돌아서서 자기 의자로 돌아가자 털썩 주저앉았다. 턱을 가슴에 묻고 검은 눈썹 밑으로, 서먹서먹하고 자기 생각에만 잠겨 있는 듯한 표정으로 그녀 쪽을 올려다보고 있었다.

그녀는 그의 의차에까지 따라가서, 두 손을 비틀면서 그의 앞에 섰다.

「당신은 오해하고 계시는 거예요.」하고 그녀는 말을 찾으면서 다시 말하기 시작했다. 「레트, 오늘 밤에야 난 간신히 알았어요. 그래서 당신에게 이야기하려고 집까지 줄곧 뛰어온 거예요. 아, 난…….」

「당신은 지쳤어.」하고 그는 여전히 그녀를 지켜보면서 말했다. 「자는 것이 좋겠어.」

「하지만 난 당신에게 무슨 일이 있더라도 이야기해야만 되겠어요.」

「스카알렛.」하고 그는 귀찮은 듯이 말했다. 「난 듣고 싶지 않아, 아무것도.」

「하지만 내가 무얼 말하려는지 당신은 모르잖아요!」

「그건 당신 얼굴에 빤히 씌어 있어. 윌크스란 친구는 소돔의 사과(사해 부근에서 나는 사과로 겉모양은 아름답지만 손에 쥐면 금세 연기가 나며 재로 변한다고 함—역자주)처럼 한 입에 먹기에는 너무 커서 당신도 못 먹을걸. 그런 인물이라는 것을 누군가갸 당신에게 일러 준 모양이군. 그리고 마찬가지로 갑작스럽게 내 매력을 새로이 다시 보게 해주었겠지.」그는 가볍게 한숨을 내쉬었다. 「그러나 새삼스럽게 그런 말을 해 보았자 아무 소용도 없단 말이오.」

그녀는 움찔하고 놀라서 숨을 삼켰다. 물론 그는 여태까지도 언제나 손쉽게 그녀의 마음을 알아내고 있었다. 그리고 그녀는 여태까지 언제나 그것을 불쾌하게 생각하고 있었다. 그러나 지금은 자기 마음을 꿰뚫어본 데 대해서, 처음엔 놀랐으나, 이윽고 기쁨과 안도를 느끼기 시작했다. 그는 알고 있는 것이다. 그에게는 알 수 있었던 것이다. 그렇다면 내 일은 뜻밖에 수월하게 된 셈이다. 이젠 말할 필요도 없다! 물론 레투는 내가 오랫 동안 상대해 주지 않은 것을 원망하고 있다. 나의 갑작스러운 변심을 의아하게 생각할 것이다. 살뜰한 마음으로 그에게 사랑을 구하지 않으면 안 된다. 넘칠 만큼 사랑을 기울여서 그를 납득시켜야 한다. 그것은 얼마나 즐거운 일이겠는가.

「여보, 당신한테 나 모든 걸 이야기하겠어요.」하고 그녀는 그의 의자 팔걸이에 손을 얹고 그에게로 몸을 굽히면서 말했다. 「난 정말 나빴었다고 생각해요, 정말 바보였어요.」

「스카알렛, 그런 이야긴 하지 말아 줘. 내 앞에서 굴한 짓은 말아 달란 말야.

난 견딜 수가 없어. 더는 바랄 수 없다 하더라도 우리들의 결혼에 대한 추억을 위해서는 다소의 품위와 여정은 남겨 둡시다. 이 결말은 짓지 말고 놓아 둡시다.」

그녀는 갑자기 몸을 일으켰다. 결말을 짓지 않는다니? 〈이 결말〉이란 무엇을 말하는 것일까? 결말? 지금이야말로 우러의 출발인데, 시작인데.

「그렇지만 난 할 말은 하겠어요.」하고 그녀는 그가 손으로 입을 막지나 않을까 하고 겁이 나는 것처럼, 재빠르게 이야기하기 시작했다. 「아아, 레트, 난 당신을 무척 사랑하고 있어요. 벌써 훨씬 전부터 사랑하고 있었던 것이 틀림없는데, 난 바보였기 때문에 그것을 깨닫지 못했던 거예요. 레트, 내가 하는 말 믿어 줘요!」

그는 순간, 자기 앞에 서 있는 그녀를 차분히 바라보았다. 그녀는 자기의 마음 속까지 꿰뚫어볼 만큼 오래오래 그가 자기를 바라보는 것같이 느껴졌다. 그의 눈은 그녀를 믿고 있다는 것은 알 수 있었으나, 그러나 그다지 흥미는 떠올라 있지 않았다. 아아, 하필이면 이런 소중한 때에, 그는 무언가 언짢은 일을 하려는 것일까, 나를 괴롭히기 위해서 앙갚음이라도 할 작정인가.

「음, 믿고는 있어. 하지만, 애실리 윌크스는 어떡하지?」하고 그는 겨우 입을 열었다.

「애실리!」하고 그녀는 말하고 나서 짜증스러운 듯한 몸을 했다. 「내가, 내가, 전부터 그 사람을 생각하고 있었다는 건, 정말 당치도 않은 일이에요. 그것은…… 그래요, 어릴 때부터 몸에 밴 습관 같은 거예요. 레트, 참다운 그를 알기만 했다면, 나는 그에 대해서 문제삼으려고 생각지도 않았을 거예요. 그는 전혀 미덥지 못하고 겁장이에요. 입으로는 잘난 체하고 진실이니, 명예니…….」

「아니야.」하고 레트는 말했다. 「진정한 그를 보려거든, 그를 똑바로 보지 않으면 안 돼. 그는 그저, 자기가 살아서는 안 될 세계에 갇혀서 벌써 과거가 되어 버린 세계의 기준으로, 불쌍하게도 최선의 노력을 다해 온 신사인 거야.」

「아아, 레트, 그의 이야기는 말아요. 이 마당에, 그와 무슨 관계가 있다는 거예요. 그보다 당신은 기뻐해 주시지 않는 거예요? 글쎄, 난, 인제…….」

그의 울적해 보이는 눈과 마주치자, 그녀는 첫사랑의 애인을 만난 소녀처럼 겸연쩍어져서 어찌 할 바를 모르게 됐다. 그의 편에서 좀더 수월하게 말할 수 있도록 해준다면! 그가 두 손을 내밀어만 준다면, 기꺼이 그의 무릎에 안겨서 가슴에 머리를 묻을 수가 있을 텐데! 똑똑하지 못한 말을 늘어놓는 것보다 입술을 맞대는 편이 훨씬 더 내 마음을 전할 수 있을 텐데. 그러나 그를 보면, 그가 손을 내밀어 주지 않는 것은, 단순히 심술 때문이 아니라는 것을 알 수 있었다.

그는 멍청한 눈으로 마치 그녀의 말 같은 것은 아무래도 좋다는 표정을 하고 있었다.

「기쁘냐고?」하고 그는 말했다. 「옛날 같았으면, 당신에게서 그런 말을 들었다면, 단식이라도 하면서 하느님께 감사드렸을 거야. 그러나 지금은 전혀 의미가 없는걸.」

「의미가 없다고요? 무슨 말씀을 하시는 거예요? 물론, 의미는 있어요. 레트, 당신은 나를 생각해 주고 있겠죠? 보나마나 그럴 거예요. 멜라니가 그렇게 말했는걸요.」

「옳아, 그녀가 알고 있는 한에서는 그것은 틀림없는 말이었겠지. 그러나 스카알렛, 어떤 영원한 사랑이라도 식을 때가 있는 것이라고 당신은 생각해 본 적이 없소?」

그녀는 입을 멍하니 벌린 채, 말도 못 하고 그를 지켜보고 있었다.

「내 사랑은 식어 버렸단 말이오.」하고 그는 말을 계속했다. 「애실리 윌크스와, 자기가 탐나는 것이면, 불독처럼 물고 늘어지는 당신의 미치광이 같은 집념 덕택에 말야……. 내 사랑은 식어 버린 거요.」

「하지만 사랑이란 것은 절대로 식는 것이 아니에요!」

「당신의 애실리에 대한 사랑은 식었어.」

「하지만 난 처음부터 애실리 따위는 진정으로 사랑하고 있지는 않았단 말이에요.」

「그럼, 당신은 용케 사랑하는 척하고 있었던 게로군. 줄곧 오늘 밤까지. 스카알렛, 나는 당신을 책망하거나 꾸짖거나 비난하거나 하는 건 아니야. 이미 그런 시대는 지나갔어. 그러니까 아무런 변명이나 설명도 듣고 싶지 않소. 당신이 잠시 동안 말참견을 하지 않고 내가 말하는 것을 들어 주기만 한다면 내가 말한 뜻을 설명할 수 있을 것 같소. 그러나 다행하게도 설명 같은 것은 필요도 없을 것 같군. 사실은 극히 명확한 것이니까 말이오.」

그녀는 주저앉았다. 가스등 불빛이 사정 없이 그녀의 어리둥절하고 창백한 얼굴을 비치고 있었다. 그녀는, 잘 알고 있는──그러나 기실 전혀 알고 있지 않은──그의 눈을 지켜보고 있었다. 그리고 그의 조용한 목소리에 귀를 기울이고 있었다. 그 말은 처음엔 무의미하게 생각되기까지 했다. 이러한 태도로 그가 이야기하는 것은 이것이 처음이었다. 그것은 한 사람의 인간이 한 사람의 인간에게 이야기하는 것 같은 태도, 필요 이상의 군소리도 조소도 수수께끼도 없는, 다만 보통 세상 사람들이 이야기하는 것 같은 태도였다.

「당신은, 무릇 남자가 여자를 사랑할 수 있는 최대의 정열을 가지고, 내가 당신을 사랑했다는 것을 생각해 본 적이 있소? 마침내 당신과 결혼할 때까지, 오랫동안 당신을 사랑하고 있었다는 것을 말요. 전시중, 그럴 마음만 가질 수 있었다면 당신에게서 떨어져서 잊어버릴 수도 있었을 테지만, 나에겐 도저히 그것이 불가능했었소. 그리고 늘 돌아오지 않고는 못 배겼던 거요. 전쟁이 끝나고 나서도 당신이 보고 싶었기 때문에 돌아왔다가, 체포되는 위험마저도 무릅썼소. 프랭크 케네디가 죽었을 때에도, 그가 살아 있었으면 쏘아죽였을지도 모른다고 생각했을 정도였어. 나는 당신을 사랑했었던 거요. 그러나 그것을 당신에게 알릴 도리가 없었소. 당신은 당신을 사랑하는 인간에 대해서는 참으로 매정했으니까 말야, 스카알렛. 당신은 그 사랑을 빼앗고 채찍처럼 그것을 그 사람의 머리 위에서 휘두르는 여자요.」

그의 말에서 그녀는, 그가 자기를 사랑해 주었다는 사실만으로 흡족했다. 그의 목소리에서 희미하게 정열의 메아리를 듣자 기쁨과 흥분이 다시금 그녀에게로 돌아왔다. 숨을 죽이고 꼼짝하지 않고 앉은 채 귀를 기울이고 기다리고 있었다.

「결혼했을 때에도 당신이 나를 사랑하지 않는 것을 알고 있었소. 난 애실리에 대한 것을 알고 있었던 거요. 그러나 나는 어리석게도 멀지 않아 나를 사랑하도록 할 수 있다고 생각하고 있었단 말이오. 웃을 테면 웃어요. 그러나 나는 당신의 힘이 되어 주고, 귀여워해 주고, 원하는 것은 무엇이고 다해 주고 싶었던 거요. 나는 결혼해서 당신을 지키고, 당신을 행복하게 할 수 있는 일이라면, 무슨 일이고 하고 싶은 대로 해주고 싶었단 말이오. 마치 보니에게 해주었던 것처럼 말이오, 당신은 한창 고된 싸움을 하고 있는 중이었으니까. 스카알렛, 당신이 얼마나 고생하고 있었는지, 그것은 누구보다도 내가 잘 알고 있었소. 그래서 나는 당신이 직접 싸우는 것을 그만두고, 내가 대신 싸워 주고 싶었단 말이오. 나는 당신을 어린 아이처럼 놀게 하고 싶었소. 당신은 어린 아이였으니까. 지금도 당신은 아직 어린 아이라고 생각하오. 어린 아이가 아니라면, 그렇게 방자하고 그렇게 매정한 짓을 할 리가 없단 말이오.」

그의 목소리는 차분하고 권태로운 것 같았으나, 무언가 그 음성에는 스카알렛의 마음에 과거의 기억을 어렴풋하게 생각나게 하는 것이 있었다. 분명히 전에도 한 번, 그것도 역시 그녀가 다급했을 때에 들은 적이 있었다. 어디서였을까? 그것은 감정도, 주저함도, 희망도 없이 자기 자신과 자기의 세계에 직면해 있는 사나이의 목소리였다.

그렇다, 그렇다, 애실리였다. 찬바람이 몰아치는 타라의 과수원에서, 이보다 더한 고통은 없을 것이라고 생각될 정도의 절망을 목소리에 담은, 시름겹도록 평온하게 인생이니 그림자놀음이니 하고 이야기하던 애실리가 아니었던가. 그때 애실리의 목소리는 그녀로서는 이해할 수도 없는 여러 가지 공포로써 그녀를 몸서리치게 했었는데, 마치 그것과 흡사하게 지금 또 레트의 목소리는 그녀의 마음을 겁에 질리게 하고 있는 것이다. 그의 말의 의미보다도 그 목소리가, 그 태도가 그녀를 어리둥절하게 만들고, 조금 전에 즐거웠던 흥분이 너무 빨랐다는 것을 깨닫게 해주었다. 무언가가 잘못되어 있는 것이다. 끔찍이도 잘못되어 있는 것이다. 그것이 무엇인지 그녀로서는 알 수가 없었다. 그러나 그녀는 그의 거무스름한 얼굴을 지켜보고, 자신의 공포를 쫓아 줄 수 있는 말을 들을 수가 있지 않을까 하고 바라면서, 열심히 귀를 기울이고 있었다.

「우리들이 서로 걸맞은 사람끼리라는 것은 분명했소. 너무나 분명할이 만큼 분명했기 때문에 친정한 당신이라는 인간 즉, 나와 똑같이 고집스럽고, 탐욕스럽고, 무모한 인간이라는 것을 알고 나서는, 당신의 친구들 중에서 나만이 여전히 당신을 사랑할 수가 있었던 거요. 나는 당신을 사랑하고 있었소. 그렇기 때문에 운명에 맡기고 해 보았던 거요. 애실리에 대한 것은 오래지 않아서 당신의 마음에서 사라져 버릴 거라고 생각했소. 그런데.」그렇게 말한 그는 어깨를 으쓱했다. 「내가 할 수 있는 데까지는 해보았지만, 아무런 효과가 없었소. 그래도 나는 당신을 무척 사랑하고 있었소. 스카알렛, 만약 당신이 그럴 생각만 있었다면 나도 남만큼 살뜰하게 당신을 사랑해 줄 수 있었단 말이오. 그러나 이것을 당신에게 알리고 싶은 마음은 없었소. 당신이 나를 약한 줄 알고, 도리어 내 사랑을 이용해서 나를 불리하게 할 것을 알고 있었기 때문이었소. 그리고 언제나, 언제나 애실러가 당신에게 붙어다녔소. 그 때문에 나는 미칠 것 같았단 말이오. 매일 저녁 식탁에서 당신이, 저기에 나 대신 애실리가 앉아 있었으면, 하고 바라고 있는 것을 알고 있으면서, 당신과 마주 앉아 있을 생각은 없었단 말이오. 그리고 밤이 되어도 당신을 안고 싶은 생각은 없었소. 왜냐고? 아니, 그런 건 이제는 아무래도 상관없지. 지금 생각하면 어째서 그런 일로 괴로와했었는지 이상해. 그래서 나는 벨에게로 갔던 거요. 나를 더할 나위 없이 사랑해 주고 훌륭한 신사로서 존경해 주는 여자와 함께 있는 것은…… 비록 그 여자가 무식한 창부라 할지라도, 돼지 같은 위안은 있는 법이오. 내 허영심을 기쁘게 해주었던 거지. 당신은 한 번도 그런 만족을 주지 않았으니까 말이오.」

「어머나, 레트…….」하고 그녀는 벨의 이름을 들은 것만으로도 비참한 생각이 들어서 말을 꺼냈으나 그는 그것을 막으면서 말을 계속했다.

「그리고, 그, 당신을 안고 이층으로 올라갔던 날 밤, 나는 생각했소. 나는 내가 한 일이 오해받을 것만 같아서, 그리고 당신이 싫어하지는 않을까 하는 생각

에서, 그 이튿날 아침엔 당신하고 얼굴을 대하는 것이 겁이 나서 견딜 수가 없었
소. 그만큼 당신을 생각했었소. 당신한테 비웃음을 당하는 것이 무서웠기 때문
에, 거리로 나가서 취해 버렸던 거요. 그리고 집에 돌아와서도 무서워서 떨고
있었을 정도였소. 그러니까 만약 그때에, 당신이 하다못해 도중까지라도 마중
을 나와서 무엇이든지 조금이라도, 내가 한 일을 용서해 주는 시늉이라도 보여
주었다면, 나는 당신의 발에 키스라도 했을 거요. 그러나 당신은 아무것도 해주
지 않았소.」

「아아, 하지만 레트, 그때에 난 무척 당신이 그리웠어요. 그랬는데 당신은 그
런 가혹한 말씀을 하시고! 정말로 당신이 그리웠어요! 아마 그래요, 그때 처
음으로 당신 생각을 하고 있는 것을 알았어요. 애실리는…… 난 그 뒤로 애실리
를 생각해도 조금도 행복하지가 않았어요. 그런데 당신이 그런 가혹한 말씀을
했기 때문에 난……,」

「옳거니, 그러고 보면 우리들은 서로 엇갈리고 있었군 그래. 그러나 그런 건
이 마당에선 아무래도 상관없어. 다만 당신의 마음이 가라앉도록, 이야기하는
데까지 이야기해 두겠소. 당신이 앓게 된 것도, 그건 모두 내가 나빴었지만 그
때 나는 당신의 방문 앞에 서 있으면서, 당신이 불러 줄 것을 한결같이 기다리고
있었소. 그러나 당신은 불러 주지 않았소. 그래서 비로소 나는, 내가 얼마나 바
보였던가와 그리고 이것으로 모든 것이 끝났다는 것을 깨달았던 거요.」

그는 말을 끊고 그녀의 마음 속을 비춰 보듯이 응시하고, 그리고 애실리가 혼
히 하던 것과 흡사한, 그녀에게는 보이지 않는 무엇인가를 보는 눈매로 그녀를
지나서 허공을 물끄러미 바라보고 있었다. 그녀는 말도 못 하고, 골똘히 생각에
잠겨 있는 그의 얼굴을 바라보고 있을 수밖에 없었다.

「그러나 그 무렵엔 보니가 있었소. 그렇기 때문에 모든 것이 끝난 것은 아니
라고 생각했던 거요. 나는 보니를 당신이라고, 즉 전쟁과 가난으로 상처입기 전
의 소녀로 되돌아간 당신이라고 생각하고 싶었소. 그 애는 당신을 쏙 뽑았었소.
그래서 나는 그 애를 귀여도 하고 응석도 받아 줄 수가 있었소. 실은 당신을 그
렇게 귀여워해 주고 싶었던 거요. 그런데 그 애는 당신과는 달리 나를 사랑해 주
었소. 당신이 받으려고 하지 않았던 그런 사랑을 그 애에게 줄 수 있었던 것은
참 행복했었소. 그 애의 죽음과 함께 나는 모든 것을 잃고 말았소.」

문득 그녀는 자기의 슬픔이나, 그의 말 속에 담겨진 무서운 의미 따위는 잊어
버릴 만큼 진심으로 그가 측은해졌다. 그녀가 아무런 경멸도 느끼지 않고, 남을
가엾게 생각한 것은 이것이 난생 처음이었다. 왜냐하면 남의 마음을 이해한 것
은 이것이 처음이었기 때문이다. 그녀의 성질과 흡사한 그의 외고집인 비뚤어진

성질과 거절당하는 것이 두려워서, 솔직하게 자신의 애정을 나타내지 못하는 그의 고집스러운 자존심을 그녀는 이해할 수가 있었다.

「여보.」하고 그녀는 그가 손을 내밀어서 무릎에다 끌어당겨 줄 것을 기대하고 가까이 가면서 말했다. 「여보, 미안해요. 앞으로 나는 고치겠어요. 인제 사실을 알았으니까, 우리는 무척 행복해질 거예요. 그리고 레트, 나를 좀 보세요. 레트! 또, 또, 아기를 낳을 수도 있잖겠어요? 보니 같은 아이가 아니라……」

「고맙소, 그러나 그만두겠소.」하고 레트는 마치 빵이라도·사양하는 것 같은 투로 말했다. 「세 번씩이나 자기 마음을 위험 속에 드러내 놓고 싶지는 않으니까 말이오.」

「레트, 그런 소리 하지 말아요! 아아, 어떻게 말하면 당신이 이해해 주실 수 있을는지 모르겠군요. 지금도 말했듯이 얼마나 당신에게 미안하게 생각하고 있는지……」

「스카알렛, 그러니까 어린 아이라는 거요. 당신은 미안하다고 말하기만 하면, 오랫 동안의 잘못이나 괴로움이 사람의 마음에서 사라지고, 그리고 오랜 상처의 독기가 빠질 것이라고 알고 있는 모양이니까 말야……. 내 손수건을 써요, 스카알렛. 당신은 아무리 절박한 때에도 손수건을 손에 든 적이 없지.」

그녀는 손수건을 들어서 코를 풀고 앉았다. 그가 안아 주지도 않을 것은 분명했다. 그가 자기를 사랑해 주었다는 이야기는 아무런 의미도 갖고 있지 않다는 것이 점점 분명해져 갔다. 그러한 것은 아득한 옛날의 이야기였던 것이다. 그리고 그는 그 이야기를 마치 남의 일처럼 생각하고 있는 것이다. 그것이 무서웠다. 그는 무엇인가 골똘히 생각하고 있는 눈매로 사뭇 정답게 그녀를 지켜보았다.

「당신 몇 살이나 됐지? 나이를 말하기 싫어서 내게는 영 가르쳐 주지 않았지만.」

「스물 여덟이에요.」하고 그녀는 손수건을 입에 대고 목소리를 죽이는 것처럼 하면서 힘없이 말했다.

「대단한 나이도 아니군그래. 〈사람이 만일 온 천하를 얻고도 제 목숨을 잃으면 무엇이 유익하리요.〉(^{마가 복음 8장} 37절—역자주)라고 하는 걸까? 뭐 그렇게 무서운 표정을 하지 않아도 돼. 애실리하고의 일을 가지고 지옥의 불을 증거로 꺼내려는 것은 아니니까 말이오. 그저 비유해서 한 이야기요. 내가 알고 난 뒤부터의 당신은, 두 가지의 것을 원해 왔소. 애실리와 그리고 세상에 무서운 게 없을 만큼 부자가 되는 일을. 과연 당신은 부자가 되어서 세상에 대해서 멋대로 심한 말을 해 왔소. 그리고 지금은 욕심만 낸다면 애실리를 차지할 수도 있소. 그러나 지금에 이르러서는 아무래도 그것만으로는 만족할 수 없는 모양이로군.」

그녀는 무서워졌다. 그러나 그것은 지옥을 생각했기 때문이 아니었다. 그녀는 생각하고 있었다. 『하지만 레트야말로 내 영혼인 거야. 그런데 나는 이 사람을 잃으려 하고 있다. 만약 이 사람을 잃는다면 다른 것은 아무 소용도 없어! 친구도, 돈도, 무엇이고. 이 사람이 내것이 되기만 한다면 다시 가난해진대도 상관없다. 그렇다, 다시 추운 생각이나 배고픈 생각을 할지라도 상관없다. 하지만 이 사람은…… 아아 그는.』

그녀는 눈물을 닦고 필사적으로 말했다.

「레트, 만약 그렇게도 나를 사랑했었다면 무언가 조금쯤은 남아 있을 거예요!」

「남아 있는 거라곤 두 가지뿐이오. 그것도 당신이 가장 싫어하는 두 가지 말이오. 연민과 묘한 친절 비슷한 감정이지.」

연민! 친절! 『아아, 이 무슨 일이란 말인가!』 그녀는 절망적으로 생각했다. 다른 것이라면 무엇이라도 좋다, 그러나 연민과 친절뿐이라니! 그녀가 누구에게 이 두 가지 기분을 느끼게 될 때에는 언제나 경멸이 따랐었다. 그렇다면 레트 역시 자기를 경멸하고 있다는 말인가. 경멸을 받을 바에는 차라리 다른 어떤 것이라도 당하는 편이 낫다. 전시처럼 차갑게 빈정거리거나, 나를 안고 이 층으로 올라갔던 밤처럼 취해서 미친 사람 같은 짓을 당하거나, 몸에 멍이 들 정도로 꽉 잡히거나, 신랄한 말로 은근히 들볶인대도 상관없다. 그러나 그 신랄한 말 깊숙이에 안타까운 사랑이 숨겨져 있었던 것을 그녀는 지금에야 알았던 것이다. 지금 그의 얼굴에 분명히 나타나 있는 생판 남남과의 사이처럼 서먹서먹한 친절만 아니라면 무엇이든 상관없는 것이다.

「그러면, 그러면, 당신은 내가 모든 것을 망쳐 버렸단 말씀인가요? 인제 당신은 나를 사랑해 주지 않는다는 말씀인가요?」

「바로 그렇소.」

「하지만.」 하고 그녀는 조르기만 하면 바라는 것이 손에 들어오는 것이라고 생각하고 어린 아이처럼 끈덕지게 말했다. 「하지만 난 당신을 사랑하고 있단 말이에요.」

「그건 당신의 불행이오.」

그녀는 이 말 속에도 조롱이 들어 있지는 않나 하고 흘끗 그를 올려다보았으나 그런 것은 조금도 없었다. 그는 단순히 사실을 이야기하고 있을 뿐이다. 그러나 그것은 그녀가 아직도 믿으려 하지 않는 믿을 수도 없는 사실이었다. 그녀는 필사적으로 끈덕지게 불타는 눈으로 그를 똑바로 보았다. 그녀의 부드러운 볼에서 내민 억센 턱의 선은 제랄드와 흡사했다.

「바보 같은 소리 하지 마세요, 레트! 나도…….」

그는 일부러 그러는 것처럼 놀란 듯이 손을 흔들며, 놀리는 것처럼 검은 눈썹을 초승달 모양으로 치올려 보였다.

「그렇게 심각한 표정일랑 마시오, 스카알렛. 무섭지 않소! 당신은 폭풍 같은 애정을 애실리에게서 내게로 옮기려고 생각하는 거겠지. 그러나 나는 내 마음의 자유와 평화를 어지럽히고 싶지 않은 거란 말이오. 이봐, 스카알렛, 나는 저 불운한 애실리처럼 쫓겨다니고 싶지는 않단 말이오. 그리고 나는 이 고장을 떠날 작정이오.」

그녀는 이를 꽉 악물려고 했으나 턱이 덜덜 떨리기 시작했다. 떠나 버리다니? 그것만은 안 돼! 그가 없어진다면 어떻게 살아간단 말인가. 모두가 내게서 떠나가 버렸다. 레트 이외는 아무도 상대해 주지 않는 것이다. 놓쳐서는 안 된다. 그러나 어떻게 하면 붙들어 둘 수 있단 말인가. 그와 싸늘한 마음이나 냉담한 말에 대해서 그녀는 어떻게도 할 도리가 없었던 것이다.

「나는 이 고장을 떠나려고 생각하고 있었소. 당신이 마리에타에서 돌아오면 말하려고 했었소.」

「나를 버리고?」

「소박맞은 아내라, 그런 연극은 그만두는 것이 좋아, 스카알렛. 어울리지 않아요. 그럼 당신은 이혼도 별거도 원하지 않는단 말이오? 좋겠지, 그럼 소문이 나지 않도록 이따금 돌아오기로 하지.」

「소문이라니, 그 따위!」하고 그녀는 격한 어조로 말했다. 「내가 바라는 것은 당신이란 말예요, 같이 데려가 줘요!」

「안 돼!」그는 딱 잘라 말했다. 그 순간 그녀는 어린 아이처럼, 체면 불구하고 앙 울음을 터뜨리고 싶어졌다. 마룻바닥에 몸을 내던지고, 포달을 부리고 울부짖고 발을 동동 구르고 싶었지만, 아직 자존심과 상식이 얼마쯤 남아 있어서 그럴 수도 없었다. 비록 그런 짓을 해 보았댔자, 그는 웃든가, 그저 바라보고만 있을 것이라고 생각되었다. 고함을 지르거나 해서는 안 된다. 동정을 구걸해도 안 된다. 부질 없이 경멸당할 일을 해서는 안 된다. 비록, 비록 사랑하지는 않다 하더라도 존경은 하고 있을 것이 틀림없다.

그녀는 번쩍 턱을 쳐들고 애써 조용하게 물었다.

「어디로 가시지요?」

레트는 그 눈에 희미하게 칭찬의 빛을 띠고 대답했다.

「글쎄, 아마 영국이나 혹은 파리겠지. 어쩌면 고향 친구들과 화해를 하러 찰스턴으로 갈지도 모르지.」

「하지만, 당신은 그 사람들을 몹시 싫어하지 않았던가요! 당신은 곧잘 그들을 비웃고⋯⋯.」

그는 어깨를 으쓱했다.

「지금도 비웃고 있지. 하지만 나도 방랑 생활을 이쯤으로 그만둘까 해, 스카알렛. 나도 벌써 마흔 다섯이야. 마흔 다섯이라고 하면, 젊었을 때에는 무시해 버리고 염두에도 두지 않았던 친척들과 사귀기도 하고, 명예를 찾기도 하고, 일신의 안전을 꾀하기도 하며, 튼튼하게 깊은 곳에다 뿌리를 내리는 것이 중요하다고 차츰 생각하게 될 나이란 말이오. 아니, 난 나 자신의 주장을 취소하는 것은 아니오. 여태까지 정말 유쾌하게 지내왔소. 너무나 유쾌해서, 차츰 흥미가 식어 가서 무언가 다른 것을 찾고 있는 거요. 아니, 나는 내 알맹이까지를 바꾸려고 하는 것은 아니고, 다만 내가 흔히 지금까지 보아 온 것의 거죽만이라도 좋으니까 그것을 찾고 있는 거요. 따분하기 이를 데 없는 점잔——내것이 아닌 다른 사람의 점잔 말이오——평온한 사람들의 차분하고 안정된 생활, 그런 것이 있고서야 비로소 그 잃어버린 유쾌하고 평화로운 생활이 돌아오게 되는 거요. 나는 그 무렵, 그런 세계에 살고 있으면서 그 한갓진 매력을 깨닫지 못했던 거야.」

다시금 스카알렛은 바람이 휘몰아치는 타라의 과수원을 생각했다. 그 날 애실리의 눈에 떠 있었던 것과 꼭 같은 표정이 지금 레트의 눈에도 떠 있는 것이다. 애실리의 말이 지금도, 레트가 아니라 애실리 본인이 말하고 있는 것처럼, 그녀의 귀에는 분명히 들려 오는 것이다. 그 말이 토막토막 회상되어서, 그녀는 앵무새처럼 그것을 흉내내어 말했다. 「그 환상적인 매력, 그리스 예술처럼 완전함과 균형.」

레트는 날카로운 어조로 말했다. 「어떻게 그런 말을 하는 거요. 나도 그와 꼭 같은 생각을 하고 있었소.」

「이건 저어⋯⋯ 애실리가 지나간 옛날에 겪은 일을 이야기할 때에 했던 말이에요.」

그는 어깨를 으쓱해 보였다. 그 눈에서는 빛이 사라져 있었다.

「언제나 애실리로군.」 그렇게 말하고 그는 잠시 입을 다물었다.

「스카알렛, 당신도 마흔 다섯 살이 되면 아마 내가 이야기한 것을 알게 될 거요. 그리고 역시 거짓 점잔이나, 겉치레만의 예의나, 값싼 감정 같은 것에 싫증이 날지도 모르오. 그러나 나는 그것도 의문으로 생각해. 당신은 언제나 순금보다도 도금한 쪽으로 끌릴 거라고 생각되니까. 아뭏든 그것을 내 눈으로 확인

할 때까지 기다리고 있을 순 없소. 또 기다리고 싶은 생각도 없소. 그런 것에는 흥미가 없소. 나는 옛 모습이 남아 있는 옛 거리며, 옛 나라를 찾아다니는 거요. 그런 감상적인 심정이 되어 있는 거요. 애틀랜타는 내게 있어서는 너무나 생생하단 말이오. 지나치게 새롭단 말이오.」

「그만두세요!」 하고 그녀는 별안간 소리쳤다. 그가 하는 말은 거의 듣고 있지 않았던 것이다. 그녀의 마음은 그러한 것을 받아들이려고 하지 않았다. 사랑의 부서진 조각마저도 없는 그의 음성을 듣는다는 것은 참으려 해도 이젠 더 이상 참을 수 없다고 생각했던 것이다.

그는 말을 멈추고 놀리는 것 같은 얼굴로 그녀를 보았다.

「그럼, 내가 한 말을 알아들었다는 말이지?」 하고 일어서면서 말했다.

그녀는 그에게로 손바닥을 젖힌 두 손을 내밀었다. 옛날부터 호소할 때 하는 태도로서, 그 얼굴에는 그녀의 마음 속이 역력히 보이고 있었다.

「아뇨!」 하고 그녀는 외쳤다. 「알아들은 것은 당신이 나를 사랑하고 있지 않다는 것과 어딘가로 떠나 버리려고 한다는 것 뿐이에요! 아아, 여보, 당신이 가 버리면 나는 어쩌면 좋단 말예요.」

순간 그는 친절한 마음에서 거짓말을 하는 것과, 사실을 말하는 것과, 결국은 어느 쪽이 친절한 것인가를 결정짓기 어려운 것처럼 망설이고 있었다. 이윽고 그는 어깨를 추스르며 말했다.

「스카알렛, 난 말이오, 부서진 조각들을 참을성 있게 주워 모아서, 그것을 풀로 붙이고 붙여 버리고 나면 새것과 마찬가지라고 생각하는 그런 사람이 아니오. 부서진 것은 어디까지나 부서진 거란 말이오. 나는 그것을 주워 붙이는 것보다는 차라리 새것이었을 적의 일을 추억하며 있고 싶소. 그리고 평생 그 부서진 것을 바라보며 있고 싶소. 만약 내가 좀더 젊었다면 아마……..」 하고 말하고 그는 한숨을 쉬었다. 「그러나 나는 너무 나이가 들어서, 모든 것을 잊어버릴 만큼 감상에 몸을 맡기거나, 처음부터 다시 시작한다는 그런 일은 도저히 할 수 없단 말이오. 끊임없이 거짓말을 하면서, 표면만은 번드르르한 그런 환멸 속에서 생활하는 것 같은 무거운 짐은, 나이로 보아 이미 견뎌낼 수가 없소. 당신에게 거짓말을 하면서까지 당신과 함께 살 수가 없었던 거요. 내 자신에 대해서도 거짓말을 할 수가 없었지. 지금도 그렇소. 당신이 해야 할 일과 가야 할 곳을 생각해 주었으면 좋겠지만 내게는 이미 그럴 수가 없구려.」

그는 잠시 숨을 돌리고 나서, 그리고 대수롭지 않게, 그러나 상냥하게 말했다.

「당신을 원망하진 않아.」

당장이라도 목이 졸리는 듯한 괴로움에 숨이 막혀 버리는 것이 아닌가 생각하면서, 그녀는 이층으로 올라가는 그를 잠자코 바라보고 있었다. 이층 복도로 사라져 가는 그의 발소리와 함께, 이 세상에 마지막으로 남겨진 소중한 것이 사라져 가는 것이다. 이에 이르러서는 감정에 호소해 보아도, 이성에 호소해 보아도, 저 싸늘한 마음을 그 결심에서 돌이킬 수는 없다는 것을 명확히 알았다. 그가 말한 한마디 한마디에는, 무심한 것 같은 말조차에도 의미가 있었다는 것을 지금에야 비로소 깨달았다. 그의 속에 무엇인가 억세고 굽힐 줄 모르는 집요한 것, 애실리에게서 찾으려다가 끝내 찾아내지 못했던 모든 성질이 있다는 것을 알았기 때문에, 그것을 뚜렷이 깨달았던 것이다.

그녀는 사랑하는 두 남자를, 둘 다 이해하지 못했던 것이다. 그리고 그 때문에 둘 다 잃었던 것이다. 만약 애실리를 이해했더라면, 그를 사랑하게는 되지 않았을 것이고, 만약 레트를 이해했더라면 그를 잃게 되지는 않았을 것이다. 대체 나는 누구이든간에, 남을 진정으로 올바르게 이해했던 적이 있었을까, 하고 생각하면 마음이 쓸쓸했다.

이윽고 지금의 고통에서 구해 주기라도 하는 것처럼, 생각이 둔해졌다. 그러나 그것도 마치 외과 의사의 메스의 충격을 받은 조직이 그 고통이 시작되기 전에 잠시 무감각해질 때가 있는 것과 마찬가지로, 이윽고는 날카로운 고통으로 바뀔 둔감이라는 것을, 오랜 경험에 의해서 알고 있었다.

『지금은 생각하지 말자.』 하고, 그녀는 늘 하는 대로 주문을 외면서 어두운 심정으로 생각했다. 『지금 그를 잃어버릴 것을 생각하면 미쳐 버리고 만다. 내일 생각하기로 하자.』

『그러나』 하고, 그녀의 마음은 그 주문을 밀어젖히며, 괴로와져서 외쳤다. 『그를 놓칠 수는 없어 ! 아직도 무슨 방법이 틀림없이 있을 거야』

『지금 생각하는 것은 그만두자.』 하고 그녀는 비참한 심정이 되려는 것을 누르면서 치밀어오르는 고통을 막을 방법을 어떻게든 찾아보려고 큰 소리로 외쳤다. 『아아, 그렇다, 내일 타라로 돌아가자.』 그렇게 생각하자 얼마쯤 기운이 났다.

일찌기 그녀는 공포와 패배 속에 타라로 돌아갔던 적이 있었다. 그리고 그 방벽에서 승리를 바라보며 힘차게 무장하고 나왔던 것이다. 한 번 했던 일이라면 어떻게든…… 제발 하느님, 다시 한 번 할 수 있도록 해주옵소서 ! 어떻게 하면 좋을지 알 수가 없었다. 지금은 그런 것은 생각하고 싶지 않았다. 다만 찾는 것은 고통에 대비해서 숨돌릴 수 있는 장소, 그 상처를 치료할 수 있는 조용한 장소, 다음 싸움을 위해서 생각을 가다듬을 수 있는 은신처뿐이었다. 타라를 생각하면, 다정하고 시원한 손으로 마음을 고이 어루만져 주는 것 같았다. 반가이 맞아 줄 새하얀 집이, 단풍든 가을 나무의 잎 사이로 빛나고 있는 것이 보이는 것 같았다. 축복을 보내 주기라도 하는 것처럼 전원의 황혼녘을 감도는 호젓한 고요, 점점이 별을 아로새긴 것처럼 폭신한 하얀 꽃이 이어 있는, 드넓은 초록빛 덤불 위에 내린 이슬이 느껴지는 것 같았다. 붉은 대지의 생생한 빛, 높고 낮은 언덕에 난 소나무의 어두운 아름다움이 눈에 떠오르는 것 같았다.

그런 경치를 생각하면 희미하나마 위로가 되고, 힘이 생기는 것 같았다. 그리고 괴로움도, 미칠 듯한 회한도, 얼마간 마음의 표면에서만이라도 사라져 가는 것을 느꼈다. 그녀는 잠시 그곳에 우두커니 서서, 자질구레한 정경, 타라의 집으로 통하는 어두운 삼나무 가로수, 흰 벽에 비치면서 몇 줄씩 늘어선 선명한 초록빛의 재스민 덤불, 펄렁거리는 새하얀 커튼 따위를 생각해 냈다. 그리고 거기에는 마미가 있다. 갑자기 그녀는 마미가 어렸을 때처럼 못 견디게 그리워졌다. 머리를 기대게 해주는 넓은 가슴이며, 머리를 쓸어 주는 마디 굵은 검은 손이 그리워졌다. 마미야말로 나하고 그리운 옛날을 잇는 마지막 고리인 것이다.

비록 패배에 직면했을지라도 패배를 인정하려고 하지 않는 조상의 피를 이어 받은 그녀는 얼굴을 번쩍 들었다. 레트를 되찾을 수 있다. 반드시 그럴 수 있다. 한 번 마음만 먹으면 내것이 되지 않는 남자란 여태까지 절대로 없지 않았던가!

『모두 내일 타라에서 생각하기로 하자. 그러면 견딜 수도 있을 거야. 내일 그를 되찾는 방법을 생각하기로 하자. 내일은 또 새로운 날이니까!』

■ 감상과 해설

마가렛 미첼——《바람과 함께 사라지다》라는 제목의 장편소설 한 편만을 남기고 요절한 이 미국의 여류작가는 어느 모로 보나 골수 애틀랜타인이라고 말해도 좋을 것이다.

1900년에 애틀랜타에서 태어나 애틀랜타에서 자랐고 애틀랜타에서 결혼, 애틀랜타에서 소설을 썼다. 말하자면 평생 애틀랜타를 떠나지 않은 것이다.

아버지 유진 미첼과 오빠인 스티븐스 미첼은 모두 변호사인데 두 사람 모두 남부의 역사, 특히 애틀랜타를 중심으로 하는 조지아의 역사에 조예가 깊었다. 특히 오빠 스티븐스는 1930년대 초에 향토사 전문지 《애틀랜타 역사공보》에「남북전쟁 당시의 애틀랜타의 산업에 대해」라는 긴 논문을 발표하여 학계의 주목을 끈 일이 있다.

이러한 아버지와 오빠의 영향을 받아서 마가렛은 어렸을 때부터 남부의 역사에 대해서 남다른 관심을 가지고 있었다.

마가렛은 처음부터 작가를 뜻한 것은 아니고 여학생 시절에는 의사를 지망했다고 한다. 스미드 칼리지에 입학했을 때도 의과를 선택하고 있다.

그런데 재학중에 어머니를 여의어 어머니 없는 집안의 가사를 돌보기 위해 학업을 중도에 포기하지 않으면 안 되었다.

1년쯤 가사에 전념화고 나서「애틀랜타 저널」사에 들어갔다. 그리고 일요판 기자로서 여기에 6년쯤 근무, 1925년에 당시 사의 동료이며 나중에 애틀랜타 전력회사로 전직한 존·R 머시와 결혼했다.

머시 부인이 되고 나서 곧 층계에서 떨어져 발목을 삐게 되어 3년간쯤 목발 신세를 지지 않으면 안 되었다. 거의 바깥에 나가지도 못하고 집안에 파묻혀서 책만 읽으며 지내는 동안에 문득 자기도 무언가를 써 보리라는 생각을 하게 되었다.

글을 쓴다는 데 대해서는 결혼생활에 들어가기 전, 즉 여기자로 근무할 때부터 애틀랜타의 조그만 문학 서클에 가담해서 이따금 회합에도 출석하고 있었다니까 상당한 관심을 가지고 있었다고 보아도 좋을 것이다.

그런데 무엇인가를 써 보리라고 생각했을 때 맨먼저 머리에 떠오른 것이 남북

전쟁이었다. 마가렛이 그 처녀작의 시대적 배경으로서 서슴없이 남북전쟁을 선택했다는 것은 전술한 아버지와 오빠의 영향에 더하여 그녀가 소녀 시절부터 남북전쟁에 관한 화제 속에서 성장한 사실을 생각한다면 조금도 이상할 것이 없다.

그리고 또 작품의 무대를 애틀랜타와 조지아 주로 선정했다는 것도 낡은 애틀랜타의 역사——이 도시가 어떻게 해서 생겨났고 어떻게 발전해 왔는가에 대해 심상치 않은 흥미를 가져온 그녀이고 보면 이것도 결코 우연한 일은 아닐 것이다.

이렇게 해서 작품 구상에 착수한 순간, 마가렛의 마음에 떠오른 것은 애틀랜타가 남북전쟁에서 수행한 역할 속에 정말로 자기가 쓰고 싶은 이야기의 소재가 있다는 사실이었다.

한쪽엔 낡은 남부의 전통을 간직하고 다른 한쪽에선 새로운 남부의 숨결을 토하기 시작하여 다른 어떤 도시와도 색채를 달리하는 애틀랜타는 남북전쟁 당시 남부의 운명을 좌우할 열쇠를 쥐고 있는 심장부였다.

그런데도 지금까지 남북전쟁을 제재로 삼은 미국의 작가들은 이 애틀랜타를 간과해서 버지니아와 미시시피만을 이야기의 무대로 택한 것이 많았다. 이렇게 해서 남북전쟁을 주제로 많은 소설이 씌어졌음에도 불구하고 이 전쟁을 순수하게 남부측에서 바라본 전혀 새로운 하나의 이야기를 쓴 기회가 마가렛에게 주어진 것이었다.

우리에게는 남북전쟁이라고 하면 꽤 오래 된 옛날 일처럼 생각되지만 미국인에게는 손을 뻗으면 미칠 것 같은 엊그제의 일에 지나지 않는다. 마가렛의 소녀 시대에는 남북전쟁에서 살아 남은 옛 병사들이 아직도 많이 살아 있었다고 한다.

그리고 그녀의 할머니를 비롯하여 이웃 노인들, 그리고 친척 할아버지 할머니들도 서로 모이기만 하면 남북전쟁 이야기를 시작하고 손자들을 모아놓고는 리 장군의 위대함을 말하고 남군의 용감성을 찬양하고 재건시대의 고난을 회고하는 것이 상례였다.

이러한 분위기 속에서 자라난 마가렛이 남북전쟁에 대해 얼마나 강한 흥미를 가지고 있었을까 하는 것은 상상하기에 어렵지 않다.

마가렛은 아버지와 오빠가 모아 놓은 사료를 기초로 하여 1860년부터 1873년까지, 즉 남북전쟁 발단의 해부터 전후 재건시대까지 신문, 기록, 서한 종류를 부지런히 모으기 시작했다. 당시 여인들의 머리 모양, 의상, 생활양식 등에 대해서도 힘이 미치는 한 조사했다.

「풍속 관계의 일에 대해서는 아버지와 어머니의 지식에 힘 입은 바가 컸다」라고 마가렛은 쓰고 있다. 물론 그녀의 아버지와 어머니는 재건시대 뒤에 태어났지만 직접 당시의 생활을 체험한 사람들보다도 훨씬 더 정확하고 훨씬 더 상세하게 여러 가지 일을 알고 있었다.

특히 아버지는 적군이 쏜 포탄이 애틀랜타의 어디 어디에 떨어졌는가 하는 것부터 군대 간부들의 이름이나 인품, 또한 그 장교들은 어디에 어떤 부상을 당해 어떻게 됐는가, 그들의 어머니는 어떤 가계에서 태어난 어떤 인간이며 어디에 살고 있었는가 하는 것까지 일일이 상세하게 기록한 귀중한 노트를 비장하고 있었다고 한다.

또 어머니는 당시 여인의 기질이라든가 예의범절 같은 것을 상세히 알고 있었고 어머니의 어머니──조모의 시대에는 어떤 의상이 유행했고 어떤 요리를 즐겨 먹었으며 어떤 노래가 유행하고 있었는가, 또 당시의 유행한 구혼 예식 등에 이르기까지 실로 소상하게 알고 있었다고 한다.

시대와 장소가 정해지자 마가렛은 이 소설의 주인공으로서 그 운명이 애틀랜타의 그것과 병행하여 진행된 한 소녀로 선정했다. 스카알렛 오하라가 바로 그 주인공인 것이다.

이 처녀작은 집필을 시작한지 4년 뒤인 1929년에는 사실상 완성되었으나 햇빛을 보기까지에는 다시 6년이라는 세월이 필요했다.

1935년, 우연한 기회에 맥밀란이라는 대출판사에 의해 건져지기까지 이 대작은 헛되이 마가렛의 서랍 깊숙이 파묻혀 있었다.

1천 페이지도 넘는 이 소설이 놀라운 속도와 양을 가지고 질풍처럼 세계의 독서계를 석권하기 시작한 것은 1936년 가을부터이다. 이 열광적인 인기에는 작자 자신이 우선 놀란 것 같다.

그녀는 이 책을 일본어로 번역한 오오쿠보 야스오[大久保康雄] 씨에게 이렇게 적어 보낸 일이 있다.

「──내 소설을 애독해 주는 분이 전세계에 있다는 것을 알았을 때의 내 놀라움은 얼마나 컸는지 모릅니다. 이 작품을 집필하고 있던 몇 년 동안, 나는 이것이 출판되는 일이 있으리라고는 조금도 생각하지 않았었읍니다. 왜냐하면 이렇게 긴 역사소설이 일반 독자의 흥미를 끌게 되리라고는 전혀 생각할 수 없는 일이었기 때문입니다. 따라서 정작 출판을 하게 되었을 때도 5천부 이상 팔리리라고는 생각조차 하지 못했읍니다.

미국 남부의 사람들은 읽어 줄지도 모른다고 생각했읍니다. 남부인의 가슴에는 거기에 이은 재건 시대의 상흔이 아직 아물지 않았기 때문입니다. 그런데 이렇게 많은 독자를 얻을 수 있으리라고는 거의 꿈에도 생각하지 않았었읍니다.──」

폭풍과도 같은 《바람과 함께 사라지다》의 평판과 명성 속에서도 그뒤 마가렛은 애틀랜타 시 피에몬의 아파트에서 남편 존 머시와 함께 조용히 살았다.

사교적인 모임에 얼굴을 내미는 일도 없고 아무리 권고를 받아도 두 번 다시 창작의 붓을 잡지 않았다

1949년 8월 16일 밤, 애틀랜타의 거리에서 자동차 사고 때문에 49살로 이세상을 떠나기까지 그녀의 이러한 생활 태도는 조금도 변하지 않았다.

《바람과 함께 사라지다》는 분명히 역사소설의 부류에 속하는 작품이지만 문학사적으로 보아서 역사소설이 미국 문학의 주류를 이루었던 시대는 두 번 있었던 것 같다.

하나는 전세기 90년대, 또 하나는 금세기 30년대부터 40년대에 걸쳐서.

그러나 똑같이 역사소설이라고는 하지만 전세기의 그것과 금세기의 그것 사이에는 제재적으로나 내용적으로나 현저한 차이가 있다.

전세기에 유행했던 역사소설에는 식민시대나 독립전쟁을 제재로 한 작품이 압도적으로 많았던 데 비해 금세기에 나타난 역사소설에는 남북전쟁에서 취재한 것이 매우 많다. 하지만 이것은 어느 나라에서나 볼 수 있는 하나의 경향——역사상의 시대에 대한 국민의 낭만적인 관심이 보다 가까운 시대로 흐르는 경향을 나타낸 것에 지나지 않으며 주목하고 싶은 것은 오히려 제재보다도 그 역사적 제재에 대한 취급방식이다.

그리고 최근의 역사소설을 특징 짓는 것으로서 우선 우리의 주목을 끄는 것은 역사소설에 있어서의 리얼리즘의 확립이라는 것이다.

본래 역사소설이라는 것은 낭만주의의 사조와 함께 일어난 것이며 문학의 소재로서 다루어지는 역사는 현실을 떠난 낭만적 가능성의 세계로서 다루어지는 수가 많았다.

리얼리즘의 문학관이 각국 문학의 주류를 차지하게 되면서부터 역사소설이 이른바 대중소설로서, 문학의 정통적인 지위조차도 빼앗기기에 이른 것은 그 때문이다

그러나 리얼리스트의 눈에도 역사적 세계가 비치지 않을 까닭이 없는 이상 리얼리즘의 역사소설이 성립되지 않을 까닭이 없다. 다만 그것을 낭만적인 역사소설에 익숙해진 독자가 역사소설이라는 것을 깨닫지 못하는 경우가 많을 뿐인 것이다.

이것은 《바람과 함께 사라지다》에 대해서도 분명히 할 수 있는 말이지만 좀더 좋은 예는 톨스토이의 《전쟁과 평화》일 것이다.

1812년의 나폴레옹의 모스크바 진격을 클라이막스로 하는 이 대장편은 작가가 이것을 쓴 당시에는 그야말로 역사적인 과거에 속하는 시대를 다룬 것이며 또 여

기에는 세계의 운명을 결정할 역사적 사건들이 작중의 개인 운명에 어떻게 작용하는가 하는 것을 여지없이 그리고 있는 것이다.

그럼에도 불구하고 이 소설이 세계 리얼리즘 문학의 고전으로서 존중되고 있는만큼은 그 역사소설로서의 의의가 문제되지 않는 것은 작가 톨스토이가 나폴레옹시대의 러시아에 낭만적인 공상을 구하지 않고 마치 그 자신이 생활한 시대, 즉 그에게 있어서의 현대를 보는 것과 동일한 리얼리즘의 눈으로 역사상의 현상을 보고 또 그렸기 때문일 것이다.

남북전쟁 시대를 배경으로 한 역사소설이라는 점에서 이 《바람과 함께 사라지다》는 톨스토이의 《전쟁과 평화》와도 비교할 수 있는 큰 도표를 미국문학사 위에 수립한 기념비적인 걸작이라고 할 수 있을 것이다.

뿐만 아니라 이 소설은 그 구상으로 보나 등장인물의 성격 취급방식으로 보나 《전쟁과 평화》와 매우 흡사한 것으로 생각된다.

《전쟁과 평화》는 미모의 소녀 나타샤가 최초의 연인 안드레이를 잃고 그 친구 피에르와 결혼하는 사랑의 경위를 씨실로 하고, 나폴레옹의 러시아 침입과 쿠츠조프의 소극 전략이라는 역사적 대사건을 날실로 하고 있는 작품이다.

한편 《바람과 함께 사라지다》는 미모이며 억척스러운 소녀 스카알렛이 최초의 사랑에 실패한 뒤 세 남자를 맞고 보내는 기구한 인생 경로를 씨실로 하고 남북전쟁의 발발과 북군의 침입, 남군의 패전, 전쟁의 파괴와 전후의 재건이라는 미국에서 가장 중요한 역사적 사건을 날실로 하고 있는 작품이다.

작자 자신의 말에 의하더라도 사실 그녀는 이 작품을 씀에 있어서 《전쟁과 평화》의 영향을 가장 강하게 받았다고 말하고 있다.

남북전쟁이 작자의 조상의 땅인 조지아 주에 미친 참화와 패전 후 재건시대에 있어서의 그 사회적 변화를 배경으로 하여, 그 거대한 역사의 압력 밑에서 몇 가지 대표적인 성격이 어떤 것은 굴복하고 어떤 것은 반발하면서 변전무쌍한 인생의 드라마를 펼치는 정경이 이 소설에서는 박진감 있는 리얼리즘의 필치로 훌륭하게 묘사되어 있다.

읽는 사람은 이야기의 복잡한 전개에 끌려들어가 자기 자신을 잊고 작중 인물을 너무 친근하게 느끼기 때문에 역사적인 사건은 단순한 배경에 지나지 않는 것처럼 생각하기 쉽지만 이 인상이야말로 《전쟁과 평화》에서 받는 인상에 가장 가까운 것이며 리얼리즘 역사소설의 전형적인 작품이라고 불리는 연유도 바로 여기에 있다.

그러나 이 작품에는 《전쟁과 평화》가 가지는 인생 사색의 깊이가 없지 않은가 하고 지적하는 사람이 있을지도 모르지만, 젊은 현대 미국여성으로서의 작자에게

원심적인 문제에 대한 러시아 문학 일류의 사상성을 기대한다는 것 자체가 빗나갔다고 하기보다도 이 작품에 구현되어 있는 리얼리즘 속에 이미 크나큰 사상이 포함되어 있다고 보는 쪽이 온당할 것 같다.

즉 그것은 19세기 러시아와 20세기 미국의 문화적 차이를 말해 주는 것에 지나지 않으며 역설적으로 말한다면 19세기의 러시아적 깊이는 도저히 20세기의 미국적 천박함을 이해할 수 없다는 것을 말해 주는 것이라고도 할 수 있다.

작품에 대한 이해를 돕기 위해 남북전쟁과 그 전후의 여러 사건들 중에서 적어도 이 이야기와 관계가 깊은 부분만이라도 여기에 적어 두고자 한다.

이 소설은 남북전쟁이 시작된 1861년부터 전쟁이 끝나고「전쟁보다 더욱 나쁘다」고 남부인을 탄식케 한 재건시대가 바야흐로 끝나려는 1873년까지, 이를테면 근대 미국의 확립기라고도 할 수 있는 선풍시대를 배경으로 하여 구남부의 심장부라고 일컬어지는 애틀랜타와 그 주변의 농원(農園)지대를 무대로 한 이야기이다.

그런데 남북전쟁이라고 하면 누구나가 우선 머리에 떠올리는 것은 노예해방 문제일 것이다. 노예해방 문제가 남북전쟁을 유발하는 직접적인 방아쇠가 된 것은 확실하지만 그러나 노예제도 문제의 배후에는 쌓이고 쌓인 남부와 북부의 경제적 이해 대립이라는 무거운 현실이 가로놓여 있었다.

이 경제적 대립이 정치적 대립으로까지 발전하여 마침내 전쟁이라는 최종적 수단에서 해결을 구하지 않으면 안 되게 되었던 것이다.

기후가 따뜻하고 변화를 주로 하는 농업국인 남부의 여러 주에서는 값싼 노동력으로 대농원을 경영할 필요에서 마구 흑인 노예를 수입, 합중국 건국 직후에는 그 수가 50만을 넘어섰고 노예 해방령이 공포된 1865년에는 실로 4백50만 남부 제주(諸州) 총인구의 약 3분의 1이 흑인에 의해 점거되기에 이르렀다.

이에 반해 북부 제주는 기후가 추워서 흑인이 살아가기에 적당하지 않을 뿐만 아니라 경제 기반이 상공업이므로 노예의 노동력을 그다지 필요로 하지 않고 게다가 건국 이래의 인도주의적인 전통에서 노예 사역에 반대의 입장을 취하고 있었다.

1787년, 연방의회는 서북부 영지령이라는 것을 제정했다. 오하이오 주 이북을 자유지역으로 하여 이곳에서는 노예 사역을 금지하고 오하이오 주 이남의 주에 한해 노예 제도의 존속을 인정한다는 이를테면 남북 타협의 법령이다.

그 결과 연방 13개 주 중 북부 7주는 자유주, 남부 6주는 노예주가 되었는데 상원 의원은 각 주 2명씩, 하원 의원은 자유민의 인구에 비례하여 선출하는 규약

이었으므로 자유민이 적은 남부 제주에 있어서는 이 법령은 매우 불리했다.

그래서 남부에서는 서부 신개척지에 새로 노예주를 만들어 북부에 대항하려고 기도했고 한편 북부에서는 자유주를 늘려 남부를 봉쇄하려고 획책했기 때문에 남북의 정쟁(政爭)은 점점 더 격화했다.

그후 변화의 수요가 차츰 늘어 미시시피 지역의 농지 개발이 진전됨에 따라 1820년에는 남부의 노예주는 가장 북쪽에 있는 미주리 주를 합쳐 12개 주가 되었다. 북부의 자유주와 같은 수가 된 것이다.

그래서 같은 해에 남북이 대화를 가진 끝에 미주리 주 남쪽 경계인 북위 36도 30분을 경계로 하여 그 북쪽에는 앞으로 노예주의 신설을 인정하지 않는다는 규정을 만들었다. 이른바 미주리 협정이다.

1828년, 북부 출신 대통령 존 퀸시 아담즈는 북부 상공업자의 요망에 호응하여 유럽으로부터의 수입품에 고율의 보호관세를 부과했다. 농업을 주로 하고 자유무역이 유리한 남부에게 있어서 이것은 엄청난 타격이었다.

남부는 맹렬히 반대했다. 이어서 남캐롤라이나 주 의회는 법률의 최종적 결정권은 각 주에 있다는 것, 각 주는 연방정부와 견해를 달리할 경우에는 연방을 탈퇴하여 별개의 정부를 조직할 권리가 있다는 것을 주장했다.

이리하여 건국 이래의 북부의 국권주의(國權主義)와 남부의 주권(州權)은 여기에서 다시 정면으로 대립하게 되었다.

1854년, 민주당은 미주리 협정의 금지구역 안에 있는 캔사스, 네브래스카에 노예제도의 자유결정권을 인정하는 법안을 채택했다. 여기에 대항하기 위해 자유당, 노예제도 반대론자, 북부 민주당원의 일부가 합하여 새로이 공화당을 조직, 노예제도 반대를 당 강령으로 내걸고 민주당에 도전했다.

1860년 공화당의 링컨이 대통령에 취임했다. 진작부터 강경한 노예 폐지론자로 알려져 있던 링컨의 대통령 취임을 남부 제주에서는 노예제도 폐지의 첫걸음으로 보았다. 그래서 남캐롤라이나, 미시시피, 플로리다, 알라바마, 조지아, 루이지애나, 택사스, 버지니어, 아카소, 테네시, 북캐롤라이나의 11주는 잇따라 연방을 탈퇴, 1861년에 남부동맹정부를 수립했다. 그리고 수도를 버지니어 주 리치먼드로 정하고 제퍼슨 데이비스를 대통령으로 선출했다.

링컨은 열렬한 노예 해방론자이기는 했지만, 대통령으로서 꼭 그 지론을 강행할 생각은 없었던 것 같다. 그러나 그는 각 주가 자유로이 연방에서 분리할 권리가 있다고는 인정하지 않았다.

그는 그 취임연설에서 무력을 가지고서라도 연방정부의 주권을 지키지 않으면 안 된다고 강조하고 그것을 지키는 것은 대통령의 의무라는 소신을 피력했다.

한편 분리를 결행하여 새 정부를 만든 남주 제주에서는 그 주 안에 연방정부의 군대가 주둔하는 것은 부당하다고 주장하며 강력히 그 철퇴를 요구했다. 그러나 링컨이 거기에 응할 까닭이 없다. 그래서 일어난 것이 샘터 요새 사건이다. 즉, 1861년 4월 12일, 남군은 남캐롤라이나 주 찰스튼 항구에 있는 샘터 요새의 연방 수비대(대장 앤더슨 소령 이하 75명)를 공격하여 이것을 점거, 여기에서 남북전쟁은 시작되었다(1861년부터 62년까지—제1부).

개전 초기 단계에서는 남군이 매우 우세했다. 남군 사령관인 리 장군은 1861년 7월, 불 런의 전투에서 북군을 격파, 한때는 수도 워싱턴에 육박할 정도의 위세를 보였다.

이에 대해 북군의 그랜트 장군은 62년 뉴 올린즈를, 다음해인 63년에는 빅스버그를 함락하여 남군의 병력을 동서로 분단하는데 성공했다.

링컨은 1862년 9월 22일 유명한 노예해방선언을 단행했다. 이 정치공세는 남부의 경제적 기반이라고도 할 노예제도에 결정적인 타격을 가하고 흑인 노예 사이에서 심각한 동요를 낳게 하는데 성공했다.

흑인 노예는 잇따라 남부의 농원을 이탈했고 북군은 남부로부터 도주한 이들 노예에 의해 새로이 12만 여의 흑인병사를 가담시킬 수 있었다고 한다.

남군의 리 장군은 63년 또 다시 펜실베니어 주에 침입, 게티스버그에서 미드 장군이 이끄는 북군과 교전, 4일만에 끝내 패하여 포토맥을 건너 퇴각했다. 양군의 사상자 2만, 그 중 전사자만도 6천이라고 기록되어 있다.

그러나 뭐니뭐니해도 남부 제주에 있어서 최대의 약점은 그들이 해군력을 가지고 있지 못하다는 것이었다. 북부의 군함에 항만을 봉쇄 당하여 남부는 극도의 물자 결핍에 시달려야 했다(62년 5월부터 64년 봄까지—제2부).

1864년, 북군의 셔먼 장군은 테네시 주에서 진격을 개시하여 애틀랜타를 공격하고 다시 대서양 기슭의 사바나까지 이른바 「바다에의 진군」을 결행하여 남부인을 공포에 떨게 했다.

한편 그랜트 장군은 다음해 4월, 리 장군이 이끄는 남군의 주력을 수도 리치먼드에서 포위하여 이것을 항복케 했다. 이렇게 해서 남부의 전면적 항복에 의해 전쟁의 막은 내리워졌다.

이어서 4월 14일, 대통령으로 갓 재선된 링컨은 워싱턴의 극장에서 연극을 관람하던 중 남부 출신의 한 배우에게 저격당하여 다음날에 죽었다(64년부터 65년까지—제3부).

링컨은 패전한 남부 제주에 대해서는 무척 관대한 조처를 생각하고 있었던 모양이지만 그가 죽은 뒤에는 정정(政情)이 매우 원활하지 못해 전후의 정치적 재건은 그야말로 다난하기 짝이 없었다.

주전장이 된 남부 제주, 특히 이 소설의 무대가 된 조지아 주 일대는 토지는 황폐하고 노예 해방에 의해 노동력은 고갈, 남부의 대립 의식은 쉽게 해소되지 않은데다 새로이 선거권을 부여받아 하나의 정치세력이 된 흑인의 움직임이 여기에 뒤얽혀서 전쟁보다도 더 고된 재건시대가 모든 남부인 위에 찾아왔다.

공화당은 자파 세력의 신장을 도모하여 정치적 훈련이 전혀 되어 있지 않는 흑인을 괴뢰로 하여 주정(州政)을 독점했고 남부 사람들은 반흑인(反黑人) 비밀결사인 K·K·K단을 조직하여 테러를 일삼게 되어 혼란, 무질서, 그야말로 무정부상태를 드러냈다(66년부터 73년까지──제4부·제5부).

작품의 배경을 이루는 사회정세의 변화는 대략 위에 서술한 바와 같지만 작중 인물 하나 하나의 운명의 흐름이 이러한 외적 사상(事象)과 긴밀하게 뒤얽힌 채 일거에 대단원으로 휩쓸려 드는 정경은 이 대장편의 종막을 장식하기에 걸맞으며 그야말로 일대 장관을 이루고 있다.

바람과 함께 사라지다 Ⅱ

■ 저 자 / M. 미 첼
■ 역 자 / 이 종 수
■ 발행자 / 남 용
■ 발행소 / 一信書籍出版社

주소 : 121-110 서울 마포구 신수동 177-3
등록 : 1969. 9. 12. NO. 10-70
전화 : 영업부 703-3001~6
　　　　편집부 703-3007~8
　　　　F A X　703-3009

© ILSIN PUBLISHING Co. 1990.